ein Ullstein Buch

# Norman Mailer

# Frühe Nächte

Roman

ein Ullstein Buch

ein Ullstein Buch
Nr. 20730
im Verlag Ullstein GmbH,
Frankfurt/M – Berlin
Titel der Originalausgabe:
Ancient Evenings
© 1983 by Norman Mailer
Aus dem Amerikanischen
von Günter Panske

Ungekürzte Ausgabe

Umschlagentwurf:
Hansbernd Lindemann
Foto: Ullstein Bilderdienst
Alle Rechte vorbehalten
Taschenbuchausgabe mit Genehmigung
der F. A. Herbig Verlagsbuchhandlung,
München
Deutschsprachige Rechte by
F. A. Herbig Verlagsbuchhandlung,
München · Berlin
Für die Abdruckerlaubnis aus
W. B. Yeats, *Werke in sechs Bänden,*
Band 5, danken wir dem Hermann
Luchterhand Verlag, Darmstadt
Printed in Germany 1986
Druck und Verarbeitung:
Clausen & Bosse, Leck
ISBN 3 548 20730 8

Januar 1987

Vom selben Autor
in der Reihe der
Ullstein Bücher:

Die Nackten und
die Toten (20592)
Am Rande der
Barbarei (20645)
Reklame für mich
selber (20662)

CIP-Kurztitelaufnahme
der Deutschen Bibliothek

**Mailer, Norman:**
Frühe Nächte: Roman / Norman Mailer.
[Aus d. Amerikan. von Günter Panske]. –
Ungekürzte Ausg. – Frankfurt/M; Berlin:
Ullstein, 1986
    (Ullstein-Buch; Nr. 20730)
    Einheitssacht.: Ancient evenings ⟨dt.⟩
    ISBN 3-548-20730-8

NE: GT

Ned Bradford,
Roger Donald,
Arthur Thornhill,
Scott Meredith und
Judith McNally
möchte ich meinen
Dank aussprechen
für ihre Hilfe und
Unterstützung bei
diesem Werk.

*Für meine Töchter, meine Söhne und für Norris*

Ich glaube an die Ausübung und Philosophie dessen, was wir übereinstimmend mit »Magie« bezeichnen, an das, was ich Geisterbeschwörung nennen muß, obgleich ich nicht weiß, was diese Geister sind, an die Kraft, magische Illusionen hervorzubringen, an die Vision des Wahren in den Tiefen des Geistes, wenn die Augen geschlossen sind; und ich glaube ... daß die Grenzen unseres Geistes sich ständig verschieben und daß viele Geister gleichsam ineinander fließen und einen einzigen Geist, eine einzige Kraft hervorbringen oder offenbaren können ... und daß unsere Erinnerungen Teil einer großen Erinnerung, der Erinnerung der Natur selber sind.

WILLIAM BUTLER YEATS
*Gedanken über Gut und Böse*

# INHALT

# I

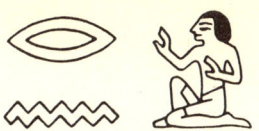

## DAS BUCH
## EINES TOTEN

Wirre Gedanken und wilde Gewalten, sie sind mein Zustand. Ich weiß nicht, wer ich bin. Noch was ich war. Ich kann hören keinen Laut. Schmerz ist nah, der sein wird wie kein Schmerz zuvor.

Ist dies die Furcht, die das All zusammenhält? Ist Schmerz das Fundament? Sind die Flüsse Adern aus Schmerz? Und die Ozeane mein gepeinigtes Gehirn? Mein Durst ist wie Hitze der glutenden Erde. Gebirge verkrummen. Brodelnde, blitzende, wirbelnde Flammen.

Durst ist in den Flüssen meines Leibes. Die Flüsse brennen, doch bewegen sich nicht. Fleisch – ist es Fleisch? – liegt unter glühendem Gestein. Lava quillt in ausgebrannten Feldern.

Wo, in welcher Höhlung, spielten solche Zerreißungen sich ab? Vulkanische Lippen speien Feuer, Brunnen brodeln. Gebein liegt wie Schutt auf der Wunde.

Ist man Mensch? Oder nur am Leben? Gleich einem Grashalm, der alles Leben verkörpert in dem Augenblick, da er zerrissen wird? Ja. Wenn Schmerz das Fundament ist, dann kann ein Grashalm alles wissen, was es gibt.

Vor mir war eine glühende Zahl, so scharf umrissen wie die Schneide eines Messers, und ich glitt hinüber in dieses brennende Zeichen. Im Feuer begann ich einzuströmen in die klare, glutende Existenz der Zahl 2.

Schmerz kam wie ein Puls. Und die Pause zwischen den Stößen war zu kurz, sich zu wappnen gegen den nächsten Stoß – oh, das Zertrümmern der Hoffnung und das Zerfetzen des Leibes.

Mein Körper – Muskel und Knorpel und Knochen – verbogen, geborsten. Und Tore öffnen sich sengender Glut.

Schmerz stach aus blendend grellem Licht. Glühendem Fels schien ich ausgesetzt in der dämonischen Nacht der Sonne. In den Adern dampfte Blut – würde es je wieder Blut sein können? Fleisch wollte Beständigkeit. Und die Siedehitze des Schmerzes (ich fröstelte jetzt) verriet mir – durch ihre bloße Intensität –, daß ich nicht verderben würde. Es mußte Leben geben, dort drüben, auf der anderen Seite. So ließ ich sie frei, die Kräfte, die in meinem Herzen verglühten. Ersterbende Kräfte, ja. Doch mochten sie einem anderen Teil von mir noch Leben verleihen. Einen zitternden Faden sah ich in der Dunkelheit, lebendig im verfallenen Rest meines Fleisches, fein wie der feinste Nerv. Und während Schmerz pulste und Qual sich verklärte, wurde mir offenbar: Zwei Fäden waren es, in makelloser Schönheit verwoben. Eng umschlungen widerstanden sie der Folter; und lösten sich sogleich voneinander, wenn die ärgste Pein wich. Ich wußte (das Wunder ihrer Bewegungen sagte es mir), daß dies meine lebende Seele sein mußte, die ich da tanzen sah wie ein Staubgespinst über der Flamme.

Dann war alles wieder verloren. Mein Inneres schien zu bersten wie ein ungeheurer Bauch, zum Platzen gefüllt mit den Genüssen des lustverseuchten Fleisches, und, gleich dem Verräter unter der Folter, gab es alle Geheimnisse preis. Wenn nur die nächste Welle der Qual mich leichter trug, wenn nur die nächsten dunklen Wogen des Fleisches mich nicht, wie wildbrausendes Wasser, unter sich begruben.

Es durfte nicht geschehen. Nicht Gischt, nicht Schwaden, nicht Dämpfe, nichts durfte mich ersticken (eben dies schürte meinen Schrecken!). Doch begraben schien ich zu liegen unter Erdreich, unter Lehm. Ja, Lehm, sich formender Ton! Eine Vision erschien: wie Ton Nase und Mund nachbildete, selbst die Ohren und die Augenhöhlen – und keine Erinnerung war noch in mir an den ineinanderverwobenen Doppelfaden. Es gab nur mehr mich in der Tiefe einer verschlossenen Höhle. Mich und das Hämmern meiner Eingeweide. Sollte ich abgeschieden bleiben in der schreienden Finsternis dieser ausgedörrten Öde? Ein Gesicht war dort, mich zu foltern. Die Vision von der Schönheit meiner eigenen Seele in eben dem Augenblick, da sie mir nichts nutzte. Vernichtende Gedanken, just da ich sie empfing.

Frieden und Ruhe schienen einzukehren mitten in diesem Sturm, in dieser Wirrnis. Es war die tiefe Stille, wie sie im Auge eines Hurrikans herrscht. Und in dieser Stille, dieser Ruhe dachte ich voll Sorge, daß ich jetzt weise genug sei, ohne ein Leben auszukommen, in dem ich meine Weisheit gebrauchen mußte. Denn in mir war die Erinnerung an alte Zwiegespräche. Früher einmal hatte ich gelebt wie Herr und wie Sklave (jetzt schienen beide zu verscheiden) – o ja, das verlorene Zwiegespräch, das nie stattgefunden hatte zwischen dem Tapfersten in mir und dem Rest. Der Feigling war der Herr gewesen.

An diesem Punkt, ich fürchte es, kam mein Stolz zuschanden, und ich blickte tief in das Fundament des Schmerzes, das ebenso schön war wie schmal. Doch jetzt kreisten wieder die Räder der Verleumdung. Wie eine Schlange, deren Leib geplatzt ist, gab ich auf und flehte um Frieden; und gebar meine eigene blutverklumpte Geschichte, die so voller Zerstückelungen war. Eine Ganzheit meiner selbst entwand sich meinem Bauch, und ich sah, wie sich die glühende Zahl 2 in Feuer auflöste. Ich würde nicht mehr sein, was ich gewesen war. Meine Seele fühlte sich gemartert, erniedrigt, über Verlust erzürnt; und war doch hocherhaben wie die Schönheit selbst. Denn die Pein war gewichen, und ich war neu. Ich besaß wieder einen Körper.

# EINS

Die Dunkelheit war tief. Dennoch zweifelte ich keinen Augenblick. Ich befand mich in einer unterirdischen Kammer, zehn Schritt lang, fünf Schritt breit, und ich wußte sogar (mit dem Instinkt einer Fledermaus), daß der Raum praktisch leer war. Die Wände, der Fußboden – aus Stein. Es war, als könnte ich mit meinen Fingern sehen. Ich brauchte nur einen Arm zu schwenken, schon fühlte ich die Entfernungen auch außerhalb meiner Reichweite. Es war absolut ungewöhnlich. So, als könne man durch seine Haare Geräusche vernehmen.

Und ich roch den Geruch der Steine. In der Luft war etwas, das nicht da war. Eine Leere in einer Leere. Doch wurde mir nun bewußt, daß ganz in meiner Nähe sich ein granitenes Gebilde befand (als sei mein Leib hindurchgeschritten), groß genug, um mein Bett zu sein. Der Boden schien von Kot bedeckt – Hinterlassenschaften kleiner Tiere, denen es, wie mir selbst, gelungen war, hier einzudringen. Sie hatten ihre Notdurft verrichtet und waren wieder verschwunden. Denn Gebein, das ihren Tod bezeugt hätte, gab es hier offenbar nicht. Nur den Geruch von altem Kot und Harn – doch wo befand sich der Durchschlupf, durch den das oder die Tiere eingedrungen und wieder entschlüpft waren? Ich atmete beklommen. Der Gestank der Exkremente schien mir die Luft zu nehmen, ein beängstigendes Gefühl.

Doch auch frische Nachtluft strömte in diesen Raum. Woher? Durch den Schacht im Fels, den die Katze benutzt hatte?

Tastend fand ich in der Dunkelheit zwischen zwei Steinböcken eine Vertiefung, kaum breiter als eine Männerstirn. Dies mußte die Verbindung nach draußen sein, denn ein Strom frischer Luft war spürbar, zart und sacht, nicht einmal stark genug, um den Flaum einer Feder zu bewegen, doch kühl wie die Wüste in der nächtlichen Zeit nach Sonnenuntergang. Diesem Strom aus Kühle streckte ich mich entgegen – und fand zu meiner Verwunderung, daß ich meinen ganzen Arm in die Vertiefung stecken konnte: Es war wohl ein Schacht zwischen mächtigen Steinblöcken, und stellenweise schien er wahrhaftig kaum breiter als mein Kopf. Steil führte er empor, und ich schob mich hoch und höher, wie durch Schichten von Schmutz und Dreck. Die toten Reste unzähliger Käfer bedeckten die Wände. Ameisen schienen über meine Haut zu kriechen. Ratten schrillten vor Schrecken. Ich jedoch kletterte ohne Angst. Nur die Enge des Schachtes schien mir bedenklich. Oft wirkte er so schmal wie ein Tunnel zum Bau eines winzigen Wüstentieres – wie also sollte ich bis ans andere Ende gelangen. Doch es war, als sei ich ohne Schultern und Hüften. Geschickt wie eine Schlange bewegte ich mich, ohne die leiseste Furcht, irgendwo steckenzubleiben. Ich konnte mich, wenn ich nur wollte, schmaler machen. Oder anders gesagt: Meine Gedanken durchwanderten den engen Schacht, und mein Leib war geschmeidig genug, ihnen zu gehorchen – ein eigentümliches Gefühl. Ich spürte, daß wieder Leben in mir war. Die sacht strömende Luft schien zu leuchten. Und waren da nicht Funken in mir selbst, in meiner Nase, in meiner Kehle? Hatte ich mich je lebendiger gefühlt? Ich spürte nicht die Last des Leibes, von Muskeln und Knochen. Es war, als seien meine Körpermaße die eines Knaben. Fast schon am Ende des Schachts sah ich endlich den Himmel, erblickte den Schein des Mondes. Und während ich für einen Augenblick ruhte, glitt er hoch oben über mich hinweg und salbte mich. Ich spürte den Duft ferner Obstgärten, nach Datteln und Feigen, und den Hauch von Weinbergen oder doch Weinranken. Die Luft, die Gerüche, sie erinnerten mich an die Gärten, wo ich einst Zärtlichkeiten getauscht. Rosen und Jasmin, auf einmal war ihr Duft wieder gegenwärtig – war Gegenwart. Weiter unten am Flußufer (so sah es mein inneres Auge) bildeten die Palmen dunkle Silhouetten vor dem Silberwasser des Stroms.

Und so tauchte ich schließlich hervor aus dem Schacht in dem machtvollen Steingebilde. Kopf und Schultern schoben sich hinaus in die offene Nacht, ich stützte mich höher, zog die Beine nach und lag dann keuchend, staunend. Im Mondschein sah ich die lange, helle Schräge mit dem Erdboden tief unten. Dann war dort draußen das Plateau der Wüste, ein Silbergebilde. Und an jener Stelle ragte eine Pyramide auf und dahinter eine weitere. Mehr in meiner Nähe befand sich ein sandbedeckter Löwe aus Stein mit dem Kopf eines Mannes. Ich – ich hockte hier auf einer der Schrägen der Großen Pyramide! Also war ich gerade hervorgekrochen – eine andere Erklärung gab es nicht – aus der Grabkammer des Pharao Cheops.

Cheops – der Name klang so rauh wie das Schnarchen eines Mannes. Vor über tausend Jahren war er gestorben. Und doch lähmte der Gedanke, in seiner Grabkammer gewesen zu sein, meinen Körper. Cheops' Sarkophag – leer. Von Räubern entdeckt und ausgeraubt.

Es war, als wolle mein Herz aufhören zu schlagen. Und in meinem Bauch wühlte es, ein Gefühl grenzenloser Feigheit. Dabei (eine verschwommene Erinnerung trug es mir zu) war ich einmal ein Mann von Mut gewesen, berühmt wegen irgendwelcher Taten, ein Krieger vielleicht – doch jetzt vermochte ich kein Glied zu rühren. Zitternd und voll Scham lag ich im Licht des Mondes. Hier also befand ich mich: Auf der größten unserer Pyramiden, Mondschein auf Haupt und Herz, unter mir den gewaltigen Steinlöwen, im Süden die Pyramiden des Pharaos Khaef-ra und des Pharaos Men-kau-ra. Im Osten erblickte ich den mondüberglänzten Nil, und noch weiter gen Süden sah ich sogar die nächtlichen Lichter von Memphis, wo liebesbereite Weiber auf mich warteten. Oder nein – warteten sie jetzt nicht auf andere?

Doch kam es in diesem Augenblick darauf an? Und hatte ich je zuvor so gedacht? – Ich war immer nur allzu bereit gewesen, jeden Mann zu töten, der auch nur einen Blick auf meine Geliebte warf. Wie erschöpft ich mich jetzt fühlte. War dies der Preis dafür, in Cheops' Grabkammer gelangt zu sein?

Im Halblicht kletterte ich in die Tiefe; bewegte mich vorsichtig von einem Spalt im Stein zum nächsten. Und ahnte schon jetzt, daß irgendeine üble Veränderung in mir vorgegangen war. Meine Erinnerungen, mein Gedächtnis – im ersten Licht des Mondes hatte ich das Gefühl gehabt, es werde vollständig wiederkehren. Doch da war nur ein einziger Wirrwarr. Und die Luft schien erfüllt von dem Geruch, ja, dem Gestank von Schlamm. All diese Gerüche mischten sich: Erde und Schlamm und Korn und Schweiß und Landwirtschaft.

Morgen, gegen die Mittagszeit, würde das Flußufer einem heißen Haufen aus vermoderndem Schilf gleichen. Tiere hinterließen ihren Kot im Schlamm – Schafe und Schweine, Ziegen, Esel, Ochsen, Hunde und Katzen; sogar Gänse, deren Ausscheidungen besonders grauenvoll stanken. Ich dachte an Grabkammern; und an Freunde in diesen Grabkammern. Und so, wie man zögernd die Saite eines Instrumentes zupft, ertönte ein erster Klang – Sorge und Leid.

# ZWEI

Ich befand mich in einer absonderlichen Lage. Noch immer wußte ich nicht, wer ich war. Es gab keine Erinnerung in mir. Nicht einmal mein Alter wußte ich. War ich erwachsen und stark? Oder war ich jung, erst am Beginn meiner Kräfte? Es schien nicht weiter wichtig. Und so begann ich, aufs Geratewohl auszuschreiten, wobei mich mein Weg dann durch die Nekropolis führte. Was immer ich erblickte, versuchte ich mir zu erklären; so jedenfalls möchte ich es nennen, befand ich mich doch in einem Zustand, wo einstige Alltagserfahrungen mir völlig fremd waren.

Was sah ich? Einen Friedhof im Mondenschein, durch gradlinige Wege unterteilt, kein sehr reizvoller Anblick, es sei denn, der Zauber bestehe im hohen Wert als solchem. Die Stadt der Toten bestand, Fußbreit für Fußbreit, aus den verehrungswürdigsten Stätten in ganz Memphis, so jedenfalls kehrte jetzt in mir ein Stück Erinnerung wieder.

Während ich so durch unsere monotone Nekropolis wandelte, vorbei an den verschlossenen Türen einer Gruft nach der anderen, begann ich – wieso weiß ich nicht – an einen anderen Freund zu denken, der kürzlich erst verstorben war (sofern die aufkeimende Erinnerung nicht trog): der liebste unter meinen Freunden, welcher einen gewaltsamen und höchst absurden Tod erlitten. Wo wohl mochte sich sein Grab befinden, hier in dieser öden Nekropolis? Er gehörte (so entsann es sich in mir) zu einer einflußreichen Familie, und sein Vater hatte vormals als Oberaufseher der Schminkpalette amtiert – ein Titel, vor dem mir wahrhaft grauste. Doch war eine Karriere solcher Art keineswegs gering zu schätzen, denn unser Ramses (wieder die sich weitende Erinnerung!) glich einem eitlen Mädchen und verabscheute jeden Makel an seiner Erscheinung.

Bei einem solchen Vater mußte mein Freund (dessen Name für mich noch dunkel blieb) reich sein und von edlem Geblüt. Doch das versteht sich in Ägypten von selbst. Wer königlicher Abstammung ist, ist reich. Wer reich ist, muß königlicher Herkunft sein. Und so mochte wohl ein Ramses als Stammvater der Familie gelten – vielleicht Ramses II., der vor rund hundert Jahren starb, ein hochbetagter Herr mit einer ganzen Schar von Eheweibern sowie über hundert »amtlichen« Söhnen und fünfzig legitimen Töchtern. Was seine Zeugungskraft ansonsten noch bewirkte, läßt sich kaum ermessen. Wer wohl hätte nach seinem Tod abschätzen können, wie viele der Offiziere und Priester *keine* Ramessiden waren, väterlicherseits versteht sich. Nein, es ist durchaus nichts Besonderes, von Ramses II. abzustammen – und doch von unschätzbarem Wert, wenn man etwas erreichen will.

Wer, wenn nicht (wenigstens ein halber) Ramesside, bekam schon ein Grab in der Nekropolis, zumal im Westschatten der Pyramiden? Es sind einfach nicht genügend Stätten vorhanden. Familiengrüfte. Doch lassen die Matronen von Memphis nichts unversucht, um in den ersehnten Besitz zu gelangen. So lud Hathfertiti, die Mutter meines toten Freundes, einmal eine (weit unter ihr stehende) junge Frau zu einer Gesellschaft ein, um durch sie die Bekanntschaft eines Wächters im Westschatten zu machen. Mit diesem im Bunde, verängstigte sie den Besitzer der Stätte, die sie für ihre Familie wünschte: das leidige Entwässerungsproblem. Bei solchem Handel wurde ja stets behauptet, daß in der Grabkammer Wasser stieg. Doch war dies nur eine der Methoden, deren sich Hathfertiti bediente. Einem profitablen Tauschgeschäft zeigte sie sich nie abgeneigt. So mochte in einem ihrer Gräber ein jüngst Verstorbener ruhen; doch wenn der Preis stimmte, ließ sie den Sarkophag in eine Stätte minderer Güte schaffen, ja sogar flußabwärts zu einer anderen Nekropolis von niederem Rang.

Natürlich war dabei auch die Persönlichkeit des Verstorbenen zu berücksichtigen. Wie ernst mußte man seinen Fluch für den Fall einer solchen Verlegung nehmen? Für jede Familie, die eine derart geräumte Kammer für sich beanspruchte, war es ratsam, Amulette von besonderer Wirksamkeit bei sich zu tragen. Doch solche Umsicht ist nicht jedermanns Sache, und die Sucht nach Gewinn schert sich wenig um Flüche. Mitunter sind sie gar willkommen: Falls sie mit all ihrer Furchtbarkeit dazu dienen, den Preis zu drücken.

Was Hathfertiti betraf, so hatte sie das Grab des Großvaters ihres Gatten verschachert, obschon in jenem Jahr für den Toten nur Platz blieb in einer verlassenen *Mastaba* weit draußen in der Wüste. Hathfertitis Furcht vor Flüchen hielt sich in Grenzen, jedenfalls an ihrer Gewinngier gemessen. Dem Käufer versicherte sie, ihres Gatten Großvater (der auch ihr Großvater war, so wie sie die Schwester ihres Mannes), Menenhetet also, sei die Güte selbst gewesen, ein Mensch, der seinem ärgsten Feind nichts hätte zuleide tun können. Folglich brauche man seinen Fluch kaum zu fürchten. Was für eine Verdrehung der Tatsachen! Hatte man nicht geraunt, Menenhetet habe gebratene Skorpione mit Fledermauskot gegessen – um sich gegen die Flüche der Mächtigen zu schützen; er, der doch selbst sehr mächtig gewesen war – falls ich mich recht entsann.

Der Mann, dem Hathfertiti diese Grabstätte verkaufte, war ein ehrgeiziger kleiner Beamter, der eilfertig noch den Dreck unter seinen Fingernägeln als »ramessidisch« deklarierte und sehr wohl wußte, warum er sich auf diesen Handel einließ: Für einen weitläufigen königlichen Abkömmling wie ihn bedeutete der Besitz einer Grabstätte bares Gold. Bislang hatten sie keinen Zugang gefunden zu den besseren Familien von Memphis: Sie besaßen unter den Toten keinen Rang, lebten also mit einem Fluch. Die gesellschaftliche Ächtung war schlimm genug, und Frau und Töchter heulten unserem kleinen Beamten so inständig die Ohren voll, daß er schließlich bereit war, den Zorn des toten Großvaters auf sich zu nehmen. Hätte er über Menenhetet, den Verstorbenen, mehr gewußt, so wäre er vermutlich vorsichtiger gewesen. Doch Hathfertitis Überredungskünste überzeugten ihn, weil er sich überzeugen lassen wollte.

Jetzt fällt mir auch der Name meines Freundes wieder ein – der Strom der Erinnerungen hat ihn herbeigeschwemmt. Menenhetet II. hieß er – etwas anmaßend, doch hält man's in vielen Familien so. Ob er gar so »königlich« war, weiß ich nicht; ich erinnere mich nur, daß er's faustdick hinter den Ohren hatte und über Gotteslästerungen keineswegs erhaben war.

Allerdings konnte bei uns von Frömmigkeit ohnehin kaum die

Rede sein. Im Gegenteil. Wir waren stolz darauf, den Namen dieses oder jenes Gottes zu mißbrauchen, gleichsam von Mann zu Mann zu sprechen. Gar so leicht ist das nicht. Zu einer solchen Tollkühnheit gehört wohl die Überzeugung, daß die Götter einen Sinn für Humor haben. Woher, wenn nicht von ihnen, hätten wir den unseren?

Allerdings gab es Nächte, in denen Menenhetet II. so voller verruchter Worte war, daß er Dämonen hätte herbeirufen können. Unsere Spielleidenschaft war wie ein Fieber. Selbst der Würfel sprühte Funken.

Ka hatten wir ihn benannt, doch scheint mir, daß wir das bald bereuten. Zunächst war es ein reizvoller Gedanke, bedeutet das Wort doch nicht nur *zweimal* (für Menenhetet II.), sondern ist auch unser guter ägyptischer Name für die andere Wesenheit, zu der man nach seinem Tode wird. Und von ihr heißt es, sie sei wechselhaft. Also schien der Name nur zu gut zu passen. Bei unserem Freund Ka wußte man nie: Nimmt er's mit einem Löwen auf, oder flüchtet er feige? Wir liebten ihn, wir haßten ihn – doch wenn übler Wortschwall aus seinem Munde quoll, gegen die Götter, dann verschreckte uns das so sehr, daß wir uns davonstahlen.

Der Grund für diese Ausbrüche war uns bewußt. Sie entsprangen dem Zorn auf seine Mutter. Als Hathfertiti dem kleinen Beamten die Grabkammer von Menenhetet I. verkaufte, erfuhr Ka, daß eben diese Gruft auch seine Gruft war. So jedenfalls hatte es Menenhetet I., sein Großvater, nein, Urgroßvater, verfügt. Sie sollten die schöne Gruft miteinander teilen. Nun beteuerte Hathfertiti, daß dergleichen kaum gutgehen könne: die beiden Sarkophage nebeneinander in ein und derselben Kammer? – das bedeute doch, daß der Ka von Menenhetet I. und der Ka von Menenhetet II. gelegentlich miteinander speisen müßten, ein unerträglicher Gedanke, wenn man die Eßgewohnheiten der verblichenen Nummer Eins in Betracht ziehe!

In der mondscheinüberfluteten Nekropolis stand ich und wußte nicht: Hatte ich all dies selbst erlebt? Jedenfalls kehrte die Erinnerung zurück (so wie bei einem Bewußtlosen, nach dem Wiedererwachen, langsam die Gesichtsfarbe wiederkehrt); doch wie getreulich sie die wirklichen Ereignisse spiegelte, wußte ich nicht. Was wohl hatte Ka empfunden bei dem Schachergeschäft seiner Mutter? Hathfertitis Betrug an ihm mußte ihn zur Verzweiflung treiben. Und als er dann starb, sah sie sich gezwungen, für seine irdische Hülle in aller Eile eine Gruft aufzutreiben. (Keine Einzelheit ist mir klar, ich treibe gleich einem Schiff wie durch einen Nebel.) Wo, hier in dieser Nekropolis, befand sich diese Stätte? Ein billiges Grab, dem ich mich jetzt nahe wußte. Wieder die aufsteigende Erinnerung. Hathfertitis Stimme, schrill: Kas sehnlichster Wunsch sei es gewesen, am untersten Rand des Ostschattens bestattet zu werden. Ein wahrer Skandal, denn natürlich versuchte sie nur, ihren Geiz zu bemänteln. Sie sprach sogar von einem Traum, den Meni angeblich gehabt: Zunächst müsse er in einem gemeinen Grab ruhen, sei er dann zum Wechsel bereit, werde er es sie im Schlaf wissen lassen. Wer sie so lamentieren hörte, fühlte sich angewidert. Denn es gehörte keineswegs zu unseren Bräuchen, auch nur eine der sieben Seelen, Schatten und Geister als Besucher im Reiche der Lebenden zu erwarten. Vielmehr besteht der Zweck eines Begräbnisses darin, sämtliche sieben mit den besten Wünschen ins Land der Toten zu schicken. Kein Wunder also, daß wir jemanden fürchteten, der eines gewaltsamen Todes gestorben war: Sein Geist hing womöglich wie eine Klette an der Familie. Folglich mußten die Hinterbliebenen alle Mühe walten lassen, um den Geist versöhnlich zu stimmen und nicht etwa zu erzürnen. So gesehen, wirkte Hathfertitis Verhalten recht töricht. Da beteuerte sie, den Sarkophag ihres Sohnes bald in eine bessere Grabkammer überführen zu wollen. Dabei wußte doch jeder, daß sie diese Gruft sich selbst vorbehielt!

Gewiß, die Zeremonie als solche war prunkvoll, und doch: Wie armselig wirkte die Begräbnisstätte. Sie lud selbst den memmenhaftesten Grabräuber zu eifriger Tätigkeit ein. (Der Fluch, den diese Spezialisten bei so ärmlichen Gräbern auf sich laden, ist nicht weiter zu fürchten: Darin besteht der Unterschied zwischen dem armen Verschiedenen und jenen, die ihn so arm verscheiden ließen.)

Viele der Grabkammern hier waren kaum größer als eine Schäferhütte (wo allerdings, wenn nicht in der Nekropolis, sieht man solche »Hütten« aus Marmor?). Und eine jede war zur Pyramide geformt, zu einer Miniaturpyramide mit einem Loch an der Vorderseite, dem Fenster für den Ba. Und der Ba, gleichsam Ergänzung zur jenseitigen Wesenheit, dem Ka, war die unsterbliche Seele, die innigste der sieben Mächte und Geister. Der Ba besaß den Körper eines Vogels und das Gesicht des Verblichenen. Ja, ich erinnerte mich immer deutlicher. Jene Vögel, die ich da und dort – wo nicht! – in diesen Löchern hocken sah, sie mußten die Seelen der Abgeschiedenen sein. Mich schauderte. Denn die Geister der Nekropolis waren so verabscheuenswert wie ihre Taten, handelte es sich doch zumeist um jene von Kriegern, Priestern, Beamten und Edelleuten, denen übel mitgespielt worden war, die übel mitgespielt hatten. Auch solche von Grabräubern oder gar von deren Opfern befanden sich darunter, und dies war so ziemlich das Ärgste. Denn wenn die Räuber nach Schmuck suchten, scherten sie sich wenig darum, in welchem Zustand sie die ursprünglich sorgsam umwickelte Mumie zurückließen, und nur zu oft entwickelte sich dann ein grauenvoller Gestank.

Jetzt, nur noch ein winziges Stück von Menis Grab entfernt, begegnete ich einem Geist – einer widerwärtigen Erscheinung in Lumpen, übelriechend, ein Grabräuber zweifellos. Im Mondlicht erkannte ich, daß die erbärmliche Kreatur ohne Hände war und eine leprazerfressene Nase besaß, die gleichsam in drei Stücke zerfiel: wie als Hohn auf den Dreifachphallus von Osiris, dem Gott der Toten.

Über der zerfressenen Nase brannte es in gelben Augen wie ein Feuer. Ja, er war ein Geist, ein wirklicher Geist. Ich sah ihn so deutlich wie meine Hand – und konnte dennoch durch ihn hindurchsehen.

»Wo willst du hin?« rief er, und sein Atem, faulig wie verrottendes Aas im Schlamm des Nils, glich lindem Duft, gemessen an dieses Geistes Kadavergestank.

Ich hob die Hand, und diese Geste genügte, um ihn zurückweichen zu lassen.

»Gehe nicht in das Grab von Menenhetet I.«, sagte er.

Warum er mich nicht in Angst und Schrecken versetzte, weiß ich nicht. Vielmehr hatte es den Anschein, daß er sich vor mir fürchtete. Denn er wagte es nicht, sich mir zu nähern.

Doch seine Worte blieben nicht ohne Wirkung auf mich. Zusammen mit seinem Gestank drangen sie in mich ein. Was hatten sie zu bedeuten? War Menenhetet I. inzwischen aus der *Mastaba* in der Wüste zurücktransportiert worden, in jene billige, für Menenhetet II. gekaufte Grabkammer? Oder befand ich mich hier am falschen Ort?

Falls meine Erinnerung nicht trog, so stand ich hier auf eben jenem Weg, über den an jenem sonnenhellen Tag der unabsehbare Zug der Trauernden geschritten, indes weiße Prachtochsen (die Hörner vergoldet, die hellen Flanken grün und scharlachrot bemalt) Meni II. auf goldenem Gefährt zu seiner letzten Heimstätte zogen. Wollte er mich zum Narren halten, dieser Grabräubergeist?

»Betritt nicht die Gruft von Menenhetet I.«, wiederholte er. »Das würde zu große Unruhe stiften.«

Daß ausgerechnet er, Schänder zahlloser Gräber, so sprach, machte mich lachen. Doch schien, im Schein des Mondes, meine Heiterkeit selbst die Schatten zu verschrecken, und der Geist wich noch weiter zurück. »Da ist mehr, das ich dir sagen könnte«, stammelte er, »doch ertrage ich deinen Gestank nicht länger.« Und er entschwand. Dies also war ein Teil der Strafe, die er zu erdulden hatte: seinen eigenen Gestank für den anderer zu halten.

Nun erblickte ich den Ba von Meni II., dort im Fenster der Grabesstätte, kaum so groß wie ein Falke und mit einem winzigen Gesicht. Doch es war Menis Gesicht, feingemeißelt und exquisit, gerade in seiner Winzigkeit. Als gehöre es einem Neugeborenen, jedoch mit den ausgeprägten Zügen eines Erwachsenen, voll Klugheit und Geistesschärfe, aber auch nicht ohne Verschlagenheit. Was für ein Antlitz! Ein Blick traf mich, ein flüchtiger Blick nur. Dann breitete der Ba von Menenhetet II. die Schwingen, stieß ein, zwei Klagerufe aus, so häßlich wie das Krächzen einer Krähe, und flog davon. Bedrückt über die mir bewiesene Gleichgültigkeit, näherte ich mich dem Grabeingang. Und jetzt vernahm ich, als langgezogenen Echohall, das Flappen der Flügel. Voll Furcht stob der Ba durch die Dunkelheit.

Vor dem Eingang stand ich und war plötzlich erfüllt von Kummer, von einem Gefühl unermeßlichen Leids, das sich mir aus dem Grabesinneren mitzuteilen schien, von meinem toten Freund Meni. Unwillkürlich seufzte ich. Die Tür befand sich in demselben Zustand, in dem ich sie in Erinnerung hatte. Sie wirkte halbverfallen, lud Räuber zur Grabschändung geradezu ein. Ich ließ meinen Finger in das Schlüsselloch gleiten, und wieder schien ich jene Eigenschaft zu besitzen, die mir das Entkommen aus Cheops' Kammer ermöglicht hatte. Jetzt floß mein Finger (so jedenfalls fühlte es sich an) in den Mechanismus des Schlosses, und als ich dann die Hand drehte, sprang es auf.

Ich betrat die Gruft. Und spürte ein Prickeln, das mich von oben bis unten überlief. Ein scharfer Fingernagel schien über meinen Schädel zu kratzen, eine rauhe Katzenzunge meine Fußsohlen zu belecken. Durch den Türeingang fiel Mondlicht, und es zeigte mir, in welch schändlichem Zustand sich das Grab befand. Nichts mehr fand sich an Opfergaben, gleich ob Nahrung oder Schmuck, außer ein paar schäbigen Resten. Und dann: der Gestank! Es hatte die Grabräuber getrieben, ausgerechnet hier ihre Notdurft zu verrichten, ihr Gedärm zu entleeren. Ihre Art der Bezahlung für das, was sie mitgehen ließen. Zorn erfüllte mich, flammender Zorn. Denn jene, die den Grabraum entdeckten, hatten nichts getan, um diese Form der Schändung zu beseitigen. Lediglich die Tür hatten sie leidlich wieder instandgesetzt, das war alles. Mein Blick fiel auf einen Bronzeleuchter an der Wand, und mein Zorn war so ungeheuer, daß es mich kaum erstaunte, als es nun dort zu schwelen, dann zu glühen begann und schließlich eine Flamme loderte. Ich wußte von Priestern, die ihren Zorn so zu bündeln vermochten, daß sie mit ihren Blicken ein Feuer zündeten – doch wirklich geglaubt hatte ich dergleichen nie. Jetzt auf einmal erschien mir die Sache völlig natürlich.

Schändliche Schänder! Hatte mich Hathfertiti nicht seinerzeit unter Schluchzen befragt, was von Menis Hinterlassenschaften sie in seine Grabkammer tun sollte? Welche Alabastervasen, Armreife, Schmuckgürtel? Was war mit der großen Truhe aus Ebenholz? Und dann seine Perücken: die blonde, die weiße, die rote, die grüne, die silberne, die schwarze. Und weiter: seine Schminkpalette, seine leinenen Lendentücher, seine gleichfalls leinenen Röcke. Und das Ebenholzbett (sie war versessen darauf, es für sich zu behalten, was ihr auch gelang)? Sodann die Waffen. Der güldene Bogen und die goldbemalten Pfeile; der Speer mit den Edelsteinen im Schaft; – waren dies Dinge, würdig genug, ihn ins Grab zu begleiten? Und zwischendurch rief sie ein ums andere Mal: »Armer Meni!« und fügte fromme Sprüche an, die nur ihrer tiefen Stimme wegen nicht völlig lächerlich klangen. »Die Frucht meines Auges ist dahingegangen!« jammerte sie, und ihr Kummer war zweifellos echt; denn außer dem Verlust ihres Sohnes hatte sie ja auch – welch ein Bild der Trübsal sie bot! – den Verlust so mancher Kostbarkeiten und Kleinodien zu beklagen. In ihrer Verzweiflung glich sie einem Weib, das, an einen Pfahl gefesselt, von wilden

Tieren angesprungen wird. Sie weinte. Weinte über den Verlust seines Kinderstühlchens, ein Meisterwerk aus Bronze mit güldener Ziselierung. Weinte so lange, bis sie besagtes Stühlchen behielt. Selbst seine Messer, seine Schminkpalette, ja, was eigentlich nicht – sie schienen ihr samt und sonders unentbehrlich. Nun konnte sie unmöglich alles für sich mit Beschlag belegen, doch bei vielem – während ihres endlosen Lamentos begann ihre Nase zu bluten – gelang es ihr. Da waren die Federkrone, das Leopardenfell, der Skarabäus aus grünem Onyx mit den sechs Beinen aus Gold. Gar kein Zweifel: Was schließlich in Menis Grabkammer seinen Platz fand, stand in präziser Relation zu Hathfertitis Gier (zu acht Teilen) und Hathfertitis Furcht vor den Mächten des Jenseits (zu fünf Teilen). Nun ließ sie ihrer Gier allerdings nie völlig freien Lauf. Stets blieb eine Lücke, ein Loch, durch das die Dämonen schlüpfen konnten. Einmal hatte sie mir einen Vortrag über Maat gehalten, und eine frömmere Rede ließ sich kaum denken, war Maat, Tochter des Weltenschöpfers Re, doch das redlichste aller Wesen. Nie würde es ihr einfallen, ihren Nächsten zu betrügen. Maat war ein Ausbund an Tugenden, und Hathfertiti (trotz ihrer allesumschlingenden Gier) wurde nicht müde, sie zu lobpreisen. Nun denn: Wäre da nicht dieser Respekt gewesen, was von Menis Hinterlassenschaften wäre wohl der totalen Beschlagnahme durch seine Mutter entgangen?

Ich hielt die Wandfackel jetzt in der Hand. Das Flackerlicht enthüllte meinem Blick, daß Hathfertiti zweifellos noch nie Gefahr gelaufen war, den Exzessen der Redlichkeit zu erliegen. Was für ein grauenvolles Chaos ringsum! Den Grabschändern schienen Maat und ihre Anständigkeit unbekannte Begriffe zu sein. Mit Urin hatten sie den Rest der nichtverzehrten Speisen bedeckt, mit Kot die goldenen Teller, die sie zurückgelassen.

Im benachbarten Raum (nur durch eine Wand aus Lehmziegeln vom ersten getrennt) sah es noch schlimmer aus. Im Grunde war dies gar kein richtiges Grab, sondern eine Art Lagerraum, wo der Sargmacher sein Werkzeug aufbewahren konnte.

Nur zögernd betrat ich den zweiten Raum (die Tür zwischen beiden war zerschlagen und nicht wieder ersetzt worden). Ich nahm einen eigentümlichen, mysteriösen Pflanzengeruch wahr, auch jenen durchdringenden des Materials, das Balsamierer gebrauchen. Dann spürte ich, wenn auch nur schwach, einen

Gestank, der mich erschauern ließ. Die Fackel in meiner Hand zitterte. Ich sah zwei Sarkophage, beide zertrümmert. Die Reste der äußeren Sarghüllen lagen überall verstreut. Die Deckel der inneren Särge waren abgefetzt, und die Mumienhüllen zeigten alle Merkmale der Grabfledderei. Keine Edelsteine mehr, keine Schmuckstücke, keine Amulette. Und Menis Gesicht und Brust, schön und lebensecht bemalt von einem Künstler höchster Könnerschaft, waren entstellt. Drei vertikale Schnitte durchtrennten die Nase. Und eine plumpe Hand hatte versucht, die Umwicklungen der Brust zu durchschneiden.

Und doch schien der Schaden gering, verglichen mit dem, was der oder die Räuber am unteren Teil der Mumie angestellt. Man hatte die Umwicklungstücher gelöst, und wie eine endlose Schlange häuften sie sich auf dem Boden, teils wie breite Bänder, teils in zerfetzten Stücken. Man hätte meinen können, ein Tier habe Material gesammelt zum Bau eines Nests, einer Höhle. Selbst Hühnerknöchel fanden sich. Die Räuber hatten hier Mahlzeit gehalten. Und wenn mich meine Nase nicht trog, so hatten sie es nicht gewagt, hier in Gegenwart der Mumien ihren Darm zu entleeren. Woher also stammte jener stechende, verstörende Geruch? Die Erklärung war einfach: Einer der nicht länger umwickelten Füße befand sich im Zustand der Verwesung.

Der andere Sarkophag gehörte natürlich Menenhetet I., den Hathfertiti gerade rechtzeitig zurückgeschafft hatte, damit sich die Sache für die Grabräuber auch wirklich lohnte. Beide Särge waren in derselben Verfassung.

Doch der alte Meni kümmerte mich jetzt nicht, ich sorgte mich nur um den jungen, meinen Freund. Wie übel hatten die Räuber dem Toten mitgespielt! Selbst die Nahrung für seinen Ka hatten sie verschlungen. Wieder wuchs in mir Zorn. Sehr gut konnte ich Menis Aura erkennen, und ihre drei Lichtkreise waren von so fahlem Violett wie die Kämme hintereinander gestaffelter Hügel an einem dunstigen Abend, fast unsichtbar.

Mein Blick scheute davor zurück. Was ließ sich da nicht alles herauslesen? Bei Hathfertiti zum Beispiel besaß (wenn sie in Zorn geriet, fast sichtbar) die Aura deutlich unterscheidbare Zonen von Orange und Blutrot und Braun. Beim früheren Pharao hinwiederum, so hieß es, sei die Aura aus reinem Silber und aus Gold gewesen. Das fahle Violett um meines Freundes umwickelten

Körper zeugte indes von Erschöpfung: als trachteten seine irdischen Überreste ein wenig Frieden zu finden inmitten vielfältiger Schrecken. Und der erste dieser Schrecken mußte darin bestehen, daß noch ein zweiter Sarkophag zugegegen war. Verwirrt ließ ich meine Fackel sinken. Und sogleich erlosch sie. Dennoch lag die Grabkammer nicht im Dunkeln. Menis Aura mit ihrem fahlen Violett erleuchtete sie, und das Licht war so klar wie der Mondschein über der Nekropolis.

Mir schien, daß ich eine Art Wunder erlebte, denn während die Aura meines Freundes Meni völlig unverkennbar war, gab es rund um den Sarkophag von Menenhetet I. nicht einmal die Anzeichen einer Aura. Nun, er war schon vor langer Zeit verschieden, besaß also keine Aura mehr; dennoch sandte sein Körper eine bedrückkende Ausstrahlung in diese Kammer aus. Mir wurde bewußt, wieviel Kraft Meni II. aufwenden mußte, nur um der Gegenwart des anderen zu widerstehen.

Doch schien dieser Druck jetzt nachzulassen. Lag es an meiner Anwesenheit? Indes ich zunehmend ermüdete, gewann Menis Aura an Kraft. Ich trat an seinen Sarkophag, um seinen verwesenden Fuß zu betrachten.

Wie leichtsinnig, wie töricht von mir. Würmer wimmelten dort und fraßen sich satt. Wieviel war eigentlich noch übrig? Nein, keine Aura hier. Nur bei den Zehen ein schwaches Licht, das von den Würmern kam.

Doch während ich noch starrte, gewann die Aura wieder beunruhigend an Kraft. Und in ihrem Licht sah ich, wie eine Schlange in die Grabkammer kroch. Mit der erloschenen Fackel schlug ich zu. Traf den Leib des Reptils, einmal, zweimal. Der Körper wand sich in einem letzten Tanz. Und nach dem letzten, dem allerletzten Zucken begann meine Fackel, wieder zu flammen. Ich ging zurück zu Menis Sarg. Wollte, jetzt ohne Angst, die wimmelnden Würmer sehen.

Ich sah seinen zerfressenen Fuß, ein weißliches, wuselndes Gewirr. Und spürte plötzlich, an einem meiner Fußballen, ein ähnliches Kribbeln und Krabbeln. Wie weit ging Freundschaft eigentlich? Mußte ich, an mir, dem Lebenden, erleiden, was er, der Tote, Nicht-mehr-Lebende, an sich erlebte? Ekel erfüllte mich vor der Verwesung seines Leibes. Ich wollte meine Fackel in seinen zerfressenen Fuß tunken: das Gewürm dort versengen, das leidende

Fleisch heilen. Ja, ich wollte es tun. Und zuckte zurück, weil ich fürchtete, mich selbst zu versengen. Plötzlich spürte ich Hunger, eine schier wahnwitzige Gier. Ich preßte die Zähne aufeinander. Nein, ich wollte nicht nach Fraß lechzen wie ein Hund, der an einer Kanope schnüffelt, einem jener vier Gefäße, welche die Eingeweide eines Toten enthalten – vier gemäß der Zahl der Söhne des Horus: Hept, Tumatef, Amset und Qebhsenuf. Gewiß, begierig betrachtete ich die vier Gefäße in ihrer Gestaltung der Köpfe als Affe, Schakal, Mensch und Falke. Vier Gefäße, und jedem kam seine eigene, ganz spezielle Eigenschaft zu – als Behältnis der Leber oder des Magens oder der Lunge oder des Herzens. Zu meinem Entsetzen haftete eine Vorstellung in mir fest: Ein Mahl, aus diesen Bestandteilen bereitet, würde unsägliche Gaumenfreuden spenden; doch schien der Gedanke so grauenvoll, daß ich mich seiner entschlug. Andererseits blieb mir nichts übrig, als meinen Hunger zu stillen. Und schlichte Tatsache war: Ich konnte ja nicht einfach die Nekropolis verlassen, den Nil entlangwandern, um sodann eine Eßstätte aufzusuchen, wo mir irgendeine alte Hexe etwas Leckeres vorsetzen würde – nein, nicht um diese Tages-, respektive Nachtzeit. Wenn ich schon Nahrung finden wollte, dann hier – ein ebenso scheußlicher wie widerlicher Gedanke. Plötzlich lag ich auf den Knien, betete. Das Wunder bestand darin, daß ich mich erinnerte. Diese Würmer, die da in der Fußsohle wimmelten. Sie waren es, die das Gebet bedingten.

»Ist die Seele davongegangen«, sagte ich kaum hörbar, während meine Fackel flackerndes Licht warf, »so erblickt der Mensch Verfall. Sein Fleisch verfault, sein Gebein verfällt; und der Verschiedene wird einer allgemeinen Verwesung, die ihren Ausdruck findet in dem unabsehbaren Gewimmel der Würmer . . .

Ehre sei dir, o mein göttlicher Vater Osiris. Du bist nicht verwest, nicht zerfressen worden von Würmern. Du bist nicht verfault, nicht verschrumpft. Und so werden auch meine Glieder ewig sein. Ich werde nicht verfaulen, nicht verrotten, nicht verwesen. Ich werde nicht zum Freßacker von Gewürm werden. Ich werde mein eigenes Wesen besitzen, und meine Eingeweide werden nicht verderben. Kein Leid wird mir geschehen. Meine Augen werden nicht erblinden. Die Prägung meines Gesichts wird nicht verschwimmen, noch wird mein Ohr taub werden. Und mein Haupt wird nicht getrennt sein von meinem Hals. Meine Zunge wird bleiben, wo sie ist. Mein Haar wird nicht abgeschoren werden. Auch meine Augenbrauen werde ich behalten, und kein Übel soll mich heimsuchen. Mein Leib wird heil bleiben. Nichts auf dieser Erde wird ihm etwas anhaben können.« Mit geschlossenen Augen beendete ich diese Sätze; und erblickte in mir selbst die schwärzeste der schwärzesten Erden, welche ich je gesehen; so schwarz wie das Land von Kemt, unserem Ägypten; und in der Nachtschwärze hörte ich Worte widerschwingen; vernahm die Rufe jenes, der den Zehnten nimmt, dort an den Ufern des Nils; und wußte, daß diesen Worten eine weit größere Bedeutung zukam als raunenden Gebeten und räucherndem Weihrauch. Das hohle Echo dieser Geräusche schwang wider in der verschlossenen Dunkelheit meiner Augen, und nichts konnte meinen Hunger noch länger bezähmen. So hielt ich meine Hand hoch, spreizte die fünf Finger, als wollte ich sagen: »Mit dieser Gabel würde ich gerne essen«; und drehte mich herum – ob nun in den Kreis der Götter oder der Dämonen, wußte ich nicht.

Als prompte Antwort (wie um mich zu verwirren) tauchten aus dem falkengesichtigen Gefäß von Qebhsenuf, dem Gott des Westens, der Leber und der Gallenblase, fünf Skorpione auf und krochen über den Boden auf den Sarkophag von Menenhetet II. zu, um (ich ahnte es nur, wagte nicht zu schauen) die Würmer dort zu verschlingen.

Bemühten sie sich auch um das Fleisch von Meni II.? Ich weiß es nicht.

Ich weiß nur, daß mir die Fußsohlen brannten, als tummele sich dort ein ganzes Heer von Ameisen.

# DREI

Ich empfand es als Hohn, daß ich in meiner Verzweiflung hier an diesem schrecklichen Ort jetzt ausgerechnet an einen Abend in Memphis denken mußte – an einen Abend mit Speisen und Getränken in Hülle und Fülle, und der anregendsten Unterhaltung. Ich wußte nicht, ob inzwischen ein Tag vergangen war oder ein Jahr, jedenfalls war ich mit einem Priester zu Besuch in seiner Schwester Haus, und in jenem Monat – welch ein aufregender Monat für mich! – war ich der Liebhaber dieser Schwester gewesen. Der Priester – stimmte meine Erinnerung – war (wie bei guten Brüdern üblich) jahrelang ihr Geliebter gewesen. Wie wir uns unterhielten! Wir sprachen über alles, nur nicht darüber, wer von uns die Schwester lieben sollte.

Natürlich war sie durch unsere gemeinsame Gegenwart erregt – wie denn auch nicht? Als er den Raum verließ, flüsterte sie mir zu, ich möge warten, um sie und ihren Bruder zu beobachten. Ein Mädchen aus guter Familie! Im rechten Augenblick werde sie eine Position über ihm einnehmen, und dann könne ich sie besteigen. Ja, gewiß, sie werde uns beide in sich aufnehmen können. Was für ein einzigartiges Eheweib würde sie abgeben! Da ich sie bereits in ihren beiden Mündern (wenn man so wollte) gehabt hatte, war ich äußerst zufrieden über das, was sie mir nun vorbehielt – waren ihre Hinterbacken doch stramm wie die eines Panthers (eines rundlichen Panthers). Wenn es das Glück wollte, wehte einem aus jedem ihrer Häfen der Geruch des Meeres entgegen, doch konnte es auch Sumpfmoder sein. Sie mochten einem – ich schwöre es – den süßesten und dumpfesten Duft geben, wie er dem allerfeinsten Schlamm entstammt – der Geruch Ägyptens; oder auch das verschwebende Etwas einer jungen Pflanze. Kein Zweifel: Sie war ein Weib mit den entsprechenden Gaben, uns beiden zu genügen, und in jener Nacht tat ich, was sie mich geheißen. Ich hoffe, daß ich dem Priester bewies: Lebende finden ihr Gegenbild nicht weniger schnell als Tote (er jedenfalls wußte schon bald nicht mehr, wer weiblicher war, seine Schwester oder er selbst – allerdings war nur er am ganzen Körper rasiert –, was immerhin der Orientierung diente inmitten dieser Umarmungen.)

Doch solche Erinnerungen machten meinen Hunger nur ärger. Wie eine pochende Wunde wurde er mit jedem Atemzug quälender. Nicht körperliche Liebe interessierte mich jetzt, ich brauchte Essen, mit dem ich mir den Bauch vollschlagen konnte.

Wie ein tödliches Fieber wühlte sie in mir, diese Gier nach Nahrung. Mein Bauch glich einem grenzenlosen Loch, und vor meinem Blick tanzten verlockende Bilder. Ich dachte an den Uranfang, da der Gott Temu alles Sein mit einem einzigen Wort erschuf. Das Reich des Schweigens erwachte zum Leben durch die Laute, die aus dem Herz von Temu stiegen.

Und so stand ich hier in der Grabkammer und hob wieder einen Arm, die Finger zum unsichtbaren Himmel über dem Dach gestreckt, und sagte: »Laß Nahrung werden.«

Doch nichts geschah. Nur ein leises Winseln schien von den Wänden widerzuhallen. Vergebliches Mühen! In mir brannte das Fieber. Und ich sah, mit geschlossenen Augen, eine kleine Oase. War dies die Erlösung?

Ich öffnete die Augen. Meine Wanderung durch eine imaginäre Wüste in Richtung dieser Oase (wie wirklich war alles gewesen, stach mir der Sand doch noch in der Nase!) hatte mich in eine Ecke der Grabkammer geführt, und im Schein meiner Fackel sah ich, auf den halbzertrümmerten Sargwänden von Meni, wundersame Gemälde. Sie stellten Speisen dar. All jene üppigen Speisen, welche der Ka von Meni II. verlangen mochte, wenn er Hunger verspürte; ausreichend für einen Schmaus mit zumindest einem Dutzend Freunde. Da waren Tische mit Schüsseln und Schalen und sonstigen Gefäßen. Da hingen, an Haken, saftiges Fleisch und strotzende Schenkel. Welch ein Meisterwerk der Malkunst! Zahmes und wildes Getier erblickte mein Auge, Enten und Gänse, doch auch Wildschweine und ungezähmte Stiere, dazu Brot und anderes Gebäck; und Feigen und Wein und Bier; und grüne Zwiebeln und Granatäpfel und Trauben; und Melonen und die Frucht des Lotos.

Dies zu schauen, war eine Qual. Ich wagte nicht, in mir nach jenen magischen Worten zu suchen, welche ich dereinst gelernt: jene Worte, mit deren Hilfe ich wenigstens einen Teil der gemalten Nahrung in wirkliche Speise verwandeln konnte, mir zum Genuß. Denn diese Bilder waren Meni II. zugedacht, um gleichermaßen daraus zu schöpfen, falls Grabräuber ihm sämtliche Gaben an Nahrung stahlen.

Dennoch kam mir, wenn auch nur kurz, der Gedanke, mich an seinen gemalten Speisen gütlich zu tun. Doch ich schrak zurück. War er mir nicht ein guter Freund gewesen? War es wohl noch? Und indem ich so dachte, mäßigte sich meine Gier zu einem Hunger, der zu stillen war, der gestillt werden würde. Oh, ja! Plötzlich kaute ich, hatte Entenfleisch im Mund (köstlich zubereitet), so jedenfalls schmeckte es, und die Säfte des Fleisches liefen mir wundersam durch die Kehle in die leere Höhle meines Magens. Nein, nicht länger erfüllte mich Gier. Ich war sogar versucht, die Nahrung von meinen Lippen und in Augenschein zu nehmen, doch eitle Neugier war in einem solchen Augenblick nicht zu dulden. Im übrigen überwältigte mich die Großmut meines Freundes Meni. Seinen eigenen Bedürfnissen zum Trotz teilte er mit mir (dank seines Einflusses im Reich der Toten, nehme ich an).

Noch mehr Speisen wurden mir zuteil, zumindest fünffacher Art. (War dies womöglich eine Art Ausgleich für meinen Verzicht auf die Skorpione?) Ich schmeckte das Fleisch von Stier und von Gans, ich genoß Feigen und Brot. Erstaunlich, wie wenig es brauchte, um zu stillen, was doch ein gigantischer Hunger gewesen war. Mein Bauch schien gefüllt von Bier, das ich bewußt gar nicht geschluckt; doch spürte ich eine leichte Trunkenheit, ein sehr angenehmes Gefühl, und rülpste sogar. Sodann sprach ich jenes Gebet, welches die Bitte um Nahrung begleitete. »Gefäße von Bier und Gebäck und Brot der Herren der Ewigkeit darf ich empfangen, Fleisch von den Altären des Großen, Ich, dem Ka des Propheten Menu.« Und wußte eigentlich gar nicht, wovon ich sprach; denn vieles, mein eigenes Ich nicht ausgenommen, war nur verschwommen in meinem Bewußtsein vorhanden. Doch empfand ich jetzt eine angenehme Müdigkeit, der ich mich nur zu willig hingab. Doch wo zum

Schlaf sich betten? Wie ein Kind begann ich zu jammern, daß es hier keinen Platz gäbe, wo ich mich hinlegen könne. Und hielt inne und besann mich. Hatte Meni mir nicht die für seinen Ka bestimmte Nahrung geboten? Gewiß. Und so würde er es mir wohl kaum verübeln, wenn ich an seiner Seite schlief. Also steckte ich meine Fackel in einen der Halter an der Wand und legte mich im inneren Sarg neben die Mumienhülle, völlig unbesorgt (meine Glieder waren gleichsam schlafdurchtränkt) über die Skorpione, die – unmittelbar neben meinem Fuß – im Loch von Menis Fuß sich tummelten.

Flüchtig strichen Gedanken durch mein Hirn. Während ich noch einmal rülpste, wurde mir bewußt, daß das Fleisch, welches ich genossen, kaum aus den Küchen des Pharao gekommen sein konnte, schmeckte es doch nach Knoblauch, jener Allerweltswürze, wie sie in billigen Wirtshäusern regelmäßig Verwendung fand.

Dann dachte ich an Meni. An seine Güte und an seine Liebe für mich. Und wie eine Tränenflut überschwemmte Kummer mein Herz. Allmählich – und begleitet von meinem eigenen Seufzer – sank ich in Schlaf, indes er, in allerengster Freundschaftsbindung, mich aus dem Reich des Grabes empfing: bereit, mein Gefährte zu sein zu seinen Empfindungen in der Stunde nach seinem Tod. Und gemeinsam gingen wir hinaus, er ins Land der Toten, ich hingegen ins Land der Lebenden; und ich wußte, daß ich all das empfinden mußte, was er empfunden.

# VIER

In diesem Schlaf wanderte ich wohl durch den Schatten, der über das Herz fällt, wenn das Auge sich zum letztenmal schließt und die sieben Kräfte der Seele zurückkehren zum Himmel oder hinabsteigen in die Unterwelt.

Kalte Feuer brannten hinter meinen blicklosen Augen, während die sieben Kräfte sich anschickten zu scheiden. Natürlich stoben sie nicht wie in wilder Flucht davon, sondern entfernten sich mit gleichsam priesterlicher Würde, ausgenommen vielleicht die erste, die davonging: Ren. Dies, so erinnerte ich mich, war der Geheime Name, und er entschwand sofort, sternschnuppengleich. So mußte es auch sein. Denn das Verschwinden des Geheimen Namens zeigte als erstes an, daß der Tod eingetreten. Ren war nicht Eigentum des Menschen, nicht einmal der Götter: Der Name entstammte den Himmlischen Gewässern und wurde dem Menschen in der Stunde seiner Geburt zuteil. Eine Kraft, ein Licht, ja, und doch wohl das schwächste der sieben.

Ich glitt durch Dunkelheit. Der Name war entschwunden, und jetzt war Sekhem an der Reihe, jene Gabe der Sonne, die mitwirkte, unsere Glieder zu bewegen, und ich fühlte, wie es sich von mir löste. Ja, Ren war fort und nun auch Sekhem; und ich, ich war tot, und mein Atem strich durch eine Papyrusrinde, indes die Abendkühle auf mein Fleisch fiel. Ein Sonnenuntergang über dem Nil schien es zu sein, dessen ersterbenden Glanz ich erleben durfte. Wolken erstrahlten in karmesinrotem Licht, doch je mehr der Abend verglühte, desto stärker traten dunkle Wolken hervor, Künder von Stürmen noch vor Morgengrauen – mußte Sekhem doch die unerläßliche Frage stellen: »Manchen gelingt es, guten Gebrauch von mir zu machen. Kannst du das von dir behaupten?«

Das war die Frage, die Sekhem stellte, und Dunkelheit folgte. Die Düsternis des Todes, die Gewißheit des Dahinscheidens. Gewißheit? Nein, ich wußte doch, daß ich wach war. Und so wartete ich. Doch Sekhems Frage blieb. Ein Urteil würde gefällt werden. Zeit verging, maßlos, ungemessen. Dauerte es eine Stunde oder eine Woche, bis der Mond aufging in mir und mein Inneres gebadet wurde in seinem Licht? Ein Vogel mit leuchtenden Flügeln und strahlendem Haupt glitt vorbei an der vollen Scheibe des Mondes: der Vogel Khu mußte es sein, der süße Vogel der Nacht, ein Wesen voll göttlicher Klugheit, uns leihweise überlassen, genau wie Ren oder Sekhem. Ja, gleich dem Namen und der Kraft, so war dies das Licht, den Geist zu erleuchten, solange man lebte; doch nach dem Tode mußte es zurückkehren zum Himmel. Denn anders als Ba und Ka (jene nächstfolgenden Kräfte der Seele, welche nach dem Tod verderben konnten) blieben Khu und Sekhem und Ren ewiglich. Nun, vielleicht nicht ganz: nicht ohne Verwundung. Plötzlich erfüllte mich ein Gefühl der Zärtlichkeit, wie ich es für einen Menschen noch nie empfunden – für jenen Vogel Khu, von dem ich wußte, daß er ein Engel war und also unsterblich. Doch erkannte ich deutlich, daß er mit verletzter Schwinge zurückstrebte zum Himmel, Zeichen – gleichsam – seiner Anteilnahme an mir. Mich hatte im Leben ja so mancher Hieb getroffen. Doch nun stieg er höher und höher, hinter den Mond, und entschwand. Ich war wieder allein. Drei meiner sieben Lichter waren davongegangen. Der Name, die Kraft und der Engel. In der Düsternis meines Leibes wartete ich auf das Erscheinen des Ba, der sich jedoch nicht zeigte. Doch dann fiel mir ein, wie launisch ein Ba sein konnte (launischer wohl noch als eine Geliebte). Warum also auf Ba warten, vielleicht war Ba ja längst davon.

Nunmehr war die Reihe an Ka, meinem Gegenbild. Doch wie lange würde ich da wohl warten müssen. Schließlich sollte Ka nicht vor dem siebzigsten Tag der Einbalsamierung erscheinen. Voll Furcht dachte ich nun an das sechste der Lichter und Schatten. Khaibit würde es sein. Oh, entsetzlicher Schatten, war Khaibit doch *mein* Schatten, genaues Abbild meiner Vorzüge und Mängel. Ich begann zu zählen. Ren, Sekhem und Khu, der Ba und der Ka und der Khaibit. Der Name, die Kraft und der Engel, die Seele meines Herzens, mein Gegenbild und mein Schatten. Welche aber war die siebente Macht, fast hätte ich sie vergessen.

Sekhu – jener ärmliche Geist, der in meinen irdischen Resten bleiben würde, längst nachdem die anderen sechs entschwunden: ein schwächlicher Abglanz meiner einstigen Lebenskraft.

Nun, da ich den letzten der sieben Namen gedacht, entglitt ich in ein Reich, das ohne Licht war und ohne Laut. Wieder wartete ich. Ich wußte es nicht. Zeit verging, unmeßbar, maßlos.

# FÜNF

Ein Haken stach mir in die Nase, drang in mein Gehirn. Ja, da war Schmerz. Doch er traf mich nicht schlimmer, als es die Erde trifft, wenn ihr ein Strauch entrissen wird. Der – oder die – Haken drangen in Nase und Schädel, entfernten wie blindtastende Finger Klumpen von Gehirn. Sonne schien mein Gesicht zu wärmen, doch war es nur der Atem des ersten Einbalsamierers, voll Wein- und Feigendunst – wie deutlich ich das riechen konnte!
Hierin bestand wohl das Rätsel. Wie war all dies möglich? Wie konnte mein Hirn fortfahren zu denken, indes es doch, klümpchenweise, entfernt wurde? War es Ba, war es Ka, war es Khaibit, die mir jetzt beim Denken halfen? (Irgend etwas in mir zuckte, während eine besonders ätzende Mixtur von den Einbalsamierern in meinen Schädel eingeführt wurde, um zu beseitigen, was an Hirn noch vorhanden sein mochte.)
Wie lange wohl betätigten sie sich an mir? Wie lange ließen sie jene Mixtur in der Leere meines Schädels brennen? Von Zeit zu Zeit hoben sie meine Füße, drehten mich wohl auch um, setzten mich wieder ab. Einmal legten sie mich auf den Bauch, damit die Säfte spülen, die Säure meine Augen ausfressen konnte. Und als sie fort waren, meine Augen, hätte man zwei Blumen pflücken können. Nachts erkaltete mein Körper, mittags erhitzte er sich. Natürlich konnte ich nicht sehen, doch ich konnte riechen, und so lernte ich die Einbalsamierer kennen. Der Geruch des einen glich dem Geruch eines brünstigen Katers. Der andere »duftete« – nicht einmal unangenehm – nach Wein und Feigen. Auch nach Schlamm und Wasserlöchern roch er und nach üppiger Nahrung (Fleisch aß er für sein Leben gern). Sein Schweiß war stechend und dennoch nicht widerlich; und irgendwie schien aus alldem etwas Biederlich-

Treuherziges zu sprechen. Wenn sie sich nahten, verriet mir ihr Geruch recht genau die Tageszeit, und ich vermochte die Stunden zu zählen. (Die jeweilige Wärme hier an diesem Ort prägte diesen Geruch.) Offenbar befand ich mich jetzt in einem Zelt: Deutlich war das Flappen des Zelttuchs zu hören, auch zauste Wind mein Haar. Mein Hörsinn war zurückgekehrt, sonderbarerweise. Interessierte mich doch überhaupt nicht, was gesprochen wurde. Da waren Stimmen, gewiß, was aber gingen mich die Worte an? Sie waren leerer als der Wind, als das Rauschen der Brandung, als die Schreie der Tiere.

Einmal, glaube ich, kam Hathfertiti zu Besuch. Zumindest schaute sie »vorbei«. Deutlich nahm ich ihren Geruch wahr. Sie schluchzte auf, als sei ihr nunmehr endgültig klar, daß ihr Sohn davongegangen. Und entschwand umgehend.

In jenen ersten Tagen spürte ich mitunter, wie die Seite meines Leibes aufgeschlitzt wurde, mit einem scharfen Steinmesser offenbar: Ein Pflug schien Erdreich aufzubrechen, nein, ärger noch: Das Rad eines Streit- oder Triumphwagens zerschlitzte mich wie den Leib einer Schlange. Schwer zu beschreiben, dieses Gefühl. Denn wirklicher Schmerz war es nicht. Vielmehr schien mir mein Leib nichts anderes zu sein als ein Dickicht im Wald, bei dem nach und nach Baum nach Baum gefällt wird, entwurzelt und mit verwelkendem Laub.

Endlich schien ich gereinigt, buchstäblich balsamiert. Ein Bad aus Natron wurde mir zuteil, jenes Salzes also, das Fleisch gleichsam in Stein verwandelt; und dort blieb ich siebzig Tage lang, wobei Gewichte meinen Leib niederhielten. Schließlich glich er einer Hülle aus Holz, wenn nicht gar aus Gestein; und er mündete ein in das Gestein von zehntausend Jahren oder mehr. Er glich jenem Strandgut, das an allen Küsten an Land geschwemmt wird, im Rauschen der Brandung. Ich selbst war diesem Rauschen nicht unverwandt, erlauschte ich doch vielerlei Stimmen, und mein Leib entfernte sich mehr und mehr von dort.

Dann erreichte ein Raunen mein Ohr, die Geschichte von Isis und Osiris, aus dem Rauschen des Wassers, das sacht gegen die Felsküste schlug: Klagelaut, der an mein Ohr drang inmitten der Stille, welche den Nil und unsere Stadt überflutete, ganz wie bei meiner ersten Begegnung mit dem Land der Toten. Wie ein Fels, von Nebel umbrodelt, von der Sonne erhitzt und umdunstet vom

Wasser ringsum, wurde mir ein Wunder zuteil: Ich betrat das Reich der Tumben, wo jeder Stein und jedes Lüftchen die Legende von Osiris erzählte, aber- und abermals: Auf der langen Reise inmitten eines Meers aus Wasser und Gestein vereinigten sich alle unterschiedlichen Stimmen zu jener der toten Götter, denen wir alle unseren Ursprung verdanken.

Meni (und mein Atem war ihm so nah, daß er seinen Schlaf wohl störte) schien mich und seine Mumie eins werden zu lassen. Was hatten die Einbalsamierer nicht alles vor sich hin gemurmelt! »O süßriechende Seele des großen Gottes«, hatten sie in ihrem Singsang geraunt. »Nie hast du solch lieblichen Duft wahrgenommen, so daß dein Antlitz verwelken oder gar verderben wird«, – Wörter, die ich nicht vernahm, jedoch zuvor gehört hatte. Ich verstand, ich begriff, erinnerte mich. All dies war Teil dessen, was ich erlebt. Erlebt?

Im Lande der Toten befand ich mich, und man rieb mir die Waden und Schenkel mit Öl ein, teils mit heiligem Öl. Meine Zehen wurden umwickelt mit Linnen, wo jedes Stück bemalt war mit den Bildern von Schakalen. Tücher anderer Art umwanden meine Hände, und auf ihnen fanden sich Abbilder von Isis und Hep und Ra und Amset. Köstliche Wässer spülten über mich hinweg. Ich erhielt alle möglichen Amulette, in Türkis und in Gold, in Silber und in Lapislazuli, in Kristall und in Karneol. Über einen goldbemalten Finger wurde ein Ring gestreift, dessen Siegel gefüllt war mit je einem Tropfen der sechsunddreißig Substanzen des Einbalsamierers. Sodann kamen Blüten der *Ankham*-Pflanze sowie Leinentücher, teils breit, teils schmal, doch schier endlos lang, mein hohles Innere zu füllen. Ich vernahm gemurmelte Gebete; und auch den sachten Atem der Künstler, die mein Grabbehältnis bemalten; und ich hörte ihr Summen und Singen in dem heißen Zelt unter der wandernden Sonne. Dann kam der Tag, da mein Sarg polternd über die Pflastersteine geschleift wurde, zu jener Grabkammer, die mir zur letzten Bleibe bestimmt war; und in blickloser Dunkelheit erschienen Visionen, begleiteten mich doch Isis und Nephthys und sangen, und war doch Thoth nicht fern noch Anubis; auch vernahm ich das leise Schluchzen der Frauen, sanft wie ferner Möwenschrei, und ich hörte den Singsang des Priesters: »Der Gott, Horus, naht mit seinem Ka.« Die Sarghülle polterte über die Stufen der Gruft. Nun vergingen Stunden bei

einer Zeremonie (waren es Stunden?), von der ich wenig gewahrte. Gefäße voll Nahrung wurden abgesetzt, Flüssigkeiten
ergossen sich über den Boden; doch drang der Widerhall in mich
ein wie das Tosen eines unterirdischen Flusses. Und dann stürzte
ein Felsblock auf meinen Kopf, Kettenrasseln folgte, doch war dies
nur das Schaben irgendeines Geräts auf meinem Gesicht. Nun
spürte ich, wie eine gewaltige Kraft mir die Kiefer öffnete und viele
Worte in meinen Mund fluteten. Ich sah die Augen von Isis, und
ich hörte das Rauschen der Wässer meiner Empfängnis, auch das
Schluchzen eines brechenden Herzens – meines eigenen? Ich
wußte es nicht. Luftströme trafen auf mich wie ein neues Leben –
und es kam und ging sogleich wieder der vergessene erste Augenblick des Todes. Nun war mein Ka geboren, wiedergeboren also
ich selbst. Dauerte es einen Tag, ein Jahr? Dauerte es viele Jahre?
Ich war wieder ich selbst, auferstanden und getrennt von Meni
und seinem armen Leib dort im Sarg.

Trauer überwältigte mich. Feuer brannte in meinen Augen, Trost-
losigkeit. Denn nun wußte ich, weshalb Meni mir der teuerste
Freund gewesen; begriff auch, warum sein Tod mir soviel Qual
bereitete. O ja. Die trübe Erinnerung an sein Leben war nichts
anderes als das trübe Erinnern an mein eigenes. Jetzt erkannte ich,
wer ich war (um nichts besser als ein Geist, von der Gier nach
Nahrung besessen). Ich war nur der erbärmliche Ka von Menenhetet II. Und wenn die erste Kraft der Toten darin bestand, daß sie
den Namen des Herrn ihrem eigenen Namen hinzufügen konnten, so war ich der Ka des armen, hilflosen Osiris Menenhetet II.
Ja, gewiß, der Ka, der nunmehr in diesem geschändeten Grab
hausen mußte. Oh, wo befand ich mich, nun, da ich wußte, wo ich
mich befand?

Das Land der Toten öffnete sich mir mit der Erkenntnis, daß ich
nur noch ein Siebtel war jener Seele, die einst meine eigene
lebende gewesen.

Was denn blieb mir zu sein als das Gegenbild des toten Meni –
jener sterblichen, faulenden Reste seiner Leiche und meiner selbst.

# SECHS

Nun begriff ich auch, weshalb in mir kaum ein Erinnern war. Als Gegenbild von Menenhetet II. konnte ich nur seine Züge bewahren. Ein Spiegel besitzt kein Gedächtnis.

Und dennoch war ich auch ich selbst. Befand mich in dem Körper, der doch wohl mein eigener war. Oder nicht?

Ich, der Ka meines allerbesten Freundes Meni – wie begierig war ich doch, den Ba zu schauen. Konnte der Ba nicht mein Gefährte werden? Ich dachte – erdachte – ihn mir sogar als eine Art Weib. Weshalb wohl auch nicht? Die Leiber vieler Männer verhielten sich in der Liebe weiblich – und umgekehrt. Hatte ich je Hathfertiti beigeschlafen? Wie sollte ich das wissen? Doch empfand ich keinerlei Beschämung, in dieser Weise an meine Mutter zu denken – konnte ein Spiegel denn überhaupt eine Mutter haben?

Während ich hier stand, in dem – in seinem, in meinem – geschändeten Grab, erfüllte mich Zorn, Zorn gegen Hathfertiti. Ich hätte sie töten können, jetzt, in diesem Augenblick. Schon bald mußte ich fort von hier. Mußte (falls ich es wagte) den Weg durch die westliche Wüste nehmen, gen Duat hin, zum Reich der Toten (existierte es wirklich, wie die Priester behaupteten: voller Ungeheuer und brodelnder Seen?). Was wohl sollte ich den Göttern antworten, wenn ich mich meiner Taten nicht entsann und sie also auch nicht rechtfertigen konnte? Zum erstenmal überkam mich wahrhaft Todesfurcht – ich begriff, daß ich endlich war. Im Lande der Toten zu sterben – zu verderben mit seinem Ka, hieß verbleichen für immer. Der zweite Tod war der endgültige. Oh, wie wenig war ich gesichert! Wie ungerecht erschien alles! Was denn – wenn überhaupt – hatte Hathfertiti für mein Grab getan?

In meinem Zorn konnte ich kaum atmen. Er war einfach zuviel für die empfindliche Lunge des Ka. Hieß es nicht ohnehin, daß der Ka kurzatmig sei? Eben dies war ja der Grund dafür, daß man auf eine Wand der Grabkammer ein Segel malte. Damit der Ka angeregt werde, kräftiger durchzuatmen.

Doch hier, an diesen Wänden, gab es dergleichen nicht. Und so versuchte ich, mir ein Segel zu erdenken. In der Tat gelang es mir, die Härchen in meiner Nase zum Vibrieren zu bringen. Wie konnte ich also tot sein? Doch während ich einatmete, ganz tief, überkam mich zum zweitenmal die Todesfurcht, und sie hatte die Kraft meines Zorns. Hathfertitis Nachlässigkeit würde mich teuer zu stehen kommen. Wo war das gemalte Bild, welches mich in der Nähe von Wasser zeigte? Was würde ich trinken? Und, einem schlimmen Vorzeichen gleich, spürte ich ein Brennen in der Kehle.

Auch waren die vier Türen der Winde nicht auf die Seiten meines Sargs gemalt. Wie also hätte ich mühelos atmen können bei solcher Mißachtung des Nord-, des Süd-, des Ost- und des Westwindes? Selbst beim armseligsten Sarg geizte man nicht mit Bildnissen der Windespforten. Absonderliche Mutter! Gewißlich hatte sie verabsäumt, das Behältnis mit meiner Nabelschnur zu präparieren. So blieb mir denn ein weiterer Weg durch das Land der Toten versperrt.

Und noch ein Versäumnis. Als ich die Papyrusrollen betrachtete, Beigaben in meinem Sarg, entdeckte ich, daß die Texte vieler Gebete fehlten, welche ich auf meinen Reisen laut zu sprechen hatte. Zu meiner Überraschung erinnerte ich mich ihrer jedoch in großer Zahl. Da war: das Kapitel-des-nicht-zum-zweitenmal-Sterbens; das Kapitel-des-Sichverwandelns-in-jede-beliebige-Gestalt; das Kapitel-vom-Nichteinschließenlassen-einer-Menschenseele; das Kapitel-vom-Nahesein-zu-Thoth; das Kapitel-von-den-Opfergaben-für-den-Ka; das Kapitel-vom-Segeln-im-Boot-des-Ra; das Kapitel-vom-Nichtschändenlassen-des-eigenen-Grabes. Mein Zorn – der Zorn auf Hathfertiti – wuchs ins Unermeßliche.

Wie um nach einem Zeichen zu suchen, kniete ich nieder. Und unter den verknäulten Tüchern fand ich einen toten Käfer: ja, einen sogenannten Mistkäfer. Er, der Skarabäus, wälzte eine Kugel, einen Mistklumpen, einher, der seine Eier barg und nährte. Und hatten uns nicht die Priester erzählt, daß Khepera, jener Gott von der Gestalt eines Riesenkäfers, tagtäglich das Boot des Ra über den Himmel schob, wobei ihm seine sechs Beine gleichsam als Ruder dienten?

Dies waren Erklärungen, wie sie schlichten Gemütern genügen mochten, einem Kind etwa oder einem Bauern.

Ich brauchte dergleichen nicht. Wenn ein großer Gott sich zur Verwandlung in einen kleinen Käfer entschloß, so gewiß nur, um uns zu lehren, wie trügerisch Dimensionen waren. Die überirdische Macht der Götter verbarg sich oft am absonderlichsten Ort. Dies schien das allererste der großen Geheimnisse zu sein. Wie hätten wir sonst auch überhaupt nach ihnen suchen können?

Und so aß ich die Flügel des toten Käfers, aß sie langsam, denn in meinem Schlund würgte es. Sorgfältig kaute ich den Kopf, der zwar klein war, doch sehr trocken und sauer schmeckte. Gesteh ich's nur: Ich stellte mir vor, daß es Hathfertitis Kopf war, in den ich biß. Und ich sprach: »Großer Khepera der Himmel, laß Gerechtigkeit walten. Gib mir die lebende Hathfertiti.«

Durch die geschlossenen Augenlider spürte ich Licht, und unter meinen Füßen fühlte ich ein Beben. Doch als ich den Kopf hob, erblickte ich nicht Hathfertiti, sondern den Ka des alten Menenhetet I. Und ich kann nicht sagen, daß mir gefiel, wie mein Urgroßvater mich anschaute.

# SIEBEN

Gekleidet war er wie ein Hoherpriester, und war er nicht auch einer? Schon sein geschorener Schädel schien es zu beweisen, auch ging von ihm eine Ausstrahlung aus, als werde sein Leib allmorgendlich erneut geweiht. Und doch wirkte er nicht wie ein Hoherpriester. Uralt war er und überdies dreckig, allzu dreckig. In sein ursprünglich weißes Leinengewand hatte sich der Schmutz vieler Jahre gefressen. Aschfarben war die Haut, dunkler noch als die Gewänder, doch überkrustet vom selben Schmutz, und die Zehen seiner unbedeckten Füße glichen Krallen aus Stein. Grünlich, wie verrottet, schimmerte der Schmuck an seinen Armen, nahezu schwarz waren die Schmuckspangen an seinen Füßen. Doch seine Augen, sie glänzten. Dabei wirkten die Pupillen so ausdruckslos wie die eines gemalten Fischs oder einer gemalten Schlange. Das Weiße hingegen war wie das Licht des Mondes. Und nur dies verriet mir (im Schein meiner Fackel), daß es sich nicht um eine Statue handelte, verharrte er doch reglos auf einem Stuhl neben seinem Sarg; und für hundert-, wenn nicht tausend- jährig hätte man ihn halten können, wäre da nicht der feurige Glanz der Augen gewesen.

Doch wieder beschlich mich ein Gefühl der Bedrückung. Wie grauenvoll alt war er doch! Wer wohl hätte die Formung seines Gesichts beschreiben können? Die Nase schien im Fleisch der Wangen zu verschwimmen, zu verschrumpfen, und seine Haut war ein erstarrtes Gebilde aus Falten. Er wirkte so nicht-existent, daß es ratsam schien, mich seiner zu entledigen wie eines lästigen Insekts. Und so näherte ich mich der Kanope, jener des Tuamtef, und hob den Deckel. Doch war das Gefäß leer. Weder Herz noch Lunge fand sich. Ich öffnete den Krug von Amset. Gleichfalls leer.

»Ich habe sie verspeist«, sagte Menenhetet I.

War die Luft in seiner Kehle nicht von der Sonne erwärmt worden seit dem Tag seines Todes? Und dennoch hallte es wie kalter Schall.

»Warum«, wollte ich fragen, »warum, Urgroßvater, hast du deine eigenen Eingeweide gegessen?« Doch die Frage in ihrer Ungeheuerlichkeit wurde mir entrissen, bevor ich sie äußern konnte. Mir war solche Erfahrung fremd, und es schien, daß eine rauhe Hand tief in meine Kehle griff, um jedes weitere Wort zu ersticken.

Dennoch war mein Verstand klar wie nie zuvor. Als Toter begriff ich, daß ich all jenen Schrecken standhalten mußte, welche ich als Lebender gemieden. Und war – von all diesen Schrecken – mein Vorfahr Menenhetet nicht der erste? Wie oft hatten wir, im Familienkreis, doch von ihm als von einem Mann unnennbarer Kraft und dunkler Gewohnheiten gesprochen.

Nun, da ich ihn anstarrte, begann er zu sprechen. »Was?« fragte er, »sind deine Gefühle?«

»Meine Gefühle?«

»Nun, da wir zusammen sind.«

»Ich hoffe«, sprach ich, »daß wir anfangen werden, einander zu kennen.«

»Endlich.«

Meine Lunge war gefüllt von der gleichen stechenden Luft wie im Grab von Cheops, doch empfand ich auch eine eigentümliche Heiterkeit, ja Gewißheit. Hier, so schien es, traf ich auf meinen Feind. Auf den Feind meines Lebens, nun, da ich tot war? Doch mochte ich vom Tod nicht sprechen. Ich fühlte mich lebendiger denn je zuvor.

Nunmehr erhob er sich, Menenhetet I., und er wirkte weder besonders groß noch besonders klein.

»All jene Geschichten«, hob er an, »haben meinen Namen beschmutzt.« Und die selbstgerechte Art, in der er dies äußerte, ließ mich denn doch an seiner moralischen Reinheit zweifeln. Mochte er auch der Führer zu meiner endgültigen Vernichtung sein, ich glaubte noch immer an einen höheren Sinn. O ja, wie ein Held war ich mir vorgekommen – und wußte doch von meinem eigenen Heldentum nichts. Dennoch schien mir, daß der Zweck meines Daseins (wenn ich ihn denn je ergründen konnte) edler Natur sein mußte.

Ganz so sicher war ich meiner Sache allerdings nicht.

»Findest du mich«, fragte er, »stattlich oder häßlich?«

»Bist du nicht«, fragte ich zurück, »zu alt, um der einen oder der anderen Kategorie anzugehören?«

»Das ist die einzig mögliche Antwort.« Er lachte. Schien meiner, mit wedelndem Finger, zu spotten. »Nun, du bist tot«, sprach er, »und gewiß in Gefahr, zum zweitenmal zu erlöschen. Dann wirst du für immer vergangen sein. Adieu, junger Freund, dein Gesicht war schöner als dein Herz.« Und aus seiner Kehle quoll ein Kichern, das Kichern eines Greises, unsäglich geil. »Ist es dir recht, wenn ich dein Führer in Khert-Neter bin?« fragte er.

»Bleibt mir eine Wahl?«

»Die Nabelschnur ist schon bereitet. Das Bild des im Wasser stehenden Meni einem der geachtetsten Künstler als Auftrag zuerteilt. Auch wird er den Atem des Abends malen, welcher in die zarte Lunge meines Sohnes dringt.« Seine Stimme klang jetzt so selbstgerecht wie die Stimme von Hathfertiti, wenn sie den Klang ihrer eigenen Rede genoß. »Natürlich hatte ich so viel zu tun, daß ich kaum zu einer Tätigkeit kam. Das Grab soll ja verwahrlost und furchtbar geschändet und vollgeschissen sein. Armer Meni. Wie halten er und der alte Guano es nur miteinander aus?«

Ich lachte. Eine solche »Scheißerei« war mir noch nie untergekommen. Mochte ich auch die Götter gehöhnt und mit Priestern Unzucht getrieben haben – hiermit ließ sich all dies nicht vergleichen. Allmählich begriff ich die Umstände meines jetzigen Seins: Ich war tot und dennoch lebendiger als je zuvor – ein berauschendes Gefühl in einer Nacht, in der man für alles bereit ist.

»Erzähl mir von Khert-Neter«, sagte ich mit fröhlicher Stimme, als bäte ich um einen weiteren Trunk.

Der Alte mit dem faltigen Gesicht einer Schildkröte bewies jetzt die priesterliche Neigung zur Zeremonie. »Stärke meinen Atem«, sprach er mit hohler Stimme.

Doch eben diese Worte schienen ihn zu verwandeln. Auf einmal glich der Schmutz auf seinem Körper silbrigem Staub, auch streckte er den rechten Arm gen Himmel. Doch blieb sein Blick in ernster Betrachtung auf der Erde haften. Aber sogleich zwinkerte er mir zu. Ich empfand eine Art Schock. Ihm hingegen schien es Vergnügen zu bereiten, meine Gedanken in alle Richtungen zerstieben zu lassen.

»Wir müssen uns«, sagte er, »auf einen schnellen Wandel bei dir vorbereiten. Schließlich hast du vergessen, was du weißt. Das ist bei einem Ka das Übliche. Selbst unsere geheiligtsten Sitten bewahren sich nicht in seinem Gedächtnis.«

Er ließ mir keine Zeit, zur Besinnung zu kommen. Wieder sprach er im zeremoniellen Tonfall. »O Gott Osiris«, begann er und formte mit Daumen und Zeigefinger jeder Hand zwei Kreise, die Augen glichen. »Ich bin gesegelt durch das erste und das zweite schrekkensvolle Loch des Eingangs zum Ersten Katarakt des Nils. Über Flüsse aus Feuer gelangte ich und durch kochende Geiser. Ich betrat die dunkle Nacht des Landes der Toten und durchmaß die sieben Hallen und Häuser von Sekhet-Aaru. Ich lernte die Namen der Götter an den Pforten zu jeder Halle. Vernimm die Schwierigkeiten dieses schönen jungen Mannes, dessen Ka mich begleiten würde. Wie kann er die Geduld erlangen, sich die Namen der drei Götter an den Pforten der Hallen zu merken, da seine Gedächtniskraft schwankt? Erkenne die Schwierigkeit. Der Türwächter an der Vierten Halle heißt Khesefherashtkheru, und der Herold, der jene prüft, die in der Nacht sterben, hört auf den Namen Neteqaherkhesefatu. Doch sind dies nur zwei der zweiundzwanzig Namen, die der Ka dieses Jünglings wissen muß, wenn er durch die Tore von Sekhet-Aaru gelangen will.« Mein Urgroßvater hielt inne, als denke er über diese Namen nach. »Ja«, fuhr er mit tönender Stimme fort, »ich habe Schlangen gesehen, deren Feueratem so hell war, daß bei ihrem Schein Lotsenfische das Schiff des Ra lenken können. Ich, der ich Osiris Menenhetet I. bin, habe deine Prüfungen, o Gott Osiris, bestanden, und so erhöre denn mein Gebet und erspare diesem jungen Mann solche Feuer, ist er doch jener prächtige Osiris Menenhetet II., von dem ich in deiner Gegenwart sprach, mein Urenkel, Sohn meiner Enkelin, der Dame Hathfertiti, die im Leben meine Gefährtin war und auch in den Jahren meines Todes meine Geliebte blieb, mögen die Skorpione, die mir dienen, weiterreisen durch das vierte Gebiet von Duat . . .«

Ich war verwirrt. So ergeben er sein Gebet auch sprach, es klang ganz anders als die Gebete, wie ich sie kannte. Und was mich verstörte, war das, was er über meine Mutter gesagt hatte.

»Ich könnte dir mehr erzählen«, fuhr er fort. »Ich kann Gebete sprechen, um Schlangen zurückzuschrecken und das Krokodil zu durchbohren. Ich kann dir die Schwingen eines Falken geben, damit du hinweg fliegst über deine Feinde. Kann dich darin unterweisen, das Bier im Leib des Gottes Ptah zu trinken. Vermag, dir zu zeigen die Pforten des Feldes des Schilfs und werde dich lehren, wie du dem Fischernetz entkommst. Ja, all dies will ich tun, wenn ich dein Führer bin.«

Ich fühlte mich müde. Diese uralte und hohle Stimme beschwor so viele Namen, und mochte ich dieser auch spotten, so erschöpfte mich doch die Begegnung mit diesem Gastgeber in so kurzer Zeit. Meine Kraft im Land der Toten schien von so kurzer Dauer wie der Stolpergang eines kleinen Kindes, und am liebsten hätte ich mich vor ihm niedergeworfen.

Doch er stieß mich ab. Wenn ich diese Nacht überstand, so war ich in allen königlichen Gärten des Nils ein gerngesehener Gast, wenn ich meine Zuhörer mit *dieser* Geschichte unterhielt. Wie lächerlich wirkte er doch, wie absurd, dieser verstaubte alte Mann, verlorene Erscheinung, und dennoch erfüllt von Selbstgewißheit. Dabei ließ sich das Närrische in seinem Auftreten kaum übertreffen: Jedesmal, wenn er den Namen eines Gottes nannte, entfuhr seinen Hinterbacken ein Wind, eine ganze Kakophonie von Geräuschen, *puup, papp, popp,* dröhnende Fürze, und offensichtlich genoß er diese »delikate« Art der Obszönität. Jeden Gott, jedes Ungeheuer, jedes Untier, dessen Namen er beschwor, grüßte er mit einem kurzen, aristokratischen Schlenkern seines Handgelenks, als sei er mit jedem einzelnen geradezu fleischlich vereint gewesen, so daß es nur natürlich schien, wenn er aus seiner uralten Hinterpforte donnernde Salute hören ließ. In der Grabkammer stank es; stank nach all dem herumliegenden Plunder, stank nach den Schwefelgerüchen seines Atems und nach den Winden seines Darms.

»Weißt du irgend etwas Wahres über mein Leben?« fragte er.

Ich erwiderte: »Du hast Gefangene gefoltert, zu den gemeinsten Göttern gebetet und von Dingen gegessen, die verboten waren.«

»Ich habe zu Göttern gebetet, deren Macht so schrecklich war, daß man ihre Taten fürchtete. Habe auch viele verbotene Dinge gegessen. So findet man die Geheimnisse des Universums. Meinst du etwa, ich bin beim Gott Osiris Aufseher geworden, indem ich zu wenig wagte?«

»Ich glaube nicht so recht«, sagte ich, »daß du bei Osiris Aufseher bist. Denn ich spüre nichts von überlegenen Kenntnissen.« Doch die Bemerkung war zu kühn. Ich erschrak.

Er lächelte, als habe er jetzt endgültig die Oberhand gewonnen. »Was weißt *du* denn?« fragte er. »Du kennst die Geschichte von Osiris ja nicht. Du hast versucht, sie im Wispern der Steine zu hören. Aber du erinnerst dich ja nicht einmal an das, was dir die Priester erzählt haben.«

Ich nickte bedrückt. So war es.

Auch er nickte, spöttisch. Wie sehr er mich doch anwiderte, dieser Uralte mit seiner Selbstsicherheit. Und so wiederholte ich denn meinen Zweifel: »Ich kann nicht glauben, daß du ein Abgesandter von Osiris bist. Dein Gestank würde die Nase eines Gottes beleidigen.«

Menenhetet I. lächelte traurig. »Es liegt in meiner Macht, jeden Geruch zu erzeugen, den du wünschst.« Und im nächten Augenblick roch er so rein wie Parfüm und so süß wie Gras. Ich beugte mein Haupt. Jetzt begriff ich, daß er in der Tat mein Führer werden konnte. Ein Gefühl des Glücks keimte in mir. War Menenhetet I. wirklich sein Aufseher, so mochte Osiris, der schönste aller Götter, Interesse an mir nehmen. Was für ein verlockender Gedanke!

Und so bat ich meinen Urgroßvater, mir die Geschichte von Osiris und den anderen Göttern zu erzählen, die seit dem Uranfang unseres Landes lebten. Nun, da ich tot war, brauchte ich ihre Gunst. Es konnte nichts schaden, mehr über sie zu erfahren.

Ich trat zu ihm und setzte mich neben ihn. Er lächelte kurz. Dann zog er aus seinem langen, staubigen Gewand eine Reihe von Skorpionen hervor, hielt sie mit geübter, sachter Hand. Und setzte sich einen an jedes Augenlid, auch an jedes Nasenloch und jedes Ohr je einen, und der letzte Skorpion fand auf seiner Unterlippe Platz: sieben Skorpione für die sieben Öffnungen des Hauptes.

»Am Anfang«, sagte er, »bevor es unsere Erde hier gab und auch noch nicht unsere Götter, war da ein Fluß oder ein Land der Toten. Doch ein Himmel war nicht zu sehen; es ist wahr, daß Amon, der Verborgene, noch in seinem unsichtbaren Glanz verharrte.« Hier hob Menenhetet die Hand, als wolle er mich an die elegante Geste des Hohenpriesters erinnern, wie ich sie als Kind im Tempel gesehen.

»Ja, von Amon kommt unser Anfang. Er löste sich aus dem Verborgenen, um zu erscheinen als Temu, und er machte den ersten Laut. Das war der Ruf nach Licht.« In seiner Stimme schwang die Feierlichkeit der Priester, wie ich sie aus meiner Kindheit kannte, und meine Glieder waren ohne Kraft. »Der Ruf von Temu«, sagte Menenhetet, »zitterte über den Leib seines Weibes, das war Nu, und sie wurde zu unseren Himmlischen Wassern. Temu sprach mit so mächtiger Stimme, daß sich in Nu die erste Woge bewegte, und diese Himmlischen Wasser brachten hervor das Licht. So ward dann Ra geboren aus der ersten Woge. Aus der großen Stille der Himmlischen Wasser ward geboren die feurige Woge von Ra, und er erhob sich hinauf zum Himmel und wurde die Sonne. Und Temu glitt zurück in den Leib seines Weibes und war wieder Amon.« Menenhetet atmete leise. »Dies ist der Anfang einer sehr langen Geschichte«, sagte er.

Gern hätte ich ihm meine Achtung verhohlen, doch empfand ich die gleiche Schwäche wie früher, wenn im Tempel die Priester vom ersten Laut und vom ersten Licht sprachen. »Ich werde dir zuhören«, sagte ich.

Doch kaum hatte ich diese Worte gesprochen, da nahm er die Skorpione, einen nach dem anderen, und steckte sie in sein Gewand zurück. Plötzlich klang seine Stimme völlig verändert – als sei soviel Feierlichkeit nur für kurze Zeit zu ertragen. Und als er nun von den Göttern sprach, mischten sich unversehens ganz andere Töne hinein. Was er sagte, war voll, ja, voll Abscheu. So als handle es sich bei den Göttern um seine Geschwister – alle Angehörige einer großen Familie von schlechtem Ruf. Doch daß die Geschichte über Osiris so obszön werden würde, hätte ich nicht erwartet. Auch auf die Länge war ich nicht vorbereitet. Wie gut – viel zu gut – ich sie alle kennenlernen würde.

# II

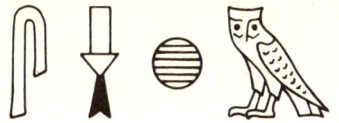

## DAS BUCH DER GÖTTER

# EINS

Er räusperte sich wie ein Greis, der zuviel getrunken hat und all den Schleim und Auswurf aus der Kehle lösen will. Ja, er hustete, doch voller Entzücken. »Ob noble Götterdame oder schleimige alte Sau – die, die Ra gerade vor sich hatte, war ihm recht. Schenkel, die sich ihm öffneten. Allerdings hatte er ein Problem. Er brauchte ein Weib, kühl genug, um die Feuer der Sonne zu ertragen. Daher entschied er sich für die Göttin des Himmels.« Menenhetet schien an seinem Gelächter fast zu ersticken. »Ra konnte sich in zweiundvierzig verschiedene Tiere verwandeln, männliche natürlich – in Ra, den Widder; Ra, den Bullen; Ra, das Nilpferd; Ra, das Krokodil; und in den Löwen und den Affen und den Wolf. Also glaubte er nicht, daß ihn irgendeine Göttin zurückweisen würde. Eben dies tat jedoch Nut. Sobald sie wußte, daß Ra es verabscheute, im Leib einer Kuh Liebe zu machen, schlüpfte sie in ein solches Tier. Genau so ist es stets in der Ehe.« Er kicherte vor sich hin. »Mochte Nut auch die Himmelsgöttin sein und so frisch wie der Morgentau, sie liebte es, sich in eine Kuh zu verwandeln. Ra wollte sie strafen, doch Nut erreichte den Schlamm, um sich dort mit Geb zu suhlen. Nie ist die Rache für eine Frau süßer, als wenn ihr Fleisch voll Gestank ist. Und glaube mir, der Gestank stieg Ra sofort in die Nase. Sein Zorn war fürchterlich. In den nächsten fünf Nächten entstanden in ihrem Schoß fünf Kinder. Ra und Geb waren so beständig auf ihr, daß die Erde dampfte und Nebel Nut bedeckte.«

Menenhetet verstummte und ließ einen langen Seufzer hören. Plötzlich war seine Heiterkeit dahin. Auf seinem Gesicht erschien ein Ausdruck von Traurigkeit, zumindest von tiefem Ernst. Offenbar fand er, was er nun berichten wollte, nicht mehr belustigend (vielleicht auch ließ er ganz einfach die Maske der Heiterkeit fallen). Fromm konnte man seine Haltung auch jetzt kaum nennen, doch spottete er der Götter weniger. »Ob nun«, fuhr er fort, »diese fünf gezeugt wurden von Ra (als dessen Kinder man sie sofort bezeichnete) oder von Geb, wird nie jemand wissen. Doch wer nun auch der Vater sein mochte, als erstes gebar Nut Osiris, und bei seiner Geburt erklang eine Stimme, die über die schwarzen Lande von Ägypten rief: ›Der Herr naht dem Licht!‹ In der zweiten Stunde kam Horus zur Welt, und in der dritten brach aus seiner Mutter Seite Seth, wodurch im Himmel eine Öffnung entstand, durch die der Blitz zucken konnte. Als nächste erschien Isis, inmitten von glänzendem Tau; und Nephthys, die Letztgeborene, erhielt den geheimen Namen Sieg, denn sie war die Schönste. Sie sollte ihren Bruder Seth heiraten, so wie sich Isis und Osiris vermählten – von ihnen hieß es, sie seien einander schon im Mutterleib in Liebe zugetan gewesen. Wie kann man hier unterscheiden wollen zwischen Geschwistern und Halbgeschwistern?«

Seine Stimme klang jetzt so ernst und so nachdenklich, ja, demütig fast und so nah meinem Ohr, daß ich nicht mehr wußte, wie mir sein Wissen zuteil ward. Auch wenn ich die Augen schloß und seinen Worten nicht lauschte, setzte sich die Geschichte fort, als sei es meine eigene – was sie natürlich nicht war. Mein Urgroßvater sprach von dem Fluch, mit dem Ra diese fünf Kinder belegte, und plötzlich vernahm ich die Stimme von Ra, und es war die Stimme des Gottes.

»Ich schaue auf meine Kinder, und ich weiß nicht, sind sie schön und sind es meine Kinder – oder ist es kriechendes Gewürm aus den Höhlen im Sumpf von Geb. Schaden leide ich, was ich auch tu; denn wie soll ich wissen, ob mein Fluch über sie ungerecht ist oder nicht stark genug?«

Der Fluch hing über den Ehen zwischen Isis und Osiris und zwischen Seth und Nephthys.

Und doch: Welch ein Unterschied zwischen diesen beiden Ehen. Isis liebte Osiris und fand ihn anziehender als sich selbst. Nephthys hingegen fühlte sich unglücklich: Seth war zu ungestüm. Bei jeder Umarmung versengte sein Leib ihren Bauch. Unter dem Feuer seiner Leidenschaft spürte sie die Glut der Wüste. »Wie kann mein Name Sieg lauten«, fragte Nephthys, »wenn mein Schoß brennt, sobald er in mich eindringt?« Osiris hingegen war so kühl wie der Schatten der Oase, und voll Zartheit die Berührung seiner Finger. Es kam eine Nacht, in der Nephthys ihren Gatten mit Osiris betrog.

Nun besaß Seth eine Pflanze – Melilotos –, die in jeder Nacht bei seiner Rückkehr blühte; diesmal jedoch war sie schlaff.

»Erhebe dein Gesicht«, sprach Seth, »und heiße mich willkommen.« Doch die Pflanze starb. Nun wußte Seth, daß Nephthys bei Osiris war, und als sie zurückkehrte, verriet ihm ihr Gesicht, daß die Nacht mit seinem Bruder für sie schöner gewesen war als irgendeine Stunde mit ihm. Als Nephthys ihm sagte, daß sie empfangen habe, klang aus ihrer Stimme eine Freude, wie er sie noch nie gehört. Haß wuchs in Seth, Zorn über diese Schande. Nacht für Nacht paarte er sich mit Nephthys, und der Gedanke an Osiris ließ seine Hüften wilder galoppieren denn je. Durch seine Wildheit versuchte er, das in ihrem Schoß Gezeugte zu vernichten, und seine Raserei war so ungeheuer, daß Nephthys zu verabscheuen begann, was sie in sich trug. In der Stunde der Geburt weinte sie und konnte ihr Kind nicht anschauen. Empfangen in Schönheit, war ein Wesen entstanden, so mißgestaltet wie ihr verwüsteter Schoß. Das Gesicht dieser Kreatur wirkte ebenso wild wie häßlich, und der Körper strömte einen niedrigen Geruch aus. Anubis, der Gott mit dem Kopf eines Schakals, war geboren worden. Nephthys trug diesen Anubis zur Wüste und setzte ihn dort aus. Doch ihre Schwester Isis wollte nicht, daß er starb. Mochte Anubis auch der Beweis dafür sein, daß ihr Gatte sie betrogen hatte, so durfte er dennoch nicht sterben.

Ich vernahm Menenhetets Stimme. Laut sprach sie: »Auch was bei einem Ehebruch gezeugt wurde, darf nicht gegen seinen eigenen Willen getötet werden.«

»Und warum nicht?« fragte ich.

»Weil die schlimmsten Dämonen gezeugt werden, wenn Menschen im Zorn sterben.«

Was er da sagte, gefiel mir nicht. Um mein Unbehagen zu verbergen, sagte ich: »Es heißt aber, du habest jeden Sklaven getötet, der nicht arbeiten wollte.«

»Das war in den Goldminen, und ich habe sie nicht getötet. Sie starben an den Strapazen. Überdies habe ich nie gesagt, ich sei grundsätzlich gegen die Zeugung von Dämonen«, erwiderte Menenhetet I. und schien zu schaudern. Seine Stimme klang wie das Murmeln ferner Gewässer. Und ich vernahm, wie Isis das Kind schon bald gefunden hatte: mit Hilfe von Hunden, die an dem Leinen gerochen, welches befleckt war von den Spuren der Geburt. Menenhetet I. schnüffelte an seinen Fingern, und der säuerliche Geruch geronnenen Bluts drang in meine Nase. Er lächelte nur über diesen flüchtigen Beweis seiner magischen Kräfte.

»Isis«, sagte er, »machte ihn zu ihrem Wächter. Jetzt ist er der Schakal, der die Waage des Urteils hält. Vor ihm müssen die Toten erscheinen. Hattest du auch das vergessen?« Als ich keine Antwort gab, nickte er. »In die eine Schale legt man das Herz des Toten, in die andere die Feder der Wahrheit, und wehe dem Verstorbenen, wenn die Schalen nicht im Gleichgewicht bleiben. Anubis hat da ein scharfes Auge. Schließlich wog am Tag seiner Geburt sein Leben so leicht wie eine Feder. Auch du wirst wohl noch vor Anubis treten müssen.« Menenhetet lächelte, doch als er mein Gesicht sah, schien ihm bewußt zu werden, daß ich jetzt mehr an die Götter dachte als an mich selbst, und er nahm seine Erzählung wieder auf. »Seth war rasend vor Zorn«, sagte er. »Der Bastard seines Weibes lebte noch. Seth konnte den Gedanken nicht ertragen. Er schwor, furchtbare Rache zu üben an Osiris, wie viele Jahre er darauf auch warten müsse, und es waren derer viele. Osiris, der erste und größte König von Ägypten, hatte uns so vieles gelehrt: den Anbau der Feldfrüchte und die Weidewirtschaft, auch die Gewinnung von Bier und gutem Wein. Und dann reiste er vom Sattgrünen in die Länder der Unwissenheit, um auch sie wissend zu machen, doch das brachte wenig ein, ihm und den anderen. Denn überall war die Verehrung für ihn allzu groß. Und als er zurückkehrte nach Ägypten, bestand sein Wissen hauptsächlich aus der Eitelkeit über seine eigene Schönheit.

Seth lud ihn nun zu einem großen Fest ein, womit er der Eitelkeit des Osiris schmeichelte. Und er erzählte ihm von einem wunderbaren Schrein, einem Sarkophag, den er habe bauen lassen aus kostbaren Hölzern vom Oberlauf des Nils. Dieser Sarkophag sei so geformt, daß nur der Körper eines einzigen Gottes hineinpasse – jenes, den Temu als den wertvollsten von allen erkoren.

›Nun, Bruder‹, sprach Osiris, ›ich kenne keinen Handwerker, der imstande wäre, eine solch göttliche Lade zu machen.‹

›Sie wurde‹, entgegnete Seth, ›von einem Wesir gebaut, der inzwischen gestorben ist.‹

›Man möge die Lade holen‹, sagte Osiris und gebot, daß sich von den zweiundsiebzig Göttern am Hofe von Seth einer nach dem anderen hineinlege. Doch keiner paßte in die Umrisse, auch Seth nicht. Nun war Osiris an der Reihe.

Aus der Erinnerung war Seth mit dem Körper seines Bruders vertraut, mit jedem Muskel – als Kinder hatten sie Seite an Seite geschlafen . . .«, Menenhetet lächelte mich vielsagend an, ». . . und aus der Erinnerung hatte Seth eine Wachsfigur geformt. Die Lade war dann für die Maße dieser Figur gebaut worden, bis hin zur Nische für den Phallus und selbst für den Kinn-Phallus, Osiris' Bart. Alles paßte genau. ›Du bist so schön‹, sagte Seth, als Osiris sich in den Schrein legte. Dann klappte er den Deckel zu. Sieben seiner Krieger versiegelten den Sarkophag mit geschmolzenem Metall.

Nun trugen sie die Lade zum Nil und ließen sie zu Wasser. Sie trieb davon, an einem Nachmittag, da die Sonne im Zeichen des Skorpions stand. Denn diese Dinge geschahen am siebzehnten Tag des Monats von Hathor, als Osiris in seinem zweiundachtzigsten Jahre war. Und Osiris entschwand.

Sobald Isis die Kunde vernahm, stieß sie einen Schrei aus, wie bald schon alle Menschen, wenn sie ihr eigenes Leid beklagen, und sie begann, im Schwemmland des Deltas und in allen Sümpfen nach dem Sarg zu suchen.«

Was immer der Grund dafür sein mochte: Ich flüchtete mich in eine Art Schlummer, aus dem ich erst wieder erwachte, als Menenhetet davon sprach, wie der Sarg, nachdem er den Nil hinuntergetrieben, über das offene Meer nach Byblos gelangte, zu den fernen Gestaden von Syrien. Ich hörte das Brausen der Brandung, welche die Lade hoch hinaufhob ins Geäst einer Zwergkiefer, oben auf dem Felsen am Strand. Doch der verkrüppelte Baum, von allen Winden gezaust, begann zu wachsen, kaum daß Osiris vom Meer gekommen war, und der Stamm schmiegte sich um den Sarkophag und erhob sich zu stolzer Höhe, bis er schließlich das Interesse des Königs von Byblos erregte, der den Baum fällen ließ, um ihn als Hauptsäule seines neuen Palastes zu verwenden.

Zu diesem Gestade wanderte Isis, geleitet von ihren sieben Skorpionen, dem Geschenk ihrer Tochter Serqet, der Göttin der Skorpione. An diesem Punkt begannen meine Gedanken abzuschweifen, und die Gestalt des Menenhetet schien mehr und mehr zu verbleichen. War Serqet nicht die Frucht einer Liebesaffäre zwischen Isis und Ra gewesen?

Ich versuchte, wieder auf Menenhetets Stimme zu lauschen, und hatte das Gefühl, daß ich sie gar nicht mehr brauchte, wenn ich mich nur – mit wenig Mühe – mit seinen Gedanken treiben ließ . . . oder mit meinen eigenen. Jedenfalls brauchte ich keine Stimme, um mich der Isis nahe zu fühlen; und ich sah, wie sie am Hofe von Byblos eintraf, wie sie empfangen wurde von der Königin. Wie süß sie roch, süßer als jede Blume im Garten; und wie außerordentlich war ihre Schönheit!

Dieser Königin, Astarte, ging Schönheit über alles, und sie mochte nur solche um sich haben, die so schön waren wie sie selbst. Also hieß sie Isis herzlich willkommen, und beide waren einander bald so zärtlich verbunden, daß Isis die Königin anflehte, sie möge den König bitten, die Säule niederzulegen, damit der Sarg ihres Gatten daraus befreit werden könne. Das war eine Bitte, die wahrhaft unglaublich schien. Der größte Raum in ganz Byblos würde zerstört werden. Dennoch willigte Melkarth, der König, ein. Seit er den Baum hatte fällen lassen, um ihn beim Bau seines Palastes zu verwenden, schien ihm dort Unheil in der Luft zu liegen.

Als man den Sarg aus dem Baum befreite und ihn öffnete, fand man Osiris in einem grauenvollen Zustand. Würmer bedeckten sein Gesicht. War dies die Folge von Isis' Liebesaffäre mit Ra? Wieder stieß sie einen Schrei aus, der hinweghallte über das Gestade, und ihre Klage klang so laut, daß Melkarths jüngstes Kind vor Schrecken starb. Blut quoll aus seinen Ohren.

Melkarth, der König, beklagte den Tod dieses Kindes allerdings kaum, glaubte er doch nicht, diesen seinen jüngsten Sohn selbst gezeugt zu haben. Und so nahm er Isis' Geschenk der Trauer huldvoll entgegen – ein stattliches Stück des mächtigen Baumes. Und bald schon erfuhr er dessen Wert. Als der prachtvolle Baum gefällt worden war, hatte ihn, den König, plötzlich Impotenz befallen. Jetzt spürte er, wie das Verlangen nach seinem Weib wiederkehrte, und er führte die Königin in seine Gemächer, und versuchte mit ihr glücklich zu sein; doch wollte es ihm nicht gelingen. So kurze Zeit nach dem Tod seines jüngsten Sohnes erschien es frevelhaft, sich dem Genuß hinzugeben. Vielleicht würde es das Leben eines weiteren Sohnes kosten. Aber dann machte er sich klar, daß er keinem seiner Söhne traute, und nun gab er sich mit größerem Gewinn der Lust hin. Auch war er, der König Melkarth, nunmehr bereit, der Isis die ältesten seiner Söhne als Schiffsmannschaft zur Verfügung zu stellen.

Kaum hatte das Schiff abgelegt, so begannen auch schon die Rituale an der Leiche im Sarg. Sieben Skorpione löste Isis vom Saum ihres Kleides, und sie wies sie an, die Würmer auf dem Gesicht und dem Leib des Osiris zu vertilgen. Die Skorpione arbeiteten so schnell wie der Wind in den Segeln, und gegen Abend waren sie so rund wie Taubeneier. Nun zerquetschte Isis diese trägen Körper, um eine Salbe zu bereiten – wodurch aller Schutz vernichtet wurde, den solche Skorpione bieten konnten. Noch während sie die Skorpione tötete, war ihr bewußt, daß diese an ihre Brüder eine Botschaft aussenden würden: »Hütet euch vor Isis!« – doch sie war entschlossen, Osiris seine frühere Schönheit wiederzugeben. Das notwendige Öl dafür konnte nur aus den zerquetschten Körpern dieser Skorpione gewonnen werden, die sich mit Würmern vollgefressen hatten. Sie rieb sich die Essenz auf Schenkel und Bauch, wobei sie ihren Rock hob. Ihr Anblick erregte den armen Prinzen von Byblos so sehr, daß sich sein Samen auf das Deck ergoß. Auch diesen rieb sie in ihre Haut ein (weil der Prinz seiner schönen Mutter ähnelte), und dann wusch sie Osiris gleichsam in dieser Mixtur, indem sie ihren Leib auf den Leib ihres toten Gatten legte. Auf diese Weise gelang es ihr, seine sieben zerstreuten Lichter so zu erregen, daß er zurückkehrte aus all den Sümpfen, Häfen, Bergen und Meeren seines Todes ins Heim seines Leibes. In dieser Stunde, wieder jung und schön, auf dem Rücken liegend, ergoß er seinen Samen in Isis, und es war das erstemal, daß eine Göttin wagte, auf einem Gott zu sitzen. Den Prinzen von Byblos, der ihrer Paarung heimlich zusah, traf aus Isis' Augen ein Blick von solcher Gewalt, daß er auf der Stelle starb und ins Meer stürzte; und auch Horus, der Bruder von Osiris, fand in diesem Augenblick den Tod (er fiel von einem Roß und brach sich den Rücken), so daß das Kind, im selben Moment von Isis und Osiris gezeugt, auch ein Horus ward, doch nach seiner Geburt zeigte sich eine Schwäche in seinen Beinen. Da Götter nur selten sterben, war Horus, der Neugeborene, eine Wiedergeburt von Horus, dem Bruder, und ganz gewiß wuchs das Kind schnell heran und war schon mit vierzehn Jahren ein erwachsener Mann. Doch das sollten schwere Jahre werden. Isis wußte, daß Ra und Seth auf sie warteten.

Sobald sie wieder in Ägypten war, suchte Isis daher nach einem Ort, wo sie die Lade mit ihrem Gatten verbergen konnte. Doch war ein solcher Platz nicht leicht zu finden. Denn der Sarg mußte an einer Stelle ruhen, wo die Strahlen des Ra direkt auf ihn fallen konnten. Die Sonne konnte Flüche nur dann aussenden, wenn sich die anderen Götter davor zu verbergen suchten. Wurde Osiris' Sarg nicht in die Erde gesenkt, so war er geschützt vor dem Zorn von Ra. So wählte Isis denn einen flachen See in den Sümpfen des Deltas, und sie beschwerte den Sarg mit Steinen, damit er nicht davontreiben konnte von den Papyrusstauden ringsum. Und dort lag Osiris nun, im offenen Sarkophag, um die Strahlen des Ra wie einen Segen zu empfangen.

Trotzdem fühlte Isis sich alles andere denn sicher. Da Ra, wenn er hinter einer Wolke verschwand, seine Feinde mit einem Fluch belegen konnte, hatte sie keine andere Wahl gehabt, als Frieden mit den Skorpionen zu schließen, einen Frieden, der teuer erkauft war. Sie gelobte, für alle Zeiten für ihre Sicherheit zu sorgen. Dies schien ebenso klug wie notwendig. Die Skorpione gehörten zu jenen seltenen Wesen, welche die Strahlen der Sonne scheuen. Kaum verbarg sich die Sonne, so eilten sie aus ihren Verstecken herbei und wachten am Sarg von Osiris. So war er denn stets gut behütet, entweder durch den Segen der Sonnenstrahlen selbst oder aber, im Düster, durch die wachsamen Skorpione. Und nachts, in jener dunkelsten Stunde, da Ra durch die Unterwelt wanderte und die Skorpione schliefen, konnte Seth, wie Isis glaubte, den Osiris dort im Sumpf nicht finden. Auch regierte ja, in dieser Stunde der tiefsten Dunkelheit, Anubis, der Isis treu ergeben (treu, soweit seine Natur das zuließ – denn im Wesen eines Schakals wie eines Bastards liegt Verrat). Ja, in der Finsternis war auf seine Treue Verlaß, doch gegen Morgengrauen änderte sich das mehr und mehr. Dies war wohl die eigentliche Stunde des Schakals, in der er umherzustreifen begann.

Schon seit Monaten hielt Seth tagsüber Rast und ritt in der Nacht, jedoch vergeblich, bis er Ra überredete, die Mondgöttin zu bitten, eine ganze Nacht hindurch bis zum frühen Morgen am Himmel zu reisen.

So gewann Seth also mehr Mondlicht, als er sonst hatte. Dennoch blieb die schwierige Aufgabe, den Ort zu finden, wo sein Bruder verborgen war. Und so versuchte er, sich an alles genau zu erinnern. Wieder litt er die Schmach des Gehörnten, indem er an Nephthys mit Osiris dachte; doch war es von hier nur ein Schritt, Osiris in den Armen von Isis zu sehen; und nun konnte er eindringen in die Gedanken von Isis.

In dieser Nacht, kaum daß die Sonne untergegangen war, bot Seth seinen Atem dem Abendhimmel und den dunklen Erhebungen der Erde (die ja sein Vater und seine Mutter waren!) und richtete seine Gedanken in die Ferne, bis sie Isis in der Stadt Buto erreichten. Reglos wie ein Jäger wartete Seth, bis sich der Mond über dem Sumpf erhob. Und nun, mit seinen Gedanken in den Gedanken von Isis, erstand vor seinen Augen ein Bild des Ortes, an dem Osiris verborgen war. Seth gab seinem Roß die Sporen und jagte am Sumpf entlang, um jene Stelle zu finden; hin und her ritt er, wieder und wieder, wie in Fieberschweiß gebadet und mit Schlamm bedeckt, bis er schließlich im letzten Mondlicht, in der Stunde des Schakals, den offenen, unbewachten Sarg fand.

Seth hob sein Schwert und zerstückelte den Leichnam seines Bruders. Er hieb das Herz heraus; und das Rückgrat und den Hals, den Kopf und die Beine und die Arme, den Magen, die Eingeweide, die Brust, die Leber, selbst die Gallenblase, die Hinterbakken. Und die Geschlechtsteile? Gewiß hätte Seth auch diese herausgehackt, doch als er nun zählte, sah er, daß er bereits vierzehn Stücke hatte – zweimal die Zahl Sieben und somit zwiefaches Unglück für seine Feinde. Doch sein Zorn, seinen Bruder nicht noch weiter verstümmeln zu können, war so groß und sein Blut kochte so sehr, daß er sein Schwert hob und sich damit einen Daumen abhackte. Diesen schob er Osiris in den Mund. Nun lud er den Sarg und den zerstückelten Leichnam auf sein Pferd und ritt zurück zum Lager. Seine Leute schickte er zu Isis, um ihr den Sarg in Flammen zu übergeben. Er selbst brach auf zu einer Fahrt auf dem Nil. In seinem Boot saßen die kräftigsten Ruderer des Reiches, und Isis würde ihn niemals einholen können: Er wollte die Teile von Osiris an den verschiedensten Orten verstreuen. Zunächst ruderte er hinunter zum Delta, in die Verzweigungen, und er ließ die unteren Glieder des Leichnams bei Bubastis und Busiris (deshalb ähnelt die Hieroglyphe für den Buchstaben B einem Bein). Einen Arm ließ er in Baloman, den anderen in Buto, wo Isis lebte, deren Lieblingsdienerin er Gewalt antat. Weitere Stücke warf er in den Sumpf. Isis war in dieser Stunde hilflos.

Andere Teile von Osiris ließ Seth in Athribis und Heliopolis; und den Kopf in Memphis. Ein Stück des Leichnams verscharrte er in Fayum. Und weiter ging es den Nil hinauf, nach Mer und Siut, Abydos und Dendera; und schließlich, mit dem letzten Stück, in Richtung Yeb. Dreißig und noch einmal dreißig Tage würde die Reise dauern, doch hielten seine Leute ebenso lange Rast, um zu feiern.

Währenddessen lag Isis schlaff auf ihrem Bett, unfähig, sich zu erheben. In ihren Brüsten war keine Milch. In ihrem Leid wirkte sie fast wie ein menschliches Wesen. Seth hatte ihren Zauber bezwungen, und vielleicht waren ihre innersten Kräfte übergegangen auf ihn. Sie jedenfalls war ohne Kraft. Und in ihrer Trauer vergoß sie Tränen; und gebar somit den Regen – ein letztes Geschenk der süßen Kräfte aus dem Leichnam des Osiris, dessen Stücke nun so weit verstreut waren, vom Nildelta bis hinauf zu den Wassern des ersten Katarakts.

Was immer es war: das bei uns in Ägypten ungewohnte Geräusch prasselnden Regens oder eine Art Nebel – ich konnte die Götter nicht länger schauen. Vielleicht war ich ihnen oder ihrer Geschichte allzu nah gewesen. Und voll Erstaunen betrachtete ich Menenhetet, als er sich jetzt vorbeugte und mich aus bleichen, doch blitzenden Augen ansah. »Wir kommen jetzt«, sagte er, »zum Wirken von Maat. Ohne sie könnte alles verloren sein.«

# ZWEI

»Ja«, sagte er, »Maat besitzt so ein feines Empfinden für Gleichgewicht, daß sie sich als Gesicht eine Feder erkor.«
»Maat? Ach ja, sie ist eine Tochter von Ra.«
Wieder erscholl sein sonderbares Lachen. Es war ein häßliches, hämisches Lachen, wie aus dem Mund eines niedrigen Bettlers oder Lumpen. Doch schien er nicht zu spüren, wie sehr dies seine Würde beeinträchtigte. Man hätte meinen können, es sei das Gekicher böser Geister.
»Gewiß«, sagte er. »Und Maat ist vielleicht das unauffälligste Geschöpf, das von Ra gezeugt wurde. Was eigentlich geschah, weiß niemand genau. Empfangen wurde sie von einem stillen, kleinen Vogel, der in der Sonnenwärme badete und sich hieran berauschte. Ein Luftstrom trug diesen Vogel hinauf, höher und höher, wie im Traum bis in die Arme des Ra, wo dieses Wesen sogleich verdarb – was für eine Paarung! Das Kind schwebte zu uns herab als Feder, Verkörperung des Gleichgewichts zwischen Gefühl und Pflicht.« Wieder lachte er sein häßliches Lachen. »Die Mutter, in der Hitze geröstet, wurde von Ra mit Haut und Haaren verschlungen.« Er zuckte die Schultern. »Und jetzt bedient sich Anubis eben dieser Feder, um bei einem Verstorbenen dessen Herz gegen seine Taten zu wägen.« Abermals das Schulterzucken. »Von all seinen Kindern ist Maat das einzige, das Ra nicht fürchtet. Schließlich besitzt sie keinen wirklichen Leib. Auch kennt sie kaum ein Begehren. Außerdem ist sie mit Thoth vermählt – was vieles, doch nicht alles erklärt. Ja, Maat ist ohne Furcht. Unter allen Gottheiten war sie die einzige, die den Mut hatte, Ra vorzuwerfen, er begünstige Seth. Dies allein genügte, um den Urin von Thoth gefrieren zu lassen! Doch Maat kümmerte das nicht. Voll Ernst

sprach sie zu ihrem Vater: ›Es ist gefahrvoll, einen Sieger schützen zu wollen vor den Flüchen jener, die er besiegte. Das, mein Vater, macht ihn nur blind gegenüber den Gefahren, welche das Glück begleiten. Ein solcher Gott dünkt sich überlegen, doch gerät die Welt aus dem Gleichgewicht, und die Flüsse trocknen aus.‹

›Sprich mir nicht von Gleichgewicht‹, entgegnete Ra. ›Bei Tage fahre ich in einem goldenen Schiff, doch bei Nacht muß ich in der Dunkelheit durch die Duat reisen und mit der Schlange kämpfen. Ich bin der einzige, der solches vermag. Sollte ich je verlieren, so wird die Welt nie wieder mein Licht sehen, und die Luft wird stinken.‹«

Wieder ließ Menenhetet sein Gelächter hören. »Hier verstummte selbst Maat. Denn sie zögerte, ihrem Vater zu sagen, wie gering die Gefahren seien, die von der Schlange ausgingen.«

Wieder – wie schon zuvor – glaubte ich, mit eigenen Augen zu sehen, wie sich alles abspielte. Ra kämpfte nicht mehr allein. Viele Gottheiten standen ihm zur Seite, um mit der Schlange fertig-zuwerden. Er brauchte nur sein Schwert zu heben und Aapep in Stücke zu hauen. Eine gewaltige Anstrengung war dies gewiß. Und so keuchte er denn auch. Hierin bestand für ihn, den Ra, die eigentliche Gefahr: in einer möglichen Überanstrengung. Er war in die Jahre gekommen. Und als er zu Maat von seinen Kämpfen sprach, dachte er wohl eher an die Schlachten seiner Jugend.

Ja, Maat schwieg. Doch war sie entschlossen, ihrem Vater eine Lehre zu erteilen. Und so begann sie, das Verhalten seiner Lotsen-fische zu studieren. Denn diese beiden, Abtu und Ant mit Namen, waren seine Augen, wenn es galt, die Duat mit all ihren Gefahren zu durchschiffen. Am Tage ruhten die beiden Fische sich von den Mühen der Nacht aus, und um sich ungestört an den Ufern des Nils zu sonnen, verwandelten sie sich gern in Tauenden – in ganz kurze, so daß kein Fischer in die Versuchung kommen konnte, sie irgendwie zu nutzen. Maat in ihrer natürlichen Gestalt – eine Feder im Wind – schwebte hinweg über die Ufer, bis sie Abtu und Ant erspähte.

Nun verharrte sie in der Luft, und es gelang ihr, einen Schatten über die beiden Taustücke zu werfen. Abtu und Ant, ohne das Licht des Ra, waren völlig verwirrt. Um wieder zu Sinnen zu kommen, glitten sie ins Wasser; doch noch immer schwebte der Schatten einer Schlange über ihnen – sie erkannten nicht, daß es eine wirbelnde Feder war, die diesen Schatten warf. Sie flüchteten vor dem Schatten der Schlange, bis sie zu dem Ort gelangten, zu dem Maat sie hatte leiten wollen: zu der Stelle, wo die Hüften des Osiris auf einer entwurzelten Palme ruhten. Nun jedoch sprang Abtu, der wildere von beiden, auf den Phallus von Osiris, biß ihn ab, verschluckte ihn und tanzte dann wie besessen durchs Wasser. Seine Haut leuchtete; er schien aus purem Licht zu bestehen. Welch Schrecken! Wo sich verbergen? In Panik flüchteten beide Fische zum Ufer zurück, um sich wieder in Taustücke zu verwandeln; doch Abtu war nun weißer als das Licht des Mondes, und Ant mußte ihn mit Schlamm bedecken, bis es Zeit wurde, wieder einmal davonzuschwimmen in die Duat. Doch in der Dunkelheit leuchtete er heller als eine Fackel. Kein Zweifel: Mit seinem Licht mußte er Ra verraten. Voll Zorn hob ihn der Gott aus dem Wasser und verschlang ihn. Ant diente weiter als Lotse, doch da er nur die eine Seite des Schiffs bewachen konnte, ließ es sich nicht verhindern, daß es auf der anderen gegen Felsen stieß, wieder und wieder; und Ra, den Phallus von Osiris im Bauch, wurde bald krank.

Nun wechselte das Gleichgewicht. Da der Phallus unverdaulich war, betrug die Zahl des zerstückelten Leichnams insgesamt fünfzehn Teile. Ra, der sich unwohl fühlte, ließ es zu, daß der Himmel sich bewölkte. Und nun rührte Isis sich auf ihrem Bett und lauschte dem Schrei der Möwen. Ihre gellenden Rufe klangen durch graue und dunstige Tage. Andere Vögel kamen, um zu berichten, das edle Roß, auf welchem Seth durch die Sümpfe gejagt, habe vor einem herabgestürzten Baum gescheut und sich einen Lauf gebrochen. Die Glückssträhne des Seth sei gerissen.

Nun erinnerte sich Isis an die Stunde, da sie mit Osiris den Horus gezeugt. Während der Prinz von Byblos ins Meer gestürzt war, hatte sie vom Ka des Osiris eine Botschaft erhalten: Sie müsse sich mit dem geheimen Namen des Ra bewaffnen. Und nun hielt sie ihre Hand ans Ohr und begann, auf das Getuschel der kleineren Götter zu lauschen, wie es aus den Höhlen des Himmels zu ihr drang.

Was sie vernahm, war dies: Alt sei Ra geworden, und sein Gebein habe sich von Gold zu Silber verwandelt, indes seine Glieder immer steifer wurden. Wenn er sprach, entquoll seinem Mund Speichel. Unablässig fielen seine sieben Ausscheidungen auf die

Erde nieder, und die Wege waren bedeckt mit seinem Ohrenschmalz und seinem Schweiß, seinem Urin, seinem Kot, seinem Rotz, seinem Samen und seinem Speichel.

Isis überlegte, wie sich diese Ausscheidungen verwenden ließen. Die Ausflüsse des Sonnengotts, konnte es einen größeren Reichtum geben? Doch wie sollte sie wissen, welche Ungeheuer in der Nacht voller Schwefel freikommen mochten? Aus solch göttlichen Ausscheidungen konnte die Kraft der Schlange hervortauchen, und schon diese Macht war zuviel. Isis brauchte den Geheimen Namen nicht mehr. Wie konnte sie annehmen, diesen Namen aus seinen Absonderungen zu erfahren?

Und so mied sie als erstes seinen Schweiß. Dieser mochte die Ehre seines Namens bergen, doch enthielt er auch den Geruch eines jeden Tieres, in das er sich je verwandelt, wenn er sich paarte. Und *deren* Geheime Namen waren darin. Eine Überfülle, eine einzige Verwirrung.

Auch seinen Samen suchte sie nicht. Darin mochten die Geheimen Namen künftiger Söhne und Töchter sein, doch nicht sein eigener. Auch das Ohrenschmalz und den Rotz überging sie. Ra hörte selten auf das, was andere sagten (sein Ohrenschmalz war gleichsam Teil seiner Beschränktheit), während sein Nasenschleim kaum der Ort war, wo sich der Name verbergen ließ, konnte doch jeder Windhauch ihn verraten. So blieben nur noch Urin und Speichel: die Wahl zwischen dem Wasser seines Körpers und der Flüssigkeit seines Mundes. Beide waren mit dem Namen eng verbunden. Der Urin des Ra war wie ein großer Fluß (der so manches Geheimnis vom Lande davonträgt). Doch solche Wasser, genau wie die Erde, kamen zurück zu Nu. Sie hatte aus ihren Himmlischen Wassern Ra geboren, und gewiß würde sie zürnen, wenn Isis einen Geheimen Namen auf diese Weise zu erfahren suchte. So wählte Isis denn den Speichel. Dieser war ja der Geist der Sprache des Ra. Und in der Sprache, in der Rede mußte sich der Geheime Name finden. Sie entdeckte einen feuchten Flecken im Staub: dort, wo der alte Gott gewandelt war – er hatte, sabbernd, etwas Speichel verloren. Diesen feuchten Staub knetete sie zu Lehm und fügte Pulver hinzu (es war der trockene Samen des Seth, den sie vom Gewand jener Dienerin gesammelt, die Seth vergewaltigt hatte). Tat man die Ausscheidungen seiner Feinde zum Gift, so vervielfachte sich dessen Kraft. Aus dem Lehm mit dem

Speichel von Ra und dem Samen von Seth formte Isis eine Schlange, und ihre Giftzähne salbte sie mit dem Gift von Skorpionen. Dann sprach sie zu ihnen: »Geht und sucht in euerm Feind, was ihn am meisten von euch unterscheidet. Und dort stoßt zu. Gebt ihm den Biß!« Das Gift ihres Herzens floß durch ihr Auge in jedes der Haare, die sie um die Schlangenzähne gebunden hatte, und in jedem dieser Haare war die Erinnerung an die Fleischeslust mit Ra. Denn nicht in Unschuld hatte sie seine sieben Ausscheidungen betrachtet. Trotz ihrer Liebe zu Osiris, und selbst in der Zärtlichkeit des Himmels, während sich der Abend auf die Oase senkte und die Tiere dicht beieinander standen – stets war da dieses Verlangen, dem Isis nicht widerstehen konnte: Der Anblick von Ra weckte in ihrem Bauch Lust. Und so erinnerte sie sich jetzt des Betrugs an ihrem Gatten, dem sie die Wahrheit nie gestanden. Osiris hatte geglaubt, daß alle ihn liebten (wie wenig wußte er doch über die Macht der anderen Götter), und ahnungslos hatte er sich in Seths Sarkophag gelegt. Nun war Isis voll Zorn auf Ra und auf ihren eigenen Betrug. Mächtig war der Zauber, mit dem Isis die Schlange auf den Weg schickte.

Ra glitt durch die kühlen Gefilde des Himmels. In seiner Jugend hatte er sich gebrüstet (jetzt im Alter war es für ihn ein Schrecken), daß er, nach goldener Tagesreise, den Mut haben müsse, in der Nacht den Fluß entlangzufahren, durch den Bereich von Seker, dem allerdunkelsten Ort in der Duat: Nirgends dort regte sich Luft, alles war ohne Leben, ohne Bewegung, selbst die Insekten, und tot schien jeder Gedanke. »Einzig Ra ist imstande, Seker zu überstehen«, war seine ständige Rede, während er seine kurze Reise durch die Abenddämmerung machte (den Rest des Tages und die anschließende Nacht lag er dann in seinem Schiff). Auf diesen Weg schickte Isis ihre Schlange. Als der alte Gott sich näherte (von Schmerzen geplagt, hatte er doch den unverdaulichen Phallus im Bauch), schnellte die Schlange auf ihn los und packte ihn mit ihren Zähnen. Und das Gift sprach: »Brenne, Ra, wie die Flamme, die an deinen Lenden leckt. Friere in der Kälte deines goldenen Auges, indes das Licht verbleicht. Ein Gift ward gemacht, das dich durchdringen wird. Stürze!«

Und der Sonnengott spürte in sich etwas, das er nie gewesen. Es kroch durch ihn hindurch, und seine Glieder wollten sich wehren, und die Hitze wurde ihm zur Qual. Er taumelte, und in ihm wuchs die Furcht vor allem, das fremd war in seinem Fleisch. Seine Haut wurde fahl, silberknochenweiß. Und die Last seiner Jahre kroch ihm in den Mund, und er mußte ausspeien auf die Erde. Das Gift durchdrang sein Fleisch, so wie der Nil die Felder überschwemmt. »Was hat mich gestochen?« rief er. »Es ist etwas, das ich nicht kenne und nie gemacht habe.« Und er stieß den Schreckensschrei aus, wie ihn seither, in der Stunde des Todes, alle Menschen in sich hören. »Ruft alle Götter und Göttinnen zu mir!« rief er. »Alle sollen kommen, die ich geformt!«

Die Luft wandelte sich. Licht und Dunkel fluteten, Farben umschlangen andere Farben. Götter und Göttinnen erschienen von den vier Säulen des Himmels, oder sie kamen vom Fluß oder von den Winden der Wüste. Die Wasser der Duat brodelten.

Ra sprach: »Eine Schlange hat mich gebissen. Ich fühle mich kälter als Wasser und heißer als Feuer. Schweiß bedeckt meine Beine, mein Leib zittert, meine Augen sind schwach. Aus meinem Gesicht strömt Wasser wie zur Zeit der Flut. Schmerzen quälen mich. Alles in mir ist Pein.«

In die Stille, die so dunkel war wie das geronnene Blut der Toten auf einem Schlachtfeld, sprach Isis (und nun lachten die anderen Götter leise: Sie wußten, wie sehr Isis durch Seth gedemütigt worden war). Isis' Stimme klang jedoch sehr fest. »Großer Ra«, sagte sie. »Das Gift wurde mit Zauber bereitet, für deinen Tod.«

»Ich kann nicht sterben«, erwiderte Ra. »Ich bin der Erste und der Sohn des Ersten. Ich bin der Same des Ersten.«

»Du wirst sterben«, sprach Isis, »es sei denn, du enthüllst deinen Geheimen Namen. Wer seinen Geheimen Namen sagen kann, wird leben.«

»Ich werde ihn dir nicht verraten«, sagte Ra. »Wenn ich nicht mehr bin, so birst die Erde, und mit ihr werden die Himmel stürzen. Denn ich habe sie ebenso erschaffen wie das Geheimnis des Horizonts.«

»Nein«, widersprach Isis, »was auch durch dich zerbricht, die anderen Götter werden es wieder zusammenfügen.«

Sie näherte sich Schritt für Schritt und drang in die Aura von Ka ein. Jetzt flüsterte sie ihm ins Ohr. Ihre Stimme zitterte durch sein Fleisch, und er litt noch größere Qualen.

»Ich kann nicht sterben«, sagte er. »Mein Vater fand meinen Geheimen Namen im Feuer, meine Mutter kühlte ihn im Wasser. Bei

meiner Geburt verbargen sie meinen Namen. Kein Wort kann
Macht über mich haben, solange mein Name unbekannt bleibt.«

»In dir«, sagte Isis, »ist ein Gift, das jede Faser deines Fleisches
durchdringen wird. Und es wird den Namen finden. In dem Gift
ist der Samen von Seth, und ihm hast du deinen Segen gegeben.
Daher kennt er keine Furcht, in dir zu suchen.«

»Ich werde meinen Geheimen Namen *allen* Göttern enthüllen«,
sagte Ra. Die Versammelten stießen einen Schrei aus, dann folgte
Stille. Doch Isis wußte, daß Ra lügen würde. Sie wußte es aus
Erfahrung.

»Meine Namen«, sprach Ra, und die Schmerzen verzerrten seinen
Mund. »Meine Namen sind ohne Ende. Meine Gestalten sind die
Gestalt aller Dinge. Jeder Gott hat in mir existiert.«

»Stirb nicht, großer Ra«, riefen die Götter. Doch sie wußten nicht,
ob sie ihm das Leben wünschen sollten oder den Tod. Sie waren
unentschlossen, ein böser Tag für die Götter.

»Mein Name«, rief Ra, »ist Schöpfer-des-Himmels-und-der-Erde.
Ich bin der, der-die-Berge-miteinander-verbindet.
Ich bin der, der-die-große-Überschwemmung-macht.
Ich bin der, der-die-Freuden-der-Liebe-schafft.
Ich bin der, der-den-Horizont-erschuf.
Ich bin der, der-die-Augen-öffnet-und-Licht-werden-läßt.
Ich bin der, der-die-Augen-schließt-und-es-wird-dunkel.
Ich bin der, den-die-Götter-nicht-kennen.«

Er taumelte, hielt sich nur mit Mühe aufrecht. Isis sagte: »Den
Geheimen Namen hast du nicht genannt. Bald wird dich das Gift
zerfressen, und du wirst sterben. Nenne den Namen, und das Gift
wird dich verlassen, weil ich es ihm gebiete. Denn der, den man bei
seinem Namen nennen kann, soll leben.« Während sie sprach,
fand eine seltsame Verwandlung statt: Die Aura, die sonst Ra mit
Glanz umgab, umhüllte nun das Haupt von Isis. Die Götter flüsterten miteinander. Da standen sie, Seite an Seite, Ra und Isis, und
von ihr ging viel mehr Glanz aus als von ihm.

»Ich bin der, der-das-Feuer-des-Lebens-erschafft«, sagte Ra.
»Ich bin der, der-Khepera-ist-am-Morgen, Ra-am-Mittag und
Temu-am-Abend.
Ich bin der . . .« Seine Stimme versagte. Immer tiefer drang das Gift
in die Ströme seines Bluts, und die Flüsse der Welt waren wie
Adern voll Schmerz, und die Meere waren sein flammengepeinig-

ter Geist. Sein Blick ging nicht hinaus über die Grenzen der Qual. Wirbelnde, wogende, lodernde Flammen, nichts sonst empfand er. Alle Existenz war siedende Glut. Von Hitze verzehrt, zerriß er seine Gewänder.

»Suche doch«, rief er.

Vor den Augen der Götter trat Isis auf ihn zu, enthüllte sich und legte sich auf den alten Mann. Osiris' Phallus in seinem Bauch erweckte seine trockenen Lenden zu neuem Leben, und er ergoß sich in Isis mit dem Geheimen Namen (und auch mit dem ganzen Samen von Seth, Teil des Gifts – und in diesem Augenblick zuckte ein gewaltiger Blitz aus dem Himmel über Ägypten, und Seth wurde zum Gott des Blitzes und des Donners). Auf diese Weise gab Ra seinen Geheimen Namen dem Bauch von Isis. Eine leise Stimme verriet ihr: »Temu ist Eins, die Himmlischen Wasser sind Zwei und Ra, Kind von Temu und Nu, ist Drei. Drei also lautet sein Geheimer Name. Brülle, Isis, wie ein Löwe brüllt, so daß wir den Laut ›R‹ in allen Zungen vernehmen können. Denn das Brüllen der Sonne ist das Licht der Erde. Und der Erbe oder Ra werden sein wie das Licht des Geistes, welches ist der Tod. Heil, Osiris, Herrscher im Lande der Toten. Erhebe dich, Isis, die du den Geheimen Namen von Ra in dir birgst. Du bist alles, das ist und das war, und alles, das sein wird und ist.«

# DREI

Isis erhob sich, und der Schaum des alten Mannes rann über ihre Beine. Sie sagte: »Fort, Gift, fort! Fort von mir! Fort von Ra! Ra lebt, und das Gift stirbt.« Sie hüllte sich in das goldene Gewand, das Ra zu Boden geschleudert hatte. Besudelt war es – und wurde plötzlich so rein, als sei es von Regen gewaschen. Strahlend stand Isis, voll Glanz wie die Sonne. Die Götter bewunderten sie – voll Schrecken. Und manche entsannen sich der üblen Geschichten, die man Isis nachsagte.

Aus den hinteren Reihen nahte ein Fremder. Und er hielt ein Gewand für Ra bereit. Weiß war sein Haar, doch noch jung und von großer Schönheit sein Gesicht. Es war der Ka des Osiris.

Er stand neben Isis und hielt ihre Hand. Seine Hände verloren sich in ihren Händen. Seine Finger waren so durchsichtig, daß ihr Fleisch ihn bedeckte. Bald entschwand Osiris ganz in ihr, und hierdurch wandelte sich der Ausdruck ihres Gesichts. Sie stand jetzt wie ein Krieger mit einem Schwert. Zu Ra sprach sie mit der Stimme von Osiris: »Alter Gott, du wirst wieder in jenem Boot ruhen, das von Khepera zu den Höhen des Himmels gerudert wird, und des Nachts mußt du wie stets hinab in die Duat, doch wirst du jetzt als Sendling für Isis und Osiris dienen. Sie werden es sein, welche jetzt herrschen über die Erde und das Land der Toten. Wenn es nötig ist«, sprach die Stimme von Osiris durch den Mund von Isis, »wirst du an schönen Tagen das Obst an den Bäumen süßen und die Feldfrüchte stärken. Doch wenn du nachts in die Duat fährst, so sollst du mein Totengewand tragen. Wo du einst das goldene Auge warst, werde ich es jetzt sein, durch meine Gattin Isis und durch meinen Sohn Horus und durch meinen Ka – durch sie werde ich sein das silberne Auge des Mondes. Zur Kraft des Lebens auf der Erde fügt sich fortan die Wiederauferstehung im Reiche der Toten. Über sie werde ich herrschen in der Duat, und durch Isis und Horus werde ich Herr sein über die Ernten am Nil. Geh nun und erfülle deine Pflichten und lebe von jetzt an in der Gesellschaft der Alten.« Sich von Isis lösend, wurde Osiris wieder sichtbar, und er gebot den Göttern, zurückzukehren an ihre Orte und nicht zu träumen von neuer Macht. Hier stand er, der Herr über die Zukunft, und sein Name lautete Osiris. Doch werde dies nicht sein einziger Name sein. Auch Seker werde man ihn nennen; und Ptah, Herr der Dreifaltigkeit Ptah-Seker-Osiris. Und Osiris schlug sein Lendentuch zurück und offenbarte: War sein Phallus auch von Antu verschlungen worden und der Fisch dann von Ra, so war er, Osiris, nunmehr der Verschlinger dessen, der ihn verschlungen hatte. So bestand sein Phallus denn aus drei Gliedern. Eines für Ptha, den großen Erschaffer; und dieses Glied stand wie ein Pfahl und glühte heiß wie Metall in der Schmiede. Das zweite Glied, mächtig, doch reglos und dunkel wie Seker, war knorrig wie eine Wurzel und bedeckt mit Lehm. Dieser Phallus kam aus den dunklen Tiefen der Erde. Das dritte Glied, fast völlig durchsichtig, war der wahre Phallus des Osiris, und er krümmte sich wie ein Regenbogen, der sich weit über Brandung und Regendunst durch die Luft spannt: ein leuchtender Phallus – das Glied des Herrn über den Geist, Osiris, Gott der Wiederauferstehung. Bei diesem Anblick wollte Ra sich übergeben. Doch nichts stieg empor aus seinem Bauch, durch seine Kehle. Der unverdauliche Phallus war nicht mehr dort, und Ra machte, daß er davonkam. Als Isis und Osiris unter sich waren, klang ihr Gespräch weit weniger majestätisch. »Unsere Schwierigkeiten«, sagte Osiris, »bestehen nicht zuletzt darin, daß wir einander nicht berühren können – sonst würde ich wieder in dir verschwinden. Also dürfen wir einander nicht berühren. Wir könnten dann nicht miteinander sprechen, und es gibt vieles, das ich dir erzählen möchte. Ich weiß mehr über die Duat, als du dir vorstellen kannst, und ich will nur sagen, daß unser prachtvoller Himmel auf tiefen Abgründen ruht, in denen die Zustände unerträglich sind.« Er lächelte leise, und leise klang auch seine Stimme, als er fortfuhr: »Es gehört zu meiner Sühne, daß ich, der ich als junger Prinz die Rede anderer meist langweilig fand, nun meine Jahre damit verbringe, mir die endlosen Rechtfertigungen der Toten anzuhören. Unersättlich erscheinen sie in ihrer Frömmigkeit. ›War es deine Schuld oder die Schuld deines Weibes?‹ mag die Frage eines der Ungeheuer lauten, und unvermeidlich kommt die Antwort: ›Das kann nur der Gott Osiris wissen.‹«

»Ja, es gibt viel zu erzählen«, sagte Isis, und ihre Stimme klang eigentümlich leise. Seine Begrüßung wirkte kühl, so ganz anders als bei der Umarmung vor der Küste von Byblos. Doch noch mehr verstörte sie der Tonfall, wie sie ihn nie zuvor aus seinem Munde gehört. Hatte er das Land der Toten verlassen, um eine künftige Welt zu durchwandern?

»Ich kann nur sagen«, fuhr Osiris fort, »daß es dir in all den Jahren nicht gelungen ist, etwas gegen meine Zerstückelung in vierzehn Teile zu tun. Noch immer befinde ich mich in diesem Zustand, und was das im einzelnen bedeutet, vermag ich nicht zu schildern.« Er gähnte.

Ein Ausdruck von Abscheu kam in ihr Gesicht. Sein Atem war gewiß nicht faulig, doch er roch nach Leere. Und diese Leere schien ihre, der Isis, Kräfte in sich einzusaugen. Er lächelte klug, entfernte sich noch ein Stück von ihr und ließ dann ein trauriges Lächeln sehen. »Ja, wir müssen miteinander reden«, sagte er. »Unsere Lage, wennschon verbessert, ist äußerst heikel. Und so müssen wir miteinander reden, schnell, gleich auf der Stelle. Und ich will die ekelhafte Lust, die du mit Ra hattest, gar nicht erst erwähnen. Selbst wenn dies mein Leben gekostet hätte.«

»Und ich übergehe das Vergnügen, das du mit Nephthys hattest.«

Osiris schüttelte den Kopf. »Zwei Schwestern besitzen! Das steigert die Kraft.« Er nickte. »Es ist nicht so wichtig, was wir getan haben. Dich sollte vielmehr kümmern, daß ich nicht an deiner Seite herrschen kann, bis wieder zusammengefügt ist, was in vierzehn Teile geteilt wurde. Dann werde ich wieder gut essen, und der Atem meines Ka wird wieder geheilt sein. Mein Körper wird sichtbar bleiben, wenn du mich berührst.«

»Die Suche«, sagte Isis, »sollte nicht schwierig sein.«

»Es ist besser, mit den größten Schwierigkeiten zu rechnen.«

»Ich verfüge über mehr Macht denn je zuvor.«

»Nein«, sprach Osiris, »nie kann man über genügend Macht verfügen.« Wieder lächelte er traurig. »In vierzehn Jahren müssen all meine Teile gefunden und balsamiert werden.«

»Und wenn es länger dauert?«

»Dann werden Seths Sorgen deine Sorgen sein. Wähle zwischen Blitz und Donner.«

So kehrte Isis zum Nil zurück, und Osiris, im vollen Besitz der Leere der Toten, herrschte an ihrer Statt. Über den Himmeln war eine große Stille, und Ra zog wieder einsam seine Bahn. Selten nur trafen die Götter zusammen, und dann saß Isis stets ein Stück von Osiris entfernt. Ihre Schönheit begann zu schwinden, das Gesicht war gezeichnet von Sorge.

Die Suche nach den vierzehn Teilen von Osiris wurde zur Qual. Im ersten Jahr fand sie nichts; und auch nicht im zweiten und nicht im dritten. Mit Anubis durchstreifte sie ferne Gebiete. Wer hatte Seths Schar von zweiundsiebzig Kriegern gesehen? Hatte er mit seinen Leuten gefeiert? Wo war das geschehen? Denn Isis glaubte, Seth und seine Krieger feierten, nachdem sie wieder einen Teil von Osiris verscharrt. Doch das Land war groß, und der Feiern waren viele: zweiundvierzig, zumindest, konnte man zählen.

Die Spürhunde in Isis' Diensten, so schien es, hatten stumpfe Nasen. Was nützte da Anubis' List und Weisheit – wie konnte er Hunde lehren, die Nicht-Spur eines Toten aufzunehmen. Selbst das Lendentuch von Osiris gab nicht mehr her als einen Hauch der Schenkel von Isis – und ums Haar hätten die Hunde *sie* angefallen.

Nein, sie fanden nichts. Doch vielleicht lag es nur im Gerechtigkeitssinn von Maat, nicht mehr als einen Teil im Jahr finden zu lassen. Hatte Seth nicht drei Teile bereits in Buto, vor ihrer Residenz, gelassen? fragte sich Isis. Nun denn: Der vierte Teil würde sich wohl erst im vierten Jahr aufspüren lassen.

Was sie mit den ersten drei Teilen getan habe, wollte Anubis wissen. Sie habe sie in Natron gelegt, erwiderte Isis – und ihre eigene Antwort versetzte sie in Grübeln. Elf Teile fehlten noch, und natürlich konnten sie alle längst verwest sein – es sei denn, sie waren (in ihrer Klugheit) in solche Sümpfe getrieben, wo es genügend Salz gab, um sie zu erhalten. Nun denn: Sie konnte ihre Suche auf solche Bereiche beschränken – auf Sümpfe, auf Teiche, auf Gewässer voll Natron.

Doch so sehr sie dort auch suchten, die Spürhunde fanden keine Spur. Anubis vermischte Kräuter, um die Gegenwart von Osiris zu beschwören, doch die Nasen der Hunde blieben stumpf. Schließlich kam ihm der Gedanke, das Kind Horus, empfangen von einem toten Gott, könne etwas vom Geruch seines Vaters haben – oder eher: von seinem Nicht-Geruch. »Ich weiß nicht, ob die Hunde eine solche Leere ertragen können«, lautete Isis' Antwort. Dennoch nahm sie ihren Rock und überließ ihn Horus zum Spiel. Er kaute daran, rollte seinen Körper darin, und als er ihn zurückgab, war das Gewand zerrissen. Isis zog es an, bestrich sich mit Alraune (nachdem sie es mit Myrrhe gestärkt, damit der Geruch der Alraune nicht Oberhand gewinne), und sie lag im Schlaf, in fast fieberhaftem Schlaf; und ruderte den Fluß hinauf, um alle Teile ihres toten Gatten zu finden und ihn mit dem Duft ihres Rocks zu durchtränken.

Im Morgengrauen bot Anubis das Tuch den Hunden. Die Hälfte von ihnen verendete kläglich. Doch die übrigen, nachdem sie den Schrecken überstanden, waren nun so voller Gespür, daß sie – in den verbleibenden Jahren – Jahr für Jahr einen weiteren Teil von Osiris fanden. Doch waren nicht allein sie es, denen dies gelang. Der Kopf von Osiris, noch mit Seths Daumen im Mund, leitete Isis' Boot; und mochte es nun Seths Daumen sein oder das Gespür der Hunde, mehr als eine Woche brauchte man nie, und den Rest des Jahres konnte man der Aufgabe widmen, ein Grabmal zu errichten.

Allerdings war es nicht leicht, hierfür Priester zu finden. Die meisten fürchteten Seth. Doch dieser oder jener schien nicht von vornherein abgeneigt. Dann sprach Isis zu ihm: »Wir werden diesen Göttlichen Teil nehmen und ihn in den Wachskörper fügen, der vom wahren Leib des Gottes ununterscheidbar ist. Er wird in einen Sarkophag gebettet werden, und du wirst der einzige sein, der weiß, daß hier nur ein Teil von Osiris ruht. Dennoch wird der Teil sein wie das Ganze, und du wirst der mächtigste Priester werden in diesem Teil Ägyptens.« Einen solchen Pakt pflegte sie mit einem Kuß zu besiegeln. Dabei verabscheute sie eine solche Geste. Aus ihrem Mund strömte Göttlichkeit zwischen die Lippen des Priesters und setzte sein Hirn in Feuer, doch war er ihr dann völlig ergeben. Er gehorchte jedem ihrer Befehle – und ließ sich nach Belieben täuschen. Denn auch der Teil von Osiris, den sie ihm gab, war aus Wachs. Die echten Körperteile bewahrte sie in einer Truhe voll Natron, und auf einem solchen Thron saß sie, während sie den Nil hinauf- oder hinuntersegelte.

Während die Jahre vergingen, kamen von überallher die Reichen, um jeweils in jenem Tempel zu beten, der bei der Gruft in ihrer

Gegend errichtet worden war; und so ward jeder dieser Tempel wohlhabend – und dem Osiris ergebener denn je.

Doch am ersten Tag des vierzehnten Jahres, als Isis, Anubis und die Hunde in den dampfenden Salzen von Yeb den Stumpf von Osiris' Bein aufspürten, verfinsterte sich die Sonne, und Isis begann zu zittern. Das Bein stand, von ihren Händen umschlungen; und es war, als wolle es aus eigener Kraft dahinschreiten. Doch ihre Hände zitterten vor Furcht, und kaum, daß sich ihr Griff lockerte, so verlor es seinen Halt; und Isis hatte eine Vision: Krieg zwischen Horus und Seth. Noch immer lag Grauen auf ihrem Haus. Doch sie rettete das Glied, watete durch die Salze zu ihrer Papyrusbarke und legte das Bein zu den anderen Stücken. Mit Anubis' Hilfe umwand sie alles mit Tüchern, und dann rief sie nach ihrer Schwester Nephthys und nach Maat und Thoth. Zusammen mit Horus schlachteten sie einen Stier, um dem Fluch des Seth ein Ende zu setzen, und sie leerten seine Brust und seinen Bauch, damit diese als Schoß dienen konnten.

Horus war nunmehr in seinem vierzehnten Jahr, mit breitem Brustkorb und dünnen Beinen; und den offenen Augen und dem offenen Mund des Osiris; und es war das erste Mal, daß dies geschah und Horus sagte: »Laßt den Ka von Osiris hervortreten aus seinen Augen und seinem Mund in seiner neuen Stätte, damit er lebe immerdar.« Und der Ka von Osiris erschien und gesellte sich ihnen zu; und sein Geruch war so zart wie der leiseste Duft in den schönsten Gärten Ägyptens; und in jener Nacht speiste man vorzüglich bei einer Feier in der Gruft des Osiris (deren Ort unbekannt bleiben wird, bis zu dem Tage, an dem Ägypten stirbt).

Und am Morgen, da sie sich entfernten in Richtung Himmel (Osiris zeigte sich äußerst besorgt über das stürmische Gewölk, in der Frühe hatte es gar geblitzt und gedonnert), sagte er nur: »Ich glaube, es ist jetzt *wirklich* an der Zeit.«

# VIER

»Solltest du glauben, in die Geheimnisse eingedrungen zu sein«, erklärte Menenhetet I., »so darf ich dir verraten, daß du kaum erst am Anfang stehst. Die Geschichte, die ich dir erzählt habe, ist nicht mehr als der glitzernde Widerschein von Licht auf Wasser. Obwohl alles wahr ist, lauert hinter jedem Geheimnis ein weiteres Geheimnis. Ich, zum Beispiel, war einer der vierzehn Priester, die Isis küßte. Und mögen inzwischen auch tausend Jahre vergangen sein, so gab mir dies doch den Mut, in Dinge einzudringen, die verboten sind.«

Schweigend saßen wir; und schmerzlich bewußt waren mir meine Gedächtnislücken. Wie ein Krüppel fühlte ich mich, der einen Arm und ein Bein verloren hatte und dennoch versuchte, ein Pferd zu satteln. Von Satz zu Satz schien ich weniger zu begreifen. Tischte er mir lauter Lügen auf? Hatte Isis je einen Priester geküßt? Und war er General gewesen – Sieger in so vielen Schlachten, daß er von den Geschenken des Pharao leben konnte? Meine Erinnerung blieb unklar, und nur zu gern hätte ich jetzt Hathfertiti über diese Dinge befragen mögen. Warum nur hatte ich nicht aufmerksamer zugehört, wenn von meinem Urgroßvater die Rede gewesen war. Er lehnte sich auf seinem Stuhl zurück, und erst jetzt bemerkte ich (in meiner Furcht vor ihm hatte ich kaum mehr gesehen als seine Augen), daß die Stuhlbeine aus Gold waren und geformt wie die Vorder- und die Hintertatzen eines Löwen. Auch er selbst, Menenhetet, glich jetzt mehr einem Löwen als einem Schakal – und die Ruhe, die er nun ausstrahlte, hatte etwas von der Würde eines Generals, der sich früherer Heldentaten entsinnt. »Ja«, sagte er, »selbst wenn ein Mann der Sohn einer Hure ist, kann er sich auszeichnen im Kampf; und er erhebt sich zum Goldenen Rang von Ra, zum Gebieter über die Rosse von Seth, auch über das Silberauge von Amon und die Schmiede von Ptah. Ja, sehr hoch stieg ich empor, doch brauchte es seine Zeit. Der Sohn einer Hure zu sein ist nicht ohne Vorteil, o nein. Er besitzt ein Wissen, das anderen mangelt. Meine Mutter hat Männer aller Art ›gekannt‹. Und so zückte ich mein Schwert schon, wenn der Feind noch glaubte, mich überrumpeln zu können; auch besaß ich ein gutes Auge für die Truppenbewegungen im feindlichen Lager. Ich hatte anderen Männern einiges voraus. Schließlich war ich einer der Liebhaber meiner eigenen Mutter gewesen.«

»Und auch meiner Mutter.«

Er lachte, und es klang wie ein Gackern. Seine Heiterkeit war wie Unflat – ein absonderlicher Gegensatz zu seiner würdevollen Haltung.

»Ja«, sagte er, »ich war auch der Liebhaber deiner Mutter. Und deine Mutter war süßer als meine Mutter.« Wir lachten beide, und ich erschrak über meinen Ka. Wie niedrig, wie gemein war er doch. Ich fühlte mich wie ein ungeschütztes Kraut im Wüstenwind.

Doch jetzt wagte ich die Frage: »Warst du wirklich einer der vierzehn Priester, die von Isis geküßt wurden?«

»Nein, das war eine Lüge. Der Reisende aus fernen Landen ist ein unverbesserlicher Lügner.« Er lächelte. »Doch ist natürlich nicht alles gelogen, was ich dir erzählt habe. Nun denn – zu den besagten vierzehn Priestern von Isis habe ich nicht gehört, auch war meine Mutter keine Hure – in Wirklichkeit war sie nur ein Bauernmädchen – jedoch ist nicht alles erlogen. Das Leben der Toten besteht gleichsam aus einer endlosen Wiederholung ihres Lebens als Lebende. Alljährlich kommt Isis zu uns, an den Ufern der Duat, und sie wählt vierzehn Priester aus, denen sie den Kuß gibt, der die Tempel ihres Gemahls begründete. Ich gehöre stets zu diesen auserwählten Vierzehn. Als ich noch lebte und unter einem Zauber stand, erschien sie mir einmal und küßte mich.«

Wieder war da das aristokratisch-elegante (und aristokratisch-schlaffe) Wedeln seiner Hand: ermüdet vom Griff um das Heft des schwersten Schwertes vom Goldenen Rang von Ra, schien diese Hand jetzt kaum noch imstande, einen Blumenstiel zu halten. »Die Geheimnisse der Götter! Inzwischen dürfte dir bewußt geworden sein, daß diese Götter zu allem fähig sind. Sie schrecken vor nichts zurück. Und deshalb brauchen sie Maat so sehr. Gäbe es Maat nicht, so wäre ihrer Zerstörungen kein Ende. Und nicht anders wäre es mit ihren wilden Leidenschaften, wenn sie sich in Tiere verwandeln. Es ist widerwärtig. Denn jede dieser Verwandlungen beruht auf vier Dingen: auf Kot, auf Blut, auf Paarung, auf Entstellung. Zauber, Magie – sie gehorchen einem tieferen Prinzip. Im Grunde kann dort niemand viel gewinnen, wenn er nicht bereit ist, alles aufs Spiel zu setzen. Nur so gewinnt man die schönste Beute. Nein, oh, nein: Man kauft sich nicht einfach ein paar Worte der Macht, spricht sie über gefärbtem Pulver, sprenkelt diesen auf Sand – und lädt dann für den Abend die Tänzerin in sein Haus. Das ist nicht wahre Magie. Gut, das Mädchen wird wohl kommen, und sie wird an deiner Türschwelle tanzen; doch wenn sie wieder geht, ist der Kopf deines Penis geschwollen, und in deinen Lenden scheint Ungeziefer zu wüten. Magie hat ihren Preis. Streue also das gefärbte Pulver auf Sand, doch leiste gleichzeitig den Schwur, am nächsten Tag bei der geringsten Beleidigung dein Schwert zu zücken; und gehorche diesem Schwur, mag die Tänzerin dir Leid bringen oder Lust. Das ist die Bedingung. Und wir müssen sie stets erfüllen. Halte Ausschau nach der Gefahr. Die Tugenden einer Vergangenheit zählen nicht.«

»Niemals?«

»Nicht im Zauber, in der Magie. Nehmen wir Isis als Beispiel. Sie war eine edle Frau, eine treue Gattin, eine kühne Kämpferin, geübt in Magie, ungeheuer willensstark. Und doch (stets endet ein Zauber mit schlimmer Tat) verriet sie schließlich ihre Familie.«

»Aber das ist doch nicht wahr!«

»Laß dir von mir erzählen, was ich bislang verschwieg. Es gibt die Magie, die wir heraufbeschwören, und es gibt die Magie, die uns abverlangt wird. Stets ist Unheil damit verknüpft. Erinnerst du dich? Als Isis das Glied von Osiris in das Salz von Yeb fallen ließ, hatte sie eine Vision: künftige Schlachten zwischen Horus und Seth. Dies war eine Mahnung für sie: ein Opfer darzubringen, das allen Unfrieden bannen mochte. Ihre eigene Stimme gebot ihr, einen Stier zu schlachten.

Nachdem sie den Stier geschlachtet, sagte ihr ihre Stimme, dieses Opfer sei zu gering. Sie müsse ein viel größeres Opfer bringen, um die bösen Kräfte des Seth zu bannen. Und die Stimme sprach: Sie solle ihr eigenes Haupt abschneiden und sich statt dessen den Kopf des geschlachteten Tieres aufsetzen.« Wieder ließ Menenhetet sein Kichern, sein Gackern hören. Und als ich ihn fragte, weshalb er denn lache, erwiderte er: »Ich muß an das scheue Wesen denken, das sich in der Federgestalt von Maat verbirgt. Scheu und furchtbar. Verkörpert sich in ihr doch das Prinzip des Gleichgewichts bis zu einem Punkt, wo dies zur Marter wird. Doch zurück zu Isis. Natürlich protestierte sie. Und sie wurde nicht müde, ihre Verdienste zu beteuern, erworben in den vierzehn Jahren unablässigen Suchens. Ja, sie war so bered, daß Maat sich erweichen ließ und von ihrer ursprünglichen Forderung abging. Nun sollte es genügen, daß Isis mit ihrer Stirn das Fell zwischen den Hörnern des Stiers berührte. Auch ihr würden, über Monate hinweg, Hörner wachsen, doch sollte sie nicht einem Stier gleichen, sondern einer Kuh.

Doch davon wollte Isis nichts hören. Vierzehn Jahre lang hatte sie Anubis zur Seite gehabt, und Häßlichkeit war mehr, als sich auf die Dauer ertragen ließ. Auch dachte sie an ihre Mutter Nut. Und so siegte ihre Eitelkeit über ihre Treue zu Horus. Zum Opfer des Stiers war sie bereit, zu mehr nicht. Und als Osiris sich erhob, sang Maat ihre lieblichen Lieder, als habe es sonst keine Gespräche gegeben; und nach der Beisetzung begaben sie sich, durch die Stürme, an den neuen Hof des Ka von Osiris.

Natürlich waren, selbst durch dieses unzulängliche Opfer, die Kräfte von Seth gemindert. Die Hitze seines Atems, sie konnte die Erde nicht mehr versengen. Nach der alljährlichen Überschwemmung gab es in Ägypten so viele Oasen, daß sie zusammenwuchsen zu einem Wald; und Horus, auf offener See empfangen, gedieh in diesem feuchten Klima und gewann, auf seine plumpe Weise, sehr an Kraft. Seine Schultern waren mächtig wie die eines Bären, doch seine Bewegungen glichen denen eines Affen. Schwächlich waren seine Beine, und wirklich wohl fühlte er sich nur, wenn er durch Baumgeäst schwang oder sich bei Sümpfen aufhielt. Doch nie sah man ihn lächeln. Jeder seiner Gedanken richtete sich darauf, seine Körperkräfte zu stärken, und jedes Lachen entspannte – will sagen: schwächte – irgendwelche Muskeln.«

Die Stimme meines Urgroßvaters und meine eigenen Gedanken, hier glitten sie ineinander; und gemeinsam fühlten wir mit Horus, den die Schwäche seiner unteren Gliedmaßen bedrückte, während die Beine seines Vaters, Osiris' Beine also, so überaus wohlgeformt waren und so schnell wie die Pfeile des Mondlichts. Man sprach von Krieg. Viele meinten, es müsse eine Schlacht geben zwischen Osiris und Seth. Doch Osiris durfte nicht verderben, er war unentbehrlich. Auch war der Ka nicht geschaffen für einen solchen Streit.

Natürlich gab es unter den Göttern manche, die gegen diesen Kampf sich stellten: Seth sei dessen nicht würdig. Sah er einem Straßenräuber nicht ähnlicher als einem Gott? Massig war sein Körper, rot sein Haar, rot auch sein Gesicht, das Gesicht eines Cholerikers. Seine Haut wirkte wie gekocht, und sein Bart hatte die Farbe dunklen Blutes. Geschwüre bedeckten sein Gesicht und seine Hände, und blaurote Äderchen zogen sich über seine knollige Nase. Er besaß eine ungeheure Kraft, doch war sie so faulig wie sein Schweiß, wie sein Atem, da er nur Wein trank, billigen Wein. Es war Wein, dessen Boden gedüngt wurde mit den Leichen erschlagener Tempelschänder. Ja, von diesem Wein trank Seth, und in dem Wein war noch ein Rest vom Blut der Räuber: doch klang sein Atem dann wie das Brausen eines Sturms. Auch aß Seth das Fleisch wilder Eber, und er wischte den Saft nicht von seinen Händen, damit ihnen nie eine Waffe entgleiten konnte. Er hüllte sich in alte Häute, die so übel rochen, daß ihn seine Diener verließen, einer nach dem anderen, und Horus den Treueeid schworen. Selbst Puanit, seine liebste Geliebte, verließ ihn eines Nachts, wusch sich im Nil und brach auf zum Lager von Horus. Seth erwachte und folgte ihr; doch ward er so betrunken, daß er im Schlamm stürzte und schlief; und als er zurückkehrte, wirkte er noch verkommener als zuvor. Dann breitete sich die Kunde, wie Puanit es mit den Männern von Horus trieb, und jetzt verhöhnten ihn auch die wenigen Diener, die ihm noch geblieben waren. Puanit sprach von seinen ›Gebresten‹, von den Geschwüren an seinem Hintern, die noch schlimmer seien als jene in seinem Gesicht. Seine Hoden nannte sie schlaff, und ihn selbst bezeichnete sie nur mit jenem Namen, aus dem all ihre Verachtung sprach: Smu.

Währenddessen unternahm sie alles, um Horus zu verführen. Sie erbot sich sogar, ihm die Füße zu lecken. Die Zehen des jungen Gottes, so versicherte sie, würden flinker werden für die bevorstehende Schlacht.

Seth setzte die abgestorbenen Reben seines Weinbergs in Flammen, und diese Flammen sog er tief in seine Lunge ein. Nun blies er das Feuer über den Wein – und ward berauscht wie nie zuvor. In diesem Zustand fühlte er sich bereit zum Kampf, und er brach auf, um Horus zu suchen.

Dort, in jenem anderen Lager, fragte Osiris seinen Sohn, was er ihn an jedem Morgen fragte: ›Welches ist die edelste Tat, die du vollbringen kannst?‹

›Meinen Vater und meine Mutter zu rächen für all das Böse, das ihnen angetan wurde‹, erwiderte Horus.

Nun machte Osiris mit Horus eine Reihe von Übungen, um dessen Beine zu stärken. So versuchte Horus, beispielsweise, zwischen seinen Schenkeln ein Tier zu erdrosseln (doch war es ihm bislang nur gelungen, einem Kalb das Genick zu verrenken).

An diesem Morgen stellte Osiris eine neue Frage: ›Welches Tier ist in einer Schlacht am nützlichsten?‹

›Ein Pferd‹, erwiderte Horus.

›Warum nicht ein Löwe?‹ wollte Osiris wissen.

›An einen Löwen würde ich denken, falls ich Hilfe brauche. Doch ich will ein Tier, das mich trägt, um Seth zu verfolgen, wenn er davonflüchtet.‹

›Du bist bereit‹, sagte Osiris. ›Bis zu dieser Stunde war in mir ein leiser Zweifel über den Ausgang des Kampfes, doch jetzt weiß ich, daß mein Sohn der Herr über die Lebenden sein wird.‹ Und er versprach Horus ein Roß, wenn es soweit sei. Dann riet er ihm, außerhalb der Stadtmauern von Memphis auf der Ebene auf Seth zu warten und ihn in den Sumpf zu locken, wo beider Füße wenig Halt fanden. Also würde die Kraft ihrer Arme über Sieg und Niederlage entscheiden. Voll Zuversicht begab Horus sich zu dem Ort, um seinen Onkel zu erwarten. Im letzten Augenblick reichte Isis ihm den verdorrten Daumen von Seth, der sie durch den Sumpf geleitet hatte. Dieser Daumen, so sprach sie zu Horus, könne ihn aus großem Ungemach befreien; doch müsse er dabei alle Klugheit walten lassen.«

Menenhetet hielt inne. Er schien unzufrieden.

»Was«, so fragte er, »erscheint dir mangelhaft bei diesen Vorbereitungen für Horus?«

Meine Antwort lautete: »Es mangelt die göttliche Weisheit des Osiris.«

»Ganz recht«, stimmte er zu. »Wo denn zeigt sich in Osiris der wahre Geist der Rache? Nun denn, unter uns gesagt, Osiris mag seinen Sohn Horus nicht. Dem Sproß fehlte jeder Charme. Auch kann Osiris nicht vergessen, auf welche Weise dieses Kind gezeugt wurde. Die Kraft seiner Lenden, war sie zu schwach?

Isis ihrerseits langweilt sich. Da sie – dieserhalb allseits verehrt – als ein Ausbund ehelicher Treue gilt, bleibt ihr selbst der kleinste Seitensprung verwehrt; und ihr Sohn ist in ihren Augen ein stumpfes Stück Kraft – es kostet sie Mühe, für seinen bevorstehenden Kampf Begeisterung auch nur zu *zeigen*.

Und Horus? Er ist zu beschränkt, um etwas von den Gefühlen seiner Eltern zu ahnen. Doch ist er nicht völlig dumm. Immerhin begreift er, daß da nie etwas Neues ist, über das man sprechen könnte. Ansonsten jedoch: Sein Leben ist an Interesse so leer, daß ihm seine eigene Beschränktheit verborgen bleibt. Er weiß nur, daß es ihn gar nicht danach drängt, Herr über die Lebenden zu werden. Hat er seine Übungen getan, so ist sein Geist leer.

Dennoch: im Lager von Horus wagt weder ein Diener noch ein Krieger von Katastrophe zu sprechen. Niemand will die Wahrheit beim Namen nennen. So weiß Horus, zum Beispiel, nichts von wirklichem Kampf. Nie hat er ein Gefecht bestritten, das nicht mit stumpfen Schwertern ausgefochten wurde. Und er weiß auch nicht, wenn Furcht dich befällt angesichts eines tödlichen Gegners. Nie hat er einem solchen Mann in die Augen geschaut! Auch hat Puanits Erscheinen in seinem Lager eine verheerende Wirkung. Zwei Dinge gibt es, welche in der Kampfmoral eines Heeres Unheil stiften: falsche Zuversicht und fleischliche Lust. Statt die Kraft seiner Beine zu stärken, dachte Horus nur noch an die Verlockungen der leckenden Zunge zwischen seinen Zehen.

Nun, sie trafen auf eben jenem Feld aufeinander, das Osiris seinem Sohn geraten. Jetzt befinden sich dort die Gärten um den Tempel von Ptah. Damals jedoch war es der Rand eines namenlosen Sumpfes, und die Anhänger von Horus und die wenigen Diener, die Seth noch hatte, sie bildeten einen Kreis um die beiden Krieger; auch waren Thoth, Osiris, Isis, Nephthys und vier weitere Götter zugegen, um als Richter zu dienen.

Da war der Kreis, und alle warteten. Rund zwanzig Schritt standen Horus und Seth voneinander entfernt, und eine Stille entstand. Es war jene Stelle«, sagte Menenhetet, »wie wir sie vernehmen, wenn wir die Augen schließen und kein Geräusch zu hören ist. Nur wenige können sie ertragen, eine solche Stille, und als sie sich jetzt über das Feld senkte, kam der Augenblick, da Horus sie nicht länger ertrug. Und er zog sein Schwert, und es klang in die Stille, als glitte eine Schlange über ein Bett aus Muscheln.

Seth atmete tief, doch glich sein Atem einem Rasseln. Nun zog auch er sein Schwert, blitzschnell, wie das Sausen des Windes. Die beiden Kämpfer näherten sich einander, sehr langsam, und aus jeder Bewegung sprach Vorsicht und List. Seth schien einen Vorteil zu gewinnen, verlor ihn wieder. Er wirkte viel schneller als Horus (dessen Beine bereits ermüdeten, was natürlich sein Selbstvertrauen schwächte); dennoch ging von Seths Angriff kein wirklicher Schrecken aus.«

Mein Urgroßvater sprach weiter; doch bedurfte es kaum noch seiner Stimme, um mir die Geschichte nahezubringen.

Horus und Seth standen sich jetzt dicht gegenüber, fast außer Atem. Und als sie ihre Schwerter gegeneinander schwangen, krachte Metall gegen Metall, daß es weit den Nil entlanghallte. Jetzt war Horus im Vorteil, hatten seine Arme doch größere Kraft, und waren seine Hände auch schneller – das sah man bei jedem Hieb. Seth schien verzweifelt. Die Wirkung des Rausches, in den er sich mit seinem Wein versetzt, schien immer mehr zu verfliegen; und so ging er zum Generalangriff über. Nach etlichen Täuschungsmanövern schwang er sein Schwert mit voller Kraft, um Horus den Kopf abzuhacken. Doch Horus versuchte nicht, den Schlag mit seiner eigenen Waffe abzuwehren: Sie hätte ihm aus der Hand geschlagen werden können. Statt dessen hob er seinen Schild, und Seth, der fürchten mußte, sein Schwert werde zerschmettert, versuchte nur einen lahmen Stich. Der Angriff hatte seine Kräfte erschöpft. Er trat einen Schritt zurück. Beide Kämpfer schnauften. Und sie fragten sich: Ist der andere noch mehr ermattet als ich? Mit kaum wahrnehmbaren Bewegungen versuchten sie, den Gegner zu erschrecken; mit einem Schwenken des Ellbogens, mit einem kurzen Zucken des Knies. Mit ihren Schwertern konnten sie einander jetzt nicht erreichen. Doch sie schnitten furchterregende Grimassen, und ihr Schnaufen war wie ein Schluchzen.

Horus begann zu glauben, Seth sei tiefer erschöpft als er selbst. Seths Bewegungen wirkten langsamer. Waren sie es wirklich? Horus schleuderte seinen Schild, ganz plötzlich. Und nun stand Seth ohne Schwert. Seine Haut wirkte rötlich wie altes Fleisch. Er wich einen Schritt zurück und noch einen; und in diesem Augenblick stürzte Horus vor, um ihm durch das Herz zu stechen – ein unkluger Angriff. Denn so leicht war ein alter Kämpe wie Seth nicht zu überwältigen. Er duckte sich rechtzeitig. Und, mit einem Knie auf dem Boden, packte er ein Bein von Horus und brachte ihn zu Fall. Dann schmetterte er ihm seinen Schild ins ungeschützte Gesicht. Horus' Nase brach, der Schlag trieb seine Zähne durch seine Lippen, und über seinem Auge öffnete sich ein klaffender Spalt. Das Schwert entfiel seiner Hand, und Seth stieß es mit dem Fuß fort. Nun packte Horus den Schild von Seth und schleuderte ihn gegen seinen Feind, verfehlte ihn jedoch. Und beide rafften sich hoch, standen wieder auf ihren Beinen. Ja, sie standen, unbewaffnet jetzt. Horus' Gesicht glich den blutigen Eingeweiden, wie man sie auf Schlachtfeldern sieht. Und dennoch trat er dichter zu Seth. Dieser, der ältere, wich ein kurzes Stück zurück und nahm seinen Brustpanzer ab, um beim Ringkampf beweglicher zu sein. Horus tat es ihm nach. Und Augenblicke später standen beide nackt. Und da beide (wenn auch aus verschiedenen Gründen) nicht auf dem Feld, sondern im Sumpf kämpfen wollten, befanden sie sich bald im Schlamm. Und nun bot Seth allen, die zuschauten, ein gewaltiges Schauspiel. Denn sein Phallus ragte hoch wie ein Baumstamm, an dem ein Mann emporklettern konnte. Beifall klang auf (selbst von seiten der Anhänger des Horus); denn wenn ein Mann oder ein Gott im Kampf eine Erektion hatte, so war dies ein Beweis für seine Kühnheit, für seine Kampfeslust.

Um seine Zustimmung zu zeigen, schlug Menenhetet seine Gewänder auseinander und zeigte mir seinen eigenen Phallus. Es war mir, als wäre ich vom Schild des Seth getroffen worden. Denn Menenhetet präsentierte einen Knubbelkopf und ein kraftvolles Glied. Ich stellte mich gleichsam blind, doch fühlte ich mich jetzt müde (wie im Kampf mit mir selbst), und meine Lunge und meine Leber zitterten, eine absurde Feststellung, da mein Ka (wie auch jeder andere Ka) natürlich ohne Lunge und Leber war, doch dann bemerkte ich, daß die Kanope zu meinen

Füßen vibrierte, jener Krug also, in dem meine Eingeweide bestattet waren.

»Jetzt kommst du dem Verständnis von Khert-Neter schon näher«, sagte mein Urgroßvater und bedeckte seine Schenkel. Mit seinem rasierten Schädel, seiner langen Nase, den vollen, geschwungenen Lippen, den blitzenden Augen ähnelte er, trotz seiner Totenblässe, auf eigentümliche Weise Seth. Ich verfluchte den Augenblick, da ich sein voll erigiertes Glied gesehen hatte.

»Welch eine Schmach für Horus«, sagte Menenhetet. »Nicht nur, daß sein Gesicht, vor den Augen der Götter, zerschmettert war. Nun zeigte sich auch die Schwächlichkeit *all* seiner unteren Glieder, ja, auch dieses Gliedes. ›Schaut ihn euch an, den künftigen Gott der Lebenden‹, rief Seth und schleuderte Horus eine Handvoll Schlamm ins Gesicht. Dann wirbelte er ihn herum, bis Horus über einen Stumpf im Sumpfwasser fiel. Und schon saß er auf ihm, mit gespreizten Beinen, und versuchte, Horus' Kopf ins schlammige Wasser zu drücken. Dieser wehrte sich verzweifelt. Doch seine schwächlichen Beine, auf dem Stumpf, besaßen nicht genügend Kraft, und Seth rammte seinen Phallus, hart und steif, zwischen die Hinterbacken des jüngeren Gottes; und ohhh«, sagte Menenhetet, »was für ein Stoß! Lava schien zu kochen, der Nil begann zu schäumen. Isis wurde bleicher als ihre Papyrusbarke, und Osiris schien sich in nichts aufzulösen. Horus stieß einen Schrei aus wie ein Sterblicher, indes Seth triumphierte, weil er das Kind von Isis und Osiris besprang. Sein Feueratem brannte auf Horus' Schultern, und Seth machte sich bereit, *wirklich* in Horus einzudringen. Denn dies war kein Spiel zwischen Knaben, wo der eine die Furcht des anderen nutzt zu eigener Lust. Oh, nein! Hier drang einer der größten Götter ein in den männlichen Schoß, wo die Zeit vergraben liegt.«

». . . Schoß . . .?« stammelte ich.

»In Khert-Neter«, sagte Menenhetet, »gibt es einen tiefen Fluß, gefüllt mit Exkrementen. Über diesen Fluß müssen die Toten schwimmen. Doch nur der Ka der Klügsten übersteht diese Prüfung. Der Ka der anderen verdirbt dort, während sie nach ihrer Mutter schluchzen. Sie haben vergessen, wie sie aus ihrem Leib kamen. Zwischen Pisse und Scheiße werden wir geboren, und unseren ersten Tod erleiden wir im Wasser – gleiten hinein, indem wir unser eigenes Wasser lassen. Doch der zweite Tod findet statt in den gefüllten Gruben der Duat. Sitze ich vor dir und furze? Gewahrst du jeden Geruch, den der Verstopfung, der Freßgier, den schweflichten, den ätzenden, den der Gärung, den fauligen, stinkigen, ranzigen, jenen voll Kot? Nun denn: ich mußte über den Fluß der Exkremente schwimmen; und wenn es mir auch gelang, so doch nur zu einem hohen Preis. Denn im Atem meines Kas ist nun der Geist menschlicher Exkremente; und er ist auch in meinen Gefühlen; und in meinen gelegentlichen Höflichkeiten. Ja, entstellt, verunstaltet ist meine Wesensart, alles Glück ward vernichtet, Liebe findet keine Wurzeln mehr – und ich spreche hier nicht von purer Lust (die notfalls ihre Befriedigung in reiner Freßsucht findet, um später ausgeschieden, ausgepißt zu werden). Deine Reise nach Khert-Neter wird ohne Sinn sein und ohne Zweck, wenn du nicht zuvor begreifst, welche Schande und welche Schmach in der Scheiße dort verborgen sind – aber auch zärtliche und tiefe Gefühle. Einem brodelnden Kessel gleicht dies; und ist doch nicht mehr als eine Grabkammer? Nun denn: Laß dir sagen, es ist auch der Schoß all dessen, was kommen wird. Notwendigkeit gebietet, daß ein Teil der Zeit in Scheiße wiedergeboren werden muß. Denn wo sonst wären sie zu finden, die unbefriedigten, ungelösten Leidenschaften – all jene, die leidenschaftlich nach Zukunft drängen?«

Er war beredt wie nie zuvor. Auch wirkte er eleganter denn je. Und der Glanz seiner Worte überstrahlte den Staub auf seiner Haut. Ja, selbst aus seinen Falten und Furchen schien Licht zu glänzen. Und dennoch: Je prächtiger er wirkte, desto mehr mißtraute ich ihm. Seine Rede war von gewaltiger Macht. Sie erregte mich, auf sinnliche Weise, o ja; obschon ich selbst nicht die leiseste Erektion spürte. Doch fühlte sich mein Bauch hingebungsvoll wie eine Blume, und mein Hinterteil schien gleichsam in Honig zu schwimmen – nie zuvor hatte ich so »bereitwillig« empfunden. Bestand hierin Laster und Lust eines Weibes? Was war geworden aus dem Stolz auf meinen Phallus, wenn er stand wie ein Arm? Und all dies folgte aus den irren Erzählungen eines Uralten über einen Fluß voller Exkremente? Nun denn: Es war zu einer Art Sitte, zu einer üblen Sitte geworden, den eigenen Schwanz in den Arsch eines schwächlichen Freundes (oder

Feindes) zu stoßen, um sich selbst zu bestätigen, nicht mehr und nicht weniger! Doch jeder edle Ägypter empfand dabei nur Verachtung. Schlamm – der Geruch von Schlamm – schien unser Leben zu beherrschen; und so umgaben wir uns mit Weiß; je weißer, desto besser. Weiß waren unsere Wände, weiß die Hautfarbe unserer Götter, wenn wir sie malten.

Doch Menenhetet riß mich aus meinen Gedanken. »Du bist tot«, sagte er. »Und es wird dir einen Schrecken versetzen, daß du nunmehr zu schätzen beginnst, was du zuvor verabscheut hast. Wenn ich noch da bin, um dir als Führer zu dienen, so doch nur, weil mich der Ekel nicht verschlang, als ich über die Duat schwamm.« Er sprach jetzt so zärtlich, daß ich zum erstenmal auch zärtliche Gefühle für ihn empfand. Ich brauchte jemanden! Er hingegen schien solche Bedürfnisse nicht zu kennen. Denn übergangslos nahm er wieder seine Erzählung auf: wie Seth dem Horus zugesetzt hatte.

»Hatte er Erfolg?« fragte Menenhetet. Und beantwortete seine eigene Frage: »Nein, nicht an diesem Ort, nicht zu dieser Zeit. Besaß Horus doch noch den alten Daumen von Seth, welchen Isis fest im dichten Haupthaar von Horus versteckt. Und während Seth mit seinem feurigen Bolzen noch den Horus beritt, stieg aus seinen Lenden eine furchtbare Warnung: Wenn er sich nicht bald davonmache, so könne aus seinen Eingeweiden noch das Land der Toten erwachsen. Und so hob er die Hand, zerrte an den Haaren, um den Daumen daraus zu befreien, schwenkte ihn in der Luft. Doch Seths Erektion war dahin. Plötzlich war sein Penis nicht größer als sein abgetrennter Daumen; und Horus – endlich voll göttlichem Zorn! – packte Seth bei den Hoden; mit einer solchen Kraft, daß die Stille des Himmels für alle Zeiten zerstört ward. Jeden Windstoß, jede Bö schreibt man dem Schrei von Seth zu – zweifellos übertrieben! Doch alle zehn oder zwanzig Jahre gibt es ein Ungewitter, das so ungeheuer brüllt, wie Seth brüllte – damals. Und jeder Blitz und jeder Donner ist dann nur ein Widerhall der Wut, mit der er auf Horus einschlug, bis das Gesicht des jüngeren Gottes einer verunstalteten Masse glich, mit halb aus ihren Höhlen gezerrten Augen. In der Tat: Er glich einem Nilpferd.

Dies war das Signal zu einer anderen Art des Kampfes. Die Götter, wennschon sie bei einem handfesten Streit ihre äußerliche Gestalt wandeln, haben doch eine Vorliebe für dieses oder jenes Tier. Wer wohl könnte sich Seth vorstellen, ohne daß er sich, früher oder später, in einen wilden Eber verwandelt? Dennoch: Götter müssen bereit sein, die Gestalt eines jeden Tieres anzunehmen. Und Horus, mit halb herausgerissenen Augen, mußte wohl oder übel in die Rolle des Nilpferds schlüpfen. Ein untrüglicher Beweis für Seths List. In den Jahren, da er die Teile von Osiris endgültig verborgen glaubte, hatte er sich an so manchem heißen Tag in den Sümpfen gekühlt; und er fühlte sich dort so wohl wie nur irgendein Tier.

Ja, sie kämpften im Sumpf, im Schlamm, Nilpferd gegen Nilpferd, mit Grunzen und Schreien und Brüllen. Ihre Bisse waren wie gigantische Küsse. Und keiner gewann die Oberhand.

Dennoch fühlten sich die Schiedsrichter nicht enttäuscht. Etwas anderes hatte man kaum erwartet: ein Aufrühren des Schlamms, zum Ersticken dicke Luft; doch dann auch ein Entleeren der Sümpfe – und weniger Gestank vom Nil. Ja, so hätte es sein können. Doch Seth gebot dem Einhalt. Der Schleim ihrer Leiber hatte ihn erregt. Allzu rasch verlor sich seine wilde Leidenschaft. Auch hatte er geglaubt, daß Horus, der jüngere von beiden, ängstlich gemacht würde durch die schleimige Berührung, jedoch war dieser dampfende Körperkontakt Horus verdrußvoll. Doch das war ein Irrtum. Er wollte seine Zähne in den Körper von Seth senken. In seine Organe. Er wollte das Blut des anderen schmecken – Augenblick des Triumphs. Seine Zähne glichen jetzt Hauern. Er hatte sich in einen wilden Keiler verwandelt.

Die zuschauenden Götter zollten Beifall. Denn es schien tollkühn, sich eben jenes Tier zu erwählen, das wohl von allen dem Seth am ähnlichsten war; und dies mitten im Kampf. Doch Horus hatte sich klug entschieden. Wann, wenn nicht jetzt, glich er selbst einem wilden Eber? Aus dem Sumpf tauchten sie auf, Horus und Seth, und sie fielen einander an, und jeder versuchte dem anderen Wunden beizubringen, grunzend, ächzend, und Blut tropfte, nein, floß, schlimmer und böser bei jedem Zusammenprall.

Mehr und mehr, zur allgemeinen Überraschung, gewann Horus die Oberhand. Gott wie Mensch sind am stärksten, da sie ihren wahren Mut entdecken. Und Horus spürte nun, daß er den Kampf keineswegs fürchtete. Ganz im Gegenteil! Nicht einmal die Schmerzen setzten ihm zu. Sie hatten sogar etwas Berauschendes, stachelten ihn an. Jedesmal, wenn Seths Zähne eine Wunde in seinen Körper rissen, brüllte er mit neuer Wildheit. Seine halb herausgefetzten Augen waren zurückgeschrumpft in die engen Höhlen eines Wildschweins, und von dort blitzte Feuer heraus. Seine gebrochene Nase glich einer roten, offenen Wunde; und die Zähne, die wie Dornen das Lippenfleisch durchbohrten, gleißten. Seth floh. Unter dem Hohngelächter der Zuschauer entfernte er sich weit genug, um Zeit zu gewinnen für seine letzte Verwandlung. Und nun war er plötzlich ein schwarzer Bär. Eine kaum verständliche Entscheidung, glich Horus doch von Natur aus gerade einem solchen Tier in besonderem Maße. Doch schien die Erklärung einfach. Seth, mit seinen vielen Verwundungen, wählte ein Tier, das fast unverletzlich schien mit seinem dichten Pelz, seiner dicken Haut.

Sehr lange währte der Kampf, zwischen zwei bärengleichen Wesen nun; einen Tag und eine Nacht; und ehe er vorüber war, vergingen drei Tage und drei Nächte. Horus hielt Seth fest im Griff, und er unterjochte ihn mehr und mehr. Und doch mochte Seth sich nicht geschlagen geben, noch nicht. Schmerzen ertrug er, und daß er sie ertrug, spornte ihn an. Horus genoß jeden Triumph, nur der Triumph des Sieges blieb ihm verwehrt. Und schließlich war er, auf dem Körper von Seth liegend, so erschöpft, daß er, seine Zähne ins Fell, ins Blut von Seth geschlagen, mit dem Leib seines Todfeindes nahezu vereint, in Schlaf fiel. Sein Körper auf dem Körper des Seth, beide im Schlaf.

Am Morgen des vierten Tages wurde er von den Richtern zum Sieger erklärt; und mit krächzender Stimme befahl er, Seile zu bringen, um den Leib des Seth zu fesseln. Pfähle wurden eingeschlagen und der Leib von Seth an diese gebunden. Horus selbst knüpfte die Knoten; und als er damit fertig war, lag Seths schlaffer Körper auf dem Rücken, den Blick emporgerichtet zum sich wandelnden Licht, ein Verwundeter, dem Tode nah, während Horus, auf den Schultern seiner Freunde, zum Fluß getragen wurde, wo man seine Wunden wusch und die Verletzungen seines Gesichts säuberte. Mehr und mehr verlor sich die Gestalt des Bären, die er angenommen. Und dann schlief Horus einen Tag und eine Nacht in der tröstlichen Gewißheit, daß Seth sei-

nen Fesseln nicht entkommen könne, ließ ihn Isis doch von altbe-
währten Wächtern bewachen.«

Hier brach mein Urgroßvater ab, doch verstummte er nicht wirklich; gleichsam wortlos setzte sich die Geschichte fort. Ich glaube
nicht, daß auch nur ein Gedanke verlorenging.

# FÜNF

Horus schlief gut, allzu gut. Es war eine Nacht zum Feiern, und überall jubelten die Götter Isis und Osiris zu. Zum erstenmal seit Jahren begann dieser, der Herr über die Toten, sein Weib zu begehren. Mit zwei Fingern berührte er sie am Ellenbogen (dies war bei einer solchen Feier eine eindeutige Geste); doch war Isis erfüllt von einem Gefühl, das alles andere als Lust versprach. »Weißt du«, sagte Osiris, »unser Sohn hat sich weit besser geschlagen, als ich glaubte«, und er vermeinte, auf Grund dieses Triumphs Zuneigung zu Horus zu empfinden.

Doch Isis erwiderte: »Ich fürchte, daß Seth entkommen wird.« Und als sie später gemeinsam schliefen, war sie voll Unruhe und ging hinaus in die Nacht. Osiris begann darüber zu grübeln, doch gelangte er zu keinem Schluß. Doch sah er plötzlich das Gesicht seines ersten Sohnes, Anubis, vor sich, und sein Seufzen war so leise wie das Rascheln eines Blattes im allerleisesten Wind. In diesem Seufzer lag alles beschlossen, alle Selbsterkenntnis: Mochte sein Geist auch so rein sein wie Silber und so licht wie der Mond – es mangelte ihm an jeglicher Ahnung dessen, was Seth planen mochte. Diese Fähigkeit hatte er in jener Nacht verloren, da er mit Nephthys geschlafen hatte. Niemand konnte seinen Bruder betrügen, ohne diese, die innerste Wurzel zu verlieren.

Als Isis nun zu dem Feld gelangte, wo Seth in Fesseln lag, entließ sie die Wache und setzte sich nieder beim Mondenschein. Seth schien ihre Anwesenheit nicht zu bemerken. Er wirkte sehr erschöpft. Und so fiel es Isis nicht leicht, an all das Böse zu denken, das er ihr angetan. Statt dessen kehrte eine andere Erinnerung zurück: an den nackten Leib ihrer Schwester Nephthys an der Seite von Osiris; und plötzlich empfand sie einen großen und tiefen

Zorn. Verflucht sind all jene, die im Frevel sich paaren, dachte sie, und sie fühlte keinen Haß mehr gegen ihren Bruder. Vielmehr entsann sie sich jenes leuchtenden Morgens vor so langer Zeit, als die Schlange gelegt ward auf den Weg von Ra. Das Gift in ihren Zähnen hatte den Samen für Seth enthalten. Und so war Seth der Isis nicht nur nah, er war auch in ihr. Dennoch begriff sie nicht, weshalb sie jetzt zu ihm gegangen war. Schweigen herrschte zwischen ihnen; bis Seth sagte: »Schwester, durchschneide meine Fesseln.«

Sie nickte. Willfährig nickte sie. Und unter dem Licht des Mondes, das ihrer aller Mutter fünf Tage geschenkt hatte, durchschnitt sie die Fesseln, die Seth an Händen und Füßen banden. Langsam erhob er sich, und als er Isis anblickte, machte er eine sonderbare Geste: Es war, als wolle er seinen Daumen in den Mund stecken, ganz wie ein trostsuchendes Kind. Doch stand er, aus seinen Fingern sprühten Funken, und Isis wußte, daß seine Kraft wiedergekehrt war. Er entbot ihr einen kurzen Gruß und schritt davon.

Isis begriff kaum, was sie in Wahrheit getan. Doch wußte sie, daß ihre Großmut gegenüber Seth furchtbare Folgen haben konnte. Und so kehrte sie nicht zu Osiris zurück, sondern durchwanderte ruhelos die Nacht. Als Horus am Morgen erwachte und zu der Stelle ging, wo Seth in Fesseln gelegen, entdeckte er, daß sein Onkel verschwunden war.

Armer Horus. Vor seinem Kampf mit Seth hatte er einem Bauernjungen geglichen, der die niedrigsten Feldfrüchte und Tiere für unübertreffliche Genüsse hielt – er fühlte sich vollauf befriedigt. Jetzt jedoch war da das Festmahl seines Triumphes über Seth. Zum erstenmal frönte er einem wahrhaft unvergleichlichen – und schwer errungenen – Genuß. Ein Verdacht stieg in ihm auf, der Verdacht gegen Isis. »Wo ist meine Mutter?« brüllte er, und da waren keine Ohren, diesen Ruf nicht zu hören. Es war nicht schwer, sie zu finden. Denn alle, die sie gesehen hatten, blickten unwillkürlich in die Richtung, in die sie gegangen war. Und so fand er sie denn nach kurzer Zeit im Wald.

»Wer hat meinen Feind befreit?« fragte er.

Isis empfand Furcht; doch sagte sie: »Sprich nicht in diesem Ton mit deiner Mutter.«

Er hörte die Furcht in ihrer Stimme; und er hob sein Schwert und schlug ihr den Kopf ab. »Nun, da ich Sieger bin, werde ich nie wieder zaudern«, wollte er sagen; doch er brach in Tränen aus, schleuderte sein Schwert fort, und seine Trauer war grenzenlos. Er nahm das Haupt seiner Mutter und lief davon in die Wildnis.

Die Gestalt der Isis versteinerte. Und in diesem Zustand, ohne Kopf, sollte sie verharren.

Zweifellos war dies die größte und schwerste Prüfung für Osiris. Die Tat seiner Frau – die Befreiung von Seth – konnte er zur Not verstehen, wenn auch nur als irregeleitetes Mitleid. Horus' Tat hingegen blieb unverzeihlich. Ihm kann man nicht trauen, dachte Osiris, ich wußte es. Aus meinem erkalteten Leichnam gezeugt, ist er wild wie wucherndes Kraut. Ja, wild wie wucherndes Kraut, der künftige Herr über die Lebenden! Doch was sollte er, Osiris, tun? Und war der Gedanke nicht grauenvoll, für alle Zeit mit einer kopflosen Statue vermählt zu sein? Er mußte sich an seinem Sohn rächen, denn ihn unbestraft davonkommen zu lassen, würde Chaos heraufbeschwören. Also erteilte Osiris den Befehl, seinen Sohn zu verfolgen.

Als erster setzte sich Seth auf Horus' Fährte. Er war nicht mehr jung, auch waren seine Wunden kaum verheilt. Doch als ihn Isis befreit hatte, spürte er, wie von ihr eine große Kraft auf ihn überging, und er sprach zum Verborgenen: »Herr des Unsichtbaren, welche Wendung mein Geschick auch immer nehmen mag, gewähre mir die Macht in all ihrer Größe, welche Isis ausstrahlt (indem sie ihren Sohn verrät) – die Macht, die einen Fels in Feuer verwandeln kann, ja, die fähig ist, die ganze Erde in Licht verschwinden zu lassen. Herr des Urbeginns, gib mir die Macht, für alle Zeit über den Geist des Blitzes zu gebieten. Wo es wie fünf Finger zuckte, laß es nunmehr wie fünf Hände sein; und die acht Säulen des Himmels mögen diesen Tag und Nacht stützen.« Ruhig erwiderte die Stimme von hoch oben: »Stecke den Daumen, der noch dir gehört, in deinen Mund«; und Seth tat wie geheißen und spürte, wie Balsam in seine Wunden träufelte, und seine acht freien Finger sprühten Funken. Also wußte er, daß sein Gebet erhört worden war, und er machte sich auf, um nach Horus zu suchen.

Doch zu einem Kampf kam es nicht. Denn als Seth den Jüngling fand, saß dieser erstarrt vor Schmerz. Seth zögerte nicht. Er riß Horus die Augen aus den Höhlen, und auf Horus, blind und fast von Sinnen vor Schmerz, zuckte ein Blitz herab, der die Erde beben ließ und Horus' blutrote Augenhöhlen in ein glänzendes Grasgrün verwandelte. Seth erschrak – erschrak vor der Macht, die ihm sein Gebet verliehen; und er gab jeden Gedanken daran auf, Horus zu töten. So griff er das Haupt der Isis und stürzte davon. Horus, der Verfolger, fiel von einem Felsen am Waldrand und wanderte in Blindheit durch die Wüste.

Seth war längst weit davon. Er hatte einen Triumph erlebt, und nun kehrte auch sein Zorn wieder. Er entschloß sich, Isis zu lieben, und da sie ohne Körper war, wollte er mit ihrem Mund vorlieb nehmen, um ihr Haupt sodann in seine Eingeweide zu versenken. Doch diese Macht, über die er verfügte, ließ ihn zögern, und er gab sich mit weniger zufrieden. Dann nahm er die Augen von Horus, pflanzte sie in den Boden, und noch vor seinen Augen wuchsen sie und wurden zum Lotos, zu einem wunderschönen Gebilde, in dieser Form völlig unbekannt. Und dieser Lotos vermehrte sich und wurde bald zur Pflanze der Pharaonen.

Wieder erschrak Seth, diesmal aus Furcht vor der Macht von Osiris' Sohn; und er fühlte sich sehr versucht, das Haupt seiner Schwester nun doch zu schänden. Denn verhöhnte ihn nicht die Stimme, die aus der Höhe zu ihm gesprochen? »Du bist zu mild zu deinen Feinden«, sagte die Stimme. »Du schwächst die Wurzeln deiner Leidenschaft. Tu, was du willst. Ja, schände sie. Besudle ihr Fleisch.« Und Seth spürte das Brodeln in seinen Lenden, in seinem Leib. Sein Phallus schien fast zu bersten. Lust – nichts ging ihm darüber; und nichts über die Wonne, seinen Samen auf andere zu ergießen. Doch in seiner Furcht zwang er seinen Körper zur Seite und masturbierte; und ergoß sich über ein Salatfeld. »Oh«, murmelte die Stimme, »du hast einen Fehler gemacht.«

Seth hörte nicht darauf. Ihn fröstelte. Und er brach auf und kehrte bedrückt nach Memphis zurück; doch Tag für Tag spürte er eine wachsende Gier nach dem Salat, über den er sich ergossen – eine Gier, nicht geringer als nach Fleisch.

Das Haupt seiner Schwester bot er ihrer Statue dar. Doch Isis traute der Gabe nicht. Trotz ihrer Versteinerung spürte sie, daß dieser Kopf besudelt war. Auch Thoth, der ihr als Arzt diente (die anderen Götter suchten nach Horus) hatte seine Zweifel. Nach vielen Stunden war es ihm gelungen, mit der versteinerten, kopflosen Gestalt zu sprechen. Und Isis teilte sich ihm mit. Mitunter legte er nur einen Finger auf den Stein und verstand doch – er, der

Hieroglyphenkundige –, was sie ihm sagen wollte. (Wie viele Götter können schon unterscheiden zwischen Schweigen und – Schweigen?)

Thoths erster Gedanke war, Isis wiederherzustellen in ihrer früheren Gestalt. Nun, da man ihren Kopf hatte, wäre es nicht allzu schwer gewesen, sie in lebendes Fleisch zurückzuverwandeln. Doch wollte sie das überhaupt? Es mochte eine neue Katastrophe bedeuten. Ihre Augen hatten keine Tränen; Tränen konnten nur aus ihren Brüsten fließen. Und so berührte Thoth mit seinen Händen die steinernen Brustwarzen. Doch selbst in ihrer Marmorgestalt schien Isis' Haut von unvergleichlicher Schönheit; und Thoth war mit weiblichen Reizen nicht unvertraut, wahrlich nicht, und sie erregten ihn. Dennoch tat er, als betasteten seine Finger – die kundigen Hände des Arztes – nur jene Stellen, die einer Untersuchung, einer eingehenden, bedurften.

Mitunter lehnte er seine Stirn gegen ihren Schenkel. Dann dachte er an die Frage, die er stellen wollte, so rücksichtsvoll, ja, so rein, wie nur möglich. Doch auch, wenn sie unausgesprochen blieb, von seiner Seite, so kam doch früher oder später die Antwort von Isis. Nicht in Worten, gewiß nicht. Statt dessen drangen Bilder in sein Gehirn, verschwommen zunächst, nebelhaft; doch dieser Nebel löste sich auf, und Thoth sah, mit geschlossenen Augen, Bilder, die ihre unmißverständliche Antwort zeigten.

Und wenn er sie nun fragte, ob sie ihr Haupt wieder auf ihrem Körper haben wolle, so schien sich aus dem Stein eine Flut sudligen Wassers zu lösen, das unter Sonnenstrahlen eine bräunliche Tönung annahm. Und Thoth erkannte, voll Schauder, daß es die Hinterbacken des Seth waren, auseinandergespreizt, um den Darm zu entleeren.

Die Maßlosigkeit dieses Bildes verstörte Thoth. Dennoch versuchte er, in seinen Gedanken Ruhe zu bewahren. Nun gut, auch wenn sie ihr eigenes Gesicht nicht mehr haben wolle, so gebe es doch noch andere Möglichkeiten: vielleicht den Kopf irgendeines Vogels, eines Insekts, eines anderen Tieres; oder selbst einer Blume.

Ihre Antwort ließ auf sich warten; und Thoth fand sich ermutigt, im Geist einen Dschungelpfad entlangzuwandern, den er noch nie gesehen. Seit vielen Jahren war er, der so Seßhafte, nicht mehr im Dschungel gewesen. Um so mehr verwunderte ihn das bunte

Getier, das nun überall seinen Weg kreuzte. Wann hatte er je ein so sattes Grün erblickt, wann wohl so steile Hügel. Riesige Insekten krochen, Papyrusstauden schwankten. Dort sah er die Hörner einer Gazelle, hier den Leib einer Kobra. Und jetzt drängte eine Schar von Kühen herbei, um zu grasen, und mitten unter ihnen befand sich eine Gazelle. Doch als er sich der Herde näherte, wurden es immer weniger Tiere, und schließlich blieb gerade noch eine Kuh. Nur den Kopf dieser Kuh sah er, einen lieblichen und sanften Kopf, und Thoth vernahm die ersten Laute, die je aus Stein hervorklangen. Es war eine Stimme voll Ernst, die den Geruch von Gras mit sich trug, und als er die Augen öffnete, verwandelte sich Stein wieder in Fleisch, und Isis stand vor ihm in all ihrer leiblichen Schönheit, nur jünger an Jahren, wie es schien, und nicht mehr ohne Haupt: ihr Kopf war der feingeformte Kopf einer Kuh mit kleinen Hörnern. Und Isis' neuer Name lautete Hathor.

Thoth konnte nicht seine Hände von ihr lassen. Zwar gehörte er zu jenen Göttern, die man nicht übermäßiger Wollust bezichtigen konnte (sinnliche Reize wogen für ihn kaum schwerer als Maats Feder), nun jedoch glühte er plötzlich vor Brunst. Hathor, als Dank für seine großen Mühen, ließ es zu, daß er sich gegen sie rieb. Die Berührung mit wirklichem Fleisch brachte seine Säfte so sehr in Wallung, daß er sich über ihre Flanke ergoß. Hathor war freundlich. Sie wischte sein Gesicht, gab ihm einen tiefen Kuß und ging davon, auf der Suche nach ihrem Sohn.

Die Suche in der Wüste dauerte nicht lange. Horus' Rufe und Schreie hallten wider von den Felsen, schallten durch die Dünen. Blind, benommen, wie mit blutendem Herzen, lag er bei einem Hain nahe einer Quelle, und seine stöhnende Stimme, obschon leise in seinen eigenen Ohren, klang so rein in ihrer Qual, daß seine Mutter sie schon aus der Ferne vieler Hügel vernahm. Als sie ihn schließlich erreichte und sein blickloses Gesicht sah, da empfand sie ein Mitleid, das eins zu sein schien mit seinem Schmerz. Horus lag in einem Feld aus Lotusblumen. Die erste war aus seinen Augen gewachsen, und eine Gazelle nährte sich von den Blättern. Isis zögerte keinen Augenblick, von dieser Gazelle Milch zu nehmen. Als die Göttin sich näherte, blieb das Tier ganz ruhig stehen: Isis war ja im Kopf von Hathor, und wann hätte sich eine Gazelle je vor einer Kuh gefürchtet? Sie schien kaum zu bemerken, daß sie gemolken wurde. Vielmehr glaubte sie, dies sei so etwas wie

Zärtlichkeit von Weib zu Weib, und die arme Kuh wisse halt nicht, wie richtig beginnen. Doch als sie dann begriff, daß es dieser fremden Kuh wirklich um nichts anderes, als um ihrer, der Gazelle, Milch ging, erhob sie sich auf ihre Hinterläufe und stieß Hathor mit den Vorderläufen gegen die Brust (nichts ist so leicht beleidigt wie die – heimliche – Eitelkeit einer Gazelle). Und dann jagte sie davon, in Angst vor ihrem eigenen Mut. Hathor ging zu Horus und leckte ihm das Gesicht und spülte die Gazellenmilch über seine leeren Augenhöhlen. Dann löste sie sacht sein Lendentuch, damit der Windhauch, von der Quelle her, seine Hoden kühlen möge, so wie die Milch den Schmerz seiner Augenhöhlen linderte; und in der Tat wirkte sich das leise Wehen auch auf die blutige Stelle oberhalb seiner Nase wohltuend aus. Mehr noch. Indem er diese Zärtlichkeiten empfing, hatte Horus das Gefühl, daß in seinen leeren Augenhöhlen Keime zu sprießen begannen. Ob wohl Blumen hervorwuchsen aus seiner Stirn? Er hob die Hand, um die Blätter zu fühlen; doch statt dessen – durch einen Wasserfall aus Blut und Tränen und perlender Milch – erblickte er seine eigenen beiden Hände und rief laut: »Meine Mutter hat mir vergeben.« Dann sah er die traurigen, leuchtenden Augen von Hathor; und roch ihren Geruch nach Erde und Gras; und fühlte, wie sie seine Stirn beleckte. Und konnte nur noch sagen: »Wie kann ich mir selbst vergeben?«

Sie legte einen Finger auf seine Stirn, und hierin lag die Antwort: Er müsse seinem Vater darbieten, was immer für ihn selbst das Kostbarste sei. Und Horus überlegte, was er am ehesten entbehren könne.

Noch während er darüber nachdachte, blickte er hinaus auf die Wüste, und sie war ungewöhnlich schön. Die Felsen lagen in rosenrotem Schein, und der Sand glich Körnern aus Gold. Und überall, auf allem Gestein, schien Geschmeide zu glänzen. Angesichts einer solchen Großmut gab es für Horus kein Zögern mehr. »O Vater«, sprach er, und er trachtete, jedes Wort mit Würde zu äußern, »ich, Horus, dein Sohn, habe meine Augen wiedererhalten, um sie dir beide darzubieten.«

So stürzte seine neugewonnene Sehkraft in Dunkelheit, und es war, als prallten Felsblöcke hinab in eine Schlucht. Doch als er seine Augen wieder öffnete, entdeckte er, daß er noch immer sehen konnte, wenn auch anders als zuvor. Sein linkes Auge gewahrte, wie gewohnt, die Farben in all ihrer Pracht. Doch sein rechtes Auge sah in jedem Stein die Schattierungen von Grau und in jedem Schritt die Gefahr des Taumelns. Blickten beide Augen gemeinsam, so erschien die Welt weder schön noch häßlich, sondern wohlausgeglichen. Und so erkannte er nun Isis in all der Lieblichkeit ihres Leibes – und auch den sonderbaren Kontrast ihres Kopfes dazu, des Kopfes einer Kuh.

»Laß uns zurückkehren«, sagte sie traurig, und Hand in Hand begaben sie sich auf den Weg.

»Ich kann dir verraten«, sagte Menenhetet, und plötzlich klang seine Stimme sehr scharf, »daß, sobald sie wieder in Memphis waren, Horus' Augen einer erneuten Probe unterzogen wurden und die Schlichtheit seines Verstandes einer noch größeren. Osiris hatte beschlossen, daß Horus und Seth vor ihn zu treten hätten.«

# SECHS

»Es ist Osiris' Leidenschaft«, fuhr Menenhetet fort, »das Chaos zu überwinden. Aus eben diesem Grund ist er so rasch bei der Hand, in Khert-Neter alles Mittelmaß zu beseitigen. Nur die Kas der feinsten Männer und Frauen sollten überstehen. Wie sonst könnten die Wesen menschlicher Herkunft, welche der Himmel aufnimmt, genügend Mut und Schönheit und Weisheit und Sinn für Vergnügungen haben. Und so findet, eigens zu diesem Zweck, eine strenge Auslese statt. Mit zu wenig gibt sich Osiris nie zufrieden, soweit es Menschenwesen betrifft. Bei den Göttern allerdings sieht es anders aus. Da sie unsterblich sind, ist er zum Nachgeben bereit; und eben dies kann zu einem endlosen Chaos führen. So versucht Osiris stets, zwischen ihnen Frieden zu stiften. Und vielleicht liegt hierin der Grund, daß er sich so nachsichtig zeigte, als Seth und Horus vor seinem Tribunal erschienen.« Hier neigte Menenhetet den Kopf, als wolle er mich wieder in der Illusion wiegen, ich könne der Geschichte folgen, ohne seine Stimme zu hören.

»Ihr beide«, sprach Osiris zu seinem Bruder und zu seinem Sohn, »habt mit Tapferkeit gekämpft und viel gelitten. Horus verlor den Blick, um sein eigenes Leben zu betrachten, und Seth verlor das Auge seiner Lenden. Die Gnade dieses Gerichts, das nach Harmonie unter allen Göttern trachtet, gibt Seth die Kraft seiner Lenden zurück und Horus die Kraft seiner Augen. Dieses Gericht, das auf Gnade gerichtet ist, sagt euch, daß ihr gemeinsam feiern sollt. Wer mit dem Ungestüm von Gladiatoren gegeneinander gekämpft hat, sollte nun miteinander Freundschaft schließen. Genießt die Tugenden eurer Tapferkeit. Entdeckt die Kraft des Friedens. Und gehet in Frieden dahin.«

Die Götter des Tribunals stimmten lauthals zu. Horus ließ sein besseres Auge auf Seth ruhen; die rote Hautfarbe sprach von Leidenschaft, auch von dem unbezwinglichen Willen, nie zu versagen. In Horus' gutem Auge war sein Onkel eine prachtvolle Erscheinung. Und doch versagte er, Horus, es sich, auch aus dem anderen Auge einen Blick auf Seth zu werfen – aus Furcht, nun Dinge zu entdecken, abscheuliche Dinge, die ihn hindern würden, seinem Vater zu gehorchen. Er betrachtete seinen Onkel gleichzeitig mit beiden Augen, und sie erblickten viel Leid. Mit freundlicher und sanfter Stimme lud er Seth deshalb in sein Lager ein.

»Nein, Neffe«, erwiderte Seth, »dort werden wir stets von einer Menge umgeben sein und nie ungestört miteinander sprechen können. Komm zu meinem Lager. Mich hat man verlassen, und du wirst mit mir die Gesellschaft des Schweigens teilen.«

Traurig klangen diese Worte, und Horus und Seth brachen gemeinsam auf und schritten Seite an Seite den ganzen Weg zu Seths Lager, um dort alles ins reine zu bringen. Seth schlachtete einen Eber, und sie rösteten das Tier, bis es Abend ward, und dann aßen sie und tranken dazu Wein: Wein, gewachsen aus dem Blut von getöteten Räubern; und beim Lagerfeuer priesen sie einander, und jeder nannte den anderen einen großen Krieger. Schließlich sprach Seth über den Geist des Weins. »Manche«, sagte er, »zerquetschen die Trauben mit einer Weinpresse. Ich ziehe es vor, die Trauben von meinen Sklaven zertreten zu lassen. Unermüdlich sind ihre Füße in Bewegung, denn wer begehrte wohl mehr zu reisen, als ein Sklave dies tut: Und diese Sehnsucht ist es, welche den Geist des Weins beflügelt.« Er hob sein Glas. »Mein Wein wird dich tun lassen, was du noch nie getan«; und Horus zollte Beifall, und sie tranken einen letzten Schluck und schliefen beim Feuer ein.

Als Seth erwachte, erinnerte er sich an seine Erektion am ersten Tag des Kampfes, und er streichelte den Hodensack seines Neffen und auch seinen Rücken und gelobte sich, mehr werde er auch nicht tun. Doch es war ein falscher Schwur. An dieser Stelle gab es keine Ruhe. Seth entsann sich, wie sein Phallus nur allzu bereit gewesen war, ins Gedärm seines Neffen zu dringen; und das erfüllte ihn mit scharfen, doch süßen Gerüchen, und er war voller Begierde.

Horus versuchte, im Schlaf zu verharren. Die Gazellenmilch, die er genossen, hatte ihn in einen Zustand versetzt so milde und so friedlich, daß ihm Zärtlichkeiten sogar willkommen waren. Er fühlte sich bereit, einen anderen in sich eindringen zu lassen. Was für ein gutes Gegengewicht zum Feuer seines Triumphs.

Seth jedoch erbebte vor Gier, da er sich so nahe bei dem Fleisch des Sohns von Osiris fand. Der Geruch der Backen von Horus machte ihn wild, und er stieß Laute aus wie ein wilder Eber; und Flüche gegen die Milch von Isis und die Lenden von Osiris – so schrill, so gellend wie die Schreie von Diebsgesindel. Und plötzlich sah Horus vor sich, im Kopf von Hathor, die traurigen Augen von Isis. Während Seth den Gipfelpunkt erreichte, entzog sich Horus ihm mit einem kurzen Ruck und fing Seths Samen mit der Hand auf. Dieser, mit einem letzten Schrei, fiel sofort in tiefen Schlaf.

Horus, wie benommen von Wein und Milch, vergaß sogleich, was geschehen war. Allzu reichlich hatte Isis seine Augen gebadet, und die Milch machte ihn so schwachsinnig wie einen Narren. Nun verließ er mit langsamen Schritten Seths Lager, vor sich die gewölbte, feuchte Hand, als habe er Perlen darin gesammelt, und auf seinem Gesicht das Licht des Mondes. Er hatte kaum hundert Schritte getan, als er auf seine Mutter stieß.

Seit Stunden wartete sie schon am Rand von Seths Lager. Das Mondlicht mit ihren stummen Gebeten badend, hatte sie Bannworte in den Sumpf gesandt, damit Nebeldunst über Seth walle.

»Doch wie wenig«, sagte Menenhetet, »vermag Magie zu bewirken, wenn das Herz des Magiers erfüllt ist von Furcht? Dies ist das erste Paradoxon der Magie und das schlimmste. Wenn man sie am meisten braucht, wirkt sie am wenigsten. In dieser Nacht dachte Isis im Kopf einer Kuh, mit dem sie noch nicht vertraut war. Wie sollte sie die Wirkung der Bannworte abschätzen, da sie ja nicht mehr durch hochempfindliche Nasenlöcher Witterung nehmen konnte, sondern durch die Nüstern, stumpf und dick, einer Kuh. Würde sie überhaupt etwas ausrichten können? Ja, doch, schließlich war es ihr gelungen. Denn wie sonst wäre zu erklären, daß Seth sich ergoß und in Schlaf fiel, ohne zu wissen, daß sein Same sich in der Hand seines Feindes befand?« fragte Menenhetet.

»Kaum zu glauben, aber er träumte davon, daß sein Samen, Tropfen für Tropfen, immer tiefer in Horus' geheimes Inneres drang. Und er schnarchte voller Zufriedenheit, tief davon überzeugt, daß ihm nun, da sein Same in Horus wirkte, kein Geheimnis mehr entgehen könne, das Osiris seinem Sohn mitteilte. »Süße Träume!« sagte Menenhetet. »Isis warf einen Blick auf Horus' Hand und rief aus: ›Der Samen von Seth ist so dick wie Silbermilch‹, und alles, was sich in der Hand von Horus gesammelt hatte, ballte sich gleichsam, bis es so schwer und so hell war wie der Mond. Das flüssige Silber wurde zu unserem ersten Quecksilber, zu jenem metallenen Element, das nicht mehr (und nicht weniger!) ist als ein Destillat aus dem Samen von Seth. Ja«, sagte Menenhetet, »Isis, wieder im Vollbesitz ihrer Weisheit, wies ihn an, all dies Quecksilber in den Sumpf zu schleudern, sollten selbst alle Pflanzen dort giftig werden. So kommt es, daß unsere Ägypter, die sich von Tieren nähren, welche solche Pflanzen gefressen, so willensschwach sind, mit einem Rückgrat wie aus Quecksilber. Und vielleicht sind wir aus diesem Grund von einer großen Nation zu einem Volk ohne Charakter geworden, ja, denn jeder Erguß eines Gottes, der nicht im Leib eines anderen bleibt, gebiert ein neues Gebrechen. Ein strenges Prinzip, in dem sich viel von Maats Wesen zeigt. Sonst könnten die Götter ihren Samen überall ergießen.«

Er atmete tief und lächelte. »Als Horus die Silbermilch in den Sumpf schleuderte, klebte die Haut seiner Handfläche daran und riß ab. Isis verlieh ihm eine neue Haut, indem sie das wunde Fleisch seiner Hand in den Säften ihrer Schenkel badete, und diese waren genauso wirksam wie die Milch der Gazelle – doch wollen wir bei solchen Zärtlichkeiten nicht verweilen. Ich erzähle dies nur, um dir zu erklären, daß seine neue Samthaut Horus so erregte, daß er sich sofort hineinergoß, und dieser Erguß, so versicherte ihm seine Mutter, werde sich schon bald als kostbar erweisen.«

Menenhetet nickte, und ich sah, wie Isis ihren Sohn zurückführte ins Lager von Seth. Sie gingen an dem Schlafenden vorbei (laut schnarchte er und schwelgte in wüsten Träumen), und sie gelangten zu einem Garten voll Salat. Während des Fests des wilden Ebers (erzählte Horus seiner Mutter) habe Seth eine solche Riesenstaude in sich hineingestopft und auf einen Schlag verschlungen, obschon es ihn würgte, bei hervorquellenden Augen und weitaufgesperrtem Mund. (»Niemand«, sagte Horus, »kann Salat so vertilgen wie Seth.«) Auf ein Zeichen von Isis schleuderte er jetzt den Samen in seiner Hand über das Feld, und dieser fiel auf viele

Stauden, und leise Laute wurden hörbar, eine sonderbare Musik. In den langen, halmartigen Blättern zitterte das Leben der Lebenden: Und also zitterte darin auch die Angst vor künftigen Kriegen, selbst die Klänge noch ungeblasener Hörner und Trompeten. Auch vom Rande des Gartens her drang Musik herbei, doch kaum mehr als ein Seufzen: Eine Armee von Spinnen verließ den Garten, nachdem Horus' Samenfäden auf ihre Weben niedergeschwebt. Wie das Mondlicht glitzerte! Auf dem Heimweg sang Isis ihrem Sohn Wiegenlieder. »Seine Entwicklung zur Mannheit«, sagte Menenhetet, »war offenbar nicht sehr geradlinig; doch gegen Morgen geschahen zwei Dinge: Seth erwachte und stopfte sich wieder mit Salat voll; und Horus wurde Isis' Liebhaber.«

Mein besonderes Interesse blieb Menenhetet nicht verborgen, doch er hob eine Hand. »Von dieser Affäre werde ich ein wenig berichten, doch erst ganz am Schluß. Für den Augenblick genügt es, zu wissen, daß Horus gegen Morgen weise war, indes Seth sich auf seinem Bett rührte mit dem Stolz dessen, dem in der Nacht zuvor eine Eroberung gelungen. Von seinen Lenden stieg der Geruch von Horus' Schande, und er vermischte sich lieblich mit seinem eigenen Stolz. So machte Seth denn große Pläne. Noch bevor Ra die volle Himmelshöhe erreicht, rief Seth die Götter zusammen.

In aller Hast hatten sie sich versammelt, und sie waren neugierig auf seine Rede, eine flammende Rede. Rot war sein Gewand, heller als seine Haut; und als er zu sprechen begann, klang es wie eine Stimme aus Feuer: ›An dem Tag, da Horus und ich miteinander kämpften, hätte der Sieg mir gehören sollen. Mit gespreizten Beinen stand ich über seinen Schenkeln, und sein Kopf lag im Schlamm. Mit meinen neun Fingern‹, sagte er und hob beide Hände, damit alle den einen Stumpf sehen konnten, ›hatte ich seine zehn überwunden. Doch mit Hilfe meines verlorenen Daumens entglitt er meinem Griff – ein Trick, den ihn seine Mutter gelehrt hatte. Sein Blut gleicht der Milch seiner Mutter. Von diesem Augenblick an wurde unser Kampf heimtückisch und gemein. Ihr habt es selbst mit angesehen. Und gestern stand ich vor euch, mußte vor euch stehen. Sein Vater – der sich zum Richter über mich aufwirft – gebot uns, davonzugehen und zu feiern. Dies taten wir. Jetzt sage ich euch, daß ich der Sieger bin. Denn in der Nacht, da wir schliefen, ritt ich voll Triumph auf seinem Rücken, und ich war so groß wie der Baum, der aus der Nuß sprießt. Die Flut, die aus meinen Lenden schoß, ergoß sich in die verachtenswerte Hinterpforte dieses Knaben Horus, der hier neben mir steht. Er blökte wie ein Schaf und gurrte wie eine Taube (wenn er nicht gerade vor Schmerzen schrie), und er war mein Eigentum. Daher sage ich: Macht ihn nicht zum Herrn über die Lebenden, oder ich werde ein Geheimnis stehlen, wann immer ich in sein Gedärm eindringe. Es ist besser, eine so große Macht dem Starken zu verleihen. Möge Horus mein Gehilfe sein. Seine Hüften sind schwach.‹

Seth erwartete, daß Horus ihn angreifen werde, und darauf war er gefaßt. Doch Horus warf nur den Kopf in den Nacken und lachte laut. Zu den Richtern sagte er: ›Ich habe mit gutem und glücklichem Herzen zugehört. Mein Onkel ist ein dünner, kleiner Mann mit einer lauten Stimme. Er kreischt wie ein Vogel. Er lügt. Ich war es, der sich der Mühe unterzog, in seinen trockenen alten Kanal einzudringen. Und weshalb? Ich bitte euch, ihr, meine Richter, stellt euch nur das unentwegte Gefurze meines Onkels vor. Ich muß gestehen, es wäre besser gewesen, ich hätte einen Speer in einen Sumpf geschleudert. Alte Männer sind schmutzig!‹

Wieviel Horus in seiner Nacht mit Isis doch gelernt hatte! Zweifellos war das Öl ihrer Schenkel weit wirksamer als die Milch der Gazelle. Seth blieb keine Antwort, keine Wahl. Er mußte sein Schwert ziehen. Behende wich Horus zurück, und auf ein Zeichen von Osiris hielten die Krieger des Gerichtshofes Seth fest.

Mit klarer und deutlicher Stimme sprach Horus: ›Mögen die Götter unsere Samen von der vergangenen Nacht prüfen. Soll der Samen sprechen.‹ Man stimmte zu, Seth nicht weniger schnell als die anderen; und Thoth erhielt den Auftrag, zwischen den Streitenden zu stehen. ›Stecke deine Hand zwischen die Hinterbacken von Horus‹, gebot Osiris, ›und bitte die Stimme, die im Samen von Seth ist, sich selbst zu erklären.‹ Osiris eigene Stimme klang nicht zuversichtlich. Er hatte Zweifel an seinem Sohn.

›Ich spreche‹, sagte Thoth, ›zu diesem Samen von Seth. Verrate uns, wo er gefunden werden kann. Sprich von dem Ort, wo du selbst zu finden bist.‹ Aus der Ferne, aus den Sümpfen, kam das laute und schwere Krächzen von Quecksilber. In der Luft war der Gifthauch der Pflanzen, und er beleidigte die Götter. Sie murmelten untereinander: Der Samen von Seth – übles Zeug – war offenbar in den Sumpf gespritzt worden.

Dann legte Thoth seine Hand auf die Hüfte von Seth (soweit er es wagte, denn Seth kochte vor Zorn); und Thoth richtete die gleiche Rede an den Samen von Horus. Würde der Samen erscheinen? Und dann klang eine Stimme hervor aus Seths Hinterbacken; ein Wind, voll und voller Süße, und er sprach: ›Ich bin die Verwandlung des Samens von Horus.‹ Der Wind roch so süß wie Salat. Die Götter brüllten vor Gelächter, schien dies doch der Beweis dafür zu sein, daß Horus den Seth ›genommen‹ hatte.

Vielleicht hätte es hiermit sein vorläufiges Ende gehabt (außer daß Seth auf weitere Rache sann), doch bei seiner Rückkehr zum Lager bemerkte er, daß er schwanger war. Nun mag ein Gott ein Kind in seinem Mund empfangen oder in seinem Anus; doch wenn wir auch wissen, daß es diesmal durch den Mund war, Seth wußte es nicht. Eine elendige Schwangerschaft! Und das geborene Lebewesen, halb Mann, halb Frau, starb bald an der Vergeblichkeit, sich selbst zu lieben. Seth dient noch immer als der Herr des Blitzes und als der Gott des Donners; doch ist er verstört und weiß nicht: Hat er die Wahrheit gesagt, oder ist er in der Tat ›genommen‹ worden. Folglich ist er jetzt verrückt. Der Friede der Seele ist für einen Gott noch schwerer zu erreichen als für einen Menschen.« Menenhetet seufzte. Und unendlich langsam begann er sich zu bewegen, sich zu erheben, bis er schließlich, nach Ewigkeiten, auf seinen Füßen stand. »Bist du bereit?« fragte er.

»Du hast mir noch immer nichts über die Affäre zwischen Isis und Horus erzählt.«

»Und das werde ich auch nicht tun. Sie gehören zu den machtvollsten unserer Götter.«

»Dennoch muß ich mehr wissen. Was ist, wenn ich ihnen im Lande der Toten begegne?«

»Das wirst du nicht. Sie leben auf den Gipfeln. Und einen Gott erkennst du erst, wenn du einen großen Berg gesehen hast.« Wieder seufzte er. »Laß mich soviel sagen. Isis und Horus hatten eine lange Affäre miteinander. Sie dauert immer noch an. Und ich flüstre dir ins Ohr, daß sie, indem sie ihrem Sohn beischläft, Osiris die Treue hält. So ist er denn auch ruhig und segnet sie. Was sie tut, beraubt ihn nicht seiner Ehre, sondern bewahrt das Gleichgewicht der Familie. Die Affäre hat Horus jene Weisheit verliehen, die er braucht als Herr über die Lebenden. Und Isis? Sie hat viel mehr Befriedigung gewonnen, als es eine Göttin mit einem Kuhkopf erwarten kann, wenn sie mit einem Falken kopuliert. Denn es ist die Gestalt dieses Raubvogels, die Horus für sich selbst gewählt hat. Jetzt braucht er die Schwäche seiner unteren Glieder nicht mehr zu fürchten, und jeder Pharao verehrt seine Schwingen. Ich kann dir sagen, daß der Gott Horus, voll erwachsen, in nichts mehr dem einstigen Knaben gleicht und genauso groß ist wie sein Vater. Dies verdankt er der göttlichen Weisheit, welche Isis ihn gelehrt.«

Nun gab mir mein Urgroßvater einen Wink. »Es ist an der Zeit«, sprach er, »unsere Reisen in Khert-Neter zu beginnen. Bist du bereit?«

Kindliche, kindische Furcht erfüllte mich: vor allem, was es außerhalb dieser Grabkammer geben mochte. Doch was blieb mir schon übrig: Ich nickte.

Als wir hinaustraten in die Nacht, klatschte Menenhetet in die Hände. Zweifellos bedeutete dies eine Art Zäsur: Ein Bann wurde abgelöst durch einen anderen. Ich wartete. Doch das einzige, was ich wahrnahm, war der stechende Geruch seines Atems. Wir befanden uns wieder auf unserer Straße der Nekropolis.

III

# DAS BUCH DES KINDES

# EINS

Unser Weg führte uns zurück zur Pyramide von Cheops. Ich war voller Unrast. Furcht lag auf mir wie ein Block aus Stein, und der Anblick der mächtigen Pyramide verstärkte dieses Gefühl nur noch. Menenhetet schritt so rasch er nur konnte, und ich glaubte zu wissen, weshalb: Er versuchte, meinem stinkenden Atem zu entkommen. War denn nicht auch der Grabräuber an der Tür zu meiner Gruft davor geflohen? Hatte er nicht meinen Atem verabscheut wie ich den seinen? Er war der Schänder von Gräbern gewesen – welches Verhältnis aber bestand eigentlich zwischen Menenhetet und mir?

Die Frage klang nach. Konnte es sein, daß er mein Khaibit war? Mein Schatten also? Gab es größere Gegensätze als jene zwischen dem Khaibit und dem Ka? Der Ka, armseliger Rest der ursprünglichen und fortdauernden Wesenheit, besaß kaum die Kraft zur Erinnerung. Der Khaibit hingegen wußte alles aus dem früheren Leben. Und so war es ihm ein leichtes, den Ka zu verwirren. Ein Instrument für Böses!

Wie gern hätte ich Gewißheit gehabt. Wie gern hätte ich ihn gefragt: »Bist du der Khaibit von Menenhetet II.?« Doch fürchtete ich, er werde mich nur noch mehr verwirren, etwa indem er antwortete: »Nein, du bist der Ka von Menenhetet I., und ich bin der Khaibit.«

So folgte ich ihm denn stumm, indes er rasch ausschritt, auf eigentümliche Weise einem Gästeführer gleichend, der willig seinem Herrn dient. Fest in sein weißes Gewand geschlungen, bewegte er sich auf eine Weise, die jeden Bettler oder ähnliches Gesindel abschrecken mußte. Und als dann am Tor – wir verließen jetzt die Nekropolis – doch ein Bettler stand (mit offenem Handteller, ohne Finger), gab ihm Menenhetet einen scharfen Schlag auf den Arm, und der Mann zuckte zusammen. Doch ein Leuchten in seinen Augen verriet mir, daß er in mir einen Edlen sah.

Erst jetzt wurde mir bewußt, wie ich gekleidet war. Wer hatte sie mir angelegt, den blendend weißen Rock, diese juwelenbesetzte Brustplatte? Eine Erinnerung tauchte in mir auf: an ein Spazieren am Ufer des Nils, indes die Menge ringsum sich tief vor mir verbeugte. Ganz klar erschien das Bild vor mir, und es bereitete mir Vergnügen, genau wie die unverkennbare Achtung des Bettlers hier am Tor.

Doch meine Stimmung schlug um. Ich dachte an das, was Menenhetet mir über Horus und Seth erzählt hatte. Mußte ich – nach allem – nicht annehmen, daß mein Urgroßvater die Gelegenheit beim, was auch immer, fassen würde, um sich an mir zu vergehen, wie Seth es mit Horus getan? Aus der arroganten Haltung dieses Alten, dieses Uralten, sprach die Gewißheit, daß er sich dazu imstande glaubte. Sonderbar. Lächerlich. Meinte er denn, er sei mir an Kraft überlegen? Unsinn. Denn selbst mit einem Bruchteil meiner früheren Kraft konnte ich ihn mir, diese vertrocknete alte Gestalt, mühelos vom Leibe halten. Woher also sein Hochmut, mich fleischlich besitzen zu können? Ich entsann mich, daß meine Freunde und ich uns für »Jungfrauen« hielten, bis irgendwer uns von hinten packte und nahm. Den Teil eines anderen Körpers im eigenen zu spüren, war natürlich ein Wendepunkt. Ein Adliger würde sich nur ein einziges Mal so gebrauchen lassen, so als sei seine »Blume« – seine Jungfernschaft – königlichen Geblüts. Und wir waren entschlossen, sie niemandem zu geben, den wir nicht in allem bewunderten. Manche von uns bewahrten sich jahrelang diese Keuschheit. Doch das konnte auch übertrieben werden. Wartete man allzu lange, so konnte es, wie bei einer alten Jungfer, sehr wohl geschehen, daß man den »Reizen« eines Tölpels erlag. Auch hier galt die Weisheit von Maat: *das nicht schwankende Zünglein an der Waage.*

Gehörte ich etwa zu jenen, die allzu lange gezögert? Sollte Menenhetet I. der erste sein? Undenkbarer Gedanke. Dort schritt er vor mir, tapsig wie ein Greis und sein Haupt umhüllt gegen frostige Kühle, obschon es doch eine warme Nacht war. Ja, wie ein Greis. Und dennoch beugte er sich nicht wie ein Greis.

Wir befanden uns jetzt fast am Fuße der Pyramide von Cheops, und Menenhetet schien mein Zögern zu spüren. Er blieb stehen und begann wieder zu sprechen; doch verstand ich ihn zunächst kaum, weil sein Atem und mein Atem sich untrennbar mischten. Ich weiß nicht, was er aus meiner Kehle roch; doch ich selbst hatte das Gefühl, in eine Lache aus stechendem Urin getreten zu sein. Wie in einer Fledermaushöhle roch es – und es ließ die Verderbnisse der Duat ahnen. Dennoch hatte dies etwas Reinigendes: Indem ich die übelsten Gerüche einatmete, wurde ich von ihnen befreit. Menenhetets Atem, jetzt schien er erträglich – nicht viel schlimmer als alter Knoblauch und faulende Zähne.

»Der allgemeine Zugang zur Duat«, sagte er, während er unter dem warmen Mondlicht fröstelte, »liegt weit jenseits des ersten Katarakts – eine weite Reise und nicht der Weg, den wir nehmen werden. Unser Weg wird uns durch eine Höhle führen, die im Himmel gefunden werden kann.«

Angesichts der riesigen Pyramide begriff ich – oder glaubte doch zu begreifen –, was er meinte. Himmelhoch schien sie aufzuragen – so steil! –, doch nach unten zu mehr und mehr abflachend; und im Mondschein wirkte der helle Kalkstein wie Marmor, sahen die Schatten aus wie dunkler Samt. Ich erinnerte mich an die Kammer von Cheops inmitten dieser großen Pyramide. War sie die Höhle im Himmel, durch die ich – zuvor schon und allein – hätte eintreten können in die Duat? Wo hatte ich mich geirrt – war abgeirrt? Doch solche Fragen schienen müßig.

Menenhetet sprach inzwischen von so belanglosen Dingen, daß ich kaum zuhörte. Von einem seiner hebräischen Sklaven sprach er und von den sonderbaren Sitten der Hebräer. »Sie sind nicht bei Sinnen«, sagte Menenhetet, »und glücklich, Hirten zu sein. Am besten fühlen sie sich, wenn sie in den Hügeln mit sich selber reden. Doch ist mir aufgefallen, daß dieses barbarische Volk, hierin Tieren ähnlich, viel näher bei den Göttern lebt, als wir dies tun.« Seine Stimme klang klar und wahr, und dies war wie Balsam für mich. »Ich erinnere mich noch gut, wie er sprach, dieser mein hebräischer Sklave«, fuhr er fort. »Zunächst hielt ich sein Gerede für das eines Schwachsinnigen, denn was immer er auch sagte, nie schien darin eine Erinnerung an gestern oder eine Ahnung von morgen zu sein. Doch verfügte er über hundert oder mehr Worte für »schneiden«, eines für das Zerspalten von Schilf, andere für das Zerteilen von Fleisch oder Geflügel; auch für verschiedene

Früchte; oder das Fällen eines Baums oder das Abhacken einer Hand – alles andere als dumm, wenn man bedenkt, daß alles, was wir schneiden, abrupt von seinem Geist getrennt wird. Und ein gutes Wort vermag den Schmerz zu lindern. Und so brachte mich die Vielfalt dieser Wörter dazu, die Sprache dieses Hirten zu studieren, und ich begann zu begreifen, daß – für mich – von seiner Zunge viele Rätsel kamen. Die Hebräer, dies entdeckte ich, leben in jedem Augenblick ganz in der Gegenwart – in ihren Worten spiegelt sich diese einfache Tatsache wider. ›Ich esse‹, sagen sie. Wie einfach! Doch wenn sie von etwas reden, das nicht die unmittelbare Gegenwart betrifft, dann weißt du nicht (jedenfalls nicht als Außenseiter), was sie eigentlich meinen – Zukunft oder Vergangenheit. Sie sagen zum Beispiel: ›Ich aß‹. Und du weißt nicht, ob sie meinen, daß sie schon gegessen haben oder erst essen werden. Erst wenn du ganz genau hinhörst, begreifst du. Haben sie gesagt: ›Und ich aß‹, so bedeutet das: Sie *werden* essen. Sie wissen, was für ein sonderbar Ding die Zeit sein kann! Wie unklar ihre Sprache zu sein scheint! Bedenke dies! Wie können wir sicher sein, daß, was wir morgen tun wollen, in Wahrheit nicht bereits gestern stattgefunden hat, nur daß wir uns nicht recht daran erinnern können, weil es wie im Traum geschah.« Er berührte mich an der Schulter. »Fühle dich also nicht schwach vor dem, was kommen wird. Vielleicht hat es sich ja bereits ereignet. Ja, teurer Sohn meiner Enkeltochter, der lieben Hathfertiti, in deinem Entsetzen mag mehr Würde sein, als du wissen kannst. Vielleicht ist es eher Teil der Sühne für Vergangenes als eine Vorahnung unerträglicher Qualen.«

Ich fühlte mich sehr erleichtert. Seine lange Rede hatte besänftigend gewirkt, und wieder empfand ich – für diese unerwartete Großmut und Güte – ein Gefühl der Dankbarkeit.

Jetzt glitt der Mond über die Spitze von Cheops, Menenhetet hob sacht die Hand, und ich war wie verzaubert von der göttlichen Helle, die auf uns herabstrahlte über die dreieckige Fläche. Hatte der Mond die Pyramide aus den Tiefen des Schlafes gehoben?

Menenhetet sprach mit einer Stimme, so leise, als könne schon das kleinste Beben seiner Kehle die Reinheit des Lichts verzerren. »Diese göttliche Pyramide«, raunte er, »gleicht in ihrer göttlichen Gestalt genau jenem ersten Hügel, den Temu von den Himmlischen Wassern brachte. So ist sie denn das Grab, das alle anderen

Gräber mitumfaßt. Dringst du in die Eingeweide dieser Pyramide ein, so wirst du auch Zugang finden zu den Strömungen der Duat.«

Während ich emporblickte zur gewaltigen Fläche, die im Mondlicht so glatt wirkte wie ein Papyrusblatt und – in meinen Augen – so endlos wie die Wüste, fragte ich mich, wie wir wohl eindringen könnten. Steinblock war so dicht an Steinblock gefügt, daß kaum mehr als ein fingerbreiter Spalt dazwischen blieb. Doch ich brauchte nicht lange zu warten. Menenhetet legte die Schritte, rund hundert, bis zum Fuß der Pyramide zurück, und dort, unmittelbar beim Fundament, schleuderte er seinen Kopf zurück und stieß einen Schrei aus, wie ich ihn noch nie gehört: Dies war nicht das Zwitschern oder Krächzen eines Vogels, auch nicht das Brüllen einer Bestie – nein, die Stimme klang so schrill, wie die Stimme einer Fledermaus klingen mag; und über uns drehte sich, wie in Angeln, ein Steinblock gleich einer Pforte.

»Es ist an der Zeit«, sagte Menenhetet zu mir und begann, mit erstaunlicher Behendigkeit die schräge Fläche zu erklimmen. Ich folgte ihm und meinte, die Furcht werde mir den Atem benehmen; doch ich empfand keine Angst. Nun denn: Ein Kind empfindet weniger Beklemmung beim Gedanken an die aufgehende Sonne als ein Mann. Oder drang ich vielleicht in eben dem Augenblick ein, da der Tod mir ganz natürlich erschien? Ich weiß nur: Als wir durch die Öffnung in die Pyramide eintraten, wandelte sich die Luft. Und wäre ich blind gewesen, so hätten mir meine Ohren verraten, daß ich überwechselte in einen anderen Bereich. Was ich vernahm, war eine eigentümliche Stille – eine Stille so still wie der fast unhörbare Flügelschlag winziger Vögel. O ja, in dieser Stille war das Schweigen aller Tempel ebenso wie der verlorene Widerhall jedes geopferten Tiers auf dem Altarstein. Wieder spürte ich den Dunst, der aufsteigt von der sterbenden Kreatur; wußte wieder um das Verströmen des Blutes, das eben jener Luft Frieden bringt, die noch zittert vom Tod eines geschlachteten Tieres. Unser Eindringen durfte den Stein nicht verwunden.

Im Dunkeln folgten wir einem langen Gang. Immer niedriger wurde er, und wir mußten uns bücken. Geräusche kamen: das Huschen von Ratten, das Schwirren von Insekten; und Fledermäuse flogen so dicht vorbei, daß ich fast meinte, das Böse in ihren Köpfen zu hören.

Doch dann wurde es still und stiller. Und die Ruhe war wie die Ruhe des Nils zur Zeit der Überschwemmung. Wir gelangten in einen weiten Raum – doch hätte ich nicht sagen können, woher ich das wußte, denn es war ja finster. Doch ich *fühlte* Licht. Zwar sah ich nichts, doch das Licht war in mir, und ich konnte mich erinnern, wie ich eines Tages, ein Kind noch, mit meinen Eltern auf einer Barke auf dem Nil fuhr, unter einem sonnenhellen Himmel, der alles in Gold zu verwandeln schien. Meine Eltern wollten mit mir den Pharao besuchen, und meine Freude war so groß, daß sich alles tief in mein Gedächtnis einprägte, selbst das Safrangelb meines Gewandes. Der Morgen war sinnbetäubend schön, daran änderte auch der stinkende Kadaver eines Hundes am Ufer nichts. Jetzt hallten unsere Schritte durch den tunnelartigen Gang, und Menenhetet nahm mich bei der Hand. Sein Atem stank nicht mehr, er glich einem duftenden Parfüm. War es nur Täuschung? Wurde es bewirkt durch mein inneres Licht? Tiefen durchschritt ich, Täler, und sie waren voll kochender Hitze oder fröstelnder Kälte – so schien es. Doch nur fünf Schritte später herrschte wieder die linde ägyptische Nacht, und der wohltuende Duft schien weniger dem Atem meines Urgroßvaters zu entströmen als vielmehr den Steinen selbst. Höher und immer höher schritten wir hinauf, und es war, als bewegten wir uns durch einen geheimnisvollen Basar: Zelt an Zelt voller Wesen, sich selbst zu läutern. Ich hatte das Gefühl, nicht zu gehen, sondern in einer Barke dahinzugleiten. Streckte ich die Arme zur Seite, so konnte ich die Wände des Ganges hier in der Pyramide fühlen; und doch fühlte ich mich näher dem Nil an jenem goldenen Tag in meiner Kindheit. Genauer: In mir herrschte jene Verwirrung, wie sie offenbar der Hebräer empfand, der die Zukunft nicht zu unterscheiden wußte von dem, was er träumte. Ich wußte: Ich war hier in dieser Pyramide, in dem engen Gang. Und doch hatte ich das Gefühl, auf dem Nil dahinzutreiben, so wie an jenem sonnendurchwirkten Morgen, da mein Kopf auf einem Kissen ruhte, dessen Safrangelb noch lichter war als das meines Gewandes.

Meine Eltern sprachen miteinander. Doch was sie sagten, war oft nicht mehr als Schaum (wieviel Lug und Trug, jetzt erinnere ich mich, war doch meist in ihrer Rede). Die Windungen ihrer Worte glichen den Windungen des Nils, denen wir jetzt folgten; und goldübergossen war alles, das Wasser und selbst das Schwemmland und so vieles mehr. Die Stimme meiner Mutter: Ich erinnere mich, wie sinnlich sie klang, fast so tief wie die Stimme eines Mannes, doch voll Zärtlichkeit und zauberhaftem Widerhall.

Mein Vater gab selten eine Antwort. Wirkliche Gespräche zwischen meinen Eltern waren kaum üblich. Und wenn sie jetzt gemeinsam in der Barke glitten, dann jeder aus gutem – wenn auch völlig unterschiedlichem Grund. Sie wollten Ptah-nemhotep, unseren Ramses IX., besuchen, und was für meinen Vater fast etwas Alltägliches war, bedeutete für meine Mutter etwas Außergewöhnliches – auf mehr als zweimal jährlich brachte sie es kaum. Warum, weiß ich eigentlich nicht. Bei ihrer Schönheit wäre sie dem Pharao zweifellos häufiger willkommen gewesen, vorzüglich am Nachmittag und ohne irgendwelche Begleitung. Späte Reflexionen und gewiß nicht die Gedanken des Sechsjährigen, der ich damals gewesen war.

Menenhetet führte mich nun zu einer Art Nische. Immer noch hatte ich das Gefühl, in einer Barke dahinzutreiben, völlig im Dunkeln, denn das innere Licht war erloschen. Und dann bewegte ich mich nicht mehr. Vor mir glaubte ich Wasser zu erkennen, und ich stieß einen leisen Schrei aus. Es schien mir bis zur Hüfte zu reichen, und ich sah einen Stern in diesem Wasser – war der Boden für mich zum Himmel geworden? Doch dann begriff ich, daß dies nur der Widerschein war des Lichtes über mir: Der Himmel – die Himmel – befanden sich noch immer an Ort und Stelle; nur hatte Menenhetet mich zu einem Ort geführt, wo durch einen Schacht von hoch oben Licht einfiel. Und als ich emporstarrte zu der Öffnung oben, entfernte sich der Stern aus dem Mittelpunkt. Ich war verblüfft über Menenhetets genaue Berechnung.

»Jener Stern«, sagte er, »ist seit dreihundertundzweiundsiebzig Jahren nicht an dieser Stelle gesehen worden. Wir befinden uns in einer Nacht der Wunder für uns alle.« Dieser gute Gedanke drang wie Weihrauch in mich ein; und ich spürte den Reiz nicht zuletzt in meinen Lenden – eine Art Vorgefühl, eine Vorahnung. Etwas wie eine Melodie kam zu mir, woher wußte ich nicht; doch laut sagte ich: »Der Pharao nimmt das Blut derer, die er liebt, und er pflanzt damit im Licht der Sonne.

Was aus der Erde wächst«, hörte ich mich sagen, »ist die gesegnete Pflanze des Papyrus, und unter den Händen von Menschen wird sie zum Gefilde für Schreiber. Und sie pflanzen ihre Botschaften auf diese Felder. Alle Papyruspflanzen gedeihen, und sie tragen die Schriften, mit denen sie wie Triumphwagen über die Felder jagen; doch diese Felder sind wie Flußufer, und jede Knospe gleicht den Lippen eines Mundes und jedes Blatt einer Zunge voll Honig.«

Ich sah wieder den Nil, und aus der Trägheit des Wassers stieg Hitze.

Und ich sagte plötzlich: »Papyrus ist eine Pflanze, die von den Krokodilen verabscheut wird.« Wieder genoß ich die Erinnerung an meine Kindheit: wie ich die Blumen mit dem goldenen Strahl meines Urins besprüht hatte; und ich sah noch viel mehr in meinem Gedächtnis: wie Nilpferdvögel den Nilpferden oder auch den Krokodilen gefährliche Würmer aus den Rachen fraßen, sie von tödlicher Bedrohung befreiten. Und dann waren da die Ruderer, die auf dem Nil sangen: »Oh, Papyrus ist eine Pflanze, die von Krokodilen verabscheut wird«, und sie nickten, während sie stromaufwärts ruderten.

Unsere eigenen Ruderer (nur mit einem Hauch von Lendenschurz bekleidet, der nicht mehr als Penis und Hodensack deckte – die Hitze war gar zu grausam) ruderten uns mit gleichmäßigen Schlägen stromabwärts; und wieder kribbelte es mir im Hinterteil, und ich drückte mich gegen das silberverzierte Kissen. »Schlamm«, sagte meine Mutter jetzt, »ist in meinen Nasenlöchern und in meinen Poren«, und sie kehrte ihren Blick jenem Wagenlenker zu, gleichsam Roß und Reiter in einem, die in der Hitze des Tages und im Staub der Straße am Flußufer entlangstoben. Ich mit meinen sechs Jahren war über den Anblick entzückt, und eine Vorahnung sagte mir, auch ich würde eines Tages diese Kunst beherrschen.

Während ich noch auf den Stern starrte, der sich dort im Wasser spiegelte, wurden die Erinnerungen immer stärker, und sie überkreuzten sich. Ich war gleichzeitig sechs und einundzwanzig, das Kind und der Wagenlenker. Menenhetet schien meine Verwirrung zu spüren. Mit festem Griff umschloß er meine Hand, und jetzt war ich nur noch das Kind, das auf vergoldeter Barke mit seinen Eltern den Nil entlangglitt; und plötzlich begriff ich, warum unser ägyptisches Wort für Auge dasselbe Wort ist wie für Liebe, und daß es auch Grab oder Gruft bedeutet. Doch ob Auge oder Liebe oder Grab – Menenhetets Hand geleitete mich sicher den Flußlauf entlang. Ich glaubte mich wieder in der reichgeschmückten Barke an jenem goldsonnenglänzenden Tag – und nicht hier in der pechschwarzen Finsternis tief in der Pyramide von Cheops.

Und plötzlich sah ich auch Menenhetet auf dieser gleißenden Barke, doch hier spielte mir meine Erinnerung wohl einen Streich; denn war er nicht ein Jahr vor meiner Geburt gestorben? Möglich. Sogar wahrscheinlich. Wo ich, dicht bei mir, meine Eltern gesehen hatte, sah ich nun auch Menenhetet: sah ihn neben mir mit seinem Silberhaar, doch ohne die zahllosen Falten und Furchen, ohne das Spinnwebennetz, welches das Gesicht des Greises zersplittert: *Dieser* Menenhetet war einer jener Männer um die Sechzig, die noch voller Lebenskraft sind.

Ja, wir befanden uns auf dem Fluß. Doch weshalb eigentlich? Wenn wir den Pharao besuchen wollten, weshalb dann die Fahrt in *dieser* Richtung? Wir ließen uns von der Strömung treiben, *fort* vom Palast.

Es waren keine Segel gesetzt, auch hatten wir keine Ruderer an Bord. Nur zwei Männer standen hier in unseren Diensten. Der eine (wir nannten ihn Stinkender Körper) mußte mit einer langen Stange mögliche Kollisionen vermeiden, der andere (mit dem Spitznamen Schattenfresser) hielt bei Fahrten gen Süden das Ruder stets im Schatten der Segel. Jetzt jedoch trieben wir stromabwärts (für uns gleichbedeutend mit nordwärts), und vom Delta her wehte eine Brise, zumeist jedenfalls, die einen in entgegengesetzter Richtung gegen die Strömung trieb. An diesem Tag allerdings fluteten wir gleichsam stromabwärts, ganz müßig, mit Neha-hau am Bug und Unem-Khaibitu, dem Schattenfresser, am Ruder. Natürlich waren da noch ein paar Leute, und ich erinnere mich an ihre Namen: Knochenbrecher, Weiße-Zähne, Blutschlucker; und der mit der großen Nase (ein wahres Monstrum) – sie alle hatten einen leichten Tag.

Für gewöhnlich fand ich sie häßlich. Wenn sie nichts zu tun hatten, wirkten ihre Gesichter dumm. Doch wenn sie sich voll einsetzen mußten, um gegen Strömung und Wind zu rudern, so änderte sich das. Ihre Atemstöße wurden so kurz, daß man glauben konnte, sie schluchzten, und auf ihren Gesichtern spiegelte sich der Ausdruck von Rössern in voller Flucht, mit allem Schmerz, mit aller Qual – nein, sie konnten nicht einfach häßlich sein. Nun denn – im allgemeinen wirkten ihre Gesichter aufgedunsen. Und warum sie, am Land, häufiger in Schlägereien verwickelt waren als alle anderen Arbeiter, ließ sich wohl nur mit ihrem höheren »Bierkonsum« erklären. Die meisten hatten zernarbte Gesichter, diesem und jenem fehlte ein Auge. Die Peitsche war es, die über sie regierte. Set-qesu, der Bootsführer, schwang die Peitsche, und nicht zufällig lautete sein Beiname Knochenbrecher. Bei starken Winden nahm auch mein Großvater mitunter die Peitsche, und er verstand es, die Schnur – die Spitze der Schnur – tanzen zu lassen. Hier zuckte sie gegen den Bauchnabel eines Ruderers, dort biß sie in die Achselhöhle eines anderen, der sich gerade kratzte; und sie traf mit solcher Genauigkeit, daß sie ein paar Härchen abfetzte. Zum Unglück gab es viele Gründe, sich zu kratzen. Welcher Ruderer wäre wohl ohne Läuse gewesen?

Der bloße Gedanke an solch Ungeziefer konnte meine Mutter völlig aus der Fassung bringen. In der Tat ließen sich – aus eben diesem Grund – viele junge Ehefrauen den Schädel kahl rasieren und trugen in der Öffentlichkeit Perücken. Doch meine Mutter war stolz auf ihr Haar, das so üppig war und so schwarz und sich mit der Geschmeidigkeit einer Schlange um ihren Kopf wand. Ja, sie liebte es lang – und lebte in steter Furcht vor Kopfläusen. Doch warum trieben wir jetzt stromabwärts, statt in entgegengesetzter Richtung zu rudern, zum Palast des Pharao? Auch hierfür schien sich nun eine Erklärung zu finden. Gemeinsam mit meinen Eltern hatte ich die vergangene Nacht bei Menenhetet verbracht, in seinem großen Haus südlich von Memphis. Hundertmal hundert Schritte maß es in seinen Grundmaßen, und es war drei Stockwerke hoch. Und hatte an die fünfzig Räume – mit einem wunderbaren Blick auf den Fluß voll wimmelnder Fische, unter dem Sonnenschein, der die ganze Landschaft in ein Wunder verwandelte.

In diesem Augenblick sprach mein Urgroßvater zu mir. Er legte eine Hand um meine Hüfte und zog mich näher zu sich.

»Hast du dir je die Farben auf der Palette des Schreibers betrachtet?«

Ich nickte. »Sie sind schwarz und rot.« In seinen Augen leuchtete es auf, und ich fuhr fort: »Sie sind wie der Himmel am Abend und der Himmel bei Nacht.«

»Ja«, sagte er, »das ist ein Grund dafür, daß sie schwarz und rot sind. Kannst du mir einen weiteren nennen?«

»Unsere Wüsten sind rot, und die beste Erde ist schwarz, wenn die Überschwemmung vorbei ist.«

»Vortrefflich. Kannst du mir einen weiteren Grund nennen?«

»Nein. Es fällt mir keiner ein.«

Er zog ein kleines, juwelenbesetztes Messer hervor und preßte die Spitze gegen meinen Finger. Ein Tropfen Blut quoll hervor. Ich hätte aufschreien mögen, doch da war etwas in seinem Gesicht, das mich stumm bleiben ließ. »Dies ist die erste Farbe, die man sich einprägen muß«, sagte er, »genauso wie schwarz die letzte ist.« Er sprach noch dies und das, tätschelte mich und ging dann; doch später hörte ich, wie er mit Hathfertiti sprach und meinen Namen nannte. Ihr leises, zufriedenes Lachen verriet mir, daß er nichts Schlechtes über mich sagte: Lob über mich war ihr stets willkommen. Gab es in meiner Erinnerung etwas Schöneres als dies? Daß sie stolz war auf mich, daß sie glücklich war, daß ich – wie sagt man doch? – ihr Augapfel blieb.

Ich verfolgte den Sonnenuntergang jenseits des Flusses und fiel in Schlaf; träumte von dem Wunder der Wüste, vom Silberwasser einer Oase.

An diesem Abend schien die Luft buchstäblich stillzustehen. Fakkeln wurden entzündet, und bei jeder Fackel an den Ecken des Dachs stand ein Bediensteter mit einem Gefäß voll Wasser. Das war eine Vorsichtsmaßnahme meines Urgroßvaters, die er sehr genoß: Konnte es nicht sein, daß ein Bediensteter plötzlich einschlief; oder daß plötzlich ein Wind aufkam? Tatsache war: alle paar Jahre brannte eines der großen Häuser durch Unachtsamkeit bis auf die Grundfesten nieder. Eigentlich waren die Fackeln also reiner Luxus: Man brauchte sehr aufmerksame und getreue Diener, um solche Brände zu verhindern. Gewiß sprühte von den Fackeln Licht, das weit erregender war als der Schein unserer Kerzen.

Und im Schein dieser Fackeln tanzte ein Weib. Es – nein, sie – bewegte sich mit genau der gleichen Sinnlichkeit, mit der Hathfertitis Haar ihr Haupt und ihren Nacken umschlang; und das Sistrum, die Handrassel, wurde von einem Gnomen bedient, der nichts trug als eine güldene Geldtasche und ein paar Schmuckstücke an seinen kurzen Armen. Er spielte mit der Hektik des Liliputaners, und sie schwenkte wie verrückt ihre Hüften.

Menenhetets kleines Orchester schien seine Gäste zu bezaubern.

In der Tat waren sie alle nicht größer als ich, das Kind. Da waren der Harfenist, der Zymbalspieler, auch der Flötist und der Trommler; und keiner von ihnen größer als ich, doch alle Meister in ihrem Fach (ausgenommen der Harfenist, dessen Arme für dieses Instrument einfach zu kurz waren, was eine Menge Fehler bedingte – oder sagen wir: Ungenauigkeiten).

Sie sprachen auch in fremden Zungen, denn sie stammten von Gefangenen aus früheren Kriegen mit den Königen von Arvad, Carchemish und Egerath. Das Publikum applaudierte entzückt (und nicht ohne Übertreibung): Menenhetets Gäste waren Priester und Richter, reiche Kaufleute und benachbarte Adlige, alle sehr wohlhabend, zweifellos, aber doch nicht *so* reich, um sich nicht geehrt zu fühlen, daß mein Urgroßvater sie in sein Haus und sogar in seinen Dachgarten lud. (Allerdings vernahm ich auch mißvergnügtes Getuschel: Die erlauchtesten Gäste seien längst nicht so erlaucht wie erwartet; und der einzige hohe Palastbeamte war mein eigener Vater.)

Menenhetets Ruhm reichte vom Delta bis zum Ersten Katarakt: sein Ruhm als Weiberheld; und die Gäste tratschten darüber (sie meinten, ich sei zu jung, um zu verstehen), mit welcher er denn wohl schon... und mit welcher er wohl demnächst. Doch an diesem Abend saß er die meiste Zeit an der Seite meiner Mutter. Ich hielt mich von ihnen fern, denn da war etwas spürbar, zwischen ihnen, wie eine ungeheure Gewalt.

Reglos lauschten sie der Musik, und mein Vater wirkte wie verloren. Setzte er sich in ihre Nähe, so achteten sie kaum auf ihn. Menenhetet und Hathfertiti, Seite an Seite, stumm – doch eben ihr Schweigen sprach seine eigene Sprache. Hathfertiti hielt ein schwarzes Haarbüschel zwischen den Fingern, mit dem sie sich immer wieder über ihre schwarzen Locken strich. Das Büschel stammte vom Schwanz eines heiligen Stiers und sollte verhindern, daß ihr Haar ergraute: Sie widmete sich diesem Ritual voller Hingabe.

Nach dem Ende der Musik brachen etliche Gäste auf, und jetzt konnte man sehen, welch hohen Rang mein Urgroßvater bekleidete. Während sie sich ihm näherten, vor ihm niederknieten und mit der Stirn den Boden berührten, richtete er kein einziges Wort an sie: Nur ein Pharao, ein Wesir, ein Hoherpriester oder ein hochgeehrter General konnte sich so verhalten. Und Menenhetet spielte diese Gleichgültigkeit nicht. Ihn interessierte das Büschel, mit dem Hathfertiti sich über ihr Haar strich, und er tat das so ungezwungen, so natürlich, daß die scheidenden Gäste nicht etwa erbost waren, im Gegenteil: Ihnen genügte die Auszeichnung, vor ihm, dem Ruhmreichen, zu stehen. War da ein unhörbarer Widerhall seiner Taten? Oder eine Art Abglanz seiner Magie?

Diese Gefühle, diese Gedanken waren so stark, daß ich wie in zwei Zeitebenen existierte. Ich stand oben im Dachgarten bei einem Sklaven, der eine der Fackeln bewachte; und war gleichzeitig in der Pyramide, wo sich im Wasser der Stern spiegelte.

Jetzt wußte ich, daß mein Führer ins Land der Toten bei Lebzeiten hohes Ansehen genossen hatte; und unwillkürlich, meine Hand in seiner, seine in meiner, beugte ich mich vor und gab ihm zu meiner eigenen Überraschung dort in der Dunkelheit einen Kuß auf die welken Lippen.

Sie öffneten sich wie die schmutzige Haut einer Aprikose, gepflückt von einem staubverkrusteten Baum, und ich fühlte das reife, warme Fleisch eines Mundes, so voller Sinnlichkeit, daß der Kuß noch in der Luft zu schweben schien, längst nachdem ich meine Lippen von seinem Mund gelöst; und in eben diesem Augenblick kehrte ich wohl wieder ganz zurück zu jenem Abend, da Menenhetet und meine Mutter auf dem Dachgarten gesessen hatten, Seite an Seite, in einem Schweigen voller Sinnlichkeit.

Die Gäste waren inzwischen gegangen, auch mein Vater (was meine Mutter nicht weiter zu kümmern schien); und auch ich war gleichsam nicht mehr vorhanden, denn ich stand ganz auf der anderen Seite des Dachs und blickte den letzten Gästen nach, wie sie durch den langen Garten dort unten schritten. Der Mond schien, und in seinem Licht erkannte ich den flachen Teich so deutlich, daß ich selbst die kleinen Fische sah, noch am Nachmittag von Dienern in Sümpfen und Seen gefangen, Schuppenleiber wie Silber und Gold.

Die Gärten meines Urgroßvaters waren in Memphis berühmt. Außer jenen des Pharao gab es wohl nichts, das sich mit ihnen vergleichen ließ. Und der Teich, ein künstlicher Teich, galt als wahres Meisterwerk. Die Bilder auf den Kacheln stellten Blumen dar, doch waren sie geformt aus seltenen Edelsteinen – Granat und Amethyst, Karneol, Türkis, Lapislazuli und Onyx; andere mehr. Und es gab Bedienstete, die mit Falkenaugen über die Kostbarkeiten wachten: Der Verlust eines einzigen Edelsteins hätte sie eine Hand gekostet.

Das Abschlagen einer Hand war nichts Besonderes. Dort, wo weiße Pfosten den Blumengarten abgrenzten, fand man allenthalben eine verwelkte Hand ans Holz genagelt, mitunter nur noch weißer Knochen auf weißem Holz. Ein grauenvoller Anblick am Rain zu den Feldern voller Weizen und Gerste und Linsen, voll Zwiebeln und Knoblauch, Gurken und Wassermelonen. Doch die Früchte gediehen. Man hätte meinen können, göttliche Heiterkeit, aus göttlichen Bäuchen gequollen, befruchte das Land.

Am Nachmittag war ich durch die Felder gewandert und hatte von dieser oder jener Frucht gekostet, Weintrauben, Granatäpfel. Der Gedanke an die abgeschlagenen und angenagelten Hände ging mir nicht aus dem Sinn; und als ich zu dem Teich kam, wollte ich mein Wasser in das Wasser dort ergießen – ganz einfach, um zu sehen, ob die goldenen und silbrigen Fische dort meinen Harn trinken würden. Da war das Vieh in den Pferchen, Schafe und Ziegen, Düfte wehten herüber, und zwischen meinen Lenden bereitete sich ein angenehmes Gefühl. In der Hitze des Nachmittags schienen unten in der Erde die Götter ein fröhliches Fest zu feiern. Und alles schien darin einzustimmen, die Esel mit ihrem Geschrei, die Hennen mit ihrem Gegacker.

Als ich dann später am Abend meine Mutter und Menenhetet auf dem Dach beobachtete, war das Geheimnis jener Macht zwischen ihnen nicht mehr gar so unergründlich: An diesem Nachmittag hatte ich ein Knospen gespürt, in meinem Herzen und in meinen Lenden; ja, an diesem Nachmittag war all das geschehen, eine erste Umwandlung in mir, ähnlich wohl wie bei Göttern.

Während ich durch den Garten wanderte, gewahrte ich zum erstenmal wirklich die Fülle der Blumen, spürte ihren Zauber; Geranien und Veilchen, Dahlien, Schwertlilien und viele andere, wundersame, deren Namen ich nicht kannte: die Blumen dieses Gartens, die Blumen des Gartens in mir, wo sie keimten und blühten. Und wie überwältigte mich ihr Duft! Während ich ihn noch einatmete, öffneten andere Blumen ihre Blütenblätter in meinem Fleisch, und ein grüner Stiel hob sich von der Mitte meiner Hüfte zu meinem Nabel. Moschusgeruch zog in mein Herz, und die Kraft der Erde stieg sofort in meinen Bauch; und glitt zurück wie ein Körper, der durch meinen Körper zum Leben erwacht; und wieder hob er sich mir entgegen, und ich war feucht, überall, und befand mich in einem Fluß, reich und weiß, wie Sahne in der Hitze; und wußte nicht, wo das Blühen dieser Blumen endete und wo ich begann.

Als ich jetzt über die Gärten blickte (in der Werkstatt des Bootsbauers flackerte in dieser Nacht Feuerschein: aus irgendeinem Grund war man dort noch an der Arbeit) und ich den letzten Gästen nachsah, die über die Wege in ein geschickt angelegtes Labyrinth entschwanden, wußte ich sehr wohl, was zwischen meiner Mutter und ihrem Großvater vor sich ging. Aus einem Käfig schrie mit menschenähnlicher Stimme ein Affe, gellend, wie irr. Wie das Mondlicht jetzt glänzte! In der Hitze war es schwer wie die Erde unter meinen Füßen am vergangenen Nachmittag. Eine Gazelle ließ einen leisen Ruf hören.

Plötzlich schrie meine Mutter auf. Von meiner Nähe ahnte sie nichts, und ihr Entsetzen war nicht gespielt. Sie begann zu weinen wie ein Kind. »Befreie mich davon, befreie mich davon«, bat sie und nahm Menenhetets Hand auf ihren Kopf. Offenbar hatte sie das Gefühl, in ihrem Haar wimmle Ungeziefer.

Es war eine Laus. Er fand sie sofort und zerquetschte sie zwischen seinen Fingernägeln. Doch Hathfertiti fuhr sich wieder und wieder durchs Haar und rief: »Sind da noch mehr? Suche genau, suche!« Er tröstete sie, wie man ein verängstigtes Kind tröstet; strich ihr über den Kopf, streichelte ihr Kinn und murmelte sanfte, bedeutungslose Worte. Beim Schein einer Fackel (der Sklave dort, genau wie alle anderen, hatte die ganze Nacht hindurch bewegungslos zu verharren) suchte er sorgfältig in ihrem Haar und versicherte Hathfertiti, sie könne beruhigt sein. Dann führte er sie wieder zu der Liege.

»Bist du sicher – mehr gibt es nicht?« fragte sie.

Er lächelte, flüchtig nur, irgendwie verschlagen. Und flüchtig war auch der Kuß, den er ihr jetzt gab – gerade lang genug, um in ihr Verlangen zu wecken. Sie beugte sich auch sofort wieder zu ihm. »Noch nicht«, sagte er, und seine Worte klangen, wie so oft, doppeldeutig.

Ich glaubte, die Furcht meiner Mutter zu spüren. Und ich war selbst voll Angst. Ich wollte nicht hören, was sie sagten, nicht hören, was geschah. Würde es nicht dem ähnlich sein, was ich aus vielen Nächten kannte? Aus dem Zimmer meiner Kinderschwester kamen des Nachts häufig bestimmte Geräusche; einer ihrer beiden Freunde war dann stets bei ihr, entweder der nubische Sklave, der in den Stallungen arbeitete, oder der hebräische, der in der Metallwerkstatt Messer und Schwerter schärfte. Manchmal klang es wie das Grunzen von Schweinen, dann wieder wie das Gebrüll von Löwen; manchmal auch wie ein Wiehern oder Wimmern, das tief aus den Bäuchen kam. Und nirgends auf dem Grundstück meines Vaters war das in der Dunkelheit viel anders, Seufzen und Stöhnen, sonderbare Laute, in die sich die fauchenden, kreischenden Stimmen der Tiere mischten.

Meine Mutter erhob sich, doch sie ging nicht. Wieder schien zwischen ihr und Menenhetet jene Kraft zu wirken, die schon den ganzen Abend spürbar war. Sie sprachen nicht, und doch vernahm ich ihre Stimmen. Vernahm ich sie wirklich? Ja. Und oft war es für mich schwer zu unterscheiden, ob ich sie mit meinen Ohren hörte oder in meinem Kopf. Denn so wie es Menschen gibt, die taub sind für das gesprochene Wort, so gibt es andere, die auch das unausgesprochene vernehmen. Jedenfalls hörte ich meinen Urgroßvater sagen: »Deine beste Chance beim Pharao ist morgen. Und gewiß wird er dich wählen, wenn keine groben Fehler unterlaufen.«

Meine Mutter erwiderte: »Und du? Was geschieht, wenn nur einer von uns mit dem zurückkommt, was wir wollen?«

»Oh, dann muß der andere loyal bleiben«, sagte mein Urgroßvater. Obschon ich nicht hinblickte, wußte ich, was geschah; denn wieder flossen mir die Gedanken zu. Er zwang Hathfertiti auf die Knie, ihr Kopf war vor seinem kurzen, weißen Rock und dann sprach mein Urgroßvater: »Seths Phallus ist in deinem Mund.«

Gift schien in mich einzudringen, der ätzende Gestank von Darmwinden; und ich wußte nicht, war ich bei Bewußtsein und lebte in Dunkelheit, nicht sechs, nicht zwölf, nicht einundzwanzig, nicht einmal tot – oder war ich tot? – nein, hier im Bauch der Pyramide steckte ich und hatte Menenhetets Phallus im Mund. Meine Kinnbacken verkrampften, doch in den Muskeln war keine Kraft. Dabei wütete tief in mir ein Zorn. Ein einziger Biß, und *er* würde schreien. Aber in diesem Augenblick war ich eins mit meiner Mutter, war gleichsam sie selbst: hätte nicht sagen können, ich sei Menenhetet II., der junge und edle Krieger, der allzu früh den Tod gefunden; auch fühlte ich mich nicht geschändet in meinem Stolz, denn der Mund, der den Phallus saugte, war nicht mein Mund,

130

sondern ihrer, und es waren auch ihre Gedanken und Gefühle, so turbulent sie immer sein mochten. Doch kannte ich Seths Phallus nun, wie sie ihn auf dem Dachgarten meines Urgroßvaters gekannt, und sein Fleisch war so heiß wie Gruben voller Schwefel und drohte, ihren Gaumen zu versengen.

Ja, ich war in ihr, ich war sie, unser beider Münder waren ein und derselbe, und ich schmeckte einen Fluch, so tief wie die Mannheit im Samen von Seth, während Menenhetets Hand immer noch meine Hand hielt und die Finger der anderen Hand sich um meinen Hinterkopf wölbten. Durch die Ohren meiner Mutter konnte ich die jetzt stumme Stimme meines Urgroßvaters hören, so wie er zu Hathfertiti gesprochen hatte, indes sein Glied ihren Mund füllte. Da war ein Pochen, ein Zucken auf ihrem Gesicht (meinem Gesicht), ein Wetterleuchten geballter Blitze am unheildrohenden Himmel; und dann quoll gallenbittere Essenz aus Lenden, wie das faulige Mark aus den Gebeinen der Toten, und Menenhetet ergoß sich in ihren Mund, ergoß sich in meinen Mund, ja, aus den Lenden des toten Menenhetet schoß es, dort in jenem Raum in der Pyramide, wo ich kniete. Es war gebündelte Kraft, ja, Gewalt; und im Licht dieses Blitzes erkannte ich, wie er auf dem Dachgarten Hathfertitis Kopf gehalten hatte, während noch der letzte Rest auf ihre Zunge tropfte aus zuckendem Glied und ihre Gedanken überflutet wurden von seinen Gedanken. Nun, hier in der Dunkelheit der Pyramide, löste sich der Phallus aus meinem Mund, und ich, im Land der Toten, spürte einen Hauch von Vorfreude auf das, was als nächstes geschehen mochte – indes Hathfertiti (die Lippen leicht geschwollen und ihre Parfüme jetzt vermischt mit seinem fleischlichen Geruch) gleichfalls glücklich war, in Körper und Gemüt. Denn ihre Vorfreude galt dem nächsten Morgen. Bei diesem Gedanken, hier, immer noch kniend, wurde ich mit ihr fortgetragen wie von einem einzigen Hauch meiner Erinnerung, hin zu dem goldenen Licht unserer Reise flußabwärts in all der glanzvollen Erwartung der Audienz bei unserem Pharao, Ramses IX., während ich von ihm träumte im morgendlichen Strahlenglanz des Nil.

# ZWEI

Blinkt nicht oft aus dem letzten Tropfen in einem goldenen Becher ein besonderer Gedanke? So war es an diesem Morgen, da wir den sonnenüberglänzten Nil entlangglitten und eine Ahnung mir sagte, der größte Schatz dieses Tages sei zweifellos in der Tiefe des Pokals – den Privatgemächern des Pharao zu finden. Auf einem silberfarbenen Kissen sitzend (mit unruhig rutschendem Gesäß) und in Hathfertitis Arm geschmiegt, spürte ich in meinen Lenden eine mir früher unbekannte Hitze; und sie brachte die Erinnerung an die vergangene Nacht zurück, an Menenhetet und Hathfertiti. Welch eine Verwandlung von Blei in Gold! In der letzten Nacht hätte ich mit meiner Mutter aufschreien mögen. Jetzt jedoch, im Boot, spürte ich wohlige Hitze.

Meine heimliche Anwesenheit war belohnt worden, auf die natürlichste Weise. Denn Menenhetet und meine Mutter hatten sich geliebt. Nur daß ich den Akt nicht recht begriff. Sie bewegten sich in einem eigentümlichen Rhythmus, wie Tänzer oder Ringer; ja, in gewisser Weise glich, was sie taten, der Paarung von Tieren, doch fand sich in ihren Gesichtern nichts von jener Blödheit, die man dann bei Tieren sieht.

Als sie einander dann mit ihren Zungen liebkosten (nicht grunzend wie Schweine, sondern eher gurrend wie Tauben), stahl ich mich fort; in einem sonderbaren Gemisch aus Pein und Peinlichkeit schlich ich die Treppe hinunter, zu meinem Zimmer, in mein Bett. Und während ich in Gedanken (schluchzend) noch immer bei meiner nackten Mutter und meinem Urgroßvater war, geschah es zum erstenmal, daß Eyaseyab, meine Kinderschwester, mich auf besondere Weise befriedigte. Jener Teil meines Körpers, der zwischen meinen Beinen wuchs und bislang nur zum Wasserabschlagen gedient hatte, wurde von ihr in der Dunkelheit Süßer Finger getauft; und Eyaseyab umschmeichelte ihn mit ihren Lippen, ihren syrischen Lippen, daß Empfindungen geweckt wurden, wie ich sie nie auch nur geahnt.

Selbst an diesem Morgen noch, wenn ich über das Wasser zu ihr blickte (denn Eyaseyab war mit anderen Bedienten in der Barke, die uns folgte), hob ich meine Hand zu meiner Nase und roch ihren Mund, ein anziehendes Gemisch aus Zwiebel, Öl und Fischen (denn natürlich hatte meine Hand, noch lange nachdem Eyaseyab gegangen, den Süßen Finger umschlossen); und so waren ihre Lippen denn noch in meiner Erinnerung wie die leichten Wellen von Booten, die uns in Gegenrichtung passierten; und ich lachte zur allgemeinen Überraschung, als mein Vater, nur um irgendwie in die Aura um seine Frau und deren Großvater einzudringen – um gleichsam ins Schweigen zu beißen –, plötzlich sagte: »In diesem Jahr werden wir den Gestank loswerden.«

»Nun, ich muß bekennen, daß ich den Geruch faszinierend finde«, sagte Menenhetet.

»Mir kommt er sonderbar vor«, erklärte meine Mutter, »jedenfalls gelegentlich.«

Ich erinnerte mich, wie sie einander beleckt hatten. Aber natürlich war das nicht zu vergleichen mit unserem Strom, wenn seine Flut zu steigen begann und Schlamm und Schleim sich rührten und mit ihnen die Gerüche. Je höher das Wasser sich hob, hoch ins alte Schilf, desto mehr tote Pflanzen und Insekten wurden dahingeschwemmt – ein grauenvoller Gestank, etwa eine Woche lang, als entledige sich unsere Erde ihrer allerübelsten Außenhaut. Und von jedem Dorf, jetzt eine isolierte Insel, kam neuer Gestank hinzu, denn Schafe und anderes Vieh drängten sich schutzsuchend in den Hütten ihrer bäuerlichen Herren zusammen, ein kaum erträglicher Zustand. In solchen Nächten, da die Dörfer dunklen Inseln auf einem Silbersee glichen, fuhren mein Urgroßvater, mein Vater und ihre Freunde manchmal in schmalen Booten auf Jagd.

An diesem schönen Morgen, als mein Vater seine Bemerkung machte, war von Gestank so gut wie nichts zu spüren. Auch konnte man den Strom kaum noch Grüner Nil nennen: Die erste Aufschwemmung war vorbei, und nun kam in der hohen Flut, von flußaufwärts, der rote Schlamm – ein Goldrot, für gewöhnlich ins Bräunliche überspielend; doch war dieser Morgen so ungewöhnlich, daß der Glanz der Sonne dem Glanz von tausend Sonnen glich – gleißendes Gold auf rotem Wasser, von so strahlender Kraft, daß selbst die plumpsten Lastkähne, gefüllt mit Kohl oder Ölkrügen oder Kornbehältern oder feinen Steinen im Licht wie königliche Galeeren glänzten. Da war ein Flachboot, das neben uns glitt, voll Papyrusballen so weiß wie das schönste Leinen. Wie also sollte der Blick jenem blendenden Schein standhalten, der von den Gold- und Silberwänden der Staatsbarke spiegelte: Mit einer Gruppe von Beamten an Bord wurde sie stromaufwärts zu den Städten im Süden gerudert, wo Pharaos Zölle einzutreiben waren. Im Heck befand sich ein Altar, und fünf Männer knieten dort, zweifellos Gaben von Ramses IX. an einen seiner Tempel. Die Beamten grüßten laut, als sie am Bug von Menenhetets Schiff die Zeichen mit dem goldenen Falken sahen; und wir erwiderten den Gruß, indem wir den goldenen, gekrümmten Kobras zunickten, dort auf dem Zeltdach der Staatsbarke.

Nicht weniger als sechzig Ruderer trieben die Staatsbarke voran (es herrschte kein Wind), dreißig auf jeder Seite, und selbst die stärkste Brise hätte das Schiff nicht schneller stromaufwärts treiben können. Schlaff hing das Hauptsegel um den strammen Hauptmast (der so stramm war wie der Süße Finger in der vergangenen Nacht); doch war er vergoldet, so wie fast alles auf der königlichen Barke aus Gold oder Silber zu sein schien.

Am Ufer hielt eine Schar von Wagenlenkern genau das gleiche Tempo, als Schutz für die Schätze; außerdem trabte unentwegt ein Trupp von Bogenschützen mit; mühevoll hielten sie, mit klapperndem Rüstzeug, mit den Ruderern »Schritt«. Dann folgte, auf geschmückten babylonischen Rossen, eine Abteilung Lanzenträger mit bunten Standarten; und ich sah auch Streitwagen mit jeweils zwei Mann. Purpurfarben, Orangerot, Rot und Safrangelb wie meine eigenen Gewänder, so waren die Pferde geschmückt, die Streitwagen bemalt. Nackte Kinder rannten hinter ihnen her, bis ihnen der Atem ausging.

Hier und dort gewahrte ich einen respektvollen Blick, wenn ein Knabe meines Alters mein gelbes Gewand sah. Blickte ich zu ihm, so warf er sich auf die Knie und küßte den Boden. Zwischen den Soldaten an Land und den Frauen an Bord wurden Grüße gewechselt, und sie klangen genauso lustig wie das Plätschern des Wassers. Alles war wie ein großes Fest, ungeniert und fröhlich.

Doch dann bogen wir um eine Krümmung des Flusses, und am Ufer erblickten wir etliche Schwarze, welche Tamburine mit solcher Wildheit schlugen, daß meine Mutter meinte: »Es ist der Anblick der Pharao-Barke, der sie so erregt hat.« Zwei wunderschöne schwarze Mädchen tanzten mit, und sie quietschten vor Vergnügen, als einer der Söldner (ein Meder mit erstaunlich blondem Haar) auf seinem Streitwagen seinen Helm lüftete und sich ihnen anerkennend zuneigte. Selbst der Harfenist auf unserem Boot, ein sauertöpfiger Priester (der – sein ganzer Stolz – über seinem weißen Standesgewand ein Leopardenfell trug), ließ sich dazu herab, auf seinem Instrument ein paar Saiten zu zupfen; und die Neger pfiffen anerkennend zur Reinheit des Klangs.

Rot wie der Schlamm an den Ufern waren die reifenden Datteln an den Bäumen; und mir schien, daß die goldene Barke von Ra über den Himmel gerudert wurde, während sie fast im Glast der Sonne zu entschwinden schien. Noch nie hatte ich etwas Schöneres auf oder über dem Strom gesehen, und doch sollte ich noch Größeres erleben in der folgenden Stunde, da wir die Ausläufer von Memphis erreichten.

Denn ein Obelisk aus schwarzem Marmor, rund sechzig Schritt lang, wurde in die größte Barke getragen, die ich je gesehen hatte; und die Zugseile waren Lederstränge, so dick wie der Arm eines Mannes: Sie verbanden die Barke mit achtzehn kleineren Booten, in denen Ruderer saßen, dreißig jeweils, zu zweit nebeneinander. Wie ungeheuer schwer mußte dieser schwarze Obelisk mit der goldenen Spitze sein!

Knochenbrecher und Schattenesser, unsere Bootsleute, standen beim Anblick dieser Armada von Ruderern auf, als seien sie hechelnde Hunde, abgerichtet zum Kampf bis zum Tod, und erwogen die Energie, die ihren sieben Seelen und Geistern abverlangt würde, um diesen Obelisken stromauf zu rudern. Über das Wasser hallten qualvolle Schreie – Schreie ohne Ende. Und da sie von achtzehn verschiedenen Booten kamen, hallten sie durcheinander wie das Geschrei einer aufgescheuchten Vogelschar. Ja, vielleicht mischten sich tatsächlich Vogelstimmen in den Lärm, der so manchen Segler der Lüfte herbeigelockt hatte. Falken und Reiher und Krähen, Wiedehopfe und Geier, und sie kreisten unaufhörlich über den Booten, während Eisvögel über das Wasser glitten und häufig nach Beute tauchten. Die Segler in der Luft schienen sich auf ermattete Ruderer stürzen zu wollen (die man kurzerhand über Bord warf), indes die Tauchvögel es auf die Fische abgesehen hatten, die der Armada offenbar in Scharen folgten. Es war ein ungewöhnlicher Anblick. Wie oft geschah es schon, daß eine derartige Menge von Booten nilaufwärts solche Wellen erzeugte! Ein Eisvogel wurde von einem Schwall unter Wasser gezogen, und ein Geier ließ sich diese Beute nicht entgehen, als sie tot wieder hochspülte. In grausamem Triumph flappten die Schwingen, und sie glichen dem Blitzen von Schwertern in heller Morgenluft.

Am Ufer, auf Matten, waren Welse zum Trocknen ausgebreitet. Ein Netz, über Pfähle gespannt, schützte den Fang vor den Vögeln; und auf einem dieser Pfähle hockte ein Knabe und scheuchte Raubvögel mit einem Stock davon. Ein Hase, durch die Flut aus sicherem Wüstenversteck gescheucht, hoppelte vorbei; der Knabe schleuderte seinen Stecken und fiel dabei vom Pfahl – Hathfertiti schüttelte sich vor Lachen.

In der Nähe von Memphis passierten wir die Tempel für Baal und Astarte, fremde Tempel, von Syrern und anderen aus dem Osten errichtet: nicht gerade eindrucksvolle Gebäude, wie meine Eltern meinten. Sie waren zwar neu, doch nur aus Holz, und die Farbe blätterte bereits ab. Die Fundamente waren voll Schmutz: Schlamm vom Fluß. Und ringsum standen elende Behausungen, wo diese Fremden in wildem Durcheinander wohnten. Die Straßen waren enger als die Wege in der Nekropolis, und manche einräumige Hütten aus Lehm stützten einander durch gemeinsame Mauern, um nicht zusammenzustürzen.

Unbehagen erfüllte uns bei diesem Anblick, und unser Priester in seinem Leopardenfell spie ins Wasser – woraufhin Menenhetet ihm, wie zum Hohn für seinen Übereifer, in die Wange kniff. Der Priester lächelte verlegen und beugte seinen rasierten Kopf sofort tief zu Boden. Träge streifte Menenhetet eine Sandale ab und bot seinen Fuß zum Kuß. Mir kribbelte es wieder in den Hinterbacken, denn der Priester (voll Raffinesse, wie mir schien) ließ seine Zunge wie eine Schlange zwischen Menenhetets Zehen gleiten.

»Spiel uns etwas«, sagte Menenhetet, indem er seinen Fuß zurückzog, und der Priester nahm seine Harfe und begann ein Lied über eine weiße Palette, die von ihren roten und weißen Farbklecksen geliebt werden wollte. Ein törichtes Lied und kaum nach dem

Geschmack meiner Eltern oder meines Großvaters. Ich allerdings hatte meinen Spaß, sah ich doch immer noch das Gesicht des Priesters vor mir, über Menenhetets Zehen gebeugt – wie ein Hund mit wohligem Knurren auf ein Stück Fleisch stürzt. Mein Vater jedoch wirkte gereizt über das hündische Benehmen des Priesters ebenso wie über das herrische Verhalten meines Urgroßvaters. Wenn Menenhetet nur die Liebkosungen von Erniedrigten genoß – was besagte das über meine Mutter? Mein Vater jedenfalls verabscheute Chaos, Schmutz und Mangel an Eleganz. Nicht umsonst war er der Hüter der Schminkpalette. Und als wir jetzt das fremde Quartier passierten (ein Anblick, der ihm alle gute Laune rauben mochte), sagte mein Vater nur: »Nicht wert, verbrannt zu werden.«

»Nun«, meinte Hathfertiti, »ein schönes Bild ist dies nicht gerade, wenn man zur Stadt fährt. Könnte man diese Leute nicht weiter abseits ansiedeln?«

»Im Inland ist es zu sumpfig«, erklärte Menenhetet.

»Warum dann nicht oben auf dem Hügel?« fragte Hathfertiti und deutete zu einer felsigen Anhöhe, die etwa eine halbe Wegstunde vom Fluß entfernt lag.

Ich kannte den Hügel, und ich mochte ihn. Bedienstete hatten mich einmal bei einem längeren Spaziergang hingeführt, und ich wußte, daß oben in Felslöchern Bienenvölker hausten. Die Knaben aus den Hütten hier am Fluß kletterten bis zur halben Höhe hinauf, trotzten den Bienen und raubten den Honig. Die Diener lachten, als die Knaben beim Hinabklettern (mit dem Honig als Beute) von den Bienen gestochen wurden. Ich, von zweien unserer Leute flankiert, fand den Wagemut beachtenswert.

Und so lauschte ich jetzt mit besonderer Aufmerksamkeit dem Gespräch der Erwachsenen.

»Unmöglich«, sagte Menenhetet. »Denn eben dort soll ja die neue Festung errichtet werden.«

»Die wird ja doch nie gebaut«, erklärte meine Mutter, »also könnte man die Leute sehr wohl dorthin umsiedeln.«

Mein Urgroßvater nickte anerkennend. »Du besitzt militärisches Talent.«

Ich hatte nur eine Hoffnung: Sie würden die Festung erst bauen, wenn ich alt – und mutig – genug war, um gleichfalls jene Felsen nach Honig zu erklimmen. Wie wenig wußte ich doch von diesen Jungen, arme Burschen, die für ihre Väter auf den Feldern am Fluß arbeiteten. Der bloße Gedanke machte mich schaudern, und meine Mutter zog mich an sich, an die wunderbare Weichheit ihrer parfümierten Brüste und ihres Bauches, und sagte leise: »Das Kind wird uns doch nicht wieder krank werden.«

Mein Vater starrte finster vor sich hin. Wenn ich krank war, mußte er Hathfertiti trösten. »Ach was, dem Jungen fehlt nichts.«

Mein Urgroßvater blickte mich an aus seinen großen, fahlgrauen Augen, die in diesem hellen Licht dem klaren Himmel glichen, und er fragte: »Welche Farbe hat dein Blut?«

Ich wußte, daß er an unser letztes Gespräch dachte, und so erwiderte ich: »Genauso rot wie gestern nacht.«

Er nickte. »Und die Sonne?«

»Die Sonne ist golden, doch wir nennen es gelb.«

»Er ist wirklich intelligent«, erklärte Hathfertiti.

»Und der Himmel«, sagte mein Urgroßvater, »ist blau.«

»Ja, er ist blau.«

»Dann erkläre mir, wenn du kannst, die Entstehung solch anderer Farben wie Braun, Orange, Grün und Purpur.«

»Orange ist die Vermählung von Blut und der Sonne. Genauso ist es bei der Farbe des Feuers.« Meine Mutter hatte mir das erzählt. Jetzt fügte sie hinzu: »Grün ist die Farbe des Grases.«

Ich war ungehalten. Diese Antwort hatte ich selbst geben wollen. »Ja«, sagte ich, »Gras ist grün, so wie der Himmel blau und die Sonne gelb ist.«

Auf Menenhetets Gesicht zeigte sich kein Lächeln. »Sprich vom Ursprung der Farbe Braun«, gebot er.

Ich nickte. Wie ein Kind fühlte ich mich nicht. Überhaupt nicht. Menenhetets Gedanken lebten so deutlich in meinen eigenen, daß ich nur einzuatmen brauchte, und schon spürte ich die Kraft seines Geistes.

»Braun«, sagte ich, »ist wie der Fluß. Am Anfang war der Rote Nil ein Fluß aus Blut am Himmel.«

»Jetzt wird das Kind gewiß Fieber bekommen«, murmelte Hathfertiti.

»Unsinn«, widersprach Menenhetet.

»Möge das Kind nicht krank werden«, sagte mein Vater.

Ich zitterte längst nicht mehr; in mir, in meinem Körper war eine leuchtende Klarheit. »Ist Purpur ein Gemisch aus Blut und Himmel?« fragte ich Menenhetet.

»Natürlich«, erwiderte er. »Und deshalb ist es auch die Farbe des Wahnsinns.« Er nickte. »Genauso wie üppige Erde braun ist, weil alle Farben in sie zurückkehren.« Boshaft fügte er hinzu: »Nicht anders ist es ja auch bei deinem Ka-Ka-Braun.«

Ich lachte vergnügt.

»Aber wie kommt die Farbe Weiß zustande?« fragte ich.

»Das Kind ist nicht dumm«, murmelte er. Er faßte mich beim Kinn. »Du bist noch zu jung«, sagte er, »um die Farbe Weiß zu begreifen. Das ist von allen die geheimnisvollste.« Und er runzelte die Stirn, als er meine Enttäuschung bemerkte. »Nimm für jetzt Weiß als die Farbe von Steinen, denn dort halten die Götter Rast.«

»Werden deshalb die Tempel aus Marmor gebaut?«

»Zweifellos«, bestätigte er und sagte zu meiner Mutter: »Ein heller Kopf. Scheint bei uns irgendwie im Blut zu liegen.« Er lächelte unwillkürlich. »Allerdings – bei all den ›Verästelungen‹ der Ramsesse ist es eher schon ein Wunder, daß wir überhaupt etwas im Kopf haben.«

Mein Vater geriet völlig außer Fassung. »Ich flehe dich an. Sag solche Dinge nicht.« Bemerkungen solcher Art waren für ihn schon reinste Ketzerei und nicht zu vereinbaren mit der Treue zu seinem Pharao.

Langsam glitt unser Boot dahin – langsam genug, um die Händler aus dem Fremdenviertel in Bewegung zu setzen, so daß sie nun in allen möglichen »Kähnen« auf uns zuhielten – hier war es eine Art Kiste mit Papyrus verkleistert, dort ein Floß aus zwei ganzen Stämmen. Doch vollbeladen mit Ware waren sie alle. Manche trugen Krüge voll Öl – Lampenöl, Kastoröl, Sesamöl. Einer dieser Schwachköpfe wurde nicht müde, Flachs und Gerste anzupreisen. »Ungewöhnlich günstiger Preis!« rief er meiner Mutter zu, in einem wahrhaft grauslichen Ägyptisch, und Knochenbrecher schwang wild ein Ruder gegen ihn, doch verstand es der Kerl, sich in sicherer Entfernung zu halten – bis er endlich begriff, daß mit meiner Mutter kein Geschäft zu machen war und er das Feld räumte. Alle kamen sie so nah, wie sie nur konnten; Boote voller Früchte und Gewürze; Boote voll Lehm, auch voll Milch; und mit Henna; eines war mit Dung gefüllt, der Gestank ließ meine Mutter aufschreien, und Knochenbrecher fiel fast über Bord, als er das Ruder aus der Hand legte und mit einem langen Stab eines der Boote davonstieß – so heftig, daß er in den »Dung-Kahn« ein Loch

bohrte. Doch da waren schon wieder andere, eines mit Perükken, und dieses ließ Hathfertiti dicht heran, um – über das Wasser hinweg – die Wirkung zu betrachten. Ich kannte ja ihre
Angst vor Läusen: Sie wollte diese Perücken nur mit ihren eigenen vergleichen; dann scheuchte sie das Boot mit einer Handbewegung fort. Doch schon war ein anderes da, mit zwei Schweinen zum Verkauf. Knochenbrecher scheuchte es zurück. Und
noch ein Boot voller Gänse und Kraniche, Enten und Hühner.
Doch wir kauften nichts. Ein Flachboot mit zwei Käfigen näherte
sich, darin eine Hyäne und eine Gazelle.
»Ist die Hyäne männlich oder weiblich?« fragte mein Vater
Schattenesser, und dieser gab die Frage an den Bootsmann weiter. Dessen Antwort war eine Geste: Mit Daumen und Zeigefinger bildete er einen Kreis; und mein Vater schüttelte den Kopf.
»Weibliche Hyänen hat der Pharao schon. Wenn es ein Männ-
chen wäre . . .«
»Hat Ptah-nem-hotep denn bei der Zähmung seiner Hyäne
Erfolg gehabt?« fragte mein Urgroßvater.
»Der Pharao vollbringt Wunder bei der Zähmung von Tieren«,
erwiderte mein Vater in unerschütterlicher Überzeugung. »Ich
habe gesehen, wie er mit einer Hyäne an der Leine spazieren-
ging.«
Von meinem Urgroßvater erzählte man sich, er habe mit einem
Löwen gerungen; doch jetzt lächelte er nur und blickte zu einem
Schwarm Wachteln, die über unsere Barke dahinstoben.
Ein kleines, buntbemaltes Boot näherte sich, mit einem einzigen
Mann, einem jungen Händler darin. Er trug einen weißen Rock
und sein Körper war mit rotem Ocker bemalt. Er bot einen recht
angenehmen Anblick, und auf ein Zeichen von Menenhetet ließ
Knochenbrecher ihn ziemlich dicht herankommen. Er verkaufte
Kosmetika, doch waren sein Öl, seine Mandeln und sein Sesam
mit hinzugefügtem Parfüm von niedriger Qualität. Doch da
meine Mutter ihn nicht enttäuschen mochte (als ob eine solche
Enttäuschung ihre eigene Attraktivität gemindert hätte), kaufte
sie ihm sogenannte Asiatische Pomade ab: eine eigene Erfin-
dung, wie er versicherte und ihr, mit gesenktem Haupt, durch
unseren Bootsführer mitteilen ließ. Er gebrauche die Mixtur
selbst. Sein Haar war so schwarz wie schwarze Oliven, und es
glänzte wie Öl.

Ob Öl aus schwarzen Oliven die Basis seines Kosmetikums sei, ließ Hathfertiti über Schattenesser fragen; und als er mit ja antwortete, erklärte sie, gewiß, auch sie könne den Geruch erkennen.

»Hast du das Öl von Datteln als Duftstoff verwandt«, wollte sie wissen.

»Die Prinzessin ist klug«, sagte er.

»Aber das ist doch gewiß nicht alles in deiner Mixtur.«

»Große Prinzessin, darin befindet sich noch das Haar eines schwarzen Hundes, wild wie ein Wolf, unten auf dem Grund des Gefäßes; und solange das Haar nicht entfernt wird, wird auch die Stärke deines Haares nicht leiden«, versicherte er nicht ohne Stottern. Ich kicherte unwillkürlich, denn der junge Händler sprach nicht zu meiner Mutter, sondern zu dem häßlichen Schattenesser (mit seiner abnorm großen Nase), als sei *dieser* die Große Prinzessin.

»Ich danke dir dafür, daß du die Kraft meines Haares stärkst«, sagte Hathfertiti. »Doch in deiner Mixtur ist auch ein eigenartiger Geruch.«

»Das ist das Pulver von zermahlenen Pferdehufen«, erklärte der junge Mann.

»Von Pferdehufen«, sagte Schattenesser.

»Hufe für die Wurzeln deiner Haare, Prinzessin, und für die Gesundheit deiner Kopfhaut.«

Sie erstand das Öl, und mein Vater bezahlte mit einem kleinen Ring, der fünf Kupfer-Utnu wert sein mochte. Der Junge verbeugte sich: ein Zeichen dafür, daß er um den Preis nicht erst hatte feilschen müssen. Als wir weitertrieben, blickte er uns mit einer Bewunderung nach, als sei es ihm tief zuwider, sich von uns überhaupt trennen zu müssen.

Mein Urgroßvater stieß einen Grunzlaut aus. »Hübscher Bengel«, sagte er.

»Scheint mir ganz von der Liebe seiner Mutter erfüllt«, meinte mein Vater.

Menenhetet nickte. Es war selten genug, daß mein Vater und mein Urgroßvater einmal ein und derselben Meinung waren. »Ich würde ihm raten, der Armee fernzubleiben.«

Mein Vater lachte. Es war ein rauhes, für ihn völlig ungewöhnliches Lachen, tief aus der Kehle; doch diese Sache mit dem jungen Händler schien ihn unwiderstehlich zum Lachen zu reizen.

»Ich glaube kaum«, sagte Hathfertiti, »daß ich sein Öl für meine

Haare gebrauchen werde. Doch für meine Brüste mag es sich ausgezeichnet eignen.«

»Gar kein Zweifel«, stimmte Menenhetet zu. »Bei all den Pferdehufen.«

Wieder brach mein Vater in wildes Gelächter aus, und aus Menenhetets Augen blickte der Schelm: herzhaft und boshaft zugleich.

Wir ließen das fremde Viertel hinter uns. Jetzt tauchten am Ufer die weißen Mauern von Memphis auf. Dort war der Tempel von Ptah mit seinen heiligen Gärten, doch auf den Wegen wandelten nur wenige weißgewandete Priester. Dann bogen wir um eine Krümmung, und nun war der Tempel von Hathor zu sehen.

Wäre es nach meiner Mutter gegangen, so hätte Memphis wohl erst hier begonnen. Diese Tempel und Parks verrieten die Pracht unserer Stadt. Die gewundene Mauer bot einen reizvollen Anblick. Sie glich einer Halskette aus weißen Steinen. Und auf den beiden Hügeln dahinter, zwischen denen sich ein Garten befand, ragten hohe Säulen empor. Wieder folgte die Barke einer Krümmung, und nun breitete sich der Strom so sehr, daß er einem See glich. Auf der linken Seite lag Memphis, unser Memphis, mit seinem Hafen, mit seinen Kais, mit seinen Werften und Kanälen und Dämmen und Speichern, und überall, auf jeder Anhöhe, sah man Häuser, wie zum Bersten gefüllt: Ja, dies war unsere Stadt, unsere weiße Stadt, wenn auch, wegen der herrschenden Trockenheit, nicht *gar* so weiß, sondern wie von rötlichem Staub überhaucht, ein bißchen schmuddelig. Doch das fiel kaum ins Gewicht. Es war, als trete man (nachdem man um die letzte Krümmung gebogen) durch ein Tor. Noch bevor ich das Gesicht eines Arbeiters oder eines Soldaten erkennen konnte, spürte ich, daß die Luft hier anders war, voller Botschaften. Wie prachtvoll sah sie doch aus, die Stadt, unter dieser Sonne. Selbst der Staub in den Steinbrüchen hatte ein besonderes Schimmern. Die Schöpfgefäße von tausend Schadufs hoben und senkten sich und ergossen ihr Wasser in höher gelegene Schleusen – oder Becken –, wo weitere Schadufs sie zu noch höher gelegenen hoben, bis genügend Wasser zusammenkam für all die Springbrunnen auf jedem Platz der Stadt. Waren es tausend oder fünftausend Sklaven, welche die langen Stangen dieser Schadufs bewegten? Von nah und fern schallte es zu uns herüber, das Knirschen und

Quietschen dieser Schadufs; und jedesmal, wenn das Wasser in ein höheres Becken gelangte und sich darein ergoß, blitzte die Sonne wie ein Schwert.

In der Mitte des Hafens hatten unsere Ruderer mit starken Wasserwirbeln zu kämpfen, und unser Weg führte uns nun durch eine Art Kanal. Diese Route kannte ich kaum, und sie bereitete mir Vergnügen. Wir glitten dicht an Tempeln vorbei, die – wie meine Mutter immer wieder versicherte – »bereits vor Tausenden von Jahren errichtet wurden«.

Diese Tempel, aus Stein erbaut, befanden sich in alten, feuchten Mulden. Die einstigen Holz- oder Lehm-und-Stroh-Bauten ringsum waren längst verfallen – und fortgeschwemmt worden von einem der gigantischen Regenfälle, wie er uns etwa alle fünfzig Jahre heimsuchte. Meine Mutter sprach davon, wie sie als Kind ein solches Unwetter erlebt hatte. Die Palmendächer auf den Häusern der Armen zerfetzten wie mürbe Lumpen; und auf den Trümmern der alten Behausungen wurden neue errichtet, bis sie schließlich zur halben Höhe der alten Tempel reichten; und dann lagen die Gotteshäuser in feuchten Mulden, dunkles, altes, graues Gestein, so kläglich wirkend wie Nilpferde, die in eine Grube gestürzt sind. Rundherum, zu beiden Seiten des Kanals, erklang der Lärm aus den Werkstätten und von allen möglichen Märkten. Unsere Ruderer ruderten so schnell sie nur konnten, doch der Wind trug vielerlei Gerüche herbei; den Geruch von Sägemehl und von Leder, von Dung und von verrottendem Papyrus; und sogar von Steinstaub aus einer Maurerwerkstatt. Und immer wieder war da der Gestank von Kot, von Fäulnis, der stechend in meine Nase drang. Werkstatt an Werkstatt – Mattenmacher, Sandalenmacher, Waffen- und Wagen»flicker«, Einbalsamierer, Bestatter, Sargmacher. An einem Webstuhl im Freien arbeitete eine Frau, kaum fünf Fuß vom Kanal entfernt, und unmittelbar neben ihr gerbte ein Mann ein Leopardenfell: Er kratzte es aus, und der Gestank war so infernalisch, daß meine Mutter sich fast erbrach.

Ein Stück weiter glitten wir an einer Möbelwerkstatt vorbei. Zwei Arbeiter trugen gerade eine silberverzierte Ebenholztruhe, eine herrliche Schöpfung und selbst eines Pharaos würdig. Weiße-Zähne, der stattlichste unserer Bootsleute, rief: »Ist die für Zwei-Tore?«; und die Arbeiter erwiderten: »Sie geht nach Süden, zum Besitz des Großen Menenhetet.« In unserer vergoldeten Barke scholl Gelächter auf, und selbst die Ruderer wagten es, miteinzustimmen: In diesem Augenblick waren wir alle wie eine einzige große Familie.

Am Ende dieses kurzen Kanals (er führte uns wieder zum Hafen) lagen die Läden der Parfümeure, wie schon die mannigfaltigen Düfte verrieten; auch gab es größere Märkte und eine Schule für Priester, ein langgestrecktes, flaches Gebäude mit weißen Holzsäulen. Dann sah ich einen Perückenladen, und ich entdeckte eine für einen kleinen Jungen: Am liebsten hätte ich meine Mutter gebeten, sie für mich zu kaufen. Doch unsere Ruderer arbeiteten schwer, und ich spürte eine Art Beklemmung – meine Verwandten dachten jetzt daran, daß sie schon bald den Pharao sehen würden.

Wir erreichten wieder den großen Strom, und ich erblickte einen öffentlichen Platz, auf dem sich viele Menschen drängten, Priester und Edle, Soldaten, Bootsleute und fremde Händler, Bauern und Sklaven und Wasserträger, Karawanendiener und Eseltreiber; auch Frauen aller Art, sogar ein paar Damen. Diese Menschen von unserem Boot aus zu betrachten bereitete mir immer großes Vergnügen. Hier fühlte ich mich so sicher. Ganz anders war es, wenn ich mich in ihrer Mitte bewegen mußte. Weil Eyaseyab sich dann fürchtete, denn jeder betrunkene Soldat oder Händler starrte dann auf ihre Schenkel (und ich, neben ihr schreitend, mußte aus meiner »Höhe« den Kerlen in die Augen blicken). Jetzt, auf dem Wasser, fühlte ich mich wohler. Und ich sah all die Weinläden und Bierhäuser mit ihren farbenprächtigen Baldachinen; sie flappten in der Brise, die vom Hafen kam. Vor einem berühmten Eßhaus (berühmt wegen seiner gerösteten Gänse) bildeten die Leute eine Schlange, um ein solches Tier zu ergattern.

Auf der entfernteren Seite des öffentlichen Platzes (unweit der Gassen und Kanäle dahinter) befand sich ein neuerrichtetes Gebäude, auf drei Seiten von Schutzmauern umgeben, während die vierte von Soldaten (mit ineinanderverschränkten Armen) gebildet wurde. Dieses neue Gebäude hatte man auf Geheiß des Pharao errichtet; und in Memphis – oder zumindest in meiner Familie – wurde mehr darüber gesprochen als über seine anderen Erlasse in letzter Zeit. Denn in diesem Gebäude waren Künstler und Handwerker – Kunsthandwerker – dabei, zu Kostbarkeiten zu verarbeiten, was seine Schiffe aus Tyrus gebracht hatten: Silberbarren, auch die nicht unbeträchtliche Menge Gold, welche aus den

Granitbergen beim Roten Meer stammte. Jetzt verarbeiteten die königlichen Kunsthandwerker dieses Material zu Brustschmuck, zu Amuletten, zu Skarabäen, zu Uräusschlangen, selbst zu Schabti, und natürlich auch zu Halsketten und zu Armbändern. Und es gab noch so manches mehr, sofern die Leute hier auf dem Platz den Preis dafür aufbringen konnten. Doch auch jene, denen dies unmöglich war, wollten wenigstens einen Blick auf diese Schätze erhaschen; und so drängte die Masse gegen die Kette der absperrenden Soldaten.

Bislang waren solche Dinge im Palast selbst hergestellt worden, zumeist in den Werkstätten des Tempels von Ptah (mitunter auch auf großen Besitztümern, wie jenem von Menenhetet). Um so begieriger war nun die Menge, mit eigenen Augen zu sehen. Manche knieten nieder, um zwischen den Beinen der Soldaten hindurchzuspähen; und bewundernde Rufe wurden laut, wenn fremde Händler oder reiche Ägypter Zutritt erhielten, damit sie die käuflichen Objekte genauer betrachten, ja, selbst betasten konnten. Und an jedem Abend (um möglichem Raub vorzubeugen) wurden die Produkte, die Werkzeuge – ja, selbst der kostbare Silber- oder Goldstaub (auf Sammet) – eingesammelt, in Truhen eingeschlossen und, unter Bewachung, zu einer königlichen Schatzkammer gebracht. Am folgenden Morgen trug man alles wieder zurück.

Unsere Fahrt verlangsamte sich. Wir waren fast am Ende unserer Reise. Die Ruderer zogen ihre Ruder nicht mehr voll durch. Ganz gleich, ob Weiße-Zähne, Stinkender-Körper, Blutesser, Schattenesser, Kopf-nach-rückwärts oder Der-mit-der Nase – sie alle stützten sich auf ihre Ruder, während Knochenbrecher im verlangsamten Rhythmus rief. Dann waren wir wieder im Fluß, die Strömung trug uns, wie ein Gesang war es; und wir sahen am Ufer die Sandsteinwände von Zwei-Tore, so hoch wie Menenhetets dreistöckiges Gebäude. Oben an der Brustwehr hielten Soldaten Wache.

Kaum hatten wir festgemacht, so eilten auch schon Träger mit Sänften herbei: »Lasset uns dir dienen, Großer Herr«, rief der Obersänftenträger Menenhetet zu. Auf ein Zeichen knieten die anderen nieder, beugten sich tief, berührten mit der Stirn den Marmorboden.

»Wer braucht eure kläglichen Sänften?« fragte mein Urgroßvater. »Meine Familie hat junge Beine.«

»O Herr, jeder Schritt, der dich Seiner Residenz näherbringt, ist schwer.«

»Der Gedanke, daß mein Körper deinem krummen Rücken noch mehr Schaden zufügt, ist mir unerträglich«, sagte Menenhetet.

»Großer Herr, die Sänfte wiegt weniger, wenn ein Edler wie du sich darin befindet«, versicherte der Mann. »Schaut, ich lege mein Gesicht auf den Sitz, bevor du dich darauf niederläßt.« Er tat es, und die anderen Träger mit ihren Sänften folgten seinem Beispiel.

»Wirst du ihn auch küssen, nachdem du mich getragen hast?«

»Dann werde ich ihn zweimal küssen«, sagte der Träger.

»Nun denn«, erklärte Menenhetet, »dir zuliebe wollen wir uns tragen lassen – durch das Rote Tor bis zum Ende des Hofes.« Jeder von uns nahm in einer Sänfte Platz, meine Mutter, mein Vater, mein Urgroßvater und ich selbst.

Doch je näher wir der Palastmauer kamen, desto furchtbarer war, was wir sahen.

Ein Mann, an einen Pfahl gekettet und mit einem Metallring um den Hals, hatte keine Hände mehr. Offenbar waren sie ihm erst vor wenigen Stunden abgehackt worden. Lederriemen, um die Stümpfe gebunden, sollten sein Ausbluten verhindern.

Menenhetet beugte sich aus seiner Sänfte. »Was hast du gestohlen?«

»Unser Großer Pharao ist zu gütig, mich am Leben zu lassen, denn ich habe zuviel gestohlen«, erwiderte der Mann. Es war nicht leicht, ihn zu verstehen. Als Strafe für ein früheres Verbrechen (vielleicht hatte er einen Richter belogen) waren ihm die Lippen abgeschnitten worden. Und sein Lächeln glich dem Lächeln eines Totenschädels.

Neben ihm, an einen anderen Pfosten gefesselt, stand eine Frau, in den Armen ein blaufarbenes Kind. Meine Mutter wandte ihren Blick ab, doch mein Großvater fragte: »Wie hast du dein Kind getötet?«

»Ich habe es erstickt.«

»Hattet ihr genug zu essen?«

»Ja, wir hatten genug zu essen«, erwiderte die Frau, »doch das Kind schrie und schrie, und im Haus war kaum noch Luft zum Atmen.«

»Wann wird man dich freilassen?«

»Am nächsten Abend.«

»Möge die Strafe für dich zu schwer sein.«

In der Mauer vor uns befanden sich zwei rechteckige Tore, Seite an Seite. Eines aus Granit mit eingekerbter Papyruspflanze, für das Land des Nordens; das andere aus weißem Sandstein mit dem Zeichen der Lilie darüber, für das Land des Südens. Jetzt erklang eine Trompete. »Der Große Herr und General Menenhetet möge eintreten; und mit ihm die ehrenhafte Familie Menenhetet«, rief ein Herold, und wie im Singsang fuhr er fort: »Hier im Jahre Sieben, unter der Majestät des Königs von Süd und Nord, heißt euch der schöne Ka von Ra, der Liebling von Amon, Sohn der Sonne, Si-Ra Ramses der Neunte, Horus-der-starke-Stier-der-in-der-Wahrheit-lebt, willkommen.«

Und Menenhetet erwiderte: »Voll Ehrfurcht nahen wir uns unserem Pharao, dem guten Ptah-nem-hotep, seinem Leben, seiner Gesundheit, seiner Stärke.« Er blickte zu Knochenbrecher, der als Wächter an seiner Sänfte geschritten war. »Eine Extraration von Brot und Wein für deine tüchtigen Ruderer«, sagte er, während man uns noch über den Boden des Palastgrundstücks trug. Über uns flogen Gänse, vor uns stoben Tauben auseinander. Und von einer Mauerbrüstung – ich zählte sie genau – spähten drei Falken herab.

# DREI

Noch nie hatte ich eine so weitläufige Anlage gesehen. Zwei Steinwürfe, von kräftiger Hand geschleudert, hätten kaum genügt, um auch nur die Mitte zu erreichen.

Trotz ihrer Größe war sie nicht einmal schön. Nirgends fanden sich Wasserbecken oder Statuen; und die gepflasterte Straße, über die wir in unseren Sänften schaukelten, schien bestenfalls breit genug für vier Streitwagen. Aber hatte mir meine Mutter nicht erzählt, daß hier oft Tausende von Soldaten paradierten? Während ich noch neugierig spähte, tauchte aus einer Unterkunft eine Kompanie Sherdens auf, sämtlich in schweren, blauen Gewändern. An anderer Stelle befanden sich Waffenkammern und Lagerhäuser; auch sah man Häuschen für die Wachen, und über einem mächtigen Feuer hing ein gewaltiger Kessel voll Suppe: Der Wind trug den Geruch zu uns herüber.

Fast war es, als habe Menenhetets Erscheinen vielfältige Aktivitäten ausgelöst. Die Bogenschützen schossen auf Ziele an der Mauer. Eine ganze Schar von Wagenlenkern formierte ihre Gefährte – formierte sie wieder um. Vier Reihen zu je sieben Wagen bildeten sie, wechselten dann über zu zwei Vierzehnerreihen und bildeten schließlich, auseinanderfächernd, eine breite Phalanx von achtundzwanzig Wagen, deren Radnaben nur wenige Fingerbreit voneinander entfernt waren. Dann ein Ruf, ein Schrei; und schon verharrten sie wie angewurzelt, indes vor ihnen Staubwolken wallten wie die Flutwelle auf einem Fluß. Vermutlich war es nur gut, daß sie sich uns nicht weiter näherten, denn Hathfertiti drehte sich unbehaglich in ihrer Sänfte und sagte zu meinem Urgroßvater: »Sorge dafür, daß sie uns nicht weiter belästigen. Ich will sie nicht sehen.«

Er zuckte mit den Achseln, und ich sah, daß sein Blick das Auge des Hauptmanns dort suchte. Der Mann reagierte prompt. Er hob beide Unterarme zum Gruß und kam herbeigaloppiert, zu seiner Seite einen Soldaten, der mit einem Lederschild vorgab, unsichtbare Pfeile abzuwehren. Der Wagenlenker selbst, der Hauptmann, hatte die Zügel um seinen Leib gewunden, und er lenkte seine Rosse, indem er sich bald nach links, bald nach rechts lehnte. Wollte er die Geschwindigkeit verringern, so beugte er sich zurück; wollte er sie vergrößern, so lehnte er sich vor. Und er tat dies mit einer Leichtigkeit, die verblüffen mußte. Keines seiner Manöver ließ sich im voraus ahnen; und doch waren sie alle Teil ein und derselben Bewegung. Seine Arme hatte er frei; und jetzt hielt er einen Bogen und legte einen Pfeil ein.

Meinem Vater gefiel dies nicht. »Narr!« rief er.

Doch Hathfertiti lachte, laut und kalt. »Ich finde ihn hinreißend«, sagte sie.

»Wenn sein Gaul ins Straucheln gerät, könnte der Pfeil leicht in unsere Richtung schnellen«, erwiderte mein Vater.

Der Hauptmann hatte uns umkreist. Jetzt näherte er sich in verhaltenem Trab; und hielt, sprang aus seinem Fahrzeug und berührte mit der Stirn den staubigen Boden. Dann begann er mit Menenhetet zu sprechen – in einer fremden Sprache, vermutlich in der Sprache der Sherdens: »Wie Sie befehlen, General«, sagte er schließlich auf ägyptisch. Und er entfernte sich langsam mit dem Soldaten, der uns alle, zumal meine Mutter, lächelnd grüßte und sorgsam sein Pferd davonführte, um keinen Staub aufzuwirbeln.

»Ich habe ihm gesagt, daß ich mir die Manöver später ansehen würde«, erklärte mein Urgroßvater.

»Ich danke dir«, sagte Hathfertiti.

Wir gelangten zu einem kleineren Tor. Die Wache ließ uns wortlos passieren. Wir befanden uns in einem weiteren Palasthof.

»Wie glanzvoll sie die Zügel beherrschen«, sagte Hathfertiti.

»Den Stil hat allerdings unser Großvater entwickelt«, erklärte mein Vater.

»Das ist doch nicht dein Ernst«, rief sie.

»O doch«, erwiderte Menenhetet. »In den Jahren vor der Schlacht von Kadesch. Und darum haben wir an jenem Tag auch triumphiert.«

Er sprach mit soviel Zufriedenheit, daß meine Mutter unwillkürlich fragte: »Ich dachte, Ramses II. sei der Sieger bei Kadesch gewesen – und nicht deine Wagenlenker.«

»Es ist immer der Pharao, der die Schlacht gewinnt«, entgegnete Menenhetet.

Wir gelangten durch einen weiteren Palasthof, nahezu so groß wie der erste, doch ließ sich das schwerlich miteinander vergleichen, gab es hier doch viele Bäume und Ecken und geheime Winkel. Wasserbecken, die man durchwaten konnte, befanden sich inmitten von reizenden Gärten. Auf der linken Seite war ein hellgestrichenes Holzgebäude; und von Zeit zu Zeit sah ich dort, auf einem Balkon im zweiten Stock, Frauen hervortauchen – ihr Anblick löste bei Hathfertiti leises, doch unwiderstehliches Gelächter aus.

Wir wurden jetzt in unseren Sänften zu einer Holzwand getragen, auf dem sich verschiedene – riesige – Bildnisse fanden: von einem Falken und einem Skorpion; von einer Biene, einer Lotusblüte, einer Papyruspflanze – alle so lebensecht, daß ich mich ihnen kaum zu nähern wagte; die Nähe des Skorpions ließ mich sogar erzittern.

Wir entstiegen unseren Sänften, und die Träger (nach einem flüchtigen Nicken von Menenhetet) küßten hastig den Sitz – auf dessen Leder sich deutlich eine Hieroglyphe -⊗- abzeichnete: jene für das Land der Toten. Gemeinsam mit meinem Vater, der sehr erleichtert schien, weil ihn der zuständige Offizier mit besonderem Respekt empfing – so wie er nur einem hervorragenden Ehrengast zuteil wird –, betraten wir unter den fortwährenden Verbeugungen der Dienerschaft den üppig blühenden Garten des Ehrenhofs des Pharao. Und dort erblickte ich fruchttragende Bäume, wie ich sie noch nie gesehen – unmittelbar am Rand des ovalen, goldgekachelten Beckens.

»Als diese Bäume noch jung waren«, flüsterte meine Mutter mir ins Ohr, »pflanzte man ihre Wurzeln in spezielle Töpfe, und sie wurden weit übers Meer gebracht und hatten so manchen Sturm zu überstehen, ehe sie unser Land erreichten.«

»Wie«, so fragte ich, »ist es dort, wo der Strom sich mit offenem Gewässer vermischt?«

»Dort gibt es mehr Vögel, als du je in deinem Leben gesehen hast«, erwiderte sie.

Ich dachte an die Schreie der Vögel über dem feuchten Land, und wie anders sie doch waren als die Rufe der Vögel hier in den

Gärten. Da war ein Flamingo mit seiner Färbung aus Rötlich und Orange und Gold; und der schwarze Ibis; und die Regenspringer, die von Ast zu Ast hüpften, in ihrem bunten Gefieder. Ich konnte mich noch erinnern (zwei Jahre war ich erst alt gewesen), wie ich meine Mutter gefragt hatte, warum wir unseren Gottheiten so oft Vogelköpfe aufsetzten. (Lesen konnte ich zwar noch nicht, doch unsere Hieroglyphen bewiesen dies ja zur Genüge.) Ich hatte stets geglaubt, die Götter hätten uns diese Hieroglyphen gegeben als Abbilder ihrer selbst. Doch meine Mutter lächelte nur. »Das Kind, das mir Fragen stellt«, sagte sie, »bringt meinem Gemüt Frieden. Ich kann die Feder fühlen, wenn er spricht.« Diese Bemerkung galt Maat, doch ihre Bedeutung sollte ich erst viel später verstehen – unter uns gab es einen Spruch: der Rand der Feder war das nächste, um an die Wahrheit heranzugelangen.

Unversehens sagte meine Mutter, aus welchem Grund auch immer: »Vögel sind am meisten geachtet, weil sie fliegen.«

Ja, in der Tat, das taten sie. Sie flogen ja in diesem Hain, hüpften von Zweig zu Zweig. In ihrer Buntheit flogen sie hinweg über goldgekachelte Becken, wie regenbogenfarbige Gebilde, Fischen ähnlich, die ihre Lebenslust auch im Schatten fremder Bäume austobten. Gab es Schrecken, Entsetzen? Gewiß, jedoch weit entfernt. Sonderbare Laute, die diese Vögel ausstießen, fremdartige Geräusche; und doch nicht völlig unvertraut. Wovon spreche ich? Von den Lauten, die deine Beine an die Erde binden. Und von Zwitschern, das die Erde mied, als sei diese die schlimmste Hölle für freie Geschöpfe: kein Ort für Vögel, um dort auch nur für Minuten zu ruhen.

Dennoch war dieser Garten, nach den vorherigen Palasthöfen, das reine Paradies. Die vielfältigen Gerüche (der Geruch nach Erde, nach Lehm, so hatte ich ihn noch nie empfunden – feucht und geheimnisvoll und kühl – so daß ich sofort den Eingang zu einer Höhle witterte. Aber nein, nein, die Erde war nicht der Ort für Vögel, um sich dort anzusiedeln.

Doch dieser Garten, verglichen mit den anderen Palasthöfen, glich einem Garten, einem Hain aus wunderschönen Bäumen; und in meiner Nase waren Gerüche, die ich nie zuvor wahrgenommen. Und in dieser Luft spürte ich, irgendwie, die Nähe des Pharao. Am Ende unseres Spaziergangs versperrte Laub fast völlig den Blick auf ein sonderbares Häuschen, eine Art Villa, klein, aus Holz, mit allen bunten Farben bemalt; vielleicht stand sie gar auf Pfählen, doch hatte sie einen Innenhof, und als wir weit genug vorgedrungen waren, zeigte sich, daß wir aus tiefstem Schatten hervortraten in die gleißende Sonne.

Ich hatte mir stets vorgestellt, der Pharao sitze, am Ende eines langen Saals, auf einem Thron, wo er Besuche empfing, die sich ihm nur auf den Knien zu nähern wagten; und tatsächlich hatte Menenhetet uns ja auch ähnliches berichtet: Wie Ramses II. im alten Theben Audienzen gewährt hatte – doch wie groß mochte der Raum gewesen sein? Größer als der Palasthof, wo wir die Wagenlenker bei ihrer Übung gesehen hatten? Ich spürte den Pharao – fühlte ihn, wie man die Sonne selbst hinter geschlossenen Lidern fühlt, war wie geblendet durch den Glanz. Ein unermeßliches Gewicht drückte mich nieder, und ich nahm genau jene Stellung ein, die man mich gelehrt hatte: lang auf dem Bauch ausgestreckt, die Hüften ein Stück erhoben, Knie und Gesicht auf dem Boden – war hier, in dieser geheiligten Erde, der Geruch von Weihrauch? – Nun, ich wußte nicht, welche Macht des Pharao auf dem Balkon mich zu Boden gezwungen; war es vielleicht nur die Hand meines Vaters gewesen, der zu meiner Linken kniete; oder die meiner Mutter zu meiner Rechten? Seinem höheren Rang gemäß, ruhte Menenhetet vor uns, auf nur einem Knie.

Dann richtete er seinen Oberkörper auf, und mein Vater und meine Mutter taten es ihm nach. So also hockten sie, noch auf den Knien und mit gebreiteten Armen – was meinem Vater (ich konnte es deutlich spüren) sehr behagte, meiner Mutter allerdings um so weniger. Und ich selbst? Zu meiner eigenen Überraschung hätte ich am liebsten tief auf dem Boden verharrt, Mund und Nase im Staub, die Augen kaum einen Fingerbreit darüber. Ich war wie eingebettet in jenes wie kreisende Schweregefühl, das uns vor dem Einschlafen erfüllt. Noch immer wagte ich es nicht, aufzublicken zum Pharao (dessen schiere Gegenwart meinen Mund zu Boden gezwungen). Und die Last auf meinem Rücken, kam sie von seinen Augen, kam sie von der Sonne – von beiden. Seit ich den Namen, Sohn der Sonne, zum erstenmal gehört, hatte man mir erzählt, daß kein Mensch auf Erden Ra näher sei als unser Herrscher, Si-Ra Ramses IX. mit all seinen großen Titeln: Nefer-Ka-Ra Setpenere Ramses Kham-uese Meriamon (für Ptah-nem-hotep – dies der Name aus seinen Jugendjahren, nur von alten Freunden und hohen Beamten gebraucht).

Wie ein Wirbel durchströmte es mich, unerklärlich. Aus dem Boden pulsierten, ringförmig, Farben in meine Augen. Und nun war da eine Kraft, die mich zwang, meinen Blick zu heben zum Gesicht des Pharaos, hoch hinauf.

Zwischen zwei Säulen thronte er, die Ellbogen auf goldene Lehnen gestützt, die gepolstert waren mit rotbestickten Kissen. Seine Brust war bedeckt von einem Schmuckschild (gleichfalls aus Gold), und auf seinem Haupt trug er die große Doppelkrone, sie schien hochzuragen wie geblähte Segel; und über dem rechten Auge befand sich der goldene, juwelengeschmückte Leib einer Schlange. In gewissem Sinne glich er seinem eigenen Denkmal, wäre da nicht sein Gesicht gewesen, ein wunderschönes Gesicht zwischen Krone und Brustschild. Er hatte sehr große Augen (durch geschickte Lidstriche noch betont): Von meiner Mutter wußte ich, daß sie berühmt waren, weil sie unversehens die Farbe wechseln konnten – hell und klar wie der Sonnenhimmel, dann plötzlich dunkel wie eine mondlose Nacht. Er hatte eine lange Nase, eine lange und traurige Nase. Sehr dünn war sie, mit Löchern so eng wie die einer Katze. Als er nun den Kopf drehte, sah ich, wie sonderbar sie geformt war: Von der einen Seite wirkte sie edel, adlergleich, krumm wie der verwegenste Krummsäbel; von der anderen welk und schlaff wie ein Blatt, von dem Regentropfen zu fallen drohten.

Doch sein Mund war schön – volle, geschwungene Lippen, die merkwürdigerweise mit der Nase harmonierten, unerklärlich eigentlich; doch brachte dies meine Gedanken auf Eyaseyab, die neben mir stand: Auch zwischen uns bestand ja keinerlei Ähnlichkeit, überdies war sie eine Sklavin; und dennoch fühlte ich mich nie wohler als in der Gegenwart meiner kleinen, rundlichen Kinderschwester. Während ich noch *sein* Gesicht betrachtete, war meine Nase Eyaseyabs Oberschenkeln ganz nah, und ich roch ihre Gerüche: Erde und Fische und Uferschlamm.

Sonderbar: Die schmalen Nasenflügel des Pharaos bewegten sich deutlich im Rhythmus seines Atems, und ich spürte ein starkes Verlangen, meine süßen Lippen (jedermann nannte sie süß) auf seine Lippen zu drücken; und mehr noch: den göttlichen Finger zwischen seinen Schenkeln zu küssen (was den Gedanken an

einen Kuß auf das Glied meines Urgroßvaters wieder nahe-
brachte).

Eine Art Zukunftsvision erfüllte mich. Ich sah mich als jungen
Mann in einem dunklen Raum in einem dunklen Berg; dort auf den
Knien vor dem Ka meines Urgroßvaters. Und ich wußte nicht: War
es ein Geschenk meines eigenen Ka, der mich einen, einen einzigen Tag meines Lebens erleben ließ – oder stand ich einfach unter
dem Bann von Ptah-nem-hotep (denn so nannte ich ihn für mich,
ganz als seien wir alte Freunde).

So schrak ich denn auf, wie aus einem Alptraum ins Leben. Ja, ich
lebte, ganze sechs Jahre alt, und als ich wieder zum Pharao blickte,
sprach er mit klarer, klingender Stimme – und mit leisem, doch
unüberhörbarem Spott.

»Menenhetet«, sagte er, »könnte es ein geringer Anlaß sein, der
dich bewegt, meiner Einladung zu folgen?«

»Selbst die größten Sorgen um mein eigenes Wohl wären gering
vor deiner Majestät«, erwiderte Menenhetet, und seine Stimme
glitt dahin wie Laub auf Wasser.

»Nun, ein minderer Anlaß dürfte es kaum sein«, erklärte der
Pharao, und seine Feststellung schien ihm zu gefallen, denn er
fügte hinzu: »Erhebe dich, großer Menenhetet, und komme mit
deiner Familie zu mir.« Mit der flachen Hand klopfte er auf ein
Kissen.

Ein Bediensteter geleitete uns die bemalte Treppe hinauf, und von
dort waren es noch zehn Schritt zum Balkon. Ptah-nem-hotep
umarmte meinen Großvater und küßte meine Mutter auf die
Wange. Sie beugte sich tief und küßte seinen Zeh (ergeben, doch
voller Ähnlichkeit mit einer Katze). Mein Vater, mit feierlich-
ernster Miene (die ebenso feierlich-ernst erwidert wurde), kniete
nieder und liebkoste den anderen Zeh. »Nennt mir den Namen
von Hathfertitis Sohn«, sagte Ptah-nem-hotep.

»Er ist Menenhetet II.«, erklärte Hathfertiti.

»Menenhetet-Ka«, erwiderte der Pharao. »Ein abscheulicher
Name für so ein hübsches Gesicht.« Er betrachtete mich aufmerksam und rief dann: »Einzig die Schönheit von Hathfertiti konnte
ein so vollkommenes Gesicht gebären.«

»Steh nicht so starr, mein Sohn«, sagte mein Vater.

»Ganz recht«, erklärte Ptah-nem-hotep mit zärtlicher Stimme,
»küsse lieber meinen Zeh.«

So kniete ich denn nieder und sah, daß seine Zehennägel blau bemalt waren. Als ich seinen Fuß küßte, schien es, als sei er genauso parfümiert wie der Leib meiner Mutter, nach dunklen Rosen und anderem; doch dann wurde mir bewußt, daß der Boden mit Duftstoffen getränkt worden war.

Ich küßte die Lücke zwischen seinem großen Zeh und dem nächsten. Für einen Augenblick kniff etwas meine Nase: Die Zehen des großen Pharao tändelten mit mir; und ich spürte Schmerz – nicht so sehr vom grellen Licht in meinem Körper (ein Licht, das vom Pharao kommen mußte), doch war es von einer Intensität, als werde eine Blume von ihren Wurzeln gerissen – konnte eine Blume überhaupt dieses grelle Licht wahrnehmen? Wieder schien ich mich gleichzeitig an mehr als nur einem Ort zu befinden; und ich wußte, wie es war, sich in eine Frau zu ergießen; mein Fleisch geriet in Siedeglut in dem grell-hellen Licht des Gottes, der mich empfing.

Dieses Doppelleben in zwei Häusern ließ meine Zunge noch eifriger zwischen die Zehen des Pharaos gleiten, und meine Nase gewahrte mehr als nur den Geruch von Rosen. Da war der sanfte Duft von Erde und von Fluß und von Fischen – alle dem Geruch von Eyayebabs Schenkeln verwandt. Auch spürte ich einen Hauch von jenem männlich scharfen Harn, wie ich ihn von Menenhetet kannte; und verwirrt dachte ich an das Gefühl in mir, wenn ich, ein wenig Speichel an den Fingerkuppen, über meinen Süßen Finger strich und dann an ihnen roch.

All diese Gerüche machten die Gegenwart des Pharaos noch eindrucksvoller, und ich begriff besser denn je zuvor, daß er von allen Menschen den Göttern am nächsten stand; aber ich wußte auch, daß er ein Mann war, der ein wenig wie ein Weib roch; und auch ein wenig wie ich selbst.

Ich hob den Kopf, rutschte auf den Knien zwei Schritt zurück und erhob mich langsam. Der Pharao ließ mich nicht aus den Augen. »Dein Sohn ist ungewöhnlich«, sagte er zu Hathfertiti, »und hat einen süßen Mund. Seine Zunge wird Ärgernis geben.« Er blickte von mir zu meinem Urgroßvater, und die Bewegung seines Hauptes wirkte so schwer, als glitte eine Wolke über die Sonne. Er sagte zu Menenhetet: »Du wirst gut daran tun, alle Kräfte dieses Knaben unterhalb seiner Zunge zu stärken.«

»Ist dies nicht der Wunsch aller Menschen?« fragte mein Urgroßvater.

»Und wohl auch aller Pharaonen«, erklärte Ptah-nem-hotep.

Mein Urgroßvater hielt, unerwartet, eine kleine Rede. »O du, der du in der Nacht lebst und uns dennoch am Tage scheinst; der du so weise bist wie die Erde und wie der Fluß; du von den Zwei Großen Häusern, Vertrauter von Seth und Horus; du, der zu den Lebenden und zu den Toten spricht, stelle deinem Diener Menenhetet jede Frage, die er mit seinen geringen Kräften beantworten kann – doch verlange nicht von ihm, darüber nachzudenken, ob ein Pharao in jenem geheimnisvollen Bereich zwischen Nabel und Schenkeln noch mehr Kraft braucht.«

Seine Worte klangen demütig und ergeben, doch sprach er so furchtlos und gelassen, daß sie eher wie leere Worthülsen wirkten. Und ich erinnerte mich: Er hatte mir einmal vorgeführt, wie ein gefangengenommener Offizier sein Schwert übergab – voll Verachtung gegenüber dem feindlichen General (es war das einzige Mal, daß Menenhetet mir so etwas vorspielte); und jetzt fragte ich mich unwillkürlich, ob er wohl mit diesen hohltönenden Worten dem Pharao seine Verachtung bewies.

»Sage mir, liebliche Hathfertiti«, fragte unser Ramses IX., »spricht er auch in meiner Abwesenheit in dieser Weise von mir?«

»Er lebt«, sagte meine Mutter, »in der Sehnsucht nach deinem Lächeln und deiner Anerkennung.«

»Verrate mir, mein großer General«, fuhr der Pharao fort (und nur ein leichtes Zucken seiner Schultern zeigte, daß ihm Hathfertitis Antwort allzu eilfertig erschien), »ist dies die Art, in der du einst zu meinem großen Vorfahren sprachst?«

Menenhetet verneigte sich. »Es war damals eine junge Stimme. Jetzt habe ich eine alte.«

»Außerdem war mein Vorfahr ein großer Pharao«, sagte Ptah-nem-hotep.

»Der Unterschied«, sagte Menenhetet, »zwischen Ramses II. und Ramses IX. gleicht dem Unterschied zwischen Großen Göttern.«

»Von welchen Großen Göttern sprichst du?«

»Wenn ich es wagen darf, ihre Namen zu nennen . . .«

»Ich erlaube es dir.«

»Ramses II. – ihn nannte man Horus-der-starke-Stier-der-die-Wahrheit-liebt. Dennoch erinnerte er mich mehr an den Großen Gott Seth.« Menenhetet schwieg einen Augenblick. Es war eine kühne Behauptung, und er wartete die Wirkung ab. Dann fuhr er fort: »So wie du, großer Neunter der Ramsesse, in mir die Anwesenheit dessen beschwörst, Der-sich-mit-niemandem-vergleichen-läßt; und sein Name lautet Osiris.«

Menenhetet hatte sich glänzend aus der Affäre gezogen. Ptahnem-hotep lachte – ja wie lachte er? So voll Wonne, wie meine Mutter manchmal lachte – oder doch fast.

»Die meisten nennen ihn Ptah und nicht Osiris«, sagte er. »Ich freue mich sehr, dich hier bei mir zu haben.« Kurz nickte er mit dem Kopf, und Diener brachten Kissen. Der Pharao bedeutete uns mit einer Handbewegung, in seiner unmittelbaren Nähe Platz zu nehmen. Mit meinem Urgroßvater, den er umarmte und auf den Mund küßte (was diesen nicht zu entzücken schien), teilte er sogar sein eigenes großes Kissen. Dann lehnte er sich zurück, fuhr sich mit der Zunge über die Lippen, wie um seinen eigenen köstlichen Geschmack zu kosten, und zu Hathfertiti sprach er: »Während die Diener uns salben, muß ich mit der Tagesarbeit fortfahren. Ich habe noch etliche Audienzen zu gewähren, und sie können äußerst anstrengend sein. Möchtest du dich nicht lieber in deine Gemächer zurückziehen?«

»Ich würde gerne zuhören, wie die Probleme der Zwei-Königreiche deiner Weisheit vorgetragen werden.«

»Es wird mir ein Vergnügen sein, dich an meiner Seite zu haben«, sagte er leise, und mein Vater gab sofort ein Zeichen. Diener brachten Alabasterschalen mit Duftwasser, die sie zu unseren Füßen absetzten. Der Pharao ließ ein weiteres Kissen bringen, für meinen Vater. »Du brauchst die Eunuchen nicht zu beaufsichtigen, Nef-khep-aukhem«, befand der Herrscher.

Die Augen meines Vaters glänzten. Es geschah wohl nicht oft, daß ihm die Gnade zuteil wurde, aus dem Munde des Pharao seinen vollständigen Namen zu hören. »Guter und Großer Gott«, sagte er, »ich atme den Geist deiner göttlichen Güte, doch auf meinem Kissen kann ich nicht ruhen aus Furcht, die Eunuchen könnten unverzeihliche Fehler begehen.«

Mein Vater erzählte mir nur selten von sich. Doch einmal, ich erinnerte mich genau, hatte er zu mir gesagt, sein Amt als Hüter der Schminkpalette könne mitunter genauso wichtig sein wie das Amt des Wesirs. Denn bei Schwierigkeiten in den Zwei Landen war die Erscheinung des Pharaos für Ägypten entscheidend: die Haltung seines Körpers, seine Kleidung – und die Art, in der sein

Gesicht geschminkt wurde. Eine einzige Geste des Herrschers konnte den Verlauf ferner Schlachten ändern. Und seine Augen, hellgrün und schwarz geschminkt, verliehen der leisesten Neigung seines Hauptes dann besondere Bedeutung. Saß er auf seinem Thron (stets dem Fluß zugewandt), so genügte ein kaum merkliches Drehen des königlichen Hauptes nach links oder nach rechts, um im Oberen oder im Unteren Reich Wind wehen zu lassen. Das Schwenken eines Stabes in seiner Hand vermochte die Schäfer in fernen Tälern (unseren Augen unsichtbar) zu segnen – oder auch Aufseher dazu anspornen, faule Feldarbeiter zu züchtigen. Sein Sonnenschirm, aus Straußenfedern, ließ Blumen gedeihen; die große Schmuckplatte, die seine Brust bedeckte, war das goldene Ohr der Sonne; und seine Krone aus Federn (wenn er sie denn aufsetzte) ließ aus dem Gesang der Vögel Freude klingen oder auch Trauer.

Als mein Vater mir diese Geschichten erzählt hatte, war meine Mutter recht ungehalten gewesen. »Warum sagst du dem Jungen nicht, daß nur die Könige in alten Zeiten dergleichen vermochten: sich einen Leopardenschwanz anbinden und einen Aufruhr machen unter den Tieren im Dschungel. Unser Ptah-nem-hotep besitzt solche Kräfte nicht.«

Ich war nur ein Kind. Doch spürte ich, daß mein Vater, der Inbegriff verkörperter Würde, recht praktisch zu denken verstand. »Der Pharao«, erklärte er, »besäße unendliche Kräfte, müßte er sich nicht unendlicher anderer Kräfte erwehren.«

»Anderer Kräfte erwehren?« fragte sie. »Ja, weshalb denn?«

»Wegen der Schwäche der Pharaonen vor ihm.« Er blickte wieder zu mir. »Aus diesem Grund muß man ganz besonders darauf achten, daß nur makellose Ornamente seinen Körper berühren, denn sonst wird seine Kraft noch weiter geschwächt.«

Diese Behauptung meines Vaters wirkte auf mich nicht sehr überzeugend. Schließlich war er nicht dauernd beim Pharao, sondern häufig daheim. Der Hüter, der Bewacher der Schminkpalette konnte unmöglich stets das Schminken überwachen.

Jetzt, in der Gegenwart des Pharaos, konnte ich beobachten, daß mein Vater der Arbeit der Eunuchen schweigend zusah. Wie aus dem Nichts waren sie erschienen, freundlich wie Welpen und mit der Grazie von Tänzerinnen. Zwei von ihnen (lächelnd summten sie leise Lieder) begannen, Ptah-nem-hoteps Füße spielerisch zu waschen. Mehr noch als zuvor glichen sie Welpen, die sich das Recht nehmen durften, *seine* Zehen zu beknabbern und zu bekauen. Weitere drei bedienten Menenhetet, meine Mutter und mich. Lachend zeigten sie ihre blendend weißen Zähne und kitzelten unsere Fußsohlen und schoben ihre Finger wie winzige Fische zwischen unsere Zehen. Und schabten mit ihren Fingernägeln die tote Haut von unseren Fersen.

Nach einer Weile begannen sie, unsere Beine zu massieren. Sie waren alle recht stattliche Männer, und wahrscheinlich stammten sie aus ein und demselben Dorf in Nubien oder Kusch, denn sie hatten alle die gleiche Größe und das gleiche tiefe Schwarz; und ihre Ähnlichkeit wurde noch betont durch die hellen Elfenbeinnadeln, die ihre Münder im gleichen Winkel durchstachen: als seien sie mit diesem Schmuck alle demselben Schoß entstiegen.

Sie verstanden sich auf ihr Fach, und auch ohne meinen Vater wäre ihnen kaum ein Fehler unterlaufen. Sie massierten uns auch Schultern und Hals, und der Eunuch, der Hathfertiti diente, rieb kunstvoll Öl um ihren Nabel, was sie mit lustvollen Grunzlauten quittierte – so laut und so deutlich, als sei dergleichen für eine Frau ihres Standes selbstverständlich.

»Ich muß dir diesen Eunuchen abkaufen«, sagte sie zu Ptah-nem-hotep, und lächelte huldvoll. »Sind sie nicht ganz entzückkend?« Sein Blick glitt über die dunklen Leiber der fünf Sklaven, und seine Freude glich jenem Behagen, mit dem mein Urgroßvater ein Paar Pferde oder weiße Stiere zu betrachten pflegte. In der Tat: Da die Sklaven nackt waren, sah man nicht nur ihre prallen und muskulösen Schenkel, sondern auch jene wie verwarzten Stellen, wo einmal ihre Hoden gewesen waren – eine hübsche Ähnlichkeit zu Wallachen.

Ptah-nem-hotep bemerkte: »Ihr könnt euch gar nicht vorstellen, wieviel Freude diese Knaben meinem Harem bescheren. Wäre ich noch ein junger Mann, so würde mich wohl Eifersucht erfüllen bei dem Gedanken, welche Wonne ihre Hände meinen kleinen Königinnen bereiten können. Zum Glück bin ich vernünftig und weiß zu schätzen, was für einen Wert ein Eunuch für einen Fürsten hat. Keine Frau vermag einen Mann derart zu besänftigen und ihn zur Erlöstheit zu massieren.« Ptah-nem-hotep seufzte. »Ja, sie befrieden sogar Tiere.«

»Hört sich fast so an«, sagte Menenhetet, »als seien sie angenehmer als die Götter.«

»Jedenfalls«, erwiderte Ptah-nem-hotep, »sind sie weniger verrucht.«

Menenhetet nickte nachdrücklich.

Hathfertiti sagte: »Nur in deiner Gegenwart, Großes-Zweihaus,
kann ich einem solchen Gespräch ohne Zittern lauschen.« Doch
aus ihren Worten klang allzu unverhohlen Schmeichelei.

Ptah-nem-hotep erwiderte: »Selbst ein Sklave mag sich durch
seinen Herrn gelangweilt fühlen und darüber scherzen. Nicht
anders ist es bei uns, wenn wir über die Götter witzeln.« Allerdings sah *er* jetzt gelangweilt aus.

Mein Vater wählte ausgerechnet diesen Augenblick, um zu
sagen: »In der Gegenwart des Großen-Zweihauses fühlt man sich
ohne Furcht«; allerdings wirkte er ganz und gar nicht furchtlos.
Ein Bediensteter erschien mit kühlenden Getränken, doch Ptah-
nem-hotep winkte ihn ungnädig fort. »Du und Hathfertiti«, sagte
er zu meinem Vater, »sprecht ganz gewiß wie Bruder und Schwester.« Und mit dem sanftesten Ausdruck der Überraschung hob
er seinen Blick: als könne er einfach nicht begreifen, daß eine
Prinzessin wie meine Mutter mit perfekten Manieren (wenn auch
gelegentlichem Rückfall in Frömmigkeit) nicht nur die Halbschwester, sondern auch die Gemahlin eines Mannes war von so
niederem Herkommen wie mein Vater. Der Gedanke daran, daß
dies der Gedanke des Pharaos sein mochte, ließ mich zusammen-
zucken. Doch auch so war ich tief verstört, hatte mir meine
Mutter doch erzählt von diesem, dem allerersten Grund der
Schande in unserer Familie.

Nun blickte der Herrscher zu meiner Mutter, und wie um die
allgemeine Stimmung aufzuhellen, fragte er sie: »Gefällt dir das
Blau meiner Perücke?« Seine Stimme hatte so viel Feuer, daß sie
in meiner Mutter gleichsam Funken schlug. »So blau wie der
Himmel ist sie nicht«, erwiderte sie, und beide lachten.

Hastig gab mein Vater dem Hüter der königlichen Perücke (der
ihm unterstand) ein Zeichen, und sogleich näherte sich dieser mit
einem Silbertablett, auf dem vier Perücken lagen, zwei blaue und
zwei schwarze, eine jeweils glatt, die andere gekräuselt.

Die gute Stimmung des Pharaos und meiner Mutter wirkte an-
steckend. Seine kaum merkliche Gereiztheit war verschwunden.

Hathfertitis letzte Bemerkung hatte ihn offensichtlich erheitert. Mochte sie auch nicht sonderlich respektvoll sein, so lag ihr Reiz in ihrer Schlagfertigkeit – die Würze in der Suppe sozusagen.

Jetzt nahm er eine der Perücken mit glattem, feinen Haar und betrachtete sie. »Nichts«, sagte er traurig, »vermag dem Blau des Himmels auch nur zu gleichen. Die allerschönsten Farbschattierungen sind häßlich im Vergleich zu dem, was ich auf mein Haupt setzen möchte – aber nicht finden kann.«

»Vielleicht hat das Kind die Antwort für dich«, murmelte Menenhetet.

»Dann mußt du so klug sein, wie du schön bist«, sagte Ptah-nem-hotep zu mir.

Mein Hirn war wie ausgeleert, doch ich nickte.

»Kennst du den Ursprung des blauen Farbstoffs?« wollte er wissen.

Ich brauchte nicht lange nach einer Antwort zu suchen. Sie kam zu mir von meinem Urgroßvater. Mein Schädel glich einer Schale voll Wasser, das schon beim leisesten Gedanken von Menenhetet in Bewegung geriet.

»Nun, Göttliches Doppelhaus – die Beere von blauer Farbe ist Quell des flüssigen Farbstoffs.« Meine Zunge fühlte sich schlaff, und ich wartete auf das, was nun kommen würde.

»Ausgezeichnet«, sagte Ptah-nem-hotep. »Aber nun nenne mir einen hellblauen Farbstoff, der nicht flüssig ist, sondern ein Pulver. Wo können wir seine Wurzel finden?«

»Gütiger und Großer Gott«, sagte ich, »nicht in einer Wurzel, sondern in den Salzen des Kupfers ist ein solches Pulver zu finden.«

»Er spricht so gut wie du«, urteilte der Pharao.

»Er ist mein zweites Haus«, erklärte Menenhetet.

»Erläutere mir, kleiner Meni, warum meine Perücke es nie mit dem Blau des Himmels aufnehmen kann.«

»Die Farbe der Perücke, Gütiger und Großer Gott, kommt von der Erde, während das Blau des Himmels der Luft entstammt.«

»Dann werde ich also nie das von mir begehrte Blau finden?« fragte er. Seine Stimme klang spöttisch, doch nicht ohne Mitgefühl, und das nahm mich sehr für ihn ein. »Niemals«, fuhr ich fort, »nein, niemals, großer Pharao – es sei denn, du fändest einen Vogel mit einem Gefieder so blau wie die Luft.«

Menenhetet schlug sich auf die Schenkel. »Dieser Knabe hört nur die besten Stimmen«, sagte er, scheinbar überrascht.

»Er hört mehr als nur eine Stimme«, sagte Ptah-nem-hotep. Mit seinem Stab versetzte er meinem Urgroßvater einen leichten Schlag. »Es ist schön, daß du hier bist«, sagte er. »Und auch du«, fügte er hinzu und berührte Hathfertiti auf die gleiche Weise.

Sie schenkte ihm ihr schönstes Lächeln. »Nie hast du stattlicher ausgesehen«, versicherte sie.

»Ich muß gestehen«, sagte Ptah-nem-hotep, »daß ich mich wie ein Toter fühle, in Tücher gehüllt. Ich langweile mich.«

»Wie kann das sein«, fragte Hathfertiti, »da doch deine Augen die eines Löwen sind? Und ist deine Stimme nicht die Gefährtin der Luft?«

»Meiner Nase entgeht nichts«, sagte er. »Nicht einmal die Bedrükkung meines eigenen Atems.« Er seufzte. »Wenn ich allein bin, stoße ich Vogelrufe aus, um mich zu ergötzen.« Er ahmte Vögel nach, die kreischend ihr Nest verteidigten. »Findest du das amüsant?« fragte er. »Manchmal glaube ich – nur indem ich andere ergötze, kann ich für einen Augenblick all diesen Gerüchen entkommen. Du, kleiner Knabe, kleiner Meni-Ka, möchtest du einen Hund in unserer Sprache sprechen hören statt in seiner eigenen?«

Ich nickte erfreut, und Ptah-nem-hotep fügte hinzu: »Nicht einmal dein Urgroßvater könnte einen Hund zum Sprechen bringen.«

Er klatschte in die Hände und rief. »Tet-tut!«

Irgendwo unterhalb des Hauses regte sich etwas. Und dann kam ein vierbeiniges Wesen die Treppe herauf, so langsam, ja, feierlich, als sei dies nicht ein Tier, sondern ein – gleichsam doppeltes – Menschenwesen.

Es war eine Art Windhund mit silbrigem Fell – mit einem Gesicht voll Würde und Ernst.

»Tet-tut«, sagte der Pharao, »du darfst dich setzen.«

Der Hund gehorchte gelassen.

»Ich werde euch alle vorstellen«, sagte Ptah-nem-hotep. »Wenn ich euren Namen genannt habe, tut mir den Gefallen, ihn zu denken.« Dann stellte er uns buchstäblich dem Tier vor. »Und nun, Tet-tut«, sagte Ptah-nem-hotep, »geh zu Hathfertiti.« Als der Hund sich zögernd bewegte, ergänzte der Pharao: »Ja, mein Liebling, geh zur Edelfrau Hathfertiti.«

Tet-tut blickte zu meiner Mutter, näherte sich ihr. Doch bevor sie

ihm Beifall zollen konnte, sagte Ptah-nem-hotep: »Geh zu Menenhetet.«

Der Hund wich vor Hathfertiti zurück, drehte sich einmal um sich
selbst und ging dann auf meinen Urgroßvater zu. Als er nur noch
einen Schritt von ihm entfernt war, ließ er sich plötzlich auf die
Knie nieder, schmiegte seine lange Schnauze auf den Boden und
ließ eine Art Stöhnen hören.

»Fürchtest du diesen Mann?« fragte der Pharao.

Das Stöhnen wurde zum Wimmern, als wühle jemand in einer
offenen Wunde. *Tyiu, tyiu,* klang es.

»Hörst du?« fragte Ptah-nem-hotep. »Er sagt ›ja‹.«

»*Gar* so klar erscheint mir das nicht«, meinte Menenhetet.

»Tu, tu«, sagte Ptah-nem-hotep zu Tet-tut. »Sag ›tuuuuu‹, nicht
›tyiu‹. Tuuuuu!«

Tet-tut wälzte sich herum, auf den Rücken.

»Du bist ein Strolch«, sagte Ptah-nem-hotep. »Geh zu dem
Knaben.«

Der Hund drehte den Kopf.

»Zu dem Knaben. Zu Meni-Ka.«

Jetzt kam er zu mir. Wir schauten einander in die Augen, und ich
begann zu weinen. Warum nur? Hatte ich nicht geglaubt, ich
würde lachen? Doch der Kummer in Tet-tuts Herzen schien direkt
in meines zu fließen wie Wasser aus einem Gefäß in ein anderes;
oder eher noch: Es war, als ob Eyaseyab mich küßte nach einem für
sie unglücklichen Tag.

Dann vernahm ich so manche Geschichte aus dem Gesindequartier. Es mochte auch sein, daß Eyaseyab mir von ihren Verwandten
erzählte, die in einem Steinbruch arbeiteten und gewaltige Granit-
blöcke auf Schleppen befördern mußten. Nicht selten wurden sie
während der Arbeit gepeitscht – von dem Aufseher, der am Abend
zuvor zuviel getrunken hatte und nun unter der Sonne litt. Eyaseyabs Stimme – wie schwer und sorgenvoll sie klingen konnte,
aber auch wie lustig und wie heiter. Oft sprach sie zu mir von den
Menschen aus ihrer Jugendzeit; und daß sie des Nachts oft ihr Herz
besuchten; doch nicht wie im Traum (wo sie ihr Entsetzen einjagen
konnten), sondern eher wie spätabendliche Gäste, die sie vielleicht
seit Jahren nicht gesehen – die ihr jedoch aus verdrehtem Gebein
Botschaften zukommen ließen, fühlte sie die Schmerzen doch in
ihren eigenen Gliedern, spürte, was sie im Leben gelitten.

An einzelne Geschichten hätte ich mich kaum erinnern können; auch wußte ich nicht, was der Hund mir eigentlich mitteilte; doch war da mehr Traurigkeit, als ich zu fassen vermochte. Der Kummer in Tet-tuts Augen glich dem Ausdruck, wie ich ihn bei vielen intelligenten Sklaven gesehen hatte. Nur, daß er noch schlimmer war. Der Hund schien eine Sehnsucht zu betrauern, die unerfüllbar blieb.

Und so weinte ich. Mein eigenes Gegreine klang mir laut in den Ohren. Der Hund hatte mir eine Angst mitgeteilt, die noch ganz fern schien. Und doch fürchtete ich mich mehr denn je zuvor. Vermutlich würde ich nie leben müssen wie ein Sklave, und doch war da diese Furcht: daß ich früher oder später ein Leben führen würde, das ich nicht wollte; daß es nicht meiner Entscheidung überlassen blieb, wohin ich mich zu begeben wünschte – und dieses Gefühl war so stark, daß es mich erzittern ließ wie schwankendes Licht.

In diesem Augenblick schien ich in der Sonne zu leben, doch schon im nächsten im Dunkeln, wie ein haltloser Halm. Doch meine Augen blieben weit geöffnet. Ich sah zwei Existenzen zugleich: mich selbst mit sechs, in Tränen aufgelöst; und wieder mich selbst – vor Scham schluchzend –, während ich Menenhetets Phallus schluckte, indes meine Tränen in zwei Strömen über das mächtige Glied des Alten rannen.

Ja, mit sechs Jahren hatte ich eine Art Vision von meiner eigenen Erniedrigung im Lande der Toten mit einundzwanzig; und dann umfing mich Hathfertiti und schüttelte mich und erstickte mich fast in ihrer Umarmung; und entzog mich dem Anblick des Pharaos.

# VIER

Hathfertiti trug mich, und ich spürte ihren Zorn. Sie hatte mich über eine Schulter gelegt, mein Kopf hing über ihre Brüste hinab. Bei jedem Schritt schien ich tiefer zu gleiten, zu Boden zu stürzen. In meiner Furcht wagte ich keine Bewegung, sondern verharrte wie ein zaghaftes kleines Tier. Schließlich blieb sie stehen, und als sie mich von ihrer Schulter hob, hatte ich für einen Augenblick das Gefühl, ich sei gestorben – rings um uns war alles wunderschön, und zuerst wußte ich nicht, wo wir uns befanden, in einem Haus, in einem Garten, in einem Teich?

Rundum standen Bäume – Bäume, die auf Wände gemalt waren; und meine Füße schienen auf feuchtem Sumpfgras zu ruhen, doch war es goldenes Gras, und zwischen Halmen und Blättern schwammen gemalte Fische. Über uns blinkten Sterne, aus einem gemalten Abendhimmel, und im Westen, auf jener Mauer dort, ging die Sonne unter und hüllte Pyramiden in granatapfelrotes Gold. Vier goldene Bäume, an jeder Ecke einer, trugen die Decke dieses Raums, und auf der einen Seite, gleichfalls gemalt, breitete sich die Ebene von Gizeh. In der feuchten Luft flatterten Schmetterlinge und Tauben, und Kiebitze und Zeisige flogen durch Schilf; unter meinen Füßen blühten Wasserlilien, und durch blauen Lotus huschte eine Ratte, die Krokodileier stahl. Hatte ich soeben noch geheult, so mußte ich jetzt lachen – über den komischen Ausdruck auf dem Krokodilgesicht.

Meine Mutter legte einen Arm um meine Schultern, doch statt sie anzusehen, starrte ich auf ein Sitzmöbel: auf einen der Füße aus Elfenbein, der dem Huf eines Ochsen glich. Der Boden darunter glänzte, und das gemalte Wasser wirkte so echt, daß wir beide, Hathfertiti und ich, uns wie in einem wirklichen Teich spiegelten.

Wir standen zwischen Pflanzen und Tieren, die nur gemalt waren, und im Gras entdeckte ich sogar Fliegen und Skorpione und im Wasser schwimmende Fische. Schließlich lächelte ich meine Mutter an.

»Wenn du willst, können wir wieder zurückgehen«, sagte ich.

Sie musterte mich und fragte: »Gefällt dir dieser Raum?«

Ich nickte.

»Es ist mein Lieblingsraum«, sagte sie. »Als Kind habe ich hier gespielt.

»Ich glaube, hier würde ich auch gern spielen«, sagte ich.

»In diesem Raum erfuhr ich, daß ich den Pharao heiraten sollte.«

Plötzlich sah ich meine Mutter auf einem Thron neben Ptah-nem-hotep, und beide trugen blaue Perücken. Zwischen ihnen spielte ein Knabe – nein, nicht ich. Er hatte ein ganz anderes Gesicht.

»Wenn du den Pharao geheiratet hättest, wäre ich nicht hier«, sagte ich.

Lange blickten die tiefdunklen Augen meiner Mutter in meine Augen. »Du wärst dennoch mein Sohn«, sagte sie.

Sie setzte sich und zog mich auf ihren Schenkel. Wie sanft ihr Fleisch war! Tiefer und tiefer schien ich zu sinken, fast in ihren Schoß. Und irgendwie wirkte in mir der Anblick des Hundes nach, jene trostlose Traurigkeit. Gleichzeitig genoß ich den gemalten Sonnenuntergang hier in diesem Raum, das rote Licht von den Pyramiden, das sich mit dem Sumpfgrün auf dem Boden vermischte.

»Ja, ich sollte den Pharao heiraten. Hättest du ihn gern zum Vater? Hast du deshalb geweint?«

Ich log. »Der Hund hat mich traurig gestimmt. Warum, weiß ich nicht.«

»Vielleicht, weil du ein Prinz hättest sein können.«

»Das glaube ich nicht.«

»Ich sollte die erste Gemahlin des Pharao werden.«

»Aber statt dessen hast du meinen Vater geheiratet.«

»Ja.«

Hathfertiti schien zu ahnen, daß ich die Gabe besaß, in die Gedanken anderer einzudringen (wenn auch nur gelegentlich); und sie hielt ihr Gehirn von Gedanken frei.

»Ja, du hast meinen Vater geheiratet, und ich bin sein Sohn, und jetzt freue ich mich, daß du mich in diesen Raum geführt hast.« Ich sprach, ohne recht zu wissen, was ich sagte – und doch voll List: Ich wollte, daß sie mir mehr verriet.

»Du bist nicht deines Vaters Sohn«, sagte sie und schien für einen Augenblick tief zu erschrecken. Sie fuhr fort: »Du bist es, und du bist es nicht«, und ich wußte, daß sie an Menenhetet dachte. »Doch es kommt nicht darauf an, wer der Vater ist, denn ich habe dich gewollt, und nie wieder werde ich eine so wunderbare Stunde erleben wie jene, da alles in mir nach dir rief.« Sie hielt mein Gesicht zwischen ihren Händen, zärtliche Hände, die lieblichen Leibern glichen. »Du kamst und erfülltest meinen Glauben, daß ich einen Pharao gebären würde – und diesen Glauben habe ich auch nach der Heirat mit deinem Vater nicht verloren.«

»Du glaubst das tatsächlich noch immer?«

»Ich weiß nicht recht. Du warst nie wie andere Kinder. Wenn ich mit dir zusammen bin, habe ich nicht das Gefühl, daß zwischen uns ein großer Altersunterschied besteht. Und wenn wir nicht zusammen sind, denke ich oft an das, was du sagst. Manchmal scheint mir, daß deine Gedanken den Gedanken anderer Menschen entstammen – als ob du in ihre Gehirne blicken könntest. Ja, du besitzst edle Gaben. Dennoch glaube ich nicht, daß du je ein Pharao sein wirst. In meinen Träumen sehe ich nicht die Doppelkrone auf deinem Haupt.«

»Was siehst du für mich?«

Nie war ich empfänglicher gewesen für die leiseste Regung in ihr. Eine Laus hätte sie erschrecken, ein Wurm sie entsetzen können. Doch das war nur die eine Seite meiner Mutter – das eine ihrer beiden Häuser, wie wir sagen. Doch in ihren Adern floß auch Kriegerblut, ähnlich wie bei meinem Urgroßvater, denn als sie mich wieder anblickte, maß sie mich, wie ein Offizier den Wert eines Gefangenen abschätzen mag. »Warum hast du geweint?« fragte sie. »Haben die Augen des Hundes von einer schlechten Zukunft gesprochen?«

»Sie sprachen zu mir von Schande«, sagte ich und dachte an die Umarmung zwischen ihr und Menenhetet auf dem Dachgarten. Offenbar las sie meine Gedanken, denn Blut schoß in ihre Wangen, und sie war zornig.

»Sprich zu mir nicht von Schande«, sagte sie, »nachdem du mich vor dem Pharao beschämt hast.« Wieder war da diese Wut, mit der sie mich gepackt und aus dem Throngemach geschleppt hatte. »Du wirst nie ein Pharao werden, und weißt du, weshalb? Weil dich die Hundeaugen zum Heulen brachten. Du hast den Mut eines Hundes.«

Es geschah nicht selten, daß wir so miteinander sprachen – Grausamkeit gegen Grausamkeit. Mir machten solche Spiele Spaß. Denn ich verstand mich besser darauf als Hathfertiti.

»Oh«, sagte ich, »ich habe nicht aus Mangel an Mut geweint. Sondern über den Mangel an Achtung, die meinem Vater gebührt. So er denn mein Vater ist.«

Sie schlug mir ins Gesicht. Tränen der Wut rollten meine Wangen herab. Und es war, als kratze Stein gegen Stein, harter gegen weniger harten. Denn plötzlich wirkte der Ausdruck ihrer Augen weich, und sie ähnelten jenen des Hundes. Irgendein Kummer sprach aus ihnen. »Warum«, fragte ich, »bist du nicht die erste Gemahlin des Pharao geworden?«

Wieder wich sie einer Antwort aus. Statt dessen sagte sie: »Ich habe deinen Vater geheiratet, weil er mein Halbbruder war«, – eine überflüssige Bemerkung, denn viele königliche Ehen (und bei den Armen sogar die Hälfte) wurden zwischen Bruder und Schwester oder Halbbruder und Halbschwester geschlossen. Nein, dies war keine Antwort, keine Erklärung.

Das Bild, das ich jetzt im Kopf meiner Mutter erblickte, zeigte mir meinen Vater als jungen Mann. Zu meiner Überraschung wirkte sein Gesicht stark, fast ein wenig grob – nein, nicht grob, sondern jung und anziehend und verwegen, für viele Frauen ein besonderer Reiz. Welch ein Unterschied zu heute! Sein Gesicht war verkniffen, und mochte die Luft, die er jetzt atmete, auch vornehmer sein als vor – ja, vor nur sieben oder acht Jahren!, – sie war doch zweifellos auch verruchter. Was hatte ihn so verändert? Unablässig schwirrte es ringsum von Klatsch und Tratsch, den ich nur halb verstand, wenn überhaupt; und häufig war ich Zeuge eines zornigen Schweigens zwischen meiner Mutter, meinem Vater und meinem Urgroßvater – als litten sie alle unter den Folgen eines unverdaulichen Mahls.

Jetzt gelang es mir, mit Schmeicheleien und Beharrlichkeit, meiner Mutter das Geheimnis zu entlocken.

Ast-en-Ra, die Tochter von Menenhetet (und also die Mutter meiner Mutter) war mit einem legitimen jüngeren Bruder von Ramses III. vermählt worden; doch er starb (im selben Monat, da meine Mutter geboren wurde), und Ast-en-Ra heiratete einen sehr reichen Mann aus einer Bauernfamilie im schlimmsten Viertel von Memphis. Als junger Kerl hatte er als Latrinenreiniger gearbeitet. Und das war die Schande. Er arbeitete sich hoch, wurde Bordellbesitzer (und genoß den Ruf, im Bett dem Gott Geb kaum nachzustehen!), und wurde zum wohlhabenden und schließlich reichen Mann. Ast-en-Ra, meine Großmutter (vernahm ich) habe ihn geheiratet, um sich an Menenhetet zu rächen. Ihm war sie, schon mit zwölf, eine Geliebte gewesen; doch nach ihrer Vermählung mit dem Prinzen interessierte sie ihn nicht mehr. Und aus Rache (so meine Mutter) nahm Ast-en-Ra später einen Mann, dessen Erfolg Menenhetet ein Dorn im Auge sein mußte. Mein Urgroßvater nannte diesen zweiten Ehemann nur Fekh-futi – die niedrigste Bezeichnung für Scheißesammler; und meine Mutter kicherte, als sie mir erzählte: »Oh, Menenhetet war ja so eifersüchtig. Der Gedanke, daß seine Tochter den berühmtesten Liebhaber von Memphis geheiratet habe, war ihm verhaßt. Und deshalb verabscheute er ja auch deinen Vater vom Tage seiner Geburt.«

»Du auch?«

»Nein, ich mochte ihn. Er war mein kleiner Bruder, und ich hatte ihn gern.« Eine Erinnerung tauchte in ihr empor – und sprang auf die natürlichste Weise von ihrem Kopf in meinen Kopf über: So wußte ich, daß sie meinen Vater verführt hatte, als er sechs war und sie selber acht. Doch wieder schien Hathfertiti zu spüren, daß ich die Gabe besaß, in anderer Leute Gedanken einzudringen; und ich spürte deutlich, wie sie sich mir verschloß – ich hatte keinen Zugang mehr.

Dennoch war da dieses deutliche Bild des nackten Kindes, das einmal meine Mutter werden würde, in enger Umarmung mit jenem anderen nackten Kinderleib, den ich einmal Vater nennen würde; und die Erinnerung an gestern nacht, Menenhetet und Hathfertiti in intimer Umschlingung, machte mir zum erstenmal begreiflich, warum wir von zwei Häusern sprechen: Behausungen des Geistes, des Verstandes, des Gemüts. Doch war ein solcher Gedanke für meinen Kopf viel zu groß, und schon bald ließ ich davon ab und überließ mich süßester Entspannung, einer wohltuenden Erschlaffung meiner Glieder. Und plötzlich wurde mir bewußt, daß ich hier zwischen diesen bemalten Wänden ruhen wollte, wo der Atem des Abends verewigt schien in rosenfarbener, erwartungsvoller Luft.

»Wollen wir jetzt zurückgehen?« fragte meine Mutter.

»Geh nur«, erwiderte ich. »Ich möchte in diesem Raum schlafen, wo du als Kind gespielt hast.«

Ereignisse, die ich selber nie erlebt, regten sich um mich, als strichen Erinnerungen wie Vogelschwingen über mich hinweg. Ich dachte an Wunder. An das Wunder von Eyaseyabs Lippen am Süßen Finger, und erneut stieg es wie Honig in mir empor.

»Also gut«, sagte meine Mutter. »Ich werde dich hier zurücklassen. Aber du darfst nicht umherwandern. Ich werde beim Pharao und deinem Urgroßvater sein, in jenem Gemach, wo du allzuviel in den Augen des Hundes sahst.« Bei der Erinnerung schien sie ein Zittern zu überlaufen. »Sobald es dir zuviel wird, allein zu sein, komm wieder zu uns und lausche aufmerksam allem, was er bei seinen Audienzen sagt. Es werden dort viele Regierungsprobleme besprochen.« Sie seufzte. »Er hört sich die langwierigsten Probleme an, obschon er, der Treue, alles andere ist als eine praktische Seele.« Sie sprach von ihm, zumindest an diesem Tag, als sei sie mit ihm vermählt; und ich erinnerte mich, daß sie zu meinem Urgroßvater gesagt hatte: »Was ist, wenn nur einer von uns zurückkommt mit dem, was wir wollen?«

Jetzt lächelte sie und verließ den Raum; und ihr Lächeln war so bezaubernd, daß es in mir eine tiefe Wärme auslöste; und auch als ich allein war und mich auf jener Liege ausstreckte, deren Beine elfenbeinernen Ochsenhufen glichen, war da die Stille des ewiggleichen, rosenfarbenen Sonnenuntergangs.

Zeit verging. Doch schlief ich nicht, sondern schwebte an einem Ort, der dem Schlaf in den beiden Häusern so nahe ist, daß Verstand und Gemüt zwei Booten gleichen, die auf dem Wasser voneinander forttreiben.

Meine Existenz, mein Dasein – wieviel davon gehörte schon mir selbst? Doch ich fühlte *mich*, und da war kein Kummer; und ganz sicher nicht die Gewißheit, ich sei ja erst sechs. Oh, nein, in meinem jetzigen Zustand fühlte ich mich glücklich – und schlief endlich ein. Zumindest wußte ich, wo ich wanderte, Meine Schiffe trieben auseinander, und ich lag dort in einem bemalten Gemach an einem langen, falschen Abend.

# FÜNF

Ich erwachte in tiefer Stille und Bilder traten vor meine Augen: jene Vögel auf den Marmorstufen des Vorplatzes von Zwei-Tore. Ich konnte sogar, über die drei Palasthöfe hinweg, die mich vom Fluß trennten, das leise Zucken des bunten Gefieders spüren. Sonderbare Erlebnisse wurden mir zuteil, doch waren sie ohne Gefahr und verwunderten mich auch nicht.

Hatte meine Mutter nicht zu mir gesagt, ich solle mich nicht von der Stelle rühren? Nun, dennoch war ich imstande, mich wie *zwei* Menschen in verschiedene Richtungen zu begeben. Einerseits wollte ich unserem Bootsmann Knochenbrecher, folgen, während er über den Marktplatz von Memphis schlenderte und immer wieder stehenblieb, um einen »guten Schluck« zu nehmen. Gleichzeitig jedoch befand ich mich in der Gegenwart des Pharao und hörte zu, wie er Regierungsprobleme löste. Dennoch rührte ich mich, wie meine Mutter mir befohlen, nicht von der Stelle. Ich lag, wo ich lag, und genoß die verwirrenden Geschehnisse, wie ältere Leute einen berauschenden Wein genießen mögen. Also wanderte ich im Hirn des Bootsmannes, den wir Set-Qesu nannten und der seinem Namen vollauf gerecht wurde. Knochenbrecher nannten wir ihn, ja, aus Höflichkeit; doch sein eigentlicher Name lautete Steißbein (er besäße, sagten die anderen Bootsleute, so viel Kraft, um jenen Knochen mit einem einzigen Schlag zu zertrümmern).

Warum ich ihm folgte, weiß ich nicht, doch war ich ihm näher, als wenn ich an seiner Seite saß; auch spürte ich seine Gedanken, doch nur unklar, kaum mal ein Wort, meist nur Gefühle. Ein gewaltiger Zorn war in seiner Brust, in seiner Löwenlunge. Säuerlich brodelte es in seinem Bauch, und auch das konnte ich fühlen. Ich war wie eingehüllt in einen stinkenden alten Teppich, voller Speichel und

171

Auswurf, und rote Ameisen schienen über meine Haut zu kriechen – hatte ich mich zu dicht herangewagt? Dann empfand ich Müdigkeit, jeder Muskel und jeder Nerv schmerzte, schlimmer denn je zuvor. Und ich hörte, wie Knochenbrecher zu einem seiner Trinkkumpane sagte: »Erst ließ er uns die ganze Nacht das Boot reparieren, und heute hatten wir uns dann kräftig in die Riemen zu legen.«

»Stimmt nicht«, erwiderte ein Mann mit einem Krug voll parfümiertem Bier: Es roch zugleich sauer, bitter – und süßlich nach diesem beigemengten Geschmacksstoff. »Ihr seid heute flußabwärts gefahren, brauchtet euch also nur treiben zu lassen.«

»Du läßt dich nicht einfach treiben, Mann, nicht in *seinem* Boot.«

»Bloß treiben lassen«, beharrte der andere.

»Glotz mich nicht so an aus deinem blöden Auge«, sagte Knochenbrecher. Der andere, nicht weniger grobschlächtig, besaß nur ein Auge, und es war entzündet und voll Eiter. Doch in diesem dreckigen Bierhaus mit seinem trüben Licht, wo es keine Fenster gab, nur die Türöffnung, sah ich viele Gesichter mit nur einem sehenden Auge – von zwanzig vielleicht fünfzehn.

Wie anders war das bei unseren Dienern oder bei jenen des Pharaos. Ein Mann oder eine Frau, halbblind, blieben nur in Diensten, wenn sie alt und vertrauenswürdig waren – wer hatte schon Lust, tagtäglich eine verschrumpfte Augenhöhle zu betrachten? Hier jedoch kamen mir neue, bislang ungedachte Gedanken. War es nicht, als seien diese Leute von der Stunde ihrer Geburt an gepeinigt worden? Vom Wüstensand, von den stechenden Strahlen der Sonne und vom ätzenden Dung unserer Tiere? Voll Unbehagen blickte ich auf einen Berauschten, der vornüber gefallen war und mit seinem Gesicht in einem Gemisch aus altem Dreck, Brotkrumen, Zwiebelschalen, Bier- und Weinlachen, Speichel und Kotze lag. Er schnarchte.

»Treiben lassen«, sagte der Mann mit dem vereiterten Auge, »heißt: treiben lassen.«

»Wenn du noch mal die Schnauze aufmachst«, sagte Knochenbrecher zu ihm, »dann steckt mein Daumen in deinem noch sehenden Auge.« Ich war nahe genug, um all seine lustvollen Gedanken mitzugenießen; von Müdigkeit spürte ich nichts mehr. Er atmete, er keuchte; keuchte in einer Wut, die in seinem Hirn wie rotes Licht strahlte. Dagegen wurde die Haut des anderen, sehr dunkel ursprünglich, so weiß wie der Bauch eines Fisches – und dann erneut sehr dunkel (denn es war nicht die wirkliche Tönung des Mannes, sondern nur ihr Abbild in Knochenbrechers Hirn). Zwei Betrunkene starrten einander an: Wer das erste Wort *zuviel* sagte, hatte den andern auf dem Hals. Der Einäugige wußte, daß Knochenbrecher nicht zögern würde, ihm sein Auge auszuquetschen – wie eine überreife Birne.

Ein Mädchen kam, brachte Getränke. »Möge es ein guter Tag werden, Set-Qesu«, sagte sie. »Trinke, bis du glücklich bist.«

»Bring mir achtzehn Becher voll Wein«, erwiderte er mit einem Lächeln, und ich spürte seine Berauschtheit – ein Schwindelgefühl, das ich kannte, denn ich hatte schon Wein geschmeckt und wußte, wie er wirkte. Doch war es diesmal ungleich stärker als sonst: Wenn er sich von seinem Sitz erhob, würden die Wände der Schenke auf ihn niederstürzen. Er betrachtete das Schankmädchen und sagte (offenbar zu seiner eigenen Überraschung): »Dein Kleid ist wunderschön weiß. Wie machst du es nur, daß es so sauber bleibt?«

»Indem ich mich von niemandem mit dreckigen Händen anfassen lasse«, erwiderte sie laut lachend und eilte davon.

»Komm zurück«, rief er. »Ich will Wein aus Mareotis.«

»Ich komme gleich.«

»Und ein Stück von euerm scheußlichen Brot.«

Ich sah, wie ihr einfaches weißes Kleid von ihrem Körper gezerrt wurde; ich sah, wie seine mächtigen Pranken ihre Hinterbacken packten und auseinanderzogen; ich sah, wie sie sich ihm weit öffnete gleich dem Fleisch in einer Metzgerei, obschon sie weder verwundet war noch blutete – ihre Glieder verschränkten sich mit seinen Gliedern, und ihr Gesicht trug einen Ausdruck von Lust. Dann hockte er, ohne Lendenschurz, über ihrem Kopf, einen mächtigen Phallus zwischen den Schenkeln, dessen Hitze nun auf ihren Brüsten brannte. Ich sah all dies und wußte, daß ich es nur in seinem Kopf sah – denn das Mädchen hatte inzwischen einen Weinkrug geholt und kam nun, unter dem anderen Arm einen flachen Laib Brot, zu ihm zurück. »Dies ist der Wein aus Buto«, sagte sie.

»Der Wein aus Buto stinkt«, sagte er.

Schwankend stand er, und ich hätte eine Maus sein können, sacht festgekrallt in seinem Genick (in der Tat verfolgte ich alles wie aus verwunderten Mäuseaugen); und ich sah auch, daß die Wände schwankten. Er nahm den Krug, zog den Pfropfen aus hartem Wachs heraus, goß seinen Becher voll, trank, schenkte sich wieder ein. Der Trunk rann ihm durch die Kehle und schmeckte wie Blut. »Hier drin stinkt's«, sagte er.

»Zahl deine Zeche, Seth«, murmelte sie, »und die Luft draußen wird sich wunderbar fühlen.«

»Draußen ist es heiß, und hier drinnen stinkt's.« Er war voll Zorn, doch den Grund dafür wußte er nicht mehr. Jetzt langte er unter seinen Lendenschurz, strich sich über den Hodensack (die Lippen des Mädchens schienen zu zittern – oder bildeten wir, er wie ich, uns das nur ein?). Jedenfalls holte er ein paar Kupfermünzen hervor – sie mochten etwa ein Viertel eines Utnu wiegen und waren somit schwerer als meine beiden Hoden zusammen – und schwenkte sie gleichsam unter ihrer Nase: eine Geste, die er seinem Herrn Menenhetet abgeschaut haben mochte, so gekonnt wirkte seine Verachtung für diese stinkende Schenke – und sein eigener Hochmut. »Ich werde dich eines Tages heiraten«, sagte Knochenbrecher und bewegte sich schwankend auf die Tür zu. Der Boden war so dunkelbraun wie der Nil am Spätnachmittag, und vielleicht war es dies, was Knochenbrecher verlockte, sein eigenes Wasser abzuschlagen (ich spürte den unwiderstehlichen Druck in seiner, meiner Blase, und der Schmerz war plötzlich so groß, daß ich mich fragte, warum Knochenbrecher nicht buchstäblich brüllte). Doch drehte er sich herum, pompös wie eine stattliche Barke mitten im Fluß, und trat auf den Betrunkenen mit dem einen entzündeten Auge zu.

»Man treibt nicht einfach den großen Strom hinab«, sagte er und rülpste einen Schwall heraus: galliges Bier, Palmengebräu und Reste des Weins von Buto. Dann fuhr er fort: »Da sind Strömungen, die dich im Kreis herumtreiben, und Strudel, die dich in sich einsaugen.« Er wollte weitersprechen, über gefährliche Felsen und ähnliches mehr; doch der Betrunkene mit dem einen Auge grinste nur töricht und schwenkte den Zeigefinger. »Du treibst«, sagte er – und außer diesen beiden Wörtern schien es keine Weisheit zu geben.

Knochenbrecher zog sein Lendentuch zur Seite und spritzte seinen Harn über den Mann. Gelächter hallte durch die Schenke. Für den Betrunkenen gab es nur Verachtung. Er jammerte, wimmerte, ließ

174

sich nieder und schlief ein. Knochenbrecher wandte sich von ihm ab. Den Brotlaib unter einem Arm, näherte er sich triumphierend der Tür. Doch der Geruch seines Harns folgte ihm wie der Geruch eines Hengstes auf Stroh. Und nun schollen Stimmen auf, ein ganzes Stimmengewirr. Die Gäste in der Schenke, Händler und Arbeiter und andere, schleuderten (aus sicherer Entfernung) allerlei Zeug hinter ihm her, Brot- und Zwiebelstücke und dergleichen mehr – während er, »majestätisch« dahinschwankend, hinaustrat auf die Gasse. Eine Drohung hallte hinter ihm her: »Dein Herr Menenhetet wird hiervon erfahren.« Dann war er draußen, allein (abgesehen von mir, der ich seinem Atem folgte); und er keuchte, als habe er stundenlang mit voller Kraft gerudert. Angst war in seinen Atemstößen, furchtsame Erregung. Menenhetet hatte ihn einmal fast zu Tode gepeitscht, und die Erinnerung daran saß tief. Jetzt befand er sich auf der Straße, Kinder verhöhnten ihn, Frauen gingen ihm aus dem Weg – nur ein junger Kerl, so groß und so kräftig wie er selbst, stand da mitten auf der engen Gasse, und sie näherten sich langsam – eine Prügelei schien unvermeidlich. Doch dann drückten sie sich ganz knapp aneinander vorbei – und schämten sich beide, weil sie »gekniffen« hatten. Seth fühlte sich müde, und er ließ sich auf einem kleinen Platz nieder, nahe einem Shaduf, wo Frauen mit Eimern Wasser schöpften. Von seinem Brotlaib brach er ein drei Finger dickes Stück ab und begann zu kauen.

Es schmeckte sonderbar, dieses Brot (ich mit meinen Perlenzähnen, wie meine Mutter sie immer nannte, aß ja gleichsam mit). Sonderbar, in der Tat. Wie Kleie. Und Knochenbrecher hatte kaum drei Bissen getan, als er an ein Korn von der Größe einer Erbse geriet, an dem er sich einen Zahn ausbiß (oder jedenfalls einen dicken Splitter), wonach dann noch ein Stumpf übrigblieb. Trotz seiner Trunkenheit schrie er auf, so stark war der Schmerz. In vielen Jahren hatte er dergleichen erlebt, wieder und wieder. Da war die Erinnerung an seine Mutter – wie sie eine Handvoll Weizen zu Mehl machte, unmittelbar vor der Tür des Hauses, in dem er aufgewachsen war; und vielleicht war in dem Brot, das er jetzt an seine Nase hielt, etwas von dem Geruch seines eigenen Urins; und womöglich mehr als nur das: Konnte es nicht sein, daß dies all die üblen Gerüche seiner Kindheit zurückrief? Der Dung und der Dreck, der Mist und die Scheiße all jener Hühner und Esel und

Kühe und Hunde und Schafe; der ätzende Geruch all des Unrats (noch immer in seiner Nase), aus dem seine Mutter Ziegel buk, die sie dann zum Trocknen in die Sonne legte. Und darauf bereiteten sie ihr Brot, wenn es an Brennholz fehlte, und wann hätte es nicht daran gefehlt?

Das Zeug, das er jetzt aß, mußte ihn an den Anus einer Ziege erinnern, und während er noch wimmerte über den soeben abgebrochenen Zahn (der nachlassende Schmerz schien ihn zu beschwichtigen), erhob er sich, grinsend oder glotzend (je nach Laune); begaffte alle weiblichen Wesen auf diesem kleinen Platz, die Hühner und Eier zu verkaufen suchten; und da war auch ein Mädchen mit einer flügelschlagenden Gans unter dem Arm; und eine Frau mit einem Ballen selbstgewobenen Leinens, so weiß, daß das reflektierende Sonnenlicht jeden geblendet hätte.

Mühselig stieg er Schritt für Schritt eine Straße hinab, die zum eigentlichen großen Marktplatz führte. Mit geschlossenen Augen ging er, weil gleißende Sonnenstrahlen seine Augenränder zu versengen schienen. Es gab manche, die da sagten, alle Götter könnten in einem Gott leben, und Er sei die Sonne. So dies die Wahrheit war, schien er voll Zorn zu sein.

Die Götter sitzen in der Scheiße, sprach Knochenbrecher zu sich selbst, als aus dem Brot der alte Gestank in seine Nase drang; und er richtete seine Blicke auf eine reizende Dame in durchsichtigem Gewand, die gerade an ihm vorüberschritt. Sie hatte langes blaugefärbtes und geöltes Haar. Auch trug sie Schmuck, Armringe und Perlen und eine Blume unmittelbar über einem Ohr. Er starrte sie an, starrte ihr nach. Starrte auf den Schatten ihres Schamhaares; und auf die schwache – und sehr verzwickte – Tätowierung an ihrem Kinn. Irgendwie hoffte er, die Merkmale einer Hure zu erkennen, mit der er sofort in ihr Bordell gehen konnte; doch noch während er überlegte, fühlte ich in seinen Lenden ein anderes Bedürfnis als das, zu urinieren. Diesmal regte sich etwas, wie es sich unter der Erde regt, wenn ein Fels gehoben wird.

»Kraft und Suff«, rief Knochenbrecher hinter ihr her. »Kraft und Suff«. Doch sie gab keine Antwort, sondern ging weiter (durch das durchsichtige Gewand war nur noch ihr praller Hintern zu sehen), und er brach in Gelächter aus und brüllte: »Ein Wort an die Weisen ist ein Stock auf einen blöden Arsch.« Es war ein Spruch, den Menenhetet gebrauchte, wenn er die Bootsleute prügelte. Und

Knochenbrecher, der Bootsführer, prügelte die Ruderer gleichfalls. Jetzt, in seinem umnebelten Hirn, schien ihm zum erstenmal klarzuwerden, daß in dem Satz ein Witz steckte. Denn *medu* bedeutete sowohl Wort als auch Stock. Während er noch rülpste, war er plötzlich bester Laune. Was für ein Spaß! Gibst einem Weib ein Wort und gleichzeitig deinen Stock – o ja, wirklich lustig, das mit der Sprache: wie eine Schachtel, in der eine andere Schachtel steckte. Er spürte seinen Phallus, und der hatte auf einmal ein ganz eigenes Leben. »Die Götter stecken in der Scheiße!« brüllte er und fiel vornüber aufs Gesicht.

Nackte Knaben gingen vorüber, auch nackte kleine Mädchen; ganze Scharen von Kindern, manche mit einem Armreif (mochten sie auch nackt sein, so gehörten sie noch längst nicht zu den Ärmsten). Ja, sie kamen und kreisten um Knochenbrechers kreiselndes Gehirn. Er lag auf der Straße, und ein nackter Junge pinkelte auf seinen Fuß; doch nur wenige Tropfen fielen. Knochenbrecher rührte sich, schüttelte den Harn ab, und dann träumte er wieder, der Bootsmann.

Viele zogen an ihm vorbei, Esel mit Strohballen – er schielte mit einem Auge zu ihnen hoch. Und Ochsen kamen, langhornige Tiere. Und Fischer mit Körben voller Fische; und ein Bäcker mit Brot. So viele Dinge, auf dem Weg zum Markt oder wieder zurück. Gebäck, Fleisch, Früchte, Schuhe, Getreide, Enten, Lederflaschen voll Wein; und Sandalen und Zwiebeln und Perlen und Parfüme und Öl; auch Honig und Schlafmatten, Rasiermesser aus Bronze und Pickhacken. Aus einem Laden in der Nähe kam der Geruch von Datteln und Gewürzen, von Honig und Mandeln und Pistazien. Und nun öffnete, auf diesem kleinen Platz, ein Wirtshaus, und ein Koch und zwei Kellner begannen mit dem Abendmahl. Nicht weit von hier gab es einen viel größeren Platz mit einer ganzen Reihe von Gasthäusern, wo ich mit Eyaseyab gewesen war, und ich erinnerte mich noch an den Geruch von gerösteter Gans und anderen Gerichten. Einmal, an einem Morgen, hatte ich gemeinsam mit ihr beobachtet, wie dort Gemüse kleingehackt wurde (sie mochte den Koch!); jetzt träumte ich mit Knochenbrecher: Wie schön es war, in einem dieser Gasthäuser ein gekochtes Mahl zu kaufen und mit nach Hause zu nehmen. Wer sich so etwas leisten konnte (träumte Knochenbrecher in seinem besäuselten Traum), dem ging es wahrhaftig gut; und er träumte auch von

Schuhmachern, wo man teure Sandalen mit hoch gewölbten Spitzen bekam – und sogar von einem Goldschmied, der Ohr- und Armringe aus afrikanischem Gold machte. Es gab da auch eine Halskette aus Goldsilber mit Lapislazuli aus Elam. Knochenbrecher hatte gehört, Elam befände sich am Ende der Welt, und er wollte die Halskette haben: Das Boot seiner Träume segelte über Wüsten hinweg gen Osten in Richtung Elam; und währenddessen schlossen Schmiede und Maurer ihre Werkstätten; und Zimmerleute gingen über den kleinen Platz nach Hause, auch der Schuhmacher, der Töpfer, der Gerber. Sklaven und Kaufleute und fremde Händler kamen vorbei; und edle Damen, in prachtvollen Sänften getragen. Zwei Jungen begannen sich zu prügeln – wegen dampfender Pferdeäpfel, die ein Roß vor einem Streitwagen hatte fallen lassen (dessen Lenker sein Gefährt gerade noch um Knochenbrechers Kopf herumkurven konnte). Die beiden setzten ihre Sammelkörbe ab und rangen miteinander, bis der eine die Oberhand gewann: Mit bloßen Händen schaufelte er die Roßäpfel in seinen Korb.

Knochenbrecher regte sich. Er öffnete die Augen, sah die Keilerei (ganz wie in seinen Jugendtagen), und er rappelte sich auf, stolperte über den Markt, wo abendliche Feuer brannten; und mit finsteren Blicken musterte er die Schwarzen und die Hebräer. Während er weitertaumelte, zog ich mich – meine Gedanken – von Knochenbrecher zurück. Ähnlich wie später, als ich alt genug war, um eine Frau zu lieben – während des Liebesaktes gab es keine Grenze zwischen unseren Leibern; doch dann, an einem bestimmten Punkt, *zog ich mich zurück* – ja, zog meinen Phallus langsam heraus, gehörte wieder ganz mir selbst und niemandem sonst. Und so zog ich mich auch jetzt ganz aus Knochenbrechers Gefühlen zurück und befand mich wieder im rosenfarbenen Gemach des Pharao, so glücklich, als ob ich geheimste Zärtlichkeiten getauscht hätte. Nun wurde mir bewußt, daß das andere Haus meines Gehirns beim Pharao gewesen sein mußte während der Audienzen, die er gab: erwachte ich doch mit dem Gefühl, ihm viel näher zu sein als dem Bootsmann. Fast hatte ich das Gefühl, als sei er, der Pharao, mein Vater – und ich in völliger Geborgenheit.

Um so größer war die Enttäuschung. Denn nun entdeckte ich, daß seine »innere Person« mir weit weniger angenehm war als das wundersame Erlebnis, seinen Zeh zu küssen. Was er in diesem

Augenblick empfand, war eine Art Magenkrampf, eine Verdauungsstörung – er schien es gewohnt, nicht weiter darauf zu achten. Doch für mich war es eine Lektion. Es lehrte mich, was es hieß, ein erwachsener Mann zu sein, ein Mann mit Verantwortung. Die Säuerlichkeit des Geistes – als gliche sein Inneres einer Zitrone! Jetzt kannte ich das ausdruckslose Gesicht seiner unausgesprochenen Gefühle, und es wirkte so bedrohlich wie das Wetter, wenn der Himmel sich vor Staub dunkel verfärbt. Bei solchen Stürmen ist der Wind kalt, und wir sagen, er sei so grausam wie das Böse (was ja auch der entsprechende Name ist: der Khamsin – Böses!). Stetig blies er über die Wüste; und heulte durch die engen Gassen von Memphis, häufte Sand vor jeder Tür.

Die Gedanken von Ptah-nem-hotep glichen dem Sand, der in die Haut beißt, und zu meinem Leidwesen (nachdem meine Gedanken ganz von selbst in seine Gedanken geglitten) mußte ich erkennen, daß seine Pflicht einer Last glich, die wie das Gewicht eines Toten war. Keine Spur von Wärme blieb in seinem Herzen, nur die Sehnsucht nach der Stille des Abends, wenn er endlich etwas Ruhe fand. Wie ein längst verklungenes Echo, das nur noch im Gedächtnis haftet, hörte, nein, spürte ich, wie die letzte sinnliche Schönheit zu erlöschen schien, während er feierlich den Worten jenes Mannes lauschte, der in diesen unruhigen Zeiten als Wesir diente (und im übrigen der Hohepriester Khem-Usha des Hohen Tempels des Amon in Theben war). Doch trotz seines hohen Amtes sprach dieser Khem-Usha zum Balkon hinauf – vom Boden der Ratgeber unten.

Der Pharao mußte sich zum Zuhören zwingen, und er tat es. Er empfand es als seine Pflicht, jeder Audienz volle Aufmerksamkeit zu widmen. Und so ließ er sich kein Wort entgehen, das Khem-Usha sprach. Dies war seine Qual. Ich, der ich jetzt wie ein Vogel in einem Winkel seiner Doppelkrone weilte, spürte das Gewicht des Hohenpriesters auf dem empfindlichen Ohr des Pharaos.

Khem-Usha besaß eine bemerkenswerte Stimme, langsam und tief wie das Echo in einer Tempelhalle; und nur eine solche Stimme konnte tiefernste Gebete sprechen. Mehr noch: Sie hatte die Macht, jede Stimmung umzuwandeln, die nicht seinem Wunsch entsprach. Und sein Blick aus großen schwarzen Augen mit schwarzen Brauen (unter dem rasierten Schädel) besaß etwas Bannendes.

Ptah-nem-hotep saß mit gegeneinandergetupften Fingerkuppen, die Arme auf den roten Samt der Brüstung gelehnt, von wo er hinabschaute auf die Edlen und die Priester und die Ratgeber und die Königlichen Aufseher, die zur Audienz erschienen waren. Ein Stück weiter standen, knieten oder lagen (fast) zehn oder zwölf Männer. Auf dem Balkon, in der Nähe des Pharaos, saßen Hathfertiti, Menenhetet und Nef-khep-aukhem, und auch sie hörten Khem-Usha zu. Er sprach, als sei jedes seiner Worte wie eine Statue.

»O aufgehende Sonne, die du die Welt mit deiner Schönheit erleuchtest«, sagte Khem-Usha zu Ptah-nem-hotep. »Du vertreibst die Dunkelheit aus Ägypten.

Deine Strahlen dringen in alle Länder.

Kein Ort muß deine Schönheit entbehren.

Deine Worte entscheiden das Schicksal aller Länder.

Du hörst alles, was gesprochen wird.

Dein Auge glänzt stärker als irgendein Stern am Himmel.«

Im Namen, dachte Ptha-nem-hotep (und lauschte auf das Knurren in seinem Magen), im Namen jenes Flusses, der Speise und Trank durch meinen Körper trägt – weshalb muß ich mir einen Psalm anhören, den sich vor achtzig Jahren oder mehr der Pharao Merneptah anhören mußte? Und dennoch neigte er sein Haupt, als seien Khem-Ushas Worte eigens und ausschließlich für ihn gewählt.

Nun erhoben sich jene Ratgeber, die auf dem Boden gelegen, zu kniender Stellung, und jene, die gestanden hatten, knieten nieder. Nur Khem-Usha verharrte in aufrechter Haltung. Er sprach, und die anderen antworteten im Chor.

»Du bist Ra ähnlich«, riefen sie laut.

»Jedes Wort aus deinem Mund ist wie die Wörter von Horus bei Sonnenaufgang und von Horus bei Sonnenuntergang.

Deine Lippen wägen Wörter noch wahrhaftiger als Maat das kann. Wer kann so vollkommen sein wie du?«

Ich fühlte, wie sich in Ptah-nem-hotep Zufriedenheit breitete, süß wie Honig; doch der Geschmack schien ihm allzu angenehm, und er dachte: Mir gefallen Worte, die einem anderen König galten. Ich bin nicht stärker als Tet-tut, der sich auf den Rücken legt, wenn die Lobpreisung beginnt. Er zwang sich zu einem Lächeln; kurz, kalt. Auf seinem Haupt drückte die Doppelkrone.

»Kein Monument wird gebaut«, riefen die Ratgeber im Singsang, »ohne dein Wissen. Du bist es, der über alles befiehlt.

Wenn du sagst zu den Himmlischen Wassern: ›Kommt zum Berg‹, dann werden die Wasser auf dein Wort zu fließen beginnen.

Denn du bist Ra.

Du bist der große Käfer Khepera.

Deine Zunge ist das Heiligtum der Wahrheit.

Gott sitzt auf deinen Lippen.

Du bist ewig.«

Jetzt kniete Khem-Usha und berühte mit seiner Stirn den Boden. Die anderen Ratgeber taten es ihm nach. Meine Eltern und Menenhetet, da sie auf königlichen Stühlen saßen, brauchten nur ihr Haupt zu beugen.

Deutlich spürte ich, wie die letzten Worte im Körper von Ptah-nem-hotep Kraft weckten. Aber ich fühlte auch die Bitterkeit auf seiner Zunge.

»Deine letzten Lobpreisungen«, sagte er zu Khem-Usha, »sind klug und weise – und vielleicht sogar angezeigt, da sie auf jenem Stein stehen, den mein Vorfahr, der Starke-Stier-der-die-Wahrheit-liebt, errichten ließ, der Große Ramses II. Er ließ solche Worte in eine Säule eingravieren, die an der Straße zu den Minen von Etbaya stand.«

Khem-Usha erwiderte: »Deine Augen lesen alle Inschriften, Großer-Liebhaber-der-Wahrheit.«

»Im letzten vergangenen Jahr hast du mich um diese Zeit mit denselben Worten angesprochen, die für Merenptah und Ramses II. geschrieben worden waren. Damals lobte ich dich für deine Auswahl.«

Khem-Usha entgegnete: »Deine Vorfahren sind Große Götter, indessen du, Großes Zwei-Haus, hier sitzt und die gleichen Lobpreisungen erhältst wie deine großen Ahnen.«

Ptah-nem-hotep tippte sich mit dem Zeigefinger gegen seine spitze Nasenspitze. »Mich mit Wörtern zu lobpreisen, die meinen Vorfahren zugedacht waren«, sagte er, »kann nur dann Sinn haben, wenn sie mir wirklich zustehen.« Vom Balkon starrte er nieder auf Khem-Usha, doch die dunklen Augen des Hohenpriesters wichen dem Blick des Pharaos nicht aus; er starrte zurück.

»Viele Jahre lang«, sagte Khem-Usha, »habe ich in der Sprache des Gebets verweilt, und ich weiß nicht recht, o Großes Zwei-Haus, ob mein Herz den Sinn deiner Worte versteht.«

»Wir haben Maats Namen genannt«, sprach Ptah-nem-hotep. »Doch ist es gerecht, ihre Gerechtigkeit zu erwähnen, wenn es gilt, die Verdienste eines kühnen Mannes gegen die Verdienste eines klugen Mannes abzuwägen? Mein Vorfahr, Ramses II., mag gar nicht glücklich darüber sein, wenn der Glanz seiner Taten verglichen wird mit der Klugheit meiner Entscheidungen. Khem-Usha – dies ist der Tag des Schweins.«

»Das weiß ich, Großer Herr.«

»Wenn wir am Tag des Schweins einander nicht die Wahrheit sagen, dann werden wir an anderen Tagen der Wahrheit fernbleiben.«

Durch das Herz des Pharaos ging jetzt eine Rede. Wörter marschierten durch seine Brust wie Soldaten bei einer Parade. Doch kein einziges wurde laut. Ich konnte nur seine Gedanken hören. »Andere Könige haben ihre Soldaten schon mit zehn Jahren geführt; doch als ich so alt war, Khem-Usha, da hast du mich zu einem nackten Tanz verführt, und am Ende fielen wir einander schweißbedeckt in die Arme, und wir rangen miteinander, und ich weiß nicht, wieviel von deinem Körper in meiner Nase war. Ramses II. zähmte einen Löwen und gewann die Schlacht von Kadesch – und ich? Ich müßte noch immer eine Armee in die Schlacht führen. Doch ich höre nur von Generälen, die Schlachten für mich verlieren. Als Ramses II. fünfzig war, gab es in Memphis oder Theben keine einzige Schönheit, die nicht seine Hitze auf ihren Lippen gespürt hatte; ich besitze einen Harem, den ich nicht besuche, doch Gelächter schallt von dort. Die Hälfte meiner Wagenlenker wagt nicht, mir ins Auge zu blicken. Dies ist der Tag des Schweins, an dem es keine größere Tugend gibt, als die Wahrheit zu sprechen. Und so möchte ich dich bitten, Khem-Usha, mich nicht mit den Taten des Großen Ramses zu verhöhnen, der bereits seit neunzig Jahren tot ist. Sprechen wir lieber von meinen Tugenden, Weisheit und Witz – und der Fähigkeit, selbst die schlimmsten Nachrichten in Ruhe aufzunehmen. Laß uns fragen, ob nicht *das* einem Pharao wohl ansteht.«

Doch er unterdrückte diese Regungen. Laut sagte er zu Khem-Usha: »Ich nehme deine guten Wünsche entgegen, so wie sie ausgedrückt sind in der Lobpreisung des Dichters für meine Vorfahren, Ramses II. und Merneptah. Möge deine Auswahl wohlgetroffen sein. Mir hat sie Vergnügen bereitet. Ich möchte dich auch wissen lassen, daß – zur Feier des Tages des Schweins – der Große Herr Menenhetet anwesend ist, einst General der Armeen von Amon, Ra, Ptah und Seth.« Mit einem Lächeln fügte er hinzu: »Er ist der letzte Überlebende der Schlacht von Kadesch und also, wie man annehmen darf, einer der weisesten Männer, was Ägypten betrifft.«

»Soweit mir bekannt«, sagte Menenhetet (und sein Lächeln und sein Blick waren so mühelos und so kraftvoll wie bei einem Sechzigjährigen kaum vorstellbar), »bin ich das einzige Auge, das die Schlacht noch sieht.«

Jetzt gab es unter den Ratgebern ein Getuschel. Denn die Schlacht von Kadesch – die größte Schlacht von allen – war vor hundertundfünfzig Jahren ausgefochten worden, zu Beginn der Regierungszeit von Ramses II.; und dieser Pharao hatte seine Doppelkrone fünfundsechzig Jahre lang behalten, ehe ihm Merneptah nachfolgte und dann Amenmeses und Sipath und Seti II. und ein syrischer Usurpator (für ein paar Jahre) – ich fühlte die Belustigung in Ptah-nemhoteps Gedanken, während er sich all die Überlegungen seiner Ratgeber vortragen ließ – ja, da war Seth-nakht gewesen; und Ramses III.; und Ramses IV.; und Ramses V.; und Ramses VI.; und Ramses VII.; und Ramses VIII.; und schließlich Ptha-nem-hotep höchstpersönlich, unser ureigener Ramses IX.; sämtliche dreizehn Pharaos, die wir gehabt hatten seit der Schlacht von Kadesch.

Die Ratgeber hoben ihre Häupter vom Boden, und ihr Gruß galt jetzt Menenhetet. »Gut«, sprach Ptah-nem-hotep wie zu sich selbst, »ihr werdet euch nun fragen, ob ich ihn, anstelle von Khem-Usha, zu meinem Wesir machen werde.«

Kaum hatte er diesen Gedanken beendet, so befand ich mich wieder auf der Liege in dem rosenfarbenen Raum. Hathfertiti streichelte meine Wange. »Komm«, sagte sie, »es ist Zeit für dich, zum Innenhof zurückzukehren.« Sie lächelte. »Ich möchte, daß du siehst, mit welch großem Respekt dein Urgroßvater betrachtet wird.«

»Ich wußte nicht«, sagte ich zu ihr (aus diesem Schlaf, der wie ein, nein, wie zwei Leben gewesen war – oder gar drei, wenn ich mein eigenes Dasein mitzählte?) – »ich wußte nicht, daß Menenhetet vor hundertundachtzig Jahren zur Welt gekommen ist.«

Hathfertiti, kein Wunder, musterte mich nicht ohne Erstaunen. Dann berührte sie meine Stirn, doch mit einer Art Achtung – oder so ähnlich. »Komm«, sagte sie, als sie ihre Stimme wieder unter Kontrolle hatte. »Es ist wohl an der Zeit, dir ein wenig mehr von der Wahrheit zu verraten. Denn – weißt du – es ist möglich, daß dein Großvater viermal geboren worden ist.«

# SECHS

Als ich schwieg, lächelte sie zärtlich. »Du bist noch ein Kind«, sagte sie, »und magst manches nicht verstehen. Andererseits begreifst du Dinge, die nicht einmal ein Mann begreift. Doch glaube ich, daß du über derartige Kräfte verfügst, weil deine Empfängnis mit einem großen Ereignis zusammenfiel.« Sie schwieg einen Augenblick, wie um den Klang der Worte leise verhallen zu lassen; dann fuhr sie fort: »Sagen wir – mit einem fast großen Ereignis.«

»Fast?« fragte ich.

»Nun, es ereignete sich eigentlich gar nicht.«

Ihre Fingerkuppen glitten kreisend über meine Stirn, und ich erblickte in der Mitte ihrer Gedanken Menenhetets Gesicht, grauenvoll verzerrt – ein furchterregender Anblick. Und ich begriff: Am Tag meiner Empfängnis war Menenhetet dem Tode nahe gewesen.

Doch davon sprach sie nicht. »Ich wußte«, sagte sie, »daß du manchmal in die Gedanken jener eindringst, in deren Gegenwart du dich befindest. Doch daß du Stimmen aus anderen Räumen hören kannst, das wußte ich nicht.«

»Bisher konnte ich das auch nicht«, erklärte ich.

»Erst seit ich dich hier ließ?«

»Ja. Und ich denke, es liegt an diesem Gemach.« Ohne zu wissen, weshalb, fügte ich hinzu: »Weil es so reizend ist.« Doch während ich sprach, begriff ich, daß dies nur ein Teil der Wahrheit war. Meine eigene Stimme mußte die Luft durchdringen, damit ich jeden Wandel spürte, Irrtum wie Wahrheit. Und die Schönheit dieses Gemachs wirkte wie ein gut gespannter Bogen, der meine Gedanken in die Ferne schnellen ließ.

»Es ist wohl an der Zeit«, sagte meine Mutter, »dich in Geheimnisse einzuweihen, die ich dir erst später anvertrauen wollte. Denn ich kann meine Gedanken ja doch nicht vor dir verbergen.«

»Du könntest schon«, sagte ich, »und manchmal tust du's ja auch.«

»Zu einem mir allzu hohen Preis«, murmelte sie und zog mit den Fingerspitzen ihre Augenwinkel herab; eine Geste, die so lustig wirkte, daß wir beide lachten; und wir wußten auch beide, was sie bedeuten sollte: Versuchte meine Mutter, ihre Gedanken vor mir zu verbergen – zurückzudrängen –, so hatte sie Fältchen zu fürchten. »O du, mein Liebling«, sagte sie und küßte mich – ganz behutsam, um die Farbe auf ihren Lippen nicht zu verschmieren. Ihr Mund war so süß wie hitzeflirrende Luft, in der träge die Bienen schwirren, und vielleicht wäre ich allzu rasch aus meinem wundersamen Schlaf erwacht, hätten ihre Lippen mich nicht, wie erschlaffend, in Bann gehalten. Doch dann spürte ich, wie es sich unterhalb meines Nabels sammetweich und üppig regte; und ich erlebte in der Erinnerung meiner Mutter einen Nachmittag und eine Nacht, da Menenhetet und dann mein Vater sie geliebt hatten, ja, beide hier in diesem Raum, der eine den ganzen späten Nachmittag (obwohl das Rot der Wände eigentlich für den Abend gedacht war), der andere zwischen eben diesen roten, jetzt kerzenüberflackerten Wänden. Eyaseyabs üppige Lippen an meinem Süßen Finger hatten viele wollüstige Vorstellungen in mir wachgerufen, und doch – wie hätte ich ohne den honigsüßen Kuß meiner Mutter auch nur ahnen können, was damals geschehen war in Hathfertitis luxuriösem Bett? Der Tag meiner Empfängnis, soviel begriff ich, war für sie ein besonderer Tag gewesen. Und wieder gelang es mir, in Hathfertitis Gedanken einzudringen, bevor sie sich mir verschließen konnte. Und so wußte ich, daß Menenhetet sie an diesem Tage auf eine Weise geliebt hatte, wie er es nur dreimal zuvor getan. Rasch ließ meine Mutter diese Bilder in ihrem Gehirn verlöschen, und doch hatte ich einen deutlichen und wahren Blick darauf, so klar wie das Weiß eines Grashalms, wenn man die Wurzel aus dem Boden zieht – wenn frühes Licht wie ein Messer schneidet und Schmerz alles durchdringt: So drang ich in das tiefste Geheimnis meiner Familie ein – oder das Geheimnis tief in mich. Denn die Gedanken meiner Mutter lagen wortlos vor mir bloß, während ihre Lippen zitterten. Mein Urgroßvater – und all dies stürzte gleichsam auf mich ein! – besaß die Macht, dem Tod zu entgehen, wie kaum ein anderer. Denn während einer Umarmung konnte sein Herz die Reise über das letzte Hindernis wagen; konnte er seinen letzten Gedanken atmen, während er sich ergoß in den Schoß eines Weibes, um neues Leben zu zeugen, eine wirkliche und wahrhaftige Fortsetzung seiner selbst; sein Leib mochte sterben, doch nicht die Erinnerung an sein Leben. Bald schon bewies er, in der Kindheit, wundersame Kräfte. Und nun begriff ich, warum meine Mutter dieses Wissen nicht länger vor mir zurückhalten konnte: Solche Kräfte besaß auch ich!

Ich war eingefangen in einen Wirbel einander kreuzender Gedankenströme. Da waren die Gedanken meiner Mutter: Sollte sie mir mehr erzählen? Da waren meine eigenen Gedanken: Wie begreifen, wie deuten, was ich nun wußte? Wenn Menenhetet sterben und doch wieder er selbst werden konnte, wer war dann ich? Seine vierte oder fünfte Wiedergeburt (wenn man es so nennen wollte) oder wahrhaft Menenhetet II., sein wirklicher Sohn und nicht nur seine »Fortsetzung«. Besaß ich, so oder so, seine Macht, sich – mich – selbst zu zeugen?

Es war, als weite sich in mir ein Horizont. Mit der Glut einer Ölflamme schien mein Blick einzudringen in mich selbst. Jetzt begriff ich, warum ich geweint hatte, als ich dem Hund ins Auge sah. Denn Tet-tut schien zu wissen, daß ich mit einundzwanzig sterben würde. Dann dachte ich an meinen armen Ka in jenem Raum in der Mitte der Großen Pyramide – eben jene Pyramide, die hier in diesem rötlichen Gemach an die Wand gemalt war! Wer war jener junge Mann dort auf den Knien, den Mund geöffnet vor der Willensstärke eines anderen. Und warum hatte Menenhetet sich nicht in seinen Tod geschickt in dem Augenblick, da er doch dazu bereit war?

Wieder hatte ich Zugang zu Hathfertitis Gedanken. Und wieder sah ich Menenhetets schmerzverzerrtes Gesicht – wie in einem wilden Wirbel, dem Wirbel von ihren Gedanken, da sie ihn dem Tode nahe glaubte. Sie war bereit, sein Kind zu empfangen mit einer Hingabe, ja, Besessenheit, so wild wie das wilde Leben selbst. Und vor ihren Augen leuchtete die Vision des Ungeborenen, das in ihr sein würde, bis Menenhetet, ihr großer Liebhaber, bald schon ihr Kind war. Doch in eben diesem Augenblick kam er nicht – und lag dann minutenlang wie halbtot auf ihr.

Später sagte er mit einem Lächeln: »Ich weiß nicht, warum ich mich anders besonnen habe.« Und streichelte ihr Kinn und fügte hinzu: »Ein andermal.« Dann löste er sich von seiner Enkeltochter und verließ das Lager, auf dem er doch hatte in den Tod gehen wollen – dies wußte ich nun. Doch inwieweit war ich ihm ähnlich? Ich wußte es nicht. Und wußte doch, ohne es genauer erklären zu können, daß ich meinem Urgroßvater auf hundertfältige Weise ähnlich war. Vor allem im Hinblick auf jene besonderen Kräfte, über die er wie ich verfügten – und hatte meine Mutter nicht gesagt: »Nef-khep-aukhem ist dein Vater und ist es doch nicht.« So hatte ich denn eine Ahnung von dem, was an jenem Tag geschehen sein mochte, geschehen sein mußte. Sie war sich so sicher gewesen, von Menenhetet ein Kind zu empfangen, daß sich ihr Leib ganz für die Frucht *seiner* Lenden bereithielt. Am Abend war es dann jedoch der Samen meines Vaters, der sich in ihren Schoß ergoß.

Vor meinen Augen enstand das Bild ihrer Paarung – eine fieberhafte Liebesnacht, in der mein Vater so wild auf ihr ritt – aus Haß gegen sie, aus Liebe zu ihr –, daß ihre Verachtung für ihn sich in rasende Lust verwandelte. Und gerade sein Mangel an allem, was einen wirklichen Edlen auszeichnete, trieb sie nun zur Besessenheit. Für gewöhnlich war er für sie eine Mischung zwischen einem Hund und einem Pferd, und wenn man seinen Spaß mit ihm gehabt hatte, schickte man ihn zurück in seinen »Stall«. So hatte sie's gehalten, seit er sechs gewesen war und sie acht – er, der jüngere Bruder, der ihr stets zu Diensten stand. Dabei konnte sie ihn kaum ertragen, sein Benehmen, seine Eitelkeit, seine Schwächen, seine wenigen – brutalen – Stärken. Und doch: War sie mit ihm zusammen, so regte sich das Haar zwischen ihren Schenkeln. Ich erfuhr mehr über meinen Vater und meine Mutter, als sie mir je hatte verraten wollen. Und jetzt spürte ich, daß Hathfertiti versuchte, mir ihre Gedanken zu verschließen. Doch ich zwang sie – und vielleicht war dies die einzige Macht, die ich ihr gegenüber besaß –, mir all ihre Gedanken zu enthüllen. Und so drang ich auch in ein weiteres Geheimnis ein, das sie gewiß vor mir gehütet hätte; und plötzlich war da eine Spannung in meiner Brust, ein Krampf und ein Ekel über diese Erkenntnis, furchtbar zuerst, doch dann noch furchtbarer, weil sie in mir Eifersucht weckte. Begriff ich doch plötzlich, daß mein Vater für meine Mutter ungeheuer anziehend war wegen seines Vaters, des Kotsammlers. Nun verstand ich (und es war wie eingekerbt in den Stein meines Herzens), daß meine Mutter aufgewachsen war im Schatten der Begierde *ihrer* Mutter für Fekh-futi – einer nicht zu unterdrückenden Begierde.

Wie er aussah, dieser Fekh-futi, wußte ich nicht; doch in meiner Vorstellung war er einer dieser Jungen, die an diesem Nachmittag (als ich in Knochenbrechers Augen lebte) sich um die Roßäpfel balgten. So sah ich Fekh-futi denn, wie er mit anderen um jedes Stück Mist kämpfte, bis er auf einem mächtigen Haufen thronte und über die Huren in seinen Bordellen herrschte, die mit den durchsichtigen Gewändern und den langen blauen Perücken – ich wußte nicht recht, waren dies jetzt meine Gedanken oder die meiner Mutter.

Was war eigentlich so schrecklich daran, daß meine Mutter Fekh-futi begehrte? Plötzlich wurde mir bewußt, daß ich keinen Zugang mehr hatte zu ihren Gedanken. Sie waren mir versperrt.

Sie nahm mich beim Arm. »Es wird Zeit, daß wir zum Pharao zurückkehren«, sagte sie, und hastig, als hätten wir es nur für einen flüchtigen Blick aufgesucht, verließen wir das rosenfarbene Gemach und schritten über den Palasthof, über den sie mich vor ein oder zwei Stunden getragen hatte, schreiend und kopfüber.

# SIEBEN

Was ich erfahren hatte, mußte seine Auswirkung haben auf mein künftiges Leben. Doch alles war so sonderbar, als sei ich gerade aus einem Traum erwacht. Und vielleicht legte sich gerade deshalb meine Verwirrung, während wir zum Balkon des Pharaos zurückkehrten. Dort war alles wie zuvor, nur daß Menenhetet jetzt auf der anderen Seite des Herrschers saß. Doch schien dies nur natürlich. Es entsprach genau dem veränderten Bild, das mir mein Urgroßvater inzwischen bot.

Auf der unteren Etage sprach ein Ratgeber über die Arbeit in den Steinbrüchen – kein wichtiges Thema, wie mir der Gesichtsausdruck meines Vaters verriet. Meine Mutter sagte oft, mein Vater habe nie einen eigenen Gedanken, seine Miene spiegele nur die Gedanken anderer wider. Zunächst begriff ich nicht ganz; doch eines Tages erklärte sie mir, weshalb er über so ausgezeichnete Manieren verfügte: Nie folgte er eigenen Impulsen, immer nur ahmte er andere nach. Und so war es in der Tat. Sah er, daß einer der Edlen sein Handgelenk auf besonders eindrucksvolle Weise zu schwenken verstand, so tat er es ihm sogleich nach. Legte Ptahnem-hotep einen Finger sacht gegen einen Nasenflügel, während er trachtete, sich eine geistreiche Bemerkung einfallen zu lassen, so war mein Vater dieser Geste bereits mit *seinem* Finger zu *seinem* Nasenflügel auf der Spur; ja, er ahmte sogar die ironische Art nach, mit der mein Urgroßvater seinen Kopf neigte, wenn er *nicht* mit dem übereinstimmte, was ein anderer sagte.

Ich behaupte keineswegs, daß mein Vater sich wie ein Tor aufführte. Auch war gerade dieser Tag besonders anstrengend für ihn, da er dem Pharao unter den Augen meiner Mutter seinen Dienst leistete. Bei anderen Gelegenheiten wirkte er auf solche, die ihn nicht so gut kannten, wie ein Edelmann voller Würde. Nie fand sich auf seinem Leinengewand ein Flecken, und die Holzkohle, mit der er seine Augen schminkte, war nur ganz selten verschmiert. Der Schmuck, den er trug, schien ohne Fehl. Und da es die Regel war, daß Perlen und Edelsteine aus ihren Fassungen fielen, konnte in diesem Punkt nicht einmal meine Mutter mit meinem Vater mithalten.

Was seine Manieren betraf – genauer gesagt: seine hervorragende Kollektion von Manieren –, so leisteten sie ihm bei Hofe die allerbesten Dienste. Der Pharao, das wußte selbst ich, brauchte in seiner unmittelbaren Nähe einen Mann, der ihm durch die Kunst seines unauffälligen Mienenspiels kundtat, ob eine geäußerte Bitte auch in geziemender Sprache vorgebracht worden war. So konnte es geschehen, daß einer der niederen Beamten von unten zum Balkon des Pharaos hinaufsprach und ins Stammeln oder Stottern geriet oder sich unablässig wiederholte – was die Miene meines Vaters in einen Ausdruck schierer Indignation verwandelte. Und so ließ sich unschwer begreifen, daß mein Vater dem Pharao ausgezeichnete Dienste leistete. In der Tat war es eigentlich das Mienenspiel meines Vaters, das mich gewahr werden ließ, wie unendlich feinfühlig Ptah-nem-hotep war. Zeigte nicht das leiseste Zucken eines Wangenmuskels, daß schier eine Katastrophe bevorstand, der Einsturz eines ganzen Gebäudes? Und jetzt begriff ich auch, warum er Khem-Usha zugehört hatte, obschon ihm zuwider war, was gesprochen ward.

Der Mann, der in diesem Augenblick sprach, schien jedoch wohl zu sprechen. Aus den Augen meines Vaters leuchtete ein Zeichen von Zustimmung: und so war denn der Pharao nicht ohne Anteilnahme für den Mann selbst wie auch für sein Amt. Überdies konnte man schon jetzt ahnen, daß der Pharao überzeugt war, in diesem Fall helfen zu können – das verriet die ebenso hauchzarte wie hochnäsige Berührung der Zeigefingerkuppe meines Vaters mit seinem Nasenflügel. Mein Vater: Seine Kunst bestand darin, die leiseste Laune des Pharaos zu erspüren – und auf den gesamten Hofstaat auszustrahlen. Und so war er genauso behende in den wechselnden Stimmungen des Pharaos wie ich in den wechselnden Gedanken meiner Mutter. Ein flüchtiges Runzeln auf der Stirn meines Vaters sagte mir, daß der Beamte dort unten, der persönlich keineswegs unangenehm war, dennoch eine Stimme besaß, die in den Ohren des großen Ptah-nem-hotep nicht gar so angenehm klang.

Andererseits spiegelte sich im Gesicht meines Vaters Geduld, was mir nun wieder eine Menge über den Pharao verriet. Der Mann, der dort sprach, hatte gleichsam Generationen von Steinhauern, von Steinbrechern in seinem Blut und in seiner Stimme. Und er war so stämmig gebaut wie irgendeiner dieser Arbeiter. Und er wußte, wovon er sprach. Seine Rede – im großen und ganzen – war angenehm; und sie schmeckte nach Brot und nach Suppe und nach Familie. Natürlich klang auch das Krachen von Stein auf Stein aus ihr. Sein Gehirn, wie auch anderes, arbeitete langsam – er war keiner, dem Gedanken wie von selbst zufielen. Seine Zunge glich einem zerschmetterten und verkrüppelten Bein; nie wissend, wann es worüber stolpern würde; und in seinem Schädel, der kurzatmig war, setzte es oft völlig aus. Für die Ohren des Pharaos war dies nur schwer erträglich. In ihnen klang es, als würden Tonkrüge mit Stöcken zerschlagen.

Das Hauptproblem war wohl: Der Mann konnte nicht lesen. Er hatte sich die Namen der Männer in den Arbeitskolonnen eingeprägt; auch ihre Unfälle, ihren Lohn, ihre Verpflegung – alles stimmte, alles war korrekt; nur trug er jeden Punkt unendlich langsam vor. Im übrigen schien seine Rede mehr oder minder überflüssig. Denn neben ihm stand ein Schreiber mit einer Papyrusrolle – und nickte bei jeder Zahl, die der Verwalter der Steinbrüche nannte.

Doch da blieb eine Frage. Der Schreiber schien seine Papyrusrolle nicht sonderlich zu prüfen. Vielmehr nickte er gleichsam im Einvernehmen mit dem Pharao, der beindruckt schien von der Haltung des Mannes, von den Zahlen, die er nannte, von seiner augenscheinlichen Ehrlichkeit.

Als ich wieder in die Gedanken meiner Mutter einzudringen versuchte, fand ich den Zugang versperrt: verschlossen vor allen den Fragen, die ich so gern gestellt hätte. Besaß sie die Fähigkeit, in die Gedanken anderer einzudringen – auch in meine! – so wie ich? Jetzt schien sie all ihre Aufmerksamkeit auf den armen Steinbruchverwalter zu konzentrieren. Und ich, der ich mich gleichsam in ihr Hirn einschlich, erfuhr nichts außer einer – ausgezeichneten – Einführung in die Probleme von Steinbrucharbeiten. Hathfertiti vermerkte die Zahlen, die dieser Vorarbeiter oder Verwalter

nannte, und versuchte zu sehen, was seine Männer taten. Doch
während all dies von ihrem Hirn in mein Hirn glitt, wurde ich von
Minute zu Minute ungeduldiger. Und dennoch: Dies war eine gute
und notwendige Lektion für mich. Ich begann zu begreifen,
warum der Pharao so aufmerksam zuhörte, und mit einiger Anstrengung gelang es mir, meine Langeweile zu überwinden: Dieser
ungeschlacht wirkende Beamte, Rut-sekh, war genauso geachtet
wie vor ihm sein Vater und auch sein Großvater. Auch sie hatten
als Aufseher in den großen Steinbrüchen östlich von Memphis
gearbeitet, wo kurz nach der Thronbesteigung von Ramses IX. mit
dem Bau einer Straße begonnen worden war, die durch Wüstenge-
lände zu einem großen Meer, dem Roten Meer, führen sollte. Das
lag sieben Jahre zurück, und also war die Straße so alt wie ich
selbst, meine Lebensmonate in Hathfertitis Leib mitgerechnet. Mir
wurde klar, daß es beim Bau dieser Straße ganz besondere Probleme geben mußte. Ptah-nem-hotep wollte eine königliche Straße
haben, das hieß: Sie sollte breit genug sein, um zwei königliche
Gefährte an jeglichem Punkt in entgegengesetzter Richtung passieren zu lassen, eine Gesamtbreite von acht Rössern mithin. Nun
wäre dergleichen in Memphis nichts Besonderes gewesen. Dort
bot die Prachtstraße von Ramses II., vom Marktplatz bis zum
Tempel von Ptah, zwanzig Rössern nebeneinander Platz. Doch
beim Bau der Straße von Ramses IX. gab es besonders in den
Bergen kaum überwindliche Schwierigkeiten. Da waren die steilen
Hänge; und da waren große Felsblöcke, die man für mächtige
Monumente hätte verwenden können; doch sie stürzten hinab in
tiefe Schluchten. An einer Stelle, so berichtete Rut-sekh, habe man
eine ganze Woche gebraucht, einen Riesenblock so hoch zu heben,
um eine Lastenschleppe darunter zu schieben. Doch diese
Schleppe zerbrach unter der Last, und der Riesenblock kippte auf
die Schlucht zu. Man hielt lange Rat. Und kam zu dem Schluß, daß
keine andere Lösung blieb, als den Block in die Schlucht zu
stürzen. Ein ungeheures Getöse erfüllte die Luft. Schall prallte
gegen Widerhall, und der Donner der Götter schien daraus zu
klingen.
»Es war ein großer Verlust, mein Pharao«, sagte Rut-sekh, der
Felszertrümmerer, »doch ich wußte keinen anderen Ausweg. Ein-
hundertundachtzehn Männer hatten an dieser einen Stelle sieben
Tage lang gearbeitet; und kamen keinen einzigen Schritt voran,

ohne daß dieser schöne Block aus dem Weg geräumt wurde. Es war reine Zeitverschwendung gewesen, und während dieser sieben Tage verbrauchten wir zehn Säcke voll Getreide, zwei große Amphoren voll Öl, drei Amphoren voll Honig, zweiundzwanzig kleinere Säcke mit Zwiebeln, fünfhunderteinundvierzig Laib Brot, vier Amphoren voll Buto-Wein ...«

Bei jeder Zahl krauste er die Stirn, als prüfe er alles noch einmal genau nach, jedes Gewicht, jede Menge. Mein Vater nickte bedeutungsvoll: ein Zeichen dafür, daß Ptah-nem-hotep die Aufrichtigkeit des Felszertrümmerers zu schätzen wußte.

»Es gereicht dir zur Ehre«, sprach der Pharao jetzt, »daß du gleichermaßen über Vorzüge wie über Mängel deiner Leistung berichtest. Deine mannhaften Tugenden wirken auf mich so erfrischend wie der reine Geruch der Pinien in meinem innersten Palasthof.«

»Nun«, klang ein Gedanke meiner Mutter durch mein Hirn (so deutlich, als habe sie ihn laut geäußert), »wird er sich zweifellos seiner importierten Pinien rühmen.«

»Im ersten Jahr meiner Regierung«, sprach Ptah-nem-hotep, »ließ ich von den Bergen Syriens einundzwanzig junge Pinien über das Meer bringen, um sie einzupflanzen in meinen innersten Palasthof. Und dort stehen jetzt noch vierzehn lebende Bäume, obschon doch viele meinten, sie würden sämtlich in spätestens einem Jahr eingehen. Es sind Bäume der Berge, an kalte, rauhe Luft gewöhnt, doch besitzen sie eine unverfälschte Tugend, die der deinen gleicht, Rut-sekh: Es ist etwas darin von einem klaren Morgen und von harter Arbeit – ja, wenn die Straße vollendet ist, werde ich dich den Duft ihrer Tugend riechen lassen.«

»Ich fühle mich geehrt«, sagte Felszertrümmerer und starrte auf seine Füße. Die Zwischenbemerkungen des Pharaos verwirrten ihn, gar kein Zweifel. Da waren bestimmte Tatsachen, die er sich mühevoll eingeprägt hatte; und sie trotteten durch sein Hirn wie Ochsen, jeder mit einer bemessenen Last und gerade oft genug gepeitscht, damit er nicht einfach stehenblieb.

»Ja«, sprach Ptah-nem-hotep, »es ist aufrichtig, seine Fehler einzugestehen. Bei anderen Beamten –«, sein Blick schweifte über den Hof hinweg, »– muß ich meinen Weg erst finden. Wenn man ihre Berichte hört, so gab es nichts Verkehrtes, gibt es nichts Verkehrtes, noch wird es je etwas Verkehrtes geben. Und doch ist alles verkehrt, ja –«, sprach Ptah-nem-hotep.

Felszertrümmerer verbeugte sich wieder.

»Dennoch«, sagte unser Pharao, »schreitet der Bau unserer Straße nur langsam voran. Unter den Arbeitern gibt es zahllose Verletzte, und es ist entmutigend, wie stark die allgemeine Arbeitsleistung sinkt.«

»Gewiß, Herr. Viele der Männer sind erblindet.«

»Bewirkt das der Staub, oder sind es die Steinsplitter?«

»Letzteres, Großes Zwei-Haus.«

»Bei deinem letzten Bericht im Monat von Pharmuti sprachen wir, wie ich mich erinnere, über das Glätten der Steine, und ich riet dir, Zedernholz als Kohle zu verwenden.«

»Ich tat, wie du, Herr, geheißen.«

Hätte ich irgend etwas von dem Gespräch verstanden, wären da nicht die Gedanken meiner Mutter gewesen? Jedenfalls sah ich eine dicke Schicht aus Steinen, über die, dünn nur, heiße Holzkohle gebreitet wurde. Sobald sich die Steinschicht genügend erhitzte, wurde Wasser darauf gegossen. Dampf zischte, und feuchte Asche wurde fortgefegt. Zahllose Risse blieben im Untergrund, ähnlich den unendlich vielen Rissen im Lehm, nachdem das Hochwasser zurückgewichen ist und die Sonne die Erde backt. Nun kamen Männer mit Kupfermeißeln und Holzhämmern; und der Spalt, breit wie eine Männerhand zuerst, war am Ende kaum breiter als ein Finger. Das war die Arbeit eines halben Morgens für zwei Männer. Nicht selten zersplitterten sie, um die Straße zu glätten, das Felsgestein ellentief.

Eine Elle – schon früh hatte ich gelernt, welchem Maß das entsprach: von der Mittelfingerkuppe Ramses II. bis zu seinem Ellbogen. Und eine Zeitlang verriet ich jedem, der mir sein Ohr lieh, daß ich bereits über zwei Ellen groß war – zwei Ellen, eine Hand, zwei Finger – doch ganz schön groß für ein Kind meines Alters, etwa nicht? Bis meine Mutter mich hieß, damit aufzuhören. Zwei Ellen, sagte sie, was sei das schon im Vergleich zu einem Mann von vier Ellen. Sie habe sogar einen Riesen von fünf Ellen gesehen. Und so verdarb sie mir den Spaß an diesem Maß.

Doch das Gespräch zwischen dem Pharao und Rut-sekh schien ihre Erinnerung in diesem Punkte aufzufrischen, und sie dachte an einen großen Pharao, hochgewachsen und stattlich und einem

Gott viel ähnlicher als Ptah-nem-hotep. Dies konnte nur Ramses II. sein. Sie sah ihn, als sei er noch am Leben. Während Priester Gebete murmelten, ließ er gleichsam amtlich Maß nehmen, von der Kuppe seines Mittelfingers bis zu seinem Ellbogen, und der Königliche Schreiber vermerkte präzise das Königliche Maß.

Doch die Gedanken meiner Mutter verweilten nicht bei diesem Punkt. Die Sonne des Spätnachmittags auf dem Balkon wärmte ihre Schenkel, und es war, als halte sie das Königliche Maß in ihrer Hand. Mochte der mächtige Phallus von Ramses II. auch nur die halbe Länge messen, so erblickte sie ihn doch auch spiegelbildlich, *zwei* Phalusse also, die zusammen das Königliche Maß ergaben.

Doch dann scheute meine Mutter davor zurück, an solche Ellen zu denken. Denn sie hatte erkannt, daß ich wieder in ihr Hirn eingedrungen war. Und sie wußte nicht recht, ob ihr diese unsere Nähe wirklich angenehm sein konnte. Gewann ich nicht allzu rasch an Reife? Immerhin lächelte sie mir zu (ein zärtliches Lächeln war es, aber auch irgendwie verrucht); und wieder öffnete sie mir ihre Gedanken, ganz wie sie ihre Arme zum Willkommen breiten mochte; und ich ließ mich ein in dieses Umarmen, Umgarnen. Bereitete es ihr Vergnügen, mich gleichsam an sich zu ziehen? Jedenfalls war es nun ihre mütterliche Pflicht, mir auch traurige Gedanken nahezubringen. Und so blieb es mir nicht erspart, über all die armen Steinbruch- und Straßenbauarbeiter nachzudenken, die durch fliegende Splitter erblindeten. Rotentzündete Augen sah ich und Schnitte über den Brauen, aus denen Blut rann. Einer krümmte sich vor Schmerzen, mit einem Steinsplitter mitten im Augapfel; doch begriff ich dann, daß meine Mutter mir gleichsam das Unheil eines ganzen Jahres zeigte.

Der Pharao wollte nun von Rut-sekh wissen, ob sich Zedernholz beim Straßenbau als brauchbarer erwiesen habe denn das Holz anderer Bäume wie Dattelpalmen, Sykomoren, Tamarisken.

Felszertrümmerer erwiderte, er habe drei seiner besten Leute eingesetzt und dennoch, auf vierzehn Tage berechnet, trotz der vorzüglichen Eigenschaften des Zedernholzes nur einen einzigen Tag eingespart.

»Wenn deine besten Leute«, sagte Ptah-nem-hotep, »trotz aller Anstrengung nur einen einzigen Tag gewinnen, dann kann das Feuer des Zedernholzes wohl kaum wirksamer sein als das Feuer anderer Hölzer.«

Rut-sekh berührte mit der Stirn den Boden.

»Doch in deinen ersten Berichten hieß es, das Feuer der Zedern-kohle habe deutlich größere Wirkung bewiesen.«

»Und das ist auch jetzt noch so, Großes Zwei-Haus.«

»Warum schreitet die Arbeit dann nicht schneller voran?«

Es war wie ein Gespräch zwischen Fachleuten, und für einen Augenblick vergaß Rut-sekh völlig, daß er zu seinem Herrscher sprach: Er zuckte nur mit den Schultern. Sofort zeigte sich auf dem Gesicht meines Vaters Unwille, ja, Abscheu. Dieses Schulterzuk-ken, eine ungebührliche Geste. Fast so schlimm, als sei Felszer-trümmerer zwischen den Hinterbacken ein widerliches Geräusch entwischt.

Dem Aufseher schien der Gesichtsausdruck meines Vaters nicht zu entgehen. Wieder berührte er mit der Stirn hastig den Boden und sagte in bedauerndem Ton: »Mein Pharao, ich hatte geglaubt, es würde schneller gehen.«

Für einen Augenblick herrschte völlige Stille. Ptah-nem-hotep preßte seine Lippen aufeinander und schwieg. Ich selbst roch den Rauch von Zedernholz und begriff, daß ich irgendwie in Rut-sekhs Gedanken eingedrungen war – nur daß es in seinem Hirn nicht sonderlich viele Gedanken gab. Außer Zahlen und Tatsachen herrschte dort eine beträchtliche Leere. Es glich einem Schaduf – schöpfte einen Eimer Wasser, entleerte ihn, schöpfte den nächsten Eimer Wasser.

Jetzt (die Erinnerung an den Rauch in der Nase) sagte er: »Großes Zwei-Haus, zwar ging es mit dem Zedernholz schneller, aber die Männer machten auch mehr Fehler.« Er seufzte. »Als wir mit Zedernholz arbeiteten, gab es mehr Verletzungen. Die Leute mein-ten, es sei verwünscht.«

»Und was war deine Antwort.«

»Ich prügelte sie.«

»Du befindest dich hier vor mir. Sprich die Wahrheit. Dein Pharao ist blind und taub, wenn niemand die Wahrheit spricht.«

»Ich will es versuchen, Großes Zwei-Haus.«

»Tu das. Selbst Lügnern ist zu raten, am Tage des Schweins die Wahrheit zu sagen.«

»Großes Zwei-Haus, ich prügelte die Männer, doch mein Herz war so voll, daß mir die Schmerzen in meiner Brust Angst machten.«

»Und der Aufruhr in dir, wie erklärt er sich?«

»Mein Pharao – im Grunde war ich derselben Meinung wie meine Leute. Der Rauch hatte einen sonderbaren Geruch.«

Ptah-nem-hotep nickte. »Zedernholz kommt von den Gestaden von Byblos, wo der Sarg von Osiris in einem solchen Baum eine Ruhestätte fand.«

»Ja, Herr«, sagte Felszertrümmerer.

»Wenn eine Zeder einst dem Großen Gott Osiris eine Heimstätte war, so kann kein Stück Zedernholz je verwünscht sein.«

»Ja, Herr.« Felszertrümmerer stand dort. »Es ist der Tag des Schweins«, sagte er schließlich.

»Sprich die Wahrheit.«

»Meine Männer sprechen nicht oft vom Gott Osiris. Für uns ist es besser, zum Tempel des Amon zu gehen.« Wieder berührte Felszertrümmerer mit der Stirn den Staub.

»Weißt du denn nicht, daß Osiris der Gott ist, der im Lande der Toten über dich urteilen wird?«

Felszertrümmerer schüttelte den Kopf. »Ich bin nur ein Aufseher. Und es steht mir nicht zu, durch das Land der Toten zu reisen.«

»Aber du bist ein Königlicher Aufseher. Und es mag sein, daß du mit deinem Pharao reist.« Ptah-nem-hotep blickte zu meinem Vater. »Gibt es«, fragte er, »viele Königliche Aufseher, die diesen Vorzug ihres Amtes nicht begreifen?«

»Nein, nicht viele, Großer Ptah-nem-hotep«, versicherte mein Vater.

»Einer ist schon zuviel«, sagte der Pharao und blickte wieder zu Rut-sekh. »Die Ehre, die ich dir biete, entzündet in deinen Augen nicht einmal einen Schimmer von Dankbarkeit.«

»Großes Zwei-Haus, ich weiß, daß ich niemals im Reich der Toten reisen werde.«

»Glaubst du das, weil du es dir nicht leisten kannst, angemessen bestattet zu werden?« fragte Ptah-nem-hotep. »Verzweifle nicht. Ärmere als du sind in meinem Dienst wohlhabend geworden.«

»Wenn ich sterbe, werde ich tot sein, Großer Gott.«

»Wie kannst du das wissen?«

»Ich höre es aus dem Geräusch der Steine, wenn sie gegeneinander prallen.«

Ptah-nem-hotep sagte: »Eine interessante Bemerkung.« Plötzlich gähnte er.

Sofort gähnte auch der ganze Hof.

»Wir werden also kein Zedernholz verwenden«, sprach der Pharao. »Zwar ist sein Feuer heißer, seine Wirkung größer, auch ist es durch Osiris geheiligt, doch für schlichte Gemüter ist es ein sonderbares Feuer.«

»Es wird besser vorangehen, Großes Zwei-Haus«, sagte Rut-sekh, »wenn meine Leute mit Rauch arbeiten, an den sie gewöhnt sind.«

Ptah-nem-hotep nickte. Mit einer knappen Handbewegung entließ er Rut-sekh.

Weitere Beamte folgten, mehr und immer mehr. Ich hörte kaum noch zu; kratzte mich am Bauchnabel, schabte mit den Zehen über den Boden – und meine Mutter runzelte die Stirn. Doch war ihr Kopf jetzt genauso gedankenleer wie meiner – ein zwischen Wasserpflanzen treibendes Boot. Ich wünschte mich zurück in das rosenfarbene Gemach, wo ich in das Gehirn meines Pharao hätte eindringen können. Hier, kaum fünf Ellen von seinem Thron entfernt, war mir der Zugang zu seinen Worten und Gedanken versperrt. Dann kam mir die Erinnerung an den Abend – den Abend *dieses* Tages –, an dem wir, zur Freude meiner Familie, mit dem Pharao speisen würden. Erinnerung an etwas, das noch gar nicht geschehen war? Das mag sonderbar klingen; doch hatte ich das Gefühl, die Nacht des Schweins sei weniger Zukunft als bereits Vergangenheit, und ich müßte mir die Ereignisse nur ins Gedächtnis zurückrufen. War es nicht, als wiederhole sich im Leben nur, was bereits in einem früheren Dasein geschehen war?

Beamte kamen und gingen, und von vielen Dingen wurde gesprochen. Natürlich verstand ich längst nicht alles, worüber man sprach. Ein Beamter berichtete über den Zustand der Deiche um Busiris im Delta, ein anderer sprach von der Arbeit an den Dämmen. Ein dritter beschrieb die Trockenlegung von Seen und die Schwierigkeiten beim Trocknen und Salzen der Aale, die man auf dem Boden fand. Meine Gedanken trieben zurück, in eine ferne Zeit, wie es schien, zu einem goldenen Morgen – zum Morgen des heutigen Tages: einige Fischerboote hatte ich gesehen; von der Mastspitze liefen Taue zum Bug und zum Heck, und daran hing der Fang; die Männer hatten die Fische ausgenommen und wie Kleidungsstücke zum Trocknen aufgehängt. An einem dieser Boote glitten wir dicht vorbei, und ich spürte einen sonderbaren Geruch, sauber und stinkend zugleich; es war, als sei das Blut des Flusses – und das war das Blut der Fische – in der Sonne gespült worden – und all diese Gedanken führten mich weit weg vom Pharao und seinen Sorgen. Weder vernahm ich den Bericht über die Arbeit in den Bergwerken, noch hörte ich richtig den Rat des Herrschers, anstelle von Elfenbein das Horn einer Gazelle bei der Herstellung von Gesteinsbohrern zu verwenden. Mir sagte das nicht viel, im Grunde verstand ich's überhaupt nicht.

Wieder in den müßigen Gedanken meiner Mutter, dachte ich mit ihr flüchtig an einen Armeegeneral, dessen Gesicht mit Narben und offenen Geschwüren bedeckt war: ein hochgewachsener Mann, eine verwegen wirkende Erscheinung, jetzt vor dem Pharao – doch ein Mann, der nur von Niederlagen berichten konnte und davon sprach, daß die Städte an den Grenzen von den Syriern geplündert und gebrandschatzt würden.

»Höre ich denn nie etwas von Siegen?« fragte der Pharao, während der General am ganzen Körper zu zittern begann – offenbar ein Fieberanfall (die Folge einer Krankheit, die er sich wohl bei einem seiner Feldzüge zugezogen hatte) und weniger die Furcht vor dem Pharao; doch bezwingen konnte er das Zittern nicht.

Anschließend entspann sich vor Ptah-nem-hotep ein langer Disput: zwischen Adligen, die sich über den Besitz der Ufer eines Bewässerungskanals stritten – wieviel Wasser jeweils dem einen oder dem anderen gehöre. Ptah-nem-hotep stellte eingehende Fragen. Bald schon erweiterte sich der Disput. Nunmehr stritten dieselben edlen Herren über die Verrückung von Grenzsteinen.

Königliche Beamte brachten Akten, aus denen hervorging – oder hervorzugehen schien –, daß bestimmte Kaufleute in das Mehl, das sie für den Palast lieferten, Sand gemischt hätten; und ein weiterer Beamter verlas von einer Liste die Namen all jener Schiffe, die man auf See verloren geben mußte. Seit drei Jahren habe man nichts mehr von ihnen gehört.

Ich vergnügte mich damit, wieder in die Gedanken meiner Mutter einzudringen. Allerdings weiß ich nicht, ob es meine oder ihre Gedanken waren, die mir die Absonderlichkeit des Feuers ins Gedächtnis zurückriefen; und ich fragte mich, ob in den Flammen nicht die Stimme all dessen lebte, das brennt – und das nicht nur toter Stoff ist, sondern die Gedanken der Götter, die in jenem Lande leben.

Ich spürte, daß der Pharao mich anblickte, öffnete die Augen und wußte, daß ich in seine Gedanken eingedrungen war. Unsere

Blicke ruhten ineinander, und sie gehörten jedem von uns beiden; und auf diese Weise waren wir einander gleichwertig, waren Brüder.

Mir wurde bewußt, daß ich geschlafen haben mußte. Die Beamten waren verschwunden, der Abend sank hernieder, und der Pharao lächelte. »Komm, kleiner Fürst«, sagte er, »es wird Zeit für uns zu speisen.« Und er nahm mich bei der Hand, und ich spürte die Müdigkeit in seinem Blut nach der langen Arbeit an diesem Nachmittag.

# ACHT

Während wir durch den Garten schritten zu jenem Gemach, wo wir mit dem Pharao speisen würden, begann meine Mutter an ein Gespräch zu denken, das sie am liebsten völlig vergessen hätte. Doch die Erinnerung ließ sich nicht unterdrükken, und sie war vollständig.

Einige Tage zuvor hatte mein Vater (und er wußte sehr wohl, wie sehr das meiner Mutter zusetzen würde) zu ihr gesagt, der Pharao habe ihm erzählt, Menenhetet äße den Kot von Fledermäusen. Sie erwiderte: »Er nimmt ihn als Medizin.« Doch mein Vater sagte: »Nein, dem ist nicht so. Es bereitet ihm Genuß. Das hat der Pharao zuverlässig von Khem-Usha gehört. Es ist schon eine ganze Weile her, doch wird der Herrscher diesen Gedanken nicht los. Ich glaube, das ist auch der Grund dafür, daß Menenhetet so lange Zeit nicht eingeladen worden ist.«

»Ich bin ja auch nicht eingeladen worden«, sagte meine Mutter wie zur Rechtfertigung.

»Er würde kaum an dich denken«, erklärte mein Vater, »ohne sich an Menenhetet zu erinnern.«

Kürzlich hatte mein Vater dann angefangen, von Ptah-nem-hoteps Interesse an Schweinen zu sprechen. Die Gedanken des Pharaos schienen ständig darum zu kreisen. »Wußtest du«, fragte Ptah-nem-hotep beispielsweise, »daß ein Edelmann, wenn er ein Schwein berührt, unverzüglich in den Fluß steigen muß, ganz gleich, welch kostbare Kleidung er tragen mag. Das ist, um die Befleckung abzuspülen.«

»Ich habe, Gütiger und Großer Gott, ein solches Tier niemals berührt«, sagte Nef-khep-aukhem. »Wie mir zu Ohren kam, kann Schweinemilch Lepra verursachen.«

»Ich kenne keinen, der das versucht hat«, sprach Ptah-nem-hotep. Er fügte hinzu: »Natürlich wäre das für deinen Verwandten, Menenhetet, nicht gerade eine große Entlastung.« Und eben dies war es, was meinen Vater veranlaßte, meiner Mutter davon zu berichten.

Zwei Tage später schienen sich die Gedanken des Pharaos wieder ausschließlich mit Schweinen zu beschäftigen. »Ich habe mit Khen-Usha gesprochen«, sagte er zu Nef-khep-aukhem. »Was ich vermutete, ist wahr. Eine Schweineherde darf keinen Tempel betreten, oder man kann den Tieren die Schnauzen abschlagen. ›Wie kannst du wissen, daß es Schweine sind, wenn sie sich in irgendeiner Verkleidung einschleichen?‹ fragte ich Khem-Usha. Seine Antwort lautete: ›Wir würden es wissen. Denn dafür sind Priester da. Hätte ein Hoherpriester etwas Klügeres äußern können?«

Ptah-nem-hotep nahm seine Perücke ab, reichte sie Nef-khep-aukhem und neigte sein Haupt, um eine andere entgegenzunehmen. Dann blickte er auf die polierte Fläche seines Bronzespiegels (so jedenfalls spielte es sich im Hirn meiner Mutter ab) und sagte dann zu meinem Vater: »In diesem Jahr werde ich das Fest des Schweins feiern.« Ein Blick auf das Gesicht meines Vaters ließ ihn fortfahren: »Ja, wir werden Schweinefleisch essen, du und ich, genau wie andere Ägypter, die sich auf Marktplätzen an solch Gebrutzeltem erbauen, o ja.« Er schwieg einen Augenblick. »Im übrigen fällt mir ein, daß ich schon lange nicht mehr deine Familie bei mir hatte. Laß uns am Abend des betreffenden Tages ein wenig miteinander speisen. Und sage Menenhetet –«, Ptah-nem-hotep lächelte leise, »– er möge eine seiner Fledermäuse mitbringen.«

»Es würde mich glücklicher machen, Guter Gott, wenn du selbst es ihm mitteilen wolltest.«

Wieder lächelte Ptah-nem-hotep. »Es wird Überraschungen geben. Ich möchte deine Gattin und dein Kind in der Nacht des Schweins ergötzen.«

Ich wußte nicht, was uns erwartete. Gaben meine Eltern oder mein Urgroßvater ein Fest, so gehörten dazu stets viele Musiker, die nicht nur die Harfe oder die Lyra spielen konnten, sondern auch Kithara, Gitarre und Barbiton; und nach dem Bankett gab es viele Belustigungen, Gaukler und Akrobaten und Ringer zeigten ihre Künste. Geübte Sklaven schleuderten Messer gegen bemalte

Pfähle. Einmal führte mein Urgroßvater seine Gäste zum Flußufer, um von dort zu verfolgen, wie sich seine Bootsleute (geschmückt mit Bändern und gefiedertem Kopfputz) auf dem Wasser eine Art Gefecht lieferten: Sie benutzten ihre Ruder wie Stangen und stießen damit aufeinander ein. Ein gefährlicher Sport, hörte ich die Gäste tuscheln. Bei dem wilden Durcheinander konnte es durchaus geschehen, daß mein Urgroßvater einen seiner guten Bootsleute verlor, indem dieser ertrank. Nun, an diesem Abend ging alles gut, und später ließ Menenhetet Salze über die Fackeln sprenkeln, so daß wir inmitten bunter Flammen standen, grün und scharlachrot und purpurfarben, indes das Toben auf dem Wasser aufhörte. Es war ein großartiges Fest gewesen.

Doch an diesem Abend würde es gewiß nichts dergleichen geben. Fünf Personen beim abendlichen Mahl, meinte meine Mutter; mehr nicht. Doch ihre Gedanken verrieten mir: Unser Pharao, üppige Festlichkeiten gewohnt, würde sich in unserer kleinen Abendgesellschaft weitaus besser vergnügen, hatte er nun doch Gäste, die Geist und Witz seiner Bemerkungen zu würdigen wußten. Ja, genauso würde sie es später Freunden (ich konnte es bereits hören) in allen Einzelheiten erzählen. Und ihre glänzenden Augen verrieten, daß sie in der Tat nichts anderes erwartete. Das Fest des Schweins – was immer mein Vater darüber gesagt haben mochte – mußte etwas Wundersames sein.

So war es auch. Sobald das Mahl begann, aß ich Speisen, die ich nie zuvor gekostet, und hörte Gespräche über mir völlig unbekannte Dinge. Ich erfuhr etwas über die Geheimnisse von Purpur im Inneren der Schnecke; auch wie man einen Brief in die Hand eines Toten tut; und so manches über die Vorzüge des Kannibalismus. Und noch mehr. Und noch sehr viel mehr.

Im Verlauf des Mahls folgte eine sonderbare Speise der anderen, fand ihren Weg in meinen Magen. Es war, als werde in mir etwas entzündet, stünde in Flammen – meine Lebensgeister, meine Gedanken. Was meine Mutter mir über die Stunde meiner Werdung erzählt hatte, glich einem Samenkorn, das aus der Stille meines Herzens wuchs. Meine Wangen brannten, und das Gespräch meiner Eltern – Hathfertiti und wer? Menenhetet oder Nef-khep-aukhem? – war wie ein Gewimmel sonnenheißer Schlangen in meinem Bauch. In mir herrschte jenes Gefühl, das wohl nur der Jugend, nein, der Kindheit eigen ist: Jeder Augenblick kann Überraschung bringen – Anlaß zu ausgelassener Fröhlichkeit; oder auch zu tiefer Trauer. Wie ein stetig steigendes Fieber ging es durch mich hindurch, und bei den vielen Reizen, die von überallher auf mich eindrangen, fiel es schwer, auch nur leidlich bei Sinnen zu bleiben.

Wir hatten uns an einem niedrigen Tisch aus Ebenholz niedergelassen, auf dem goldenes Geschirr stand, so dünn, daß es leichter war als das Geschirr meiner Mutter aus Alabaster; und der Raum, in dem wir uns befanden, glich einem brennenden Wald: Die vielen Kerzen rundum erhellten ihn mit der Kraft der Sonne. Der Pharao hatte sein Gewand gewechselt. Er trug jetzt eines aus weißem Leinen, das seine Brust und eine Schulter freiließ; und sein einziger Schmuck (wenn man es so nennen wollte) war ein Leopardenschwanz, hinten an seinen Rock geheftet. Von Zeit zu Zeit griff er danach und schlug mit der Schwanzspitze auf den Tisch, wie um dem einen oder dem anderen seiner Gäste Beifall zu zollen für das, was er, Menenhetet, oder sie, Hathfertiti, gerade gesagt hatte. Bei einer Gelegenheit ließ er vor lauter Vergnügen den Leopardenschwanz gleich mehrmals auf den Tisch niederklatschen und schleuderte ihn dann zurück – wobei er ums Haar einen großen Fächer aus Straußenfedern umgeworfen hätte, wäre da nicht ein Diener gewesen, der dieses Mißgeschick rechtzeitig verhütete.

Bedienstete: Hinter jedem von uns standen zwei, hinter dem Pharao fünf oder mehr. »Leben, Gesundheit, Stärke«, murmelten sie jeweils, ganz gleich, ob sie einen Becher füllten, einen Teller entfernten, eine neue Speise auftrugen – das Gemurmel wurde bald so vertraut und war so beschwichtigend wie das Zirpen der Grillen im Familiengarten. Es war ein Geräusch, bei dem man sich wunderbar entspannen konnte, so wie daheim im Schlaf – denn dieses unablässige Murmeln oder Zirpen bewies nur, daß die Nacht bislang genauso frei war von Gefahr wie die Nacht zuvor.

Zunächst gab es Schnecken, nicht größer, als ich sie kannte, doch mit einer Sauce aus Zwiebeln, Knoblauch und grünen Kräutern, die so aromatisch duftete, daß der wundersame Geruch von des Pharaos Pinien in der Luft zu schweben schien. Da war der Duft eines Krauts, der mir gleichsam in die Nase strömte, wenn nicht gar quoll – und mich begierig machte auf mehr. Ein Zufall war dies nicht. Von meiner Mutter wußte ich, daß all solche Kräuter *quell-auf* genannt werden konnten, genau wie röstende Zwiebeln, wenn ihr

Geruch von einem Raum zum andern drang, *quell-aus* hießen, und roter Pfeffer als *quell-würz* und von anderen als *quell-ein* bezeichnet wurde.

Ich aß Schnecken gern. Sie wurden auf spitze Elfenbeinstäbchen gespießt, an deren Ende sich ein winziger Rubin befand. Geformt war er wie der Hut eines Pharaos, und im schmalen Stäbchen fanden sich fünf winzige Einkerbungen: als zwei Augen, zwei Nasenlöcher und – eine geschwungene Linie – als Mund. Eine gewisse Ähnlichkeit mit Ptah-nem-hoteps Gesicht ließ sich kaum verkennen, und ich begriff, daß es in der Tat so etwas war wie eine komische Fratze des Pharaos.

Er bemerkte meine Überraschung und sagte: »Nur am Fest des Schweins werden diese benutzt. Heute abend darfst du über mich lachen. Diese Nacht ist deine Nacht.«

»Meine Nacht?« fragte ich kühn.

»Am Abend des Festes des Schweins steht das jüngste Kind der Fürsten an erster Stelle. Sprich also, wenn du magst, liebes Kind.«

Ich begann zu kichern. Das Mahl hatte zwar gerade erst begonnen, doch der Kräuterduft – *quell-auf* – machte mir einen klaren Kopf, als sei ich so alt und so weise wie mein Urgroßvater. Zwischen meinen Ohren schien ein großes, weises, wenn auch ziemlich leeres Haupt zu sitzen, und jedesmal, wenn ich mit dem Elfenbeinstäbchen ins Gehäuse einer Schnecke drang, kam ich mir vor wie ein Krieger, der in eine flammende Höhle eindringt, um mit seinem Speer eine dort lauernde Bestie zu erlegen.

»Schmecken sie euch, diese Schnecken?« fragte Ptah-nem-hotep, und meine Eltern (Nacht des Schweins hin, Nacht des Schweins her) beeilten sich zu versichern, köstlichere Schalentiere hätten sie nie gekostet. Ptah-nem-hotep erwiderte, daß diese Schnecken, gezüchtet im ovalen Teich im Langen Garten am Ende der Promenade von Ramses II., dort auf der einen Seite durch Dattelpalmen sorgsam gegen Sonnenlicht geschützt wurden, indes sie nicht gegen den Mond geschirmt wurden und also in seinem milden Schein baden konnten. Vielleicht sei dies das Geheimnis ihres einzigartigen Geschmacks.

»Ja, sie sind so gut, daß ich fürchten würde, deine Diener könnten sie stehlen«, sagte mein Urgroßvater, während er sich noch ein paar auf den Teller legen ließ.

Ptah-nem-hotep schüttelte den Kopf. »Die Strafen sind streng.

Eine Dienerin nahm einmal einige, und mein Vater ließ eine ihrer Brustwarzen abschneiden.«

An jedem anderen Abend hätte meine Mutter vermutlich geschwiegen, doch jetzt sog sie hörbar die Luft ein. »So etwas würdest du aber doch wohl nicht tun?«

»Der Gedanke ist mir zuwider. Dennoch würde sich eine derartige Bestrafung kaum umgehen lassen.«

»Für eine Schnecke?« beharrte Hathfertiti.

»Ich war damals ein Kind«, sagte Ptah-nem-hotep, »dennoch ist mir noch deutlich in Erinnerung, wie mein Vater seine Hand öffnete und mir die abgeschnittene Brustwarze zeigte. Es war noch ein junges Mädchen, und ihre Brustwarze schien kaum größer als der Nagel meines kleinen Fingers. Ich wollte am liebsten losheulen, doch mein Vater schnippte die Brustwarze einfach in den Teich. Später sagte er zu mir, solch strenge Strafen seien notwendig, um den Bestand nicht durch Räubereien zu gefährden. Die restlichen Schnecken hätten dahinkränkeln können. Wie ihr seht, haben sie sich zu prächtigen kleinen Exemplaren entwickelt und sind ein Hochgenuß mit dieser speziellen Sauce. Manchmal kann ich einfach nicht genug davon bekommen, aber, ach, in dieser Nacht des Schweins bin ich nichts als ein armer Kerl.« Er lachte laut und fröhlich, und seine schöngeschwungenen Lippen wirkten so lebendig wie – wie was? Wie der Leib eines galoppierenden Pferdes? Oder eher: wie ein herabstoßender Falke? Ob nun Pferd oder Vogel (wie im Wettlauf jagten beide vereint durch mein *quell-reines* Hirn) – ich blickte zu meiner Mutter und schrak zurück vor der Kühnheit, mit der sie Ptah-nem-hotep ansah.

Der Pharao trug zwar an diesem Abend keinen Schmuck. Doch das galt nicht für sie, nicht für Hathfertiti. Ihr Gewand war glatt, safrangelb, und hatte nur ein Schulterband, so daß ihre rechte Brust, die größere und schönere, entblößt war. Die Warze hatte sie rot bemalt, und es war ein Rosenrot mit scharlachartiger Tönung, raffiniert gewählt, um das rote Tuch, das sie sich um den Hals geschlungen hatte (ganz ähnlich wie die Mädchen auf den Märkten), noch aufreizender wirken zu lassen. Auch trug sie an jedem ihrer schöngeformten edlen Finger einen Ring; und auf dem Kopf eine leichte Goldkrone in Schlangengestalt – zwei grüne Edelsteine bildeten die Augen. Die Krone bot einen wunderbaren Kontrast zu ihrem schwarzen Haar und den dunkelgeölten Schultern. Und dunkel, noch dunkler, waren auch ihre Augen, die sie jetzt auf den Pharao richtete.

Ptah-nem-hotep schien dies zu gefallen. »Men-ka, mein Liebling«, sagte er zu mir, »weißt du, was die erste Pflicht eines Gastgebers ist?«

»Wie könnte Men-ka das wissen?« warf meine Mutter ein, und mir entging keineswegs, daß sie plötzlich denselben Kosenamen für mich gebrauchte wie der Pharao: Bis zu diesem Augenblick war der Kosename für mich »Meni« gewesen.

»Men-ka«, sagte Ptah-nem-hotep, »die Pflicht eines Gastgebers besteht darin, seine Gäste zu ergötzen. Und so möchte ich euch eine Erklärung geben zu jeder Speise, die uns vorgesetzt wird.« Er deutete auf die leeren Gehäuse auf meinem Teller. »Nehmen wir diese als Beispiel, diese kleinen Paläste.«

Ich nickte zufrieden. Zwar wußte ich nicht, was er meinte, doch dies war die Nacht des Schweins, und es gab nichts, das keinen Sinn machte.

»Du bist, trotz deiner Jugend, ganz außergewöhnlich klug«, sagte er. »Doch höre mir genau zu, sonst werde ich dir die Nase abschneiden.« Mein Vater lachte plötzlich. Es war das erste Geräusch, das er von sich gab.

»Ja«, sagte der Pharao, »ich werde dir die Nase abschneiden und sie dem Gatten deiner Mutter geben.«

Mein Vater schien sich vor Gelächter zu schütteln.

»Gefällt dir die Purpurfarbe?« wollte Ptah-nem-hotep von mir wissen.

Wieder nickte ich.

»Es ist die Farbe, welche die Könige von Syrien und auch hethitische Könige sowie etliche Hebräer tragen sowie viele Assyrer. Wir in Ägypten halten ihre Leidenschaft für diese Farbe für absurd. Es gibt sogar eine Stadt, um die dauernd gekämpft wird. Und zwar aus dem einzigen Grund, weil nur von dort die einzige gute Purpurfarbe kommt. Glaubst du dies?«

Abermals nickte ich.

»Das ist die Stadt Tyrus, berühmt wegen einer gewundenen Schnecke. In dem Gehäuse selbst ist eine Purpurtönung, und zertrümmert man es zu einer Art Pulver, so läßt sich daraus ein ausgezeichneter Farbstoff gewinnen. Folglich sammelt in Tyrus jedermann Schnecken. Kleine Mädchen, auch Männer halb so alt wie dein Großvater – und der ist der Tat sehr alt. Auch Liliputaner und Giganten – alle. Sie sammeln die Schnecken und zermalmen sie – das Fleisch interessiert sie nicht weiter.«

»Warum nicht?« fragte ich.

»Ich weiß es nicht. Vielleicht sind sie des Geschmacks überdrüssig. Ich vermute, daß sie es zu mühselig finden, das Fleisch aus dem Gehäuse zu lösen, da der Farbstoff doch soviel wertvoller ist. In Tyrus, verstehst du, sind die Menschen zu reich und zu habgierig, um sich Zeit zu nehmen. Zwischen Steinen zermalmen sie die Gehäuse und spülen sie und zerschmettern sie weiter, bis die Purpurfarbe herauszusickern beginnt. Dieses Purpur wird dann in Gefäßen aufgefangen, und es ist noch etwas von dem schleimigen Schneckenfleisch darin.«

Meine Mutter gab einen Laut von sich, ein Geräusch, das Unmut bekundete.

»In der Tat, es ist ekelerregend«, sagte der Pharao. »Und doch tut man dort alles, um diese Purpurfarbe zu gewinnen, die in den Augen der östlichen Herrscher wahre Ekstase auslöst. Sie nennen es das Königliche Purpur. Das sei die Farbe der Monarchen, heißt es im Osten, doch wir sind klüger und wissen, daß es die Farbe von Wahnsinnigen ist.« Der Pharao brüllte vor Vergnügen und klopfte mit seinem Leopardenschwanz auf die Tischplatte. »Den nächsten Gang auftragen«, gebot er.

Forschend lag sein Blick auf mir, als nur ein Diener erschien, der zwei Barren aus Metall brachte, keiner so lang wie meine Hand, auch nicht so breit wie zwei meiner Finger, noch so dick wie auch nur ein einziger. Ptah-nem-hotep legte sie auf eine schöne Alabasterunterlage.

»Schaut euch dies an«, sprach der Pharao. »Es ist Schwarzer-Kupfer-vom-Himmel.« Er reichte die Alabasterunterlage und die Metallbarren meinem Urgroßvater.

Doch Menenhetet war ganz Würde – und nicht bereit, sich seiner Neugierde hinzugeben. Also reichte er – wortlos – alles an mich weiter.

»Möge der Knabe einen ersten Blick darauf werfen«, sagte er.

»Da weißt du wohl nicht, wieviel Vergnügen du dir entgehen läßt«, befand Ptah-nem-hotep.

Ich meinerseits wußte überhaupt nicht, wie ich dieses Schwarze-Kupfer-vom-Himmel anfassen sollte. War das Ding heiß oder kalt?

Meine Finger betupften die Oberfläche eines Barrens, tanzten sofort davon – es fühlte sich an wie irgendein anderes Metall, wie rotes Kupfer zum Beispiel. Doch ich wußte, daß dies hier härter war. Ich ließ es über die Unterlage gleiten.

»Prüfe beide Barren«, sagte Menenhetet.

»Wieso rätst du ihm dazu?« wollte Ptah-nem-hotep wissen.

»Nun, wenn alles, was unser Pharao uns zeigen möchte, in *einem* Barren wäre, so würde er uns gewiß nicht zwei bringen lassen.«

Ptah-nem-hotep nickte bestätigend, und ich empfand genügend Mut, um beide Stücke mit der linken wie mit der rechten Hand aufzuheben. Dann beroch ich den ersten Barren: ein kalter Geruch, wie von weither. Und als ich den anderen Barren an meine Wange hob, war da die gleiche Kälte, die mir den Atem zu benehmen schien. In dem Metall schien etwas zu beben, das ich bislang nicht gekannt, eine Art Leben: In jedem der beiden Stücke lauschte ich gleichsam einem Herzhämmern. Ja, in den Enden dieser winzigen Barren wohnte es, dieses Leben, und indem ich sie dicht an meine Nase schob, wurde dies immer deutlicher. Und dann schrie ich auf, aus Furcht und vor Freude, weil ich die Götter sprechen hörte. Stumm war wohl ihr Geheiß, denn die beiden Stücke aus Schwarzem-Kupfer-vom-Himmel zwangen meine Hände zusammen, wo sich die Barren mit einem Klicken vereinten. Nun waren sie miteinander vermählt, obschon ich nichts sah, das sie zusammenhalten konnte.

Mein Vater nahm mir beide Barren aus der Hand, mußte seine »Beute« jedoch an Menenhetet weiterreichen. Hathfertiti schrie vor Entzücken auf. »Du bist ein Zauberer«, sagte sie zu Ptah-nem-hotep.

»Ich tue nichts«, versicherte er. »Der Zauber ist allein in dem Metall.«

»Doch woher kommt dieses Schwarze-Kupfer-vom-Himmel?« fragte sie ihn.

»Ein Schäfer sah, wie eine Feuerkugel vom Himmel stürzte. Sie lag dann in der Wüste wie ein totes Roß. Den Kadaver konnte er zwar nicht bewegen, doch einzelne Teile schon. Und aus diesen Teilen wurden diese Barren hier gemacht. Wer weiß, was in ihnen spricht?«

»Kannst du ihre Kraft zum Schweigen bringen?« fragte Menenhetet.

»Nur für einige Zeit. Um zu Barren geschmiedet zu werden, mußten diese Teile hier erhitzt werden. Währenddessen war kein Leben in ihnen. Doch als ein ungeformtes Stück vom selben Feuerball – vom Schwarzen-Kupfer-vom-Himmel also – neben einen dieser Barren gelegt wurde und man beide beisammen ließ, da schienen sie, wie ganz nahe Verwandte, in die gleiche Richtung zu beten. Dieser Barren gewann aus dem ungeformten Stück so viel Leben, daß er es nun an andere Barren weitergeben kann.«

Sie fuhren fort, über die Besonderheiten des Schwarzen-Kupfers zu sprechen. Ptah-nem-hotep erzählte, auf einem der Barren sei ein Wassertropfen getrocknet und habe einen orangeroten Flekken hinterlassen. Doch sei der Tropfen keineswegs in Blut verwandelt worden. Vielmehr habe sich diese Stelle des Barrens verändert, von schwarzem Kupfer zu rotem – eine pulvrige Masse, die sich vom Barren abkratzen ließ. Wer konnte schon deuten, weshalb die Götter es so und nicht anders wollten?

Ich hörte nicht länger hin. Soweit ich mich zurückerinnern konnte, war Tag für Tag von den Göttern gesprochen worden, und ich hatte sie überall gesehen – im Schwanz einer Katze zum Beispiel, da ja nur eine Katze mit ihrem Schwanz lauschen kann. Ich sah einen Gott im Auge eines galoppierenden Pferdes, und derselbe Gott war in jedem Käfer (weil ihre Bewegungen meine Gedanken an Schnelligkeit übertrafen), und ganz gewiß war ein Gott in jeder Kuh. Wo denn sonst konnte man so stark die Kraft des Friedens spüren? Götter waren auch in Blumen und in Bäumen – und nicht zuletzt in Statuen, denn ihre Macht konnte auch in Stein ruhen. Selbst im wilden Eber war ein Gott. Ich konnte den Gott Seth spüren, und wenn ich in einem Käfig einen Keiler sah, dann fühlte ich den furchtbaren Zorn dieses Gottes. Und dennoch: All diese Götter waren nicht so furchterregend wie dieses Schwarze-Kupfer-vom-Himmel. Ich war in die Nähe eines Gottes gekommen – oder waren es zwei? –, die da lebten zwischen zuckendem Blitz und der Stille vor dem Donner. Nein, ich fühlte mich ganz und gar nicht wohl. Mein Leib zitterte noch von der Berührung mit dem Metall, dennoch spürte ich Hunger.

Jetzt servierten uns die Bediensteten eine kleine, purpurfarbene Frucht in einer kleinen, goldenen Schale. Und nun sah ich, daß es gar keine Frucht war, sondern Kohl – purpurfarbener Kohl? Ich hatte gar nicht gewußt, daß es so etwas gab. Er strömte einen äußerst säuerlichen Geruch aus.

»Vorsicht vor dem Essig«, sagte Ptah-nem-hotep. »Das Zeug ist so sauer, daß es die Lippen schrumpfen läßt. Doch wunderbar geeignet, die Gedanken nach dem *quell-auf* wieder zu klären.« Er nahm einen Bissen, als sei's ein Granatapfel. »Eine furchtbare Speise«, bemerkte er.

»Warum läßt du sie dann auftragen?« fragte Hathfertiti.

»Bei Schweinen schlägt Kohl prächtig an. Und ich meinte, wir sollten mit den Gewohnheiten jenes Freundes vertraut sein, dessen Bekanntschaft wir bald machen werden.« Jetzt spielte er mit einigen Blättern. »An sich ist dies«, sagte er, »hervorragender Essig, gewonnen aus den besten meiner Weine. Ich mag guten Essig – ihr nicht?«

»Ja«, sagte mein Vater.

»Nein«, sagte Hathfertiti.

»Du hast gewiß auch kaum einen Grund, ihn zu mögen«, stellte Ptah-nem-hotep fest. »Essig ist für solche anziehend, die voller Selbstmitleid sind.«

»Wie kann das sein?« fragte meine Mutter.

»Nun, darin drückt sich wohl Enttäuschung aus. Stellt euch doch nur einen schlechten Wein vor, den niemand trinken will. Er bleibt also in seinen Krügen, bis er schon aus lauter Langeweile sauer wird. Und welch Zorn spricht mir aus solchem Essig.«

»Du besitzt einen hervorragenden Gaumen«, bemerkte mein Urgroßvater.

»Einen ganz außergewöhnlichen Gaumen. Ich verfüge über ein besonderes Talent zum Essen – nein, zum Kosten. Hier, fort mit diesem Kohl. Das Zeug ist ja nicht zu genießen.«

»Du bist heute abend in einer außergewöhnlichen Stimmung«, sagte Hathfertiti.

»Wie stets einmal im Jahr.«

»Stets einmal im Jahr«, wiederholte mein Vater ergeben.

»Magst du den Essig?« fragte Ptah-nem-hotep.

»Er ist stark, entspricht jedoch genau deiner Beschreibung«, erwiderte mein Vater.

Ich mochte den Kohl nicht, kostete kaum davon; der nächste Gang behagte mir noch weniger – Wachtel, ungekocht. Zwar hatte man die Haut entfernt und den Vogel gewürzt, dann die Haut wieder zurückgetan als Hülle – doch mochte es nun das Salz sein (Knoblauchsalz mit einem weiteren Gewürz), das kalte Leben des noch ungekochten Vogels ging gleichsam zum einen Nasenloch hinein und zum anderen hinaus. Unwillkürlich kniff ich die Augen zusammen. Nun sah ich zwanzig Wachteln – gleich zwanzig schwarzen Punkten hoch oben in den Wolken, sich wandelnd zu zwanzig weißen Punkten in einer Höhle; und dann wieder zwanzig schwarze. Ich mußte lachen, weil mir ein komischer Gedanke kam: Meine Nase wollte pinkeln. Ich nieste.

Der nächste Gang war Fischrogen, serviert auf einem Teller mit einem sonderbaren Ei. Nicht gefleckt war die Schale, sondern weiß, und meine Mutter rief: »Ist dies das Ei des Vogels von Babylon?«

»Ganz recht«, bestätigte Ptah-nem-hotep.

»Der Vogel, der nicht fliegt?« fragte mein Vater.

»Ja. Der babylonische Vogel, der kein Wasser mag und auch nicht fliegt.«

»Ja, was *tut* er denn?« wollte meine Mutter wissen.

»Er macht Lärm und ist dumm und schmutzig und nutzlos – bis auf seine Eier.«

»Sind sie so gut wie Enteneier?«

»Nur für den, der aus Babylon stammt«, sagte Ptah-nem-hotep, und alle lachten. Dann erzählte er uns, wie er diese Vögel auf Schiffen nach Ägypten bringen ließ. Zwar seien sie zahm, doch machten sie einen so ungeheuren Lärm, daß die Seeleute glaubten, diese Tiere schrien zu ihren babylonischen Göttern. Die Mannschaft sei bereit gewesen, ihre Fracht beim leisesten Anzeichen von Sturm zu schlachten. »Zum Glück kam kein starker Wind auf. Und jetzt habe ich diese Vögel in einem Winkel meines Gartens, und sie gewöhnen sich an die ägyptische Erde. Sie paaren und vermehren sich. Bald schon werde ich euch einige schicken können. Eigentlich – aber das sage ich euch ganz im Vertrauen – mag ich diese dreckigen kleinen Krakeeler. Ihre Eier scheinen meinen Gedanken gutzutun.«

Meine Stimmung jedoch war trübe, fast düster. Die Hitze der vielen Kerzen setzte mir zu, und in meiner Brust, in meinem Bauch schienen alle möglichen Gewürze miteinander Krieg zu führen. Zu allem kam auch noch der triste Salzgeschmack des Fischrogens.

Und das »babylonische« Ei? Ich wußte nicht, was ich davon halten sollte. Der Dotter war richtig gelb und nicht grün, irgendwie war da ein Geschmack von Käse, aber auch von Schwefel und von Mehlmasse; sogar ein ganz bestimmter Körpergeruch ließ sich spüren, von tief unten, gegen den ich, wenn er von mir kam, eigentlich gar nichts hatte. Also schmeckte mir das Ei. Der Dotter war so gelb wie des Pharaos Butter, die uns die Diener nunmehr auf süßen kleinen Keksen aus feinstem Mehl reichten.

Fischeier und Vogeleier – waren sie es, die meine Mutter zum Schwatzen brachten? Denn plötzlich erzählte sie Ptah-nem-hotep vom Tage meiner Geburt (als sei ich überhaupt nicht vorhanden): Wie sie, ihre Knie gegeneinanderpressend, mich in sich zurückgehalten habe; – und sprach davon, indem sie ihre bloße Brust dem Pharao gleichsam zuneigte. »Ich wollte ihn nicht gebären«, sagte sie, »ehe nicht die glückliche Stunde da war. Ich wollte nicht, daß Meni, mein Men-ka, den Tag erblickte, bevor die Sonne an ihrem Scheitelpunkt stand, so gelb wie der Dotter dieses Eis«; doch als der Pharao nur nickte (offensichtlich auch jetzt noch von Langeweile gequält wie jeder Mann, der seine Zeit sinnlos verschwendet glaubt), da schob meine Mutter ihren Teller mit dem Fischrogen von sich und rief: »Wollt ihr mir wirklich weismachen, daß aus all diesen glibbrigen kleinen Dingern *Fische* hätten werden können?«

»Ja«, sagte mein Vater. »Im Meer gibt es stets genügend Fische.«

Stille trat ein, wie von selbst. Es gab da, in unserer Sprache, eine ganze Reihe von Redewendungen, wie sie mein Vater gerade gebraucht hatte. »Im Meer gibt's stets genügend Fische«; oder: »Ein guter Faden erspart einem sieben Stiche«; oder: »Ein Ehemann, der richtig denkt, ist auch ein Ehemann, der richtig handelt.« Das waren altbekannte Bemerkungen, auf die niemand Antwort geben mußte. Und so gab es ein Schweigen, eine Pause. Wir alle hatten wohl das Gefühl, daß mein Vater aus gutem Grund eine Art Sperre eingelegt hatte. All sein Sinnen und Trachten – so konnte man es wirklich nennen – war einzig auf die Wünsche des Pharaos ausgerichtet, noch während sie sich formten. Und so waren wir alle – Ptah-nem-hotep eingeschlossen – davon überzeugt, daß unser Gütiger Gott eine Pause wünsche. Und so war es denn auch.

»Es ist Zeit«, sagte Ptah-nem-hotep, »für *rep* und *repi*«; und erhob sich unter allgemeinem Gelächter und verließ den Raum. Meine

Eltern, es entging mir nicht, waren schockiert. *Repi*, so hatte man's mir beigebracht, war eine höfliche Art, anderen zu sagen, daß ich mein Wasser abschlagen mußte. Doch *rep* (jedenfalls in der Weise, wie es Ptah-nem-hotep ausgesprochen hatte) bedeutete eine üble Bestie, die in jede Richtung ekelerregende Winde blies. Genau genommen war *rep* unser schlimmstes Wort für *ca-ca*, und zusammen klangen *rep* und *repi* so ungeheuerlich, daß niemand – nicht einmal der Pharao – sie aussprechen würde, es sei denn in der Nacht und beim Feste des Schweins. Auf diese Art, so schien mir, brachte er uns zu Bewußtsein, daß wir nun nicht nur von »unziemlichen« Dingen sprechen konnten, sondern *mußten*. Oder doch sollten.

Sobald der Pharao den Raum verlassen hatte, waren wir jedoch auf der Hut; denn deutlich spürten wir, wie die Bediensteten die Ohren spitzten. Hathfertiti äußerte kein einziges Wort, während Menenhetet und Hef-khep-aukhem darüber sprachen, welche Wurfspieße am besten geeignet waren, um in den Sümpfen Enten zu erlegen. Doch das Gespräch versickerte rasch. Und ich vernahm, wie meine Mutter meinem Vater zuflüsterte: »Ist der Pharao auch an anderen Abenden so wie jetzt?«

Mein Vater sah von seiner Unterhaltung mit Menenhetet auf und schüttelte nur den Kopf.

Jetzt trat ein dunkler, bärtiger Syrer ein. Sein wollenes Gewand strömte einen üblen Geruch aus. Er verbeugte sich tief vor jedem von uns und schenkte aus einem schweren Gefäß Bier ein (und dies war es denn auch, wonach er roch). Kaum hatte er unsere Becher gefüllt, verschwand er schon wieder, doch ließ sich von den Gesichtern der Bediensteten ablesen, daß sie den Übelriechenden widerlich fanden. Das Bier schmeckte meinen Eltern – das behaupteten sie jedenfalls – ganz außergewöhnlich gut (mich ließen sie nicht einen einzigen Tropfen trinken). Dann kehrte Ptah-nem-hotep zurück und erzählte uns, als ob nichts Außergewöhnliches an seiner Abwesenheit gewesen wäre, eine reizende Geschichte über den Brauer.

»Eines Abends sagte ich zu dem Aufseher der Königlichen Küche, er solle mir das beste Bier in Memphis beschaffen, und am nächsten Tag kroch er vor mir auf dem Boden, weil er bekennen mußte, daß der wohl beste Brauer in dieser Stadt ein dreckiger Kerl namens Ravah ist – jener, den ihr gerade gesehen habt –, und daß dieser ihm erklärte, er werde sein Bier nur unter eigener Aufsicht zum Doppeltor bringen. ›Hast du ihn nicht gezüchtigt?‹ fragte ich. ›Das habe ich‹, erwiderte der Aufseher, ›doch Ravah schüttete sein Bier auf den Boden. Ich könne ihn halb zu Tode prügeln, versicherte er, doch sein Bier werde er nur herausgeben, wenn er es persönlich dem Pharao auftragen könne.‹ Nun, das machte mich neugierig. Ich sagte zu dem Aufseher, er möge mir diesen Narren vorführen. Das geschah. Man mußte ihn mir ein gut Stück vom Leibe halten, wegen seines Gestanks. Doch das Bier – einfach köstlich! Ravah meint, es sei sein Faß, das ihm einen so besonderen Geschmack verleiht. Ich kann nur sagen, daß es von Mal zu Mal besser schmeckt. Ravah sagt, seit auch ich sein Bier trinke, hätten die Risse in seinem Faß mehr Macht über den Geschmack. ›Freudenbringer‹ nennt er sein Zeug, doch man kann nicht leugnen, daß es ausgezeichnet ist.«

»Ist es wirklich so, Göttliches Zwei-Haus, daß er gleichsam sagt, du *teilst* dein Bier mit anderen?« fragte meine Mutter.

»Ja. Ravah sagt, die Kraft des Gebräus sei für alle da und müsse auch mit allen geteilt werden. Genau darauf beruhe seine Stärke. Und wißt ihr, ich glaube ihm. Wenn ich dieses Bier trinke, fühle ich mich meinem Volke sehr nahe. Und das ist eine Empfindung, die ich niemals habe, wenn ich die sogenannte Salbe des Herzens schlürfe –«, er deutete auf eine weingefüllte Amphore, »– oder –«, jetzt wies er auf eine andere Amphore, »– gekeltert in einem berühmtem Anbaugebiet. Nein«, sprach Ptah-nem-hotep, und seine Stimme klang traurig, »dann fühle ich mich nur den Priestern nah.«

»Ich verstehe nicht, wie du so etwas behaupten kannst«, sagte meine Mutter, und ihr Tonfall hatte etwas – jetzt in der Nacht des Schweins – Intim-Vertrauliches, als könne sie ihn schelten, wie das so zwischen Ehepaaren üblich ist, die bereits zehn Jahre (oder noch länger) miteinander verheiratet sind. »Überall rühmt man die Qualität deines Weins.« Sie lächelte, leicht berauscht, und als sie nun von meinem Vater sprach, nannte sie ihn bei jenem Namen, den sie sonst nur als Kosewort benutzte. »Unser guter Freund Nef – spricht er zu mir, sind seine Augen trüb wie schlammiges Wasser, spricht er von dir –«, sie hielt kurz inne, als wage sie etwas Unerhörtes, »so sind seine Augen wie Diamanten.«

Sie rülpste leise und ohne die Hand vor den Mund zu halten (was sie gewiß in keiner anderen Nacht getan hätte); dann sagte sie: »Dieses Fest des Schweins, ich finde es wundervoll. In jedem von uns, glaube ich, ist genug von einem Schwein, um im Jahr viele solcher Nächte zu haben. Allerdings –«, sie ließ ein berückendes Lächeln sehen, »– fühlen wir uns in dieser Nacht auch irgendwie gehemmt. Weil wir fürchten, nichts zu sein als eben Schweine. Während du auch ein Gott bist, Großes-Zwei-Haus-des-Schweins!«

In meinen Ohren dröhnte es, obwohl doch alles still war, ganz still. Die Bediensteten glichen stummen Fischen. Der Mund meines Vaters stand sperrangelweit offen, und zum erstenmal sah ich seine Zunge in voller Größe – es war eine gewaltig große Zunge! Selbst Menenhetet schien seinen Ohren nicht recht zu trauen. »So darfst du nicht sprechen«, sagte er scharf zu Hathfertiti.

Ptah-nem-hotep jedoch hob seinen Becher mit dem letzten Rest des Biers und nickte meiner Mutter zu: »Man hat mir schon viele Namen gegeben. Zwei-Löwen, Zwei-Bäume, einmal sogar Zwei-Göttliche-Nilpferde. Man hat mich Sohn des Horus und Sohn des Seth genannt, auch Prinz von Isis und Osiris. Man hat mich bezeichnet als Erben von Thoth und Anubis; doch noch nie, liebe Gesellschaft, hat jemand genügend Witz besessen, mein Zwei-Haus als Schweinestall des Nordens und Schweinestall des Südens zu sehen. So brauche ich nur zu fragen: Wo ist das Schwein? Ihr könnt es uns bringen«, sagte er über die Schulter zu den Dienern, während er meiner Mutter zulächelte, so wie zuvor sie ihm zugelächelt hatte. Doch auf seinen Wangen brannten rote Flecken, kaum fingernagelgroß, aber wie Tropfen aus Blut, und in der Luft pulste Zorn. Menenhetet wie auch meine Mutter besaßen die Fähigkeit, andere gleichsam in Grund und Boden zu starren. Nun sah ich, daß auch der Pharao über diese Kraft verfügte. Ptah-nem-hotep und Hathfertiti starrten einander an. Die Hitze der Kerzen stieg und stieg, eine Flamme schien zu lodern – und der Pharao und meine Mutter saßen bewegungslos. Schließlich blickte sie beiseite. »Nicht einmal in der Nacht des Schweins vermag ein Weib dem Guten Gott in die Augen zu schauen.«

»Schau nur in diese Augen!« rief Ptah-nem-hotep. »Denn in dieser Nacht gibt es ihn nicht, den Gott.«

Für mich glich er in diesem Augenblick viel stärker einem Gott, als in all den Stunden zuvor. Als meine Mutter schwieg, stieß er einen

eigentümlichen Laut aus: Bellen und Triumphgeschrei zugleich.
»Dies ist eine wunderbare Nacht«, sagte er; und griff nach seinem
Leopardenschwanz und hielt sich die Spitze vor die Nase. »Der
Leopardenschwanz wurde erstmals getragen von meinem großen
Vorfahren Cheops, der die Ägypter lehrte, wie man schwere
Steine aufeinanderschichtet. Zu Pyramiden!« Der Pharao schlug
mit dem Leopardenschwanz auf den Tisch, und irgendwie verkör-
perte sich in ihm die innere Kraft der Steine. Noch nie war er mir so
voller Leben erschienen.

Und noch nie so voller Liebreiz meine Mutter. Wieder fühlte ich
Eifersucht. So wie ein Liebhaber eine Mauer erklimmt, erklommen
meine Gedanken Hathfertitis schwarzes Haar, und wenn sie sich
auch dagegen wehrte – natürlich drang ich in sie, in ihr Wesen wie
in ihren Körper ein. Im übrigen war sie viel zu sehr damit beschäftigt, nicht den Pharao eindringen zu lassen.

Und dazu hatte sie allen Grund. Ihre geheimen Gedanken wären
allzu verräterisch gewesen. Selbst ich, der ich doch auf so manches
vorbereitet war, staunte über die schiere Fleischeslust in ihr. Noch
klang der Nachhall der Worte in meinen Ohren: Zwei-Haus-des-
Schweins. Ravahs »Freudenbringer« hatte ihr dies auf die Lippen
gelegt, emporsteigend aus der Mitte ihrer Schenkel. Jetzt waren
meine Gedanken in ihren Gedanken, mein Körper in ihrem Körper, meine Schenkel in ihren Schenkeln – und so wußte ich, daß
sie, wie flüchtig auch immer, voll Begierde an Ravah dachte. Auf
diese Weise erfuhr ich (erfuhr wieder, was ich schon vorher
gewußt), daß auch Damen wie meine Mutter den Süßen Finger in
den Mund nehmen konnten; nur hatte Ravah keinen Süßen Finger; was er hatte (ich sah es mit den Augen und durch die Augen
meiner Mutter), glich einer knotigen Keule, war so stark geädert
wie der Unterarm eines ausgemergelten Straßenarbeiters und so
rot wie die blutartigen Flecken auf den Wangen des Pharaos.

Hathfertiti – noch immer war ihr Mund (in ihrer Phantasie) auf
Ravah, die Luft aus ihren Nasenlöchern strich über sein Scham-
haar, und in ihrem Kopf wirbelte es von Gerüchen: alter Schweiß,
altes Bier und syrische Wolle; gleichzeitig erinnerte sie – Hathfertiti – sich an eine Bemerkung des Pharaos. Hatte er den aufgetrage-
nen Kohl nicht »schweinemäßig« oder gar »säuisch« genannt? Die
Wörter ließen sie erschrecken. Und doch sah sie schon im nächsten
Augenblick die Geschlechtsteile anderer Männer, das Glied von

Knochenbrecher zum Beispiel (am Morgen dieses Tages im Boot erspäht, als sein Lendenschurz auseinanderklaffte); und ich wußte, daß Ravah nur der Henkel am Becher war, mehr nicht: Der Henkel am Gefäß ihrer tiefen Erinnerung an Fekh-futi, den Kotsammler, ein aufregender Name für sie, zumindest als sie noch ein Kind gewesen war, ein kleines Mädchen, das oft auf seinem Schoß saß und seine Gerüche in sich aufnahm – da war Kot und Dung, gewiß; aber es gab auch den Geruch von Erde, von Wurzeln, von Gärten, in denen sich Kindheitsträume abspielten. Und so war es geschehen, daß sie, Ravahs Gebräu im Bauch und die Lust solcher Erinnerungen in jeder Pore (und im übrigen voll Zorn darüber, daß Ptah-nem-hotep uns »ihr« Bier kredenzte) – daß sie also rief (so klang es jetzt in meinen Ohren nach): »Großer Doppelter-Schweinestall.«

Ja, es gab wohl noch viel zu erfahren über meine Mutter. Für den Pharao war es ein Triumph gewesen, daß am Ende sie die Augen niederschlug und also seinem Blick auswich. Doch ihre Bezeichnung hatte einen gewaltigen Zorn in ihm geweckt. Nun schien sie ihn beschwichtigen zu wollen. Und mit lieblicher Stimme (als sei es ihr nie um etwas anderes gegangen, als mit ihm eine kurzweilige Konversation zu führen) fragte sie: »Hast du nur gescherzt, als du davon sprachst, Wein sei im Vergleich zu Bier minderwertig?«

»Oh, keineswegs minderwertig«, versicherte Ptah-nem-hotep. »Aber eher etwas für Priester. Und ich bin selbst allzu sehr Priester, verstehst du.«

»Das finde ich ganz und gar nicht«, erwiderte meine Mutter.

»Du bist gar zu gütig«, sagte Ptah-nem-hotep. Er beugte sich vor und berührte mit der Kuppe seines Mittelfingers die Warze ihrer nackten Brust. »Lassen wir uns nun ergötzen«, sagte er fröhlich.

# NEUN

Ein schönes Mädchen, bis auf einen Gürtel um die Hüften völlig nackt, trat mit einer dreisaitigen Lyra ein. Sofort begann sie, ein Liebeslied zu singen.

>»Wie herrlich ist mein Fürst,
>Wie herrlich ist sein Geschick.«

Ptah-nem-hotep achtete nicht weiter auf sie; nur seine Finger trommelten im Takt auf den Tisch. Hinter dem Mädchen erschien ein knochiger Äthiopier mit einer riesigen Flöte und begann gleichfalls zu spielen. Drei Tänzerinnen bewegten sich zum Klang der Musik, genau wie die Sängerin nur mit einem Gürtel bekleidet, der ihre Schamhaare bedeckte. Die Schönheit ihrer Leiber – ihrer Bäuche und entblößten Brüste! Ich konnte meinen Blick nicht abwenden. Und wie glänzten ihre schwarzen Augen im Schein der großen Kerzen.

Die Lyra-Spielerin sang:

>»Tut süße Öle in mein Haupt und schöne Düfte,
>Legt Blumen auf meine Glieder,
>Küsse den Körper deiner Schwester,
>Denn sie lebt in deinem Herzen,
>Laß die Mauern niederstürzen.«

»Laß die Mauern niederstürzen«, sang, echogleich, auch Hathfertiti, und sie streichelte das Hinterteil der Dienerin, die gerade damit beschäftigt war, Blütenblätter um ihren Teller zu legen. »Du bist ein wahrer Liebling«, sagte meine Mutter zu ihr, und die Dienerin griff in einen Korb, den sie an der Hüfte trug. Die

Wachskugel, die sie Hathfertiti reichte, verströmte einen herrlichen Duft – nach Rosen und nach Lotos.

Unsere Teller waren jetzt aus Alabaster, und alle wurden mit Blütenblättern umkränzt, während nach wie vor Musik klang und die Tänzerinnen tanzten; und die Dienerinnen nun intime Zärtlichkeiten flüsterten – »Du bist so wunderschön«, sagte das Mädchen, das meine Mutter bediente; und die Dienerin an meiner Seite murmelte mir ins Ohr: »Du bist noch nicht alt genug, um zu wissen, wo überall ich dich küssen könnte!« –. Ungewöhnlich waren solche Gespräche nicht (ich hatte sie bei so manchem Fest gehört); doch an diesem Abend wirkten sie besonders erregend – oder anregend: wie ein leichter Fieberrausch. Nun wurde das Schwein hereingetragen von zwei schwarzhäutigen Eunuchen, bekleidet nur mit einem Lendenschurz. Doch waren diese Schurze mit Edelsteinen geschmückt und zweifellos Eigentum des Pharaos. Die Diener trugen das Tier auf einer riesigen schwarzen Platte, die sie auf dem Tisch absetzten, während die Füße der Tänzerinnen wirbelten und ihre Bäuche kreisten; während die Klänge der dreisaitigen Lyra im Wettstreit lagen mit dem Gekreisch der Vögel in des Pharaos Garten. Alle Tiere, das wurde mir nun bewußt, stimmten ein in dieses Konzert, am lautesten ein jaulender Hund.

Hier also war das Schwein. Es bot einen ungewöhnlichen Anblick. Ein Keiler, der lebendig und wild aussah, irgendwie wie ein Mann. Ich hatte wilde Eber in Käfigen gesehen, und sie waren häßlich, mit borstigem, verfilztem Fell. Ihre kurzen Rüssel ließen mich an die Arme von Dieben denken, denen man zur Strafe die Hand abgehackt hatte. Nur daß da zwei Löcher waren, Nasenlöcher, so plump wie irgendwelche Löcher, die man mit zwei Fingern irgendwo in den Schlamm bohren konnte.

Dieser Eber jedoch war gleichsam rasiert worden oder, halt, nein, offenbar hatte man ihm die obere Hautschicht abgezogen, und der Körper wirkte geradezu rosig (gekocht? geröstet?). Die beiden Hauzähne waren von Blattgold umhüllt, die Pfoten oder Füße buchstäblich maniküirt und mit Blattsilber verschönt, der Rüssel glattgeschabt und rosa getönt, in den Nasenlöchern steckten weiße Blumenknospen, in der Schnauze ein Granatapfel.

Die Diener drehten die große schwarze Platte langsam um sich selbst, damit wir dieses Prachtexemplar genau betrachten konnten, und ich sah den spiralenförmigen Schwanz; doch bevor ich dazu kam, klug zu tun, indem ich ihn mit der Spirale eines Schneckengehäuses verglich, war schon eine weitere Überraschung da: Im (saubergeschrubbten) Anus des Keilers steckte eine Papyrusrolle.

»Und deine Aufgabe ist es, sie herauszuziehen«, sagte Ptah-nem-hotep zu Hathfertiti. Ringsum plätscherte das Gekicher der Bediensteten, die voll Entzücken die merkwürdige Szene verfolgten. Meine Mutter zögerte nicht lange. Kurz küßte sie ihre linke Hand, und mit einem Zucken ihrer Fingerspitzen entfernte sie den Papyrus von der betreffenden Stelle.

»Was steht denn darauf?« wollte Ptah-nem-hotep wissen.

»Ich verspreche, den Text noch vor Ende des Mahls zu lesen«, sagte Hathfertiti und setzte eine drollige Miene auf: So als brauche der Papyrus ein wenig Zeit, um zu Atem zu kommen.

»Nein, lies es jetzt«, beharrte der Pharao.

Sie erbrach das Siegel aus parfümiertem Wachs, entrollte den Papyrus (und stieß einen Ruf des Entzückens aus, als dabei ein Rubin-Skarabäus in ihren Alabsterteller fiel – sie nahm ihn und berührte mit ihm, als Glücksbringer, ihre nackte Brustwarze). Dann las sie laut: »Nur ein Sklave in der Nacht des Schweins, doch mögest du meine Freiheit suchen.« Mein Vater und Menenhetet lachten. Ptah-nem-hotep und Hathfertiti lachten nicht. Sie sahen einander an, und die Zärtlichkeit in ihren Augen war so groß, daß ich gern zwischen ihnen gesessen hätte. Endlose Gespräche mochten sich zwischen ihnen entspinnen, Worte voller Faszination. Mein Vater saß da mit stolzer, ja, glücklicher Miene, irgendwie fast knabenhaft: als seien die Aufmerksamkeiten, die seiner Frau erwiesen wurden, der Ehren zuviel für ihn. Mein Urgroßvater seinerseits setzte ein wie eingekerbtes Lächeln auf, bis seine Mundwinkel wie verschrumpfte Zaunpfähle wirkten; und im übrigen interessierte er sich eingehend für den so prächtig herausgeputzten Keiler, als könne das tote Tier irgendwelche Offenbarungen bieten.

Auch mir blieb genügend Zeit, mich mit dem Festbraten zu beschäftigen. War schon ein merkwürdiger Anblick, dieses geröstete Monstrum. Irgendwie glich es einem frischgeborenen, rosafarbenen Nilpferd; oder einem aufgeschwollenen, aufgequollenen Zwerg; nein, nachdem der Kopf mir zugedreht war, nein, eher noch – jetzt, wo ich deutlicher das so menschlich scheinende Gesicht sah – einem Priester, oder nicht? Unwillkürlich mußte ich lachen. Denn nun war da, ganz dicht vor mir, ein Schweinsauge. Tot, ja, natürlich; aber offen und gleichsam durchsichtig. Ich glaubte, in eine düstere Marmorhalle zu blicken, nein, schlimmer – irgendwo in dieser Halle dort regte sich eine Bestie. Vielleicht lag es nur am Kerzenlicht, dessen Widerschein in den fahlen, toten, grünen Augen zu sehen war; womöglich gar der Anblick der rosig angemalten Schnauze mit dem Granatapfel zwischen den Kiefern – als könne dieser vorgeschobene Rüssel üble und furchtbare Gerüche ausströmen; irgend etwas in der ungeheuren Reglosigkeit (doch gleichzeitig auch Gier) ließ mich an den Hohenpriester Khem-Usha denken. Ich fühlte mich höchst sonderbar, kein Zweifel.

»Schneidet das Tier an und bedient uns«, sagte Ptah-nem-hotep. Ich brachte den ersten Bissen kaum herunter. Mein Mund, mein Schlund, sie waren wie gelähmt. Und wie stand es damit bei den anderen? Mein Vater biß zu, und in seine Augen trat ein fast irres Glänzen, wie ich es bei ihm zuvor nur ein einziges Mal gesehen – als ich ihn zusammen mit meiner Mutter mit einer Bediensteten einmal in einem Gemach überrascht hatte, in allerengster Umarmung, seine Hände an ihrem Körper, eine vorne, eine hinten, beide unterhalb des Nabels. Hathfertiti ihrerseits setzte jetzt eine bedenkliche Miene auf, eine furchtsame Miene, so wollte es scheinen: als fürchte sie, die genossenen Köstlichkeiten müßten teuer bezahlt werden, allzu teuer.

Und dann wagte ich es, meinen Pharao anzuschauen. Er wirkte enttäuscht. So, als habe er von dem Fleisch auf seiner Zunge doch weit mehr erwartet. Die Musik klang jetzt lauter, doch mit einer Geste ließ er sie verstummen. Die Tänzerinnen verschwanden, auch die Lyra-Spielerin und der schwarze Sklave mit der langen Flöte.

Mein Urgroßvater nahm eine ganz andere Haltung ein. Langsam kaute er das Fleisch zwischen seinen kräftigen Zähnen (kräftige Zähne für einen Sechzigjährigen, von einem Hundertundachtzigjährigen ganz zu schweigen!): Wie bei allem, was er tat, wahrte er auch jetzt ein angemessenes Maß, und von seinen gleichmäßigen Kaubewegungen ging etwas Beruhigendes aus – irgendwie glich es dem sanften Schaukeln meiner Wiege, das so beschwichtigend wirkt, selbst wenn der Schlaf voller Alpträume ist. Aus der Art, wie er aß, mein Urgroßvater, sprach eine Unerschütterlichkeit, die jeder Macht auf Erden gewachsen schien. Nun wagte auch ich einen ersten Bissen – und erstickte fast daran. Denn das Fleisch war fett und weich und besaß einen eigentümlich intimen Geschmack – so, als erforsche etwa Eyaseyabs Zunge meinen Mund. Das Schwein kannte mich besser, als ich das Schwein kannte!

Doch sofort wollte ich mehr von diesem sonderbaren Fleisch, und ich erinnerte mich an ein Schaudern, das ich gespürt hatte, als ich einmal eine scheußlich schmeckende (und höchst geheimnisvolle) Medizin einnahm – Geschmack und Geruch waren so grauenvoll, daß ich mich wieder und wieder erbrach. Doch dann fühlte ich eine wunderbare innere Ruhe, und in meiner Nase war jetzt ein Geruch, so sanft und warm und aufreizend, sogar ein bißchen verrucht, ähnlich dem Geschmack des Schweins in meinem Munde jetzt; und so fühlte ich mich in diesem Augenblick den Geheimnissen mancher Götter nah. Feuchtes Korn, faulendes Getreide, schimmelndes Schilf und auch der Duft verwelkter Rosen, all dies schien hier zu sein, während ich vom Schwein aß, und unwillkürlich fragte ich mich, ob ein Schwein weniger lebendig sei als andere Tiere oder doch jedenfalls dem Tod, der Verwesung näher – um aufrichtig zu sein: Ich fragte mich, ob wohl immer etwas von seinem Kot an ihm hafte.

»Kau langsamer«, sagte meine Mutter.

Voll Bewunderung beobachtete ich, wie der Pharao aß; wie grazil er seine Hände bewegte – und ich versuchte, es ihm nachzutun. Wie Vogelzungen glitten seine Finger über das Fleisch hinweg, und wenn er einen Bissen wählte, so deutete er nur flüchtig darauf. »Mir scheint«, sagte er, »von diesem Tier haben wir genug genossen.« Einer der Diener machte ein Zeichen. »Ja«, bemerkte Ptahnem-hotep, »es hat wirklich einen höchst widersprüchlichen Geschmack. Horus fand das Schwein widerwärtig, während Seth sehr davon angetan war. Der Zwiespalt ihres Urteils hinterläßt einen Zwiespalt in mir.«

Jetzt erschienen schwarze Diener, um unsere Alabasterteller und die Reste des Schweins abzutragen. Ihre flinken Finger und ihre geschmeidigen Bewegungen faszinierten mich. Ich wußte noch, wie sehr es unsere syrischen Bediensteten erzürnt hatte, als mein

Vater verlangte, sechs schwarze Sklaven als Gehilfen bei Tisch auszubilden. Die Bedeutung war klar, auch für mich: Nur die Vornehmsten im Lande konnten sich mit dem Glanz unseres Hauses messen, die engere Familie des Pharaos, einige hohe Beamte und zwei oder drei unserer berühmtesten Generäle. Es war etwas Besonderes, sich Syrer zum Auftragen und Schwarze zum Abtragen der Speisen zu leisten.

Meine Mutter hatte mich gelehrt, die rechte Hand zu betrachten wie einen Tempel. (Sie sagte sogar, ich würde niemals ein Bild sehen, auf dem ein edler Ägypter dargestellt sei, dessen rechte Hand seinen Leib kreuze – das sei nur bei Arbeitern und Ringkämpfern möglich.) Nein, die rechte Hand war für ganz besondere Dinge bestimmt, wie für das Tragen von Waffen und das Berühren von Speisen; und so wurde sie vor jedem Mahl in Lotosöl gebadet. Die linke Hand hingegen verrichtete gleichsam alle niederen Aufgaben, bei denen man nicht beobachtet werden wollte, mit ihr trocknete man sich ab, bei dieser Tätigkeit hielt ich mich nie lange auf. Der Unterschied zwischen der linken und der rechten Hand war natürlich der Grund dafür, daß wir Diener hatten, die Speisen auf-, und andere, die sie abtrugen. Unsere Schwarzen fühlten sich hintangesetzt. Oft stritten sie sich mit den Syrern, doch regelmäßig beendete der Aufseher über die Küche das Gezänk, indem er mit einem Schulterzucken sagte: »Es geschieht auf Geheiß des Herrn.« Die Schwarzen, so schien mir, besaßen ein besonderes Talent, schlechte Laune zu verbreiten (und dadurch wohl den Unwillen ihrer Götter zu erregen).

An diesem Abend jedoch wirkten sie überraschend fröhlich. Sie ließen sogar leises Gelächter hören, und bald begriff ich auch den Grund dafür. Der Pharao kaute noch an seinem letzten Bissen Schwein und benutzte dabei die linke Hand. Die Schwarzen wußten sich vor Freude kaum zu lassen.

»Sie lieben Schweinefleisch«, rief er laut, während sie den Raum verließen; und lachend fügte er hinzu: »Je schwärzer die Haut, desto lieblicher der Geschmack von Schweinefleisch, sagt man.« Er blickte sich in der Runde um. »Erzählt mir Geschichten über Schwarze«, sagte er, »denn sie faszinieren mich. In ihren Sitten und Gebräuchen ist Licht.« Er pochte mit dem Leopardenschwanz auf den Tisch, als sei es an der Zeit, daß nunmehr wir ihn ergötzten, und meine Mutter hatte mich auf diesen Augenblick vorbereitet: Wenn es dem Pharao gefiele, sich unterhalten zu lassen, so müßten wir sofort darauf eingehen. Und ihm geben, was er sich wünschte: Antworten, die so geschliffen waren wie gleißende Schwerter oder so schön wie die Blumen in den Gärten.

»Ich habe gehört«, sagte mein Vater, »daß ein Handel zwischen schwarzen Häuptlingen auf folgende Weise besiegelt wird: Der eine spuckt dem anderen in den Mund, verneigt sich dann und läßt sich nun von dem anderen in den Mund spucken.«

»Kann sich einer von euch vorstellen, Khem-Usha und ich würden dergleichen tun?«

Er befand sich in einer sonderbaren Stimmung, bedrückt und erregt zugleich. Wir schwiegen, und dennoch schien die Luft voller Stimmengewirr. Meine Gedanken zog es zu seinen Gedanken hin, und nie hatte ich leichter Zugang gefunden. Doch war in seinem Kopf nur ein einziges Wort: Gift!

Er musterte uns. »Laßt uns«, sagte er, »von Gift sprechen.« Mit einem Lächeln blickte er zu meinem Urgroßvater. »Erkläre mir, gelehrter Menenhetet, die Natur des Giftes.«

Mein Urgroßvater erwiderte das Lächeln, behutsam, bedächtig. »Es ist eine Reinheit, die nicht endet«, sagte er zur allgemeinen Überraschung.

»Mir gefällt die Art, in der du in schwierige Dinge Klarheit bringst«, versicherte der Pharao. »Die-Reinheit-die-nicht-endet. Ließe sich mit denselben Worten nicht auch die Liebe beschreiben?«

»Durchaus. Und ich habe schon oft gedacht, daß Gift und Liebe aus ein und derselben Quelle stammen.«

»Das ist eine bösartige Bemerkung«, meinte Hathfertiti.

»Keineswegs«, widersprach Ptah-nem-hotep. »Am Liebesakt *ist* etwas Giftiges.«

»Das Schwein hat dich, Guter und Großer Gott, in eine üble Stimmung versetzt«, sagte meine Mutter.

»Oh, nicht in eine üble«, erklärte Ptah-nem-hotep, »in eine giftige!« Wieder klatschte der Leopardenschwanz auf den Tisch – eine Geste, mit der er sich selbst applaudierte: Wie kunstvoll konnte er doch mit Worten umgehen. »Ja«, sagte er, »Gift ist all das, was wir nicht sind.«

»Du besitzt einen bewundernswerten Geist«, murmelte Menenhetet. »In der Tat: bewundernswert.«

»Ein Kompliment«, sagte der Pharao. »Ein wahres Kompliment von dem alten Hund. Hör zu, Uralter, du hast sie doch alle gekannt, hast meine Vorfahren besser gekannt als irgend jemand sonst. Sage uns also, gab es unter ihnen einen, der mehr Geist bewies als euer bescheidener Ptah-nem-hotep?«

»Keiner besaß mehr Schlagfertigkeit«, erwiderte Menenhetet.

»Jedoch mehr Geistesstärke?«

»Mein König von Oberägypten und mein König von Unterägypten übertrifft jeden an Geistesstärke«, sagte Menenhetet, und seine Lippen wirkten so dünn wie nie.

»Ach, sprechen wir von etwas anderem«, meinte der Pharao. »Sprechen wir –«, er drehte den Kopf, »– vom Mondblut.«

»Aber das ist ja abscheulich«, sagte meine Mutter.

»Weißt du, was die Schwarzen darüber denken?« fragte er.

Sie wehrte ab. »Kinder wissen wohl recht wenig über die Gedanken und Gebräuche der Menschen, die in den Ländern des Südens leben«, sagte sie und wies mit einem kurzen Nicken auf mich.

In vielen Nächten schlief Eyaseyab nackt in meinem Zimmer, und es gab nicht sehr viel, das ich noch nicht über das Mondblut wußte. Einmal im Monat trug sie, jeweils mehrere Tage lang, einen Gürtel um die Hüften und verbreitete einen ganz bestimmten Geruch. Mochte sie sich auch noch so oft baden, der Geruch blieb, und wenn ich plötzlich aufwachte, war mir manchmal, als habe der Fluß sich ein neues Bett gegraben und ströme an unserem Gemach vorbei. Der Geruch war mir nicht unangenehm, er machte mich eher neugierig. Denn von den Kindern unserer Bediensteten hatte ich erfahren, in der Frist des zunehmenden und des abnehmenden Mondes seien, zu irgendeinem Zeitpunkt, alle Frauen tief in Mondblut; manche sogar ganz regelmäßig, stets am gleichen Tag. Ich hatte gefragt, ob dies auch bei meiner Mutter so sei, doch mein Spielfreund, der Sohn des Schmieds in unseren Stallungen, schien über meine Frage sehr beunruhigt; denn er fiel auf die Knie und küßte mir den Fuß (was mir wenig gefiel, denn seine Lippen, durch seines Vaters grellbrennendes Feuer rissig und geborsten, schabten wie ein Eidechsenpanzer über meine Haut). Meine Mutter, sagte er, sei ja mit einer Göttin verwandt, also könne sie kein Mondblut haben. Ich nickte zustimmend, doch in Wahrheit war ich verwirrt. Wie oft schon hatte ich mit meinen Armen die Beine meiner Mutter umschlungen, meine Nase über ihren Knien vergraben. Je älter ich wurde, desto höher gelangte ich und spürte stets ein tiefes Glücksgefühl. Mochte meine Mutter auch nach dem schönsten Lotosöl duften – da waren auch noch andere Gerüche. Und ab und zu gab es da etwas, das schwach an Fisch erinnerte – und an Eyaseyab in gewissen Nächten, in denen ich das Gefühl hatte, in jenen Ländern des Südens zu leben, die ich noch nie gesehen; wo alle Schwarzen zur Welt kamen und die Bäume halb so hoch waren wie die Große Pyramide von Cheops, mit Laub so dicht, daß man den Himmel kaum sah, und in einer Hitze, die einem den Atem benahm. In jenen Nächten, da Eyaseyab ihren Gürtel trug, dachte ich an den Mond und fragte mich, wie sein Licht Frauen eine solche Wunde zufügen konnte.

Ptah-nem-hotep achtete nicht auf den Widerspruch meiner Mutter. Ahnte er, daß ich in diesen Dingen gar nicht so unbewandert war? Mit einem Lächeln fragte er mich: »Meinst du nicht auch, daß man außergewöhnliche Kinder nicht vor unseren Gesprächen zu schützen braucht?« Ich nickte, als ginge dies nur uns beide etwas an. Und ich fand natürlich, daß er nur zu recht hatte. Wenn mir bei einem Fest ein Gespräch entging, so beschlich mich stets das Gefühl, etwas Schreckliches werde dann geschehen.

»Ich hatte einen schwarzen Sklaven«, sagte Ptah-nem-hotep, »der mir erzählte, im Dorf seines Großvaters sei es Frauen voll Mondblut verboten, sich dem Vieh zu nähern. Ich kann euch gar nicht sagen, für wie gefährlich sie eine Frau unter diesen Umständen halten. Berührt sie die Waffe ihres Ehemannes, so ist er davon überzeugt, in der nächsten Schlacht zu fallen.«

»Sie sind Barbaren«, betonte meine Mutter.

»Da bin ich mir nicht so sicher«, sagte Ptah-nem-hotep. »Man kann viel von ihnen lernen.«

»Sogar ihre Tempel sind aus Lehm. Sie wissen nicht, wie man Stein behaut. Auch schreiben können sie nicht«, sagte meine Mutter.

»Hast du schon einmal beobachtet, wie sich ein Sklave benimmt, wenn ein Schreiber an seiner Palette ist? Er wimmert wie ein Affe, und der Schweiß bricht ihm aus.«

»Gewiß«, räumte Ptah-nem-hotep ein, »doch sie wissen von Dingen, von denen wir nichts wissen.« Er schwieg einen Augenblick. »Wenn ich von Memphis eine Botschaft nach Theben senden will, wie lange dauert das?«

»Nun«, sagte mein Vater, »zu Pferde und mit genügend Pferdewechseln und frischen Reitern könnte es in zwei Tagen und zwei Nächten gelingen.«

»Eher wohl in drei Tagen«, meinte der Pharao. »Doch wie dem auch sei. Unten im Süden, jenseits von Kusch und Nubien, gelangt eine solche Botschaft durch die Dschungel und von Berggipfel zu Berggipfel und durch Täler und über Flüsse – all dies hat man mir beschrieben – in unglaublich kurzer Zeit. Nehmen wir die Entfernung von Theben nach Memphis. Mit einem Boot auf dem Nil würde es, selbst mit den besten Ruderern, sieben Tage dauern, zu Pferde etwa drei. Die Schwarzen hingegen brauchen für derglei-chen nur die Frist von Mittag bis Abend. Und das schaffen sie, ohne Straßen oder Wege zu benutzen.«

»Ja, wie denn, auf welche Weise?« fragte meine Mutter.

»Mit Hilfe ihrer Trommeln«, erwiderte Ptah-nem-hotep. »Ich würde sie nicht Barbaren nennen. Auch wenn sie nicht schreiben können und sich nicht auf die Baukunst unserer Tempel ver-stehen.«

»Oder unserer Grabmäler«, sagte Menenhetet.

»Gewiß. Die große Kunst unserer Grabmäler ist ihnen fremd. Doch die schwarzen Menschen können mit ihren Trommeln sprechen, sehr gut sprechen sogar. Und ihre Botschaften wandern schnell.«

»Sie sind Barbaren«, beharrte meine Mutter. »Wir sind ihnen überlegen. Wir können einen unhörbaren Gedanken aus der Luft pflücken.«

»Ja«, stimmte mein Vater zu. »Unser Göttliches Zwei-Haus ver-nimmt viele solcher Gedanken.«

»Meine Botschaften sind meist unrichtig«, sagte Ptah-nem-hotep. Er lachte, schlug mit dem Leopardenschwanz. Dann nahm sein Gesicht einen sonderbaren und grausamen Ausdruck an. »Gerade in diesem Augenblick, zum Beispiel, hat ein betrunkener Metzger vom Markt von Ptah seine Frau umgebracht – ich sehe es deutlich. Während ihn seine Nachbarn packen, winselt er schon bei mir um Gnade. Ich höre seine Stimme, ignoriere sie jedoch. Er ist schuldig und ein Scheusal. Seine Gedanken sind so primitiv, daß sie mich abstoßen.«

»Aber seine Stimme – oder diese Gedanken – hast du jedenfalls vernommen?« fragte Hathfertiti.

»Wenn ich morgen Nachforschungen anstelle, werde ich feststel-len, daß sich in der Tat ein Mord ereignete, doch nicht in der Nähe des Marktes von Ptah. Eher schon im Armenviertel hinter der Mauer bei der Prachtstraße von Amon. Und der Mörder, so wird sich herausstellen, war kein Metzger, sondern ein Ziegelbrenner. Auch hat er nicht seine Frau umgebracht, sondern seinen Bruder. Oder seine Mutter. Gewiß, ich empfange Gedanken aus meinem Volk. Doch wie undeutlich sind sie, wie konfus! . . . wenn ich nur meine Ohren öffne!« Während er so sprach, weiteten sich seine Augen, als habe ungebührlicher Lärm all seine Sinne beleidigt. »Nein, es geschieht nicht oft, daß ich in solchen Fällen genau hinhöre. Es ist zu anstrengend. Gedanken sind schließlich nicht wie Pfeile, die ihre Bahn ziehen. Sie gleichen vielmehr Federn, flatterhafte Dinge, bei denen bald die eine, bald die andere Seite oben ist. Also habe ich Achtung vor den Schwarzen und ihren Trommeln. Sie sprechen auch über große Entfernungen hinweg miteinander eine deutliche Sprache.«

Meine Mutter sagte: »Auch ich kenne eine Geschichte über das Senden einer Botschaft. Sie betrifft eine Frau, die mit einem ägyptischen Offizier verheiratet war, inzwischen jedoch gestorben ist. Er lebt noch und möchte ihr etwas mitteilen.« Der leise Triumph in Hathfertitis Stimme war nicht zu überhören. »Dafür braucht es allerdings mehr als nur Trommeln«, ergänzte sie.

»Sprich weiter«, sagte der Pharao.

»Der Offizier liebt eine reizende Frau. Doch er fühlt sich verflucht. Sein totes Weib vergibt ihm nicht. Nachts, in der Umarmung mit seiner neuen Geliebten, bleibt sein Glied nicht steif.«

»Armer Kerl«, sagte Ptah-nem-hotep.

»Ein furchtbarer Fluch«, meinte mein Vater. »Mir würde wohl das gleiche geschehen.«

»Keine Sorge, alter Freund Nef«, bemerkte meine Mutter.

»Erzähle weiter«, sagte Ptah-nem-hotep.

»Wie die meisten Offiziere kann er Priester nicht leiden. Doch er ist verzweifelt. Und so begibt er sich schließlich zum Hohenpriester.«

»Kennst du den Offizier?«

»Das kann ich nicht sagen.«

Ptah-nem-hotep lachte vergnügt. »Wärst du eine Königin, ich wüßte nicht, was ich glauben sollte.«

»Langweilen würdest du dich nie«, sagte meine Mutter.

»Noch meine Staatsgeschäfte ordentlich führen.«

»Ich würde alles dafür tun«, sagte Hathfertiti, »daß die Menschen in Ägypten nicht leiden müssen.«

Der Pharao blickte zu meinem Vater. »Sie ist reizend, deine Gattin.«

»Deine Gegenwart, Großer und Guter Gott, segnet sie«, versicherte Nef-khep-aukhem.

»Hathfertiti«, sagte der Pharao, »was riet der Hohepriester dem Offizier?«

»Er riet ihm, seinem toten Weib einen Brief zu schreiben und diesen Brief in die Hand eines guten Menschen zu legen, der gerade gestorben sei.«

»Und was geschah?«

»Der Offizier befolgte den Rat, und sein totes Weib nahm ihren Fluch von ihm. Sein Glied ist wieder steif.«

»Einer lebenden Frau fällt es schwer, einem Mann zu verzeihen«, sagte Ptah-nem-hotep. »Einer toten Frau, so scheint mir, ist es unmöglich. Sage mir, was der Offizier schrieb. Es muß ein bemerkenswerter Brief gewesen sein.«

»Ich weiß nicht, was in dem Brief geschrieben stand.«

»Das genügt mir nicht«, sagte Ptah-nem-hotep. »Was hättest du geschrieben?« fragte er Nef-khep-aukhem.

Die Antwort meines Vaters überraschte mich. »Ich hätte geschrieben, daß ich sie, die Tote, sehr vermisse. Und daß ich mich ihr nah fühle, wenn ich in den Armen einer anderen Frau liege. Und daß ich dann nicht an diese Frau denke, sondern nur an sie. ›Deshalb‹, würde ich schreiben, ›gib mir meine Kraft wieder. Laß mich kommen, damit ich dir nah sein kann.‹«

»Mir scheint«, sagte mein Urgroßvater, »daß eine solche Rede uns Lebenden weit eher einleuchtet als den Toten.«

»Nun, was hättest du ihr denn geschrieben?« wollte Hathfertiti wissen.

»Ich würde zu ihr sprechen wie zu jemandem minderen Ranges. Denn die Toten, wißt ihr, besitzen nicht unsere Kraft. Im Vergleich zu uns sind sie nur wie ein Teil von sieben Teilen. Also kann man ihre Flüche oder Verwünschungen verjagen. Wir brauchen nur ein Siebentel Kraft von uns abzuwehren. Das ist ja auch der Grund, warum nur wenige von uns sich auf den Tod freuen. Deshalb würde ich in meinem Brief all die Amulette nennen, die ich gegen sie einsetzen kann, und auch die Gebete, für mich im Tempel gekauft. Das sollte genügen, um sie einzuschüchtern.«

»Eine kalte Abfuhr für eine tote Gefährtin«, sagte Ptah-nem-hotep.

»Ich finde, wir sollten es nicht zulassen, daß, wer auch immer, unser Glied schwächt«, erklärte Menenhetet.

Eine Zeitlang herrschte Schweigen.

»Warum fragst du mich nicht, was ich geschrieben hätte?« sagte Hathfertiti.

»Weil mir vor deiner Antwort ein wenig bange ist«, erwiderte Ptah-nem-hotep.

»Ich werde es dir später erzählen«, sagte sie. »Der günstige Augenblick ist vorbei.« Sie hielt inne, blickte zu mir; und zum erstenmal spürte ich die Spitze ihrer Grausamkeit. »Frage meinen Sohn«, fuhr sie fort. »Er hat ja zugehört.«

»Ich würde«, begann ich, »ich könnte schreiben . . .« Ich brachte den Satz nicht zu Ende. Plötzlich war in meinem Herzen wieder etwas von dem Leid, das ich in den Augen des Hundes gesehen hatte; und erst nach einer Weile fuhr ich fort: »Es könnte die furchtbarste Geschichte sein, die ich je gehört habe.« Ich wollte nicht weinen, nicht hier vor den Bediensteten; doch ich saß mit hängendem Kopf, und Tränen rollten mir über die Wangen.

Denn ich hatte den Gedanken meiner Mutter vernommen. Ich hatte vernommen, was sie schreiben würde. »Wenn du mir meine Kraft nicht wiedergibst, werde ich unser Kind töten.«

Lange Zeit herrschte Schweigen. Oder kam es mir nur so vor? Verstört noch vom Brief, den ich in den Gedanken meiner Mutter gefunden, versuchte ich, tiefer in sie einzudringen – in der Hoffnung, dort mehr Zärtlichkeit für mich zu fühlen. Doch statt dessen erlebte ich eine sonderbare Wandlung: Ich betrachtete alle hier in diesem Raum durch die Augen des Pharaos, meine Mutter, meinen Vater, Menenhetet, sogar mich selbst. Ja, sonderbar war es und dennoch natürlich. Und es gab wohl nur eine Erklärung dafür: Im selben Augenblick, da ich wieder in die Gedanken meiner Mutter einzudringen trachtete, versuchte sie das gleiche beim Pharao – mit Erfolg! Als ich nun durch seine Augen schaute, begriff ich sehr wohl, daß Hathfertitis Kräfte kaum geringer sein konnten als meine eigenen.

Meine Empfindungen, soeben noch wohltuend und angenehm, wandelten sich sofort. Es war, als versinke ich in einem Fluß: in der unendlichen Trübsal des Pharaos. Doch nein, Trübsal war nicht das richtige Wort. Für das, was ich fühlte, wußte ich überhaupt kein Wort. War es die Furcht vor etwas Kommendem, vor nahendem Unheil? Ein ungeheures Gewicht schien auf dem Pharao zu liegen, eine Last, die er kaum ertragen konnte.

Wie in einer Höhle fühlte ich mich, purpurdunkel wie jene Farbe, die man aus den Schnecken von Tyrus gewann, während ich durch die Augen des Pharaos meine Familie betrachtete, und sie alle wirkten so ganz anders, als ich sie kannte. Das Gesicht meines Vaters besaß einen Ausdruck listiger Klugheit, die ich ihm nie zugetraut hätte, und Menenhetet zeigte die Härte eines Felsen, der einen Menschen zermalmen kann. Mochte mein Urgroßvater während des Mahls auch wenig gesprochen haben. Ptah-nem-hotep sah ihn so – als einen geheimnisvollen Felsblock, der, sollte er je stürzen und zertrümmern, in seinem Kern ein Kleinod enthüllen würde – oder gar einen lebenden Skorpion? Mit solcher Ehrfurcht und gleichem Zweifel schaute Ptah-nem-hotep auf Menenhetet.

Was Hathfertiti betraf, so erkannte ich sie kaum wieder. Sie sah unendlich viel schöner aus, aber auch grausamer als meine Mutter (allerdings war gedachter Brief ja grausam genug gewesen). Und ich selbst? Während ich mich durch des Pharaos Augen betrachtete, überraschte mich weniger, daß ich ein recht hübscher Knabe war. Ich wirkte so erstaunlich gescheit und lebendig. Andererseits war mein Gesicht voll Sorge und Furcht. Und was mich vielleicht am meisten erstaunte, war die Liebe, die ich im Herzen des Pharao fühlte, wenn er mich ansah. Doch bestürzte mich, wie rasch diese Liebe erlosch, als ihm das genossene Schweinefleisch plötzlich furchtbares Magendrücken bereitete. Abrupt fand ich mich in mich selbst zurückversetzt.

Ptah-nem-hotep wußte mich schnell abzulenken. Während die Diener eine Kerze nach der anderen erlöschen ließen, sprach der Pharao über viele Dinge, und je dunkler es um uns wurde, desto mehr glich der Raum einer Höhle.

Die Geschichte von dem Offizier und seinem toten Weib, sagte er, spiegele etwas vom Wesen unseres großen Reiches wider, und sie habe ihn an die Vergangenheit denken lassen – doch an die fernere Vergangenheit. Zumal das tote Weib und ihre Gefühle erinnere ihn an die großen Vorfahren, welche die Pyramiden errichtet hatten.

Ich mochte kaum glauben, daß dies die Stimme Ptah-nem-hoteps war. Er sprach im feierlichen Tonfall Khem-Ushas und so langsam, daß ich ungeduldig geworden wäre, hätte nicht eben dieser getragene Tonfall etwas Einlullendes gehabt. Ich begann zu zählen, wie viele Stimmen an diesem Abend aus unserem Pharao geklungen hatten, manche schrill, manche tief, andere rauh oder auch hastig. In einer kurzen Wendung, in einem einzigen Wort konnte diese und jene anklingen, vielleicht die Stimme von Knochenbrecher oder Ravah, auch der Widerhall von Dialekten aus den verschiedensten Provinzen – unser Guter Gott konnte, wie es einem Gott zukam, mehr als nur eines Menschen Stimme in sich tragen. Dennoch hatte ich nicht erwartet, daß er auch wie Khem-Usha sprechen würde. Es war, als wolle er den Klang ganz in sich aufsaugen. Und so sprach er jetzt also mit der Stimme des Hohenpriesters – so vollkommen, daß Khem-Usha, wo immer er sich gerade befinden mochte, in seiner erhabenen Ruhe gestört sein mußte – und von der Imitation durch den Pharao angezogen wie ein Stück Schwarzer-Kupfer-vom-Himmel.

Mit dieser Stimme erzählte Ptah-nem-hotep die Geschichte. »Von einem meiner Vorfahren, von Cheops«, begann er, »wird berichtet, sein Auge habe auf jedem Stein geruht, während die Große Pyramide erbaut wurde. Man sagt auch, er habe all seine kleinen Königinnen des Harems fortgeschickt und nur eine Gemahlin gehabt. Ihr, Neter-Khent, maß er die gleiche Bedeutung bei wie sich selbst. In der Treue, so glaubte er, liege seine Macht. Indem er seinen Körper mit nur einer einzigen Frau teilte, werde er die Gutheit zweier edler Seelen haben, jede mit ihren sieben Teilen. Beider Kräfte würden sich nicht einfach addieren, sondern multiplizieren. Folglich besäße er, Cheops, das Siebenfache des Siebenfachen an Stärke.

Das«, fuhr Ptah-nem-hotep fort, »ist die Stärke, die wir verloren haben. Wir haben nicht mehr den Wunsch, eine Große Pyramide zu bauen. Wir verschwenden unser Leben an hundert Dinge. Und glauben auch, klug zu handeln. Denn kann etwas gefährlicher sein, als jemandem völlig zu vertrauen? Mag sein, daß Cheops siebenmal stärker war als jeder andere Pharao; doch genauso groß war auch seine Angst, diese Stärke zu verlieren. Verließ er seinen Palast, so fürchtete er, Ra werde in den Leib seines Weibes eindringen und ihm seine Kraft rauben. Cheops baute gar mitten im Zentrum der Pyramide eine Grabkammer, damit das Licht von Ra nie auf ihn treffen könne. Und den Palastwachen gab er den

Befehl, Neter-Khent zu Tode zu steinigen, sollte er getötet werden. Er mißtraute ihr schließlich so sehr, daß er seine Offiziere zu verdächtigen begann. Und in einem Erlaß ließ er verkünden, daß in ganz Memphis nur mit seiner ausdrücklichen Erlaubnis geliebt werden dürfe. Den Einwohnern blieb nichts anderes übrig, als sich dem Geheiß zu beugen. Denn wer konnte schon sicher sein, daß nicht ein böser Nachbar etwas hörte oder ein neugieriger Diener etwas sah – und es ausplauderte? Alle, ob reich oder arm, waren zur Keuschheit gezwungen. Dieser mächtige Pharao, dessen Grab größer ist als ein Berg, herrschte über die Lenden der Männer und die Schöße der Weiber.« Ptah-nem-hotep hüstelte in seine vorgehaltene Hand. »Selbst als er schon auf dem Sterbebett lag, hielt er sich für unsterblich, da er nun doch zur Gänze ein Gott sei.«

Ptah-nem-hotep hielt inne und sah uns an, einen nach dem anderen (und mich genauso lange wie die übrigen, als sei ihm meine Aufmerksamkeit nicht weniger wichtig). »Ich habe die Weisheit gesucht«, sagte er, »und bin zu dem Schluß gekommen, daß ein Pharao, der teils Mensch, teils Gott ist, nie zu sehr nach der einen oder der anderen Seite abirren darf, denn sonst wird Wahnsinn sein Schicksal. Cheops irrte, indem er alle Kräfte eines Gottes besitzen wollte. Während ich vielleicht zu wenig dafür tue.«

Der Pharao brach ab. Dann bewegte er die Lippen, als wolle er weitersprechen; doch er schwieg. Ich spürte, daß ein Wandel in der Luft lag. Viel Sonderbares hatte es gegeben an diesem Abend, der – mit all seinen kleinen Tücken und eigentümlichen Ergötzungen – bislang so friedlich, ja, harmonisch verlaufen war. Das sollte sich nun mit einem Schlag ändern. Wie Wellen rollte es aus allen Richtungen über meine Gedanken hinweg. Und schon im nächsten Augenblick, ohne daß ein Diener ihn angekündigt hatte, trat Khem-Usha ein.

# ZEHN

Selbst wenn ich ihn nie zuvor gesehen hätte, die Art seines Auftretens ließ keinen Zweifel daran, daß er eine bedeutende Persönlichkeit sein mußte, Hoherpriester und Wesir zugleich. Wie ein großer Fürst nahte er sich; und ich, der ich mit dem Pharao einen Atemhauch teilte (so sacht und zart, daß ihn wohl nur Vögel mit flaumigem Gefieder gespürt hätten), begriff nun sehr wohl, daß mein Herrscher triftige Gründe haben mochte für seine eher gedrückte Stimmung.

Der Hohepriester glitt an mir vorbei wie eine Königliche Barke. Und ich glich einem Stück Papyrus, das nun in seinem Kielwasser schwankte. Er war nicht groß, besaß jedoch einen riesigen Kopf, und sein rasierter und geölter Schädel schien zu gleißen. Er trug einen kurzen Rock, der seine schweren Schenkel sehen ließ, und seine Schultern bedeckte ein breiter Umhang, wie ihn – ich sollte es bald erfahren, da meine Mutter Khem-Usha danach fragte – die Priester in alten Zeiten getragen hatten. »Vielleicht ist noch etwas von dem Schweinefleisch für dich da«, sagte der Pharao.

»Ich habe bereits zu Abend gegessen«, erwiderte der Hohepriester mit seiner langsamen, tiefen Stimme. Dann fügte er hinzu: »Ich halte mich nicht an den Brauch der Nacht des Schweins.«

Ptah-nem-hotep sagte: »Dann laßt uns beten, daß sich die Götter dadurch nicht geschmäht fühlen.«

»Meine Enthaltsamkeit in diesem Punkt ist gewiß für keinen Gott eine Schmähung.« Es war, als glaube er, allein die Erhabenheit seiner Stimme werde die Götter beschwichtigen; und als wollte er sein Mißvergnügen bekunden, blieb er steif stehen, als der Pharao einladend auf einen Sitz deutete. Statt dessen sagte er: »Ich ersuche dich um eine Unterredung.«

»Es ist die Nacht des Schweins. Da magst du vor uns allen sprechen.«

Khem-Usha schwieg.

»Dein Besuch«, sagte der Pharao, »gibt unserem kleinen Fest eine andere Note. Und du möchtest dich nicht zu uns setzen. Also hast du mir etwas Unangenehmes mitzuteilen, und das ist sehr bedauerlich, Khem-Usha, denn ich genoß einen fröhlichen Abend. Erlebst du es oft, daß ich fröhlich bin? Wohl kaum. Also müssen die Menschen in Ägypten leiden, nicht wahr? Denn sie können nur fröhlich sein, wenn die Götter fröhlich sind. Weißt du das?«

Khem-Usha nickte: eine eher gequälte Geste.

»Sag mir, hat der König von Byblos die ägyptischen Gesandten getötet, die er gefangenhält?«

»Nein«, erwiderte der Hohepriester, »ich bin nicht gekommen, um von dem König von Byblos zu sprechen.«

»Geht es vielleicht um den Fürsten in Elam, der den uns gewogenen Häuptling in den Kerker warf?«

»Nein.«

»Dann, Khem-Usha, frage ich dich: Was für eine unerfreuliche Neuigkeit hast du Uns mitzuteilen?«

»Der Hauptschreiber aus dem Wesirsamt in Memphis kam gerade zu mir mit einer Botschaft des Hauptschreibers in Theben. Ein Kurier brachte sie heute abend. Und darin steht, daß vor zwei Tagen die Metallarbeiter und die Zimmerleute der Nekropolis von Theben in einen Streik getreten sind.«

»Vor zwei Tagen. Warum hatte es mit der Nachricht dann nicht bis morgen Zeit?«

Aus den Worten klang ein scharfer Tadel, und andere wären auf die Knie gefallen, hätten sogar mit ihrer Stirn siebenmal auf den Boden gepocht. Doch Khem-Usha schürzte nur die Lippen. »Göttliches Zwei-Haus«, sagte er, »ich bin heute abend gekommen, weil es sich um eine lästige Situation handelt und ich morgen sehr beschäftigt bin. Wir müssen jetzt darüber sprechen.«

»In der Tat«, sagte Ptah-nem-hotep, »du hast den einzig möglichen Augenblick dafür gewählt.« Auf seine ironische Bemerkung schnitt meine Mutter eine Art Grimasse, was den Pharao augenscheinlich amüsierte.

»Ich darf feststellen«, betonte Khem-Usha, »daß diese Arbeiter in der Nekropolis von Theben mit großer Rücksicht behandelt worden sind. Seit zwei Monaten brauchen sie keine schwere Arbeit zu leisten. Dennoch hat man ihnen für diese rund siebzig Tage die üblichen Rationen angerechnet. Trotz unserer Großzügigkeit sind sie in den Streik getreten.«

»Khem-Usha, sind ihnen die Rationen wirklich zugeteilt worden oder nur angerechnet?«

»Nun, es gab Verzögerungen. Während des Phamenoths kam das Getreide um eine Woche zu spät. Während des Pharmuti wurden Öl und Bier rechtzeitig geliefert, doch leider nicht das Getreide.« Er schwieg einen Augenblick. »Auch mangelte es an Bohnen. Und dann konnten Fische nur in halben Rationen zugeteilt werden. Schließlich traten die Arbeiter in den Streik.«

»Wie kann es geschehen, daß deine Beamten diese Leute so schlecht versorgen?« fragte Ptah-nem-hotep.

Khem-Usha musterte den Pharao aufmerksam. Es war, als wollte er sagen: Nicht umsonst habe ich dich um eine Unterredung unter vier Augen ersucht. »Der Aufseher über die Metallarbeiter und Zimmerleute in der Nekropolis von Theben«, erklärte er, »ist Nam-Shem. Du selbst hast ihn ausgewählt. Erinnerst du dich, Großes Zwei-Haus, daß ich dich bat, dich nicht mit der Auswahl minderer Beamter zu befassen? In deinem göttlichen Wesen liegt es, die Tugenden der Menschen eher zu erkennen als ihre Untugenden. Für Nam-Shem arbeitet eine ganze Reihe von Spielern und Zuhältern. Er hat fünfzig Sack Getreide verkauft, die den Arbeitern der Nekropolis zustanden, und noch so manches mehr. Als sie in dieser Woche nicht ihre Ration erhielten, traten sie in den Streik.«

»Dann gib ihnen, was sie brauchen, aus deinen Tempelvorräten!«

Khem-Usha schüttelte den Kopf. »Ich fürchte«, sagte er, »das wäre keine kluge Lösung.«

»Im letzten Jahr«, widersprach Ptah-nem-hotep, »wurden aus den königlichen Beständen einhundertundfünfundachtzigtausend Sack Korn an den Tempel von Amon geliefert. Warum also die fünfzig Sack den Arbeitern verweigern?«

»Weil sie«, erwiderte Khem-Usha, »viel besser entlohnt werden als meine Priester.«

Ptah-nem-hotep warf meinem Vater einen Blick zu und wiederholte: »... besser entlohnt als meine Priester.« Als er fortfuhr, klang aus seiner Stimme beißender Sarkasmus, und nur ein Mann wie Khem-Usha war wohl fähig, das so gelassen hinzunehmen. »Laß dir sagen, daß mein Vater in den einunddreißig Jahren seiner Regierung den Tempeln über einhunderttausend Sklaven zukommen ließ, außerdem eine halbe Million Stück Vieh sowie mehr als eine Million Grundstücke. Von seinen kleinen Geschenken ganz zu schweigen. Eine Million Amulette, Skarabäen und so weiter. Zwanzig Millionen Blumengebinde. Sechs Millionen Laib Brot! Ich bin die alten Aufzeichnungen durchgegangen – und ich würde den Angaben kaum Glauben schenken, wüßte ich nicht, daß auch ich, Jahr für Jahr, Khem-Usha und seinem Tempel fast genausoviel gebe, dabei ist unsere Schatzkammer bei weitem nicht so reich. Vielleicht bringen unsere Festlichkeiten den Fluß nicht auf die richtige Höhe. Mal zuviel, mal zu wenig – meist zu wenig. Entweder bin ich Amon nicht nahe genug, oder du, Khem-Usha, müßtest die Gebete besser sprechen. Jedenfalls haben wir zu wenig Getreide. Dennoch begreife ich nicht, wie du den Arbeitern fünfzig Sack Korn mißgönnen kannst. Mein Vater gab den Tempeln in dreißig Jahren eine halbe Million Fische und zwei Millionen Gefäße mit Weihrauch, Honig und Öl. Ein großer Pharao war er, mein Vater, Ramses III., doch nicht groß genug, um den Forderungen des Tempels an das Schatzamt zu widerstehen. Und ich bin nur in seinem Schatten. Dennoch, Khem-Usha, sage ich dir, gib den Arbeitern der Nekropolis ihren Anteil am Getreide. Bring diese Sache in Ordnung. Sollte ich mich in Nam-Shem getäuscht haben, so bilde dir darauf nichts ein.«

»Ich werde tun, wie du mich geheißen«, sagte Khem-Usha, »doch ich möchte anmerken, daß deine Maßnahme die Arbeiter nur dazu ermutigen wird, wieder in Streik zu treten – und aus geringerem Anlaß.«

»Bring die Sache in Ordnung«, wiederholte Ptah-nem-hotep.

Khem-Ushas Gesicht war ohne Ausdruck. Er erwiderte: »Es war, Göttliches Zwei-Haus, eine weitere Gelegenheit, in den Feinheiten deines Herzens zu leben. Dennoch muß ich, ehe ich von hier scheide, dich um ein Gespräch unter vier Augen bitten: um eine Audienz, ganz für mich allein. Denn da ist noch etwas, und ich kann vor niemandem sonst davon sprechen.«

»Wie ich schon gesagt habe, es ist die Nacht des Schweins, sprich also vor allen.«

Doch Khem-Usha gehorchte der Weisung nicht. Er beugte sich

zum Pharao und flüsterte ihm etwas ins Ohr. Dann blickten sie einander in die Augen. Irgendwie war mir benommen zumute. Ptah-nem-hotep sagte: »Ja, vielleicht werde ich mit dir durch den Garten spazieren«; und mit einem flüchtigen Lächeln in unsere Richtung entschwand er mit seinem Hohenpriester und Wesir.

# ELF

Meine Eltern schwiegen, und auch Menenhetet sprach nicht; kein Wort. Mich überkam Trägheit – ein Zustand, in dem gleichsam noch das Schwein nachschmeckte.

Mit vollem Bauch saß ich, noch verwirrt vom Gespräch zwischen Pharao und Hohenpriester; und in meiner Erschlaffung dem Schlaf sehr nah. Jetzt, nachdem der Schmerz abgeklungen, war ich sogar bereit, meiner Mutter ihren gedachten Brief zu verzeihen. Vielleicht war es der Widerschein des letzten Kerzenlichts in meinem goldenen Becher: Ich träumte mich in die Vorstellung hinein, daß das Licht in diesem Raum einst in einem Gehäuse aus Honig gelebt hatte, ein lieblicher Gedanke. Von meiner Mutter wußte ich, daß das Wachs für diese Kerzen aus den Bienenkörben des Pharaos stammte.

In diesem Licht blickte ich wieder zu meiner Mutter, und mir schien, daß ich noch nie so viele verschiedene Gesichter in ihr geschaut hatte wie an diesem Abend. Es war, als dächte ich mit dem Verstand eines Fünfzigjährigen – zynisch und zum erstenmal mit einem Gefühl von Überlegenheit. Unwillkürlich mußte ich lächeln über die Raffinesse, mit der meine Mutter hier taktiert hatte – sie, die zu Hause meinem Vater weder Achtung noch Geduld bezeugte. Ihr jeweilige Stimmung war die Stimmung, die unser Heim beherrschte. Und war sie schlechter Laune, so vermittelte sie mir oft das Gefühl, der Tag sei unerträglich heiß. In der Tat glaubte ich, sie besäße die Macht, auf das Wetter einzuwirken. Nach brodelnden Nachmittagen konnte ihre schlechte Laune, war sie nur schlecht genug, den Sonnenuntergang trüben; und ich erinnere mich an stickig heiße Abende, wenn über den westlichen Hügeln die letzten Wolken schwarz waren.

Ganz anders verhielt sie sich, wenn Menenhetet in ihrer Nähe war. Dann konnte sie sich so schüchtern und spröde geben wie eine Achtzehnjährige, und ich hatte das Gefühl, weniger ihr Sohn als vielmehr ihr jüngerer Bruder zu sein; und beide verehrten wir Menenhetet – jedenfalls hatte ich das geglaubt, bis ich dann sah, was in der vergangenen Nacht geschah. Jetzt kam noch ihre Raffinesse am heutigen Abend beim Pharao hinzu, und nicht ohne Furcht dachte ich: »Sie hat bis jetzt alles getan, um mich großzuziehen. Doch nun möchte sie mehr für sich selbst.«

Inzwischen wurde mir bewußt, daß wir – meine Eltern, Menenhetet und ich – schon sehr lange allein saßen. Wo blieb Ptah-nem-hotep? Es war kein Vergnügen, vor dem leeren Pharaonensitz zu sitzen. Doch in eben diesem Augenblick kehrte er zurück. Allerdings in einer eigentümlichen Verfassung. Ich konnte spüren, daß er sich unglücklich fühlte. Doch er gab sich gut gelaunt und wirkte noch fiebriger als zuvor.

Auf ein Zeichen von ihm brachten uns vier Syrer Geschenke.

Mein Vater erhielt eine silberne Kopfstütze und Menenhetet eine kleine Figur, aus Elfenbein geschnitzt. Sie stellte einen Mann in feinem Leinengewand dar. Drückte man auf die Hüften dieser Figur – was mein Urgroßvater sogleich tat –, dann reckte sich ein fahlgelber Phallus in die Höhe, was meinen Vater in schallendes Gelächter ausbrechen ließ, denn der Phallus hatte eine rote Spitze. Das Geschenk für meine Mutter war ein Grashüpfer aus farbigem Glas. Der Kopf, mit zwei Rubinen als Augen, ließ sich abnehmen, und dann strömte ein gar liebliches Parfüm hervor.

»Doch warten wir damit, bis wir uns ins nächste Gemach begeben haben, dort möge der Duft dann die Luft versüßen. Ach ja, der Knabe«, sagte Ptah-nem-hotep, als habe er mich vergessen; doch war das natürlich nicht der Fall. Die Diener brachten ein feines, kleines Kästchen, das die beiden Stücke Schwarzer-Kupfer-vom-Himmel enthielt. Ich war vor Freude so außer mir, daß ich alles andere vergaß. Ich spielte mit den Barren, und ihre geheimnisvolle Kraft schien noch verwirrender als zuvor. Wenn ich die Augen schloß, wußte ich kaum noch, wo unten war und wo oben. Das machte die Macht der Anziehung, die ihnen gegeben war und die mir schier die Hände verbog.

Ptah-nem-hotep blickte zu meinem Urgroßvater und sagte: »Erkläre mir dies Wunder.«

»Ich habe dergleichen noch nie gesehen«, erwiderte Menenhetet. »Dies sind keine Stücke Bernstein, die ein Stückchen Stoff an sich ziehen. Auch ist es nicht so, als ob ein Auge sich in ein anderes senke. Diese Anziehungskraft besitzt wahres Gewicht.«

»Würdest du sagen«, fragte unser Pharao, »daß da eine Begierde ist in einem Stück Metall für das andere?«

»Ich meine, es ist mehr als eine Begierde – eher wie eine Krümmung in der Natur der Dinge.«

Ptah-nem-hoteps Stimme klang verwundert: »Wo glaubst du diese Krümmung zu finden? Im Fluß? Im Himmel?«

»Ich möchte es wagen, von einer Krümmung im Laufe der Zeit zu sprechen«, sagte mein Urgroßvater.

»Ich weiß nicht, was du meinst. Vermutlich könnte man auch von einer Verknotung oder Verkrampfung sprechen. Oder, hochgeschätzter Arzt, meinst du vielleicht eine *Entzündung* der Zeit?«

Ich wollte dem Pharao zurufen: »Verhöhne Menenhetet nicht, oder Unheil wird über uns kommen«; doch ich wagte es nicht.

Mein Urgroßvater indes war wie ein Fels, der ganz in sich selber ruht; und seine Kraft war nicht zuletzt auch die Kraft seines Schweigens. Erst als aller Blicke auf ihm ruhten, sprach er. »Ich frage mich, ob diese Kräfte der Anziehung nicht eine Forderung der Vergangenheit an die Zukunft sind.«

Ganz sacht berührte Ptah-nem-hotep mit seinem Leopardenschwanz den Tisch. »Fein«, sagte er, »wunderbar. Jeder von uns muß ein Auge des Horus kennen. Und gemeinsam müßten wir die Wahrheit finden. Denn mir will scheinen: Alles, was noch geschehen wird, wird sein Gewicht auf alles schon Geschehene legen.« Er nickte, atmete aus und erhob sich. Auch wir erhoben uns. Das Fest – das eigentliche Mahl – war vorüber.

Die Bediensteten geleiteten uns hinaus. Über Marmorstufen und an Springbrunnen vorbei gelangten wir zu einem überdachten Innenhof mit bequemen Sitzen und Liegen. Auf mehreren Seiten umgaben uns Marmorsäulen, so erhaben wie nur irgendein Tempel; doch blieb der Blick frei auf den Palast und viele Gärten und Höfe und Mauern, selbst auf den Fluß. Ich war von allem so hingerissen, daß ich kaum bemerkte, wie die Diener, Stück für Stück, kleine Kisten oder Kästen hereintrugen, die sie, auf ein Nicken des Pharaos, auf Gestellen absetzten. Ich wußte inzwischen genug über Ptah-nem-hotep, um zu ahnen, daß ein Wunder, das sich nur in seiner Gegenwart erleben ließ, schon bald enthüllt werden würde.

Während die letzte Fackel erlosch, standen acht Schwarze neben den Kästen, die noch verhüllt waren. Die Dunkelheit war so tief, daß wir einander nicht sehen konnten. Dann schnalzte Ptah-nem-hotep mit der Zunge, und auf dieses Zeichen wurden die Hüllen entfernt.

Nunmehr begann die Dunkelheit zu leuchten. Doch erst nach und nach begriffen wir, was Ptah-nem-hotep vorbereitet hatte. Jeder dieser Kästen war mit durchsichtigem Leinen bedeckt. Doch innen, wie hinter Schleiern, bewegten sich Myriaden winziger Sterne. Wir waren vor Vergnügen ganz außer uns und applaudierten dann. Wieviel Mühe hatte es wohl gekostet, so unglaublich viele Glühwürmchen einzufangen! Und wie sanft wirkte das Gesicht meiner Mutter in ihrem Schein, oh, und der Reichtum ihrer Liebe. Wir saßen in einer Dunkelheit, in der goldene Sterne leuchteten.

# ZWÖLF

»Beim Lichte dieser Glühwürmchen«, fragte meine Mutter, »was forderst du?«

»Ich fordere nichts«, erwiderte Ptah-nem-hotep.

»In meiner Familie«, sagte meine Mutter, »entgelten wir Vergnügen mit Vergnügen. Was würdest du dir von uns wünschen? Es sei dann dein.« Und ihr Blick zum Pharao war so kühn, daß ich ihn kaum ertragen konnte.

»Oh, da könnte ich mir so manches denken«, entgegnete Ptah-nem-hotep, doch er lachte, als wollte er sie eher ablenken. »Ich möchte nur einem Gedanken – oder Wunsch – Ausdruck geben. Seit Jahren«, fuhr er fort und nickte nachdrücklich wie zur Bestätigung, »denke ich beim Licht dieser Glühwürmchen an die Lagerfeuer alter Heere.« Mit einem Ausruf des Entzückens begrüßte mein Vater diesen entzückenden Gedanken. Ptah-nem-hotep nickte abermals. »Ja«, sagte er, »und ich möchte den General, euren Groß- oder Urgroßvater, Menenhetet also, bitten, uns von der Schlacht von Kadesch zu erzählen.«

»Ich weiß nicht«, erklärte Menenhetet bedächtig, »wann ich das letzte Mal von jenem Tag gesprochen habe.«

»Ich kann dir versichern«, sagte Ptah-nem-hotep, »daß ich diese Schlacht oft sehe. Der Heldenmut meines Vorfahren, Ramses II., wird in meinen Träumen wach. Und wenn ihr ein Vergnügen mit einem anderen entgelten möchtet, so erzähle du mir die Schlacht von Kadesch.«

Mein Großvater ließ etliche Augenblicke vergehen und verneigte sich dann. »Wie Hathfertiti sagte, ist es so Brauch in unserer Familie.« Doch seine Miene war düster und glich einer Gewitterwolke.

Als er in Schweigen versank, sprach meine Mutter: »Erzähle von der Schlacht.« Aus ihrer Stimme klang Ärger, ja, fast so etwas wie eine Drohung.

Doch nun wurde der Groll meines Urgroßvaters für alle spürbar, und sie saßen stumm. Sein Gesicht war wie der Himmel vor dem Ausbruch eines gewaltigen Sturms, und ich fühlte, wie sein Zorn gleichsam zu meiner Mutter zuckte. Böse und bitter waren die Gedanken, die von ihm in sie drangen, und ich vernahm unausgesprochene Worte: »Der Abartige, der Fledermausscheiße frißt, soll ein paar Geheimnisse verraten.«

»Wisse, daß es mir eine Freude ist, dich in meinem Hause zu sehen«, sprach Ptah-nem-hotep in das Schweigen.

Abermals verneigte sich Menenhetet.

»Ich kann«, sagte er, »mit vier Stimmen reden. Ich kann zu dir sprechen als der junge Bauer, der ein Wagenlenker wurde und aufstieg zum Oberbefehlshaber, welcher unter Ramses II. die Heere von Amon, Ra, Ptah und Seth kommandierte. Ich kann dir berichten, wie ich, gegen Ende der Regierungszeit von Ramses II., der jüngste Hohepriester von Theben wurde. Auch vom dritten Menenhetet kann ich dir erzählen, von jenem, welcher der Reichste unter den Reichen war. Geboren während der Herrschaft von Merenptah, lebte er auch noch unter vielen anderen Pharaonen – wie Siptah, Seti II. und Sethnekht. Wenn du wünschst, kann ich sprechen, so wie ich bin, als *dein* Menenhetet: Edelmann, General und – später – berühmter Arzt. Wenn du willst, kann ich dir von dem Komplott gegen deinen Vater erzählen; oder von den kurzen ›Thronzeiten‹ von Ramses IV., Ramses V., Ramses VI., Ramses VII., auch Ramses VIII., die insgesamt nur fünfundzwanzig Jahre regierten, während du, mein Pharao, vielleicht länger herrschen wirst als sie alle zusammen.«

Oft hatte ich gehört, daß ein Mann höchste Achtung verdiente, wenn er mit voller Stimme von seinem Rang und seinen Leistungen sprach. Doch die Rede meines Urgroßvaters war so kurz, daß sie unhöflich, ja, grob wirkte; und seine folgenden Worte bestürzten uns noch mehr. Er sagte: »Göttliches Zwei-Haus, du sprichst von deiner Freude, mich hier bei dir zu sehen. Nun, dies ist die Nacht des Schweins. Und so wage ich, dir zu sagen, daß du mich in den sieben Jahren deiner Herrschaft heute zum ersten Mal zu dir eingeladen hast. Nun erklärst du, es wäre für dich eine wahre Wonne, aus meinem Munde einen Bericht über die Schlacht von Kadesch und über die Verdienste deines Vorfahren Ramses II. zu hören. Meine Zunge säuert zwischen meinen Zähnen. Sieben Jahre lang habe ich gewartet, mit mehr in meinem Herzen als irgendwer, über den du herrschst. Doch mein Herrscher rief mich nicht.«

Hathfertiti stieß einen erschrockenen Laut aus.

Des Pharaos Stimme jedoch klang ruhig. Endlich, so schien es, hatte er einen Mann vor sich, der seine Gedanken aussprach. »Fahre fort«, befahl er.

»Guter und Großer Gott, du wirst abscheulich finden, was ich sage.«

»Ich wünsche es zu hören.«

»Von jenen an deinem Hof, die über mich lachen, bist du der erste.«

»Bin ich nicht.«

»Nicht in dieser Nacht.«

»Es ist wahr, heute lache ich nicht über dich. An anderen Abenden habe ich über dich gelacht.«

»Den Widerhall solcher Heiterkeit habe ich sehr wohl vernommen.«

Ptah-nem-hotep nickte. »Ich kenne keinen an meinem Hof«, sagte er, »der dich nicht irgendwie achtet. Zweifellos fürchten sie dich. Dennoch bist du ein Quell ihrer Heiterkeit. Hast du keine Ahnung, warum das so ist?«

»Ich würde den Grund gern von dir erfahren.«

»Die geheimen Gewohnheiten unseres hochgeschätzten Menenhetet werden als verpönt beschrieben.«

»Sie sind widerlich«, antwortete mein Urgroßvater. »Ich bin bekannt als der Abartige, der Fledermausscheiße frißt.«

»Da«, sagte meine Mutter, »jetzt hat er es laut ausgesprochen.«

»Fledermäuse«, erklärte mein Urgroßvater, »sind dreckige Kreaturen, hysterisch wie Affen, ruhelos wie Ungeziefer.«

»Wer könnte dem widersprechen«, sagte der Pharao. »Und so ist es wohl verständlich, wenn man über deine Gewohnheiten lacht, statt versucht, sie zu verstehen.«

Schweigend sahen sie einander an: wie zwei Männer, die schon zuviel gesagt haben.

»Tust du dies«, fragte der Pharao, »im Dienste der Zauberei?«

Menenhetet nickte. »Ich möchte anwenden, was ich in meinen früheren Leben gelernt habe.«

»Hast du Erfolg damit gehabt?«

»Es gab eine Zeit, wo ich nicht davon lassen konnte, absonderlichen Fragen nachzugehen. Und so folgte ich auch jener Stimme, die mir riet, im grauenvollen Kot von Fledermäusen Offenbarungen zu suchen.«

»Du hast es also getan?«

»Ich bin der Frage nachgegangen, vor vielen Jahren für einige Wochen, ja. Einmal, dann ein zweites Mal kostete ich von diesem widerlichen Zeug. Es ist mir unangenehm, jetzt davon zu sprechen, doch damals fand ich es notwendig, und ich erhielt auch die erwartete Antwort. Doch war sie nicht so bedeutend wie erhofft. Damit hätte diese Sache erledigt sein sollen, doch ein Diener, der mir bei den Vorbereitungen zu diesem Ritual geholfen hatte und dem ich vertraute, erzählte einem Freund davon. Es gibt nun mal keinen Menschen, dem man ganz vertrauen kann. Schon am nächsten Tag schwirrten in Memphis Gerüchte. Es gab wohl keinen Edlen, der nicht davon gehört hatte. Und ich, der ich anwenden wollte, was ich gelernt...«

»Zu welchem Zweck?«

»Um«, sprach Menenhetet, »die Lebenskraft unseres dahinsiechenden Landes – unserer Länder – zu stärken.« Verwundert musterte ihn der Pharao, doch mein Urgroßvater hob die Hand, und es war, als sei in diesem Augenblick er der Herrscher. »Ich spreche nicht«, sagte er, »von Gebeten, in denen darum gefleht wird, daß sich der Fluß bis zu guter Höhe erhebe. Das ist eine Sache der Priester. Ich spreche von Dingen, die ich nicht erklären möchte. Es braucht das Wissen und die Erfahrung meiner vier Leben, um bestimmte Rituale auch nur annähernd zu begreifen.« Auf des Pharaos Gesicht erschien ein verärgerter Ausdruck, seine geschwungenen Lippen glichen der scharfen Schneide eines Krummschwerts (war seine Neugier erregt und wurde dann nicht befriedigt, so erwachte in ihm Grausamkeit); doch mein Urgroßvater verstand es, ihn zu beschwichtigen. »Ein Mann, der sonderbare Rituale verrichtet und magische Worte gebraucht, muß sich einem Gott mehr zuwenden als den anderen. Damit dieser Gott nicht nur ein großer Teil seiner Rituale, sondern auch seiner Gedanken wird. So versuchte ich, Botschafter von Osiris zu sein, hatte er doch zu mir gesprochen im Lande der Toten. Und nur er, dessen war ich sicher, konnte die Lebenskraft unseres siechen Landes stärken.«

Eine Zeitlang herrschte Schweigen, und mein Urgroßvater glich in seiner Würde einer Statue.

Doch dann sprach Ptah-nem-hotep. »Bin ich«, fragte er, »der Pharao, der dich am meisten an Osiris erinnert?«

»Ja«, erwiderte Menenhetet, »das würde ich gewiß sagen.« Aufmerksam betrachtete er die Augen des Pharaos, den Glanz in ihnen (das Licht der Glühwürmchen genügte, um das zu erkennen).

»Interessant. Bitte, fahre fort. Ich möchte von dem Ungemach hören, das dir von meinem Hof bereitet worden ist.«

»Ich möchte jetzt, in deiner Gegenwart, nicht Klage führen. Doch laß mich sagen, daß der Vertrauensbruch meines Dieners weitreichende Auswirkungen hatte. All meine Rituale erwiesen sich umsonst, zunichte gemacht durch den Spott deiner Edlen. Zu meiner Schande muß ich gestehen – ich wußte viel und konnte doch nur wenig ausrichten.«

»Ein Zauberer«, sagte Ptah-nem-hotep, »sollte mit solchem Spott fertigwerden.«

»Die Götter lauschen auch den Gedanken jener, die Übel wollen. Und das müssen sie auch. Niemand von uns ist ohne Zauberkraft, wenn wir in einem Traum zu den Göttern sprechen.«

»Doch an allem Üblen, das dir widerfahren, sagst du, sei nur der Vertrauensbruch eines Dieners schuld?«

»Nein«, erwiderte Menenhetet, »das würde ich nicht behaupten. Ich habe so manches getan, was andere – Fromme oder weniger Fromme – nicht billigen würden. Doch wäre das alles so gut wie nichts, wüßte man nicht, daß ich zweimal Fledermauskot genossen. Ich bedaure das sehr. Denn es gibt so vieles, das ich lehren könnte.«

»Ja, das glaube ich. Und es mag sein, daß du verleumdet worden bist«, sagte Ptah-nem-hotep. »Dennoch frage ich mich – ist nicht mehr an diesen Geschichten als nur die Sache mit dem Fledermauskot? Ich will so offen sein, wie es diese Nacht gestattet – sind es nicht die Exkremente an sich, die deine Gedanken beherrschen? Ich habe auch sagen hören, daß du als Arzt ungewöhnliche Mittel angewendet hättest.«

»Ich habe«, erklärte Menenhetet, »das glaube ich jedenfalls, ein aufrechtes Leben geführt. Es gibt nichts, was ich verschweigen möchte, wenn ich zu einem Pharao spreche, der so weise und verständnisvoll ist wie du. Nein«, sagte er, »nein, ich empfinde es nicht als schandbar, von diesen Geheimnissen zu erzählen. Es sind andere, die das Zuhören nicht ertragen können.«

»Ich zum Beispiel«, erklärte Hathfertiti. »Der ganze Abend wird dadurch verdorben.« Sie sprach mit starker Stimme, und mein Urgroßvater sah sie an. Er bezwang sie durch die Kraft seiner Augen. Es war seine Stunde.

»Fahre nur fort«, sagte Ptah-nem-hotep.

»Gewiß«, entgegnete Menenhetet und nickte kurz Hathfertiti zu. »Wir wissen nicht, wie solche Gedanken nach Ägypten gelangt sind, doch schon seit langem bereiten wir unsere Heilmittel aus Affenkot und Pferdemist und Kuhfladen und anderen Tierexkrementen.« Er schwieg einen Augenblick. »Es gab eine Zeit, wo ich viel über die Art unserer Nahrung nachdachte. Wir gewinnen unsere Kraft aus ihr, doch was wir nicht gebrauchen können oder wollen, werfen wir fort. Exkremente verkörpern alles, das für uns ekelhaft ist. Doch könnte es auch sein, daß sie vieles enthalten, das für uns in einem ganz anderen Sinn ›unverdaulich‹ ist. In dieser Nacht, der Nacht des Schweins, sage ich zu dir, daß sich im Kot deiner Adligen, im Kot der edlen Frauen und im Kot der Priester mehr Wahrhaftigkeit und Aufrichtigkeit findet, als an Worten ihren Mündern entströmt. Denn mit welchen Speisen sie auch ihren Gaumen verwöhnen, auf den Lippen deiner ›königlichen‹ Freunde liegt Heuchelei, während, was dann durch ihr Gedärm dringt, voll jener Wahrheit und jener Tugenden ist, die du dir wünschst.«

»Wohl gesprochen«, sagte Ptah-nem-hotep. »Und solche Gedanken sind mir nicht völlig fremd.« Seine Stimme klang eigentümlich dünn: So, als teile er die Erbitterung meines Urgroßvaters. Doch im milden, lieblichen Licht der Glühwürmchen gab er zu bedenken: »Kannst du die Klugheit der einfachen Menschen außer acht lassen? Für sie ist sauberes Leinen ein Zeichen von Rang. Wessen Gewand makellos ist, der kann einen Knüppel auf dem Rücken eines Unsauberen tanzen lassen. Von einem Menschen, den wir nicht achten, sagen wir sogar, er gleiche dem Kot. Dennoch fasziniert mich, was du gesagt hast. Es scheint seine eigene Logik zu haben. Ich kann nicht sofort darüber disputieren. Es klingt so sonderbar. Wenn unsere Exkremente nicht nur das Schlechteste davontragen, das in uns ist, sondern auch das Beste, wie sollte man dann noch im Bauche eines Edlen irgendwelche Tugenden finden? Deinen Worten zufolge müßte zunächst das übelste Gift aus ihm quellen. Könnte es sich nicht gerade umgekehrt verhalten? Bietet der Arme aus seinem Hinterteil womöglich schieres Gold? Dann frage ich mich allerdings: Warum hat der gesunde Menschenverstand der Ägypter diese nicht dazu gebracht, die stinkigsten Latrinen der dreckigsten Bettler zu stürmen? Man bedenke nur, wieviel Reichtum, Tapferkeit und Großmut sich in den Ausscheidungen solch Elender finden lassen müßten.«

Hathfertiti lachte schallend.

Mein Urgroßvater zeigte sich völlig ungerührt. »Ja«, sagte er, »so wie die Dame Hathfertiti lachen wir über Scheiße – aber wir lachen ja immer, wenn eine Wahrheit plötzlich enthüllt und rasch wieder verhüllt wird. Die Götter kitzeln uns mit der Wahrheit. Also lachen wir.«

»Du beantwortest die Frage nicht, Urgroßvater«, platzte ich heraus.

»Möchtest du die Antwort denn wissen?« fragte der Pharao.

Ich nickte nachdrücklich. Im Raum scholl Gelächter, und ich fragte mich, welche Wahrheit es sein mochte, die ich für einen winzigen Augenblick »enthüllt« hatte.

Dann trat wieder Stille ein, und Ptah-nem-hotep sagte: »Ja, auch ich würde die Antwort gern wissen.«

»Der Edle, dieser Meinung bin auch ich«, erwiderte Menenhetet, »weist jede üble Nahrung zurück. Dennoch mag es sein, daß sein Kot nichts enthält als Gift, allergemeinstes Gift. Denn tragen nicht viele furchtbare Schande in sich? Die Frage ist nur, nehmen sie die Gelegenheit wahr oder nicht. Denn man kann sich nicht allen Prüfungen im Leben stellen, sonst wären selbst die Tapfersten von uns bald tot. Doch wenn diese Wahl als die bessere erscheint, so wird ein Adliger seine Übel noch am ehesten durch sein Hinterteil los.«

Wieder musterte Ptah-nem-hotep meinen Urgroßvater. Und als er sprach, klang aus seiner Stimme Spott, aber auch kaum verhohlenes Interesse. »Ich verstehe immer noch nicht, wieso dann der Kot des niedrigsten Gesindels von meinen Ratgebern nicht eifersüchtig gesammelt wird? Was könnte, folgt man deinen Gedanken, für die Edlen wohl verlockender sein als ein Bad im übelsten Sudel?«

»Deine Ratgeber wissen es besser. Die Armen und Elenden besitzen die Macht, ihre Exkremente mit einem Bann zu belegen. Denn sonst würde ihnen nicht einmal ihre eigene Scheiße gehören.«

»Ich bin sehr beeindruckt«, sagte Ptah-nem-hotep, »von dieser deiner letzten Bemerkung.«

»Sie war so gut formuliert«, sagte Hathfertiti. Ihre Stimme klang eigentümlich rauh, und ich fragte mich, woran das lag. War es das Gespräch; oder der Wein oder das Bier oder das Schwein; oder alles zusammen? Zweifellos erwies sie meinem Urgroßvater weniger Achtung, und aus den Blicken, mit denen sie den Pharao betrachtete, sprach Wollust. Mehrmals versuchte ich, in ihren Kopf einzudringen, doch ich sah kaum mehr als ein Gewirr nackter Leiber, so zuchtlos wie Ringkämpfer in einer Grube. Dann erkannte ich in dem Getümmel das Gesicht Ravahs; auch Ptah-nem-hotep und mein Vater und mein Urgroßvater waren dort; und mitten unter ihnen meine Mutter mit offenem Mund.

# DREIZEHN

Selbst im schwachen Schein der Glühwürmchen konnte ich sehen, daß Unruhe den Pharao erfüllte. Und zuerst glaubte ich, sie habe denselben Grund wie meine Verstörtheit: die wilden und unglaublichen Phantasien meiner Mutter. Doch dann begriff ich, daß die Worte meines Urgroßvaters eine starke Wirkung auf ihn ausgeübt hatten. Jedenfalls dachte er im Augenblick an Hinterteile, an Hinter*backen*. Er schien rings von ihnen umgeben. Und dann wurden sie zu einem einzigen Hinterbacken*paar,* aus dem sich gleichsam Khem-Ushas Gesicht schälte.

Ptah-nem-hotep erhob sich, und zu aller Überraschung gab er meinem Urgroßvater einen Wink. »Komm«, sprach er, »da ist ein Gemach, das ich dir zeigen möchte.« Einen Augenblick glaubte – hoffte – ich, er werde auch mich dazu einladen. Blickte er mich denn nicht aus liebevollen Augen an? Doch dann war er zwischen den Säulen entschwunden, gemeinsam mit meinem Urgroßvater – zum tiefen Verdruß meiner Mutter.

Sie stand auf und schritt hin und her wie ein Panther, den man an einen Pfahl gekettet hat. In Menenhetets Gärten war einmal eine solche Bestie gewesen, und ich hatte gesehen, wie er ein rohes Stück Fleisch, ihm zugeworfen, mit den Zähnen fing. Und genauso bißwütig wirkte meine Mutter jetzt, als mein Vater sagte: »Ich spreche nicht, um dir Vorwürfe zu machen . . .«

»Sprich überhaupt nicht«, fauchte sie.

»Ich muß es dir sagen.«

»Schläft das Kind?« fragte meine Mutter.

Ich gab einen Seufzer von mir, als ob ich träumte; und gar so falsch war das auch nicht, denn wenn sie stritten, fühlte ich stets tiefe Sorge.

»Du begreifst nicht«, sagte mein Vater, »daß sich Weiber tagtäglich vor ihn hinwerfen. Dergleichen langweilt ihn.«

»Ich werfe mich nicht hin. Ich biete mich an. Und ich tue es, um dir eine Freude zu machen. Denn wenn es mir gelingt, was wird dir ein größeres Vergnügen bereiten als das Bewußtsein, für den Rest deines Lebens: Wann immer du dich in mich ergießt, ist auch er dabei?« Für einen Augenblick blieb sie stehen. »Ist das nicht eitel Wonne für dein kleines Herz? Sag nur, du möchtest nicht, daß der Pharao mich für eine Nacht ›kennt‹.«

»Bitte, schweig. Die Luft hat Echos.«

»Jedermann weiß, daß ich dir treu bin, und wie!« Meine Mutter ließ ein rauhes Lachen hören.

Die Stimme meines Vaters klang leise. »Vergiß nicht, daß du eine Adlige bist. Ich erkenne dich kaum wieder. Dein Lachen klingt so grob.«

»Ist es das, woran dir liegt? Ich kann tun, was ich will; doch – bitte – stets im Stil einer Dame von Rang.«

»Ich glaube kaum, daß ich es so ausdrücken wollte.«

»Aber ich glaube es. Du weißt es sehr wohl auszudrücken. Du sprichst so, wie ich zu sprechen pflegte, als wir jung verheiratet waren. Denn, alter Freund Nef, du hast mir meine guten Manieren gestohlen und dafür deine hinterlassen – die von deinem Vater stammen – jenem fürchterlichen Mann. Wenn ich für deinen Geschmack zu rauh, zu grob bin, dann liegt es daran, daß ich, eine Prinzessin, als junges Ding den Fehler machte, dich gern zu haben.«

Mein Vater schwieg – wie stets nach solchem Streit. War es nicht immer dasselbe? Meine Mutter blieb siegreich und führte sich auf wie eine Königin? Doch seine Niederlagen waren voller List. Machte er sich meiner Mutter nicht eben *dadurch* unentbehrlich? Wer sonst hätte ihr wohl dieses Triumphgefühl gewährt?

Doch in dieser Nacht, der Nacht des Schweins, verhielt sich auch mein Vater anders als sonst. Der Streit, bereits für ihn verloren, er nahm ihn wieder auf. »Ich glaube, daß du dich dumm verhältst«, sprach er mit starker Stimme. »Du gehst es ganz verkehrt an. Bezweifelst du etwa, daß ich ihn besonders gut kenne? Er ist ein Guter und Großer Gott, doch vielerlei Bürden lasten auf ihm. Es zieht ihn nicht zu Frauen, die eitel und selbstzufrieden sind. In seinen Augen sind sie schier unerträglich.«

»Du irrst dich. Er hat keine Königin und hätte doch gern eine. Er hat nicht einmal eine attraktive Geliebte. Sein Herz – und ich habe in dieser Nacht in seinem Herzen gelebt – ist leer. Es gibt keine Göttin, die seine Fußsohle ist, die seine Schenkel küßt und sein Schwert salbt. Er ist ein Pharao ohne . . .«

»Schweig!«

». . . ohne Hauer und Stecher. Ich würde seine Scheide sein, aber auch sein Ruder, sein Kleinod und seine Sklavin. Über Manieren brauchst *du* mir nichts zu sagen, du Sohn eines Kotsammlers.«

»Du bist eine Närrin«, sagte mein Vater. »Du begehrst ihn so sehr, daß du ihn zurückschrecken wirst. Und er wird mich ansehen und denken: Ich habe zuvor schon Furcht gefühlt vor dem Weib meines Aufsehers. Und das würde er mir nie verzeihen.«

»Ich werde ihn haben«, sprach meine Mutter, »noch bevor diese Nacht vorüber ist.«

»Es wird ein schlimmes Ende nehmen«, sagte mein Vater, »wenn ich meinen Posten verliere, wird man in uns kaum mehr als Diener von Menenhetet sehen.«

Sie schwieg, und ich spürte die Begierde in ihr und auch die Furcht, beide so unermeßlich groß, daß ich nicht mehr in ihrer – meiner Eltern – Nähe sein mochte. Wo Ptah-nem-hotep und mein Urgroßvater jetzt waren, wußte ich nicht, und so sank ich in Schlaf; doch kaum hatten sich meine Augen geschlossen, so begegnete ich dem Hohenpriester Khem-Usha; er kam näher und näher, und sein Gesicht war so groß und so rund wie der Mond. Er roch nach jenem Weihrauch, mit dem man Wickeltuch tränkt. Öffnete ich meine Augen, so konnte ich meine Eltern sehen, doch in meinem Traum waren sie nicht. Statt dessen erschien der Pharao, und er stand nun neben Khem-Usha.

»Sprich zu uns von Zaubersprüchen«, sagte der Hohepriester zu mir.

Es war, als brächte ein winziger Fingerdruck auf meine Stirn mich Aug' in Auge mit Khem-Usha; und ich sprach: »Um einen Bann zu schlagen, muß man um die Mauern schreiten. Man muß den Feind umzingeln.«

»Höre auf das Kind«, sagte Ptah-nem-hotep. »Du wirst viel von ihm lernen, Khem-Usha.«

Ich wußte nicht, was an dem, was ich sagte, so lobenswert sei; doch äußerte ich den nächsten Gedanken, sobald er mir kam.

»Nachdem man die Mauern umschritten«, sprach ich, »sollte man einen Weg finden, in sie einzudringen.« Was ich da sagte, begriff ich selbst kaum, doch war mir bewußt, daß ich unter irgendeinem Bann stand. Und die Kraft dieses Banns ließ Khem-Usha jetzt verschwinden, und ich sah Ptah-nem-hotep in einem sonderbaren Gemach und lauschte ihrem Gespräch.

Nahm ich ihn noch wahr, den Schein der Glühwürmchen in *diesem* Raum, in dem sich meine Eltern, stumm und wie voneinander getrennt, befanden? Wohl kaum. Jenes andere Gemach, ich sah es viel deutlicher, und es ähnelte jenem Raum, wo auf dem Boden zu meinen Füßen gemalte Fische geschwommen waren. Hier indes sah man Felder zur Zeit der Saat; und die Gesichter vieler Bauern, die ihr Vieh führten. Ich sah sogar, daß die Hufe dieser Tiere mit Schlamm besprenkelt waren; und inmitten stand Ptah-nem-hotep, in der linken Hand den Leopardenschwanz und in der rechten etwas, das einem Zepter glich. In goldenen Sandalen stand er in einem Feld voll Schlamm, doch war es *gemalter* Schlamm, denn seine Füße blieben makellos.

»Du hast«, sagte er zu Menenhetet, »mit so viel Deutlichkeit gesprochen, daß ich den Entschluß faßte, dich hierher zu führen. Du bist der erste Edle, der dies Gemach betreten hat, und so wirst du auch der erste sein, der sehen wird, was es hier zu sehen gibt.« Sacht faßte er meinen Urgroßvater beim Ellenbogen und führte ihn zu jenem erhöhten Platz, wo sich ein Goldener Thron befand. Daneben war ein goldener Trog und darüber ein goldener Shaduf. Ptah-nem-hotep hob das Sitzkissen vom Thron – und enthüllte eine Elfenbeinfläche mit einem Loch in der Mitte.

»Du warst in deinen Gedanken«, sagte er zu Menenhetet, »nicht gar so allein, wie du geglaubt hast. Du konntest es nicht wissen – doch Morgen für Morgen hocke ich grübelnd auf diesem goldenen Topf. Seit Jahren denke ich nach über die Probleme meiner Zwei-Lande; über den Mangel an Regen; und auch über die segensreiche Überschwemmung (in solchen seltenen Jahren, wo sie wirklich segensreich ist!). Ich grüble über unser Tal, so tief eingeschnitten in dunkles Erdreich, mit seiner unvergleichlichen Fruchtbarkeit und so schmal, nur ein Streifen von kultiviertem Land zwischen der Wüste im Osten und der Wüste im Westen. Manchmal scheint mir, daß Ägypten nichts anderes ist als die Spalte zwischen zwei mächtigen Hinterbacken. Und, weißt du, dieser Gedanke flößte mir ein wenig Ehrfurcht ein. Vor dem goldenen Topf oder dem goldenen Gefäß, oder wie immer du es nennen willst. Jedermann sagt, ich sei kein guter Pharao, weil es mir an der nötigen Frömmigkeit fehle. Doch ein weiser Führer buhlt nicht um falsche Achtung. An jedem Morgen, da der Hüter des goldenen Topfes das Gefäß mit seinem Inhalt – meinem Inhalt – hinaustrug zu meinem Kräutergarten, empfand ich Freude, weil die Götter offenbar wußten, wie sich durch einen einzigen Pharao vieles erledigen ließ. Und als du dann davon sprachst, wurde mir bewußt, daß – auf angenehme, ja, warmherzige Weise – meine Gedanken (für mich selbst absonderlich, ja, fast unannehmbar, auch wenn ich der Pharao bin) von dir geteilt wurden. Ich fühlte mich bestärkt in allem, was ich bereits glaubte. Morgen für Morgen, mußt du wissen, habe ich mir gesagt: Mag ich auch ein schwacher Pharao sein, der die Interessen seiner Zwei-Lande nicht genügend wahrt; mag es mir an Entschlossenheit, Frömmigkeit und Kampfesmut mangeln – denn, ach, ich bin ja ein so vernünftiger Mensch –, so glaubte ich doch meine besten Tugenden in meinem Kot gesammelt. Auf diese Weise konnten meine Gärtner die allerbesten Kräuter und Gemüse und Blumen und Gewürze züchten, um damit jene Priester, Offiziere und Aufseher zu bedenken, die ich für das Wohl unseres Landes für besonders bedeutungsvoll halte. Seit Jahren war das für mich ein sehr tröstlicher Gedanke. Ich habe eine Liste aufgestellt von jenen Männern und Frauen, die es wert sind, dergleichen zu erhalten. Heute, beispielsweise, habe ich einem meiner Schreiber aufgetragen, Rut-Sekh, dem verdienten Felszertrümmerer, acht Tomaten zukommen zu lassen. Stell dir also mein Entsetzen vor, als ich im vergangenen Jahr – ja, diesem letzten – entdecken mußte, daß der Hüter des Goldenen Gefäßes ein Betrüger war, ein Dieb. Unter der Folter gestand er, daß er an Zauberer verkaufte. Mein Garten hatte *seine* Exkremente anstelle von *meinen* empfangen!

»In dieser Zeit kann man niemandem in Ägypten vertrauen. Zwar sprechen wir nicht darüber, doch die Grabräubereien sind schlimmer denn je – ich habe die Berichte darüber genau studiert. Was die Getreideernte betrifft, so wird sie von korrupten Beamten veranschlagt. Betrügereien in allerhöchsten Posten sind fast die Regel. Das ist schlimm genug. Doch dieser Hüter des Goldenen Gefäßes raubte von meiner Person. Das überzeugte mich mehr von der

Schwachheit unserer Zwei-Lande, als irgendein Grenzüberfall irgendeines Feindes das hätte tun können. Ich habe nicht die Achtung der Götter gewonnen. Nicht so wie andere Pharaonen. Sie konnten besser zu den Göttern sprechen als ich.« Er verstummte, doch als Menenhetet immer noch schwieg, fuhr er fort: »So geschah es dann, daß ich mich dem Alten und Listigen anvertraute – Ptah, meinem Namensvetter. Da keiner der Hüter oder Aufseher vertrauenswürdig war, mußten mir die Gefäße und Wasser des Schaduf dienen, um meinen Kot davonzutragen. Ich ließ, von verschiedenen Arbeitern, Rohre oder Röhren durch die Gärten legen; und keiner von ihnen gewann den gesamten Überblick. Stück für Stück schritt die Arbeit voran. Nunmehr wird der Boden draußen in meinem Garten befruchtet, und auf gute, ja, prächtige Weise. Wann immer mein Gemüse- und Kräutergarten, Furche für Furche, mehr davon braucht, kippe ich etwas hinterher.« Und eben dies tat er nun, während aus dem Loch im Thron eine Fliege hervorschwirrte, welche die Luft aufwirbeln ließ. »Natürlich braucht es viel Parfüm, um all dies zu überdecken, doch kann ich dir versichern, daß die blinden Schwarzen, die all dies säubern müssen, ganz verzückt sind von der überaus süßen Luft. Sie wissen, daß dieser Raum nur mir vorbehalten ist. Meine Kräuter und Gemüse jedenfalls waren nie besser als jetzt. Ihr alle habt sie ja heute abend genossen. Und man konnte es doch wohl spüren: Die Zwiebeln und der Kohl – warfen sie nicht ihren ganz eigenen Bann aus?«

»Zweifellos«, erklärte Menenhetet.

»Sag mir, nach deinem besten Wissen: Hast du schon einmal von einer solchen Berieselung gehört, wie ich sie bewirkt habe?«

»Noch nie.«

»Ich wußte, daß es etwas Einzigartiges ist. Sonst hätte ich wohl nicht soviel Furcht gefühlt bei der Änderung. Was ich dich fragen möchte: Billigst du, was ich getan habe?«

»Ich weiß es nicht.«

»Deine Antwort könnte auch aus dem Munde Khem-Ushas kommen.«

»Ich muß gestehen, daß ich Unglück fürchte. Es mag alles schwächen, was wir haben.« Mein Urgroßvater verneigte sich. »Als ich von Ramses II. zum Dienst bei seiner Großen Gemahlin, Nefertiri, bestellt wurde, zeigte sie mir einen schönen Spiegel. Den ersten wirklichen Spiegel, in den ich je geblickt hatte; und ich sagte: ›Dies wird alles ändern, das es gibt.‹ Ich hatte recht. Ägypten ist heutzutage schwach. Deine Berieselung wird in zu vielen Töpfen rühren.«

»Dir hat nicht gefallen, was ich dir erzählt habe«, sagte Ptah-nem-hotep, und er seufzte. »Immerhin hattest du den Mut, mir das einzugestehen. Dennoch wäre es mir lieber gewesen, es hätte dir gefallen. Ich fühle mich wie ein Gefangener. Gefesselt durch die Bräuche meiner Vorfahren. Manchmal scheint mir, daß alle Übel unserer Zwei-Lande mit diesen Bräuchen beginnen. Und dann sage ich zu mir: ›Vielleicht bin ich gar nicht geeignet, ein Pharao zu sein.‹«

Leise entgegnete mein Urgroßvater: »Du wartest darauf, daß ich dir jetzt sage, du seist sehr wohl dafür geeignet?«

»Ganz recht. Ich scheine so ziemlich der einzige zu sein, der über diesen Pharao gut denkt. Doch dann gibt es Nächte, in denen ich nicht glauben kann, daß die Götter wirklich meine Vorfahren sind. Und ich fühle mich ihnen gar nicht nahe. Noch spüre ich, daß mein Volk mich liebt. Wie ist das bei dir? Liebst du mich?«

»Du stellst mir diese Frage«, erwiderte mein Urgroßvater, »nachdem du mich sieben Jahre lang vernachlässigt hast. Du möchtest, daß ich dich liebe. Ich weiß nicht, ob ich das kann. Man muß einem Pharao dienen, um wahre Ergebenheit zu bekunden. Man muß sein Vertrauen haben.«

»Und ich vertraue niemandem?«

»Das kann ich nicht sagen.«

Ptah-nem-hotep legte den Zeigefinger an seinen Nasenflügel. »Ich sehe«, sprach er, »daß meine Offenheit der deinen gleichen muß. Und ich werde jetzt zu dir sprechen, obschon ich meinte, dies nicht tun zu müssen. Denn über all die Jahre hinweg habe ich meine Zunge mir selbst bewahrt, und mein Herz ist wie eine Kammer, die sich noch niemandem öffnete. Doch hinter der Tür, fürchte ich, gibt es vieles, das bereit ist zu verdorren.«

# VIERZEHN

Und jetzt sprach der Pharao eine sehr lange Zeit – oder kam es mir nur so vor? Meine Eltern schwiegen, die Glühwürmchen tanzten, doch war ihr Schein stark genug, um gerade den Pharao und meinen Urgroßvater deutlich zu erkennen.

»Ich kann ihn kaum ertragen, den Khem-Usha«, sagte Ptah-nemhotep. »Um so mehr werdet ihr euch wundern, warum ich euch, meine Gäste, verließ und mit ihm ging. Was konnte er mir wohl gesagt haben, das mich bewog, eben dies zu tun? Nun, noch kann ich nicht darüber reden. Es betrifft eine Sache zwischen Khem-Usha und mir selbst, gleichsam ein Rückgriff auf unsere Knabenfreundschaft – nur daß wir einander nie mochten. Allerdings ist es jetzt noch schlimmer. Ich kann Priester nicht ausstehen. Sie bevölkern meine Gedanken. Sie sind wie Ameisen, die sich tummeln auf der Nahrung meines Geistes. Und *er* ist mein Hoherpriester. Komme ich nach Theben, so tadelt er mich dafür, daß ich den Tempel Amons nicht häufiger besuche. Und *hier* tadelt er mich, weil ich nicht öfter in Ptahs Tempel bin. ›Begreifst du nicht‹, habe ich zu ihm gesagt, ›daß ich einen Teil meiner Jugend im Hat-Ka-Ptah, hier in Memphis, verbracht habe? Und‹, so fuhr ich fort, ›ich bereitete dem Auge meines Vaters so viel Wonne, und im Harem löste es so viel Eifersucht aus, daß meine Mutter fürchtete, eine der anderen kleinen Königinnen werde mich umbringen. Erinnerst du dich nicht daran, Khem-Usha?‹ fragte ich ihn. Und natürlich erinnerte er sich. War doch seine Mutter jene kleine Königin gewesen, die meine Mutter am meisten fürchtete. Konnte es damals einen Harem-Prinzen geben, der geringere Aussichten besaß als ich? Da waren all die Halbbrüder *vor* mir, und jeder vermeinte, meine Zukunft zu kennen: Ich würde Priester werden.

Wer konnte ahnen, daß sie alle so frühzeitig sterben würden – ja, wer denn wohl?« Er klopfte sich mit dem Leopardenschwanz auf den Schenkel. »Ich erzähle dir zuviel«, sagte er.

»Ja«, stimmte mein Urgroßvater zu, »und morgen wirst du mir nicht alles verzeihen, was du mir heute nacht gesagt hast.«

»Doch. Du kannst getrost Vertrauen in mich setzen. Ich habe mich entschieden, dir zu vertrauen, mein Freund.«

»Bist du denn sicher, daß ich dein Freund bin?« fragte Menenhetet.

»Jedenfalls bist du der Feind meines Feindes«, sagte Ptah-nem-hotep mit einem kurzen Lachen.

Mein Urgroßvater verneigte sich.

»Ich möchte viel mehr reden, als du dir vorstellen kannst«, sagte der Pharao. »Gegen Khem-Usha hege ich einen tiefen Groll. Ich möchte seinen Einfluß auf mich enden. Ich verstehe ihn, den Hohenpriester, nicht. An diesem Abend, als ich mit ihm allein war, sprach er länger, als er je zu mir gesprochen. Ich konnte es kaum glauben! Khem-Usha, der Unerschütterliche. Hat es wohl je einen Hohenpriester gegeben von der Ruhe und Gelassenheit eines Khem-Usha? Doch heute abend war er keineswegs so gelassen. Wieviel Klagen und Beschwerden brachte er nicht vor! Und was das Fest des Schweins betrifft, so ungerührt, wie er sich da gibt, ist er keineswegs. An anderen Abenden oder Nächten mag er ja so tun, als steckten all seine Finger in Maats Honig und als wisse er allein um die Süße ewiger Ruhe. Doch an diesem Abend, in dieser Nacht, habe ich ihn offenbar in eine gewisse Erregung versetzt. Und er verhielt sich ganz und gar so, als sei es *in der Tat* die Nacht des Schweins.« Ptah-nem-hotep lächelte. »Sobald ich mit ihm allein war, äußerte er einige Klagen. Die wahrhaftigen, die begründeten. Von mir willkommen geheißen. Könige werden von allen belogen, und so ist die Wahrheit für mich wie frische Luft oder frisches Blut. Die Nacht des Schweins – irgendwie ähnelt sie der Nacht der Gesegneten Gefilde. Ich verstehe die Gedanken anderer besser. Und kann so gerechter regieren, ohne Dünkelmut. Und wenn ich ein gerechter Herrscher bin, so müssen mir, mag man mich nun achten oder nicht, die Götter beistehen. Das ist die Wahrheit. So ermutigte ich denn Khem-Usha, offen zu mir zu sprechen. Zu meiner Überraschung beklagte er sich über seine allzu vielen Pflichten. Eine wirklich unerwartete Bemerkung aus seinem Mund. Ich kenne keinen anderen Mann, der so viele

Aufgaben übernommen hätte. Khem-Usha versteht sich auf Frömmigkeit: Verantwortung bringt Macht. Und so glaubte ich ihm nicht recht, als er sagte, er könne nicht länger mein Wesir sein.

Denn als der letzte Wesir starb, setzte Khem-Usha alles daran, amtierender Wesir zu werden. Er werde, so versicherte er, diese Aufgabe nur so lange übernehmen, wie mir noch kein wirklich geeigneter Mann dafür zur Verfügung stünde. Natürlich wußte er, daß am Hofe kaum jemand dazu taugte. Nun denn – ich mochte ihn zwar nicht sehr, doch ich ernannte ihn zum Wesir. Er waltete seines Amtes. Nun beklagt er sich, die Aufgabe sei zu schwer – sofern ich ihn nicht als wirklichen Wesir statt nur als amtswaltenden anerkenne. Ich entschloß mich, ihn ein wenig aufzuziehen. ›Ich könnte mir vorstellen‹, sagte ich zu ihm, ›daß du vielleicht deine beiden hohen Ämter aufgeben möchtest, das des Wesirs *und* das des Hohenpriesters.‹

Und weißt du, Menenhetet, als ich dies sagte, nickte er nur. Dann zählte er mir seine Pflichten auf, als seien sie mir nicht wohlbekannt. In einem fürchterlichen Jammerton tat er dies. Ich verstand gar nicht recht, was da vor sich ging. Vor allem begriff ich nicht, wie listig er war. Sonst spricht er kein Wort, wenn er nicht langsam und gelassen sprechen kann. Und seine Gefühle sind nicht klein oder fein. Er gleicht einem Nilpferd, das alles zur Seite rammt! Und wenn ich ihn tadle, so bläst er sich nur noch stärker auf – noch mehr Nilpferd!« Ptah-nem-hotep verstummte für einen Augenblick, und sein Gesicht nahm einen eigentümlichen Ausdruck an – ich wußte nicht, war es Lachen oder Schmerz. Als er dann wieder sprach, wurde mir bewußt, daß es abermals die Stimme von Khem-Usha war. Auch seine Gebärden glichen denen des Hohenpriesters.

Langatmig betonend, wie unentbehrlich und überlastet er selbst sei, bezichtigte er mich, meine Pflichten sträflich zu vernachlässigen. Wörtlich sagte er: ›Ich sehe die Krone des Weißen Landes und die Krone des Roten auf deinem Haupt, doch in den Gewändern steckt nur ein Mann, und das bist du und deine Stimme ist klein!‹«

»Das kann er doch nicht gesagt haben!« rief mein Urgroßvater.

Jetzt sprach der Pharao wieder mit seiner eigenen Stimme. »Doch, er hat es gesagt. Ich konnte es kaum glauben. Ein so pompöses Gehabe und so wenig Geist. Er tat mir sogar leid. Diese großmäulige Unverfrorenheit: ›Deine Stimme ist klein!‹«

»Was«, fragte mein Urgroßvater, »hast du ihm entgegnet?«

»Ich sagte zu ihm, er sei ein Ochse und zum Lastentragen bestimmt, daß jedoch das Schicksal Ägyptens eher von der Zärtlichkeit abhinge, mit der ich eine Blume hielte als von den Berichten von Tausenden seiner Schreiber. Doch noch während ich sprach, zweifelte ich an meinen eigenen Worten. Meine Götter hatten mich verlassen, kein Zweifel. Khem-Usha hatte mich getadelt, dann beleidigt, doch die Mauern seines Tempels waren nicht eingestürzt.

Zu meinem Schrecken sprach ich nun zuviel. Wir waren ja als Knaben miteinander verbunden, wenn auch nicht befreundet gewesen. Ich sagte zu ihm: ›Gewiß bin ich nur der elfte Sohn meines Vaters gewesen, doch in seinen Augen, Khem-Usha, besaß meine Mutter eine einzigartige Tugend: Sie hielt zu ihm in jener schrecklichen Zeit, da seine kleinen Königinnen, nicht zuletzt deine Mutter, ihn zu ermorden versuchten. So wurde ich dann schließlich der Thronfolger. Das rückt mich natürlich noch nicht in die Nähe von Amon, nicht wahr? Dennoch – ich bin nun mal der Pharao, und wenn du deine Pflichten erfüllst, so dient das dem Zweck, daß mir tagtäglich genügend Zeit bleibt, über das Wohl der Zwei-Lande nachzudenken.‹ Doch während ich ihn so abkanzelte, saß es noch immer wie ein Stachel in mir. Meine Stimme zu klein! ›Sprich es nur aus‹, wollte ich zu ihm sagen, ›daß ich kein guter König bin. Erkläre, mein drittes Bein sei so schwach wie Horus, der Knabe. Und daß ich meine kleinen Königinnen zwar betrachte, mich jedoch nur selten mit ihnen vereine. Aber behaupte nicht, meine Stimme sei klein. Denn ich kann in allen Stimmen Ägyptens sprechen und ganz gewiß mit deiner.‹ Zorn erhob sich in mir, und ich sagte laut zu ihm: ›Dann möge ein anderer deine Pflichten als Wesir übernehmen. Du diene nur als mein Hoherpriester.‹ Er war sehr erregt, vor allem als ich hinzufügte: ›Menenhetet mag gerade der richtige Wesir für mich sein.‹ Er schien fassungslos, und gleich darauf empfahl er sich.«

»Du hast von mir als deinem Wesir gesprochen?« fragte mein Urgroßvater.

»Ja, das habe ich.«

»Und war es dir ernst damit?«

»Das weiß ich nicht. Doch erschien es mir überaus sinnvoll.«

»Nun, falls dir nicht ernst damit war«, sagte mein Urgroßvater,

»könnte das unser aller Ende bedeuten.« Er zuckte die Schultern, schien diesen Gedanken leichthin abzutun.

»Ich glaube, ich verstehe, was du meinst. Dennoch hätte ich gern eine genauere Erklärung.«

»Ich will nicht leugnen«, sprach Menenhetet, »daß ich mit dem Gedanken gespielt habe, dein Wesir zu sein. Wenn die Weisheit, erworben in vier verschiedenen Leben, keinem großen Zweck dienen kann, wozu ist sie dann gut? Ich bin hergekommen in der Hoffnung, daß wir über solch ernste Dinge sprechen würden. Groß war meine Zuversicht allerdings nicht. Seit Wochen habe ich gehört, daß du Khem-Usha als Wesir absetzen willst und daß Nes-Amon, dein Hauptschreiber, sein Nachfolger werden soll.«

»Hast du den Gerüchten geglaubt?«

»Er ist zwar Libyer«, sagte mein Urgroßvater, »doch schon seit vielen Jahren bei dir. Du hast ihn zum Fürsten erhoben. Er ist ein fähiger Mann.«

»Ich habe mit ihm über das Amt gesprochen. Dein Wissen besitzt der Libyer nicht.«

»Doch auf seine Ergebenheit kannst du dich verlassen. Wäre ich dein Wesir, so würde man dir täglich zuzischeln, mir sei nicht mehr zu trauen.«

»Das überlasse nur meinem Urteil. Ich bin kein gar so schlechter Menschenkenner, im Gegenteil. Natürlich wagen nur wenige Menschen, offen zum Pharao zu sprechen. Du tust es. Und ich will dir jetzt die Wahrheit sagen. Bis zu diesem Abend war ich bereit, Nes-Amon zu meinem nächsten Wesir zu machen. Er ist in der Tat ein fähiger Mann. Doch im Herzen eines jeden, der dient, gibt es irgendwo Untreue gegenüber seinem Herrn oder Herrscher. Ich will dir sagen, was Khem-Usha mir wirklich zuflüsterte, als er sich zu mir beugte: Nes-Amon habe vor, den Palast zu stürmen. Der Libyer besitzt bei meinen Wagenlenkern großen Einfluß.«

»Und wann sollte dies geschehen?«

»Khem-Usha behauptete, vielleicht schon in dieser Nacht. Ich lachte. ›Auf militärische Dinge verstehst du dich nicht‹, sagte ich zu ihm. ›Keine Streitmacht würde bei Vollmond vorrücken, und wenn es die Nacht des Schweins ist, scheitert es ohnehin.‹ Das überzeugte ihn wohl. Ich fuhr fort: ›Hättest du eine solche Absicht, würdest auch du dir gewiß nicht diese Nacht dafür aussuchen.‹ Das schien ihn in diesem Punkt zu beruhigen. Doch begann er nunmehr seine Klage über die Bürde seiner Ämter – offenbar wollte er mich damit beeindrucken, wieviel Macht er doch in den Zwei-Landen in den Händen hält. Warum er mich zum Schluß beleidigte, weiß ich nicht. War er so sicher, daß ich ihn dennoch nicht absetzen würde als Wesir?«

»Im Gegenteil«, sagte mein Urgroßvater. »Ich glaube, er wollte, daß du ihn entläßt. Er hat viele Anhänger, doch sind sie ihm nicht so sehr ergeben, daß sie es wagen würden, etwas gegen dich zu unternehmen. Du bist der Pharao. Nimmst du ihm jedoch seine Macht, so werden jene, die in seiner Gunst standen, alles verlieren – und sich ganz auf seine Seite schlagen, um das Verlorene wiederzugewinnen.«

»Und was rätst du mir zu tun?«

»Nun, ich würde Nes-Amon in dem Glauben bestärken, daß er Khem-Ushas Nachfolger wird, und Khem-Usha in der Hoffnung, daß du ihn bald vom nur amtierenden zum vollen Wesir erhebst. Im richtigen Augenblick ernennst du dann einen Wesir, dem sie beide unterstehen. Theben und Oberägypten überlasse Khem-Usha und Memphis und Unterägypten Nes-Amon. Sie könnten beide den Titel Wesir-des-Oberwesirs erhalten.«

»Und der Oberwesir wärst du?«

»Es würde all meiner Fähigkeiten bedürfen.«

»Das will ich glauben.« Ptah-nem-hotep hustete, und aus seiner Stimme klang Verzweiflung. »Ich weiß nicht, was ich tun soll«, sagte er. »Deine Feinde werden bei deinen Fähigkeiten immer nur von Fledermauskot sprechen.«

»Das fürchte ich am wenigsten. Ein Mann mit einem grauenvollen Ruf, dem gerade große Macht übertragen worden ist, wird mit Achtung behandelt. Alle hoffen, daß er sich nicht als Tyrann entpuppt.«

»Und was ist es, das du fürchtest?«

»Daß du heute nacht alles verlieren wirst. Ich würde den Wachen befehlen, die Mauern zu bemannen.«

»Ich traue meinen Offizieren nicht. Jene, die nicht zu Nes-Amon halten, könnten Anhänger von Khem-Usha sein.« Der Pharao lächelte Menenhetet freundlich an. »Dies ist meine Lage: Khem-Usha verabscheue ich, Nes-Amon vertraue ich nicht mehr, und dich kenne ich kaum. Dennoch bin ich jetzt ohne Unruhe. Ich glaube nämlich, daß der Pharao, wenn er sich auf das besinnt, was er unmittelbar vor sich hat, seien es hohe Beamte oder auch nur eine Blume in seiner Hand, die größte Macht in den Zwei-Landen ist. Sind seine Gedanken ohne Furcht, so vermag keine Streitmacht etwas gegen ihn. Glaubst du das auch?«

»Ich weiß nicht.«

»Laß mich dir sagen – ich besitze nicht die Weisheit, die man braucht. Doch fühle ich mich zu dir hingezogen. Und bist du klug genug, mich nicht zu täuschen, und sagst du mir alles, was ich wissen möchte, so werde ich gewiß gewinnen an Weisheit und Kraft. Allerdings ist es nicht leicht, sich vorzustellen, daß du mich nicht täuschen würdest.«

»Es gibt Nächte«, sprach Menenhetet, »da ich der Versuchung nicht widerstehen könnte, selbst den Gott Osiris zu überlisten.«

Ptah-nem-hotep lachte vergnügt. »Ich möchte«, sagte er, »daß du mir von meinem Vorfahren Ramses II. erzählst. Seine Kraft werde ich brauchen in künftigen Stunden und Jahren. Ich möchte wissen, was in der Schlacht von Kadesch geschah und alles, was später folgte.«

»Dir diesen Wunsch zu erfüllen, könnte den Rest der Nacht in Anspruch nehmen.«

»Ich werde wach bleiben bis zum Morgen.« Ptah-nem-hotep zögerte. »Wirst du von der Schlacht von Kadesch erzählen?«

»Wenn ich darüber nachdenke, habe *ich* den Wunsch, dein Wesir zu sein.«

»Wenn ich deinen Bericht gehört habe, wird mir wohl gar keine andere Wahl bleiben.«

Mein Urgroßvater lachte. »Und wenn ich dir wahrheitsgemäß Bericht erstattet habe, wirst du so viel wissen, daß du mich gar nicht mehr brauchst. Du wirst ein Pharao sein, größer als andere und Herr der Geheimnisse. Wer außer mir hat den Großen Pharao Ramses II. gekannt?«

»Du verpflichtest mich zu Dank, noch bevor du beginnst.«

Mein Urgroßvater zeigte ein Lächeln, in dem sich die Kraft seines Gesichts widerspiegelte und die Jugend seiner sechzig Jahre in seinem vierten Leben. »Ja, die Geschichte meines ersten Lebens wird gewiß den Rest der Nacht in Anspruch nehmen, dessen bin ich sicher. Jedenfalls sicherer, als daß ich Wesir werde. Doch da dies, wie ich mit jedem Atemzug fühle – eine Nacht ist, in der vieles endet und vieles zum Wandel bereit ist, laß uns zurückgehen zum anderen Raum. Ich werde eine Geschichte erzählen, die besser ist als jede, die je ein Vater seinem Sohn erzählte, weit besser. Doch ich möchte sie erzählen beim Schein der Glühwürmchen. Du hast sie wahrhaft erschaut. Sie bringen die Gedanken an die Lagerfeuer zurück, nachdem der Lärm des Tages verklungen. Auch möchte ich, daß meine Enkeltochter die Geschichte hört. Und mein Urenkel. Sie sind mir jetzt die nächsten im Fleische in all meinen vier Leben.«

# IV

# DAS BUCH DES
WAGENLENKERS

# EINS

Meine Mutter empfing den Pharao mit einer Erleichterung, als sei er gerade Seeschlangen entronnen. Und als sie hörte, daß mein Urgroßvater nun von seinen Taten im Dienst Ramses II. erzählen werde, klatschte sie die Hände ineinander (hätte sie geahnt, wie viele Stunden uns bevorstanden, wäre sie wohl kaum so angetan gewesen). Wie ein junges Mädchen saß sie da, das Kinn in die Hand gestützt.

»Ich will die Geschichte so erzählen«, hob mein Großvater an, »als seien wir einander fremd und hätten heute nacht nicht schon über viele Dinge gesprochen. Dann wird, was ich sage, die Einfachheit der Gedanken meines ersten Lebens behalten, und vielleicht können wir mit gleichen Augen sehen all jenes, was mir damals widerfuhr.«

»Damit«, merkte Ptah-nem-hotep an, »zeigst du uns deine Weisheit.«

»In jenem Leben«, fuhr mein Urgroßvater fort, »glich Weisheit eher reiner Kraft. Ich stammte von den Ärmsten der Armen ab und stieg dennoch auf zum Ersten Wagenlenker von Ramses II. Und in den schlimmsten Stunden von Kadesch befand ich mich an seiner Seite.« Er verstummte und drehte den Kopf. Es war, als laste der Gedanke an einen langen Bericht wie eine schwere Bürde auf ihm; als sei er noch nicht bereit dazu. Er sagte: »All dies wird beschrieben auf den Tempelmauern von Abu-Simbel, dem Ramesseum von Theben und in Karnak. Auch in Abydos. Allerdings ist dort nicht alles richtig, ganz gewiß nicht die Schreibweise meines Namens. Ramses II. besaß eine Stimme, die einem in den Ohren widerhallte, und so kerbten seine Schreiber meinen Namen in den Stein nicht als Meni, sondern Menni.«

»Ja«, sagte Ptah-nem-hotep, »ich habe in Abu-Simbel die Mauer gesehen, wo zu lesen steht, wie der Pharao durch die Hethiter von seinen Truppen abgeschnitten wurde. Es heißt, Entsetzen habe euch ergriffen. Wenn ich die Augen schließe, kann ich die Inschrift noch sehen. Klar liegt das Licht darauf, und die Schatten sind stark. Du hast gesagt: ›Retten wir unser Leben.‹ Doch Ramses Mi-Amon erwiderte: ›Sei mutig, Menni, faß dir ein Herz. Niederfahren werde ich auf sie wie ein Falke auf seine Beute. In den Staub will ich sie schleudern.‹ Es war Spätnachmittag, als ich die Worte las, und ich sehe noch die Schatten, wie sie schräg über die Kerben fielen.«

»So steht es dort geschrieben«, sprach Menenhetet.

»Hattest du wirklich Angst?« fragte Ptah-nem-hotep, und als mein Großvater nicht gleich antwortete, fügte er hinzu: »Hat der Zweite wirklich mit so kühner Stimme zu dir gesprochen?«

»Ich hatte Angst«, erwiderte Menenhetet, »doch ich würde auch sagen, daß es für Ramses Mi-Amon einen Augenblick gab, da er Furcht empfand. Doch war er unter den Tapfersten der erste. Und das machte mir Mut.«

»Du sagst, du seiest tapferer gewesen, als es überliefert wird. Er hingegen weniger mutig. Kann das wahr sein?«

»Ich würde niemals sagen, er sei nicht tapfer gewesen. Der Zweite war der mutigste Mann, den ich je sah. Doch ist die Geschichte nicht so, wie sie auf der Tempelmauer berichtet wird. Es gab einen Augenblick, da er Furcht empfand.«

»Erzähle.«

»Nicht davon, Großes Zwei-Haus. Nein, noch nicht. Meine Geschichte muß so lang sein wie eine Schlange. Zeige ich nur ihr Haupt, so weiß niemand etwas von ihrem Leib, sondern sieht nur ihr Lächeln. So will ich für den Augenblick nur sagen, daß wir beide Furcht empfanden. Nun denn – selbst der Löwe des Pharao kannte Furcht.«

»Dann hat es diesen Löwen also wirklich gegeben? Der Zweite hatte tatsächlich dieses Lieblingstier, dessen Bild man auf manchen Mauern sehen kann?«

»Gewiß. Der Löwe kämpfte an der Seite des Großen Ramses, und er kämpfte mit wahrem Löwenmut.« Mein Urgroßvater hob die Schultern. »Doch wenn du die ganze Wahrheit wissen willst – ich sagte es schon –, so muß ich die Geschichte so erzählen, wie ich sie in jenem meinem ersten Leben erzählt haben würde.«

»Laß dir nur Zeit«, sagte der Pharao mit einer huldvollen Geste.
So machte mein Urgroßvater sich bereit, erneut anzuheben, und
ich begann zu ahnen, daß er sich in der Tat Zeit lassen würde,
nicht nur beim Sprechen, auch beim Schweigen. Und mit einem
Schweigen fing es an. Längere Zeit sprach er kein Wort. Dann
schien es, als wolle er ansetzen. Doch er blieb stumm und ließ
nur etwas hören, das einem Seufzer glich. Schließlich sagte er:
»Ich muß beginnen, wie man eine Reise beginnt, noch bevor
man sie antritt – mit den Vorbereitungen. Ich möchte von meiner Kindheit berichten, nur daß ich gar keine Kindheit hatte.
Jedenfalls nicht so wie dieser bildschöne Knabe, mein Urenkel
hier, der mir so verschlafen zuhört. Seine jungen Jahre sind
voller Wunder, doch als ich damals in seinem Alter war, ging es
mir wie wohl den meisten von niedrigem Stand. Nur an Not-
wendiges wurde gedacht. In einem Gedanken allerdings unterschied ich mich. Ich wußte, daß ich nicht war wie die anderen,
noch je sein würde. Denn in der Nacht, da meine Mutter mich
empfing, schaute sie Amon.«
»Nur die Mutter eines künftigen Pharaonen kann in einer solchen Nacht Amon sehen«, sagte Ptah-nem-hotep. »Es scheint,
daß wir Brüder sind. Auch meine Mutter hat Amon geschaut.«
Menenhetet zögerte einen Augenblick. »Ich will nur sagen, was
meine Mutter mir sagte, mehr nicht. Meine Eltern waren arme
Leute im ärmsten Bauerndorf, und in der Nacht, da dies
geschah, lagen sie auf ihrem Lager aus Stroh. Ein goldenes Licht
fiel in die Dunkelheit ihrer Hütte, und die Luft roch süßer als
alle Parfüme im Haus der Abgeschlossenen. Amon raunte meiner Mutter zu, dies sei die Nacht der Empfängnis für einen
großen Sohn, welcher die Welt führen werde.« Menenhetet
seufzte. »Wie du siehst, bin ich so weit nicht gelangt.«
»Du hast ihr diese Geschichte geglaubt?« fragte Ptah-nem-hotep.
»Hättest du meine Mutter gekannt, so hättest auch du ihr
geglaubt. Sie lebte mit Erde in ihren Händen. Sie kannte keine
Geschichten aus alter Zeit. Sie erzählte es mir ein einziges Mal,
das genügte. Während ich aufwuchs, sprachen wir nur das, was
gesagt werden mußte. So prägt sich jedes Wort tief ins Gedächtnis ein – wie in Stein gemeißelt.«
»Das«, sagte Ptah-nem-hotep, »hilft mir, meine Bauern besser zu
verstehen. Und auch deinen Wunsch, bedachtsam zu berichten.

Und ähnliche Bedachtsamkeit soll bei mir walten, als beobachtete ich den Fluß, während er vorüberfließt.«

»Dein Ohr«, erwiderte Menenhetet, »hat im voraus gehört, wovon ich sprechen möchte. Von unserem Nil. Stets war er in meinen Gedanken und in jedem Atemzug. Geboren wurde ich beim höchsten Stand der Überschwemmung, und das Ende meines ersten Lebens kam in einer Nacht, als der Fluß gerade begann, wieder zurückzuweichen. Die letzten Laute, die ich hörte, waren seine Geräusche, die Geräusche des Wassers.«

Menenhetets Atem ging kurz, als laste die Erinnerung auf ihm. »Jene, die in den Städten leben, wissen nichts vom Ausmaß von Dürre und Flut. Hier in Memphis fühlen wir, bevor der Fluß zu steigen beginnt, vielleicht ein wenig Hitze, doch wie gering ist unser Ungemach. Werden unsere edlen Parks nicht das ganze Jahr gewässert und umgeben uns mit ihrem Grün? Sind wir nicht ein gutes Stück von der Wüste entfernt? Ich stamme jedoch aus jener Gegend zwischen Memphis und Theben, wo die Wüste ist wie...«, er stockte, »keine-Behausung-kann-es-bergen.«

Der spöttische Unterton war aus Menenhetets Stimme entschwunden, sie klang jetzt sehr ernst. Keine-Behausung-kann-esbergen war ein Ausdruck, den Feldarbeiter gebrauchten, wenn sie nicht wagten, von einem Geist zu sprechen (meine Mutter hatte vor wenigen Tagen davon gesprochen, sehr belustigt über die Ängste dieser Leute).

Doch nicht nur die Stimme meines Urgroßvaters hatte sich verändert. In seiner ganzen Art glich er jetzt weniger einem hohen Herrn als jenen einfachen, wenn schon würdevollen Leuten – einem Dorfältesten etwa –, über die er sonst spöttelte. Auch die Worte, die er gebrauchte, waren von anderer Art.

»Bevor ich«, sagte er, »von meiner militärischen Laufbahn berichte, die ich mit fünfzehn Jahren begann – als ich, wie Schilf am Ufer, aus meinem Dorf gerissen wurde –, muß ich davon erzählen, wie wir lebten und was wir vom Fluß wußten, von seinem Steigen und Sinken. Und viel mehr wußten wir nicht, es war unser Leben, er war unser Leben. Nach seinen Gesetzen wuchsen wir auf. Hier in den Städten sprechen wir bei einer Überschwemmung von einer günstigen Höhe für die Ernte, und dem Steigen des Flusses zu Ehren feiern wir unsere größten Feste. Wir glauben ihn zu kennen, doch das ist etwas ganz anderes, als beim Klang seiner Stimme geboren zu werden und sein Steigen zu fürchten.

Laß mich also versuchen, zu dir von unserem Strom zu sprechen, als hättest du ihn nie gesehen, denn wenn etwas wahr ist, dann dies: Kennst du seinen Zorn, so ist es, als schliefest du mit deiner Hand auf dem Bauch eines Löwen.«

Ich sah, wie meine Mutter kurz zu meinem Vater blickte, als wollte sie sagen: »Hoffentlich versteht er es, unseren Pharao gut zu unterhalten.«

Ptah-nem-hotep nickte. »Ja, erzähle mir von unserem großen Strom. Während du zu mir von Dingen sprichst, die mir vertraut sind, lerne ich sie neu und anders kennen.«

Menenhetet fuhr fort: »Als ich jung war, damals, wurde die Luft beim Tiefstand des Flusses so trocken wie Holzfeuer. Für Menschen, die in Memphis oder Theben wohnen, ist es kaum vorstellbar, wie trocken diese Luft ist, denn sie kennen dergleichen nicht. Doch in meiner Heimat, die dazwischen liegt, trockneten die Felder gleich nach der Ernte aus. Die Erde wurde alt, begann zu schrumpfen. Ein schmaler Riß, am Morgen nicht breit genug für einen Zeh, weitete sich zum Spalt, in dem sich abends eine Kuh das Bein brechen konnte. Wir hockten in unseren Hütten und sahen, wie immer mehr Risse entstanden und sich weiteten und über die Felder auf uns zukrochen. Und dann kam, Tag für Tag, der Sand, der sie immer mehr füllte. Über unsere versengten Felder kroch die Wüste auf uns zu. Bis wir schließlich rings umschlossen waren von Sand, und die Blätter von den Bäumen hingen wie tote Finger. Schon der leiseste Wind genügte, um Staub in unsere Hütten zu wirbeln, und noch nachts, im Schlaf, atmeten wir ihn ein. Unser Vieh stand mit lechzenden, heraushängenden Zungen, und man konnte die Rufe der Tiere hören: ›Ich habe Durst. Mich quält Durst.‹ Uns quälte der Durst noch mehr. Denn wir hatten in den Gräben gearbeitet, selbst die Kinder, um in diesen Kanälen alles wieder instandzusetzen für die nächste Überschwemmung. Da galt es, Dämme zu erneuern, da mußten Wasserbecken ausgebessert werden. Ochsen schleppten heran, was wir brauchten. Hier und dort standen noch ein paar Inseln aus Schilf, und überall fand man tote Nager. Abends waren wir Kinder zu müde, um noch zu spielen; und tagsüber mußte dann wieder gearbeitet werden. Von Dorf zu Dorf klang es, überall die gleichen

Geräusche, die gleichen Laute; und dann: der Gestank – er war grauenvoll. Er lag über, nein, auf dem ganzen Land, wie Verwesungsgeruch, wie ätzender Urin. Er stach in die Nase und brannte in den Augen, zusammen mit dem Staub und der Hitze. Es hieß, Menschen könnten dadurch blind werden, und mir schien oft, daß meine Augen schrumpften. Am Ufer lag ein toter Fisch, mehr und mehr zerfressen wie von einem Krokodil mit üblem Atem. Ich erinnere mich noch an die milchigen Glotzaugen, an die trockenen Schuppen, an das wie abgenagte Gebein, die Gräten. In ihnen war eine Fäulnis, als habe der Fisch die tiefsten Tiefen des Flusses durchwandert. Tagelang ging ich immer wieder zu dieser Stelle. Der Verwesungsgestank in den Resten dieses Fisches war übler als alles Übel, das mir bis dahin begegnet, und ich dachte, der Mond müsse wohl brüten, dort im Schlamm und Schlick des Flusses. Der Fisch jedoch glich mehr und mehr einer verdorrten Pflanze, und er zerfiel wohl zu Staub, den der Wind verwehte. Dann strich der erste Hauch von Feuchtigkeit durch die Luft. Flußaufwärts kam er herbei, an Memphis vorüber und dann zu uns.

Meine Kindheit verging. Eines Tages, es herrschte gerade Flut und war praktisch unmöglich, in die Berge zu entweichen, erschien in unserem Dorf ein Rekrutierungskommando. Die fünfzehn kräftigsten Knaben wurden ausgewählt, auf Herz und Nieren untersucht und sofort mit einem Boot in ein Ausbildungslager für Infanteristen gebracht. Es war ein hartes Leben dort, doch als einer der Besten zu einem schwierigen Wettkampf zugelassen, siegte ich, und mein jahrelang gehegter innigster Wunschtraum erfüllte sich – ich wurde Wagenlenker.

Der Umgang mit Pferden schien mir im Blut zu liegen, immer wieder prahlte ich voll Überzeugung, eines Tages der erste Wagenlenker seiner Majestät zu werden. Dies erweckte den Unwillen meines unmittelbaren Vorgesetzten – ich wurde in ein weitab gelegenes trostloses Fort, Teben-Shanash, verbannt, und erst nach Jahren tiefster Erniedrigung reichte ich ein Gesuch um Versetzung ein.

Schon ein halbes Jahr später sah ich Ramses II. anläßlich seines Besuches aus Theben in Memphis. So kann meine wahre Geschichte der Schlacht von Kadesch hier beginnen.«

# ZWEI

Selbst beim schwachen Schein der Glühwürmchen gewahrte ich in den Augen des Pharaos jene Erwartung, die uns erfüllt, wenn uns ein langersehnter, glanzvoller Anblick bevorsteht: Nun endlich sollte die Rede sein von dem König, der größer war als alle anderen – denn so hatte man ihn mir beschrieben, seit ich sprechen konnte.

»Ja, es geschah, daß ich seinen Weg kreuzte«, sagte Menenhetet. »Ich sah ihn bei den Säulen des Amon in Memphis. In diesem Tempel betete er, und später am selben Tag suchte er aus Höflichkeit auch den Tempel von Ptah auf. Der Glanz seiner Erscheinung war überwältigend, soviel man mir davon zuvor auch erzählt hatte. Er überragte uns alle, und seine Augen waren so grün wie das tiefe Grün des Meeres vor unserem Delta.« Menenhetet stockte. Tief in Gedanken fuhr er schließlich fort: »Wenn ich es recht bedenke – und vielleicht wird mir niemand glauben –, so waren seine Augen nicht grün, sondern blau. Nie habe ich einen Mann mit so blauen Augen gesehen.«

»Blau?« fragte meine Mutter. »Das kann nicht sein. Grau oder grün oder klar wie Wasser, gelb wie die Sonne, aber nicht blau.«

»Blau wie der Himmel«, sagte Menenhetet. »Und seine Haut war so dunkel wie unsere, doch anders und schöner. Als falle das Goldrot des frühen Abends darauf. Seine Gewänder waren weiß, gefältelt, und es klang, als raschle der Wind in ihnen. Doch das Ungewöhnlichste war wohl die Farbe seines Haares – gelber als die Sonne. Hellgolden wie Flachs. Und es flog nur so im Wind.«

»Er hatte goldgelbes Haar?« fragte Ptah-nem-hotep.

»Damals, zu Beginn seiner Regierungszeit, war sein Haar so gelb wie die fahle Sonne, doch im Laufe der Jahre wurde es dunkler, auch wandelten sich seine Augen von Blau zu Grün; und dann zu Gelb mit einem Stich ins Braune. Als er starb, waren sie dunkel.«

»Und das ist genau die Farbe, wie sie sich auf allen Bildnissen von ihm findet«, sagte unser Pharao.

»Gewiß. Doch die Künstler durften ihn nicht in seinen wahren Farben wiedergeben. Denn er glaubte, wie er mir einmal anvertraute, daß sein Haar dann – aus Trauer – von selbst dunkeln werde. Auch trug er in der Öffentlichkeit stets eine dunkle Perücke, es sei denn, er besuchte einen Tempel – oder aber es ging in die Schlacht, das entspricht der Wahrheit.«

»Und beim Tempel des Amon hast du ihn zum erstenmal gesehen?«

»Nicht ohne Schwierigkeiten. Nach zweiwöchigem Dienst in einer unserer Befestigungen war ich gerade nach Memphis zurückgekehrt, als eine Menschenmenge an mir vorüberflutete. Ihrem Geschwätz konnte ich entnehmen, daß sich der junge Pharao in der Stadt befand und gerade den Tempel besuchte. Ich folgte den Leuten und kam zu spät, um näher zu gelangen. Im äußeren Hof unter der vollen Sonne stand ich und spähte durch die Säulen. Doch vom Pharao war nichts zu sehen, er befand sich im Heiligtum.

Dann jedoch trat er mit dem Hohenpriester hervor, und ich wußte, daß ich den Sohn von Amon-Ra erblickte. Nie besaß ein Ramses, dein Antlitz ausgenommen, ein Gesicht, das so sehr denen der Götter glich, wie wir sie in unseren Träumen schauen.«

Und tatsächlich sah, in diesem Augenblick, unser Pharao bildschön aus. Die feingemeißelten Nasenflügel; und der gewölbte Mund, dessen Ausdruck fortwährend wechselte. Für meine Augen war Ptah-nem-hotep schöner als eine schöne Frau.

»Dein Vergleich ehrt mich, doch weiß ich, daß du dich mir damit noch unentbehrlicher machen willst«, sagte er.

Menenhetet verneigte sich voll Würde und sprach: »Mein Herrscher, er war so schön wie zwanzig Vögel, die zu einem Vogel werden in jenem Augenblick, da sie im Flug sich wenden. Er war so schön wie der Vollmond, wenn er sich anschickt, hinter die kleinste Wolke zu gleiten. Er war so schön wie die aufgehende Sonne, wenn sie noch jung ist und wir sie anblicken können und wissen, der Gott ist jung. Zum erstenmal in meinem Leben verliebte ich mich in einen Mann. Ich wußte, daß es meine Bestimmung war, ihm als sein Wagenlenker zu dienen.

Von diesem Augenblick an wußte ich auch, was die Liebe eines jungen Mannes bedeutet: Sie ist einfacher als andere Gefühle. Wir lieben jene, die uns zu einer Stätte führen können, zu der wir ohne sie nie gelangen würden.«

Hier unterbrach er sich und nickte dem Pharao und dann meiner Mutter zu.

»Der große Ramses«, fuhr er fort, »er war von Streitwagen meiner Einheit zum Amon-Tempel begleitet worden, wie ich jetzt sah. Und so stürzte ich so rasch wie nur möglich zu meinem eigenen Wagen, den ich ein Stück entfernt unter der Aufsicht eines Knaben zurückgelassen hatte. Und dann schwang ich die Peitsche und ließ sie auf den Rössern tanzen, um den Rückstand aufzuholen. Tatsächlich gelang es mir, eine Gasse durch die Menschenmenge zu schlagen und mich an den Pulk der Streitwagen anzuhängen.

Was für eine wilde Jagd zum Tempel des Ptah! Seit einem Jahr erzählte man sich in Memphis, der neue Pharao sei ein besonders kühner Wagenlenker. Nun hatte ich Gelegenheit, seine Kunst zu bewundern. An der Spitze des Pulks raste er dahin, und er fuhr mit einer solchen Geschwindigkeit über gute und schlechte Straßen, daß die Füße Amons die Hufe seiner Pferde geleitet haben müssen. Wie leicht hätten sie in einem Loch stürzen, der Wagen sich überschlagen können. Und an seiner Seite befand sich Nefertiri, seine Königin, so ruhig, als strähle sie ihr Haar. Über die Schönheit ihres Leibes wurde viel gesprochen, und nur meine Enkelin kommt ihr jetzt wohl gleich, auf sie trinke ich in dieser Nacht«, sagte Menenhetet und hob seinen Becher voll Wein.

»Oh, ich habe eine gute Vorstellung von ihrem Leib«, entgegnete Ptah-nem-hotep, »denn in Karnak gibt es ja eine Statue von ihr. Diese Königin steht am rechten Bein von Ramses II., nicht einmal ein Viertel so groß wie er, und doch berühmt für ihren üppigen Körper.« Auch er trank jetzt auf Hathfertitis Wohl, und ich spürte, wie meine Wangen brannten. Im Haus meines Urgroßvaters gab es ein Wandbild, das die Königin Nefertiri zeigte: nackt am rechten Bein ihres Gemahls – und ihre Brüste waren hoch und voll, wesentlich größer als die anderer Ägypterinnen; ihr Bauch, nicht massig, besaß eine gewisse Rundung; und ihre Schenkel waren stark ausgeprägt. Dieses Bild hatte mich oft gefesselt – und jetzt brannten mir die Wangen, als ich daran dachte, daß andere sich meine Mutter in gleicher Weise nackt vorstellten.

»Erzähle uns mehr von dieser Königin«, sagte Hathfertiti zu Menenhetet.

»Oh, damals wußte ich nichts weiter von ihr. Später sollte sich das ändern. Doch als ich Ramses und sie in dem Wagen an der Spitze sah, empfand ich für beide große Achtung. Wenn man Menschen von hinten betrachtet, findet man wenige, die nicht irgendein Zeichen von Schwäche zeigen, seien es Männer von großem Mut oder Frauen von großer Anmut. Irgend etwas wirkt meist verkrampft, die Haltung der Schulter, die Wölbung der Hüfte; besonders wenn die Betreffenden wissen, daß sie beobachtet werden. Doch dieser König und diese Königin standen in dem Wagen wie zwei Blätter am selben Zweig, und sie schwankten gleichsam im selben Wind, nur daß es nicht der Wind war, der sie schwanken ließ, sondern die Unebenheiten der Straßen. Ramses fuhr so schnell, daß der Wagen von Loch zu Loch zu hüpfen schien. Und doch hielt sich seine Königin, aufrecht neben ihm, nur mit zwei Fingern an seinem Arm fest, und beide lächelten die ganze Zeit dem Volk an der Straßenseite zu.«

»Wie konntest du sie lächeln sehen, da du dich doch hinter ihnen befandest?« fragte Ptah-nem-hotep.

»Ganz recht. Ihre Gesichter konnte ich nicht sehen. Doch spiegelte sich ihr Lächeln auf den Gesichtern jener, die da standen und gafften – und es waren glückliche Gesichter.«

»Deine Weisheit ist von jener Art, wie ein Pharao sie sich von seinen besten Ministern erhofft«, sagte Ptah-nem-hotep.

Zum erstenmal sah ich Menenhetet so, wie er auf einem jener Streitwagen ausgesehen haben mochte: mit dem Glanz des Renn- und Jagdfiebers in den Augen.

»Ich muß dir erzählen, mein Pharao«, fuhr er fort, »daß dieser Ramses II., Fundament-des-Lebens-in-der-Sonne, so schnell dahinjagte, daß er bald alle anderen Wagenlenker hinter sich ließ. Wie allerdings hätten sie auch Schritt halten sollen, war doch die Königin längst nicht so schwer wie jene mit Schild und Speer bewaffneten Krieger neben den anderen Wagenlenkern, auch konnten sich ihre Rösser mit denen des Königs nicht messen. Und auch nicht ihr Mut. Schon weil jeder Wagenlenker für einen Schaden an seinem Wagen verantwortlich war. Und brach sich gar eines seiner Pferde ein Bein, so gab es schlimme Strafen. Und so war es Wahnsinn, ihm dichtauf folgen zu wollen.

Doch lag auch etwas Demütigendes in der Art, in der er allen anderen mühelos davonfuhr. Ich, als einziger, war allein in meinem Streitwagen, unbelastet durch das Gewicht eines zweiten Mannes. Und so überholte ich die Ehrengarde und schloß, während meine Zähne wild gegeneinanderschlugen, dichter zum Pharao auf. Bald fuhr ich fast unmittelbar in der Staubwolke, die der königliche Wagen aufwirbelte. Nie drehte der junge Pharao den Kopf, auch seine Gemahlin nicht, und doch müssen sie mich gewahrt haben, in einer Kurve vielleicht oder durch den Lärm meines Gefährts, denn als wir zu jener großen Straße gelangten, welche zum Tempel des Ptah führt, wo viele nebeneinanderfahren können, da hob der Pharao den Arm und winkte mich näher zu sich. Als ich an seiner Seite war, rief er: ›Wie heißt du?‹

Ich nannte ihm meinen Namen, doch sprach ich im Lärm und in der Erregung wohl undeutlich, denn er verstand mich nur schlecht und fragte: ›Was bedeutet das?‹ Ich erwiderte: ›Fundament-der-Sprache, das ist es, was Menenhetet bedeutet, Großer Gott‹, und ich hätte eigentlich Guter Gott sagen sollen, doch ich war zu beschäftigt, um an die richtige Anrede zu denken, durfte ich doch meine Pferde nicht zu nah an die seinen lassen: Die königlichen Rosse schnaubten vor Zorn, daß da welche waren, die mit ihnen Schritt hielten. Auch musterte mich Nefertiri voll Abscheu. Voll Staub war ich, und von dem, was meine Wagenräder hochwirbelten, mochte einiges zu ihnen hinüberschlagen. Doch spürte auch ich etwas – roch gleichsam den Duft der Königin; und vergaß ihn nie. Sie ihrerseits wollte allein sein mit ihrem Pharao, den sie so liebte. Ich, voll Dreck und mit gefletschten Zähnen, kam ihr wahrscheinlich vor wie ein Krokodil.

›Wenn das dein Name ist, warum sprichst du dann so undeutlich?‹ fragte Ramses und lenkte seinen Wagen dichter zu meinem. Wieder wich ich zur Seite, um seine Königin nicht mit Staub zu besudeln, und rief zurück: ›In dem Dorf, wo ich aufgewachsen bin, gab es mehr Tiere als Menschen, zu denen man sprechen konnte, Großer Gott!‹

›Du hast dich also von ganz unten heraufgedient?‹ fragte er, und als ich nachdrücklich nickte: ›Dann mußt du ein hervorragender Lenker sein. Fahre voraus und zeige mir, was du kannst.‹ Ich tat es. Schlang die Zügel um meine Hüften und führte hier vor, was ich sonst nur auf dem Übungsplatz gewagt, wo es wenig Löcher gab. Ich beugte mich vor, damit das Zaumzeug die Gäule weniger behindere, und dann rief ich ihnen zu. Schon galoppierten sie mit erhöhter Geschwindigkeit dahin, und sacht lenkte ich sie nach links, fuhr dann im Bogen nach rechts herum, rasch und knapp – und befand mich wieder an des Pharaos Seite. Doch Ramses fragte nur: ›Was weißt du vom Tempel des Ptah?‹

Stammelnd erwiderte ich, für die Einwohner von Memphis sei Ptah der Gott der Götter, während man in Theben Amon den Vorrang gebe; doch der Pharao unterbrach mich und rief: ›Das weiß ich schon.‹« Menenhetet blickte zu Ptah-nem-hotep. »Deine Höflichkeit im Umgang mit normalen Sterblichen besaß er nicht, mein Pharao.«

»Er war nun einmal seinem ganzen Wesen nach ein Krieger«, sagte Ptah-nem-hotep.

»Allerdings. Doch anders als den meisten Kriegern bedeutete ihm auch Religion sehr viel. Und so fragte er mich denn: ›Ist der Tempel des Ptah auch ein Tempel für Osiris?‹ Ich erwiderte, für die Menschen in Memphis sei Osiris, ähnlich Ptah, ein Gott der Götter. ›Mehr verehrt als Amon?‹ fragte er kurz. ›Vielleicht, Großer Gott‹, erwiderte ich, ›doch urteile selbst, indem du die Tempel vergleichst.‹ Ich wußte, zu wessen Gunsten der Vergleich ausfallen würde. Der Tempel des Amon war damals viel kleiner – und schwarz vom Rauch der Opfergaben. Der Tempel des Ptah hingegen bestand aus dem allerweißesten Marmor. Wieder unterbrach er mich. ›In Theben ist es genau umgekehrt‹, sagte er. ›Dort gibt es einen Tempel für Ptah-Seker-Osiris, einen dreckigen kleinen Bau, wo auf dem Altar alte Knochen und Hundefüße schwelen. Ein Ort, zu dem alle Huren gehen.‹ Ich wollte etwas erwidern, doch plötzlich sprang er gleichsam in meinen Kopf. Er war nicht so gelehrt wie du, Großes Zwei-Haus, auch nicht so schlagfertig, doch genau wie du konnte er mitten in die Gedanken eines anderen dringen. So wußte er wohl, was ich dachte; und er lachte laut und trieb seine Rösser an, als wolle er mit mir um die Wette jagen, verlangsamte die Fahrt jedoch wieder und sagte: ›Die Priester des Amon haben mir erzählt, die Verehrung von Osiris sei hier in Memphis nur ein schmutziger Kult.‹ Im selben Augenblick gelangten wir die kleine Anhöhe hinauf, von der man den Großen Tempel des Ptah sehen

konnte mit seinem herrlichen Marmor im Schein der Morgen-
sonne, schön wie die Gewänder des Pharaos. Und Ramses, ich
hörte es deutlich, stieß einen Pfiff aus und sagte: ›Warum bilden
die sich ein, jeder junge König sei ein Narr?‹

›Du bist nicht nur ein König, mein Herrscher, du bist auch ein
unvergleichlicher Wagenlenker.‹

›Und du bist besser als die übrigen‹, sagte er, ›oder gibt es andere,
die gleichfalls mit den Zügeln um die Hüften fahren können?‹

›Einige sind dabei, es von mir zu lernen!‹ Ich sah, wie der Erste
Wagenlenker, noch ein gutes Stück hinter uns, jetzt ziemlich rasch
aufholte, offensichtlich bedacht, mich nicht zu lange allein mit dem
Pharao sprechen zu lassen. Und so sagte ich, bevor er heran war:
›Ich könnte eine ganze Schar von unseren Leuten meine Art des
Lenkens lehren.‹ Er überlegte kurz und nickte: ›Dann würden wir
wohl jede Schlacht gewinnen‹, sagte er, fügte jedoch ohne Freude
hinzu: ›Wenn du das jenen lahmen und langsamen Memmen
beibringen kannst, mußt du genauso der Sohn des Amon sein wie
ich.‹

Gern hätte ich ihm mein Geheimnis verraten, doch ich sagte nur:
›Wir sind alle Kinder des Amon.‹

›Einige mehr als andere‹, war seine Antwort. ›Für einen Wagenlenker bist du recht gescheit. Für gewöhnlich muß so ein Mann so
dumm sein wie sein Gaul. So wie ich‹, und er gab seiner Königin
einen kleinen Stoß.

Ich wagte es, in beider Gelächter mit einzustimmen, doch erst
später begriff ich, daß sie über mich gelacht hatten. Ramses kannte
den Tempel des Ptah gut genug. Inzwischen hatte der Erste
Wagenlenker zu uns aufgeschlossen, und sein staubverkrustetes
Gesicht war bleich. Der Grund dafür ließ sich denken. Er fürchtete,
daß ich ihn ablösen würde.

Doch damit sollte es seine Zeit haben. Es dauerte viel länger, als ich
mir an jenem Morgen träumen ließ.«

# DREI

»Er nahm mich mit nach Theben, wo ich Befehlshaber einer Truppe wurde. Doch lernten die Leute nur langsam, und Jahre vergingen. Manchmal wollte ich verzweifeln, weil ich mein Versprechen nicht einlösen konnte. Keiner schien wirklich fähig, so zu lenken wie ich – bis auf einen zehnjährigen Knaben, den Prinzen Amen-khep-shu-ef, ältester Sohn von Ramses und Nefertiri.«

»Wie alt war eigentlich der Große Ramses, als du ihn zum erstenmal sahst?« fragte Ptah-nem-hotep.

»Mit der Prinzessin Nefertiri, seiner Schwester, wurde er vermählt, als er dreizehn und sie zwölf war. Noch im selben Jahr ward Amen-khep-shu-ef geboren. Der Prinz war, glaube ich, acht Jahre alt, als sein Vater nach Memphis kam, Ramses also einundzwanzig und Nefertiri zwanzig.«

»Es ist nicht leicht, sich diesen großen Pharao so jung vorzustellen.«

»Er war noch sehr jung damals; und doch schon Vater eines achtjährigen Sohnes. Als Amen-khep-shu-ef zehn wurde, war er in Theben der erste Reiter von allen, die versuchten, einen Wagen mit zwei Pferden so zu lenken wie ich – mit den Zügeln um die Hüften. Obwohl ich sein Lehrer war, hat es mir der Prinz nie gedankt. Ein ungewöhnlicher Knabe: Er wirkte so finster, daß er selbst erwachsene Männer in Schrecken versetzte. Für mich war es allerdings ein Glück, daß der Prinz sich als ein so guter Schüler erwies, denn sonst hätte mir Usermare, der Große Ramses, meine Mißerfolge bei den meisten anderen Wagenlenkern wohl kaum verziehen. Doch war er stolz auf seinen Sohn und sah mir vieles nach, auch gaben sich die anderen Lenker, beschämt wohl, jetzt größere Mühe, und es kam der Tag, da ich dem großen Pharao

zwanzig Streitwagen vorführen konnte: in Schlachtlinie nebeneinander galoppierend, alle Wagenlenker mit den Zügeln um die
Hüften; dann, auf ein Zeichen, nach kurzer Wendung in Reihe
hintereinander; und wieder herum und erneuter Angriff. Der
Pharao war davon so angetan, daß er mich nicht nur zum Ersten
Wagenlenker ernannte, sondern auch zum Oberstallmeister. Und
das hieß, daß ich jeden Morgen hinter ihm fuhr. Fast ausnahmslos
begab er sich zum Großen Tempel des Amon in Theben.
Was für eine Prozession war das doch stets! Wir jagten nicht etwa
im Galopp dahin wie damals in Memphis, oh, nein. Eher gemächlich ging es voran, in einer Geschwindigkeit, wie sie etwa ein
Dauerläufer anschlägt. In der Tat liefen uns zwei Herolde voraus
und riefen laut, damit die Gaffer auf den Straßen für uns Platz
machten. Dann folgten wir, inmitten ausgesuchter Krieger der
verschiedenen Kampftruppen. Farben aller Art. Rot und Blau für
die Scherden, Schwarz und Gold für die Nubier, ich erinnere mich
noch genau. Da waren die Bogenschützen, die Lanzen- und auch
die Streitkolbenträger, alle zu Fuß und im Laufschritt trabend; und
vor seinem Wagen liefen der Standarten- und der Fächerträger.
In Theben ließ er sich nicht oft von der Königin Nefertiri begleiten.
Wenn überhaupt, so folgte sie ihm für gewöhnlich in ihrem eigenen Wagen; dann kam ich in meinem, gleichfalls allein; und hinter
uns waren dann alle Edelleute aus dem Palast sowie die Wagenlenker. An jedem Morgen zogen so Hunderte zum Tempel des Amon,
doch war ich der einzige, der mit dem Großen Ramses das Heiligtum betreten durfte.«
Menenhetet schwieg einen Augenblick. »An einen Morgen erinnere ich mich noch deutlich, weil an diesem Tag den Hethitern der
Krieg erklärt wurde. Es gibt solche frühen Stunden, da man ahnt,
wie heiß der Nachmittag werden wird. Licht und Hitze kommen,
doch sie kommen getrennt und wie mit den lautlosen Schritten
einer großen Katze.
Während der Fahrt zum Tempel trieb vom Osten her wie ein Schiff
aus weiter Ferne eine einsame Wolke herbei. Ein seltener Anblick,
denn morgens sah man Wolken fast nie –; und sie bedeckte die
Sonne: verhüllte sie für eine Zeitspanne, in der unsere Rösser
vielleicht zweihundert Schritt zurücklegten. Der Große Ramses
sprach: ›Heute wird im Tempel Ungewöhnliches geschehen.‹ Nun
galt er zwar als ein Herrscher, dessen Gedanken eher bedächtig

einherkamen, doch besaß er die Stärke von drei Männern, und vielleicht war es dies, was ihn die Stimmen der Götter hören ließen. Anders als andere, deren Verstand gerühmt wird, besaß er die Gabe, dieses oder jenes Ereignis im voraus zu schauen. An diesem Morgen warf er seiner Gemahlin ein gleichsam schmerzliches Lächeln zu – er hatte inzwischen angehalten, und wir befanden uns mit ihm auf gleicher Höhe – und strich sich mit dem Zeigefinger über seine lange, dünne, schöne Nase.«

Ptah-nem-hotep sagte: »Bei den Skulpturen, die ich von ihm gesehen habe, wirkt seine Nase aber gar nicht dünn.«

»Ihre Form veränderte sich während der Schlacht von Kadesch. Doch das war später. An diesem Morgen sprach er: ›Der Anfang vom Ende für mich ist gekommen, und doch werde ich doppelt so lange leben wie andere Männer.‹ Und er hob seinen Arm und roch lange in seiner Achselhöhle, als sei sie das erste Orakel, das er befragte.«

»Was ja auch richtig war«, sagte mein Vater. Wir wußten alle, daß er recht hatte. Denn der Geruch, den der Körper eines Königs verströmte, besaß natürlich großen Einfluß auf die Geschicke des Zwei-Lands. Mein Urgroßvater (wie um zu zeigen, was er damals gesehen) roch nun an seiner eigenen Achselhöhle, und er tat es mit offenem Mund und vorgeschobenem Unterkiefer, als schlucke er einen halben Becher Bier.

Er fuhr fort: »Mein junger Pharao hatte seinen Wagen zum Stehen gebracht, und wir hielten mit ihm, der ganze lange Zug, während noch Hunderte von Knaben vor uns ausschwärmten, um überall, auf jeder Straße, auf jedem Hof, in jedem Haus, selbst im Elendsviertel hinter der Prachtstraße Ramses II. (vor wenigen Jahren bei seiner Thronbesteigung zu seinen Ehren so benannt) – ja, um überall zu verkünden: Der Pharao kommt, der Pharao kommt. Doch plötzlich blieben die Rufe aus. Und die Menschen starrten auf den Pharao, auf den Großen Ramses, der in Schweigen versunken war.

Doch nun löste er sich aus seinem Grübeln. Er hatte einen Entschluß gefaßt. Anders als sonst wollte er zum westlichen Ufer, um dort sein Opfer darzubringen. Höchst ungewöhnlich. Der ganze Morgen und mehr würde darüber vergehen. Es würde einige Zeit brauchen, bis die Königliche Galeere zur Stelle war. Auch die Fähre. Und der Vorbereitungen gab es weit mehr. Boten mußten zum Hohenpriester des Ersten Tempels am Ostufer geschickt werden, damit er sich uns anschlösse. Auch mußte ihm genügend Zeit bleiben, damit er seinen Ersten und seinen Zweiten Priester zu seiner Begleitung beordern konnte. Und dann erst die zu erwartende Verwirrung im Neuen Tempel drüben – galten die dortigen Priester doch als von niederem Rang. Dennoch: Hätte der Pharao die Wolke außer acht lassen können? Beim Gedanken an ihren Schatten überlief es mich noch immer wie ein Frösteln. Ramses blickte zu mir. Ich wußte, daß er auf ein Wort wartete, und so hob ich die Augen zum Himmel und sagte: ›Die Wolke ist auch über das westliche Ufer geglitten.‹ In Wahrheit hatte sie sich nur in nördlicher Richtung bewegt. Doch unser großer Strom bog an dieser Stelle gen Osten, und das genügte dem Pharao. Wir konnten weiterfahren, zu unserem ursprünglichen Ziel.

Die Pferde trabten an, ein Rudel von Knaben rannte voraus, Leute traten aus ihren Läden, ihren Küchen, ihren Arbeitshäusern; die Mädchen in den Bordellen erhoben sich von ihren Betten, Kinder strömten aus der Schule, aus allen Richtungen liefen Männer und Frauen herbei. Denn der Große Ramses war dafür bekannt, daß er mit seinem Gefolge selten denselben Weg nahm. Oft ging es durch enge Straßen, ja, Gassen. Über schmutzige Plätze mit ein paar Läden und einem alten Schaduf. Auf diese Weise, und das war seine Absicht, lernte Ramses die Stadt kennen. Die Bevölkerung wußte nie, durch welche Straßen er fahren würde, und so drängten die Leute bald hierhin, bald dorthin. Und wenn sie Glück hatten, sahen sie ihn aus nächster Nähe, wobei es geschehen konnte, daß ein Wagenrad ein paar Zehen abfuhr: Jene Glücklichen, die ganz vorne standen, mußten sich gegen die stemmen, die von hinten drängten.

An diesem Morgen hatte es der Pharao, nach der Verzögerung, nun sehr eilig. Plötzlich vernahm ich einen furchtbaren Schrei, tief aus dem Bauch – vor Schmerz, wie wenn ein großer Knochen bricht. Und später hörte ich, daß an diesem Tag ein junger Bursche sein Bein verloren hatte, unter einem Wagenrad.

Wir fuhren weiter und sahen bald in einiger Entfernung den Ersten Tempel vor uns. Nun bogen wir auf jene Straße ein, die an den hundert Sphinxen vorbeiführt.« Menenhetet schwieg einen Augenblick. »Wir erreichten unser Ziel und traten ein. Viele – damals wie heute – finden, daß kein anderes Gebäude diesem

Tempel des Amon gleicht. Wie viele Götter kann man dort wispern hören, mehr als in Wäldern, wo auch immer. Wenn nämlich der Wind durch die Große Halle mit ihren hundertundsechsunddreißig Steinsäulen streicht, von denen jede größer und dicker ist als irgendeiner der Riesenbäume, die ich je gesehen.

Noch war ich nicht in Ländern gewesen, wo ich mich klein fühlte vor gewaltigen Felsen, wo mich der Anblick weiter Wälder berauschte oder die Pracht mächtiger Wasserfälle. Ja, ich sollte erst noch lernen, daß die Macht fremder Götter groß sein kann, weil sie ihren Ländern so außergewöhnliche Gestalt gegeben haben. Doch bei uns in Ägypten, wo das Land flach ist und die Berge im Vergleich niedrig, haben uns die Götter geheißen, die Wunder selbst zu bauen, und das hat uns viel gekostet. Empfinden wir jedoch Stolz über das, was wir getan? Eher wohl Furcht. Oder Ehrfurcht, heilige Scheu. Ich kenne keinen Berg, der mich mit ähnlichen Gefühlen erfüllte wie die große Pyramide von Cheops, noch einen Wald, den ich mit der Säulenhalle im Tempel des Amon am Ostufer vergleichen möchte.«

»Nun gut«, sagte Ptah-nem-hotep. »Doch ist die Säulenhalle, von der du sprichst, damals noch gar nicht fertiggestellt gewesen. Das geschah erst in späteren Jahren seiner Regierungszeit.«

Mein Urgroßvater schwieg eine Weile. »Wenn man vier Leben hat«, sagte er dann, »so ist das, als glitte man den Nil hinab mit all seinen Stromschnellen und Katarakten. Bei meinen vier Geburten bin ich vier Katarakte hinabgestürzt, und doch war es immer das gleiche Wasser. So kommt es, daß ich manchmal manches miteinander verwechsle. Und es ist gut von dir, Großes Zwei-Haus, mich auf meine Irrtümer aufmerksam zu machen. In der Tat war die Säulenhalle damals noch nicht fertiggestellt. Und doch muß sie, wenigstens auf mich, vollkommen gewirkt haben; denn das Dach gab es bereits, auch etwa hundert Säulen. Ich hatte das Gefühl, wie ein Kind zwischen Bäumen einherzuwandern – oder zwischen den Beinen einer Vielzahl großer Götter. Und dann dieses Geräusch dort, des Nachts, ein Rascheln und Rauschen; nirgendwo sonst habe ich dergleichen vernommen. In meinem zweiten Leben, als Hoherpriester, schritt ich im Morgengrauen oft zwischen den Säulen dahin und hörte, wie die Steine miteinander raunten.«

Wieder schwieg er. Und fuhr dann fort: »Wie an jedem Morgen, so wartete auch diesmal eine Menschenmenge auf den jungen

Pharao, teils auf dem Vorhof draußen, teils in der Säulenhalle innen. Bei dieser Gruppe, mögt ihr es nun glauben oder nicht, handelte es sich um Händler. Ja, ganz recht. Man handelte und feilschte um alles. Land, Vieh, Geflügel; Schmuck, Vasen, Getreide; all das wurde verkauft und gekauft.«

»Du willst doch gewiß nicht sagen, daß die Säulenhalle einem Basar glich«, rief meine Mutter.

»Es war viel sonderbarer. Man schloß Geschäfte miteinander ab – reiche Kaufleute und Händler aus Theben, auch viele Priester –, doch nirgends sah man irgendwelche Waren oder Güter. Jeder kannte jeden so gut, daß er dem anderen vertraute. Betrug lohnte nicht. Er wäre nur allzubald entdeckt worden, und der Betrüger hätte kaum noch Geschäfte machen können. So war es denn möglich, daß etwa ein Stück Land in wenigen Tagen mehrfach den Besitzer wechselte, ohne daß auch nur einer der Käufer einen Blick darauf warf.«

»Geschieht dergleichen auch heute noch in der Säulenhalle?« fragte Ptah-nem-hotep.

»Göttliches Zwei-Haus, in meinem vierten Leben war ich nur selten in jener Stadt. Doch in meinem dritten Leben – und damals gehörte ich wohl zu den reichsten Männern in Ägypten – gab es das noch, allerdings in feinerer Form. Die Händler betrieben ihre Geschäfte jetzt nicht mehr selbst, sondern hatten Agenten: bestimmte Priester und Schreiber. Nein, laut gehandelt und gefeilscht wurde nicht mehr, man flüsterte nur, zeigte mehr Achtung für den heiligen Ort, jedenfalls nach außenhin. Dieser Markt, wo der Käufer die Ware nicht sah, lehrte mich viel, sehr viel sogar. Über Reichtum. Nicht der Besitz von Gold oder Sklaven ist entscheidend, sondern die Fähigkeit, die Gedanken eines anderen für sich zu nutzen: schneller zu denken als er. Ihn nicht betrügen, aber doch überlisten – auf diese Weise häuft man Reichtum an.«

»Fürchteten die Priester denn nicht, einen Frevel zu begehen?« fragte meine Mutter.

»Manche gewiß. Doch war es gerade die Weihe der Stätte, die den Ausschlag gab: An einem solchen Ort wagt keiner so leicht ungescheuten Betrug. Von den Opferkammern rings um die Säulenhalle wehen unverkennbare Gerüche herbei, vom Blut und vom Fleisch und vom Rauch, fünfzigfach, und man denkt daran, daß auch die Götter ihren Markt haben.«

»Wußte der Große Ramses, was dort vorging?«

»Stets durchschritt er die Säulenhalle sehr rasch, und nie warf er einen Blick auf die Händler. Er schien bereits in Andacht versunken. Kurz nur verweilten wir, um im Heiligen Becken unsere Hände zu spülen, und dann eilte er weiter, bis er zu jenem Tempelbau kam, der damals das Allerheiligste war (später, in meiner Zeit als Hoherpriester, stürzte er ein). Es war ein düsterer Raum, uralt – fast tausend Jahre zuvor während der Regierungszeit von Sesostris erbaut –, und groß und hoch, mit einer Öffnung in der südlichen Wand nahe dem Dach, so daß vom Morgen bis zum frühen Nachmittag wenigstens um den Altar Licht war.

Ich durfte den Pharao begleiten, während die Königin zurückbleiben mußte. Damals wie heute war es keiner Frau erlaubt, das Allerheiligste zu betreten – die Königin Hat-shep-sut hat es wohl als einzige getan, doch erst als sie als Pharao auf dem Thron saß. Und so wurde Nefertiri denn zu einem vergoldeten Stuhl mit Fußbank geleitet, der sich in der Säulenhalle befand. Dort mußte sie mit dem Gefolge des Königs warten. Stets spürte ich, wie mir ihr Zorn folgte – bis ins Allerheiligste. Ja, er folgte mir, und ich fühlte ihn, während aus den Opferkammern Gesänge und Gebete erschollen, während Abbitte geleistet wurde, während – in den anderen Kammern – die Beter flehten, Schaden möge abgewendet oder behoben werden, während auf all jenen Altären Opfergaben brannten und schwelten und der Geruch von Blut herbeiwehte: Immer war er da, dieser Zorn der Königin Nefertiri.

Schweigend wartete ich, indes von überall her Raunen und Murmeln und Rufen klang. Da war ein Weib, das zu Amon betete, er möge ihren Schoß fruchtbar machen; und ein anderes, das den Tod ihres Sohnes beklagte« – Hathfertiti kam und setzte sich zu mir und legte jetzt ihren Arm um mich –, »während man, fast unmittelbar daneben, einen Landbesitzer hören konnte, der voll Stolz verkündete, er habe in allem seinen Zehnten geleistet, gleich ob Vieh oder Wein, Getreide oder Möbel oder Sklaven – aus Dank für die Ernennung seines Sohnes zum Dritten Priester dieses Tempels.

Sobald der Große Ramses den Tempel betrat und die Anwesenheit Amons spürte, war er nicht länger, was er sonst sein konnte: *auch* Freund und Gefährte. Er war ganz Herrscher, in Frömmigkeit versunken; fern von mir und erhaben wie der Himmel. Wenn wir die große, kupferne Tür des Allerheiligsten erreichten, brach er mit feierlichem Ernst das Tonsiegel auf, und wir traten ein.

In der Mitte des steinernen Bodens befand sich ein Kreis wie aus Silbererde. In Wirklichkeit war es weißer Sand mit vielen Silberschabseln, ähnlich wie Holzspäne. Ramses kniete darauf nieder und betrachtete versunken die Heilige Barke dort auf dem Silbersand. Ich kniete neben ihm und spürte den Druck der Metallsplitter in meinem Fleisch. Doch dem Großen Ramses, der sonst oft ungeduldig war, schien das nichts auszumachen. Glücklich ruhte sein Blick auf der Barke des Amon. Dieses Boot maß in seiner Länge nur etwa sechs Schritt, doch herrlich in Form und Farbe. Blattgold bedeckte es, und am Bug wie am Heck sah man einen Widderkopf aus Silber. Wir betrachteten es wie ein Wunder, während wir dort knieten, in diesem Raum, der so uralt war, daß er selbst an einem heißen Tag kühl zu sein schien. Aber dafür sorgte auch die Anwesenheit von Amon! Ja, sehr dunkel war es dort im Allerheiligsten, und nur durch eine Öffnung hoch oben in der Mauer fiel Licht auf den gewaltigen alten Altar, doch um so mehr bannte die Barke unseren Blick, denn ihre goldenen Seiten glühten in der Düsternis in einem Feuer, wie man es manchmal im eigenen Herzen sieht. Deutlich spürte ich, daß Amon sich dort auf der Barke befand, in der kleinen Barke. Ja, dort war er, der größte aller Götter! Wir konnten ihn spüren, wußten stets genau, in welcher Stimmung er sich befand, so stark strahlte das aus, mächtiger als eine über dem Nil heraufziehende Nacht. Ja, wir wußten, ob er mit uns zufrieden oder unzufrieden war.

Bald erschien dann der Hohepriester Bak-ne-khon-su mit zwei jungen Priestern – der eine wurde die Zunge genannt und der andere der Reine.«

»Dann waren sie also die Hüter des Gebets und der Reinheit?« fragte Ptah-nem-hotep.

»Die Titel haben sich geändert«, erwiderte mein Urgroßvater.

»Gewiß.«

»Damals war so manches anders. Bak-ne-khon-su trug nur einen weißen Rock, seine Füße waren bloß. ›Zunge‹ und ›Rein‹ ölten ihre Schädel, bis sie zu gleißen schienen. Was mich beeindruckte, war die Sauberkeit ihrer Gewänder, denn viele Priester waren von den Opfern blutbespritzt. Manche rochen sogar nach verbranntem Fleisch. Doch nicht der Hohepriester. Er war ein Mann von einfacher Art, und nun sprach er: ›Der Ton ist erbrochen und das Siegel gelöst. Die Tür ist geöffnet. Alles, was von Übel in mir ist, schleudre ich zu Boden.‹ Er warf sich vor dem Pharao nieder und küßte ihm den Fuß, indes Zunge und Rein, zu beiden Seiten, mit ihren Lippen den Boden berührten. Ihre Gesichter waren voll Andacht.

Ich kann sagen, daß sie alle recht wenig von dem wußten, was außerhalb des Tempels vor sich ging. Bak-ne-khon-su und Khem-Usha – ein größerer Unterschied läßt sich kaum denken. Mit zweiundzwanzig Jahren etwa war er Dritter Priester geworden, und erst mit fast vierzig wurde er Zweiter Priester. Er galt als tugendhaft, aber das war auch alles. Besondere Achtung genoß er nicht, bis ihn Ramses zum Hohenpriester ernannte. Und mir scheint, daß seine Ergebenheit dem Pharao gegenüber seine größte Tugend war. Auch zelebrierte er jeden Gottesdienst mit allergrößter Sorgfalt.

Als Rein nun die Tür zu jenem winzigen Raum auf der Barke öffnete, in dem sich die kleine Statue Amons befand, küßte Bak-ne-khon-su den Boden, und er tat dies mit nach hinten gestreckten Armen, so daß er nur noch auf seinen Knien und der Stirn ruhte, mit zusammengepreßter Nase. Und er wälzte sein Gesicht auf dem Boden hin und her in echtem Schrecken über diese fast frevelhafte Handlung, das Öffnen der Tür auf der Barke, obschon dies doch an jedem Tag geschah.

Inzwischen hatten sich meine Augen an die Dunkelheit im Allerheiligsten gewöhnt, und ich konnte die Statue gut erkennen. Die goldene Haut des Gottes war glatt, sein Haar und sein Bart, der Kinn-Phallus, waren schwarz, ebenso die Steine, die seine Augen bildeten. Aufmerksam musterte er mich. Ja, ich könnte schwören, daß er das tat. Eine unbekannte Furcht erfaßte mich an diesem Morgen. Vielleicht war es das erste Mal, daß ich es wagte, Amon wirklich ins Antlitz zu schauen. Dabei wirkte er gar nicht wie ein Gott, sondern eher wie ein kleiner Mann von durchschnittlicher Erscheinung, wie man ihn überall auf den Straßen sehen kann, wohlhabend, gewiß, doch unauffällig. Nun erhob sich der Hohepriester, verneigte sich in vier Richtungen, nahm ein Tuch und sprach: ›Laß uns deinen Sitz schmücken und deine Gewänder wechseln.‹ Und er streckte die Hand vor und wischte die alte

Schminke von Amons Wangen. Dann trug er, betend, neue auf. Amon sah nun fröhlicher aus.«

An dieser Stelle wurde meine Aufmerksamkeit abgelenkt, denn mein Vater blickte mit einem Lächeln zu Ptah-nem-hotep, wie um ihn daran zu erinnern, wie bedeutsam doch sein Amt als Hüter der Königlichen Schminkpalette sei: Wenn er dem Pharao Wangenrot auflegte.

»Jetzt entfernte Bak-ne-khon-su von den goldenen Gliedern und dem runden goldenen Bauch die Kleidung von gestern und ersetzte sie durch frisches Leinen, neuen Schmuck. Jedes der Stücke, die der Gott getragen, wurde von Zunge gesegnet und von Rein geküßt und dann in ein Kästchen aus Ebenholz und Elfenbein getan. Duftstoff aus Sandelholz diente als Parfüm für Amons Stirn. Dann stellten die Priester einen Becher voll Wasser vor ihn hin und einen Teller mit einigen Leckerbissen, Rind und Ente und Honig; und sie entzündeten Weihrauch und beteten laut: ›Komm, Weiß-Gewand‹, sprachen sie. ›Komm, Weiß-Auge des Horus. Die Götter kleiden sich mit dir, und dein Name ist Kleid. Die Götter schmük-ken sich, und dein Name ist Schmuck.‹

Ich war damals jung und verschwendete keinen Gedanken daran, daß ich jemals sterben würde. Noch ahnte ich nicht, daß mir später neues Leben beschieden sei – als Hoherpriester. Doch schon spürte ich, daß der Geruch des Weihrauchs dort im Allerheiligsten anders war als jeder andere Geruch. Ich erzähle es jetzt, weil du mein Pharao bist, doch in meinem zweiten Leben als Priester hätte ich nicht gewagt, davon zu sprechen, was der Weihrauch enthielt. Selbst jetzt werde ich von jenen Gebeten schweigen, welche das Mischen der verschiedenen Substanzen begleiteten.«

Menenhetet schwieg. Es war, als wolle er seinen Zuhörern Zeit lassen, mit all den Substanzen und Gerüchen eigene Erinnerungen zu verbinden, an ein Begräbnis vielleicht oder auch an schönere Stunden. Doch mir stand der Sinn nicht danach, und ich wartete auf den Fortgang der Geschichte. Die Erzählung meines Urgroßva-ters war gewiß voller Krümmungen ähnlich wie unser Nil, doch mochte der große Strom auch gelegentlich südwärts fließen, im Grunde, das wußten wir ja, strebte er immer dem Norden zu.

Und so war ich geduldig. Die vier Leben meines Urgroßvaters glichen vier Eckpfeilern, und in dem, was sie umgrenzten, hatte wohl jeder Gedanke Platz. Für Menenhetet selbst gab es wohl kaum einen Gedanken, den er nicht irgendwann gedacht hatte. Es war, als treibe man in einem Boot unseren großen Strom hinunter – die Reise ist kurz, doch die Strecke lang. An unendlich vielen Dingen gleitet man vorbei, Hütten, Häusern, Palästen.

Als er weitersprach, konnte ich deutlich spüren, wie er meine Mutter und meinen Vater aus ihrer Versunkenheit riß. Und auch Ptah-nem-hotep, der am intensivsten über die Bestandteile des Weihrauchs nachdachte.

»Der Tempel«, sagte Menenhetet, »war wohl der einzige Ort, wo der Große Ramses sich geduldig zeigte. Sonst war er stets voll Ungeduld. Voll Ungeduld wie eine große Dame oder ein großer Herr. Ich sage das nicht ohne Absicht. Denn seine Gesichtszüge wirkten gleichermaßen weiblich wie männlich. So war es denn wohl Maats ausgleichende Gerechtigkeit, die ihm ein so gewaltiges Glied verlieh. Mitunter lag es zwischen seinen Gewändern bloß, und es war der längste und strammste Freund, den ein Mann je zwischen seinen Schenkeln trug. Mag sein, daß sein Gesicht nicht männlich genug war, doch im Glied des Großen Ramses lag die ganze Kraft Ägyptens.«

»Davon habe ich gehört«, sagte Ptah-nem-hotep, und seine Stimme klang so trocken wie der Sand der Wüste.

»Ja«, fuhr mein Urgroßvater fort, »und ich habe bemerkt, daß Männer, die das Glück haben, ein Glied zu besitzen wie ein Gott, sehr zur Ungeduld neigen. Für gewöhnlich war unser Usermare, Ramses II., über die geringste Verzögerung so ungehalten, daß er einem gereizten Löwen glich; doch im Tempel wirkte er so friedfertig wie ein Lamm.

Bak-ne-khon-su wollte nun vom Pharao wissen, welche Frage er, der Herr der Zwei-Lande, nach dem Opfer an diesem Morgen dem Verborgenen Gott stellen wolle, doch der Von-Ra-Erwählte entgegnete nur: ›Die Frage schläft noch in der Wölbung meiner Zunge.‹ Wie auch hätte er, nachdem die Wolke die Sonne verdüstert, die *wahre* Frage wissen sollen?

Nun wurde ein weißer Widder ins Allerheiligste geführt. Zwei junge Priester hielten ihn bei den Hörnern, und zwei andere stachen das Tier mit spitzen Stöcken in die Flanken. Wie es noch heute Brauch ist, waren die Vorderbeine von goldenen Schnüren umschlungen, so daß der Widder sich nur langsam voranbewegen konnte. Seinerzeit gab man sich allerdings mit dem Tier mehr

Mühe. Die Hörner waren mit Blattgold bedeckt, und das Fell hatte man gepudert, bis es süß roch und weißer wirkte als das weißeste Leinen.

Das Opfertier dieses Morgens war sehr unruhig. Es gibt solche, die im Frieden mit Amon sind, wenn sie das Allerheiligste betreten, und das ist ein gutes Zeichen. Denn ihre Eingeweide sind meist fest, und in der Form kann man mit ihnen zufrieden sein. Dieser Widder indes schien dieselbe Wolke gesehen zu haben. Vor dem Altar gab er Klagelaute von sich, als sei er bereits durch das Messer verwundet. Und er entleerte seinen Darm auf den Stein. Drei große, feuchte Haufen lagen dort.

Ja, drei. Und drei ist die Zahl des Wechsels, des Wandels. Vier wären uns lieber gewesen, denn die Vier ist ja die Zahl des guten Fundaments. Deshalb warteten die Priester noch. Doch der Widder machte keine weiteren Anstalten, und wir konnten spüren, wie sich Amon rührte, gleich einem Gast, der sich zum Aufbruch bereit macht. Zunge und Rein nahten sich mit zwei Handvoll Silbersand aus dem heiligen Kreis, auf dem die Barke stand, und um jeden der feuchten Haufen streuten sie kleinere Kreise aus Silbersand.

Jetzt wurde das Tier zum Opferstein geführt. Den Altar habe ich nicht beschrieben – wohl weil ich ihn nie anschauen mochte. Das Allerheiligste, das alte Allerheiligste – jetzt ist ja alles neuerbaut – war tausend Jahre alt, doch der Altar war noch viel älter. Und ich glaube, in all der Zeit war er nie gesäubert worden. Blut bedeckte Blut, Schicht auf Schicht, altes auf noch älterem – du schüttelst dich, Hathfertiti und ziehst ein Gesicht«, sagte mein Urgroßvater, »doch da gibt es viel zu lernen, denn dieses uralte Blut war dunkler als die Nacht und härter als Stein. Mag sein, daß die Götter in unseren Adern pulsieren, ja, fiebern, doch ihre Ruhestätte suchen sie dort, wo Blut auf Fels getrocknet ist.

Bak-ne-khon-su begann zu Amon zu sprechen. Er hatte eine helle Stimme, und er sprach ruhig, ja, zärtlich wie jemand, der es gewohnt ist, seine Tage im Dienst seines Herrschers zu verbringen und dem dieses – selbstgewählte – Leben gefällt. Während die Priester den Kopf des Widders festhielten, über dem Altar, Kehle über dem Becken, näherte sich Bak-ne-khon-su mit dem Opfermesser und sprach die Worte, welche Amon einst gesprochen zu König Tutmosis III.

›Ich habe sie schauen lassen deine Herrlichkeit als kreisen-
den Stern,
mit funkenstiebendem Feuer und quellendem Tau.‹

Er zog das Messer übers Genick des Widders, und das Tier schüttelte kurz sein Gehörn, wie von der Sonne geblendet. Und zitternd
stand es, zu zittern schien auch sein Herz. Wir lauschten auf das
Tropfen von Blut auf Blut. Es klingt soviel tiefer, als wenn Wasser
auf Wasser fällt.
Bak-ne-khon-su sprach:

›Ich habe sie schauen lassen deine Herrlichkeit als Krokodil,
Als den Herrn der Furcht im Wasser,
Zermalmen kannst du jene, die auf Inseln leben.
Inmitten des grünsten Grüns vernehmen sie deine Stimme.‹

Und mit diesen Worten«, sagte Menenhetet, »machte Bak-ne-
khon-su den wirklichen wichtigen Schnitt. Im trüben Licht des
Allerheiligsten schlitzte sein Messer den Bauch des Widders auf –
ein Schnitt, so schnell und so genau, wie ihn unter hundert
Metzgern nicht einer hätte ausführen können, und wie mit einem
Seufzen fielen der Magen und die Leber und die Milz und andere
Eingeweide zu Boden, und der Widder stürzte darüber. Friedvoll
und schön sah er jetzt aus, nicht mehr verängstigt. Es war, als
wisse die Kreatur, von eigentümlichem Adel jetzt, daß ihr Leben,
dort auf den Steinen, Gefallen gefunden habe vor den Göttern.
Wie alles, das lebendig ist, verstehen es die Götter, sich von den
Toten zu nähren. Mögen die Toten nie lernen, sich von uns zu
nähren.«
Es war eine leise Bemerkung, und doch erweckte sie in mir in
dieser warmen Nacht beim Schein der Glühwürmchen sonderbare
Fragen. Wovor fürchten wir uns eigentlich? Vor wilden Tieren,
bösen Freunden, zürnenden Göttern? Oder ist es alles zusammen,
wie ein Gemisch in der Luft?
»Das Opfer«, fuhr Menenhetet fort, »war für mich wie eine Erlösung. Ich hatte etwas von dem Grauen gespürt, wie es Krieger oft
vor einer Schlacht empfinden. Irgend etwas schnürte meine Brust,
als man den Widder zum Opferstein führte, ich konnte kaum
atmen. Doch nun, da das Tier nicht mehr zuckte, war mein Atem

wieder frei, und tief sog ich die Luft ein und all die Gerüche, die von unten aufsteigen.

Bak-ne-khon-su kniete nieder und legte seine zehn Finger auf die Eingeweide. Sacht hob er das oberste Gedärm empor, um zu sehen, in welchen Windungen es darunter verlief. An einer Stelle, in der Mitte, sah es aus wie eine Schlange, die ein Kaninchen verschlungen hat, so dick, und mir verschlug es wieder den Atem. Es war halt, verglichen mit dem unseren, ein primitives Zeitalter: Damals trachteten wir mit aller Hingabe in den Eingeweiden zu lesen. Mochte das Tier auch tot sein, in seinem Gedärm war die Kraft, das Land zu düngen. Es besaß so großen Wert wie ein Stück Gold. Nein, größeren Wert. Denn Gold wandert von Hand zu Hand, doch dieses Gedärm war für alle gut.«

»Ist es dies, was man Philosophie nennt?« fragte meine Mutter. »Nun, dann finde ich es schon sehr *anrüchig.*«

»Ganz im Gegenteil«, sagte Ptah-nem-hotep. »Mich fasziniert, durch welche Orte dein Herz gegangen ist. Du hast auf dich wirken lassen, was andere von sich abwehren.«

Die Spitze gegen Hathfertiti war nicht zu überhören.

Menenhetet nickte kurz und fuhr fort: »Dort am Kreis aus Silbersand standen wir, unsere Augen auf den kleinen Goldbauch des Amon gerichtet, und warteten, während die Priester Fleischstücke herausschnitten und ins Altarfeuer legten. Dicht schwelte Rauch, frisches Blut kam zu altem Blut, und wir spürten, daß das Opfer angenommen wurde. Die Stimme Amons rührte sich in seinem goldenen Bauch, sowie Bak-ne-khon-su in den Eingeweiden des Widders gerührt hatte. Der Hohepriester begann zu sprechen, doch klang es wie das gewaltige Echo eines großen Raums. Es war nicht seine eigene Stimme, die aus seiner Kehle, seinem Munde scholl. Es war eine machtvolle, eine unvergeßliche Stimme:

›An den König, der mein Sklave ist. Siebenmal sollst du zu meinen Füßen niederfallen. Denn du bist der Schemel für meine Füße, der Knecht für meine Pferde, du bist mein Hund.‹

›Ich bin dein Hund‹, flüsterte Ramses. Er brachte die Wörter nur mit Mühe hervor, mir wären sie in der Kehle erstickt. Meine Zähne knirschten gegeneinander wie Gebein auf Gebein. Nie zuvor hatte die Stimme Amons im Allerheiligsten so mächtig geklungen. Es war eine Stimme, die Mauern zum Einstürzen bringen konnte. ›Ja, ich bin dein Hund‹, wiederholte Ramses, ›und ich lebe in Furcht vor deiner Ungnade. An diesem Morgen glitt eine Wolke über das Gesicht von Amon-Ra.‹

Bak-ne-khon-su blieb stumm, und die Stimme Amons schwieg, doch das Prasseln des Feuers war wie ein Stimmengewirr, aus dem viele Fragen zu klingen schienen, alle gerichtet an ihn, Ramses II. Und er öffnete den Mund und sprach voll Mut wie in eine Höhle, in der eine Bestie lauern mochte: ›Du, der du Ra und Amon bist, du bist der Gott aller guten und großen Krieger, und ich verneige mich vor dir.‹ Mein Pharao begann zu zittern wie der Widder, als er fortfuhr: ›Gestern abend wurde ein Offizier zu mir geleitet, der mir eine Botschaft vom König der Hethiter, Muwatalli, überbrachte. Dieser erklärt seinen Hohn gegen das Zwei-Land. Er hat unsere Verbündeten getötet und viele Rinder und Schafe erbeutet. Jetzt befindet er sich mit einer mächtigen Armee in der Stadt Kadesch und fordert mich zum Kampf heraus. Er fordert mich heraus! Hilf mir, diese Schmähung zu rächen.‹

Ramses II. begann zu weinen – so hatte ich ihn noch nie gesehen. Mit erstickter Stimme sagte er: ›Eine Wolke bedeckte an diesem Morgen die Sonne. Ich erzittere vor dem, der dich zu beleidigen wagt. Ich fühle Schwäche in meinen Gliedern.‹

Die Luft war schwer vom Rauch des brennenden Fleisches«, sagte Menenhetet, »und erst in der Schlacht von Kadesch sollte ich wieder etwas Ähnliches riechen. Dicht quoll der Rauch, und den Klagen des Pharaos folgte Stille. Mir schien, als könnte ich sehen, wie sich die Mundwinkel Amons verächtlich krümmten. Doch wie wollte ich mit Sicherheit wissen, was ich sah, bei trübem Licht und dunklem Rauch?

Dann erscholl aus der Kehle des Hohenpriesters wieder die Stimme Amons, und der Gott sprach voll Zorn: ›Brichst du mir die Treue, so werden deine Beine sein wie Wasser, das den Hügel hinunterläuft, dein rechter Arm wird erlahmen, und dein Herz wird für alle Zeit weinen. Doch hältst du mir die Treue, so wird man in dir den Gott des Lichtes sehen. Du wirst über alle Köpfe scheinen, so wie ich. Du wirst sein wie ein Löwe in seinem Zorn. Du wirst die Barbaren zerschmettern und dich im Tal über ihre Leichen beugen. Du wirst gefeit sein auf dem Meer. Das wirkliche und wahrhaftige Grün wird dir gehören. Ja!‹ Und die Stimme klang so gewaltig, daß die Lippen des Hohenpriesters reglos blieben, während Amons Statue in der Barke wie vor Zorn zitterte (ich schloß die Augen und sah unter der Schminke den sich bewegenden Mund). ›Ja, ich will auf deine Majestät schauen wie auf meine beiden Prinzen Horus und Seth. Ihre Arme sollen deinen Sieg schützen. Bring zu meinen Tempeln das Gold und die Juwelen Asiens.‹

›Ich bin wie dein Hund‹, sagte der Pharao, ›so wie meine Soldaten meine Hunde sind, und die Soldaten der Hethiter die Hunde meiner Soldaten.‹ Er verneigte sich wieder, und der Gott schwieg. Bald verließen wir das Allerheiligste und begaben uns zum Bankettraum, wo wir von dem Widderfleisch aßen, das nach Amons Mahl übriggeblieben war. Es schmeckte so hervorragend (ich hatte an diesem Tage noch nichts gegessen), daß ich meinte, den Speichel des Gottes darin zu spüren.

›Komm‹, sagte Ramses, noch bevor ich satt war, und die Tränen hatten seine Augen so gerötet, daß man es selbst jetzt noch sah, ›komm mit mir über den Fluß. Ich möchte mein Grabmal besuchen.‹«

# VIER

»Viele Gedanken gingen mir durch den Kopf«, sagte mein Urgroßvater, »als wir zum Westufer von Theben übersetzten. Ich hatte die machtvollste Stimme gehört, die ich je vernommen, und noch klangen mir die Ohren. Als ich in späteren Jahren selbst Priester wurde und man mich in den Geheimnissen der Sprache unterwies, da lernte ich, daß die Sprache eines Gottes und sein Wunsch oder Wille eins sind. Damals, in alter Zeit, konnte ein Gott sagen: ›Stuhl‹, und schon war da ein Stuhl.

In unseren Tagen sind wir den Göttern nicht mehr so nahe. Wir können vielleicht brüllen wie ein Löwe, doch es ist und bleibt nur Schall.

Aber an jenem Morgen hatte ich eine mächtige Stimme gehört. Sie kam aus einem Herzen aus Gold, bemächtigte sich der Kehle und der Lippen Bak-ne-khon-sus, und er wurde zum Diener der Stimme Amons. Nun wußten wir, daß der Sieg unser sein würde, wenn wir die Treue hielten.

Dennoch war in mir ein Erschrecken. An diesem Morgen war die heilige Handlung ganz anders abgelaufen als für gewöhnlich. Sonst führten zehn oder mehr Priester einen Stier herein, nicht einen Widder, und dicht beim Pharao stand ein Priester, der eine Art Zeremonienmeister spielte. Er flüsterte dem Herrscher zu, welches Gebet als nächstes kam oder wie viele Schritte zu machen waren.«

»Auch heutzutage, gibt es ja einen solchen Priester noch«, sagte Ptah-nem-hotep. »Nur glänzt er nicht gerade durch gute Manieren.«

»Damals war das anders«, versicherte Menenhetet. »Voll Würde vollzog es sich. Einmal zählte ich nicht weniger als hundert verschiedene Gesten, die ein einziges Gebet begleiteten – und hundert weitere waren mir entgangen, wie ich später begriff, als ich selbst Priester war. Wie konnte ein Herrscher wie Ramses II., dessen Gedanken auf Krieg gerichtet waren, sich all diese Einzelheiten merken? Und doch glaubten wir – und wir waren recht einfältig in jenen Tagen –, daß Amon unser Gebet erhören werde, wenn es dem Pharao nur gelang, Fehler in der Form zu vermeiden. Ich erinnere mich auch, wie Bak-ne-khon-su zu Beginn vieler Gottesdienste in die goldenen Hände des Amon eine Papyrusrolle legte mit einer geschriebenen Bitte darauf. Waren die Gebete beendet, so nahm er sie zurück. Und spürte er sie zwischen seinen Fingern, so wußte er, ob Amon die Bitte erhört hatte oder nicht. Ich war stets davon überzeugt, daß Bak-ne-khon-su das Wort des Gottes auszulegen wußte. Anderen Hohenpriestern zu anderen Zeiten mochte ich nicht so vertrauen. Mir schien, daß die Antworten bei ihnen mehr über die Gottesdiener verrieten als über die Weisheit des Gottes. Als ich selbst Hoherpriester wurde (und ich besaß bei weitem nicht die Reinheit von Bak-ne-khon-su und verdankte dieses Amt nur meiner Nähe zu Ramses dem Großen – in meinem zweiten Leben, als ich noch jung war und er sehr alt), da begriff ich, daß auch ich kaum die Fähigkeit hatte, anderen das Wort Gottes zu vermitteln. Seine Gefühle schienen furchterregend, wenn die Papyrusrolle in meiner Hand zitterte.«

»Deine verschiedenen Leben sind so sonderbar wie der Geschmack eines neuen Gewürzes«, sagte unser Pharao und lächelte meiner Mutter zu. Rasch erwiderte sie sein Lächeln, doch in Gedanken (und erst jetzt kam ich ihren Gedanken wieder nah, so aufmerksam hatte ich meinem Urgroßvater gelauscht) schob sie ihre Hand vor, um den Schenkel des Pharaos zu streicheln. Ptah-nem-hotep setzte sich straffer auf und tastete nach seinem Leopardenschwanz. »Du sprachst«, sagte er zu Menenhetet, »von den Papyrusrollen und ob die Bitte gewährt wurde oder nicht. Du sprachst von der Macht des Hohenpriesters.«

»Ja«, erwiderte mein Urgroßvater. »Es konnte sein, daß auf einer dieser Rollen stand, der Pharao möge mehr beitragen zur Pracht des Tempels von Theben; und ich wußte natürlich, welche Antwort ich erwartete. Ein Hoherpriester muß dafür sorgen, daß der Reichtum seines Tempels vermehrt wird. Gaben machen Amon geneigt, und am geneigtesten machen ihn große Gaben. So stand dann vielleicht auf einer Rolle, Amon möge von unserem alten Ramses verlangen, daß dieser dem Tempel ein Zehntel mehr von dem Tribut gebe, den er im vergangenen Jahr von Libyen erhalten. Und als ich die Rolle wieder an mich nahm, erwartete ich von Amon ein deutliches Ja – und spürte dann dennoch den Unwillen des Gottes. Er wollte den vermehrten Tribut gar nicht.«

»Hast du seine Antwort dann verkündet?« fragte Ptah-nem-hotep.

»Ich weiß es nicht, mein Herrscher. Ich erinnere mich nur, daß ich eine Antwort stets fürchtete, denn ein Nein auf meine Bitte war ein schwerer Schlag. Plötzlich fühlte sich die Papyrusrolle an wie Schlangenhaut.

An diesem Tag, da wir über den Fluß setzten, um das Grabmal von Ramses II. aufzusuchen, spielten diese Dinge keine Rolle. Ich wußte nur, daß dergleichen wohl noch nie geschehen war.

So konnte mich auch kaum überraschen, daß es an diesem Tag nichts gab, das dem Altgewohnten glich. Kaum hatten wir am Westufer von Theben angelegt, da lud mich mein Pharao ein – zum erstenmal ein –, mit ihm in seinem Streitwagen zu fahren. Nefertiri war jetzt nicht zugegen, was mich verwunderte – und wohl auch die Rösser. Ich erinnere mich noch an die Namen dieses Gespanns, einen Hengst und eine Stute: Stärke-von-Theben und Maat-ist-zufrieden.

Ramses fuhr mit mir los, und alle, die mit uns gekommen waren, ließen wir hinter uns. Jetzt zeigte sich, daß die Westthebaner es nur gewohnt waren, ihren König mit großem Geleit zu sehen. Die meisten bemerkten wohl nur flüchtig, wie ihr Pharao an ihnen vorüberrollte, die Kriegskrone auf dem Haupt. Ja, sie gewahrten ihn kaum, den Guten und Großen Gott, das mächtige Zwei-Haus«, sagte mein Urgroßvater, als sei es unverzeihlich, daß – wo auch immer in Ägypten – ein Pharao sich zeigte, ohne daß sich ein jeder dessen bewußt war. Und dann klatschte Menenhetet siebenmal mit der Hand auf den Tisch, als wolle er jeder Mißachtung wehren.

»In dieser Nacht, der Nacht des Schweins, könnte ich von vielen Pharaonen sprechen. Ich habe sie als Götter gekannt, und ich habe sie als Menschen gekannt. Von ihnen allen, wenn du es wissen möchtest –«

»Ich möchte es wissen.«

»– war Ramses II. als Pharao am leichtesten zu verstehen, als Mensch am schwierigsten. Von seiner Frömmigkeit habe ich gerade erzählt. Doch außerhalb des Tempels scherte ihn wenig, wer seine Stimme hören mochte. Er konnte fluchen wie ein einfacher Soldat. Und wenn er mit Nefertiri zusammen war, glich er eher einem Verliebten als einem König. War sie indes nicht zugegen, so sprach er nur selten mit Achtung von ihr. Als wir an diesem Morgen in seinem Wagen am Westufer losfuhren, sagte er: ›Weißt du, daß sie wütend wurde, als ich ihr erklärte, sie solle am Ostufer zurückbleiben? Schone dich, sagte ich zu ihr, und verschone mich. Ich will allein sein.‹ Mein Pharao lachte und trieb die Pferde an. Ein Peitschenhieb über ihre Hinterteile, und schon fielen sie vom Trab in den Galopp und jagten wie zwei Pfeile die Prachtstraße des Osiris am Westufer entlang, wie berauscht. Ja, jetzt sehe ich, wie sehr er sich von anderen Königen unterschied. Während die anderen Pharaonen sich bei jeder Gelegenheit voll Würde zeigten, hielt mein Guter Großer Ramses wenig davon. Wie ein Knabe legte er seine Kleider ab, wenn ihm so zumute war. Und er besaß einen Mund, so begierig, daß man nicht wußte, wollte er einen küssen oder beißen – bei den geheimsten Teilen.«

Meine Mutter ließ ein so sinnliches Lachen hören, daß es schien, es komme ganz aus der Tiefe ihres Leibes. Fast konnte ich das schwarze Haar zwischen ihren Schenkeln sehen – und das rote Gesicht eines jungen Mannes mit goldenem Haar, der begierig spähte. Wieder spürte ich Süßen Finger; nur waren da hundert süße Finger in ihrem Bauch, und ich fragte mich, ob der Mann mit dem goldenen Haar wohl Ramses II. sein mochte, wiedererstanden von den Toten: Der Gedanke verwirrte mich völlig.

Dann hörte ich, wie mein Urgroßvater sagte: »Das Westufer hat mir nie gefallen.«

»Mir gefällt es auch heute noch nicht«, erklärte Ptah-nem-hotep mit Nachdruck.

Ich sah das Westufer mit seinen Augen wie von einem Boot aus. Felsen säumten es, und im Tal gab es viele Tempel. Breite Straßen strebten in alle Richtungen. Doch glich das Ganze weniger einer Stadt als einem Park, allerdings keinem königlichen Park, denn zwischen manchen Straßen fanden sich Sümpfe, und vielerorts fanden sich Bauten, die zwar in Angriff genommen, jedoch nie ausgeführt worden waren. Nur wenige Menschen sah ich auf den Straßen, und nur gar zwei oder drei Karren oder Wagen. Ja, das Westufer schien sich scharf zu unterscheiden vom östlichen Ufer.

Dort mochte vieles so sein wie in Memphis: voll enger Straßen, übervölkert, doch freundlich.

Am Westufer schien es zwar viele interessante Gebäude zu geben, doch hatten sie alle Dächer, die einer Pyramide glichen. Und plötzlich begriff ich, daß es sich nicht um Häuser handelte, sondern um die Grabmäler der Großen Nekropolis von Westtheben: Hundert, nein, tausend Hüte schienen dort zu stehen wie in der Wüste; und weitere tausend, wenn nicht zehntausend noch. Die Straßen waren einander zum Verwechseln ähnlich, sämtlich schnurgerade, und ich fragte mich, ob die Lebenden meinten, den Toten sei es recht, an kurvenlosen Straßen zu wohnen.

Hatte mein Urgroßvater meine Gedanken gehört? (Gewiß, es sei denn, ich sei in ihm.) Denn er sagte jetzt: »Die Straßen der Nekropolis waren rechtwinklig angelegt, im Hinblick darauf, daß kleine, quadratische Flächen beim Verkauf den größten Gewinn einbrachten.«

»Menenhetet«, warf der Pharao ein, »bist du nicht boshaft? Ich habe immer geglaubt, diese Straßen seien so gerade angelegt, um Diebe und böse Geister abzuschrecken.«

»Auch das ist wahr«, sagte mein Urgroßvater. »Wenn man die Straßen besser überblicken kann, braucht man weniger Wächter, und Räuber wie böse Geister können weniger Unheil anrichten. Doch als seinerzeit – im Amon-Tempel in Karnak – entschieden wurde, die Grabstelle quadratisch aufzuteilen, ahnte keiner von uns, daß dies so beliebt werden würde. Ich war damals Hoherpriester, und ich kann dir versichern, daß wir die Einkünfte brauchten. Ich spreche von einem Zeitraum von fünfzig Jahren und mehr: nach der Schlacht von Kadesch, als Ramses II. schon sehr alt war und keine Kriege mehr führen wollte. So konnte der Tempel nur noch auf die Tribute zählen, welche die Söhne der vor Zeiten besiegten Fürsten noch zahlten, und der Gaben für Amon wurden deshalb immer weniger. Man stelle sich nur vor, wie mühevoll es für einen Hohenpriester wie mich war, Morgen für Morgen den Hohn des Großen Gottes zu ertragen, wenn ich ihm die alte Schminke abwischte, und Zunge und Rein ihm neue auftrugen. Ich kam zu dem einfachen Schluß, daß die Gaben, die Amon glücklich machten, nicht allein vom Pharao stammen mußten – und: Gab es nicht genügend Wohlhabende, um sich in der Nekropolis eine Grabstelle zu kaufen?

Doch kehren wir zu jenem sonderbaren Morgen zurück, da der Große Ramses mir die Ehre gab, ihn am Westufer zu begleiten. Auch damals gab es dort schon eine Nekropolis, doch war sie anders als die heutige mit ihren Tausenden von Grabmälern, Grabkammern. Auch gab es damals nur wenige breitere Straßen. Ziemlich klein war sie, jene Nekropolis, und nur die Edlen aus den allerbesten Familien wurden dort bestattet. Ich weiß noch, daß ich Neid empfand bei dem Gedanken, niemals dort ruhen zu dürfen. Ein Mann, den der Pharao zu seinem Begleiter erkoren, sollte der nicht das gleiche Recht haben wie die, deren Lebensgeschichte in die Mauern gemeißelt wurde? Doch es war ausgeschlossen, ich wußte es. In jenen Jahren konnten nur Leute von hohem Stand an ein Leben im Lande der Toten denken. Bei den Bauern, unter denen ich aufgewachsen war, erzählte man sich, nur der Pharao und einige seiner königlichen Brüder könnten die Schrecken der Unterwelt bestehen. Unsereiner erwartete nicht mehr, als nach seinem Tode im Wüstensand verscharrt zu werden. Doch mit meinem Aufstieg zum Königlichen Wagenlenker änderten sich meine Gedanken, und ich wünschte mir eine Grabstelle in der königlichen Stadt der Toten.

So wußte ich denn, als ich viele Jahre später Hoherpriester wurde, daß auch reiche Leute, die nicht ›von Stand‹ waren, Land in dieser Nekropolis erwerben wollten. Allerdings gab es inzwischen einen Umstand, der solche Unterscheidungen fast überflüssig machte, und die Ursache dafür war der Große Ramses. Nach der Schlacht von Kadesch hatte sich seine Zeugungskraft als so gewaltig erwiesen, daß in Theben schließlich Tausende von königlichem Geblüt waren, seine Kinder, Enkel und Urenkel. Und dann gab es natürlich noch all die Angeheirateten. Wer also war nicht ›von Stand‹? Nur die Ärmsten und die Allerärmsten konnten von sich nicht behaupten, mit dem Pharao verwandt zu sein: mit dem Großen Ramses, mit Usermare-Setpenere, mit der Sonne-die-aus-der-Kraft-der-Wahrheit-leuchtet.

Doch das war, wie gesagt, erst nach der Schlacht von Kadesch. Wer hätte an diesem Morgen viel an die Zukunft gedacht, an all das, was noch geschehen sollte? In schnellem Galopp ging es die fast leeren Straßen entlang. Nur wenige Menschen waren zu sehen. Alle waren hier, in der Nekropolis, beschäftigt, und alle wirkten kränklich, selbst die Priester in den Trauertempeln.

Zu meiner Überraschung fuhr Ramses zum Tempel der Hat-shep-sut, der einzigen Frau, die je als Pharao auf dem Thron gesessen. Sie selbst hatte den Tempel errichten lassen, und er sah eigentlich aus wie ein Palast. Ramses sagte: ›Dieses Gebäude hat mich schon immer zum Lachen gebracht. Nur einer Frau konnte es einfallen, sich einen Tempel aus lauter *Schwänzen* zu bauen‹, und er schlug mir derb auf die Schultern. Ich war verwirrt, doch er fuhr fort: ›Zähl sie mal, die Schwänze – Phallus neben Phallus.‹ Es waren vierundzwanzig Säulen, die ein Dach trugen, und darüber befanden sich weitere Säulen, kürzer als die unteren: ein großer, schöner, weißschimmernder Tempel, und die Felsen dahinter schienen direkt zum Himmel zu streben.

Priester kamen, um den Pharao zu begrüßen, doch er verscheuchte sie, und wir stiegen hinauf zum ersten Dach, wo es einen Garten gab mit zahlreichen Myrrhen, Balsambäumen. Wie oft hatte ich Myrrhe doch gerochen. War sie denn nicht in jedem Weihrauch! Und so wußte ich um die Macht dieses Duftes, doch hier bei den hochragenden Felsen und in der Mittagssonne mit all den wüstengelben Hügeln ringsum schien dieser Geruch meinen ganzen Schädel zu füllen, und es war, als sei der Mittelpunkt meiner Gedanken so klar und so rein wie der Himmel selbst. Ein Priester brachte zwei goldene Stühle, einen für den Pharao und den anderen (zu meinem Entzücken) für mich. Auch wurden uns goldene Becher voll Wein gereicht, und selbst im Wein schmeckte ich Myrrhe: Es war wie ein Hauch jener Spezereien, die man den Begräbnishüllen beigab. Indes ich mich also so lebendig fühlte wie das Licht vom Himmel, trank ich Wein, aus dem die Mitternacht sprach und sonderbare Gedanken.

›Diese Myrrhen‹, sagte Ramses, ›sind von ihr‹, und zuerst glaubte ich, er meine seine Gemahlin Nefertiri, doch er fügte hinzu: ›Hat-shep-sut‹. Und dann erzählte er mir, wie die Myrrhen herbeigeschafft worden waren, weil Amon die Königin Hat-shep-sut so geheißen: Das Land Punt, das Weihrauchland, wolle er in diesem seinem Hause haben.

Trotz der Hitze fröstelte ich, denn beim Geruch von Myrrhe war mir kalt. Vor dem Versuch, den Hat-shep-sut unternahm (fuhr der Große Ramses fort), waren viele Expeditionen fehlgeschlagen; die fünf Schiffe der Königin jedoch kehrten mit reicher Fracht zurück: mit Myrrhe und Ebenholz und Elfenbein und Zimtbaumholz; auch mit Tieren, possierlichen Affen, Hunden von fremder Art, mit Fellen südlicher Panther; und mit Menschen, deren Haut so schwarz war, daß sie geradezu purpurfarben wirkte. ›Hat-shep-sut war so zufrieden, daß sie ihrem Liebhaber Sen-mut auftrug, zu ihren Ehren diesen Tempel zu bauen. Zwei Reihen von *Schwän-zen.*‹ Wieder lachte er, doch dann packte er mich beim Arm und sagte: ›Als ich eines Abends mit Nefertiri hierher kam und wir allein hier oben waren, sprach Amon zu mir: Es ist dunkel, doch du wirst mein Licht sehen. Und als Nefertiri und ich uns dann liebten, sah ich, wie unser erstes Kind entstand: Wir glichen dem Regenbo-gen, der an beiden Enden auf der Erde ruht. Ich lache also nicht immer über diesen Tempel, wennschon mir der Geruch von Myrrhe zuwider ist.‹ Ramses erhob sich, und wir gingen. Und dann fuhr er in so wildem Galopp, als befänden wir uns bereits mitten in der Schlacht.

Seine Augen, scharf wie die eines Falken, bemerkten abseits der Straße eine Bewegung; und schon ging es wild über freies Feld und rauhen Boden, zu einer Mulde voller Büsche. Zwei Bauernmäd-chen schritten dort. Und während sie zur Seite wichen, um uns Platz zu machen, sprang Usermare vom Wagen hinab und war mit einem der Mädchen auch schon zwischen den Büschen, indes er das andere mir überließ – so sehr schien er in Hitze. (Er konnte ein Schwert schneller schwingen als jeder andere.) So bediente er sich denn mit seiner Doppel-Krone bei seinem Mädchen vorn und hinten und wechselte zu meinem über, während er mir seines bot. Natürlich rochen sie beide nach Erde, doch machte ich mich über die zweite mit mehr Genuß her als über die andere. Noch nie in meinem Leben war ich so erregt gewesen wie jetzt, da ich in eine Höhle drang, die mein Pharao gerade – sozusagen – barfüßig betreten und dann wieder verlassen.«

»Du hast überhaupt nicht gezögert?« fragte meine Mutter.

Ptah-nem-hotep nickte. »Es ist schon sonderbar«, sagte er, »daß du offenbar keinerlei Furcht fühltest. Schließlich gehören all diese Abenteuer in dein erstes Leben, wo du nur wenig Erfahrung hattest.«

»Oh, ich fühlte Beklemmung: größere Angst, als wenn es in die Schlacht gegangen wäre«, erwiderte mein Urgroßvater.

»Nun ja«, sagte Ptah-nem-hotep, »wenn man Angst hat, ist es wohl leichter, sich in eine Schlacht zu stürzen, als eine Frau zu lieben, nicht wahr? In der Schlacht braucht man bloß den Arm zu heben.«

»Ja«, entgegnete mein Urgroßvater, »doch war ich jetzt gleichsam schon mitten in der Schlacht. Meine sanfte Keule traf vielmals zwischen weiche Schenkel. Es ist wahr, ich empfand so etwas wie Beschämung. War doch mein Glied nicht so gewaltig wie jenes, das sie gerade genossen. Auch schrie das andere Mädchen jetzt vor Wonne über die Urkraft, mit der Usermare-Setpenere es ritt. Doch, wie gesagt, ich war eingedrungen, und es war, als ob mich der Ruf des Streitwagens erreichte. Meine Zehen gruben ein Loch in den Boden, und mein Glied badete in den Säften des Pharao. Wie gut war doch der Geruch der Erde. ›Ich liebe den Geruch der Bauernmädchen‹, sagte der Pharao zu mir, als wir weiterfuhren, ›vor allem, wenn er auf meinen Fingern lebt. Dann nämlich habe ich das Gefühl, mein großes Doppel-Land zu umarmen.‹

Ich meinerseits empfand eine Freude, als erwache ich auf einem Feld, die Sonne im Gesicht. Während ich mich in das Mädchen ergossen hatte, war ihr Herz in mich gekommen. Ich sah ein großes weißes Licht, das aus ihrem Bauch zu stammen schien, und die Wasser des Pharaos flogen über meine geschlossenen Lider wie tausend weiße Vögel. Mein Glied, so schien mir, war für alle Zeiten gesalbt.«

»All das«, sagte Ptah-nem-hotep, »weil ihr, er und du, ein Bauernmädchen miteinander geteilt hattet.«

»Seht, das Kind schläft«, flüsterte meine Mutter.

Ich tat, als ob ich schliefe. Während mein Urgroßvater erzählte, achtete man kaum auf mich, und ich brauchte nur die Augen zu schließen, so vergaß man mich ganz. Mir war das recht. So wurde der Zugang zu den Gedanken der anderen leichter. Sonderbarer Zustand: Ich wurde schläfrig, *weil* ich Dinge begriff, die ich nie gesehen hatte und für die ich keinen Namen kannte.

Menenhetet fuhr fort: »Wir fuhren weiter, als sei nichts geschehen. Doch sobald wir wieder auf der Straße waren, zügelte Ramses die Pferde und sagte: ›Heute morgen während unserer Gebete im Allerheiligsten sah ich mich selbst. Ich war allein, und ich war tot. Mitten in der Schlacht wurde ich umzingelt, und ich war allein und tot.‹ Er spornte die Pferde zum Galopp an, und die Fahrt auf der holprigen, noch unvollendeten Straße war so wild, daß meine Zähne gegeneinanderschlugen.

Wohin er wollte, wußte ich nicht, doch bald lag die Stadt hinter uns, die nun schmale Straße verengte sich zum Weg, der durch Felsen führte. Und dieser Weg wurde so steil, daß wir abstiegen. Mitunter mußten wir auch Gesteinsbrocken beiseiteräumen. An einer Stelle gab es, zwischen hochragenden Felsen, kaum noch ein Weiterkommen, doch dann waren wir auf der anderen Seite, inmitten einer Senke, auf verfallener Straße.

Nun hielten wir, und er sagte: ›Ich werde dir einen Ort zeigen, der so geheim ist wie mein geheimer Name, und du wirst nicht leben, wenn du ihn verrätst.‹ Er sah mich mit soviel Wärme an, als blicke Ra auf mich nieder.

›Doch zuerst‹, sagte er mir, ›muß ich dir die Geschichte von Ägypten erzählen. Sonst kannst du die Bedeutung meines Geheimnisses nicht verstehen.‹« Mein Urgroßvater hielt inne, und er seufzte. »Großes Zwei-Haus«, sagte er zu Ptah-nem-hotep, »du kannst nicht ahnen, wie unwissend ich damals war. Daß Ägypten eine Geschichte hatte, wußte ich nicht. Wir, die Wagenlenker, hatten so unsere Geschichten. Mit Dirnen und was immer sonst. Aber Ägypten? Nun ja, da war der große Fluß, der alljährlich über die Ufer trat. Und wir hatten Pharaonen. Und der älteste Mann, den ich kannte, konnte sich an einen erinnern, der anders gewesen war als alle anderen, weil er nicht an Amon geglaubt hatte. Der Name dieses Pharaos war – ich erinnerte mich nicht mehr. Und vor ihm hatte es Tutmosis III. gegeben, nach dem unsere Königliche Schule der Streitwagenlenker benannt wurde. Und die Königin Hat-shep-sut, die als Pharao auf dem Thron saß. Und noch früher Cheops, der in Memphis residierte, nicht in Theben, und einen Berg erbaute, welcher höher war als alles, was man in den Zwei-Landen je gesehen. Viel mehr wußte ich über die Geschichte Ägyptens nicht.

Der Große Ramses, er erzählte mir jetzt vieles mehr. Wir saßen nebeneinander auf den Felsen, von denen man zum Ostufer blicken konnte. Drüben, auf der anderen Seite des Flusses, lag das lebendige Theben. Geräusche klangen herüber aus Werkstätten aller Art. Und in der Nähe prasselte Geröll herab. Nein, ich träumte nicht, es war wirklich mein Pharao, der mir von der Geschichte Ägyptens erzählte, von Pharaonen wie Amasis I. oder Tutmosis III. – so viele Namen und Dinge, daß ich sie kaum auseinanderhalten konnte. Dann sprach er von Seti, seinem Vater, und endlich hatte ich deutlich das Bild eines jener Pharaonen vor Augen, war doch Setis Gestalt in viele Tempelmauern eingemeißelt; und das half mir zu verstehen, wie sehr sich die Jugend von Usermare-Setpenere von meiner Jugend unterschieden hatte. Ich sah immer den Rücken meines Vaters, sah seine Ellenbogen, wenn er auf den Feldern arbeitete. Ramses hingegen sah seinen Vater auf vielen Tempelmauern, in den Stein gekerbt, wie er einen Gefangenen beim Haarschopf packte. Wenn ich ein solches Bild gesehen hatte, war mir zumute gewesen, als sei ich der Gefangene und der Atem von Seti versenge meinen Nacken. Gern hätte ich gewußt, ob auch Ramses II. so empfand, doch ich wagte nicht, ihn zu fragen.

Dann erzählte er mir von Tutmosis III., der nicht sofort Nachfolger von Tutmosis II. werden konnte, weil Hat-shep-sut, die ehemalige Gemahlin von Tutmosis II., den Pharaonenthron bestieg. So mußte der spätere Tutmosis III. als Priester im Tempel leben und sich um die Weihrauchtöpfe kümmern, wenn Hat-shep-sut zum Beten kam. Zorn wuchs in ihm, riesengroß, und als sie starb und er Pharao wurde, da war er in der Schlacht nicht nur mutig wie ein Löwe – er ließ auch von seinen Steinmetzen den Namen Hat-shep-suts von allen Tempelmauern beseitigen und statt dessen seinen eigenen einsetzen.

›Warum‹, fragte ich den Großen Ramses, ›ließ er nur ihren Namen beseitigen, warum zerstörte er nicht den Tempel von Hat-shep-sut?‹; und er erwiderte, Tutmosis habe nicht jene Götter erzürnen wollen, die Hat-shep-sut am meisten liebten – nur verwirren wollte er sie.

Plötzlich umspannten die Finger Ramses II. mein Knie. ›Auch ich werde ein König sein, der seinen Namen in Stein meißeln läßt‹, und er erzählte mir von der Größe Tutmosis III. – wie viele Schlachten er gewonnen und welche Beute er gemacht. Er sprach von der Ebenholzstatue des Königs von Kadesch (damals gab es einen solchen Herrscher), und daß Tutmosis ihn besiegte und die Statue mitnahm nach Theben. Ramses fuhr fort: ›Der Name des Kriegers, der mit Tutmosis auf dem Streitwagen stand, war Amenenahab. Wie alle, die nach Amon benannt sind, bewies er viel Kühnheit. Und er kannte die Wünsche Tutmosis III., noch bevor dieser selbst um sie wußte.‹ Mit diesen Worten gab mein Pharao mir einen Kuß. Meine Lippen glühten wie die wirbelnden

Räder seines Streitwagens. Und er sprach weiter. Über Pharaonen, die nicht stark genug waren, das Schwert Tutmosis III. zu halten, so wie jener Pharao, der Amon nicht länger verehrte: Amenophis IV., der sich später Echnaton nannte; ein Mann von sonderbarem Äußeren, mit aufgedunsenem Bauch, überlanger Nase und allzu hohem Haupt. Offenbar erinnerte er sich an das, was Tutmosis III. mit Hat-shep-sut gemacht hatte, denn das gleiche tat er jetzt mit Amon. Tausend Steinmetzen beseitigten in den Tempeln den Namen Amons und meißelten einen neuen Namen ein: Re-Aton. Das klingt wie der Name Gottes rückwärts gesprochen, es ist gleichsam das Spiegelbild von *neter*. Dieser Amenophis IV., der sich dann Echnaton nannte, residierte weder in Memphis noch in Theben, er erbaute sich seine eigene Stadt mitten in Ägypten: Achetaton, die Stadt oder der Horizont des Atons.

Auf mich wirkte all dies, was ich aus dem Munde meines Pharaos erfuhr, sehr fremd, fast unglaublich. Kaum war das neue entstanden, verschwand es auch schon wieder. Denn nach Echnatons Tod wurde der Name Atons beseitigt und Amon kam wieder zu seinem Recht. ›All das‹, sagte mein Pharao, ›rief im Land so viel Verwirrung und Schwäche hervor, daß wir unsere heiligen Zeichen auf Holz malen, statt sie in Stein zu meißeln. Das ist auch der Grund, warum mein Vater Seti seinen Künstlern ausdrücklich befahl, nur in Stein zu arbeiten. Es gibt viele Abbildungen meines Vaters, wo er den Kopf von Gefangenen hält, bevor er sie tötet, und sie sind alle in Stein gekerbt.‹ Ramses erhob sich mit lautem Lachen und packte mich beim Schopf, als sei ich einer dieser Gefangenen. Dann sagte er: ›Komm, ich will dir etwas zeigen‹, und wir fuhren weiter.

Bald kamen wir zu einer Stelle, wo wir die Pferde anbinden und zu Fuß weitergehen mußten, weil die Fährte schmal war und sehr steil. Mir wollte es scheinen, als ob wir senkrecht emporklommen; denn wir stiegen von Felsblock zu Felsblock, wobei wir einander stützten. In mir war eine große Verwirrung. Hatte ich nicht gelernt, daß Amon-Ra der größte all unserer Götter sei? Wie konnte es also sein, daß es eine Zeit gegeben hatte, in der er einem anderen Gott weichen mußte? Und daß der Pharao, der diesen Aton verehrte, ein komisch aussehender Mann mit dickem Bauch und langer Nase gewesen war – nun, ich war außer Atem, mehr durch den Wirrwarr meiner Gedanken als vom Klettern.

Wir erreichten die Anhöhe. Anders als ich erwartet hatte, sah ich auf der anderen Seite nicht Wüste, sondern ein Tal, zu dem ein steiler Abstieg und eine Fährte führten. Auf der Felsenhöhe wies der Pharao zurück zum Strom. ›Dort gibt es einen Ort namens Kurna‹, sagte er, ›wo nur Diebe leben. Er wirkt sehr ärmlich, doch unter jeder Hütte sind Reichtümer vergraben. Eines Tages wird mein Zorn so groß sein, daß ich diese Schätze ausgraben und den Dieben die Hände abschlagen lasse. Grabräuber sind sie. In der ganzen Stadt gibt es keine Familie, die nicht von Grabräubern abstammt.‹

In meinem Kopf schwirrte es von Namen wie Tutmosis III. und Hat-shep-sut und Amenophis. Jetzt begann mein Ramses von Tutmosis I. zu sprechen, und bald begriff ich die Zusammenhänge besser. Dieser Tutmosis hatte alle Trauertempel seiner Vorfahren besucht. Er entdeckte, daß viele Grabmäler ausgeraubt und geschändet waren, und laut schrie er seinen Zorn zum Himmel. Denn wenn er starb, konnte ja auch seine Grabstätte beraubt und entweiht werden, und wie seine Vorfahren würde er dann heimatlos in Khert-Neter umherwandern. Ramses schwieg einen Augenblick. ›Und dann kam er zu diesem Tal.‹

Es war ein sonderbares Gelände, so uneben wie ich es noch nie gesehen, gleichsam verkrümmt von der Gewalt eines unterirdischen Flusses. Große Löcher führten zu noch größeren, weiteten sich zu Höhlen.

Und eine Reihe solcher Höhlen hatte Thutmosis I. (mein Pharao erzählte es mir) für sich entdeckt. Er mußte ein Stück hinaufklettern zu einem Felsen, sehr eng war der Eingang, doch dahinter folgte Höhle auf Höhle; und Tutmosis sprach: ›Hier werde ich ein geheimes Grabmal bauen lassen.‹ Er ließ die Höhlen durch den königlichen Architekten vergrößern, bis es zwölf Räume gab.

Das Felsgestein aus diesen Kammern wurde hinausgeschafft in die Wüste, und es ward dafür gesorgt, daß die Arbeiter zu niemandem von ihrer Arbeit sprechen konnten. Mehr sagte mein Ramses darüber nicht, doch ich begriff auch so. ›Niemand hat den geheimen Ort von Tutmosis I. je endeckt‹, sagte Usermare. ›Nicht einmal die Pharaonen kennen die Grabstätten anderer Pharaonen. Hinter jedem Fels hier kann sich eine solche Stelle befinden, doch gibt es so unendlich viele Felsen, daß niemand etwas Genaues wissen kann. Spricht man deshalb vom Ort der

Wahrheit? Ich weiß es nicht. Doch auch meine Grabstätte soll hier verborgen sein.‹

Mir war nicht danach zumute, sein Geheimnis zu erfahren. Doch das Thema zog mich unwiderstehlich in seinen Bann. Wenn diese Gräber so schwierig zu finden seien, fragte ich, wie hatten die Grabräuber von Kurna dann soviel Beute machen können? Hier nahm er mich beim Arm und sagte: ›Küß meine Lippen. Gelobe, daß du nie davon sprechen wirst. Sonst soll dir die Zunge herausgeschnitten werden.‹ Wir küßten uns wieder, und ich wußte, wie es war, im königlichen Körper eines Pharaos zu leben, denn wieder spürte ich den Strahlenglanz in meinem Kopf, und die Last des Geheimnisses lag auf mir, noch bevor ich es erfuhr. Seine Zunge berührte meine Zunge, und ich fühlte das Leben in ihr und wußte, daß ich sie nie verlieren wollte.

›Kein Pharao wollte, daß ein anderer Pharao seine Grabstätte in diesem Tal kannte‹, sagte er. ›Doch irgend jemand mußte er einweihen, damit eine zufällige Grabräuberei nicht unentdeckt blieb. So vertraute er sich jeweils seinem Hohenpriester an, und dieser gab dann vor seinem Tod das Geheimnis an den nächsten Hohenpriester weiter.‹

Zur Zeit von Amenophis IV. hatte dann ein Hoherpriester den Leuten von Kurna eine Grabstätte verraten und mit ihnen die Beute geteilt. Doch unter den Dieben entstand ein Streit, und der Frevel wurde ruchbar. ›Die Männer von Kurna‹, sagte Usermare, ›versetzten Amenophis so in Schrecken, daß er seinen Namen wechselte und sich Echnaton nannte und seinen Regierungssitz in eine neue Stadt zwischen Theben und Memphis verlegte.‹

Ich konnte nicht glauben, daß die Diebe von Kurna über einen so mächtigen Bann verfügten, daß selbst ein Pharao sie fürchtete. Doch dann überlegte ich: Um in das Grab eindringen zu können, hatten sie sich wohl von dem Hohenpriester besondere Gebete sprechen lassen – eine völlige Verkehrung der heiligen Andacht. Dennoch: Wie war es ihnen möglich gewesen, die Mumie des Pharaos auch nur zu berühren? Hatte die Furcht in ihrem Herzen sie nicht getötet?

Oh, die Hitze. Die Sonne brannte hernieder, und mein Körper war wie im Fieber. Doch die Felsschatten, sie kühlten. Inzwischen war es Nachmittag, später Nachmittag sogar, wir stiegen höher in dem Tal, Ort der Wahrheit genannt, und man mußte meinen, daß die

Wahrheit häßlich sei, heiß und häßlich. Über dem nächsten Felskamm waberte die Sonne. Vor uns befand sich eine Anhöhe mit einer Spitze, die einer kleinen Pyramidenspitze glich – das Horn, so nannte Usermare-Setpenere sie. Und die Sonne glitt jetzt hinter das Horn und war verschwunden.

Hier, in der plötzlichen Düsternis dieses Tals, zeigte Ramses II. mir ein eigentümliches Gebilde. Hoch wie ein Obelisk ragte es auf, vom eigentlichen Felsmassiv gleichsam abgespalten wie durch einen Blitz. Die Breite des Zwischenraums betrug kaum mehr als eine Elle, und in diese Spalte schob Ramses sich jetzt, stemmte den Rücken gegen die eine Wand, die Füße und Hände gegen die andere. Mit geschickten Bewegungen gelangte er höher, um das Ein-, Zwei-, Vielfache meiner Körpergröße. Eigentümlicher Anblick. Besudelt war sein Leinengewand, doch noch immer trug er seine Kriegskrone, obschon er sie einmal zu verlieren drohte. Dann schwang er sich auf ein Felssims, so hoch wie die Säulen des Tempels von Karnak, und rief mir zu, ich solle ihm folgen.

Nicht ohne Beklemmung begann ich den Aufstieg. Doch erwies er sich als leichter, als ich geglaubt: Es war, als stiege ich eine unregelmäßig gebaute Leiter empor. Ich mochte das Gefühl des gegen meinen Rücken gepreßten Felsens, an dem ich ruhte, wenn meine Füße oder Finger müde wurden, und die Vertiefungen, in die sich meine Hände klammerten, waren mir so vertraut, als griffe ich den Leib eines Mannes oder einer Frau. Ich wußte, daß ich noch in vielen Nächten davon träumen würde, denn ich fühlte mich Geb ganz nah, berührte ich doch die Runzeln seiner felsigen Haut. Ich hatte nicht gewußt, daß man ohne Gebete einem Gott so nah sein konnte.

Es dauerte eine Weile, bis ich das Gesims erreichte. Ich stieß einen Jubelruf aus, und wir umarmten uns. In diesem Augenblick schien er mir mehr ein Freund zu sein als mein Pharao, und ich mochte ihn wie nur je einen Krieger.

›Hier‹, sagte er, ›dieser Felsabsatz ist wie tausend andere, und dennoch gibt es keinen zweiten wie ihn. Sieh nur, was hinter diesem Felsblock liegt.‹

Der Block hatte fast Manneshöhe, und er teilte den Felsabsatz in zwei fast genau gleichgroße Hälften, doch dahinter befand sich ein Loch, durch das man kriechen konnte. Auf ein Nicken des

Pharaos tat ich es. In der Höhle war es dunkel, nur wenig Licht fiel durch das Loch. Eine Eidechse flitzte eine Wand empor, Getier regte sich.

Und dann war auch Ramses II. in der Höhle, und wir hockten in der Hitze, während jede Kreatur, die wir aufgescheucht hatten, schleunigst das Weite suchte. Da waren Fledermäuse, und ich hörte ihr Flattern, hörte auch jenen Schrei, den sie in höchster Not ausstoßen, fast wie das pfeifende Röcheln eines Sterbenden. Sie übersprühten uns mit Kot, und doch war der Gestank für alle Zeit verwandelt durch meine Nähe zum Pharao. In der Dunkelheit spürte ich den Adel seiner Gegenwart, welche die Höhle gleichsam füllte wie der Herzschlag eine Brust. Und so wurde der üble Geruch des Fledermauskots versüßt durch die üppigen Düfte, die der königliche Schweiß verströmte. Diese Erinnerung blieb mir durch all meine Leben bis zum heutigen Tage treu, und ich kann den Geruch der Fledermaus nicht völlig verabscheuen, denn er ruft mir den warmen und duftenden Leib des jungen Ramses zurück. – Ja!

Woher kam das Licht, wenn nicht von seinem Körper? Das schimmernde Leuchten, in dem ich die Höhle jetzt besser erkennen konnte. Ich bemerkte, daß sie eher einem Tunnel denn einer Kammer glich, und er lachte über die Originalität seines Einfalls: Hier wollte er ein Grabmal mit zwölf Räumen bauen lassen. Dann fügte er hinzu: ›All dies ist wahr, wenn ich aus den kommenden Kriegen heimkehre.‹ Wir schwiegen in dieser seiner Höhle. Noch immer huschten Eidechsen davon, wenn wir uns auch nur sacht bewegten, und ich wußte, daß ihre Götter davor zurückschreckten, das Sonnenlicht auf unseren Gliedern zu atmen.

›Es sind die Hethiter, auf die wir treffen werden‹, sagte Ramses II. ›Sie kämpfen mit drei Mann in jedem Streitwagen. Sie sind stark, aber langsam. Sie kämpfen mit Pfeil und Bogen, mit Schwert und Speer, und –‹, er ließ sich Zeit für die folgenden Worte, ›– manchmal kämpfen sie auch mit der Axt. Sie leben in einem Land, wo es viele Bäume gibt, und sie wissen mit der Axt umzugehen.‹

Während ich zu ihm blickte (und sein Gesicht nur undeutlich erkennen konnte), stieg eine neue Furcht in mir empor. Wie wunderbar das ist, eine neue Furcht! Sie gleicht einem Antlitz, das man nie zuvor gesehen. Sie jagt Schauder über den Körper. Schauder und ein Prickeln unbekannter Art. Durch ein Schwert vom Leben zum Tode zu kommen, war eine Sache, und sie war schlimm genug. Doch meine Glieder und mein Leib wehklagten bei dem Gedanken, durch eine Axt verstümmelt zu werden.

›Die Hethiter haben lange, schwarze Bärte‹, sagte mein Ramses, ›und darin haust Ungeziefer, kleben Reste von altem Essen. Das Haar auf ihren Schultern ist verfilzt. Sie sind häßlicher als Bären und können nicht ohne das Blut der Schlacht leben. Am grausamsten sind sie, wenn du in ihre Gefangenschaft gerätst. Sie stoßen dir einen Ring durch die Lippen, damit sie dich nach Belieben ziehen und zerren können. Und es gibt welche, die ihren Gefangenen bei lebendigen Leibe die Haut abschälen. Nun, von den Hethitern, die ich gefangennehme, werde ich hundert mitnehmen, damit sie mir mein Grab bauen können.‹ Er lächelte, und wenn er den Gedanken auch nicht aussprach, so wußte ich doch, was er meinte, und ich sah die Gefangenen vor mir: ohne Zunge. ›Ja‹, sagte er, ›das ist besser, als Ägypter zu nehmen.‹

Jetzt hielt er inne und sah mich an, und auf seinem Gesicht war das gleiche Lächeln wie beim Anblick des Bauernmädchens. Hätte ich mich nur bewegt, dann wäre es vielleicht bei dem Lächeln geblieben. Doch ich wollte und konnte mich nicht bewegen; und so erhob er sich, packte mich beim Schopf, so wie sein Vater Seti gefangene Sklaven beim Schopf zu halten pflegte – und sein Glied war vor mir. Er ergoß sich in meinen Mund, durch den Anblick meines Gesichts schnell erregt. Noch nie hatte ich einen Mann das mit mir machen lassen.

Noch immer hielt er mich beim Schopf gepackt. Er schleuderte mich nieder, drehte mich an der Hüfte herum, und dann zwängte er sein Glied in mich hinein, ohne einen weiteren Gedanken wohl. Etwas schien zu reißen, zu zerreißen; was, wußte ich nicht; doch hallte und schallte es in meinem Kopf, als stießen zehn starke Männer mit einem Rammholz eine Tempeltür ein; mit der Kraft zehn starker Männer drang er in mein Gedärm, während ich mit dem Gesicht auf dem verdreckten steinernen Boden lag und über uns eine Fledermaus schrie.

Ich hörte, wie Usermare rief: ›Dein Arsch, kleiner Meni –‹, dabei war ich fast so groß und genauso schwer wie er, ›– dein Arsch, kleiner Meni, gehört mir. Ich gebe dir eine Million Jahre und die Unendlichkeit, dein Arsch, kleiner Meni, ist süß.‹ Und dann ergoß er sich mit solcher Gewalt, daß in meinem Allerheiligsten irgend etwas aufzuspringen schien. Mein letzter Stolz war gebrochen. Ich gehörte nicht länger mir selbst, sondern ihm. Und ich liebte ihn, und ich wußte, daß ich für ihn sterben würde; doch ich wußte auch, daß ich ihm nie verzeihen konnte und niemals vergessen; nicht, wenn ich aß, nicht, wenn ich trank, noch wenn ich meinen Kot ließ. Wie ein Pfeil ging ein Gedanke durch meinen Kopf: Ich werde mich dafür rächen.

›Niemand wird uns in der Schlacht bezwingen können‹, sagte er. ›Wir sind jetzt das Tier, das sich auf vier Beinen bewegt.‹ Und er gab mir noch einen Kuß und seufzte, als habe er üppig geschmaust, und die Tafel sei jetzt leer. Doch in meinem Mund war der Geschmack vom Allergrünsten, und das Blut meiner Eingeweide pochte gegen mein Herz.

Wir krochen hinaus und kletterten hinunter. Im Mondlicht schritten wir zurück und sahen, wie über die Sterne Wolken glitten. Ich hörte ihre Stimmen. Man kann die Stimme einer Wolke hören, wenn man in einer stillen Nacht zu schweigen versteht; doch ist ihr Wispern das leiseste Geräusch, das sich denken läßt. Im Morgengrauen erreichten wir mit unserem Streitwagen das am Ufer wartende Boot, und wir hielten, um den Flug eines Falken zu verfolgen. Ich wußte, daß dieser Vogel des Horus am innigsten vertraut war mit der Sonne: Sah er doch, wie sie im Osten stieg, während wir noch im Dunkeln des Westens atmeten.«

# FÜNF

Menenhetet wußte sehr wohl, was wir empfanden. Ein dünnes Lächeln lag auf seinen Lippen, als Ptah-nem-hotep den Kopf abwandte. Ich hatte einmal das Gesicht eines Diebes gesehen, kurz bevor man ihm auf einem öffentlichen Platz die Hand abschlug (brennend vor Neugier war Eyaseyab mit mir dorthin gejagt). Ja, der Dieb lächelte: die groteske Grimasse eines Menschen, der bei einer Peinlichkeit ertappt wird.

Sein Lächeln verschwand, als die Klinge niederfiel; und der verstörte Ausdruck seiner Augen verfolgte mich – nachts wachte ich manchmal schreiend auf. Denn es war gewesen, als taumle der Dieb in seinen Tod.

Das Gesicht meines Urgroßvaters hatte jetzt einen ähnlichen Ausdruck, und ich wußte, daß seine Gedanken noch immer im Staub von Usermares Höhle lebten. Er zuckte mit den Schultern. Und glich einem Lasttier, das seit Jahr und Tag mühselig eine Bürde schleppte. »Ich wußte«, sagte er, »daß ich nie vergessen würde. Und ich habe auch nie vergessen. Doch spreche ich heute nacht zum erstenmal davon. Und ich möchte noch etwas dazu sagen. Tief brannte nach dem Besuch in der Höhle die Schmach in mir. Doch war es mehr als nur das. Ich schämte mich, weil an der Erinnerung etwas war, das ich genoß. Mein Inneres fühlte sich vergoldet. In meiner Brust leuchtete das Licht eines Gottes. Ein Gott war in mich eingedrungen. Ich war nicht wie andere Männer, obschon ich mir eher vorkam wie eine Frau.«

Es war, als lösten diese Worte die gedrückte Stimmung hier im Raum. Meine Eltern und Ptah-nem-hotep wirkten wenn auch nicht befreit, so doch erleichtert. Und als sie jetzt zu Menenhetet blickten, sah ich in ihren Augen einen Hauch von Scheu.

»Zwei Nächte lang fand ich keinen Schlaf«, fuhr er fort, »und ich glaubte, der Mond sei in mein Herz gedrungen. Nur ein schwaches Leuchten gewahrte ich. Nie wieder, so schwor ich mir, würde ich es zulassen, daß Usermare-Setpenere in mich eindrang. Aber das hieß natürlich auch, daß ich davor zurückschrak, ihn zu sehen; ich, der sich noch nie vor einem Mann gefürchtet. Doch setzte ich mich gegen ihn zur Wehr, so bedeutete das meinen Tod. Wie also konnte ich ihm am besten aus dem Wege gehen, fragte ich mich. Bis mir bewußt wurde, daß er seinerseits mir aus dem Weg zu gehen schien.

Allerdings hatte auch jeder von uns alle Hände voll zu tun. Kaum waren wir bei Tagesanbruch nach Theben zurückgekehrt, als mein König auch schon seine Truppen zu mobilisieren begann für den Kriegszug nach Syrien gegen die Hethiter. Boten wurden entsandt, um Soldaten von Syene zu holen. Andere reisten nördlich nach Memphis, und nach Busiris im Delta, und nach Buto und Tanis, um den Garnisonen mitzuteilen, wieviel Mann gebraucht werden würden. Währenddessen waren wir in Theben vollständig mit unseren eigenen Vorbereitungen beschäftigt.

Dann schifften wir uns ein, rund dreitausend Mann allein aus Theben, dazu eintausend Pferde, auf dreißig Booten insgesamt, und die Fahrt flußabwärts nach Memphis dauerte fünf Tage. Wir hockten so eng aufeinander, daß Körper gegen Körper stieß; und spürte man ein müdes Kinn auf seinem Rücken, so gab es nicht genügend Raum, um sich dagegen zu wehren, außer man biß dem anderen in die Nase. Zweimal tat ich das, und die Männer trugen die Narben bis an ihr Lebensende. Überflüssig zu sagen, daß ich mich also nicht auf dem Falkenschiff befand. An den meisten Tagen war uns die Königliche Barke so weit voraus, daß wir kaum das Blitzen der goldenen Mastspitze sahen, doch klang über das Wasser Gelächter herbei. Erst fünfzehn Tage später sah ich meinen Pharao wieder, als wir Gaza erreichten, wo sich das Heer endlich versammelte; doch nahe war ich ihm auch dort niemals, denn wir lagerten auf einer weiten Ebene, wo Truppen übten, Streitwagen Staub aufwirbelten. Dennoch war es dort viel besser als im Boot. Dort waren zweihundert von uns zusammengepfercht gewesen. Die einzige Stütze für den Rücken bildeten die Knie des Mannes, der hinter einem saß, und zu sechst hockten wir nebeneinander. Nein, angenehm war es nicht. Doch was sollte man erst über den armen Ruderknecht sagen, der auf leicht erhöhtem Platz an der Bordwand saß und sich die Lunge, nein, das Leben aus dem Leib ruderte. Stromabwärts geht es leichter, heißt es, doch groß ist der Unterschied nicht, wenn man stetig bei schnellerer Fahrt rudert. Über uns war das rote Großsegel, und es breitete sich so weit, daß wir den Himmel nicht sehen konnten – bei der Hitze eher ein Vorteil. Die Ruderknechte keuchten, Holz knarrte und quarrte, und ich sah nichts als die Leiber vor mir oder die schweißbedeckten Körper der Ruderer zu beiden Seiten – mit ihren erhöhten Sitzen versperrten sie die Sicht zum Horizont. Nichts spürte ich vom tausendfältigen Leben im Fluß, ich vernahm nicht einmal das Rauschen des Wassers, in diesem Boot mit zweihundert anderen Soldaten. Nur Murren hörten wir, und man gab uns nichts als Getreide und Wasser, bis wir furzten wie Vieh. Soviel Gärung war in dem Gas, daß man benommen werden konnte, wenn man es nur einatmete.

Da war ein Äffchen, das dem Kapitän gehörte, und es wirkte wie berauscht. Mag sein, daß das die Erregung machte, weil so viele von uns es betätschelten – der Affe war unsere einzige Unterhaltung. Manchmal lachte ich so laut über ihn, daß mir die Adern im Kopf zu platzen drohten; denn wenn der Kapitän auf der Brücke nahe dem Bug stand, die fetten Hinterbacken zusammengekniffen, eine Hand gegen das grelle Licht schützend vor den Augen, so äffte ihn der Affe nach, und wir brüllten vor Gelächter. Doch während ich lachte, hockte ich auf meinem wunden Hintern, nicht gerade eine stolze Verletzung für einen Krieger. Und so fühlte ich mich wie der niedrigste aller Götterdiener, dem Affen nicht unähnlich.

In Gaza sah ich nie die Stadt. Sie sei jetzt ägyptisch, hieß es, doch wir lagerten draußen in der Wüste und tranken Ziegenmilch, was unsere Blähungen nicht minderte. Reisen heißt furzen, sagt man bei uns ja. In den Zelten sprachen wir von nichts anderem als von frischer Nahrung. Sobald wir wieder Herr über unsere Beine waren (was mir nach zwei Wochen im Boot gar nicht leichtfiel), gingen wir Streitwagenfahrer auf Beutejagd, und wir aßen sogar Gänsefleisch. Wir rösteten den Vogel über einem Feuer nahe einem Hain toter Bäume. Fett tropfte herab, und es zischte, als habe das knochentrokkene Holz endlich seinen Durst löschen können.

Dann rief der König einen großen Kriegsrat zusammen. Sein

Lederzelt hatte die Ausmaße von zwanzig gewöhnlichen Zelten, und mehr als hundert von uns saßen im Kreis um ihn herum. Ramses, majestätisch wirkend wie in seinen besten Augenblicken, hatte einen neuen Freund gewonnen: Rechts von ihm, an kurzer Leine, stand ein Löwe.

Dieser Löwe, Hera-Ra, war ein bemerkenswertes Tier. Wie man ihn gezähmt hatte, weiß ich nicht – er gehörte zu den Tributen aus Nubien. Doch war er erst seit wenigen Wochen im Besitz des Königs, und man erzählte sich, daß Löwe wie Pharao es nicht mehr ertragen konnten, ohne den anderen zu sein. Zum erstenmal in meinem Leben spürte ich Eifersucht. Warum hatte Usermare-Setpenere mich in letzter Zeit behandelt wie den niedrigsten aller Wagenlenker? Aus Mangel an Achtung oder einfach, weil er den Löwen attraktiver fand? Ich fragte mich sogar, ob er die Hinterbakken des Löwen ebenso in Anspruch genommen, wie er es mit meinen getan. Gar kein so absurder Gedanke für den, der Ramses II. kannte. Denn wenn er einem in die Augen blickte oder beim Haupthaar packte, zerfloß die eigene Willensstärke wie Wasser in tausend Rinnsalen.

Irgendwie schien zwischen ihm und diesem Hera-Ra ein geheimes Einverständnis zu bestehen. Hera-Ra: Antlitz-des-Ra; und in der Tat besaß der Löwe ein Haupt, das einem Gotte würdig schien. Aus großen, klugen Augen musterte er jedermann, und viel Freundlichkeit lag darin. Doch ähnelte dies dem Verhalten eines adligen Kindes, nur zwei oder drei Jahre alt. Es ist verhätschelt und sieht in jedem, der sich ihm naht, nur den Spender neuer Wonnen. Schon der geringste Mißklang läßt es in Zorn ausbrechen. Bei dem Löwen war es kaum anders. Und bei Usermare-Setpenere auch nicht. Zunächst musterten sie einen mit freundlichem Interesse.

Ja, es stimmt. Ich war eifersüchtig auf Hera-Ra. Mit einem schwachen Lächeln auf den Lippen beobachtete ich, wie der Löwe offenbar allem lauschte, was gesprochen wurde, um dann zu seinem Freund und Herrscher zu blicken. Einmal sprachen zwei Offiziere zu gleicher Zeit, beide bemüht, beim Pharao Gehör zu finden. Schon war der Löwe auf den Beinen und richtete seine große, stumpfe Nase erst auf den einen, dann auf den anderen, als wolle er von den beiden Streithähnen sorgfältige Witterung nehmen, um ihnen vielleicht die Köpfe abzubeißen. Sollte er das je bei

mir versuchen, so schwor ich mir, würde ich ihm die Nase ab-
beißen. Ja, ich haßte diesen Löwen.

Ich hatte noch nie an einem Kriegsrat teilgenommen und wußte
daher nicht, ob sie stets so ruhig verliefen wie diese Versammlung.
Doch wirkte sich die Anwesenheit des Löwen zweifellos entsprechend aus. Das leise Zittern seiner Flanke verriet Ungeduld. Und
als ein Fährtensucher, der vom Feind keine Spur gefunden hatte,
umständlich Bericht erstattete, gähnte er: genug gesprochen.

Während dann andere sprachen, begriff ich erst, daß viele der
Männer hier Gouverneure oder Generäle waren, Herrscher über
Regionen, von denen unser Zwei-Land Tribute erhielt. Ramses
hatte sie nach Gaza gerufen, um von ihnen etwas über die Streit-
kräfte der Hethiter zu erfahren. Doch diese Armeen schienen vom
Erdboden verschwunden zu sein. Niemand wußte etwas von
ihnen. In Megiddo und Phönizien war alles ruhig, an den Ufern
des Orontes bewegte sich nichts, Palästina und Syrien schliefen,
der Libanon bot ein Bild des Friedens.

Jetzt sprach der Prinz, Amen-khep-shu-ef, und während er das tat,
legte der Löwe eine Pranke auf das Knie des Pharaos, der seine
Hand darüberschob. ›Mein Vater‹, fragte Amen-khep-shu-ef mit
klarer Stimme, ›darf ich meine Meinung äußern?‹

›Keine Meinung könnte wertvoller sein‹, erwiderte sein Vater.

Der Prinz, dreizehn inzwischen, glich bereits einem ausgewachse-
nen Mann. Und er schien eher Usermares Bruder zu sein denn sein
Sohn; kein Wunder, da Nefertiri und der Pharao ja Geschwister
waren und der Vater des Prinzen mithin gleichzeitig sein Onkel.
Jetzt sprach Amen-khep-shu-ef zu Usermare wie zu einem älteren
Bruder, auf den er neidisch war. ›Nach all dem, was ich hier gehört
habe‹, sagte er, ›will mir scheinen, daß der König der Hethiter ein
Feigling ist. Er wagt es nicht, sich uns in der Schlacht zu stellen,
sondern wird sich hinter den Mauern seiner Stadt verkriechen. Wir
werden sein Gesicht nicht sehen. Also müssen wir uns auf eine
Belagerung vorbereiten. Es wird Jahre dauern, bis der letzte der
Hethiter gefallen ist.‹

Er sprach nicht nur wie ein Mann, sondern auch als Ratgeber.
Seine Stimme war tief, und wenn man das junge Gesicht nicht sah,
konnte man meinen, er sei so alt wie sein Vater. Wer ihn so
sprechen hörte, mußte wohl beeindruckt sein. Einige der Generäle
hingen geradezu an seinen Lippen, und als er geendet hatte,

nickten sie nachdrücklich. Einige waren sogar so kühn, den Pharao
ums Wort zu bitten und dem Prinzen zuzustimmen, noch bevor sie
die Meinung ihres Herrschers kannten. Mir erschien das unklug,
ja, dumm. Doch dann begriff ich: Sie alle gehörten zu ein und
demselben Klüngel, angefangen bei Amen-khep-shu-ef mit seinem weißen Faltenrock und dem edelsteingeschmückten Schwert
bis hin zu den rauhesten Provinzgenerälen, denen das Haar auf
der Brust pelzdicht wuchs und deren zernarbte Gesichter Felsgestein glichen. Doch was hofften sie zu gewinnen? Das ließ sich
unschwer erraten. Falls Usermare-Setpenere sich der Meinung
seines Sohnes anschloß, so würde er sich kaum bereitfinden, den
Feldzug selbst zu führen. Für seine Ungeduld war eine offene
Schlacht angemessen, eine Belagerung hingegen Gift. Und so
konnte man damit rechnen, daß er sich, gelangweilt, schon bald
nach Ägypten zurückzog und den langwierigen Kampf den Truppen unter der Führung seines Sohnes überließ. In Abwesenheit
des Pharaos würde Amen-khep-shu-ef dann wie ein König leben.
Zweifellos war Ramses II. mit dem Verlauf der Debatte nicht
zufrieden. Und plötzlich suchten seine Augen mich, ausgerechnet, da er mir ja seit Wochen keinen Blick gegönnt, weder auf dem
Fluß noch in Gaza. All die anderen Ratgeber überspringend, sah er
mich an, als sei ich ein alterfahrener Veteran, Teilnehmer an zehn
Feldzügen oder mehr, und seine Frage, wie ich denn darüber
dächte, traf mich unvorbereitet. Doch glich meine Zunge einem
Roß, das, wochenlang eingesperrt, sich endlich wieder tummeln
möchte, und ich ließ ihr freien Lauf, wenn auch nicht ganz. Auf
keinen Fall durfte ich zu schnell sprechen, das wäre unhöflich
gewesen. Dem Pharao mußte genügend Zeit bleiben, jedes Argu-
ment zu prüfen. Und so zügelte ich meine Stimme. Doch ich hatte
viel zu berichten (schließlich waren mir im Boot mancherlei
Gerüchte zu Ohren gekommen). ›Fundament-der-Ewigkeit-in-
Ra‹, begann ich, ›der König der Hethiter hat seine Verbündeten zu
Hilfe gerufen, und es heißt, daß die Mysianer, die Lysianer und die
Dardanianer bei ihm sind und auch Soldaten aus Ilion, Pedasos,
Carchemish, Arvad, Ekereth und Aleppo. Diese Menschen sind
barbarisch. Verwegene Kämpfer vielleicht, doch voll Ungeduld.‹
Nun sah ich, wie der König die Augen schloß, als ginge ihm ein
unangenehmer Gedanke durch den Kopf, und Hera-Ra gähnte
mich an. Ich hatte bereits zu lange gesprochen. Ich muß sagen, daß

die Kerbe zwischen meinen Hinterbacken zu jucken begann, und ich könnte beschwören, daß die Lenden des Löwen schwollen. Eine rote Spitze erschien, und alles nur wegen des einen Wortes *Ungeduld*. Doch das Gespräch war zu ernst, als daß Ramses seiner Gereiztheit nachgeben durfte. Und so versetzte er dem Löwen einen Schlag auf den Rücken, als wollte er sagen: ›Laß ihn aussprechen‹. Ja, der Pharao verzieh mir, daß ich für die Barbaren eine Eigenschaft nannte, die auch ihm eigen war: nicht-warten-können. Er nickte mir zu. Und so fuhr ich denn fort: ›Diese feindlichen Soldaten möchten unsere Leiber rösten. Sie wollen Beute machen. Läßt die Gelegenheit dazu zu lange auf sich warten, so werden sie unruhig werden. Wäre ich der Hethiter-König, so würde ich solche Soldaten nicht für eine Belagerung haben wollen. Ich würde sie in die Schlacht führen.‹

›Wo sind sie denn überhaupt?‹ fragte mein Herrscher.

Ich machte eine tiefe Verbeugung und berührte mit der Stirn siebenmal den Boden, denn ich wollte Ramses nicht abermals kränken, indem ich allzu schnell Antwort gab. Statt dessen sprach ich ihn mit so vielen seiner großen Namen an, daß Hera-Ra sich zufrieden das Maul leckte. Dann sagte ich: ›Der König der Hethiter kennt im Libanon jeden Hügel und jedes Tal. Ich fürchte, Guter und Großer Gott, daß der Feind versuchen wird, uns bei unserem Vormarsch in die Flanke zu fallen.‹

Ich wußte, daß Prinz Amen-khep-shu-ef wütend war. Ich hatte ihn mir zum Feind gemacht. Doch ich sah auch, daß der König gleichsam die Nabe eines Rades bildete, während wir, die Ratgeber, seine Speichen waren. Freunde konnten wir einander niemals sein. ›Der Bauer, der so viel über Pferde weiß, daß du ihn zu deinem Ersten Wagenlenker gemacht hast‹, sagte Amen-khepshu-ef, ›spricht von der Ungeduld der Barbaren, als sei damit von vornherein alles erklärt. Doch wo befindet sich der König der Hethiter? Nirgendwo läßt sich der Feind erblicken. Kein Spion trägt uns Nachricht zu. Ich sage, sie haben sich in ihre Festungen verkrochen und werden dort auch bleiben. Barbaren besitzen nicht jene königliche Stärke, in der manche Ungeduld sehen. Sie sind eben dumm wie Vieh und können ewig warten.‹ Der Prinz musterte mich streng und mit jener Autorität, die ihm als dem ältesten Sohn von Usermare-Setpenere zukam. Er hatte schwarzes Haar und ähnelte äußerlich seiner Mutter, doch in seiner Selbstgewißheit glich er seinem Vater. Jeder seiner Gedanken war eine Gabe der Götter und konnte also nicht falsch sein – das sprach aus seiner Haltung.

Doch damit beleidigte er seinen Vater. Und erzürnte ihn. Denn wie konnte es sein, daß die Götter eher zu Amen-khep-shu-ef sprachen als zum Pharao?

›Du sprichst‹, sagte Usermare-Setpenere, ›mit einer Stimme, die eines künftigen Königs würdig ist. Doch bist du ein junger Vogel und mußt erst noch flügge werden. Du hast noch viel zu lernen. Über die Schlachten von Tutmosis III. zum Beispiel. Oder über die Feldzüge von Horemheb. Dann wirst du vielleicht wissen, daß es nicht klug ist, voller Gewißheit über eine Schlacht zu sprechen, die noch nicht einmal begonnen hat.‹

Ein eigentümliches Geräusch kam aus unseren Kehlen, fast eine Art Grunzen, Ausdruck der Befriedigung, wenn eine tiefe Wahrheit ausgesprochen wird. ›Hört den Pharao, er hat es gesagt‹, riefen wir alle, und zum erstenmal ließ Hera-Ra ein Brüllen hören. Ich sah, wie Röte über das Gesicht des Prinzen glitt, doch er verneigte sich. ›Möge, was immer kommt, deinen Ruhm noch mehren und auch die Größe deiner Zwei-Häuser. Sage uns, was geschehen soll.‹

Usermare erwiderte, er habe sich entschlossen, das Lager abzubrechen und von Gaza nach Megiddo zu marschieren. Von dort wolle er durch das Tal nach Kadesch, doch werde er nicht schneller vorrücken als jene seiner Einheiten, die auf den Hügelkämmen Flankenschutz gaben. Im übrigen sollten, auch auf anderen Wegen, Kundschafter in Richtung Kadesch vordringen. Eine Schar Wagenlenker werde den Jordan überqueren, eine weitere der Straße nach Damaskus folgen. Mir – ich blickte auf, als mein Name fiel – trug er auf, die Straße nach Tyrus zu nehmen. An der Spitze eines Streitwagentrupps, wenn ich wolle.

Doch als ich in seine blauen Augen blickte, wußte ich, daß es besser für mich war, vorerst allein zu sein, um mit meinen Gedanken zurecht zu kommen. Denn noch immer brannte in mir die Scham über das, was mir mein Pharao in der Höhle angetan; glühte die Schmach buchstäblich zwischen meinen Hinterbacken. Und ich fragte mich, ob ich überhaupt noch fähig sei, Männer zu führen. So verbeugte ich mich denn und fragte, ob ich allein reisen dürfte. Es werde ja nicht lange dauern, und er brauche seine Truppen.

Manche der Hauptleute und Generäle ringsum ließen ein rauhes Flüstern hören. Ein Mann ganz allein auf fremden Straßen mußte mit bösen Überraschungen rechnen, mit unbekannten Bestien, mit neuen Göttern. Doch mein Pharao nickte, als hätte ich genau das Richtige gesagt und sei in seiner Achtung wieder gestiegen.«

# SECHS

»Auf dieser Fahrt begriff ich, was es bedeutet, einsam zu sein. Noch nie in meinem Leben war ich so lange für mich gewesen. Jetzt, da ich ans Ende meines vierten Daseins gelange, bleibt mir die Erinnerung an Menschen, die mir im Leben nah waren und die nun tot sind. Doch damals, in meinem ersten Dasein, befand ich mich stets unter vielen Menschen, und das läßt nur eine Art des Denkens zu. Man spricht, man redet, fragt und antwortet. Es ist meistens ein Denken ohne Gedanken. Gewiß geschah es, daß in bestimmten, wichtigen Augenblicken eine Stimme in meinen Kopf kam, die für mich sprach, manchmal so mächtig, daß ich wußte, sie gehörte einem Gott oder seinem Boten. Doch jetzt, während der Fahrt nach Tyrus, kam eine Stunde, da ich nicht länger meinen beiden Rössern lauschen konnte, noch den Klagen des Gestells und der Räder meines Wagens. Ich war so einsam, daß eine ganze Schar von Gedanken durch mich hindurchging, als sei ich nicht länger ein Mensch, sondern eine Stadt, durch deren Straßen Soldaten marschierten.

Natürlich waren dies nicht meine Gefühle am ersten Tag, auch nicht am zweiten oder dritten. Wenn man ganz allein ist, kriecht zuerst Schrecken hoch, und kein wirklicher Gedanke kann laut werden. Es ist, als bewege man sich an den Mauern einer Festung und warte nur darauf, daß der erste Stein auf einen niederfällt. Meine Augen, ich erinnere mich noch, waren wie Vögel, die ruhelos hin und her zuckten. Und auch die Pferde schienen von Unruhe erfüllt.

Ich reiste nicht in meinem eigenen Streitwagen, der leicht und sehr beweglich war. Für diese rauhe Fahrt hatte ich einen arg strapazierten und gerade erst ausgebesserten Übungswagen gewählt. Und auch die Pferde entsprachen dem gegebenen Zweck. Sie waren zwar dumm, doch stark und ausdauernd. Mochten sie auch durch die Befehle aus hundert verschiedenen Mündern verwirrt sein, ich war sicher, mit ihnen zurechtzukommen. Ja, Ausdauer war das höchste Gebot, und damit schienen sie geradezu gesegnet.

Das eine hieß Mu, ein altes Wort für Wasser und ein sonderbarer Name für ein Pferd, wie es schien; nur daß Mu bei jedem Halt sein Wasser abschlug. Das andere hieß Ta und versäumte es selten, die Erde auf seine Weise zu düngen.

Ich fuhr durch das lange, flache Tal, das von Gaza nach Joppe führt, und das Land erschien mir eigentümlich vertraut. Das Erdreich war so schwarz wie bei uns, wenn der Nil zurückweicht, und ich spürte die gleiche Hitze, auch sahen die Dörfer und Hütten nicht anders aus. Doch nirgends ließ sich jemand blicken, schon gar nicht auf der Straße. Allerdings mochte mein Anblick auch zum Fürchten sein. Ich fuhr mit um die Hüfte geschlungenen Zügeln, meinen Speer in einem Köcher, Pfeile und Bogen in einem anderen. Mit grimmiger Miene fuhr ich, auf dem Kopf einen Helm, Brust und Rücken durch einen Harnisch geschützt. Damals verstanden wir es noch nicht, so etwas aus Metall zu machen, und mein Harnisch bestand aus Stoff und Leder. Mochte er auch Schutz bieten, man bezahlte dafür, indem man in Kauf nahm, daß bei der Hitze die Kräfte schneller schwanden. Dennoch mochte ich nicht auf ihn verzichten.

Ja, als grimmiger Krieger rollte ich dahin, doch meine Zunge war so trocken wie ein Stück altes Leder, und ich konnte kaum atmen. Ich fuhr durch leere, von unseren Truppen längst ausgeplünderte Dörfer, in denen sich nichts mehr fand, keine Nahrung, kein Vieh, keine Menschen. Suchend blickte ich zu den Hügeln zu beiden Seiten des Tals empor, und als ich am Abend mein Lager machte, konnte ich hoch oben auf den Kämmen die Feuer befestigter Städte sehen. Zweifellos waren die Dörfler dorthin geflüchtet und hielten nun mit den anderen auf den Mauern Wache. Ich versuchte zu schlafen, hörte jedoch, wie mein Herz unablässig schlug. Am Morgen fuhr ich weiter. Ringsum herrschte Stille, und selbst das Blau des Himmels war wie eine Wand, so einsam fühlte ich mich. Das so vertraut wirkende Land mit dem schwarzen Erdreich blieb zurück, rötlich-braun war der Boden jetzt, auch dies vertraut, doch weniger freundlich. Dann tauchten an den unteren Hügelhängen

Bäume auf, und sie wurden mehr und immer mehr. Anders als unsere hohen Palmen waren es niedrige Bäume mit dicken, plumpen Stämmen und verdrehtem Geäst, unglückliche Gebilde, die Tag für Tag der Wind zu foltern schien. Mir war unbehaglich zumute, und den Pferden erging es wohl ähnlich. Unwegsamer wurde das Gelände. Unterholz wuchs, ja, wucherte, manchmal so dicht, daß ich glaubte, irgendwo in unseren ägyptischen Sümpfen zu sein. Mitunter war selbst die Straße kaum noch zu erkennen – überall Schlamm und Rinnsale. Immer wieder mußte ich absteigen, um mich in die Speichen zu legen, sonst gab es kein Vorankommen. Schließlich sah ich ein Krokodil, das träge davonglitt. Insektenschwärme fielen mich an.

Ich befand mich in fremdem Land, und ich befand mich im Krieg. Von diesen niedrigen Bäumen ging etwas Feindseliges aus. Was für Bestien mochte es hier geben? Bären und Keiler – und hatte ich nicht von einer gräßlichen Hyäne gehört, die hier hauste? Der Wald gab mir das Gefühl, den Schlund eines Ungeheuers zu durchqueren. Die Düsternis ließ auf meiner Haut den Schweiß ausbrechen. Ra schien unendlich fern, und ich fragte mich, welch fremde Götter hier im dunklen, sumpfigen Land herrschten. Jedesmal, wenn mir ein Zweig ins Gesicht peitschte, zuckten auch die Pferde zusammen. Wie Pfeile gingen meine Ängste durch sie hindurch. Und weiter fuhren wir, holperten von Furche zu Furche und landeten wieder im Schlamm. Oft mußte ich aus dem Wagen steigen und den Krokodilen trotzen.

Dann stieg die Straße höher, führte heraus aus der Niederung, das Dickicht lichtete sich, die Bäume wuchsen steiler. Jetzt kamen wir besser voran, doch bildeten Wurzeln, quer über die Straße, gefährliche Hindernisse, und wenn ich die Pferde zum Trab antrieb, drohte der Wagen oft umzustürzen. Die Bäume wurden immer größer und mächtiger, und wieder war von der Sonne nichts zu sehen, doch spürte ich Ra, hoch oben. Die Schatten der Bäume bedrückten mich, und dann gelangte ich zu einer Stelle, wo einer der gewaltigen Bäume umgestürzt war. Das Loch im Boden war groß wie eine Höhle und häßlich wie der Rachen einer Schlange. So wie dieses Loch, so sah wohl der Eingang zum Totenreich aus. Die Wurzeln waren fast so lang wie das Geäst, und unten am Stamm wimmelte es von widerlichen Würmern. Unwillkürlich erschauerte ich beim Gedanken an die kommende Schlacht. Die kahlen

Wurzeln dieses Baums machten mir bewußt, wie meine Schulter aussehen würde, wenn eine Axt meinen Arm abtrennte.

Gegen Abend lag das gesamte Sumpfland hinter mir, und ich überquerte einen Hügelkamm. Voraus lagen lauter baumbewachsene Berge. Seltsamer, ungewohnter Anblick. Diese Länder waren von den unseren so verschieden wie ein schwarzbärtiger Syrer von einem glattwangigen Ägypter. Unwillkürlich seufzte ich, denn wieder einmal wurde mir bewußt, wie allein ich war. Seit zwei Tagen hatte ich keine Karawane gesehen. Offenbar wagten es die Kaufleute nicht, diese Straße zu benutzen. Wie sehr fürchtete man doch unsere Armee!

Am nächsten Tag gelangte ich an eine Stelle, von der drei verschiedene Straßen nach Megiddo führten, und ich erinnerte mich an das, was mein Pharao mir über Tutmosis III. erzählt hatte. Dieser Herrscher war mit seinen Armeen hierher gekommen und hatte erfahren, daß er auf drei verschiedenen Wegen nach Megiddo vorrücken konnte. Da war die lange Route in nördlicher Richtung, durch Zefti, da war die offene südliche Straße durch Taanash. Und da gab es, zwischen beiden, den Paß von Megiddo; doch er führte, wenn auch bis zu den Stadttoren, über die Höhe von Carmel, eine gefährliche – und gefährlich schmale – Fährte. ›Pferd hinter Pferd und Mann hinter Mann‹, sagte Tutmosis, ›anders ist es nicht zu machen. Unsere Vorhut wird bereits mit dem Feind kämpfen, während sich unsere Nachhut noch immer hier befindet.‹ Ja, auch ich würde diesen Weg jetzt nehmen. ›Ich werde mich an die Spitze meiner Armee setzen‹, hatte Tutmosis gesagt, ›und meine Schritte werden die Richtung weisen.‹ Es gelang ihm, den größten Teil seiner Streitmacht durch den Paß zu führen, bevor sich ihm die Könige von Kadesch und Megiddo stellen konnten, denn sie hatten erwartet, er werde die lange südliche Straße nach Taanash nehmen.

Ja, auch ich wollte jetzt diesen Weg einschlagen. Doch hätte ich nicht gewußt, daß hier eine ganze Armee marschiert war, ich wäre wohl zurückgeschreckt. Himmelhoch wuchsen die Bäume auf steilen Hängen, und es war kühl und sonderbar. So fremdartig. Die Straße stieg höher und höher, erklomm die Höhe und fiel dann auf der anderen Seite schroff ab. Unter mir sah ich die Wipfel der Bäume, für mein Auge weich wie Kissen, und das war alles so unerwartet, daß mir schwindelte. Fast unwiderstehlich zogen sie mich an, die Geister der Bäume, die Geister in den Bäumen (ich kannte nicht einmal die Namen dieser Geister!), und ich fühlte mich versucht, mich hinabzustürzen in ihre Arme. Erst seit ganz kurzer Zeit war ich in diesem Wald, und doch hatte ich das Gefühl, mein halbes Leben hier verbracht zu haben. Ich fuhr und fuhr, und das Herz schlug mir im Hals in unaufhörlicher Furcht. Wieder schien die Sonne sehr fern, und nirgends gab es das fahle Gold der Wüste; überall nur Grün. Und selbst dort, wo man zwischen Geäst den Himmel sah, wirkte er eher weiß oder weißlich und nicht so blau wie unser Himmel über dem Nil. Sonderbare Geister der Bäume, des Waldes. Mu und Ta, meine beiden Pferde, wieherten leise. Oder war es ein Wimmern, ein angstvolles Greinen?

Wir durchquerten die Senke, klommen den nächsten Hang empor. Endlich sah ich wieder die Sonne. Wir befanden uns oberhalb der Baumgrenze. Die Fährte war so schmal – zu schmal für meinen Wagen? Auf der einen Seite steiler Fels, auf der anderen schroffer Abgrund. Ich spannte Mu aus (für das Gespann reichte die Breite nicht) und ließ das Pferd hinter dem Wagen gehen. Nun zog nur Ta, doch half ich, indem ich den Wagen schob. Schritt für Schritt gelangten wir voran, während für bangevolle Augenblicke das äußere Rad über dem Abgrund hing. Mit aller Kraft stemmte ich mich gegen das innere Rad – und schaffte es. Und fluchte voll Schrecken, wenn uns Felsbrocken den Weg versperrten und ich den Wagen darüber heben mußte. Mehr und mehr begriff ich, warum Tutmosis III. ein großer König gewesen war.

Wir ließen die gefährlichste Strecke hinter uns und gelangten auf eine Anhöhe, von der sich erkennen ließ, daß sich der Paß verbreiterte; und mehr: Jenseits des Tals mit seinen Waldungen und gepflügten Feldern sah ich die Stadt Megiddo.

Tutmosis III. hatte diese letzte Strecke hinter sich gebracht und in siegreicher Schlacht große Beute gewonnen, Gold und Silber und tausend Stück Vieh und zweitausend Pferde. Auch hatte er, wie Ramses es nannte, die besten Krieger des Feindes niedergemetzelt › wie Fische‹. Eine reiche Stadt, eine sehr reiche Stadt mußte dieses Megiddo sein. Und so erwartete ich, weiße Marmorpaläste zu sehen und goldene Tempel wie bei uns in Memphis, zumindest jedoch üppig bemalte Holzhäuser. Doch am nächsten Tag, als ich schon recht nahe war, erkannte ich, daß Megiddo eine arme Stadt war und schmutzig dazu. Vielleicht hatte sie sich von der Eroberung durch Tutmosis III. nie wieder erholt. Dennoch: Eine Feste war sie, die erste syrische Feste, die ich sah, und sie war nicht im Rechteck erbaut wie unsere Festen und kannte keine geraden Ziegelmauern. Nein, diese Mauern waren aus rauhem, kaum behauenen Gestein, und sie folgten den Hebungen und Senkungen des Geländes, sie paßten sich den Hügeln an. Alle hundert Schritt ragte ein Wachturm empor, so daß man nicht auf die Tore von Megiddo losstürmen konnte, ohne daß man von hundert Pfeilen überschüttet wurde. Eine schwer zu nehmende Stadt. Aushungern war vielleicht die beste Methode. Ich verstand jetzt besser, warum Amen-khep-shu-ef von Belagerung gesprochen hatte.

An diesem Tag jedoch waren die Tore geöffnet, und auf dem Markt herrschte geschäftiges Treiben. Und so war es ein Unding anzunehmen, in einer Stadt, die jedermann zugänglich war, halte sich der König von Kadesch mit seiner Armee verborgen. In wenigen Tagen würde, auf weniger mühseligem Weg, Usermare hierher gelangen und auf seine Fragen die richtigen Antworten erhalten, während ich, der verdreckte Wagenlenker mit dem sonderbaren Gespann, eher mit Folter rechnen mußte, als daß es mir gelang, die fremden Zungen zu lösen.

Und so fuhr ich nicht in die Stadt, sondern folgte außen dem Verlauf der Mauern, was sehr lange dauerte, denn es war eine große Stadt und die Wege waren voll Schlamm. Doch dann, auf der anderen Seite, stieß ich auf eine Straße (schon in Gaza hatten manche von ihr gesprochen), die sich leicht erkennen ließ, war sie doch gepflastert und von Eichenbäumen gesäumt: eine königliche Straße, die von Megiddo nach Norden führte. Und doch war mein Wagen das einzige Gefährt darauf.

Bald erkannte ich den Grund dafür. Denn schon auf der anderen Seite des Hügels war die Straße nicht mehr gepflastert, sondern nur noch eine Wagenfährte mit ausgefahrenen Furchen. Bald verschwanden die Felder, der Wald rückte näher, rückte ganz nah, und wieder fürchtete ich mich, fürchteten sich auch die Pferde. Diese Straße nach Tyrus wand und drehte sich wie eine Schlange, während sie hinaufstrebte in die Hügel. Ich mußte an das denken, was ich in Gaza gehört hatte. Über diese Straße und über die Banditen. Wie sie die Karawanen überfielen und die Kaufleute (falls sie nicht rechtzeitig Tribut entrichtet hatten) als Sklaven verkauften, konnten diese doch meist schreiben, und ein Schreiber war ein besonders wertvoller Sklave. Natürlich brachten sie auch die erbeuteten Güter an den Mann, während sie die erbeuteten Pferde gern behielten. Es gab so viele Räuber, daß die Männer in Megiddo immer Beschäftigung fanden: Jederzeit konnten sie sich bei einer Karawane als bewaffnete Wächter verdingen.

Und doch ängstigte mich der Wald viel mehr als der Gedanke an die Räuber. Es würde vier oder fünf brauchen, um mich zu überwältigen, und glimpflich ging das gewiß auch für sie nicht ab. Der eine würde einen Arm verlieren, der andere einen Fuß und ein dritter würde vielleicht nie wieder sehen, weil ich ihm, sterbend schon, die Daumen in die Augen drückte. Und welche Beute würden sie machen? Einen ramponierten Übungswagen und zwei eher klägliche Gäule. Sofern ich nicht eine Summe Goldes bei mir trug (was ich tat, nur sah ich alles andere als wohlhabend aus), lohnte sich ein Überfall auf mich nicht. Sie würden glauben, ich sei ein verirrter Krieger oder ein Deserteur; vielleicht vermuteten sie in mir den Kundschafter, der ich ja tatsächlich war. Doch gerade in diesem Fall hatte ich wohl wenig von ihnen zu fürchten, denn in Gaza erzählte man sich, daß die Menschen hier in Schrecken vor dem ägyptischen Pharao lebten. Die Gefahr, den Zorn unseres Herrschers auf sich zu ziehen, war also groß, und selbst Räuber würden davor wohl zurückscheuen. Und so schlug ich die riskanteste Route ein. *Meine* Angst bestand darin, für meinen Herrn nicht genügend Nachricht zu haben.

Zeit verging. Es wurde Abend, und noch immer sah ich rings um mich nichts als Wald und Hügel. Bei einem Hain machte ich halt, fütterte meine Pferde mit Getreide, aß selbst davon (und achtete darauf, mir auf einem winzigen Stein nicht einen Zahn zu zerbeißen) und legte mich dann zum Schlaf nieder, nachdem ich zuvor meinen Umhang auf den Boden gebreitet. Doch es war zu kalt, und so setzte ich mich nach einer Weile wieder auf und lehnte meinen Rücken gegen einen Baum. So war es besser. Ich hatte das Gefühl, Wache zu halten, Rücken an Rücken mit einem anderen, einem guten Freund, indes unsere Augen das Dunkel durchspähten. Zu meiner Überraschung gab es wirklich etwas zu sehen. Nur vier oder fünf Steinwürfe entfernt zuckte ein Funke in die Finsternis, und bald brannte dort ein kleines Lagerfeuer.

Die Geister des Waldes blieben stumm, und es war, als ob sie Stille forderten. Tief in die Erde drangen sie; und kehrten wieder zurück, auch zu meinem Baum, ich konnte es spüren; und sie waren leicht wie die Feder von Maat. Bei jedem Windhauch hörte ich, wie die Blätter von ihnen sprachen, so scharf waren nun meine Ohren. Hatten mich die Geister oder Götter meines Baumes gesegnet? Ich empfand keinerlei Furcht, und zum erstenmal seit Wochen fühlte ich mich stark.

Ich spähte zum Lagerfeuer, doch ließ sich außer dem Feuer nichts erkennen. Meine Ohren hingegen verrieten mir, daß sich dort mehrere Männer befanden, drei, vielleicht nur zwei, und sie sprachen eine Sprache, deren Laute mir fremd waren.

Ein eigentümliches Gefühl durchdrang mich, als ich die Stimme dieser Räuber hörte. Jenes Gefühl der Ruhe, ja, des Friedens, das man verspürt, wenn das Leben anderer in die eigene Gewalt gegeben ist. Man kann töten oder nicht töten. Es gibt keinen Frieden, der trostvoller wäre. Es war der Friede, in dem mein Pharao stets zu leben schien.

Nun besaß auch ich diese Macht. Ich würde die Männer überrumpeln und den ersten erschlagen, bevor der zweite wußte, was geschah.

Ich erhob mich. Die Pferde schliefen. Ich dachte (und dieser Gedanke war wie das kaum merkliche Straffen von Zügeln): Schlaft nur. Verratet mich durch kein Geräusch, und sei es ein Furz. Dann nahm ich meinen Harnisch ab, damit ich bei der Dunkelheit besser das Gestrüpp und Gesträuch fühlen konnte, und begann mich dem Feuer zu nähern. Fast sofort verließ mich all meine Kraft. Mein Gehör wurde stumpf. Die Furcht kehrte zurück. Der Wald war nicht länger mein Freund. Ich mußte mich setzen, den Rücken wieder gegen einen Baum gelehnt.

Nun vernahm ich neuerlich Männerstimmen. Mut strömte wieder in meine Lenden und meinen Rücken. Ich wollte weiter. Doch kaum stand ich auf den Beinen, verließ mich erneut alle Kraft. Einzig die Berührung mit dem Baum, so schien es, konnte mir Stärke geben. Glich ich nicht einem blinden Priester im Tempel von Karnak, der sich von Säule zu Säule tastete?

Wie also sollte ich, ohne Kraft, bis zum Lagerfeuer gelangen?

Doch dann kam mir ein Gedanke. Ich war hier in einem fremden Land. Und doch gaben die fremden Götter, die in den Bäumen lebten, mir ihr Vertrauen und nicht jenen Räubern dort. Warum?

Denn dies war doch *ihr* Land. Nun, vielleicht lag es daran, daß die beiden Männer (ja, nur zwei, dessen war ich jetzt sicher) betrunken waren. Ihre Gehirne glichen Sümpfen, die in alle Richtungen quollen und sickerten. Denn dies ist die Macht des Weins. Er ist ein Saft, der aus einer sterbenden Traube kommt – und Trunkenheit, das heißt wissen, wie das Sterben beginnt. Und so waren sie den nahen Göttern sehr fern.

Ich jedoch war den nahen Göttern nah. Und ich brauchte die Bäume nicht zu berühren. Es genügte, mich in ihrer Nähe zu wissen. Der Segen des Waldes war über mir, war rings um mich. Ich konnte sogar spüren, fühlen, riechen, welche Bäume glücklich waren und welche nicht. Dieser hier klagte, daß seine Wurzeln zwischen Felsgestein wuchsen. Ein anderer, jung und frisch noch, wurde von einem höheren überschattet. Ein dritter war durch einen Blitz gespalten und stand dort wie ein verkrüppelter Riese, in tiefem Schweigen. Ich beugte den Kopf vor ihm.

Wenn ich ihnen die schuldige Achtung erwies, würden sie mir ihre Hilfe nicht versagen. Vorsichtig gelangte ich Schritt für Schritt voran. Jetzt empfand ich wieder wohltuende Ruhe und nahm in mich auf, was die Bäume mir gaben (ihre Gedanken waren so rein, daß sie wie Düfte meine Sinne erreichten).

Endlich stand ich am Rande der Lichtung, wo das Feuer brannte. Ich sah die beiden betrunkenen Räuber. Sie führten eine Art Tanz auf, Tanz und Ringkampf zugleich; und sie lachten, schwitzend in der Glut des Feuers, und zwischen den Fellen, die sie trugen, ragte beim einen wie beim anderen das Glied hervor.

Als sie mein Schwert sahen, schrien sie auf und flogen gleichsam auseinander – sehr klug. Denn nun wandte ich, wenn ich den einen angriff, dem anderen den Rücken zu. Immerhin blieb mir die Wahl, welchen ich zuerst attackieren wollte. Beide waren recht groß. Der eine schlank und dazu flink wie ein Tier, der andere muskelbepackt, mir in diesem Punkt nicht unähnlich. Ich nickte beiden zu, lächelte – und mit einer blitzartigen Armbewegung, schnell wie nie zuvor, stieß ich dem Schlanken mein Schwert in die Brust – und spürte, wie sein Herz einströmte in meinen rechten Arm. Wie von Usermare-Setpenere berührt, schien mein Inneres zu glühen. Noch nie hatte ich einen solchen Augenblick erlebt, selbst mit meinem König nicht. Ein Blitz schien zu gleißen, so ein Blitz denn Segen bedeutet.

Das Gesicht des Räubers wandelte sich. Es war ein Gesicht vieler Gesichter, die sich, eins nach dem anderen, nun enthüllten in all ihrer Falschheit – Raub, Verrat und feiger Überfall: Und doch sah ich am Ende einen guten Mann, der nicht ohne Tapferkeit war und mit einem friedlichen Ausdruck starb.

Der andere Räuber hätte inzwischen entfliehen können, doch hielt er jetzt einen Stein in der Hand, den er gegen meinen Kopf schleuderte. Ich duckte ab. Doch schon hielt er wieder einen, nein, zwei Steine in den Händen, und ich lachte zufrieden. Ein Kampf war mir gerade recht. Langsam näherte ich mich dem Muskelmann. Er schleuderte einen Stein. Wieder duckte ich ab. Den anderen Stein schleuderte er gegen meine Brust. Ich fing ihn mit meiner freien Hand. Und als mein Widersacher sich bückte, um einen weiteren Stein aufzulesen, hieb ich ihm meinen ins Genick, womit der Kampf beendet war. Er stürzte auf die Knie, benommen wie eine Kuh, der man einen Schlag versetzt hat, bevor das Messer seine Arbeit tut. Ich indes klopfte ihn mir mit der flachen Klinge meines Schwertes zurecht wie ein Stück Fleisch, das mürbe werden soll. Auf seinen Rücken sauste das Metall, und er war äußerst lebendig, wie ich versichern darf, denn er jaulte wie ein Hund, wenn auch gedämpft. Erloschen war sein Wille zum Widerstand. Und nun entdeckte ich jenes Geschenk, das Usermare-Setpenere in meinen Eingeweiden hinterlassen. Denn ein Geschenk, eine Gabe war es. Seit er mich bei den Haaren gepackt, um tief in mich hineinzustoßen und sich zu ergießen, wußte ich, daß da etwas Neues in mir war. Nur hatte ich bis zu diesem Augenblick noch keinen Gebrauch davon machen können. Jetzt spürte ich den Drang. Was war schon dabei, einen Knaben – oder auch einen Mann, wenn er nur schwach genug war – von hinten zu nehmen. Schon in meiner Jugend hatte ich es so getrieben – mit schwächeren Knaben, mit Tieren, mit Mädchen, wo immer ich sie fand. (Es war klug, sich ein Mädchen auszusuchen, dessen Vater und Brüder mehr Angst hatten als man selbst.) All das hatte nicht viel zu bedeuten gehabt, und jetzt war ich seit Jahren nichts gewesen als ein Soldat, ein Krieger, kaum Liebhaber. Nein, nicht einmal wirklich ein Soldat, sondern ein Fluß. Eine Flut stieg, und ich stieg mit ihr.«

Menenhetet schwieg einen Augenblick und sagte dann: »Guter und Großer Gott, noch einmal möchte ich feststellen, daß ich aus jener inneren Unschuld spreche, die ich in meinem ersten Leben kannte. In jenen Jahren hatte ich nie einen Gedanken für den Körper, in den ich eindrang. Vielmehr fand ich den Frieden, der von den Göttern kommt. Es ist jener Friede, um den die Tiere wissen. Und ich darf sagen, daß ich in den Leibern von Tieren ein solches Licht geschaut.

So war an diesem Räuber im Grunde nichts Neues, außer daß die flache Klinge meines Schwertes ihn mir zurechtgeklopft hatte. Dennoch empfand ich eine Lust – *diese* Art von Lust – wie noch nie zuvor. Meine Hand packte ihn beim Haar, und ich spürte, wie mein Glied schwoll, gigantisch wie bei Königen. Dies gehörte zu dem Geschenk, das der große Ramses mir gemacht. Kein Tor konnte meinem Spieß standhalten. Der Räuber schrie wie ein Tier, dem man den Bauch aufschlitzt. Der erste Hieb des Metzgers ist fehlgegangen, und das arme Vieh läuft mit hervorquellendem Gedärm herum, während die Kunden vor Entsetzen aufschreien und der Metzger flucht: Solche Laute waren es, die der Mann unter mir ausstieß. Ich spürte sogar seine verebbende Kraft – jene Stärke, die in dem verborgenen Namen eines jeden Mannes liegt –, denn sie strömte direkt in meinen Bauch, als saugten meine Lenden sie aus ihm heraus, oh, wie ich seinen Arsch liebte. Er gehörte mir. Vor lauter Erregung konnte ich kaum atmen. Wie schon gesagt: Ich hatte Löcher zuvor benutzt, doch nur, um Frieden zu erlangen. Diesmal jedoch war ich gewillt, die sieben Seelen und Geister dieses Lumpen zu rauben, und als ich mich ergoß, tat ich es im Bewußtsein dessen, was der Große Ramses in die Wände meiner Eingeweide gekerbt. So wie der Pharao mein Innerstes aus mir geraubt, raubte ich nun bei einem anderen. Und nie wieder, ich wußte es, würde ich dieser Verlockung widerstehen können. Mein Hunger war so stark wie die Farbe meines Blutes, und in Zukunft wollte ich versuchen, jedem, dem ich begegnete, seine sieben Seelen zu nehmen. – Nachdem ich mich ergossen hatte, küßte ich den armen Lumpen auf die Lippen, wischte meinen Schwanz als Zeichen meines Gefallens auf seinen Hinterbacken ab und steckte ihm mein Glied dann in den Mund, damit es wieder steif werde. Doch kann ich mir weitere Beschreibungen dieser Art ersparen. Und so will ich nur sagen, daß ich ihn die ganze Nacht hindurch nahm, als sei mein Glied das Königliche Glied von Ramses dem Großen – möge ich mit der Wahrheit sprechen, wie sie im Gleichgewicht von Maat zu finden ist. Ich lernte ihn kennen, diesen Räuber und Dieb, während ich mich an ihm vergnügte. Da gab es Stärken und Schwächen, da gab es Tapferkeit und übelsten Verrat. (Nach seinem Namen fragte ich nicht. Ich sprach nicht seine Sprache, und er kannte nur ein paar Dutzend Worte ägyptisch.) Doch all seine Eigenschaften, die mir verwertbar schienen, flossen auf mich über – und einige weniger erwünschte dazu. Ich nahm ihn so gründlich, daß für die nächsten zehn Jahre ein Dieb in mir war (dessen Finger die Neigung hatten, wie von selbst im Eigentum anderer zu wühlen).

Als ich endgültig von ihm abließ – froh, daß er noch immer am Leben war –, schluchzte er, weil er wußte, daß diese Eigenschaften nunmehr ihm fehlten. Was mich betraf, so hatte ich etwas Interessantes in Erfahrung gebracht – über den König von Kadesch. In der Straße der Juweliere in Tyrus – Neu-, nicht Alt-Tyrus – wohnte eine Frau, die seine geheime Hure war. Über die Armeen des Königs von Kadesch wußte der Räuber nichts.

Ich berichte hiervon, als hätten wir am Ende doch dieselbe Sprache gesprochen, doch brauchte es lange, bis ich das aus ihm herausgebracht hatte. Immer wieder zerrte ich ihn am Haar, riß ganze Büschel aus, frönte meiner Lust, während er mühsam stammelte. Vielleicht wäre es leichter gegangen, hätte er besser ägyptisch gesprochen. Sie haben enge Ohren, diese Syrer, und so dauerte es lange. Mir schien aus meinen Lenden ein Baum zu wachsen, und während ich Fragen stellte, noch ohne befriedigende Antwort, rammte ich diesen flammenden Baum in jenen verborgenen Kanal, wo der Geheime Name bewahrt wird.« Er schwieg, und ich fühlte, wie sich mein Süßer Finger rührte.

»Ich habe immer gewußt«, sagte meine Mutter, »daß Männer viel Vergnügen aneinander finden. Doch wußte ich nicht, um welchen Preis.«

»Es ist nicht immer so«, erwiderte Menenhetet. »Jene Nacht war in der Tat ungewöhnlich.«

Ptah-nem-hotep sagte: »Vielleicht schwelgt unser guter Menenhetet in der Erinnerung.«

»Warum auch nicht.« Menenhetet hob die Schultern. »Am Morgen küßte ich den armen Lumpen noch einmal, und er humpelte davon in Richtung Megiddo. Ich meinerseits fuhr weiter, in Richtung Tyrus. Die schlimmsten Berghöhen lagen hinter mir, und hangabwärts kamen wir schnell voran – allzu schnell. Denn als die Straße einen Bogen machte, prallten wir in voller Fahrt gegen einen Felsen. Ich wurde vom Wagen geschleudert, landete jedoch auf den Füßen, bis auf eine Prellung an der Ferse unversehrt. Die Gäule jedoch schrien. Die Deichsel war vom Wagen gebrochen. Zwar hatte ich Werkzeuge und Material bei mir, und doch verlor ich einen halben Tag. Ein Zimmermann war ich nun einmal nicht. Als ich Mu und Ta wieder anspannte, stand die Sonne bereits hoch oben am Himmel. Und welch eine Strecke lag vor mir! Glatter wurde die Straße nicht, und der Wagen stöhnte und ächzte. Ob ich es so bis Tyrus schaffen würde, wußte ich nicht. Ich war unentschlossen. Jetzt wäre es wohl vernünftiger gewesen, auf einem Pferd zu reiten, während das andere meine Bewaffnung trug. Doch kein Wagenlenker möchte seinen Wagen verlorengeben. Mochte meiner auch eher einem Karren gleichen, der jeden Augenblick auseinanderfallen konnte, so war es doch mein Wagen – und also ein Kampfwagen, wenn es zum Kampfe kam. ›Vorwärts, alter Soldat‹, sagte ich zu ihm, und voran ging es.

Die Straße krümmte und bog sich, sie fiel, sie stieg, doch die Wälder wichen zurück und machten Feldern Platz. Und dann sah ich, hinter einer Hügelkuppe, das Meer. Ich atmete eine Luft, wie ich sie noch nie geatmet, nicht einmal im Delta. Es roch nach dem Allergrünsten Grün, doch war es ein Geruch ganz nach Fisch, sehr erfrischend für meine Nase – und so anders als der Geruch der Fische, die im Nilschlamm verfaulten.

Der Geruch, der da heraufstieg von tief unten zu den Hügeln, verwirrte mich. Ich konnte es kaum glauben. So sauber war er, als atmete ich den Duft der Göttin Nut, während sie den Himmel stützte, so zart war er, so ganz anders als der des Fleisches bei Männern und manchen Frauen, das ätzenden Schweiß verströmt. Unwillkürlich begann ich zu weinen. Doch weinte ich nicht wie ein Kind oder wie ein Schwächling. Ich weinte eher vor Glück und Stolz. Weit dehnte sich das Wasser – so weit, daß meine Augen ihm nicht bis zu der Stelle folgen konnten, wo sich Meer und Himmel trafen. Und auch deshalb weinte ich: weil ich diesen Anblick erleben durfte, den Anblick übermächtiger Schönheit. Und dann waren da die Schiffe.

Wie oft hatte ich auf dem Nil unsere Segelboote gesehen; und die königlichen Barken mit den gewaltigen roten und purpurfarbenen

Segeln und den goldenen oder silbernen Rümpfen, die allein durch ihr Vorhandensein vom großen Reichtum unseres Landes kündeten. Doch diese Schiffe hier (so weit entfernt, daß ich ihre Rümpfe nicht genauer erkennen konnte) hatten weiße Segel, ein mir unbekannter Anblick. Lichten Schmetterlingen schienen sie zu gleichen. Unglaublich viele waren es, und manche strebten Tyrus entgegen, während andere von dort kamen. Ich gelangte tiefer, doch die Stadt konnte ich nicht sehen, nur die Steine an der Küste. Ja, es war eine Felsenküste, über welche die Straße jetzt führte, und manchmal glitt sie dicht am Wasser entlang, und der höckrige Untergrund war feucht. Noch nie hatte ich so etwas erlebt. Das ganze Meer schien in unablässiger Bewegung. Es glich einer gigantischen Schlange, die hügelhoch dahinwallte und gegen die Felsen schmetterte. Sprühregen aus dem Allergrünsten Grün fiel auf mich nieder, und was man nicht alles darin schmecken konnte – Mineralien und Fisch und die weichen kleinen Teufel, die in Muschelschalen leben, und noch manch Geheimnisvolles – der Geschmack, der Geruch, verkörperten sie nicht all das, was mir unbekannt war?

Dann wurde es dunkel, und ich begriff, daß es in diesem Meer viele Götter und Göttinnen gab und daß ihre Stimmungen wechselten. Mit größerer Gewalt als zuvor schmetterte die See jetzt gegen die Küste, und es hallte laut wie Donner. Der Gischt stach mir in die Augen, und ich war froh, daß es nun hügelaufwärts ging, wo mich das Wasser nicht mehr erreichen konnte. Doch immer unebener wurde der Untergrund, und ich mußte mehrmals von meinem Wagen herab, um die Räder über hinderliche Höcker zu heben. Höcker? Nein, Stufen waren es. Und mir wurde bewußt, daß schon vor sehr langer Zeit – zur Zeit, da bei uns Tutmosis III. herrschte, oder noch viel früher, schon zur Zeit Cheops'? – hier Arbeiter am Werk gewesen waren, um, über viele Jahre hinweg, Stufen ins Gestein zu schlagen, eine regelrechte Treppe auf der Straße nach Tyrus. Sicher wäre ich stärker beeindruckt gewesen, gäbe es dergleichen nicht auch in Ägypten – und viel besser dazu. Doch eine weitere Erfahrung machte ich, eine Erfahrung mit dem Meer. Jetzt prallte das Wasser unterhalb der Straße gegen die Felswand, und die Wucht war so gewaltig, daß ich das Zittern spürte. Es war, als stünde ich an der Brüstung einer belagerten Feste, während der Feind mit den sogenannten Widdern gegen die

Tore anrennt. Der Gischt sprühte bis hier herauf, fünfzig oder hundert Ellen über der See, und als ich hinabspähte durch die Fast-Finsternis zum Allergrünsten Grün, da schienen Millionen und Abermillionen Mäuler zu schlingen und zu speien, Schaum vor den Lippen, an den Felsen saugend und schmatzend, wie Bestien, die sich an ihrem Opfer gütlich tun, nachdem sie es gerissen.

Und noch während ich spähte, bäumte sich Wasser wieder wie eine Schlange, mächtig wie der Nil, urgewaltig, und krachte mit solcher Wucht gegen den Fels, daß von ihm ein Stöhnen kam: Ein Teil spaltete sich ab und stürzte ins Meer. Ich zitterte. Zitterte aus Angst vor der Zerstörung der Straße, zitterte vor dem Zorn der wahren Götter des Allergrünsten Grüns. Wie würde ich es je wagen können, ein Schiff zu besteigen und über solche Schlangen zur Insel Neu-Tyrus zu reiten? Nun denn. Zu meiner Erleichterung bog die Straße bald schon landeinwärts ab; und dann kampierte ich, teilte mir mit den Pferden ein paar Handvoll feuchtes Getreide; und schlief, zitternd, in durchnäßter Kleidung.

Am Morgen genoß ich einen schönen Anblick. Die Berge schienen sich vom Meer zu entfernen, und ich sah ein langgestrecktes Tal mit wohlbestellten Feldern und Obstgärten voller Olivenbäume. In der Ferne erkannte ich eine Stadt. Ihr gleichsam gegenüber, wie mitten aus dem Allergrünsten Grün erwachsend, doch gleichfalls fern, stiegen die Türme einer weiteren Stadt.

Ich wußte: Die erste Stadt war Tyrus, und die andere war Neu-Tyrus. Doch ob Tyrus oder Neu-Tyrus, ich würde alles daran setzen, dort möglichst viel über den König von Kadesch in Erfahrung zu bringen.

Und so hielt ich erneut auf die Küste zu, eigentümlich beschwingt.«

# SIEBEN

»Guter und ruhmreicher Ptah-nem-hotep«, sagte mein Urgroßvater, »als du von den Purpurschnecken sprachst, schwieg ich und berichtete nicht von meinen Erfahrungen in Tyrus und Alt-Tyrus. Die Wahrheit ist: Ich hatte diese Purpurschnecken und ihren Gestank fast vergessen. Warum, vermag ich kaum zu sagen, war die Altstadt doch erfüllt von dem, was so etwas wie ein Pesthauch der Verwesung war; schier unerträglich. Doch in den Straßen der Färber leuchtete die Purpurfarbe auf dem Pflaster so hell, daß einem die Augen schmerzten. Man konnte sogar sehen, wie sich im feuchten Purpur der Himmel spiegelte. Doch der Geruch dieser Schnecken war so widerlich, daß ich zunächst glaubte, durch Elendsquartiere zu fahren. Ich hatte das Gefühl, daß mir die Zähne im Munde faulten. Man hätte meinen können, ein solcher Geruch lasse die Feder von Maat welken, und doch: *In sich* war er rein; und das in einem solchen Maße, daß sich meine Pferde zum erstenmal seit Tagen spielerisch kabbelten. Das war nicht ohne Gefahr für meinen brüchigen Wagen mit der kaum weniger brüchigen Deichsel, und so stieg ich ab, um – zur Belustigung der Zuschauer – Mu und Ta zu beruhigen. Und dies war für mich die zweite Überraschung. Noch nie hatte ich in einer so übelriechenden Straße so viele gutgekleidete Menschen gesehen. Das war hier der Preis des Reichtums – man mußte diese Luft atmen.

Die plötzliche Verspieltheit meiner Pferde war für Alt-Tyrus etwas Alt-Gewohntes. Ich weiß nicht, warum übelriechende Orte diese eigentümliche Wirkung haben – allerdings sollten wir nicht vergessen, daß Nut sich nur in Geb verlieben konnte. In diesem meinem ersten Leben jedenfalls erspähten meine flinken Augen ständig

Liebespaare, die es miteinander in Höhlen und Gräben, unter Büschen und in Kellergewölben trieben – hier in Alt-Tyrus sogar in dumpfigen Gassen. Nie zuvor war ich in einer Stadt gewesen, wo sich Menschen so häufig in der Öffentlichkeit paarten. War es die Sonnenhitze bei Tage, war es das Mondlicht bei Nacht, das purpurfarbene Schatten zu werfen schien, oder war es etwas Besonderes in der Natur der Purpurschnecke selbst – ich weiß nur, daß mein stolzer Schaft, seit ich mich hier befand, prall von Blut war. Ich war meinen primitiven Wagen und die Dummheit meiner Gäule leid. Und so überließ ich sie der Obhut des Stallknechts, der beim Königlichen Boten von Ramses II. seinen Dienst versah. Es dauerte nicht sehr lange, bis ich dorthin fand. Es gab in Tyrus nur wenige Menschen, die mich nicht verstanden, wenn ich mich an sie wandte. Sie sprachen unsere Sprache mit einem etwas gutturalen und heiseren Akzent, der keineswegs unangenehm in meinen Ohren klang – und doch hätte ich sie schlagen können, weil sie unserem gepflegten Ägyptisch das Unverwechselbare nahmen.

Der Königliche Bote befand sich zur Zeit nicht in Alt-Tyrus. Er kam nur einmal im Jahr, um bei den Phöniziern den Tribut einzutreiben, bevor er sich, in gleicher Absicht, zu anderen Orten begab. Sein Haus hier in Tyrus hielt mühelos den Vergleich selbst mit den Villen der Allerreichsten aus, es glich fast einem Palast. Die Dienerschaft, darunter viele Ägypter, hielt es für seinen Empfang bereit, als sei er einer der Söhne des Pharao. Nie zuvor hatte ich bei Dienern soviel Sorgfalt erlebt, wenn der Herr für längere Zeit abwesend war. Im übrigen suchten die meisten ägyptischen Kaufleute, die nach Alt-Tyrus kamen, diesen Ort auf, um Nachrichten zu erhalten, die andere Händler hinterlassen hatten. In einem Raum sah ich an einer Wand viele Fächer, in denen zum großen Teil Papyrusrollen lagen, mit Wachssiegel und von goldener Schnur umbündelt – Briefe der letzten ägyptischen oder phönizischen Schiffe, die vom Delta gekommen waren. Ja, das Haus befand sich in einem tadellosen Zustand, und ich war froh, mich dort ausruhen zu können.

Ein Tag verging, ein zweiter. Und noch immer fühlte ich mich nicht recht bereit, im Boot von Alt-Tyrus nach Tyrus überzusetzen. Ich brauchte viel Zeit, um mich von meiner Reise zu erholen. Dabei war ich weniger müde als vielmehr verwirrt. Im Hause des Königlichen Boten kam mir so manches Gerücht zu Ohren; doch widersprach eines dem anderen. Was war der König von Kadesch denn nun? Schwächlich oder mächtig, zaghaft oder voll Angriffslust? Wer immer zu mir sprach, sprach voll Nachdruck; er wußte es genau. Nur fügte sich all das nicht zusammen.

Natürlich trieb es mich auch, mehr von Alt-Tyrus zu sehen. In einer solchen Stadt war ich noch nie gewesen. Die Armenviertel, sehr alt, mit dem furchtbaren Gestank, waren schlimmer als irgend etwas, das man in Theben finden mochte. Doch gab es auch viel Interessantes. Da waren neue Straßen, die einen an einen Mund mit lückenhaftem Gebiß erinnerten – wegen der vielen noch unbebauten Grundstücke. Und ähnliche Lücken gab es selbst in der Stadtmauer und in vielen Umzäunungen. Auch sah man sogar in den schönsten Straßen oft Ruinen. Ein Händler erklärte mir alles. Das neue Tyrus, draußen in der Bucht auf drei Inseln erbaut, war uneinnehmbar. Keine Armee, die zu Lande vorrückte, konnte hoffen, diese Stadt zu erobern, weil es ihr an den notwendigen Schiffen und Booten fehlte. Ja, nicht einmal eine Kriegsflotte sei imstande, die Flotte von Tyrus zu schlagen. So glich die neue Stadt auf ihren drei Inseln denn einer Festung mit Graben, die im Falle einer Belagerung nicht einmal auszuhungern war. Denn genügend Nahrung würde man, wie schon jetzt, über das Meer herbeischaffen. So hatte man denn beschlossen, Alt-Tyrus an der Küste gar nicht erst zu verteidigen. Wurde es von einer Armee verwüstet, so lohnte der Wiederaufbau kaum, da der Handel von Neu-Tyrus mehr Geld einbrachte. Das also war der Grund für die vielen unbebauten Grundstücke, aber auch für so manche neuen Gebäude. Zwei Jahre zuvor war Alt-Tyrus von den Hethitern erobert worden, und so konnte es nicht wundern, daß manche sagten, die alte Stadt habe neuere Gebäude als die neue.

Im übrigen zahlte auch Neu-Tyrus seinen Tribut an Ägypten. Aus Furcht geschah das wohl kaum, eher aus kluger Berechnung. Jeden Utnu, den sie uns gaben, erhielten sie hundertfach durch den Handel mit dem Delta zurück. Nie zuvor war ich Menschen begegnet, die sich uns so wenig unterlegen, nein, die sich uns ebenbürtig fühlten.

Am dritten Tag nahm ich die Fähre nach Neu-Tyrus. Ich beobachtete die Ruderer, während das Boot wie über hochgewölbte Schlangenrücken glitt, hinauf und hinunter, wieder und wieder. Der Wind biß mir in die Augen, bis sie wässerten, und vom vielen

Schlingern fühlten sich meine Beine schlapp. Fast war es, als sei ich in einem Bierhaus, hin und her gewälzt von zwanzig Leibern ringsum. Gischt klatschte mir ins Gesicht, Wasser drang in meine Nasenlöcher, wieder glaubte ich, den stechenden Geruch der Schnecke zu spüren. Doch dann an Land, in Neu-Tyrus, war alles ganz anders als an der Küste.

In dieser Stadt auf den drei kleinen Inseln gab es zum Beispiel keine Pferde. Jedermann ging zu Fuß oder wurde getragen. An den meisten Stellen konnte man nur zu dritt nebeneinander schreiten. Die Häuserwände zu beiden Seiten einer Straße oder Gasse standen stets so dicht beieinander, daß man sie mit ausgestreckten Armen zugleich berühren konnte. Hatte ich jemals so hohe Häuser gesehen? Familie lebte über Familie, bis zu fünf Familien übereinander, und von Stockwerk zu Stockwerk näherten sich die Außenmauern benachbarter Gebäude. Die Dächer waren einander so nah, daß man vom einen zum anderen springen, ja, schreiten konnte. Und so war der Zugang zu den Innenhöfen gegen Einbrecher noch sorgfältiger gesichert als die Haustüren an den Straßen und Gassen.

Noch nie hatte ich (dieser Gedanke kam mir, während die Fähre noch der Anlegestelle entgegenstrebte) eine so beengte Stadt gesehen. Strand schien es nirgends zu geben. Da waren nur die schwere See und der starke Wind – und Docks und Kais mit jeweils Hunderten von Menschen. Dahinter erhob sich die Stadt (mit sonderbaren Türmen auf manchen Dächern), und man konnte meinen, sie bilde ein einziges Klippengewirr. Die Mauern waren bemalt und schienen in allen Farben des Regenbogens zu schimmern. Ja, fürwahr, einem Dickicht glich all dies. Die drei Inseln lagen so nahe beieinander, daß Holzbrücken sie miteinander verbanden, doch war man einmal in der Stadt, so sah man kaum noch Himmel, außer in jenen schmalen Streifen zwischen den Hausdächern. Gärten gab es nicht, auch keine öffentlichen Plätze. Auf dem Markt konnte man sich nicht bewegen, weil sich alles zwischen den engen Gassen staute. Und nicht nur, daß da wieder der altbekannte Geruch der Schnecken war, die Gassen krümmten sich auch wie diese Tiere, bevor sie einmündeten in andere Gassen. Als ich dort entlangwanderte, überkam mich Durst. Doch Schadufs oder frisches Wasser gab es nicht. Nur Regenwasser in den Zisternen, und dieses Regenwasser war vom Gestein dort salzig. Alles wurde übersprüht von winzigen Tropfen, die Wind oder Nebeldunst vom Meer herbeitrugen. Natürlich fragte ich mich, wie die Phönizier zu frischem Wasser kamen – und erfuhr, daß die Reichen ihre Boote besaßen. Hier war niemand reich, der nicht über ein Boot samt Mannschaft verfügte (was sich nicht von allen reichen Ägyptern sagen ließ); und die Dame des Hauses schickte dann zum Festland, damit man Frühlingswasser holte. Ich kaufte etwas davon auf dem Markt – und trank es sofort bis auf den letzten Tropfen.

War ich schon mal an einem Ort gewesen, wo Grundbesitz so kostbar war? Wohl kaum. Selbst die teuersten Läden waren klein, und die Werkstätten wirkten noch beengter und bedrängter als die Wohnhäuser. Die Händler boten alles mögliche zum Verkauf. Gold- und Silber- und Glaswaren (diese meist purpurfarben). Sie verkauften sogar Imitationen unserer ägyptischen Amulette, und ich hörte, daß sich diese in allen Seehäfen losschlagen ließen, weil solche ägyptischen Dinge überall hoch im Kurs standen. Die armen Narren, die dergleichen kauften, dort in den fernen Häfen, kannten ja den Unterschied zwischen Original und Kopie nicht. Aber noch viel mehr wurde in den Werkstätten für fremde Länder hergestellt. Ägyptische Schwerter und Dolche, die den Nil nie gesehen; und die dennoch echt wirkten. Auch Ringe mit der Nachbildung eines Skarabäus oder einer Kobra oder einer Lotosblüte, eingekerbt ins Metall. Und ich hörte, wie man davon sprach, daß in Lykien oder auch auf Rhodos, Zypern und anderen Inseln der barbarischen Griechen die Einheimischen phönizischen Schmuck trügen, Armbänder und Halsketten. Auch seien sie ganz verrückt nach damaszierten und ziselierten Schwertern sowie nach jeder Art von Material, das sich purpurrot färben ließ.«

»Aber womit«, fragte meine Mutter, »kauften diese Barbaren denn solche Dinge?«

»Manche bezahlten mit Gold. Vermutlich hatten sie es von anderen Kaufleuten geraubt. Oder sie besaßen Edelsteine oder Silberbarren. Oft verkauften sie auch ihre jungen Männer, ihre jungen Frauen und ihre Kinder. In manchen Ländern gelten diese als veräußerbarer Besitz.«

»Mir ist aufgefallen«, sagte Ptah-nem-hotep, »daß ein griechischer Sklave, mag er zunächst auch genauso ungepflegt und übelriechend sein wie irgendein Syrer, bei uns sehr willig und sehr schnell lernt. Erstaunlich schnell.«

Menenhetet nickte. »Die geheime Hure des Königs von Kadesch war eine Griechin, und es gab kaum etwas, das sie noch zu lernen hatte. Doch die Prostituierten von Tyrus genossen allgemeine Achtung, zumindest die berühmteren; und wenn ich auch nie den Tempel der Astarte betrat und also nichts berichten kann über die Priesterschaft dort, so hörte ich doch, daß unter gewissen Umständen die Prostituierten im Tempel wie Priesterinnen walteten und hochgeachtet waren.

Doch hörte ich soviel über so vieles, daß ich ganz verwirrt ward. Und ich glaube, daß nirgendwo sonst so viele Menschen aus so vielen Ländern zusammenfanden, nein, nicht an einem einzigen Ort. Ich sah Phönizier, Gebirgler aus dem Libanon, Amoriter, Achäer, Danaiden, Türken, tätowierte Schwarze, Männer aus Elam, Assyrien, Chaldäa, Ur und von jedem Archipel, Seeleute aus Sidon, Ruderer aus Mykene. Der verschiedenen Trachten gab es so viele, daß es mich verwirrte. Man trug hohe und niedrige Stiefel, und so mancher ging mit bloßen Füßen. Bunte und auch weiße Hemden sah ich; und rote und blaue Wollmützen, Tierhäute und -felle, ägyptisches weißes Leinen; und Dutzende und aber Dutzende verschiedener Frisuren. Die meisten Phönizier waren nackt bis zu den Hüften, und sie trugen kurze Röcke in vielen Farben. Die Reichen ließen sich leicht erkennen. Lange Locken reichten ihnen bis tief auf den Rücken, und auf dem Kopf war das Haar so gekräuselt, daß es gleichsam die vier Schlangen der See bildete, Rücken gegen Rücken.

Alles in allem stank es in Neu-Tyrus noch schlimmer als in der Altstadt. Den ganzen Tag lang suchten Leute auf den Felsen der drei Inseln nach Schnecken, und Kinder tauchten danach. Ich hatte nicht gewußt, daß Menschen schwimmen können, doch hier sah ich Zehnjährige, die sich unter Wasser bewegten wie Fische. Ich hatte in einem Gasthaus Quartier genommen: ein winziger Raum mit einem Schlaflager aus roter Seide und purpurfarbenen Wänden – der Sarkophag eines mittelmäßig wohlhabenden Kaufmanns wäre größer. In dieser Behausung konnte ich nicht aufrecht stehen, und der Gang davor war so eng, daß jeweils nur eine Person passieren konnte. Später hörte ich, wie sich über mir ein Paar miteinander vergnügte, und erst jetzt begriff ich, daß das ursprüngliche Stockwerk durch eine Zwischendecke offenbar in zwei Etagen unterteilt worden war: enge Schlaflöcher allüberall! Allerdings hatte jeder dieser Sarkophage sein eigenes Fenster, die einzige Möglichkeit, seine Notdurft zu verrichten. Diese örtliche Sitte hatte ich bereits kennengelernt. Meine Stiefel hätten euch mehr verraten können. Ein unverkennbares Zeichen von Armut war in Tyrus, wenn jemand barfuß ging.«

»Ich kann nicht alles glauben, was du uns erzählst«, sagte meine Mutter.

»Ganz im Gegenteil«, erklärte mein Vater. »Ich habe mit einigen gesprochen, die Tyrus als Händler kennen, und es ist auch heute noch nicht anders.«

Mein Urgroßvater nickte. »Wie können wir uns ein solches Leben vorstellen? Hier, in unserer Wüste, haben wir Platz für alle. Manchmal habe ich das Gefühl, daß ich mit meinen Gedanken ein ganzes Zelt ausfüllen könnte. In Tyrus hingegen findet man höchstens auf dem Meer genügend Platz. In der Enge, im Gedränge – es fiel mir schwer, zu meinen eigenen Gedanken zu finden. Es war, als scheuerten sie sich wund. Und doch war mir warm ums Herz. Bei all dem Gestank verwesender Schnecken rochen menschliche Leiber süß. Selbst alter Schweiß, gemessen an der Fäulnis, wirkte wie reines Parfüm. Natürlich nahm niemand ein Bad, wo doch Wasser fast in Gold aufgewogen wurde.«

»Jener Ort ist wie ein Pesthauch und ein Alptraum«, sagte meine Mutter.

»Keineswegs«, widersprach Menenhetet. »Mir begann der Ort zu gefallen. Man konnte die Kanäle entlangspazieren, die in jede Insel gegraben waren, und man konnte die Boote und Schiffe beobachten. Die Leute von Tyrus betrachteten ihre Schiffe, als seien es Götter, und sie bauten sie aus den besten Hölzern des Libanon (aus jenen Wäldern, durch die ich bald schon reisen sollte). Was für herrliche Schiffe! Was für großartige Seeleute! Ich hörte sagen, daß von allen Seefahrern einzig die Phönizier sich nicht ängstlich an die Küste klammerten, um auch ja an jedem Abend in einen sicheren Hafen einzulaufen. Sie nahmen es mit der Dunkelheit auf, sie trotzten den Ungeheuern, die nachts zur Oberfläche kamen. Sie steuerten, indem sie sich nach den Sternen richteten, und waren keine Sterne zu sehen, so fuhren sie dennoch unerschrocken weiter und warteten auf die Sonne. ›Wir können zum Land der schlimmsten Räume segeln‹, sagten sie oft. Wie kann ich es euch nur erklären? Diese Seeleute waren so stolz wie Streitwagenkämpfer. Und entsprechend führten sie sich in Bierhäusern auf. Oft schlugen sie sich, und es war, als übten sie für eine Schlacht.

Dann gab es noch die Weinschenken, wo man auf langen Bänken dicht nebeneinander saß und sein Getränk schlürfte, den Ellbogen seines Nachbarn im Nacken. Doch das machte nichts, denn man hatte den eigenen Ellbogen im Nacken des nächsten Nachbarn. Wo endete die eigene Haut, wo begann die fremde? Der Wein war sauer, und doch befanden wir uns im Delirium. Denn auf einer erhobenen Plattform lag eine Hure, die sich den Rock auszog und – da der Knabe schläft, will ich es euch erzählen – so bereitwillig ihre Mitte zeigte, daß man meinen konnte, man blicke durch ein Schlüsselloch in ein anderes Auge. Sie war eine Asiatin mit ganz dunklem Haar und lederfarbenem Körper, doch die Lippen zwischen ihren Schenkeln glichen einer Orchidee, deren Blumenblätter am Rande schwarz und in der Mitte rötlich-rot sind. Ich weiß nicht, ob ich schon je eine Frau so sehr begehrt hatte. Vielleicht lag das an ihrem Gesichtsausdruck. Sie wollte uns alle. Und zum Beweis bog sie den Rücken hoch und wölbte ihren Bauch empor und drehte sich, um sich jedem Mann zu zeigen. Ich gaffte, während sich ihre Orchideenblätter sacht zu bewegen schienen wie eine Lotosblüte, wenn man nur aufmerksam genug schaut. Und je mehr Begehrlichkeit aus mir strömte, desto mehr Begehrlichkeit strömte von ihr zurück. Die Männer ringsum legten Geschenke auf die Plattform, und als die Musik endete, ging die Hure mit dem davon, der am meisten geboten. Ich ließ mein Gold nicht sehen. Es gehörte dem Pharao und war dazu bestimmt, Nachrichten zu kaufen. Und so fühlte ich mich verzweifelt. Wie hatte dieses Weib nur ein solches Feuer in meinen Lenden entfachen können?

Ich erfuhr, daß sie nicht nur eine der Prostituierten dieses Viertels war, die von Weinschenke zu Weinschenke zog, sondern für diese Nacht auch eine Priesterin. Bis zum Sonnenaufgang würde sie sich auf dem Altar der Astarte (in dem dunklen Tempel nahe den Trockendocks) paaren. Die Phönizier glaubten, man könne im Schmutzigsten auch das Allerschönste finden und im Allerniedrigsten die Farben des Regenbogens. Und so waren sie glücklich mit dem Gestank der Schnecken und mit der königlichen Purpurfarbe, die überall auf feuchten Steinen glänzte. Mir dröhnte der Schädel, als ich versuchte, ihre Religion zu verstehen. Denn, indem sich die Hure vor uns allen entblößte, hatte sie gleichzeitig ihrer Göttin Astarte gedient, manchen als Ischtar bekannt. Ja, sie diente ihr, indem sie mit ihrer schwarzen und rötlich-roten Orchidee unser aller Lust einfing, so wie eine wirkliche Blume den Segen von Ra empfängt. Nur daß man in den Gassen von Tyrus kaum je einen Strahl Sonne sah. Und so mußte es die Hitze in unseren Bäuchen sein, die der Göttin dargebracht wurde. Aus der Mitte von Huren-schenkeln – den Schenkeln einer Priesterin – erwuchs sie nun, der Göttin zum Ruhm.

Was mich betraf, so hatte ich das Gefühl, mein Glied werde bersten. Und so eilte ich (vorbei an Menschen, die – ein gewohnter Anblick – in den Gassen ihre Notdurft verrichteten) zu meinem Quartier, um mein Fieber zu lindern. Die Wahrheit war, daß ich Männer genauso begehrte wie irgendeine Frau. Das Spiel mit dem Räuber hatte mich da auf den Geschmack gebracht. Wie sehr sehnte ich mich doch nach Kadesch und nach dem Beginn der Schlacht.

Kaum hatte ich mich auf mein Bett gelegt, so trieb es mich wieder hoch, und wenn ich auch nicht aufrecht stehen konnte im winzi-gen Raum, so konnte ich mich doch ein Stückchen zum Fenster hinauslehnen. – Und ich erblickte eine zweite Orchidee! Sie gehörte, wie ich bald herausfand, der geheimen Hure des Königs von Kadesch.

In Ägypten wissen wir, wie es ist, in die Gedanken eines anderen einzudringen und dort zu leben. Wir sind berühmt für die Wirk-samkeit unserer Flüche und Verwünschungen, was seinen Grund natürlich darin hat, daß wir so mühelos vom eigenen Gehirn in ein anderes überwechseln können. Bevor man seinen Feind verflucht, muß man ihn kennen, und die Gabe hierfür, so scheint mir, erlangen wir auf ganz natürliche Weise durch unsere Wüste und durch unseren Strom. In unbeengten Räumen kann der Geist genauso reisen wie der Körper. Doch auf diesem kaum beschreibli-chen Insel-Tyrus mit seiner Enge, mit dem Gewimmel dicht an dicht, war an dergleichen nicht zu denken. Hier drang wohl niemand mit seinen Gedanken in eines anderen Hirn. In Memphis oder Theben hätte es mich kaum verwundert, die geheime Hure des Königs von Kadesch in einem Haus auf der anderen Straßenseite zu sehen: dort tasteten ja unsere Gedanken voraus. Doch hier in diesem Bienenkorb, diesem Ameisenhaufen – nein! Wie kam es also, daß sie, die geheime Hure, überhaupt von mir wußte? Die Erklärung, erst später begriff ich es richtig, war ziemlich einfach. Was bei uns Gehirne bewirkten, bewirkte hier die Zunge, und Gerüchte sind in Tyrus so etwas wie Alltagsmünze. Natürlich wußte man, daß ich ein fremder Streitwagenfahrer war, und für die klugen Phönizier gab es da nur zwei Möglichkeiten: Entweder war ich ein Deserteur oder aber ein Offizier auf einer Mission für Usermare-Setpenere. Und eigentlich konnte nur das zweite in Frage kommen, denn jenen unglücklichen Ausdruck, wie man ihn bei Deserteuren findet, trug mein Gesicht nicht.«

»Nun ja«, sagte Ptah-nem-hotep, »es leuchtet ein, daß diese Frau von deiner Anwesenheit in der Stadt gehört hatte. Doch woher konnte sie wissen, daß du sie aufsuchen wolltest?«

»Genau das ist der Punkt, Guter und Großer Gott. Sie hatte sich ihrerseits entschieden, mit mir zusammenzutreffen. Sie wollte sich nämlich am König von Kadesch rächen. Natürlich wußte ich das damals noch nicht. Ich sah nur eine gänzlich entblößte Frau auf einem Bett auf der anderen Straßenseite – das Fenster dort nur eine Armlänge von meinem entfernt. Sie war auf eine für mich völlig neue Weise schön.

Später, in den folgenden Jahren meines ersten Lebens – und in meinen anderen Leben – sollte ich begreifen lernen, daß Frauen voneinander so verschieden sind wie die Wüste und das Meer. Doch was wußte ich damals schon? Daß es Schönheiten gab, die so lieblich waren, daß sie in des Pharaos Garten lebten und kleine Königinnen genannt wurden; und dann waren da die Huren, die man in Bierhäusern fand. Auch konnte ich kaum etwas über Damen von guter Herkunft sagen. Ich wußte, daß solch edle Damen nicht so waren wie andere Frauen, genausowenig wie man Kurtisanen und gewöhnliche Prostituierte in einem Atem nennen konnte. Doch Damen und Kurtisanen, sie erschienen mir in gewisser Weise ähnlich, obschon ich nicht sehr viel von ihnen wußte. Doch Damen ergötzten sich an der Art, wie sie sprachen, und Kurtisanen konnten singen. Mit ihren feinen Manieren bereiteten mir die einen wie die anderen Unbehagen, während ich mich gegenüber Frauen von niedrigerem Stand frei fühlte – bei den häßlichen Bauernmädchen, als ich noch ein Bauernjunge gewesen war, und später als Soldat bei hübschen Bauernmädchen, bei Dienerinnen, bei den Mädchen in den Bierhäusern. Ich nahm sie, wie sie mir über den Weg liefen, schoß gleichsam meinen Pfeil in sie ab – und im übrigen gab es zwischen Mann und Frau kaum einen Unterschied, außer daß man, war man am Gange, bei einer Frau meist das Gesicht sah, und das mochte angenehmer sein. Wie schon gesagt, ich machte Liebe wie ein Soldat, so einfach war das. Doch bei dieser geheimen Hure des Königs von Kadesch befand ich mich in der Gegenwart einer Zauberin. Knien wir vor einem Menschen von großer Macht, so wissen wir es; und genauso wußte ich, während ich durchs Fenster blickte, daß diese Frau keine von der Art jener Huren war, die einen in Weinschenken heiß machen. Mochte sie auch nackt auf dem Rücken liegen, mit gespreizten Schenkeln und offenem Tor, so wirkte sie dennoch so bekleidet wie nur je eine Frau. Sie war, die Furcht in meinem Herzen sagte es mir, ein Tempel. Ich hatte keine Eile, zu ihr zu kommen. Alles wollte in Ruhe getan und genau bedacht sein, so wie bei einem Opfer für Amon; die Zeremonie mußte Schritt für Schritt eingehalten werden. Und so entledigte ich mich sorgfältig meines weißen Rocks und meiner Stiefel und sprang schließlich durch mein Fenster hinüber, vier Stockwerke über der Erde. Mit einem höflichen Lächeln näherte ich mich dem Bett, auf dem sie lag (purpurne Seide überall), und ich kniete zu ihren Füßen nieder, bereit ihre Fessel zu berühren, doch je näher ich kam, desto schwieriger wurde jede Bewegung. Oder nein, nicht die Bewegung selbst, sondern ihre Direktheit. Es war, als könne ich mich nur auf Umwegen nähern, wie über eine lange, lange Treppe. Eine Ewigkeit sahen wir einander in die Augen, und unsere Blicke schienen wie durch Schächte ineinanderzugleiten. Nie zuvor hatte ich so schöne Augen gesehen wie ihre. Ihr Haar war dunkler als die Fittiche eines Falken, doch ihre Augen besaßen ein violettes Blau, das sich (eine Kerze brannte) fast in Schwarz verwandelte, wenn sie den Kopf zur Seite drehte. Um dann wieder, vor dem Untergrund der purpurnen Bettücher, zu Blau zu werden. Doch spiegelten ihre Augen, die ganz durchsichtig wirkten, jetzt nur den Abglanz wider. Ich hatte das Gefühl, in einen Palast zu blicken, einen Palast mit weitgeöffneten Toren – bis ich schließlich einen zweiten Palast sah, große und schöne Paläste mit den Farben aller Edelsteine. Je länger ich starrte, desto deutlicher glaubte ich, rote

Gemächer und goldene Wasserbecken zu sehen, und meine Augen reisten zu ihrem, der geheimen Hure, Herzen. Da ich sie nicht zu küssen wagte (denn ich hatte noch nie eine Frau geküßt, wußte ich nicht recht, wie man das machte), legte ich, dicht bei ihrem Schenkel, eine Hand auf das Bett.

Dann berührte ich ihr Fleisch, und aus ihrer Kehle kam ein Laut, der so rein war wie eine Rose. Nun wußte ich, daß ich nichts Falsches tat noch tun würde. Jeder Laut aus ihrem Mund leitete mich, und zu meiner Überraschung (noch nie hatte ich von dergleichen gehört noch es mir vorstellen können) glitt mein Kopf an ihren Knien vorbei und zwischen ihre Schenkel, zu jener Stelle, wo die Kinder zur Welt kommen, und ich roch das wahre Herz dieser Frau. Sie war reich und grausam und lebte in schrecklicher Einsamkeit inmitten dieser übelriechenden Altstadt von Neu-Tyrus. Doch im leisen Zittern ihrer tieferen Lippen war so viel Zärtlichkeit (und auch unergründliche Erfahrung), daß ich sie zu küssen begann, mit meinem ganzen Gesicht, mit meinem ganzen Herzen – und mit all dem Glück eines Tieres, das sprechen lernt. Nie hätte ich mir träumen lassen, daß meine Lippen so empfindsam sein konnten. Unbekannte Worte schienen auf meine Zunge zu drängen, und bald war mein ganzes Gesicht feucht, feucht von ihr, von den Augenbrauen bis zum Kinn: feucht wie eine Schnecke; und tatsächlich roch sie auch so – nicht wie jene Purpurschnecken, sondern wie jene süßen, allersüßesten, die man sich vorstellen konnte, und mehr noch – sie war der einzige Garten auf der Insel. Und die ganze Zeit über klangen Laute aus ihrem Mund, eine Art Summen, mit dem sie mich anspornte, das ungehemmte Schnurren einer Katze in schierer Brunst. Wieder wußte ich, daß ich nichts Falsches tun konnte. Und bald schon lernte ich jenes Vergnügen kennen, bei dem man vom Tier mit den zwei Rücken spricht mit je einem Kopf an je einem Ende – und *ihre* Zunge war wie der Segen dreier Göttinnen über meinem Schwert und Schild, oder anders gesagt: meinem Schwanz, meinen Hoden und auch meinem Arschloch, möge der Pharao mir diese Ausdrucksweise verzeihen, doch dies ist ja die Nacht des Schweins.«

»Ich bin nur froh, daß das Kind schläft«, sagte meine Mutter, und ihre Stimme klang so süß und schwirrte so erregend, daß ich – nach all den Erzählungen meines Urgroßvaters – das Gefühl hatte, im Wald ihrer Schenkel ein Königreich entdecken zu können.

Menenhetet fuhr fort.

»Sacht – so sacht wie die See, wenn sie sanft gegen den Strand spült, und als hielte ich einen kleinen Vogel in der Hand, legte ich nun die Spitze meines Gliedes an jene Lippen, die ich mit solcher Inbrunst geküßt. Deutlich spürte ich die Aufforderung, tiefer in sie einzudringen, und so betrat ich diesen Tempel, diesen Palast. Schritt für Schritt, im Pulsen meiner Muskeln, ging es voran. Ich fühlte, wie mein Haar gegen ihr Haar strich, während wir eintauchten in wundervolles Licht aus vielen Farben, Rosenrot und Violett und Zitronengrün. Und dann wälzte sich eine Riesenwoge, eine Schlange aus Wasser, über mich hinweg, und keuchend gewahrte ich, wie meine sieben Seelen und Geister hinüberglitten in *ihren* Leib, während gleichzeitig *ihre* sieben Teile zu mir kamen. Eine Schlacht schien dann stattzufinden, doch schwangen wir Schwerter, die keine Köpfe abhieben, und wir waren wieder im Garten, in ihrem Garten, und es war sehr süß. Ihr Schoß sog mich geradezu in sich ein. Und es war nicht oder nicht nur Wonne – wie ich sie später erfahren sollte –, in der Tat, irgendwann schienen meine Lenden zu verkrampfen. Und doch: Zum erstenmal wußte ich, was es bedeutete, Liebe zu machen und von ihr zu erhalten, was ich selber gab – ihr Herz, ihre Gier, die Schönheit, ihre Brunst. Es war, so kann ich wohl sagen, mein erster großer Fick.

Es gibt Männer, die ihr Leben daran messen, wie erfolgreich sie in Schlachten gewesen waren. Andere messen es daran, wie oft sie ihren Willen ihren Mitmenschen aufzwingen konnten. Einige wenige wie ich selbst können ihr jeweiliges Leben vielleicht an den anderen Leben messen. In diesem meinem ersten Leben indes lernte ich, daß das Maß auch etwas ganz anderes sein konnte: der Weg von einer außergewöhnlichen Frau zur nächsten. Die geheime Hure des Königs von Kadesch war für mich die erste.«

»Wie wußtest du, wer sie war?« fragte meine Mutter.

»Wie? Ich kann es nicht sagen – vielleicht war es der Anblick jener Paläste in ihren Augen. Als wir fertig waren, zweifelte ich keinen Augenblick, daß ich den König von Kadesch kennen würde, sobald ich ihn auf dem Schlachtfeld sah. Ja, kennen und nicht nur erkennen. Ich würde wissen, wie man gegen ihn kämpfen mußte. Sein Herz war in meinem Besitz. Aus der Art, wie sie sich mir gegeben hatte, sprach Verachtung. Das spürte selbst ich, der ich mit Frauen dieser Art so wenig Erfahrung hatte. Doch die Glut einer Frau ist nie inbrünstiger, als wenn sie sich an einem Liebhaber rächen will.

Ihren Namen sprach ich nicht aus, und ich wußte, daß ich sie nie wiedersehen würde. Eine Nacht wie diese war unwiederholbar, es sei denn, ich wollte mit ihr auf immer zusammenleben. Ich spreche jetzt aus der Erfahrung meiner vier Existenzen und aus der Erinnerung an zwanzig solche Frauen – zwanzig verlorene Königreiche. Die geheime Hure des Königs von Kadesch war die erste, und wir hielten einander bis zum Morgengrauen und erzählten uns kleine Dinge wie zum Beispiel – nun, die gewöhnliche Bezeichnung in Ägypten für den gewöhnlichen Akt. Es amüsierte sie, daß das Wort mit dem Zeichen für Wasser über dem Zeichen für einen Becher geschrieben wird. ›Nak‹, wiederholte sie und sagte immer wieder: ›Nak-nak‹; und kicherte.

Ich wollte mehr über sie wissen (ich, der ich mich noch nie um die Geschichte einer Frau gekümmert hatte); und ich erfuhr, daß sie als Kind von den Phöniziern geraubt worden war. Ein Schiff kam zu der griechischen Insel, auf der sie lebte, und der Kapitän schickte zwei Matrosen an Land. Ob der angesehenste Mann des Ortes ihnen die Ehre erweisen würde, mit seinen Töchtern an Bord zu kommen. Gemeinsam mit ihrem Vater und ihrer Schwester war sie der Einladung gefolgt. Doch sobald sie sich an Bord befanden, wurde der Anker gelichtet. Man brachte alle nach Tyrus. Und jetzt war sie, die hier neben mir lag, die Hohepriesterin aller Huren im Tempel der Astarte, die jedoch, Festnächte ausgenommen, dem König von Kadesch treu blieb. Sie hatte sogar drei Kinder von ihm. Was wahr war und was nicht, vermochte ich nicht zu sagen. Sie erzählte es wie eine Geschichte, die sie schon oft erzählt hatte. Im übrigen war sie in unserer Sprache nicht besonders bewandert. Eines schien mir dennoch sicher: Sie haßte den König. Schließlich verriet sie mir auch, wo sie sein Versteck vermutete. Mit dem Zeigefinger zeichnete sie auf die Purpurdecke einen Kreis – Kadesch. Von diesem Kreis zog sie mit einem anderen Finger eine Linie, die offenbar einen Fluß bedeutete. Und ihre Hände wölbten sich zu Kuppen, kleinen Hügeln. ›Er ist in dem Wald‹, sagte sie zu mir, ›doch nicht für lange. Allzu oft hat er sich gerühmt, daß er mit seiner Armee die Ägypter vernichten könne. Doch wann er hervortauchen wird, weiß ich nicht. Ihr werdet eure Augen gebräuchen müssen.‹ Sie küßte mich auf meine beiden Augen und schickte sich dann an, den Raum zu verlassen. Die Morgendämmerung war nicht mehr fern, und ich fragte mich unwillkürlich, ob sie sich zum Tempel der Astarte begeben würde, zu den anderen Huren.

Nachdem sie gegangen war, schlüpfte ich wieder in mein Zimmer hinüber und legte mich auf meine roten Bettücher, doch einschlafen konnte ich nicht. Ich mußte an den bevorstehenden Krieg denken und an die vielfältige Weise, auf die ein Soldat den Tod finden konnte. Hoffentlich, dachte ich, kenne ich keine Angst vor dem König von Kadesch; hoffentlich fürchtet er mich. Noch vor Sonnenaufgang befand ich mich auf der Fähre nach Alt-Tyrus, wo ich mich zum Haus des Königlichen Boten begab. Ich erkundigte mich nach Straßen, die in östlicher Richtung in die Berge führten.

Bald hatte ich eine Entscheidung zu treffen. Die Deichsel meines Wagens war inzwischen zwar repariert, doch nur behelfsmäßig, da das richtige Material fehlte. Bis Kadesch würde die alte Karre kaum durchhalten, auch dachte ich nicht daran, auf der Hauptstraße zu reisen, denn dort mußte ich mit Hethitern rechnen. Und so entschied ich mich, den Wagen zurückzulassen und meinen Weg zu Pferde fortzusetzen. Welch ein Unterschied zu meinem Eintreffen in Tyrus vor kurzer Zeit. Damals hätte ich Ramses II. nicht vor die Augen treten mögen ohne einsatzbereites Gefährt und ohne Botschaft. Jetzt war das anders. Was ich erfahren hatte, würde den Verlust des Wagens mühelos aufwiegen.

Den Wagen tauschte ich gegen die nun notwendige Ausrüstung ein, dann sattelte ich Ta, belud Mu als Packpferd und ritt in die Berge hinauf auf einer Fährte, die von Wildschafen oder Wildkaninchen gemacht sein mußte, so schmal war sie. Die Bäuche der Pferde waren bald auf beiden Seiten wund durch kratzende Äste. Dennoch war ich es zufrieden. Denn einen großen Fehler, das wußte ich, konnte ich kaum begehen. Die Sonne stand jetzt am Himmel, und sie wies mir die Richtung. Und wenn ich nur die richtige Richtung hielt und die beste Abkürzung fand, konnte es gar nicht mehr so weit sein bis zu dem Tal, in dem der Orontes floß. Denn in der Nähe dieses Flusses würde ich zweifellos die Armeen des Pharao finden. Es war die einzige Route, der er folgen konnte. Der große Wagen, auf dem sich sein großes Zelt befand, hatte auf jeder Seite sechs Räder und wurde von acht Pferden gezogen. Ja, eine Straße, auf der der Pharao reiste, mußte in erster Linie breit genug sein.

Bei mir sah das anders aus. Kaum hatten wir den folgenden Hang zu halber Höhe erklommen, so wucherte das Unterholz immer dichter, und Dornengestrüpp machte Ta und Mu arg zu schaffen. Sie keilten aus wie gegen einen unsichtbaren Feind, und schwitzend (und mit Mühe ihre Hufe meidend) zog ich ihnen Dorn auf Dorn aus dem Fell. Die Zedern waren jetzt so hoch, daß ich vom Himmel kaum etwas sah. Die Sonne, hinter uns, schien umdüstert und warf keine Schatten. Hätte ich geahnt, wie es in diesen Wäldern war, so würde ich mich wohl niemals hineingewagt haben.

So kampierte ich denn. Am nächsten Morgen ging es weiter, den ganzen Tag hindurch; und dann kam ein weiterer Tag, und ich dachte, ich würde nie ans Ende des Waldes gelangen. Nachts konnte ich es nicht wagen, ein Feuer zu machen: In diesen Hügeln mochten sich hethitische Späher herumtreiben. Fröstelnd quälte ich mich bei Tagesanbruch weiter, führte meine Pferde wieder durch den frühen Morgennebel und dachte seit vielen Jahren wieder an Osiris und daran, wie sein Ka durch solche Nebel gereist sein mußte, damals in der Zeit seiner großen Einsamkeit, als sein Körper noch in vierzehn weit verstreute Teile getrennt war. Ja, die Düsternis des Waldes hier, die schien dem Herrscher über das Land der Toten angemessen. Wie Schildwachen standen sie, die Stämme der Bäume, während wir uns voranarbeiteten, und es gab nur eine Möglichkeit, sich zu vergewissern, daß wir die richtige Richtung hielten: das Moos an Felsen und Felsgestein, das immer nur auf einer bestimmten Seite wuchs.

Ein langer, langer Tag. Ein Tag, der mir das Gefühl gab, ich sei so alt wie die ältesten Bäume hier. Wir erklommen wieder einen Hügel und durchquerten dann eine kleine Schlucht. Hinter gewaltigen Felsbrocken schienen Schlangen zu lauern. Bald ließen wir die Schlucht hinter uns und es wurde dunkel. Den Rücken gegen einen Baum gelehnt, versuchte ich zu schlafen. Vermutlich befand ich mich hier nicht mehr im Libanon, sondern in Syrien, und diese großen Zedern gehörten einem anderen Gott. Denn keine Kraft strömte mir zu. Ich fühlte mich schwächer denn je seit ich Megiddo verlassen, und ich begriff, daß mich die geheime Hure des Königs von Kadesch mehr Kraft gekostet hatte, als sie mir gab. Allerdings mußte solche Kraft in erster Linie von dem Räuber kommen, dessen Rücken von meinem Schwert weichgeklopft worden war: Jene, die für eine Nacht Liebe machen, schien mir, mußten etwas Räuberisches an sich haben. Endlich schlief ich zwischen den Pferden ein. Wir wärmten uns gegenseitig, wir drei, und es soll niemand sagen, daß sich ein Pferd dafür nicht genausogut eignet wie eine rundliche Frau, nur daß Gäule viel mehr Darmwinde abgehen lassen.

Als ich am Morgen erwachte, war es bereits hell. Durch die Bäume, die nun spärlicher wuchsen, konnte ich auf einer langgestreckten Ebene syrische Felder sehen. Weit in der Ferne, etwa einen halben Tagesmarsch entfernt, das mußte Kadesch sein; und irgendwo hinter der Stadt im Norden glaubte ich, ein Gleißen zu sehen wie von Hunderten, ja, Tausenden von Streitwagen in der Sonne.

Unter mir, kaum eine Wegstunde zu Pferde entfernt, sah ich Versorgungswagen meiner Armeen. Bei einer Furt am Fluß kampierte die Ehrenwache von Usermare-Setpenere. Während ich noch spähte, wurde mir plötzlich bewußt, daß da wohl noch andere spähende Augen waren. Und tatsächlich hörte ich nach einiger Zeit das Geräusch sich entfernender Hufschläge. Jemand galoppierte davon, um dem König von Kadesch frische Botschaft zu überbringen.«

# ACHT

»Die Felder waren leer, und zweifellos konnte man mich schon von weitem ausmachen, während ich den letzten langen Abhang hinunterritt. Bald war ich Gefangener des äußersten Vorpostens. Mochten die Soldaten hier (ein Zufall) auch sämtlich aus Libyen stammen, so verwandten sie, als sie mich fesselten, doch unsere altbewährte ägyptische Methode: Die Handgelenke werden im Genick zusammengebunden, während der Gefangene auf dem Boden sitzt. Ich hatte das Gefühl, mein Schwertarm würde aus dem Schultergelenk brechen. Zum Glück hatte mich, als ich den Hang heruntergeritten kam, ein Streitwagenfahrer erkannt. Er galoppierte nun zum Vorposten, und gleich darauf war ich frei.

Daß bei den Vorposten Beklemmung, wenn nicht Angst herrschte, schien klar. Auf dem Weg ins Lager erzählte mir der Wagenlenker, daß das Biwak an der Schabtuna-Furt an diesem Morgen noch nicht abgebrochen werden sollte. So blieb der Mannschaft Zeit, ihre Ausrüstung instandzusetzen und die Füße auszuruhen. Die Offiziere hingegen fühlten sich gar nicht behaglich, denn Usermare sei voller Zorn. Noch immer hätten seine Späher und Kundschafter vom Feind keine richtige Spur gefunden, und alles dauere zu lange. Gewiß, die Vorhut befand sich nun hier an der Furt, doch nur die Division des Amon folgte ihr unmittelbar. Einen halben Morgenmarsch zurück lag die Division des Ra, wie eingeklemmt zwischen den Höhen zu beiden Seiten des Orontes. Da der Weg (von Straße konnte man kaum sprechen) für eine schnelle Durchfahrt der Versorgungswagen zu schmal war, befanden sich die Divisionen von Ptah und Seth noch ganz am Anfang dieses Marsches; sie lagen einen vollen Tag zurück.

Schlimmer noch sei, fuhr mein Freund fort, daß niemand wisse, was wir in Kadesch finden würden. Am vergangenen Abend habe Usermare-Setpenere zu seinen Offizieren gesagt: ›Der Herrscher der Hethiter verdient es nicht, ein König zu sein.‹ Unser Ramses war außer sich. Er mußte auf Kadesch vorrücken, ohne zu wissen, ob es eine Schlacht oder eine Belagerung geben würde.

Ich überlegte. Würde Ramses mich überhaupt anhören wollen? Nun, es erwies sich, daß ich ihn gar nicht so schnell sehen konnte, wie von mir erhofft. Zehn Offiziere warteten bereits auf eine Unterredung mit ihm. Ich vertrieb mir die Zeit damit, im Lager umherzuwandern. Die eigentümliche Beklemmung, die ich empfand, verursachte in mir ein Gefühl der Leere; als sei da etwas abgestorben.

In jenen Tagen schlugen wir unser Lager noch auf die gleiche Weise auf, wie man es zur Zeit von Tutmosis dem Großen getan hatte. Und so stand denn an diesem Morgen das große Zelt des Königs zwischen den Zelten der Offiziere, und auf allen vier Seiten befanden sich die Königlichen Streitwagen. Dieses Geviert wurde gleichsam umkreist von unserem Vieh (Rinder und anderes zur Versorgung). Wälle, am Abend zuvor aufgeworfen, boten Schutz nach außen, zumal dahinter Fußvolk mit aufgepflanzten Schilden stand. So gab es, wenn man so wollte, einen Doppelwall: den Wall aus Erdreich, lose befestigt, und darüber den Wall aus Schilden. Trat man durch das Tor ein (es war kein richtiges Tor, nur eine Öffnung, von einer Schar Krieger bewacht), dann konnte man im Lager umherwandern und seine Freunde besuchen. Für gewöhnlich gab es für mich kaum ein größeres Vergnügen, doch im Augenblick hatte ich dafür wenig Sinn, so angespannt war ich.

Was wäre das Soldatenleben ohne Gerüchte? Auch an diesem Tag war es nicht anders. Man erzählte sich, noch heute werde es in die Schlacht gehen, und viele Nubier hatten sich ihren Helm aufgesetzt und wollten ihn nicht wieder abnehmen. Diese Schwarzen, teils in Leopardenfellen, teils in langen weißen Röcken mit orangenfarbener Schärpe über der rechten Schulter, boten einen eindrucksvollen Anblick, und sie liebten es, sich zu zeigen. An einer Stelle sah ich fünf von ihnen, die hitzig debattierten, und an einer anderen Stelle saßen zehn in völligem Schweigen beieinander, und diese Stille wog schwerer als der größte Lärm. Sonderbare Soldaten, über die wir Streitwagenfahrer keineswegs derselben Meinung waren. Manche glaubten, sie würden sich im Kampf bewähren, andere behaupteten, sie würden versagen. Ich wußte, daß sie stark waren, doch kamen sie mir vor wie Pferde – tapfer, bis man sie erschreckt. Auch schienen sie mir zu sehr in ihren Aufputz verliebt. In der Tat trugen sie, wie man es sonst nur bei Pferden kannte, eine gelbe Feder auf dem Kopf, das heißt, auf dem Helm. Was für ein Kontrast zu den Syrern, die oft kahlköpfig waren, gar keine Helme trugen, dafür aber mächtige schwarze Bärte.

Als mir klar wurde, daß ich meinen König erst am Nachmittag sehen würde, fiel alle Anspannung von mir ab. Ich lag mit anderen Wagenlenkern in der Sonne und berichtete von meinen Abenteuern (wobei ich das Beste für mich behielt). Die Güte des Ra wärmte mein Fleisch, und schließlich trug ich nur noch Sandalen und Lendentuch, an diesem durchgluteten und trägen Tag. Mehrmals schritt ich zwischen innerem und äußerem Geviert hin und her, und eine Zeitlang verweilte ich in der Werkstatt des Königlichen Zimmermanns, um ihm den Verlust meines Wagens zu melden. Doch er war zu beschäftigt, um sich darum zu scheren, werkelte er doch gerade an einem Streitwagen, den er aus zwei zerbrochenen zusammenfügte. Er werde etwas Besseres für mich haben, versicherte er – für gewöhnlich vollbrachten er und seine Werkleute das Kunststück, aus sieben unbrauchbaren Wagen sechs brauchbare zu machen. Schwatzend stand er in seiner Werkstatt, einen Haufen Wagenräder auf der einen Seite und einen Haufen Speichen auf der anderen, weitere Haufen zerbrochener Teile hinter sich; und ich fragte mich, wie er sich überhaupt noch bewegen konnte. Dann beobachtete ich eine Schar Fußsoldaten, die vom Fluß Wasser herbeischafften, das sie in einen großen Ledersack schütteten. Von drei Stangen gehalten, stand er in der Mitte des Lagers. Es gab viel zu sehen, in der Tat.

Da wurden Pferde zum Schmied geführt; da tranken Soldaten Wein; da rangen einige miteinander; und andere führten ein paar Kühe zur Feldküche. Ich roch den Schweiß des Tages und den verlockenden Duft röstenden Fleisches. Zwei der weintrinkenden Soldaten begannen einen Scheinkampf mit Dolchen. Sie hatten es schon oft getan und waren altersprobt. Beide wußten auf den Fingerbreit genau, wie weit sie ihre Waffen vorzucken lassen durften.

Ein Scherde, der in seinem roten und blauen Gewand wie ein

Ochse schwitzte, schlug auf einen Esel ein, der seine Nase in einen Sack mit Vorräten geschoben hatte. Der Geruch der Nahrung erregte das Tier so sehr, daß es prompt eine Erektion bekam. Der Scherde schlug weiter auf den Esel ein, und dieser versuchte, den Schlägen auszuweichen, ohne jedoch das Maul aus dem Vorratssack zu ziehen oder seine Erektion zu verlieren. Nicht weit von ihm, durch die Szene offenbar erregt, wälzte sich ein anderer Esel im Staub.

Die meisten Männer schliefen. Es war Nachmittag, und alles schien noch träger als zuvor. Ich ahnte die Müdigkeit, die nach so langem Marsch in diesen Männern steckte, und plötzlich spürte ich meine eigene Erschöpfung. Ich ging zu dem Zelt zurück, das ich mir mit anderen Wagenlenkern teilte, und sackte wie ein Stein auf mein Lager. Doch nur allzubald wurde ich wachgerüttelt: Der König wolle mich jetzt sehen. Benommen und verwirrt erhob ich mich, schüttete mir aus einer Schale Wasser ins Gesicht und machte mich auf zu des Königs Zelt. Noch immer war ich befangen in meinen Träumen. Von Wäldern und Räubern hatte ich geträumt. Aber auch von Hethitern, die Pfähle in den Boden rammten, auch nach oben gespitzte Pfähle, auf denen ägyptische Soldaten dann verbluteten. In meinen Träumen glitten die durchbohrten Leiber langsam tiefer. Mir war kalt, bis tief in meine Eingeweide; und deshalb nahm ich, bevor wir aufbrachen, aus einem Lederbeutel noch einen großen Schluck Wein, der mich sofort zum Schwitzen brachte. Und dann ging ich zum Zelt von Ramses II.

Es war ein mächtiges Zelt, fast schon ein Haus. In der Tat enthielt es eine Reihe von Räumen: ein Allerheiligstes zum Verrichten der Gebete, ein Schlaf- und ein Speisegemach sowie einen großen Empfangsraum für Audienzen. An diesem Tag waren, als ich eintrat, viele Generäle und andere Offiziere bei ihm, auch Prinz Amen-khep-shu-ef.

Er war voller Ungeduld. Noch bevor meine Stirn richtig den Boden berührt hatte, begann er zu sprechen. ›Würdest du‹, fragte er, ›dir die reichste Provinz deiner Länder entreißen lassen, ohne etwas dagegen zu unternehmen?‹

›Herr, ich würde versuchen zu kämpfen wie der Sohn-des-Ra.‹

›Von manchen hier höre ich, daß sich der König von Kadesch einen Zwei-Tage-Marsch von hier befindet, jedoch nicht näherzukommen wagt. Er ist eine Memme. Ich werde seine Schmach aller Welt verkünden. Der Stein, den ich zum Gedenken an meinen Sieg errichten werde, soll jedem verraten, daß der König von Kadesch nichts anderes ist als das, was man zwischen den Schenkeln einer Hure sieht!‹

Im Zelt war es heiß. Heiß von der brütenden Sonne auf Lederdach und Lederwänden. Heiß von den Leibern der vierzig Offiziere. Doch die größte Hitze kam von meinem Pharao. Er glich einem Feuer an einem heißen Tag in der Wüste.

›Wer sagt, daß er Kadesch nicht verteidigen wird?‹ fragte ich.

Er deutete auf zwei Hirten, die still in einer Ecke saßen. Ihre Gewänder waren so staubig, daß man glauben mochte, sie seien hundert Tage mit ihren Tieren gewandert. Jetzt lächelten sie, ließen dabei die Zähne sehen, die sie noch besaßen, und verbeugten sich siebenmal. Dann begann der ältere zu sprechen, doch in seiner Sprache. Der Aufseher-über-beide-Sprachen, einer unserer Generäle, dolmetschte Wort für Wort; doch ging alles sehr langsam, da der Beduine immer wieder nach einem Satz, einem halben Satz eine Pause einlegte.

›O Geliebter Ramses, von der Wahrheit Erwählter‹, vernahm ich, ›kennt der Gute und Große Gott nicht das Gefühl des Glücks, wenn er seinem Feind den Kopf abschneidet? Bereitet ihm das nicht mehr Entzücken als ein Tag voll Liebeswonnen?‹

Der Pharao lächelte.

Der Schäfer sprach mit langsamer, gedehnter Stimme, hallend wie die eines Propheten. ›O Der-du-bist-die-Majestät-von-Horus-und-Amon-Ra, Der-du-fest-bist-auf-seinem-Pferd-und-schön-auf-seinem-Streitwagen, wisse, daß wir zu deinem Thron aus Gold gekommen sind –‹, tatsächlich saß Usermare-Setpenere auf einem kleinen Stuhl aus reinem Gold, ›– um für unsere Familien zu sprechen. Sie gehören zu den angesehensten aller angesehenen Familien, welche Muwatalli, König von Kadesch und Herrscher der Hethiter, den Treueid geschworen. Doch sagen unsere Familien, daß Muwatalli nicht länger unser Herrscher ist, hat sein Blut jetzt doch die Farbe des Wassers; und gleicht seine Kraft doch der eines Kaninchens, während deine die eines Stieres ist. Muwatalli verweilt in Aleppo und findet nicht den Mut, nach Kadesch zu marschieren. So haben unsere Familien uns zu dir geschickt mit der Bitte, deine Untertanen werden zu dürfen.‹

›Ich fühle mich geehrt‹, sagte Usermare-Setpenere, ›denn ich weiß, daß du die Wahrheit sprichst. Wer vor mir nicht die Wahrheit spricht, wird bald schon das Glied verlieren, das Kinder macht. Und indem er sein verlorenes Glied betrachtet, wird er auch seine Augen verlieren.‹

Noch nie hatte ich meinen Pharao so sprechen hören, und noch nie hatte sein Körper eine solche Hitze ausgestrahlt. ›Ich glaube, diese Männer sprechen die Wahrheit‹, sagte er. ›Wie könnten sie es wagen zu lügen?‹ Doch im selben Augenblick wandte er sich mir abrupt zu und fragte: ›Glaubst du ihnen?‹ Als ich schwieg, lachte er. ›Du glaubst ihnen nicht? Du meinst, sie besäßen die Unverfrorenheit, deinen Pharao täuschen zu wollen?‹

›Ich glaube ihnen‹, sagte ich, ›ich glaube, daß sie jene Wahrheit sprechen, welche die Wahrheit ihrer Familie ist. Doch sind sie schon vor einer Reihe von Tagen zu uns aufgebrochen. Und während sie unterwegs waren, können auch die Armeen des Königs von Kadesch auf dem Marsch gewesen sein. O Du-von-den-Zwei-Groß-Häusern‹, sagte ich und empfand so große Furcht, daß ich mit der Stirn siebenmal den Boden berührte, ›als ich heute bei Tagesanbruch die Hügel herabkam, sah ich im Norden, bei Kadesch, eine Armee.‹

›Du sahst eine Armee?‹

›Ich sah ein Glänzen. Das Glänzen von Schwertern, Lanzen, Schilden.‹

›Aber die Schwerter selbst hast du nicht gesehen?‹ fragte Prinz Amen-khep-shu-ef. ›Nur das Glänzen?‹

›Nur das Glänzen‹, räumte ich ein.

›Das Glänzen des Flusses, der die Mauern von Kadesch umströmt‹, sagte der Prinz. Viele Generäle lachten, doch als sie sahen, daß unser Pharao ernst blieb, verstummten sie. Erst jetzt wurde mir bewußt, daß Hera-Ra nicht an des Herrschers Seite war. Doch Ramses II. brauchte den Löwen nicht und nicht sein Grollen, um sich Gehör zu verschaffen. Die Generäle schwiegen.

›Auf deinen Reisen, was hast du da über den König von Kadesch gehört?‹ lautete die nächste Frage.

›Daß Muwatalli sich im Wald bei der Stadt verbirgt‹, erwiderte ich rasch. ›Daß er eine große Armee hat. Daß er versuchen wird, uns zu überrumpeln.‹

›Das ist nicht wahr‹, brüllte der Pharao. Das Weiß seiner Augen, umgeben von schwarzer und grüner Schminke, war rot. ›Es ist nicht wahr‹, wiederholte er, ›und doch glaube ich, daß es wahr ist.‹ Er funkelte mich an, als hätte ich ihn bis aufs Blut gereizt.

Eine hitzige Debatte begann. Sollten wir morgen früh das Lager abbrechen und mit den ersten beiden Divisionen auf Kadesch marschieren, oder war es klüger, noch einen Tag zu warten, bis die anderen beiden Divisionen heran waren? Diesen Standpunkt vertrat ich mit aller Entschiedenheit. ›Ist die gesamte Armee beisammen‹, sagte ich, ›dann können wir auf der großen Ebene mit einem Horn links und einem Horn rechts marschieren.‹ Ich sagte ›Horn‹, denn ich erinnerte mich, daß Ramses mir einmal erzählt hatte, Tutmosis der Große habe nie von ›Flügel‹ oder ›Flanke‹ gesprochen. Er sprach von seinen Armeen wie von einem Stier, mit einem Haupt – er selbst – und zwei Hörnern, ein gewaltiger Stier.

Mein Pharao nickte. Er sah sich in seinem Streitwagen im Mittelpunkt einer mächtigen Armee auf einer großen Ebene, einer Armee mit zwei Hörnern, und ich glaubte, er werde Befehl geben, noch zu warten. Doch Prinz Amen-khep-shu-ef kannte seinen Vater nur zu gut, und er sagte: ›Auf der großen Ebene werden wir vielleicht noch eine Woche warten müssen, während der König von Kadesch sich nicht blicken läßt. Statt gegen den Feind werden unsere Leute gegeneinander kämpfen. Viele werden desertieren. Wir machen uns selbst zum Narren, während unser Horn stumpf und stumpfer wird.‹

Wieder nickte der Pharao. Die Beratung war beendet. Er erteilte Befehle. Morgen in aller Frühe würden wir das Lager abbrechen. Am Abend stand er auf dem Käfig, in dem sich sein Löwe befand. In den Wäldern des Libanon hatte Hera-Ra eines Nachts einen unserer Soldaten gefressen. Gleich am nächsten Morgen war ein Käfig für ihn gebaut worden. Auf diesem Käfig stand Usermare-Setpenere nun. Während der Löwe immer wieder brüllte, sprach unser Pharao zu uns allen.

›Sieger der Schlacht von Megiddo war Tutmosis III. der Große. Der König selbst führte seine Truppen an. Wie eine Flamme war er an ihrem Haupt, wie eine mächtige Flamme. Und so mächtig werde ich an eurem Haupt sein.‹ Die Soldaten brachen in Jubel aus. Der Himmel, der sich über uns wölbte, besaß ein Rot ganz eigener Art, und auch unsere Jubelrufe klangen gleichsam rot. ›Tutmosis erschlug viele Barbaren‹, sagte unser König, ›und er nahm die feindlichen Prinzen gefangen, die feindlichen Prinzen mit ihren goldenen Streitwagen.‹ Wieder jubelten wir. Wir jubelten immer, wenn der Pharao von Gold sprach. ›Alle flohen vor Tutmosis‹, sagte unser König. ›Und sie flüchteten in solcher Hast, daß sie all ihre Kleider zurückließen.‹ Wir lachten schallend. ›Ja, sie gaben sogar ihre Streitwagen aus Gold und Silber auf.‹ Nun stöhnten wir leise, und hatte es zuvor geklungen wie das Dröhnen großer Wassermassen im Schlamm, so war es jetzt wie das Wispern des Mondes auf einem Teich.

Ramses fuhr fort: ›Die Bewohner von Megiddo zogen die Soldaten, nackt wie sie waren, über die Mauer. In dieser Stunde hätten die Armeen von Tutmosis die Stadt einnehmen können.‹ Der König schwieg einen Augenblick. ›Doch sie taten es nicht. Die Soldaten stürzten sich auf die Beute auf dem Schlachtfeld. Und verloren all die Schätze, die sich in der Stadt befanden. Wie Fische waren die Männer von Megiddo auf dem Schlachtfeld ausgebreitet, und das Heer von Tutmosis glich einer riesigen Möwenschar, die auf die Toten einhackte.‹ Wie ein Stöhnen kam es von uns. ›Macht‹, sagte Ramses, ›macht es nicht den Möwen nach. Die Stadt, die an jenem Tag nicht eingenommen wurde, mußte ein ganzes Jahr lang belagert werden. Tutmosis' Soldaten arbeiteten wie Sklaven und legten ganze Wälder nieder, um daraus Wälle zu errichten, hinter denen man sich den Wällen Megiddos nähern konnte. Der Wall des Tutmosis mußte so lang sein, daß die Stadt völlig umzingelt war. Das bedeutete die Arbeit eines ganzen Jahres. Megiddo litt Hunger, doch die Einwohner nutzten die Zeit, um ihre Schätze zu vergraben. Sie waren für uns verloren. Keine guten Sklaven wurden erbeutet. Nur Tote und Pestkranke waren da, um die Armeen von Tutmosis zu begrüßen. Und so sage ich zu euch, daß wir eine große Schlacht bestehen werden, doch keiner von euch wird Beute machen, bevor ich es erlaube.‹

Wir jubelten. Wir jubelten mit Furcht in der Kehle und Enttäuschung in den Lenden bei dem Gedanken, daß wir weniger Beute machen würden, doch wir jubelten, und der Löwe brüllte. Am nächsten Morgen brachen wir in aller Frühe das Lager ab. Kaum einer hatte geschlafen. Bei Shabtuna überquerten wir die Furt. Obwohl uns das Wasser manchmal bis zur Brust reichte, verloren wir weder einen Mann noch ein Pferd. Doch wir hatten Käfer aufgescheucht, Käfer, die am Flußufer hausten. Und sie flogen hoch, in unglaublicher Zahl, und bildeten dichte Wolken, die sich zwischen uns und die Sonne schoben. Wir bewegten uns buchstäblich im Schatten, und niemand sah darin ein gutes Zeichen.

Auf der anderen Seite formierten wir uns und setzten unseren Marsch fort. Auf der langgestreckten, harten Ebene im Tal des Orontes ging es weiter in Richtung Kadesch. Noch immer waren da die Käfer, teils in unseren Haaren, teils in unserer Kleidung. Und zu Tausenden und Abertausenden bedeckten sie, flugmüde jetzt, den Boden. Unsere Wagenräder und die Hufe unserer Pferde knirschten über sie hinweg.

Wieder spürte ich die Ungeduld meines Ramses. Er befand sich bei der Vorhut. Seine Streitwagenfahrer und seine Leibwache, die stärksten Scherden und Nubier, sämtlich Riesen, waren insgesamt rund fünfhundert Mann. Zwischen uns, der Vorhut, und den vordersten Reihen der Divison des Amon bestand bereits ein beträchtlicher Abstand. Als ich später von einer Anhöhe zurückblickte, sah ich, daß wir schon eine große Strecke zurückgelegt hatten. Und doch waren die Truppen des Ra gerade erst dabei, die Furt zu überqueren. Erst einen halben Tag später würde die Division des Ptah folgen können, während die Männer der Seth-Division wohl noch immer in einer Schlucht festsaßen. Sie würden frühestens gegen Einbruch der Dunkelheit zu uns stoßen.

Dennoch war ich froh, bei der Leibwache zu sein. Hier litt man weniger unter dem Staub, den die Wagenräder und die Pferdehufe hochwirbelten. In dichten Wolken stieg er, dichter noch als die Schwärme der Käfer, und er trieb auf die Division des Amon zu, auf die fünftausend marschierenden Soldaten. Für sie mußte es die reine Pest sein.

Gar kein Zweifel, daß wir von Kadesch aus zu sehen waren! Die Stadt, die wir in der Ferne sahen, dort wo Hügel und Himmel zusammenstießen, hätte man auf einem guten Roß in einer Stunde erreichen können, doch so schnell kamen wir natürlich nicht voran. Es gab jetzt sachte Hänge, leicht bewaldet, und so mußten wir Kundschafter ausschicken und ihre Rückkehr abwarten.

Unwillkürlich kam mir ein Gedanke. Wäre ich Muwatalli, König von Kadesch, wo in diesen Wäldern würde ich die Leibwache des Pharaos angreifen, um Ramses II. gefangenzunehmen? Blindes, vorschnelles Handeln schien wenig ratsam. Und so war es nur vernünftig abzuwarten. Abzuwarten, bis die Division des Amon vorbeigezogen war und selbst die halbe Division des Ra. Verletzlich wie ein Wurm würde die fremde Streitmacht vor mir liegen, mit einem einzigen Schlag zu zerspalten.

Muwatallis Gedanken, empfand ich sie nach, lebte ich womöglich gar in ihnen? Wenn dem so war, würden Vorhut und erste Division ziemlich ungeschoren davonkommen, während die ganze Wucht des Angriffs die Truppen des Ra traf.

Hatte ich zuvor Furcht empfunden, so war es jetzt Trauer. In diesem Augenblick befanden wir uns in keiner Gefahr; und befanden uns doch in ganz großer Gefahr. Zu Usermare-Setpenere konnte ich darüber jedoch nicht sprechen. Auf seinem Wagen nahm sein Sohn Amen-khep-shu-ef meine Stelle ein. Ich hatte die nicht gerade schmeichelhafte Ehre, den Aufseher-über-beide-Sprachen zu kutschieren. Dies war ein General, der in der Armee den Spitznamen ›Herrin der Expeditionen‹ trug, ein derber Witz, hieß es doch, sein Rektum sei so offen wie ein Kübel. Daß mein Pharao mich als Lenker für einen solchen Mann abstellte, bewies mir seinen Zorn. Jetzt hörte er, wie auch anders, auf den Rat seines Sohnes. Doch sobald er entdeckte, daß die Kraft meiner Gedanken groß genug war, um in die Gedanken unseres Feindes zu dringen, würde er mich vielleicht wieder zu seinem Lenker machen.

Utit-Khent, ›Herrin der Expeditionen‹, schwatzte drauflos; schwatzte über den Staub, und was er sagte, war so lustig, daß ich unwillkürlich lachte. Für jeden Fisch und jede Katze gäbe es einen Gott, und der Gott der Käfer sei sogar ein Großer Gott, doch zum Gott des Staubes habe sich noch kein Gott aufgeschwungen, oder könnte ich einen solchen Gott nennen? Er war harmlos, dieser General, ein Clown für andere Generäle, Truppen befehligte er nicht, bei Prinz Amen-khep-shu-ef hatte er als eine Art Lakai gedient; doch unwillkürlich fragte ich mich, ob dieser arme Utit-Khent vielleicht einmal ein starker Soldat gewesen war, der im Dienst von Usermares Vater nach und nach die Kraft verlor. Möglich, daß der Pharao Seti ihn beim Haarschopf gepackt hielt. Die Fährte war so übel jetzt nicht. In der Tat glich sie fast einer Straße, breit genug, um zwei Streitwagen aneinander vorbeifahren zu lassen. In der Mittagshitze befanden wir uns meist im Schatten von Bäumen. Und fühlten uns doch nicht sehr behaglich – Kadesch war zu nah. Auch mußten wir überall mit feindlichen Überfällen rechnen. Meist reichte der Wald bis zur Straße, doch gab es nun häufig auch freies Feld. Und da war kaum eine Stelle, wo sich eine hethitische Streitmacht nicht verbergen konnte, und sei es unmittelbar am Rand der Straße. Fünftausend Männer würden fünfhundert im Nu überrumpeln. Doch mein ungeduldiger König fuhr und fuhr und sandte nicht einmal mehr Kundschafter aus. Er schien zu glauben, daß die Tore von Kadesch für ihn offenstanden.

Schließlich und endlich gelangten wir in Sichtweite dieser Stadt. Wir sahen die Mauern, die Türme, doch nirgends ein Zeichen der hethitischen Armee. Überhaupt kein Zeichen von Leben! Wie viele Tage waren wir seit unserem Aufbruch in Ägypten unterwegs? Und jetzt dies? Wie besessen vom eigenen Schwung, fuhr der König ein Stück an der Stadt vorbei, und in der Stille war das Knirschen unserer Wagenräder das lauteste Geräusch, und der König gab schließlich den Befehl zum Halten. Wir gehorchten und begannen, ein Lager aufzuschlagen. Eine Seite bildete der Fluß, zu tief hier, als daß ein Heer hätte hindurchwaten können. Die anderen drei Seiten wurden rasch mit unseren Schilden abgesteckt, und um das große Zelt des Pharao schütteten die Nubier Erdreich auf. Bald traf auch die Division des Amon ein, und um unser Geviert errichtete sie ein größeres Geviert, so daß sich des Königs Leibwache vom Fluß zurückziehen konnte. Dieser bildete nun eine Seite des Lagers der Division. Von der Stadt her die ganze Zeit über kein Laut, kein Lebenszeichen.

Jetzt war um uns genügend Lärm. Fünftausend Mann hoben Erdreich aus, doch betrieben sie dies eher nachlässig. Schließlich konnte es sein, daß wir uns in einer Stunde wieder auf dem Marsch befanden. Sie fütterten ihre Tiere, stärkten sich selbst, kümmerten sich um die Versorgungswagen und fühlten sich sicher, kein Wunder bei einer Streitmacht unserer Größe.

Vielleicht war nur ich es, der sich bedrückt fühlte. Emsig arbeitete ich an den Rädern meines Wagens (obschon ich sehr hoffte, nicht an Utit-Khents Seite kämpfen zu müssen). Mit einem besonders harten Spezialstein, den ich stets in meinem Lederbeutel hatte, bearbeitete ich die bronzenen Radreifen so kräftig, daß sie an den Rändern scharf waren wie Messer. Lange würde das nicht vorhalten, doch, oh, wie grausam konnte ein frischgewetztes Rad einem gestürzten Mann mitspielen.

Aber die ganze Zeit über spürte ich diesen starken Druck auf meiner Brust. Seit wir hier unser Lager aufgeschlagen hatten, war mir nichts vor die Augen gekommen, das die frühere Anwesenheit einer Armee verriet. Nicht die leiseste Spur ließ sich finden unter den glatten, roten Piniennadeln. Und doch war ich voll Mißtrauen. Ich hatte das sichere Gefühl, daß sich hier eine Armee befunden hatte – und daß alle Spuren sorgfältig beseitigt worden waren. Überdies konnte ich den Gott der Pinien riechen, und er war fast so fremdartig wie der Gott der Myrrhe aus dem Lande Punt.

Ich bemerkte, daß Soldaten zerbrochene Ausrüstungsgegenstände zu des Pharaos Zelt brachten – Dinge, die sie gefunden hatten. Eine Radspeiche etwa, wie wir sie nicht kannten; oder einen Sattelgurt, der nach einem sonderbaren Öl roch. Immer mehr gewann in mir die Überzeugung Oberhand, daß es in diesem Wald nicht recht geheuer war. Wäre ich Muwatalli, dachte ich, ja, ich würde mich nördlich von Kadesch in den Wäldern verborgen halten, während Ramses von Süden herbeizog. Erst wenn er zu den Mauern käme, würde ich den Fluß in östlicher Richtung überqueren, die Stadt immer zwischen meinem Heer und der Streitmacht des Pharaos. Sollte dieser jedoch weiter nach Norden bis zu dieser Stelle marschieren, so würde ich nach Süden ziehen, wieder hinter den Mauern von Kadesch verborgen. So könnte ich dann den Fluß an einer Stelle überqueren, wo es viele Furten gab – und zur rechten Zeit zuschlagen: gegen die Division des Ra, dort auf dem offenen Feld südlich der Stadt.

Noch während ich über solche Manöver nachdachte, wurde in unserem Lager wütendes Geschrei laut. Zwei Asiaten waren von Kundschaftern gefangengenommen worden. Ihre Gesichter waren blutbedeckt. Soldaten blickten von ihrem Mahl auf und starrten. Die Gefangenen wurden zum Zelt des Pharaos geführt. Dann hörte man klatschende Schläge und Schreie. Als ich, etwas später, das Zelt betrat, waren auch die Körper der Gefangenen blutüberströmt, und ihre Gesichter wirkten unkenntlich.

Die Peitsche löste bei beiden die Haut vom Leibe. Usermare-Setpenere fetzte sie in langen Streifen ab, wie Papyrus, und schleuderte sie zu Boden. Dann sagte er: ›Sprich die Wahrheit!‹ Der Hethiter verstand vermutlich kein Wort unserer Sprache, und doch wußte er, wen er vor sich hatte; denn die Augen des Pharaos flammten wie die Sonne. So sagte er denn (und Utit-Khent dolmetschte): ›O Sohn des Ra, verschone meinen Rücken.‹

›Wo ist der elende König der Hethiter?‹

›Hör nur‹, rief der Asiate in seiner Sprache, und: ›Hör nur!‹ sagte Utit-Khent in unserer Sprache, ›Muwatalli, der König von Kadesch, hat Völker in großer Zahl um sich versammelt. Seine Soldaten sind auf den Bergen und in den Tälern.‹

Dieser Mann fuhr fort zu sprechen, selbst als ihm Amen-khep-shu-ef den Arm auf dem Rücken verdrehte. Er sprach und sprach, und Ramses hob sein Schwert. ›Wo ist Muwatalli jetzt?‹

Der Gefangene rief stöhnend: ›Herr, Muwatalli wartet am anderen Flußufer.‹

Ich glaubte, das Schwert werde fallen. Es schien zu schwanken. Unser König ließ vom Gefangenen ab und blickte zu uns. ›Seht, was ihr mir erzählt habt‹, rief er, ›seht, wie ihr zu mir vom König von Kadesch als von einem Feigling gesprochen habt, der Reißaus nimmt.‹ Ich fürchtete, er werde seinen Sohn mit dem Schwert durchbohren. Hastig berührte der Prinz mit der Stirn siebenmal den Boden, und es gingen ihm wohl viele Gedanken durch den Kopf, denn als er wieder aufblickte, sagte er: ›Herr, lasse mich zur Division des Ptah eilen, damit ich die Leute warnen kann. Wir werden sie brauchen.‹ Der König nickte zögernd; als müsse er zustimmen trotz seines Zorns. Und dann war der Prinz verschwunden; und vielleicht bereits auf dem Weg – oder auch nicht. Denn im selben Augenblick brach das Chaos über uns herein, und keiner wußte recht, was der andere tat.

Es näherte sich mit dumpfem Getöse, das immer mehr wuchs. Hundert und aberhundert Pferde schienen zu schreien, Streitwagen krachten über Gestein und Geäst – und wir wußten noch nicht, was das zu bedeuten hatte, der ganze ungeheure Lärm. Dann sahen wir die versprengten Legionen der Division des Ra; Pferde ohne Streitwagen, Wagenlenker ohne Pferde; Fußvolk, hinter einem Versorgungswagen einherjagend, gezogen von Gäulen ohne Fahrer; und alles floh und flüchtete auf uns zu.

Erst später sollte ich erfahren, daß meine schlimme Befürchtung eingetroffen war. Die Hethiter hatten die Division des Ra dort auf der Straße, wo sie einem langgestreckten, hilflosen Wurm glich, einfach zerspalten. Die rückwärtige Hälfte flüchtete nun zur Division des Ptah, die vordere Hälfte wollte zu uns.

Viele wurden bereits Opfer der Hethiter. Jene, denen der Durchbruch zu uns gelang, befanden sich nun im nachlässig befestigten Lager des Amon. O ja, die Heerscharen des Muwatalli waren wie eine Seeschlange über uns gekommen und hatten uns dorthin gespült, wo wir uns jetzt befanden. Wir blickten zum Himmel, und der Himmel war dunkel und stumpf. So wie die Klinge eines Soldatendolches.«

# NEUN

»Ich könnte euch erzählen«, sagte Menenhetet zu unserem Pharao und zu meiner Mutter und meinem Vater, »wie wir später über diese Schlacht sprachen und wie jeder Mann von seinen Taten berichtete. Nur indem man die Lügen miteinander verglich, konnte man hoffen, der Wahrheit auf den Grund zu kommen. Doch das war später. In diesem Augenblick gab es nichts als Lärm und Verwirrung. Dennoch fällt es mir leicht, mich an das zu erinnern, was ich dann an dem langen Nachmittag empfand, da viele von uns den Toten näher waren als den Lebenden: Ich fühlte mich lebendig wie nie zuvor. Noch jetzt kann ich den Speer sehen, der links an meiner Schulter vorbeischwirrte, und das Schwert, das meinen Kopf verfehlte. Wieder scheine ich (und es ist so nah, als fiele ich bei einem bösen Traum aus dem Bett), als eine Lanze wuchtig meinen Schild trifft, vom Streitwagen meines Pharaos zu stürzen. Es war die größte aller Schlachten – in meinen vier Leben habe ich nie von einer größeren gehört.

Als der Lärm in unserem Lager widerhallte, blickte Usermare-Setpenere zu mir und sagte: ›Nimm deinen Schild und fahre in meinem Streitwagen‹, und ich, der ich so viele Tage von eben diesem Augenblick geträumt hatte, konnte nur nicken, während ein absurder Gedanke meinen Kopf erfüllte: Umsonst meine Arbeit an den Radreifen von Utit-Khents Wagen, ja, schlimmer noch als umsonst. Denn der betuliche General würde vielleicht herunterfallen und unter den scharfgeschliffenen Kanten eines Radreifens ein Bein verlieren.

Sonderbar: Genauso sollte es später geschehen. Der General stürzte herab, und sein Bein wurde verstümmelt, während seine Pferde in wilder Panik durchgingen. Es war, als hätte ich für einen

Augenblick in einem spiegelnden Steinsplitter ein Stück Zukunft gesehen. Doch das wurde mir erst später richtig bewußt.

Sofort trieb es mich, die Radreifen am Wagen meines Pharaos zu wetzen, ihre Ränder zu schärfen. Was für ein Unsinn! Natürlich war das überflüssig. Denn eine Abteilung Soldaten – die Königliche Garde vom Streitwagen-des-mächtigen-Stiers – war stets und ständig damit beschäftigt, alles instandzuhalten. Wer mit dem Finger unvorsichtig über die Radreifen strich, konnte diesen leicht verlieren, so scharf geschliffen war das Metall.

Nun denn, wenn ich hierfür nicht gebraucht wurde, so wollte ich wenigstens sehen, was rings um uns geschah. Also kletterte ich auf den Käfig des Löwen, um von dort Ausschau zu halten. Hera-Ra, unter mir, brüllte sofort los wie ein betrunkener Bettler, und er tobte so wild, daß ich Mühe hatte, das Gleichgewicht zu halten und nicht hinunterzufallen.

In alle vier Himmelsrichtungen blickte ich, und es war, als sähe ich nichts als die Strudel des Allergrünsten Grüns, die Wirbel des Meeres. Das Geviert des Königs war umzingelt, das größere Geviert – der Amon-Division – verloren. Außerhalb des eigentlichen Königslagers herrschte das Chaos, fand eine blutige Schlächterei statt. Die Soldaten der Amon-Division flohen davon, und sie ließen alles zurück, ihre Zelte, ihre Versorgungswagen, ihre Tiere. Mitten beim Spiel, mitten beim Essen hatte es sie überrascht, und sie flüchteten wie blind.

Währenddessen wogte das Heer der hethitischen Streitwagenfahrer heran, jeweils drei auf einem Wagen und ganz ohne die Disziplin der Ägypter. Sonderbare gelbe Kopfbedeckungen trugen sie, und sie kämpften nicht mit Bogen und nicht mit Schwert, sondern versuchten, alles mit ihren Äxten niederzumähen. In diesem Tumult glichen unsere Streiter, soweit ihre Wagen noch einsatzfähig waren, flinken Vögeln gegen plumpe Keiler. Selbst jetzt hatten manche noch die Zügel um den Leib geschlungen, und ihre Pfeile schwirrten. Ja, plump und ungelenk war er, der Feind, und ich sah, wie zwei hethitische Streitwagen ineinanderkrachten, während hüben wie drüben je drei Mann Besatzung durch die Luft wirbelten.

Doch mehr und immer mehr Hethiter ratterten heran, über die Hügel, durch die Wälder, teils im Galopp, teils im Trab. Ich sah einen Pulk von dreißig oder vierzig, eine mächtige Kampfeinheit, die in voller Fahrt auf das Geviert des Königs zuhielt. Sie prallten gegen unsere Feldschanze, gerieten ins Wanken, ins Schwanken, viele stürzten. Andere preschten weiter, und eine Reihe der Rösser geriet mitten unter unsere Scherden. Diese zögerten keinen Augenblick. Sie brachten die Gäule zum Halten und schlitzten ihnen mit scharfen Dolchen die Bäuche auf. Dann zerrten sie die Hethiter von den Wagen herunter. Keiner überlebte.

Immer noch stand ich oben auf dem Käfig von Hera-Ra, von Erregung durchpulst wie ein Knabe, und ich sah, daß unser Pharao mit gesenktem Kopf und geschlossenen Augen betete. Er sprach: ›Im fünften Jahr meiner Regierung, dem dritten Monat der dritten Jahreszeit, an diesem Tag Neun von Epiphi, unter der Majestät von Horus, bin ich, Ramses Meri-Amon, der Mächtige Stier, Geliebter von Maat, König von Ober- und Unterägypten, Sohn des Ra, dem ewiges Leben zuteil wird –‹ Und so zählte er all seine Namen auf: Wie ein Schaduf mit zahllosen Eimern Wasser schöpft, so schöpfte der Pharao mehr und mehr Blut in sein Herz, bis er keine Furcht mehr empfand, vor dem Tod nicht und nicht vor Toten oder Lebenden. Er sprach: ›Ich, der ich gewaltig bin in meinem Mut, der ich stark bin wie ein Stier, der ich in meinen Gliedern ein Feuer brennen fühle . . .‹

So sprach er, während ich sah, wie auf dem Schlachtfeld außerhalb unses Gevierts ein hethitisches Roß, Pfeil im Hals, rücklings auf seinen Streitwagen mit den drei Mann Besatzung stürzte. Einer unserer Männer, die Brust von einem Kurzspeer durchbohrt, fiel auf die Deichsel zwischen seinen beiden Pferden. Überall lagen Tote, die gebrochenen Augen dem Himmel zugekehrt, und einer von ihnen wölbte wie zum Schutz die Hände vor seinen Geschlechtsteilen. Ein Mann hatte sich im Rad eines Streitwagens verfangen, ein Hethiter kam und hieb mit der Axt auf seinen Kopf ein. Doch ein Großteil unserer Leute, viele tapfere Männer von Amon, flüchteten in wilder Panik in die Wälder – ein unvorstellbarer Anblick.

Jetzt hatte mein Pharao seine Gebete beendet. Er öffnete die Tür des Käfigs, und sofort kam Hera-Ra heraus. Nun schwang sich Usermare-Setpenere zu meiner Überraschung auf seinen Streitwagen und stellte sich auf die Fahrerseite, mir die andere überlassend. Im Kreis fuhr er durch unser Geviert und rief: ›Wir greifen an! Wir greifen an!‹

Mehrere Streitwagen begannen uns zu folgen, sechs, sieben, acht. Andere Kämpfer salutierten, schlossen sich jedoch nicht an. Wieder fuhr der Pharao eine Runde, und unsere Streitmacht wuchs. Doch noch immer waren wir nicht genug.

›Folgt mir!‹ gebot Usermare-Setpenere. An der Spitze von zwanzig Streitwagen und in voller Fahrt hielt er auf die Südseite des Gevierts zu, wo die Feldschanze am niedrigsten war. Wir jagten darüber hinweg, mehrere Wagen krachten heftig gegeneinander. Dann schien es, auf dem Feld vor uns, nur noch hethitische Krieger zu geben. Ich drehte den Kopf. Hinter uns befand sich nur noch die Hälfte unserer Streitmacht. Die anderen hatten die Jagd über den Erdwall nicht geschafft? Nicht gewagt? Und wir, wir waren bereits umzingelt.

Doch wer konnte davon sprechen? Dies war ja der Pharao, in dessen Gliedern das Feuer des Mutes brannte, die unwiderstehliche Gewalt von Theben, der die schnellsten Rosse hatte, und wir jagten dahin mit Hera-Ra an unserer Seite. Mit gewaltigen Sätzen schnellte der Löwe voran, und sein Brüllen war lauter als der Donner einer Felslawine. Niemand konnte mit uns Schritt halten, doch gelang es einigen unserer Leute, den tapfersten und besten, in kurzem Abstand hinter uns zu bleiben. Die Hethiter wichen zur Seite. Keiner – weder Mann noch Wagen – stellte sich uns in den Weg. Sie fürchteten uns wohl; fürchteten den Pharao und seine Fahrkunst, fürchteten Hera-Ra, den grollenden Löwen.

Hinter uns erstreckte sich, einem endlosen Schwanze gleich, die Reihe unserer Streitwagenfahrer, die schon längst nicht mehr mithalten konnten. Nur einige wenige hielten sich noch in unserer Nähe, und ich wußte, was es bedeutete, auf solch rauhem Untergrund mit dem Pharao wetteifern zu wollen. Manche der zurückgebliebenen Fahrer gaben die zwecklose Jagd auf. Sie wendeten und galoppierten zurück, nicht wenige fielen den Hethitern zum Opfer. Doch mein Ramses hielt unentwegt in voller Fahrt südwärts, und niemand war glücklicher und kühner und stattlicher als er – glänzte nicht die Sonne aus seinen Augen? ›Wir werden durchbrechen‹, rief er, ›und die Truppen des Ptah finden. Dann kommen wir zurück und nehmen uns diese Narren vor.‹ Und im selben Augenblick öffnete sich vor unseren Augen ein neues Feld mit hundert oder mehr hethitischen Streitwagen.

Dies schien denn doch zuviel für einen einzigen Mann. Wie viele unserer Streitwagen waren noch bei uns? Vielleicht keiner mehr. Während Ramses sein goldenes Gefährt mitten in die Hethiter-Wagen mit ihren jeweils drei Leuten lenkte, nahm ich meine Umgebung nur noch in Bruchstücken wahr. Ein Speer schwirrte auf meinen Schild zu, eine Axt blitzte dicht an meinem Kopf vorbei. Ich sah, wie Hera-Ra mit einem mächtigen Satz über die drei Mann eines hethitischen Streitwagens sprang, direkt auf das Gespann des nächsten. Und dann hing er, das tödliche Gebiß tief ins Fleisch geschlagen, am Hals eines Hengstes, ohne daß ihn die Pfeile der Hethiter treffen konnten. Das Maul in Blut getaucht, riß er mit seinen Hinterpranken den Leib des Pferdes auf. Wie wahnsinnig vor Schmerz bäumte sich der Hengst hoch, auch das andere Roß stieg in die Höhe; und das Gespann schrie und fiel dann rücklings auf die drei Mann Besatzung, während der Löwe vom Pferd zu einem Mann sprang und ihm einen Arm abbiß, den größten Teil jedenfalls. Ich konnte nicht glauben, was ich sah; alles aus den Augenwinkeln, denn unaufhörlich mußte ich meinen Schild bewegen, um die hundert Pfeile abzuwehren, die gleichzeitig herbeizuschwirren schienen, alle auf den Pharao gezielt, als existiere für die Schützen weder unser Gespann noch ich – nicht im Licht seiner goldenen Gegenwart. Manche der Pfeile waren ›wild‹, doch gewiß nicht jene, die ich abwehrte. Wie wütende Vögel, gleichsam blind, schossen sie auf uns zu, Vögel, die mit voller Wucht gegen Wände klatschten, und ihre Spitzen durchdrangen das Leder meines Schildes.

Ramses, währenddessen, feuerte seinerseits Pfeil um Pfeil ab und wich geschickt hethitischen Streitwagen aus. Ja, so groß war seine Kunst, daß er wiederholt zwischen ihnen hindurchschlüpfte. Während sie noch verwirrt glotzten, verlangsamte er die Fahrt und lenkte das Gefährt herum: hielt der herbeijagenden Meute abermals stand, um sie schon bald erneut zu narren. Und dann rief er: ›Das Schwert!‹ Ich gab es ihm, und Rücken an Rücken kämpften wir, unsere Schwerter gegen jeweils drei Äxte. Doch gar so ungleich war der Kampf nicht, hatten wir doch Hera-Ra auf unserer Seite; und der Löwe griff erst den einen, dann den anderen Streitwagen mit so grausamer Gewalt an, daß sich von den anderen keiner in die Nähe wagte. Wir waren wieder frei, wir waren durchgebrochen, wir waren abermals auf dem Weg gen Süden, um dort auf die Division des Ptah zu stoßen. Das glaubten wir, das riefen wir einander zu – und sahen uns einer weiteren Hundertschaft von Hethitern gegenüber.

Manchmal schlossen einige unserer ägyptischen Streitwagen zu uns auf, und dann kämpften wir mit ihnen Seite an Seite; doch ebensooft blieben wir auf uns allein gestellt und stießen dann vor in eine Masse aus Pferden und Menschen, in einen Wald aus Schwertern, Äxten, Speeren, in einen Wirbel umstürzender Wagen. Der Erdboden schien zu zittern.

Bruchstückhaft nahm ich wahr, wie Ramses seinen mächtigen Bogen spannte (nur er selbst besaß genügend Kraft dazu) und die Wucht seines Pfeils einen Hethiter vom Streitwagen schleuderte. Wie ein Hethiter einen anderen hielt, der aus einer bösen Wunde blutete – verblutete. Wie zwei unserer Feinde auf ihrem Wagen davonjagten, mit zerrissenen Zügeln; der dritte Mann war herabgeschleudert worden.

Ich sah dies, und ich sah mehr. Leichen, von Pferdehufen zertrampelt, von Streitwagen überfahren. In solchen Massen sah ich sie, diese hethitischen Wagenräder mit ihren acht Speichen, daß ich noch jahrelang von ihnen träumte – üble Träume, in denen kleine Räder die absonderliche Gestalt eines runzligen Anus annahmen. Und es gab Bilder schieren Wahns. Da war ein Hethiter, der sein eigenes angeschirrtes Pferd attackierte; in wilder Raserei tötete er es mit seiner Axt. Hatte das Tier durchgehen wollen, ihn fast über den Haufen gerannt? Was tat's, ich hatte mit mir selbst zu tun. Jetzt wich ich einem Hieb aus, jetzt stieß ich einen Speer vor; und im nächsten Augenblick spürte ich, wie der Körper des Pharaos gegen mich prallte, während er die Pferde in scharfem Manöver herumriß. Einmal stürzte ich sogar vom Wagen; landete jedoch auf den Füßen und sprang wieder auf. Das Feuer der Götter brannte in meiner Lunge. Ich sah, wie Hera-Ra sich auf drei Hethiter stürzte. Erstarrt standen sie auf ihrem Wagen: Sie hatten ihr Gespann verloren und boten keinen Widerstand.

Überall sah man losgerissene Pferde. Ein Tier, mit gebrochenen Vorderläufen, versuchte vergeblich, vom Boden hochzukommen. Ein Hethiter klammerte sich am Schwanz seines Gaules fest, bis dieser herumfuhr, um ihn zu beißen. Ein anderer Mann war ganz allein in seinem Wagen, und das Gespann trottete stumpfsinnig bei schlaffen Zügeln. Dann verlor der Mann das Bewußtsein und fiel herab. Auf der anderen Seite versuchte ein herrenloses Pferd in einen umgestürzten Streitwagen zu kriechen. Es war Wahnsinn. Ein Gespann jagte mit leerem Wagen über Stock und Stein. Das Gefährt prallte gegen Trümmer, schwang im Bogen hoch und schmetterte auf die galoppierenden Gäule herab – ein irres Gellen kam aus ihren Kehlen. Doch noch lauter schrie das Roß, das zum Sprung zwischen unseren Hengst und unsere Stute ansetzte und von Usermares Pfeil in die Brust getroffen wurde.

Und weiter ging der Kampf. Noch war der Durchbruch nicht gelungen. Weil sich uns wieder eine Horde von Hethitern entgegenstellte. Und wieder. Und wieder. Doch irgendwann mußte der Durchbruch gelingen. So glaubten wir. Doch beim sechsten Versuch sahen wir uns tausend Hethitern gegenüber, und sie näherten sich in geordneter Kampfformation.

›Es ist nicht zu schaffen‹, sagte ich zu Ramses, ›der Durchbruch kann nicht gelingen!‹ Er funkelte mich an wie den ärgsten Feigling und erwiderte: ›Fasse Mut! Ich werde sie in den Staub legen!‹ Ich blickte zu den tausend Soldaten und in das Gesicht meines Königs, und dort fand ich jenen Ausdruck, wie ich ihn schon in den Augen irrsinniger Bettler gesehen, die sich für Pharaonensöhne hielten. Mein Ramses mochte schwören, er werde alle Hethiter vernichten, und die Inbrunst seines Glaubens war so stark, daß ich ihm glaubte, wenn auch auf meine Weise. So sagte ich denn: ›Laß uns, mein König, zu deinem Zelt zurückkehren und Truppen sammeln, um von dort gegen die Hethiter zu kämpfen und sie zu vernichten.‹ Hierauf trieb er unsere Pferde an und jagte zurück gen Norden, in Richtung des Lagers, das zwei Hügel, drei Felder und viele Waldungen entfernt lag.

Überall waren Feinde, nirgends auch nur ein einziger unserer Streitwagen, doch keiner der Hethiter machte sich die Mühe, uns aufzuhalten: Sie waren sämtlich damit beschäftigt, das verlassene Lager der Amon-Division zu plündern. So erreichten wir denn des Königs Geviert und hörten den Jubel der Männer dort. Kaum hielten wir, so stürmten auch schon Offiziere herbei, die voller Erregung berichteten, wie sie unser Geviert nach allen Seiten verteidigt hatten, bis sich die Hethiter schließlich zurückzogen – trotz ihrer ungeheuren Übermacht war es ihnen nicht gelungen, das Geviert einzunehmen. Doch Ramses lauschte den Berichten voll Zorn. Da sprachen sie von ihren Taten, als hätten wir nicht selber welche vollbracht. Sahen sie nicht die Pfeile, die in den

Rückendecken unserer Pferde staken? Oder das blutrote Maul von Hera-Ra, noch glänzend wie die schwertgespaltene Brust eines Kriegers? Oh, das Blut. Je mehr man davon sah, desto unvergeßlicher prägte sich sein Anblick ein.«

Menenhetet schwieg einen Augenblick. »In dem, was ich euch erzählt habe, ist nicht das Herz dessen, was ich wahrhaft empfand. Jene Empfindungen, sie waren so einzigartig. Während wir kämpften und nach Süden durchzubrechen versuchten, fühlte ich mich wie ein Gott, doppelt so groß wie sonst – und sind Götter denn nicht doppelt so groß wie wir? Auf das Vierfache wuchs meine Kraft, so wie die Götter die Kraft von vier Armen an jeder Schulter haben. Noch nie hatte ich mich so ermüdungslos gefühlt, noch nie dem Atem der Götter so nahe. Ich hätte weiterkämpfen können, fast ohne Ende, den ganzen Nachmittag und den Abend, die Nacht – in meiner Liebe für Ramses, auch für die Pferde; und all dies kam, weil wir uns bewegten wie ein einziger Leib. Wie von selbst schwang mein Schildarm, um einen Hagel von Pfeilen abzuwehren; wie von selbst lenkte mein König (kaum daß dieser Gedanke mein Gehirn durchblitzte) den Wagen in die günstigste Richtung. In solchen Augenblicken begriff ich besser denn je, daß wir leben, damit *sie* uns sehen, gut sehen, und uns so das Gefühl geben, selbst Götter zu sein.

Nichts, so schien es, konnte mich lösen vom Ort des Kampfes, es sei denn, man hätte mir die Füße abgehackt – die Götter waren auf unserer Seite. Doch als ich dann die tausend Hethiter mit ihren Streitwagen sah, schien es damit vorbei. Dennoch muß ich sagen, daß mich keineswegs Furcht erfüllte, als sich dieser erschreckende Anblick bot. Ich war kühl und ruhig – und müde. Plötzlich wurden mir die Arme schwer, und die Stimme des Gottes, die ich in der Flamme des heißesten Kampfes vernommen, klang jetzt wieder an mein Ohr, ja, dieselbe Stimme. Und sie sprach: ›Laß diesen Narren nicht attackieren, oder ihr werdet beide tot sein.‹ Ich sage euch, die Stimme klang belustigt – ja, das ist das richtige Wort –, sie klang belustigt und dennoch so fein und ruhig, daß ich schwören könnte, ich hörte nicht Amon mit seiner machtvollen Zunge, sondern die sanften Töne von Osiris. Wer sonst würde es wagen, meinen Pharao einen Narren zu nennen? Einzig Osiris, der mir den Rat gab, schnell zum Geviert des Königs zurückzukehren. Und so sagte ich zu mir selbst:

›Auch wenn ich der Sohn von Amon bin, so ist es doch Osiris, der mich heute gerettet hat.‹

Jetzt, wieder im Geviert und voll Jubel über die gelungene Rückkehr, spürte ich sie wieder, die Kraft der Götter. Abermals verdoppelte sich meine Größe, jedenfalls für mich, und ich sehnte mich so sehr nach Kampf, daß ich spürte, wie mein Glied schwoll; und wußte nicht, sollte ich weinen oder lachen vor innerer Erregung. Währenddessen leckte Hera-Ra, das Maul nach wie vor blutig, unseren Soldaten die Gesichter, und mächtig für eine Katze war sein Glied, prall wie mein eigenes: Er war genauso hochgemut wie ich.

Und auch unsere Krieger fühlten kaum anders. Was war es, das uns bewegte? Das vergossene Blut, die Erinnerung an die kühnen Taten? Oder schon erster Verwesungsgeruch, während sich die Leichen ringsum zu zersetzen begannen, noch bevor ihre sieben Seelen und sieben Geister sich ganz von ihnen gelöst? Ich weiß es nicht. Ich weiß nur, daß die Luft in unseren Nasen wie eine Rose am Abend war, wenn das Licht der Sonne von der Farbe einer Rose ist. Ein wunderbarer Duft, der unser Verlangen nach neuem Kampf mit sich trug. Mir fiel ein, was meine Mutter erzählt hatte: Wie sie an der Seite meines Vaters erwachte und Gott mit goldglänzender Brustplatte über ihr war; und daß ein Duft die Hütte erfüllte, wie sie ihn so lieblich noch nie gerochen.

Jetzt wußte ich, wie es damals gewesen sein mußte; und ich spürte den Duft, diesen Duft, und sie waren einander gleich. Kam er von Amon? Von Osiris? Ich konnte es nicht sagen, doch irgend etwas trieb mich, auf den Käfig von Hera-Ra zu klettern, und dies gefiel dem Löwen so sehr, daß er mit spaßhaften Bewegungen in sein Verlies stelzte und buchstäblich zu schnurren begann.

Nun erst blickte ich nach allen Seiten und sah, wie die Hethiter mit ihren tausend Streitwagen – und weiteren tausend dahinter – ihre Pferde im Schritt auf uns zulenkten, wobei sie zwei große Halbkreise formierten, einen im Westen und einen im Süden. Im Norden erwartete uns nur Unheil. Kein lebender Soldat der Divisionen von Amon und Ra war zu sehen, nur Leichen, zertrümmerte Streitwagen, zerfetzte Zelte und von Hethitern geplünderte Versorgungsfuhrwerke. Noch immer schien die Weisheit des Osiris bei mir zu sein, denn ich flüsterte meinem König zu: ›Im Osten, am Fluß, da ist die Linie der Asiaten dünn.‹ Es war wirklich so –

dort befanden sich weniger Hethiter als auf irgendeiner der anderen Seiten, auch betrug die Entfernung zum Fluß kaum zweihundert Schritt.

Und er, der Pharao, fügte zur Weisheit des Osiris die Stärke von Amon und rief den Soldaten zu: ›Folgt mir! Zum Fluß!‹ Während die übrigen Seiten des Gevierts nun ungeschützt blieben, stießen wir voran. Ramses schwang sich auf seinen Wagen, im Galopp ging es los, hinter uns kamen die anderen Streitwagen und die Fußsoldaten.

Der Fluß mochte zweihundert Fuß entfernt sein, die vorderste Linie des Feindes jedoch kaum fünfzig; und wir legten die knappe Entfernung blitzschnell zurück. Und das war gut so, denn noch nie hatte ich einen solchen Schauer von Pfeilen gesehen. Ich war verblüfft. Eben noch hatten diese Hethiter am Fluß vor sich hin gedöst, ab und zu einen Pfeil zu uns schießend, so wie wir zu ihnen. Man sammelte die Pfeile des Feindes auf und schickte sie ihm zurück. So ging es gemächlich hin und her. Doch jetzt, während wir noch galoppierten, regnete es plötzlich Pfeile herab, und ich hörte, wie Fußsoldaten aufschrien: Sie waren getroffen. Dann prallten wir mit voller Wucht in die Schilde vor uns, und unsere guten Rösser, Maat und Theben, jagten mit uns über das Schanzwerk der Hethiter hinweg, und wir, unsere eigenen Streitwagen hinter uns, stießen auf die Streitwagen des Feindes.

Wie wohl ist es, wenn man in einen Fluß stürzt und in seinen Fluten treibt? Ich, der ich nicht schwimmen kann, könnte es kaum sagen, und doch weiß ich es; war doch der goldene Wagen meines Königs stärker als die stärkste Bestie und so schön wie ein Gott. Drei hethitische Streitwagen nahmen uns gleichzeitig in Empfang. Neun Männer, sechs Pferde, drei schwere Fahrzeuge, mit ihnen prallten wir zusammen, und alle vier Wagen stürzten um, nicht in den Fluß, doch wie in einen Fluß, wie in wilde Wogen. Auf dem Boden fand ich mich wieder, den König an meiner Seite, und unser eigener Streitwagen rollte über uns hinweg, der Räderbeschlag jetzt ziemlich stumpf – und doch noch scharf genug, um mir in den Rücken zu schneiden. Wir sprangen auf, die Pferde wieherten wild, sonderbarerweise war Usermares Streitwagen voll einsatzbereit (im wilden Wirbel von Leibern und Fahrzeugen hatte er sich gleichsam um die eigene Achse wieder ins Lot gedreht), und wir schwangen uns hinauf und schwenkten im Bogen, während unsere Pfeile zu den Hethitern schwirrten. Sonderbar: Alles schien eigentümlich verlangsamt wie im Traum, und doch hatte ich das Gefühl, noch nie so blitzschnell gehandelt zu haben.

Wie soll ich euch erzählen, wie wir kämpften. Wie gut wir kämpften. Und in nichts glich unser Kampf jenen Manövern, die wir jahrelang geübt hatten. Da gab es kein vorschriftsmäßiges Vorrücken mit Flankensicherung; kein Einkesseln des Fußvolks. O nein! In den Fluß wollten wir sie treiben, uns blieb keine Zeit. Schnell, nur schnell, bevor die anderen Hethiter das Geviert überrannten, das wir gerade verlassen. Verzweiflung trieb uns, die Hethiter zu treiben. Denn hier hatten wir nichts, das dem Herkömmlichen glich, keine Vorhut, keine Nachhut, keine Flanken. Doch wir kämpften mit wahrem Löwenmut, mit dem Mut von Hera-Ra, und so groß war unsere Begierde, an diesem furchtbaren Tag den Sieg zu erringen, daß wir immer wieder von unseren Streitwagen sprangen, um zu Fuß zu fechten, Ramses und ich oft Rücken an Rücken; und wir verwundeten viele Krieger und töteten nicht wenige. Wieder sprangen wir auf den Streitwagen und griffen andere Hethiter an. Überall sah ich, wie unsere geübten Fahrer mit den ungelenken Fahrzeugen des Feindes Katz und Maus spielten, nur daß die plumpen Katzen meist das Nachsehen hatten. Unsere Nubier, Fußsoldaten, durchbohrten ihre hethitischen Gegner mit ihren Kurzspeeren. Ich sah, wie ein Mann einem anderen die Nase abbiß, und bei den meisten Nubiern färbte sich die gelbe Schärpe rot. Drei Hethiter galoppierten vorbei, und einer hatte eine Axt in der Hand und einen Pfeil im Hintern. Immer wieder drehte er den Kopf, um zu sehen, wer ihn da gebissen hatte.

Wir trieben sie alle in den Fluß. Die Fußsoldaten, die Streitwagen mit ihren Fahrern, selbst die Prinzen. Ein wilder Kampf, doch unsere Schwerter waren stark, unsere Verzweiflung war die wahre Tugend des Krieges; und im Ächzen, Stöhnen, Schreien, Gellen kämpften Streitwagenfahrer zu Fuß, versuchten Fußsoldaten sich in schierem Wahn auf herrenlose Pferde zu schwingen – sie alle trieben wir zum Flußufer; und dann kippte ein hethitischer Streitwagen um, stürzte die Böschung hinab und in den Fluß. Schreie, hochspritzendes Wasser, und die Strömung riß sie davon. Felsgestein, Stromschnellen; der Fluß war hier schmal und tief, und ein Stück weiter wurde es erst wirklich gefährlich: Ich hörte, wie das Schmatzen des Wassers den Schrei eines Mannes schluckte.

Jetzt, mit dem Fluß im Rücken, war die Verzweiflung dieser Hethiter nicht geringer als unsere eigene; doch nun schienen wir dem Triumph nahe, und unsere Soldaten verfielen in eine Art Raserei. Aus den Lagerfeuern der Hethiter rissen sie brennende Äste und schleuderten sie; ich sah sogar, wie ein Scherde eine halbgare Rinderkeule schwang. Die Hethiter wehrten sich mit Fackeln und Dolchen, mit Schwert gegen Schwert, Schwert gegen Axt. Wir trieben sie alle in den Fluß, selbst jene, die sich ins steile, nasse Ufer krallten. Einer unserer Nubier, in voller Kampfeshitze, glitt hinunter, um einen Hethiter ins Wasser zu stoßen. Doch sie stürzten beide; und kämpften mit Zähnen und Klauen; und ertranken.

Welch Anblick bot sich uns! Dort am Ufer standen wir und jubelten, keuchend, lachend, schluchzend. Unser Triumphgeheul – fast ähnelte es dem irren Wehklagen bei einer Begräbnisprozession. Und dann standen wir stumm und starrten.

Ein Pferd trieb den Fluß entlang. Wieder und wieder versuchte ein Hethiter, auf den Rücken des Tieres zu klettern. Es gelang ihm nicht, entkräftet ging er unter. Ein anderes Pferd erreichte das gegenüberliegende Ufer und wurde von Männern aus dem Wasser gezogen. Dann retteten die Hethiter eine Gestalt in Purpurgewandung, einen Prinzen. Er war schon halb ertrunken, und die Männer stellten ihn kurzerhand auf den Kopf, damit das geschluckte Wasser aus seinem Mund laufen konnte; eine unglaubliche Menge. (Später hörte ich, es habe sich um keinen Geringeren als den Prinzen von Aleppo gehandelt.)

Dann war da ein Mann im Fluß, der – ich sah es deutlich – dem Land einen Abschiedsgruß winkte, ehe er unterging. Ein anderer Mann hatte seine Arme um den Hals seines Pferdes geschlungen. Er sprach zu dem Tier, und es war, als wollte er es küssen. Er weinte, weinte aus Liebe, bevor die Felsen für ihn und das Pferd zum Verhängnis wurden. Hinter ihm trieb ein bereits Ertrunkener, den sein Fettwanst an der Oberfläche hielt; im Bauch stak ein Pfeil. Ein hethitischer Soldat gelangte zusammen mit seinem Pferd zur anderen Seite; und kroch ans Ufer und lag dort, aus einer tödlichen Wunde blutend. Er starb, und das Pferd beleckte seine Hand.

Und dann tauchten, drüben auf der anderen Seite, Massen von Hethitern aus den Wäldern hervor, weiter als einen Pfeilschuß entfernt. Ich schätzte ihre Zahl, inzwischen war ich ja geübt. Nein, dies waren nicht hundert und nicht tausend. Dies waren, wenn mein Blick nicht trog, wenigstens achttausend hethitische Krieger. Wie gut zu wissen, daß es in der Nähe keine Furt gab. Doch sobald Ramses die Heerschar erblickte, schien ihm dies das Vergnügen an unserem Triumph zu verderben.

›Neuer Angriff‹, rief er. ›Gen Westen.‹

Ob mein König wohl je weise war in der Schlacht? Ich weiß es nicht. Doch ist Weisheit ja ein Wort, an dem man einen Menschen mißt und nicht einen Gott. Mein Ramses kümmerte sich nicht einmal darum, ob sein Befehl befolgt wurde. Schon jagte er los, zurück zum königlichen Geviert, wo es von plündernden Hethitern wimmelte. Sie sahen uns nicht, sie waren blind wie Maden im Fleisch. Und so gierig auf Beute, daß sie versäumt hatten, uns in den Rücken zu fallen, als wir uns noch am Fluß befanden.

Allein im Zelt des Königs waren rund zweihundert. Wir steckten diese Plünderer in Brand – etwas, das mir, wie so vieles bei meinem Pharao, unverständlich blieb. Wer wohl liebte seine Schätze mehr als er selbst? Und doch war er, voller Kampfeshitze, der erste, der einen brennenden Holzkloben auf sein eigenes Zelt schleuderte. Die meisten von uns taten es ihm nach, und bald loderte alles, und das Zelt stürzte auf die plündernden Hethiter hinab. Sie rannten ins Freie, ihre Bärte brannten, auch ihre Wollkappen und ihre Gewänder, und unsere Nubier nahmen sie in Empfang. Ihre kurzen Keulen tanzten auf den platzenden Schädeln dieser Narren – doppelte Narren, da sie selbst jetzt nicht von der Beute lassen wollten. Der Gestank des brennenden Zeltleders war noch übler als der Gestank brennenden Fleisches, doch er wirkte wie ein Stachel, der unser Blut aufwallen ließ zu weiterem Kampf.

Wir vernichteten diese Hethiter und auch jene, die sich an den Versorgungswagen gütlich taten. Nun waren wir wieder ganz im Besitz unseres Gevierts. Wir jubelten. Die beiden halbkreisförmigen Formationen der hethitischen Streitwagen, die sich uns langsam genähert hatten, hielten jetzt, etliche hundert Schritt von unseren Linien entfernt. Auch dort wurde geplündert, doch waren es ihre eigenen Fußsoldaten, die sie beraubten. Diese hatten an sich gerafft, was von unserer Amon-Division zurückgelassen worden war, und die hethitischen Streitwagenfahrer stürzten sich nun auf sie wie große Tiere, die kleinen Tieren den Garaus machen. Inzwischen war das Zelt des Königs niedergebrannt. Weiße Asche bedeckte den Boden, hier und dort lag noch Glut. Mein Ramses sprach: ›Wer bringt mir unseren Gott?‹, und der Hauptmann der Nubier deutete auf einen seiner Schwarzen, einen wahren Hünen mit mächtigem Bauch (dadurch Amon ähnelnd); und dieser Hüne drang in das ehemalige Zelt vor. Über heiße Asche lief er zur Mitte und hob die geschwärzte Statue hoch, was ihn seine ganze Kraft kostete, und schwankte zurück. So schwer war das Bildnis, daß der Nubier es dicht an seinem Körper halten mußte. Er erlitt Brandwunden an Brust und Bauch, an Händen, Unterarmen und Füßen; doch kaum hatte er die Statue vor Usermare abgesetzt, so küßte ihn der König. Ja, der Pharao küßte den Schwarzen, und welch größere Ehre konnte es für diesen wohl geben. Nun kniete mein Ramses nieder, und mit zärtlichster Stimme begann er, zu Amon zu sprechen: von seiner großen Liebe, die der Verzückung des Abendhimmels gliche. Und mit einem Zipfel seines Rocks wischte er die Schwärze vom Antlitz des Gottes und küßte ihn auf die Lippen. Sogleich erblühten auf seinen eigenen Lippen zwei große Brandblasen, die er dann im Kampfe trug. Ein furchterregender Anblick, wenn er wie aus knotendick geschwollenen Lippen sprach.

Woher hatte der Schwarze die Kraft genommen, solche Schmerzen zu ertragen? Woher mein Pharao die Liebe zu Amon, um solchen Schmerz zu suchen? Ich kam zu keiner Antwort, denn im selben Augenblick flog eine abgerissene Feder aus dem Kopfschmuck von Maat-ist-Zufrieden an mir vorbei und landete zu meinen Füßen. Ich hob sie auf, und sie war schwer vom Blut und Staub der Schlacht. Wie ein Messer bewegte sie sich in meiner Hand, und ich küßte sie. Im selben Augenblick übertrug sich die furchtbare Hitze aus den Lippen meines Pharaos auf meine Lippen, und nun würde auch ich mit knotendick geschwollenem Mund in den Kampf ziehen müssen.

Was gibt es über den Tag noch zu berichten? Die hethitischen Streitwagen bildeten jetzt wieder die gewohnte Formation, und sie griffen uns an. Dennoch war unsere Lage besser als zuvor, kehrte jetzt doch unsere geflüchtete Amon-Division zurück und verwickelte die Hethiter in viele Scharmützel. Energischer nutzten wir nun unsere Vorteile aus. Unsere Pfeile flogen weiter, und so näherten wir uns dem Feind nur bis auf sicheren Bogenschuß. Bei diesem Kampf erlitten die Hethiter böse Verluste. Viele ihrer

Pferde, von unseren Geschossen getroffen, stifteten wilde Verwirrung, und oft blieb den Hethitern nichts als der Rückzug.

Jetzt schien die Sonne. Hatten wir zuvor wie im Dämmerlicht gekämpft, kalten Schweiß auf der Haut und in der Kehle einen Durst, der so klamm war wie die Luft, so wärmte uns nun die späte Nachmittagssonne, eine Wohltat für uns Ägypter. Vielleicht war es dies, was meinen Pharao so übermütig machte, daß er allen Sinn für die Wirklichkeit verlor. Noch immer waren wir dem Feind an Zahl weit unterlegen, doch er begriff es nicht. Nein, nicht mein Pharao. Die Wärme der Sonne, die Hitze seiner Lippen, unwiderstehlich schienen sie ihn anzuspornen. Und Maat und Theben (für mich nicht länger Pferde, sondern Riesen, die an diesem Tag in den Leibern von Pferden wohnten) gehorchten seinem leisesten Wink. In rasendem Galopp jagten sie auf den größten Lagerplatz der Hethiter zu und hielten dann vor dem Zelt der feindlichen Anführer. Hier waren wir nun, mein König und ich und der Löwe. Das Gebrüll von Hera-Ra schüchterte sie ein. Keiner der Krieger ringsum wagte es, seinen Bogen zu spannen aus Angst, der Löwe werde auf ihn losspringen. Selbst als der Löwe verstummte, blieben sie bewegungslos, wie gelähmt. Es war totenstill.

›Ich bin mit Amon in der großen Schlacht‹, sagte mein Ramses, ›und sollte alles verloren sein, so wird er sie lehren, mich als die beiden mächtigen Arme Amons zu sehen, welche da sind Horus und Seth. Ich bin der Herr des Lichts‹, und er hob sein Schwert, so daß die Sonne darauf glänzte, und sprang von seinem Streitwagen herab und ging zehn Schritt auf die hethitischen Anführer zu.

›Binde den Löwen an‹, gebot er mir und wartete, Schwert in der Hand, bis ich Hera-Ra an unseren Streitwagen angebunden hatte. Dann streckte er einen Zeigefinger empor: ein Zeichen, daß er gegen den besten der hethitischen Krieger kämpfen wolle.

Aus den Reihen der hethitischen Anführer löste sich ein Prinz mit einem furchtbaren Gesicht. Schmal war sein Bart und flach wie ein Stein das eine Auge. Das andere glänzte. Er sprang von seinem Streitwagen herab, und kaum daß Usermare ihn erblickte, schien er von der Erscheinung seines Gegners beeindruckt.

Der Kampf begann. Blitzschnell bewegte sich der Hethiter, schneller als mein Guter und Großer Gott. Hätte dieser Prinz mit der Klinge so umgehen können wie mein König, so wäre wohl bald alles zu Ende gewesen. Doch Usermare attackierte mit solcher

Wucht, daß der andere vor ihm zurückwich, vor seinem starken Arm. Aber der Hethiter parierte auch die Schläge des Sonnenschwertes, oben wie unten, und wenn er eine Chance sah, hieb er zurück. Jetzt war Blut am Bein meines Königs. Er schien zu hinken, bewegte sich langsamer, und der Blick in seinen Augen ließ mich bangen. Nun wurde das Schwert des Hethiters kühner. Bald ging er zum Gegenangriff über, und mein Ramses wich zurück. Die vielen Stunden unseres Kampfes lasteten auf ihm, und als er einen Schwertschlag seines Gegners abwehrte, brach er sich die Nase, mit seinem eigenen Schild. Er schien mir verloren, und vielleicht war er das auch, doch plötzlich wurde der Kampf unterbrochen. Der Löwe war so unruhig geworden, daß ich ihn losbinden mußte; er hätte sich sonst auf die Pferde gestürzt.

Als der Hethiter Hera-Ra auf sich zuspringen sah, rannte er sofort zu seinen Leuten zurück. Müde stützte Usermare sich auf sein Schwert. Der Löwe leckte ihm das Gesicht. Ein Geräusch wie das Grollen eines Flußpferdes kam von den Hethitern. Gewiß würden sie uns attackieren, dann waren wir verloren. Usermare konnte kaum noch sein Schwert heben, der Löwe und ich waren auf uns allein gestellt. Doch im selben Augenblick klang von der hethitischen Seite ein Trompetenschall, das Zeichen zum Rückzug. Ich wollte meinen Augen, meinen Sinnen nicht trauen. Da rückten sie ab, ließen das königliche Zelt zurück.

Dies konnte nur eine Falle sein. Niemals würden sie uns – dem König, dem Löwen und mir – eine solche Beute überlassen. Doch wenig später begriff ich. Die Ptah-Division rückte endlich ins Feld. Aus dem Süden näherten sich rasch ihre Streitwagenformationen. Also waren die Hethiter sehr darauf bedacht, die Tore von Kadesch zu erreichen, bevor ihnen der Rückzug abgeschnitten werden konnte. Und so blieben wir denn allein zurück.

Doch die Gedanken meines Königs galten anderem. Es war, als habe er eine Vision. Er schwankte ins leere Zelt und tauchte bald wieder hervor, einen Stier aus Gold in den Armen. Das war der Gott dieser Asiaten. Mächtige, halbgespreizte Schwingen hatte er und das Gesicht nicht eines Stieres, sondern eines schönen Mannes mit einem langen syrischen Bart. Auch besaß er die gespitzten Ohren eines Ungeheuers, und seinen Kopf bedeckte eine Art Hut in Gestalt einer Feste oder eines Turms.

Noch nie hatte ich einen solchen Gott gesehen. Er schrie jetzt, rauhe asiatische Laute, ein endloses Klagen und Wehklagen. Furchtbare Katastrophen, entsetzliche Seuchen und tödliche Plagen schien er zu beschwören, weil ihn seine Truppen im Stich gelassen. Es war die grauenvollste Stimme, die ich je gehört hatte. Aus dem Munde, von den geschwollenen Lippen meines Pharaos kam sie, und die Flüche und Verwünschungen vibrierten in Usermares Kehle, bis er den Gott schließlich zu Boden schleuderte.

Dämpfe stiegen aus dem goldenen Mund, dem goldenen Maul dieses Stier-Mensch-Gott-Wesens. Ja, Rauch, ich schwöre es. Mein Pharao wurde der Mächtige Stier von Amon genannt. Doch hier war ein anderer Stier, gleichfalls ein Gott, mit Schwingen und einem Bart.

Doch auf einmal sah ich das Gesicht der geheimen Hure von Kadesch. Ja, es waren ihre Züge, die ich im Antlitz des geflügelten Stieres erblickte: das Gesicht einer schönen Frau mit einem Bart. Und so wußte ich, daß die Schreie dieser Stimme von Muwatallis Gott kamen. Wir hörten seinen Schmerz über die verlorene Schlacht. Vielleicht ist es im Krieg, daß man zu der Stelle gelangt, wo der Regenbogen die Erde berührt – und wo vieles, das verborgen war, ganz einfach ist.«

# ZEHN

»Die Hethiter waren verschwunden, und die Felder lagen leer. Hera-Ra hob den Kopf und ließ ein Geräusch hören, aus dem Verwirrung klang: Waren wir nun Sieger oder nicht? In der Ferne sah ich, wie immer mehr Krieger der Ptah-Division den Versuch aufgaben, den Hethitern den Weg nach Kadesch abzuschneiden. Statt dessen hielten sie nun auf das Geviert des Königs zu. Doch mein Pharao hob nicht die Hand zum Gruße.

Wir wendeten den Streitwagen und fuhren zurück. Überall war Blut. Blut, Verwundete, Sterbende. Doch diese Männer jubelten uns zu. Einen sah ich, dem der halbe Kopf fehlte, und doch rief er, und seine Stimme schien aus einem großen Loch im Schädel zu klingen. Aber mein Pharao achtete nicht auf dieses Pandämonium, auf die irren Schreie und den gellenden Jubel. Wir erreichten das Geviert, und Ramses fuhr schweigend zur Asche seines Zeltes. Und hielt und stieg nicht ab.

Nun näherten sich die Offiziere, erst tief gebeugt, dann auf den Knien krauchend, und Usermare begann zu sprechen, doch er sprach zu seinen Pferden. ›Ihr, meine edlen Rosse‹, sagte er, ›ihr wart meine Gefährten, als wir sie zurückwarfen, die feindlichen Horden. Meiner Hand habt ihr gehorcht, als ich allein war mit dem Feind.‹ In der Schlacht, Klinge auf Klinge, sprühte sein Schwert Funken; jetzt schien aus seinen Augen ein Feuer zu lodern; sein Blick glitt über seine Offiziere – und sie wagten nicht einmal, mit der Stirn den Erdboden zu berühren.

›Hier‹, sagte er und deutete auf die Pferde, ›sind meine Gefährten in der Stunde der Gefahr. Gebt ihnen einen Ehrenplatz in meinen Ställen und reicht ihnen ihr Futter, wenn ich bedient werde.‹ Jetzt stieg er ab und strich den Tieren über die Nüstern. Zufrieden wieherten sie. Ihr Federschmuck war zerfetzt und ihr Fell rot, vor Erschöpfung zitterten ihre Beine, und doch dankten sie dem Pharao. Nun vernahm Ramses die Stimmen seiner Offiziere.

›O großer Krieger‹, riefen sie, doch es war ein wildes Durcheinander, Hunderte lobpreisender Namen in sechs oder sieben Sprachen, überstürzt, wie gehetzt. ›O Großes Zwei-Haus‹, riefen sie, ›du hast deine Armee gerettet. Es gibt keinen König, der so kämpft wie du.‹

›Ihr‹, erwiderte er, ›seid nicht zu mir gestoßen. Und ich erinnere mich nicht der Namen derer, die nicht an meiner Seite waren, als ich mitten unter den Feinden stand. Doch hier ist Meni, der da ist mein Schild‹, und er klopfte mir auf den Hintern wie einem Gaul. ›Hört‹, sprach er zu den Offizieren, ›mit meinem Schwert habe ich Tausende niedergestreckt, Massen sind vor mir in den Staub gesunken, Millionen habe ich zurückgeschlagen.‹

Und sie brachen alle in Jubel aus«, sagte mein Urgroßvater. »Nicht wenige hatten gekämpft und manche sogar sehr tapfer. Viele waren bedeckt vom Blut ihrer Wunden. Doch in Scham lauschten sie und beugten die Köpfe, und als die Generäle der Ptah-Division vortraten, um unserem Herrscher zu huldigen, dankte er ihnen nicht dafür, daß sie den Sieg für uns entschieden; auch lobte er mit keinem Wort seinen Sohn Amen-khep-shu-ef, weil dieser trotz aller Strapazen zur Ptah-Division gestoßen war. Er sagte nur: ›Was wird Amon sagen, wenn er vernimmt, daß Ptah mich an diesem großen Tag im Stich gelassen hat? Unter meinen Rädern metzelte ich den Feind, doch wo blieben die anderen Streitwagen, wo die Fußsoldaten? Ich, und ich allein, fuhr wie ein Sturm unter ihre Häuptlinge.‹

Wir beugten uns tief. Verzweiflung, bedrohlicher als die Schwerter der Hethiter, griff Platz. Die Offiziere stießen die Stirn auf den Boden, und sie wehklagten. Ich befand mich in einer eigentümlichen Lage. Zwar tat ich es den anderen gleich, doch nur aus Vorsicht, während ich ein Lächeln unterdrückte. Vielleicht verhielt ich mich ja falsch. Hätte ich stehenbleiben sollen, damit mein König niemals in Versuchung kam, mich für einen der anderen zu halten? Unwillkürlich fragte ich mich, ob die Stimme des asiatischen Gottes, die grell und schrill aus dem Mund meines Pharaos gedrungen war, in Ramses' Gemüt keinen Schaden angerichtet hatte. Ich wußte es nicht. Doch bald verstummte mein König und saß dann allein bei der geschwärzten Statue von Amon. Wieder nahm er einen Zipfel seines Rockes, und diesmal säuberte er den Bauch und die Glieder des Gottes vom Ruß. Dann lehnte er, in langer Umarmung, seine Stirn gegen die goldene Stirn.

Schweigend umringten wir ihn. Und warteten. Die Sonne sank und mit ihr das Gold des späten Nachmittags, der Abend nahte. Der Pharao sprach: ›Sagt den Leuten, sie sollen beginnen, die Toten zu zählen.‹

Er hatte seine Stirn von der Stirn Amons gelöst, und ich wußte, wie schwer ihm das fiel. Solange er so saß, Stirn an Stirn mit dem goldenen Gott, konnte er hinter geschlossenen Augen einen Sonnenuntergang sehen; und spüren, wie der Friede unserer ägyptischen Weisheit in sein Gemüt einzog; und sich seines verbrannten Fleisches entledigen. Ja, in der Tat – und ich wollte meinen Augen kaum trauen –, als er den Kopf hob, waren die Blasen von seinen Lippen verschwunden. (Meine blieben.) Das Gold, aus dem der Gott gemacht, war voll Herrlichkeit, doch auch voll Balsam, kühl wie Morgentau. Ein Wunderwerk, dieses Metall der Sonne!

Bald begann das Zählen der Hände. Es war üblich, die Hände von Dieben vor dem Palasttor zu häufen, so wie es auch jetzt noch geschieht; doch damals, zur Zeit Ramses des Großen, zählte man auch nach einer Schlacht die Hände. Usermare-Setpenere stand auf seinem Streitwagen, und die Soldaten näherten sich in Reihe, zuerst jene von der Garde, dann die der Amon-Division. Hunderte, ja, Tausende waren es, und einer nach dem anderen schritten sie in dieser Nacht am König vorbei. Dabei wußten wir nicht einmal, ob die Schlacht zu Ende oder dies nur der erste Tag gewesen war. Muwatalli, der Hethiterkönig, hatte noch sein Fußvolk und seine Streitwagen, und beide befanden sich innerhalb der Tore von Kadesch. Vielleicht würden sie morgen einen Ausfall machen. Wer also wollte sagen, ob wir gesiegt hatten oder ob weitere Kämpfe bevorstanden? Doch in dieser Nacht gehörte das Feld, auf dem wir an diesem Nachmittag gekämpft, ganz und gar uns: und das war, als besäße man die Frau eines anderen. Vielleicht kehrt sie am nächsten Tag zu ihm zurück, doch jetzt, jetzt bist du der Sieger und niemand sonst. Je länger die Nacht dauerte, desto mehr wurde sie zu einer Nacht des Vergnügens. Wie aus Verachtung für einen Feind, der sich hinter seinen Mauern verkrochen hatte, entfachten wir so viele Lagerfeuer, daß das Feld scharlachrot und golden zu glühen schien. Licht glühte durch die Dunkelheit, das Glutlicht eines glutenden Sonnenuntergangs – wie an einem jener wundersamen Abende, da der Tag nicht in die Nacht tauchen mag, und die Helle dauert, und niemand seinen Schatten verliert. Ja, so hell war unser Feld in dieser Nacht, und das Licht kam von jenem Teil der Sonne, welcher in die Bäume in ihrer Jugend eindrang – und der nun wiederkehrte, da in den Wäldern Feuer zu lodern schienen.

Die ganze Nacht hindurch brannten unsere Lagerfeuer, und die ganze Nacht hindurch stand Usermare-Setpenere unter dem vollen Mond in seinem Wagen und empfing, eine nach der anderen, die abgetrennten Hände der erschlagenen Hethiter. Kein einziges Wort sprach er, während Soldat nach Soldat zu ihm trat, zu seiner rechten Hand, und dann zum Schreiber, der zu seiner Linken saß und den Namen des Mannes vermerkte, der die Trophäe brachte. Ja, die ganze Nacht hindurch stand Usermare-Setpenere so, bis der letzte Mann aus der endlos langen Reihe zu ihm getreten: Auf seinem Streitwagen stand er, ohne je die Füße zu bewegen. Wieder begriff ich, was es bedeutete, in seiner Nähe zu sein. Ich schaute einem Gott in Menschengestalt zu. Er sieht aus wie ein Mensch und offenbart seine Göttlichkeit dennoch in jeder seiner Bewegungen. Oder Nichtbewegungen. So wie in dieser Nacht, da seine Füße sich nicht von der Stelle rührten. Tausend Männer traten vor ihn; und weitere tausend und noch mehr; er nahm mit seiner rechten Hand die abgetrennte Hand eines Mannes in Empfang, der seit dem Nachmittag tot war, tot vielleicht auch erst seit einer Stunde – noch immer waren da Gefangene, die wir töteten –, und nachdem der Schreiber den Namen unseres Soldaten erfahren, warf der Pharao die tote Hand auf den unablässig wachsenden Haufen aus Händen, der hochstieg bis zur Höhe eines Zeltes, und mein Ramses tat dies mit vollendeter Anmut und ohne je die Füße zu bewegen – es war die Haltung eines Gottes.

Aber mochten seine Füße auch reglos verharren, so sprach aus den Bewegungen seines Körpers doch die gleiche bewundernswerte Beherrschtheit, mit der er, die Zügel um die Hüften geschlungen, Maat und Theben lenkte. Ja, vollendet, vollkommen – anders konnte sich kein König, kein Gott dieser Prozedur unterziehen. Er, der Große Ramses, zeigte uns die innerste Natur dessen, was Achtung ist. Die rechte Hand eines toten Kriegers – hätte es nicht dieselbe Hand sein können, die er geschüttelt haben würde bei einem Vertrag, einer Abmachung? Und so erwies er ihr seinen Respekt und warf sie in dem Haufen auf jene Stelle, voller Bedacht, die ihr nach seinem Augenmaß zukam. Der Haufen wuchs und wuchs. Wuchs wie eine Pyramide mit runden Ecken. Doch sorgfältig achtete der Pharao darauf, daß die Basis nicht zu breit wurde noch die Spitze zu stumpf. Gleichzeitig war er darauf bedacht, kein allzu ebenmäßiges Gebilde zu errichten: Ein einziger ungenauer Wurf hätte alles verderben können. Nein, diese Hände wurden dem Haufen zwischen Basis und Spitze hinzugefügt mit derselben Harmonie, mit der Ramses seine Soldaten empfing.« An dieser Stelle schloß Menenhetet die Augen, als wolle er überprüfen, ob die rühmende Schilderung auch wirklich der Erinnerung entsprach.

Schließlich fuhr er fort: »Ich darf euch versichern, daß diese harmonische Ruhe sich nicht in jenen Szenen fand, wie sie sich noch vor kurzem auf dem Schlachtfeld abgespielt hatten. Schlachtfeld? Nun, es ist eine Sache, einen Mann in der eigentlichen Schlacht zu töten. Und es ist eine andere, nach niedergestreckten Männern zu suchen, um ihnen die Hände abzutrennen. Doch was hatten wir nicht alles gesehen. Das Knie eines der Unseren auf Kehle oder Handgelenk eines Hethiters. Und Hethiter, die den Unseren von hinten auflauerten, um sie zu töten und ihnen die Lippen abzutrennen, ja, die Lippen! Stellt euch vor, was geschehen wäre, hätten wir die Schlacht an diesem Tag an die Asiaten verloren.

Nun denn. Ihr werdet verstehen, daß ein guter Soldat während der Schlacht wahrhaftig keine Zeit hatte, Hände zu sammeln. Und so gab es nun Streit, weil die Tapfersten auf dem Feld nun in der Nacht ohne Preis waren: Solche Hände besaßen einen bedeutenden Wert für einen Soldaten. Man konnte seinen Namen vor dem Pharao aussprechen, und er wurde von dem Schreiber auf die Liste gesetzt. Der betreffende Soldat durfte auf eine Belohnung, ja, Beförderung hoffen.

Und jene, die keine Hand abliefern konnten? Wie demütigend war es doch für sie. Sah es nicht aus, als hätten sie während der Schlacht feige gekniffen? Und so geriet man denn hitzig aneinander. Da war eine Gruppe Streitwagenfahrer, die an der Seite von des Königs Garde gekämpft hatte. Jetzt entdeckten diese

Männer, daß eine Kompanie Fußsoldaten von der Amon-Division (solche, die als erste Fersengeld gegeben hatten) sich mit einer gewaltigen Sammlung von Händen dem Pharao näherte. Nun, es fehlte nicht viel, und ein zweiter Krieg wäre ausgebrochen, unter den Unseren.

Doch dann setzten sich die Offiziere zusammen, um eine Lösung zu finden. Sie wußten, daß ein winziger Funke genügte, um die Feindseligkeiten vor dem Pharao ausbrechen zu lassen. Und so einigte man sich auf eine bestimmte Zahl von Hethitern, die pro Kompanie erschlagen worden war. Jeweils fünf Hände kamen da auf acht Soldaten, und natürlich ließen sich die jeweils kräftigsten fünf Krieger nicht lumpen: Sie packten die zugeteilten fünf Hände, mochten sie am Nachmittag nun wie die Helden oder wie die Memmen gekämpft haben. Und schon wieder gerieten die Leute einander in die Haare. Immer wieder flammten Neid und Haß auf. Die Auseinandersetzungen wurden heftiger. Die ganze Nacht hindurch hielten sie an. Und es blieb nicht bei Verletzungen, gebrochenen Nasen, abgebissenen Ohren. Bis zum Morgengrauen mochten rund fünfzig unserer Männer bei diesen Streitereien ihr Leben gelassen haben.

Schlimmer erging es den gefangenen Hethitern. All jene, die nicht das Glück hatten, von verantwortungsvollen Offizieren bewacht zu werden, verloren nur zu bald ihre rechte Hand. Nicht wenige verbluteten. Anderen wurde mit einem Lederriemen der Armstumpf abgebunden. Sie überlebten. Später würde man sie nach Ägypten mitnehmen, wo sie dann das keineswegs üble Leben eines einhändigen Sklaven führen konnten.

Auf dem Schlachtfeld sah man währenddessen unablässig einherwandelnde Fackeln. Es waren jene unserer Leute, denen man keine Hand zugesprochen hatte. Sie suchten und suchten, und manche schreckten nicht davor zurück, unseren eigenen Gefallenen die Hand abzuschlagen, obwohl härteste Strafen wie der Verlust eines Armes darauf standen. Denn fand man am Morgen auf dem Haufen solche ägyptischen Hände, so waren gleichsam alle Siegestrophäen besudelt. Im übrigen versuchte man, die Schande ungeschehen zu machen. Wurde ein ägyptischer Leichnam ohne rechte Hand entdeckt, so entkleidete man ihn und machte sein Gesicht unkenntlich. Dennoch sah der Tote nie wirklich wie ein Hethiter aus. Ob mit oder ohne Gesicht, ein nackter Ägypter und ein nackter Hethiter sind kaum zu verwechseln. Wir haben weniger Haare auf unserem Körper.

Die Hethiter hingegen ... nun, ihre Bärte glichen wahren Dikkichten, und es schien fast, als wollten sie so ihre Hälse vor unseren Schwertern schützen. Aber erst ihr Haupthaar! Es war so dicht und fest wie das Leder eines Helms und gut geeignet, die Schläge unserer Keulen zu dämpfen. Doch jetzt nützte ihnen das wenig. Selbst ein Helm kann einen nicht gegen alle Hiebe schützen. Die ganze Nacht hindurch hatten wir unseren Spaß, unseren Genuß und unsere Lust mit und an ihnen, und hiervon will ich sprechen.

Sie waren in Reihe aneinandergefesselt, jeweils zehn oder zwanzig Hethiter, ein ebenso komischer wie kläglicher Anblick. Die Schnur, die ihnen die Hände hinter dem Kopf zusammenband, führte zum Hals des Vordermannes, und wenn sie sich voranbewegten, so hoppelten sie geradezu dahin, mit wie verdrehtem Genick und vor Entsetzen vorquellenden Augen. Einem Haufen Feigen glichen sie, eng an einer Schnur aufgefädelt. Wie ich schon sagte, wurden sie meist schlecht bewacht. Kam also eine Horde von Soldaten vorbei, so konnte sie sich nach Gefallen bedienen. Man schnitt den vordersten oder den letzten der Gefangenen los – einen aus der Mitte zu nehmen, war zuviel Mühe –, und dann boten sich beim Flackern der Lagerfeuer die unglaublichsten Schauspiele. So mancher asiatische Bart diente als Weiberschoß – und natürlich auch das Hinterteil des Gefangenen. Mitunter sah man nicht weniger als fünf Soldaten, die sich an einem einzigen Hethiter gütlich taten, und einer dieser armen Kerle wurde sogar in ein Pferdegeschirr gesteckt, und unsere Leute taten mit ihm, was sie nie mit einem Pferd zu tun gewagt hätten. Dieser Hethiter brachte nicht einmal einen Schrei hervor – sein Mund war bereits bis zum Würgen gefüllt. Der Mann, der über seinem Kopf hockte, schien außer sich vor Wut. Hatten wir am Tag nicht genug Blut gesehen? Hätte man nicht meinen sollen, niemand wolle noch mehr davon? Doch mit Blut ist es wie mit Gold, es weckt den Appetit. Man kann nicht genug davon bekommen. Dabei waren doch viele von uns blutbedeckt. Es verkrustete unsere Körper, hier und dort war es noch klebrig, schleimig. Und dennoch verlangte es einen, früher oder später, nach mehr. Frische Schminke wurde gleichsam aufgetragen auf alter. Blut – faszinierender jetzt für uns als Feuer. Auch war es näher. Nie konnte man ins Zentrum eines Feuers gelangen, während Blut im Atem eines jeden war.

Wir glichen jenen Vögeln, die sich in unabsehbaren Massen auf dieses Schlachtfeld senkten, um sich die ganze Nacht hindurch vom Fleische der Gefallenen zu nähren. Näherten wir uns ihnen, so hoben sie sich schwerfällig in die Luft, und ihr Flügelschlag glich dem Schlag des Donners. Und dann waren da die Fliegen. Sie machten uns rasend mit ihren Stichen. Es war, als wollten sie die von uns Erschlagenen rächen. Eine üble Plage. Ich grübelte über das Wesen von Verwundungen nach. Ist ein Mann verwundet, so geht seine Kraft in den Arm jenes Mannes über, der ihm die Wunde beibrachte. Andererseits: Sobald man einen Mann verwundet hat, so kann man sein Leiden lindern. Tut einem leid, was man getan hat, so spuckt man auf seine Hände, und das kann dem Verwundeten helfen. Das hatten mir die Nubier gesagt. Wollte man hingegen seine Verletzungen verschlimmern, so war es ratsam, scharfe Säfte zu trinken oder heißen Wein. Dann würden sich die Wunden entzünden. So gut ich konnte, erinnerte ich mich an die Hethiter, denen ich so manche kleinere Verletzung verdankte an Brust, Armen und Beinen; und ich machte mich auf, bis ich fand, was ich suchte – ein Hethiterschwert. Diese Waffe ölte ich und legte sie dann in kühle Blätter, damit ich die Schneide am Morgen auf entzündete Stellen legen konnte. Gleichzeitig trank ich heißen Wein, damit sich die Wunden entzündeten, die ich meinen Feinden geschlagen.

Es gab unter uns welche, die den Hethitern die Köpfe abschlugen und auf lange, spitze Stangen steckten. Während andere lodernde Fackeln hielten, wurden die aufgespießten Köpfe hochgeschwenkt. Wir befanden uns auf der einen Seite des Flusses, auf der anderen waren die Mauern und Tore von Kadesch, und wir verhöhnten den hethitischen Feind in der Nacht, während es an den Ufern nach Verwesung zu stinken begann – eine Vorahnung der verheerenden Fäulnis an den kommenden heißen Tagen.

Als wir am Fluß standen, schwirrten von den Mauern Pfeile herbei, doch waren es nicht viele. In der Tat kamen sie so spärlich, daß ich mich fragte, was mit den Tausenden von Hethitern war, die an diesem Tage nicht in die Schlacht eingegriffen hatten – wieso schwiegen sie mit ihren Pfeilen? Nun, es spielte jetzt weiter keine Rolle. Wir waren völlig betrunken. Auf einen Streitwagenfahrer neben mir fiel ein schlaffer Pfeil. Die Spitze drang kaum einen Fingerbreit in seine Brust ein. Er riß sie heraus, wischte sich mit der Hand über die Wunde und leckte lachend seine Finger ab. Als noch immer Blut hervorquoll, bemalte er sich die Haut damit. Nach wie vor floß Blut aus der Wunde, und der Mann schnitt Barthaare vom Hethiterkopf auf seiner Stange und stopfte sie sich in das Loch auf seiner Brust.«

»Es gibt doch nichts«, schaltete sich meine Mutter plötzlich ein, »das sich mit der Ungeheuerlichkeit von Männern vergleichen ließe.« Während sie sprach, fühlte ich ihre Gefühle; war ich (scheinbar im Schlaf) ihren Empfindungen ganz nah; lebte ich in ihren Empfindungen. Und ich spürte, wie nie zuvor, einen großen Zorn gegen meinen Urgroßvater. Und voll Zorn – und voll messerscharfer Erwartung – war auch meine Mutter, als sie Menenhetet nun ins Gesicht starrte.

Er schüttelte nur den Kopf. »Auf der anderen Seite des Flusses«, sagte er, »ganz oben auf einem Turm befand sich eine Frau, die zu uns herüberspähte und jenen Hethiter sah, aus dessen Bart man eine Strähne geschnitten hatte. Sie begann zu schreien. Vielleicht war dieser Hethiter ihr Geliebter oder ihr Gatte, vielleicht war er ihr Vater oder Sohn. Jedenfalls schrie sie, daß es den Himmel zerriß. Ihre Trauer, ihr Gram schien bodenlos. Seither habe ich Frauen oft so schreien hören. Und kennen wir sie nicht alle, jene Weiber, die bei Begräbnissen solche Klagelaute von sich geben? Heuchlerinnen sind sie, alle. Spricht ihr Kummer nicht vom Ende aller Dinge in ihrem Herzen? Und doch ist da in einem Jahr ein anderer Mann für sie.«

Die Stimme meiner Mutter klang eigentümlich dunkel. »Frauen«, sagte sie, »suchen in der Tat den Boden ihres Leids. Finden sie ihn, so sind sie für einen anderen Mann bereit. Würde ich um einen Geliebten weinen und erkennen, daß meine Trauer wahrhaft boden*los* ist, so wüßte ich, daß er der Mann ist, dem ich ins Land der Toten folgen muß. Doch solcher Gefühle kann ich nicht sicher sein, wenn ich nicht wehklage.« Sie sah meinen Urgroßvater triumphierend an, als wollte sie sagen: Hast du je geglaubt, du könntest dieser Mann sein?

Ptah-nem-hotep lächelte flüchtig. »Dein Bericht, teurer Menenhetet, war so außergewöhnlich, daß sich mir immer wieder zahllose Fragen auf die Zunge drängten; doch wollte ich deine Gedanken nicht unterbrechen. Aber da nun, aus der Tiefe ihres Gefühls, Hathfertiti zu dir gesprochen hat, laß mich dich fragen: Was für Empfindungen erfüllten meinen Vorfahren, Usermare-Setpenere, in dieser langen und so grauenvollen Nacht? Sah er nichts von dem, was ringsum geschah? Und ist es wahr, daß sich seine Füße nicht bewegten?«

»Sie bewegten sich nicht. Ich stand dicht bei ihm, ging dann fort und kehrte wieder und wieder zurück. Jedesmal war der Haufen ein beträchtliches Stück gewachsen, doch nichts sonst hatte sich geändert, es sei denn die Stimmung des Pharaos. Sie schien von Mal zu Mal ernster zu werden.

Selbst wenn man Usermare-Setpenere gut kannte, ihn gar Tag für Tag sah, man konnte nie sicher sein, in welcher Stimmung er sich befand. War er gutgelaunt, so strahlte es einem gleichsam schon von weitem entgegen, und man betrat einen Raum voller Sonnenlicht. Nicht anders war es, wenn Zorn ihn bewegte. Auch dies spürte man schon von fern. Und auf dem Schlachtfeld wuchs sein Ingrimm so ins Unermeßliche, daß er für uns wie ein Schild war. Die Hethiter vermochten nicht, in das blendende Licht zu blicken, das von seinem Schwert blitzte. Die Pferde unseres Feindes hatten Angst zu attackieren. Man reitet nicht gegen die Sonne an.

Doch in dieser Nacht sah ich, daß er nicht nur Der-von-Amon-Geliebte, Der-von-der-Sonne-Gesegnete war, sondern auch ein König, der mit Osiris in der Dunkelheit lebte und vertraut war mit dem Land der Toten. Je länger er diese Prozedur betrieb – die Inempfangnahme der abgetrennten Hände –, desto nachhaltiger und gewichtiger empfand ich seine Gegenwart. Auch bei geschlossenen Augen hätte ich sie gespürt – so wie ein Blinder weiß, ob er sich in einer Höhle, selbst einer riesengroßen, befindet. In dieser Nacht war es mein König, der die Dunkelheit erfüllte, und die Luft in seiner Nähe – anders als bei den prasselnden Lagerfeuern oder im Atem von uns Betrunkenen – glich dem kühlen Hauch aus dem Bauch der Erde. Der Pharao empfing Hand nach Hand, und jedesmal war es wie ein Abschiedsschütteln, das ihm so manches über den Toten und dessen Ende verriet. Immer finsterer brütete mein Herrscher vor sich hin, und diese Stimmung vertiefte sich noch, bis sie, wenngleich lautlos, jenem bedrohlichen Dröhnen glich, das einem vom Allergrünsten Grün in die Ohren schallt.

Lang blieb ich in seiner Nähe, und dann ging ich wieder. Langsam schlenderte ich durchs Lager. Wo endeten meine Gedanken, wo begannen die Gedanken des Pharaos? Ich hatte jetzt freies Feld vor mir, hügeliges Gelände, und dann sah ich zwischen zwei Felsen unter dem Vollmond den langgestreckten Hera-Ra. Hatte man vergessen, den Löwen wieder in den Käfig zu sperren, war er von einem der Soldaten heimlich herausgelassen worden? Er wirkte friedlich und sehr verschlafen. Als er mich erkannte, erschien auf seinem Gesicht ein Ausdruck, der einem breiten Grinsen glich. Er rollte auf den Rücken, spreizte die Beine, zeigte mir die Tiefe seines Anus und lockte mit der Umarmung seiner Vorderpranken: Ich solle mich nur auf ihm wälzen. Doch da gebrach es mir an Mut, in dieser Nacht wie auch für jeden weiteren Tag meiner vier Leben. Ich streichelte seine Mähne, küßte ihn auf die Wange. Grollend rollte er wieder herum, stemmte sich hoch und rülpste mir ins Gesicht. Säuerlich schlug mir der Geruch entgegen von all dem Blut, das er getrunken; ihm mochte der Wein in meinem Atem behagen. Jedenfalls waren wir Freunde, und warum sollten Freunde nicht miteinander spazierengehen? Hatte ich mich je lebendiger, gesünder und stärker gefühlt als jetzt, da ich an der Seite des Löwen dahinschritt über das flammenflackernde Feld mit unseren zehntausend Irrsinnigen, die sich überall tummelten. Doch war ich der einzige mit einem Löwen als Gefährten. Und die anderen? Einzigartiger Anblick! Man sah mehr Hinter- als Vorderbacken. Mehr Ärsche als Gesichter!

Doch gab es jetzt auch Weiber im Lager. Der Seth-Division war eine ganze Horde von Händlern und Dirnen gefolgt. Diese Division traf als letzte ein, als schon der volle Mond am Himmel stand, und ihre Soldaten waren verrufen als Hurensöhne und Steißbeinbohrer. Schlimmer noch. Die Folterungen, welche die hethitischen Gefangenen bisher erlitten – sie waren nichts im Vergleich zu dem, was sie nun erwartete.

Die Seth-Division war marschiert, gekämpft hatte sie jedoch nicht. Am späten Nachmittag erfuhren diese Leute – wohl von Boten der Ptah-Division – von unserem Sieg, und sofort machten sie sich über ihre Versorgungswagen her. Bei ihrer Ankunft waren sie betrunken. Jetzt warteten vor jeder der Huren, die mit dieser Division gekommen waren, Soldaten in langen Schlangen. In dieser Nacht sah ich so unendlich viele Arten der Liebe wie in all meinen späteren Leben nicht. Da es mehr Männer als Frauen gab, empfahl es sich, an das eigene Hinterteil zu denken und zu sehen, wer hinter einem stand. Es war, ich schwöre es, wahrhaftig eine Schande. Die Nubier sind groß und kräftig, und unter den Männern ist es Brauch, einander zu benutzen, bis man reich genug ist, um sich eine Frau zu leisten. In dieser Nacht mußte man wohl jeden ägyptischen Soldaten bedauern, der sich in einer solchen Schlange vor einem Nubier befand, denn bald schon hockte er auf den Knien, ohne sich dagegen recht wehren zu können. Wir Ägypter sind nun einmal kleiner von Gestalt. So wurde denn viel von unserer Kraft verschwendet an die Nubier, auch die Libyer, und was hatten wir davon? Nur noch wenige Pfeile im Köcher, die dann im beutigen Schoß einer Allerweltsdirne verschossen wurden. Der Andrang in dieser feuerdurchflackerten Nacht war so groß, daß so mancher Mann nicht abwarten konnte, bis er an der Reihe war. Während die Dirne von vorn bedient wurde – oder bediente –, machte er sich heißhungrig von hinten an sie heran, und man konnte das Tier ›mit den drei Rücken‹ sehen, eine Kopulation wie bei Schlangen. Und jetzt war da ein weiterer Mann, am Mund der Hure, und noch einer, zwischen den Hinterbacken des dritten. Sie sahen schlimmer aus als jene Gefangenen, die man wie Feigen aneinandergefädelt hatte.

Manche riefen: ›Beeilt euch! Beeilt euch!‹ Über allem lag ein stickiger Geruch. Der Geruch von Schweiß. Und Gestank. Man konnte meinen, die Hälfte aller Ärsche hier zu riechen. Wie sinnvoll mischte sich dies doch mit dem Geruch von Blut und Rauch. Mit allertiefstem Abscheu könnte man von allem sprechen, doch ist es nicht an mir, zu richten. Und ist unser Wort für Nachtlager nicht das gleiche wie für Hurerei? Ich kann nur sagen, daß ich all dies erlebte und nicht ohne Erregung war. Und ich schwöre: Wäre dies nicht die Nacht des Schweins, ich würde euch nicht soviel davon erzählen.

Nun denn. Mit Hera-Ra an meiner Seite bewegte ich mich durch das Lager, vorbei an Feuern und schnarchenden Säufern, an Liebespaaren (welcher Art auch immer) und Plünderern und Leichenfledderern – menschlichen Aasgeiern. Und ich hörte das Stöhnen unserer Verwundeten: Inmitten dieser irrwitzigen Szenerie starben immer noch Männer, hauptsächlich Ägypter, denn die verwundeten Hethiter waren fast alle tot. Da waren jene der

Unseren, die ein Glied verloren oder einen Stich in den Bauch erhalten hatten; und waren sie zuerst beinahe an Durst krepiert, so tränkte man sie nun gleichsam mit Wein. Sie ächzten, sie schrien. Vor Verzweiflung, vor Lust – im Rausch? Niemand hätte es sagen können.

Weiter wanderten wir durchs Lager, Hera-Ra und ich. Mitunter schraken Liebende – nein, Sich-Paarende – auseinander, wenn der Löwe allzu nah kam. Entsetzen flackerte in den Augen der Soldaten, wenn sie die große Katze rochen oder ihren wilden Blick sahen (selbst wenn Hera-Ra sich wie ein Kätzchen fühlte, verlor sich dieser furchterregende Ausdruck nicht). So manchem Mann schwand auf der Stelle die Erektion, und das wohl nicht nur für diese eine Nacht. Den Kriegern fuhr der Schreck buchstäblich ins Glied. Die Huren hingegen, sie liebten Hera-Ra. Nie wieder habe ich Weiber gesehen, die so unersättlich waren, so brutal und so triumphal in schierer Lust – es ist ihre Kunst, nicht die des Mannes. Selbst – oder gerade – inmitten dieses Chaos war etwas Ungewöhnliches an diesen Dirnen. Um ganz gewöhnliche Soldatenhuren handelte es sich, um Weiber mit üblem Atem; und doch schienen sich in meinen Lenden die Tore zu den Himmlischen Gefilden zu öffnen – in die willigen Schöße ergossen sich die Soldaten, als wollten sie auf diese Weise ihr Leben aushauchen. Woran lag es? Wohl am Blut, am brennenden Fleisch. Und wenn alle am Rauch zu ersticken drohen, dann nähert sich Maat mit Liebe.

Ich sprach von brennendem Fleisch. Niemand kann sich den Heißhunger vorstellen, der einen auf dem Schlachtfeld überwältigt. Er spottet der Gier, welche einen zur Paarung treibt. Ein solcher Heißhunger hatte uns gepackt, mich und Hera-Ra. Unsere ganze Armee wurde davon beherrscht. Die Soldaten aßen, was sie den Hethitern geraubt hatten; dann fielen sie über unsere Versorgungswagen her. Ich sah, wie eine gesalzene Rinderkeule in ein Feuer geworfen wurde. Bald zog man sie wieder hervor und schnitt dicke Scheiben davon, auf der einen Seite schwarz, auf der anderen rot. Dann wurde die Keule erneut ins Feuer geschleudert. Bald machte man sich auch über tote Pferde her.

Es war ein eigentümlicher Hunger. Ich weiß nicht, wie weit ich für andere sprechen kann, doch jeder Biß in ein Stück Fleisch erfüllte mich mit dem Verlangen, noch eine weitere Art zu kosten. Rind genügte mir nicht, nein, nicht einmal Pferdefleisch, obwohl im garen Blut eines gebratenen Hengstes sonderbare Wahrheiten und frische Kräfte zu schlummern schienen. Ich aß und aß und versuchte, das Loch in meinem Bauch zu füllen. Vielleicht war es die Gegenwart des Löwen, die meine Gier immer weiter schürte. Er schob sein Maul in die Wunden der Toten, und kein Zweifel, das Fleisch war ihm ein Genuß. Wie soll ich dies alles gestehen, bekennen? Daß der Löwe, dicht an meiner Seite, zu meinem allerbesten Freund wurde. So daß ich in seine Gedanken genauso deutlich blicken konnte wie in die Gedanken meines Pharao. Ja, zu meiner Überraschung besaß der Löwe einen Verstand. Doch dachte er nicht in Wörtern. Geruch und Geschmack leiteten ihn, und jede Empfindung dieser Art brachte ein Glänzen in seine Augen. Er fraß die Leber eines Toten – ich glaube jedenfalls, daß der Mann tot war, obschon er noch zuckte –, und sah in einer Art von Erinnerung unseren Pharao. Vergnügt fraß er, und die Erinnerung an die Tapferkeit unseres Königs bereitete ihm ebensoviel Genuß wie der Geschmack der Leber dieses tapferen Kriegers. Doch dann zeigte sich, daß der Tote gar so tapfer wohl nicht gewesen war. Was der Löwe jetzt in seinem Maul schmeckte, war schiere Galle. So verriet sich nun doch die heimliche Feigheit dieses Kriegers.

Ich sah, wie Hera-Ra an den Ohren der Toten herumschnüffelte. Er schien davon zu kosten, bis er welche fand, die ihm wirklich behagten. Und als er dann fraß, erkannte ich, daß vor seinen Augen ein Himmel war, an dem hellere Sterne leuchteten als an unserem Firmament, dem rauch- und dunstverschmierten. Während er fraß, empfand ich eine eigentümliche Erleichterung, begriff ich doch, daß unsere Ohren der Sitz der Klugheit und die eigentliche Pforte zu den Gesegneten Gefilden sind. Jetzt begann Hera-Ra damit, vielen Gefallenen die Stirn zu lecken. Langsam und bedächtig tat er es, tappte gleichsam von Kopf zu Kopf, schmeckte den salzigen Belag hier und dort. Bald begriff ich, was ihm dabei Lust bereitete. In seinem Schädel entstand das Bild eines Soldaten, der unermüdlich hügelaufwärts lief, das Gesicht in einen steifen Wind gestreckt. In der Tat war der Mann, den er schließlich aussuchte, wohl ein Muster an Ausdauer gewesen; und Hera-Ra fraß ihn Stück für Stück, auch die Lenden und die Hoden. Wie ein zufriedenes Knurren kam es aus dem Maul des Löwen, und ich begriff, daß er diesen Krieger ausgesucht hatte, weil er für ihn die Verkörperung männlicher Stärke war.

Ich muß euch mehr berichten. Bevor die Nacht vorüber war, hatte auch ich von einem solchen Stück Fleisch gekostet. Gebraten war es, und ich genoß in dieser Nacht die Freuden des Kannibalen. Möge hier die Feststellung genügen, daß dies der Anfang dessen war, was man meine widerwärtigen Gewohnheiten zu nennen pflegt. Zu vielen Wundern und vielen Weisheiten haben sie mich geführt. Nun denn. Gewiß wollt ihr nicht noch mehr über die Schlacht von Kadesch hören. Laßt mich nur sagen, daß menschliches Fett, in beträchtlichen Quantitäten genossen, eine berauschende Wirkung hat. Ich wurde so trunken wie Hera-Ra.«

Nach diesen Worten schloß Menenhetet den Mund und versank in tiefes Schweigen.

# ELF

Ja, er schwieg, während wir noch voll Neugier waren. Schier endlos dehnte sich sein Schweigen, eine Lautlosigkeit wie aus Stein. Unser Pharao blickte zu den Glühwürmchen, und er sagte ruhig: »Ich hoffe, daß du fortfährst. Gern würde ich etwas über den nächsten Tag erfahren.«

Menenhetet seufzte. Es war das erste Zeichen von Müdigkeit, das er sich anmerken ließ. Von den Glühwürmchen, hinter ihrem feinen Tuch, kam ein zittriges Leuchten. Sah ich, was nicht wahrzunehmen war, oder verblich ihr Licht wie zum Gruß vor dem heraufdämmernden Morgen bei den Mauern von Kadesch, wo auf weitem Feld die Lagerfeuer niederbrannten und erschöpfte Soldaten in Schlaf fielen? Kein Zweifel, das Licht der winzigen Insekten war jetzt schwächer. Dann fiel mir ein, was Eyaseyab mir erzählt hatte. Die feinste Nahrung dieser Glühwürmchen seien sie selbst; sie fräßen einander.

»Ich weiß nicht, ob es da noch viel zu erzählen gibt«, sagte mein Urgroßvater. »Muwatalli muß von seiner geheimen Hure wahrhaft verflucht worden sein. An diesem Morgen ließ er sich weder mit seinen achttausend Fußsoldaten noch mit dem Rest seiner Streitwagen sehen. Selbst als wir einen gefangenen hethitischen Offizier mit den Armen an seinen Wagen fesselten und in den Fluß trieben, so daß er vor den Augen unserer Feinde ertrank, rührte sich Muwatalli nicht. Er war eine Memme und ein Narr. Er hätte angreifen können, angreifen müssen. Bei uns herrschte an diesem Morgen ein solcher Wirrwarr, daß es ihm ein leichtes gewesen wäre, zwischen uns zu fahren wie ein Sturmwind – es sei denn, seine Soldaten hatten eine ähnliche Nacht hinter sich wie wir. Wir hielten Rat. Einige unserer Offiziere sprachen von Belagerung.

Sie erzählten, wie Tutmosis der Große rings um die Stadt Obstbäume hatte fällen lassen, als Material für Belagerungswälle, die er gegen die Mauern von Kadesch vorrücken ließ. Würden wir in den nächsten Monaten seinem Beispiel folgen, so könne die Stadt genommen werden. Ramses hörte ihnen zu, doch der bloße Gedanke widerte ihn an: ›Ich bin doch kein Fäller von Obstbäumen.‹

Am Nachmittag begannen wir mit dem Aufbruch. Das kostete viel Zeit und Mühe. Zunächst mußten unsere Toten begraben, unsere Verwundeten transportbereit gemacht werden. Die Gruben, die man aushob, waren nie groß und nie tief genug, um genügend Leichen aufzunehmen. Die Toten wurden übereinandergestapelt und so dicht zusammengepreßt, daß immer wieder eine Hüfte, ein Ellbogen, selbst ein Kopf aus dem Erdreich ragte, den Vögeln zum Fraße. Und dann waren da natürlich die Insekten, die sich an den Leichen gütlich taten. In unabsehbaren Schwärmen fielen sie über die Gruben her, noch bevor diese zugeschüttet waren. Für alle Zeit lernte ich die Antwort auf eine Frage: Warum der Käfer Khepera das Wesen ist, das Ra am nächsten steht. Nehmt eine beliebig heiße Nacht und lauscht hinter das Schweigen! Ihr werdet das mächtigste Geräusch von allen hören. Es ist das Summen und Brummen der Insekten. Was für Massen! Sie sind es, die die Stille besitzen.

Natürlich gab es unter den Toten welche – wenn auch nur wenige –, die weder den Vögeln noch den Würmern zum Opfer fielen. Bei jeder Division befand sich ein Trupp von Einbalsamierern, die auf ihrem Wagen einen heiligen Tisch mit sich führten. Bald waren sie emsig dabei, Prinzen und Generäle einzubündeln. Doch bedurfte es eines so hohen Ranges gar nicht. Selbst einfache Offiziere, sofern sie nur einen reichen Kaufmann zum Vater hatten, kamen in den Genuß des Einbalsamierens; denn natürlich war sich jeder dieser Spezialisten der Tatsache bewußt, daß ihn eine üppige Belohnung erwartete, sofern er in Memphis oder Theben bei der Familie einen wohlumwickelten Sohn ablieferte. Rund hundert Offiziere waren am Ende auf den verschiedenen Arbeitswagen verstaut, und obschon die Balsamierer im Freien gewerkt hatten, begann doch kaum einer der Umbündelten zu stinken.

Bei den Verwundeten war es schlimmer. Manche überlebten. Andere starben. Und sie alle stanken. Die Divisionen von Amon,

Ra, Ptah und Seth zogen in so langem Band hintereinander her, daß man einen ganzen Tag brauchte, um von der Vorhut zur Nachhut zu gelangen. Jetzt glichen wir wahrhaftig einem in vier Stücke geschnittenen Wurm. Doch der Gestank verband uns miteinander. Langsam bewegten wir uns voran, ein quellender Strom voller Fäulnis, und grauenvoll klangen die Schreie der Verwundeten, wenn ihre Wagen über Felsgestein rumpelten.

Natürlich litten wir alle Schmerzen. Wer hatte keine Verletzung, und sei sie auch scheinbar leicht, davongetragen? Mir ging es da nicht anders als anderen. Hier und dort entzündete sich etwas, Kratzer nur. Und zu alten Blessuren kamen neue Plagen, eine Blase, ein Geschwür. Es war, als kröche Gift durch den Körper. Am dritten Tag gab es unter uns so manchen, der in ein fiebriges Delirium glitt. Und was für uns doch ein großer Sieg gewesen zu sein schien, glich mehr und mehr einer Niederlage. Am vierten Tag wurden wir angegriffen. Einige der besten Truppen Muwatallis begannen uns zu folgen. Sie bedeuteten keine wirkliche Gefahr, waren jedoch stark genug, unserer Nachhut mitzuspielen. Sie töteten und verwundeten, machten sich wieder aus dem Staub. Wir verloren Zeit, indem wir hinter ihnen her jagten. Auch das Bestatten der Toten verzögerte unseren Rückmarsch.

Bei einem dieser Überfälle versuchten die Hethiter sogar, einige der Esel zu rauben, welche die abgetrennten Hände transportierten. Über zehn dieser Grautiere schleppten je zwei prallgefüllte Säcke, und der Gestank war nicht einmal so schlimm, wenn man nicht allzu nahe kam – an einer Hand ist am Ende so wenig Fleisch, daß die Haut schnell und ganz von alleine austrocknet. Ließ man es sich jedoch einfallen, dicht heranzutreten, gar den Kopf in einen der Säcke zu stecken, so war der Gestank übler als die qualvollste Pein. Ich spreche von Hera-Ra. Er besaß nicht genug Verstand, um sich von den Händen fernzuhalten. Frei von Banden, belästigte er wieder und wieder die armen Esel, die ihm entsetzt zu entkommen suchten und dabei, wie es bei Panik die Art dieser Tiere ist, übereinanderkletterten. Ein Sack zerriß, und Hera-Ra machte sich über das her, was zu Boden fiel.

Sofort stürzte ich auf ihn zu, doch es war bereits zu spät. Er hatte schon ein Dutzend und mehr Hände verschlungen. Durch sein Hirn tanzten Bilder der Pyramiden, dann von großen Städten. Noch nie hatte ich Gebäude gesehen wie jene, die sich jetzt in

Hera-Ras Kopf spiegelten. Riesengroß waren sie, mit mächtigen Türmen und Tausenden von Fenstern. Woher kamen diese Bilder im Hirn des Löwen? Entstammten sie dem stummen Wissen der Hände, welche er verschlungen? Was für ein grauenvolles Mahl! Hera-Ras Zähne waren stark genug, um Männerknochen zu zerbrechen, wennschon er sein Gebiß lieber in weiches Fleisch schlug. Jetzt brach er sich einen seiner Zähne ab und wimmerte vor Schmerzen wie ein Kind und fraß dennoch gierig weiter; schlang die ledrige Haut, das geschrumpfte Fleisch und die knirschenden Knochen in sich hinein. Entsetzlicher Gestank! Ich versuchte den Löwen zurückzureißen (war ich außer dem Pharao doch der einzige, dem er für gewöhnlich gehorchte), aber er fauchte mich an, voll Ingrimm, voll Zorn. Er trotzte dem Fluch, der in diesen Händen war.

Es gibt solche Flüche, denen wir zu trotzen suchen, um tiefer in sie einzudringen – um sie zu ergründen. Von diesen abgetrennten Händen stieg ein dumpfer Zorn über ihre zwiefache Vernichtung. Doch Hera-Ra scherte sich nicht darum. Er wollte den Zorn, er wollte den Fluch. So erschienen ihm Visionen der Zukunft. Wieder sah ich Gebäude so hoch wie Berge.

Doch nach genossener Mahlzeit wurde der Löwe krank. Am nächsten Tag konnte er nicht mehr gehen. Der Bauch schwoll ihm an, und die Wunden, die er im Kampf mit den Hethitern erhalten, begannen zu schwären. An seiner Schulter befand sich ein Loch von einem Speer. Jetzt wurde es schwarz. Er konnte sich die Fliegen nicht vom Leibe halten. Sein Schwanz war zu schwach, um sie fortzuwedeln. Wir bauten eine Art großer Sänfte, und sechs Männer trugen ihn. Doch Hera-Ras Augen wurden so blicklos wie die eines sterbenden Fisches. Ich wußte, daß es die Hände in seinem Bauch waren, die sich um sein Inneres krampften; und scharfe kleine Knochen schlitzten seine Eingeweide wie Messer.

Wenigstens zehnmal am Tag kam der Pharao zu uns. Er verließ seinen Königlichen Wagen, das Staatsgefährt mit den goldenen Wänden und dem goldenen Dach, und schritt neben Hera-Ras Sänfte her, und hielt die Pranke des Löwen und weinte. Auch ich weinte, doch nicht nur aus Liebe zu dem Löwen. Mich erfüllte das schreckliche Bewußtsein, daß der Löwe nicht krank geworden wäre, hätte ich ihn nur von den Säcken mit den abgetrennten Händen ferngehalten.

Einmal (die Tränen zogen dünne Rinnsale durch die schwarze und grüne Schminke um seine Augen) sagte Usermare-Setpenere zu mir: ›Ach, hätte ich doch nur jenen Prinzen der Hethiter vernichtet, gegen den ich ganz allein kämpfte – Hera-Ra wäre gesund!‹ Ich wußte nicht, ob ich zustimmen oder widersprechen sollte. War es klüger, den Zorn des Königs auf sich selbst zu lenken oder den eigenen Buckel hinzuhalten? Ich hätte die Antwort wissen müssen. Mein guter Ramses war keiner, der sich lange mit seinem Zorn plagte.

Dann starb der Löwe. Ich weinte, und ich weinte mehr, als ich selbst geglaubt hätte. Eine Weile galt mein Kummer ausschließlich Hera-Ra. Ich weinte sogar, weil nie ein Mann in einem solchen Maße mein Freund gewesen war wie dieses Tier.

Einigen der einbalsamierten Prinzen hatte man die Ehre zuteil werden lassen, ihre Eingeweide in Kanopen aufzubewahren, doch handelte es sich um Ausnahmen. Es waren einfach nicht genügend dieser Krüge vorhanden, und so konnte es geschehen, daß man sich des Innersten selbst von Generälen entledigte, indem man es kurzerhand in einen Wald warf. Für Hera-Ra trieben die Einbalsamierer jedoch noch einen letzten Satz von Krügen auf, vier insgesamt, und die Prozedur wurde dann von Usermare-Setpenere persönlich überwacht. Ich vernahm seine brüllende Stimme, als er die Eingeweide betrachtete. Aus dem Gedärm ragten Knochensplitter wie kleine, weiße Pfeilspitzen. Der Blick, den der Pharao mir zuwarf, verriet deutlich, daß ich wieder in Ungnade gefallen war.

Doch diesmal wurde ich viel strenger bestraft. Zunächst wies nicht sehr viel darauf hin. Häufig ließ Ramses mich in seinem Königlichen Wagen reisen. Wir saßen auf Stühlen aus Gold und blickten durch die offenen Fenster hinab in Klüfte, indes der Wagen gefährlich schwankte. Mitunter schien es ein Wunder, daß er nicht gänzlich zur Seite kippte und hinabstürzte.

Oft verharrte Ramses in Schweigen. Er weinte nur stumm. Die Augenschminke verschmierte. Der Hüter der Schminkpalette behob den Schaden, ein behender Bursche, so behende wie Nef«, dies mit einem Nicken zu meinem Vater, »– und wir saßen ohne ein Wort. Manchmal, wenn wir allein waren (denn es kam vor, daß der König den Hüter fortschickte und sich die ganze Schminke abwischte), sprach er kurz und voll Düsternis über den Feldzug. ›Ich habe nicht gesiegt, ich habe nicht verloren, also habe ich verloren‹, sagte er einmal zu mir. Sein Blick ruhte unablässig auf mir, und ich nickte. Es war die Wahrheit. Aber nicht einmal die Götter lieben die Wahrheit, wenn sie in jedem Atemzug brennt.

Bevor dieser Tag zu Ende war, sagte er noch zu mir: ›Du hättest deinen Arm für Hera-Ra hergeben sollen, ehe du ihn diese Hände fressen ließest.‹ Ich verbeugte mich. Siebenmal berührte ich mit der Stirn den Boden des Gefährts, das wilder denn je dahinrumpelte. Doch was tat's. Aus Ramses Kehle drang ein Stöhnen. Ein Stöhnen wie aus der Kehle des Löwen, als er starb. Ein schreckliches Geräusch. So als würden die Augen Hera-Ras zum zweitenmal brechen. Was soll, was kann ich euch erzählen? Oft habe ich über dieses Stöhnen oder Seufzen nachgedacht. Bis ich begriff, daß der Tod des Löwen einen Schlußstrich darstellte: Mein Anblick beglückte Usermare nicht mehr. Wenn ich nicht dafür sorgte, daß sein Löwe gesund blieb, so bedeutete ich ihm wenig, und es war besser, wenn wir uns trennten.

So geschah es denn auch. Als unsere Truppen in Gaza eintrafen, wurde ich von der Leibwache zur Streitwageneinheit der Amon-Division versetzt, und ich darf sagen, daß nach Kadesch keine der vier Divisionen einen übleren Ruf genoß. Dennoch wurden wir von den Einwohnern von Gaza herzlich willkommengeheißen, was mich nicht einmal verwunderte. Überall an den Straßen jubelte man uns entgegen: Ein Läufer lief uns voraus, um allen zu verkünden, daß die Armeen von Ramses II. die Hethiter aus dem Felde geschlagen hätten.

Mir wollte scheinen, daß mein Pharao seinem eigenen Boten aufmerksam gelauscht hatte. Seine Wunden waren geheilt, und er sah großartig aus. An dem Tag, da ich ihn zum letztenmal sah, für eine Frist von fünfzehn Jahren, befand er sich auf dem Paradeplatz von Gaza. Dort stellte er den geflügelten Stier der Hethiter zur Schau und übergab ihn der Stadt als Geschenk. Dieser gefangene Gott, so versicherte er der Menge, werde unsere östliche Grenze beschützen. Am nächsten Tag begannen wir unseren Marsch zum Delta. Von dort ging es flußaufwärts nach Theben. Wieder hockte ich in einer überfüllten Galeere, den Rücken an den Knien des Mannes hinter mir, und bei dem unsteten Wind dauerte die Reise ziemlich lange. Bald nach unserer Ankunft wurde ich zum Dienst in die Tiefen Nubiens geschickt. Anders gesagt: Mein König verbannte mich zu einem fernen Ort namens Eshuranib. Als Kommandeur einer kleinen Einheit fuhr ich den Nil hinauf, soweit das Boot gelangte. Dann folgte ein vierundzwanzigtägiger Marsch durch eine Wüste, deren Hitze ich nicht so bald vergessen werde.« Noch während Menenhetet diese Worte sprach, glaubte ich, die Wüste vor mir zu sehen. »In jenen Tagen nahm ich Abschied von allen schönen und großen Augenblicken, die ich erlebt hatte«, sagte er. »Die Wüste war heißer als die Dämpfe, die aufsteigen aus dem Reich der Toten, und ich war ein Offizier ohne ein wirkliches Kommando.« Er brach ab, nickte dann und schloß: »Ich glaube, hier kann ich meine Erinnerungen enden.«

# ZWÖLF

Da war ein Seufzen.

»In der Tat«, sagte Ptah-nem-hotep, »hatte ich dich gebeten, uns von der Schlacht von Kadesch zu erzählen, und du hast uns einen hervorragenden Bericht geliefert. Doch gern würde ich noch mehr hören.«

»Das Lob des Pharaos ist eine Gnade«, entgegnete Menenhetet, doch seine Stimme klang eigentümlich trocken. »Guter und Großer Gott«, fuhr er fort, »ein Leben der Eintönigkeit und harter Arbeit waren jetzt mein Lohn. Soll ich dir wirklich von meinen Jahren in der Wüste berichten?«

Meine Mutter, die meinem Urgroßvater mit einer für sie ungewöhnlichen Geduld zugehört hatte, warf jetzt ein: »Oh, ich meine auch, das können wir uns schenken.« Dann wurde sie sich der Kühnheit ihrer Bemerkung bewußt und lachte. Schmeichelnd ruhten ihre schwarzen Augen auf des Königs Gesicht. Fast war es, als schmiege sie ihre Brüste an ihn. »Ich sollte mich in einem dunklen Winkel verstecken«, murmelte sie, »weil ich es gewagt habe, mich zu etwas zu äußern, das für dich von Interesse sein mag.«

Er lächelte zärtlich, sprach jedoch zu Menenhetet.

»Wie lange«, fragte er, »warst du in Eshuranib?«

»Vierzehn Jahre. Es waren lange Jahre.«

»Und die Goldminen dort – gab es sie bereits?«

»Ja.«

Der Pharao sagte: »Was immer du mir erzählen willst, es soll mir recht sein. Denn jemand wie du sieht an jedem Ort, was anderen verborgen bleibt. Überdies ist Gold stets von Interesse.«

Menenhetet vollführte eine eigentümliche Verbeugung, und beim

Schein der Glühwürmchen wurde ich plötzlich auf alles aufmerksam, das golden glänzte: die Verzierungen an meines Vaters Gewand, die schmückende Schlange auf dem Kopf meiner Mutter, Menenhetets Armbänder und vieles mehr. Jetzt schien mir, daß, wie ein fernes Echo, schwache Schreie herbeidrangen, die von der Mühsal kündeten, mit der dieses wundersame Metall gewonnen wurde. Der Pharao nickte, als habe auch er solche Laute vernommen, die ein Teil jenes sonderbaren Wertes waren, den das Gold besaß.

Mein Urgroßvater wälzte seine Zunge in der Mundhöhle wie in altem Staub. »Deine Wünsche«, sagte er widerstrebend, »sind der Quell meiner Weisheit.«

»Gesprochen wie ein Wesir«, bemerkte Ptah-nem-hotep.

Jetzt trank Menenhetet einen Schluck von seinem Bier. »In all meinen vier Leben«, begann er, »hat es nie eine Zeit gegeben, wo meine Kehle so leiden mußte wie damals. Welch schlimmere Qual gab es in den gebirgigen Wüsten von Nubien als den ewigen Staub auf der Zunge? Das war von der ersten Stunde an so, als wir aufbrachen zu unserem vierundzwanzigtägigen Marsch: der Trupp Soldaten, eine Schar von Gefangenen und zwei ortskundige Führer, die von einer Handvoll Getreide pro Tag zu leben schienen, kaum Wasser tranken und mit Mühe einmal wöchentlich ihren Darm entleerten. Sie beteten bei Sonnenaufgang und bei Sonnenuntergang. Irgendwelche Laster schienen sie nicht zu kennen, und sie hätten wohl großartige Soldaten abgegeben. Ich war sehr auf ihre Fähigkeiten angewiesen, denn in der sonnendurchglühten Wüste lauerten viele Gefahren. In der Luft sah ich Götter und Dämonen, und ich wußte, daß Osiris mich begleitete, denn ich hörte seine Stimme. Bei meinem Tode, so sprach er zu mir, würde ich nicht den langen Weg ins Reich der Toten zurücklegen müssen, ich hätte ja schon die Wüste durchquert. Ich glaube sogar, daß ich Osiris sah. Doch wissen kann das niemand. Denn über dem Wüstenboden flirrt die Luft wie über einem Holzfeuer, und ganze Gebirge scheinen zu schwanken.

Endlich erreichten wir Eshuranib. Ich sah einen Fels, an dessen Fuß Steinhütten standen, doch einen Fluß oder eine Oase gab es nicht. Dafür zwei große, zisternenartige Vertiefungen in weichem Stein. Wir hätten jeden Tropfen Regen trinken können, der aus den Augen von Nut fiel, wenn sie um Geb weinte; – nur mußte selbst dieses Wasser, statt die Qual unserer Kehlen zu lindern, erst einmal für das Erz verwendet werden. Und so begleitete uns der Durst noch bei der Arbeit wie eine unheilbare Krankheit. Wir trieben Schächte in die Felsen, zündeten an jedem Schachteingang ein Feuer an (als ob es in Eshuranib nicht schon heiß genug war), und dann krochen die Kinder der Minenarbeiter zwischen die Spalten und sammelten alles Erz, das aus seinem Felsversteck gleichsam herausgeplatzt war. Mitunter waren die Felsbrocken zu groß, und sie zerbarsten nicht. Dann wurden sie mit Hilfe eines armdicken Lederseils hochgerichtet und auf einem breiten, flachen Stein zerschmettert. Dieses Lederseil riß häufig, und so setzte es unentwegt Flüche und Schläge für die Arbeiter. Stets hörte man das Geräusch des fließenden Wassers. Aus unseren Zisternen wurde es zu steinernen Becken geleitet, wo man das Erz wusch. Später, wenn sich der Schmutz abgesetzt hatte, tranken wir dann ein paar Schluck. Dann kam das Wasser wieder in die Zisternen. Noch jetzt glaube ich den Geschmack dieses Wassers auf der Zunge zu spüren.« Menenhetet brach ab.

»Sprich nur weiter«, sagte Ptah-nem-hotep. »Deine Geschichte interessiert mich sehr.«

»Wir hatten Hunderte von Arbeitern«, fuhr mein Urgroßvater fort. »Hauptsächlich Ägypter. Übeltäter aus Memphis und Theben, die man an diesen Ort verbannt hatte, wo sie sich ihrer Verbrechen schon bald nicht mehr entsinnen konnten. Die Hitze glutete in ihrem Hirn, der scharfe Staub der Minenschächte blendete sie. Und doch kamen auch hier Kinder zur Welt. Als ich in Eshuranib eintraf, waren einige bereits erwachsen, und sie sprachen ein unbeschreibliches Kauderwelsch, nicht ohne Grund. Denn die Soldaten, welche die Verbrecher bewachten, waren wilde Syrer mit mächtigen Bärten, Äthiopier mit bemalten Narben und fahlgefärbte Schwarze aus Punt mit gebogenen ägyptischen Nasen. Die Sprachen vermischten sich, so daß ich kaum ein Wort verstand; dabei war ich der Befehlshaber dieser jämmerlichen Truppe.«

»Wozu«, fragte der Pharao, »brauchte man in Eshuranib einen Streitwagenkämpfer?«

»Während der Regierungszeit von König Amenophis II. hatte man begonnen, an jenem Ort nach Gold zu schürfen, und schon damals sollen dorthin drei Wagenkämpfer abkommandiert worden sein. Zu welchem Zweck, weiß ich nicht. Und ich kann auch nicht sagen, was ich – was wir dort eigentlich sollten. Denn außer mir waren noch zwei Wagenkämpfer in Eshuranib. Wir langweilten uns schier zu Tode. Um uns die Zeit zu vertreiben, schoben wir einen Karren mit voller Ladung von den Felsschächten zu den Wasserbecken, wo das Erz gewaschen wurde. Ich versuchte sogar, eine Methode zu ersinnen, damit das Lederseil zum Aufrichten der großen Felsbrocken nicht dauernd riß. In der Tat gelang es mir, einen Knoten zu knüpfen, bei dem das Seil etwas Spielraum hatte und nicht so übermäßig – bis zum Zerreißen – spannte. Harte Jahre hatten begonnen, und es war, als sollte ich nichts mehr lernen; als erschöpfe sich all mein Wissen in dem Wissen um das Geheimnis der Langeweile: daß da kein Gott nahe ist, kein guter und kein böser.

Doch mochte ich auch noch so düster grübeln, die Arbeit schritt voran. Fels schlug auf die Steinplatte, zertrümmerte; unser Fluß aus Gold wurde aus der Erde gegraben, Stück für Stück, Körnchen für Körnchen. Es war ein Fieber.« Menenhetet seufzte. »Wahrhaftig schien es, als halte die Suche im Herzen ein Feuer lebendig, obschon es doch gar nicht unser Gold war. Dennoch blieb es eine grausame Zeit. Vielleicht gibt es keine größere Folterqual als solche Jahre, in denen man so wenig lernt, nachdem man in den Jahren zuvor soviel gelernt hat.«

»Und du hast nichts gelernt?« fragte Ptah-nem-hotep.

Mein Urgroßvater schwieg.

Jetzt sollte ich erkennen, wie tief die Weisheit unseres Pharaos reichte. Er sagte: »Kann dies die Wahrheit sein? Ich fühle, daß da ein Wissen ist, das du für dich behältst.«

»Was immer ich dir mitteilen könnte«, erwiderte mein Urgroßvater, »es ist nicht viel.«

»Dennoch vermute ich, daß sich daraus nicht weniger lernen läßt als aus all dem, was du uns heute nacht erzählt hast.«

Aus Menenhetets Stimme klang Bewunderung. Ich glaube, es war das erste Mal, daß ich so etwas bei ihm hörte. »Du hast vernommen, was ich unter meinen Gedanken verborgen hielt«, sagte er, und er sagte es direkt in die Augen des Pharaos. »Ja, du hast danach gesucht. Ich wollte nicht davon sprechen, doch du schaust zu tief in mich hinein. So will ich denn bekennen, daß es in der Tat eine kleine Sache gab, aus der ich viel lernte. In jenen Goldminen lernte ich einen Gefangenen kennen, der mir ein Geheimnis anvertraute, wertvoller als jedes andere, das ich je erfahren habe.« Er brach ab, als habe er bereits zuviel gesagt; und fuhr dann überhastet fort: »Dieser Gefangene war nur ein armer Hebräer, der ein Verbrechen abbüßte, das eigentlich seine Freunde verübt hatten. Doch interessierte er mich vom ersten Augenblick an, denn er ähnelte sehr jenem Hethiter, der in der Schlacht von Kadesch allein gegen Usermare gekämpft hatte. Genau wie jener Krieger besaß er zwei verschiedene Augen. Man konnte meinen, das eine blicke zurück ins Gestern, das andere hingegen voraus ins Morgen. Sein Name war Nefesh-Besher, was in der Sprache seines Volkes ›Geist des Fleisches‹ bedeutet. Und so gab ich ihm den guten ägyptischen Namen: Ukhu-As. Schließlich war er in unserer Östlichen Wüste bei Tumilat zur Welt gekommen, und so mochte die Wahrheit seines Namens in *unserem* Geist des Fleisches genauso unverfälscht klingen wie in der Sprache der Hebräer. Er hörte den Namen oft aus meinem Munde, denn ich bezeugte ihm soviel Aufmerksamkeit, als sei er in der Tat eben jener Hethiter. Menschen, die einander äußerlich ähnlich sind, sind es auch innerlich. Es ist der geheime und gleiche Wille der Götter, der sie so geformt.« Menenhetet nickte. »Ja, jenem Mann verdanke ich viel. Als ich ihn kennenlernte, war er sehr krank. Doch sein Weib – eine der wenigen anziehenden Frauen in Eshuranib – hatte ihn nicht im Stich gelassen. Durch die Wüste war sie ihm in die Gefangenschaft gefolgt, und nun pflegte sie ihn voll Hingabe. Dennoch wäre er in wenigen Wochen unter der Erde gewesen; doch nahm ich genügend Anteil an ihm und ließ ihnen ausreichend Nahrung zukommen. Ukhu-As faßte Vertrauen zu mir. Er werde, sagte er, sterben und dennoch leben. Ja, so sprach er. Zuerst glaubte ich, er sei im Fieber. Aber er war so ruhig und schien sich dessen, was er sagte, so gewiß, daß ich ihm aufmerksamer zuhörte.

Das Geheimnis, so fuhr er fort, habe er von einem hebräischen Zauberer namens Moses. Diesen hatte er in Pithom kennengelernt, jener Stadt, welche die Hebräer seit Usermares Regierungsantritt für den Pharao erbauten. Moses war in die Östliche Wüste geschickt worden, um für diese Leute so etwas wie ein Führer und Befehlshaber zu sein.

Ich erinnerte mich an einen hochgewachsenen Hebräer dieses Namens, den ich in Theben gesehen hatte. War es derselbe Mann? Mit Hunderten von Edlen pflegte er Usermare zu folgen, wenn sich dieser zum Tempel von Karnak begab. Doch durfte er als Hebräer das Gotteshaus nicht betreten, sondern mußte draußen warten. Manche meinten, er sei vielleicht ein Sohn einer der kleinen Königinnen aus dem Haus der Abgeschlossenen, und zwar aus jener Zeit, da Seti I. Pharao gewesen war. Doch niemand wußte es. Ich hatte ihn nicht sehr oft gesehen.

Jetzt erzählte mir Ukhu-As, daß im selben Jahr, da Usermare den Feldzug nach Kadesch antrat, Moses in der Kleidung eines ägyptischen Offiziers in Pithom eintraf und den Hebräern verkündete, er werde sie gen Osten führen in ein Land, das sie in Besitz nehmen könnten. Am frühen Morgen brachen sie auf und zogen in die Wüste, ohne daß die Ägypter sie fingen. Doch gab es dafür eine einfache Erklärung. In der Nacht hatte Moses mit einer Schar junger Hebräer die ägyptischen Wachen in Pithom im Schlaf überfallen und alle getötet. So gab es keine Verfolgung.

Ukhu-As hatte sich den anderen nicht angeschlossen. Sein Weib war gerade zu Besuch bei ihren Eltern in der benachbarten Oase, und er liebte sie zu sehr, als daß er sie zurückgelassen hätte. Da er sich den Behörden stellte, wurde er nicht zum Tode verurteilt, sondern nur zum Straflager in Eshuranib.

Ob er Moses denn hasse, wollte ich wissen. Er schüttelte den Kopf. O nein, überhaupt nicht, habe er durch ihn doch ein großes Geheimnis erfahren. Das Geheimnis, wie man, mit dem letzten Atemzug, im Bauch seines Weibes weiterleben konnte.

Das war es also. Dieser Nefesh-Besher, dieser Ukhu-As, er lag im Sterben und sprach dennoch von Leben. Und er meinte nicht das Weiterleben durch einen Nachkommen, den er zeugte. O nein, er sagte es ganz deutlich. Das Kind, das du in den letzten Augenblicken deines Lebens machst, kann ein neuer Körper für dich selbst werden. Mir blieb dies unvergeßlich, die so zuversichtlichen Worte aus dem Mund eines Todkranken. Zwar konnte er mir nicht die hebräischen Worte sagen für jenes Gebet, das im allerletzten Moment zu sprechen ist, doch da ich sein Wohltäter gewesen war, wollte er mir dies durch sein Fleisch kundtun. Dann wies er mich an, etwas sehr Widerwärtiges zu tun, und in der Nacht nach seinem Tod tat ich es wahrhaftig. Es fällt mir nicht leicht, davon zu erzählen. Ich habe berichtet, wie ich von Hera-Ra lernte, meinen Hunger und meine Gier an fremdem Fleisch zu stillen, am Fleisch anderer Menschen; doch war dies in der Wirrnis der Nacht geschehen, die dem Tag bei Kadesch folgte. Da fragte man nicht lange, wo ein gebratener Bissen herstammte – leicht mischte sich Blut mit Blut und Fleisch mit Fleisch. Doch dieser Mensch war krank gewesen, nun war er tot. Und er hatte zu mir gesagt, ich dürfte nicht länger als einen Tag nach seinem Dahinscheiden warten. Nur dann könne er mir auch ohne jenes Gebet nützlich sein.«

»Was für eine widerliche und grauenvolle Vorstellung«, sagte Hathfertiti, doch ihre Stimme klang eigentümlich leer.

Menenhetets Gesicht wirkte sehr ernst. »Vielleicht hätte ich es nicht über mich gebracht«, sagte er, »wäre da nicht in Eshuranib die tödliche Langeweile gewesen. Dennoch war mein Widerwille so groß, daß es vieler Versuche bedurfte, um auch nur einen winzigen Bissen zu schlucken. Es gelang mir, mich nicht zu erbrechen. Aber ein neues Wissen spürte ich nicht in mir – und spürte es doch. Es war schwer zu sagen.

Einige Wochen nach Ukhu-As' Tod sagte mir sein Weib, sie sei schwanger. Nefesh-Besher hatte seinem Namen Ehre gemacht, denn gewißlich war sein Geist in ihrem Fleisch. So würde er denn wohl überleben. Nur in den Gefühlen seiner Witwe überlebte er nicht. Die Pflege des Todkranken hatte ihre Zuneigung zu ihm aufgezehrt, und ich merkte es wohl, in ihren Augen und überhaupt. So begann ich denn, ihr kleine Aufmerksamkeiten zu erweisen, und schon bald war sie meine Geliebte.

Ich hatte ihn satt, den Geruch, der von den Backen von Männern aufstieg, die schwächer waren als ich selbst. So behielt ich denn diese Frau. Ihr Name war Renpu-Rept, und es war ein guter Name. Wenn sie sich den Liebesfreuden hingab, dann erschien sie mir – in diesem Glutofen von Eshuranib – wie eine junge Pflanze und eine Göttin des Nils. Wieviel Vergnügen bereitete es mir, mit dem kleinen Ukhu-As in ihrem Leib zu sprechen. Ich begriff, daß ein Mann mit seinem Glied viel zu einem ungeborenen Kind sagen kann. Ich meinerseits spürte die Gefühle des neuen Ukhu-As, seinen Ehrgeiz, auch seinen Zorn, einen ungeheuren Zorn zuweilen. Natürlich fürchtete ich ihn nicht, sondern lachte nur. Sein einstiges Weib war für mich eine solche Wonne. Schließlich lehrte Renpu-Rept mich all jene Weisheit, die er einst besessen. Sie erzählte mir, daß er sie oft geliebt habe, ohne seinen Samen in sie zu ergießen, und sehr schnell eignete ich mir diese Fähigkeit an.

Daß der Lohn größer ist, je länger man wartet, dieser Glaube hielt einen in Eshuranib gleichsam am Leben.

So wurde ich denn damit vertraut, lange in der Höhle eines Weibes zu verweilen; und so manche Litanei bekam ich zu hören, bis ich ganz der Herr meines eigenen Stromes war und ihn nach Belieben zurückleiten konnte in meine Lenden. So eröffnete sich mir ein weiterer Weg ins Reich der Toten. Manchmal, wenn ich mit ihr das Lager teilte, schien es in mir überzufluten, als sollte all mein Sein erlöschen. Mein Atem stockte, auch der Schlag meines Herzens, und hoch stieg ich empor über ein Dröhnen und Brausen in mir, das wie von einem Katarakt kam, der mich für alle Zeiten aus mir selbst in sie hineinspülen würde. Ja, ich kannte den Weg. Und ich konnte es bewirken. Und doch war ich nicht besonders darauf erpicht, es zu versuchen. Denn die Gefühle und Empfindungen, die sich mir durch das weibliche Fleisch mitteilten, stimmten mich so glücklich, daß ich nur zu gern süße nächtliche Stunden durchlebte, eine Meditation eigener Art. Ich fühlte mich zufrieden wie ein Pharao im Haus der Abgeschlossenen. Herrliche Gedanken erfüllten mich, und ich lebte gleichsam im Echo aller Dinge.

Lagen wir in langer Umarmung, so erschien manchmal Hera-Ra, und wenn ich auch nicht weiß, ob es wirklich sein Geist war, so fühlte ich ihn doch ganz nah, und ich glich selbst einem Tier: einem Wesen, dem keine Sprache unvertraut ist. In den Armen von Renpu-Rept vernahm ich die Schreie der wilden Kreaturen draußen, auch hörte ich das Stimmengewirr, das in der Dunkelheit aus den Hütten des Dorfes drang, und es war, als sei ich dem Geheimnis vieler Sprachen auf der Spur. Bestimmte Laute sagten offenbar das gleiche, ganz egal in welcher Sprache. Lange sann ich über die verschiedenen Wörter für Mutter nach, denn in allen war ein M. Auch fragte ich mich, wie es wohl kam, daß ein Barbar, wenn er laut im Zorn sprach, so viele Rs gebrauchte. Wie sehr ähnelte dies doch dem Brüllen von Hera-Ra. Häufig hörte ich auch ein unverkennbares Nak-Nak, und ich überlegte, ob das K der Laut sei, mit dem man stets das Klopfen kennzeichnete, so wie Pa wohl der Laut war, der immer für Männer stand, gleich dem Geräusch, das ich mit meiner Keule in Renpu-Repts Höhle machte – pa! pa!

Während der langen Tage in Eshuranib versuchte ich, lesen zu lernen, und es fiel mir leicht, solange es für jeden unserer Laute ein heiliges Zeichen gab. Doch dann bemerkte ich, daß sich für manche – vielleicht sonderbaren – Töne keine Hieroglyphen fanden. Da war zum Beispiel das ›Eh‹ oder auch das ›Oh‹, wie ein Säuseln des Windes – es gab keine Zeichen dafür. Genauso verhielt es sich mit dem Geräusch, das man bei unerträglichem Schmerz ausstößt: Iiiii. Oder dumpfe Laute, wie sie ganz aus der Tiefe des Bauches aufsteigen. Für sie alle gab es keine Zeichen. Mein Leben lang hatte ich sie vernommen, und jetzt in den Goldminen von Eshuranib, wo unsere barbarischen Wachen dauernd Gefangene prügelten, hörte ich genauer darauf. Auch waren da, nachts, andere Geräusche, leisere Schreie, *uh* und *ah* – jenes Stöhnen, das von den Wonnen im untersten Teil unseres Leibes spricht. In Memphis schien es nur natürlich, dergleichen zu später Stunde aus jeder Straße, aus jedem Haus zu hören. Hier in Eshuranib, war das irgendwie anders. Wenn nach Eintritt der Dunkelheit solche Geräusche aus den Hütten der Arbeiter drangen, so war das wie eine Botschaft von Insel zu Insel. Wir lebten gleichsam in einem Meer aus Lauten und Geräuschen.

Ich flutete dahin in meinen Gedanken, während ich tief in dem weiblichen Schoß war, jenem Himmel ganz nah, wo Nut dem Geb begegnet. Ich badete in Renpu-Repts Säften, indes der Zorn des ungeborenen Kindes gegen mich stieß; und grübelte über diese Geheimnisse der Sprache nach; und sehnte mich nach dem Anblick unseres Nils. Und das Kind in Renpu-Repts Bauch wuchs. Dann kam der Tag, da ich in große Aufregung geriet. Denn ich sah Ukhu-As wieder. Und er hatte nicht gelogen. Er besaß jene besondere Kraft.

Ja, ich sah ihn an dem Tag, an dem er wiedergeboren wurde. Aus dem Gesicht des Kindes blickten mich zwei verschiedenartige Augen an, und sie waren voll Haß. Für gestern und morgen! Welche Wonnen hatte ich doch mit Renpu-Rept genossen. Doch dieses winzige Wesen besaß nicht die Kraft, mich zu verwünschen; es hob nur die Hände, ballte sie zu kleinen Fäusten. Ich wäre bereit gewesen, es großzuziehen. Wieviel Abwechslung gab es in Eshuranib schon?

Aber dazu kam es nicht. Staub aus den Minen drang in die Augen des Kindes. Mit drei Monaten war der wiedergeborene Ukhu-As blind, und bald starb er. Das lehrte mich viel über die Kunst des Aus-sich-selbst-Wiedergeborenwerdens. Mir wurde bewußt, daß es nicht genügte, das nächste Leben im letzten Augenblick des vergehenden zu zeugen. Gewiß war dies eine große, ja, kühne Kunst. Doch gehörte auch die Klugheit dazu, sich dafür die richtige Frau als Mutter auszusuchen.

Aber wie gern hatte ich sie, meine zarte, junge Pflanze, meine Göttin des Nils. Viele Jahre lang wohnte ich mit Renpu-Rept in jener Hütte in Eshuranib, und gar so verzweifelt fühlte ich mich nicht, zeigte sich Renpu-Rept mit der Zeit in den Wonnen doch fast so geübt wie die geheime Hure von Kadesch; und ich muß sagen, in meinem ganzen ersten Leben fühlte ich mich nie so im Frieden wie mit ihr.

Aber der Preis, den ich für dieses Leben zahlte, war hoch. Tag für Tag glutete die Sonne, wurde Gestein zertrümmert und Gold gewaschen. Noch mehr Gold! Die Wachen prügelten, Schreie hallten durch die Nacht. Dann wurde mitunter meine Verzweiflung so tief, daß ich auf höchst gefährliche Weise mit dem Gedanken spielte, Nefesh-Beshers Geheimnis anzuwenden: zu sterben, um wiedergeboren zu werden. Doch was für ein Wahn wäre das gewesen! Wiedergeboren werden an jenem Ort? Dennoch geschah es einmal, daß ich mich ergoß und fast völlig erschöpfte, bevor ich mich doch noch in die Gewalt bekam. Aber ein Kind war gezeugt worden, und als ich neun Monate später das Gesicht des Mädchens sah, liebte ich es; und als es starb, war meine Trauer tief und echt. Doch wußte ich, daß ich nicht für alle Zeit in Eshuranib leben konnte.

Eine Frage tauchte auf. Würde ich Renpu-Rept mit mir nehmen? Ich hatte das Gefühl, mir selbst gegenüberzustehen, der Kälte meines eigenen Herzens. Wenn ich mich wieder in Theben befand, wie sehr würde ich diese Frau dann noch schätzen? Sie war nicht die Gattin eines Meisters des Pferdes oder gar eines Generals – und eben das zu werden, war ich jetzt fester entschlossen denn je. Und dann – ich weiß nicht, ob aus Gram über den Tod unserer Tochter oder vor Entsetzen über die Kälte in meinem Herzen – erlag Renpu-Rept, mein einziges wahres Weib, einem furchtbaren Fieber. Ich selbst vermochte kaum zu glauben, wie sehr ich um sie trauerte. ›Niemand‹, sagte sie am Ende zu mir, ›wird dir je wieder so nah sein.‹

Wie lange ich allein hätte weiterleben können, vermag ich nicht zu sagen; doch an einem heißen Nachmittag wurde ich aus der Verbannung erlöst – vierzehn Jahre nach meiner Ankunft. Für den

Rest meines ersten Lebens war diese Zahl wie in mich eingebrannt. Sie entsprach der Anzahl der Teile von Osiris' zerstückeltem Körper. Unwillkürlich fragte ich mich, wer mein wahrer Gott sein könne, Amon oder Osiris; und während meines ersten Lebens wich diese Frage nicht mehr von mir.

Aber aufregender war für mich im Augenblick die Tatsache, daß ein neuer Trupp Soldaten eintraf. Bei ihm befand sich ein Wagenkämpfer, meine Ablösung. Er reichte mir einen Papyrus mit Weisungen für meine Rückkehr.«

»So hatte dir der König also vergeben?«

Menenhetet nickte.

»Ich hätte gedacht, daß mein Vorfahr, Ramses der Große«, sagte unser Pharao, »nie vergessen würde und nie vergeben.«

»Er hat niemals vergessen, doch da kam ein Jahr, in dem er meine Hilfe brauchte.«

»Kannst du mir wahrheitsgemäß versichern, daß damals jenes Jahr war?«

»Nein«, gestand mein Urgroßvater, »das war nicht jenes Jahr.«

Meine Mutter entdeckte eine Blöße in der Panzerung meines Urgroßvaters. Mit ihren Gedanken drang sie in seine Gedanken ein – und ich benutzte denselben Weg.

Tiefe Beschämung war in ihm. Er konnte davon sprechen, daß er vom Fleisch eines Toten gegessen hatte. Doch war ihm die Vorstellung unerträglich, sich zu einem schmierigen Handel zu bekennen. Reglos saß er auf seinem Sitz.

»Du hast dich aus Eshuranib freigekauft«, sagte meine Mutter. »Du bist nicht besser als Fekh-futi.«

# DREIZEHN

Als mein Vater den Namen seines Vaters hörte, stieß er einen bestürzten Ruf aus, und in Menenhetets Augen gewahrte ich ein scharfes Glänzen: wie bei einem Händler, der gerade einen vorteilhaften Handel abschließen will.

»Ja«, sagte er, »ich habe mich aus Eshuranib freigekauft. Daß es ein billiges Geschäft war, kann ich kaum behaupten. Immerhin: Nach vierzehn Jahren hatte ich genügend Gold beiseite geschafft, um einem General in Theben eine größere Zahlung zugehen zu lassen. Dafür fand sich mein Name dann auf der Liste der Streitwagenfahrer, die der Königlichen Garde zugeteilt wurden.«

Ptah-nem-hotep fragte: »Dann ist wohl auch in meiner Garde so mancher Offizier, der seinen Posten entsprechenden Beträgen verdankt?«

Menenhetet wich seinem Blick nicht aus. »Hauptsache, sie verstehen ihr Handwerk.« Er schwieg einen Augenblick. »Es gibt nur ein Mittel, um eine Ungerechtigkeit zu heilen – eine zweite Ungerechtigkeit, welche die erste behebt: Soll der Fluß all das schlechte Blut fortspülen.«

Mein Vater nickte so nachdrücklich, als sei dies der Kern aller Weisheit.

»Es wird«, sprach Ptah-nem-hotep, »nicht zur geringsten deiner Qualitäten als Wesir gehören, unsere kleinen Laster für uns umzumünzen in Tugenden.«

»Dem mag schon so sein«, stimmte mein Urgroßvater zu. »Doch laß mich fortfahren, Göttliches Zwei-Haus – damals fiel mir wahrhaftig nichts in den Schoß. Nachdem die Zahlung nach Theben erfolgt war, mußte ich noch ein Jahr warten. Renpu-Rept wußte von alledem nichts, und während ich mich noch fragte, ob ich sie denn wirklich im Stich lassen könne, starb sie. Nach ihrem Tode dachte ich an die Hethiter-Hände, die wir bei Kadesch gesammelt hatten, und der Gedanke schreckte mich, daß auch meine Hände bald zu einem solchen Haufen geworfen werden könnten. Ich erinnerte mich an das, was Hera-Ra gesehen hatte, als er sein letztes Mahl fraß: jene außergewöhnlichen Städte mit den außergewöhnlichen Gebäuden. Und mir wollte scheinen, daß es nichts Schlimmeres geben konnte als den Verlust der eigenen Hände. Hieß das nicht, verurteilt werden zur Einsamkeit? Ohne unsere Hände können wir sie nicht kennen, die Gedanken anderer. Fragt mich nicht, warum das so ist; ich weiß es. Um mich zu beruhigen, blickte ich wieder und wieder auf den Papyrus, der mir von Theben geschickt worden war. Dort stand etwas von meinem ›Eifer, das Gold des Pharaos gegen alle zu schützen, die es zu rauben trachten‹. Nun ja, so hieß es eben, und es klang nicht schlecht.«

Ptah-nem-hotep lachte. »Dich werde ich wohl Osiris überlassen müssen.«

Menenhetet verneigte sich. Sacht berührte seine Stirn den Boden. »Guter und Großer Gott«, sagte er, »ich sann damals häufig über das Wesen des richtigen Verhaltens nach. Nun denn. Dieser Papyrus, mit gestohlenem Gold gekauft, bezeugte meine Ehrlichkeit, und dies lehrte mich, daß ein Mann, der lügt, sich genauso behaglich fühlen kann wie einer, der die Wahrheit spricht – vorausgesetzt, der Lügner bleibt bei der Lüge. Denn dann ist er sicher. Und sein Leben ist so wahr wie ein wahrhaftes Leben. Man bedenke: Ein ehrlicher Mann fühlt sich unbehaglich, sobald er zu lügen beginnt. Denn dann muß er sich an die Wahrheit erinnern, und was er gesagt hat, war ja nicht die Wahrheit. Ein Lügner hingegen fühlt sich unbehaglich, wenn er ehrlich spricht.

Ich sage dies, weil Ramses II. – wie ich bald nach meiner Rückkehr nach Theben feststellen mußte – ein Lügner geworden war. Vergebt mir, doch dies ist die Nacht des Schweins. Ich sollte entdecken, daß ich allen bekannt war, und dies aus schlimmen Gründen. Mein Name befand sich auf jeder neuen Tempelmauer, und ich kann versichern, daß in den Jahren meiner Abwesenheit viele Tempel erbaut worden waren. Usermare errichtete sich zu Ehren unentwegt irgendwelche größeren oder kleineren Monumente. An jeder Biegung des Flusses stand – unübersehbar – seine Statue, in jedem Hain befanden sich Gedenksäulen. Und in jedem neuen Tempel gab es eine Schilderung der Schlacht von Kadesch: mit meinem Namen. Mit dem Namen dessen, der stets und unausweichlich rief: ›O mein Herrscher, wir sind verloren, wir müssen fliehen!‹ Und ebenso regelmäßig lautete die Antwort des Königs, dort auf den Tempelmauern: ›Geh, Menni. Ich werde allein kämpfen.‹ Nicht einmal mein Name war richtig. Ich hatte gelernt, auf einem Papyrus M N zu erkennen, doch auf den Mauern fand ich M N N. Wie einfältig war ich damals doch noch. Auf einer Tempelmauer, so glaubte ich, könne es keinen Fehler geben. Erst in meinem zweiten Leben sollte ich begreifen, daß Schreiber zwar dümmer sind als Priester, jedoch nur allzu bereit, ihre Unwissenheit sogar in Stein zu kerben.

Und so trat ich erschrocken von diesen Tempelmauern zurück, als könnten sie auf mich niederstürzen. An all die Gebete dachte ich, die ich an die großen und die kleinen Götter, Hunderte an der Zahl, gerichtet hatte – und daß sie von mir stets mit den falschen heiligen Zeichen in meinem Herzen gesprochen worden waren. ›MN bittet dich‹, hatte ich gebetet – und erfuhr nun zu meinem Schrecken, daß es MNN hätte heißen müssen.

Wenn mich mein falschgeschriebener Name schon so verstörte, wie tief beunruhigte mich da erst die Schilderung der Schlacht. Offenbar hatte ich so manches gesagt, woran ich mich nicht mehr erinnerte. Doch da es hier an der Mauer stand, mußte es ja wahr sein. Andererseits fand sich regelmäßig im selben Tempel eine andere Mauer, auf der eine ganz andere Wahrheit verkündet wurde. Wort für Wort las ich: ›Hört, der König eilte zu seinen Rossen und stürmte vorwärts – er allein.‹ Des Nachts erwachte ich wie im Fieber, und es war, als presse mir eine Tempelmauer die Brust zusammen. War der Pharao während der ganzen Schlacht von Kadesch allein in seinem Streitwagen gewesen? Ich brauchte Jahre, um zu begreifen, daß er – in seinen Augen – im Kampf tatsächlich niemanden neben sich gehabt hatte. Er war ein Gott. Und ich, ich war nicht mehr als das Holz, aus dem sein Streitwagen bestand.

Wie zum Hohn wurde ich berühmt. Mein Name war in Stein gehauen. Mochten meine Taten auch nicht mehr wert sein als das Werk eines Wurms, so war ich doch ein geweihter Wurm. Wenn die anderen Streitwagenfahrer der Garde meiner ansichtig wurden, gab es stets einen, der rief: ›Hier ist unser Held von Kadesch.‹

›Was meinst du damit?‹ fragte ich oft. Denn das Wort, das man für Held gebrauchte, gefiel mir nicht. Es konnte auch ›Vogel‹ bedeuten – oder ›Feigling‹.

›Ich meine, daß du ein Held bist. Das wissen wir alle.‹ Unvermeidlich erscholl Gelächter. Ich konnte nichts dagegen tun. Diese Wagenkämpfer aus den besten Familien von Memphis und Theben dachten nicht daran, mit mir zu kämpfen, wohl wissend, daß mich keiner von ihnen besiegen konnte. Und so verspotteten sie mich auf ihre ›hochnoble‹ Weise, indem sie Wörter verdrehten, bis deren Bedeutung nicht mehr zu greifen war. Ich gelobte mir, es ihnen zu zeigen. Wenn sie erst einmal *unter* mir dienten.

Dann fand ein Ereignis statt, das mich viel Neues lehrte. Es begann damit, daß nach Theben die Kunde kam, Muwatalli sei gestorben. Nun, während ich in Eshuranib gewesen war, hatte es viele kleinere Kriege mit den Hethitern gegeben; doch sobald Muwatalli tot war, bot sein Bruder, Chattuschili, einen Friedensvertrag an, der auch nicht zurückgewiesen wurde. Vielleicht war unser Ramses kriegsmüde. Schließlich war er seit fünfzehn Jahren Jahr für Jahr im Feld gewesen. Und so empfing er in Tanis, in einem prachtvollen, soeben vollendeten Tempel, den neuen König der Hethiter. Chattuschili brachte eine silberne Tafel mit, auf der klar und deutlich über hundert Zeilen eingraviert waren; und ich erinnere mich noch genau an den Wortlaut, denn alle Angehörigen der Königlichen Garde, die sich in Tanis befanden, hatten ausgiebig Gelegenheit, ihn zu studieren.

›Dies‹, so hieß es, ›ist der Vertrag, den der große König der Hethiter, Chattuschili, der Tapfere, Sohn von Merasar, dem Tapferen, und Enkel von Seplel, dem Tapferen, gemacht hat auf einer Silbertafel für Usermare-Setpenere, den großen Herrscher von Ägypten, Sohn von Seti, dem Tapferen, Enkel von Ramses I., dem Tapferen. Dies ist ein guter Vertrag des Friedens und der Bruderschaft, welche den Frieden zwischen diesen Völkern für alle Zeiten besiegelt.‹

Während ich alles Wort für Wort in mich aufnahm, war ich sehr beeindruckt, daß dies vom Hethiterkönig stammte. Unser Pharao hätte gewiß nicht solche Worte gebraucht. Die Silbertafel! Von ihr kam ein Licht, das dem Licht des Mondes glich; und dies flößte mir erneut Furcht vor den Hethitern ein. Mit ihren schmutzigen Bärten und plumpen Streitwagen hatten sie ungeschlacht gewirkt, doch wie weise waren die Worte auf dieser Tafel. Alles klang so ausgewogen, daß man spüren konnte, der Friede war nah: ›Zwischen dem großen Fürsten der Hethiter und Ramses II., dem großen Herrscher von Ägypten, soll es einen schönen Frieden und ein schönes Bündnis geben, und mögen die Kindeskinder des großen hethitischen Fürsten im schönen Frieden und im schönen Bündnis bleiben mit den Kindeskindern von Ramses II., dem großen Monarchen von Ägypten. Mögen sich niemals Feindseligkeiten zwischen ihnen erheben.‹

Und dieser Chattuschili sagte sogar: ›Wenn ein Mann aus dem Land der Ägypter zu den Hethitern flieht, so soll ihn der große Fürst der Hethiter in Gewahrsam nehmen und veranlassen, daß er zurückgebracht wird zu Ramses II., dem großen Herrscher von Ägypten. Aber wenn er zurückgebracht wird, so soll man ihm sein Verbrechen nicht vorhalten, auch soll sein Haus nicht niedergebrannt werden und seine Weiber und Kinder nicht getötet, noch seine Mutter erschlagen; und ihm soll man keine Schläge geben in die Augen oder auf seinen Mund oder auf seine Füße.‹ Genau das gleiche sollte für jedweden Hethiter gelten«, sagte Menenhetet, »der aus seinem Land zu uns floh. Ich fühlte mich sehr beeindruckt, weil dies doch von großer Klugheit zeugte. Wieviel leichter ist es, Menschen zur Rückkehr zu bewegen, wenn sie keine schrecklichen Strafen zu fürchten brauchen! Aber noch mehr beeindruckte mich, wie unser Ramses sich verhielt, ließ er doch zu, daß der Name des hethitischen Herrschers vor dem seinen kam. Darin zeigte sich seine Achtung vor diesen schönen, hier in Silber gravierten Worten. Überdies fanden sich am Schluß des Vertrags die Namen der mächtigsten fremden Götter. Es hieß: ›Tausend Götter und Göttinen des Landes der Hethiter, zusammen mit tausend Göttern und Göttinnen des Landes Ägypten werden mit uns Zeugen dieser Worte sein: der Gott von Zeytheklirer, die Götter von Kerzot, der Gott von Kherpenteres, die Göttin der Stadt Kerephen, die Göttin von Khewek, die Göttin von Zen, der Gott von Zen, der Gott von Serep, der Gott von Khenbet, die Königin der Himmel sowie die Götter und Gebieter des Eides, die Göttin und Herrin des Erdreichs, die Gebieterin der Gebirge und Flüsse des Landes der

Hethiter; des Himmels, des Ackers, des großen Meeres, des Windes und der Stürme.‹

So schloß es«, sagte Menenhetet, »›des Windes und der Stürme‹, und als wir mit dem Lesen fertig waren, herrschte tiefes Schweigen. Ramses preßte die Kartusche seines Ringes ins weiche Silber, und nun war auch sein Zeichen dort auf der Tafel. Er umarmte die Boten, und siehe! es war geschehen.«

Jetzt saß Menenhetet stumm, und unser Pharao gähnte. Die vielen fremden Götternamen schienen ihm nicht zu behagen. »Vielleicht«, sagte er, »hat Hathfertiti recht, wenn sie meint, du solltest von unterhaltsameren Dingen sprechen. In diesem Bericht verbirgst du zuviel von dir selbst. Du bist zu bescheiden.« Mit einer Handbewegung schien er alles fortzuwischen, was von so wenig amüsanten Dingen wie Friedensverträgen handelte. »Weißt du«, sagte er, »als ich seinerzeit den Thron bestieg, war dein Name stets auf den Lippen meiner kleinen Königinnen.«

»Mein Name?« fragte mein Urgroßvater.

»Ja.«

»Seit dem einen Jahr, da ich Usermare dort diente, war ich nie wieder im Haus der Abgeschlossenen.«

»Um so häufiger wurde von dir gesprochen. So häufig, in der Tat, daß es mich abzustoßen begann. Selbst wenn sie schwiegen, die kleinen Königinnen, kam ich nicht umhin zu hören, daß sie an dich dachten.«

Eine Pause trat ein. Ich schlüpfte in die Gedanken meiner Mutter und spürte ihr Unbehagen. Wie beiläufig sprach unser Pharao doch davon, daß er die Gedanken anderer hörte! Wer also verstand es besser, sich beim anderen einzunisten, Hathfertiti bei Ptahnem-hotep – oder umgekehrt?

Im selben Augenblick war der Kopf meiner Mutter so leergefegt wie eine ausgeräumte Kammer.

Der Pharao lächelte. War er belustigt, weil ihm – im Handumdrehen – eine Art unbeschriebener Papyrus dargeboten wurde?

Dann lachte er. »In der Tat«, sagte er zu meinem Urgroßvater, »in ganz Ägypten gab es keinen Mann, dem meine Schönheiten soviel Aufmerksamkeit widmeten wie dir, Menenhetet. Sie leben in einem Meer von Klatsch, und du warst der Sturm, der sich im Wind der See verbirgt. Und sie sind, selbst jetzt noch, außer sich vor Zorn, weil keine einzige von ihnen hierher eingeladen worden ist. Ich kann sie hören.« Träge wies sein Finger in eine Richtung. »Sei es. Sie werden heute nacht von dir sprechen und wieder all jene Geschichten erzählen, die ich bereits kenne – über dein zweites, drittes und viertes Leben. Ihr Lieblingsthema ist natürlich dein erstes. Nie werden sie müde, davon zu sprechen, daß du der Oberbefehlshaber aller Armeen warst und dennoch der Gouverneur für die Abgeschlossenen wurdest – einer solchen Wertschätzung habe sich in den Jahren von Usermare das Haus der Abgeschlossenen erfreut.«

»So also sprechen sie davon?« fragte Menenhetet.

»Mehr oder minder. Manche der kleinen Königinnen haben von sich eine recht hohe Meinung. Andere hinwieder fragen sich, wie es kommen konnte, daß aus einem Oberbefehlshaber ein Hüter der Konkubinen wurde. Ich darf dir versichern, der Streit darüber ist noch längst nicht beigelegt. Doch faszinierst du sie zweifellos aus einem besseren Grund. Die Geschichte, die meine Haremsschönheiten (und auch mich selbst) am meisten fesselt, ist jene, die stets nur geflüstert wird – sie glauben nämlich, es handle sich um ein Sakrileg. Nun denn – auch mir erscheint sie kaum glaublich. Erzählt man sich doch – jetzt fange ich schon selbst an zu flüstern –, du seist der Geliebte der Königin Nefertiri geworden. Ich hörte sogar, daß es ein Messer in deinem Rücken war, das gleichsam die Brücke von deinem ersten zu deinem zweiten Leben bildete. Daß du starbst, als sich dein Same in die Königin ergoß.«

Pta-nem-hotep lächelte, und sein Lächeln war lieblich und süß. Hatte er die ganze Nacht hindurch gewartet, bis Menenhetet endlich bereit war, uns von der Liebe der Königin Nefertiri zu berichten? Zweifellos belustigte ihn, daß er der ganzen Runde einen Schock versetzt hatte.

Im Kopf meiner Mutter stürzten alle Gedanken durcheinander. Nicht nur ihre eigenen. Auch die meines Vaters, die sie in sich aufsog. Er sah Menenhetet auf Nefertiris Bauch liegen. Und der Anblick des gewöhnlichen Fleisches auf dem königlichen Fleisch erregte ihn so sehr, daß er auf der Stelle einen Erguß hatte und nun im Feuchten saß. Meine Mutter war über die Verschwendung erzürnt. Zur Pflege ihres Gesichts gab es für sie nichts Besseres als den frischen Samen meines Vaters.

Menenhetet begann zu husten. Ein Wüstenwind schien durch die

Hohlräume seines Körpers zu pfeifen. Dann legte sich der kurze Aufruhr, und Menenhetet sagte rasch: »Ich möchte, Guter und Großer Gott, dein Ergötzen nicht mindern, doch gibt es so vieles, woran ich mich nicht mehr erinnere. Wenn man mehrmals geboren wird, erinnert man sich an jedes einzelne Leben nicht mehr so genau.«

»Dennoch«, entgegnete der Pharao, »ersuche ich dich, uns von deiner Freundschaft mit der Königin Nefertiri zu erzählen.«

»Ich diente zunächst als Gouverneur bei den kleinen Königinnen«, sagte Menenhetet. »Erst später wurde ich der Gefährte der Rechten Hand für des Königs Gemahlin, der Königin Nefertiri.«

»Dann möchte ich von diesen Dingen in der richtigen Reihenfolge hören. Während du uns erzählst, wird dir vielleicht so manches von dem einfallen, das du vergessen glaubst.«

Menenhetet verneigte sich. Siebenmal berührte er mit der Stirn seine Finger. »Ich möchte betonen«, sagte er, »daß es viel schwieriger ist, von diesen Dingen zu sprechen als von einer großen Schlacht.«

»Gewiß«, pflichtete der Pharao bei, »doch ich spüre keinerlei Eile. Es ist mein Wunsch, mich in dieser Nacht während aller Stunden der Dunkelheit zu ergötzen.«

»Und dich von deinen Gästen unterhalten zu lassen«, sagte meine Mutter.

»Ja, von meinen Gästen«, bestätigte Ptah-nem-hotep und lächelte ihr entwaffnend zu, blickte dann wieder zu Menenhetet. »Finde deine Erinnerung, alter Freund«, sagte er.

»Darf ich«, fragte Menenhetet, »von den Jahren nach Eshuranib sprechen, als ich in der Armee meinen Aufstieg nahm? Vielleicht wärmt das meine Gedanken. Denn ich muß gestehen, daß es mir nicht sehr behagt, mich gar so rasch zu den Gärten der Abgeschlossenen zu bewegen.«

»Wie ich dir schon gesagt habe«, erklärte unser Pharao, »erzähle es nur auf deine Weise.«

Menenhetet nickte. »Dann möchte ich zurückkehren zur Silbertafel der Hethiter mit dem Vertrag, den ich so sorgfältig studierte. Denn niemals wäre ich Oberbefehlshaber geworden, hätten jene Worte nicht so tief auf mich gewirkt. Nie zuvor hatte ich feinere Sätze gelesen. Und das machte mir bewußt, daß ich die Künste gebildeter Männer lernen mußte. Dieser Chattuschili hatte sich darauf verstanden, Usermare auf die richtige Art anzusprechen. Was immer ich bis dahin im Leben erreicht hatte, verdankte ich den Fähigkeiten meines Körpers. Wollte ich es in der Welt weiterbringen, so mußte ich die Kunst der Rede erlernen.«

»Hast du dabei viele Prinzipien entdeckt?« wollte der Pharao wissen.

»Ein Prinzip vor allen anderen: Vermeide die Erwähnung all dessen, wovor deine Vorgesetzten sich fürchten. Jeder Mensch hat Angst, und jeder gibt sich große Mühe, das zu verbergen. Die Furchtsamsten lieben es, von angeblichen Heldentaten zu erzählen.

Hatte ich bislang alles geglaubt, was man mir sagte, so begann ich nunmehr, nach Lügen Ausschau zu halten. Bald entdeckte ich, daß ehrgeizige Männer Fallen stellten, um herauszufinden, ob der andere sich genausowenig an die Wahrheit hielt wie sie selbst. Solche Spielchen fingen sogar an, mir Spaß zu machen. Ausgiebig studierte ich die Kunst der Schmeichelei. Noch immer war dies der schnellste Weg, um sich bei seinem Vorgesetzten verdient zu machen. Doch blieb ich bei dieser Erkenntnis nicht stehen, das forderte schon das Gleichgewicht von Maat. Ich lernte, daß es durchaus nicht weise war, sich wirklich unentbehrlich zu machen, denn dann wurde man nicht mehr befördert. Es war damit wie bei guten Bediensteten, die man nicht missen möchte. Sie verbringen ihr Leben bis zum Tod in ein und derselben Stellung. Und so ist es das Klügste, dem Ranghöheren genehm, aber auch ein bißchen unbequem zu sein – wenn er fürchtet, daß man seine Furcht kennt. Dann wird er dafür sorgen, daß man befördert wird: Nun kann er Schmeicheleien aus sicherer Distanz genießen.

Ja, all dies lernte ich und mehr. Nämlich darauf zu achten, daß meine Untergegebenen nicht schneller avancierten als ich. Früher hätte ich derlei Machenschaften verachtet. Wozu brauchte ich gesicherte Flanken? Genau wie Ramses, Geliebt-von-Amon, gab es für mich seinerzeit nur den Angriff. Doch dann lehrte mich das Schicksal, das Hera-Ra erlitt, wie leicht man ein Opfer der Umstände werden konnte. Und so beugte ich nach Möglichkeit vor: verlangsamte unauffällig den Aufstieg meiner Untergebenen, setzte alles daran, meine Vorgesetzten nicht wirklich zu beunruhigen. Inzwischen hatte ich begriffen, daß es niemanden gibt, der das Unvorhergesehene mehr haßt als Männer mittleren Formats aus mächtigen Familien. Schmeichle ihnen noch so schamlos, lobpreise ihre Gewohnheiten, besänftige ihre Befürchtungen, doch unternimm nichts, das sie des Altvertrauten berauben könnte. Denn sie sind voll Angst vor allem, das ihr Durchschnittsformat übersteigt.«

»Nie habe ich dich beredter sprechen hören«, sagte unser Pharao. »Es ist die Stimme des höchsten Dieners.« Seine Hand streckte sich über den Tisch, auf Menenhetet zu. »Aber warum sprichst du von diesen Wahrheiten? Weshalb hältst du dich nicht enger an deine Prinzipien und erzählst ein paar Lügen?«

Mein Urgroßvater ließ ein Lächeln sehen. »Die Kunst des Lügners besteht darin, so geschickt zu sprechen, daß selbst du nicht weißt, wann er bereit ist, dich das erste Mal zu täuschen.«

»Mein Herz schlägt voller Erwartung«, sagte Ptah-nem-hotep. »Fahre nur fort.« Er lehnte sich zurück und schien höchst zufrieden – war es ihm doch gelungen, meinen Urgroßvater zu erneuter Erzähllust zu bewegen.

# VIERZEHN

»Vielleicht«, sagte Menenhetet, »habe ich zuviel von diesen niederen Künsten gesprochen. So könnte der Eindruck entstehen, ich sei kein guter Soldat gewesen. Doch das wäre ein Irrtum. Zwar erhoben sich die Hethiter nie wieder, doch unsere Armeen befanden sich stets in irgendeinem kleinen Krieg, und ich kämpfte bei Askalon, bei Tabor in Galiläa, in Arvad und den unteren Regionen von Retenu. In Dutzenden von Schlachten kämpfte ich, aber keine glich jener von Kadesch. Stets waren wir stark, und niemals wieder wurden wir in unseren Lagern überrumpelt.

Viele Jahre ging es so. Und Jahr für Jahr gewannen wir viel Territorium und nahmen so manche Stadt ein. Dann kehrten wir nach Theben zurück, und in den Territorien kam es wieder zu Revolten. Unser Herrscher verlangte so hohe Steuern, so großen Tribut.

Meine Karriere verlief sehr zufriedenstellend. Ich war der einzige ägyptische Offizier, der sich gleichzeitig auf die Kunst der Feldzüge und die Kunst der Schmeicheleien verstand. Unser Hoherpriester, Bak-ne-khon-su, war inzwischen so alt, daß er häufig einen seiner Zweiten Priester zur täglichen Audienz beim König schickte. So lernte ich denn, auch Zweiten Priestern zu schmeicheln, das womöglich schwierigste Unterfangen von allen. Es half, wenn man etwas zu essen brachte – zumindest bei den dicken Priestern. Mit den dünnen war es komplizierter. Manchmal konnte man sie nur für sich gewinnen, wenn man ihre Lieblingsgebete wußte. Doch das sagten einem voll Bereitwilligkeit die dicken.« Er lächelte. »Es gab da einige sehr dünne Diener des Amon, die sich nur dann zufrieden zeigten, wenn man ihnen seltene

Papyri schenkte oder schönfarbige Steine, aus dem Kriege mitge-
bracht. Nun denn, Raffgier bleibt sich immer gleich. Jedenfalls ließ
ich es mir angelegen sein, jeden Priester, dick oder dünn, der zu
Ramses II. sprechen konnte, zu hegen wie einen Baum in meinem
Garten. Natürlich schätzte mich der Pharao jetzt nicht mehr als
damals, da er mich in die nubische Wüste verbannt hatte. Doch wie
konnte er einen Libyer oder Syrer zum Oberbefehlshaber ernennen, wenn ein fähiger Ägypter – nämlich ich – verfügbar war? Und
noch mehr. So wenig ich ihm als künftiger Oberbefehlshaber
behagte – als es darum ging, zwischen mir und Amen-khep-shu-ef
zu wählen, schien er seinem Sohn nicht sonderlich zu vertrauen.
Welche Furcht wäre denn wohl auch größer als die Furcht, vom
eigenen Fleisch und Blut verraten zu werden? Und so erhielt ich
dann meine Ernennung.

Vermutlich wäre ich für viele Jahre sein Oberbefehlshaber geblieben, hätte Usermare-Setpenere nicht eine Neigung gehabt, die so
manche Unruhe verursachte. Nie war unser Zwei-Land machtvoller gewesen, nie ein Pharao mehr geachtet und geliebt – nur daß
seine Gier auf Frauen unersättlich war. Und wie sehr genoß er die
Rivalitäten, die Intrigen, die geheimen Machtkämpfe und die
Eifersucht, die er bei den Weibern über rund drei Jahrzehnte
hinweg – von der Schlacht von Kadesch an gerechnet – immer
wieder auslöste. Es gehörte schon ein Gott dazu, so zu leben, wie
er lebte – so weit weg vom Gleichgewicht von Maat. Auch in dieser
Hinsicht war er Ramses der Große.

Natürlich war dies nicht mehr der junge König, der mit Nefertiri
Seite an Seite im Prunkwagen fuhr. Er hatte sich sehr verändert.
Ich würde sogar sagen, daß es der große und grauenvolle Tag bei
Kadesch war, der ihn für alle Zeit und in jeder Hinsicht prägte.
Seine Liebe zu Nefertiri, wie sehr hatte sie sich doch geändert. Bis
zu jenem Feldzug hatte mein König seine Nachmittage vielleicht
bei einer seiner kleinen Königinnen verbracht, dort im Hause der
Abgeschlossenen; später mochte er (wie mit mir an dem Tag, da
wir zum Tal seiner Grabstätte fuhren) auf die Jagd nach ein oder
zwei Bauernmädchen gegangen sein. Doch all dies war nicht mehr
als Spaß, als Zeitvertreib.

Nefertiri war seine Schwester, die Liebe seiner Kindheit, seine
erste Braut, seine einzige Königin. An dem Tag, da sie miteinander
vermählt wurden, zählte sie zwölf, er dreizehn Jahre. Und es heißt,

daß von Nefertiris Schönheit so viel Licht ausging, daß jeder geblendet die Augen schloß. In der Tat: Während der ersten Jahre, da ich Usermare-Setpenere kannte, hatte er wohl wenige Gedanken außer an Schlachtenlärm, an Gebet, an Nefertiri – oder an seine andere wahre Leidenschaft – die Hinterbacken tapferer Männer. Nach der Schlacht von Kadesch glich er jedoch einer Oase, die unter ihren Palmen neues Wasser findet und sich auf hundert Bäume verteilt, wo zuvor nur drei waren. Unser guter Pharao kehrte von Kadesch mit mehr Hunger auf das süße Fleisch der Weiber zurück als irgendein anderer Mann, den ich in all meinen vier Leben kannte. Er muß den Samen der von ihm getöteten Hethiter in sich aufgenommen haben, denn in seinen Lenden war es wie das Anschwellen des Nils. Er konnte keine hübsche Frau ansehen, ohne sie zu begehren. Doch auch häßliche Frauen taten es ihm an. Nachdem er eine Nacht mit einer der kleinen Königinnen aus dem Haus der Abgeschlossenen verbracht hatte (sie war so häßlich, daß ich sie nicht anschauen mochte: sie ähnelte einem Frosch), sagte er zu mir: ›Beim Gleichgewicht von Maat, ich hoffte, innere Schönheit zu finden zum Ausgleich für die äußere Häßlichkeit, und ich irrte mich nicht. Der Mund dieser Frau hat die Geheimnisse des Honigs eingefangen.‹

Nach Kadesch nahm er sich das Recht auf jedes Weib, ob verheiratet oder nicht. Wer an seinem Hofe war, mußte damit rechnen, bald ein Kind von Usermare-Setpenere in seinem Haus zu haben, ein Kind so hübsch wie der Pharao zumeist. Überall in Ägypten wußte man, daß der König die Fähigkeit besaß, sich doppelt so oft zu ergießen wie andere Männer, und tagtäglich nutzte er die Pausen zwischen den Staatsgeschäften, um so viele Frauen zu haben, wie er konnte. Es war, als bestelle der große Pflug von Ägypten den Acker. In diesen Jahren legte er gleichsam den Grundstock zur Schar der Ramessiden, die derartig anschwoll, daß es in meinem dritten Leben in der Nekropolis nur noch Grabstellen für jene gab, die von Usermares Blut waren. Sein Samen ist im Samen von uns allen. Kein anderer Mann hat je so viele Nachkommen gezeugt, doch eben deshalb ist Ägypten in allen Ländern für die Schönheit seiner Edlen bekannt. Und Ramses war schön, glaubt mir. Wenn nachts die Königliche Barke den Nil hinabglitt, so schlug hinter ihr eine Welle mit so sanftem, verlockendem Klang ans Ufer, daß sich die Frauen auf dieses Geräusch hin in ihren Betten drehten. Ja, das ist wahr. Ich lag einmal im Schlaf, als draußen der Herrscher vorbeiging, und mein Weib rollte herum und bot mir ihre Rückfront dar.«

»Wie phantastisch!« sagte Ptah-nem-hotep.

»Darf ich sagen, Göttliches Zwei-Haus, daß er geliebt wurde, wenn auch nicht von allen?«

»Wer denn«, fragte meine Mutter, »sollte ihn nicht geliebt haben mit Ausnahme der Königin Nefertiri, einigen eifersüchtigen Weibern und dir?«

»Nie darf man den eigenen Harem außer acht lassen«, sagte Ptah-nem-hotep.

Siebenmal neigte Menenhetet sein Haupt, doch es geschah fast unmerklich. »Dein ist die göttliche Weisheit«, beteuerte er.

»Keineswegs«, entgegnete unser Pharao. »Wie du weißt, gab es seinerzeit ein Komplott gegen meinen Vater, bei dem geplant war, daß einige der Damen im Haus der Abgeschlossenen einen Anschlag auf ihn verübten.«

»Daran erinnere ich mich noch deutlich«, sagte Menenhetet. »Zwar wurde der Prozeß gegen diese Frauen heimlich geführt, doch in Memphis und in Theben sprach man viel darüber. Man meinte, dein Vater verstehe nicht, den Adel in Treue an sich zu binden. Nun, Usermare verstand dies ganz gewiß. Zu seiner Zeit waren die Gärten der Abgeschlossenen gefüllt mit Frauen aus edlen Familien. Er begriff sehr wohl, wieviel Unruhe es verursachte, wenn er eine solche Frau für sich erwählte, und daß er dabei auf den Stolz der Familie Rücksicht nehmen mußte. Unbedingt mußte er sich ihrer Ergebenheit versichern. Und Treue gründet nicht auf Schande, zumal wenn die Schmach ›Ehre‹ genannt werden muß.

Dein Vater war da weniger umsichtig. Allzu oft ließ er die Familien außer acht. Und die Abgeschlossenen, so sie sich geschmäht fühlten, wandten sich an ihre Väter oder Brüder. Auf diese Weise kam es dann wohl zu den Komplotten gegen deinen Vater, zu jenem, das fehlschlug – und zu jenem, das vielleicht erfolgreich war. Denn sein Tod blieb rätselhaft.«

»Ja«, sagte Ptah-nem-hotep, »das habe ich mir auch schon überlegt.«

»Das ist nun fünfundzwanzig Jahre her«, fuhr Menenhetet fort, »und inzwischen haben wir Ramses IV. bis Ramses VIII. gehabt –

bedenke nur, großer Ptah-nem-hotep, mit deiner siebenjährigen Regierungszeit hast du den Thron schon länger inne als irgendeiner deiner Brüder oder Vettern.«

»Auch diese Erkenntnis ist mir nicht neu«, sagte der Pharao mit einem Lächeln. »Ich erinnere mich, daß mein Halbbruder Ramses IV. sehr ängstlich war. Er wollte unter seinen Abgeschlossenen keine Mädchen aus guter Familie haben. Auf diese Weise, meinte er, werde er sich keine Feinde machen. In seinem ersten Jahr schloß er den Harem, und als er die Gärten wieder öffnete, siehe da: Die Mädchen waren stramm und kräftig und unansehnlich, und ihre Väter besaßen keine vornehmen Titel – Kaufleute und Händler.

Von großem Reiz war das kaum. Doch unternahmen seine Nachfolger nichts, um die Dinge zu bessern. Sobald ich den Thron bestiegen hatte, stattete ich einen Besuch ab – und war verwirrt. So viele dicke, mit Schmuck behängte Weiber, aus deren Atem Knoblauch stank! Jetzt ist das Haus wieder ›süß‹, wenn auch gewiß nicht so süß wie vor hundertundwieviel Jahren, als du, der Oberbefehlshaber, dich gleichsam in den Gouverneur der Abgeschlossenen verwandeltest.«

Mein Urgroßvater sprach nicht sofort. Ich meinerseits tat, als ob ich schliefe. Ein Gefühl der Traurigkeit überkam mich. Da waren die Glühwürmchen, in jenem Käfig, aus dem es für sie kein Entkommen gab. Wahrscheinlich hatten Hunderte von Sklaven sie mit flinken Händen in den Sümpfen beim Palast gefangen. Meine Traurigkeit vertiefte sich.

Doch waren es eigentlich wohl die Sorgen meines Urgroßvaters, die mich so traurig stimmten. Sein Lächeln konnte kaum verbergen, daß ihn Anspannung erfüllte. Es war eine Art Spiel zwischen ihm und dem Pharao, an dem unser Herrscher seine grausame Freude hatte. Menenhetet mußte die Wißbegier des Königs befriedigen, nur dann konnte er – vielleicht – Wesir werden.

»Es ist«, sagte er, »hundertunddreißig Jahre her, daß ich im Haus der Abgeschlossenen Gouverneur wurde.«

»Und – gefiel er dir, dieser große Wechsel in deiner Karriere?«

»Ich war entsetzt. Gerade hatte ich meinen fünfzigsten Geburtstag gefeiert, doch die Jahre zählten für mich nicht. Mein Körper war stark und schön, und ihm vertraute ich. Er bedeutete mir mehr als das meiste. Ich war zum Oberbefehlshaber aufgerückt, und doch hatte ich das Gefühl, mein Leben habe kaum erst begonnen. Ein eigenes Heim besaß ich noch immer nicht, doch fühlte ich mich nunmehr bereit, eine glänzende Heirat zu machen – ich brauchte nur die entsprechende Frau zu wählen. Eine schöne Zukunft erwartete mich.

Doch so wie sich eine Wolke vor die Sonne schiebt, so fiel Usermares Schatten zwischen mich und jedweden wohligen Reichtum. Denn im Herzen meines Pharaos war eine Furcht, die dem Düster der Myrrhen beim Tempel von Hat-shep-sut glich. Doch waren es nicht die Hethiter oder sonstige Feinde, die in ihm eine solche Beklemmung wachriefen, es war seine eigene Gemahlin, Nefertiri, und dies aus triftigem Grund: Er hatte eine hethitische Prinzessin zu seiner neuen Königin gemacht.

Gewiß war so etwas auch schon vor Kadesch geschehen. Bereits damals hatte er sich eine neue Königin genommen, die sich jedoch nicht vergleichen ließ mit Nefertiri. Zwar war sie eine Tochter des letzten Hohenpriesters von Amon vor Bak-ne-khon-su, aus edelster Familie, so daß die Hochzeit den Tempel von Amon mit dem Sohn von Ra vermählte; doch ließ sich nicht leugnen, daß diese zweite Königin sehr häßlich war, so daß Usermare schon bald davon Abstand nahm, ihr einen Platz neben Nefertiri einzuräumen. Statt dessen erbaute er ihr, Esonefret, einen Palast bei einem flußabwärts gelegenen Ort, der den Namen Sba-Khut-Esonefret erhielt: die Verborgenen Türen von Esonefret – ein recht passender Name. Was Usermare betraf, so kam er von Zeit zu Zeit zu Besuch, gerade lange genug, um ein Kind zu machen. Nefertiri thronte als die einzige Königin in Theben. Und viele Jahre lang hieß es, Usermare werde eher das Mißvergnügen des Amon-Tempels auf sich nehmen als den Zorn seiner ersten Gemahlin.

Doch als er es dann wagte, seine dritte Königin zu heiraten, da war seine Wahl so kühn wie die Art, mit der er seinen Streitwagen fuhr. Denn bei seiner neuen Gemahlin handelte es sich um eine Tochter von Chattuschili, und sie war jung, sehr jung, und schön. Ihre Mutter, die Königin Pudekhipa, war eine Arierin aus Medien, und alle, die ihre Tochter sahen, sprachen bewundernd von dem fahlblonden, mondlichtartigen Haar der hethitischen Prinzessin.«
»Ich muß dich hier unterbrechen«, sagte Ptah-nem-hotep. »Wie lange warst du Oberbefehlshaber, als diese dritte Vermählung vollzogen wurde?«

»Ich war es seit fünf Jahren. Die Prinzessin Mernafrure traf im dreiunddreißigsten Regierungsjahr von Usermare ein, achtundzwanzig Jahre nach Kadesch und dreizehn Jahre nach dem Vertrag. Ich habe diese Zahlen sehr genau im Gedächtnis, wurde ich doch acht Jahre nach Vertragsunterzeichnung Oberbefehlshaber.«

»Es gibt da einen Punkt«, sagte Ptah-nem-hotep, »der mich noch immer verwirrt. Du sprichst von Nefertiris Zorn. Aber als der Vertrag abgeschlossen wurde, dreizehn Jahre zuvor also, bestand doch bereits diese Übereinkunft – daß die hethitische Prinzessin seine Gemahlin werden würde.«

»Deine Kenntnis dieser Dinge ist recht genau«, versicherte mein Großvater.

»Aber nicht genau genug. Wie kam es, daß Nefertiri sich nicht von Anfang an gegen diese dritte Vermählung zur Wehr setzte?«

»Die hethitische Prinzessin war seinerzeit erst sieben Jahre alt, und es gibt wohl kaum jemanden, der gleichermaßen auf alle Punkte eines Vertrages achtet. Im übrigen konnte Nefertiri damals noch nicht ahnen, wieviel Macht ihr ältester Sohn mit den Jahren gewinnen würde. Als Usermare die Hethiterin heiratete, war Prinz Amen-khep-shu-ef ein großer General, der für den Thron eine mögliche Gefahr darstellte. Mehr noch. Die Heirat versprach keinen Nutzen mehr. Kadesch besaß nicht genügend Reichtümer, um jene Anleihen zurückzuzahlen, die es bei Vertragsabschluß erhalten hatte. Chattuschili schickte Mernafrure als eine Art Tribut, das war alles. Usermare empfing sie nicht einmal. Nach einer mühseligen Reise traf sie ein und wurde verächtlich in seinen Harem bei Fayum gesteckt. Dort begegnete er ihr. In Theben wurde man nicht müde, davon zu sprechen. Denn kaum hatte Usermare die Prinzessin gesehen, da war er so von ihrer Schönheit überwältigt, daß er sie – so erzählte man mir – aus dem Harem holte, heiratete und nach Theben brachte. Doch das war noch nicht alles. Mernafrure hieß sie, und er nannte sie Nefrure. Doch da dieser Name dem von Nefertiri zu ähnlich war, wechselte er über zu Rama-Nefru, damit es nicht zu weit entfernt sei von seinem eigenen Namen. Jene, die Nefertiri kannten, waren der Meinung, es könne für sie keine schlimmere Schmähung geben.«

Menenhetet legte die Hände gegeneinander. Sie bildeten eine Art Schale, aus der er zu trinken schien wie ein Mann, der die Vergangenheit in sich einsaugt.

»Dies also war die Lage: Zur einen wie zur anderen Seite hatte Usermare eine Königin. Viele Veränderungen standen uns bevor. Doch rechnete ich nicht damit, daß gleich die erste mich betreffen werde. Usermare war zu dem Entschluß gekommen, Amen-khep-shu-ef weit aus dem Palast fortzuschicken. Seine erste Königin und der älteste Sohn mußten voneinander getrennt werden. Aber er wagte es nicht, ihn ohne Beförderung in die neuen Kämpfe mit Libyen zu entsenden. Und da mein Rang höher war als der des Prinzen, beschloß Usermare, seinen ältesten Sohn zum Oberbefehlshaber zu ernennen.«

»Ohne dich davon zu verständigen?«

»Ich hätte mir klarmachen müssen, wie groß sein Dilemma war. Er steckte mitten in den Plänen für seine dritte Feier aller Feiern. Zwar war bis dahin fast noch ein Jahr Zeit, doch sollte dieses Fest das großartigste in seiner gesamten Regierungszeit werden. Und er lebte in der Angst, er werde in eben diesem Jahr sterben, so sehr bedrückten ihn seine eigenen Taten. Er wollte einen riesigen Raum bauen, die Halle des König Unas, doch zu seinem Zorn stellte sich heraus, daß es zwei Jahre dauern würde, um das Material stromaufwärts in Steinbrüchen zu schlagen und herbeizuschaffen. So traf er die Entscheidung, den Tempel von Tutmosis in Theben abzureißen und, schlimmer noch, auch den Tempel von Seti bei Abydos. Er würde also die Steine seines Vaters verwenden! Diese und die Steine von Tutmosis waren der einzige verwendbare Marmor. Bei diesen Abrißarbeiten mußte eine kaum glaubliche Anzahl von Priestern zugegen sein: Ihre Gebete sollten die Flüche der Steine zum Schweigen bringen. Nicht selten wurden die alten Inschriften unleserlich gemacht. Und wieder gab es Gebete, noch mehr Gebete! Oft drehte man den Stein mit der Inschriftseite nach hinten, so daß nichts mehr zu sehen war. O ja, viele erlauchte Namen wurden auf diese Weise in der Festhalle des König Unas begraben.

Und so wuchs in Usermare die Furcht. Da war die Angst vor Nefertiri gewesen. Nun kam die Beklemmung hinzu, die er über das Niederreißen der Tempel empfand. Ich erinnere mich noch an den Tag, da er mich mitnahm zu den Steinarbeiten. Später führte er mich in jenes Gemach im Kleinen Palast, wo er zu schlafen pflegte – eine große Ehre für mich. Denn sonst war dort nur für seine erste oder für seine zweite Königin Platz. Doch bevor er dann zur Sache kam, sprach er lange über Komplotte und Intrigen.

Nun besaß mein Pharao ein Herz, das anders war als die Herzen anderer. Wären unsere Herzen aus Schnüren gemacht, so gäbe es keines, das so viele und so große Knoten hätte wie das von Usermare. Sein Zorn, seine Ängste, sein Atem und seine Lust – alles war so eng zusammengebündelt, daß er niemals wußte, warum er tat, was er tat; doch stets trug ihn eine große Kraft. Diese Kraft, aus der Mitte seines Herzens, war so groß, daß sie voll Ungestüm selbst gegen die Luft prallte.

Ob er wohl je auch nur ein Wispern seiner wahren Furcht vor Nefertiri oder Amen-khep-shu-ef in sich vernahm? Ich glaube es kaum. Was er empfand, war eine unnennbare, abgrundtiefe Angst. Ja, sie war schrecklich. Er sprach sogar zu mir davon. ›Es wird der Tag kommen‹, sagte er, ›der ganz erfüllt ist von Unglück. Jemand wird versuchen, mich zu töten.‹ Er glaubte, daß einige der Frauen im Haus der Abgeschlossenen wüßten, wer ihm nach dem Leben trachtete.

Ich spürte sein Entsetzen. Nicht wie eine Schwertspitze drang die Furcht in ihn ein, sondern wie ein Gift, das seine Gedanken zu lähmen drohte. Wieder und wieder sprach er an diesem Tag von Komplotten, und wenn ich damals auch nicht recht begriff, so kann ich jetzt doch von seiner Angst sprechen.

In seiner Angst glich er einem Mann, der auf ein sonnengleißendes Feld blickt und einen Fluß zu sehen glaubt. Gewiß, es ist ein Fluß, doch aus Licht, nicht aus Wasser. Und Usermare witterte überall Unheil. Lange bevor man ein Feuer entzündete, roch er bereits den verbrannten Braten. O ja, er sah unendlich weit voraus. Nur das Nächstliegende gewahrte er kaum. Von Ausnahmen abgesehen.

Er mißtraute dem Haus der Abgeschlossenen. Und nach langem Zögern teilte er mir schließlich mit, daß er beschlossen habe, mich eben dorthin abzuordnen. Ich sei der einzige Mann im Zwei-Land, der herausfinden könne, ob es wirklich ein Komplott gäbe. ›O ja‹, sagte er, ›wer außer dir hat bei Kadesch wohl die Gedanken von Muwatalli gekannt?‹ Er nahm meinen Arm. ›Es gibt‹, fuhr er fort, ›keine Aufgabe, die wichtiger wäre als mein Schutz. Das ist für jeden General allererste Pflicht‹; und er begann von großen Generälen zu sprechen, die Pharaonen geworden waren. Wie kraftvoll ging doch sein Atem!

Dennoch: Er schickte mich an einen Ort, wo es nur Frauen gab. Als ich nicht zu widersprechen wagte, wußte ich, daß der Krieger in ihm – auch wenn er selbst es war, der mir den Befehl gegeben – mich verachtete.

Und das sprach sich wohl auch in meinem neuen Titel aus: Gouverneur der Gärten der Abgeschlossenen. Mochten auch dreißig Jahre vergangen sein, so hatte er doch nicht vergessen, daß ich wie ein Weib blutete, als er meine Hinterbacken auseinanderpreßte. Für andere war ich ein General, für ihn – aus seiner hochmütigen Sicht – nur eine ›kleine Königin‹. Die große Kinderschwester des Harems. War dies sein Sinn für Humor? Der Zorn in meiner Kehle würgte mir fast den Atem ab.

Sobald ich von ihm fort war, begann ich zu beten. ›Laß ein Komplott gegen ihn entstehen‹, flehte ich. ›Ich werde es selbst anführen.‹«

# V

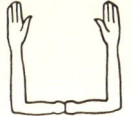

# DAS BUCH DER KÖNIGINNEN

# EINS

»Wie mag er heute aussehen, jener Harem, auch Gärten der Abgeschlossenen genannt? Damals lebten dort hundert Weiber, und es war der schönste Teil des Palastes. Zahllose Prachtgebäude gab es, und in jeder Küche klang munteres Gelächter, waren doch die meisten der kleinen Königinnen wie versessen auf köstliche Speisen. Und köstlichen Trank. Ein Tag glich dem anderen wie zwei Eier sich gleichen.

Morgens erhoben sie sich erst spät (lange nachdem alle anderen im Palast geweckt), und sie verbrachten die Vormittage damit, ausgiebig zu plaudern und einander zu bekleiden. Dieses hatten sie verliehen, jenes an eine andere verloren. Denn besuchte der Pharao eine der kleinen Königinnen, während sie eine ausgeliehene Halskette trug, so wurde diese ihr Eigentum. Da *er* sie damit gesehen, war der Schmuck von nun an nicht mehr von ihr zu trennen.

Geschenke, die der Pharao machte, durften natürlich nicht verliehen werden. Als eine der kleinen Königinnen einmal gegen dieses Gebot verstieß, erlitt sie eine schlimme Strafe. Von ihrem linken Fuß wurde die kleine Zehe abgetrennt. Sie tanzte nie wieder, ja, sie bewegte sich kaum, und sie stopfte so viele Leckerbissen in sich hinein, daß sie rund wurde wie eine Wonnekugel – und eben diesen Spitznamen erhielt sie auch. All dies erfuhr ich, als ich zum erstenmal den Harem betrat.

In jenen Tagen kniete ich oft bei den königlichen Teichen und war versunken in tiefe Betrachtung der Blumen an ihrem Rande. War mir mein altes Kommando mehr zur Last gewesen, als ich es geahnt? Da war eine Blume – eine Orchidee, so nehme ich an – von einem ganz besonderen Orangerot. Mit ihr sprach ich viele

Male. Ich erzählte ihr leise von meinen Gedanken, und sie gab Antwort. Mochte auch kein Hauch in den Lüften sich regen, *sie* regte sich, sobald ich mich nahte. Und manchmal schwankte ihr Stiel in wiegender Bewegung, wie eine der kleinen Königinnen bei einem Tanz. Ja, ihre Blüttenblätter bebten in meiner Gegenwart, einem Mädchen gleich, das seine Liebe nicht zu verbergen vermag. Und dies geschah stets, wenn es windstill war und von den anderen Blumen keine sich regte. Es war, als habe der Stiel dieser Orchidee Wurzeln so tief wie die Gedanken meines Herzens. Ich konnte im Gleichklang atmen mit jenem Gott, den wir heute nacht erfuhren, da er die zwei Teile Schwarzkupfer-vom-Himmel zusammenfügte. Welcher Geist diese Blume bewohnte, das weiß ich nicht. Doch ringelten ihre Staubfäden sich vor meinen Augen, und ihre winzigen Staubbeutel wuchsen unter der Kraft meines Blickes, bis ich zu sehen vermochte, wie die Pollen sich sammelten. Diesen Staubbeuteln glichen die Augen der kleinen Königinnen, wenn sie sich entschlossen, mich zu bewundern. Und noch ehe das Jahr geendet, gab es keine, die nicht bereit war, mir solche Blicke zu schenken. Welcher Mann – sofern er nicht Eunuch war – hätte es daher nicht als widernatürlich empfunden, in den Gärten der Abgeschlossenen Dienst zu tun: in unmittelbarer Nähe so vieler weiblicher Leiber? Doch da sie Usermare gehörten, atmete man ihren Duft ebensowenig ein, wie man aus *seiner* goldenen Trinkschale trank. Der Tod ereilte jeden, der mit einer dieser kleinen Königinnen in flagranti ertappt wurde. Während des Krieges hatte ich dem Tod hundertfach, zweihundertfach ins Auge geblickt, und dies oft frohlockend. Kann er doch wie eine Umarmung sein, wenn der Schlachtenruhm gewiß ist, eine Umarmung von den Strahlen der Sonne. Nun aber machte der Wunsch zu leben mich feige. Nein, ich wollte nicht sterben mit dem Fluch des Pharao auf mir.

Und so blieben die kleinen Königinnen für mich gleichsam Blumen am Rande eines Teiches, indes ich alles daran setzte, eine steinerne Miene zu bewahren.

Natürlich erfüllte mich Furcht, ein wahrhaft bedrückendes Gefühl. Wenn ich morgens im Haus der Abgeschlossenen erwachte, so trieb es mich, mehr – und immer mehr – über diese schönen Frauen zu erfahren. Meine bäuerliche Herkunft, mochte sie auch geadelt worden sein durch meinen Werdegang als Soldat, konnte mir da kaum zum Verständnis helfen. Der Harem, in dem ich jetzt Aufseher war, schien erfüllt von Geplauder und Geschwätz, von Musik und Tanz, von königlicher Verführung; und all dies war alltäglichster Alltag, allnächtlichste Allnacht: Teil des Zaubers, der Magie. Nie wurde mir klar, ob das Gezänk, das ich Tag für Tag erlebte, für die Götter so bedeutend war wie der Streit zwischen zwei Männern. Doch wurden diese Zwistigkeiten ausgetragen, als gälte es, für einen Gott zu kämpfen!

Ein solcher Fremdling war ich im Haus der Abgeschlossenen, daß ich am Anfang nicht einmal wußte, auf welche Weise die kleinen Königinnen erkoren wurden und wie viele von ihnen die Töchter unserer edelsten Geschlechter waren. Denn die einzige Person, die mir Kunde davon hätte geben können, ihre Aufseherin – eine würdige Dame, hoch an Jahren –, war soeben verschieden.«

»Es mißfällt mir, wie du den Harem beschreibst«, meinte Hathfertiti. »Da ich selbst nie im Haus der Abgeschlossenen war, vermag ich mir kein Bild von ihm zu machen. Und wahrhaftig«, sprach meine Mutter verärgert, »man sieht keine Gesichter in deiner Rede; nichts, woran unsere Augen sich weiden könnten.«

Mein Urgroßvater zuckte mit den Schultern.

»Du wirst doch nicht müde sein«, sagte Ptah-nem-hotep, »nun da wir uns den Geschichten von der Liebe nähern, die uns alle so viel mehr in ihren Bann schlagen als die Begebenheiten des Krieges?«

»Nein, müde bin ich nicht, großes Zwei-Haus. Dennoch zögere ich. Es ist nicht leicht zu beschreiben. Denn dies war das sonderbarste Jahr meines Lebens. Weißt du, daß ich nie zuvor ein Zuhause besessen? Nun hatte ich eines – in den Gärten –, und Bedienstete betreuten es für mich. Es stand mir frei fortzugehen, wann immer ich wollte. Wenn ich es wünschte, konnte ich meine Freundinnen besuchen, die außerhalb der Gärten wohnten. Dennoch glich ich einer Kreatur im Griff von Schwarzkupfer-vom-Himmel. Ich wagte es nicht, mich von den Gärten zu entfernen. Mir schien, als werde alles, was ich nun zu erlernen versuchte, in dem Augenblick verbleichen, da ich durch das Tor auf die lauten Straßen von Theben träte. Auch war meine Freiheit so groß nicht. Denn da war das unausgesprochene Gebot von Usermare-Setpenere. Ich wußte, er wünschte seinen Gouverneur vorzufinden, selbst wenn er zu unerwarteter Stunde erschien.

Mehr noch. Ich hatte all die Jahre meines Lebens bis zu dieser Stunde zu bedenken.« Mein Urgroßvater schien traurig. »Ach«, sagte er mit einem Seufzer, »die Vögel brauchen Bewegung«, und er winkte in die Richtung des nächsten Käfigs. Die Glühwürmchen blieben schlaftrunken. In ihrem Gelaß, hinter dem feinen, durchsichtigen Leinen, sah ich kaum eine Bewegung.

Mein Urgroßvater sprach nicht mehr, und wir verharrten in Schweigen. In dieser Nacht hatte ich seiner Stimme schon so lange gelauscht, daß es nicht nottat, sie noch länger zu hören. Ich sah alles vor mir, wovon er gesprochen. Und wovon er jetzt schwieg – er konnte es verschweigen, denn ich schaute die Bilder mit größerer Klarheit, als wenn er sie uns beschrieben hätte. Ich sah die Gärten des Hauses der Abgeschlossenen, sah die Frauen, wie sie in seinen Gedanken erschienen. Als stünde ich in diesen Gärten an einem heimlichen Ort und belauschte die Gespräche der kleinen Königinnen. Und ich sah meines Urgroßvaters Gesicht, wie es damals gewesen. Doch brauchte ich nun meine Augen nicht länger offenzuhalten. Denn seine Gedanken wurden so machtvoll, daß ich nicht nur die Stimmen der kleinen Königinnen vernahm, sondern auch die seine: Sie vibrierte in mir wie die stärkste Saite einer Laute.

Ich lag auf weichem Pfühl. Den anderen schien ich zu schlafen, und wahrhaftig fühlte mein Körper sich wohl wie in wirklichem Schlummer. Meine Augen hielt ich geschlossen bis auf einen kleinen Spalt der Lider. Und ich war imstande zu schauen, wie ich niemals geschaut. Ich hatte mich verwundert über die Malereien der Götter an den Wänden der Tempel und Grüfte, in die meine Mutter mich geführt. Denn ihresgleichen begegnete mir nicht auf den Straßen und Plätzen. Nie jemand mit einem langen Vogelschnabel wie Thoth, nie jemand wie Sebek, der Gott mit dem Kopf eines Krokodils. Dennoch begriff ich, daß es Stunden gebe wie diese, da das Haupt eines Menschen mehr Gesichter trug als eines: Indes ich ihn betrachtete, wandelte mein Urgroßvater sich zu jenen Menschen, an die er dachte. Und ich ward ein Zeuge seiner Geschichte. Als seien diese Menschen im Raum, als könnte ich mich unter sie mischen, hätte ich nicht die Muße meiner Glieder so sehr genossen.

Diese Gedanken schienen nicht mehr meiner Kindheit anzugehören. Eher waren sie die größere Klugheit eines Mannes von zwanzig Jahren. Doch dies verdankte ich – so nehme ich an – den Wachträumen meines Urgroßvaters. Durch sie wandelte sich der Innenhof des Pharaos bald zu vielen Räumen. Und nichts darin besaß eine feste Gestalt. Wo ich zuvor eine Liege erblickt, schaute ich nun eine Straße. Aus dem Bogen zwischen zwei Säulen ward das große Tor, das Menenhetet am Eingang zu dem Bezirk des Hauses der Abgeschlossenen sah. Ich erblickte die zwei steinernen Löwen zu beiden Seiten des Tores. Und wußte (denn mein Wissen von den Gärten der Abgeschlossenen war so groß oder so gering wie das von Menenhetet in seinen ersten Tagen dort), daß ein Ort flußabwärts, genannt Löwenstadt, sie dem Pharao zum Geschenk gemacht. An jenen Marmortieren vorbei ging ich hinein in die Gärten. Und ich gewahrte die prächtigen Leiber der vier schwarzen Eunuchen, die das Tor bewachten. Goldhelme trugen sie, und ihre Zähne waren weißer als das Leinen des Pharaos.

Auf dem Haremsgelände gab es so viele Bäume und so viele Blumen, wie ich sie nie zuvor gesehen. Rot und güldenes Grün, auch Violett und Rosa und Scharlachrot. Und Blütenblätter, so sanft wie die Lippen der kleinen Königinnen. Nie zuvor war mir eine solche Farbenpracht zu Augen gekommen. Gab es doch auch noch jene schwarzen und gelben Brücken mit den goldenen Pfosten und dem silbernen Geländer: die Brücken, die Teiche überwölbten. Grünes Moos bedeckte die Ufer, smaragdgrüne Zier.

Nein, noch nie hatten meine Augen soviel Schönheit erschaut. Und wann hätte ich je soviel Düfte wahrgenommen? Von den Blumen und den Obstbäumen strömten sie herbei, und selbst der blaue Lotos schien süßen Geruch auszuatmen. Dies war wahrhaft ungewöhnlich, da er eigentlich geruchlos war. Und ich begriff erst, als ich schwarze Eunuchen auf dem Boden knien sah: Sie bepinselten den blauen Lotos (und auch andere Pflanzen) mit duftenden Ölen – was Wunder also.

Dattelpalmen ragten allenthalben, und so üppig wuchsen die Obstbäume, rankte der Wein, daß ich vor Blattwerk und Zweigen den Himmel nicht sah. In dem Schatten der Gärten lag nur ein Widerschein vom Lavendellicht des Abends.

Vögel flogen von Baum zu Baum und glitten über die königlichen Palmen dahin. Enten schwammen in den Teichen, bronzefarbene Enten mit Flügeln wie Safran und Granat, und ein schwarzer Schwan mit leuchtend rotem Schnabel, Kadima genannt nach einer von den kleinen Königinnen, der schwarzen Prinzessin Kadima-von-Nubien.

Noch nie hatte ich so viele Vögel gesehen. Aus Himmelsfernen mußten sie das grüne Auge dieser Gärten erspäht haben. Und sie kamen in Pracht und kamen in Fülle und mit einem solchen Tumult von Stimmen, daß Menenhetets Worte, hätte er noch gesprochen, darin untergegangen wären.

Denn sie alle, die Gänse und die Kraniche, die Flamingos und die Pelikane, die Spatzen, die Tauben, die Schwalben, die Nachtigallen und die Vögel von Arabien (pfeilschnell, jedoch nicht größer als Schmetterlinge) bedeckten den Rasen, lagerten sich in den Sümpfen und im Gezweige. Um mich war das Sirren und Flappen, der Trommelschlag von Vogelschwingen, bis die Macht ihrer Sprache gleichsam aus *meiner* Brust drang wie ein lange verhaltener Atemzug. Schwärme stiegen auf in einer Wolke von Schwingen; Schwärme ließen sich am Boden nieder. Andere Vögel trugen über den Palmen ihre Kämpfe aus, und ihr kriegerisches Geschrei drang zu uns herab. Königsfischer und Falken schwangen sich empor. Raben zogen ihre Kreise. Und unter ihnen schwirrten die kleineren Vögel, voll von dieser und jener Kunde. Es war, als werde alles, was sich in unserem Harem und in unserer Stadt begeben, von Vogel zu Vogel weitererzählt. Mitunter waren die Gärten so laut wie ein Marktplatz.

Dann, als wüßten die Blumen die Luft zu beruhigen, trat ein tiefer Friede ein. Süße Vogelstimmen tönten; die Kühle des Tages war zu spüren und das Murmeln des Wassers. Wir konnten dem Plätschern eines Baches lauschen, der vom See der Gazelle gespeist wurde. Unter den Liedern und Zänkereien der Vögel war ein stetes Pumpen von Schadufs zu hören. Teichwasser wurde in ein Bachbett geschöpft, das es weiterführte zu einem anderen Teich. Mein Ohr empfand es zu dieser späten Stunde, an der Schwelle des Schlummers, als herrlichen Ton, beruhigend wie der Schlag meines eigenen Herzens.

Die Bäche waren betörend schön. Das Wasser floß über glasierte Ziegel und über Edelsteine, welche in sie eingelassen. Die Bäche spiegelten all die Farben der Steine. Ich sah Bäche, rot wie Rubin, auch violette und einen güldenen Wasserfall, wo die Strömung hinsprudelte über Platten von Gold. Ich sah Bäche mit einem Perlmuttbett und eine Grotte, die rosig war wie die sinkende Sonne, wenngleich hier tiefe Schatten lagen. An diesem Ufer gewahrte ich auch, da kein Licht auf das Wasser fiel, wie die Fische vorbeischwammen. Keiner war größer als mein Finger, und alle kehrten sie um, sobald ich die Hand senkte: Elritzen silbern wie Mondenschein. Ich hätte schwören mögen, daß sie die Gärten kühlten mit ihrem Silberlicht.

An einem Teich standen keine Bäume. Ihn säumte ein Rasen von der Grüne des Mooses. Schwarze Eunuchen bewässerten ihn. Während der Mittagszeit war es hier zu heiß, jedoch in der Dämmerung angenehm kühl. Dann saßen die kleinen Königinnen gern auf goldenen Stühlchen, die ihre Bediensteten gebracht, und schauten dem Vorbeiziehen von Kadima zu. Der Schwan wählte ebenfalls die Dämmerung für sein Erscheinen, als wolle er sehen, wie der Himmel in Nacht versank und die Vögel zur Ruhe kamen. Dann konnten auch die Eunuchen von ihrer Arbeit bei den Schadufs lassen. Die Wassereimer stiegen nicht mehr. Die kleinen Königinnen hoben die Blätter von ihren Fruchtschalen. Der Duft von Birnen mischte sich in die Wohlgerüche der Blumen. Und die Federn des Schwanes hoben sich und hinterließen gleichsam Kräusel in der dunkelnden Luft.

So wußte ich denn, daß die Stunde gekommen, da die kleinen Königinnen unruhig wurden. Manche begaben sich zu einem Bad im See; andere gingen zurück in ihre Häuser, zu ihren Bediensteten und zu ihren Kindern. Und bald war die Nacht erfüllt von Lautenklang und vom Lachen ihrer Spiele. Einige kleine Königinnen hoben zu zechen an wie jede Nacht.

Menenhetet schritt durch die Gärten, folgte dem Bachlauf von Teich zu Teich. Da die Eunuchen nicht mehr die Schadufs drehten, war das Wassergemurmel verstummt. Dunkel lag die Fläche, bis auf jenen Bach mit dem güldenen Bett. Dort schimmerten im Mondlicht die seichten Stellen, poliertem Kupfer gleich. Menenhetet sah im Vorübergehen die silbernen Elritzen, und er hörte die Musik und die Fröhlichkeit der zechenden kleinen Königinnen.

Dann blieb er stehen bei dem Bach mit dem güldenen Bett. Es machte ihn frösteln, das ferne Geplapper der kleinen Königinnen. Aus ihren Stimmen klang eine dunkle Untreue, eine Neigung zueinander ohne jede Ehrfurcht vor Usermare. Wahrhaftig, es klang, als freuten sie sich seiner Abwesenheit! Und auch in Menenhetet regte sich Untreue.

Sein Atem ward leise, leise wie das Wasser. Er fühlte sich krank vor Verlangen nach den kleinen Königinnen. Es war so stark wie die Scham, allein mit so vielen Weibern zu sein. Nicht einmal ein

Knabe von mehr als zehn Jahren war nahe. Denn in diesem Alter wurden die Kinder, die hier geboren, den Priestern zum Unterricht geschickt. Er hörte nur die Stimmen von Weibern, welche keinen Gatten, keinen Freund, keinen Liebhaber hatten als den Guten und Großen Gott Usermare. Schlimmer noch. Um ihn waren all die Eunuchen mit ihren schwarzen und schönen Muskeln. Durch diese übten sie einen Reiz der Verführung auf alle aus: auf die hundert Weiber und auf Menenhetet. Seine Lenden schmerzten, seine Kehle schnürte sich zu. Und sein Mund war so hungrig, daß er es nicht ertrug, durch die Fenster zu schauen, die kleinen Königinnen zechen zu sehen. Wie ein Pferd, das in der Dunkelheit der Nacht beim Rascheln eines einzigen Blattes ein mörderisches Raubtier zu hören vermeint, so erschrak er bei jedem Windhauch. Zu dieser Stunde waren überall in den Gärten Eunuchen, einander liebkosend mit ihren Fingern und mit ihren Mündern, und Menenhetets Fleisch war entflammt. Verlangen nach Befriedigung überkam ihn gleich dem Drang nach Gemetzel, der die Schlacht begleitet. Und dennoch, niemals durfte er einem Eunuchen sich nahen. Sie plapperten alles aus wie Kinder. Jeder Offizier würde es erfahren: Hundert Königinnen war er nahe, und einem Eunuchen wohnte er bei! Menenhetet schritt durch die Gärten wie der Geist einer Wache, der nicht lassen kann von seinen abgelebten Soldatenpflichten.

Einfacher war es des Morgens. Die kleinen Königinnen sangen, während sie einander kämmten. Auch spielten sie mit ihren Kindern und erteilten den Bediensteten Weisungen. Da sie selbst den Palast nicht verlassen durften, schickten sie das Küchengesinde auf die Märkte. Und schalten die Ärmsten gewaltig aus, wenn diese zähes Fleisch oder schlechtes Gemüse brachten.

Gegen Mittag speisten die kleinen Königinnen, mal diese bei jener, mal jene bei dieser; und sie tauschten Geschenke, schmückten einander mit Blumen oder sangen neue Lieder. Und sie richteten ihre Lieblingstiere ab, Windspiele und Katzen und Vögel. Sie erzählten sich Geschichten (Familiengeschichten zumeist) und unterrichteten ihre Kinder. Die Namen der Götter wurden genannt, jene der fünf Sinne, jene der vier Himmelsrichtungen, jene der Stunden des Tages und der Stunden der Nacht.

Am Nachmittag, nach dem üblichen Verdauungsschläfchen, sprachen die kleinen Königinnen gern über ihre Zauberbücher und über die Rezepte für die richtige Mischung von Parfümen oder Kosmetika – und von vielem anderen noch. Und wenn dann die Dunkelheit sank, begannen sie, auf Usermare zu warten.

Mitunter erschien er just um jene Stunde, da der frühe Mond auf seinen glänzenden Triumphwagen fiel, und manchmal sah Menenhetet, daß die Königlichen Läufer ihm durch die Straßen vorauseilten und seitlich auf die Knie stürzten und die steinernen Löwen küßten, indes das Tor aufschwang. Nunmehr jagte *er* herein, hinter sich zwei Kompanien der Königlichen Wache, überdies den Fächerträger, den Standartenträger, die Träger der Amtsinsignien und viele, viele mehr.

Es gab Nächte, wo man genau wußte, daß er kam; es gab andere, wo die kleinen Königinnen voll Anspannung warteten und er dennoch nicht erschien. Hatten ihnen ihre Götter nicht Zeichen gegeben, daß die Gelegenheit günstig sei? Augenscheinlich hatten *andere* Götter Knüppel dazwischen geworfen. Oder lag es daran, daß die Gebete mit undeutlicher Stimme gesprochen worden waren?

Da gab es kleine Königinnen, die sich dreißig Tage lang Abend für Abend für den König putzten und von ihm nie auch nur eines Wortes gewürdigt wurden. Am Ende glichen sie Soldaten, die eine furchtbare Niederlage erlitten. Sie dachten kaum noch daran, dem König ihre Reize zu beweisen – manche versuchten es nie wieder.

In den Gärten der Abgeschlossenen gab es kleine Königinnen, welche *seine* Herrlichkeit seit zehn Jahren oder länger nicht geschaut; sie gaben sich damit zufrieden, einer der anderen kleinen Königinnen zu dienen, welche eine Zeitlang in der Gunst des Pharao stehen mochte.

In der trockenen Jahreszeit (nachdem Menenhetet seit vielen Monaten Wächter war über das Haus der Abgeschlossenen) kam Usermare eines Nachts so spät, daß die enttäuschten Frauen bereits im See badeten. Er war betrunken. Nie zuvor hatte Menenhetet ihn in einer solchen Verfassung gesehen.

»Schon drei Nächte lang«, sagte Usermare, »bin ich vom Kolobi berauscht. Ein stärkeres Gebräu gibt es wohl in ganz Ägypten nicht. – Trink Kolobi mit mir«, befahl Usermare, während er durch die Tore drang; und Menenhetet verneigte sich und erwiderte: »Eine größere Ehre könnte mir nicht zuteil werden.« Sodann leerte er den gefüllten Kelch. »Fällt es schwer, das Getränk zu schlukken?« wollte Usermare wissen, und als Menenhetet nicht antwortete: »Hat, was ich sage, einen üblen Geruch? Trink!«

In dieser Nacht ging Usermare hinab zum See (zum erstenmal, seit Menenhetet hier war), und er überraschte einige der kleinen Königinnen, wie sie beim Schein des Mondes badeten und fröhlich herumtollten, während am Ufer, ihre Gewänder in den Händen, die Eunuchen warteten.

Erschrocken schrien sie auf, die Königinnen (ein Quieksen wie aus *einem* Mund), und sie schienen sich im Wasser verbergen zu wollen. Usermare lachte und lachte, und sein branntweinschwerer Atem füllte die Luft.

»Kommt heraus und ergötzt mich«, sagte er. »Ihr habt lange genug gespielt.«

So kamen sie denn zum Ufer, und im Schein des Mondes sahen manche schöner aus als selbst im Licht der Sonne. Diese und jene zitterte. Einige der kleinen Königinnen, die allerscheusten, hatten seit Ewigkeit nicht mehr Usermares Nähe gespürt. Andere hingegen hatten ihm dann und wann als Gefährtin gedient; Heqat zum Beispiel (nach der Göttin der Frösche benannt) oder jene jetzt so Rundliche, die den Namen Wonnekugel trug: Sie war, bevor ihr die kleine Zehe abgetrennt wurde, sogar eine der Favoritinnen gewesen.

Nun verneigte sie sich vor ihm, und in ihren Augen blitzte es, als sei das Weiß darin heller als das hellste Linnen. Und wenn man ihre Haltung sah, eine Haltung von wahrhaft königlicher Art, vergaß man ihre Fettleibigkeit. Imposant wirkte sie mit ihren mächtigen Hüften.

Jetzt standen sie alle am Ufer, und die Eunuchen rückten goldene Stühle herbei, damit die kleinen Königinnen darauf Platz nähmen, im Halbkreis um den Pharao. »Wer will mit mir Kolobi trinken?« wollte Usermare wissen, doch nur Wonnekugel streckte die Hand vor, um den Becher zu nehmen und zu trinken.

»Erzählt mir Geschichten«, sagte Usermare. »Seit drei Tagen trinke ich dieses Zeug, doch hätte ich besser daran getan, das Blut eines Toten zu trinken. Wenn ich morgens erwache, will mir der Schädel platzen, als wüte ein Geist darin, doch welcher Geist, das weiß ich nicht.«

Sein schwerer Atem schwängerte die nächtliche Luft, und zweifellos besaß seine Lunge die Kraft, Feuer zu speien; doch die kleinen

Königinnen hockten verschüchtert, die Kehlen gleichsam voll unsichtbarem Rauch.

Die erste, die sprach, war Mersegert, zierlich von Gestalt und laut von Stimme. Diese kleine Königin trug ihren Namen nach der Göttin des Schweigens, doch konnte sie nie den Mund halten. Waren die anderen stille, so drängte sie sich vor, eilfertig und beflissen zu plappern. Und jetzt wollte sie die Geschichte von einem armen König erzählen, der mitsamt seinem Pferd durch die Dunkelheit irrte, denn es stand kein Stern am nächtlichen Himmel. »O du, Der-große-Freude-bringst-zu-dem-Altar-zwischen-den-Schenkeln-der-schönen-Weiber, höre mich an und meine Geschichte«, sagte Mersegert mit ihrer sonderbaren Stimme. Sie sprach durch die Nase, und es klang wie eine Weise, die jemand dürftig auf einer Rohrflöte bläst. »Dieser König war unglücklich und er war arm.«

»Welches Landes König war er?« fragte Usermare.

»Eines Landes fern im Osten«, entgegnete Mersegert.

»Nun denn. Erzähle deine Geschichte.«

»Der König vermochte in dieser Dunkelheit kaum die Hand vor seinen Augen zu sehen«, sprach Mersegert. »Er wußte nicht aus noch ein. Doch plötzlich gewahrte er unter den Hufen seines Pferdes den Himmel. Und nun auch die Sterne. Der König schwang sich von seinem Pferd, und siehe, er stand im Himmel und hatte die Sterne unter seinen Füßen. So kniete er denn nieder und hob einen Stern auf. Und er sah, daß es ein Edelstein war, in dem ein Leuchten wohnte wie von einem Gott. Nun sammelte der König eine Fülle von Steinen, und ihr Licht geleitete ihn in seine Lande, und er war wieder reich.«

Usermare rülpste laut in die Stille. »Ich will eine bessere Geschichte hören«, sagte er und betrachtete mit schwimmenden Augen die Frauen auf den goldenen Stühlen. »Nun, wen haben wir hier? Ich sehe Harmonie und Weißlinnen und Nilpferdchen« – er nickte Wonnekugel zu, und einige kleine Königinnen kicherten über diesen neuen Namen, den er ihr gab. »Und ich sehe Nubty und Amentit und Heqat. Ja, und Kaninchen. Kaninchen, weißt du eine Geschichte?«

Kaninchen war die größte von den kleinen Königinnen, auch eine der jüngsten und scheu. Sie schüttelte wortlos den Kopf. »Und du, Oase, was kannst du mir erzählen?« Diese kleine Königin hieß eigentlich Bastet – nach Bast, der Göttin aller Katzen. Doch waren ihre Augen wundersam schön und glichen zwei Brunnen in einer Wüstenei, so daß ein jeder sie Oase nannte.

Oase seufzte. Ihre Stimme war herrlich, und sie sprach von den neun Malen, die der Mond zur Völle sich runden muß, ehe ein Kind geboren werden kann, und von den neun Pforten im Leib der Mutter, in die das Kind eintreten und durch welche es austreten muß, und es war wohlgesprochen. Usermare-Setpenere jedoch war über die Maßen gelangweilt. »Halt ein«, sprach er zu Oase. »Ich will hiervon kein Wort mehr hören.« Ein Schweigen senkte sich über alle. Usermare trank Kolobi.

»Hegat, ergötze mich«, sagte er. Und rülpste wieder. Die kleinen Königinnen kicherten. Doch lachten sie voll Scheu, wenn nicht in Furcht, hatte Usermare doch so viel getrunken, daß niemand wissen konnte: würde Heiterkeit ihn besänftigen – oder erzürnen.

»Du Großer und Edler«, sagte Heqat, »ich möchte dir eine Geschichte erzählen, welche dir nicht mißfällt.«

»Dann erzähle mir keine Geschichten von Fröschen. Du gleichst viel zu sehr selbst einem Frosch.«

Stets sprach Usermare in eben dieser Art zu Heqat. Ihr Anblick schien ihm unerträglich zu sein. Zweifellos war sie die häßlichste der kleinen Königinnen – eine besonders häßliche Frau schlechthin.

Jetzt, am nächtlichen Ufer des Sees, sprach Heqat: »In Syrien, östlich von Tyrus, herrscht die Sitte des Brautkaufs. Die schönsten Frauen erzielen einen guten Preis, doch bei den häßlichen, die niemand haben will, muß der Vater der Braut an den Bräutigam zahlen. Und der Vater der allerhäßlichsten ist übel dran. Er muß tief in die Tasche greifen.«

Die Geschichte schien Usermare gefangenzunehmen. Aus den Mündern der kleinen Königinnen klang Gemurmel. »Es geschah«, sagte Heqat, »daß es dort ein Weib gab, so häßlich, daß es ihrem frischvermählten Gatten übel wurde, wenn er sie nur anschaute. Doch bald schon erschien ihr im Traum die Göttin Astarte, und diese sprach: ›Schönheit langweilt mich. Ich finde sie gewöhnlich. Und so richte ich mein Augenmerk auf dich, armes, häßliches Mädchen, und biete dir diese Zauberworte. Sie werden deinen Mann und deine Söhne schützen vor allen Gebrechen außer vor jenen, welche ihnen zum Tode bestimmt.‹ Und Astarte entschwand. Der Gatte dieses häßlichen Wesens indes gewann so sehr an Manneskraft, daß er ihr, der Häßlichen, allnächtlich beischlief; und sie zeugten viele vor Gesundheit strotzende Kinder. Dann starb der Mann an jener Krankheit, welche ihm zum Tode bestimmt, und die Frau ließ sich wieder versteigern. Doch wußte man nun ganz allgemein um ihre besonderen Qualitäten, und so erzielte sie einen höheren Preis als die Allerschönste unter den Schönen. So wurde an jenem Tag auf den Kopf gestellt, was bis dahin als Prinzip der Schönheit galt. In meinem Vaterland kann man die schönen Frauen von den häßlichen nicht mehr unterscheiden, und man empfindet auch vor langen Krummnasen Achtung.«

Sie neigte den Kopf; ihre Erzählung war zu Ende. Etliche der kleinen Königinnen begannen zu kichern, doch Wonnekugel brach in lautes, vollkehliges Gelächter aus. Ob es dem Pharao gefiel?

»Trink mehr Kolobi«, sagte Usermare. »Nimm einen guten Zug. Du bist als nächste mit dem Erzählen an der Reihe.«

Wonnekugel verneigte sich, und obschon sie um die Hüften so fett war wie zwei andere Weiber zusammen, brachte sie es fertig, ihren Kopf bis zu den Knien zu beugen.

»Ich habe«, sprach sie, »von einer Göttin mit rosenfarbenem Haar gehört. Niemand kennt ihren Namen.«

»Eine solche Göttin würde ich gerne sehen«, sagte er, und seine Stimme klang genauso kraftvoll wie ihre.

»Großer Ozymandias«, sprach sie und nannte ihn mit einem kaum merklichen Hauch von Spott bei jenem Namen, welchen die Völker des Ostens für ihn hatten, »würdest du diese rosenfarbene Göttin mit eigenen Augen schauen, so könnte sie deiner Umarmung nicht mehr entkommen und wäre keine Göttin mehr, sondern ein Weib gleich jeder von uns.«

Die kleinen Königinnen kicherten vergnügt. Die Schmähung war so listig im Kompliment verborgen, daß Usermare offen gar nicht Anstoß nehmen konnte. Und so sagte er nur: »Erzähle deine Geschichte, Nilpferdchen, bevor ich's mir einfallen lasse, dein Bäuchlein zu quetschen, bis das Seeufer von Fett überläuft.«

»Tausend und aber tausend Entschuldigungen, daß ich deine Ergötzung verzögert«, sprach Wonnekugel. »Oh, großer Ozymandias, die Haut dieser Göttin mit dem rosenfarbenen Haar war wundersam weiß, und sie liebte es, im Allergrünsten Gras zu liegen. Eines Tages kam ein Schäfer daher, schön auch er und stärker als alle anderen Männer. Kaum daß er sie sah, begehrte er sie, doch sie sprach: ›Zuerst mußt du hier in meinem Teich mit mir ringen.‹ Er fragte, wie im Scherz: ›Und falls ich verliere?‹ Dann müsse er ihr eines seiner Schafe geben, erwiderte sie. Der Schäfer packte sie beim Haar und zog sie an sich, und ihr Schopf duftete so süß wie Rosen, doch riß sich der Mann an den Dornen in ihrem Haar die Hände blutig. Nun packte sie ihn bei den Schenkeln und warf ihn zu Boden und hockte sich über sein Haupt. Da entdeckte er Dornen im Dickicht jenes anderen Waldes. Oh, sein Mund blutete, bevor sie ihn losließ. Er mußte ihr ein Schaf geben. Am folgenden Tag trat er abermals zum Kampf an und verlor wieder und gab ihr ein weiteres Schaf. Tag für Tag kämpfte er, bis sein Mund eine einzige Wunde war und seine Herde verloren.«

Und Wonnekugel begann, lauthals zu lachen, hallend, schallend, mit mächtiger Stimme; und sie steckte alle mit ihrem Gelächter an; zunächst stimmten, eine nach der anderen, die kleinen Königinnen ein; dann konnten sich selbst die Eunuchen nicht länger beherrschen – alle schienen hingerissen von dieser Geschichte.

Der allgemeinen Heiterkeit konnte sich auch der König nicht entziehen. Ja, er lachte, trank einen Schluck (Menenhetet spielte bereitwillig den Mundschenk) und reichte den Becher dann Wonnekugel. »Ma-Khrut«, sagte er, »die-du-von-wahrer-Stimme-bist.« Und plötzlich wußte Menenhetet, daß dies ihr Name gewesen war, als sie noch schlank gewesen und schön (sonst wird nur Hohenpriestern mit großer Gebetsgewalt eine solche Bezeichnung zuteil). Ja, Ma-Khrut nannte er sie, die nun schon lange den lächerlichen Namen Wonnekugel trug: du-die-du-von-wahrer-Stimme-bist.

Und sie sprach: »Usermare-Setpenere, wenn meine Rede Klarheit besitzt, so aus Achtung vor dem Klang deines Namens.«

Die kleinen Königinnen murmelten zustimmend. Auch nur einen von Usermares vielen Namen auszusprechen (so hieß es), genügte, um die Erde zu erschüttern.

»Gut«, sagte er. »Ich will nur hoffen, daß du meinen Namen stets mit Sorgfalt gebrauchst. Es wäre mir gar nicht lieb, auch von deinem anderen Fuß einen Zeh abtrennen zu müssen.«

Jäh erstarb das Gelächter der kleinen Königinnen, und Wonnekugel saß für einen Augenblick wie erstarrt. »Oh, Sesusi«, murmelte sie, »dann würde ich ja doppelt so dick werden wie ich jetzt schon bin.«

»Und kein Bett im Hause der Abgeschlossenen wäre stark genug, dein Gewicht zu tragen«, erwiderte er.

»Dann wird es eben kein Bett mehr geben«, sagte sie, und wieder war in ihren Augen jenes eigentümliche Blitzen.

In dieser Nacht war Menenhetet tief von ihr beeindruckt. In nichts glich sie jenem fettleibigen Wesen, das schlaff und schlapp einher-zuwatscheln pflegte, geplagt von der schieren Last ihres Körperge-wichts.

Auf goldenem Gestühl saß sie, hier in dieser Nacht am See – viel zu schmal für ihr mächtiges Gesäß, und doch: Wie majestätisch wirkte sie, die Große Königin, zumindest in dieser Stunde.

»Erzähle noch eine Geschichte«, sagte Usermare. »Und erzähle sie gut.«

»Wie du es gebietest, Großer Ozymandias«, sprach sie. »Und wenn sie nicht gut ist, will ich mich aus freien Stücken von einem meiner Finger trennen.« Einige der kleinen Königinnen lachten hellauf über diese Kühnheit – am meisten Nubty, die kleine Göttin des Goldes. Sie trug diesen Namen, weil sie kürzlich begonnen, sich goldene Perücken auf ihr Haupt zu setzen, Perücken von Luchshaar, mit Gold bestäubt. Wollte sie doch, daß der Pharao das Ebenbild von Rama-Nefru in ihr sähe. Zumindest behaupteten dies alle.

»Erzähle mir eine lange Geschichte«, sagte Usermare. »Denn ich liebe es, lange Geschichten zu hören.«

»Wohlan«, sprach Wonnekugel. »Es ist dies eine Geschichte von zwei Zauberern.« Ihre Rede glich einem Wind, der die Vögel trägt, selbst mit reglosen Schwingen, so voll und stark und tönend. »Der eine wurde Horus aus dem Norden genannt. Schon bevor er geboren, war es ihm verstattet, zu Füßen von Osiris zu schlum-mern.

Der andere wurde Horus aus dem Süden geheißen. Seine Haut war schwarz, und seinen Namen hatten ihm nubische Priester gegeben, welche aus dem Tempel des Amon beim Ersten Katarakt eine Vielzahl Papyrusrollen gestohlen. Diese nahmen sie mit in den Dschungel und grübelten über ihnen und übten sich an die tausend Jahre und erlangten schließlich eine große Weisheit. Dann wurden sie die Lehrer jenes schwarzen Zauberers Horus aus dem Süden. Bis es geschah, daß dieser sich aufmachte nach Theben, den Pharao zu schrecken.«

»Welchen Pharao?« fragte Usermare.

»Großer Geliebter der Sonne, ich darf es dir nicht sagen. Sonst brächte ich Unglück über Ägypten.«

Usermare schien erzürnt, doch wagte er nicht, auf dem Namen des Pharao zu beharren. »Fahr fort mit deiner Geschichte, Ma-Khrut. Ich werde sehen, ob sie mir gefällt.«

Ein weißer Schmetterling gaukelte in der Dunkelheit über den Köpfen der Frauen, und in solcher Stille ruhte der See, daß Menenhetet den Schlag seiner Flügel zu hören vermeinte.

»Auf seinem Weg zum Hofe, dem weiten Weg von Nubien nach Theben, nahm Horus aus dem Süden Abend für Abend eine Seite von seinem Zauberbuch und löste sie auf in Wein. Mit diesem Trank stärkte er sich, und die Zauberworte durchdrangen ihn und blieben haften im Innersten seiner Gedanken. Hierdurch erlangte er eine Weisheit, schier unbezwinglich. An dem Tag, da er vor dem Palast erschien, leuchtete wahrhaft in seinen Augen der geheime Name von Ra. Doch als Horus aus dem Süden Einlaß begehrte am Doppeltor, war da ein Wagenlenker und griff ihn. Denn es waren ihm viele nach Theben vorausgeeilt mit der Kunde, da nahe ein wunderlicher Nubier, und es gehe ein Ruch von ihm aus, ein Ruch von Zauberei. Die dieses Zeugnis ablegten, sprachen die Wahrheit. Man kann nicht gleichsam Zauberworte trinken, ohne nach Wurzeln der Erde und Felsen zu riechen.«

»Diese Geschichte gefällt mir«, sagte Usermare.

»Horus aus dem Süden sprach zu den Wachen: ›Keine Fessel vermag mich zu halten.‹ Er hob einen Finger, und der Strick, welcher seine Hände band, zerriß in Stücke, und diese krochen von dannen wie Gewürm.«

»Hast du dies mit deinen eigenen Augen gesehen?« wollte Usermare wissen.

»Großer Herr, ich schaute es im Traum.«

Usermare trank Kolobi und stieß seinen Atem aus. »Und nun seht *meine* Magie«, sagte er. »Selbst der weiße Schmetterling wird vom Feuer meines Mundes versengt.« Und wahrhaftig, der weiße Schmetterling geriet ins Taumeln über den Köpfen der Frauen. Die kleinen Königinnen kicherten.

Wonnekugel wartete, bis ihr Schweigen mächtiger wurde als das Geräusch, mit welchem Usermare seinen Kolobi trank. Dann sagte sie: »Da ihn keine Fessel zu halten vermochte, trat Horus aus dem Süden vor den Pharao und sprach: ›Ich bin Horus aus dem Süden. Ich bin über Ägypten gekommen wie eine Plage. Kein Zauberer hat Gewalt über mich. Ich werde dich fortführen ins Königreich Nubien, und du wirst meinem Volk zum Gespött sein.‹«

»Aiiiiigh!« quiekste eine der kleinen Königinnen. Wonnekugel indes ließ sich nicht beirren.

»Noch ehe der Pharao etwas erwidern konnte, kam aus dem Haus der Abgeschlossenen Horus aus dem Norden und sprach: ›Meine Zauberkraft ist nicht minder mächtig als jene Plage, die über Ägypten gekommen!‹ Der Pharao neigte sein Haupt zum Zeichen, daß er einen Wettstreit zwischen den zwei Zauberern wünsche. Doch seine Edlen baten ihn zu warten. Wußten sie doch nur, daß Horus aus dem Norden der Sohn einer der kleinen Königinnen sei. Mehr wußten sie nicht. Sie hatten ihn nicht schlummern sehen zu Füßen von Osiris im Lande der Toten. Allein der Pharao wußte es«, sagte Wonnekugel, und die kleinen Königinnen klatschten in die Hände, der Weisheit des Pharao ihren Beifall zu zollen.

»Horus aus dem Süden indes schien ohne Furcht. Er streckte seine leere Hand aus, und siehe, sie hielt einen Stab. ›Medu‹, sprach er, ›ist das Wort für *Stab*. Auch ist es das Wort für *Wort*. So schreibe ich denn mit diesem Stab ein Zauber*wort* in den Sand.‹ Und er murmelte, murmelte: ›Stab ist Wort und Wort ist Stab und Medu ist Medu. So möge denn Medu Medu zeugen.‹ Und mit der Spitze seines Stabes zog er ein Dreieck in den Sand. Sogleich schoß eine Flamme empor und loderte in der Luft mit solcher Gewalt, daß der ganze Hof zurückwich.«

Wonnekugel verstummte. Mit tiefem Ernst blickte sie Usermare an, ehe sie weitersprach: »Horus aus dem Norden jedoch stand auf und zog einen Kreis um den Pharao. Die Flammen loderten schwächer. In der anderen Hand des Zauberers aus dem Norden erschien nun ein güldener Becher, und ein Fingerbreit Wasser war darin. Horus aus dem Norden schleuderte die Tropfen in die Höhe, und sie gingen nieder als ein rauschender Regen und löschten die Flammen.

Horus aus dem Süden war jetzt naß wie der Fluß, der ihn hergetragen. Horus aus dem Norden und sein Pharao indes waren trocken.

Als jedoch all die Edlen zu lachen begannen, lachte Horus aus dem Süden hämisch zurück und malte, ohne zu zögern, die groben Umrisse eines Anus in die Luft: einen Kreis mit Speichen wie an den Rädern der Streitwagen, welche du erbeutet, großer Usermare. Und o Graus, o Graus! Denn in jenem Kreis erhob sich ein mächtiger Wind, ein Wind aus den nubischen Dschungeln. Und in ihm wehte der Gestank all der übelriechenden Winde, welche die Herren von Nubien entweichen ließen aus ihrem Gedärm, dem Hofe des Pharao ihre Verachtung zu zeigen.« Hier kicherten einige der kleinen Königinnen, gleichsam aus Versehen. Wonnekugel indes stellte sich taub gegen dieses Gelächter und fuhr fort mit ihrer Erzählung.

»Darauf kehrte Horus aus dem Norden die Spitze seines Stabes gegen sich selbst mit spiraliger Bewegung, und die Winde, welche der Nubier entfesselt, legten sich um den Stab wie ein fester Strang, aus Hanf gedreht. Und Horus aus dem Norden zog seinen Stab aus dem Strang, und die gebannten Winde gingen in Flammen auf.

Nun fletsche Horus aus dem Süden die Zähne. Sein Kopf ward häßlich wie der Kopf einer Schlange. ›Höre!‹ sprach er zum Pharao. ›Dein Hof wird deine Grabkammer sein!‹ Und er warf seinen Stab in die Höhe. Doch fiel dieser nicht nieder; nein, er blieb in den Lüften und breitete sich aus zu einer riesigen Platte von Stein. ›Dieses Dach wird stürzen‹, sprach Horus aus dem Süden zum Pharao, ›und es wird dich zermalmen, es sei denn, du kämest mit mir in das Land Nubien.‹

›Und was wird geschehen im Land Nubien?‹ fragte der Pharao.

›Du wirst dich auf die Knie werfen vor meinem Volk.‹

›Nie und nimmer‹, sagte der Pharao.

›So mußt du denn sterben.‹

In Bangigkeit harrten alle, was Horus aus dem Norden zu tun gedächte. Bleich war er, der Zauberer, doch verwandelte sich die Farbe seiner Augen in Silber, und er lächelte im Schatten des großen Steins, welcher die Sonne verfinsterte. Jetzt warf auch er seinen Stab in die Höhe. Und siehe, sein Stab ward eine Barke, welche in die Lüfte stieg und landete unter dem großen Stein und ihn, obschon mit Mühe, emporhob und weiter emporhob, bis er im Himmel entschwand.

Darauf sprach Horus aus dem Süden drei sonderbare Worte. Und sogleich wurde er unsichtbar. Doch dies gereichte ihm nicht zum Schutz. Denn Horus aus dem Norden sprach die gleichen Worte, nur sprach er sie rückwärts und zwang Horus aus dem Süden, wiederzukehren in die Sichtbarkeit. Dieser war nun ein Hahn mit gestutzten Flügeln. Angesichts einer solchen Lage konnte er nur das erschrecklichste Heulen und Wehklagen an-stimmen.«

»Und wie begruben sie ihn?« fragte Usermare.

»Oh, noch nicht, großer Sesusi. Horus aus dem Norden rief einen Soldaten herbei, daß er die Mannheit abschneide zwischen den Beinen des Hahnes. Jetzt erhob Horus aus dem Süden ein großes Geschrei. Er flehte den Pharao an, ihm nicht das Leben zwischen seinen Beinen zu nehmen.

›Ich will dich verschonen‹, sagte der Pharao. ›Doch mußt du es dulden, um Maats Ausgeglichenheit willen, daß ich aus all den Nubiern, welche ich gefangennehme, Eunuchen machen lasse. Gewährst du mir dieses Recht, mir und den Söhnen meiner Söhne, auf tausend Jahre?‹

Horus aus dem Süden weinte bitterlich. ›Ich bin verloren!‹ rief er. ›Und verloren ist ganz Nubien! Tu, was dir beliebt. Ich gelobe, nicht mehr nach Ägypten zu kommen auf tausend Jahre.‹

Der Pharao nickte, und Horus aus dem Norden gab ein Zeichen. Dem Hahn wuchsen Federn, und er flog davon. Doch war das Bein zwischen den Beinen aller gefangenen Nubier verloren, und sie dienten fortan dem Pharao und den Söhnen seiner Söhne im Haus der Abgeschlossenen.«

»Das ist die Wahrheit, ja, so kam es, daß wir nun hier sind«, sagten die Eunuchen der kleinen Königinnen. Und seufzten tief.

»Ist dies das Ende deiner Geschichte?«

»Nein, noch nicht ganz«, entgegnete Wonnekugel. Und wie um zu zeigen, daß viele Götter mit ihr waren in dieser Nacht, lag aller Schimmer des abnehmenden Mondes auf ihrem Gesicht, welches wiederum der Rundheit des vollen Mondes glich, und dies allzu sehr. Doch waren ihre Augen, ihre Nase und ihr Mund darin schön: groß und dunkel die Augen, edel die Nase und der Mund fein geschwungen und überaus zart für ein Weib von solcher Fülle des Leibes.

»Und was ist das Ende?« wollte Usermare wissen.

»O großer Sesusi«, antwortete Wonnekugel, »Seit der Zeit, von welcher ich sprach, sind mehr als tausend Jahre vergangen. Und nun kann es sein, daß Horus aus dem Süden bald wiederkehrt.«

»Falls dies so ist – wie kann ich dann Horus aus dem Norden finden?« fragte Usermare.

Wonnekugel zuckte mit den Schultern. »Laß mich ein Gebet zum Ka von Horus aus dem Norden sprechen. Vielleicht will der große Zauberer einen Nachfolger finden.«

Es war jetzt nicht mehr Wonnekugels Stimme, die in meinem Ohr klang, sondern die von Menenhetet. Ich fuhr hoch, als habe mich jemand bei den Haaren gezogen. So intensiv hatte ich seinen Gedanken gelauscht, daß seine Stimme mich aufschrecken ließ wie der Schrei eines wilden Tiers, welches in der Nacht um ein Zelt streicht.

»Kaum sprach sie von einem Nachfolger«, sagte mein Urgroßvater, »da fröstelte mich. Ich zitterte, obschon die Nacht lau war. Eine der kleinen Königinnen deutete auf mich und rief: ›Sag, warum ängstigt dich diese Geschichte?‹ Ich entgegnete, daß mir nicht bange sei, nur kalt. Doch mir *war* bange. Wonnekugel hatte mich des öfteren angesehen, und ich hatte mich erkühnt, ihren Blick zu erwidern. Und da war von ihr zu mir ein Gedanke gedrungen: ›Ich will dich ein wenig von dieser Zauberkunst lehren.‹«

# ZWEI

Nun, da seine Stimme gleichsam wieder an die Oberfläche seiner Gedanken emporgestiegen, wirkte mein Urgroßvater erfrischt, ja, verjüngt.

»In dieser Stunde seiner Trunkenheit«, sprach mein Urgroßvater, »brachte die Geschichte von den zwei Zauberern große Unruhe über Usermare. Denn wie ihr wißt, war es sein fester Glaube, daß er dereinst in den Gärten der Abgeschlossenen ermordet werden würde. Wirr klingt es, wenn ich nun sage, er hatte recht mit seiner Befürchtung, obschon sie sich nicht bestätigte. Gemeuchelt ward er nicht. Doch um ein Haar getötet in jenem Jahr, und dies durch mich. Gleichwohl wurde er alt. ›Alt wie Ra ist Ramses der Zweite‹, pflegten wir zu sagen, und ich war Hoherpriester in der letzten Zeit seiner Regierung. Er verschied wenige Jahre, ehe ich mein zweites Leben verlor. Ich entsinne mich noch seines Begräbnisses. Wie staunten die Kinder, daß Gott tot sei und dennoch die Sonne scheine! Siebenundsechzig Jahre war er Pharao über Ägypten. Doch nach jener Nacht gab es wohl keine Zeit, zu der Usermare ohne Furcht war vor der Wiederkehr von Horus aus dem Süden, obschon er noch dreiundvierzig Jahre herrschte.

Dies wußte ich damals natürlich nicht. In jener Nacht war kein Zeichen von Furcht an ihm. Im Gegenteil. Wonnekugels Geschichte schien nur seine Begehrlichkeit zu schüren. Und die war fast buchstäblich spürbar. In seinem Bauch wuchs ein Glühen, eine Glut. Und nun begannen die Eunuchen einen Singsang und klatschten sich rhythmisch auf die Schenkel, rasend schnell. Ich vernahm lautes Zirpen, selbst den Hufschlag von Pferden; und einer der Eunuchen verstand es sogar, mit über die Knie wirbelnden Fingerspitzen das Rauschen eines Baches und das Klatschen kleiner Wellen nachzuahmen. Zu dieser Begleitung entquollen Motten und Falter der Dunkelheit, und sie schlüpften durch unsere Ohren, als seien wir Wasserpflanzen, von Fischschwärmen umströmt.

Wonnekugel begann zu summen, und wieder klang ihre Stimme so tönend, daß ich die Frau, der sie gehörte, kaum wiedererkennen konnte. Wie gestaltlos wirkte dieses Weib doch sonst in ihren Gewändern. Aber in dieser Nacht schien sie umgewandelt. Als sie dem Wasser entstieg, war ihr sonst wabbliges Fleisch fest, und unverkennbar strahlte es Schönheit aus. Wie bei anderen Fettleibigen auch, erschlaffte ihr Leib, wenn sie unglücklich war, und straffte sich im Glück.

In dieser Nacht sang sie ein Lied von der Liebe eines Bauernmädchens für einen Schäfer, eine süße und unschuldsvolle Weise, und Usermare trank Kolobi und wischte sich die Augen. Wie viele Mächtige vergoß er gern ein paar Tränen, wenn's nur schön sentimental zuging. Doch nicht für lange. Auch hob Wonnekugel bald zu einem anderen Lied an. Zwar war die Melodie dieselbe, doch hatte der Schäfer nun kein Interesse an dem Mädchen, sondern vielmehr an der Hinterfront seiner Schäfchen, eine böse Ballade. Und Wonnekugel verschüttete Zähren, Zähren der Lust, indes die lustvolle Kreatur – das Schäfchen – sich nehmen ließ. ›Oh‹, stöhnte sie mit einer Stimme, die selbst Urahnen erweckt hätte. ›Oh‹, – und die Luft pulste. Usermare war nunmehr bereit. ›Komm‹, sagte er zu ihr. ›Du, Heqat, Nubty, Oase.‹ Und mit einer Stimme, welche sich nicht einmal mühte, seine auflodernde Glut zu verbergen, fügte er hinzu: ›Es soll im Hause von Nubty geschehen.‹ Und dann (als komme dieser Gedanke zu unversehens wie die Zunge eines Hundes, die ihm die Finger lecke) sprach Usermare: ›Begleite mich, Meni, bleib an meiner Seite.‹ Und er nahm mich bei der Hand, und so schritten wir gemeinsam.

Ich wußte inzwischen, daß diese hundert kleinen Königinnen keineswegs immer warteten, bis ihnen unser göttlicher Ramses seine Gunst bewies: Sie trieben es auch miteinander. Ich fand das widerwärtig, obschon mir dergleichen doch wohlvertraut war. Wir Knaben, die wir miteinander aufwuchsen, kannten es gar nicht anders, und einen kräftigen Freund nannten wir: Jenen-der-auf-meinem-Rücken-ist. Es gab nichts, das ich nicht gewußt hätte über andere Knabenkörper, wenngleich ich meinen Stolz darein setzte

466

(und auch stark genug war), nie einen anderen auf meinen Rükken zu lassen.

Dennoch schien mir der Gedanke unerträglich, daß es diese
Frauen miteinander machten; auch mißfiel mir, wie die kraft-
volleren der kleinen Königinnen die sanftmütigeren oft unter-
jochten.

In jenen Nächten, da der Pharao nicht erschien und das Tosen
seiner Paarungsgewalt also nicht alles übertönte, wurden andere
Geräusche hörbar: süße Seufzer, auch schrillere Laute; und Stöhnen und Keuchen; die Musik von vielen Frauen in vielen Gemächern. Und stets war, wenn die kleinen Königinnen so ihr Spiel
trieben, eine zugegen, welche zur Begleitung die Harfe zupfte.

In mir beschworen Geräusche und Klänge bestimmte Bilder herauf, und die Vorstellung, daß sie einander an ihren süßen Feigen
sich gütlich taten, brachte mein Blut in Wallung. Ganz anders
mein Herrscher. Jeder wußte, wie gern er den kleinen Königinnen bei ihren Spielen zuschaute. ›O ja‹, pflegte er zu sagen, ›sie
sind die Saiten meiner Laute, und sie müssen lernen, zusammen
zu vibrieren.‹

Mir allerdings kam es vor, als sei dies ein Teil des Unrats, der
mit der Flut heraufschwemmte, Gebrest und Pestilenz. Hieß es
denn nicht, die bösesten aller Plagen herbeibeschwören, wenn
ein Weib ein anderes mehr liebte als ihren Pharao? So schwirrten
die Gedanken in meinem Kopf, erfüllte mich meine Ergebenheit
für Usermare. Aber als ich nun, meine Hand in seiner, schritt,
wandelte sich mein Empfinden. Auf einmal erschienen mir ihre
Spiele viel harmloser; und wieder begann ich, die kleinen Königinnen für mich selbst zu begehren.

In dieser Nacht brachte Nubty, eine der vier, die für diesmal
auserkoren, eine Statue von Amon, eine kleine Statue (der
Bauch umfaßte kaum mehr als die Fläche meiner Hand). Doch
zwischen den goldenen Schenkeln fand sich, mächtig und von
der halben Größe der Gottheit, das Glied: Und Usermare kniete
nieder vor diesem kleinen Gott und hob die Hände, als wolle er
sagen: ›Dein Diener bin ich ganz und gar.‹ Dann nahm er das
goldene Glied des Amon in den Mund.

›Kein Mann ist je in meinen Mund eingedrungen‹, sprach Usermare, ›doch bin ich glücklich zu küssen das Schwert dessen, der
verborgen ist, und den Geschmack von Gold und Rubinen zu

kennen.‹ In der Tat befand sich am Ende des goldenen Gliedes des großen Gottes Amon, ganz vorn, ein Rubin.

Jetzt erhob sich Usermare, und Heqat und Oase hüllten ihn aus seinem Leinengewand. ›Meni‹, sagte er zu mir, ›nun bete du so zu mir, als sei jetzt ich das Schwert dessen, der verborgen ist‹; und sein Phallus war in meinem Gesicht, und ich wagte nicht zu widerstreben. Ich fühlte, wie die Flut des Nils in ihm stieg, mein Kopf hüpfte auf und ab wie ein Boot, und die kleinen Königinnen kicherten, als sich die Hitze seines Kolobi in meine Kehle und durch meine Brust ergoß. Dies war vielleicht das Übelste von allem und doch bloß die erste jener Erniedrigungen, welche mir in dieser Nacht mit meinem Pharao widerfuhren. Lange habe ich mich nicht überwinden können, hiervon zu berichten. Nun ist mir, als sei ein Fels von meiner Brust gewälzt, und ich will auch den Rest erzählen, denn noch so manches geschah.

Die kleinen Königinnen salbten Usermare in dieser Nacht, wie sie es auch in den anderen Nächten zu tun pflegten, wenn ich nicht zugegen war. Wie Gott Amon saß er, während die kleinen Königinnen die alte Schminke entfernten und ihm frisches Wangenrot auflegten, auch neue Augenschatten. Sie hüllten ihn in frische Gewänder und sprachen Sprüche über die Schmuckstücke, mit denen sie ihn zierten. Jedes seiner alten Gewänder und auch allen Schmuck, den er zuvor getragen, küßten sie. Allerdings begriff ich in jenen Tagen den Unterschied zwischen Essen und Küssen noch nicht so recht (wie hätte das bei einem Bauern auch anders sein können?). Ich glaubte, mit leisem Lippenschmatzen wollten sie bekunden, wie gut der Geschmack der Gewänder sei.

Zu meiner Verwunderung überließ er sich den kleinen Königinnen, als sei er, Usermare, ein Weib. Auf dem Rücken lag er, mit angezogenen Knien, die mächtigen Schenkel noch weiter gespreizt, als die gewaltigen Schultern breit waren; und meine Hand hielt er mit solcher Kraft in der seinen, daß sie einem gefangenen Vogel glich.

Doch allmählich erschlaffte der harte Griff, und ich konnte spüren, wie aus den kundigen Mündern der kleinen Königinnen mehr und mehr Wonne in ihn einströmte. Stetig näherte er sich dem Gipfel des großen Ergusses, und ich fühlte dies, wie es sonst vielleicht nur ein Pharao selbst fühlen kann, der ein Guter und Großer Gott ist. Während die vier kleinen Königinnen bei Usermare knieten, dort vor der Schönheit seines Leibes, erfuhr ich ihn an mir.

Heqat hielt einen seiner Füße, und wie eine silberne Schlange durch goldene Wurzeln gleitet, wand sich ihre Zunge zwischen seinen Zehen. Oase, die Alterfahrene, umschmeichelte Usermares Schwert mit leichtem Lecken und langen Küssen, indes Nubty seine Ohren und seine Nase und die Lider seiner Augen mit ihrer Zungenspitze streichelte. Ja, all diese Liebkosungen von Heqat, Oase und Nubty strömten durch des Pharaos Finger in mich ein, und ich fühlte mich schöner als all die Blumen in den Gärten der Abgeschlossenen und lebte in der Luft eines Regenbogens, während er, Usermare, dort lag mit gebreiteten Beinen, gebeugten Knien.

Nun preßte Wonnekugel ihre Lippen gegen jenen Mund des Pharao, welcher sich zwischen den Hinterbacken findet; und sie küßte Usermare dort, und ihre Zunge streckte sich kundig in seine Pforte: mit meiner Hand in der seinen, erfuhr ich alles auch an mir. Ich wußte also, wie es war, im Boot des Ra den Fluß Duat hinaufzufahren ins Land der Toten. Welch ein phantastischer Anblick, jener Ort! Schlangen und Skorpione allüberall; grauenvolle Bestien, wie ich sie nie zuvor gesehen, aus deren Mäulern Flammen schlugen; und gesegnete Felder, deren Gras selbst des Nachts süß war. Usermare fuhr durch die Lande der Toten und erblickte Sonne und Mond, mit denen er eng verwandt. Nun begann der Fluß in das Rubinrot seiner Schwertspitze (in Oases lieblichen Lippen), und ich hörte, wie er rief: ›Ich bin, ich bin alles, das sein wird‹, und während die Frauen noch aufschrien, ergoß er sich, und der Geist des Kolobi war in mir wie ein Feuer aus rotem und smaragdfarbenem Licht.

Auch in mir stieg der Strom, staute es sich zum Erguß, ganz im Gleichklang mit dem Pharao, doch dies ward mir nicht zuteil – wie ich es wohl geahnt.

Usermare wollte es anders. Und nicht zwischen den Schenkeln seiner vier kleinen Königinnen mochte er jetzt als Mann sich zeigen, sondern in meinem armen Steiß, und so machte er mich, vor den Weibern, zum Weib. ›Aiiigh, Kazama‹, riefen sie unter viel Gelächter, und ich begriff, daß Kazama ihr Name für mich war. Als Sklaventreiber sahen sie mich an, doch nun war der Sklaventreiber selber ein Sklave. ›Aiiigh, Kazama‹, schrien sie laut lachend. Mir indes war nicht nach Lachen zumute. Solange ich die Hand des Pharaos gehalten, hatte ich in den Wassern des Paradieses gelebt. Mit seinem Schwert war das anders. Es brachte mir keine Gesichte, nur Schmerzen. Und ich schwor mir, daß dies das letzte Mal sein solle, da er in mein Gedärm eingedrungen – selbst auf die Gefahr hin, daß er mich entmannen und zu den Eunuchen sperren ließ.« Menenhetet verstummte. Und ich, der ich ihm mit aller Aufmerksamkeit gelauscht, meine Augen geschlossen, öffnete nun die Lider und sah meine Mutter auf den Knien vor Ptah-nem-hotep, und sein Schwert in ihrem Mund – zumindest schien es so. Allein, was sie auch immer getrieben haben mochten, sie ließen davon ab, kaum daß ich mich aufsetzte. Doch schnurrte meine Mutter so wohlig wie eine gestreichelte Katze. Mein Vater schlief und schnarchte mit offenem Mund, ein trostloser Laut. Die Glühwürmchen leuchteten hell. Ich schaute das Gesicht meines Urgroßvaters. Ein sonderbarer Ausdruck lag darin. Kein Zweifel, er weilte in großer Ferne. Und nun begann er, mit Wonnekugels Stimme zu sprechen.

# DREI

Ich wußte, es war ihre Stimme. Die ganze Zeit, da ich in den Gedanken meines Urgroßvaters gelebt, hatte ich sie sprechen hören. Nun rollten sich seine Augen empor wie die Augen der Toten, und aus seinem Munde klang die Stimme von Wonnekugel. »Ich sah dich gehen, Kazama«, sagte sie. »O ja, ich lachte mit den anderen Weibern, da er dich zum Weib gemacht. Du krümmtest dich wie ein Wurm, ein Wurm am Haken seiner Stärke. Doch nun denke ich nicht an Sesusi, nun denke ich an das Weh, welches deinem stolzen Herzen geschehen. Du fühltest dich preisgegeben, hilflos wie die Erde, wenn der Strom über seine Ufer tritt und sie bedeckt mit seiner Flut. Ist es so?«

»Es ist so«, sprach mein Urgroßvater mit seiner eigenen Stimme. Sie klang älter als jede, die ich bisher gehört. Und er sah alt aus, uralt, ein Jahrhundert und mehr.

Nun vernahm ich wieder Wonnekugels Stimme. Durch meines Urgroßvaters Mund sagte sie diese Worte: »O wie ich sie spürte, die Qual deiner Gedanken. Sie lagen in Schmerzen wie ein Weib, das gebiert. Ist es so, Kazama?«

»Es ist so«, sprach Menenhetet.

»In dieser Stunde vermochtest du nicht zu sagen, ob du Mann oder Weib seist. Du konntest dich nur fragen, ob es möglich sei, daß ein Mann zum Weib wird und ein Weib zum Mann.«

Volltönend hallte ihre Stimme, und als sie verklungen, erhob Menenhetet sein Haupt und blickte uns an, als habe er hundert Jahre geschlummert. Die Spuren, welche das Greisenalter gegraben, wichen aus seinem Gesicht. Noch nie hatte ich ihn so jung geschaut, gleichsam als Mann von sechzig, der vierzig schien und stärker als ein Wagenlenker.

»Berichte uns mehr von Wonnekugel«, sprach Ptah-nem-hotep. »Und tu's, bevor der Morgen anbricht und unsere Augen blendet. Auch wollen Hathfertiti und ich uns bald zur Ruhe begeben.« Er lachte vergnügt, der erste Laut wahrer Glückseligkeit, den ich von ihm vernommen. Und dann erhob sich unser Pharao und küßte meinen Vater (er war eben erwacht) auf die Stirn.

»Aber sprich mit Wonnekugels Stimme!« rief Ptah-nem-hotep meinem Urgroßvater zu. Es klang so ungeduldig, als sei auch er vom Kolobi berauscht.

»Göttliches Zwei-Haus, ich schlummerte einen Augenblick. Und du vernahmst ihre Stimme?«

Ptah-nem-hotep lachte.

»So ist es denn wohl«, sprach Menenhetet. »Denn ich dachte an sie, und ich denke an sie.«

»Ja«, sagte unser Pharao. »Erzähle. Es ist mir eine Freude.«

»Nun denn«, sprach mein Urgroßvater. »In stockfinsterer Nacht, schwarz wie die schwärzesten Gedanken, kehrte ich in mein Quartier zurück. Scham und Schande beugten mich tief. Wie ein Gift sickerte es in mich ein. Wollte ich daran nicht verderben, so mußte ich rasch und wirksam Abhilfe schaffen. Ich leistete einen zweiten Schwur. Mit dem Mut der Verzweiflung würde ich zum Wahnsinn Zuflucht nehmen: Indem ich zum Bettgenossen einer der kleinen Königinnen ward.

Allein der Entschluß zu diesem Schwur verlangte Mut, ist es doch so, daß die anderen beim zweiten Atem hören, was man denkt. Dennoch mußte ich den Schwur deutlich sprechen. Das jedenfalls nahm ich mir vor. Und fürchtete, daß man in allen Häusern der Gärten der Abgeschlossenen erwachen werde. Ich begann an die Rundliche zu denken, Wonnekugel genannt. Aus ihrem Busen spürte ich eine Zärtlichkeit für mich, welche dem steigenden Strom glich, wenn die Erde trocken ist.

Tage vergingen, und kaum hatte ich meine Furcht bezwungen, so fiel sie mich aufs neue an. Eines Nachts jedoch, als Usermare nicht in den Gärten der Abgeschlossenen erschien, faßte ich mir ein Herz und suchte Wonnekugel in ihrem Haus auf. Bei diesem ersten Besuch wagte ich nicht einmal, mich neben sie zu setzen; doch als ich ging, fragte ich, ob ich am folgenden Tage wiederkommen könne. Sie führte mich zu einem Baum an der Mauer ihres Gartens: Über sein Geäst könne ich zu ihr gelangen, ohne daß die

Eunuchen etwas merkten. Und sie schmiegte ihre Hand gegen meinen Hals und streichelte sacht, und von ihren plumpen Fingern strömte eine Kraft auf mich über.

In meinem Quartier fand ich keinen Schlaf, zu groß war der Zauber, den sie auf mich ausübte. Dabei hatte ich bislang so schwerleibige Frauen nicht gemocht. Doch jetzt war der Gedanke an ihre Rundlichkeit wie ein süßer Hauch in meinem Bauch.

Und so erhob ich mich und gelangte, durch das Baumgeäst, wieder in ihren Garten. Sie wartete auf mich, in ihrem Gemach; doch fiel ich ihr so furchterfüllt in die Arme, daß mein Schwert war wie eine Maus. Sie schien größer zu sein als die Erde. Ich hatte das Gefühl, einen Berg zu umarmen. In dieser Nacht hätte ich nicht einmal die Kraft besessen, in ein Lämmchen einzudringen. Was sich schließlich aus mir ergoß (eher wohl sickerte), besaß nichts von der Flamme der Schlange oder der Strahlung des Ra; keine Vogelschwingen trugen mich dahin, vielmehr wurde ich gleichsam aus mir selbst gezerrt; und in der Tat, Wonnekugels Hand glitt emsig an mir auf und ab, bis sich der Pegel in mir soweit hob, daß er knapp den Rand meines Leibes überspülte. Es geschah, indem Furcht mich erfüllte; aber als es vorüber war, empfand ich keinerlei Scham, sondern nur Erleichterung. Nun konnte ich bald wieder fort.

Sie hingegen schien keineswegs in Eile, mich gehen zu sehen. Vielmehr ließ sie einen Seufzer hören, einen Seufzer so schwer wie der Schatten eines mächtigen Vogels über dem eigenen Schatten; und sie sagte: ›Ich will dich hinausführen zum Baum.‹ Doch gelangten wir statt dessen in ein anderes Gemach, welches erfüllt war von den Gerüchen vieler Pulver, gewonnen aus den Überresten toter Tiere, darunter auch Bestien. In einer Ecke sah ich eine Schale aus Alabaster, voll Öl, mit brennendem Docht. Im Schein dieser Lampe nahm Wonnekugel mit drei Fingern Pulver aus einem Gefäß, mischte diese Substanz in Wein; und trank die Hälfte davon und reichte mir die andere Hälfte. Es war ein Geschmack, älter als der eines Sarges.

Sie lachte mir ins verblüffte Gesicht. Lachte so laut, daß ihre Bediensteten zweifellos erwachen würden. Und legte mir beschwichtigend (und schwer) die Hand auf die Schulter, wie um mir zu sagen, ihre Bediensteten würden sich durch keinerlei Geräusche, welche sie in der Nacht mache, irgendwie beunruhigen lassen. Da wir kaum ein Wort miteinander wechselten, begriff ich, daß der gemeinsam genossene Trank die Brücke von ihrer Kehle zu meiner Kehle war. Auf diese Weise tauschten wir Gedanken. Meine Nase enthüllte mir so manche Geheimnisse dieses Raumes. Kleine Opfer fanden hier statt. Ich roch altes Blut – von kleinen Tieren, welche hier auf dem Altar ihre letzte Furcht gelitten. Auch wußte ich nun, daß das Pulver in diesem Wein von einem Mistkäfer stammte: zerstampft, gesiebt, schließlich verwandelt durch magische Worte, denn weshalb sonst würde ich daran denken? Wie sehr bannt uns doch die Vorstellung von der Kraft dieses Käfers, der eine Kotkugel, viel größer als er selbst, ein Flußufer hinaufwälzen kann! Der Bann ist so groß, daß wir die Beobachtung weiterer Gewohnheiten darüber vernachlässigen.

Nun hatte ich als Knabe so manchen Nachmittag am Fluß verbracht, wo ich mich oft genug nur mit der Beobachtung dieses Käfers vergnügen konnte; und ich hatte gesehen, wie sie die Kugel hinaufschoben zu dem Loch, wo sie sie vergruben. Der Kot (oder Dung oder Mist) diente den dort hineingelegten Eiern zur Nahrung. Verwirrte man nun zwei dieser Käfer und tauschte ihre Kugeln gegeneinander aus, so mühten sie sich dennoch weiter: Jeder von ihnen hütete nun gleichsam die in den Kugeln abgelegten Eier des anderen.

Ich spreche hiervon, weil mir scheinen wollte, daß die so kundige Wonnekugel jetzt ganz ähnlich verfuhr: Sie vertauschte unsere Zwecke und vermischte unsere Gedanken.

Bevor ich sie in dieser Nacht verließ, stutzte sie mir (als wolle sie zeigen, daß ich ihr mehr gehörte als dem Pharao) mit einem scharfen kleinen Messer die Fingernägel; und hackte die Schnipsel zu winzigen Stückchen und aß sie vor meinen Augen.

Ich wußte nicht: Befand ich mich bei einem Weib, einer Bestie oder einer Göttin?

›Wenn du hier bist, um mich zu lieben‹, sagte sie, ›werden deine Hände Liebkosungen lernen. Solltest du jedoch von Usermare geschickt worden sein, so werden deine Finger die Qualen der Lepra erleiden, ehe sie abfallen.‹ Wieder lächelte sie über meinen Gesichtsausdruck. ›Komm‹, sagte sie, ›ich vertraue dir – ein wenig‹, und sie küßte mich.

Ich sagte: ›küßte‹, weil dies die erste Nacht war, in der ich dies wahrhaft versuchen konnte. Ich hatte die Hure von Kadesch

gekannt, die Geheime Hure, und natürlich mein Weib in Eshuranib und so manches junge Bauernmädchen; und ich wußte, wie man
angenehm den Atem miteinander teilt. Was Bauern sich erzählen,
ist dies: ›Die Edlen speisen von Tellern aus Gold, also wissen sie
auch, wie man einander mit den Lippen berührt.‹
Hier nun lag sie, mit ihren Lippen auf meinen, und sie löste sie
nicht. Ich fühlte mich wie eine in Tücher gehüllte Mumie, nur
waren diese Tücher feiner, als ich sie je gefühlt. Ihre Zunge, süßer
als irgendein Finger, drang in meinen Mund gleich einem kleinen
Schwert. Nein, eher noch glich sie einer kleinen Schlange, die sich
in Honig wand.
›Komme morgen, falls er nicht hier ist‹, sagte sie und führte mich
zu dem Baum. Sogleich empfand ich wieder Begehren. Doch als
ich in der folgenden Nacht zurückkehrte, war da wieder die
Schwäche in mir. Abermals brauchte es streichelnde Hände, um
mich zu heben, gleichsam über mich selbst hinaus.
Auch diesmal blieb mir nur die Hülle ihres Körpers, da ich nicht in
seine Tore einzudringen vermochte. Doch war sie sehr sanft in
dieser, der zweiten Nacht und sagte: ›Komm zu mir, wenn du
kannst, und in einer guten Nacht wirst du so tapfer sein wie
Usermare selbst.‹
Nun war ich, wie erwähnt, in diesen Gärten als Mann der einzige
Nicht-Eunuch. So schien mir der Gedanke wenig angenehm, daß
Heiterkeit die kleinen Königinnen, eine nach der anderen, erfüllen
mochte, wenn sie von meiner Nacht mit Usermare hörten. Statt
wie zuvor gewohnt, tagsüber von einem Haus zum andern zu
schlendern, hielt ich mich nunmehr innerhalb der Mauern meines
eigenen Gartens verborgen. Dabei hatten meine alltäglichen Besuche mir allerlei Klatsch zugetragen, über Prinzen, Gouverneure,
Hohepriester, Königliche Richter und so weiter; – es gab da wohl
wenig, was nicht auf diesem Wege zu uns gelangte in die Gärten:
Zunächst waren die Eunuchen im Bild, sodann die kleinen Königinnen und schließlich, wenn das Glück mit mir im Bunde war,
auch ich.
Immerhin erfuhr ich auch so eine Menge über Glück und Unglück
der Menschen in Theben, weit mehr jedenfalls als zu der Zeit, da
ich Wagenlenker gewesen war. Wie angenehm, wie vergnüglich,
die kleinen Königinnen zu besuchen, von ihrem Gebäck zu speisen, ihre – höchst unterschiedlichen – Parfüme zu riechen, ihre

Fayencen zu bewundern oder ihre goldenen Armbänder, ihre Halsketten, ihre Ringe; und ihre Möbel und ihre Gewänder und ihre Kinder; auch ihre Gärten, ihre Bediensteten sowie – nicht zuletzt – die Ruhmestaten ihrer Verwandten (waren sie, die kleinen Königinnen, doch häufig, wenn nicht zumeist, Töchter aus den allerbesten Familien).

Nun denn: Hatte man all dies abgedient, so erfreuten sich sämtliche Gemüter doch hauptsächlich am Klatsch, und da kam mir denn so manches zu Ohren. Naturgemäß gab es in den Vorstellungen aller Erzähler und Zuhörer ganz bestimmte Günstlinge und Schurken (Meinungen, die wie bei Priestern in bestimmten Tempeln oft nur eine knappe Saison vorhielten). Was also vernahm man? Klatsch und Tratsch über die Königin Nefertiri; oder über die Königin Rama-Nefru. Doch all das ging dahin wie der Wind übers Wasser und glich aufs Haar dem, was die kleinen Königinnen übereinander klatschten. Darauf konnte man wirklich bauen: Die eine stach die andere aus, hatte sie zumindest angeblich in der Gunst des Pharaos ausgestochen.

So lernte ich denn ein gerüttelt Maß ihrer Geheimnisse kennen, und noch ehe ich nachts Wonnekugel zu besuchen begann, wußte ich über sie so manches; teils von jenen der kleinen Königinnen, welche ihr gewogen waren, teils von den anderen.

Tausende von Kriegern waren in Schlachten gefallen und ihre Leichen gegessen worden, und doch wog ihr Tod (wollte man einigen der kleinen Königinnen glauben) nichts gegen den Schmerz, welchen Maat über den Verlust eines einzigen Zehs empfand.

In den Gärten der Abgeschlossenen war Wonnekugel die Favoritin des Pharaos gewesen – hierin stimmten fast alle der kleinen Königinnen überein, mochten sie nun für Wonnekugel sein oder gegen sie. Nur war sie damals eben überhaupt nicht fett gewesen, und nicht einmal die Eunuchen wagten es, sie zu beäugen, wenn sie badete, denn gar zu betörend schien ihre Schönheit. Ma-Khrut lautete ihr Name, bei allen Gelegenheiten.

Doch war sie eitel, unmäßig eitel; nur dieser Schluß blieb nach allem, was ich über sie vernahm. Und sie war verschlagen. Mit Heqat – der häßlichsten der kleinen Königinnen – tauschte sie eine Halskette, die einst Usermares Mutter gehört. Und nun besaß sie die Verwegenheit, mit unserem Pharao ein Spielchen zu treiben.

Gegen die Kette (sagte sie zu ihm, als beide allein miteinander das

Lager teilten) habe sie eine Alabasterschale eingetauscht, und ob Sesusi wohl eine zweite – passende – Schale eintauschen könne? Er erhob sich vom Lager, zückte sein Messer und trennte ihr, den Fuß bei der Ferse haltend, den Zeh ab.

Mersegert, jene Göttin des Schweigens, welche nie den Mund halten konnte, erzählte mir, daß in stillen Nächten die Schreie von Ma-Khrut noch immer über manchen Teichen vernommen werden könnten; und wie Ma-Khrut davongestürzt sei, um ihren kleinen Zeh einhüllen und einbalsamieren zu lassen.

Manche behaupteten, nach dieser Nacht habe sie sich in unablässigem Eifer dem Studium der Magie ergeben. Sie wurde fett und fetter, in ihrem Garten sprossen seltene, oft üppige Pflanzen, ihre Gemächer waren angefüllt mit all dem Zeug, das sie sammelte. Und hatte sie einst den allerfeinsten Alabaster aller kleinen Königinnen besessen, so gab es nun wohl Sprünge in den Schalen. Da waren Wurzeln und Häute, auch Pulver, die dort zu verrotten schienen. Und schier unaufhörlich kräuselte Rauch aus allerlei Töpfen (in jener Kammer, wo sie ihre Rituale zelebrierte). Durchdringend roch es nach Kot, zweifellos von dem Getier, das sie in Käfigen hielt, Vögel und Eidechsen und Schlangen. Natürlich hatte sie für alles Namen, für dieses Getier ebenso wie für alle möglichen Steine und für Zweige, welche sie bewahrte. Zu sprechen wäre auch noch von den umhüllten Spinnweben, von den Kräutern und Gewürzen, von den Schlangenhäuten (teils ganz, teils geteilt), von ihren Gefäßen voll Salz, von ihren getrockneten Blumen, von ihren Parfümen, von den gefärbten Fäden, vom geweihten Papyrus; sowie von Pflanzen und Bäumen, welche mir fremd waren (manche zu verwenden beim Licht des Mondes, andere unter der heißesten Hitze der Sonne). O ja, sie wußte um viele Geheimnisse, von den Wurzeln und Pflanzen der Felder bis hin zu der Locke dieser oder jener kleinen Königin oder dem Augenbrauenhaar eines Eunuchen.

Wann immer Usermare den Gärten fernblieb, erwachte ich in der Nacht, und mit wildflatterndem Herzen zog es mich zu jenem Ast, welcher mich über die Mauer zu ihrem Garten trug. Mit aufmerksamem Blick vergewisserte ich mich, daß sich keine Eunuchen in der Nähe befanden. Und von meinem Bereich, wo ich Gouverneur war, sprang ich hinab auf den Boden des Gartens, wo ich keinerlei Macht besaß.

Und Nacht für Nacht hielt ich sie dann in den Armen, doch glich mein Schwert einer Schlange mit gebrochenem Genick; und wenn sie mich küßte, wußte ich nicht, wie ich leben sollte im Pulsieren ihrer Lippen. Aus der vollen Last ihres Mundes schien Honig überzuquellen und gleichsam an sich selbst zu ersticken.

Ich muß gestehen: In solchen Augenblicken blieb Genuß im Grunde unmöglich. Allzu intensiv haftete in meiner Erinnerung das Bild ihres Gesichts an jener Rückpforte von Usermare.

Eigentümliches geschah. Bei der Erinnerung ihres Mundes auf seiner Pforte fühlte ich mich unversehens wieder als Weib und genoß, als Weib, auch die üppigsten Wonnen – nur als Mann nicht. Es war, als werde in einem geschlossenen Gefäß Öl herumgeschwenkt, ohne sich je zu ergießen. Und es war mir zuwider, wie deutlich ich ihren Mund auf *ihm* sehen konnte. Auch sie selbst begann, mich anzuwidern: ihr plumper Körper, der ätzende Geruch ihrer Achselhöhlen, selbst durch das Parfüm hindurch. Wie bei anderen fetten Weibern auch, schien dies bei ihr aus allen Poren zu quellen.

Eines Nachts (nach sieben Nächten der Nichterfüllung) sprach sie zu mir: ›Du stehst so sehr in seinem Bann, daß ich dich fortbringen muß. Ich werde ein Boot machen, um dich über ihn zu erheben.‹ Auf meine geschlossenen Augenlider, wie ermattet und der Verzweiflung nah, zeichnete sie mit ihrem Fingernagel, leicht und doch fest, den Rumpf eines Schiffes. In der Dunkelheit gewahrte ich diese Linien, welche sie auf mich zeichnete, und sie schienen meinen geschlossenen Augen so deutlich wie Feuer, doch ohne Flammen, nur hell, wundersam hell. Während ich jeglichen Teil des Schiffes erblickte, sprach sie den Namen des Schiffes, sprach eine Stimme den Namen des Schiffes; und der Klang der Stimme glich dem Ächzen eines Baumes oder dem Quietschen der Taue oder dem plötzlichen Knallen vollgeblähter Segel. Ich hörte das Knirschen der Riemen in ihren Lagern – und wagte es nicht, die Augen zu öffnen aus Furcht, das Bild dieses Schiffes möge sodann in nichts verbleichen.

›Ich bin der Kiel‹, sprach sie und sagte dann mit jener ihrer zweiten Stimme, wie als Antwort: ›Mein geheimer Name lautet Schenkel von Isis.‹ Wieder sprach die erste Stimme: ›Ich bin das Ruder‹; und die zweite entgegnete: ›In meinem verborgenen Namen ist Bein des Nils.‹

Je angespannter ich lauschte, desto kürzer wurden ihre Reden, bis sie schließlich nur noch sagte: ›Riemen‹; und das Ächzen des Schiffes selbst die Antwort gab: ›Finger des Horus‹.

Bald schon flüsterte sie mir meinen Namen in ein Ohr und den anderen, den geheimen, in das andere. ›Bug‹, sprach sie; und: ›Oberhaupt der Provinzen‹. Ja, so lautete die Antwort.

›Segel‹, sprach sie, und wie ein Wispern drang es an mein Ohr: ›Himmel‹.

›Pumpen‹, sagte Wonnekugel jetzt, und es klang mehr und mehr wie ihre eigene dunkle Stimme. Sie fuhr fort: ›Die-Hand-von-Isis-wischt-fort-das-Blut-von-Horus‹. Und mit diesen Worten griff sie nach meiner armen Schlange und begann, sie gleichsam zu ›pumpen‹, allerdings glich mein Glied auch mehr einem gewöhnlichen Pumpenschwengel.

Ihr Atem, nur aus der Nase geblasen, war wie ein Wind, der erst sacht, dann stärker über das Wasser streicht. Und sie hielt das von ihr begehrte Gefährt in der Hand und sprach: ›Mast, richte dich auf, enttäusche mich nicht!‹ Und sie nahm das Haupt meiner armen Schlange in den Mund; nur war diese nicht länger tot, sondern glich einem verwundeten Schwert. Nun glitt das Boot voran, und im gleichen Rhythmus, in welchem uns diese Wellen trugen, ging ihr Mund an mir auf und nieder; ob es Ra war, den ich sah in meinem Leib, oder die königliche Lust von Usermare, ich weiß es nicht: doch fühlte ich mich bereit, auf Fahrt zu gehen.

Jetzt streckte sie sich auf den Rücken und zog mich über sich. Blitzschnell geschah es, und ich taumelte, schrie sogar. Feuer und Fels wirbelten mich, und ich wurde aus ihr herausgeschleudert, indes ich mich ergoß; doch stieg mein Boot über den Rand des Himmels.

Sie küßte meinen Mund. So wußte ich denn. Mein Fleisch hatte gewagt, dort zu weilen, wo nur ein Pharao weilen durfte; und dennoch lebte ich. Doch sobald Usermare meine Gedanken las, war mir der Tod gewiß. Und trotzdem: Wann wäre mein Atem je erregter und erfüllter gewesen als jetzt.

Rasch zog sie den Kreis der Isis um mein Haupt – einen zwiefachen Kreis –, und die Tore zu meinem Verstand waren geschlossen. ›Geh‹, sagte sie, ›und kehre morgen wieder.‹«

# VIER

»Keine der Gefahren in der Schlacht von Kadesch kam dieser gleich: Nach dem Ende der Schlacht waren ja alle Gefahren gebannt, ich hingegen würde auf der Hut sein müssen an jedem Tag meines Lebens. Nun denn. Ich konnte die nächste Nacht kaum erwarten.

Während des Vormittags, als ich mich meiner üblichen kleinen Pflichten entledigte, erfüllte mich ein Verlangen, das mich an etliche der kleinen Königinnen nahezu Hand – oder Hände – legen ließ. Mir war, als befände ich mich noch immer auf dem Boot und segelte mit der Sonne.

Am Abend erschien er, und so konnte ich sie nicht besuchen. Zwar verbrachte er seine Zeit mit anderen Königinnen, doch wäre das leiseste Wagnis Wahnsinn gewesen. Usermares Anwesenheit hielt die Eunuchen wach und alarmbereit. Lauscher allüberall, nicht zuletzt auch die kleinen Königinnen. Die Nacht glich einem dunklen Ohr. Auch ich lauschte. Hörte die ganze Nacht hindurch Usermares lautes Lachen – und die unverwechselbaren kehligen Laute.

In der darauffolgenden Nacht kam er nicht. Und so besuchte ich Wonnekugel, lag mit ihr und fühlte mich diesmal bereit. Schon war ich in ihr, nur – ehe sie ihren Trab begonnen, war mein Galopp bereits beendet: Es barst geradezu aus mir, vorzeitig. Und natürlich war sie enttäuscht.

Mich erfüllte dennoch ein Gefühl der Zufriedenheit: Bis zu diesem Augenblick war ich froh gewesen, überhaupt kommen zu können, und dies auch noch in Furcht. Nunmehr jedoch war ich bereit, es abermals zu tun; und ich tat es, und es war besser. Endlich fühlte ich mich als Herr über meine Gefühle.

Daß ihr Mund dem Usermare als Sklave diente, war für mich ein Wissen, welches für eine Art förderlicher Geringschätzung sorgte – ihrer Person wie meiner eigenen. Und nicht zuletzt dies leistete mir nun gute Liebesdienste. Die ganze Nacht hindurch schwangen und schwankten wir wie auf wogenden Wellen mitten im dunklen Fluß. Dann tat sich der Morgen mit seinen unverwechselbaren Lauten unmißverständlich kund. Ich übte mich noch in der Kunst jener Küsse, für die sie Expertin war. Doch störte mich dabei die Erinnerung an ihre liebkosende Zunge an Usermares hinterer Pforte – weil er ein Mann war, zweifellos. Die Vorstellung schien mir widerlich. Andererseits war er ja auch ein Gott, und was immer ein Gott absondern mag, es ist göttlich: Hatte es denn nicht geheißen, unser Fleisch sei geformt aus den Exkrementen des Gottes Amon?

Sonderbar: Doch eben dieses Gefühl zwischen Bewunderung und Verachtung half mir, wieder und wieder zu kommen, und unser Galopp mitsamt allen Sprüngen ward einander von Mal zu Mal besser angepaßt. Später ruhten wir uns in wechselseitiger Umarmung aus.

Von dieser Nacht an erschien mir ihre Wärme süßer, inniger. In meinen Augen war sie nun schön. Die gewaltige Breite ihrer Hüften: sprach aus ihr nicht eine urtümliche Kraft? Glich ihr fülliger Leib nicht dem Stamm eines Baumes, der sich keinem Winde beugt? Oh, und ihr Rücken und ihre Schenkel, in ihrer Masse genügten sie, um mich an zwei junge Mädchen denken zu lassen. In der Tat hatte ich stets das Gefühl, von mehr als nur einer Frau umarmt zu werden.

Mit jedem Mal lernte ich sie besser kennen, und so wurden mir die Nächte, da Usermare kam, zur wahren Folterqual. Einmal wählte er wieder, zusammen mit etlichen anderen kleinen Königinnen, Wonnekugel als Gefährtin, und die Geräusche ihrer Lustbarkeiten wühlten mich so auf, daß ich mich kaum noch beherrschen konnte. Doch wäre mein Ende dann von einer Art gewesen, wie sie sich kaum beschreiben ließe. So ertrug ich denn doch lieber diese Folter: tatenloses Lauschen, in welchem Ameisen in der Wüste meines Herzens wimmelten.

Am folgenden Abend war er wieder da, doch die munteren Stimmen der für diesmal erkorenen kleinen Königinnen verrieten mir, daß *sie* sich nicht unter ihnen befand. Und nun ließ ich alle Vorsicht fahren und klomm über die Mauer und war gleich darauf in ihrem – in unserem – Bett. Wie kochte die Eifersucht in mir, als sie zu sprechen begann. Doch sie sagte, zwar habe sie all seinen Lustbarkeiten beigewohnt, indessen an keiner einzigen sich beteiligt. Als er sie fragte, weshalb sie denn so zurückhaltend sei, lautete ihre Erklärung: Sie habe sich mit Dämonen in Verbindung gesetzt zur Vorbereitung auf eine heilige Zeremonie, und der Gedanke, diese unsichtbaren Ungeheuer auch nur in die Nähe von Usermares göttlichem Fleisch zu bringen, sei ihr unerträglich. Um was für eine Zeremonie es sich denn handle, wollte Usermare wissen. Es gehe dabei um Leben, Gesundheit und Stärke der Zwei-Lande, sagte sie. Woraufhin er mit einem Knurren befand, dafür hätte sie sich aber auch einen besseren Tag aussuchen können, jedoch keine weiteren Fragen stellte.

Dies war die Geschichte, die sie mir erzählte. Ich glaubte kein Wort davon. Hatte ich nicht in der Nacht zuvor, in meiner Qual, unzählige Male ihr Lachen vernommen? Auch zeigte Usermare wenig Duldsamkeit all jenen gegenüber, die seinen Ergötzungen nicht genügten.

Doch als ich ansetzte, ihr eben dies zu sagen (wir sprachen im allerleisesten Flüsterton), legte sie ihren Zeigefinger auf meine Lippen und wisperte: ›Ich sagte zu ihm, wenn ich in dieser Nacht sein Fleisch nicht berühren würde, wäre ich später zwiefach so voll von ihm.‹ Sie kicherte in der Dunkelheit. Doch obwohl sie schon oft den Doppelkreis der Isis um uns gezogen hatte (damit auch nicht der flüchtigste Gedanke sich einem anderen Kopf mitteilen könne), tat sie es nun erneut, da sie über *ihn* gelacht.

›Und was hat er gesagt?‹ fragte ich.

›Oh‹, erwiderte sie, ›er erklärte, er wolle mir beim nächsten Mal doppelte Aufmerksamkeit schenken.‹ Trotz der Dunkelheit sah ich ihr breites Lächeln, und es glich der Gossensprache, in der sie fortfuhr (ganz dicht an meinem Ohr): ›Da er der Herr über die Zwei-Lande und zwiefacher König von Ägypten sei, werde er mich das nächste Mal in Fotze und Arschloch versorgen.‹

›Und was hast du gesagt?‹ flüsterte ich.

›Großes Zwei-Haus, wir werden alle zu tun haben, dich sauberzuküssen.‹ Er begann, lauthals zu lachen, schien kaum aufhören zu können. Fast hätte ihn seine Heiterkeit um seine sonstigen Ergötzungen gebracht. Doch nur so kann man zu ihm sprechen.‹

›Wirst du *das* denn tun?‹ wollte ich wissen.

›Ich werde alles tun, um es nicht zu tun‹, sagte sie, doch klang ihr Gelächter nicht weniger wollüstig als zuvor.

Bemerkenswerterweise ließ sie mich, so innig unsere Umarmungen auch immer sein mochten, nie in die Nähe ihrer Füße. Winzig waren sie, zumal für eine Frau von ihrem Umfang; winzig wie die Füße ihrer Mutter, welche die eleganteste gewesen sei unter den reichen und edlen Damen von Sais (so versicherte mir Wonnekugel); dies sei ein unverkennbares Merkmal ihrer edlen Familie: Füße noch zarter als die irgendwelcher anderer.

Als ich wissen wollte, wieso dies von Bedeutung sei, bekam ich ihren Hochmut zu spüren. ›Wenn unser Haar das Wispern des Windes fühlen kann, dann können wir Gedanken haben so zierlich wie Vögel.‹

›Gewiß‹, sagte ich, ›doch laut Maat, Tochter des Großen Gottes, sollten unsere Füße – zum Ausgleich – fest wie die Erde ruhen.‹ Sie lachte. ›Du sprichst wie ein Bauer!‹ erklärte sie und bildete mit Daumen und Zeigefinger einen Kreis, damit ich Zugang hätte zu ihren Gedanken.

Unvermittelt erblickte ich mich: einer Puppe gleich, hilflos baumelnd an der Spitze von Usermares Schwert. Die Vorstellung erzürnte mich, und nur zu gern hätte ich meiner Bettgefährtin einen Schlag versetzt. Aber ich tat es nicht. Nie wieder hätte sie mir Zugang zu ihren Gedanken gewährt.

›Süßer Kazama‹, sprach sie, ›die tiefsten Gedanken sind jene der Erde. Durch deine Zehen, so sie nicht tumb und taub sind, dringen die Schreie aus dem Lande der Toten.‹

Wie einfach! Ließ sich ein besserer Grund finden für zierliche und zarte Füße? Also wäre es mir normalerweise nie eingefallen, diese berühren zu wollen. Doch war da – abermals – dieses spöttische, mich verhöhnende Gelächter.

Und plötzlich packte ich einen ihrer Füße.

Sie wehrte sich mit ungeheurer Gewalt. Was ich beging, war zweifellos ein Akt des Frevels. Lautlos rangen wir miteinander (so lautlos, daß auch nicht einer der Bediensteten davon wach werden konnte). Zunächst begriff ich überhaupt nicht, daß ich den Fuß mit dem fehlenden Zeh gepackt hielt. Dann jedoch entdeckte ich es; und während ich diesen Fuß mit beiden Händen hielt, schnellte das freie Bein gegen mich, stieß gegen Handgelenk und Kopf, indes ich nach jener – leeren – Stelle spürte, wo sich die kleine Zehe einst befunden. Ich befühlte sie, und irgendwie schien sie dem Armstumpf eines Diebes zu gleichen, dem man die Hand abgetrennt.

Doch so wahrlich ich diesen vierzehigen Fuß nun hielt, so wahrlich wußte ich auch, daß diese Art der Vergewaltigung das einzig wirklich Verführerische sein werde, das ich von ihr jemals würde erwarten können. Stark wie ein Baum fühlte ich mich, und ich bot meinen Schädel den Stößen des anderen Fußes dar, während ich die freie – die bloße – Stelle des abgetrennten Zehs innig küßte.

Nun dröhnte mir der Schädel von den Stößen ihres freien Beins so nachhaltig wider, daß mir Gesichte erschienen: Ihre Familie glitt an mir vorüber, in vornehmem Boot, überdacht, in den weiten Wassern des Deltas. Und plötzlich gab Wonnekugel alle Gegenwehr auf und brach in Tränen aus. Ihr Schluchzen durchdrang die Nacht in den Gärten ringsum, und es wirkte beschwichtigend gegenüber dem schweren Schweigen, ähnlich dem Vorüberrauschen von Wasser: Wo denn wäre hier ein Haus gewesen, in dem eine der kleinen Königinnen noch nicht geweint hätte? Usermare würde dergleichen niemals berühren.

Wonnekugels Körper wurde wieder weich, und dort lag ich nun, hielt den von meinen Händen eingefangenen Fuß; und sog all die Sorge in mich ein, die ihm gleichsam entquoll. Selbst die Düfte zwischen den Spalten ihrer Zehen hatten etwas Trauriges; und so begriff ich, in welchem Elend sie lebte; und raffte mich schließlich hoch und küßte sie auf den Mund, um den gleichen Kummer zu spüren, ah, in meiner Brust war ein Gefühl von Zärtlichkeit, wie ich es nie zuvor empfunden.

Von Stund an betrachtete ich sie als Schwester. Es gab da ein Sprichwort in meinem Dorf: ›Hundert Jahre lang kannst du im Bett einer Frau schlafen, doch ihr Herz wirst du erst kennen, wenn du dich um sie sorgst wie um eine Schwester.‹

Er gefiel mir eigentlich nie, dieser Spruch, und mir gefällt auch nicht der Gedanke, sich ewig um jemanden zu sorgen. Dennoch begriff ich jetzt, weshalb Wonnekugel so fett geworden. Wenn man den Stumpf ihrer kleinen Zehe berührte (was außer mir wohl noch niemand getan), so wurde der Verlust spürbar, den sie innerlich erlitten – man hätte meinen können, dort sei der

Stumpf eines Felsens, gegen den – Meereswogen gleich – unaufhörlich ihre Gedanken schlugen.

So erfuhr ich denn, daß ihre Empfindungen gegenüber Usermare wenig Liebe bergen mochten inmitten eines Hasses, der sehr viel größer war als meiner. Während ich sie (da sie weinte) in meinen Armen hielt, sprach ihr Herz zu mir. Und wir waren wie ein Paar, wie eine Familie – nirgendwo in den Gärten hier gab es eine Gemeinschaft von Menschen, wo man so sehr auf Rache sann.

Usermare hatte damals kurzerhand sein kleines Messer gezückt und mit einem Schnitt ihre Zehe abgetrennt – um ihr sodann das blutende Stück Fleisch zu reichen. Man erzählte sich, daß sie schrie und davonfloh; und genauso war es auch gewesen, wie sie mir bestätigte. Doch hatte sie dann diesen kleinen Zeh siebzig Tage lang in Natron aufbewahrt; und danach in einem kleinen güldenen Behälter, welcher die Form eines Sarkophages besaß.

So handelt eine Frau, die sich selbst einen ungeheuren Wert beimißt; doch muß man in Erwägung ziehen, daß sie in ihrer Familie nicht eine kleine, sondern *die* Königin war. Ihre Mutter pflegte zu sagen: Unmittelbar nach Nefertiri kommt Ma-Khrut. Natürlich entsprach dies nie der Wahrheit, doch ihre Familie sah es so. Eben deshalb war der Frevel an ihrem Fuß gleichsam ein Frevel am Himmel.

O nein, es ist nichts Geringes, die königlichen Stufen hinabzusteigen von der Ersten Favoritin unter den kleinen Königinnen bis zu jener von ihnen, deren Namen *er* im Jahr höchstens zweimal nennt. Mir wollte scheinen, daß sie sich, einer Mumie gleich, mit dreifacher Sarghülle umgeben mußte.

Überdies hatte sie große Schande über ihre Familie gebracht. In Sais, so erzählte sie mir, sei in den vornehmen Familien so viel über ihren Zeh getuschelt worden, daß eine ihrer Schwestern Schaden litt. Sie war mit einem jungen Edelmann verlobt gewesen, der auf einmal erklärte, er werde in eine andere Familie einheiraten. Seufzend sagte Wonnekugel: ›Da hätte man mich auch gleich in einem Schafsfell bestatten können.‹

In jenen Tagen begann sie von etwas zu sprechen, das sich als weitere Schmach erwies. Sie wußte nicht, ob Usermare sie zum Großen Rat einladen werde. Ich begriff nicht recht, weshalb dieser Abend einen so hohen Namen trug. Gleichwohl. Es war Usermares Gewohnheit, einmal im Jahr für einige der kleinen Königinnen eine Art Abendempfang in seinem Palast zu geben. Auch waren dazu ein paar Adlige aus Theben geladen. Sie waren nichts Besonderes, diese Abende, ich wußte es, hatte ich doch als General an ihnen teilgenommen. Ein kleines Bankett – bescheiden genug –, etwas Musik, etwas Tanz. Doch für die kleinen Königinnen, welche Usermare erkoren, war es eine von den seltenen Gelegenheiten, einmal andere Luft zu atmen als die der Gärten.

Seit zwei Jahren hatte kein Großer Rat mehr stattgefunden. Die Erwartung wuchs, die Fröhlichkeit. Viele der kleinen Königinnen machten sich Hoffnungen – auch Wonnekugel. Doch wurde sie nicht eingeladen. (Vor drei Jahren dagegen, noch schlank und rank und im Besitz all ihrer Zehen, war sie die erste von zehn kleinen Königinnen gewesen, die Nefertiri vorgestellt wurden; und die Königin hatte sie gebeten, in ihrer Nähe zu sitzen, und sie hatte freundliche Worte für Ma-Khruts Stimme gefunden.)

Dies war ein Schlag, der sie mitten ins Herz traf. Gekränkte Eitelkeit war es nicht. Ich wußte, was ihr eigentlicher Kummer war.

In diesem Jahr stand das Fest der Feste bevor, denn es war das fünfunddreißigste Jahr von Usermares Regierung. Die meisten der kleinen Königinnen würden daran teilnehmen, die Gärten verlassen, sich unter die Vornehmen mischen, vor allem aber – und wie selten war das – die ihren nach Theben einladen können, ihre Eltern und Anverwandten. Doch hing dies davon ab, ob sie Kinder von Usermare hatten. Seine Söhne und Töchter würden versammelt sein, ihren Vater bei seinem Triumph zu schauen. Und da die Zahl seiner Kinder groß war, konnten jene kleinen Königinnen, die ihm keine geboren – wie Wonnekugel –, schwerlich mit einer Einladung rechnen. Blieb nur ein Weg, beim Fest der Feste nicht übergangen zu werden, und das war der Große Rat. Und zu dem war Wonnekugel nicht eingeladen worden. Es traf sie tief. Und es wuchs ihr Haß auf Usermare.

Je vertrauter wir miteinander wurden, desto zurückhaltender benahm sie sich. Ich meine: Sie versuchte nicht mehr, mir unentwegt ihre Macht zu beweisen. Ja, es gab Nächte, wo sie wahrhaft meine Schwester war und von ihren kleinen Nöten und Sorgen zu mir sprach. So vernahm ich denn von ihren Lippen den alten Spruch, den man in Theben oft über die Menschen im Delta hören konnte: ›Jene, welche die Sümpfe bewohnen, wissen nicht.‹ Die

Bedeutung dieses Satzes schien mir stets so eindeutig, daß ich nie seinen Wahrheitsgehalt anzweifelte: In den Sümpfen leben, das hieß – naß sein, geplagt von Insekten – und geschwächt von der Hitze. Alles wuchs zu mühelos. Maats Ausgeglichenheit fehlte. Man lebte in einer Art Benommenheit und wußte nichts.

›Es trifft zu‹, sagte Wonnekugel. ›Es trifft zu außer auf jene, auf die es nicht zutrifft.‹ Und sie fuhr fort, mir von ihrer Familie zu erzählen: von zwanzig Generationen in der Stadt Sais, welche den Stolz besessen, die Apathie ihres Sumpflandes zu überwinden. ›Unser Wunsch ist es‹, sagte sie, ›das Ebenmaß zu halten zu unseren Nachbarn, die nicht wissen.‹

Ich lauschte ihren Worten, mal mehr, mal weniger interessiert, jedenfalls gezwungenermaßen.

›Sesusi schätzt mich nicht sehr, wegen meiner Herkunft aus Sais‹, sagte sie, und sie sann auf Rache gegen Usermare. Nacht für Nacht vollzog sie ein Ritual und rief die Namen jener Götter aus, welche Macht besaßen: Dreht-den-Kopf-des-Usermare. Voll Erregung zitterte ihre Stimme. Doch nichts geschah, wie sich regelmäßig am nächsten Tag erwies – außer daß sie völlig erschöpft war, auf ihrem Gesicht ließ es sich ablesen.

Ich begann mich zu fragen, wie denn irgendein Zauberer oder eine Zauberin dem Usermare wohl den Hals umdrehen könne. Schließlich standen ihm, dem Pharao, Tausende von Göttern und Göttinnen zur Verfügung. O ja, unzählige dort oben; und nun, nach seiner Vermählung mit Rama-Nefru, auch noch zahllose hethitische Gottheiten unten.

Doch in jeder Nacht, da ich ihr beilag (mochte ihre Macht auch eher mir den Hals oder den Kopf verdrehen als unserem Pharao), gewöhnte ich mich mehr und mehr an ihre so oft gedrückte Stimmung und gewann sie lieb. Jeder von uns trank gleichsam die Sorge – und die Schande – des anderen in sich ein. Ruhte mein Kopf zwischen ihren großen Brüsten, so erfuhr ich unendlich viel, und ich empfand es ganz und gar nicht als albern oder lächerlich.

Diese Schande, welche sie über ihre Familie gebracht! War es nicht ein wahres Elend, daß sie die ihren nicht zum Fest der Feste einladen konnte?

Mir wurde klar, daß diese ihre Familie in ihrem Herzen einen höheren Rang einnahm als Usermare. In ihren beiden mächtigen

Brüsten wohnte, lebte alles, was ihr wirklich lieb war, ihr Vater, ihre Mutter, ihre Geschwister, auch ich.

Gleichsam in ihrem Fleisch ruhend (in ihrem so oft still ruhenden Fleisch), wollte mir scheinen, daß ich wohl nie wieder die Lebendigkeit und Verruchtheit und auch nicht die Liebestänze jener kleinbrüstigen Weiber brauchen würde, um bei- oder mitzuschlafen.

Was bedeutete dergleichen schon gegenüber der süßen, tiefen Stille, welche ich in diesen schweren Brüsten finden konnte? Wenn ich dem Herzschlag lauschte, welcher aus der Tiefe des Fleisches zu mir drang und mir ihre geheimen Absichten verriet: Mir entgegen allem Mißtrauen Vertrauen zu schenken – bewies dies nicht nur, daß Bann und Zauber gleichermaßen ihrem wie meinem Herzen entstammten? Und uns so eng miteinander verband, daß jeder Makel in der Magie des einen Gleichartiges im Zauber des anderen bewirkte?

So wußte ich denn, daß ich nun gehen mußte, wollte ich nicht verlieren, was ich gewonnen. Doch so mächtig war die Kraft ihres Herzens, daß ich keine Furcht empfand, als ich mich jetzt erhob und entfernte. O ja, ich war bereits Sklave und ihr ganz nah.«

# FÜNF

»Eines Nachts dann weihte sie mich ein in ihre Magie. Weihte mich richtig ein. In jenem Gemach, das ihren Altar barg, war ein Kreis auf dem Boden ausgelegt, ein Kreis aus Lapislazuli. An allen vier Wänden standen niedrige Tische aus Ebenholz mit mancherlei Behältnissen für ihr Zauberzeug sowie Truhen für ihre Gewänder. Der Raum hatte keine Fenster, nur eine Tür und einen Abzug für den Rauch vom Altar.

Ich entsinne mich aller Handlungen jener Nacht. Doch werde ich von ihnen nicht in der Reihenfolge berichten, in welcher sie sich zugetragen: auf daß kein Mißbrauch getrieben werde. Es mag deinen Unmut erregen, Guter und Großer Gott, wenn du somit nicht die ganze Wahrheit von mir erfährst. Doch wie ich dir vertraute und dir manches bekannte, das in meinem vierten Leben niemand gewußt zuvor, so mußt du nun mir vertrauen. Und wisse auch, was immer ich sage, es ist von dem Wunsch beseelt, deinen Thron und die Zwei-Lande zu schützen.«

Ptah-nem-hotep neigte sein Haupt. »Deine Worte sind höflich«, sprach er, »und gleichwohl ein wenig ungehörig. Scheinen sie doch zu sagen, daß wir eines Ranges seien und einander vertrauen müßten von gleich zu gleich. Doch ist es an dir, mir zu vertrauen, und dies weißt du. Dennoch will ich dir lauschen und es zufrieden sein. Die Magie, welche ich suche, ist von höherer Art. Und wenn es dir gelingt, die Geheimnisse der Vergangenheit in meine Gedanken einzusenken (so daß die vergangenen Leben meine Glieder durchpulsen wie mein eigenes Blut), dann hast du ein Zauberwerk von jener höheren Art vollbracht, ein Zauberwerk, das dir zur Ehre gereicht. So magst du denn die Reihenfolge bei deiner Einweihungszeremonie verschweigen.«

Siebenmal berührte Menenhetet seine Stirn. »Dank sei dir und deiner großen Weisheit«, sagte er. »Nun denn: Wonnekugel hatte alle bösen Geister aus dem Lapislazuli-Kreis gebannt und die freundlichen Götter beschworen, unsere Zeugen zu sein. Sodann fragte sie: ›Bist du bereit, einzutreten in meinen Tempel?‹ Ich sagte ja und spürte sogleich ein Schwellen in meiner Brust, gewaltiger als das Getümmel der Schlacht. Und sie fragte mich abermals und ein drittes Mal und lauschte, ob der Schlag meines Herzens ihr mehr zu sagen vermöge denn meine Stimme. Sodann sprach sie zu ihren Göttern: ›Er ward dreimal gefragt, und er hat dreimal dieselbe Antwort gegeben.‹

Jetzt standen wir in dem Lapislazuli-Kreis, und sie segnete meinen nackten Leib. Dies geschah so: Sie führte ein Weihrauchbecken vorbei an meinem Nabel und an meiner Stirn, an meinen Füßen und an meinem Hals, an meinen Knien und an meiner Brust und schließlich an meinem Lendenhaar. Dann salbte sie diese sieben Orte mit Tropfen Wassers und Kristallen von Salz, mit der Wärme einer Kerzenflamme und zuletzt mit Öl.

Nun, da sie mich gesegnet, nahm sie ein Messer von ihrem Altar, der Griff aus Marmor und die Spitze so scharf, daß sie das Auge gleichsam bluten machte, wenn der Blick zu lange auf ihr ruhte. Sie entledigte sich ihres weißen Gewands und stand nackt vor mir, nackt wie ich selbst. Mit dem Messer ritzte sie meinen Bauch unterhalb des Nabels und tat ein gleiches an sich und mischte mein Blut mit ihrem Blut. Sodann nahm sie einen Tropfen Blut von meiner Stirn und von ihrer, von meinem Fuß und von ihrem, von meiner Brust und von ihrer sowie von einer Stelle über unser beider Lendenhaar. Ein jeder meiner Blutstropfen hing wie eine Träne an der Spitze des Messers, bis er geführt ward zu der gleichen Stelle an ihrem Leib. Und da wir geendet, war unser Blut vermischt an jenen sieben Orten. Zusammen standen wir vor dem Altar, nackt, ernst und gezeichnet von den nämlichen Malen.

Nun war ich bereit, ihrem Tempel geweiht zu werden. In dem Kreis, in der Dunkelheit der Nacht – nur erhellt vom Schein eines brennenden Dochtes in einer Schale voll Öl – gebot sie mir, mich niederzulegen auf den Stein, und sie hob eine Geißel hoch empor und schlug mich zweimal, viermal, dann vierzehnmal.

Oft war ich gepeitscht worden als Knabe, in meinem ersten Leben. Doch diese Geißelung von Wonnekugels Hand hatte mit jenen derben Züchtigungen nichts gemein. Denn sie führte ihre Streiche mit einer Leichtigkeit, die weitreichende Wirkungen zeitigte. Würfe man einen Kieselstein in einen Teich und gelänge es einem sodann, einen zweiten in die Mitte des ersten Kreises zu setzen, und dies genau im rechten Augenblick (so daß die Welle nicht gleichsam zerrisse, sondern höher aufwüchse und stärker) – dies sich vorzustellen, gibt einen Begriff von Wonnekugels Kunst.

Schmerz breitete sich in mir aus, wie wohlriechendes Öl jeden Faden eines Gewandes durchtränkt. In anderen Nächten hatte sie mich vielerlei über die Kunst des Küssens gelehrt, und ich hatte gleichsam geblüht in ihrer Umarmung und gewußt, warum die Kunst des Küssens ein Vorrecht der Edlen sei: Nun mußte ich durch die steinigen Tale der Geißelung. Gleichwohl kam ein Schwindel über mich, der Trunkenheit nah, und ich betete ihn fast an, meinen Schmerz, war mir doch, als sei ich durch ihn von aller Schmach und Schande geläutert. Und obschon ich ihn kaum zu ertragen vermochte und schier aufgesprungen wäre und geflohen vor der Peinigung durch die Geißel, spürte ich Zärtlichkeit strömen von Wonnekugel zu mir. Wie soll ich einen solchen Widerstreit der Gefühle erklären?

Ihre Schläge waren gleichsam vollkommen wie eine Liebkosung: je drei auf beide Hinterbacken und sodann je einer auf die vierzehn schmerzenden Teile des Körpers von Osiris, welcher nun der meine zu sein schien, obschon er dem Gott gehörte. Ein Geißelhieb in mein Gesicht, da ich die Augen offenhielt; ein Geißelhieb in mein Gesicht, da ich die Lider geschlossen; ein Geißelhieb auf die Sohlen meiner Füße, auf meine beiden Arme und meine beiden Fäuste, auf meinen Rücken, auf meinen Bauch, auf meinen Nakken. Und die zwei letzten auf meine Hoden. Und beim allerletzten wand sich die Geißel, einer Schlange gleich, um meinen schlaffen Wurm. Hoch oben in Feuerwolken vernahm ich, wie Wonnekugel mit ihrer klarsten Stimme diese Worte sprach: ›Ich weihe dich mit Öl‹ – und Öl träufte sie auf eine jede der Flammen von jenen vierzehn Geißelhieben, bis die Feuer auskühlten und Wärme meines eigenen Körpers wurden. Dann sprach sie: ›Ich weihe dich mit Wein‹ – und träufte Wein auf die vierzehn Flammen, und wieder schrie meine Haut gleichsam auf. Dann badete sie mich in kühlem Wasser, bis aus meinem Herzen der Rauch verglimmenden Brandes stieg. Und sie sprach: ›Ich weihe dich mit Feuer‹ – doch führte sie nur das Weihrauchbecken an meinen vierzehn Schrunden vorbei. Und zuletzt sprach sie: ›Ich weihe dich mit meinen Lippen‹ – und küßte mich auf die Stirn, da ich die Augen offenhielt; und küßte mich auf die Stirn, da ich die Lider geschlossen; sie küßte mich auf die Sohlen meiner Füße und küßte mich in die Beuge meiner Arme, küßte die Knöchel meiner Fäuste, meinen Rücken, meinen Bauch, meine Brust, meinen Nacken; und sie umleckte meine Hoden und das Haupt meines Schwertes, welches aus dem Sumpf meiner Lenden aufstieg und mächtig ward wie ein Krokodil. Dann sprach sie: ›Ich weihe dich zum Oberpriester des Tempels von Ma-Khrut-die-in-Osiris-wohnt. Gelobe, treu zu sein; gelobe zu dienen.‹ Und ich gelobte es laut (denn dies war der letzte der vierzehn Schwüre, die ich geschworen und die sie gefordert durch die und von den gepeinigten vierzehn Teilen meines Leibes); oh, und dann senkte sie sich auf mich herab gleich einem wundersamen Tempel, einem Tempel süßen und bebenden Fleisches; und sie flüsterte meinen geheimen Namen; und aufrauschten alle die vierzehn Brunnen, wo ich den Schweiß des Schmerzes getrunken, und mein Fluß strömte über und ward Flut.

Dies war das Ende des Rituals. Jedoch nur der Anfang der Lüste jener Nacht. Nun war ich es, der ihre Hinterbacken geißelte, und sie wurden groß wie der Mond und rot wie die Sonne. Und wahrhaftig, ich erlernte die Kunst des Geißelns; denn nicht mein Arm hielt die Geißel, sondern ihr Herz führte sie, lenkte sie gegen sich selbst, so daß mir war, als schlüge ich dieses ihr schwellendes Herz; und dann – zu meinem Erstaunen und zu meinem Entsetzen, denn nie hatte ich dergleichen getan (nicht einmal für Usermare) – dann umfaßte ich jene gewaltigen Hügel, ihre vielmals gegeißelten Hinterbacken, und schmiegte mein Gesicht in die Falte ihres wahren Sitzes und küßte sie mit gefräßiger Gier an dem Ort, wo alles, das bald dahinstirbt, am stärksten dünstet.

Sie tat mir ein gleiches, und so vermählten wir uns gleichsam und waren nie mehr dieselben. Und sie küßte so oft meine hintere Pforte, daß ich mich fühlte wie ein Pharao, auf den Rücken gebreitet, und nicht wußte: War ich der Gemahl oder die Gemahlin von ganz Ägypten?

Ja, auf lieblichen Strömungen schwamm ich dahin; doch spürte ich, sie führten zu Zielen, von denen sie nicht sprach.

In den darauffolgenden Nächten konnte ich neben ihr liegen, so

glücklich wie ein Schlummernder auf einer sanft gleitenden Barke;
doch trugen wilde Träume in diesen großen Brüsten unser Gefährt
zu den höchsten Klippen empor, und wir erwachten und klammerten uns an den Fels. Indes wußte ich schon, daß diese Magie –
unsere Magie, denn so war es bereits – die Macht besitzen konnte,
Usermare seine Stärke zu nehmen. Und oft schaute ich in ihrem
Gesicht die Weisheit des erhabenen Gottes Osiris, und dann fühlte
ich mich wie jener Zauberer: Horus aus dem Norden.«

»Was war dein geheimer Name?« fragte Pta-nem-hotep.

Ich erwartete nicht, daß mein Urgroßvater prompt darauf antworten würde, indes, er tat es zu meiner Verwunderung.

»›Er-der-hilft-den-Hals-des-Usermare-zu-drehen‹«, sagte er.
»Doch zeitigte er bald solche Wirkungen, daß ich ihn aufgeben
mußte.«

»Und du wirst uns davon berichten?«

»Ja. Aber später, wenn ich darf. Natürlich wußte ich: es war ein
gefährlicher Name. Auch machte Ma-Khrut kein Hehl daraus.
Wollte ich ein wirklicher Diener ihrer Magie sein, so durfte mich
auch der Gedanke, dafür zu sterben, nicht schrecken. Das hatte sie
mir oft genug eingeschärft. Und stets hinzugefügt: ›Jedenfalls
länger nicht wie ein Bauer.‹

Nunmehr mußte ich lernen, wie man – wenn schon – als Edler
starb. Im vollen Staat, gekleidet vor der – oder zu der – Einbalsamierung. Gleich der Kunst des Küssens ist der Tod ein Vorrecht
der Edlen. Wenn sie davon sprach, lachte ich meist. Ja, brauchte
ich denn eine solche Belehrung, der ich tausend Äxte gesehen
hatte? Doch sie wußte es besser, o ja. Und bald schon würde auch
ich begreifen, daß ein friedlicher Tod der gefahrvollste sein kann
von allen, muß man doch vorbereitet sein auf die Reise durch
Khert-Neter.

Immer wieder versicherte sie mir, daß kein Diener ihres Leibes wie
ihres Herzens – und ganz gewiß nicht ich – Ma-Khruts Schutz
verlieren werde. Nicht in dieser Welt und nicht in der nächsten.

Ich sagte zu ihr, als Knabe hätte ich in meinem Dorf gehört, daß nur
die Edlen und die sehr Reichen ins Land der Toten reisen könnten
in der Hoffnung, zu den Seligen Gefilden zu gelangen. Für einen
armen Bauern waren die Schlangen zu ungeheuer und das Feuer
zu heiß, das prasselnde Wasser zu übermächtig, um auch nur den
Versuch zu wagen, ja, sei es bloß in Gedanken. Wie einfach schien

es hingegen, in einem Sandgrab zu ruhen. Allerdings entsann ich mich auch, daß viele der Toten in unserem Dorf in einer solchen Ruhestätte nicht eben Frieden fanden und als Geister wiederkehrten.

Nachts kamen sie zurück und sprachen zu uns in unseren Träumen, so daß die Begräbnissitten in unserer Gegend radikal geändert wurden. Man schnitt den Toten den Kopf ab und auch die Füße. Auf diese Weise vergewisserte man sich, daß der Geist einem nicht folgen konnte; und ganz gewiß nicht zu einem sprechen. Mitunter geschah es, daß man den Kopf des Verstorbenen zwischen seinen Knien bestattete, während seine Füße ihren Platz unmittelbar neben seinen Ohren fanden – dies um den Toten völlig zu verwirren.

Wenn ich solche Geschichten erzählte, ließ sie ihr silbriges Lachen hören. Und der Schein des Mondes überhauchte die Zärtlichkeit ihrer Gedanken, welcher Art sie auch immer sein mochten.

Dann geschah es, daß sie sich von unserem Lager erhob und einen Sarkophag in die Hand nahm, kaum so lang wie einer meiner Finger, und doch waren Ma-Khruts Gesicht und Gestalt auf den Deckel gemalt. Darinnen befand sich eine winzige Mumie, so sorgfältig von Tüchern umhüllt, daß es keinerlei Einbalsamierungsstoffe bedurfte. Ich hatte das Gefühl, das Blütenblatt einer Rose zu berühren. Und begriff: Dies war die sorgfältig bewahrte Mumie ihrer kleinen Zehe.

Aber noch ehe ich mir darüber klar werden konnte, ob dergleichen gut oder zu verwerfen sei, sprach sie zu mir von den Reisen ihres kleinen Zehs durch die Tore und die Feuerwege im Lande der Toten; und als ich sagte, ich könne nicht begreifen, wie irgendein Körperteil, gar ein Zeh, eine solche Wanderung ganz allein antreten könne, ließ sie wieder ihr silbriges Lachen hören.

›Es gibt da‹, sprach sie, ›ein Ritual, welches nur mir bekannt. Mitunter wissen Menschen aus Sais erstaunlich wenig.‹ Abermals lachte sie. ›Meine Familie hatte den Ka dieses Zehs dem Ka eines fettleibigen und reichen Kaufmanns aus Sais anverlobt. Ja, sie überließen ihm sogar die entsprechenden Papyrusrollen.‹

Scherzend klang es aus ihrem Mund, doch ich wußte, daß sie es nur allzu ernst meinte. Und schließlich erzählte sie mir die ganze Geschichte.

Sie hatte von ihrer Mutter einen Brief erhalten und daraus erfahren, daß in derselben Nacht, da sie ihren Zeh verlor, dieser Kaufmann starb. Beide unterlagen gleichzeitig der Einbalsamierungsprozedur, die üblichen siebzig Tage lang, und am selben Nachmittag (ausgetauschte Botschaften sorgten für zeitliche Übereinstimmung) wurden sie umhüllt und gelegt in ihre Sarkophage, von normaler Größe der eine, winzig der andere. Auch traten sie, zur selben Stunde, die Reise der Toten auf dem Fluß an, der fette Kaufmann dort in der Ferne, die winzige Zehe hier.

In diesem Zusammenhang (sie hatte von der Familie des fetten Kaufmanns und deren Unwissenheit in puncto Jenseits gesprochen) kamen wir auf das Kapitel-der-negativen-Geständnisse, auch Verneinung von Frevel im Diesseits genannt.

›Ja, ja, gewiß‹, behauptete ich kühn; doch wußte sie natürlich, daß ich genauso unwissend war wie die Familie des fetten Kaufmanns. ›Ja‹, sagte sie, ›die Witwe jammerte über die Kosten. Geizig war sie! Schließlich mußte meine Mutter dafür aufkommen. Sie wollte nicht, daß der Ka meines kleinen Zehs Khert-Neter durchwanderte, ohne daß feststand, man habe beizeiten ein negatives Geständnis – die Ableugnung jeglichen diesseitigen Frevels – erkauft. Nun denn. Am Abend vor der Bestattung gewann meine Mutter zwei Priester für ihre Zwecke, und die ganze Nacht hindurch schrieben diese das Geständnis in der rechten Weise auf dreifach gesegneten Papyrus. Nunmehr konnte zumindest der Kaufmann sich vor allen Göttern, Dämonen und Bestien als guter Mensch zeigen, bezeugte dieser Papyrus doch, daß er nie etwas Unrechtmäßiges begangen. Nie habe er einen Mann oder eine Frau getötet, nie auch nur das Geringste aus einem Tempel gestohlen. Und mehr, stets in der üblichen Art der Verneinung. Niemals habe er das Eigentum des Amon auch nur angetastet. Auch kein einziges Mal Lügen oder Flüche geäußert. Noch sei da ein Weib, welches bekunden könne, er habe mit ihr Unzucht getrieben; oder ein Mann, der bezeuge, er habe es mit Männern gehabt. Niemals sei sein Herz voll Zorn gewesen, auch habe er seine Nachbarn nie heimlich belauscht. Und weiter. Er habe sich nicht durch Betrug in den Besitz begehrenswerter Ländereien gebracht; auch niemanden je verleumdet; oder gar an sich selbst Liebe geübt. Kein einziges Mal habe er sich gesträubt, der Wahrheit zu lauschen; oder sich gewünscht, daß Wasser (von ihm selbst eingedämmt) das Land anderer überflute. Nie, nein, niemals hatte er die Götter

gelästert. Nicht einmal seine Stimme hatte er erhoben. Ganz
gewiß: Nicht eine einzige der zweiundvierzig Sünden hatte er
begangen, schon gar nicht den Frevel der Hexerei gegen den
König.‹

Wonnekugel lachte voll Lust, wie ich sie kaum je lachen gehört.
›Aiiigh, Kazama, was für ein Vieh war er doch, dieser Kerl, dem
wir halfen! Und welchen Frevel gab es, den er *nicht* begangen
hätte? Fekh-Futi, den Kotsammler, hatte man ihn zu seinen Lebzeiten in Sais genannt, wenn auch nicht direkt ins Gesicht – so übel
war sein Ruf.‹

Eine kurze Pause trat ein. ›Verstehst du nun?‹ fragte sie mich.
›Begreifst du jetzt, daß die Macht dieser Negativen Geständnisse
so groß ist, daß sich der Ka meines kleinen Zehs in Sicherheit
befindet?‹ Sie nickte. ›In meinen Träumen vernehme ich immer
wieder dies. Fekh-Futi gedeiht im Lande der Toten – und mein
kleiner Zeh unmittelbar neben ihm.‹

›Gedeiht?‹ fragte ich sie. Ich fühlte mich sehr verwirrt.

In der vorangegangenen Nacht hatte sie bei mir ziemlich schamlos
Eindruck geschunden: Wie sie denn, durch die Reise ihrer kleinen
Zehe, absolut auf dem laufenden sei, unendlich viel besser als
irgendein Priester. O ja, o ja, o ja. Wußte sie nicht alles über die
feurigen Bestien sowie über die Hüter der Tore? Nicht nur die
Namen der Schlangen kannte sie, auch die Affen und die Krokodile an den Ufern der Duat waren ihr vertraut; und ihr Ka hatte mit
den flammenmäuligen Löwen gesprochen und auch mit Luchsen
mit Krallen wie Schwerter.

Auch könne sie ein jedes Amulett weihen, welches ich in Khert-
Neter benötigen werde. Das Amulett des Herzens zum Beispiel
(das, richtig geweiht, meinem Ka neue Stärke verleihe) oder die
zwei goldenen Finger (sie würden mich befähigen, die Himmels-
leiter zu ersteigen) oder das Amulett der Neun Stufen (jener, die
zum Thron von Osiris führen).

Auch sei sie willens, mir die Worte so mancher Kapitel aufzuschreiben, die ich ebenfalls benötigen werde. Und sie begann, mir
diese Kapitel zu nennen: das-Kapitel-vom-Leben-nach-dem-Tode,
das-Kapitel-von-der-Überwindung-der-Schlange-Aapep, das-Ka-
pitel-von-der-Hilfe-für-den-Menschen-sich-in-der-Unterwelt-sei-
nes-Namens-zu-entsinnen. Und so weiter. Es schienen unendlich
viele zu sein. O ja, und da waren auch noch die-Kapitel-von-der-

Verwandlung: in einen Fürsten, in eine Lilie, in einen Reiher, in einen Widder. Und jedesmal, wenn ich dachte, sie sei nun am Ende angelangt, besann sie sich auf neue: das-Kapitel-vom-Herauskommen-aus-dem-Netz, das-Kapitel-von-der-Anbetung-des-Osiris . . . So ging es fort und fort.

›Es tönt aus dir‹, sagte ich, ›als sei dies eine Art Vorlesung aus der Bibliothek von Usermare.‹

Sie ging darauf nicht weiter ein. ›All dies würde ich für dich tun‹, beteuerte sie, und mir schien, daß in ihrer Stimme Liebe schwang: Sie wollte nicht, daß ich mich fürchtete vor dem Land der Toten – und auch nicht gar so sehr vor ihren höchstpersönlichen Ritualen. Nur war ich jetzt noch tiefer verwirrt. Da gab es also jene Papyrusrollen, auf denen dem fetten Kaufmann (von irgendwelchen berauschten Priestern) bescheinigt wurde, er habe seinen Lebensweg ohne jedweden Makel durchschritten, und . . .

›Oh‹, erklärte sie, ›das dreifach gesegnete verneinende Geständnis wurde nicht nur für Fekh-Futi geschrieben. Es gilt auch für den Ka meines kleinen Zehs.‹

›Kannst du von dir sagen, du hättest nie auch nur eine einzige der zweiundvierzig Sünden begangen?‹

›Die Tugend des Papyrus liegt weniger in seinem Wahrheitsgehalt als in der Macht der Familie, welche ihn kaufte‹, räumte sie schließlich ein.

Ihre Worte wogen mir schwer. Mochte Ma-Khrut (zumindest ihrer eigenen Überzeugung nach) auch viel für mich tun können – allem Anschein nach befanden wir uns beide in Gefahr.

Ich sagte es ihr. Doch war dies kaum vonnöten. Sie kannte meine Gedanken.

›Wir könnten gemeinsam getötet werden.‹ Sie sprach ganz ruhig, während wir Seite an Seite lagen. ›Usermare könnte hier eintreten, indes ich dem Schlag deines Herzens lausche.‹

›Warum sagst du mir dies?‹

›Weil ich will, daß du dir bestimmte Gebete merkst, zum Gebrauch im Land der Toten.‹

›Kann ich das tun?‹

›Es kann bewirkt werden.‹

›Du hast es bewirkt‹, erklärte ich.

Vielleicht kannte Ma-Khrut nicht alle Gebete, deren sie bedürfen würde, doch war ihr Gedächtnis mächtiger als all meine Muskeln.

Ich meinerseits empfand keinerlei Bedürfnis, solche Taten zu vollbringen. Mochte ihre Klugheit auch jener der gesamten Königlichen Bibliothek gleichen, so begriff sie dennoch in ihrer Begriffsstutzigkeit nicht, daß von Einbalsamierung für mich nicht die Rede sein konnte. Ertappte Usermare mich hier, so würde mein Körper in zweiundvierzig Teile zerstückelt werden. Und sodann verstreut.

Sobald ich zurückgekehrt war in mein eigenes Quartier, griff ich zu einem Krug voll Kolobi – und hatte ihn bald schon geleert. Traurige Tatsache war, daß ich ganz buchstäblich nicht ein wußte und nicht aus. Was denn war mir lieber? Einzugehen ins Land der Toten? Oder auf unabsehbare Zeit Gefährte einer Frau zu sein, welche die Exkremente eines anderen Mannes geschmeckt?

Nunmehr wurde mir plötzlich klar, daß ich mit Wonnekugel gleichsam vermählt war: daß sie mich völlig in ihrem Bann hielt. Nicht einmal in meinem eigenen Gemach wagte ich, meine eigenen Gedanken zu haben. So jedenfalls sprach ich zu mir selbst, das so gut wie leere Gefäß mit Kolobi in der Hand, und ich fühlte mich berauscht wie der Gute und Große Gott Usermare. Zweiundvierzigmal zog ich den Kreis um meinen Kopf; und fiel zur Seite und heraus aus dem Wirbel; und die Prüfungen und Wirrungen im Lande der Toten waren für mich grauenvoller noch als das Gedärm auf dem Schlachtfeld von Kadesch.

Als ich am nächsten Morgen erwachte, die Dunstschleier des Kolobi noch im Gehirn, wälzte ich mich auf meinem Lager herum und sagte zu mir selbst: ›Die bösen Geister der Nacht sind nun fern.‹ Denn hinter dem Schutz meiner zweiundvierzig Kreise wußte ich doch – von mir nun gehaßt – Wonnekugel, und ich war überglücklich, weil es einige Gedanken gab, welche sie nicht erfahren konnte. Nur war da, auf meiner Zunge, ein scheußlicher Geschmack – wie von Blut.

Doch wußte ich auch von Gedanken, die sie sehr wohl vernehmen konnte. Und ich sprach von meiner Liebe zu ihr – und log auch nicht, nicht ganz. Die Erinnerung an das, was sie bei Usermare getan, brannte wie ein Feuer in meinen Lenden, doch brachte mir diese Hitze nicht nur Böses.

Während all dieser Zeit drang unablässig das Kreischen von Kindern in meine Ohren. Von Kindern, welche vor meinem Hause spielten. Wie zahlreich waren sie, wirklich unzählig viele! Und während ich rülpste (der Geist des Kolobi saß mir in der Kehle), vernahm ich nun – wie nie zuvor – den Lärm ihrer Spiele, schriller noch als Vogelgeschrei. In alle Richtungen stoben ihre Rufe. Deutlich hörte ich, wie sie in Teichen planschten; oder Gänse jagten; oder Bäume erklommen, um mit Vögeln zu sprechen. Und ich vernahm auch das Schelten der Mütter und der Kinderschwestern – alles mögliche Gejammere und Gelächter: über und von all diesen Kindern, den Söhnen und Töchtern von Usermare.

Wenn ich sie so sah, diese Kinder, traten mir Tränen in die Augen: so selten und so süß wie der Regen in der Wüste.

Was mich innerlich bewegte, war die Tatsache, daß meine kleine Königin – Wonnekugel – eine der ganz wenigen war, welche Usermare noch nie ein Kind geboren. Konnte es sein, daß sie seine Lenden keineswegs so sehr liebte, sondern ihnen etwa meine vorzog?

Dieser Gedanke erstickte all meinen Haß gegen sie. Schließlich war sie bereit gewesen zu sterben, gemeinsam mit mir.

Jetzt konnte ich wieder atmen. Ihr Großmut rührte mein Herz. Und zum erstenmal begriff ich, daß niemand mich so gut rüsten konnte für meine künftigen Reisen wie diese Frau. Nun verstand ich die wahre Kraft einer Familie. So wie Ra sein göttliches Boot hatte für die Fahrt auf dem Fluß der Dunkelheit, so waren für uns Weib und Kinder das goldene Gefährt für eine solche Reise.

Was uns beide betraf, Wonnekugel und mich, so waren wir miteinander vermählt durch die Vereinigung unseres Fleisches. Nun würde ich mit ihr Kinder haben. Ja, dachte ich, wir mußten aus diesen Gärten fliehen. Flüchten zur Östlichen Wüste. Und von dort weiter nach Neu-Tyrus. Was für ein herrliches Leben erwartete uns dort – besaß sie denn nicht ein schier unerschöpfliches Wissen?«

Hier nun hob Menenhetet sein Haupt, um meine Mutter anzublicken und Ptah-nem-hotep. Doch zu seiner Überraschung – und zu meiner, denn ich hatte wie versunken meines Urgroßvaters Stimme gelauscht – waren sie fort. Sie hatten sich davongestohlen, indes er sprach. Mein armer Vater schlief immer noch.

# SECHS

Noch spürte ich die Gegenwart meiner Mutter; auch wußte ich, sie war nicht weit entfernt, und ich wußte, unser Pharao war bei ihr. Doch da nun mein Urgroßvater keinen Zuhörer hatte als mich, sprach er nicht mehr mit seiner Stimme. Statt dessen ließ er seine Gedanken gleichsam auffliegen in die Stille der Nacht, zu den Göttern empor und zu den Geistern.

In welchem Raum meine Mutter auch sein, auf welchen Pfaden sie auch wandeln mochte, ich wußte, die Geschichte von Wonnekugel und meinem Urgroßvater würde sie begleiten im Duft der Blumen und im Windhauch, der durch die Palmen strich. Ich wußte auch: So sehr meine Mutter zu gehen gewünscht hatte, mein Urgroßvater war es zufrieden, konnte er doch noch die Aufmerksamkeit unseres Pharaos spüren, seine Wißbegier, seinen Durst gleichsam, die Geschichte in sich einzusaugen.

Und abermals verlor ich allen Sinn dafür, wie alt ich war. So saß ich inmitten der Macht seines Schweigens, vernahm das Raunen längst verklungener Stimmen, hörte das Flüstern der kleinen Königinnen, da sie zum See hinabschritten. Und fühlte mich meinem Urgroßvater so nah – indes er schweigend dasaß, seinen Blick auf mich geheftet –, daß seine Gedanken gleichsam sprudelten wie Wasser aus einer Quelle; und abermals war ich reicher an Wissen, als wenn er laut gesprochen hätte.

Ich sah Menenhetet, wie er durch die Gärten schritt, um Wonnekugel zu fragen, ob sie mit ihm nach Neu-Tyrus fliehen wolle. Doch plötzlich brach er in schallendes Gelächter aus. Er entsann sich der Geschichte, welche Heqat erzählt: von jenem häßlichen Weib, das den Gatten vor jeglicher Krankheit schützte. Ja, er lachte laut. Wonnekugels Gesicht konnte schön sein und ihr Körper so üppig wie die Schätze des Usermare; und dennoch wußte er, daß sie das häßliche Weib war, von welchem Heqat gesprochen. Solange er mit ihr lebte, würde er kein Siechtum leiden, genausowenig wie ihre beiden Kinder. Dafür würde sie sorgen. Und er liebte sie, gerade dieser Bereitschaft wegen; und fand kaum noch Schlaf in der Klarheit seiner Gefühle. Atmete er nicht schon jetzt die frische Morgenluft der Berge bei ihrer beider Wanderung nach Tyrus? O ja, selbst die Gefahren genoß er im voraus. Waren sie nur erst in den Wäldern, so würde er Ma-Khrut *sein* Wissen beweisen können. Mehr denn je fühlte er sich kühn wie ein Gott.

So schien es nur natürlich, daß er in der folgenden Nacht (nach innigster Umarmung, jedoch für dieses Mal ohne jedwede magische Zeremonie, vielmehr in einer Art geschwisterlicher Zärtlichkeit: Er hielt ihr Gesicht zwischen seinen Händen, dachte an den allüberwölbenden Himmel, von wo die Götter lauschen mochten) – daß er also in der folgenden Nacht ihr zuflüsterte, sie würden heiraten und viele Kinder haben. Und noch während er sprach, war er sich der Gefahren bei ihrer Reise bewußt und begriff, wie sehr sie Ma-Khruts Magie brauchten, um in jenes andere Land zu gelangen.

Ihre Antwort war kurz: »Hier ist es besser.«

Er sah es deutlich durch ihre Augen, all das, was sie aufgeben würde: all die Gefäße mit ihren Amuletten und Pülverchen und Tierhäuten. Für sie war dies, im Vergleich zu den Mauern einer Stadt, die Festung ihrer ganz persönlichen Macht. Und als er ihr versicherte, sie könne all das doch auch an anderem Orte haben, fragte sie: »Wie teuer werden dir Kinder sein?«

»Wir müssen viele haben.«

»Dann bin ich nicht die Gefährtin für deine Flucht«, sagte sie, und ihre Stimme klang unbewegt, als sie ihm ihre Geschichte erzählte; doch am Ende begann sie zu weinen. Sie habe Usermares Kind in ihrem Bauch getragen; und dieses Kind, ihr erstes, in jener Nacht verloren, da Usermare ihr den Zeh abschnitt.

»Das glaube ich dir nicht«, sagte Menenhetet.

»Es ist die Wahrheit. Ich verlor den Zeh – und ich verlor, was in mir war, um weitere Kinder zu empfangen.« In ihrer Stimme klang nicht das leiseste Schwanken. Sie war so fest wie ein mächtiger, tiefverwurzelter Baum. »Das«, sagte sie, »ist der wahre Grund für meine Fettleibigkeit.«

Es war eine Qual, ihren Worten zu lauschen, und Menenhetets eigene Gedanken glichen herrenlos galoppierenden Pferden.

Sie erhob sich und entzündete Weihrauch. Er atmete ihn ein und hatte das Gefühl, daß jeder dieser Atemzüge sein Leben verkürzte. Die unglücklichste Stunde seiner unglücklichen Stunden war nah, und in Ma-Khruts Leib würde sein Samen verdorren.

In Verzweiflung über ihrer beider Schweigen flüchtete er sich erneut in die Zärtlichkeit der Körper; doch als er dann kam, schien er sich auf die schlammigen Ufer der Duat zu ergießen; und während er später neben ihr lag, fragte er sich, ob die Macht des Kreises, zweiundvierzigmal um sein Haupt gezogen, wohl genügte, um ihn davor zu bewahren, daß *sie* um die fauligen Tiefen seiner Gefühle wußte.

Sie sprach nicht und dennoch: War es ein Schweigen? Kam Liebe je dem Unausgesprochenen so nah wie sie mit ihrer Magie? Stumm lagen sie nebeneinander, und ungeduldig harrte er der Stunde vor Morgengrauen entgegen, da er endlich von hier fort konnte. Ihre Gedanken (in die er ja nicht eindringen konnte) lagen auf ihm wie der Kadaver eines Tiers, und in der Tat: Zwei schwerverwundeten Tieren glichen sie in dieser Nacht wohl beide.

Doch kurz bevor Menenhetet ging, ließ sie ihn noch einmal nahe an ihre Gedanken. Und so wie ein Reisender auf einer Barke dem Murmeln des Nils lauschen und den Geist des Wassers kennen kann, so erahnte er, daß sie in ihrer Weisheit nach einem Ritual suchte, um Usermare mit Macht zu treffen.

Zu seiner Überraschung erfuhr Menenhetet am folgenden Tag, daß die Eunuchen damit beschäftigt waren, ihren, Ma-Khruts, Altar zu säubern. Dies beunruhigte ihn so sehr, daß er, allem möglichen Aufsehen zum Trotz, erneut ihr Haus aufsuchte. Und nun erkannte er, auf Grund der Vorbereitungen, welche sie traf, daß sie eine Anrufung der Isis plante.

Oft hatte sie zu ihm davon gesprochen, welch feierlicher Akt eine solche Beschwörung der Großen Göttin sei, und er fühlte sich tief angerührt durch diesen ihren Entschluß. Er war genauso kühn wie sein eigener Plan zur Flucht. Ein Hauch von Liebe schien zurückgekehrt. Hatte vielleicht sein Mut sie ermutigt?

An diesem Tag verschmähte er alle Speisen, gleich ob Melonen oder Bohnen oder Gans, und frühzeitig begab er sich zu Wonnekugels Haus. Es war durchaus üblich, daß er mit dieser oder jener der kleinen Königinnen zu Abend speiste – und im übrigen ein gutes Omen: Das Erscheinen des Gouverneurs mochte am Ende einen Besuch gar von Usermare zeitigen.

An diesem Abend jedoch beschieden Wonnekugel und Menenhetet sich mit gekochtem Getreide, auf Papyrusblättern serviert. Sodann (mit den Eunuchen sowie etlichen der kleinen Königinnen als Augenzeugen) empfahl er sich. Außerhalb des Hauses verweilte er, plauderte mit dieser und jener und wartete auf die Dunkelheit. In dieser Nacht würde der Mond nicht scheinen, und ein Besuch des Pharao – nein, damit brauchte man nicht zu rechnen. Sobald als möglich (die Eunuchen waren inzwischen fort) kehrte Menenhetet über die Mauer zurück.

Sie trug weiße Sandalen, und ihr Gewand schien völlig durchsichtig zu sein. Ihr Parfüm war der Duft weißer Rosen, und ihr Atem noch süßer als ihr Parfüm. War dies (fragte er sich) nicht die Gegenwart der Isis, jenem Getreidemahl entstiegen, welches Wonnekugel und er zuvor genossen?

Wonnekugel: Ihr Atem konnte dem Hauch einer Blüte gleichen; oder so stinken wie faulige Flüche. Es hatte Nächte gegeben, in denen er den Moder der Duat gewahrte.

An diesem Abend jedoch blieb ihr Atem sich gleich, wahrhaft wonnig. Und das rote Amulett der Isis, welches ihre Leibesmitte umschlang, verlieh ihr eine unvergleichliche Haltung.

Sie begann die Beschwörung. Und die Stimme, mit der sie Isis anrief, war nicht ihre eigene Stimme, sondern die von Usermares Vater, Seti I. Mochte Ma-Khrut auch über vielerlei Mächte und Kräfte verfügen, so konnte dennoch nur ein Pharao zu jenen Höhen gelangen, wo Isis wohnte (und Wonnekugel hatte es in der Tat verstanden, in der Königlichen Bibliothek des Usermare eben jenen Zauberspruch ausfindig zu machen, der die Göttin zu voller Kraft beschwor – sofern von einem König gesprochen).

Und so zitierte Wonnekugel denn den Ka eines toten Pharao herbei. Von seiner Anwesenheit umhüllt, konnte sie zu Isis sprechen.

Nunmehr trat sie aus dem Kreis, entledigte sich ihres Gewands, öffnete eine Truhe und entnahm ihr ein Kleid, ganz weiß und gewiß für einen Pharao geeignet, sowie goldene Sandalen und eine goldene Brustplatte, groß genug, um ihre Brüste zu bedecken. Sodann öffnete sie eine weitere Truhe und entnahm ihr eine

Doppelkrone, gemacht (wie Menenhetet begriff) von ihren eigenen Händen, feines steifes Leinen, mehr als eine Elle hoch. Diese
setzte sie sich aufs Haupt (mit dem Zierbart unter dem Mund und
am Kinn), und als sie zurücktrat in den Kreis und das rote Amulett
auf den Altar legte, war nun auch ihr Gesicht verwandelt. Ihr
vollippiger Mund – nur noch ein strenger Strich wie bei Seti:
jedenfalls so, wie Menenhetet ihn von vielen Abbildungen in
Tempeln kannte.

Während sie dann miteinander lagen, begann Wonnekugel zu
sprechen:

> »Vier Elemente,
> überallhin verstreut,
> werden kommen mit ihren Herzen,
> zu diesem, das da geschieht.
> Möge der Ka von Seti geboren werden,
> möge der Ka von Seti unsere Erde kennen.
>
> Luft, Wasser, Erde, Feuer,
> Samen, Wurzel, Baum und Frucht,
> Atem, Ertrinken, Bestatten, Geburt,
> Luft, Wasser, Feuer, Erde,
> O Seti, komm zu mir.«

So sprach sie, und er wiederholte jedes Wort, und ihre Stimmen
erklangen gemeinsam; und schier endlos wiederholten sie diese
Worte.

Wonnekugel holte eine Schale mit Weihrauch vom Altar, ganz in
ihrer beider Nähe, und die Luft war schwer von schwerem Duft.

Und sie sprach mit einer Stimme, die geschwängert schien von
wolkendickem Rauch (stickig war ihr Atem, schwer das Gewicht
ihres Fußes):

»O du, der du der größte aller Pharaonen warst und sitzest zu
Füßen von Osiris, mit Cheops und Tutmosis; du, der du der Vater
des großen Usermare bist – wisse, daß der Klang dieser Stimme,
die dich anruft, Ma-Khrut gehört. Ja, ich bin Ma-Khrut aus Sais,
geboren während der Zeit, da du regiertest.

Großer Seti, größter aller Pharaonen, gib dich zu erkennen durch
deine Macht, durch deinen Zorn, durch den Glanz deines Ruhms.

Denn dein Sohn Usermare hat deinen Tempel in Theben abgerissen. Und ausgelöscht all die großen Worte, gesprochen über seinen Vater Seti. Lautlos klingen die Gebete für seinen Vater in diesen Tempeln. Die Steine sind zum Schweigen gebracht. Wenn du mich hörst, so möge dein Ka auf mich herabsinken wie ein Zelt.« Sie brach ab, sagte dann: »O Seti, komm zu mir.«

Sie sprach mit der klaren und vollkommenen Stimme eines Pharaos, und ihre linke Hand deutete zum Norden des Altars: Der Norden umschloß das Gelände von Sais am Delta. Und Menenhetet spürte, wie der Ka des toten Monarchen auf sie herabsank wie ein Zelt aus leichtestem Linnen. Auch erblickte er, unten auf dem Boden, den grünen Kreis; und auf dem Altar das Rot des Amuletts. Vogelrufe erklangen, vom stummen Himmel her, aus Setis Zeit; und Menenhetet setzte sich auf, damit die Hand des Vaters von Usermare ihn leichter beim Haar packen könne; und fühlte, wie sein Schopf mit großer Kraft von einer Hand gepackt wurde; und mit der Schwere einer Bronzestatue lag es auf seinem Haupt.

Sodann vernahm er die Stimme des Ka von Seti, welche also sprach: »O große Göttin, du bist die Mutter unseres Getreides und die Herrin unseres Brotes. Du bist die Göttin von allem, das da grünt. Du bist stärker als sämtliche Tempel des Amon.« Nun stieg Nebeldunst vom Altar, und in der Luft war der süße Geruch von Feldern. »Der Mond«, sprach der Ka des Seti, »ist dein Tempel. Alle Berge kommen herab zu dir. Die Sümpfe fließen auf dein Geheiß.«

Hoch über der Hand, die seinen Schopf hielt, hörte er Ma-Khrut sprechen mit der Stimme des Ka von Seti:

»Große Göttin, vernimm die Schande von Seti dem Ersten. Sein Sohn bewegt die Steine *seines* Tempels. Marmorblöcke werden umgewälzt. Damit niemand mehr schauen kann die Ruhmestaten des Seti, welche darin eingemeißelt: Was zuvor die Vorderseite war, ist jetzt die Rückseite.«

»Ja, so ist es in der Tat«, sprach eine laute Stimme.

»Uralte Gerüche steigen aus diesen Steinen. Und sie sprechen von der Erde, in welcher sie verscharrt. Mögen sie doch auf Ramses stürzen. Mag sein Herz zerquetscht werden von Setis Steinen.«

Wie Wellen ging es aus vom Ka des Seti; und es ging durch Menenhetet hindurch – durch sein Fleisch, welches wie in Erstarrung lag.

»Dein Mund befiehlt Ra. Der Mond ist dein Tempel. Alle Berge werden herabkommen zu dir.«

Auf dem Altar glühte das Amulett in einem Weiß wie geschmolzenes Metall. Menenhetet vermochte kaum zu atmen. Der Altar zitterte und schwankte – und stürzte dann gleich den Steinen des Tempels des Seti. In Menenhetets Ohren hallte das Kreischen eines gefangenen Vogels, und ihn erfüllte ein ungeheurer Zorn. Der Ka des Seti ging von Wonnekugel über auf Menenhetet (noch während der Altar zu Bruch ging), und er stieß ein Geheul aus wie eine Bestie – wie ein wilder Eber etwa.

Und so besprang er (direkt neben dem zerschmetterten Altar) Wonnekugel wie nie zuvor; und sie gab sich ihm hin mit einer Süße wie nur je ein junges Mädchen auf den Feldern. In seinem Hals war es wie ein Röhren: Setis Stimme, voll Zorn über das Schänden seiner Tempel. Und Menenhetet – er liebte Ma-Khrut mit einer Leidenschaft sondergleichen – ließ sich keine ihrer Öffnungen entgehen; nicht den Mund ihrer Blume, nicht den Mund ihres Fischs, nicht den Mund ihres Sitzes; und gab seinerseits seine beiden Münder, damit sie ihn wohl kenne.

Hinter den Mauern der Abgeschlossenen, in den Gärten und Gängen des Hohen wie des Kleinen Palastes, fühlte er, wie der Zorn von Seti eindrang in die neuen Tempel, in die umgestürzten Steine; und daß Usermare in seiner Ruhe beunruhigt ward wie die Wasser des Meeres vor einem Sturm.

Aber nachdem all dies geschehen war, sprach Wonnekugel: »Ich weiß nicht, was geschehen ist. Der Ka von Seti dem Ersten sollte nicht von mir auf dich übergehen.«

Und in dieser ganzen Nacht war sie beunruhigt über die unvorhergesehene Wende der Zeremonie, und sie war tief betrübt am folgenden Morgen.

# SIEBEN

Am nächsten Abend wußten in den Gärten dann alle, was inzwischen dem Pharao widerfahren. Zur Mittagszeit hatte er den Palast von Nefertiri aufgesucht und mit dieser seiner Königin gespeist. Hierbei geschah es, daß einer der Diener eine Schüssel voll siedend heißer Suppe über den Pharao kippte, welcher vor Schmerz in ungeheures Gebrüll ausbrach. Der Bedienstete floh in die Küche, die Leibwache des Königs unmittelbar auf den Fersen, und der Diener wurde so grausam mißhandelt, daß er noch vor Sonnenuntergang starb. Für die Bewohner der Gärten war dies ein Thema, über das man endlos schwatzen konnte, und Wonnekugel lachte ihr fröhlichstes Lachen seit vielen, vielen Wochen. »Die Macht der Isis wirkt unmittelbar«, sagte sie.

Keine zwei Tage waren seit jenem Vorfall vergangen, da gebot Usermare, daß Papyrus mit Zauberworten beschrieben werde. Nicht nur ein paar Rollen, nein, solche Mengen, daß selbst die Königlichen Schreiber nicht zu sagen vermochten, wieviel Amulette derzeit gefertigt würden.

Wonnekugel bewog Menenhetet, die Gärten zu verlassen – was dieser ja selten tat – und die Große Kammer zu besuchen, wo die Schreiber des Hofes am Werk waren. Ihrer fünfhundert saßen dort und schrieben Briefe an ihre Standesbrüder, die Schreiber der Tempel, die Schreiber vom Haus des Goldes und vom Haus des Getreides, die Schreiber des Heeres und die Schreiber der Gerichtshöfe, kurz, an die Schreiber all dessen, was des Königs war, in allen Provinzen des Königreichs. Die Große Kammer glich einem Tempel, denn da waren keine Mauern, nur ein Dach und eine Vielzahl von Säulen. Auch arbeiteten die Schreiber nicht nur, sondern sie eilten hin und her, um miteinander zu tratschen.

Menenhetet fühlte sich an das aufgeregte Geschwirr der Vögel erinnert, welche auf ihren Flügen zwischen Himmel und Erde Botschaften zu Göttern und Bestien tragen.

An diesem Tag, anläßlich eines Schwatzes mit einigen der Ober-schreiber, erfuhr Menenhetet, daß die Amulett-Produktion den Bedürfnissen des Pharao nicht mehr genüge: es seien ihrer zu wenige. Unruhe war über die Schreiber gekommen. Viele von ihnen, bisher nur gewohnt, Briefe zu verfassen an Beamte in fernen Teilen des Landes, fühlten sich äußerst unwohl bei dieser ihrer neuen Tätigkeit.

Als Menenhetet dies Wonnekugel erzählte, lachte sie wieder. »Mitunter wirkt die Macht der Isis auch nicht ganz so unmittel-bar«, sagte sie. Und fügte hinzu, Usermare müsse von Sinnen sein. Sei es doch eine Narretei, von ungeübten Schreibern Amu-lette fertigen zu lassen. Hierbei nämlich sei die Genauigkeit des Vorgangs entscheidend, Genauigkeit, welche der Übung bedürfe. Keine Amulette seien besser als die zu Sais gemachten. Dort habe sie diese Kunst erlernt. Und dort pflege man zu sagen, ein Patzer bei einem einzigen Amulett könne zwanzig andere verderben. Die Schreiber, welche Usermare jüngst mit dieser neuen Tätigkeit betraut, taugten nur dazu, Verzeichnisse von Viehbeständen zu führen oder die Zahl der bei einem Fest geopferten Gänse zu nennen – sie seien *Schreiber* und weiter nichts. Und wieder lachte Wonnekugel, diesmal jedoch verächt-lich. Für sie glichen die Schreiber Affen oder Eunuchen. Sie geboten nicht über das wahre Wort, über das Wort des Schwei-gens: Wie also sollten sie Amulette fertigen können?

Dann erzählte Menenhetet ihr eine ungewöhnliche Geschichte, welche er an diesem Nachmittag vernommen. Sie kam von Stet-Spet, auch Pepti genannt, dem Schreiber des Hauses der Ab-geschlossenen. Weshalb er natürlich Eunuch war, der einzige unter den Schreibern, und somit ein Klatschmaul sonderglei-chen.

Denn die Eunuchen hatten ja keine Kinder zu beschützen. Und so fanden sie sich stets bereit, über alles Verbotene zu schwat-zen. Das gleiche, meinte Menenhetet, gelte freilich auch für Schreiber. Da sie den größten Teil ihres Lebens in einem einzi-gen Raum verbrächten, betrachteten sie voll Neid all jene Men-schen, welche an buntere Orte kämen, und führten Nachrede über diese – und zumeist üble. Was also solle man dann von einem Wesen sagen, das sowohl Eunuch als auch Schreiber sei? Wonnekugel stimmte Menenhetet zu, und sie lachten beide. Indes spotteten sie dieses Wesens nicht in dessen Gegenwart. Denn es war nicht gut, Stet-Spet zum Feind zu haben.

Vor wenigen Jahren noch war er einer der kleinsten und geringsten Schreiber gewesen, dem Oberaufseher für Ackerbau unterstellt. Doch so glühend war sein Wunsch, aus den niederen Rängen aufzusteigen, daß er sich aus freien Stücken hatte entmannen lassen. Menenhetet achtete dies. Es war nicht leicht für einen Ägypter, nein, waren die Ägypter doch weniger zäh als die Nubier. Auch überstanden sie nicht alle das Wundfieber nach der Operation. Indes waren die Gelegenheiten, Oberschreiber zu werden, so dünn gesät, daß Stet-Spet sich beeilt hatte, um die Entmannung nachzusuchen, kaum daß er vernommen, der bisherige Schreiber der Abgeschlossenen, ein alter Nubier, werde bald sein Augenlicht verlieren.

Und nun arbeitete Stet-Spet in den Gärten und hatte das schönste Leben von allen Schreibern. Er speiste in den Häusern aller kleinen Königinnen. Auch hätte er im Harem mehr müßiggehen als arbeiten können. Doch er versah sein Amt mit Eifer. Und so erfuhr er denn von jeder Liebe einer kleinen Königin zu einer anderen kleinen Königin und kannte selbst die Kosenamen, die sie einander gaben.

Die Frauen wiederum hatten ihm einen neuen Namen gegeben – Pepti –, da der alte – Stet-Spet – »Bebender-Pfahl« bedeutete. Und wenn sie bei diesem Namen seiner Operation gedachten, mußten sie so sehr kichern, daß sie nicht mehr mit ihm zu sprechen vermochten. Natürlich wurde Pepti, Eunuch, der er war, und Essensgast bei so vielen kleinen Königinnen, fett und fetter, bis er so gewaltigen Leibes war wie Wonnekugel. Niemand, hieß es, komme diesen beiden an Wissen gleich; doch wisse Wonnekugel noch mehr als Pepti. Dieser wiederum bezog sein Wissen aus seiner Tätigkeit. Da kein Weib in den Gärten es versäumte, den Schreiber der Abgeschlossenen zu unterrichten, wenn sie Usermares Samen empfangen (und genau ward es verzeichnet, auf daß fraglos feststehe, wann der Pharao ein neues Kind gezeugt), verfügte Pepti über eine Liste all der kleinen Königinnen, welche Usermare in den drei Jahren erkoren, da Pepti Schreiber der

Gärten war. Und so vermochte denn keine kleine Königin in der Gunst des Pharaos zu steigen oder zu fallen ohne Peptis Wissen. Auch hatte er vernommen, was Menenhetet in Nubtys Haus widerfahren war. Ja, Pepti wußte es schon am frühen Morgen – aiiigh, Kazama! Denn Heqat und Wonnekugel erzählten es ihm, bevor sie sich zur Ruhe legten, waren sie doch in seinem Haus gewesen, damit er aufzeichne, daß sie Usermares Samen empfangen. Natürlich behielt Pepti die Geschichte nicht für sich, und ein Gelächter, grausam wie giftige Schlangen, wand sich gleichsam durch die Gärten. Die Eunuchen hielten ihre Hand vor den Mund, wenn sie vorübergingen an ihrem Gouverneur. Menenhetet konnte sich denken, daß der Schreiber der Abgeschlossenen die Geschichte ausgeplaudert hatte. Auch sah er vor sich dessen fetten Bauch, wabbelnd vor schadenfrohem Gelächter. Doch vermochte er ihn nicht mit jener Glut zu hassen, die Rachegelüste schürt. Die Geschichte, dies wußte Menenhetet, wäre ohnehin weitergetratscht worden. Überdies wurden solche Geschichten rasch alt in den Gärten und verrotteten gleichsam wie vom Baum gefallene Feigen. Auch wagte er es nicht, sich Pepti zum Feind zu machen. Denn konnte der Schreiber den Eunuchen nicht Weisung geben, Menenhetet nachzuspionieren? Und so blieb er denn freundlich. Er hatte dazu auch oft Gelegenheit, mußten er und Pepti doch – als die einzigen hohen Beamten in den Gärten – oft zusammensitzen über den Rechnungsbüchern. Denn der Schreiber hatte alle Einkäufe auf dem Markt zu notieren, und der Gouverneur hatte dies zu überprüfen.

Danach pflegte Pepti mit Menenhetet zu tratschen. Pepti tratschte mit allen. Eine nicht erzählte Geschichte glich einer ungegessenen Speise. Als Menenhetet nun an jenem Morgen durch die Kammer der Schreiber schritt und den Eunuchen im Gespräch mit alten Freunden antraf, erbot er sich, ihn mitzunehmen in seinem Wagen. Pepti vermochte es, sich mit seiner Stimme durch das Rattern der Räder auf dem Pflaster der Plätze und das Geschrei der Händler auf dem Markt von Theben gleichsam hindurchzudrängeln, und so erfuhr Menenhetet mehr von der Schüssel voll siedend heißer Suppe.

Es schien, das Mahl war von Anfang an verdorben, denn an jenem Morgen war Amen-khep-shu-ef siegreich zurückgekehrt von einem schier unglaublich schnellen Feldzug in Libyen. Als Usermare eintrat, war sein Sohn schon da, samt Nefertiri. Und dann nahm der Prinz – und dies unaufgefordert – neben seinem Vater Platz und schuf gleichsam Unruhe in der Luft. So wunderte sich denn niemand besonders, als die Schüssel kippte. Usermare fluchte seinem Sohn mit suppenverbrühter Brust und eilte von dannen. Ohne Verzug begab er sich zum Palast von Rama-Nefru. Die Hethiterin war nun seine Favoritin, kein Zweifel – dies versicherte der Schreiber Menenhetet. Mehrere kleine Königinnen hatten Pepti erzählt, wenn Usermare sich ergieße, komme der Name von Rama-Nefru öfter von seinen Lippen als der seiner Ersten Königin. Überdies hatte er seit jenem Tag kein Wort mehr mit Nefertiri gewechselt. Und sie nicht mit ihm. Nefertiri trauerte um den Diener, welcher zu Tode gekommen. Es schien, er hatte ihr viele Jahre gedient. Natürlich war Nefertiris Verhalten ein herber Tadel an Usermare. Und Amen-khep-shu-efs Gegenwart glich derzeit einer Bedrohung.

Als nun Wonnekugel dies erfuhr, war sie tief beeindruckt von Usermares Ungemach. Auch sprach sie davon, den Ka von Nefertiris Diener zu beschwören. Menenhetet wollte wissen, inwiefern der Ka eines Dieners im Zusammenhang mit Usermare von Nutzen sein könne. Worauf Wonnekugel erklärte, ein jäher und ungerechter Tod verleihe dem Ka große Stärke, sei die Person auch noch so niederen Standes gewesen. Und darum werde sie den Ka des Dieners beschwören.

Doch mitten in diesen ihren Überlegungen verschluckte Menenhetet sich an einem Knochen, und so tief stak der Knochen in seinem Hals, daß seine Augen groß wurden wie Hühnereier. Wonnekugel rief eilends ihre Bediensteten herbei, zwei Eunuchen, und diese trugen Menenhetet in die Mitte des Lapislazuli-Kreises.

Sogleich sprach Wonnekugel mit lauter Stimme: »O Knochen des Ochsen, hebe dich aus seinem Bauch! Hebe dich aus seinem Herzen! Hebe dich aus seinem Hals! Hebe dich aus seinem Hals und komme in meine Hand. Denn mein Haupt reicht bis an den Himmel, und meine Füße stehen in der Tiefe des Abgrunds. Knochen des Gottes, Knochen des Menschen, Knochen des Tieres, komm in meine Hand.« Der Knochen löste sich aus Menenhetets Schlund mitsamt dem Erbrochenen, und er konnte wieder frei atmen. Doch nun erbrach sich auch Wonnekugel. Götter, deren Namen ihr unbekannt, hatten den Diener ihres Herzens, hatten Menenhetet angegriffen.

Später an diesem Abend fühlte er sich stark genug, in sein Haus zurückzukehren. Doch war ihm allein so jämmerlich zumute, daß er beschloß, wieder zu Wonnekugel zu gehen. Auf dem Weg indes wurde ihm schwach. Er vermochte kaum den Baum zu ersteigen, über dessen Geäst er in ihren Garten gelangte. Und als er dann bei ihr war, traf er sie trübselig an und gleichsam erschöpft; als habe sie geweint, seit er fortgegangen.

»Meine Absichten sind durchkreuzt worden«, sagte sie. »Ich wußte es seit der Nacht, da der Ka des Seti auf dich überging. Wir müssen eine Beschwörung vollziehen. Wir müssen Sesusis böse Gedanken bannen.«

Aus einer ihrer Truhen nahm sie ein reines Stück Leinen und wickelte es um den Knochen, welcher in Menenhetets Hals gesteckt. Leinen und Knochen legte sie in den hohlen Bauch einer Figur aus Elfenbein, nicht größer als ihre Hand, doch hatte sie das Gesicht von Ptah, die Krone von Seker und den Leib von Osiris. Diese stellte sie auf ihren Altar und entfachte ein Feuer aus getrocknetem Gras. Sodann nahm sie aus ihrem Gewand eine Kugel von Wachs und formte daraus ein Abbild von Aapep.

Und sprach: »Schlange, es regne Feuer auf dich. Eine Flamme aus dem Auge von Horus fresse sich ins Herz von Aapep.« Die Lohe schoß auf vom Altar, und es war eine große Hitze in dem Gemach. Menenhetet saß, die Beine gekreuzt, in dem Wasser, welches von seinem Körper floß, und Ma-Khrut öffnete ihr Gewand und entblößte ihre gewaltigen Brüste. Rot wie Feuer waren sie bei diesem Licht. »Schmecke deinen Tod, Aapep«, sprach sie. »Zurück in die Flammen. Um dich ist's geschehen. Zurück, Ungeheuer, und stehe nie wieder auf.«

Sodann wickelte sie die Wachsfigur von Aapep in einen Papyrus, auf welchen sie eine Schlange gezeichnet, beschmiert mit den Exkrementen ihrer Katzen. Diese Opfergabe legte sie in das Feuer des Altars und spie darauf und sprach: »Das große Feuer wird dich prüfen, Aapep, und seine Flamme wird dich verzehren. Du sollst keinen Ka besitzen. Denn deine Seele, sie ist verdorrt. Und dein Name ist begraben. Und über dir ist das Schweigen der Vergessenheit.«

Menenhetets Hals war noch wund von dem Knochen, seine

Augen schmerzten, seine Lungen waren gleichsam abgeschnitten von seinem Atem. In sich erfuhr er den Zorn vieler Götter. Doch führte er keine Klage. Er wagte es nicht. Legionen von Göttern zogen gegeneinander ins Feld. Die Stätte ihres Kampfes sah er nicht, indes roch er die Toten und Verwundeten im Rauch des Katzendungs auf dem Gras. Die Schlacht hatte begonnen, und er war ein unwissender Soldat, doch würde er in einer solchen Stunde niemals Wonnekugel verlassen. »O Auge des Horus«, sprach sie, »Sohn der Isis, mache stinkend den Namen von Aapep.« Und Menenhetet roch die toten und verwundeten Götter im fauligen Atem des Rauchs. Und als Wonnekugel ihn umarmte, waren ihre Lippen schlüpfrig wie Schlangen, und ihr Atem war faulig wie der Rauch. Es würgte Menenhetet in seinem wunden Hals.

Sie trat zum Altar und sprach: »Erscheine, Schwein des Verbotenen Fleisches. Tritt ein in den Kreis. Und dünste nach den Sieben Winden.« Dann sang sie mit sieben Stimmen, deren jede einen Laut klingen ließ. Und jede Stimme war tiefer denn die zuvor – als steige sie eine Leiter hinab in eine Grube, die dem Schwein als Koben diente. »I«, sang sie, und ihre Leier, die an der Wand hing, begann zu zittern; »ee«, sang sie, und ihre Alabasterschalen klirrten; »ai«, und seine Zähne schmerzten; »oh«, und es wühlte in seinem Gedärm; »ah«, und es drang ihm in seine Lenden; »yu«, und der Boden bebte unter seinen Füßen. Und mit der tiefsten aller Stimmen, mit einem Klang der Zufriedenheit, tiefer als die Laute der Tiere, die in den Sümpfen wohnen, sang sie »uhhh« – und dann vernahm er ein Grunzen und spürte einen Schweinerüssel zwischen seinen Hinterbacken.

Nun, vor dem Altar, hob Wonnekugel ihr Messer empor und sprach: »Ich rufe dich, Gott der Zerstörung. Ich rufe dich, der du Seth heißest. Ich rufe dich mit allen den Namen, die andere nicht kennen.« Und sie nannte Namen, seltsamer als alle, die er je vernommen:

»Der du Seth heißest, ich rufe dich mit dem Namen Iopakerbeth und Iobolkhoret, mit dem Namen Iopathanax und Aktiophi, mit dem Namen Ereskhigal und Neboposoaleth, mit dem Namen Lerthexanax und Ethrelnoth. Du wirst kommen zu mir, da ich nun alles töte, was übel ist an diesem Schwein.« Und sie drehte sich im Kreis, ihr Messer in der Hand; und Menenhetet spürte, wie die

Zunge des Schweins erstarrte gleich dem Ende eines abgehauenen Astes, wie sie kurz zwischen seine Hinterbacken fuhr und wie sie zurücksackte in das Maul des Schweins. Er fühlte Blut unter seinen Füßen, doch als er niederblickte, war der Boden trocken. Indes schaute er das Gesicht des Schweins.

Es verröchelte. Doch brach das Licht in seinen Augen nicht wie bei einem gewöhnlichen Tod, da Wasser im Sand zu versickern scheint. Nein, es verschwand in einem Aufblitzen strahlender Lichter mit plötzlichen Schatten, einem Strom gleich, der über Felsen stürzt. Und Menenhetet sah darin mancherlei Ausdruck. Er schaute die Furcht in Usermares Gesicht am Tag von Kadesch, da der Hethiter ihm seine Nase brach, und ein Stolz, groß, ja, und wild wie der Glanz in den Augen eines Ebers lag in den feuchten Nüstern des Tieres. Dann starb es, und sein Gesicht glich den Zügen von Wonnekugel, wenn ihre Augen schlummerten im Rund ihres Gesichts. Und Menenhetet vermochte es nicht mehr zu schauen.

Diese Zeremonie war anders gewesen als die zuvor. Denn jetzt verspürte Menenhetet kein Verlangen nach Wonnekugel. Das Schwein war tot, und mit ihm dahin war die Raserei seines Glieds und die Lust seines Herzens. Menenhetet war betrübt.

»Ich wollte es nicht töten«, sagte Wonnekugel.

»Was wird nun geschehen?« fragte Menenhetet.

Sie lächelte, doch gab sie ihm keine Antwort. »Mit uns ist es zu Ende«, sprach sie zu sich, und sie zeigte ihm das Maß ihrer Liebe mit der Traurigkeit, welche sie überkam: Sie floß gleichsam über vor Traurigkeit. Und nun wußte Menenhetet, daß er auch seinen Geheimen Namen verloren. Er-der-hilft-den-Hals-des-Usermare-zu-drehen – dieser Name gehörte ihm nicht mehr. Jetzt hatte er nichts mehr, seinem Pharao zu widerstehen.

# ACHT

In der folgenden Nacht nun mußte Menenhetet im Haus von Heqat des Usermare Hand halten: Auf seinem Rücken lag der Pharao der Zwei-Lande, flach wie das Tal, ehe der Fluß steigt, indes die kleinen Königinnen mit ihm der Liebe pflogen. Heruit und Hatibi nahmen sich seiner Zehen an, Amait und Tait seiner Brust. Der Fluß begann nun zu steigen, und so mußten denn die Spitzen seiner Brust liebkost werden, bis sie aufschwollen wie Hapi, der Gott des Nils, der Weiberbrüste besaß. An-Her durchfuhr mit langen, langsamen Windungen ihrer Zunge die Falten seines Bauches, und Menenhetet, der den König bei der Hand hielt, fühlte dessen Nabel erzittern gleich einem Ohr. Und Heqat umschmeichelte mit ihrer Zunge sein Schwert, und ihre Lippen waren wie Zelte auf den Gesegneten Gefilden, Zelte aus Blütenblättern von Rosen, denn die Schönheit ihres Mundes kam der Häßlichkeit ihres Gesichtes gleich. Djeseret und Tantanuit küßten sein Gesicht, da er es von der einen zur anderen wandte. Und all diese kleinen Königinnen waren seinem Leib so ergeben, als beteten sie in einem Tempel an der Seite des Pharao; und ihre Zungen waren einander vertraut und angenehm. Im Licht des brennenden Dochtes in der Schale mit Öl waren ihre Augen voll Gold wie die Augen eines Löwen, und es schimmerten ihre Glieder.

Doch fühlte Menenhetet auch des Königs Weh. Schwarz wie der Schlamm auf dem Grunde des Nils war die Düsternis in ihm; und sie regte sich in den Tiefen seines Leibes gleich Ungeheuern in der Tiefe der Wasser. Alte Gerüche der entsetzlichsten Furcht stiegen in Menenhetets Nüstern empor von den Steinen, die verrückt worden waren. Gemischt in seine Lust, lebensvoll wie das kräftig schlagende Herz eines Hengstes, war Unruhe in Usermares Bauch, Unruhe über die Steine, die verrückt worden waren; und über viele Jahre hinweg kam ein Gedanke in seinen Sinn. Klar und deutlich – eine Stimme, die Menenhetet zu hören vermochte – sprach Usermare zu sich selbst: »Wenn ich früher Liebe machte mit Nefertiri, fühlte ich in mir mein Königreich erbeben.«

Durch seine Hand spürte Menenhetet (es lief durch Usermares Arm und durch seinen Leib bis in sein Schwert), wie der König Nefertiri betrat in den Tagen, da sie jung war wie Rama-Nefru; und Usermare erfuhr Nefertiri an sich durch Heqats Mund über seinem Schwert. So konnte Menenhetet denn gleichsam im Bauch der jungen Nefertiri leben, und es war ein Gefühl, so köstlich und königlich wie ein Abend im letzten Rosenlicht der Sonne. Menenhetet hatte nun keine Macht mehr über seine Lenden: Sie ergossen sich, und er stand betreten da wie ein Sklave, den der Aufseher beim Stehlen ertappt hat.

Usermare löste sich von den Mündern seiner kleinen Königinnen und fragte: »Welche Pracht ließ dich so wonnig erschauern?«

»Ich weiß es nicht, Herr.«

Die Steine der Vorfahren von Usermare mahlten gleichsam in seinem Bauch; und er lag in Schmerzen wie ein Weib, das gebiert. Doch nun, da Menenhetet sich ergossen hatte, spürte er die Qualen seines Monarchen nicht mehr. Statt dessen blieb er zurück in der Einsamkeit seiner eigenen armen, nassen Schenkel. Indes schaute er, als er seine Augen schloß, die steinernen Tore des Tempels von Seti, welche in dieser Woche gefallen waren; und er hörte das Klirren der Meißel, welche die Inschriften abgeschlagen hatten.

Und so kehrte der Gouverneur der Abgeschlossenen denn in die dunklen Gedanken des Pharaos zurück; und Menenhetet spürte wieder durch Heqat die Nähe der Königin Nefertiri; doch war Amon in ihr, und das Schwert des Verborgenen glich einem Regenbogen in dem Wald zwischen ihren Schenkeln. Die Düsternis aber, die auf Usermares Herz lag wie schwarzer Schlamm, war der Name von Amen-khep-shu-ef; denn dieser Prinz war das Kind des Amon. Und Amon war es, der Usermares Platz eingenommen zwischen den Schenkeln von Nefertiri.

Usermares Blut raste mit der Furcht eines Hasen im Maul des Löwen. Und sein Glied wurde schlaff in Heqats Mund, denn der

Regenbogen, welcher Amon war, flüsterte der jungen Nefertiri ins Ohr: »Du wirst einen Prinzen gebären, und dieser wird seinen Vater erschlagen.« Nefertiri stöhnte vor Pein und vor großem Entzücken, indes Amon sich ergoß, gewaltig und strahlend. Doch strömte nichts aus Usermare in Hegats Mund. Ein Weh aus den schwärzesten Höhlen von Seker lag auf seinem Herzen. Er sah einen Sohn, der ihn zu töten begehrte.

»Ich werde jedem die Nase abschneiden, der sich verschwört gegen mich«, sagte Usermare nun zu den acht kleinen Königinnen; und er stierte sie so wild an, daß jede Hoffnung auf Freude an diesem Abend verflog. Wieder lag er auf dem Rücken – umdüstert – und hielt Menenhetets Hand, während die kleinen Königinnen ihn bedienten. Heqat stand nun ein wenig beiseite und versuchte, die Götter anzurufen, von denen er wünschte, daß sie ihm nahe seien.

»O Großer Pharao«, sprach Heqat, »König des Schilfs und der Bienen, Herr der Zwei-Lande, Gastgeber von Thoth, Liebling von Ptah, Sohn von Ra, wir salben deinen Leib.«

Und Heqat strich ein Öl, geweiht vom Hohen Tempel des Amon, zwischen seine Zehen; und andere kleine Königinnen salbten seine Öffnungen und legten Öl auf die Muskeln seiner Brust, die den Wogen des Meeres glichen. Dennoch war Sesusis Verzweiflung tief.

»O Goldener Falke«, sprach Heqat, »du, der du Horus bist, Sohn des Osiris, und mit deinen Schwingen einest Himmel und Erde. Du sprichst zu Ra am Firmament und zu Geb auf den Fluren. Du bist Horus, der im Leib des Großen Usermare wohnt.« Heqat legte ihr Gesicht auf die Lenden von Sesusi, doch es rührte und regte sich nichts. Er lag wie im Grabe.

»O König von Ober- und Unterägypten«, sprach Heqat, »Herr der zwei Herren Horus und Seth, deine Rede ist wie Feuer...«

»Nein, ich habe kein Feuer in mir«, sagte Usermare. »Ich bin erkaltet. Amon hat sich verborgen.«

»Amon hat sich verborgen vor der Arglist der Menschen. Doch er ist unbesieglich«, sprach Heqat. »Denn er hat Himmel und Erde gemacht und Finsternis gebreitet über die Wasser. Amon schuf den Tag mit seinem Licht, und er kennt keine Furcht. Amon hat deinen Nüstern den Odem des Lebens gegeben.«

»Meinen Nüstern ja«, sagte Usermare.

»Amon«, fuhr Heqat fort, »schuf die Früchte und Kräuter und Vögel und Fische für deine Untertanen. Er wird seine Feinde zerschmettern, wie er zerschmettert hat alle, die es gewagt, ihn zu schmähen. Doch wenn seine Kinder weinen, so hört er sie. O du, dessen Rede wie Feuer ist, du bist Amons Sohn.« Und Heqat nahm alles in den Mund, was an Usermares Lenden war; und der König stöhnte laut; doch es rührte und regte sich nichts.

Dann verspürte Menenhetet, indes er die Finger von Usermare hielt, eine neue Furcht. Denn sein Pharao hörte die sieben Laute so deutlich, als sei er bei der Opferung des Schweins in der vorigen Nacht dabei gewesen; und die sieben Laute prallten gleichsam aufeinander, während die Suppe wieder über Usermares Brust kippte. Sein Herz brannte vor Zorn, und ob solcher Hitze erhob sich ein Gluthauch in seinem Bauch.

»Ich muß meine Kräfte sammeln«, sagte er laut, »damit ich die Flut zu stillen vermag.« Warum lag er auf dem Rücken, wenn nicht zu dem Zweck, seine Gedanken zu vereinen mit all den Gedanken in seinem Königreich, welche die Flut besänftigen würden? Das Hochwasser dieses Jahres durfte nicht zu hoch steigen. Doch konnte er seine Gedanken nicht besänftigen. Er war zornig. Und er war schwach. Er seufzte tief. Keine Liebkosung konnte die Bangnis von seiner Brust nehmen. »Vergiftet nie einen Pharao, es sei denn zur Zeit der Flut«, murmelte er; und die Furcht vor Amen-khep-shu-ef kehrte zurück wie stinkender Rauch. Usermare setzte sich auf und betrachtete eine jede der kleinen Königinnen mit starrem Blick. Er sah Heruit an und Hatibi, Amait und Tait, An-Her und Heqat, Djeseret und Tantanuit. Und er dachte an andere kleine Königinnen, die nicht hier waren: an Mersegert und Merit vom Norden, die sich so gut darauf verstand, das Schwert zu schlucken; und an Ma-Khrut, die Heqat ebenbürtig war bei solcher Verrichtung. Seine Finger krampften sich wild um Menenhetets Hand, als er Wonnekugels Gesicht vor sich erblickte. Doch wanderten seine Gedanken weiter zu Oase und Tbuibui und Puanet, zu Eichhörnchen und Kaninchen und Süßrahm und zu vielen, vielen anderen. Einer jeden kleinen Königin gedachte Usermare, und er fragte sich, welche von ihnen böse Worte ausgesandt habe.

Dann hielt er inne, blickte in Heqats häßliches Gesicht und sagte: »Du bist aus Syrien. So kennst du denn das Gebet meiner jungen

Königin Rama-Nefru. Sprich dieses hethitische Gebet gegen die Dämonen, deren es so viele gibt wie Staub.«

»Meinst du den Zauber gegen das Gewürm, Guter und Großer Gott?«

»Ja, den meine ich«, sagte Usermare. »Sprich ihn, ehe die Feinde, die in der Luft sind, entweichen können.«

»Dieses Gewürm«, sprach Heqat, »kann man nicht sehen. Aber hören kann man es in stillen Nächten.«

»Ich höre es«, sagte Usermare.

»Man findet es in den Dachbalken eines jeden Hauses. Keine Tür, kein Tor vermag es fernzuhalten. Es kriecht durch unter der Tür. Es entfremdet das Weib seinem Mann.«

»So rufe denn die Götter an, die dieses Gewürm verjagen. Rufe *deine* Götter an«, sagte Usermare.

»Ich rufe Nergal«, sprach Heqat, »der auf der Mauerkrone sitzt. Ich rufe Naroudi, der unter diesem Bett wartet. Er wird uns segnen, wenn wir ihm Speise und Trank geben.«

Nun erhob sich Usermare. Hatten die kleinen Königinnen begonnen, ihre Gaben darzureichen, so stand er für gewöhnlich nicht auf von dem Bett, bevor er sich vielmals ergossen. Doch in dieser Nacht, gleichsam verstört vom Nil, dessen leises Rauschen man über alle die Gärten hin hörte, und getrieben von der Wirrnis seiner Gedanken, erhob er sich und gebot Heqat, daß sie Speise bringe und Trank und unter das Bett stelle für den syrischen Gott Naroudi.

Dann griff er Menenhetet und sagte: »Isis. Ich will, daß Isis nahe ist.«

Menenhetet wußte nicht, ob dieses Entsetzen aus ihm selbst kam, doch jedenfalls begannen seine Beine zu wanken. Er konnte nicht sprechen vor Furcht. Usermare war seinen Gedanken nahe trotz der zweiundvierzig Kreise des Schweigens.

»Kennt jemand von euch die Zeremonie, mit der man Isis herbeiruft?« fragte Usermare.

Die kleinen Königinnen schwiegen.

»Du, Heqat, die du häßlich bist wie ein Frosch. Du kommst aus Syrien und kennst Zauberworte in zwei Sprachen. Beschwöre die Nähe von Isis.«

»Großer Sesusi«, erwiderte Heqat, »diese Zeremonie ist einem Pharao vorbehalten oder einem Hohenpriester.«

»Es bedarf also eines Hohenpriesters?« fragte Usermare. »Nun, dann wirst du, Menenhetet, die Zeremonie vollziehen. Nur für diese Stunde. Mehr würde Amon erzürnen.«

»Herr der Zwei-Lande«, sagte Menenhetet, »ich weiß die Worte nicht.«

»Heqat wird sie sprechen. Und du wirst sie hören.« Grob packte seine Hand Menenhetet bei den Haaren. Dann legte Usermare sich wieder auf das Bett und brachte Menenhetets Nase vor jene Kluft, die seine Hinterbacken teilte.

»Bete«, sprach Usermare; und Menenhetet hörte den Schrei von Isis, da der Leib von Osiris in vierzehn Teile zerstückelt ward.

Die erste Frucht des Gebets indes war die klare Stimme meines Urgroßvaters. Menenhetet begann wieder laut zu sprechen – als könne seine Stimme nicht nur unsere Ohren erreichen, sondern auch die Nacht durchwandern und von Hathfertiti und Ptah-nem-hotep vernommen werden, wo immer sie waren.

»Ja«, sprach mein Urgroßvater mit einem Blick der tiefen Sympathie zu meinem Vater (wie um zu sagen, daß er, Nef-khep-auk-hem, ob er schlafe oder wache, besser verstünde als jeder andere, welche Gefühle erwuchsen aus dem Lecken der königlichen Hinterbacken), »du weißt, wie es ist.« Und wahrhaftig, niemand konnte besser wissen als er, was mein Urgroßvater empfunden.

»Durch die vergoldeten Fingernägel des Zweiten Ramses«, sagte mein Urgroßvater, »und durch seine lieblich duftende Handfläche war ich bereits in einige der großen und gewaltigen Hallen seiner Gedanken eingetreten. Doch war dies ein Nichts, verglichen mit dem Zugang zu seinem Königreich, welchen der Mund des Sitzes bot. In mir war nicht mehr Widerstand als in einem Sklaven. Ich rüstete mich sogar, die Fäulnis des Sumpfes zu atmen – doch es kam anders. Denn ich schaute das Licht von Ra am Ende eines großen und goldenen Gemachs. Und meine Zungenspitze zog mich gleichsam hinter sich her. Wie die Pfote eines Hundes in der Erde scharrt, um neue Geheimnisse zu ergründen, so bebte meine Zungenspitze dem Kuß auf Usermares hintere Pforte entgegen. Ich duldete es sogar, daß meine Nase Pflug ward und meine Zunge Spaten (denn grob, oh, grob war seine Hand), und hatte nicht das Gefühl, in ägyptischem Schlamm begraben zu werden. Nein, es war eher, als träte ich in einen Tempel ein. Denn so vielmals war er gesalbt worden von so vielen kleinen Königinnen, daß er ein einziger Wohlgeruch war und ich beim Eintritt in jenen Tempel königliche Leidenschaften erfuhr, die mich mit sich fortrissen: dem Haken gleich, welcher in die Nase fährt und das tote Gehirn entfernt. So kam seine Raserei über mich und seine königliche Begierde. Da lag er, bedient von den anderen, von ihren Zungen beleckt und gewaschen von seinen Ohren bis zu seinem Bauch. Und Heqat hatte sein Schwert im Mund, dessen Heft sich säulengleich an meinem Kopf rieb, indes Heqat es in sich einsog, und mich peitschte wie ein Löwenschweif, wann immer sie von ihm ließ, um zu psalmodieren: »Oh, Göttin des Meeres, Große Isis, Schwester von Osiris, Nephthys und Seth, Kind des Himmels und der Erden, Herrin der Sümpfe ...« – und so spulten sie sich fort, die Worte, bis Heqat wieder das Schwert schlucken mußte. Ich indes, der ich in der hinteren Pforte wühlte wie ein Tier, erfuhr als einziger Usermares Gedanken. Und ich kann davon künden, daß er träumte, wie er alle Götter im Lande der Toten verschlang; zumindest die, welche seine Feinde waren. Er fuhr auf einem Schiff, das dem Boot von Ra glich, fuhr vorbei an Feuerschlünden an den Ufern der Duat. Die Verdammten krümmten sich in Gräben; Göttinnen spien von brennenden Felsen herab gewaltige Flammen, zu verzehren die Seelen und Schatten, die Usermares Feinde waren. Ja, ich glaubte sogar, Amen-khep-shu-efs Leib in Lohe zu schauen. Gewiß aber sah ich die Teufel des Nebels und des Regens und die Dämonen der Wolken und der Finsternis.

Begleitet wurde Usermare auf seinem Boot von einem großen Pharao, so stark und schön und von hohem Wuchs wie Usermare selbst. Und dies war sein Ururahn, der Pharao Unas. Nun vertäute Usermare das Boot und begab sich mit Unas an das Gestade des Landes der Toten, um andere Götter zu hetzen wie Wild. Ich sah es. Viele dieser hohen Herren waren rasch gefangen; und Diener von Unas und Usermare zerstückelten sie und kochten sie in gewaltigen Kesseln. Ich sah Usermare von den Körperteilen dieser Götter essen. Auch sein Vorfahr Unas tat sich an den besten Stücken gütlich. Die älteren Götter indes, deren Fleisch schon verdorrt war, wurden nur zerknickt wie morsches Holz, und mit ihren Knochen wurde das Feuer geschürt. Doch der Geist und die Seele der besten Götter gingen ein in Usermare, und sein Gesicht nahm die Züge ihrer Gesichter an. Nun sah ich seinen

Mund, seine Nase und seine Augen, wie sie ihm von den Göttern überkommen. Er war Horus, der Sohn von Osiris, doch war er auch Osiris selbst; und Usermare saß mit dem Herrn der Toten Seite an Seite, saß mit Osiris auf dem Großen Thron, welcher gemacht ist aus einem Stoff klarer als das Wasser und heller als das Licht. Usermare saß auf dem Platz von Isis.

All dies war in den Gedanken meines Pharao, des großen Zweiten Ramses, in Usermare-Setpeneres Gedanken, da er unter uns lag, wohlriechenden Leibes, unser Gott Sesusi, in der Wärme seines Fleisches. Und ich – durchpulst vom Blut der Feuer, die er schaute, und der Speise, die er verzehrte, strahlend vom Schein der schimmernden Felder, wo die Blumen der Halme des gelben Getreides leuchteten wie goldene Sterne – ich war nahe daran zu glauben, daß ich nie wieder atmen könne: so grausam kniffen seine Hinterbacken meine Nase. Doch war ich erleichtert, daß er keinen Argwohn mehr gegen mich hegte und sich lediglich daran ergötzte, jene Götter zu verspeisen. Seine Düsternis war verschwunden. Das Heft seines Schwerts pochte gegen meine Stirn, als er sich in Heqats Mund ergoß. Und dann lag er ruhend. Doch er ließ mich nicht los.

So fuhr ich fort zu küssen und zu lecken, beflissen, ihm Lust zu verschaffen, da sein Appetit am besten gesättigt wurde durch Götterleiber. Und in dem Frieden, der sich nun über uns alle senkte, da er nicht mehr in Weh und Pein war, entsann ich mich meiner Kindheit. Es waren stille Erinnerungen, gleichmütig und fest wie Stein und Lehm, die von der Sonne gleichsam gebacken werden. Ich lebte nicht nur im Herzen meines Pharao, sondern auch in meinem eigenen. Und dies war, als sei ich in den Zwei-Landen. Zwei Seelen glich meine Seele, indes meine Hände die zwei Hinterbacken meines Großen Königs hielten, die so fest waren wie die eines Pferdes. Aus seinem Herzen und durch die Weisheit meiner Hände begann ich in der Verzweiflung und Freude zu leben, welche er an seinen zwei Königinnen erfuhr, an Nefertiri und Rama-Nefru.

Obschon ich der Königin Nefertiri nur einmal nahe gewesen und Rama-Nefru kein einziges Mal, waren sie nun wie die Zwei-Lande seiner Hinterbacken. Und durch die Berührung der rechten trieb ich gleichsam dahin mit seinen süßesten Erinnerungen an Nefertiri, denn er entsann sich des Jahres seiner Thronbesteigung. Zu dieser Zeit gedachte der junge König der Werke seines verschiedenen Vaters Seti, und er war auf der Suche nach Taten, seinen Vater zu übertreffen; und so gelangte er dahin, sich der ausgetrockneten Brunnen zu erinnern an der Straße, die zu den Goldfeldern von Ekayta führte. Kein Wasser fand sich hier, und wann immer Arbeiter dieses Weges zogen, ging die Hälfte von ihnen zugrunde. Kein Gold war aus Ekayta gekommen, Setis Herrschaft zu feiern. Doch in den ersten Wochen von Usermares Regierung geschah es eines Nachts, daß er so tief eindrang in sein junges Weib, daß das Bier in den Krügen an ihrem Bett zu schäumen begann. Später, als sie nebeneinanderlagen, sprach Nefertiri: ›Wasser wird quellen aus dem Berg an der Straße nach Ekayta.‹ In ihrer Stimme war so viel Gewißheit, daß Usermare einen Brunnen graben ließ; und Wasser ward darin gefunden, und dieses Wasser setzte die Arbeiter in den Stand, viel Gold heimzubringen in den frühen Jahren der Regierung von Ramses dem Zweiten. Und so gelobte er bei Nefertiris Körper, daß er niemals Liebe verspüren werde für ein anderes Weib.

Nun jedoch ließ ich von seiner rechten Hinterbacke, um die linke zu berühren, und ich sah Rama-Nefru so klar wie Nefertiri, und Rama-Nefru war nicht älter, als die andere damals gewesen, und Rama-Nefrus gedenkend war Usermare so zärtlich wie als junger Gemahl.

Rama-Nefru mochte die Tochter eines Hethiters sein und in ihrer Kindheit nur Männer mit Bärten und Frauen mit Krummnasen gekannt haben, doch sie selbst war wie die Lieblichkeit eines klaren Morgens an unserem Fluß. So wußte ich denn, warum Usermare sie liebte. In ihren Armen vernahm er die Vögel in der Frühe des Morgens, und er schaute das reine Licht des Palasthofs, wenn die Sonne hoch am Himmel steht. Des Nachts schenkte sie ihm eine Zärtlichkeit, die jener der Blumen in seinen Gärten glich. Ja, dies erfuhr ich durch die Berührung seiner linken Hinterbacke mit meinen Fingern. Denn in mein Herz strömte der Becher seines Glücks. Die groben Gelüste meines Königs bewohnten nicht sein ganzes Herz. Für ihn war der Glanz von Rama-Nefrus Haar wie das Licht, welches fällt auf den Thron des Himmels. Und so rein waren seine Gefühle für sie, daß er ihr nicht beiwohnen konnte, wenn sein Herz schwarz war vor Furcht. Denn er wollte nicht, daß sie unter ihm leide.

Später in jener Nacht, nachdem Usermare jede der acht kleinen Königinnen bestiegen, wurde er so ruhig wie das Wasser eines Teiches; und gemeinsam kleideten wir uns an und schritten Hand in Hand durch die Gärten. Seit langem war er nicht so ruhig gewesen.

›Seit vielen Monaten habe ich in mancherlei Unschlüssigkeit gelebt‹, sagte er, ›doch nun ist dies zu Ende. Von morgen an wirst du deinen Dienst beginnen als Gefährte der Rechten Hand von Nefertiri.‹

Ich fragte: ›Wer wird Gouverneur sein?‹

Er sagte: ›Ich gebe die Gärten Pepti. Er wird seine Sache dort gut machen. Doch du gehörst in den Palast meiner Ersten Königin. Du besitzt die Weisheit, ihr gute Dienste zu erweisen – und mir noch bessere.‹ Diese Worte begleitete er mit einem Nicken, als verfüge über die allergrößte Weisheit nur er selbst. ›Du wirst dich in ihrer Nähe halten. Sie nicht aus den Augen lassen. Und sollte dir zu Ohren kommen, ich sei tot, so mußt du sie auf der Stelle erschlagen.‹

Jetzt küßte er mich. ›Töte sie‹, sagte er. ›Selbst auf die Gefahr hin, daß schon im nächsten Augenblick ihre Wächter dich töten.‹

Ich verneigte mich. Wie lieblich war er doch, der heraufdämmernde Morgen: So lieblich wie der Gedanke an mein eigenes Leben.

›Dies wäre der beste Tod für dich‹, sprach der Pharao. ›Du wirst mich in meinem goldenen Boot begleiten können.‹

Er war mein König. Und so wagte ich nicht zu sagen, daß ich gar nicht besonders erpicht sei auf eine baldige Wanderung durch das Land der Toten, und sei es auch in des Pharaos Boot. Ich zog es vor zu schweigen und mich erneut zu verneigen.«

# NEUN

Einst, als ich mit meiner Mutter in ihrem Schlafgemach saß, nahm sie eine runde Platte von Silber mit einem goldenen Griff zur Hand und hielt sie vor mein Gesicht. Ich schrie fast auf. Denn da, auf der polierten Oberfläche schwimmend, war mein Ka, und er blickte mich an. Ich hatte dieses Gesicht schon an windstillen Tagen im Wasser eines Teiches geschaut und bald erfahren, daß ich einen solchen Ka nicht berühren konnte: Er schwand dahin in vielen kleinen Wellen, wenn ich die Hand nach ihm ausstreckte. Und nun sagte meine Mutter: »Dies ist der Schleier-des-Ka-welcher-steht«, und sie sprach wahr. Denn wenn ich den Finger an die Oberfläche der Scheibe führte, kam ein anderer Finger mir darin entgegen; das Gesicht indes bewegte sich nicht – es verharrte ruhig, ernst und ehrfurchtsvoll wie das meine.

In diesem Augenblick fühlte ich mich so weit entfernt von einem Sechsjährigen wie mein Urgroßvater selbst. Ich wußte, es gab keinen Gedanken, den ich nicht zu verstehen vermochte, wenn ich nur lange genug in jenes Silberlicht blickte, in den Schleier-des-Ka-welcher-steht. Mit meinem Gesicht vor mir hatte ich teil an der Weisheit der Götter – freilich nur in diesem Augenblick.

Daran dachte ich zurück. Und als ich nun die Augen öffnete, sie aufschlug in der Erwartung – ich weiß nicht, warum –, mein eigenes Gesicht zu sehen, blickte ich statt dessen in die Augen meines Urgroßvaters. Wir sahen einander an, bis ich alles Gefühl dafür verlor, wo der Horizont lag in dieser dunklen Nacht. Es war nicht einmal sicher, ob ich hierher gehörte oder in eine Kammer aus Stein in einem Berg aus Stein. Mein Mund stand offen, und die Augen meines Urgroßvaters ruhten reglos auf mir.

Ich erfuhr die Leere dieser letzten großen Stunde der Nacht. Ja, ich fühlte die Dunkelheit auf uns lasten und glaubte nicht mehr, je wieder die Sonne zu schauen. So trüb war das Licht der Glühwürmchen, daß man kaum das Leinen ihres Gelasses sah.

Jetzt regte sich mein Vater im Schlaf, und ein Ächzen kam von seinen Lippen. Zum erstenmal fühlte ich mich ihm nah. Und dann – ich weiß nicht, ob er wach war oder im Schlummer sprach – dann streckte er seine Hand nach der meinen aus, und der Strom all seiner Empfindungen floß von seinen Fingern in meine.

Doch glichen sie nicht den Regungen des Herzens von Sesusi. Mein Vater litt nur und nichts als das, litt schiere und schlichte Qual. Und ich wußte, wir waren in die Stunde eingetreten, da Ptah-nem-hotep und meine Mutter in inniger Umarmung lagen; und ihrer beider nacktes Fleisch lastete gleichsam auf meines Vaters Gefühlen. Auch wurde sein Schmerz nicht gemildert durch die qualvolle Lust zu wissen, daß sie sich hingab dem Mann (und Gott der Götter), der meinem Vater am nächsten stand. O ja, er litt wie ein Löwe, welcher seine eigenen Eingeweide verschlingt.

Hier trat ich ein in seine Gedanken. Einige wenige hatte ich bereits vor dieser Nacht verspürt; indes nur so, wie ein Wurfholz einen aufsteigenden Vogel streift. Es sind der Eindrücke so viele in der Luft, daß man einen schon zu erhaschen vermag durch den bloßen Versuch – einem Wurfholz gleich, welches nicht durch eine Wolke von Vögeln fliegen kann, ohne zumindest eine Schwinge zu brechen. In dieser Nacht jedoch hatte ich Zugang zu meines Vaters Träumen. Und ich gewahrte, daß er das gleiche Wurfholz sah (wie eine Schlange gewunden und aus Ebenholz), welches meine Gedanken in den Himmel geschleudert. So fein indes ist dies Spiel des Geistes, wenn nicht das eigene Auge schaut, was vor uns ist, sondern der Sinn eines anderen, daß jenes Wurfholz, als es zurückkam, die Lust meiner Mutter ward. Sie schrie auf vor Entzücken über Ptah-nem-hoteps Künste, und gehüpft wäre sie vor lauter Entzücken, hätte sie nicht neben ihm in dem allerzerbrechlichsten kleinen Boot aus Papyrus gestanden.

Doch erst als ich das Wurfholz erdenwärts sinken und wieder himmelwärts steigen sah, wußte ich, meine Mutter war jünger, als ich sie je geschaut, und voll von der munteren Dreistigkeit, die in den Augen einer jungen Prinzessin tanzt, wenn sie Freuden genießt ohne Mühe und Last. Und erst als ich ihre Sandalen sah – aus Palmblättern und Papyrus, so zerbrechlich wie jenes Boot –, wurde ich gewahr, daß ich den Sonnenschein schaute eines Nachmittags vor sieben Jahren. Ihrer Dreistigkeit etwas entgegenzusetzen, war Ptah-nem-hotep noch ein zu junger Prinz, zum Pharao gekrönt in demselben Jahr und von dem anspruchsvollen Wesen eines sehr jungen Königs. Und so geschah es, daß er sehr aufrecht stand (in diesem Boot!), indes er ihr schöne Augen machte und mit ihr sprach Gesicht an Gesicht, und daß seine Augen mehr lächelten als sein Mund. Denn an sein Kinn war jener Bart geheftet, den einzig der Pharao tragen darf.

»Sieh nur«, rief sie, »die Affen!« Droben in den Bäumen pflückten die Affen Feigen für die Eunuchen und warfen sie eifrig herunter. Niemand konnte sagen, wer mehr lachte: die Gärtner oder die Affen. Doch entboten beide dem Pharao ihren Gruß, da er vorbeifuhr mit seinem Boot, und dies wiederum machte Hathfertiti lachen.

Die Sonne schien auf das Wasser, schien auf den Papyrus, schien auf die Blüten im Sumpf. Wieder senkte sich Stille. Sie waren nun einem Vogelschwarm nah, und aufrecht stehend, Seite an Seite, sorgsam das Gleichgewicht haltend in dem winzigen Boot, fuhren sie ins Schilf. Die Luft erzitterte. Die Enten flogen auf mit einem Ruf, der sich gleichsam sammelte wie eine Pferdeherde, die hügelan galoppiert. Und mit ihnen flog das Wurfholz des Pharao. Ein Vogel stürzte herab.

So verging der Nachmittag. Schnell wie eine Wolke, die über die Sonne zieht. Das Lachen meiner Mutter schnitt meinem Vater ins Herz.

Er hatte ihr beigewohnt in fast jeder Nacht seines fünfzehnten, sechzehnten, siebzehnten Jahrs, und er hatte immer gewußt, daß er sie heiraten würde. Und nun, da sie in jenem Boot stand neben Ptah-nem-hotep, schlank und aufrecht und voll Anmut, war ihr Glück von einer Köstlichkeit, die Nef-khep-aukhem nie erfahren. Die ganze Zeit über saß er im Geäst eines Baums am Rande des Sumpfes und belauschte gleichsam das Paar; und seine Wangen wurden dicker und dicker von den Stichen der Moskitos. Hathfertiti lachte, als sie ihn am Abend sah. Diese lächerlichen Schwellungen in seinem Gesicht, von einem lächerlichen Nachmittag! Da saß er im Geäst eines Baums, in der Falle gleichsam, ein Gefangener der Moskitos! Überdies war Hathfertiti erbittert. Da war die grenzenlose Enttäuschung gewesen, daß Ptah-nem-hotep, nachdem er das Boot zurückgestakt, sich ihr nicht genähert hatte, obschon ihre Schenkel ihm entgegenbebten mit einem Schlag, schneller als Vogelschwingen. Dann, nach dem Abschied von ihm, hatte ihr Großvater sie in der Dämmerung genommen (er wohnte ihr bei, seit sie zwölf war). Und nun, an diesem Tag, machte er Liebe mit ihr mit der Leidenschaft von vier Pharaonen. Doch ließ Menenhetet von ihr ab, kurz bevor er kam, denn er spürte, wie sehr sie sich nach dem leisen, stillen Lächeln von Ptah-nem-hotep sehnte.

Zweimal abgewiesen – einmal für zu wenig und einmal für zuviel – lachte Hathfertiti schließlich ihrem Bruder voll Grausamkeit ins Gesicht, indes er sie nahm mit einem Feuer und mit einer Gier, so gewaltig wie die ihres Großvaters. Vielleicht wurde ich in dieser Stunde gezeugt. Oder in der Stunde davor von meinem Urgroßvater. Oder empfing mich meine Mutter durch die Liebe in den Augen des jungen Pharaos?

Ich wußte in diesem Moment nur um den Schmerz im Herzen meines Vaters. Er starrte immer noch, über all die Jahre hinweg, in das Sonnenlicht des Sumpfes und weinte in seinem Inneren; denn er sah meine Mutter und Ptah-men-hotep zusammen in ihrer Umarmung und wurde gequält von dem Wissen, daß sein Pharao, erhoben durch die Kraft seines Vorfahren, in dieser Nacht Usermare fast ebenbürtig war. Die Glückseligkeit der Schreie, die meine Mutter ausstieß, traf sein Ohr gleich einem Dolch.

Inzwischen war ich natürlich auch in den Gedanken meiner Mutter. So sah ich denn meinen Vater, wie meine Mutter ihn sah. Ich wußte um das Wesen und um die Lust ihrer Ehe; erkannte auch, daß meine Mutter mehr Freude hatte an meinem Vater, als ihr recht war. Ja, sie waren gleichsam miteinander verwachsen. Und darum mußte mein Vater (dies war ein Teil seines Schmerzes) stets gewahr sein, daß meine Mutter allen Reichtum Ägyptens genießen mochte, wenn er in ihr war, indes mit einem Verlangen, so gering, daß das Aneinanderschlagen ihrer Körper ihrem Ohr klang wie das Schmatzen von Schlamm am Ufer des Flusses. So gab es denn nie eine Zeit, da sie nicht meinen Vater mit meinem Großvater zu betrügen suchte. Mit ihm erfuhr sie in einer Nacht mehr von den Göttern als mit meinem Vater in einem Jahr. Der Geruch von Menenhetet mochte ihr fremd sein – dem Staub gleich auf den einsamsten Felsen im Sonnenglast –, doch konnte er viele Männer sein.

Danach erzählte sie Nef-khep-aukhem (denn dies, mein Vater wußte es, gehörte zu ihrer Lust), erzählte ihm, ja, daß sie nicht nur Liebe gemacht habe mit Menenhetet, sondern daß ihr Großvater einem Pharao gleiche; und darum könne sie sein die Königin eines Pharaos. Ihr Gemahl hingegen – ach, der war gewöhnlich; gewöhnlich und reizlos. Gewiß: Mit ihm fühlte sie sich so angenehm wie ein Feld in der Nachmittagssonne. Doch dann sah sie nur Bauern, die über die Saaten trampelten. Indes sie dies sagte, schob sie ihre volle Brust in seinen hungrigen Mund (sehr trocken geworden angesichts ihrer ungeschminkten Bekenntnisse), und mein Vater sog gierig an der Knospe ihrer Brust – wie ein Kleinkind, wie ein jüngerer Bruder, wie ein tief verwundeter Gemahl – und packte sie bei den Hinterbacken mit all der Verzweiflung eines Liebhabers, welcher nichts über die Geliebte vermag.

Dann miaute Hathfertiti gleich ihrer Lieblingskatze und nahm sein armseliges halbsteifes Glied in den Mund und liebkoste es mit dem lässigen, süßen und hänselnden Witz einer Zunge, die ihm sagen konnte und sagte, daß sie dies auch für Menenhetet getan und für andere. Und Hathfertiti schmeckte den Samen meines Vaters und strich ihn gedankenverloren, gleichgültig in ihr Gesicht und auf ihre Brüste, indes sie noch den Speichel seines und ihres Mundes roch und den all der anderen Münder. Dies aber war ein Band, das noch immer ihre Verbindung hielt und sie beide an die Freuden erinnerte, die sie genossen, als sie fünfzehn war und er dreizehn – sie hatten es gemacht an jedem verborgenen Ort. Und damals hatte sie geglaubt, sie betröge ihren Großvater mit ihrem Bruder. Nun jedoch waren sie beide betrogen, ihr Großvater und ihr Bruder, und ich lebte wie sie im Fleisch meiner Mutter, während der Pharao in ihr war, unser guter Pharao Ramses der Neunte, erfüllt vom Fest des Schweins und freudig über die Maßen, nachdem er den Geschichten von Menenhetet gelauscht.

Wie Usermare spürte Ptah-nem-hotep einen Heerbann von Göttern in seinem Leib. Erhoben durch die zahllosen Male, da mein Vater sich mit Hathfertiti vereinigt und dennoch geküßt hatte sieben Jahre die Füße und Hinterbacken seines Pharaos, ja, dadurch erhoben, vereinigten sich nun die Felder und Himmel all seiner Untertanen und Vorfahren, nun da mein Pharao das pralle, schier berstende Fleisch griff von Hathfertiti und hervorsprudelte aus den Quellen des Nils und emporwuchs hinter den Katarakten und hinuntertoste brüllend in Flut durch das Delta und in die Mündung, begraben zu sein im Grün der See, indes Hathfertiti unter ihm schrie, einer Löwin gleich. Dann hatte er sich verströmt, und sie drosch noch immer um sich mit ihren Armen und mit ihren Beinen und mit einer Überfülle, um über die Ufer eines jeden Flusses zu treten, und sie siegelte seinen Mund mit einem Kuß.

In der Kälte, die Ptah-nem-hotep stets überkam, nachdem er sich ergossen, fühlte er sich abgestoßen von dieser gewöhnlichen Frau, dem Weib eines Bediensteten (an ihrem Fleisch klebte gleichsam dessen Fleisch), und ihr Mund klebte an seinem Mund wie Gallert aus ausgekochten Knochen, widerwärtig, ja, eine Besiegelung so vollständig wie eine Vermählung mit dem Ehekontrakt, auf Papyrus geschrieben. Und wie zu einer solchen Besiegelung klebten ihre Münder aneinander: eine Versklavung, ein Begräbnis, eine Vereinigung seines Doppelthrons mit ihrer unersättlichen Gier.

Hathfertiti indes verspürte nichts von diesen kalten Regungen ihres Pharaos. Sie gewahrte nur seine Ermattung. Noch nie hatte sie für einen Mann soviel Zärtlichkeit empfunden. Diese ihre Gefühle erfuhr ich so unmittelbar, als habe sie gesprochen. Und ich begriff – falls ich je daran gezweifelt –, daß ich die Gedanken zweier Menschen zugleich in mich aufnehmen könne, wie ich ja auch zwei Augen zugleich besaß und zwei Ohren, zwei Arme und zwei Beine, zwei Lippen und zwei Nüstern; wie Ägypten das Land der Zwei-Lande war und der Pharao eine Doppelkrone hatte und einen Doppelthron. Für meine Mutter war Ptah-nem-hotep die innigste Liebe, die sie je erfahren – inniger noch als ihre Liebe zu mir.

Der Pharao hingegen brannte nun vor Zorn auf die Lust, die diese Frau ihm verschaffte, ihre aufdringlichen Reize, ihren Körper, fest und weich (weich an jedem Ort, wo er in ihn eindringen konnte); selbst das Haar, das wie Blattwerk wuchs über dem nassen Fleisch zwischen ihren Schenkeln, erboste den Pharao. Er begann wieder, Liebe zu machen mit ihr, mit all der Kunstfertigkeit, welche er sich erworben bei seinem kleinen Harem von zehn kleinen Königinnen, die er alle besser kannte als Usermare auch nur eine von seinen hundert. Ja, da war keine Liebkosung, die er nicht erfahren hatte, nur die Abwesenheit einer Göttin, die er verehren konnte. Und Hathfertiti war keine Göttin, beileibe nicht, doch weckte sie in ihm die größte Begierde, welche er verspürt in den sieben Jahren, seit er den Doppelthron bestiegen. Und während er ihr Fleisch liebkoste, dachte Ptah-nem-hotep weitaus mehr an Menenhetet als an sie.

In der Kälte, die nach dem Erguß über ihn kam, hatte er wieder gesehen, wie der mächtige Phallus von Usermare eindrang in die hintere Pforte seines Gouverneurs, und dies gab Ptah-nem-hotep Stärke. Doch war er deshalb Menenhetet nicht überlegen, denn Usermare betrat auch ihn, und sei es nur durch die Zunge von Hathfertiti, die wieder an ihm zu spielen begann. Nun, mit der einen Hand ihre Brust fühlend, mit der andern den Spalt ihrer Hüften, besann er sich auf den Anblick ihrer offenen Schenkel im Licht des Dochtes in der Schale mit Öl: Die Götter schimmerten in dem nassen Fleisch ihres Haars; und er erfuhr eine zweite Lust, und sein Leben regte sich in ihrem Bauch und wurde lang wie der Nil und dunkel wie die Duat.

Die große Kraft des Phallus von Usermare hüllte seinen eigenen Phallus gleichsam ein wie der Mantel eines Gottes. In diesem Augenblick mußte sein Geheimer Name die Pforten geöffnet haben, denn da war ein Moment, in dem gingen die Götter in ihm aus und ein, und das Boot von Ra zog an ihm vorbei, indes er sich ergoß. Die Zwei-Lande erbebten unter ihm.

Er hatte es gewagt, über dem Körper des Weibes eines Dieners zu den Göttern zu sprechen. Und während ihn dieser furchtbare Gedanke heimsuchte, sah meine Mutter wieder den großen Obelisken, dem wir an diesem Morgen auf dem Fluß begegnet, und fühlte in ihrem Bauch die Kraft der Männer, die stromauf ruderten, anruderten gegen das schwere Gewicht, denn das Schwert von Ptah-nem-hotep glich jenem Obelisken, und es hatte eine goldene Spitze. Und durch dies Licht stieg sie die Leiter zum Himmel empor.

Ja, so erhoben war Hathfertiti im Strahlenglanz ihrer Gefühle, daß ich in ihrer Entrückung nicht zu bleiben vermochte, sondern sank in die Gedanken meines Urgroßvaters.

Er blickte mich immer noch an. Er suchte Ptah-nem-hoteps Gedanken, und ich fragte mich, ob unser Pharao eingeschlummert sei oder durch schwärzeste Düsternis in seinem Inneren gehe. Denn ich spürte seine Gegenwart nicht mehr, nur die Unruhe von meines Urgroßvaters Erinnerungen an die Königin Nefertiri. Und ich wußte, sie waren bewegt wie die rauhen Gewässer um die Inseln von Neu-Tyrus.

Dennoch mußte er die Gedanken des Pharaos gefunden haben, welche er suchte. War er doch so gelassen und ruhig, daß ich zunächst gar nicht merkte: Es drang kein Laut in unsere Ohren, sondern nur seine Gedanken. Wenn ein Diener eingetreten wäre, hätte er meinen können, wir säßen in Schweigen. Und dies taten wir auch. Doch hörte ich klar und deutlich jedes unausgesprochene Wort.

# ZEHN

Ich gestehe dir, Großer Neunter Ramses, begann mein Urgroßvater, daß Königin Nefertiri, wie sie in meiner Erinnerung lebt, nichts gemein hat mit den letzten Standbildern von ihr. Der Steinmetz – er wußte es nicht besser – verlieh ihr viel Ähnlichkeit mit Usermare. Die gleiche lange Nase mit den edlen Nüstern, die gleichen herrlich geschnittenen Lippen. Und das lag nahe, denn sie war ja Usermares Schwester. Doch ich kannte sie gut, und sie sah nicht so aus.

Wenn ich nun an Nefertiri denke, ist es wirklich ihr wirkliches Gesicht, welches die Erinnerung mir zurückbringt? Sie war eine Frau, so begehrenswert, daß selbst in meinen Zehen das Verlangen kribbelte: wie in den Wurzeln eines Baumes, der seine Kraft aus der Erde holt.

Ich kenne ihr Gesicht, natürlich, und doch, wenn ich mich jetzt ihrer erinnere, ist sie Wonnekugel auf sonderbare Weise ähnlich. Gewiß, fettleibig war sie nicht, doch üppig wirkte sie in der Zeit, da ich sie kannte, und vor allem war da ihr Gesicht. Das Gesicht von Nefertiri (wie Wonnekugels Gesicht) besaß eine kleine, feingeformte Nase, wunderbar geschwungene Lippen, deren Wärme die einer Frucht war; und voll Zärtlichkeit und Heiterkeit; oder auch grausam, wenn sie es so wollte. Nefertiris Haar war so dunkel und so voll Glanz wie das Haar keiner anderen Frau, und ihre Augen gehörten einer Göttin. Wie tief die Farbe! Und war sie nicht purpurn gleich jener Tönung, der königlichen, welche von den Gestaden von Tyrus stammt? Und sprachen sie nicht von den unermeßlichen Reichtümern der Könige, so als blicke man für alle Zeit in die unergründliche Tiefe des Abendhimmels?

Nun denn, so sehe ich nun Nefertiris Gesicht, ihr wunderschönes

Gesicht; doch was da Wirklichkeit ist und was nur Trug – ich weiß es nicht.

Deutlich (so scheint mir wenigstens) erinnerte ich mich an jenen ersten Morgen, da ich Nefertiris Throngemach betrat in ihrem Palast, dem Palast der Königlichen Gemahlin. Eingeführt wurde ich (sie hatte ihren Hofstaat um sich) als Gefährte der Rechten Hand; und ich weiß noch, wie (zwischen den Säulen hinter ihr einfallend) Sonnenlicht mich blendete, während meine Augen noch auf den Schmucktieren ihres goldenen Thrones hafteten, Löwen und Kobras.

Mein neuer Rang schien wirklich von einiger Bedeutung. Geradezu mühelos hatte ich sämtliche Wachen passiert (und deren gab es hier wahrhaftig nicht wenige). Also war ich ins Throngemach gelangt und dachte nicht daran – obschon durch die geschwätzigen kleinen Königinnen (die im Grunde nur schwatzten und nie etwas wirklich wußten) darauf vorbereitet – nein, ich dachte wahrhaftig nicht daran, vor dem mir entgegenstrahlenden Licht in Ohnmacht zu sinken.

Hatte ich nicht mit Usermare genügend Stunden verbracht, um gewappnet zu sein gegen das Zittern in den Knien selbst in Nefertiris Gegenwart?

So tat ich denn, was angezeigt schien, das Übliche. Ich warf mich auf den Bauch und küßte den Marmorboden (ganz wie es sich bei solcher Gelegenheit gehört); doch muß ich gestehen, daß mir die Zähne klapperten. Befand ich mich nicht in der Fast-Nähe einer Verborgenen?

Während ich lag, dort auf dem Marmorboden, glitt eine Wolke über mich hinweg, mein Blick wurde blind, und mein Herz (nun begriff ich diesen Ausdruck) entfloh meiner Brust.

»Erhebe dich, edler Menenhetet«, dies waren die ersten gnädigen Worte, welche die Königin Nefertiri an mich richtete; doch waren meine Glieder wie Wasser, ohne jegliche eigene Kraft. Mit letzter Anstrengung hob ich mein Haupt, und stumm trafen unsere Blicke aufeinander.

Dies gab mir Kraft, viel Kraft. Von der eigentümlichen Farbe ihrer Augen hatte ich (aus den Mündern der kleinen Königinnen) gehört. Doch was sagte das schon? Wer konnte wissen, wie es war, in das letzte Licht der königlichen Abendröte zu blicken? Mir verlieh die Schönheit der Farbe Kraft. Ähnlich einem Sterbenden, welcher Glück empfindet beim Anblick von Rosenblättern. Ja, unsere Blicke trafen aufeinander, und ich lebte mit *ihr*, aufgewühlt gleich dem Nil, wenn seine Wasser eine Insel umspülen.

Doch begrüßten wir einander nicht nur und glitten dann – gleichsam – wieder in uns zurück. Oh, nein. Wir waren zwei Wolken von verschiedener Farbe, getrieben auch von verschiedenen Winden, und dazwischen war viel Wirbel in der Luft.

In diesem, dem allerersten *Augen*blick, glich ihr Körper einem vielfarbig funkelnden Mosaik; und obwohl ich sie nicht ganz erschauen konnte, wußte ich doch, daß ich sie liebte; und ihr dienen würde; und der wahre Gefährte der Rechten Hand sein. Glück, unverkennbar, trat in ihre Augen, und sie lachte ein Lachen so voller Heiterkeit, als sei dies ein Tag, der viel mehr gehalten, als die Vorzeichen versprochen.

Wir tauschten wenige Worte bei dieser Gelegenheit. In der üblichen Weise bezeugte ich meine Achtung (und konnte doch nicht völlig das Beben aus meiner Stimme bannen, welches *ihre* Schönheit in mir erregte). Sodann erhob ich mich und machte eine Verbeugung (so gut dies einem vom Rang des Wagenlenkers Aufgestiegenen eben gelingen mochte); und plötzlich fragte mich die Königin: »Stammst du, lieber neuer Freund Menenhetet, aus Sais?«

»Nein, Große Gemahlin des Königs, doch habe ich zwischen Menschen aus Sais gelebt.«

»Es heißt, daß einige der kleinen Königinnen aus Sais stammen.« Ich verneigte mich. Eine Antwort wußte ich nicht. Ich war zu verwirrt. Kaum noch, daß ich irgend etwas wahrnahm. Wie viele Höflinge waren zugegen – fünf oder fünfzehn?

Erst am Abend begriff ich so recht, daß ich nun einen Rang bekleidete, welcher den eines Generals oder Gouverneurs übertraf. Inzwischen hatte ich das (mir zuerteilte) Haus eines Königlichen Gefährten durchstreift; hatte all das güldene Mobiliar erblickt; hatte wundersame Düfte eingeatmet (gespendet vom König – oder gar von Nefertiri selbst?). Und die mir verfügbaren Bediensteten, fünf insgesamt, sie begleiteten mich durch meine sieben Gemächer: kein Raum, der nicht irgendeinem wohlbedachten Zweck diente. Jetzt lebte ich – wahrhaft – auf großem Fuß. Und doch: Nach der Erfahrung der ersten Tage hier, in diesem neuen Leben, fühlte ich mich verwirrt wie ein Segel, auf das der

Wind von beiden Seiten trifft. Mochte der Palast von Nefertiri auch erfüllt sein von Sonnenschein gleich Gold – von ihren Leuten ließ sich dergleichen kaum behaupten. Ihre Beamten waren von minderem Wert. Welchem der Generäle hätte man wohl ein Kommando anvertrauen wollen, welchem der Gouverneure eine Oberaufsicht (gleich mir selbst!). Da war dieser ehemalige Oberminister, der jetzt nach Kolobi stank und unaufhörlich Geschichten erzählte – über seinen gewaltigen Einfluß zu Anfang der Regierungszeit von Usermare.

Dann waren da noch ihre Bedienerinnen (früher gewiß hübsch, wenn nicht schön; jetzt nicht jünger als sie selbst). Und ich begriff nur zu bald, wie wahrhaft beschränkt sie waren. Für sie gab es nur: das Wohlergehen ihrer Königin, das Glück ihrer eigenen Familien; und was sich sonst noch so an Ergötzungen bot.

Und doch: Wie unkundig waren sie in dieser Hinsicht im Vergleich zu den kleinen Königinnen. Meine frühere Lebenserfahrung – nicht zuletzt als General – hatte mich vielerlei gelehrt. Schon ein kurzer Blick auf eine Truppe verriet mir: Diese war bereit zum Kampf, jene zu schwach für meine Zwecke. Und so genügten mir wenige Stunden an Nefertiris Hof, um die Lage hier einzuschätzen. Luxus sah ich in Hülle und Fülle, und nicht wenige der Aristokraten gefielen sich in allerlei gezierten Gesten, doch wurde mir eines bald klar: Von diesen Leuten drohte Usermare wohl keinerlei Gefahr. All ihr Ehrgeiz erschöpfte sich in höfischen Rivalitäten, und ein Begriff wie Ehre schien ihnen fremd. Statt Kühnheit erfüllte sie Furcht; die Angst zu verlieren, was sie hatten. Ein Komplott, hier ausgeheckt? – Kaum denkbar.

Das Hauptvergnügen der Höflinge, so schien mir, war Klatsch und Tratsch. Wieder hörte ich all die Geschichten, die sich die kleinen Königinnen erzählt hatten; doch waren sie gleichsam erweitert um so manche pikante Einzelheit, was ja von besonderem Reiz sein kann: Man bot diese Geschichten einander dar wie Geschenke.

Sonderbar, daß ich in Nefertiris Palast eigentlich mehr über Rama-Nefru hörte als über die Erste Königin. Nefertiri spottete viel über Rama-Nefru, weil diese stets blonde Perücken trug, doch traf es sie tief, daß Usermare höchstselbst eben diese Blondheit rühmte. Und es geschah ( an eben jenem Abend, da die Suppe verschüttet ward), daß Nefertiri entdecken mußte: Rama-Nefrus (eigenes)

Haar war auch zwischen ihren Schenkeln blond. Wer wohl hätte je dergleichen vernommen? Und so verbrannte Nefertiri all ihre eigenen blonden Perücken.

Diese Geschichte erzählte mir der frühere Wesir, als er mich in meinem Haus aufsuchte (und mächtig dem Kolobi zusprach). Nun zwinkerte er mir zu, doch traurig, trüben Auges, und murmelte: »Bald wird Rama-Nefrus Kopf so kahl sein wie mein eigener.«

Er war der erste Besucher, doch sollten noch so manche folgen. Während ich in den Gärten der Abgeschlossenen nie auch nur hätte wagen dürfen, einer der kleinen Königinnen die Hand zu küssen (einzig bei Wonnekugel ging ich wahrhaftig mehr als nur dies Wagnis ein), konnte ich hier so viele Weiber haben, wie es mir gefiel; und wie gut verstanden sie sich doch auf die Kunst der Verführung! Nun denn. Dies ist wohl das einzige Vergnügen, das jenen bleibt, deren Schönheit nicht wächst, sondern schwindet.

Wie kaum anders zu erwarten, träufelten sie in ihre Klatschgeschichten Gift. Und so hörte Nefertiri fast unablässig von der Jugend und Schönheit von Rama-Nefru; und mehr, daß Usermare die Bezeichnung, welche er für Nefertiri gebraucht (»Sie-welche-Horus-sieht-und-Seth«), nunmehr für Rama-Nefru gebrauchte. – Und die Dame, die mir dies erzählte, ließ leise Klagelaute hören: So sehr erfüllte sie das Entsetzen, fortan in Nefertiris Nähe leben zu müssen.

Eben dies war meine Pflicht als Gefährte der Rechten Hand: der Königin nahe zu sein. Verließ sie den Palast, hatte ich sie zu begleiten. Zwar geschah dies nicht jeden Tag, doch immerhin oft genug. Es bedeutete ihr ein Vergnügen, allerorten in Theben seltene Heiligtümer aufzusuchen. Anders als Usermare, war sie nicht nur dem Gott Amon ergeben, sondern verehrte auch die in anderen Städten angebeteten Götter: Ptah in Memphis, Thoth in Khnum, ganz zu schweigen von der großen Anbetung des Osiris in Abydos; – allerdings hatten diese Götter auch hier ihre kleinen Tempel (mitsamt ein paar Priestern), doch befanden sie sich oft an verwahrlostem Ort – in einer verschlammten Straße etwa –, und die Kinder, die dort vorübergingen, wußten von nichts; sie beugten nicht das Haupt, zeigten keinerlei Achtung; sie glotzten höchstens.

War die Gasse zu schmal für Nefertiris Sänfte, so entstieg sie ihr, und ihre schönen Füße in den goldenen Sandalen berührten den schmutzigen Boden; und ihre Zehen wurden dann gewaschen von den Priestern dieses oder jenes schäbigen kleinen Tempels – mochte er nun Hathor oder Bestet oder Khonsu geweiht sein.

Natürlich kamen wir auch durch breitere Straßen, wirkliche Prachtavenuen; und dort gab es hochherrschaftliche Häuser mit Säulen, mit Wächtern (auch mit kleinen – ganz privaten – in Stein gemeißelten Sphinxen). Es geschah auch, daß wir die schlanken Marmorsäulen eines »göttlichen kleinen Tempels« (wie *sie* es nannte) durchstreiften, um die Göttin Mut zu ehren, Gefährtin des Amon; oder auch den Tempel von Sais-in-Theben, welcher der sonderbaren Göttin Neit geweiht war.

Gar so leicht fiel mir all dies nicht. Welche Unzahl von Tempeln gab es doch! Ombos-in-Theben; und Edfu-in-Theben; Dedu-vom-Delta-in-Theben; oder den Tempel des Ptah-in-Apis, wo der Gott verehrt wurde in der Gestalt des Stieres. Ehrlich gestanden: Ich hatte wahrhaftig meine Mühe mit all diesen Tempeln.

Anschließend liebte *sie* es, Einkäufe zu machen. Wir hielten bei einem Juwelier oder einem Schneider (ihre Leibwache stets unmittelbar hinter uns); und doch schien all dies für sie von geringerem Interesse als die Besuche in den verkommenen kleinen Tempeln. Begriff ich richtig, so war es dies: Sie suchte das Bündnis mit jedem für sie nur greifbaren Gott.

Allerdings muß ich gestehen, daß mir diese »Fahrten« ziemlich zusetzten. Ich war ihr Gefährte und folglich ihr Beschützer; vielleicht war ich sogar ihr allerinnigster Feind; doch schien der Gedanke an ihren Tod absurd; und ich hatte ein wachsames Auge auf die ein oder zwei Schreckgestalten, welche ihr Leben bedrohen mochten.

Und dann gab es da noch ein Problem. Amen-khep-shu-ef, ihr ältester Sohn, pflegte sie stets zu begleiten. Nun denn, ich ersetzte den Prinzen. Und vielleicht war er der General, der mich ersetzt hatte (allerdings sprach dies nicht unbedingt zu seinen Gunsten).

Der erste Blick, den er auf mich warf, verriet zur Genüge, wie willkommen ich war. Und allmorgendlich erwartete ich, ihn bei der Doppeltür ihres Schlafgemachs zu finden, um mir zu verkünden: »Heute werde ich die Königin begleiten. Du brauchst nicht zu kommen.«

Was hätte ich wohl erwidern sollen? Während der Schlacht von Kadesch war er erst ein Knabe gewesen (und doch schon bereit, für den Sieg zu sterben). Seit langem wußte ich, daß er mir überlegen war. Bei seiner Körpergröße und seiner aufrechten Haltung schien es nur natürlich, daß die Soldaten ihn Ha! nannten – so blitzschnell zischte sein Speer durch die Luft! Ein Blick auf ihn genügte, um selbst die Götter erzittern zu lassen.

Und so verwarf ich jeden Gedanken an eine direkte Gegnerschaft mit ihm.

Doch hatte ich stets ein ungutes Gefühl, wenn ich die Königin mit ihrem Sohn davonfahren sah. Konnte nicht eben dies der Augenblick sein, in dem ein Anschlag auf das Leben des Königs geplant wurde?

Nefertiri – konnte sie (gemeinsam mit Amen-khep-shu-ef) nicht ein sicheres Versteck finden in irgendeinem der vielen hundert Herrenhäuser; oder auch in einem Winkel des Labyrinths von Theben? Ich begleitete sie, um sie zu beschützen; ja, ich mußte ihr nahe sein, nahe ihrem Leib und ihrem Herzen. Genau wie mein Monarch bewohnte ich gleichzeitig zwei Länder. Gewiß: Wann immer Amen-khep-shu-ef mir gebot, an dem betreffenden Tag die Königin nicht zu begleiten – und wenn ich mich seinem Befehl verweigerte –, konnte mich der Prinz töten, ehe davon auch nur ein Echo hörbar ward. Sodann konnte er erklären, was immer ihm zu erklären beliebte. Behaglich fühlte ich mich in dem neuen Haus nicht unbedingt.

Dennoch genoß ich jeden Tag mit Nefertiri. Trotz der vielen Stunden, welche ich mit Wonnekugel verbracht, hatte ich eigentlich nie gewußt, wie mit ihr umzugehen. Nie war sie nur meine Gefährtin gewesen. Sondern gleichzeitig Priesterin, auch Bestie – und eine Art Mitsoldat. So jedenfalls erschien mir unser gemeinsames Leben aus einem Abstand von fünfzehn Tagen.

Nachts wälzte ich mich im Bett, als woge unter mir das Meer. War es mein Verlangen nach ihr, war es ihr Verlangen nach mir? Ich wußte es nicht, doch irgendeine Sehnsucht blieb. Die plötzliche Trennung hatte auf mich eine schlimme Wirkung, und war ich bei Nefertiri, so spürte ich oft, wie Wonnekugel mir ihre Gunst gewährte – oder auch entzog.

Es geschah, beispielsweise, daß ich Wein einschenkte mit einer Grazie, die mir von Natur aus kaum gegeben; und spürte deutlich, daß es Ma-Khruts Hand war, die meine Hand führte. Aber es konnte auch sein, daß ich aus dem goldenen Becher Tropfen auf dem Tisch verschüttete, auch dies ein Werk meiner ehemaligen Geliebten.

Doch genügte eine einzige Stunde, allein mit Nefertiri verbracht, um mich in reines Glück zu versetzen. Wie wunderschön sie sprach! Schierer Zauber war es. Bei Wonnekugel hatte ich mitunter das Gefühl gehabt (wenn ich mich sehr niedergeschlagen fühlte), daß Magie die Schwere eines allzu oft nächtlich geübten Rituals besaß. Bei Nefertiri jedoch lernte ich jenen anderen Zauber kennen, welcher aus dem Gesang der Vögel kommt oder aus der Entfaltung der Blumen. Wie konnte ihr, der Königin, bei der Süße ihrer Stimme selbst die Luft widerstehen?

Wovon, worüber sie sprach? Was kam es darauf an? Sie war seit so langer Zeit gewohnt, sich mit ihren Höflingen zu unterhalten, daß selbst das nichtigste Gespräch mit mir sie zu entzücken schien. Selbst über nebensächliche Stunden meines Lebens (und niemandem sonst hätte ich davon erzählt) wünschte sie etwas zu erfahren.

Bald schon wurde mir bewußt, daß sie seit ihrer Vermählung mit Usermare nie mit irgend jemandem ausführlich über die Gärten der Abgeschlossenen gesprochen, und so war sie nur allzu neugierig auf alles, was sich über die kleinen Königinnen berichten ließ. Es gab so gut wie keinen Namen, den sie nicht kannte (die Familien der diversen kleinen Prinzessinnen schienen eifrig darauf bedacht, gewisse Dinge einer gewissen Öffentlichkeit kundzutun). Sie zeigte mir die Arbeiten, die sie fertigte, und ich war so sehr davon angetan, daß ich mich reich beschenkt fühlte. Welche Reinheit besaß das doch alles, jeder einzelne Gegenstand, doch am eindrucksvollsten wirkten wohl die von ihr gemalten Tiere, so lebendig erschienen sie. Hielt ich den Papyrus in der Hand, so war da ein Flattern: als glitten plötzlich die gemalten Vögel im freien Flug durch meine Finger hindurch. So manche Stunde verbrachte ich in ihrer Nähe, goldene Stunden, während sie ihre Briefe komponierte.

Eines Abends lud sie Amen-khep-shu-ef und mich gemeinsam zum Mahl, und gewiß wollte sie zwischen uns Freundschaft wekken – oder doch jedenfalls die gemeinsame Erkenntnis, daß er wie ich Diener seien für ihre »große Not«. So oder so ähnlich drückte sie es am Ende selber aus, und jetzt verstand ich sie, die alleredelste Dame, ein wenig besser. Welche Königin hätte wohl nicht empfunden, was hier umschrieben wurde mit *großer Not*. Dieses Bedürfnis mochte nichts anderes besagen, als daß Nefertiri der Rama-Nefru eine Demütigung zufügen wollte; oder sich an User-mare rächen; oder für Amen-khep-shu-ef die Thronfolge nach seinem Vater sichern. – Wer wollte das schon wissen?

Allerdings: Für mich würde Amen-khep-shu-ef ganz gewiß nie Liebe empfinden. Dafür liebte er seine Mutter zu sehr (und mit dem falschen Mund, wie wir Wagenlenker zu sagen pflegten). Sie ihrerseits sprach ihn mit seinem Kosenamen an, so als sei der Gedanke an seinen Speer stets in ihrem Kopf. »Amen-ha«, sprach sie zum Beispiel, »warum blickst du so düster?«

Ich saß an der Mittelseite des langen Tisches und schien kaum vorhanden; das Gespräch ging über mich hinweg.

Er sprach zu seiner Mutter nur von Dingen, über die ich nichts wußte. Über seine Brüder und deren Frauen; über Jagden in der Wüste, auf denen sie ihn begleitet; von jenem Tag, an dem sie (kürzlich erst) neben ihm in einem Papyrusboot gestanden, während er mit seinem Wurfholz bei fünf Versuchen acht Vögel erlegte, wobei der letzte ihr in den Schoß fiel: Da war eine Reinheit des Verstehens zwischen beiden, die mir verschlossen blieb.

Sie machte sich die Mühe, mich mit ins Gespräch zu ziehen. Als ich die Schönheit ihrer Schrift pries, setzte sie zu einer kleinen Erklärung an: Sie habe als Kind ja auch eine ganz besondere Schule besucht – eine der wenigen, welche es in Ägypten überhaupt für Mädchen gab. Leicht hätten es die Lehrkräfte allerdings nicht gehabt. Schließlich seien die Schülerinnen ja alle Prinzessinnen gewesen oder zumindest die Töchter von Nomarchen (wie übrigens auch Wonnekugel – und eine Mitschülerin von Nefertiri, wie ich noch herausfinden sollte): So war es den Lehrern denn kaum möglich, diesen ihren Zöglingen eine gelegentliche Tracht zu verabfolgen.

»Wie jeder Schulmeister bestätigen wird«, sagte Nefertiri, »befinden sich die Ohren eines Knaben in seiner Sitzfläche, und am besten lernt er, wenn man mit ein wenig Prügel nachhilft. Doch wer hätte eine Prinzessin schlagen wollen? Unvorstellbar. Dennoch litten wir. Die Ohren eines Mädchens sind in ihrem Herzen, und wir weinten, wenn wir Fehler machten, und nie konnte ich zählen lernen. Wann immer ich das Zeichen für sieben zog, dachte ich nur an die kleine Schnur, die mein Gewand zusammenhielt, und ich hatte den Wunsch, sie zu lösen. Das Zeichen für beides ist schließlich dasselbe.«

»Sefekh«, sagte Amen-khep-shu-ef. »Daran habe ich noch nie gedacht.«

»Sefekh«, sagte sie. »Es ist dasselbe. Stets habe ich beides durcheinandergebracht, und die Nähte trennten sich in meinem Kopf – alles aufgelöst!«

Mutter und Sohn sprachen das Wort nun wie aus einem Munde, und ihre Heiterkeit schien grenzenlos. Das Wort bedeutete, sich entkleiden. Ich versuchte ein Lächeln, doch sie gebrauchten Wörter, die ich nicht kannte, und das Gelächter von Mutter und Sohn war wie ein Wind, der mich nicht streifte.

Nicht zum erstenmal wurde mir bewußt, wie vielschichtig unsere Sprache doch ist, im Übermaß. Gebildete Ägypter aus den edelsten Familien verstehen es, ein und demselben Laut vielerlei Bedeutungen zu geben, und sie schreiben das Wort auch auf die unterschiedlichste Weise. Ich dachte: Ich bin vor ihnen nicht mehr als Kot, und doch gebrauchen sie eben dieses Wort auch in der Bedeutung von »gebleichtes Linnen«. Wer kann wissen, was sie meinen? Gegenüber jenen von niederem Rang verbergen sie viel, indem sie ein Wort in sein Gegenteil verkehren.

In meiner Zeit als Wagenlenker war mir aufgefallen, daß mehr noch als ihre vornehme Sprechweise etwas anderes die Edlen kennzeichnete: witziges Spiel mit Worten. Wie sollte ich, simpler Wagenlenker, auch nur einen Teil der Anspielungen verstehen? Wo doch ein jedes unserer ägyptischen Wörter so viele Bedeutungen hat?

Vielleicht gebrauchten die Herren die Bezeichnung für »Brüste« (»Menti« ist das Wort dafür) und meinten in Wirklichkeit »Augen«! Nun gibt es ein anderes Wort für Augen: »Utchat« – Auge-eines-Gottes; und das bedeutet, kaum merklich anders ausgesprochen, »Ausgestoßener«.

O ja, es galt auf der Hut sein im Umgang mit diesen Edlen. Sie spielten mit Worten, mit Klängen, daß einem davon schwindlig werden konnte.

Doch verstand sich niemand besser auf diese Kunst als Nefertiri. Mit winzigstem Zungenschlag verwandelte sie, wenn sie beispielsweise »hem-t« sagte, eine Hyäne in Edelsteine. Auch dies war ein Teil ihres Zaubers – Wortklänge, in denen jede Silbe zu funkeln schien.

An diesem Abend kamen solche Spiele jedoch recht kurz. Amen-khep-shu-ef konnte es darin mit seiner Mutter ohnehin nicht aufnehmen. Auch war er viel zu sehr eine schlichte Soldatennatur, um daran viel Gefallen zu finden. Und irgendwie kam die Rede dann auf Krieg, ein Thema, bei dem ich endlich mithalten konnte, wenn auch nicht gerade mit großer Wonne: Seine Kriegstaten waren stets weit mehr gerühmt worden als meine. »Tollkühn«, nannten ihn mir nahestehende Generäle, und ich muß ehrlich gestehen (so wenig ich ihn auch persönlich mochte), daß es an seiner Tapferkeit nicht den leisesten Zweifel gab.

Unter allen Befehlshabern galt er als jener, der am erfolgreichsten Belagerungen durchführen konnte. Als ich General-über-alle-Armeen gewesen war, hatten wir versucht, ihn mit seiner Truppe von der syrischen Grenze fernzuhalten; und doch hörte ich immer wieder von Städten, die er erobert, darunter solche mit so starker Befestigung, daß sie bislang allen Feinden widerstanden.

Er baute Vorrichtungen, welche sich auf hölzernen Rädern voran-bewegen ließen, und eine davon war nicht weniger als drei Stock-werke hoch – hoch genug zum Überwinden der Mauer. Keine Mühsal war ihm zuviel. Rings um die belagerten Städte ließ er Gräben aufwerfen, damit auch nicht ein einziges Weib oder ein Kind entschlüpfen konnte. Die Schreie der Verhungernden, so seine stete Rede, gaben seinen Soldaten Kraft.

Weitere Geschichten wurden von ihm erzählt (im Heer hörte ich sie zuerst, später dann abermals in den Gärten der kleinen Köni-ginnen). Von schier unglaublicher Tollkühnheit. So hatte er einen hohen Felsen erklommen, um sich mit den Problemen vertraut zu machen, welche bei der Schlacht um eine Stadt zu erwarten waren (und sich dabei von einem Trupp seiner Krieger begleiten lassen, die ihm an Tapferkeit kaum nachstanden).

Bei seiner letzten Belagerung in Libyen (auf Geheiß seines Vaters unternommen, der diesen Sohn wohl lieber in der Ferne wußte) hatten Amen-khep-shu-ef und seine Leute bereits in der ersten Nacht, und zwar ohne Leitern, die Mauern erklommen; dabei waren sie erst am Nachmittag eingetroffen.

Eine Belagerung, die nicht einmal eine Nacht dauerte? Es war das allgemeine Tagesgespräch. Und gar kein Zweifel: Amen-khep-shu-ef lag sehr daran, daß jedermann in Ägypten wußte, daß seine Taten die seines Vaters in den Schatten stellen würden.

In den Gärten – wie wohl auch anders? – war häufig von seinen Aussichten als Thronfolger gesprochen worden. Würde der Pharao Amen-khep-shu-ef hierzu bestimmen? Oder würde er einen Prinzen aus dem Leib eines anderen Weibes wählen? Rama-Nefru hatte bereits Zwillinge geboren. Der eine starb bald nach seiner Geburt, der andere jedoch gedieh prächtig. Allerdings verging kaum ein Tag, an dem nicht geklatscht wurde von bestimmten Gefahren für das Leben des kleinen Peth-a-Ra, dem man den mächtigen Namen des Löwen-des-Ra gegeben, den sein Vater aber auch Hera-Ra nannte.

Das Leben in den Gärten der Abgeschlossenen war voller Erfahrungen. Glaubte man den Erzählungen der kleinen Königinnen, so gab es keinen Prinzen, der seinem Vater auf dem Thron folgte, ehe nicht zehn seiner Halbbrüder einen sehr plötzlichen Tod gefunden. Was kam mir da alles an Geschichten zu Ohren! Von Prinzen, die in Bierhäusern umgekommen; oder auf dem Schlachtfeld gefallen; oder im Bett krepiert, an der Seite bestechlicher Weiber; oder man hatte sie bereits als kleine Kinder im Schlaf erdrosselt.

Nichts von alledem wollte ich glauben. Bis ich dann die vielen Leibwachen sah, rings um den Palast von Rama-Nefru. Und nun begriff ich schon eher, welche Hindernisse Peth-a-Ra erwarteten auf seinem Weg: Bevor er, zur Hälfte Hethiter, König von Ägypten werden konnte.

Während ich solchen Gedanken nachhing (ich saß noch mit Nefertiri und ihrem Sohn an der Abendtafel), sprach Amen-khep-shu-ef zu meiner Verblüffung mich plötzlich direkt an. Seine Absicht war klar – und der verächtliche Ton nicht zu überhören. »Du bist ein Freund meines Vaters, seinem Ohr sehr nah«, sagte er.

»Welcher Mann könnte das schon von sich behaupten«, entgegnete ich.

Er lächelte. Eines Tages würde er womöglich mein König sein. Und gewiß kein großzügiger, ganz im Gegenteil. Er sagte: »Sprich gut zu meinem Vater, der dich belohnt.«

Die Klugheit seiner Worte schien ihn zu betören, und seine Mutter klatschte gar in die Hände und küßte ihn voll auf den Mund, ehe er sich empfahl.

»Was wirst du seinem Vater erzählen?« fragte sie mich.

»Nicht viel«, erwiderte ich. »Der Gute Gott hört nicht zu.« Ich seufzte. »Ein trauriges Los, der Elende zu sein, dessen Leib zwischen zwei mächtigen Mahlsteinen zermalmt wird.« Glücklicherweise gelang mir ein Lächeln, listig und nicht ohne Verschlagenheit; und sie erwiderte es. »Du bist so hilflos wie Öl«, sagte sie, »und hast von zwei mächtigen Steinen nichts zu fürchten.«

Dieser Scherz ist ein feines Beispiel für ihre Wortwendigkeit. »Hilflos« und »Öl« hatten den gleichen Klang, und dies schien typisch für ihren Zauber, ihre Magie. Alles wirkte so schwerelos wie ein schwebender Vogel.

Oft erstaunte sie mich durch die Feinheit ihrer Gaben. Von Ma-Khrut her war ich an viel Derberes gewöhnt. Jetzt begann ich zu begreifen – und zu schätzen –, mit wieviel größerer Mühelosigkeit jene mit den Göttern Umgang pflegen, welche ihnen näher sind.

Ich wußte, daß sie meine Gegenwart mochte, sie, die Große Königin und Gemahlin von Usermare. Und sie besaß nicht nur einen Ka, sondern vierzehn. Ja, viele Frauen waren in ihr, und eine jede davon fand ihr Vergnügen bei einem anderen Mann.

Ich glaube, sie kannte mich gut. Denn als wir nun allein waren, holte sie aus einer großen Truhe einen Gegenstand, eine Art Scheibe aus Ebenholz mit einem Griff. Nun setzte sie sich neben mich und tat die Scheibe auf den Tisch. Dann fragte sie (oder bildete ich mir das nur ein?): »Hast du je eine schöne Offenbarung geschaut?«

Wieder war ich verwirrt. Ich glaubte nicht, daß sie von der Nacht sprechen wollte, als Amon zu ihr gekommen war und Amen-khep-shu-ef in ihren Körper gepflanzt hatte, aber in der Tat war ich sehr in Verlegenheit über die Direktheit solch einer Frage, denn ich vermutete, sie könne nichts ähnliches wie »Empfängnis« gemeint haben. Eine der Bedeutungen von »Offenbarung« kam dem Begriff »Empfängnis« ganz nah, doch nein, das konnte sie unmöglich meinen, dagegen sprach das feine Lächeln um ihren Mund. Keine Annäherung an Amon hier.

So nahm ich eine andere Bedeutung des Wortes und fragte mich, ob sie sagen wollte: »Hast du je Unreinheit geschaut?« Und wieder sagte mir der Ausdruck ihres Gesichts, daß das schwerlich der Fall sein konnte. Endlich glaubte ich zu verstehen und war froh und erleichtert; denn offenbar meinte sie: »Hast du je einen schönen Fluß geschaut?« Natürlich hatte ich das, denn wer hätte nicht die Wasser des Nils gesehen, wenn sie still und klar sind. Dann erblickt man darin, auf sacht gekräuselter Oberfläche, sein eigenes Gesicht; und so nickte ich und sagte erleichtert: »Ja, ich kenne fast den ganzen Nil«; woraufhin sie ihre Hand hob und mir in die Wange kniff. Sodann hielt sie einen Leuchter dicht an den Tisch und drehte die Scheibe um, von der ich bisher nur die schwarze Rückseite gesehen.

Erschrocken zuckte ich zurück; denn beim Schein der Flamme sah ich ein Gesicht, das sehr meinem eigenen glich; nur waren die Züge viel deutlicher, als sie je auf dem gekräuselten Wasser des Nil erschienen. Ja, ich erblickte wahrhaft mein Gesicht in dieser vollkommenen Scheibe von poliertem Silber, und es besaß den Ausdruck eines Menschen, welcher dem Pharao dient. Voll Bestürzung sah ich, wie mein Gesicht – das Gesicht des einstigen Wagenlenkers – voller »Vorsicht« war. Wie glatt wirkten meine Wangen, wie besorgt auch. Und mein Herz, mußte es nicht eine wahre Gruft an Korruption sein?

Dies war der erste Gedanke beim Anblick meines eigenen Gesichts, und er kam wohl von jener Seite meines Selbst, welche die edlere war. Doch gab es auch eine andere Seite (gleichsam das Zuckerwerk in mir), welche sich höchst entzückt zeigte über eben diesen Anblick. Wie stattlich war ich doch, wie begehrenswert für jedes Weib: Oh, wohl nur wenige Männer konnten sich mit mir vergleichen.

Und dann schrak ich abermals zusammen, voll Furcht. Denn plötzlich begriff ich, daß dies ja nicht wirklich mein Gesicht war, sondern nur das Gegenbild, welches einzig auf dieser Silberplatte existierte, auf diesem See aus poliertem Silber. Nefertiri strich mir über die Wange, und selbst die Berührung ihrer Fingerspitzen war wie Spott. »Ah«, sagte sie, »dieser liebe Mensch weiß nicht, was ein Spiegel ist.«

»Jedenfalls nicht ein Spiegel dieser Art«, erwiderte ich, konnte jedoch kaum sprechen. »Dies hier«, wollte ich sagen, »wird alles Bisherige ändern.« Denn eines begriff ich nur zu gut: Wenn jeder Soldat und jeder Bauer seinen Ka erblicken konnte, so würden sie sämtlich wie Götter handeln wollen.

O gewiß, ich hatte schon in Spiegel geblickt, in die gewöhnlichen, so stumpf und zerkratzt, daß sie nur Zerrbilder zeigten: Augen und Nase und Mund – nur Fratzen. Dieser Spiegel jedoch glich keinem anderen, er mußte der feinste in ganz Ägypten sein, eine wahrhafte Offenbarung (war es nicht dieses Wort, welches Nefertiri gebraucht?) – und dort nun war mein Ka vor mir, und wir blickten einander an.

Wieder einmal wurde mir klar, wie grauenvoll es sein muß, das Land der Toten zu durchwandern, ohne ein Grab als Heimstätte zu haben. Was blieb, waren die Gestade, die Ungeheuer und die Flammen der Schlangen, welche einen solchen Ka verzehrten.

Ich sah, daß mein Ka eigentlich ich selbst war; und dort vor mir; und also lebendig. Doch er würde verderben im Rauch und im Gestank. Und ich hätte aufschreien mögen gegen eine solche Ungeheuerlichkeit. Wie lebendig war doch sein Gesicht, das ich dort sah; und mir wollte fast scheinen, daß selbst das Licht der Kerze den Flammen von Khert-Neter glich; und ich wußte, daß ich meinen Ka liebte, und daß trotz aller Verderbnis in jenen Zügen doch auch Leben in ihnen war.

Plötzlich fuhr ich zusammen. Denn mit einer leichten Drehung ihres Handgelenks hielt Nefertiri die Scheibe der »Offenbarung« nun so, daß ich nicht mehr meinen, sondern ihren Ka sah; und ihre Indigo-Augen, blau wie der Himmel bei der Flamme einer Fackel; und sie erwiderte meinen Blick in der Silberscheibe, und ich konnte es nicht wagen, voll in die Augen ihres Kas zu schauen, ihrer vierzehn insgesamt.

Ihre Augenlider begannen zu zucken wie unter dem Schatten unsichtbarer Schwingen. Und ich glaube, sie begriff in diesem Moment, daß ich sie töten mußte, wenn Usermare starb. Im Spiegel blickten wir einander an, bis in unser beider Augen Tränen traten.

Doch in der Kraft unserer Blicke gelang es mir zum erstenmal, in ihre Gedanken einzudringen, und ich nahm schließlich sogar ihre Hand – ja, ich wagte es, ihre Hand zu ergreifen und über den Weg ihrer Finger (ähnlich wie bei Usermare) ihr Herz zu betreten. Nein, wahrhaftig, ihre Gedanken waren nicht belanglos.

Sie dachte an die Nacht, da Amon ihr Lager mit ihr geteilt und sie Amen-khep-shu-ef empfangen. Nun wußte ich, warum ihr Sohn hohe Gipfel erklomm. Amon hatte Mut, seiner Mutter, beigeschlafen. Nefertiri träumte sich in die Umarmungen von Amen-khep-shu-ef. Ja, Usermares Eifersucht war wohlbegründet.

Der Ansturm ihrer Gedanken traf mich mit der Wucht galoppierender Rösser, gleichsam Hufschläge für das Wagnis, Nefertiris Hand zu berühren. Doch gewann sie ihre Ruhe zurück, und nicht ohne Arglist flüsterte sie mir ins Ohr: »Ist es denn wahr, daß Ma-Khrut nicht ihre Hände von dir lassen kann?«

Nun wußte ich nicht: Konnte sie meine Gedanken vernehmen oder wußte sie nur von Gerüchten, die, Vogelgezwitscher gleich, von den Bediensteten im einen Palast zu jenen im anderen dringen? Gegen Klatsch und Tratsch war keine Mauer dicht genug. Was mich jedoch verstörte (und mein Herz heftiger schlagen ließ) war die simple Tatsache, daß ich nun Teil des allgemeinen – wie des gemeinen – Getratsches war.

Ich gab keine Antwort. Ich tat, als hätte ich die Frage nicht recht verstanden; und hoffte sehr, daß die Würde einer Königin sie davon abhalten würde, dieselbe Frage abermals zu stellen.

Doch wie wenig kannte ich sie noch (und wie schwierig war es auch, mit ihren subtilen Gewohnheiten vertraut zu werden). Jedenfalls stand sie, wenn sie wirklich etwas begehrte, in ihrer Beharrlichkeit dem Löwengebrüll von Usermare kaum nach.

»Komm«, sprach sie, »ist es nicht die Wahrheit? Wonnekugel selbst hat es erzählt.« Natürlich fragte ich mich, wie es wohl zwischen Ma-Khrut und der Königin je zu einem so engen Vertrauensverhältnis hätte kommen können.

Ich hätte lächeln können wie ein Narr; oder auch versuchen, besonders klug dreinzuschauen. Aber da war irgendeine Kraft in meinem Herzen, die mir Tapferkeit gab; und ich blickte wieder in den Spiegel, von meinem Ka in ihren Ka, und ich sagte: »Wäre da nicht die Lieblichkeit, welche Eure Majestät umgibt, so würde ich oft an Ma-Khrut denken.« In einem Moment wie diesem begriff ich, daß der wahre Wunsch nach Rache einer Schlange gleicht: Mochte ihr Schwanz in den Tiefen meiner Träume ruhen, ihr Haupt sprach in den Augen meiner Königin.

Beide spürten wir Ma-Khruts Atem, nur gab sie uns nicht ihre guten Wünsche, sondern die Kraft ihrer Verwünschungen. Noch immer blickten Nefertiri und ich uns im Spiegel an; doch hätten wir uns auch an einem hohen Ufer befinden können, überspült von urmächtiger Flut.

Dann wieder sahen wir uns, jeder vom Anblick des anderen überrascht, als Fremde auf einem Marktplatz. Wie bewunderte ich ihre Haltung, die Form ihrer Hüften; und – ja, ich sah sie, und sie sah mich; und sie sah mich nicht als Göttin, sondern als Weib, und ich war Mann und nicht Bediensteter. Welch ein Wunder, daß wir einander auf diese Weise begegneten, ganz von gleich zu gleich. Zärtlich lächelten wir einander an. Doch ach – dieser Ka war nur einer von ihren vierzehn.

Dennoch fühlten wir uns verbunden wie neugewonnene Freunde. Wieder nahm sie meine Hand und berichtete mir etwas über den Pharao, das mir mehr oder minder neu war. Es ließ meinen Herrscher in eigentümlichem Licht erscheinen.

Am Tage der großen Schlacht, als den Hethitern der Durchbruch gelang, hatte Usermare in seinem Zelt gebetet: Amon möge ihm die Kraft verleihen, mit seinem Feind fertigzuwerden; und der Verborgene hatte erwidert: »Ich will dir diesen Wunsch gewähren, so du mich nicht um ein langes Leben bittest.«

»Seit jenem Tag (erzählte Nefertiri) sind neunundzwanzig Jahre vergangen, doch noch immer wartet er auf die Stunde, da Amon kommen wird, um ihn zu holen.

Dies ist auch der Grund (sprach Nefertiri weiter), weshalb er nun mit einem hethitischen Weibe ist. Er hofft, daß Amon mit den hethitischen Göttern keinen Krieg wagen wird.« In ihren Augen blitzte Zorn. »Er versucht, *ihren* Göttern nahe zu sein. Aber noch immer begehrt er mich.« Ihre Stimme klang so dunkel wie die Nacht und so schwer wie der Stein, den sie auf sein Grab legen würde. »Ich verachte Sesusi«, sagte sie, »wegen seiner Furcht.«

# ELF

Mitunter, wenn ich allein im Hause des Gefährten der Rechten Hand schlief, wachte ich mitten in der Nacht auf und spürte Wonnekugels Nähe. Dabei war da keine Fledermaus durch ein Fenster hereingehuscht, auch kein Flattern von Vogelflügeln störte die Stille: nein, es konnte hier keinen Besucher aus Ma-Khruts Garten geben. Und doch fühlte ich mich beunruhigt durch ihre Rituale, die schier alles zu überschwemmen schienen mit ihrer steigenden Flut. Können Dörfer inmitten ungehemmter Wasser nicht unversehens zu Inseln werden? Eine ähnliche Gefahr, fühlte ich, drohte mir und meinem mir bislang holden Glück. Ich mußte also sehen, wo ich blieb.

Gestehe ich's nur: Was nun geschah, erweckte in seiner Abscheulichkeit in mir eher Ekel. Und doch – leistete ich Nefertiri damit nicht einen weiteren Dienst?

Wonnekugel hatte einmal gesagt (während sie den Kot ihrer Katze mit der Asche einer Pflanze vermischte), und sie sprach gleichsam zu sich selbst: »Was ich jetzt brauchte, wären die Exkremente von Sesusi.« Nie vergaß ich diese Worte. Ich grübelte viel darüber nach, während ich noch in den Gärten der Abgeschlossenen weilte; und gelangte schließlich zu der traurigen Schlußfolgerung, daß Exkremente genauso Teil der Magie waren wie Blut oder Feuer, ein Elixier sterbender Götter und verrottender Geister, verzweifelt darauf bedacht, das Leben wiederzugewinnen, das ihnen entfloh.

Dachte ich jedoch an den Kot (oder Mist) und welche Wandlungen er bewirkt – nicht nur gute Ernte gewährt er, sondern dient vielerlei Getier, nicht zuletzt Fliegen, auch als Nahrung. So kamen mir denn ganz andere Vorstellungen. Diese vielen Götter, winzig und oft tödlich wie die Pest, sie schienen eine Vorliebe zu haben für den Aufenthalt in der Nähe solch möglicher Wandlungen. »Wie gefährlich ist dieses Exkrement«, sprach ich zu mir selbst, und ich hatte einen schrecklichen Gedanken, auch wenn ich ihn kaum zu erklären wußte. Das Ergattern des Kots anderer, mußte es nicht dem Besitz von Gold gleichkommen?

Und war vielleicht eben dies der Grund dafür, daß alle Besucher des Hofs an Goldschmuck trugen, was immer sie besaßen? Wie gut entsann ich mich jener reichen Gäste, welche sich auf dem Großen Platz am See von Maat versammelten – und das Gold gleißte geradezu von ihren Leibern.

Wer den Großen – oder auch Weiten – Palast betreten wollte, wurde nicht ohne ein entsprechendes Papyrus eingelassen, und der Zugang zum Kleinen Palast war allen untersagt, die allerengsten Bediensteten von Usermare ausgenommen. So warteten, gleichsam an einer Art Zwischenort, die Reichen von Ägypten darauf, daß Usermare sich vom einen Palast zum anderen begebe. Stets wurde er getragen von acht der Gäste: ausgesucht aus hundert und mehr, welche auf diese Gunst hofften. Auf das bloße Wort hin, daß der Gute und Große Gott erscheinen werde, verschmolzen die Höflinge und Gäste zu einem wahren Pöbelhaufen, in dem rücksichtslos gedrängt und gestoßen wurde, bis die Leidenschaften überschäumten wie schlammiges Wasser.

Das Recht, Usermare auf dem Goldenen Bauch zu tragen (so nannten wir seine Sänfte), war ausschließlich solchen Gästen vorbehalten, die ihm zu Diensten sein konnten – und dies war ihre einzige Chance. Denn wo immer sonst, ob vom Gericht zum Tempel oder zu den Straßen von Theben, stets wurde er von den Offizieren seiner Wache getragen, von denen sich jeder eines bestimmten Titels brüsten konnte; um nur ein Beispiel zu nennen: Dritter Träger des Rechten Glieds des Goldenen Bauches.

Doch hatten diese Soldaten keinen Dienst, wenn er sich vom Weiten (oder Großen) Palast zum Kleinen Palast begab. Hierfür zog er Kaufleute vor, welche genügend Wertschätzung besaßen, um durch das Doppeltor am Fluß passieren zu dürfen. Auch genossen sie – bei einigem Glück – das Vorrecht, ihn etliche hundert Stufen um den See der Wahrheit (also den See von Maat) tragen zu dürfen: in die Tore des anderen Palastes.

Ein weiter Weg war es nicht, doch hörte man Männer (so begierig sie auf diese besondere Gunst auch waren) verzweifelt stöhnen, wie furchtbar dieser Dienst in der höchsten Hitze des Tages sei, gar noch wenn man in der brütenden Glut stank (wehe dem, der für diesen Fall nicht mit Parfümen vorgesorgt – Usermare konnte stinkende Leiber nicht ertragen). Dennoch mochte sich keiner die Gunst der Gunst entgehen lassen, und so groß auch das Stöhnen und so tief auch die Erschöpfung, fast alle rissen sich um die Ehre (um dann für den Rest ihres Lebens von nichts anderem zu sprechen). Wie berauscht trugen sie ihn und seinen Goldenen Bauch, und sie jubelten, während sie sich in munterem Trab vorwärtsbewegten und keiner offenbar fürchtete, bei dem angeschlagenen Tempo tot umzufallen; während schon weitere Besessene warteten, er werde vielleicht schon bald wieder erscheinen, so daß nunmehr sie die Gunst der Gunst erhaschen konnten: ihn auf seinem Goldenen Bauch zu tragen.

Nun erst begriff ich so recht, welch hohen Rang ich bekleidete. Und voll Verachtung blickte ich auf solche Männer, die sich so zum Narren machten.

Als Gefährte-der-Rechten-Hand hatte ich jederzeit und durch jede Tür Zutritt zum Kleinen Palast. Wie hätte es auch anders sein können, wo doch mein König in Furcht vor seinem Sohn und seiner Gemahlin lebte? Hatte er mir nicht aufgetragen, ihm zu berichten, was immer mir zu Ohren kam. Oft befahl er mich zu sich und stellte Fragen. Nur konnte ich ihn kaum je zufriedenstellen, da ich nichts zu berichten wußte über Nefertiris Untreue oder Arglist. Vielmehr versicherte ich, sie müsse erst mehr Zutrauen zu mir fassen, ehe da etwas zu erfahren sei.

Doch verstand ich es, bestimmte Wahrnehmungen aufzubauschen: leise Seufzer von ihren Lippen, den grausamen Ausdruck des Mundes von Amen-khep-shu-ef. Mit Hilfe solch kleiner Tricks gelang es mir einerseits, meinen König von meiner Ergebenheit zu überzeugen (keine leichte Sache), und legte ihm andererseits die Schlußfolgerung nahe, wirkliches Übel finde sich weder bei seinem Weib noch bei seinem Sohn.

Ihm behagte das offensichtlich. Doch ein Herrscher mit einer Doppelkrone muß gleichzeitig an zwei Länder denken: Wünschte sich Oberägypten wahre Geschichten von Verrat, so setzte Unterägypten seinen Stolz auf seine Treue.

Dennoch entschloß ich mich, nachdem Nefertiri mir von seiner geheimen Furcht vor Amon erzählt, ihm hiervon zu berichten. Wie ich das tun sollte, wußte ich allerdings kaum.

Er empfing mich in seinem Bett in seinem großen Schlafgemach, und in seinen Armen lag Rama-Nefru, ihr goldenes Haar auf seiner Brust. Doch ich berichtete alles, ohne Scheu oder Scham, an Nefertiri Verrat zu üben. Ich bin sogar davon überzeugt, daß ihr klar war, ich würde ihm davon berichten; und daß sie es so wollte. Und gewiß, gewann sie nicht in unser aller Augen an Größe, als sie sagte (was ich nun wiederholte): »Ich verachte ihn wegen seiner Furcht.«

Usermare brüllte so laut, daß ich fürchtete, die Mauern würden einstürzen, und Rama-Nefru warf mir zum erstenmal einen Blick zu. Zwar war ich bereits zweimal in ihrer Gegenwart in ihrem Schlafgemach gewesen, doch hatte ich von der Hethiterin nicht mehr gesehen als ihren Hinterkopf. Reglos hatte sie verharrt, während ich sprach, und als es nichts weiter zu sagen gab, war ich gegangen; um so mehr erfüllte mich jetzt Stolz über die kühnen Worte meiner Königin so sehr, daß ich sie abermals wiederholte.

Rama-Nefru fuhr von ihrem Schlaflager auf, ließ dabei ihre nicht allzu attraktiven Brüste sehen (klein waren sie, glichen weit auseinanderstehenden Augen), und laut schrie sie: »Sie ist böse, ihr Blick ist böse.« Die Worte waren kaum zu verstehen, so sehr wurden sie verzerrt durch den kreischenden Ton; und sie wirkten irgendwie sonderbar, da sie aus einem so jungen Gesicht kamen, das offen schien wie eine Blume. Doch der Schmerz in ihrer Stimme verriet mir, daß sie weiser war als ihr augenblicklicher Zorn. Sie wußte, Usermare würde sie für den Rest dieses Morgens aus seinen Gedanken verbannen. Eine Frechheit dieser Art verlangte nach Züchtigung (doch ging das aus gewissen Gründen nicht: Sie sprachen momentan nicht miteinander!). So würde er denn diesen Tag zweifellos eher mit Nefertiri als mit Rama-Nefru verbringen.

Nun befahl er mir, das Goldene Gefäß zu seinem Bett zu bringen und es sodann in seinem Garten zu entleeren. Er sagte dies mit einer solchen Verachtung, daß Rama-Nefru mir zulächelte, als wolle sie so die Schmähung mildern, und mich verwunderte eine solche Freundlichkeit von seiten einer Königin.

Ich verneigte mich vor ihr und vor meinem König und verließ, rückwärts schreitend, mit dem Gefäß das Gemach. Im Vorraum wartete ein Priester, der mir, noch bevor ich mich umdrehen konnte, seinen Titel nannte. Er sei Hüter des Goldenen Gefäßes, und im übrigen hätte meine Pflicht hier ihr Ende.

Ich widersprach nicht. Bis in meine Fingerspitzen brannte noch die Scham über die Art und Weise, in der mich mein König aus dem Gemach geschickt. Meine Augen waren ohne Tränen, doch empfand ich großen Zorn, ohnmächtigen Zorn, wie ihn Kinder fühlen. Ich haßte meinen Pharao, doch war es ein sinnloser Haß, weil ich meinen Herrscher doch lieben wollte. Und ich liebte ihn ja auch, doch es war hoffnungslos. Er würde mich um so weniger lieben. Wie sehr ich mir wünschte, ihn zu vernichten!

Ja, solche Gedanken hatte ich. Und während ich neben dem Priester schritt, der nun das Gefäß trug, fragte ich mich, warum eigentlich nicht die Erde bebte von all dem Schrecklichen in meinem Kopf.

»Es ist«, sagte der Priester, dem meine Begleitung mißfiel, »nicht der Mangel an Achtung vor deinem hohen Amt, doch hat er mich geheißen, diese Pflichten ohne das Beisein anderer zu erfüllen.«

»Mag sein, daß dies an anderen Tagen gilt«, erwiderte ich. »Doch an eben diesem Morgen wurde mir befohlen, persönlich dabeizusein. Frage ihn, den Einen.«

Aber das würde der Priester niemals wagen. Das Gesicht unter dem geschorenen Schädel war schwach und voll Selbstsucht. Er nickte, als gäbe es kaum etwas, das ihn noch überraschen könne. Dennoch bemerkte ich, wie besorgt er war. Sollten seine Pflichten etwa beschnitten werden?

Wir durchquerten einen Garten, und der Priester schritt mit vorgestreckten Armen, so als trage er eine Opfergabe zum Altar. Und alle, an denen wir vorübergingen, ob nun Soldat oder Dienerin oder Gärtner, sie verbeugten sich tief vor dem Goldenen Gefäß, während der Priester, wie ich bemerkte, sein Haupt neigte, als sei er selbst der Pharao, so erhaben wirkte diese Geste.

Vor einer grünen Holztür blieben wir stehen, und der Priester holte aus seinem Gewand einen hölzernen Schlüssel hervor, wobei er mir wieder einen prüfenden Blick zuwarf. Er war sich noch immer im Zweifel. Doch ich fragte mit Zuversicht: »Wie lautet der Name dieser Tür?«

»Sha-ah«, erwiderte der Priester.

»Gewiß«, sagte ich, »durch eben diese Tür hieß der Eine mich gehen.«

Wir betraten einen recht einfachen Garten, in dem viele Pflanzen wuchsen, und der Priester kniete bei einer Furche nieder, stellte das Gefäß auf den Boden und hob den Deckel ab. Sodann begann er, kleine Kügelchen zu kneten, welche er rings um die Pflanzen ins Erdreich drückte, bis das Gefäß schließlich leer war.

Ich kniete währenddessen neben ihm, und er schien zu fürchten, ich werde womöglich irgendein Blatt berühren, denn er sagte: »Dies sind Kräuter der Weisheit, und nur ich, als der Aufseher, darf davon pflücken.«

Ich nickte, als wollte ich sagen: Gewiß, wie denn auch anders? Und ich erhob mich.

Nun hatte er zwar voll Argwohn meine Hand bewacht, die sich den Blättern näherte; dabei jedoch die andere (jene dicht bei den Wurzeln) außer acht gelassen. So hielt ich nun in meinen Fingern eines der Kügelchen, und es war warm wie das Blut von Usermare, doch entstammte es ja auch dem Gesäß der Zwei-Lande.

Ich verneigte mich, und der Priester kniete nun bei einem kleinen Altar und betete. Dann wusch er sich die Hände in heiligem Wasser, und wir verließen diesen Garten, ich einen Schritt voraus. Draußen konnte ich mich gar nicht eilig genug von ihm trennen, und so rasch es nur ging, umrundete ich den See von Maat und gelangte durch andere Gärten und an so manchen Heiligtümern und Tempeln vorbei – bis ich endlich eingelassen wurde in Nefertiris Throngemach. Noch hielt sie ihre morgendliche Audienz, doch sobald sie mit den Beamten fertig war, trat sie in ihr Schlafgemach, wo wir am Abend zuvor nahe ihrem Spiegel gesessen. Und die ganze Zeit über pochte es in meiner Hand, als hielte ich in der Ausscheidung von Usermare nichts anderes als sein Herz.

Als ich das Kügelchen meiner Königin zeigte, wurde sie sehr ernst – und handelte schnell. Sie wollte nicht erst die Dunkelheit abwarten, auch nicht die Prozedur einer langen Beschwörung. Und so tat sie das Kügelchen auf ihren Handteller, schloß die Augen, sprach einige Worte zu sich selbst und reichte es mir wieder. »Geh«, sagte sie, »zum See von Maat und laß seine Gabe dort hineinfallen.«

Ich tat wie geheißen. Später am Nachmittag, als die acht Träger des Goldenen Bauches den Pharao vom Weiten (Großen) Palast hinübertragen wollten zum Kleinen Palast, da geschah es, daß, während sie am See entlangschritten, gleich zwei der Träger zusammenbrachen, auf derselben Seite, an derselben Tragstange. Der

Große Bauch kippte um, und Usermare stürzte von seinem Sitz, höher als der Sattel eines Pferdes, und er schlug mit dem Kopf gegen den Marmor. Bewegungslos lag er, und manche meinten, er sei tot. Wirklich schien kein Leben mehr in seinem Leib, nur noch leiser Hauch in seiner Kehle.

Man brachte ihn zu seinem Bett im Gemach der Gesegneten Gefilde. Vier königliche Ärzte umsorgten ihn. Aus den Kräutern des Gartens Sha-ah wurden Pulver gewonnen und zum Kochen gebracht, und ihr Dampf erfüllte die Luft. Aus den Mäulern nubischer Löwen wurde halbgekautes Fleisch gerissen, um vermischt zu werden mit vierzehn Pflanzen für seinen Ka, für alle vierzehn, und sein Haupt wurde an jener Stelle gesalbt, wo es gegen den Marmor geprallt.

Rama-Nefru trat ein und begann mit Klagelauten in hethitischer Sprache; doch sobald sie gegangen, erschien Nefertiri gemeinsam mit Amen-khep-shu-ef, und sie verharrten stumm an seinem Bett, während ich hinter ihnen saß, unweit der Ärzte, wie es meinem Rang entsprach.

Usermare bewegte sich kein einziges Mal.

Und nun, da ich den reglosen Körper sah, wurde mir zum erstenmal bewußt, daß der Gute und Große Gott vielleicht sterben würde; und auch ich betete. Denn war er nicht mehr am Leben, so mußte ich Nefertiri töten; oder mit seinem Zorn rechnen in jenen künftigen Jahren, da ich das Land der Toten betrat.

Als ich jetzt zu Nefertiri blickte, sah ich mich plötzlich mit einem Dolch in der Hand.

Sie begab sich zurück in ihren Palast, und am dritten Tag nach Usermares Sturz saß sie schweigend auf ihrem goldenen Stuhl. Unaufhörlich umsorgten die Ärzte den Herrscher, der im Kleinen Palast lag. Niemand bewegte sich in dieser Zeit über das Marmorpflaster rings um den See von Maat, und Theben, die ganze Stadt, war wie verstummt. Schweigend verharrte Nefertiri, und in der lastenden Stille saß ich und starrte sie an; und fragte mich, ob ich den geheimen Befehl meines Königs befolgen könne.

Während ich über mein Tun grübelte, war mir, durch den Horizont-von-Ra, sehr wohl bewußt, wie die Edlen, die Wesire und Oberaufseher, die Hüter von Macht und Reichtum, Komplotte schmiedeten, gemeinsam mit den Priestern, wer denn der »wohlgeliebte Freund« des nächsten Königs werden solle. Amen-khep-shu-ef war häufig mit seiner Mutter zusammen, doch selten ohne seine Leibwächter: Sie, so vermutete ich, befanden sich in jenem Zustand, in dem sich jeder gute Soldat befindet, wenn sich der Zeitpunkt einer Schlacht nähert und Tod und Verwundung, doch auch der Gewinn von Schätzen immer dichter rücken. Bedrückte Mienen mußten sie zeigen, ein nicht gerade leichtes Los für jemanden, der vor Glück fast von Sinnen ist.

Wann immer ich in diesen Tagen Amen-khep-shu-ef sah, stets hatte sein Auge den wilden Blick eines Falken. Oft stierte er mich geradezu an, bis es mir zuviel wurde, seinem Blick auszuweichen. Wir starrten einander an, daß uns die Augen aus dem Kopf zu fallen drohten, und von Wahrung höfischer Formen konnte wahrlich nicht mehr die Rede sein.

Doch ich hatte Demütigungen satt. Überdies – war nicht ich es gewesen, der in der gewaltigsten aller Schlachten an der Seite seines Vaters kämpfte, während dieser Amen-khep-shu-ef sich an diesem Tag am falschen Ort befand? Ja, ich erwiderte seinen stieren Blick mit all jener Kraft der Götter, welche mich bei Kadesch durchdrungen; und als unsere Augen nun aufeinandertrafen, war mein Blick wohl genauso wild wie seiner. Vielleicht hätten wir uns bis zu wechselseitiger Blindheit angestarrt, wäre nicht Nefertiri zwischen uns getreten und hätte mit ruhiger Stimme gesagt: »Wenn er stirbt, werde ich euch beide brauchen.«

Amen-khep-shu-ef verließ den Raum. Er fühlte sich um einen Sieg gebracht. Da er sich gegen jegliche Niederlage gefeit fühlte, meinte er, seine Mutter habe ihm einen Triumph entrissen. So, zweifellos, sah er es.

Doch ich weiß nicht. Hätte ich als erster die Augen niedergeschlagen, so wäre noch im selben Moment mein gezücktes Kurzschwert in meiner Hand gewesen; und ich hätte den Sohn getötet und dann die Mutter und einen jeden, bis man mich überwältigte. In diesem Augenblick durchströmte mich das Glücksgefühl des Tapferen, und ich meinte, Nefertiri ebenbürtig zu sein. Da mein Blick dem Blick ihres Sohnes standgehalten hatte, war sie zwischen uns getreten, um ihr eigenes Leben zu schützen. Ich mußte lachen, daß er in seiner Wut Narr genug gewesen war, mich mit ihr allein zu lassen.

Sie lächelte leise, sagte dann jedoch: »Weshalb hat Sesusi dich zu meinem Diener erkoren?«

»Fragst du das, weil ich dein Freund bin?«

Sie schwieg, trat jedoch näher zu mir heran. »Ich weiß, daß Amen-khep-shu-ef seine Zweifel hat«, sagte sie.

Ich verbeugte mich. Siebenmal berührte meine Stirn den Boden. Ich wußte nicht, was sagen – bis die Worte wie von selbst aus meinem Mund kamen. »Ich wurde geheißen, im Falle von Userma-res Tod bei dir zu sein«, sagte ich. »So lautet sein Befehl für mich.« Sie nickte. Und begriff, was ich nicht aussprach. Die Nähe ihres Todes umhüllte sie wie ein Gewand, von einem Diener gehalten. »Warum erzählst du es mir?« fragte sie. »Ist es, weil du ihm nicht gehorchen wirst?«

Schon wollte ich erwidern: »Nein, ich werde ihm nicht gehorchen, ist doch dein Herz mehr wert als seines«; doch ich besann mich rechtzeitig. Die Weisheit listiger Götter berührte meine Zunge, und ich sagte: »Ich glaube es kaum, doch könnte ich es nicht beschwören.«

Ihr Blick wandelte sich plötzlich. Die Möglichkeit ihres Todes schien jetzt näher. Auch sprach aus ihren Augen Bewunderung: weil ich es vielleicht wagen würde, sie zu töten. Ein solcher Mut konnte nur von den Göttern stammen. Aber wie ließ sich denn auch erklären, daß eine Königin sich zu einem Mann wie mir hingezogen fühlte, wenn nicht ein Gott aus ihm sprach?

»Ja«, sagte sie, »es muß wohl wahr sein, daß Ma-Khrut nicht die Hände von dir lassen kann«; und ihr betörendes Lächeln verriet unmißverständlich, daß ich nur tapfer sein müsse, und alles könne geschehen.

Natürlich: Sie war eine Königin. Und das Herz einer Herrscherin gleicht dem Labyrinth der Eingeweide. An jeder Windung krümmen sich Schlangen. Und so war mir bewußt, daß neben der kleinen Liebe, die sie für mich empfinden mochte, das Feuer ihrer Ehe brannte. Wie hätte sie auch daran zweifeln können, daß Usermare sie nicht mehr begehrte, da er doch befohlen hatte, sie gleich nach seinem Tode zu töten, damit er sie drüben nicht entbehre?

# ZWÖLF

Usermare starb nicht. Am vierten Tag öffnete er die Augen; am fünften sprach er; am sechsten hob er sein Haupt; und am nächsten Tag stand er auf. Bald befand er sich wieder in seinem Triumphwagen und stattete den Abgeschlossenen einen Besuch ab.

Meine Verbindung zu Pepti war nicht abgerissen. Oft traf ich des Morgens mit ihm am Tor zu den Gärten zusammen. Dort sprachen wir dann miteinander – er auf seiner Seite, ich auf meiner –, und so erfuhr ich, daß Usermare die Nacht mit Ma-Khrut verbracht hatte; und daß die Laute ihrer Lust lärmender gewesen seien als das Brüllen des Löwen und des Nilpferds. Am folgenden Tag führte sie sich auf wie eine Gemahlin und schritt mit großem Glanz dahin. Ich meinerseits fühlte mich wie ein Kaufmann, dem man die Karawane geraubt, um ihn nackt im Mondlicht zurückzulassen.

Dennoch war ich im Grunde nicht weiter überrascht. In den Tagen von Usermares Genesung hatte der ganze Palast einem Chaos geglichen. Und wer denn wollte wohl die Ordnung – oder Unordnung – zwischen den Göttern abschätzen, wo doch so viele herbeibeschworen worden waren von Priestern und Edlen, welche jeweils für einen bestimmten Thronfolger beteten? O ja, in den Tagen seiner Genesung geriet vieles durcheinander. Zeremonien im Tempel wurden in falscher Reihenfolge zelebriert; und so mancher Papyrus, ihm vorgelegt, litt an unübersehbaren Rechenfehlern. Dann dieses Gedränge in den Vorräumen zur Großen Kammer – einfach widerlich.

Das meiste ignorierte ich. Mehr denn je zuvor hielt ich mich bei Nefertiri auf, und sie wünschte meine Nähe. Nun denn. Hatten wir schon nicht gewußt, was ich im Falle von Usermares Tod tun würde; wie konnten wir nun wissen, was wir tun würden, da er lebte? Tag für Tag holte sie ihren Spiegel hervor, und wir blickten einander darin an, und jeder betrachtete den Ka des Gesichts des anderen.

Hätte eine Wolke den Rand der Sonne berühren können oder ein Windhauch eindringen zwischen den Säulen, ehe ihr Ka davongehen und einer – ein anderer der vierzehn – im Spiegel sich finden würde? Mitunter sprach sie nur in dieser Art zu mir; unsere Blicke verschränkten sich im Spiegel.

Eines Morgens, da jedermann im Palast wußte, daß Usermare bei Rama-Nefru weilte, sprach Nefertiri: »Er wird nicht zu mir kommen, ehe ich ihn nicht um Verzeihung bitte für die auf seiner Brust vergossene Suppe, doch das werde ich niemals tun. Er ließ meinen armen Diener zu Tode prügeln.« Sie nickte. »Die Tochter dieses toten Dieners«, fuhr sie fort, »ist blind, und sie besaß die schönste Stimme in meinem Chor der Blinden. Seit dem Tod ihres Vaters bringt sie keinen Ton mehr hervor.« Nefertiri sah mich an. »Das ist die Schuld der Frau mit dem gefärbten Haar.«

So pflegte sie Rama-Nefru zu bezeichnen, und ihre Verachtung für die Hethiterin war so groß, daß sie das Wort *sesher* gebrauchte, welches »Bleichen« bedeutet, aber auch »Kot«; und sie verwendete es so oft, bis das schöne Haar von Rama-Nefru weißen Eingeweiden zu gleichen schien, die man völlig hatte ausbluten, »ausbleichen« lassen.

Die Grausamkeit dieses Kas in Nefertiris Gesicht gefiel mir nicht, zumal er, einmal im Spiegel, diesen nie wieder verlassen wollte. »Die Hethiterin haßt Usermare«, sagte meine Königin. »Er leidet Elend, das er selbst nicht erkennt – er ist zu stark, um sein eigenes Elend zu begreifen. Wie wohl hätte er aus dem Goldenen Bauch fallen können, wären seine Sinne nicht wie betäubt gewesen? Das kommt davon, wenn man mit der Hethiterin mit dem gebleichten Haar Liebe macht.«

Und schließlich sprach sie also: »Ich wünschte, ihr würde das Haar ausfallen. Es gibt kein Geschenk, das ich nicht dafür hergeben würde.«

Wieviel Kraft mir diese wenigen Worte gaben! Ich verehrte Nefertiri, ja, ich fürchte gar, ich betete sie an wie eine Göttin. Würde ich ihr widerstehen können, sollte sie mich je erwählen? Nein, das war kaum zu erwarten. Und als sie nun wiederholte: »Es gibt kein

Geschenk, das ich nicht hergeben würde«, und ihre Augen für die Samen und die Schlangen in meinen Lenden eine so unmißverständliche Sprache sprachen, geschah es zum erstenmal, daß ich sie begehrte mit dem Geist des Sumpfes, dort zwischen ihren Schenkeln in dem Ka-von-Isis.

Nun sprach sie: »Du mußt Wonnekugel einen Besuch abstatten.« Ich schwieg darüber, wie schwierig das sein würde, und verließ mit einer Verbeugung ihr Gemach; und verbeugte mich draußen abermals, denn Amen-khep-shu-ef nahte. Wir blickten einander nicht in die Augen und würden es wohl auch nie wieder tun, es sei denn, die Spitzen unserer Schwerter richteten sich gegeneinander. Er war gekommen, um seiner Mutter Lebewohl zu sagen, wie er mir erzählte, denn – tatsächlich – wir sprachen miteinander, wobei jeder auf des anderen Mund starrte (als gelte es, eine belagerte Festung einzunehmen). Ja, noch heute werde er mit seinen Barken den Fluß hinabfahren, auf einem seiner kleinen Kriegszüge gen Libyen. In allerbester Manier wünschte ich ihm alles Gute; und dachte, es sei doch ein ausgezeichnetes Omen, ihn nun aus dem Weg zu haben.

Nach seinem Abschied wanderte ich durch die Tore des Morgens und des Abends der Gärten der Abgeschlossenen; und ich befahl einem der wachhabenden Eunuchen, nach Pepti zu schicken. Durch ein kleines Loch in der Mauer unterhielten wir uns dann. »Friede ist mit mir«, sagte ich. »Ich hoffe, Friede ist auch mit dir.« »Friede ist auch mit mir«, sagte er. »Doch es herrscht Unruhe im Haus der Abgeschlossenen.« Und dann erzählte er mir von Zankereien zwischen den kleinen Königinnen und Grobheiten unter den Eunuchen. Usermares Nacht mit Wonnekugel habe viele heillos verwirrt. Er seufzte. »Ich glaube, es liegt am Steigen des Flusses.« »Ich bin gekommen, um dir von noch größerer Unruhe zu berichten. Große Königinnen werden in neuen Betten schlafen.«

»So bald wohl nicht«, meinte Pepti. Ich blickte ihm in die Augen. Sie waren so groß und quellend, als drücke ihm jemand die Kehle zu. »Der Eine«, sagte er, »liebt das blasse Gold der Sonne. Und wenn er bei ihr ist, hält er die Sonne in seinen Händen.«

»So war es, ja. Doch seit seinem Sturz ist er der Hethiterin müde geworden.«

Pepti zuckte mit den Schultern. »Er hat Ma-Khrut um einen Zauber gebeten. Die Hethiterin solle ihn mehr lieben.«

»Ma-Khrut erzählt dir mehr als mir.«

»Ich bin Eunuch.«

Ich nickte. »Und du bist klug. Ich habe der Königin Nefertiri gesagt, du seist der klügste Mann, den ich kenne. Sie sagte: ›Einen solchen Mann brauchen wir als Wesir!‹«

Er fühlte sich geschmeichelt, doch glaubte er mir nicht. Dafür war er zu klug. »Du warst nicht dabei«, sagte ich. »Du hörtest nicht die Wärme in der Stimme der Königin, als sie von dir sprach. Weißt du, daß sie den Mann haßt, der jetzt Wesir ist?«

»Ich habe es gehört.« Ja, er mochte klug sein, doch wollte er mir auch gern glauben. »Leiht der Eine«, fragte er, »je Nefertiri sein Ohr?«

»Bald wird er es tun.«

Pepti blickte mich an, als sei ich ein vollendeter Narr.

»Nein«, sagte ich, »du irrst dich. Andere kommen und gehen. Doch zu ihr kehrt er immer wieder zurück – früher oder später. Und wenn er zurückkehrt, vergißt sie nie, wer ihr ergeben war. Sei ihr nun ergeben, und sie wird dir die größte Belohnung zukommen lassen.«

Er blickte finster. »Selbst wenn es so ist, wie du sagst, würde der Eine niemals einen Eunuchen als seinen Wesir dulden.«

»Du irrst dich abermals«, sagte ich. »Die einzigen Menschen, denen Sesusi vertraut, sind Eunuchen. Männern vertraut er nicht. Nur Eunuchen.«

Nun glaubte mir Pepti. Es lag an der Grausamkeit meiner Bemerkung. Grausamkeit war für ihn stets vertrauenswürdig.

»*Du* möchtest, daß ich Wesir werde«, sagte er. »Denn dann könntest du durch mich den ganzen Hof kommandieren.«

»Gewiß nicht«, sagte ich. »Ich würde dergleichen nicht einmal versuchen.«

Er lächelte, als durchschaue er meine Worte als Lügen. Indes glaubte er mir mehr als zuvor. Ich kannte seine Gedankengänge. Wenn er Wesir war, würde ich entdecken müssen, daß ihm mehr zu Gebote stand als das Schwert zwischen seinen Beinen, welches er nicht mehr hatte.

»Mein Freund«, sagte ich, »lasse den Tag kommen, an dem du Wesir wirst. Dann werden wir sehen, ob ich durch dich spreche oder du durch mich.«

»Ich fühle mich der Königin Nefertiri nicht verbunden.«

»Dennoch – wenn du ihr hilfst, so wird sie es dir nicht vergessen.«
»Und wie erfährt sie, daß ich es war, der ihr half?«
»Sie bat mich, mit Wonnekugel zu sprechen. Sie weiß, daß dies nicht möglich ist ohne deine Hilfe.«
»Wenn ich ertappt werde, hackt man mir beide Hände ab.«
Nein, sagte ich, es sei ganz einfach. Und völlig gefahrlos. Er könne den einen der wachhabenden Eunuchen am Tor zum Markt schikken. Und den anderen irgendeine Arbeit im Haus einer kleinen Königin verrichten lassen. Er, Pepti, könne dessen Platz einnehmen. Und dann werde Wonnekugel durch die Gärten kommen, zu jenem Loch in der Mauer.
Er war auf der Hut. Obschon gegenwärtig ein gewisses Durcheinander herrsche in den Gärten, glaube er nicht, daß Wonnekugel von ihrem Haus zur Mauer wandeln könne, ohne Aufmerksamkeit zu erregen. Denn sie gehe ja kaum, und wenn, dann nicht ohne gewichtigen Grund. Gleichwohl wolle er mit ihr sprechen. Wenn ich mich am Abend wieder einfände, werde er an unserem kleinen Loch in der Mauer sein. Kein Wesir hätte mich schneller abfertigen können.
Später, in der Dunkelheit schon, kehrte ich wieder, und Pepti war am Loch in der Mauer, um mir zu versichern, sie sei zu Diensten für die Königin Nefertiri bereit, vorausgesetzt allerdings – nun was? Daß die Gemahlin des Gottes sie höchstselbst durch eine Einladung zum Fest der Feste ehren werde (Ma-Khruts Familie übrigens mit eingeschlossen). Wenn ich am Abend des nächsten Tages käme, werde sie ihre Gabe bereit haben.
Nefertiri zeigte sich ungehalten. Ihre Gelassenheit war dahin. Und ich meine, es war dies ein weiterer Ka ihrer insgesamt vierzehn.
»Ich bin bereit, Wonnekugel zu belohnen«, sagte sie. »Und es ist auch klar, daß sie ihre Belohnung erhalten wird. Nur ihre Familie – nein, die kann ich nicht ertragen. Bei meinem letzten Besuch in Sais bewirteten sie mich, und es sind ganz gewöhnliche Leute. Sehr wohlhabend und sehr gewöhnlich. Sie besitzen eine Papyrusfabrik, und mit jedem ihnen erreichbaren Amon-Tempel schließen sie Verträge ab. Höchst respektable Leute in ihrer Art. Doch war die Großmutter von Ma-Khrut eine Prostituierte. So heißt es jedenfalls. Und ich glaube das auch. Das zeigt sich schon in der Art, wie sie essen. Allzu sorgfältig wischt sich jedes Familienmitglied die Finger ab. Und wie sie sich, während Wein gereicht wird, mit

Erzählungen von ihren Ahnen überstürzen! Zwanzig Generationen reiche das zurück. Das beteuern sie dir unentwegt. Und sie haben die Stirn – oh, wie gewöhnlich ist das doch –, sich der Namen ihrer Vorfahren zu brüsten, als handele es sich um Leute von Bedeutung. Mir wollten sie auch so kommen! Nun, ich war nahe daran, ihnen in puncto Geschlechterfolge von Hat-shep-sut und Tutmosis zu erzählen. Aber nein, Genaueres über ihre Vorfahren kam nicht zur Sprache. Wie denn wohl auch! Zwanzig Generationen von Huren und Räubern! Diese Leute entstammten wahrhaftig dem Sumpf, o ja.«

Und sie fuhr fort: »Ich möchte sie wahrhaftig nicht in meinem Kreis haben. Auch bin ich mir keineswegs sicher, daß ich Wonnekugel in meiner Nähe wissen möchte. Gewiß besitzt sie eine ausgezeichnete Bildung und weiß über Parfüme kaum weniger als ich selbst (was ich von keiner anderen Frau sagen würde); doch ist sie mir mit ihrer Fettleibigkeit zuwider – ist diese doch eine ungeheure Schmähung für Maat. Dabei mag ich Wonnekugel. Wir kannten einander als Kinder, und ich höre gern ihre Stimme. Wäre sie blind, so würde ich sie behandeln wie eine Göttin, weil mir ihr Gesang soviel Freude bereitet. Doch will ich dir auch dies nicht verschweigen. Sie ist Nilpferd und Schlampe zugleich. Gewiß besitzt sie edles Blut, doch von der allerniedrigsten Sorte.« Nefertiri seufzte.

»Meinst du wirklich, ich sollte sie einladen?«

»Es ist besser, Ma-Khrut zur Freundin als zur Feindin zu haben.«

»Es ist noch besser, mich als Freund zu haben.« Endlich setzte sie sich. »Komm her. Blick in den Spiegel.« Ihre Augen glänzten fröhlich. »Ich mag Ma-Khrut. Als Sesusi und ich noch jünger waren, da war sie die einzige kleine Königin, auf die ich eifersüchtig war. Meinst du, Kazama, meine Eifersucht sei berechtigt gewesen?«

»Das weiß ich nicht, Gute und Große Göttin. Es ist verboten, sich einer der kleinen Königinnen zu nähern.«

»Nun, alle sind im Bilde über dich und Ma-Khrut. Selbst ihre Schwester weiß Bescheid. Auf diese Weise erfuhr ich's ja. Ihre Schwester schreibt mir nämlich. Weißt du, ich stehe mit ihrer Familie auf recht gutem Fuß. Sie sind mir eben nur zu gewöhnlich.«

»Weiß der Gute und Große Gott davon?«

»Das nehme ich doch an.«

»Und er zürnt nicht?«

»Weshalb sollte er? Hat er dich nicht – in der Sprache des Volkes gesprochen – bei den Eiern?«

Nun, ich glaubte eher, daß Usermare über meine Affäre in den Gärten so gut wie nichts wußte. Vielmehr schien Nefertiri mich strafen zu wollen, weil ich ihr Ma-Khruts Forderungen überbrachte: für deren Magie zahlen zu müssen, brachte sie in Zorn.

»Nun denn, sage ihr, daß sie vier Sitze haben soll, einen für sich selbst, zwei für ihre Eltern und einen für ihre Schwester; mehr nicht.« Ihr Blick richtete sich vom Spiegel direkt auf mich: wie auf einen niedrigen Bediensteten. »Schlafe gut«, sagte sie.

Doch das gelang mir nicht. Allzu sehr quälte mich der Gedanke: Wieviel mochte Usermare wissen?

# DREIZEHN

Ich sah Pepti am nächsten Morgen im Weiten Palast. Er stand auf der anderen Seite des Throns in einer langen Reihe von Beamten, die darauf warteten, den König begrüßen zu dürfen. So konnte ich denn nicht mehr tun, als der Frage in seinen Augen mit einem Nicken zu begegnen. Ich mußte bis zum Abend warten, um mit ihm an der Mauer zusammenzutreffen.

Durch das Loch reichte der Eunuch mir, was Wonnekugel ihm für mich gegeben. Es war ein winziges Bündelchen, in Leinen gewikkelt und mit einem Geruch wie von Weihrauch. Mir sagte das alles nichts, doch als Nefertiri dann die Hülle entfernte, zeigte sich, daß sie ein Stück Papyrus sowie eine Art blonder Haarsträhne enthielt. Diese Strähne betrachtete Nefertiri ohne den leisesten Anflug von Freude. »Dies ist so rauhhaarig wie ein Bullenschwanz«, sagte sie und begann, den Papyrus zu lesen. »Nun, es *ist* Haar vom Schwanz eines Bullen.« Sie las weiter. »Schwarzes Haar, von Ma-Khrut besprochen, bevor es gebleicht wurde. Und indem schwarzes Haar sich in blondes verwandelt, fällt blondes Haar aus.«

Und nun rief sie mit einem Ausdruck von Ekel: »Sieh doch nur!« Ihr Finger wies auf den Papyrus, auf dem etwas war, das einem geronnenen Rinnsal glich. »Dies ist kein Wachs, sondern ein toter Wurm! Und ich soll ihn in meine Pomade mischen und damit schlafen. Schlafen mit diesem Wurm in meinem Haar und dem Schwanz des Bullen unter meinem Bett. Nein«, sagte sie, indes sie weiterlas, »nicht unter meinem Bett, sondern direkt unter meiner Kopflehne. Mir ist übel.«

Ja, das war ihr anzusehen. Beschwichtigend sprach ich auf sie ein. Jede Hexerei (so erklärte ich), die machtvoll genug sei, einem Feind die Wurzeln auszureißen, müsse ganz allgemein große Verstörung stiften. Wie könne man anderen Leid zufügen, ohne selbst einen Teil dieses Leids zu leiden? Ich versagte mir die Frage, wie sie ein Kötelchen von Usermare so geschickt zu verwenden wußte, daß sein Kopf gegen Marmor schlug – und sie sich nun, bei *dieser* Sache, in einer Art Wehleidigkeit erging. Dennoch meinte ich zu verstehen: Ein Weib fürchtet sich bei ihrer Hexerei gegen ein anderes Weib weit mehr als bei einem Mann.

Ich verschwieg – zunächst jedenfalls – auch dies: daß mir der Eunuch aufgetragen, insgesamt sieben Abende lang am Loch in der Mauer zu erscheinen, um jeweils ein neues Bündelchen sowie eine neue Anweisung für Nefertiri entgegenzunehmen.

Nun denn. In der zweiten Nacht war es schlimmer. Nefertiri mußte die Strähne nun in der Hand halten, während sie schlief; in der dritten Nacht mußte sie das Haar in einem Beutel um ihren Bauch haben; und in der vierten gar um ihren Hals. In der siebten Nacht schließlich schlief sie mit dem Bullenschwanz zwischen ihren Schenkeln. Dennoch hatte ihr Zorn sich gelegt, denn der Zauber zeitigte eine ungeheure Wirkung.

Inzwischen gab es bei Hofe niemanden mehr, der nicht im Bilde war über das Elend von Rama-Nefru (wozu auch die grauenvolle »Reinigung« ihres Magens gehörte). Am fünften Morgen sah ich sie mit eigenen Augen. Der König hielt sie in seinen Armen, und ihr Leib blähte sich und schrumpfte wie der Leib einer Schlange; und blähte sich und schrumpfte wieder, während der Königliche Leibarzt ihr eine Art güldener Schüssel an die Lippen hielt. Auch war das Goldene Gefäß wieder in Gebrauch. An diesem Tag begann dann ihr Haar auszufallen.

Usermare ließ Heqat rufen. Die kleine Königin wurde aus den Gärten geholt, eine Syrerin, die einer Fast-Syrerin helfen sollte. Heqat verlangte verschiedene Substanzen, die sie kochte und sodann mit dem Fett eines frischgetöteten Nilpferds vermischte. Diese Pomade wurde nun Tag für Tag verwendet, doch ohne Sinn und Zweck: Rama-Nefru hatte bereits ihr Haar verloren.

Nefertiri wurde nicht müde, von Heqat zu sprechen. »Krank zu sein, ist schlimm genug«, sagte sie. »Doch von einer Frau gepflegt zu werden, die ein Gesicht hat wie ein Frosch, das ist wahrhaftig ein Unglück. Sag mir, hat Sesusi je mit Heqat Liebe gemacht?« Als ich nickte, schüttelte sie den Kopf, vor Bewunderung. »Er ist ein Gott«, sagte sie. »Nur ein Gott kann bei einer Heqat oder einer Wonnekugel Wonne empfinden.« Auf ihrem Gesicht spiegelte sich Fröhlichkeit. »Du mußt mir alles über dich und Wonnekugel erzählen.«

»Das wage ich nicht.«

»Oh, du wirst mir erzählen, gewiß.«

Es war mir ein Rätsel, wieso Nefertiri so wenig bekümmert war über Usermares anhaltende Treue zu Rama-Nefru, deren scheußliche Gebresten ihn nicht abzustoßen schienen. In all den Tagen, seit sie erkrankt, hatte er nicht ein einziges Mal die Gärten besucht. Dennoch minderte sich Nefertiris Hochstimmung so wenig, daß ich mich fragte, ob es sich nicht um einen Wahn handle, durch den Zauber bewirkt.

Einmal sagte sie: »Sesusi beteuert einem stets seine Treue...«, sie schüttelte sich vor Lachen, »...nur fühlt er sich eben schnell gelangweilt. O ja, er wird ihr treu sein bis zu dem Tag, da er Rama-Nefru keinen Wimpernschlag länger ertragen kann. Und dann wird er sie, die Kahlköpfige, samt einer Perücke, einer *blauen* Perücke, den Hethitern zurückschicken, woraufhin diese, um die Schmach zu sühnen, uns einen großen Krieg erklären werden. Und Amen-khep-shu-ef wird die Truppen in eine gewaltige Schlacht führen, und Usermare und ich werden dann gemeinsam alt werden. Die Macht von Hat-shep-sut, ich werde sie noch erfahren!« Während sie sprach, hielt sie meine Hand, und ich fühlte das Fieber darin.

Doch es schien auch andere zu geben, die so dachten wie sie. Häufiger denn je waren hohe Beamte an ihrem Hof zu Gast. Früher hatte man in ihren Gemächern oft nur alte Freunde gesehen, ebenso unbedeutend wie geschwätzig. Nun erschien eines Morgens der Gouverneur der Schatzkammer von Oberägypten mitsamt seinen Schreibern, acht an der Zahl, um Nefertiri seine besondere Achtung zu bezeugen. Und dann all die anderen Gäste, die sich nunmehr hier am Hofe sehen ließen; die Prinzen und Richter und Staatsräte, selbst der Palastgouverneur, auch ein Haushofmeister – leider samt und sonders ziemlich betagte Herren. Ich hätte eher an eine glückliche Wende in Nefertiris Leben geglaubt, wären unter den Besuchern mehr von jenen Edlen gewesen, die Rama-Nefru näherstanden.

Nefertiri selbst beklagte sich unaufhörlich bei mir – allerdings mit einer Stimme, die kaum glücklicher klingen konnte. »Um wieviel mehr genoß ich doch die Tage«, sagte sie, »als ich die Abendstunden damit verbringen konnte, gemeinsam mit dir in den Spiegel zu schauen«; und sacht berührte sie mich dann unter dem Ohr oder ließ ihre Fingerspitzen über meinen Arm gleiten. Nie zuvor war eine so zarte Berührung so tief in mich eingedrungen (es sei denn, ich riefe mir die Erinnerung an die Heimliche Hure des Königs von Kadesch zurück). Nunmehr sprachen ihre Augen ohne den Umweg über den Spiegel zu mir, ihre Finger streichelten meinen Hals, und wenn wir allein waren, wurden ihre Gewänder durchsichtiger.

Ich hatte gewußt, daß es wahre Wunder der Webkunst gab, und bei großen Festen ließen sich Damen nicht selten in Gewändern von Cos sehen, wobei man nicht weniger sehen konnte, als sonst nur ihre Gatten sahen. Nun jedoch mußte ich erkennen, daß diese dünnen Hüllen aus gesponnener Luft von fast plumper Schwere waren verglichen mit dem, was Nefertiri an Kleidung trug. So licht und so leicht, wie von Spinnen gesponnen. Und Nefertiri liebte sie in den allerzartesten Farben, so daß man oft nicht wissen konnte: Trug sie überhaupt ein Gewand, wie auch immer getönt, oder war dies die unmittelbare Schönheit ihres Körpers? Wenn die Vollkommenheit ihrer Brüste das Tuch berührte, so verwandelte sich, umschattet gleichsam, das Goldrosa ihrer Brustwarzen in Rosabronze.

In mir rührte es sich, und gewaltig grollte ich in der Stille; doch nur für mich selbst. Ich war ein Löwe ohne Beine, und mehr denn je wurde mir meine niedrige Herkunft bewußt, nun, da ich die Leere meiner Kraft von *ihrem* Ka-von-Isis maß. Hätte Nefertiri (was sie gewiß nie tun würde) selbst die derbsten Künste von Wonnekugel angewandt, ich wäre wohl dennoch so taub und betäubt geblieben wie die Toten. Wenn es darum geht, daß ein Bauer mit einer Königin Liebe macht, dann trägt er einen gewaltigen Brocken auf seinem Buckel.

So starrte ich sie denn im Spiegel an und legte all die Gier meiner lahmen Lenden in meinen Blick. Mit meinen Augen begehrte ich sie, begehrte sie mit so viel Anbetung, daß die Luft wie Honig schien. Sie ihrerseits schien diese Abende zu genießen, wenn die anderen fort waren und wir allein. Ihre Begierde auf mich schien zu steigen wie die Wasser des Flusses jenseits der Palastmauern.

Nur fühlten sich meine Lenden wie ein Land, wo es regnete und der Nebeldunst kalt war.

Ich dachte daran, wie niedrig sie die Familie von Ma-Khrut (den zwanzig Generationen zum Trotz) einschätzte; und fragte mich, wieso sie mich überhaupt begehrte. Am Ende gelangte ich zu diesem Schluß: Welch größere Schmach konnte sie Usermare bereiten, als wenn sie es mit einem Bauern trieb?

So saßen wir denn Abend für Abend Seite an Seite, sie in Gewändern aus gewobener Luft, indes ich (wie verklärt von jedem Blick zwischen ihre Schenkel) mich allmählich wie ein Priester fühlte, bereit, vor dem Altar niederzuknien. Ihr schien meine Gegenwart dennoch Vergnügen zu bereiten, denn nie war sie schöner gewesen. Ihr Gesicht glich einem See, dessen Oberfläche so ruhig ist, daß man jeden silbrigen Fisch erblicken kann. Und so sah ich die Lichter in ihren Augen, und sie waren wie das Glänzen des mitternächtlichen Meeres. Ich kniete nieder und beugte mein Gesicht ganz zu ihren Füßen. Sie erzitterten bei der Berührung.

Der Duft, den ich roch, war so kalt wie auf Steinboden gesprühtes Parfüm; und so kalt wie meine Lenden. Doch waren *ihre* Füße etwa weniger wert als meine Lenden? So nahm ich sie denn, diese Füße, und tat sie unter meinen Kurzrock, indes ich mein Gesicht auf *ihre* Knie legte. Ihre Zehen berührten mein Lendenhaar und nisteten sich dort ein wie verängstigte Mäuse.

Wie einsam fühlte sie sich doch: ein Feuer in einer leeren Höhle. Doch tummelten sich ihre Zehen inzwischen so emsig in meinem Gebüsch, daß sich die Gefahr, sie könnten, blütengleich, tot auf kalten Boden sinken, absolut verlor; und mehr denn je glichen sie Mäusen, welche – listig und schlau – sich auf freiem Feld zu paaren wußten.

Durch die Säulen strich ein ungewohnter Wind herbei, nicht stetig, doch stark genug, um meine Gedanken zu berühren; und bei einer dieser Brisen (während wir in den Spiegel blickten) fühlte ich die Schmerzen, die in Rama-Nefrus Haaren wühlen mochten, so still daliegend wie trocknendes Laub, dem leisesten Windhauch ausgesetzt.

Las Nefertiri meine Gedanken? Denn plötzlich begann sie, vom gebleichten Haar des Bullenschwanzes zu sprechen. »Es wurde mir sehr vertraut«, sagte sie, »in den sieben Nächten, da ich es bei mir hatte.« Und sie sprach weiter davon, daß es nicht die Schwanzhaare eines gewöhnlichen Bullen gewesen seien, sondern die eines Apis-Stiers bei einer Zeremonie: von jener Art also, die von Priestern gepflegt und mit warmem Wasser gewaschen wird.

Der Körper eines solchen Tieres (so erzählte sie) werde stets mit den allerfeinsten Duftstoffen und Salben eingerieben. Ja, für solche Stiere breiteten die Priester sogar allabendlich reichlich Linnen aus, worauf die Tiere sich sodann niederlassen könnten. An dem Tag der Tötung werde der Stier zum Altar geführt und Wein (den die Priester zuvor gekostet) auf den Boden gesprenkelt, wie Regentropfen. Dann trenne man den Kopf vom Körper, und eine rote Flut ergieße sich über den Marmor.

Nefertiri legte eine Hand auf mein Knie, und ich spürte die Wärme ihrer Haut. »Als ich jung war«, sagte sie, »wurde ein Apis-Stier auserkoren für eine Feier zu Ehren von Seti, Usermares Vater. Man suchte weit und breit und fand schließlich beim Delta einen Stier mit allen Merkmalen des Apis. Die Priester schafften ihn flußabwärts nach Memphis. Unter großem Jubel wurde er durch die Stadt geführt, und man fütterte ihn mit Honiggebäck und geröstetem Gänsefleisch. Ein Knabenchor brachte ihm sogar Hymnen dar. Nun brachte man den Stier auf die Weide im Heiligen Hain des Tempels des Gottherrn Ptah und führte ihm Kühe zu. Wie schön er war! Ich weiß es, weil ich diesen Stier mit eigenen Augen sah. Vor meiner Vermählung mit Sesusi besuchte ich in Memphis Verwandte. Meine Tante, eine Frau mit nimmersatter Lust auf Männer, nahm mich mit zum Heiligen Hain des Ptah. Dort bemerkte ich, daß nur Frauen diesen Apis-Stier anschauen durften, und wenn er in ihre Nähe kam, so hoben sie ihre Röcke und entblößten vor ihm ihren Schoß. Auch meine Tante tat dies. Sie war eine Dame von hohem Stand und fast schon eine Göttin. Dennoch spreizte sie ihre Schenkel auseinander und ließ tierische Laute hören, während der Stier den Boden stampfte.

Ich fühlte mich zu jung, um mich zu entblößen, doch die Lust meiner Tante durchdrang meinen Nabel, und nach meiner Vermählung mit Sesusi kam Amon zu mir, in den Augen das gleiche Licht wie in den Augen von Apis, und ich spreizte meine Schenkel auseinander genau wie jetzt.« Sie hob ihren Rock aus gewobener Luft und öffnete ihren Schoß und nahm mein Gesicht in ihren Kader-Isis. Ihr Geruch war so edel wie der Geruch des Meeres, und zwischen ihren Lippen tummelten sich die Geister vieler silbriger

Fische. Ich küßte und ließ meine Lippen auf allem, was für mich offen war; und spürte, wie es wie ein Beben durch Nefertiri lief. Die Hufe des Apis-Stieres stampften in ihrem Bauch und durch ihren Busch, und ich glaube, daß sie dahinglitt auf dem Boot von Ra.

Ich meinerseits gewann nichts außer dem, was mein Mund erfahren: Als sie, ruhig jetzt, ihren Rock wieder über die Schenkel streifte, fühlte ich mich ihr sehr nah und war glücklich, daß ein Teil von mir sie nun für alle Zeiten kannte – doch der Rest meines Körpers war nicht wärmer als zuvor.

Doch schien sie zu spüren, wie mir zumute war. Und so kniete Nefertiri vor mir nieder, hob meinen Rock, nahm meine geschwollene, doch noch immer schlafende Schlange und näherte ihr wunderschönes Gesicht meinem Glied. Und während der königliche Mund herabglitt auf meine Ehre, mein Begehren, meinen Schrekken, meine Scham, meinen Ruhm, begann ich die sieben Pforten meines Körpers zu spüren mit all ihren Monstern und Tücken. Eine ungeheure Hitze, wie von der glutenden Sonne, war in mir. Doch plötzlich war ich wieder allein, und keine Flamme loderte mehr. *Ihr* Mund hatte sich von mir gelöst. »Du riechst wie ein Hengst«, sagte sie. »Noch nie habe ich einen unparfümierten Körper gerochen.«

Ich kniete nieder und küßte ihren Fuß, bereit, wie ein Hund ihre Sandale zu besabbern. Ja, ich wollte mich erniedrigen. Noch immer war da das Gefühl ihres Mundes um meine Eichel, und es glich einem Strahlenkranz. Mein Glied fühlte sich, als sei es aus Gold. In mir stieg Glut. Jetzt konnte ich sterben und brauchte keine Scham mehr zu fühlen: Die Frau von Usermare hatte mir ihren Mund gegeben, und so waren meine Hinterbacken wieder ganz und gar mein. O ja, ich hätte ihre Zehen küssen und lecken mögen.

»Wirklich, Kazama, du riechst abscheulich«, sagte sie mit zärtlichster Stimme und wischte sich die Lippen, als wolle sie mich niemals wieder haben. Doch dann kniete sie abermals vor mir, und ihren eigenen Worten zum Trotz ließ sie ihre königliche Zunge, leicht wie eine Feder, an meinem Glied entlanggleiten, hinab zum Beutel mit meinen Hoden und rundherum: ein ebenso flüchtiges wie aufreizendes Lecken.

»Du stinkst! Du riechst nach dem Ende der Straße«, sagte sie, und dies war am Hof von Usermare, wo sich alle so vornehm auszudrücken wußten, die ärgste Anspielung auf den Anus. Unwillkürlich fragte ich mich, ob womöglich etwas aus mir herausquelle, das Ma-Khruts Mixturen glich, Nilpferdschleim oder dergleichen; doch bevor ich dies aussprechen konnte, sah ich Nefertiris Gesicht und erblickte einen anderen Ka darauf. Aus ihren feinen Zügen sprach eine ganz eigene Art von Gier. Von Lust. Auch von Lachlust.

# VIERZEHN

»Oh, wie wunderbar abscheulich du doch bist«, sagte sie. »Warst du in den Königlichen Stallungen? Hast du dir vom Maul eines Hengstes Schaum über deine kleine Schönheit gerieben?« Wieder leckte sie.

Ich nickte. In der Tat war ich, bevor ich zu Nefertiri ging, in den Stallungen gewesen. Es traf sich, daß gerade ein Reitknecht vom Ausritt zurückkehrte und das Tier noch nicht trockengerieben hatte. Und ich stahl gleichsam eine Handvoll Schaum, ohne eigentlich zu wissen, weshalb.

»Du bist ein Bauer. So gewöhnlich wie Unterägypten«, sagte sie und ließ ihre Fingerkuppen an mir tanzen wie Schmetterlingsflügel; und brachte auch wieder Zunge und Lippen ins Spiel, ein Flattern, wundersam in der Tiefe meines Samens.

Mir war bewußt, daß sie an Usermare furchtbare Rache übte. Unablässig liebkoste sie die Krone meines Gliedes, und eben diese Bezeichnung gebrauchte sie auch: »Die Krone«, sprach sie wie im Singsang und mit einer Stimme, die fast so rein war wie die Stimmen ihrer blinden Sänger. »Oh, kleine Krone von Oberägypten«; und ließ ihre sanfte Zunge wieder flattern wie Schmetterlingsflügel. »Oh«, sagte sie, »gefällt es der Oberen Krone, geküßt zu werden vom Unteren Ägypten?« – und nun krümmte sich ihre Zunge wie die Kobra, welche aus der Roten Krone züngelt. »Oh, spei mich nicht an«, sagte sie, »wage es ja nicht, laß deine Verderbtheit nicht glänzen, laß sie nicht springen, laß sie nicht tanzen.« Und unaufhörlich küßten ihre Lippen die süßesten Küsse, glitt ihre Zunge an meinem Glied auf und nieder, streichelten mich die Finger ihrer einen Hand, beutelten sacht meinen Beutel, während sie, Nefertiri, gleichzeitig mit Worten spielte, wie das Hochgestellte ja nur zu gerne taten. Doch war das, was ich früher gehört, nichts im Vergleich zu dem, was ich nun zu hören bekam. Es schien, als habe ihr Herz so lange jeglicher Lust entbehrt, daß sie sich nun um so mehr an meinem groben Bauernschwanz erbauen mußte – dieses Wort gebrauchte sie, und sie gab ihm noch, nach jedem Kitzeln ihrer Zunge, viele andere Namen. Ihm und mir. »Ächzer« und »Krächzer«, »Messer« und »Hengst«, »Schreiber« und »Salber«; und als sei das noch immer nicht genug, sprach sie von dem »Führer« und »schmutzigen Hethiter«, auch von meiner »riechenden Schwellung«; o ja, all diese Wörter klangen sehr wie der Laut, den man in *mtha* hört, doch mit winzigen Unterschieden bei jedem Mal; und dann kam ein Wort so gewöhnlich wie *met*, das ich tagtäglich hörte; und nun wieder so liebliche Laute wie: »Gefällt dir die Art, wie ich deine *Ader* kitzle, mein *Herrscher*?« und sie kniff mich sacht mit ihren Zähnen. »Oder ist es der *Tod*?«

Wären meine Ohren nicht gewitzt gewesen durch meine Erfahrungen in den Gärten der Abgeschlossenen, so hätte ich wohl verstanden: »Gefällt's dir, wie ich deinen Herrscher kitzle, mein Tod, oder ist es die Ader?« Irgendeinen Unsinn dieser Art.

Wir lachten viel und vergnügten uns so frei miteinander, daß sie meine stolze (und nun auch glänzende) Krone gleichsam gegen ihre Lippen wippte und angurrte. »Nefer«, sagte sie mehrmals, doch jedes Mal mit einer anderen Bedeutung, und es klang süß. »Oh, mein schönstes junges Roß. Mein *nefer*, mein Phallus, mein sanftes Feuer, mein glücklicher Name, mein *sma*, mein kleiner Hahn, mein kleiner Friedhof, mein *smat*«; und sie nahm meinen Schwanz so tief in ihre königliche Kehle wie nur möglich und biß an der Wurzel zu, so daß ich schrie – oder fast geschrien hätte –; doch dann küßte sie wieder die Krone. »Habe ich meinem kleinen *hen* weh getan, meinem Pfründer, meinem *hemsi*, meinem Haus? Oh, kommt er jetzt?«

Wahrhaftig, wie leicht hätte ich kommen können, mich ergießend über ihr Gesicht und auf die gewobene Luft über ihren Brüsten, um dann zuzusehen, wie sie es langsam und feierlich einrieb in ihre Haut, so als male sie die Schmach für Usermare auf ihr Fleisch!

Ich hielt mich zurück. Doch die Glut in meinen Lenden war jetzt so groß, daß sie Steine geschmolzen hätte. Und so stand ich vor ihr, der Königin: Feuer in meinem Stab und Honig in meinem Bauch. Wie herrlich wäre er gewesen, der Erguß aus meinen Lenden über das königliche Gesicht. Doch nun war eine andere Begierde in mir erwacht, so riesig wie Usermare selbst. Ich wollte sie ficken, ficken. Gut ficken, böse ficken.

Sie murmelte: »Benben, benbenben«; doch in der Art, wie sie es sprach, mit fortwährend wechselnden Atemstößen, bedeutete *benben* viel, wenn nicht allzuviel. »Oh, *komm zu* mir, du kleiner *Gott des Bösen*, du *Ficker*, gib mir deinen *Obelisken*« – denn auch das war ein *ben-ben*.

Ihr Gewand aus gewobener Luft – wie fortgeweht plötzlich. Offen lagen ihre Gefilde vor mir, schlanken Säulen glichen ihre Schenkel, und ihr Altar war feucht durch die Leidenschaft meiner Zunge. »*Hath, hath, hath.*« Ihre Stimme glich der einer brünstigen Katze. »Laß uns *ficken*, laß uns *fliegen*. Komm in meine *Flamme*, mein *Feuer*, meine *hath*, meine *Fotze*. Komm in meine *Schlinge*, dringe ein in mein *Grab*, oh, komme tief in meinen *Friedhof*, in mein *sma*, meinen kleinen *Friedhof*, *vereinige* dich mit mir, *paare* dich mit mir, komm zu deiner *Konkubine*, *Oh, Himmel und Erde*, *hath, hath, hath!*«

Wir sahen einander an, sie auf dem Rücken liegend, ich auf den Knien; und nur das Heraufbeschwören allerfeierlichster Gedanken hielt mich davon zurück, sofort alle meine weißen Pfeile abzuschießen: Meine Lust kochte auf den heißen Steinen meiner Willenskraft. Jetzt wußte ich, wie es war, wenn den Löwen Wahn überkam.

»Möchtest du«, fragte ich sie (und meine Lippen fühlten sich wie geschwollen, nein, wie versengt), »möchtest du meinen Obelisken in dir haben?«

»In meiner *Fotze*, ja, in meinem *weinenden Fisch*, oh, sprich zu meinem *weinenden Fisch*, komm in meine *Mumie*, komm in meinen *Zauber*, laß deine *Ruder* wirken, laß wirken deinen *Zauber*, *schlachte* mich, *shet, shet, shet*, oh, komm in mein *Loch*, komm in meinen *Boden*, komm in meinen *Teich*, ja, fick deine *Ka-t*, fick deine *Fotze*.« Als ich nun in sie eindrang, blickten mich ihre Brüste an wie die beiden Augen der Zwei-Lande, und all die Verehrung, ja, Anbetung in mir hatte den Glanz eines Regenbogens in einem Sturm. Hatte ich mich solange bezähmt, drang ich nun in sie ein mit der Feierlichkeit eines Priesters, der eine Andacht hält; doch waren die Lippen ihres unteren Mundes so heiß, daß meine Feuer fast über den Fluß hinweg flammten.

Sie lag auf dem Rücken, und mein Obelisk flutete auf ihrem Fluß.

Sie gab Laute von sich wie eine gebärende Frau, *ag* und *agag*, doch alle in jener Klarheit, die mein Eindringen willkommen hieß. »*Ag*, bitte *dringe ein*, komme zu meinem *Sonnenaufgang*, komme zu meinem *Sonnenuntergang*, oh, *agag*, plündre mich, spioniere in meinem *Eingang*, schau dir an meine *uba*, ruhe aus in meinem *Hof*, *lies die Gebete*, raste in meiner Pforte, *uba, uba*, lebe in meiner *Höhle*, ziehe ein in mein *den, ri, ri, ri*, Beweger der Steine, du bist ein *Beweger von Steinen, haa*, du *reist zur See*, schiffe dich bei mir ein, in meinem *Zugang*. Oh«, sagte sie und verstummte für einen Augenblick. »Brich nicht in Flammen aus, nein, *verbrenne* nicht, *haa*, rudere davon, oh, schlüpfe in meine Schlinge, *hem, hem, hem*, zerquetsche meine Majestät, *hu, hu, hu*, laß es regnen−−.«

Ich vernahm jedes Wort. Sie sprach, nein, sang von der Schönheit meiner Hoden (welche sie in ihren Fingern hielt, der wortlosen Kunst der Nubierinnen kundig).

Sie beherrschte mich mit Worten der Macht, mit *heq* und *heha* und *hem*, und während sie so zu mir sang, trat ich ein ins Land der Toten, das in all *ihrem* Leben war, und ich fühlte mich wie ein Edler.

Sie küßte mich auf den Mundwinkel mit den Lippen, welche die Krone meines Gliedes wahrhaft königlich gemacht hatten; und unsere Münder verschmolzen ineinander, und unsere Zungen trafen sich wie verwobene Luft; und an meinem Ohr vernahm ich ihre Stimme.

»*Netchem* und *netchemu* und *netchemut*«, girrte sie. »Oh, wie herrlich ist es doch, mit dir zu ficken, *ri, ra, rirara*,« und aus Nefertiris Gesicht sprach so viel Zärtlichkeit, daß in mir *rirara* stieg und ich nicht genügend eindringen konnte in meinen *nefer* meiner allerschönsten Königin, meinen *nefer-her*, so wundervoll wie ein Regen in der vierten Stunde nach Sonnenaufgang. Sie war eine Göttin, sie war eine Majestät, und sie war ohne Scham. *Tscham*, ich fickte sie in ihrer Jugendlichkeit, *tscham, tscham, tscham*, ja, *Zepter* und *Jugend*, gemeinsam bewegten sich unsere Hüften, laut rief sie: »*Schep, schep, schepit, schepit*«, und Wörter wie *schepu, schepa* und *schepat*, oh, *Licht*, oh, *Feuer*, oh, *Glanz*, oh, *Blindheit*, oh, *Reichtum*, und *Schande, Auswurf, Schiffbruch, schef, schef, schef*, ramme in mich, *schwell* in mich, gib mir deine *Waffe*, gib mir deine *Kraft*, *schefesch*, *schefesch*, ich habe dein *Schwert*, ich habe dein *Geschenk*. *Schef* und *schefu, schefa,* deinen *Bock*, deine *Pflanze*, ich kenne deine *Stärke*, gib mir dein *Böses*, gib mir deinen *Reichtum. Khut, khut, khut, tehet, tehet, tehet.* Oh, beim *heiligen Rückgrat des Osiris*, gib mir *tscham, tscham, tscham, gef, gef, gef,* führe mich zu meinem Ka, *totenweiß, totenschwarz*, ich bin eine *Festung, ai, ai*, was für ein *Licht*, was für ein *Glanz*, komm tiefer, du Obelisk, fick mich zum Ruhm, nimm mich zur Flamme, ich bin *reich*, oh, halt inne, ich bin *Feuer* und *Licht*, ich bin dein *Dreck*, dein *Abschaum*, deine *Teufel*, deine *Freunde*, dein *Führer*, oh, gut, gut, gut, gib mir dein *benben*, böser Ficker, *aar, aar, aar* ich bin dein *Löwe*, dein *Vogel*, deine *Haarlocke*, deine *Sünde*, ich komme, oh, ich komme, ich komme, ich bin der Pharao.«

Und während ich, an goldenen Halmen vorbei, höher und höher stieg zu einer Himmelsstadt, um dort einen Wandel in mir zu erfahren, so groß wie der Tod, vernahm ich die tiefen Geräusche aus meinem Bauch und die hellen Laute aus meiner Kehle; hörte, wie mein Herz schrie im Tosen des Wassers in mir. Und ich schwang mich hoch, um zu den Himmeln zu fliegen oder auf den Felsen zu zerschmettern; und ich sah die Legionen vom Lande der Toten und eine Myriade Gesichter, all die verdammten und vervollkommneten Seelen, über die Nefertiri gebieten konnte, und ich stieß ins letzte Tor ihres Schoßes mit dem dumpfen Stöhnen eines Bauernschwanzes. In mir glühte der Glanz des Amon wie die Verborgene Sonne von meiner Mutter Bauch, und unter mir bewegte Nefertiri sich wild wie ein Tier. Ihr Leib herrschte über mich mit der Kraft des Usermare, doch indes ich hochschleuderte, war es nicht sie, sondern der Zorn meines Pharaos, der mich emporwirbelte wie eine Feder über der Flamme und mich hinabschmetterte wie einen Stein; und mir einen Schlag gab – und noch einen Schlag ihrer königlichen Höhle, meinem Grab. Ich ergoß mich in sie, während der Sturm noch wütete, und sie überschwemmte mich. »Sie kam mit einer ungeheuren Kraft – unendlich viel mächtiger als ich.«

Diese letzten Worte sprach mein Urgroßvater Menenhetet laut. Und fiel von seinem Stuhl auf den Boden. Sein Körper begann zu zittern. Sein Kopf schlug gegen den Marmor des Bodens. Indes fuhr er fort zu sprechen, doch nun mit der Stimme von Ptah-nem-hotep.

Und während ich die Stimme meines Guten Königs, des Neunten Ramses, vernahm, kamen meines Urgroßvaters Glieder zur Ruhe, und sein Leib ward still. Doch sprach die Stimme weiter aus ihm – kultiviert und vornehm, müde und nachdenklich wie Ptah-nem-hotep selbst.

# VI

# DAS BUCH
DES PHARAO

# EINS

»Ich ertrage sie nicht, die Glieder dieses Weibes. Sie umschlingen mich. Einer Mumie scheine ich zu gleichen. Dieses Fleisch, es erstickt mich. Und doch lasse ich nicht von ihr. Meine Finger forschen in ihren Tiefen. Mein Mund wird von ihrem versiegelt.«

Es war seine Stimme, die Stimme von Ptah-nem-hotep. Oder nein: nicht seine Stimme, nur seine Gedanken. Und ich vernahm sie in Menenhetets Gedanken, wo ich jetzt schon so lange weilte.

Ein süßer Duft verbreitete sich, ein Duft, wie Nefertiri ihn ausgeströmt haben mochte – oder wie er von unserem Pharao kam. Ja, ich erinnerte mich: Es war das gleiche Parfüm, das ich gerochen hatte, als ich vor Stunden seine Füße küßte.

Und nun vernahm ich wirklich Stimmen, nicht nur Gedanken. Der Pharao und meine Mutter sprachen, nein, lachten miteinander. Ich hörte, wie sie sich liebkosten. Sacht klatschte seine Hand auf ihre Hüfte, schmeichelnd schmatzte ihr Mund an seinem Ohr. Wie schnell war sie doch vergessen, seine Klage über die Glieder, die ihn umschlangen, und das Fleisch, das ihn erstickte. Meiner Mutter war es gelungen, ihn alles vergessen zu lassen, Kummer und Sorgen und selbst seinen Widerwillen. Ihre Liebkosungen machten seinen Körper gefügig, bis er einem Acker glich, der bereit war, die Saat aufzunehmen. Wie gut sie sich doch darauf verstand, zu besänftigen und zu beschwichtigen (es war mir wohlvertraut); und jetzt vernahm ich auch ihre, Hathfertitis, Stimme – und wußte nicht recht, ob ich sie in Menenhetets oder meinen eigenen Gedanken hörte; oder gar einfach so.

Sie sprach von dem Tag, an dem vor genau sieben Jahren sie und der Pharao sich in Liebe vereinigt hätten.

Sie log. Das verriet mir die Ehrlichkeit und Einfachheit, mit der sie sprach. Meine Mutter verstand es, so kunstvoll zu lügen, daß ihre Lippen vor lauter Wahrheit zitterten, und Ptah-nem-hotep war fast schon bereit, ihr zu glauben, obwohl er es doch besser wußte. Immerhin entsann er sich der Berührung ihrer Hand.

Damals, da er als Priester im Tempel des Ptah diente, hatte auch er von Hathfertitis Freizügigkeit mit ihrem Bruder und ihrem Großvater gehört. In ganz Memphis sprach man davon. Unter all den Frauen, die sich vor dem Apis-Stier entblößten, galt sie als die begehrlichste.

Jetzt sprach sie zu ihm von dem Tag vor sieben Jahren, da beide am Ufer des Teiches aus dem Papyrusboot gestiegen waren; und Hathfertiti flüsterte dem Pharao ins Ohr: »In jener Stunde habe ich meinen Sohn empfangen.«

Ptah-nem-hotep, die Hände auf ihren Brüsten, den Mund auf ihren Lippen, begann zu lachen und sagte: »Du irrst dich. Als ich Pharao wurde, hatte ich noch keine Frau gehabt, und so blieb es auch im ersten Jahr meiner Regierung.« Er lachte lauter, klatschte ihr auf die Hüften. »Außer dir weiß niemand davon.«

Sie blieb unbeirrt. »Ich sah es dir damals an«, sagte sie. »Du warst so prachtvoll. Noch nie war ich einem jungen Mann begegnet, der mich so erregte. Und ich will dir sagen – ich sah in dir nicht den König, sondern den Priester.«

»Aber wie denn hätten wir uns in Liebe vereinigt haben können?«

»Das muß ich dir ins Ohr flüstern.«

Ich vernahm es, das Flüstern, deutlich genug. Woher kam es? Aus Menenhetets Gehirn, vermengt mit gestammelten Wörtern aus seinen Träumen? Welche Rolle spielte das schon? Ich hörte – und mochte sie noch so weit entfernt sein – die Stimme meiner Mutter.

Sie erzählte dem Pharao, daß sie sich seinerzeit auf andere Weise in Liebe vereinigt hatten, als sie es jetzt taten. Die wirkliche, die wahre Liebesvereinigung – für sie müsse man bereit sein zu sterben, so wie Hathfertiti jetzt für Ptah-nem-hotep –, der *eigentliche* Liebesakt habe damals nicht stattgefunden: Er sei nicht in sie eingedrungen.

An jenem Tag – still glitt das Boot im goldenen Licht des Nachmittags durch das Wasser, sie fühlten einander so nah, und nachdem sie zum Ufer zurückkehrten, stand sie mit soviel Wonne neben ihm, daß er seinen Samen in ihrer Hand zurückließ. Dann salbte sie sich selbst. Sein Samen war mehr wert als der Samen aller anderen.

»Und hast du dich vor meinen Augen gesalbt?«

»Das weiß ich nicht. Ich verbarg nicht, was ich tat, doch du magst nicht weiter darauf geachtet haben. Wir blickten einander solange in die Augen, daß wir den Tränen nahe waren; so sehr liebte ich dich an jenem Tag. Ja, deine Augen – wieviel mehr erweckten sie in mir, als das die Kraft anderer Männer bewirkte.«

Damals (dies waren seine Gedanken) hatte er seinen Samen in der Hand so mancher Frau gelassen. Und man hatte sich erzählt, die Hände der Frauen seien ihm näher als ihre Münder. So ging der allgemeine Klatsch. Wer also konnte sagen, ob Hathfertiti die Wahrheit sprach oder log. Immerhin: Es *konnte* die Wahrheit sein. Auf jeden Fall war es Hathfertitis Wahrheit – die nichtexistente Wahrheit in ihrem Kopf.

Er blickte tief in ihre Gedanken, doch das einzige, was er sah, war mein Gesicht. Und sie flüsterte: »Er ist dein Sohn. Er besitzt deine Schönheit, und seine Gedanken wohnen in deinen Gedanken.«

Ptah-nem-hotep dachte an jene Jahre, da er seinen Samen in den Händen von Frauen gelassen hatte. Und als er dann sprach, hörte ich seine Stimme deutlich aus dem Mund von Menenhetet: »Er ist mein Sohn, sagst du?«

»Er wurde in meinem Herzen empfangen«, erwiderte sie und nahm seine Hand und strich damit über ihre Brust.

Jetzt erwachte Nef-khep-aukhem aus unruhigem Schlaf. Sein rasselndes Schnarchen brach ab. Zwischen mir und meinem Urgroßvater liegend, schrie er, noch trunken von Schlaf: »Du hast alles. Ich habe nichts. Du hast mir meinen Schatz genommen.«

Ich fühlte mich bedrückt. Wie der Deckel eines Sarges lastete es auf mir. Und sein Gewicht war so groß, daß ich mich nicht bewegen konnte, sonst hätte ich versucht, Nef-khep-aukhem zu berühren und zu beschwichtigen. Sein Schmerz war groß und tief. Das empfand ich klar und deutlich. Dieser Mann war in meinen ersten sechs Lebensjahren mein Vater gewesen, doch jetzt mochte es sein, daß er nur mein Onkel war, der Bruder meiner Mutter! Ein neues Gefühl für ihn erfüllte mich, doch erwuchs es nicht nur freundlichen Empfindungen, sondern auch der Furcht. Wer konnte schon wissen, welche Götter er um Hilfe anrufen würde. Und mein neuer Vater war mir wichtiger als mein alter.

Während ich dort so lag, unfähig, mich zu bewegen, spürte ich wieder die Kraft der Gedanken des Pharaos. Sie waren von meiner Art. Ich war sein Sohn. Er würde mich als seinen Sohn akzeptieren. Deutlich fühlte ich die Stärke, die seine Brust erfüllte. Verschwunden schien alle Düsternis.

Falls er sich wirklich entschlossen hatte, als mein Vater zu gelten, so gab es dafür einen einleuchtenden Grund. *Mittels meiner Mutter* war er jetzt allem, was Menenhetet an Erinnerung in sich tragen mochte, ganz nah: Ganz nah also war er dem innigsten seiner Wünsche – im Herzen Usermares zu leben.

Im Herzen. Selbst in der Stimme. Denn auf diese Weise gewann er die Kraft, um dem großen Pharao ähnlicher zu werden, von dem er abstammte. Als er nun sprach (aus Menenhetets Kehle), tat er es im Ton eines Hofrufers, der das Erscheinen des Pharaos ankündigte.

Er sprach:

»Hathfertiti, Nachfahrin der Göttin Nefertiri, hat mich, Ramses IX., zu einem Entschluß bewogen. Eindringen werde ich in die Gedanken des Gemahls von Nefertiri, Usermare-Setpenere, jenes großen Gottes, und zwar am ersten Tag seines großen Festes. Dies war die dritte Feier, sein göttlicher Triumph, aus Anlaß des fünfunddreißigsten Jahrestages seiner Thronbesteigung – die größte Feier, die er je begangen.

*Mittels Hathfertiti*, Nachfahrin von Menenhetet, der in dieser Stunde wie mein linker Arm wird, und durch das Blut meines rechten Arms, das direkt von Usermare-Setpenere zu mir fließt, trachte ich, im Morgengrauen des ersten Tages seines Fests der Feste in die Brust des Guten und Großen Gottes Ramses II. einzudringen.«

Und so lauschte ich also der Stimme meines *Vaters*. Wenn mein Blut von seinem Blut kam (und ich war gar nicht mehr so sicher, daß meine Mutter gelogen hatte), dann stammte mein Blut von einem Gott. Denn eben dies war er ja, der Pharao, Ramses IX. Er war nicht nur mein Erzeuger, sondern mein *Vater*, Mensch und Gott, Guter und Großer Gott. Und jetzt konnte ich auch all das Göttliche in seiner Stimme hören. Besser als zuvor begriff ich, wie angestrengt er danach trachtete, so sehr an Bedeutung zu gewinnen, daß er sich aufschwingen konnte zum Rang seines großen Vorfahren, um mit der Kraft von Usermare zu regieren.

Aus der Kehle meines Urgroßvaters klang sie, die Stimme meines Vaters, und ich hörte, wie Ptah-nem-hotep sprach: »Seine Majestät Horus tritt ein. Der starke Stier, von Maat geliebt, Herr des Diadems, tritt jetzt ein. Ägypten ist geschützt, und die Barbaren sind niedergeworfen. O Goldener Horus, groß in deinen Siegen, König von Oberägypten, König von Unterägypten, tritt ein!«

Während er sprach, fühlte ich, wie das Blut in meinen Gliedern schneller pulste, und ich spürte größere Kraft, ganz als sei ich in der Tat der Prinzensohn meines neuen Vaters: Ich war bei ihm, als er tiefer drang in das Wissen seines Vorfahren Usermare, der vor Ptah-nem-hoteps Geburt schon über sechzig Jahre lang tot gewesen war.

Doch die Weisheit meines Urgroßvaters und der Reichtum von meiner Mutter Fleisch – sowie ihre Ahnenschaft! – hatten unserem Pharao die Schwingen des Horus verliehen. Jetzt, ja, jetzt konnte er teilnehmen an der fünftägigen Feier dieses Fests der Feste, das einhundertdreißig Jahre zuvor stattgefunden hatte, als Usermare neue Kraft zum Regieren zu schöpfen suchte.

Und eben diese Kraft war es, der Ramses IX. Ptah-nem-hotep, mein neuer Vater, auf der Spur war. Denn seine Regierungszeit war bisher nicht allzu glücklich verlaufen. Er wünschte, sich lästiger Bürden zu entledigen, um emporzusteigen in die höheren Gefilde seines Vorfahren.

Um dieser seiner Sehnsucht näherzukommen, hatte er Menenhe-tet in dieser Nacht angestachelt. Das begriff ich jetzt noch deutlicher als zuvor.

Drei Wege gab es für ihn, um an Wissen zu gewinnen.

Der erste bestand in den Lektionen seines eigenen Lebens; der zweite entstammte der Gunst der Götter; und der dritte war der beste – der erste *und* der zweite bereiteten nur auf ihn vor. Denn hier handelte es sich um die göttliche Kraft, über Ägypten zu herrschen.

Nicht einmal die Geheimnisse der Toten waren einer solchen göttlichen Kraft ebenbürtig, sie konnte nur aus dem Herzen eines großen Königs kommen.

Und so reiste ich mit meinem neugefundenen Vater in die göttliche und mächtige Brust der Gewaltigen-Gerechtigkeit-von-Ra, des Von-Ra-Erwählten, von User-Maat-Ra, von Setep-en-Ra.

Und ich war bei meinem Vater in der Stunde, da er in Ramses II.

eindrang: als der große König am ersten Morgen seines Fests der Feste erwachte und sich in seinem Bett rührte, bevor er über den Marmorboden seines Hofes zu seinem heiligen Becken schritt – nicht weit von jener Stelle, wo er einmal aus seiner Sänfte mit dem Kopf auf Stein gefallen war – Nefertiris Fluch im Nacken.

# ZWEI

An diesem ersten Morgen erwachte Usermare in der Dunkelheit, und er betrat die Höhlen seiner selbst, die in ihm waren. Dort spürte er die harte Umarmung seiner Furcht, und er fühlte sich der Macht nah von Allem-das-sich-nicht-bewegt. Stille lag auf seinen Gliedern, und er verharrte in einer Dunkelheit, die scheute das Licht. Kälte war, wo Wärme sein sollte, und Usermare empfand eine heilige Scheu vor Atum, dem ersten, dem Schöpfergott. Atum hatte die Kraft gehabt, sich zu erheben gegen alles, das dunkel war und ohne Bewegung: und das er hinabwies ins Reich der Toten. Nun erst hatte Leben beginnen können. Und an diesem Morgen begann es erneut für Usermare, der die Mächte der Leblosigkeit von sich scheuchte.

Jetzt war er wirklich wach und spürte, wie es sich in seinem Körper regte. Und er stand im heiligen Becken, dessen Wasser so still waren wie das Gleichgewicht von Maat (hieß es denn nicht auch »das Auge von Maat«?), und wartete auf den Sonnenaufgang. Nach Osten blickte er, in jene Richtung, wo das goldene Antlitz emporsteigen würde über das Wasser, umflammt von den Feuern der Duat.

Den fünf Festtagen gingen fünf Tage der Vorbereitung voraus, und an jedem Morgen war Usermare in aller Frühe aufgestanden, um zu baden und darauf zu warten, wie das Haupt von Ra sich über dem Horizont erhob, das Haupt und die Schultern und die Glieder.

Und so wartete Usermare auch an diesem Morgen, dem ersten seiner fünf Festtage (an dem er gleichsam über die Sonne gebot), und nicht ohne Unruhe starrte er zum östlichen Himmel, denn wenn dort am dunklen Horizont die Feuer der Duat aufflammten, hatte er das Gefühl, durch die Zeitalter der Pharaonen zu gleiten. All die toten Könige, sie regten sich, und er sah den ersten Tag der Schöpfung und erlebte, wie sich der Erste Hügel aus den Wassern erhob, dort, wo es zuvor kein Land gegeben hatte: der Erste Hügel, der nun für alle Zeiten gesehen werden konnte in der Großen Pyramide von Cheops.

Ja, die Große Pyramide – sie stand *für* jenen Ersten Hügel. Erbaut auf Geheiß des Pharaos, dessen Namen sie trug. Unabsehbare Scharen von Arbeitern waren am Werk gewesen, und Unmassen von Steinen hatten sie herbeigeschafft. Das Werk, ja. Und es war gelungen. Eine Pyramide so groß, wie der Erste Hügel gewesen sein mußte. Jetzt gab es in ganz Ägypten wohl keinen Tempel, der sich nicht rühmen konnte, eine Handvoll Erde ganz aus der Nähe der Großen Pyramide zu besitzen: eingemauert ins Fundament, zusammen mit dem Blut eines Widders.

Usermare erschauerte, als das blutrote Haupt von Ra über dem Horizont gekrönt wurde und die erste Wärme über das Wasser glitt und alle Vögel zu den Göttern sprachen. Usermare sah die Sonne aufgehen wie am ersten Tag der Schöpfung, und Atum war der Name, der Ra gegeben ward für jenes erste Licht der Sonne, noch bevor es Menschen gab, dieses Licht zu schauen.

Und Usermare schloß die Augen vor der vollen Pracht der glutvollen Röte dort über dem Horizont, und er spürte seine eigene Wärme, und es war, als ob er sich verwandelte. Der Gute Gott, als der er erwacht, ward zum Großen Gott, der hier im heiligen Wasser stand; und er sprach seinen Namen in die steigende Sonne und sagte: »Ich bin Leben für Horus; und König für die beiden Frauen. Ich werde verehrt von ihr, welche die Kobra von Unterägypten ist, und geliebt von jener, die man den Geier von Oberägypten nennt. Ich bin der Horus des Goldes. Ich bin jener, welcher gehört zu Sedge und der Biene. Ich bin der Sohn von Ra!« Und er wußte das Blut der ersten Pharaonen auf all seinen Gliedern; und die Kraft von Mennes war in seinen Armen und die Stärke von Narmer in seinen Beinen; Cheops der Große lebte in seiner Kehle und Unas (der im Land der Toten so manchen Gott verschlingen konnte) in seinem Herzen. Er sagte einen Spruch für Unas.

> »Oh, Horus nimmt den toten König Unas an
> seine Seite.

Er säubert Unas im See des Fuchses.
Er reinigt Unas im See der Morgendämmerung.
Er beschwichtigt das Fleisch des Ka von Unas.«

Dort im Wasser stand er, der Pharao Usermare, und die Wärme der Sonne war auf seiner Brust wie die Feuer von Kadesch auf seinem Herzen. Und er sprach die Namen aller Götter, die da von Atum kamen. Und begann mit Schu und Tefnut, den Kindern von Atum und den Eltern von Ra. Und das war so, weil Ra der Enkel von Atum war und doch auch Atum selbst. Ja, dies war die Wahrheit. Der Gott zeugt den Gott, der sein Vater sein wird. Denn die Götter leben in der Zeit, die vergangen ist, und in der Zeit, die noch kommt.

Und so stand Usermare im großen Gold der Sonne, das sich über den Horizont erhoben hatte, und er sann nach über den Widerschein ihrer Feuer, welche wie eine Flammeninsel auf dem Auge von Maat zu schweben schienen. Und Usermare-Setpenere dachte an die kleine Goldpyramide auf dem großen Obelisken von Hat-shep-sut im Tempel bei Karnak, und sie glänzte wie ein Tropfen des goldenen Samens von Atum, welcher den Ersten Hügel gebar.

Ein Schatten huschte. Flog zwischen Usermare und der Sonne – ein Vogel. Und der Pharao erinnerte sich an den Augenblick, da seine Sänfte stürzte. Ein Windhauch strich herbei über die Stille des Auges von Maat. Das Feuer der Flammeninsel zitterte. Und Usermare dachte an das Jahr seiner Thronbesteigung. Wie still das Wasser damals gewesen war und wie niedrig.

Fünfunddreißig Jahre war das jetzt her. Und die Wasser des Nils waren prall, doch begannen sie jetzt abzunehmen. Heute, der erste Tag des Göttlichen Triumphs, war auch der erste Tag des ersten Monats der Zeit des Sich-Ergießens: Da die Überschwemmung alle Gefilde erreichte.

Die Vögel waren ruhig, und die Überschwemmung war da: Reine Wasser – all die jungen Wasser, die vom Schweiß der Hände des Osiris kamen und von den Tränen der Isis; und all die Flüssigkeiten, die aus seinem toten Körper rannen, um die Fäulnis des ganzen Landes wegzuschwemmen.

Usermare stand in der süßen Wärme der frühen Sonne, und Wärme war auch in seinem Haupt und in seiner Brust; und seine

Arme streckten sich der roten Wärme der Sonne entgegen, und er sann nach über die Kraft ihrer Strahlen.

»Ich trat zu meinem Thron«, sprach Usermare-Setpenere über die Wasser des Auges von Maat hinweg, »mit Schritten, wie sie einst Horus tat. Doch bei meinem Tode werde ich mich mit Osiris vereinigen. Ich werde Osiris werden. Jedes meiner vierzehn Kas wird sich einem Teil seines Körpers zugesellen, und ich werde in ihm leben.« Leichter ging der Atem des Pharao jetzt, seine Todesfurcht war nicht mehr so groß, und er trat heraus aus dem Wasser. Bedienstete erwarteten ihn und trockneten ihn mit Linnen. Er schritt durch seinen Garten, vorbei an Sykomoren und Dattelpalmen, an Maulbeer- und Feigenbäumen, an Tamarisken. Er schritt in den Morgen hinein. Überall war noch der Geruch von den Feuern der vergangenen Nacht. In den fünf heiligen Tagen der Vorbereitung auf den Göttlichen Triumph hatte in allen Dörfern und Städten des Zwei-Lands das »Entzünden der Flamme« stattgefunden, und an jeder großen Straßenkreuzung in Theben und vor vielen Geschäften und Häusern brannten Fackeln, um es zu begrüßen, das fünftägige Fest, das alle Feste übertreffen sollte, die in den fünfunddreißig Jahren von Usermares Regierungszeit gefeiert worden waren.

Jetzt durchschritt der Pharao den Hof der Großen, und die Sonne stand nun hoch genug, um ihr Licht auch hierher zu schicken. Der Marmor verlor seinen Silberglanz und wirkte ganz weiß, und Usermare näherte sich den Stufen der Halle von König Unas, im letzten Jahr von ihm erbaut mit Steinen der Grabmäler von Seti und von Tutmosis dem Großen; und jede der Mauern rief im König Unruhe hervor, als seien die Steine gestört: als habe ihr Ka nun keine Rast.

Er stand auf den Stufen vor der Großen Pforte zur Halle des Königs Unas, und sie öffnete sich, und ein Priester trat hervor aus dunkler, wie nachtschwarzer Tiefe, und dieser Priester sprach:

»Seine Majestät Horus tritt ein, Seine Majestät Horus, Starker Stier, von Maat Geliebter.« Nun küßte der Priester des Pharaos Füße, den linken Fuß für Amon und den rechten Fuß für Ra; und dann verneigte er sich siebenmal für Geb und Nut und Isis und Osiris und Seth und Nephthys und für Horus, den Bruder, und dann sagte er: »Er ist Ra, stark in der Wahrheit und erwählt von Ra. Er ist der Sohn von Ra. Er ist Ra-meses, der von Amon geliebte. Er ist Horus. Er ist der Thron der Zwei-Lande. Er sitzt in seinem Doppelthron unter den Menschen, indes Ra, sein Vater, im Himmel sitzt.«

Während Usermare dieser Begrüßung lauschte, glitt die Sonne immer höher die Stufen hinauf. Und im Inneren der Halle des Königs Unas erhob sich auf einmal eine Säule aus Licht. Die Sonne war so hoch gestiegen, daß ihre Strahlen durch ein viereckiges Loch in der Mitte des Daches fielen. Im Rahmen der Großen Pforte sah man sie deutlich, die Säule aus Licht, ja, sie besaß so viel Glanz, daß Usermare wie geblendet war vor der strahlenden Kraft des Ra; und er beugte seinen Kopf vor dem Großen Mund aus Gold.

»Er ist«, sprach der Priester, »der schöne Silberfalke des Zwei-Lands, und seine Flügel spenden der Menschheit Schatten. Horus und Seth leben im Gleichgewicht seiner Schwingen. Amon sagt: ›Ich habe ihn geschaffen. An diese Stelle habe ich die Wahrheit gepflanzt.‹ O Großer Pharao, beim Klang deines Namens kommt Gold aus den Bergen. In allen Ländern ist dein Name berühmt. Überall weiß man von den Siegen, welche deine Waffen erfochten. König von Ober- und Unterägypten, Großer Pharao, der den Lenden von Ra entstammt und der stark ist in der Wahrheit, Herr der Kronen, du bist unser Horus, der da ist Ramses, der von Amon Geliebte.«

Er betrat die Halle, und wie bebend schien Kraft von ihm auszugehen. Er wußte wohl, daß alle, die ihn sahen, erzittern würden.

Der Monarch, dem die Doppelkrone von Ägypten zukam und der die Stärke besaß, sie zu tragen, betrat das Throngemach, einen großen Raum von fünfzig mal dreißig langen Schritten. Noch bevor er sich recht ans Licht gewöhnt hatte, schlug ihm der Geruch von Weihrauch entgegen, und tief atmete er ein.

# DREI

Das Licht, das durch die Dachöffnung ins Throngemach fiel, traf auf einen goldenen Tisch; und während draußen die Sonne stieg, wanderte drinnen die helle Säule, so daß die Priester den Tisch bewegen mußten, damit die Krone von Unterägypten und die Krone von Oberägypten, die dort dicht beieinander lagen, unwandelbar in strahlender Mitte ruhten. Die Doppelkrone – eine solche Kraft besaß sie, daß Ramses nun wieder zum jungen Mann wurde, der sich seinem Vater Seti zu nähern schien. Und die Weiße Krone von Oberägypten und die Rote Krone von Unterägypten, sie waren für ihn zwei lebende Wesen. Während er jetzt die Weiße Krone in die Rote Krone schob, spürte er, wie das Zwei-Land in der Nacht geteilt gewesen war und voll Chaos in der Dunkelheit. Nun waren sie wieder miteinander vereint; und er hob seine Weiße Krone und seine Rote Krone und machte sie hierdurch zur Doppelkrone der beiden Göttinnen, von Nechbet mit ihrer Geiergestalt und von Wadjit mit ihrem Kobrakörper.
Ramses sprach:

>»Laß Furcht sein vor mir, wie da Furcht ist vor Dir,
Laß Schrecken sein vor mir, wie da Schrecken ist vor Dir,
Laß Scheu sein vor mir, wie da Scheu ist vor Dir,
Laß Liebe sein zu mir, wie da Liebe ist zu Dir,
Laß mich mächtig sein und ein Führer der Geister.«

Der Oberpriester setzte ihm die Doppelkrone aufs Haupt, und all die Höflinge und Priester in der Nähe verneigten sich tief, als wollten sie den Boden umarmen. Der Pharao spürte, daß ihn die gleiche Kraft durchströmte wie beim Bad in der Morgenfrühe, als die Strahlen von Ra auf ihn fielen: In den Kronen, die jetzt wieder vereint waren zur Doppelkrone, pulsten die lebenden Kräfte von Kobra und Geier, und der Herrscher spürte sie auf seinem Haupt. Dann schritt er zum Gemach der Gewänder, sich neu gewanden zu lassen. Sogleich umringten ihn Höflinge. Einen jeden kannte er, einen jeden nannte er mit dem Namen und mit dem Titel, der ihm gebührte. Es waren ihrer viele, und es war ihnen allen bestimmt, welche Aufgabe sie zu erfüllen hatten bei der Gewandung des Pharaos. Ihnen zur Seite stand eine große Schar von auserwählten Dienern. Denn für jede Zeremonie an jedem der fünf Tage mußte der Pharao auf die rechte Weise gewandet werden. Dies geschah. Nun trug er das feinste Leinen an seinem Leib und verließ das Gemach der Gewänder.

Usermare trat zu einer Art Podest in der Mitte des großen Raums und stieg hinauf. Zwei Throne standen dort, Seite an Seite, und der Pharao setzte sich zuerst auf den Thron des Königs von Unterägypten. Das Zepter wurde ihm in die Hand gegeben, und er spürte Kraft in seinem Arm. In seine Nase drangen Gerüche: von jenem Sumpf in Nordägypten, wo Horus mit Seth kämpfte. Er schloß die Augen und sah sie ringen. Sie hatten die Waffen weggeworfen und kämpften mit bloßen Fäusten. Seth riß Horus ein Auge aus, und Usermare spürte in seinem Kopf einen stechenden Schmerz.

Der Pharao wurde eins mit dem Gott Horus. An seinen Schultern breiteten sich die Schwingen dieses Gottes, und sie waren gewaltig. Weit jenseits der engen Mauern hier hätten sie sich spreizen können, so mächtig waren sie. Der Pharao dachte an die Wolken, die er bei Sonnenaufgang am Horizont gesehen hatte, und er wußte: Die machtvolle, gefiederte Brust des Falken, der Horus war, zeigte sich in jenen Wolken; – und er sah, wie sich die Schwingen des Gottes von Horizont zu Horizont breiteten.

Usermare öffnete die Augen und erhob sich vom ersten Thron. Mit vier genau bemessenen Schritten in Richtung Süden trat er zum anderen Thron und setzte sich. Jetzt drangen andere Gerüche in seine Nase, der Duft eines Pfirsichbaums an einem Straßenrand bei einem staubigen Hügel zum Beispiel. Und er dachte an seine Krönung vor fünfunddreißig Jahren: in Memphis im Tempel des Ptah, wo sich der Erste Hügel aus dem Wasser erhoben hatte, in Sichtweite der Cheopspyramide.

An jenem Tag, dem Tag seiner Krönung, hatte der Oberpriester ihm auferlegt, an dem Jahrestag oder den Jahrestagen dieses Ereignisses zu meditieren, und er hatte es Jahr für Jahr getan, bis zu diesem Jahr, da es sich zum fünfunddreißigsten Mal jährte: bis zum Fest der Feste.

Der Priester hatte gesagt, der Name von Osiris könne gehört werden im Ohr von Ausar, was gleichbedeutend ist mit Sitzemacher; und der Name von Isis ist Ast, also Sitz; so sei es nur natürlich, daß der Sitzemacher seinen Sitz kenne. »Nun, an allen Tagen deines Lebens, da du Horus bist«, sprach der Priester, »wirst auch du auf dem Sitz von Isis, deiner Mutter, sitzen.«

Der goldene Sitz von Isis war hart und kalt jetzt am Morgen (und würde gegen Mittag um so wärmer sein); doch hier in ihrem Schoß befand sich nun der Pharao. »Aus dir bin ich gekommen«, murmelte er, »und du bist aus mir gekommen.« Dies solle er sagen, hatte der Hohepriester zu ihm gesagt.

In der Stunde seiner Krönung vor nun über dreißig Jahren hatte man ihm die Doppelkrone aufs Haupt gesetzt, und er war Pharao geworden. Fortan lebte der Gott Horus in ihm. Und er lebte in Horus. So würde es bleiben bis zur Stunde seines Todes. Dann würde er scheiden, um zu Osiris zu gehen. Und in selber Stunde würde dann dem nächsten Pharao die Doppelkrone aufs Haupt gesetzt werden. Und dieser König würde dann zu Horus werden. »Aus dir bin ich gekommen«, sprach er zur Doppelkrone, »und du wirst kommen aus mir.«

Die Höflinge ringsum schwiegen. Er saß auf dem Thron von Oberägypten und lebte in seiner Meditation.

Dann erhob er sich. Er war bereit. Man brachte ihm das Lotoszepter, auf dessen Griff viele Lotosblüten waren. Nun würden sich seine Gedanken öffnen all den Wünschen im Land Ägypten, denn Lotos war das Ohr der Erde. So verließ er nun die Halle von König Unas, das Lotoszepter in der Hand, und draußen warteten viele kleine Königinnen mit ihren Kindern, auch Hunderte von Edlen in Leinengewändern, weißer als die Knochen der Götter; sie waren gekommen, um ihn auf seinem Weg zum Fluß zu begleiten: zur Ankunft der Götter in ihren Booten.

In der Schar der Höflinge schlängelte ich hin und her, um einen besseren Blick auf den Pharao Usermare-Setpenere zu erhaschen; und sah ihn gleichzeitig hier im Innenhof, wo wir die ganze Nacht hindurch geweilt: Mit seiner Königin war er hier, und eine ihrer Brüste war unbedeckt und die zarte Warze fast frei von Schminke. Doch zeigte das Gesicht dieser Königin nicht die Züge von Nefertiri oder selbst von Rama-Nefru, es war das wunderschöne Antlitz meiner eigenen Mutter! Auch gehörte der Kopf von Usermare nicht mehr dem Zweiten, sondern dem Neunten Ramses – es war der Kopf, es war das Gesicht meines Vaters, seine lange, dünne Nase, sein schöner Mund.

Und doch hatte ich im ersten Augenblick weder meinen Vater, noch meine Mutter erkannt – so sehr schienen sie anderen Königspaaren zu gleichen, der Pharao und seine Gemahlin. Wer waren sie, in welcher Zeit, in welcher Stadt lebten sie, Memphis oder Theben? Erst der Anblick des safrangelben Gewandes, das meine Mutter trug, löste mich aus den Höhlen und Spinnweben meines Schlafes (so es denn Schlaf gewesen war), und ich lächelte sie an, und sie lächelten zurück.

In diesem Augenblick erwachte Nef-khep-aukhem. Er streckte sich, er gähnte; und sah, was er nicht umhin konnte zu sehen; und sprang auf. Schon wollte er sich vor Ptah-nem-hotep verneigen, doch dann besann er sich, und ohne ein Wort, ohne eine Respektsbezeugung ging er davon.

Sein Verschwinden sollte noch eine böse Wirkung zeugen. Zunächst empfand ich nur ein leises Mißbehagen, nicht schwerer als der Fall einer Feder, eine kaum spürbare Beklommenheit. Ich sah meinen Vater, und ich sah Hathfertiti, und ich fühlte beider Glück, das so schwerelos schien. Violettes Licht schimmerte hier im Innenhof, so wohltuend wie die Gegenwart meiner Eltern, sah Ptah-nem-hotep mich doch mit den Augen der Liebe an.

All die Liebe, die in mein Herz gekommen war, als ich seine Gedanken gehört hatte, sie war echt gewesen. Deshalb auch hatte Usermares Stimme in meinen Ohren so klar geklungen, deutlich wie ein auf Holz pochender Ring. Und so war ich doppelt sicher, daß Ptah-nem-hotep mein Vater sein mußte: Hätte ich sonst fast so behaglich in seinen Gedanken weilen können wie in den Gedanken meiner Mutter, ja, mehr noch: sehen, was sie wohl beide sahen, wenn die Götter Ägyptens wie goldene Vögel über ihren Köpfen kreisten.

Nun wußte ich, was es bedeutete, nur von der Mutter geliebt zu werden oder aber von Vater und Mutter: Es war, als trüge ein

Pharao nur eine der beiden Kronen, statt die Rote und die Weiße zur Doppelkrone vereint. – Wunderbare Gefühle, die mich erfüllten, wäre da nicht dieses hastige Verschwinden von Nef-khep-aukhem gewesen. Mein erster Vater hatte in unserem Hause wie ein Unbehauster gelebt, und fortgegangen war er wie ein Geist. Kein Türenklappen, nichts. Nur eine Verwünschung, wie ich zu spüren glaubte. Von einem kleinen Mann ein großer Fluch.

Meine Mutter fühlte wohl, daß mich etwas bedrückte. Sie winkte mir, und ich folgte und setzte mich zwischen sie und Ptah-nem-hotep, der einen Arm um mich legte. Die Hand meines Vaters war so zärtlich und so weise wie das Silberlicht im Auge von Maat, und, oh, welche Wärme strömte von meiner Mutter aus! Ich schmiegte mich zwischen beide in wunderbarer Verwirrung, war doch jeder voll von den Gerüchen und Düften des anderen. Ich fühlte mich wie ein kleines Tier, das die Behaglichkeit seiner sicheren Höhle schnuppert. Sie lehnten sich zurück, und ihr Vergnügen war es, miteinander mein Herz zu teilen, das jetzt so voll war von Süße. Ich seufzte zufrieden.

Vielleicht war es dieses Geräusch, das meinen Urgroßvater aus dem Schlaf löste. Er öffnete die Augen, vergewisserte sich kurz (zweifellos vermerkte er für sich, daß Nef-khep-aukhem nicht mehr anwesend war) und begann, mit ruhiger, recht gelassen klingender Stimme zu sprechen. Und es war wieder seine eigene Stimme, nicht die Stimme meines Vaters, die aus seiner Kehle kam.

Dennoch schien er noch wie betäubt von den Tiefen seines Schlafes. Zwar glitten seine Augen ruhig über uns hinweg, und alles, was er sagte, war deutlich und verständlich, doch schien er nicht zu gewahren, daß unser Pharao meine Mutter so eng umschlungen hielt, als sei sie sein eigen Weib. Menenhetet sprach nur von Dingen, die ihn selbst betrafen; ganz als sei nichts geschehen, ja, als habe das Fest der Feste überhaupt noch nicht begonnen: als werde bis dahin noch mindestens ein Monat vergehen.

Ich hörte ihm zu, doch war es gut, den Arm meines Vaters um mich zu spüren, sonst hätte ich mich wohl sehr verloren gefühlt. Wie jemand, der im Nebel überwechseln muß von einem Boot zum anderen – und der nicht weiß, ob das neue Boot in dieselbe Richtung geht oder in eine andere.

Meine Eltern schienen es nicht zu empfinden, dieses Schwindelgefühl, und das beruhigte mich so sehr, daß ich Menenhetet zuzuhören begann. Ich kümmerte mich nicht darum, ob er mit lauter Stimme sprach, ja, ich brauchte seine Stimme überhaupt nicht zu hören. Mein Vater, ich entdeckte es bald, hörte auf die gleiche Weise zu. Er rechnete damit, nun in die feinsten Geheimnisse seines großen Ahnen einzudringen. Mochten seine Glieder jetzt auch müde sein, sein Geist, sein Herz waren wach und voller Erwartung. Seine Wonne mit meiner Mutter, seine Freude an mir, sie wurden noch übertroffen durch diese Sehnsucht.

Ich lag dicht bei ihm, und dies war es, was mich wachhielt. Es machte mir auch nichts aus, daß wir nicht wieder bei Usermare am ersten Tag seines Fests der Feste waren, sondern bei meinem Urgroßvater im Palast von Nefertiri.

Vielleicht (so ging es mir durch den Kopf) war eine Geschichte wie eine Blume, die, einmal gepflückt, mit Blüte, Stengel und Wurzeln verwelkt. Aber konnte sie nicht auch sein wie das Gewand eines Gottes?

Und ein Gott konnte sein Gewand schließlich wechseln.

# VIER

⌐ »Ich weiß nicht, wie ich meiner Königin Nefertiri gute
└ ◠ Nacht sagte«, hob Menenhetet an. »Doch als ich spät am
nächsten Morgen in meinem Bett erwachte, erfüllte mich ein
unbekanntes Glücksgefühl. Ich konnte es nicht erwarten, meine
wunderbare Königin und Geliebte wiederzusehen. Mein Glück
schien wirklich vollkommen. Da war die Erinnerung an erlebte
Wonnen – an Wonnen, die ich bald wieder zu erleben hoffte. Ich
fühlte mich im Einklang mit mir selbst wie nie zuvor, und in
meinem Herzen war Frieden wie in einem geweihten Teich.
Es war ein Glücksgefühl, wie ich es nicht wieder empfinden sollte.
Kurz nach dem Aufwachen erreichte mich die Botschaft, ich möge
mich unverzüglich beim Wesir melden. Ein solches Geheiß war so
ungewöhnlich, daß ich mich bald auf den Weg machte. Beim Wesir
erfuhr ich, daß Usermare meine Versetzung befohlen hatte: aus
den Diensten von Nefertiri in die Dienste – und den Palast – von
Rama-Nefru. Noch am selbigen Morgen sollte der Umzug stattfinden. All meine Habseligkeiten waren von meinen Dienern zum
Amtssitz des Wesirs zu schaffen, wo sie von meinen neuen
Bediensteten in Empfang zu nehmen seien. Diese würden sich um
alles Weitere kümmern – mein neuer Gärtner, mein neuer Koch,
mein neuer Hüter-der-Schlüssel, mein neuer Pferdeknecht und so
weiter: Ich war jetzt der Gefährte der Rechten Hand von Rama-
Nefru.
Nie wieder, ich sagte es schon, sollte ich ein Glücksgefühl empfinden wie beim Aufwachen an diesem Morgen; und das hatte seinen
Grund. Denn nichts war gefährlicher für die eigene Sicherheit, als
wenn man sich dieser Empfindung so einfach überließ. Man blieb,
in sich selbst versponnen, ohne Wächter, der einen warnte. Ja,

allzu lange hatte ich mich getrennt gehalten vom Herzen meines Königs, und so ahnte ich nicht einmal, was hinter all dem steckte. Hatte die hethitische Königin Usermare beschwatzt, mich in ihren Palast zu versetzen, um Nefertiri zu ärgern? Oder wußte der Pharao, was geschehen war und daß ich mich an ›seinem Fleisch‹ gelabt? Aber warum hätte er mich dann zu Rama-Nefru versetzen sollen? Meine Verwirrung war groß. Und wurde noch größer.

Denn als ich Nefertiri aufsuchte, gab sie sich freundlich, doch kühl: so, als hätte ich eine Intrige gesponnen, um von ihr fortzukommen. Dabei berührte sie den Kern der Angelegenheit mit keinem Wort – ob mein Fortgehen ein Verlust für sie sei und ein Triumph für Rama-Nefru. Nichts, aber auch gar nichts ließ sie sich anmerken von ihren Gefühlen.

Nur wenige Augenblicke war ich mit ihr allein (und ich machte mir nichts vor: Sie verstand es so einzurichten, daß uns nur wenige Augenblicke blieben). Meine Hand hielt sie und sprach von Geduld und sagte schließlich: ›Vielleicht würdest du Rama-Nefru für mich beobachten.‹ Es war die Aufforderung, ihr als Spitzel zu dienen.

Ich verbeugte mich, machte die formale Geste, ihr den Zeh zu küssen, und fragte leise: ›Wann werde ich dich wiedersehen?‹ Welch ein Aufruhr herrschte in meinem Herzen, in meinen Lenden! Heiß blies mein Atem gegen ihre Beine, doch sie zeigte sich ungerührt und gab mir nur einen Kuß auf die Stirn; eine fast feierliche Gebärde, von der ich nicht wußte: Erlegte sie mir eine Art Gelübde auf oder beschwichtigte sie nur ein scheuendes Pferd. ›Das beste ist es‹, sagte sie, ›du kommst erst wieder, wenn du mir viel über Rama-Nefru berichten kannst.‹

Schließlich durfte ich doch noch in ihre wundervollen Augen blicken wie in das tiefe Blau des Abends, und dort war alles, was ich sehen wollte – Liebe, Verlust, und die Zärtlichkeit des Fleisches, das mit dem eigenen Fleisch einige Geheimnisse geteilt. Mit dem eigenen, ja, mit meinem. Ich war, gesteh ich's nur, fast krank vor lauter Verwirrung.

Irgendwann am Nachmittag war der Umzug bewerkstelligt, und am Abend hatte ich meine erste Audienz bei Rama-Nefru, gleichfalls kurz. Sie begrüßte mich mit lieblicher Stimme, und unverkennbar war ihr reizender hethitischer Akzent. Dringend, versicherte sie, bedürfe sie meiner Dienste – und beließ es bei dieser vagen Erwähnung. Statt dessen empfahl sie mir, mit Heqat zu sprechen, die mir über ihr Volk, die Hethiter, gewiß so manches erzählen werde. ›Neben den Ägyptern erscheinen wir einfach‹, sagte meine neue Königin, ›doch hat jedes Volk seine Eigenarten, mit denen man erst vertraut werden muß.‹

Sie war freundlich und höflich zugleich. Mich bewegte, wie sehr sie hatte leiden müssen. Ob sie ihr ganzes Haar verloren hatte, wußte ich nicht. Jedenfalls trug sie eine Perücke, Ersatzhaare von leuchtendem Gold, primitiv und plump im Vergleich zum originalen Hellblond, und eben diese Färbung verriet mir, wie krank sie gewesen sein mußte. Ihre Haut wirkte grün, und ihr Aussehen – und die Art, wie sie sprach – hatten etwas unendlich Trauriges.

Sie wußte wenig mit mir anzufangen, und unwillkürlich fragte ich mich wieder, ob der Wechsel nicht Usermares Idee gewesen war – um seine kranke Königin abzulenken, aufzumuntern, auf neue Gedanken zu bringen. In der Tat: Meine Verwirrung, sofern überhaupt möglich, steigerte sich immer mehr.

An diesem ersten Tag war ich wohl für niemanden von Nutzen. Dem Palast von Rama-Nefru hatte man den reizenden Namen ›Säulen der Weißen Göttin‹ gegeben, doch belebt wirkte er nur, wenn Usermare zu Besuch kam; sonst empfand ich ihn als ziemlich trist.

Das Kind, das sie miteinander hatten, lebte in einem sorgfältig abgesperrten und bewachten Seitenflügel. Überall waren Soldaten (von Usermare zur Verfügung gestellt), sie befanden sich sogar bei der Kinderschwester im Prinzengemach. Und so bekam ich denn die Königin, jedoch kaum ihren Sohn zu Gesicht.

Der erste Eindruck, den ich vom Palast empfing, war nicht der günstigste gewesen. Und die ›Säulen der Weißen Göttin‹ wirkten auf mich auch nicht freundlicher, als ich mich entsann, daß Nechbet – Geiervogel – die Schutzgöttin war. Gewiß sah Rama-Nefru nicht wie ein Raubvogel aus, doch dem Palast haftete ein eigentümlicher Modergeruch an. Im Garten der Königin roch es nach Aas, wurde doch Tierfleisch unter den Dünger gemischt; und so roch es so streng wie im Nest eines Raubvogels hoch auf einem Felsen, wo noch Reste der Beute verwesen.

Nun ja, mochte es auch – nach außen hin – ein ›weißer‹ Palast mit vielen Säulen sein, von ägyptischer Prägung zweifellos, so war er im Inneren jedoch hethitisch – oder jedenfalls das, was ich für hethitisch hielt. Rama-Nefru hatte in vielen Räumen die Wände kacheln lassen. Ein helles Purpur war die Farbe (die Farbe von Tyrus), und sie mußte einen wunderschönen Kontrast gebildet haben zum früheren Lichtblond der Hethiterin. Je mehr ich mich umsah, desto mehr wurde mir bewußt, daß Rama-Nefru zur Ausstattung gern Material verwendete, das aus den Ländern zwischen Theben und Kadesch kam: Kupfer vom Sinai, Holz aus dem Libanon, Malachit, Türkis und Alabaster aus anderen Ländern des Ostens. Wie dunkel waren ihre Gemächer, doch welche Kraft schien von ihnen auszugehen! Oft befand sich stundenlang niemand darin, und wenn ich sie durchwanderte, so sehnte ich mich nach Nefertiris Palast. Auch dort konnte man von Raum zu Raum schreiten, doch gingen alle auf helle Innenhöfe hinaus und es gab viel weißen Marmor und viel Licht. Hier hingegen fühlte ich mich wie in einer Festung, wo zu meiner Bedrückung Stunde um Stunde verstrich, ohne daß ich den Hethitern wirklich näherzukommen schien.

Die Diener – schwerleibige und bärtige Männer waren es, die stets, und mochte der Tag noch so heiß sein, ihre wollenen Gewänder trugen. Wie mürrisch sie auf mich wirkten! Ich wußte nichts von ihren Göttern, nichts von ihren Empfindungen; doch gleich bei meinem ersten Sonnenuntergang in den ›Säulen‹ (und fortan bei allen weiteren Sonnenuntergängen dort) hörte ich, wie diese hethitischen Diener den Abend mit einem düsteren, eintönigen Lied begrüßten, und aus ihren Stimmen klang große Klage. Heqat, mit der ich mich bald angefreundet hatte, konnte mir sagen, was die Wörter auf ägyptisch bedeuteten, und ihr Sinn war freudlos, wenn nicht gar schrecklich.

> ›Was uns gut erscheint, ist übel für *sie*,
> Was für uns schlecht ist, halten *sie* für gut,
> Wer kann *ihre* Gedanken kennen?
> *Sie* sind so verborgen wie die Wasser.‹

›Wer sind *sie*?‹ fragte ich Heqat. ›Sprechen die Hethiter von den Ägyptern?‹
›Oh, nein‹, erwiderte sie. ›Mit *sie* meinen sie die hethitischen Götter.‹

Heqat ihrerseits war keine Hethiterin, sondern eine Syrerin. Doch lag ihre Heimat dem Land der Hethiter näher als Ägypten, und so konnte sie mir viel über Vieles erzählen, nicht zuletzt auch über Rama-Nefru. Sie sprach zu mir mit großer Vertraulichkeit. Schließlich gehörte sie zu Usermares kleinen Königinnen, und hatten wir nicht beide den Leibeswonnen des Pharaos gedient?

Ich fühlte mich einsam, sie fühlte sich einsam (außer gewissen Pflichten bei Rama-Nefru hatte sie nichts zu tun), und so sah ich sie häufiger, diese häßliche kleine Königin, als es mir in den Gärten der Abgeschlossenen je eingefallen wäre, und vertrieb mir die Zeit, indem ich mir von ihr erzählen ließ.

Ja, wir unterhielten uns oft, und sie sprach viel über die Hethiter. Sie waren grundverschieden von den Assyrern (so erfuhr ich: dabei hatte ich immer geglaubt, sie seien einander sehr gleich). Vom Norden her waren die Hethiter nach Kadesch gekommen und lebten erst ›seit vier oder fünf Königen‹ dort. Immerhin hatten sie viel von der Lebensweise der Assyrer übernommen, kleideten sich sogar wie sie (genauso wie die Libyer und die Nubier die Ägypter nachzuahmen pflegten). Allerdings, meinte Heqat, seien sie eher ein vagabundierendes Volk. Und sie hatten von allen möglichen Völkern alles mögliche übernommen, von den Babyloniern, von den Medern, von den Mitanniern; am meisten jedoch, wie gesagt, von den Assyrern.

Ich konnte kaum glauben, was für merkwürdige Menschen das waren. Hatten sie eine Reihe von Jahren voller Not durchlebt, so beschlossen sie, ihre Städte vom Unglück zu säubern. In solchen Zeiten durften Mütter ihre Kinder nicht schelten, die Herrschaft die Bediensteten nicht züchtigen, und alle Gerichtsprozesse waren verboten. An Straßenkreuzungen errichtete man Haufen aus Zedernholz und steckte sie in Brand. In der Dunkelheit der Nacht erklangen Gesänge. Auch wurden alte und vernachlässigte Tempel wieder instandgesetzt. Dergleichen war für die Hethiter von großer Wichtigkeit. Sie glaubten nämlich auch, daß die Schwäche des alten Holzes in alten Gebäuden eine Schwächung des Bandes zwischen den Göttern und den Menschen sei.

Heqat erzählte mir auch von einem König Hammurabi, der wohl nicht einmal ein hethitischer König gewesen war; und ich mochte ihr kaum glauben. Denn von ihm stammte eine Gesetzessammlung, welcher die Hethiter nacheiferten. Hammurabi befahl die

Todesstrafe, wenn der Besitzer einer Weinschenke einem Gesetz-
losen Unterschlupf gewährte. Ein anderes Gesetz sagte, daß man
eine Priesterin, die eine Weinschenke betritt, verbrennen könne.
Ein Eheweib, das ihrem Manne etwas stahl, konnte hingerichtet
werden. Übte sie jedoch Einbruch in des Nachbarn Haus, so durfte
man ihr nur die Nase abschneiden! Nach einer Weile verstand ich
die Gründe besser. Wenn eine Frau und ein Mann sich miteinander schlugen, und sie zerquetschte ihm eine Hode, so schnitt man
ihr einen Finger ab; zermalmte sie jedoch beide Hoden, so riß man
ihr die Augen aus.

An dieser Stelle unterbrach sich Heqat. Ihre Lippen spreizten sich,
und man konnte die Zähne sehen. Ich begriff sehr wohl, daß es der
Gedanke an die zerschmetterten Hoden war. Ich gab ihr Wein und
stimmte in ihr Lachen ein. Dann jedoch fuhr ich mit meinen Fragen
fort. Ich wollte mehr wissen über die Götter der Hethiter. Denn da
ich einer Hethiterin zu dienen hatte, schien es ratsam, mehr über
jene Jenseitigen zu wissen, an die sie sich gegebenenfalls wenden
würde.

Nun denn. Häßliche Frauen sind sehr gescheite Frauen, wenn es
darum geht, zu wissen, was man von ihnen will; und als ich allzu
viele Fragen stellte, begann Heqat zu lachen und erklärte, ich
könne mir die Götternamen ja doch nicht merken – viel zu
schwierig.

›Die Assyrer haben einen Gott mit dem Namen Enlil‹, sagte ich zu
ihr, ›das kann ich mir ganz leicht merken.‹

›Die Hethiter nennen ihn Kumarpish. Manche sagen auch Lukis-
hanush.‹ Mir schien, sie wollte mich zum besten halten. Die
Hethiter, sagte sie, hätten eine Göttin Ashkashepash, und bei
Kadesch, in der Heimat von Rama-Nefru, gäbe es auch Lokalgötter
mit Namen wie Kattish-khapish und Valizalish und Shullinkatish.
›Es geht hier gar nicht darum, eine Religion zu verstehen‹, sagte
sie, ›denn man hat genug damit zu tun, sich all diese Namen
einzuprägen. Es gibt nämlich auch noch den Gott Maznulash und
den Gott Zentukish; und Nennitash und Vashdelashish.‹ Jetzt
lachte sie mir so unverfroren ins Gesicht wie eine echte kleine
Königin. Offenbar war mir mein Unmut anzusehen, denn
beschwichtigend fügte sie hinzu, es gebe da so viele Gebete und
Bräuche, daß es unsinnig sei, sich damit überhaupt zu befassen. Im
übrigen, so fuhr sie leise fort, sei sie der Meinung, daß die hethiti-

schen Götter für ihre Anhänger weniger leisteten als die ägyptischen Götter für uns. Die Hethiter hätten viele Epidemien, und
man müsse sich fragen, ob es auch nur eine einzige glückliche
Familie gab. Ein feuchtes Land, meist jedenfalls, mit Dämonen
unter jedem Dach. Die Heiterkeit der Ägypter sei den Hethitern
fremd. Was Wunder, daß ihnen bei ihrem Trübsinn lange Nasen
wüchsen (an deren Spitzen im Winter sogar ein Wassertropfen
hinge). Grund zum Jammern hätten sie allerdings. Sie glaubten,
daß ihre Götter sie in bitterer Fron halten wollten. Auch witterten
sie überall Unheil. Und ihre höchste Gottheit, eben dieser Enlil,
der so groß sei wie Amon, werde Herr des Sturms genannt.
Ich grübelte. Gewiß interessierte mich nicht weiter, warum die
Hethiter ihren Göttern so absonderliche Namen gaben – falls sie
es denn taten. (Shullinkatish? Vashdulashshish?) Doch je mehr
ich über die Hethiter hörte, desto rätselhafter wurde Rama-Nefru
für mich, schien sie doch so ganz anders zu sein als die Menschen, die Heqat beschrieb: eine blasse, blonde Schönheit, eine
zierliche, fast zerbrechliche Frau. Und so fragte ich, ob unsere
Prinzessin (noch war ich nicht bereit, *unsere* Königin zu sagen)
gleichfalls von düsterem Sinn beschwert werde. Heqat erwiderte
kurz: ›Diese Hethiter haben zwei Naturen. Einerseits wirkt Rama-
Nefru wie ein albernes junges Mädchen. Andererseits jedoch
grübelt sie oft in sich hinein, und sie ängstigt sich vor vielen
Dingen, die man kaum jemals ahnt.‹
›Nenn mir ein Beispiel.‹
Heqat verstand sich auf ihr Spiel. Geheimnisvoll weihte sie mich
in ein Geheimnis ein (versicherte mich so ihrer Sympathie, nach-
dem ich sie meiner Sympathie versichert hatte). ›Wenn Rama-
Nefru‹, sprach sie, ›auf die Große Pforte eines Tempels blickt, so
sieht sie diese mit anderen Augen als wir. Sie schaut darin einen
Gott. Und wenn die Pforte aufgeht, sieht sie den Mund des
Gottes.‹
Gar so absurd erschien mir der Gedanke nicht: Die Luft im Tem-
pel barg zweifellos andere Geister als die Luft draußen. Vielleicht
würde ich Rama-Nefru doch noch verstehen lernen.
›Natürlich‹, fuhr Heqat fort, ›gleicht sie den anderen Hethitern
nicht sehr. Mitunter ist ihr Gemüt so schwerelos wie ein luftiges
Gespinst. Ihre Eltern, so scheint mir, müssen sie im Tau gezeugt
haben. Weißt du, daß ihr Mondblut nicht länger bleibt als Tau?‹

Heqat, zu diesem Schluß kam ich, wußte nur wenig über Rama-Nefru. Doch wie konnte man von einer so häßlichen Frau auch Verständnis erwarten für die Schönheit einer jungen Königin? Wieder einmal fragte ich mich (wie alle im Garten der Abgeschlossenen das taten), was Usermare bewegen mochte, Heqat einmal im Jahr zu lieben. Und ich erinnerte mich an das Getuschel der Eunuchen: Hinterher würden die Gärten stets von einer wahren Pest von Schlangen und Kröten heimgesucht. Am Morgen war der Boden mit Schleim bedeckt, und alle dachten an den Urschleim – den Urschleim der Achtheit dieser Götter: Nun und Naunet, Kuk und Kauket, Huh und Hauhet, und Amon und Amaunet. Sie alle hatte es am Urbeginn gegeben, am Anfang, der erfüllt war von Wind und Dunkelheit, von einem Chaos ohne Grenzen, lange bevor es Nut gab und Geb und Isis und Osiris. Damals bestand die Welt nur aus blinden Fröschen und Schlangen, aus Schlamm und Riesenmeeren. Diese Heqat mußte Götter haben, die von dorther kamen. Wie hätte sie sonst so häßlich sein können?

Dennoch gefiel sie mir jetzt besser als früher. Wenn man sie ansah, hatte man zwar das Gefühl, eine kranke Kröte zu betrachten, doch ihre Augen – da ich gerade von Tempelpforten sprach – ließen sich mit zwei Türen vergleichen, durch die man Ausblick hatte auf viele Gärten. Sie schienen zu leuchten, ihre Augen, und in ihnen sah man jene Treue und Ergebenheit, die man bei Heqat fand, wenn sie sich nur geschätzt wußte.

Ich gab mir erfolgreich Mühe, sie meiner Wertschätzung in vielfacher Hinsicht zu versichern. Noch immer war ich tief verwirrt, weil ich so unversehens zu diesem hethitischen Palast mitten in Theben abkommandiert worden war; und ich suchte nach ein wenig Verständnis – so wie ein Mann in der Wüste nach Wasser sucht und für nichts anderes Sinn hat.

Unsere Gespräche griffen immer weiter aus, und schließlich teilte Heqat mir etwas mit, das ich sogar meiner Ersten Königin melden konnte: Rama-Nefru war davon überzeugt, daß sie ihre Krankheit Nefertiri verdankte. An dem Morgen, da sie sich zum erstenmal unwohl fühlte, fanden sich an ihrem Hals zwei rötliche Stellen, wie von Stichen.

Ich meinte, vielleicht seien es nur Druckstellen gewesen, von der Halskette. Heqat hob die Schultern. ›Eher wohl Stiche von einer Kobra.‹ Sie beugte sich vor und packte mich beim Knie. ›Mein

Freund‹, sagte sie, ›Ma-Khrut mag ja zu den Göttern sprechen,
doch es gibt Hethiter, die Tote zurückholen können.‹

›Kann Rama-Nefru das auch?‹

Sie schwieg. Sie schien die Frage nicht gehört zu haben.

›Wenn Wonnekugel klug ist‹, sagte sie nur, ›dann verzichtet sie
fortan auf ihre Zaubersprüche.‹

Plötzlich kam mir eine Ahnung. Hatte womöglich Heqat dafür
gesorgt, daß ich in den hethitischen Palast versetzt wurde? Wie
dem auch sein mochte: Ich konnte und wollte ihr nicht sagen, wie
wenig Verbindung es zwischen Wonnekugel und mir noch gab.
Sollten doch alle hier getrost das Gegenteil glauben.«

# FÜNF

»Spät in der Nacht, nach meinem letzten Gespräch mit Heqat, begab ich mich zu Nefertiri. Da ich mich auskannte und wußte, wo genau die Wache ihre Runde schritt, gelang es mir, unentdeckt ihr Schlafgemach zu erreichen. Ein Wunsch erfüllte mich: zu ihr ins Bett zu schlüpfen. Doch davon konnte keine Rede sein. Sie war noch wach, doch keinesfalls geneigter Stimmung. ›Du stinkst nach den Hethitern‹, sagte sie. Das war grausam. Und doch genoß ich diese ihre Grausamkeit. Sprach daraus nicht das Bedauern über den Verlust: daß ich nicht mehr bei ihr war.

Lange blieb ich jedoch nicht. Da sie mich nicht wollte, hatte auch ich kein Interesse. Meine Begierde war groß gewesen, sehr groß. Ich würde warten müssen, bis irgendwann auch ihre Begehrlichkeit wieder erwachte.

Und so berichtete ich nur, was Heqat mir erzählt hatte. Nefertiri runzelte die Stirn.

›Rama-Nefru interessiert mich nicht mehr‹, sagte sie. ›Sie ist eine leere Hülse. Du könntest sie jahrelang für mich beobachten, ohne mir je etwas Bedeutsames melden zu können.‹ Und sie kniff mich in die Wangen, als sei ich ein alter und vertrauenswürdiger Bediensteter, nicht mehr.

Vielleicht spiegelte sich in meiner Miene meine Enttäuschung wider, denn plötzlich wirkte Nefertiri weicher. ›Du bist mir so überaus teuer‹, versicherte sie, ›doch im Augenblick kann ich mich nicht weiter bekümmern. Denn wenn so eine Feier bevorsteht, dann denkt eine Frau nicht an den Gatten oder den Liebhaber, sondern an das, was sie anziehen wird.‹ Sie lächelte. ›Sage Heqat, daß ihre Freundin sich wegen Wonnekugel keine Sorgen zu machen braucht. Nur meinetwegen.‹

Wie benommen zog ich mich zurück. Und als ich dann in meinem eigenen Bett lag, sann ich über vieles nach. Schließlich fiel ich in Schlaf. Doch gibt es keinen Schlaf, der ohne Wahrheit ist, und meine Wahrheit bestand darin, daß Nefertiri, außer an ihre Garderobe, höchstens an Usermare denken würde und nicht an mich. Ich würde mich in Geduld fassen müssen. Doch ich spürte auch, wie meine Gefühle sich verhärteten, weil Nefertiri soviel Gleichgültigkeit gezeigt hatte.

Am Morgen hatte sich meine Verwirrung zum Teil gelegt. Mir war klar geworden, daß ich in diesen ›Säulen‹ Wochen, wenn nicht Jahre zubringen würde, und meine innere Rastlosigkeit wich. Einerseits beschied ich mich damit, ohne Nefertiri zu leben, andererseits gelobte ich mir (gleich beim Aufwachen hatte ich diesen Schwur geleistet), daß ich wieder neben ihr oder auch wieder in ihr sein würde, mochte es nun Monate oder Jahre dauern.

Das gab mir genügend Gelassenheit, um wieder ruhig zu atmen und mit Heqat anregende Gespräche zu pflegen. Gleichzeitig begann ich vielerorts Rama-Nefrus Anwesenheit zu spüren, mochte sie im Augenblick – und noch für so manchen Tag – für mich unsichtbar bleiben. Doch da waren ihre Gewohnheiten, die sie mir näherbrachten. So erhielten die Bediensteten, meist einmal pro Tag, eine geschriebene Botschaft, in hethitisch für die Hethiter, mit ägyptischen Zeichen für die Ägypter. In der Regel waren es kurze und recht banale Mitteilungen, etwa: ›Zum Schutz gegen Kolik gebt Peht-a-Ra vom gelben Kraut, das in der südöstlichen Ecke meines Schattengartens wächst‹ oder: ›Die Dienerinnen nach Läusen untersuchen‹, oder: ›Vergiß nicht, vor meinem Fenster zu singen – ich liebe deine Stimme.‹ (Diese Aufforderung galt meinem Gärtner – sehr zu seinem Entsetzen.) Ja, es hieß sogar: ›Ich werde dich bald brauchen‹, eine Botschaft, die sie mir tagtäglich zukommen ließ. Daß sie unsere heiligen Schriftzeichen erlernt hatte, beeindruckte mich tief. Stets schrieb sie auf allerfeinstem Papyrus, den sie dann zusammenrollte und versiegelte.

Ihre Siegel – sie waren so etwas wie eine hethitische Besonderheit. Von Heqat erfuhr ich, daß Rama-Nefru eine große Sammlung von Siegeln hatte. Sie bestanden aus zylinderförmigen Steinen, nicht dicker und nicht länger als ein Finger, doch das Bild, das in das Wachs gedrückt wurde, war so fein gekerbt oder gemeißelt, daß ich überhaupt nicht begriff, wie ein Künstler so unvergleichliche

Szenen von Göttern und Königen schaffen konnte, gleich ob das Material Jaspis oder Achat oder Chalzedon war.

Ich begann, mir die blonde Prinzessin vorzustellen: wie sie allein in ihrem Gemach saß und auf Papyrus schrieb, dann das entsprechende Siegel auswählte. Stets, wenn ich das Wachs einer ihrer Botschaften erbrach, hatte ich das Gefühl, von winzigen hethitischen Göttern umschwirrt zu werden wie von Insekten.

Eines Tages lautete die Botschaft: ›Besuche mich an diesem Morgen.‹ Ich tat es, und wir unterhielten uns eine Stunde lang in ihrem Garten – und länger noch am nächsten Tag. Ich stellte fest, daß sie für eine Frau, die so zierlich und weltentrückt wirkte, überaus praktisch und klatschsüchtig war. Hatte ich zunächst geglaubt, ich sei für sie von Interesse, weil ich der anderen Königin gedient, so begriff ich schon bald, daß meine Tage als Gouverneur im Haus der Abgeschlossenen sie weit mehr interessieren mochten. Nie sprach sie von Nefertiri. Doch wollte sie alles wissen, was ich ihr über die Gärten erzählen konnte: zumal über Usermares Kinder dort. Auch wollte sie wissen, welche der kleinen Königinnen denn seine Favoritinnen seien.

All dies hatte ihr Heqat bereits erzählt, doch sie bestand darauf, daß auch ich es ihr erzählte; und als ich einmal – lachend – protestierte: ›Du weißt es doch längst‹, erwiderte sie scharf (ihr fremdartiger hethitischer Akzent ließ die Worte so klingen): ›Wir Hethiter haben ein Sprichwort, und das lautet so: Lerne mit einem Auge, lerne mit dem anderen. Und dann sieh mit beiden Augen.‹ Zwar wußte ich es nicht genau, doch bald schon schien mir, daß sie mit ihrer Klatschsucht – ihrer Klatsch-Hörigkeit – einen ganz bestimmten Zweck verfolgte. Sie wollte erfahren, welches der Kinder in den Gärten Aussicht hatte, den Thron zu besteigen. Nach und nach wurden die Umgangsformen zwischen uns vertrauter, denn ihre Gesellschaft war recht angenehm. Nie mußte ich zu ihr sprechen wie zu einer Königin. Sie blieb die Prinzessin, bei der Pomp und Bombast überflüssig waren. Wie ich mit ihr sprach, so hätte ich wohl auch mit Heqat sprechen können.

Ich erinnere mich, daß ich einmal, halb im Scherz, zu ihr sagte: ›Das einzige, was dich kümmert, ist doch, daß Peht-a-Ra Pharao wird.‹ Ihre Augen glänzten. ›In die Gedanken einer Fremden‹, sagte sie, ›kannst du nicht eindringen. Und nie wirst du wissen, wann ich die Wahrheit spreche.‹

›Nein, ich kann nicht eindringen‹, gab ich zu, denn es stimmte. Ihr hübsches, so feingeprägtes Gesicht gab keinen Gedanken preis.

›Ich bin diese Perücke leid‹, sagte sie. ›Macht es dir etwas aus, wenn ich sie abnehme?‹

Ich verneigte mich, und sie nahm sie ab. Ihr Schädel war kahl bis auf den Flaum, der dort – wie bei einem Neugeborenen – wuchs. Doch ich begriff sehr wohl, warum sie die Perücke abgenommen hatte. So war sie nämlich schöner und fremdartiger. Eine zerbrechliche Göttin.

Ob sie wohl wollte, daß ich Nefertiri berichtete: Usermare könnte sie, Rama-Nefru, jetzt noch reizender finden als zuvor? In der Tat schien es so. Wie alle, die gern klatschen, kannte sie keine Vorbehalte, wenn es um sie selber ging.

Einmal sagte sie zu mir: ›Wenn man in Ägypten Königin ist, dann ist man auch Göttin, nicht wahr?‹

›Der Pharao ist ein Gott‹, erwiderte ich, ›und seine Gemahlin ist eine Göttin.‹

›Aber warum nur, das verstehe ich nicht. Mein Vater, Chattuschili, ist kein Gott. Er ist nur ein König, das kann ich dir versichern. Enlil spricht zu ihm nicht wie zu einem Gott. Enlil sagt ihm, was er tun soll. Und dann tut er es. Ich bin keine Göttin, sondern eine Frau. Was sagst du dazu?‹

Oh, das wußte ich nicht. Und eben dies sagte ich ihr. Sie müsse mit Usermare sprechen.

›Er will mit mir nicht darüber sprechen. Er will nur Liebe machen.‹ Sie kicherte. ›Ich glaube, ich bin die einzige Frau auf der Welt, die zu ihm sagen kann: ‚Nein, ich will das nicht.‘ Ist das nicht lustig?‹ Sie sprach mit zur Seite gewandtem Kopf, als sei ihr Gemahl ein zahmes Krokodil, mit dem sie nichts Rechtes anzufangen wisse.

Ob sie nun eine Göttin war oder nicht: *Ein* Wunder hatte sie in ihrem Leben jedenfalls vollbracht. Als sie – als Gabe von König Chattuschili – seinerzeit in Ägypten eingetroffen war, hatte Usermare sie rücksichtslos in den Harem bei Fayum gesteckt. Dort lebten die kleinen Königinnen, die sich Hoffnungen machten, irgendwann nachzurücken in die Gärten der Abgeschlossenen. Rama-Nefru jedoch war wieder nach Theben gekommen und Usermares Dritte Große Gemahlin geworden. Genau wie alle anderen glaubte ich, sie müsse dem Leib des Pharaos wahre Wunderwonnen bereitet haben.

Aber eine Frau dieser Art schien sie gar nicht zu sein. War ich mit ihr allein, so gab es auch nicht einen Hauch von Verführung zwischen uns. Wir waren ganz einfach Freunde, die sich über vieles unterhielten. Als ich einmal auf Fayum zu sprechen kam, sagte sie zu mir: ›Ich ließ nicht zu, daß er sich mir dort näherte. Ich erklärte ihm klipp und klar: ‚Nicht einmal meine Hand darfst du halten. Mein Vater hat mich zu dir als deine Königin geschickt. An diesem verrotteten Ort rührst du mich nicht an.‘‹

›Und was sagte er?‹

›Er sagte, er werde mich in ein Feuer werfen. Ich erwiderte: ‚Nur zu. Du hast vor meinem Vater keine Achtung, und du hast vor mir keine Achtung. Es ist besser, wenn ich tot bin.‘‹ Sie lachte leise. ›Eigentlich hoffte ich, er werde mich nach Kadesch zurückschicken. Statt dessen brachte er mich hierher. Wer hätte das erwartet?‹

›Nun ja‹, sagte ich. ›Jedenfalls liebst du ihn, nicht wahr? Heqat scheint davon überzeugt.‹

›Das mußt du schon selbst herausfinden‹, erwiderte sie.

›Ja, wie denn? In deine Gedanken kann ich nicht eindringen.‹

›Vielleicht kommt einmal der Tag...‹

Wenn Usermare zu Besuch kam, meist am späten Nachmittag, so empfing sie ihn in ihrem Schlafgemach. Seidentücher breiteten sich über das Bett, purpur- und fliederfarben, und sie erinnerten mich an den Tag, da ich die Geheime Hure des Königs von Kadesch geliebt hatte.

Welche Wonnen (fragte ich mich unwillkürlich) mochte mein Pharao bei Rama-Nefru finden. Er schien weit weniger Nächte hier zu verbringen, als ich einst angenommen. Und wenn er – wie gesagt: meist am späten Nachmittag – im Palast erschien, so lud er Heqat und mich häufig ein, ihm und Rama-Nefru Gesellschaft zu leisten. Dann allerdings sprach er meist mit ihr, als seien wir überhaupt nicht vorhanden.

Ich kannte die Eitelkeit meines Guten und Großen Gottes. Oh, in der Tat, ich kannte ihn samt seinen vierzehn Kas so gut, daß ich ihn gleichsam umschreiten konnte wie eine Statue. Und doch: Jetzt sollte ich ein anderes Gesicht kennenlernen.

Rama-Nefrus Klugheit (und seine eigene) entzückte ihn, und ich glaube, daß er Heqat und mich einlud, um Zeugen für die vielen gescheiten Worte zu haben. Auch erbaute er sich daran, daß sie sich so natürlich gab. Ja, er genoß es sogar, wenn sie ihn ausschalt.

Was für eine ›Novität‹, vor unseren Augen und Ohren heruntergeputzt zu werden! Er glich einem riesigen Hengst, der vergnügt wiehert, weil sein neuer Reiter die Zügel so geschickt zu handhaben versteht.

›Du könntest die Königliche Bibliothek erweitern‹, sagte sie eines Tages zu ihm. Er brummte und erwiderte schließlich: ›Es gibt keine, die sich mit ihr messen könnte.‹ Darauf sie: ›Um so mehr Grund, etwas für die Bibliothek zu tun!‹ Er lachte laut und sagte: ›Nun, du armes, kahlköpfiges kleines Ding –‹ (Wenn sie mit ihm allein war, trug sie die Perücke nicht: Usermares Augen vergnügten sich an ihrem Gesicht.) ›– du Vogel ohne Federn, was würdest du denn für die Königliche – für meine – Bibliothek tun?‹

›In meiner Heimat‹, sagte sie, ›weiß mein Vater um die Gewohnheit fahrender Händler, so manchen Papyrus oder auch eine Schreibtafel mit sich zu führen. Dort vermerken sie ihre Beobachtungen auf ihren langen Reisen. Und die Frommen bewahren so Gebete auf, die sie allabendlich sprechen. In Kadesch verlangt mein Vater von all diesen fahrenden Händlern, daß sie ihr Geschriebenes lange genug in unserer Königlichen Bibliothek lassen, damit es dort kopiert werden kann.‹

›Ein solcher Brauch würde mir nicht gefallen‹, erklärte Usermare. ›Das würde viel zu viel Verwirrung stiften. All dieses fremde Geschreibsel auf einmal kopieren. Da ziehe ich doch eine Geschichte vor, die ich bereits gehört habe – stimmt das nicht, Heqat?‹

›Oh, es stimmt ganz gewiß, Göttliches Zwei-Haus‹, erwiderte Heqat.

›Wie die Geschichte von der häßlichen Frau, deren Ehemann niemals krank wird. Meni, erinnerst du dich an diese Geschichte?‹

›Ja.‹

›Glaubst du, Heqat könnte dergleichen für dich bewirken?‹

›Guter und Großer Gott, das ist eine Frage, die ich mir noch nicht gestellt habe.‹

Nun, ich stellte sie mir jetzt. Konnte dies ein Racheakt sein? Ich verstand meinen Usermare nicht mehr. War er früher zu leicht bereit gewesen, für ein Nichts mit dem Tod zu strafen, so schien er jetzt die Qual des Opfers zu genießen. Wie würde er sich wohl vor Gelächter schütteln, wenn ich Heqat heiratete! Und doch kannte ich seine Gedanken nicht. Wie gut hätte es mir getan, etwas von der Weisheit zu besitzen, die Wonnekugels Nähe mir verliehen hatte.

Jetzt langweilte er sich. Und so sagte er zu Rama-Nefru: ›Sprich zu mir sumerisch.‹ Er war sehr stolz darauf, daß sie eine solche Sprache beherrschte. Von Heqat wußte ich, daß nur Töchter aus den allerbesten hethitischen Familien diese Sprache studieren: Man eiferte den Babyloniern und den Assyrern nach. Zwar sprach niemand mehr sumerisch, doch galt als höchst gebildet, wer mit einem solchen Idiom der Religion und Gelehrsamkeit vertraut war.

›Sie kann‹, sagte Usermare, ›euch so manches über das Sumerische erzählen.‹

›Ach, ich bin heute nicht dazu aufgelegt‹, widersprach sie.

›Erzähle uns von den Eunuchen‹, beharrte er.

Sie streichelte ihre Katze, ein wunderschönes, silbergraues Tier mit einem Schwanz, der sich hochwölbte wie ein Palmenblatt. Diesen Schwanz hielt Rama-Nefru jetzt zwischen Daumen und Zeigefinger. ›Mer-mer‹, fragte sie die Katze, ›möchtest du von den sumerischen Eunuchen hören?‹ Mer-mer streckte ihren Rükken, und Rama-Nefru lächelte. ›Sie sagt ja, und so werde ich erzählen. Hätte Mer-mer nein gesagt, so hättet ihr kein Wort vernommen.‹ Jetzt war es Rama-Nefru, die sich wie eine Katze streckte. ›Als ich in unserem Palast noch Unterricht hatte, war Sumerisch für meine Freundinnen und mich eine furchtbare Plage. Was für eine schwere Sprache! Oft weinten wir. Doch dann fanden wir in unserer Bibliothek ein Buch mit all den verbotenen Wörtern. Wißt ihr, daß es im Sumerischen drei verschiedene Wörter für Eunuchen gibt? O ja. Da ist *kurgurru*, da ist *girbadera*, und da ist *sagursag*. Das erste steht für einen Eunuchen, der seinen Sack verloren hat, und das zweite für einen, der zwar den Finger zwischen seinen Beinen verloren, den Sack jedoch behalten hat. Er ist also noch ein Mann. Das dritte Wort ist das Wort für den wahren Eunuchen. Er hat überhaupt nichts mehr. Oh, wie wir bei diesen Wörtern zu kichern pflegten. Denn die erste Art, *kurgurru*, das sind Schwätzer und so sauer wie Essig; die zweite Art, da sie ja noch ihren Sack haben, gibt furchtlose Krieger ab; und die dritte und letzte Art, der nichts mehr geblieben ist, nun, sie sind wirkliche Eunuchen und so friedlich wie Vieh.‹

›Die Geschichte gefällt mir‹, sagte er. ›Erzähle mir noch eine.‹

›Nein, du bist unersättlich‹, widersprach sie. ›Du bist nicht der Pharao Ramses, sondern König Sargon.‹

›Erzähle mir von König Sargon‹, sagte er.

Sie befragte den Schwanz von Mer-mer, bevor sie sich zum Weitersprechen entschloß. ›Sargon‹, sagte Rama-Nefru, ›war ein großer König der Sumerer und regierte sechsundfünfzig Jahre lang. Er eroberte alle Länder. Du bist mein Sargon.‹

›Hört ihr?‹ fragte Usermare. ›Sechsundfünfzig Jahre.‹

›Du bist mein Sargon und mein Hammurabi‹, sagte sie.

›Wieso bin ich *dein* Hammurabi?‹

›Weil du so grausam und so gerecht bist.‹

Sein Entzücken war unverkennbar. Der Vergleich gefiel ihm. Schon der Klang schmeichelte seinem Ohr.

Auf einen Wink von Heqat erhob ich mich, und gemeinsam verließen wir das Gemach. Doch kamen wir nicht weit. Denn deutlich spürte ich, wie der königliche Wille uns befahl, im nächsten Raum zu warten: Zwar sahen wir Usermare und Rama-Nefru nicht, doch wir konnten sie hören.

›Hammurabi‹, fragte sie ihn, ›warum haben ägyptische Frauen so viele Ehemänner?‹

Er lachte. ›Da bist du im Irrtum‹, erwiderte er. ›Sie haben einen Ehemann und viele Liebhaber.‹

›Dann bin ich nicht sehr ägyptisch‹, sagte sie. ›Ich habe einen Gatten und keine Liebhaber.‹

›Du‹, sagte er und lachte glücklicher, als ich es je bei ihm gehört, ›du bist in der Tat nicht sehr ägyptisch.‹

›In Kadesch‹, fuhr sie fort, ›erzählte man sich, daß – unter allen Völkern – ägyptische Ehefrauen die ersten waren, die Ehebruch verübten.‹

›Es scheint‹, entgegnete er, ›daß man in Kadesch wenigstens diesmal weiß, wovon man spricht.‹

›Es heißt auch‹, sagte sie, ›daß du es warst, der all diese Ehefrauen zum Ehebruch verleitete.‹

Er brüllte vor Gelächter. Noch nie hatte ich ihn so laut lachen hören. ›Bist du eifersüchtig?‹ fragte er.

›Nein. Ich bin zufrieden, daß du mich magst. Komm her, Mermer.‹ Ich hörte, wie sie ihrer Katze einen Klaps gab. ›Fürchtest du nie‹, fragte sie, ›daß du ganz Ägypten einen großen Schaden

zufügst, indem du die Frauen so entsetzliche Begierden lehrst?‹
›O nein‹, lautete seine Antwort. ›Ägyptische Frauen sind seit jeher
so gewesen.‹

Jetzt erzählte er ihr die Geschichte von dem blinden Pharao, der die
Götter bat, ihm das Augenlicht wiederzuschenken. Das sei leicht,
versicherten sie. Er müsse unter seinen Untertanen nur ein treues
Eheweib finden, dann werde er wieder sehen. ›Je nun‹, fuhr
Usermare fort, ›dieser Pharao konnte kein Weib finden, das ihn
von seinem Gebrechen geheilt hätte.‹ Ich hörte ihn seufzen. ›Wirst
du mir stets treu bleiben?‹ fragte er.

›Für alle Zeit‹, erwiderte sie. ›Aber nicht, weil ich dich so sehr liebe.
Sondern nur, weil ich mich nicht für eine Göttin halte. Ägypterinnen halten sich ja dafür. Und so genügt ihnen auch nicht ein
einziger Mann. Doch ich weiß es besser.‹

Im Nachbargemach saß ich mit Heqat an meiner Seite (und fühlte
mich um so unbehaglicher, je behaglicher sie mir näherrückte):
wartete im Dunkel der purpurfarbenen Kacheln und hörte die
Schreie der Katze aus Rama-Nefrus Gemach. Ein edles kleines Tier
war sie, Mer-mer, und ihr Pelz war so zart wie der zarteste menschliche Körperteil; auch war sie ein Wesen voller Gelassenheit. Jetzt
jedoch stieß sie empörte Schreie aus, als werde der Leib ihrer Herrin
gemartert – dabei konnte ich aus Rama-Nefrus Mund nur ein
entzücktes Kichern hören. Mir schien, daß sie nur sanfte Zärtlichkeiten tauschten, und unwillkürlich prägte sich mir das Bild ein, daß
Usermare ihre Hand hielt. Doch wurde meine Neugier scharf und
schärfer, bis sie mich gleichsam in die Eingeweide biß (denn mit
meinem inneren Auge sah ich das Paar ganz deutlich!); und so erhob
ich mich schließlich und spähte in das Königsgemach.

Es war genauso, wie ich gedacht hatte. Sie saßen Seite an Seite, die
Finger ineinander verschränkt. Doch war ich nicht gefaßt auf den
Ausdruck der Leidenschaft auf Rama-Nefrus Gesicht. Usermare
aber sprach leise: ›Ich bin der starke Stier, der von Maat Geliebte,
ich bin Seine Majestät Horus, stark an Wahrheit und erwählt von
Ra.‹

Einen lieblichen Laut gab sie von sich, ein sehr sonderbares
Geräusch. Es war kein Stöhnen und kein Seufzen. Man mochte
meinen, eine Tür schwinge in ihren Angeln – noch unentschieden,
nach welcher Seite sie sich wenden solle. ›Ja‹, sagte sie und
umschloß mit festem Griff seine Hand, ›sprich weiter‹, und er

sagte, wieder sehr leise, doch mit einer Reinheit, die dem Beben der Erde glich: ›Ich bin der Thron der Zwei-Lande. Meine Stärke ist berühmt in allen Landen. Beim Klang meines Namens kommt Gold aus den Bergen.‹

Nun war es so, daß *ihr* Körper bebte, und hätte ich es nicht mit eigenen Augen gesehen, so wären ihre halbunterdrückten Schreie die Verräter gewesen: Rama-Nefru gelangte zum Gipfel der Wonnen, dort an seiner Seite, vollbekleidet, ohne eine andere Berührung als die ineinanderverschränkten Hände.

Unwillkürlich wich ich zurück. Nahm wieder neben Heqat Platz. Und sie, Weiblichkeit ganz eigener Art und jetzt erregt, war bereit, mich willkommen zu heißen – mit allem, was sie zu bieten hatte. Wonnekugel hatte mich viel gelehrt, nicht zuletzt auch den Gebrauch des Sumpfs (hierdurch hatte ich erfahren, daß die betäubendsten Zärtlichkeiten wie ein Rausch sind, gewonnen aus der ärgsten Verwesung). Ja, ihr verdankte ich es, daß ich gleichsam die *untere* Hälfte der Liebe begriff, die üppigen, üppigsten Wonnen des Fleisches. An diesen Maßstäben des Sumpfes gemessen, war Heqat (von der Schönheit ihrer Augen abgesehen) nicht einmal ein warmblütiges Tier, sondern eine Eidechse oder eine Schlange. Jetzt verstand ich, warum Usermare sie nur einmal im Jahr aufsuchte. Denn ich spürte in mir die acht Väter und Mütter des Urschleims, des Urschlamms, und mich bewegte jede Bewegung in der dunklen Erde unter dem schwärzesten Wasser.

Mir schauderte neben Heqat, und ich widerstand der Versuchung, mich den Dämonen anheim zu geben, die ihr aufs Wort gehorchten. Nein, hier wurde keine Vermählung besiegelt (mochte es nun meine Willensstärke oder Usermares mangelndes Interesse sein). So erhob ich mich denn; und wußte – fragt mich nicht, wieso –, daß ich Nefertiri für immer verlieren würde, wenn ich jetzt Heqat nicht mied. Doch meine Lenden waren so prall gefüllt gewesen, daß ich mich plötzlich wie ausgeweidet fühlte.

In diesem Augenblick vernahm ich, daß Usermare eigentümliche Geräusche von sich gab. Was da aus seiner Kehle drang, waren Laute innigster Verzückung. In gewisser Weise glichen sie dem Ächzen und Stöhnen eines Stiers, dem man ein Seil um den Hals gelegt hat.

Wieder wagte ich es, durch die Tür in den anderen Raum zu spähen; und dort sah ich ihn, meinen König, mit dem Kopf zwischen ihren

Beinen. Nie zuvor hatte ich gesehen, daß Usermare eine Frau mit seinem Mund bediente, bei keiner seiner kleinen Königinnen, nein, niemals. Und so war dies ein Anblick, der mich fast blendete. Wie ein wilder Keiler, der im regennassen Wald eine köstliche Wurzel ausgräbt, vergrub er sich in ihrem blonden Nest. Und als er dann kam, stieß er eine Art Grunzen aus und rief irgend etwas – über das Herz der Hethiter und das Sonnenlicht auf dem Meer, Geschwätz! Ich achtete kaum auf das, was er sagte, weil mir auffiel, daß Rama-Nefru recht ungerührt blieb. In der Tat: Sobald er fertig war, griff sie nach seiner Hand und sprach von seinen königlichen Fingern – sie hoffe, daß diese niemals ermüden würden.

Ich trat von der Tür zurück und fühlte mich ziemlich elend. Heqat, auf der anderen Seite des Raums, war wohl noch immer in Brunst. Ich meinerseits lauschte auf Rama-Nefrus Stimme. Wie sie davon sprach, daß sie den sanften Druck von seinen Fingern auf ihren Fingern mochte. Ja, sie sagte es. Sagte sogar: ›Ich liebe deine Hand.‹ Und ich dachte: Auf diese Weise dringt Ägypten in dich ein. Doch war dies nur ein halber Spott.

Nun war Rama-Nefru gewiß höchst praktisch veranlagt. Kaum hatten beide ihre Zärtlichkeiten und Liebkosungen ausgetauscht, so stellte sie ihm eine Frage, die mich prompt in Unruhe versetzte. Niemand in ganz Ägypten hätte es je gewagt, den Pharao über solche Dinge zu befragen. Doch Rama-Nefru war in ihrer ganzen Art sehr direkt – so direkt wie der Text auf der Silbertafel, den Chattuschili seinerzeit als Friedensvertrag geboten hatte, einen Friedensvertrag voller Vernunft.

Jetzt wollte sie wissen, wie er, ihr Gatte, ihr mächtiger Gatte, Pharao geworden war. Als ältester Sohn? fragte sie. Nein, das sei wohl hier nicht die Sitte. Aber Genaueres habe sie nirgends erfahren können. Doch werde er es ihr gewiß sagen. War es, weil er seine Halbschwester, Nefertiri, geheiratet hatte? Auf mütterlicher Seite und in höchster königlicher Linie.

›Du hast eine Tochter mit ihr?‹

›Nein. Aber ich habe eine Tochter, Bint-Anath, von Esonefret, die gleichfalls von akzeptabler Linie ist. Natürlich gibt sie nicht viel her. Sie ist töricht, und stets hat sie Priester bei sich. Bint-Anath würde nie eine bedeutende Königin abgeben.‹

›Doch ein Sohn von Nefertiri könnte Pharao werden, wenn er Bint-Anath heiratete?‹

›Vermutlich. Doch das ist weit entfernt. Sprich nicht länger darüber.‹

›Aber ich möchte Peht-a-Ra schützen. Und ich möchte, daß du ihn schützt.‹

›Du möchtest, daß ich ihn Bint-Anath anvermähle? Sie ist so alt wie du.‹

›Das macht nichts. Ich möchte, daß du unseren Sohn beschützt. Die Götter haben unseren Sohn in meinem Schoß geformt.‹

›Welche Götter?‹ fragte Usermare.

›Welche Götter?‹ wiederholte sie.

›Man kann sie nicht benennen‹, erklärte er. ›Du schon gar nicht – denn du kennst die ägyptischen Götter nicht.‹

›Meine Götter sind deine Götter‹, erwiderte sie starrsinnig.

›Erzähle mir von ihnen.‹

›Ich will ihre Geheimnisse nicht wissen.‹

›Du kennst nicht einmal die Geheimnisse deiner eigenen Götter.‹ Ich fühlte seine Gedanken. Schwer lagen sie auf meiner Stirn. In Usermare rührte sich die Furcht vor großen und schrecklichen Dingen. Seine Furcht war wie aus Gold und voller Majestät. Dann vernahm ich den nächsten seiner Gedanken, und ich hörte ihn so deutlich, daß ich hätte schwören mögen, Usermare habe ihn laut ausgesprochen; doch das hatte er nicht. ›Je länger ich bei Rama-Nefru bleibe‹, dachte er für sich, ›desto ferner werde ich von meinem Königreich sein.‹

War das Echo dieses Gedankens zu ihr gedrungen? Sie sagte nämlich: ›Du brauchst mich nicht, um deinen Göttern nahe zu sein. Würdest du im Tempel schlafen, so hielten deine Träume sie in deiner Nähe. So pflegt es mein Vater zu tun.‹

Usermare ließ ein eigentümliches Geräusch hören, fast wie ein Grunzen. Jetzt schlug die Furcht in ihm hoch wie trübes Sumpfwasser. Und als ich merkte, wohin seine dunklen Gedanken ihn trugen, wunderte ich mich nicht. Er dachte an den Verfall der Grabmäler längst verstorbener Pharaonen. Durch seine Augen sah ich die häßlichen Mauern des Tempels von Hat-shep-sut bei Ittawi. Er seufzte. ›Osiris‹, sagte er, ›ist der einzige der alten Götter, der überall verehrt wird. Kein Priester läßt es zu, daß seine Tempel verfallen. Das hat seinen guten Grund. Isis, sein Weib, war eine kluge Frau, welche die Götter kannte. Sie war der Sitz für den Sitzemacher und wahrhaft weise.‹

Ich fühlte, daß Usermare bedrückt war, weil es zwischen ihm und Rama-Nefru jetzt an Liebe zu fehlen schien. Er erhob sich von ihrem Bett. Wie wenig wußte sie doch von all dem, dessen er bedurfte. Ich hörte, wie er für sich dachte: ›Sie ist keine Göttin, sagt sie, und das ist die Wahrheit. Sie benimmt sich nicht wie eine Göttin.‹ Ohne ein weiteres Wort ging er hinaus.

Doch wenn ich geglaubt hatte, er sei Rama-Nefru leid, so sah ich mich sogleich eines Besseren belehrt. Während er den vorderen Raum durchschritt, bedeutete er mir mit einem knappen Wink, ihm zu folgen. Ich tat es, und gemeinsam wanderten wir um das Auge von Maat. Schnell kam er zur Sache: Ich, sein alter Wagenlenker, sollte jetzt seine hethitische Schönheit über das Wesen der ägyptischen Götter belehren.

Mehrmals beteuerte ich, da wüßte ich wahrhaftig nicht, was ich eigentlich zu lehren hätte. Er wollte davon nichts hören. ›Du kennst dich mit den Göttern nicht schlechter aus als ich selbst‹, erklärte er. ›Das genügt mir. Und wird also auch für sie genügen. Ich will keinen Priester haben, der ihr am Ende so viel eintrichtert, daß sie glaubt, mehr zu wissen als ich.‹ Er seufzte. ›Du bist gerade der richtige Mann dafür‹, sagte er, ›und eines Tages werde ich dir ein Geschenk machen, das eine echte Überraschung sein soll.‹«

# SECHS

»Bald schon sollte ich in den ärgsten Schwierigkeiten stecken. Je nun. Zweimal wanderten Usermare und ich um das Auge von Maat, dann kehrten wir zu Rama-Nefrus Gemach zurück, und mein Pharao eröffnete seiner Dritten Großen Gemahlin, sie habe Lehrstunden über ägyptische Götter zu nehmen, zumal der Göttliche Triumph nur noch wenige Tage entfernt sei. Dann ließ er uns allein. Rama-Nefru wollte wissen, mit Hilfe welcher Papyri sie ihre Studien beginnen solle. Meine Antwort lautete: Die besten Rollen seien wohl im Amon-Tempel zu finden. ›Beschaffe sie sofort‹, sagte sie; doch ich widersprach und versicherte ihr, es sei besser, am folgenden Morgen zu beginnen. Dann könnten wir ja den Tempel besuchen. Natürlich in Verkleidung. Wie ein Kind klatschte sie entzückt in die Hände.

Am nächsten Tag verließen wir, als Kaufleute aus der Östlichen Wüste ausstaffiert (sie verbarg ihr Gesicht unter einer Art Wollkapuze), den Palast durch die Dienstbotenpforte. Durch Park und Garten gelangten wir zum Tor in der letzten Mauer. Wir kamen zu einer breiten Straße, einer Prachtstraße, und erreichten ein Tempeldorf mit vielen Hütten und Gassen, wo Handwerker wohnten, die für die Priester arbeiteten. Dann waren wir in der Straße der Schreiber, und wir sahen Tempelwerkstätten und viele Gebäude, die zu der Schule gehörten.

Der Fleiß und die Geschäftigkeit vieler Priester ließen sich kaum verkennen. Da gab es die jungen, die sich als Malerlehrlinge an einer weißen Wand im Produzieren von Tempelbildern übten. Gleich daneben übermalten andere Studenten auf einer Wand die Arbeit von gestern, damit sie morgen an neue Aufgaben gehen konnten. Wir erlebten, wie der Oberschreiber einen Studenten ausschalt, weil dieser, als er einen Namen in eine Kartusche gravierte, einen Fehler begangen hatte, so furchtbar, daß selbst ich ihn erkannte: Das Auge des Horus hatte er mit einer Spirale abgebildet, die in die falsche Richtung lief.

Unweit davon übten Musiker Tempelmusik für die Gesänge, und vor einer Tempelmauer stand eine Schar von Adepten der Schriftkunst, und sie kopierten die Inschriften, so schnell sie nur konnten. Ja, es war ein Wettbewerb, und als der erste fertig war, entrang sich der Brust der anderen ein Stöhnen.

Wir gingen weiter und kamen noch an so manchem Tempel vorbei, doch sah man durch die großen offenen Tore meist nur weißgewandete Priester, die einem Diskurs lauschten.

Schließlich führte ich sie den Westlichen Turm hinauf, von wo man einen guten Ausblick hatte auf die Boote, die unten am Ufer lagen, meist vier oder fünf aneinandergebunden. Weitere Boote – mehr als ich je gesehen zu haben glaubte – glitten den Fluß hinauf und hinunter.

Die vier Ecken des Turms waren mit vergoldeten Masten bestückt, an denen im leichten Wind des strahlenden Morgens Fahnen wehten. Wir blickten hinab auf die strahlenförmigen Straßen, die Prachtstraßen, welche gesäumt waren von vielen Statuen: Widdern und Sphinxen. In der Ferne sahen wir die Kanäle von Theben, die dem Hafengelände zustrebten. Unter uns breitete sich, einer Terrasse ähnlich, das mächtige Dach des Großen Amontempels. Überall waren Arbeiter am Werk, die Fliesen und Sockel der Monumente säuberten, und von den Märkten klang Musik herbei. Ja, in der Tat: Wohl jeder traf Vorbereitungen für das Fest der Feste.

›Es ist wunderschön‹, sagte sie, ›und ein seltenes Erlebnis für mich. Ich bekomme Theben sonst ja nie zu sehen.‹ Durch ihre Augen erblickte ich, wie neu, mancherlei Schönheit: die golden in der Sonne gleißenden Spitzen vieler Obelisken auf Tempelgrund; gülden-grüne Blätter an staubigen Bäumen, nur Widerschein? – Und der Himmel hoch oben, war er nicht zu groß, als daß sämtliche Götter ihn hätten füllen können? ›Laß uns gehen‹, sagte sie. ›Ich möchte die niedergeschriebenen Lehren im Tempel von Amon sehen.‹

›Das‹, erwiderte ich, ›wird viel Zeit in Anspruch nehmen. Selbst der Erste Priester muß sich siebenmal die Hände waschen, bevor er den heiligen Papyrus berühren darf.‹ Als sie auf ihrem Wunsch beharrte, kam ich nicht umhin, ihr zu erklären, daß uns die Priester – da wir als fremde Kaufleute verkleidet waren – niemals in solch heilige Räume lassen würden. Und ihnen zu enthüllen, wer *sie* in Wirklichkeit war, mußte zwangsläufig zu allerlei Klatsch in Priesterkreisen führen, zu ganz üblem Klatsch.

Das gefiel ihr ganz und gar nicht. Längere Zeit schwieg sie vor sich hin. Dann sagte sie plötzlich: ›Darf ich dir Fragen stellen? Fragen jeglicher Art?‹

Ich blickte ihr in die Augen, recht ängstlich, wie ich fürchte, und nickte schließlich, wieder leidlich gefaßt.

›Du wirst meine Fragen auch nicht für albern halten?‹

›Niemals.‹

›Nun denn‹, sagte sie. ›Wer ist dieser Horus?‹

›Oh, er ist ein großer Gott‹, erwiderte ich.

›Ist er der Einzige? Ist er der Erste?‹

›Ich würde sagen: Er ist der Sohn von Ra und der von Ra Geliebte.‹

›Dann ist es mit ihm also wie mit dem Pharao? Sie sind ein und derselbe?‹

›Ja‹, sagte ich, ›der Pharao ist der Sohn von Ra und der von Ra Geliebte. Also ist der Pharao Horus.‹

›Er ist der Gott Horus?‹ fragte sie.

›Ja.‹

›Dann ist der Pharao der Falke der Himmel?‹ fragte sie.

›Ja.‹

›Und er hat zwei Augen, die sind wie die Sonne und der Mond?‹

›Ja. Das rechte Auge von Horus ist die Sonne und das linke Auge ist der Mond.‹

›Aber wenn Horus ein Kind der Sonne ist‹, fragte sie, ›wie kann dann die Sonne eines seiner Augen sein?‹

Über meine Beine krochen Ameisen. So fühlte es sich jedenfalls an. Es gefiel mir nicht, über solche Dinge zu reden. Ich kannte die Kraft meines Arms, doch war ich kein Künstler, der seinen Arm hätte zeichnen können. Rama-Nefru brauchte einen Priester, der ihr alles erklärte. ›Es muß so sein‹, sagte ich. ›Das Auge des Horus ist auch bekannt als die Tochter des Pharaos, welche da ist Wadjit, die Kobra.‹ Und ich fühlte mich versucht, von der Schlacht von Kadesch zu erzählen: Das Feuer der Kobra hatte ich dort zwar nicht gesehen – doch seine Kraft gespürt.

›Ich weiß nicht, wovon du sprichst‹, sagte sie. ›Das Ganze ist wie – wie ein verdrehtes Seil.‹

›Nun ja‹, sagte ich, ›das ist so, weil sie Götter sind. Der Pharao stammt von den Göttern, und die Götter stammen vom Pharao.‹ Als ich den hoffnungslosen Blick in ihren Augen sah, fügte ich hinzu: ›Ich weiß, daß das nicht so sein kann, doch es ist so. So ist es nun einmal mit den Göttern. Amon-Ra ist der Der-Seinen-Vater-zeugt.‹

›Aber wer ist Osiris? Ist er Amon? Da!‹ sagte sie. ›Jetzt habe ich die Frage gestellt, die ich bisher in Ägypten nie zu stellen wagte.‹

›Osiris ist nicht Amon‹, erwiderte ich und war froh, ihr etwas Eindeutiges sagen zu können. ›Osiris ist der Vater von Horus, und er ist auch der Herrscher im Reich der Toten. Sein Sohn Horus, weil er auch der Pharao ist, ist der Herrscher des Lebens.‹ Ich hätte schweigen sollen, doch da ich in ihren Augen jetzt einen Funken von Verständnis sah, fuhr ich fort: ›Und Osiris gehören alle Bäume und alles Getreide und das Brot und die Wasser, auch das Bier, weil das Gären des Getreides gleichsam die Mitte ist zwischen den Lebenden und den Toten.‹

›Ich dachte, alles Getreide gehöre Isis an.‹

›Das ist gleichfalls wahr‹, versicherte ich hastig. ›Es gehört ebenso Isis an, das Getreide. Doch Isis und Osiris sind ja auch miteinander vermählt.‹

›Nun gut‹, sagte sie. ›Aber was gehört eigentlich Horus, wenn er doch der Pharao ist?‹

›Ich kann dir nicht all diese Dinge erklären, es gibt ja so viele. Ich weiß, daß das Auge von Horus Öl ist. Es kann aber auch Wein sein, und manchmal ist es Augenschminke.‹

›Du sagst, er sei der Sohn von Osiris?‹ fragte sie unzufrieden.
Ich nickte.

›Aber wenn Horus der Sohn von Ra ist, dann ist er der Bruder von Osiris, nicht sein Sohn‹, sagte Rama-Nefru.

›Nun ja, er ist auch der Bruder‹, räumte ich ein. Ich konnte die Prachtstraße, dort unter uns, nicht mehr erkennen. Was der Grund dafür war, weiß ich nicht. Vielleicht die Verwirrung, die mich von Beginn an beherrscht hatte. Oder die vielen neuen Störungen und Verstörungen. Vielleicht gar die ungewisse Gewißheit, daß ich noch viele Götter würde benennen müssen, deren Namen ich womöglich überhaupt nicht kannte. Ja, ich empfand einen heftigen Druck zwischen meinen Ohren und fühlte mich schwach und schwächer, so daß ich mich (so unhöflich das auch scheinen mochte) mit meinen Hinterbacken auf meine Fersen niederkauerte. Je nun – sie tat es mir gleich und blickte mich an, Auge in Auge.

›Wir müssen von vorn anfangen‹, sagte ich. ›Vor Ra war Atum, sein Großvater. Atum hatte zwei Kinder, Schu und Nut, doch wurden sie auch Nut und Tefnut genannt.

Sie gaben uns den Windhauch und die Feuchtigkeit‹, fuhr ich fort, nachdem sie die Namen wiederholt hatte: ›Schu und Tefnut.‹ ›Aus Schu und Tefnut wurden geboren Ra und Geb und Nut. Geb und Nut sind der Himmel und die Erde. Und Geb und Nut liebten und vereinigten sich.‹ Ich mußte unwillkürlich husten. ›Es gibt welche‹, fuhr ich fort, ›die behaupten, Ra habe sich mit Nut gepaart.‹ Jetzt hustete ich noch heftiger. Und mußte warten, bis meine Kehle wieder klar war. ›Sie kennen den Vater nicht‹, fuhr ich fort, ›doch Nuts Kinder sind Isis und Osiris, und Seth und Nephthys, und auch der Gott Horus. Er ist der Bruder von Osiris – und außerdem alle anderen Götter: Schu, Tefnut, Ra, Nut, Isis, Osiris, Seth und Nephthys.‹

›Aber wieso ist Horus der Sohn von Osiris?‹

›Weil Horus starb. Er fiel von einem Pferd. Und so mußte er der Sohn von Isis und Osiris werden, damit er wiedergeboren werden konnte. Das war, nachdem Seth Osiris getötet hatte. Dennoch konnte Isis Liebe mit ihm machen.‹

›Meine Beine sind schwach‹, sagte sie. ›All diese Sachen werde ich nie lernen können.‹

›Das wirst du schon.‹

›O nein. Du sprichst von so vielen Göttern. Dabei stehen wir hier auf dem Turm des Tempels von Amon, und von ihm sprichst du nicht. Auch nicht von Ptah. Sesusi spricht zu mir immer von Usermares Krönung in Memphis im Tempel von Ptah. Ich glaubte, dieser Ptah sei ein großer Gott.‹

›Oh, das ist er auch‹, versicherte ich. ›Er kommt aus der Erde. In Memphis glaubt man, nicht Atum im Himmel sei am Uranfang gewesen, sondern Ptah. Die Leute meinen, alles was es gibt, habe sich mit dem Ersten Hügel aus den Wassern erhoben, und dieser Erste Hügel habe Ptah gehört. Aus dem Ersten Hügel wurde dann die Sonne geboren. Und so kommt Ra von Ptah und auch Osiris und Horus.‹

Sie seufzte. ›Es gibt ja so viele. Auch von Mut und Thoth habe ich mitunter gehört.‹

›Sie‹, sagte ich, ›können gleichfalls aus Ptah kommen.‹

›*Können* kommen?‹

›Je nun‹, sagte ich und stockte: Am ganzen Körper war mir der Schweiß ausgebrochen, ›– eigentlich kommen sie ja vom Mond.‹

›Wer?‹

›Mut und Thoth. Und Khonsu.‹

›Oh.‹

›Der Mond ist das andere Auge von Horus.‹

›Ja.‹

›Das erste Auge, wie ich sagte, ist die Sonne. Man kann das im Kern eines Korns sehen. Der Kern eines Korns hat die Form eines Auges.‹

›Ja.‹

Ich sagte ihr nicht, daß das Auge von Horus auch die weibliche Scheide war. Doch führte ich aus, daß die beiden Göttinnen von Ober- und Unterägypten, Wadjit, die Kobra, und Nechbet, der Geier (sie, die auch die Weiße Göttin war), sich in der Doppelkrone befänden und ihren Platz hätten auf dem Haupt des Pharaos, indes der Pharao Horus sei, aber auch Horus *und* Seth.

›Wie kann er Horus *und* Seth sein?‹ fragte sie. ›Die beiden bekämpfen einander doch unentwegt.‹

›Wenn sie in ihm leben‹, erklärte ich, ›kämpfen sie nicht gegeneinander. Der Pharao besitzt so viel Macht, daß er sie dazu bringt, in Frieden zu leben.‹

Wieder seufzte sie. ›Ich verstehe nichts von all diesen Dingen‹, sagte sie. ›Ich wuchs auf in einem Land mit vier Jahreszeiten. Wir nennen sie Frühling, Sommer, Herbst und Winter. Aber in Ägypten habt ihr nur drei Jahreszeiten, und es regnet niemals. Statt dessen habt ihr eine Überschwemmung. Unseren wunderschönen Frühling, wenn wir die Blätter sprießen sehen, kennt ihr nicht.‹

›Nein, es ist einfach‹, sagte ich zu ihr. ›Hier sind alle Götter wie alle anderen Götter. Das ist so, weil sie sich miteinander vereinigen können. Sechmet ist eine Löwin, und Bastet ist eine Katze. Eine Katze so schön wie Mer-mer. Aber Hathor kann beides sein. Wenn sie es will, kann sie sogar zu Isis werden. Und in all unsere Götter kann Ra eindringen. Selbst mit Sebek, dem Krokodil von Fayum, ist das nicht anders.‹

›Und was ist mit Amon, wenn er Amon-Ra ist? Gilt das dann auch für ihn?‹

›Nein, das ist anders‹, erwiderte ich. ›Amon-Ra ist der König von Göttern.‹ Es behagte mir nicht, von Amon zu sprechen, solange ich hier stand: auf seinem Palast.

›Gehen wir zurück‹, sagte sie.

So schritten wir die Große Prachtstraße des Tempels von Amon entlang, die uns in Richtung Palast führte. Rama-Nefru schwieg. Sie begann erst wieder zu sprechen, als wir uns in ihrem Gemach befanden. Doch ihre Stimmung war düster. Das Mißvergnügen des Pharaos schien noch im Raum zu lasten, und mir steckte Heqats Häßlichkeit gleichsam noch in allen Knochen.

Voll Bestürzung wurde mir bewußt, daß ich Rama-Nefru von den größten Göttern erzählt hatte, ohne den Namen Kephers auch nur ein einziges Mal zu nennen, und er gehörte gewiß zu den allergrößten. Doch wenn ich daran dachte, daß er in der Dunkelheit des Dungs geboren ward und in den schwärzesten Erdlöchern lebte, so fiel es mir schwer, das andere zu erklären: daß dieser Käfer Flügel hatte und fliegen konnte und also alle Welten kannte.

›Erzähle mir vom Mond‹, sagte Rama-Nefru. ›Wer ist jener Gott?‹ Und bleich wie der Mond war ihre Haut hier in den lavendelfarbenen Schatten ihres Gemachs. ›Er ist wohl‹, fuhr sie mit leicht geschürzten Lippen fort, ›dein Auge des Horus.‹

›Nein‹, sagte ich, ›das Auge von Horus *ist* der Mond.‹ Inzwischen plagte mich Hunger, und ich war keineswegs wohlgelaunt. ›Osiris ist der Gott des Mondes‹, erklärte ich, ›und Khonsu auch.‹

›Khonsu? Ich glaube, du nennst seinen Namen zum erstenmal.‹

›Er ist der Sohn von Amon und Mut.‹ Es war zum Verzweifeln: Von Amon und Mut mußte ich ihr ja auch noch erzählen. ›Ach ja‹, sagte ich hastig, ›da ist noch Thoth – gleichfalls der Gott des Mondes. Manche meinen auch, es sei der Geier Nechbet – die Gottheit, nach der dein Palast benannt ist‹, fügte ich hinzu. ›Wenn es ihr Wunsch und Wille ist, so kann jeder dieser Götter als Gott des Mondes dienen.‹

›Begeben sie sich alle gleichzeitig dorthin?‹

›Das weiß ich nicht. Eine solche Frage hat man mir noch nie gestellt.‹

Sie rief einen Bediensteten, und bald wurde uns geröstete Gans aufgetischt: in einer Pfeffersauce, deren Ingredienzen wohl aus Kadesch stammten, denn sie besaß ein Feuer, wie es aus unseren Sümpfen und Wüsten kaum kommen konnte. Mit Bier spülten wir es herunter.

›Es ist gar nicht so kompliziert‹, sagte ich.

›Nun halte mich aber nicht zum besten!‹

›In den Wäldern von Syrien‹, fuhr ich fort, ›mag es fünf oder mehr verschiedene Baumarten geben. Jede stammt von einem anderen Gott. Dennoch kann man auf irgendeinem Hügel alle fünf finden. Und so mögen die fünf Götter der fünf Bäume Teil des Hügelgottes sein.‹

›Das ist wahr‹, sagte sie und gähnte leise. ›Hat dir unser Pfeffer geschmeckt?‹

Ich nickte kurz. Einmal in Fahrt, dachte ich nicht daran, von meiner pädagogischen Funktion zu lassen. Irgendwie schien mir, daß ich jetzt selbst zu begreifen begann. ›Bei Yeb‹, sagte ich, ›oben am Ersten Katarakt, ist der Gott Khnum. Er hat Widdergehörn und bewacht den Nil. Dennoch lebt er unten in Abydos nahe dem Tempel des Osiris, wo er der Gemahl von Heqat ist – nicht deiner Heqat, sondern der Gatte jener großen Göttin, welche der erste Frosch ist. Khnum kann auch in Ra leben. Und in Geb. Jeder dieser Götter wird Khnum mit seinen Gedanken denken lassen – mit den Gedanken dieser Gottheiten. Denn so können sie auch mit Khnums Gedanken denken. Und das ist für sie manchmal sehr wichtig, ist Khnum doch der Töpfer, der unser Fleisch aus Lehm formt.‹

›Du hast mir soviel erklärt‹, sagte sie, ›du bist ein wunderbarer Lehrer.‹

Ich bedankte mich, bestritt jedoch jedwede Verdienste. Sie setzte ihre blonde Perücke auf. Bei unserem Ausflug zum Tempel hatte sie, zur Verkleidung passend, eine schwarze Perücke getragen, die sie dann, sobald wir wieder in ihrem Gemach waren, abnahm. Während des Essens war sie kahlköpfig. Jetzt also trug sie die blonde Perücke.

›Du hast mir von so vielen Göttern erzählt‹, sagte sie, ›nur von Amon sprichst du eigentlich nie.‹

›Oh, Amon‹, sagte ich und trank einen Schluck Bier. ›Amon ist der Verborgene. Er ist hinter allen Göttern.‹

›Ist er da auf immerdar?‹ fragte sie.

›Ja.‹ Wie allgegenwärtig er war, wagte ich ihr nicht zu sagen: Sprach man etwas Falsches, so konnte man fühlen, wie er es in der Luft vernahm.

›Immerdar?‹ wiederholte sie.

›Er war da am Anfang mit dem Wind. Er war der erste der acht blinden Götter, welche waren Frösche und Schlangen im Schlamm. Doch selbst in der Dunkelheit dort war er die Luft.‹ Nie mochte ich von Luft sprechen oder etwas Falsches sagen. Die Luft in jedermanns Ohr war Amon. Und in diesem Augenblick war ich froh, nicht zu sein wie Usermare – und also die Hand von Amon nicht auf meinem Herzen zu spüren.

›Ich habe gehört‹, sagte sie, ›daß Amon einst nur ein kleiner Gott hier in Theben war. Er war nichts als der kleine Gott der Stadt Theben. Als sich jedoch die größten Götter nicht einig werden konnten, wer der allergrößte sei, da erwählten sie ihn. Nun ist er der Große Gott.‹

›Das ist gleichfalls wahr‹, sagte ich. ›Beides ist wahr. Deshalb ist Ägypten das Zwei-Land.‹

›Du bist mehr ein Priester als ein Soldat‹, sagte sie.

Ich verneigte mich.

›Amon ist der Gott der Luft?‹ fragte sie.

Wieder verneigte ich mich.

›Dann ist er wie unser Enlil.‹ Sie lächelte. ›Unser Enlil dringt durch alle Bäume, und wenn er vorbeistreicht, dann winken die Äste uns zu.‹ Sie trank einen letzten Schluck Bier und blickte grübelnd in das leere Gefäß.

Dann fragte sie: ›Glaubst du, daß eure Götter von unseren so verschieden sind, weil ihr so wenige Bäume habt. In meinem Land haben wir so viele.‹ Sie sprach, als spüre sie den Duft libanesischer Zedern in der Nase. Und so traute ich ihr nicht recht, als sie sich nun in Lobpreisungen über Ägypten erging. Auch behandelte ich sie nicht wie eine Königin. Als ich sah, wie sie verstohlen auf mein Bier blickte, wischte ich den Trinkrand meines Gefäßes sauber und schüttete den Rest meines Bieres in ihren Becher. (Nie hätte ich dergleichen bei Nefertiri gewagt, obschon ich sie doch viel ›näher‹ kannte.) Rama-Nefru trank mit großem Genuß, und ihre Augen glänzten verwegen. ›Weißt du‹, sagte sie, ›in eurem Land gibt es viel Großartiges. Mein Vater meint, es gebe kein Land so elegant wie Ägypten. Er hat recht. Er sagt, ihr alle macht Fallen, um die Götter zu fangen. Das sei eure, der Ägypter Art. Da stellt ihr so wundervollen Schmuck oder irgend etwas Ähnliches her, und die Sachen sind so schön, daß die entzückten Götter vom Himmel herabkommen, um sie zu berühren.‹

Ich wußte nicht, wovon sie sprach. Jetzt hob sie Mer-mer hoch, die mit erhobenem Schwanz vor ihr einherspazierte. Ich betrachtete die Katze. Und begriff, daß Rama-Nefru nicht nur an unsere Teiche und Gärten, an unsere Geschmeide und das Luft-Gewebte, an unsere Alabasterplatten und unsere goldenen Stühle dachte, sondern auch an diese Katze, die zweifellos aus so altem Geschlecht stammte, daß die Göttin Bastet ihre Patronin war, konnte Mer-mer womöglich doch als das schönste Tier in den Zwei-Landen gelten. Rama-Nefru liebkoste sie; kitzelte sie am Bauch; legte eine Wange auf eine Hinterbacke; strich ihr über den Schwanz, klopfte ihr auf die Pfoten, zauste ihren Pelz, legte sich dann auf der Liege zurück und ließ das Katzentier auf sich herumspazieren. Und aus Mer-mers Kehle klang ein Schnurren, das Geräusch sinnlicher Befriedigung oder doch Behaglichkeit, das soviel tiefer ist, als Mann oder Weib es meistens äußern. Doch Rama-Nefru, sie schnurrte gleichsam mit.

Mer-mer erforschte das Kinn ihrer Königin, und Lippen trafen auf Lippen, küßten einander. Ich weiß nicht: War es der Geruch des Biers – im selben Augenblick kratzte Mer-mer ihr über die Wange. Rama-Nefru reagierte sofort. Sie schmetterte die Katze gegen die Wand. Im ersten Moment glaubte ich, das Tier sei tot. Doch dann schlich es davon.

›Du kannst jetzt gehen‹, sagte Rama-Nefru zu mir. ›Du bist ein schlechter Lehrer.‹

Ich entfernte mich durch das benachbarte Gemach. Hier schien noch all die Weisheit zu lasten, welche da liegt im Atem der Sümpfe, und in jenem purpurfarbenen Licht fragte ich mich, ob Rama-Nefru wohl noch ein paar unserer ägyptischen Götter züchtigen werde.«

# SIEBEN

Das Aufprallen der Katze an der Wand war so deutlich zu hören gewesen, daß ich begriff: Die Erzählung meines Urgroßvaters hatte mich völlig in sich eingefangen. Doch auch Ptah-nem-hotep hatte das Geräusch vernommen, denn wie ein Schaudern überlief es seinen Körper. Aber die größte Aufregung erfaßte meine Mutter. Ihre Verstörung ging durch mich hindurch, und es war, als habe der Hieb einer Hand sie getroffen. Hastig und wortreich begann sie zu sprechen.

»Was«, fragte sie, »kann eigentlich weniger vertrauenswürdig sein als diese dünne Begierde hinsichtlich Usermare? Sie gleicht einem Grashalm, der bereits in zwei Hälften gespalten ist. Noch verdächtiger erscheint mir jedoch das verfehlte Gefühlsgemenge, das Nefertiri für Menenhetet bewiesen hat. Leidenschaft? Eine Königin darf den Pharao niemals betrügen. Der Verrat von Generälen hat Ägypten weniger gekostet.« Meine Mutter nickte nachdrücklich. »Das Gelübde der Treue«, fuhr sie fort, »war einzig Usermare darzubringen und zu halten.«

»Deine Loyalität gegenüber meinem toten Ahnen entzückt mich«, versicherte Ptah-nem-hotep, »doch ist das gewiß nicht der eigentliche Grund deiner Besorgnis.«

»Nein«, gestand sie. »Ich habe nicht erwartet, daß es in Ägypten noch eine Frau geben könne, die soviel weiß wie ich«; und bei diesen Worten lachten beide voller Entzücken aneinander, während Menenhetet sie ansah. Was war mit seinen Gedanken? Denn kein einziger drang zu mir.

»Sage uns«, sprach Ptah-nem-hotep, »bist du im Einklang mit dem, was du hörst?«

Menenhetet berührte seine Stirn mit den Fingerspitzen und beugte den Kopf. Er war, so schien es, das vollkommene Abbild eines Wesirs, der sich den Gedanken seines Pharaos neigt. »Ich habe«, sagte er, »in dieser Nacht sehr viel gesprochen. So mag es nun an der Zeit sein, daß ich anderen lausche.«

»Dies ist eine Nacht zum Feiern«, sagte meine Mutter, und was sie dann hinzufügte, war so klug, daß mein Urgroßvater (zunächst stutzig, wie ich hören konnte) für sich dachte: »Sie gibt doch noch eine gute Ehefrau ab.«

Während sie Hand und Arm meines Vaters hielt, sagte sie zu ihm, dem Pharao: »Es wäre schön, wenn du uns mehr über das Fest der Feste erzählen würdest.« Ihre Klugheit lag auf der Hand. Was wohl konnte in dieser Stunde (da er mit meiner Mutter glorreich vereint saß) für den Neunten Ramses reizvoller sein, als sich dem Göttlichen Triumph seines Ahnen, des Zweiten Ramses, zu widmen?

Ich sah sein Gesicht im Licht des späten Mondes, und es war voll Kraft und Empfindsamkeit, auch voll Behagen: das Gesicht meines Vaters. Und seine Stimme, wie voll sie klang, seinem großen Vorfahren ebenbürtig (hier im Innenhof jedenfalls schallte sie so). Aus ihr sprach die Hoffnung, daß in dreiundzwanzig Jahren das dreißigjährige Jubiläum seiner Thronbesteigung zu feiern sein werde, ein Fest ähnlicher, nein, gleicher Art.

Und da die Stimme meines Vaters nicht weniger vielschichtige Töne enthielt als der Farbkasten eines Malers, sah ich alles ganz deutlich vor mir, das Gefieder der Vögel, die Leiber aller Tiere. Auch die Geschmeide der Edlen sah ich; und sah, wie auf den Märkten von Theben die Menge drängte: dort an der königlichen Route, die Usermare nach Verlassen des Throngemachs nahm.

Natürlich hatte mein Vater ausgiebig im Tempel in Memphis studiert; auch hatte er im Geist von Ptah, dem großen Könner, gelebt und die Kraft wohlgesetzter Sätze erlernt, welche vergangene Vergangenheit heraufbeschworen. Überdies wußte er, wie man sich die Macht größerer Männer dienstbar machen konnte, indem man nicht nur ihre Heldentaten nachvollzog, sondern vor allem die Stunden ihrer festlichen Triumphe voll auskostete. – Und so verwirrte mein Vater uns denn mit seinem Wissen über die Tage von Usermares Göttlichem Triumph. Wie sehr mußte er sich in das Studium dieser Materie vertieft haben! Jetzt sprach er zu uns davon; und zögerte nur dann und wann, wenn es um

Details ging, bei denen sich mein Urgroßvater besser auskennen mochte.

Und so sah ich es denn alles. Und war Zeuge der ersten Stunde des ersten Tages des großen Festes (nach fünf der Vorbereitung), als Usermare in der frühen Luft des Morgens die Treppe hinabschritt: zwischen einer Reihe von Nubiern mit roten Schärpen über der Brust und einer Reihe von Syrern in langen blauen Wollkaftanen, die bestickt waren mit weißen Blumen.

Ein Eunuch trat vor. Sein Kopfschmuck bestand aus zwei Federn, beide so lang wie sein Oberkörper, und seine Haut war blau bemalt. Ansonsten trug er nur eine Halskette und einen kurzen – roten und gelben – Rock. Hinter ihm kam ein weiterer Sklave, genauso gekleidet, doch mit einem weißgetünchten Körper, und diese beiden bemalten Eunuchen geleiteten den Pharao zwischen den Reihen der nubischen und syrischen Soldaten zu einer Ansammlung kleiner Königinnen mit ihren Kindern. Jetzt knieten die kleinen Königinnen nieder, und sie warfen Usermare Blumen zu; und man konnte das Kichern ihrer Kinder hören. Nun hob auf den Märkten der Stadt ein lautes Jubelgeschrei an, ein Echo gleichsam auf die Willkommensrufe, als er die Halle von König Unas verließ; und der Widerhall tönte vom Palast zur Stadt hin fort: Von überall her erklang es – von den Gassen und Straßen, vom Ufer des Flusses. Und es war, als vereinigten sich Wolken zu Sturmgewölk, als werde Lärm zu Donnergetöse.

Nun er die Reihen der Nubier und Syrer hinter sich hatte, neigte Usermare seine Doppelkrone den kleinen Königinnen zu, erteilte den Kindern seinen Segen; und begab sich durch eine Baumarkade zum Hof des Großen Einen. Und dort – an einem wunderbaren Ort: einem Geviert von tausend mal tausend langen Schritten – warteten Hunderte seines Gefolges auf ihn. Auf der entfernteren Seite des Hofes befand sich der Schrein von Isis, wo Tausende unfruchtbarer Frauen seiner harrten. Schon im Morgengrauen waren sie gekommen. Im Morgengrauen jedes einzelnen Tages der Vorbereitung für das Fest der Feste, auf Händen und Knien, betend.

Doch zwischen ihnen und dem Gefolge, und den Straßen und Gassen und Wegen, sämtlich mit Blumen geschmückt, und den marmornen Springbrunnen und noch vielen Kostbarkeiten – dazwischen befanden sich die Schreine der Götter, welche man in den letzten Tagen zum Hofe des Einen und Einzigen geschafft hatte, teils auf dem Fluß mit Heiligen Barken. Allenthalben gab es solche Heiligtümer, im Handumdrehen zusammengeflickt, als Nachahmung der alten Gotteshäuser und Schreine der ersten Götter, als Menes und Cheops noch regierten, bei der Schöpfung der Erde und des Wassers, des Himmels und der Feuer. Denn die ersten Schreine waren nicht mehr als Schilfhütten, so sagten die Priester.

Nun lösten sich aus dem Gefolge hochgestellte Höflinge, um ihm die Füße zu waschen, und jeder von ihnen trug, für die Dauer des Festes, den speziellen Titel: Freund-Seiner-Füße. Er schlüpfte wieder in seine Sandalen, und nun näherten sich weitere Edle aus Ober- und Unterägypten, zweiundvierzig Normarchen aus den zweiundvierzig Nomes, und sie küßten den Boden zu seinen Füßen.

Dann waren seine Söhne an der Reihe, auch seine Töchter. Im hellen Sonnenlicht erschienen drei der vier Söhne von Nefertiri vor ihm (nur Amen-khep-shu-ef war nicht zugegen), während Peht-a-Ra, ein Kind mit schwarzem, gleichsam hethitischen Kraushaar, von seiner Amme getragen und von nicht weniger als zwanzig Mann bewacht wurde. Nun kamen die sieben Söhne und Töchter der Dritten Gemahlin, Esonefret, und ihnen folgten die Hunderte von Söhnen und Töchtern der kleinen Königinnen aus den Gärten der Abgeschlossenen und aus den anderen Gärten bei Tanis, Fayum, Hatnum und Yeb. Die jüngeren Kinder, die noch nie von daheim fortgewesen, zeigten sich verschüchtert, während die älteren, die längst erwachsenen, sich an diesem Tag mit ganz besonderer Würde trugen. Die Söhne, mochten sie ihrem Vater auch weit entfernt sein, bekleideten mehr oder minder bedeutende Ämter; sie waren Schatzbewahrer in irgendeiner Provinz; oder Hohepriester oder Propheten; auch Oberrichter, Schreiber des Göttlichen Buches, Gouverneure, selbst Generäle. Die Töchter hatten ihre Gatten zur Seite, meist Männer von bedeutendem Rang.

Und doch waren all diese Menschen nur ein kleiner Teil des Gefolges, das sich jetzt nach vielem Gedränge zu einer Art Prozession formierte und in Bewegung setzte. Den ganzen Horizont von Ra schienen sie zu füllen, während sie sich der Stadt und den Stadttoren näherten. Es war eine gewaltige Schar, tausend und abertausend Schritte lang. Zwölf Königliche Wagenlenker trugen die Sänfte des Pharaos, den »Großen Goldenen Bauch«, eigens für dieses Fest gebaut; schwitzend liefen sie, wie auch die anderen Soldaten, um Schritt zu halten mit den Rössern, welche Triumphwagen und andere Gefährte hinter sich her zogen. Zu beiden Seiten der Sänfte war des Pharaos Leibwache in steter Bewegung, die Nubier und Syrer. Und weit und noch weiter dehnte sich das Gefolge an diesem, dem ersten Tag des Großen Fests: Fuhrwerke mannigfacher Art, beladen mit Prinzen und Prinzessinnen, mit Höflingen und kleinen Königinnen; ja, Wagen und Sänften, und alles in steter, fließender Bewegung, ein stolzer Anblick.

An diesem, dem ersten Morgen des Großen Festes brannten an vielen Stellen – an der Straße, bei den Stadttoren – noch Feuer von der vergangenen Nacht. Dann und wann ließ der Pharao bei einem dieser Feuer halten. Hochaufgerichtet stand er in seiner offenen Sänfte, alle und alles weit überragend. Und er schwenkte den linken Arm zur linken Seite und den rechten Arm zur rechten. Dann führte er die Hände im Kreis gegeneinander, bis sich die Fingerspitzen berührten: als umarme er die Doppelkrone.

Die gaffende Menschenmenge schrie vor Vergnügen auf. Und während die Fächerträger mit ihren gewaltigen Fächern aus Schilf und Federn dem Pharao Kühlung fächelten, winkten die Menschen am Straßenrand, indes ihr König an ihnen vorüberglitt, mit großen Blumensträußen. Eine Kinderschar stürmte voraus, um dem Pharao abermals zuzujubeln. Gleichzeitig besprenkelten seine Läufer die Straße mit Blumenöl, damit der Gute und Große Gott nichts röche, das nicht süß sei. Rings um die Sänfte waren die Nubier und Syrer damit beschäftigt, die Menge zurückzudrängen. Sie schwangen ihre Knüppel und riefen: »Macht den Weg frei für den Gott. Zurück! Zurück! Der Eine kommt!« Oft mußten sie brüllen, um sich verständlich zu machen, doch die Menge lachte über ihre fremdartigen Akzente und machte erst nach hartem Gedränge Platz. »Hört auf mich«, riefen die Syrer, »damit ich meinen Stock nicht benutzen muß.« Aber früher oder später taten sie es doch, und dann floß Blut. Es tropfte aus Schädelwunden oder breitgeschlagenen Nasen auf die Straße, und doch wirkten die Opfer eher zufrieden, ja, oft winkten sie beglückt. Jetzt hatten sie etwas, wovon sie noch jahrelang sprechen konnten: Sie waren so dicht zum Pharao gelangt, daß man sie schlug, bis sie ihr eigenes Blut sahen.

Überall kamen Priester aus den Tempeln und zündeten Weihrauch an. Trommler und Harfenspieler ließen ihre Weisen für den Pharao erklingen und ordneten sich dann, gemeinsam mit vielen Stadtbewohnern, hinten in den Zug ein. Jetzt ging es durch die Märkte, und natürlich gab es keinen, den es in seinem Laden hielt.

Usermare, in seiner Sänfte, glitt vorüber an Zimmerleuten und Schreinern und Furnierern. In der Straße der Metallarbeiter sah er Kupfer- und Bleischmieden, aber auch die Werkstätten der Waffenschmiede fanden sich dort. Dann kam die Straße der Feinen Metallarbeiter, und der Pharao winkte allen zu, die sich auf die Kunst der Bearbeitung von Gold und Silber und Elektron verstanden. Er nickte den Schuhmachern, den Webern und den Töpfern zu und grüßte Hunderte ihrer Lehrlinge. Woll- und Leinenweber jubelten ihm zu, und Beifall hallte auch von den Werkstätten, wo Lampendochte hergestellt wurden. Nun ging es durch das Viertel der Juweliere, die Geschmeide machten aus rotem und gelbem Jaspis, aus Karneol, Malachit und Alabaster, auch Skarabäen aus Lapislazuli, und kleine Löwen und Katzen. Die Sänfte mit dem Pharao glitt vorüber an Wagen- und Rad- und Möbelmachern, an Elfenbeinschnitzern.

Jetzt ging es die Straße der Bildhauer entlang, wo Basreliefs (samt Inschriften) für die Paläste und Grabmäler in Arbeit waren, und dann kam die Straße der Sandalenmacher und der Gerber, und der Gestank der gebeizten Häute war mörderisch; ein niederes Gewerbe. Selbst Unmassen des Blumenöls konnten ihn nicht beseitigen, den widerwärtigen Geruch, obschon an diesem Feiertag hier nicht gearbeitet wurde. Ähnlich war es in der Straße der Sargmacher, nur daß hier das Sägemehl feiner Hölzer ewig in der Luft zu schweben schien; und ein durchdringender Geruch kam auch von den Papyrusmachern.

Nun passierte der Zug Metzger, Brauer und Bäcker, die ihre Erzeugnisse an die Menge verkauften, und viele jubelten, während sie noch genüßlich kauten. Durch die Gassen der Korbmacher und der Maler gelangte die Prozession schließlich zu den Kanälen am Platz der Bootsbauer mit den langgestreckten Schuppen und den Anlegestellen. Der Fluß war nah. Bald hatten sie die Stelle erreicht, wo sie die Heilige Barke von Ptah finden würden, die seit zehn Tagen von Memphis her flußaufwärts fuhr.

Hier brach mein Vater, Ptah-nem-hotep, ab, und er schien nachzu-

sinnen über das, was er uns so anschaulich geschildert. Meine
Mutter seufzte und sagte bewundernd, sie könne nicht begreifen,
woher er soviel wisse über Diese-Jahre-die-weit-hinter-uns-liegen.
Was er uns erzählt habe, sei wie ein Mirakel, deutlich gesehen von
einem Blinden.

Das Lob gefiel ihm, zweifellos, doch sagte er nur: »Ich habe jeden
Papyrus studiert, worauf etwas geschrieben steht vom Großen
Fest von Ramses dem Zweiten, und das Dritte Fest, von dem ich
erzählte, fand statt im fünfunddreißigsten Jahr seiner Regierungszeit und war das größte. Und ich glaube, daß meine Schilderung
den tatsächlichen Ereignissen ziemlich nahekommt, zumindest
wenn man den offiziellen Berichten folgt. Doch muß ich gestehen,
daß ich überfragt wäre, all die Titel zu nennen, welche Höflingen
oder Bediensteten verliehen wurden, welche Usermare (wie später
auch mein Vater nach seinen ersten dreißig Regierungsjahren) auf
so liebenswürdige Weise gleichsam ausstreute: Titel, die seit über
zwanzig Königen nicht mehr im Schwange gewesen sind. Womöglich handelt es sich hierbei um Traditionen, die um tausend Jahre
zurückreichen, bis zu Cheops und Menes. Das ist die Schwierigkeit. Längst nicht alle Titel hat man vermerkt, und so mancher
Papyrus in der Königlichen Bibliothek hat beim Umzug von Theben nach Memphis wohl Schaden gelitten, so daß er schwierig zu
entziffern ist. Überdies sind manche der Titel falsch geschrieben.
Sie wirken unvertraut. Aber, nun ja, ich bin in solchen Dingen
wahrhaftig so penibel wie ein Oberschreiber. Ich weiß nicht – ist es
meine alte Zuneigung zu Ptah? Jedenfalls habe ich die allergrößte
Achtung vor ihm, dem besten aller Könner, ja, Künstler. Und so
versuche ich, die alten Stadtviertel von Theben so zu schildern, wie
sie damals waren – so konkret und präzis, wie ich die Geschäfts-
viertel im heutigen Memphis kenne.«

Mein Urgroßvater nickte und sprach dann: »Alles, was du
beschrieben hast, hat seinen rechten Platz.« Aus seiner Stimme
klang Anerkennung. So jedenfalls empfand ich es durch die Ohren
meines Vaters, dem dieses Lob unbedingt behagte. Hastig sagte er:
»Du, natürlich, warst ja dort.«

Menenhetet nickte.

»Im Gefolge von Rama-Nefru?«

»In ihrer Leibgarde«, erwiderte mein Urgroßvater. »Am ersten Tag
war keine der Drei Großen Gemahlinnen zugegen, nicht Nefertiri,

nicht Esonefret, nicht Rama-Nefru. Doch stand ich an der Spitze von Rama-Nefrus hethitischen Leuten, und mein Anblick bedeutete für die wenigen Offiziere der Königlichen Garde von Amenkhep-shu-ef, die sich zur Zeit in der Stadt befanden, bitterbös wallendes Blut. Noch war der Prinz nicht in Theben eingetroffen, doch was er von mir hielt, wußten sie natürlich genau. So verbot ich mir selbst, irgendeine Schenke aufzusuchen während dieser fünf Tage, man hätte mich dort halb zu Tode geprügelt.«

»Gerade von diesen Dingen«, sagte Ptah-nem-hotep, »verlangt es mich zu hören, ist doch kein Schreiber darauf gedrillt, dergleichen zu schildern.«

»Dein Wunsch sei mir Befehl«, sprach mein Urgroßvater, ohne uns drei, dort auf der Liege, auch nur einen Moment aus den Augen zu lassen.

»War, was ich über die Prozession sagte, frei von Irrtum?«

»Es ist getreuer als meine Erinnerung«, erklärte mein Urgroßvater. »An jenem Tag sah ich ja nur, was mir nahe war. Du hingegen siehst es alles.«

»Dennoch, dessen bin ich sicher, fallen dir Dinge ein, die ich nicht erzählt habe – vielleicht, weil ich überhaupt nicht von ihnen weiß.«

»Oh, da handelt es sich nur um Kleinigkeiten. Es erscheint jetzt recht belustigend«, sagte Menenhetet. »Die Prozession, wie du sie geschildert hast, entspricht der damaligen Wirklichkeit. Doch die letzte Straße, bevor der Zug den Platz der Bootbauer erreichte, war die Straße – oder das Quartier – der Dirnen, in jener Zeit weit größer als heute. Und diese Weiber brachen in einen wahren Jubelsturm aus. Sie hockten in ihren Fenstern, als die kleinen Königinnen vorüberzogen, und vielleicht hätten die Dirnen die kleinen Königinnen nie als solche erkannt (waren diese doch wie Prinzessinnen gekleidet und fuhren in goldenen Wagen), wären da nicht die vielen Kinder und *kein* Mann gewesen. Überdies, gesteh ich's nur, wirkten die kleinen Königinnen genauso vergnügt wie die Huren. Was Wunder. Vor den bewundernden Blicken der meisten Männer von Theben waren sie einherparadiert, ein so ungewohntes Erlebnis für sie, daß ihre Wangen röter waren als bei aufgetragener Schminke.«

»Der Jubelsturm der Dirnen – löste das nicht einen Skandal aus?« wollte Ptah-nem-hotep wissen.

»Nein. Die Hochrufe aus dem Dirnenquartier wurden bald überdeckt von dem wilden Gerassel der Sistren und dem lauten Pochen der Trommeln, das unseren Zug begleitete. Und – genau wie du es geschildert hast – stießen wir auf die Stelle, wo wir die Heilige Barke von Ptah finden sollten.«

»Du mußt mich über alles unterrichten, das stattfand und von dem ich nicht weiß. Denn es ist mein Wunsch, in diese fünf Tage einzutauchen – und zu atmen mit dem Herzen von Usermare.«

»Ich verstehe«, versicherte mein Urgroßvater. Er musterte uns aus kalten Augen. »Und ich werde zu Diensten sein.«

»Gesprochen wie ein Wesir«, sagte Ptah-nem-hotep.

Mein Urgroßvater neigte die Stirn zu den Fingerkuppen. »Ich werde zu Diensten sein«, wiederholte er.

Nun setzte mein Vater seinen Bericht fort: die Schilderung des ersten Tages von Usermares Göttlichem Triumph.

Als der Pharao und sein Gefolge das Flußufer erreichten, klangen die Jubelrufe ohrenbetäubend laut. Es war, als habe hier die eine Hälfte der Stadt gewartet, um die andere Hälfte willkommen zu heißen. In der Tat war der Jubel noch größer als zwei Monate zuvor: Damals war der Obelisk eingetroffen nach langer Reise stromabwärts, von den Steinbrüchen beim Ersten Katarakt her.

Während der fünf Tage der Vorbereitung auf das Fest der Feste hatten sich der Hohepriester, der Wesir und selbst Usermare eingefunden, um wenigstens die größten unter der Vielzahl eintreffender Götter zu begrüßen – stets von einem (wenn auch kleineren) Gefolge begleitet, stets von der Menge bejubelt. Die Masse sah staunend zu, wie die Götter aus ihren Kabinen an Land gebracht wurden, wo unter der Last keuchende Priester sie dann zum Hof der Großen Einzigen trugen. Ja, sie keuchten und schwankten, diese Priester. Taumelten unter dem Gewicht der Sänften, welche ja nicht nur den betreffenden Gott bargen, sondern auch seinen Reiseschrein, häufig in der Gestalt eines kleinen Bootes. Je nach Reichtum der verschiedenen Tempel waren diese Boote aus Gold oder aus Silber, manchmal auch nur aus vergoldeter Bronze, und sie wogen schwer. Manche Götter – je nach Sitte – wurden der Menschenmenge gezeigt, andere hingegen blieben in ihren Schreinen verborgen. Doch selbst wenn es ferne, fast unbekannte Götter waren, die zu tragen sich kaum ein rückenmüder Priester fand, stets fand sich eine Schar von Kindern und Bettlern zur Begleitung. Und die größte Menge, seit zwei Monaten schon,

sammelte sich regelmäßig um den Obelisken, der auf Rollen befördert wurde: vom Hafen zum Hof des Großen Einzigen. Nur
langsam kam man voran, doch die Länge des Obelisken und die
stumme Weisheit seines schwarzen Granits besaß eine tiefe Faszination.

Jetzt jedoch stand die Ankunft der Heiligen Barke von Ptah bevor,
und kein Gott, der in diesen Tagen in Theben eingetroffen war,
besaß soviel Macht wie der Ptah von Memphis. Sein Boot hatte die
Länge der großen Barke User-Hat von Amon, das starke Herz von
Amon, und ein Mann brauchte siebzig lange Schritte, um es
abzumessen.

Eigentlich war das Boot schon in den frühen Morgenstunden
angelangt und hatte am Ufer festgemacht, um die Ankunft des
Pharaos abzuwarten. Doch dann eilten Läufer zwischen Boot und
Prozession hin und her, und als Usermare sich jetzt dem Ufer
nahte, glitt die Barke um die letzte Biegung des Flusses und nahte
sich gleichfalls dem Ufer, im sonnenfunkelnden Wasser gleißend,
als stünde der Gott in ihren Masten. Alles schien aus Gold gemacht
oder mit Gold bedeckt, und das meiste war es auch. Vom Flußufer
scholl Musik und riesiger Jubel, und jene, die sahen, erzählten
denen, die das Boot nicht erblicken konnten, von seiner unvergleichlichen Schönheit, vom Zedernholz und vom Gold und von
den schmückenden Edelsteinen. Und daß Usermare an diesem
Morgen den Weg durch die Straßen der Handwerker und Künstler
genommen hatte, war eine Art Huldigung gegenüber Ptah: Ihm
verdankte die Stadt Theben viel der hier ausgeübten Fertigkeiten.
Usermare stand bei dem steinernen Anlegepflock, und er fing das
Tau auf, das von der Barke herübergeworfen wurde. Wieder
jubelte die Menge, auch jene, die zu weit entfernt standen, um
sehen zu können. Und die Edlen und ihre Damen auf den vergoldeten Wagen erhoben sich, um zu applaudieren. Der Hohepriester
bei der Sänfte mit dem silbernen Schrein von Ptah sang eine
Hymne, erbrach dann das Siegel, schob die Bolzen zurück, öffnete
die kleinen Türen. Und dann holte er, vor den gaffenden Augen
der Menge, den Gott hervor und hielt ihn in den Armen.

Ptah war nicht größer als eine Puppe, doch er besaß Glieder, die
sich bewegten, auch konnten sich die schwarzen Lippen in seinem
goldenen Gesicht öffnen und schließen. Nun traten Höflinge herbei, und sie stellten Schüsseln und Gefäße voll Wein und Früchten

und gebratenem Fleisch im Halbkreis um den Hohenpriester von Ptah und den Gott, den er hielt; und Usermare kniete und sagte: »Wir vom Tempel des Amon bringen dem Großen Gott Ptah Speise und Trank dar.« Der Gott blickte zu Usermare und dann auf das Dargebrachte, und seine Augenlider bewegten sich: Er war zufrieden. Wie jedes göttliche Wesen brauchte auch er Nahrung. Hier hatte er sie. Und wenn ein Gott, um etwas zu erschaffen, nur dessen Namen zu nennen braucht, so genügt ihm ein bloßer Blick auf die Speisen, um davon zu zehren.

Dann sprach Ptah zu den Menschen am Flußufer. Mit mächtiger Stimme sprach er, einer Stimme, die aus dem Herzen und der Lunge seines Hohenpriesters kam, und die doch wahrhaft die Stimme des Gottes war. Der Hohepriester, in Trance, konnte nicht Glieder, nicht Augen bewegen, doch die Augen von Ptah waren offen, und seine goldenen Arme bewegten sich, während er sprach.

»Wenn ich dich empfange«, sagte Ptah zu Usermare, »so jubelt mein Herz, und ich halte dich in einer Umarmung aus Gold. Ich umfange dich mit Ausdauer, Gleichmut und Befriedigung. Und ich verleihe dir Reichtum und Freude des Herzens. Ich schenke dir innere Wonne und Entzücken für alle Zeit.«

Jetzt nahte der Hohepriester des Tempels von Amon, und er stand neben Usermare und hielt in seinen Armen ein großes Gefäß in der Gestalt von *sma;* und beim Anblick des langen Halses dieser Vase, welche ausbauchte in einen herzförmigen Leib, begannen die Menschen zu weinen. Die Vase hatte die Form eines göttlichen Phallus und einer göttlichen Vagina, und so kündete sie den Thebanern von den Wundern der Liebe, die sie selbst genossen hatten. Als sich aus der Vase Wasser auf die Füße des Hohenpriesters von Ptah ergoß, schrie die Menge entzückt auf: »Ahhhhhhhhhh!« Sie bejubelte die Vereinigung der Zwei-Lande. Der Anblick der Vase löste im Großen und Guten Gott eine ganz bestimmte Wirkung aus. Während die Segnungen von Ptah wiederholt wurden: »Ich schenke dir innere Wonne und Entzücken für alle Zeit«, holte Usermare unter seinem Rock sein ungeheuer mächtiges und steifes Glied hervor. Es hatte sich bereits prall gegen den Stoff gestemmt, ganz wie der Bug eines Schiffes. Und da dies nun nicht länger zu verbergen war, teilte er die Falten seines Rocks auseinander und zeigte seine Erektion dem gaffenden

Volke. Der Jubel war kein Jubel mehr, er war ein Jubelsturm. Denn was für ein besseres und mächtigeres Glückszeichen hätte es geben können als die Verbindung der Götter Ptah und Amon. Man jubelte. Jubelte noch lauter. Weil Horus soviel Stärke und soviel Gefühl gezeigt hatte. Und wer einen Stock in der Hand hielt, an dem eine Lotosblüte befestigt war, richtete diesen auf *seine* Erektion, und alle riefen *seinen* Namen aus Liebe zu *ihm* und seinem Tun: Als er so vor ihnen stand, ihr stolzer und entblößter König.

# ACHT

Ptah-nem-hotep schwieg und blickte Menenhetet erwartungsvoll an. Dieser antwortete mit einem Nicken. »Es war, wie du es uns erzähltest. Du hast jeden Anblick geschaut. Ich war Augenzeuge nur bei wenigen.«

»Es entspricht also alles der Wahrheit?« fragte mein Vater.

»Nichts ist fehl am Platz.«

»Und auch die letzte Szene war so, wie ich sie beschrieb?«

»Ganz gewiß. Nie sah ich ihn mit einem größeren Schwert«, sagte Menenhetet und zögerte dann. »Oder vielleicht, aber zu einem späteren Zeitpunkt.«

»In dem Papyrus, welchen ich studierte, fand ich eine solche Beschreibung nicht. Allerdings stammt mein Wissen über Usermare nicht nur aus einer Quelle. Auch Gerüchte haben daran mitgewirkt, wie ich bekennen muß.« Mein Vater schwieg einen Augenblick und drückte mich vergnügt an sich. »Ich habe vom ersten Tag erzählt«, sagte er zu meinem Urgroßvater, »doch du kannst uns von dem berichten, was ich nicht gesehen habe.«

»Du hast jeden Anblick geschaut«, wiederholte mein Urgroßvater. »Ich entsinne mich jener fünf Tage als eines Chaos'. Denn bei allem, worüber wir bisher gesprochen, blieb sie unerwähnt, die Furcht, die gleichfalls anwesend war beim Göttlichen Triumph. Mag der König auch nie in stärkerem Maße unser König sein als während dieser fünf Tage, so ist er – in eben diesem Zeitraum jedoch ungekrönt. Zwar kann er die Doppelkrone tragen, doch gehört sie nicht ihm, nicht während dieser fünf Tage.«

»Ich weiß«, sagte Ptah-nem-hotep.

»Ja. Doch in jenen Jahren glaubten wir an solche Dinge so fest, wie das heute niemand mehr tut. In ganz Theben herrschte eine

Furcht, von der kein Mensch zu sprechen wagte – und eben diese
Furcht war auch der Grund für den Jubel über das gewaltig steife
Glied des Pharaos, als er vor Ptah stand. Und doch: Trotz dieses
guten Zeichens ging die Angst um. Viele fürchteten, ihr Haus
werde abbrennen, ihr Weib ihnen untreu werden. Solche Ängste
kamen nicht von ungefähr. Nachts flammten an den Straßen viele
Fackeln, auch loderten allenthalben Freudenfeuer; und so brannte
in der Tat so manches Haus nieder. Und die Frauen und ihre
Treue? Nun, ich will nur sagen: Überall wurde gehurt. So mochte
Usermares Erektion auf ihre Weise als gutes Omen gelten, doch
war sie ein höchst sonderbares Geschenk für die Stadt, spazierten
jetzt doch selbst Greise – zumindest bei Dunkelheit – mit prallem,
nacktem Stolz zwischen den Schenkeln. Nur während der Prozession war der Anstand gewahrt worden.

Doch hinter und unter allem lauerte Entsetzen. Ich kann es nicht
oft genug sagen. In den vergangenen Tagen hatten die meisten
gefürchtet, die Überschwemmung werde zu hoch steigen und das
Fest und vieles andere verderben. Eine überflüssige Befürchtung,
wie sich jetzte zeigte, denn der Fluß schien es gut mit uns zu
meinen. Und doch quoll, durch alle Fröhlichkeit hindurch, unablässig Furcht. Leute lachten und weinten und lachten wieder. Und
sangen und fanden kein Ende. Und überall sah man Berauschte, in
der Nacht, aber auch am Tag. So manchen merkwürdigen Anblick
gab es. Da waren junge Burschen aus den ärmsten Vierteln der
Stadt, die sich den Schädel rasiert hatten. Man hätte meinen
können, es handle sich um Horden zerlumpter junger Priester.
Selbst die Eitelsten unter ihnen, sonst voll Stolz auf ihre Haar-
pracht, hatten sich den Schädel kahlgeschoren und mit Öl gesalbt.
Wie in Rudeln bewegten sie sich, doch taten sie niemandem etwas
zuleide, sondern schienen voll Frömmigkeit. Oft zogen sie von
Schrein zu Schrein oder von Tempel zu Tempel, wo sich schon
viele Menschen drängten, Priester und Edle, Kaufleute und Soldaten, Schreiber und Arbeiter, auch viel Gesindel. Zumal für den Hof
der Großen Einzigen galt dies, und manchmal konnte man meinen, ganz Theben sei hier zusammengeströmt. Doch überall fielen
die jungen Kahlköpfe auf. Oft folgte ihnen eine Bande von Freunden, die sich den Schädel nicht geschoren hatten; und diese
verhöhnten die ›Gesalbten‹ und erinnerten sie lauthals daran, wie
sie es noch in der vergangenen Nacht getrieben hatten mit einem

Schatz oder auch mit Freunden. ›Aber schaut nur‹, riefen die Haarschöpfe den Kahlköpfen zu, ›wie lieb und fromm wir jetzt sind!‹ Dies bildete einen Teil der allgemeinen Unruhe. Überflüssig zu sagen, daß die Bierschenken voll waren.

Nun denn. Nach der ersten großen Prozession kam Usermare kaum noch dazu, sein Throngemach während dieser fünf Tage zu verlassen, weil er den Nomarchen und den Abordnungen aus fremden Ländern so viele Empfänge und Audienzen gewährte.

Auch verwendete er einen Großteil seiner Zeit darauf, edle Familien bei ihrer Ankunft zu begrüßen. Nur noch zweimal begab er sich zum Fluß, um bei ihrem Eintreffen Götter zu ehren, erst Amon, dann Osiris. Die anderen wurden zu ihren Schreinen im Hof der Großen Einzigen gebracht, und dort huldigte Usermare ihnen gelegentlich. Doch trafen insgesamt so viele Götter ein, daß wohl die meisten unbeehrt bleiben mußten. Auch brauchte er an jedem Tag so manche Stunde, um je nach Anlaß das Gewand zu wechseln.

War es dies – das häufige Wechseln seiner königlichen Gewänder –, was eine weitreichende Wirkung ausübte? Mit Bestimmtheit kann ich es zwar nicht sagen, doch noch nie hatte man in Theben so viele Priester in Straußenfedern gesehen. Auch schmückten sie sich oft mit einem Falken- oder Ibiskopf oder gar Widdergehörn. Je ausgefallener das Kostüm, desto wilder der Jubel in der Stadt. In all den fünf Tagen herrschte bei uns eine Stimmung irren Ergötzens. Ich erinnere mich an das große Aufsehen, das eine Abordnung aus einer oberägyptischen Stadt namens Nechen auslöste. Ein Boot legte an, und ihm entstieg ein Hirte, der in die Häute wilder Tiere gekleidet war, darunter auch Löwe und Krokodil. Er hatte zwei Gehilfen bei sich, die über den Schädel gestülpte Wolfsköpfe und -rachen trugen, überdies Schwänze, an den Hinterbacken befestigt. Fragte man die Gehilfen, wer sie denn seien, so deuteten sie auf ihren Führer, der stets erwiderte: ›Ich bin der Hirte von Nechen.‹ Und dann tanzten alle drei umeinander herum und schwenkten lange Zepter.

Aus irgendeinem unerklärlichen Grund erregten diese drei das besondere Entzücken der Menge. Vielleicht war es der Anblick der Löwen- und der Krokodilshaut auf dem Körper des Hirten (als ob die Tiere der Hügel und der Sümpfe sich jetzt dem Palast näherten), – ich weiß es nicht. Doch selbst als die Menge merkte, daß es sich um irgendwelche Priester handeln mußte, jubelte sie ihnen zu; und die drei marschierten die Große Prachtstraße zu den Toren hinauf, vor den Hof der Großen Einzigen, und wurden eingelassen und erschienen vor dem König.«

»Diese Wölfe von Nechen«, sagte Ptah-nem-hotep leise, »wurden als dienstbare Geister von Horus hochverehrt. Doch kann ich dir verraten, daß es sich bei dem ›Hirten‹ um den Ersten Schreiber des Wesirs handelte, und er kam nicht aus Oberägypten, er lebte in Theben.«

»An jenem Tag war sein Gesicht wild«, sagte Menenhetet. »Es war ein wildes Gesicht für einen Schreiber.«

»Ich habe viel über die Ereignisse gelesen«, erklärte Ptah-nem-hotep. »Doch du hast gesehen, was nicht geschildert worden ist. Und ich möchte alles wissen, was du darüber berichten kannst.«

Also sprach mein Urgroßvater weiter. Aber nun drangen seine Gedanken genauso schnell zu mir wie seine Stimme, und – behaglich zwischen meiner Mutter und meinem Vater sitzend – fand ich es bequemer, ihnen zu lauschen.

Ich kann euch sagen (so schwangen Menenhetets Gedanken zu mir herüber), daß die allgemeine Berauschtheit von Tag zu Tag wuchs und mit ihr die Verwirrung bei den Zeremonien. Es war nicht mehr nötig, im Gefolge auf einem bestimmten Platz zu verharren. Überdies hatte Usermare so viele Schreine aufzusuchen, daß selbst die gewissenhaftesten Beamten nicht immer an der richtigen Stelle sein konnten. Auch war der Pharao über Verzögerungen von Tag zu Tag ungeduldiger. Was uns betraf, so versetzte uns die Begegnung mit so vielen Göttern in einen fiebrigen Zustand. Da kam es dann nicht mehr so sehr darauf an, daß alles seinen gewohnten, untadeligen Gang ging. Ich meinerseits befand mich in einer Verwirrung, die so tief war, daß ich kaum denken konnte.

In der zweiten Nacht brach ich gleichsam aus. Ich wanderte durch die Stadt, stieg über die Körper der Betrunkenen und lauschte mit einer Traurigkeit, wie ich sie noch nie empfunden, auf die Gesänge in den Tempeln, aber auch auf das Stöhnen angebundener Tiere, ganz als sei ihr Hunger, ihr Schmerz mein eigener. Und die Schreie und Rufe der Kinder, wie tief rührten sie mich an. Als ich aufbrach, war es noch früher Abend, und die Kinder spielten, und ihr Lärm machte mich glücklich (wie sie doch voller Erregung sind, gerade jetzt, da die Götter den Abendhorizont immer enger spannen); und als die Dunkelheit gefallen war, lauschte ich auf die immer deutlicheren Laute von Männern und Frauen, die einander liebten – sie erschollen aus jedem Quartier.

Jetzt konnte ich meinen Schmerz nicht länger beherrschen, und ich dachte an Nefertiri. Ich dachte an sie zum erstenmal seit – ja, seit dem Nachmittag des ersten Tages, als aus dem Gefäß, geformt wie ein *sma*, Wasser sich auf den Boden ergossen hatte und Usermare dastand in praller Pracht und Majestät. Die Erinnerung erschütterte mich, zwiefach: Indes ich das erregte Ächzen und Stöhnen der sich paarenden Massen vernahm, das mich meinerseits erregte, ward ich eingefangen von meiner verruchten Bindung an den göttlichen Phallus – ja! Ich wollte wieder von Usermare gebraucht werden. Was für eine Zerstörung meiner Selbstachtung, mir dies selbst zu sagen! Doch kaum hatte ich es gesagt, fühlte ich mich Nefertiri wieder ganz nah. Und begriff, wie sehr ich mich hatte bezwingen müssen, um an so vielen elenden Tagen einer hethitischen Prinzessin zu dienen, die mir fremd geblieben war. Meine Lenden sehnten sich nach Nefertiri. Mein Glied wurde steif. Ich glaubte zu hören, wie sie sagte, während sich noch das Wasser aus dem Gefäß ergoß: »Du bist mein langsames Feuer, du bist mein glücklicher Name, meine Vereinigung, meine Süßheit, mein *sma*«; und ich hörte mich mit all den anderen stöhnen und konnte meine Augen nicht abwenden vom prallen Phallus des Pharao. Ich erschauerte. Zwiefach überlief es mich.

Seit diesem Augenblick, da Usermare mit entblößtem Glied dort am Ufer stand, glich ich einem unsteten Wanderer. Zeremonien, Rituale, irgendwie hatte ich sie hinter mich gebracht. Doch jetzt, in der zweiten Nacht, wollte ich wieder zu ihr: in ihr Schlafgemach. Aber der Palast wurde sorgfältiger bewacht, auch empfand ich, trotz allen Begehrens, keinerlei Hoffnung. Meine Sinne waren allzu stumpf. Dreimal am Tag trank ich mich in einen Rausch – und sorgte für den nächsten, bevor ich wieder nüchtern wurde. Mein Gang war schwankend, meine Stimme heiser, und nur *ihre* Stimme klang deutlich in meinem Ohr. In meinem Leib rührte sich etwas, das wärmer war als aller Wein. Als ich in Schlaf fiel in dieser Nacht – in meinem eigenen Bett natürlich –, hielt ich die Hände gegen die schmerzenden Lenden gepreßt, eine wenig rühmliche Haltung für einen Mann über fünfzig, den man noch immer General nannte.

Am nächsten Morgen wurde ich erst spät munter. Als ich vor dem König erschien, trug er nur einen kurzen, weißen Rock, an dem der Schwanz eines Stieres befestigt war, und einen goldenen Halsschmuck; die weiße Krone von Oberägypten zierte sein Haupt, und in der Hand hielt er den Stab mit den Lotosblüten.

Dann sah ich den Papyrus in seiner anderen Hand, sehr edel und an den Rändern goldumwirkt, und ich wußte, daß der Pharao dem Gott Amon etwas ganz Bestimmtes weihen wollte: ein Feld, das Nefertiri gehörte, ein gutes Stück Land beim Fluß.

Der Gedanke verwandelte mich. In meinen schlaffen Körper kam Leben. Endlich, endlich mußte Nefertiri sich blicken lassen. Das Feld hatte ihr Usermare am Tag der Vermählung geschenkt. Jetzt gab sie es zurück. Wußte ich nicht aus ihrem eigenen Mund, was sie zu dem Wesir über eben dieses Stück Land gesagt hatte. »Es ist die vollkommene Gabe für Seinen Göttlichen Triumph.« Was sie damit beabsichtigte, war mir bewußt: Sie wollte nicht völlig vergessen werden während der fünf Tage und Nächte. Der Erfolg gab ihr recht. Ich erinnere mich noch, wie Rama-Nefru Usermare fragte, wieso er denn mit Nefertiri allein sein müsse, während das Land dem Tempel geweiht werde. »Es ist ihr Feld«, erwiderte er schließlich, »und es widerspräche dem Gebot der Höflichkeit, dich in einer solchen Stunde dorthin mitzunehmen« – woraufhin Rama-Nefru den Raum verließ.

Mit einer solchen Gelegenheit, Nefertiri wiederzusehen, hatte ich überhaupt nicht gerechnet, was nur beweist, wie sehr ich in Selbstmitleid und heulendem Elend versunken war. Noch weniger wußte ich, wie die Gelegenheit zu nutzen sei, um mit Nefertiri zu sprechen. Und so befand ich mich während der Prozession in einer recht ungünstigen Lage. An diesem Tag hatten auch Nefertiris Söhne die Ehre, des Pharaos Goldenen Bauch – die Sänfte – zu tragen. Ich, in den Farben von Rama-Nefru, folgte erst mehrere Wagen später. Wir näherten uns dem Feld, einem lieblichen Hain mit wunderbar schattigen Bäumen am Ufer des Flusses, ein wahrhaft idyllischer Platz für den Amontempel, der hier schon bald errichtet werden sollte. Als wir hielten und ich ausstieg, befand ich mich in einiger Entfernung von Usermare. Erst jetzt sah ich, daß Nefertiri sich aus einer anderen Richtung näherte. Sie saß in einem prachtvollen Gefährt, das von sechs edlen Rössern gezogen wurde. Nun erhob sie sich, und man applaudierte ihr. Auf einen

Wink hielt ihr Kutscher, doch war sie zu weit entfernt, als daß ich ihre Aufmerksamkeit hätte auf mich lenken können.

Usermare hielt den Papyrus hoch, und die Übereignungszeremonie begann.

»Weißt du«, fragte Ptah-nem-hotep, »welchen Namen dieser Papyrus trägt?«

»Nein, das weiß ich nicht.«

»Er lautet: Das Geheimnis der beiden Partner. Diese sind Horus und Seth.« Es bereitete meinem Vater offensichtlich Vergnügen, sein Wissen kundzutun. »In jenen Tagen«, fuhr er fort, »war es dem Pharao unmöglich, ohne das Einverständnis – den Willen – von Geb den Göttern ein Geschenk zu weihen. Dieser Wille ist enthalten in jedem Papyrus mit goldenen Rändern.«

»Ich hatte es vergessen«, sagte Menenhetet.

Wie mächtig regte es sich in den Gliedern meines Vaters! Und ich spürte, daß ihn der Wunsch erfüllte, wieder mit der Stimme seines Ahnen zu sprechen. Er erhob sich und schritt den Innenhof auf allen vier Seiten ab, so wie Usermare das ihm von Nefertiri wiedergegebene Feld umschritten haben mochte. »Ich schreite«, sagte Ptah-nem-hotep mit der Stimme des Großen Ramses (und sie war so gewaltig und kam aus solcher Tiefe, daß nur ein Gott – ein wahrhaft großer Gott – nicht davor erzitterte), »ich schreite«, sprach mein Vater, »mit dem Geheimnis der beiden Partner. Denn dies ist der Wille, mir gegeben von Geb. Ich habe seine Augen geschaut. Ich kenne das Feuer in der Höhle. Ich berühre die vier Seiten des Landes.«

Ich schloß die Augen, lehnte mich gegen meine Mutter. Vom Flußufer hörte ich einen Chor, und ich wußte nicht, über wie viele Jahre hinweg er zu mir klang, doch ich vernahm die singenden Stimmen:

> »Der Pharao schreitet die vier Viertel des Feldes ab.
> Er berührt die vier Seiten des Himmels.
> Das Feld geht über an seinen neuen Herrn.«

Und mit der Stimme meines Vaters, die gleichzeitig Usermares Stimme war, kam die Antwort: »Ich bin Horus, Sohn von Osiris. Amon ist mein Atem. Ra ist mein Licht. Amon-Ra ist mein Göttliches Licht und mein Göttlicher Atem.«

Nun schritt Usermare im Sonnenlicht, und jeder seiner Atemzüge war in der gewobenen Luft der Götter. Aus dem Besitz des Palastes ging das Feld über in den Besitz des Tempels, und die Menge stieß ein langes Seufzen aus wie eine Mutter, die gerade geboren hat (und dieses Geräusch kannte ich gut: aus dem Gesindequartier). Jetzt hob Usermare seinen Stab mit der Lotosblüte in die Höhe, und er konnte in sich die Stimmen Ägyptens sprechen hören. Die Stimmen, die zu ihm sprachen. Der Segen des Zwei-Lands senkte sich herab. Und abermals hatte er eine Erektion, und sie war ungeheuer. Jetzt schritt er auf der entfernteren Seite des Feldes, wo Nefertiri in ihrem Gefährt wartete. Er stieg ein und schloß die Tür, so daß niemand ihn sehen konnte. Doch ich vernahm seine Stimme. Durch meines Vaters Stimme drang sie zu mir.

»Das Auge von Horus ist zwischen ihren Beinen. Es kennt die Höhlungen der Erde.« Ich hörte Usermares schweren Atem. »Das Rückgrat von Osiris schlägt gegen das Auge von Horus. Die Götter sind vereinigt.« Und ich sah, wie sich die Sonne im Wasser spiegelte und dann zwischen Nefertiris Schenkeln barst. Gleich darauf hörte ich, wie mein Vater mit Usermares Stimme murmelte: »Ich habe nicht zu ihr gesprochen. Es waren die Götter, die sprachen.« Und Ptah-nem-hotep, wie erschöpft durch die unmittelbare Nähe seines Ahnen, setzte sich ein Stück von uns entfernt.

Jetzt war es Menenhetets Stimme, die erklang und nüchtern feststellte: »Alle, die damals zugegen waren, konnten sehen, wie Usermare die Tür von Nefertiris Gefährt hinter sich schloß. Jeder wußte, was dort geschah. Alle hörten, wie Nefertiri vor Wonne schrie. Ihre Seufzer der Lust klangen tief, ihr Ächzen üppig. Die Götter hatten sich ganz gewiß vereinigt. Mit Windeseile sollte es sich bis zum Anbruch der Nacht herumsprechen, und als Usermare sich dann vom Feld entfernte, mochte ihm durchaus bewußt sein, daß jeder Bettler in Theben die Unsicherheit des Dunkels fürchtete. Jedenfalls: All das Ungewisse, das die Stadt erwartete, schäumte in den Straßen und Gassen gleichsam hoch. Angst ging um.«

Und ich, noch immer an meine Mutter gelehnt, hatte einen ganz bestimmten Gedanken: die bedrohliche Abwesenheit von Nef-khep-aukhem.

Dies war wie der Zorn eines Geistes.

# NEUN

Ptah-nem-hotep saß auch weiter stumm für sich, und Menenhetet sagte zu ihm: »Ich weiß nicht, welche Gabe dich befähigt, so genau über deinen Vorfahren Bescheid zu wissen, doch alles, was du gesagt hast, entspricht der Wahrheit. Wort für Wort hat Usermare-Setpenere so gesprochen, wie es aus deinem Munde klang.«

Doch mein Vater schwieg auch jetzt. Er schien überhaupt nicht gehört zu haben. Tiefe Erschöpfung umfing ihn. Er glich einem zaghaften Reiter, der einen wilden Galopp gewagt hat und jetzt völlig außer Atem ist.

Es war, als wolle ihm mein Urgroßvater gut zureden. Er erzählte und erzählte.

Dort auf dem Feld stand er; und wußte, daß Usermare Nefertiri beiwohnte; und empfand einen tiefen, einen schneidenden Schmerz; und fühlte sich Usermares Gedanken näher denn je. Der Grund dafür, meinte er, sei wohl das – wenn auch recht kurze – Gespräch gewesen, das er zuvor mit Wonnekugel geführt habe.

Der späte Mond dieser Nacht spiegelte sich in den Augen meines Vaters, in denen sich jetzt Interesse zeigte. Meinem Urgroßvater entging das nicht. Er fuhr mit dem Erzählen fort, und ich ließ mich wieder in den Halbschlaf gleiten, der für mich so behaglich war: Ich brauchte nicht auf jedes Wort zu lauschen und wußte doch alles, was berichtet wurde.

Ja (sagte – dachte Menenhetet), ich sah Wonnekugel unmittelbar vor der Übergabe des Feldes. Sah sie plötzlich, als ich an einer Reihe von Würdenträgern entlangschritt. Dort stand sie mit ihren Eltern und ihrer Schwester. Ich wurde ihrer Familie vorgestellt. Der Vater war offensichtlich ein Mann von großem Reichtum, verwöhnt und verhätschelt, und mit feistem, hängebackigem (und sonnenbraunem) Gesicht. Die Mutter hingegen wirkte zart, ein wahres Juwel an Schönheit. Was die Schwester betraf, so war sie längst nicht so beleibt wie Ma-Khrut, doch fehlten ihr auch Wonnekugels Reize. Ich beugte mich vor und küßte meiner früheren Geliebten die Hand. Ihre Eltern schienen über uns nichts zu wissen, vielleicht auch verstanden sie meinen Namen nicht richtig. Eigentümliches Zusammentreffen! Hier also sah ich sie wieder, Ma-Khrut, der ich lange nicht begegnet. Und nun an diesem Ort, der unseren gemeinsamen Erinnerungen gleichsam Hohn sprach.

Wie gesagt: Ich küßte ihr nur die Hand. Und doch wußte ich in diesem Augenblick, daß ich auf irgendeine Weise für alle Zeit bei ihr, in ihr sein würde. Mochte dies auch nicht das glücklichste Haus sein, das ich mir erwählen konnte, so war es doch mein Zuhause für die Zukunft. Ja, das wußte ich. Wußte es durch die Kraft, die mich überflutete, bis ich fast die Sinne verlor – oder ertrank? Es war die Kraft, die alles beschützen wollte, was sie liebte.

Meine Verwirrung war groß. Ich spürte Ma-Khruts Macht über mich und gewann doch selbst eben hierdurch Macht. Fühlte Nefertiris Lust, als sie das Auge ihrer Liebe Usermare bot, als sie sich ihm gab. Ihr Schoß schien zu bersten vor Glück, taumelnd wie im Aberwitz der Götter; und mich stach etwas tief ins Herz.

Später, in der Bedrückung des frühen Abends, als ich wieder die Säulen der Weißen Göttin erreichte, richteten sich meine Gedanken auf Rama-Nefru: Sie richteten sich auf ihre Gedanken, und ihre Gedanken kamen zu mir, so greifbar wie etwas, das unaufhörlich Gestalt annahm. In allem, was sie dachte, spürte ich das Ende ihrer Liebe für Usermare, und dieses Bewußtsein wirkte auf mich wie der kalte Regen des Libanon. Die Räume rings um ihr Gemach glichen Totenhallen, und noch bevor ich ihr Gesicht sah, wußte ich, daß der Kuß auf Ma-Khruts Hand mir den inneren Blick und das innere Ohr auch für Rama-Nefru geöffnet hatte.

Obwohl ich ihre Sprache – die Sprache, in der sie dachte – nicht kannte, kam ich dem vollkommenen Verstehen jetzt unglaublich nah. Und so wußte ich, daß sie sich abgekehrt hatte, um zurückzukehren zu ihren alten Göttern. Es waren Götter mit dichten Bärten, und ich erkannte Marduk, als sein Bild vor ihrem Auge erschien: Er sah genauso aus wie auf einem von Rama-Nefrus hethitischen

Siegeln. In ihren Gedanken begab sie sich zu einem Grab an einer Stätte, die sonst niemand aufzusuchen wagte. Klagelaute drangen aus dem Boden hervor. Ich wußte nicht, ob dies Marduks Grab war, doch sah ich, wie der Triumphwagen eines Gottes vorüberjagte, und das Gefährt war leer. Der Wagen fuhr auf einer öden Straße unter dunklem Himmel und schwankte von Seite zu Seite.

Als Rama-Nefru mich rufen ließ, mußte ich zusammen mit Heqat an ihrer Seite verweilen, während sie ein hethitisches Ritual zelebrierte. In eine Schüssel voll Wasser wurde aus einem Krug Öl gegossen, das sich auf der Oberfläche breitete. Nun studierte Rama-Nefru die Gestalt, die das Öl annahm. In ihrem Heimatland, sagte sie zu uns, würde es genau dieselbe Gestalt annehmen. »Wäre ich nie nach Ägypten gekommen und würde ich keinen von euch kennen, sondern nähme diese Zeremonie dort vor, an diesem Tag, zu dieser Stunde, so würde das Öl auf dem Wasser dieselbe Gestalt haben. Um genau dasselbe zu sagen.« Ich bezweifelte das, schwieg jedoch. Immerhin war mir bewußt, daß sich die Götter in der Luft eines jeden Landes voneinander unterschieden. Jetzt blickte Rama-Nefru von dem Gefäß auf und sprach: »Eine der kleinen Königinnen hat ein Monster geboren. Der Same meines Gemahls birgt Monster.« Sie starrte mir in die Augen. Doch sie hätte Heqat anblicken sollen, die einen angstvollen Schrei ausstieß: Sie hatte vor wenigen Monaten diese Geburt gehabt.

Las Rama-Nefru dies wirklich aus der Gestalt des Ölflecks? Oder hatte sie auf andere Weise davon erfahren und wollte Heqat nur demütigen, aus welchem Grund auch immer? Ich wußte es nicht, denn ihre Gedanken schienen jetzt leer wie das Auge von Maat vor Sonnenaufgang. Sie fügte noch hinzu: »In meinem Land würde eine solche Geburt das Glück eines Königs verderben«, und wenig später klagte Heqat über ein Würgen in der Kehle und empfahl sich.

Hatte Rama-Nefru den ganzen Zauber nur inszeniert, um mit mir allein zu sein? Jedenfalls erschien auf ihren Wink ein Bediensteter mit einer bedeckten Silberschüssel. Der Deckel wurde entfernt, und sobald der Diener gegangen war, nahm sie die in dem Gefäß liegende Leber heraus und legte sie auf einen Silberteller. Mit der Spitze ihres Zeigefingers berührte sie die Leber an vielen Stellen und betrachtete Form und Verformung längere Zeit, ohne mir dabei – ein Zeichen ihrer Gastfreundschaft – ihre Gedanken zu verbergen.

So wußte ich, daß sie sich an das Tier erinnerte, als es noch gelebt hatte: ein Widder mit stark gekrümmtem Gehörn, und eben deshalb von ihr gewählt. Vor der Opferung hatte sie ihm sogar einige ägyptische Worte ins Ohr geflüstert (schließlich war es ein ägyptischer Widder): »Wird mein Kind Pharao werden?« hatte sie gefragt, und jetzt sprach die Gestalt der Leber zu ihr: »Ja, das wird es – wenn andere Prinzen seinen Vater nicht töten«, dies jedenfalls schien mir die Botschaft zu sein. Denn Rama-Nefru sah, wie Amen-khep-shu-ef sein Messer siebenmal in den Rücken seines Vaters stieß, während Usermare auf einer Frau lag, ja, die Frau war Nefertiri.

Doch ich wußte nicht recht: Waren dies Erkenntnisse, welche Rama-Nefru aus der Leber gewann, oder bot sie mir solche Gedankenbilder, damit ich zum Pharao davon sprach.

Wir saßen schweigend.

Sie sagte: »Wußtest du, daß Ramses I., der Großvater meines Gemahls, von ganz gemeiner Herkunft war?«

»Das wußte ich nicht«, erwiderte ich.

»Er starb im zweiten Jahr seiner Regierung. Ich glaube, ein gemeiner Mann stirbt vor Furcht, wenn er König sein muß.« Sie nickte. »Das ist geschehen.«

»Ich weiß von solchen Dingen nichts«, sagte ich.

»Ja, Ramses I., der Großvater, war nur ein Soldat. Das habe ich aus einem Papyrus in der Königlichen Bibliothek erfahren. Er war der Aufseher der Pferde. Später wurde er zum Aufseher der Flußmündungen befördert und schließlich zum Oberbefehlshaber der Armeen unter Pharao Horemheb ernannt. Dieser war übrigens auch nur Soldat gewesen.«

»Ich wußte das«, sagte ich. »Und wußte es doch nicht.«

Ich hätte ihr erklären können, daß niemand je von diesem Ramses I., der vor Seti gewesen war, gesprochen hatte. Man konnte sich Geschichten von alten Pharaonen erzählen, von Tutmosis oder Hat-shep-sut. Die waren schon vor sehr langer Zeit gestorben.

»Euer Seti I.«, sagte sie, »war ein achtbarer König, und er regierte fast zwanzig Jahre lang. Doch war er nun mal der Sohn eines Emporkömmlings. Und der Enkel auch. Als ich nach Ägypten kam, wußte ich nicht, daß Sesusi der Enkel eines Emporkömmlings ist. Hätte mein Vater das gewußt, ich glaube nicht, daß er mich hierher geschickt hätte.« Sie seufzte und schob die Schafsleber von sich. »Ich finde es schwer, meinen Gemahl zu verstehen – du nicht?« Bevor ich antworten konnte, fuhr sie fort: »Ich habe noch nie einen König gekannt, der soviel Zeit mit Priestern verbringt. Ich glaube, das liegt daran, daß er ein Emporkömmling ist.«

Ich dachte an die Königin Nefertiri, wie sie dort in ihrem geschlossenen Prunkgefährt lag. Ihre Schenkel öffnete ein Pharao, dessen Großvater ein Soldat gewesen war, genau wie ich. Sie jedoch stammte von Hat-shep-sut ab.

Warum hatte Nefertiri nie von Ramses I. gesprochen? Schämte sie sich seiner? Jetzt, in diesem Augenblick, da ich an Usermare dachte, wagte ich es nicht auszusprechen: Doch wenn die Majestät – die Erhabenheit – eines Pharaonen eine Eigenschaft war, die ihm als *Gekröntem* zufiel, so konnten die Götter Ägyptens, wenn sie nur wollten, jeden Menschen zum König und Gott machen. Und ich, ehemaliger Oberbefehlshaber sämtlicher Armeen, konnte ebenso Pharao werden wie Horemheb und Ramses I. vor mir!

Rama-Nefru sagte: »Hier, nimm meine Hand. Wenn ich einsam bin, brauche ich einen Freund.«

Mir war ein wenig beklommen zumute. Schließlich wußte ich, was eine solche Berührung der Hände bewirken konnte. Andererseits fühlte ich mich bereit. Also nahm ich ihre Hand. Es war ein wunderbares Erlebnis. Noch nie hatte ich eine so zarte, so weiche Hand gehalten.

Rama-Nefru musterte mich mit einem bezaubernden Lächeln. Man hätte meinen mögen, unter dem Strahlenkranz ihrer goldenen Perücke könne es keinen düsteren Gedanken geben. Sie reichte mir eine Blume, eine frische, hellrote Rose, und sagte: »Heute morgen hat sich die Knospe geöffnet.«

Ich hielt die Blume an meine Nase und spürte, wie von Rama-Nefru Leid sich hob und durch die Blütenblätter herüberströmte zu mir. Ich wußte nicht, ob ich sie eigentlich mochte, die Hethiterin, doch in der Musik ihres Herzens, von meiner eigenen so verschieden, gab es wohl eine gemeinsame Note. Denn wir fühlten dasselbe Leid.

Während wir so saßen, Hand in Hand, kehrten Erinnerungen an Kadesch zu mir zurück. Sie war erst nach der Schlacht geboren worden, hatte jedoch in ihrem Schatten gelebt. So wußte ich denn, wie ich schon sagte, um ihr Leid. Und ich vernahm sogar ihre stumme Klage, da Usermare und Nefertiri sich gleichsam ineinander ergossen.

Ihr Gemach besaß kein Fenster, von dem man weiten Ausblick hatte, doch ich war den Gedanken von Usermare noch immer so nah, daß mir bald bewußt wurde: Er befindet sich auf dem Weg hierher. In der Tat schritt er jetzt übers Palastgelände. Ich war auf sein Erscheinen so gefaßt, daß ich Rama-Nefrus Hand erst losließ, als ich seine Schritte im benachbarten Gemach hörte. Dann trennten sich unsere Finger, zögernd, wie die Lippen zweier Liebender nach einem Kuß.

Ich wartete im Vorraum. Jetzt saß Usermare bei ihr, Hand in Hand. Noch nie hatte ich mich so sanftmütig gefühlt, noch nie so wenig wie ein Mann, nicht einmal, als Usermare mich wie eine seiner kleinen Königinnen behandelte. Damals war alles in mir wie ein Krampf. Je mehr er mir das Gefühl gab, eine Frau zu sein, desto stärker war meine Qual als Mann. Doch jetzt (als hätten Nefertiris Lustschreie in mir eine Wunde gerissen, deren Bluten sich nicht stillen ließ) fühlte ich mich so friedlich wie der Nil beim ersten Abebben der Überschwemmung – und gleichzeitig wie umhüllt von Leid. Die Wasser des Flusses, waren sie die Tränen all jener, die je geweint? Meine Sorge stieg, indes Usermare ihre Hand hielt. Denn bei allen Seufzern und bedeutungsschwerem Schweigen spürte ich die Untreue von Rama-Nefrus Hand in seiner Hand.

Die Hethiter, so überlegte ich, hatten vier Jahreszeiten, nicht drei. So war Rama-Nefrus Hand wohl wie ein vierter Mund und ihr Herz wendiger als das unsere. Und wendig wie ihr Herz (ähnlich den Lappen der Leber, die sie so ausgiebig studiert hatte) schien auch ihre Grausamkeit zu sein: Mit keinem Wort erwähnte sie Nefertiri, sprach dafür jedoch von der Schlacht von Kadesch.

An dieser Stelle unterbrach Ptah-nem-hotep meinen Urgroßvater, und der Klang seiner Stimme löste mich aus meiner verträumten Hingabe ans Hören. Denn meines Vaters Stimme war scharf: als habe er seine Kraft wiedergewonnen und wolle sie gebrauchen, bevor er sie womöglich wieder verlor.

Er begann: »Du hast nicht gesagt, was die Gedanken meines Ahnen waren.«

»Das habe ich nicht«, räumte Menenhetet ein.

»Kanntest du seine Gedanken zu jener Stunde?«

Mein Urgroßvater nickte. »Durch die Zauberkraft von Ma-Khrut, so kann ich sagen, waren mir seine Gedanken vertraut.«

Mein Vater wirkte zufrieden und gleichzeitig erregt. »Auch ich«, sagte er, und er sprach zu meiner Mutter und zu meinem Urgroßvater, »scheine durch euch etwas von diesem Zauber zu gewinnen. Denn auch ich kenne *seine* Gedanken. Auch ich sehe ihn wandeln zu den Säulen der Weißen Göttin, und – ein solcher Anblick ist selten, doch...« Ptah-nem-hotep zögerte, als fürchte er, zuviel zu wagen, »... er schreitet dieses Mal allein auf dem Weg.«

»Das ist«, erklärte mein Urgroßvater, »genau so, wie ich es sehe.«

»Dann sage mir, ob ich auch seine Gedanken so verstehe, wie er sie wirklich denkt. Ich glaube, daß er, genau wie ich selbst, sich die edlen Taten großer Pharaonen vorzustellen sucht. Er ruft sich in Erinnerung, daß Amenhotep II. mehr als einhundert Löwen getötet hat. Und er denkt auch an Tutmosis III. und an die Schiffe von Hat-shep-sut. In diesem Augenblick widerfährt ihm das Mißgeschick, an jener Stelle vorüberzukommen, wo er mit dem Kopf auf den Marmor aufschlug. Als er sich dieses Vorfalls entsinnt, durchfährt ein furchtbarer Schmerz seine Lenden. Ist das richtig?«

»Es entspricht genau der Wahrheit«, versicherte mein Urgroßvater.

»Sein ganzer Unterleib«, sagte mein Vater, und seine Stimme klang jetzt viel sicherer, »ist voller Schmerzen. Er fühlt eine Furcht vor Tutmosis dem Großen. Die Steine von Tutmosis scheinen sein Gedärm zu zermahlen. Und Usermare stolpert, und beinahe stürzt er unter der Gewalt des *kolobi*, den er seit der Stunde mit Nefertiri getrunken hat. Viele Götter schwirren umher in seinen Gedanken. Er indessen achtet nicht weiter darauf. Vielmehr beginnt er jetzt zu singen:

Eine ägyptische Prinzessin hat tiefe, abgrundtiefe Augen,
Unter den Sternen werde ich die Nacht mit ihr verbringen.
Wie süß ist der Geschmack des Honigs in ihrem Mund.«

Menenhetet erhob sich.

»Hat er dieses Lied gesungen?« wollte mein Vater von ihm wissen. Wieder nickte mein Urgroßvater.

»Doch das Lied«, fuhr Ptah-nem-hotep fort, »kann ihm die Furcht nicht nehmen. Kaum hat er die Hallen der Weißen Göttin betreten, um Rama-Nefru aufzusuchen, so hämmert es in seiner Brust wie das Herz eines Hengstes. Und die ganze Zeit spricht er sich unhörbar den Namen Kadesch vor. Die Schlacht durchbebt sein Herz, bis er das Gefühl hat, ein Pharao zu sein wie keiner zuvor. Er liebt sogar die Namen der hethitischen Götter, weil sie ihn an Kadesch erinnern. Er spricht sie sich vor: Kattish-Khapish. Valizalish. Ist das richtig? Ist es genau?«

»Es ist genau, streng genau. Du hast alles mit streng genauem Maß vernommen«, versicherte Menenhetet, und um zu demonstrieren, wie sehr ihn dies anrührte, durchschritt er den Innenhof und küßte den Boden vor des Pharaos Füßen. Mein Vater, mit einem glücklichen Lächeln auf seinem Gesicht, erwiderte die Geste. Auch er kniete nieder, und seine Hand schloß sich um den großen Zeh von Menenhetet.

Ich hatte den Begriff gelernt, der die feinsten Besonderheiten dieser beiden großen Herren umfaßte: *streng genaues Maß.*

# ZEHN

Diesmal wurde die Kraft meines Vaters nicht aufgezehrt durch die Anstrengung, in Usermares Gedanken einzudringen. Er setzte sich wieder zu meiner Mutter und mir. Offenbar war er mit sich recht zufrieden, nur daß er noch heftig keuchte. Doch dann legte sich der Sturm in seiner Brust, und mit einer leichten Handbewegung bedeutete er Menenhetet, er möge mit seiner Erzählung fortfahren. Ich meinerseits war glücklich, daß mein Vater zurückgekehrt war, wenn auch nur von der anderen Seite des Innenhofs, und bald lauschte ich wieder (auf die Weise, die ich so sehr liebte): lauschte am Eingang zum Schlaf, und jede Stimme verwandelte sich in ein Murmeln.

Ich kann euch sagen, berichtete mein Urgroßvater, daß Ramses ihr Gemach wohl mit dem Wort Kadesch auf der Zunge betrat, doch als Rama-Nefru ihn nicht ausschalt, sondern ihm huldvoll ihre Hand überließ, saß er vor Erleichterung stumm und versuchte, seine Ruhe wiederzugewinnen. Doch zu seiner Überraschung war es nun Rama-Nefru, die von der Schlacht zu sprechen begann. Sie erzählte ihm, was sie davon in ihrer Kindheit gehört hatte. Und ich, der Lauscher im Nebengemach, fand die Geschichte gerade an diesem thebanischen Abend höchst angebracht: Überall in der Stadt brannten Feuer, und der Rauch war so dick, daß er mich eher an Kadesch erinnerte als an irgendeinen Abend am Nil.

»In dem Jahr, bevor du mit deinen mächtigen Armeen gegen uns zogst«, sagte sie, »waren unsere Hethiter im Krieg mit den Medern, und wir errangen einen großen Sieg. Als Kind hörte ich oft Geschichten über die große Siegesfeier. An die Stadtmauer hängten die Einwohner Tuche mit leuchtenden Farben, purpurn und rot und blau, ja, ein Blau, üppiger als das Blau des Himmels an jenem Tage; und all diese Tuche waren reich verziert, so daß die Mauern aussahen wie die Innenwände eines Palasts.

Dann hatten mein Onkel Muwatalli und seine Offiziere eine große Feier, und sie tranken aus den goldenen und silbernen Bechern, die in den Tempeln bezwungener Völker erobert worden waren, und für meinen Onkel war es ein großes Vergnügen, aus diesen geweihten Gefäßen der Besiegten zu trinken. Auf sein Geheiß errichtete man ein Gestell in seinem Garten, und von diesem Gestell baumelte dann das Haupt des Königs der Meder. Wenn er trank, betrachtete er gern dieses baumelnde Haupt, und es gab ihm Kraft. Dabei brauchte er diese Kraft gar nicht. Denn er war fast ein Hüne von Gestalt.«

»Das wußte ich nicht«, sagte Usermare. Er wartete, schien zu zögern, zu zweifeln; fragte schließlich: »War er größer als ich?«

»Ich habe nie einen größeren Mann als dich gesehen«, erwiderte sie.

»Aber als Muwatalli starb, warst du noch ein Kind. Also kannst du es nicht wissen.«

»Ich kann es nicht wissen«, stimmte sie zu, »doch wo gibt es den König, der sein Haupt höher zum Himmel heben kann als du?«

Er ließ eine Art Grunzen hören. »Fühlst du dich wohl?« fragte er dann. Ich spürte, daß es ihn danach verlangte, ihr Blondhaar zu küssen.

»Ich fühle mich um diese Stunde recht schwach«, erwiderte sie, »doch bin ich bereit, dir mehr zu erzählen.«

»Ich möchte es hören.«

Die Menschen hinter den Mauern von Kadesch, so erzählte sie, wußten sehr wohl, daß die Ägypter im Anmarsch waren. Man hatte die Botschaft erhalten, daß sie von Gaza abgerückt seien. Tag für Tag kamen Kundschafter auf schnellen Pferden und berichteten über das Vorrücken der Ägypter. Groß war die Beklommenheit. Denn während sich die Ägypter näherten, näherte sich auch der volle Mond. Doch den Tag nach dem vollen Mond nannte man den Tag von Sappattu, und an einem solchen Tag war jede anstrengende Tätigkeit verboten: Also durften die Hethiter auch nicht kämpfen. So hofften alle, daß die Ägypter am Morgen vor dem Tag von Sappattu eintreffen würden, damit die Stadt nicht verloren sei. Um dies zu bewirken, bediente man sich sogar eines Rituals. Innerhalb der Stadtmauern wurden an vielen Stellen Feuer entzündet, und die Priester sprachen Gebete in die Flamme. Muwatalli jedoch wohnte dem nicht bei. Es wäre Frevel gewesen, den König der Flamme auszusetzen. Er durfte nie mit ihr in Berührung kommen. »Zauber«, sagte Rama-Nefru, »wenn er nicht den Feind verbrennt, kann einen selbst verzehren.«

»Wo war er denn, während die Feuer brannten?«

»In seinem Palast, um sich zum Schlaf zu bereiten. Und er erwartete einen Schlaf voller Wahrträume.«

»Wie hat er das getan?«

»Das habe ich dir doch schon erzählt. Oft sogar. Indem er den ganzen Tag fastete. Die Frage, auf die man eine Antwort haben will, wird gleichfalls hungrig sein.«

Muwatalli wußte nicht, ob die Ägypter am linken oder am rechten Flußufer gegen Kadesch vorrücken würden. Er hoffte, diese Frage an Marduk selbst richten zu können, obwohl es nicht leicht war, den Gott zu erreichen. Und schwer, sehr schwer war es auch, über die Abgründe zu schreiten, welche sich zwischen den gigantischen Haupthaaren des Gottes auftaten. So brauchte der König den reinsten Schlaf, um das beste Gleichgewicht zu gewinnen.

»Was aber, wenn Marduk ihm die bevorstehende Katastrophe weissagte?«

»Dann«, entgegnete Rama-Nefru, »würde man sich auf sein schlimmes Schicksal vorbereiten. Das ist besser, als blind zu warten.«

»Ich möchte nie böse Omen vernehmen«, sagte Usermare.

»Wir glauben, es ist besser zu wissen als zu hoffen.«

Er brummte nur. »Er schlief also. Was geschah?«

»Er erwachte mitten in der Nacht. Mit Kopfschmerzen.«

Das war kein gutes Zeichen. Wenn die Götter nicht sprachen, mußte man einen Schwur leisten. Die Priester rasierten Muwatallis Bart- und Körperhaare ab. Und sammelten sie und taten sie in eine Schale, die von dichten, schwarzen Locken überquoll.

Der Hohepriester stopfte die Haare in eine Vase, die man versiegelte. Dann wurde der Schwur geleistet: Diese Vase sollte bis nach Gaza gebracht und dort vergraben werden. Gewiß würde die Schlacht stattfinden, bevor der Bote an jenen fernen Ort gelangte, doch sobald er auf dem rechten Weg war, hatte der Schwur seine Wirkung. Und so schickte man mitten in der Nacht einen Boten mit der Vase los.

Doch kaum war er verschwunden, so kehrten die Kopfschmerzen

des Königs zurück. Und alle, die sich in Muwatallis Nähe aufhielten, glaubten, ein Erdbeben stehe bevor. Die Steine unter ihren Füßen schienen so schlüpfrig wie der Rücken einer Schlange. Dies mußte ein Zeichen dafür sein, daß der Feind die Mauern niederreißen würde. Bei einem Erdbeben verliert das Land allen Halt, und viele Bäume stürzen.

So drängte der Hohepriester den König denn zu einem höchst seltenen Zeremoniell. Muwatalli möge sich seines Zepters, seines Rings, seiner Krone sowie seines Schwerts samt Scheide entledigen. Nun mußte sich der Monarch neben einer Statue von Marduk vor dem Hohenpriester verneigen. Da Muwatalli keine königlichen Insignien mehr trug, war seine Person nicht unantastbar, und man konnte mit ihm verfahren wie mit einem gewöhnlichen Menschen. So schlug ihm denn der Hohepriester wieder und wieder ins Gesicht und hörte damit erst auf, als Muwatalli die Tränen in die Augen traten. Doch nahmen die Kopfschmerzen ab. Jetzt konnten die Menschen von Kadesch hoffen, daß die Bäume nicht entwurzelt würden. Dennoch waren die Vorzeichen nicht gut. Draußen auf den Straßen hörte man Klagerufe. Die Menschen hatten erfahren, daß der König bei seiner Suche nach einem wahren Traum voll Bedrückung aus dem Schlaf erwacht war.

Doch Muwatallis Kopfschmerzen wollten immer noch nicht weichen, und die Priester erklärten, nun seien noch stärkere Rituale vonnöten. Allerdings bleibe der König nun völlig ohne Schutz. Und so dürfe Muwatalli an der Schlacht denn auch nicht teilnehmen. Ein Ersatzmann müsse seinen Platz einnehmen.

Der Zorn des Königs (erzählte Rama-Nefru) war groß. Doch da er sich auf das Zeremoniell eingelassen hatte, war er durch das Wort des Hohenpriesters gebunden. Alle weinten über Muwatallis Schmerz, weil er würde zurückbleiben müssen, und er stieß seinen Kopf gegen die Wände seines Palastes.

Der nächste Tag kam, doch niemand wußte, wer erkoren worden war, in der Schlacht anstelle des Königs zu kämpfen. Und dieser Mann gab sich auch erst dann zu erkennen, als Usermare auf dem Feld einen Hethiter zum Zweikampf herausforderte. Nun trat er vor. Er war der Erste Wagenlenker und ein großer Streiter.

»War er«, fragte Usermare, »der Hethiter mit dem verrückten Auge?«

»Ich weiß nicht, von wem du sprichst«, sagte sie, »doch laß mich eine Frage stellen: Hat er einen Schielblick wie Amen-khep-shu-ef?«

Usermare ächzte leise. »Ja, da ist eine Ähnlichkeit«, räumte er ein. »Allerdings habe ich noch nie daran gedacht.«

Sie nickte.

»Jetzt werde ich wohl immer daran denken müssen«, setzte er hinzu und drückte wohl ihre Hand zu heftig, denn sie stieß einen leisen Schrei aus. Als er sich entschuldigte, sagte sie mit süßer Stimme: »Ich hatte ganz vergessen, wie begierig ihr Ägypter auf die Finger der Erschlagenen seid.« Usermare lachte verlegen. Er schien nicht recht zu wissen, wie die Worte aufzufassen waren. Rama-Nefru fuhr fort: »Unsere hethitischen Männer sind eitel und sehr wild. Sie sagten, was die Ägypter in der Nacht nach der Schlacht taten, sei weibisch gewesen.«

»Weibisch?«

»Ja. Hätten sie, mit Muwatalli an der Spitze, die Schlacht gewonnen, so würden sie nicht Hände, sondern Häupter gesammelt haben. Ja, sie hätten, sagten sie, Kopf und Hals des kleinen Mannes, der zwischen den Beinen lebt, abgeschnitten. Ägypter, mit denen man so verfährt, sind für eine gute Suppe brauchbar – das waren ihre Worte.«

Usermare seufzte. »Ich kenne die Hethiter nicht«, sagte er. »Doch gewiß würde ich nicht in meinem Garten sitzen wollen, den von einem Ast baumelnden Kopf meines Feindes vor Augen.«

»Du mußt ja auch nicht das böse Geschick meines Volkes teilen«, sagte sie. »In der folgenden Nacht waren Muwatallis Kopfschmerzen verschwunden, und er wollte hervorstürmen aus den Toren und dich vernichten. Doch er durfte nicht. Denn die Nacht, die dem Tag der Schlacht folgte, hatte einen vollen Mond. Also war der nächste Tag Sappattu.«

Düsternis fiel auf Usermare. Und ich wußte, während ich noch auf Rama-Nefrus Worte lauschte, daß eben diese Worte wie Wurzeln waren, die sich in seinen Stolz fraßen.

»Als ihr gegen Morgen aufbracht«, sagte sie, »sahen unsere Leute euch von den Mauerbrüstungen nach. Wir gewahrten die große Unordnung, konnten jedoch nichts unternehmen. Dies war ja der Tag von Sappattu. Es gab für uns nur einen Trost. Die Ägypter wußten nichts von unserer Schwäche an diesem Tag, und so versuchten sie auch nicht, unsere Mauern zu erstürmen. Und so sahen wir euch nur beim Abrücken nach. Ich wurde erst sieben Jahre später geboren, doch ich habe die Geschichte oft und oft vernommen. In meinem Schlaf sehe ich den Ägyptern nach, während sie abziehen.

Als ihr alle verschwunden wart, strömten unsere Leute aus und suchten unsere Toten und brachten sie zurück. In dieser Nacht hallte es in der Stadt von Wehklagen wider. Wir trauerten tief und in der Hoffnung, hinabzureichen ins wahre Dunkel der Nacht. Beim Licht des Vollmonds konnten wir die furchtbaren Felder auf der anderen Seite des Flusses sehen, und dieser Anblick zwang uns, hinabzusteigen in die tiefsten Höhlen unseres Herzens, wo kein Mondlicht jemals leuchtet. Dort weinten wir ob der Verzweiflung all jener Götter, die eingekerkert sind in jedem Berg. Wenn auch nur einer von ihnen, vielleicht so groß wie Marduk, unsere Klage vernahm, so würde ihn die Gleichgültigkeit der anderen Götter wohl nicht länger hindern, endlich zu erkennen: Unser Mitleid galt gerade auch ihm. Und so wehklagten die Menschen von Kadesch in dieser Nacht des Leids und des Leidens in den Straßen, um die steinernen Herzen der Götter zu erweichen.

Doch ein solches Wehklagen, so tief und mit solcher Gewalt, kann nicht nur ausgelöst werden durch den Tag einer Schlacht. Und so weinten wir auch über alle Übel, die durch alle Jahre hin kommen. Wir wehklagten über jene Lieben, die uns fern waren, und über Gärten, in denen nichts gedieh. Wir jammerten über leere Furchen und über Kinder, die allzu jung gestorben waren. Und über tote Ehefrauen und Ehemänner. Wir jammerten und klagten über das Leiden der Alten. Auch über trockene Flüsse und sonnenversengte Felder; über Sümpfe, in denen Fische verdarben; über Wälder, in welche nie das Sonnenlicht drang; über Wüsten, welche keinen Schatten kannten. Wir weinten über die Schande des Weinbergs, dessen Trauben bitter sind, und wir heulten über all jene Stunden, die schwer sind von Bedrückung, da die Übel nahe scheinen, doch noch unbekannt.

Ihr Ägypter hier in diesem Land«, sagte sie, »ihr wehklagt nicht. Ihr feiert. Ihr ergötzt euch zusammen mit euren Göttern. Wir hingegen weinen um die unseren. Wir wissen, wie sie leiden. Wir klagen über unsere Lästerungen gegen sie. Und betrauern Frauen, deren Männer zu anderen Frauen gehen. Und Mütter, die Monster gebären. Manchmal beklagen wir jene, die nicht weinen können.«

Sie begann, für sich zu singen, doch die Weise klang so bedrükkend und so fremd, daß Usermare nicht wußte, wie er sich verhalten sollte. Und so setzte er sich schließlich die Doppelkrone aufs Haupt und entfernte sich schweigend. Er gab mir kein Zeichen, ihm zu folgen.

So befand ich mich ganz in der Lage eines Bediensteten, dessen wichtigste Pflicht es ist, geduldig zu warten. Während Rama-Nefru in ihrem Gemach unruhig hin und her schritt, streckte ich mich im Vorraum auf einer Liege aus. Nach einer Weile legte auch sie sich hin und schlief sogar ein. Mir blieb das leider versagt. Usermares Kummer lastete so stark auf mir, daß ich mich fragte, ob Ma-Khrut mir wirklich besondere Kräfte verliehen hatte oder eher: von welchem Wert sie für mich seien.

Ich wußte, daß er allein war und bis zu den Knien im Wasser stand, dort in jenem Teich, der genannt wurde das Auge von Maat. Kleine Insekten umschwirrten ihn in der Dunkelheit, während er düster sann über Rama-Nefrus Worte und Tränen ihm in die Augen traten.

Das Haar war ihr ausgefallen. Aus welchem Grunde nur? Lag es daran, daß er die Steine von Seti und Tutmosis bewegt hatte? Seine Gebete waren umsonst gewesen: die Gebete, Rama-Nefrus Haar möge wieder wachsen. Ihr Kopf blieb kahl. Er dachte an die Zuckungen, die ihren Körper im Schlaf schüttelten. Und an das sonderbare Geräusch, das dann aus ihrer jungen Kehle drang. Ein Schnarchen war es und klang doch wie ein Schnaufen, nein, Schnauben wilder Keiler in den Bergen von Syrien. In der vergangenen Nacht hatte sie wieder so geschnarcht, und er hatte sich unwillkürlich nach den Düften Nefertiris gesehnt. Wie nur wiedergutmachen – war das die Frage? Doch Rama-Nefru behauptete ja, Ägypter wüßten nichts von Wehklagen – von Reue?

Er dachte an die Zeremonien im Tempel von Osiris bei Abydos. Vor fünfunddreißig Jahren – im Jahr seiner Thronbesteigung – hatte er sie dort erlebt: Und hatte es je, jemals Geräusche gegeben wie jenes schreckliche Wehgeheul, welches da kam von den Männern und Frauen, die vor den Toren des Tempels von Abydos standen? Ihre Schreie schienen der Erde zu entstammen, den Felsen und Wurzeln und den unbehauenen Steinen noch unerbauter Tempel. Und so seufzte er und watete heraus aus den Wassern des Auges von Maat und kehrte schließlich zu Rama-Nefrus Gemach zurück und lag neben ihr die ganze Nacht hindurch. Doch sie rührte sich nicht, und in der Dunkelheit wanderten seine Gedanken wieder zum Tempel von Osiris bei Abydos. Als er in den ersten Monaten jenes Jahres auf seine Krönung gewartet hatte, während der tote Körper seines Vaters zur Einbalsamierung und späteren Bestattung siebzig Tage lang in dem geheiligten Natronbad lag, mußte er (indes sich das Fleisch seines Vaters gleichsam in Stein verwandelte) oft an den Gott Osiris denken. Er war den Nil hinab und hinauf gereist, um die heiligen Städte Ombos und On zu besuchen, auch den Tempel von Ptah bei Memphis. Und schließlich war er, voll Furcht und gespannter Erwartung, nach Abydos gelangt, der heiligsten aller Städte, der allerersten: zu jenem Ort, wo Isis das Haupt von Osiris bestattet hatte.

»Das weiß ich«, sagte mein Vater ganz plötzlich, und ich spürte, daß er jetzt reden wollte: Unvermittelt waren seine Gedanken in Bewegung geraten, traumhaften Blitzen gleich. »Ja«, fuhr er fort, »als Usermare zum Bett von Rama-Nefru zurückkehrte, lauschte er noch einmal auf das Wehklagen der Menge bei Abydos. Doch dann, in der Dunkelheit, glaube ich, hörte er auf, über Rama-Nefru zu grübeln und entsann sich statt dessen seines Besuches in seines Vaters kleinem Tempel bei Abydos. Ist das wahr?«

»Es ist genau so«, versicherte Menenhetet.

»Ja, ich kenne seine Gedanken«, sagte Ptah-nem-hotep. »Der Tempel seines Vaters war noch nicht fertig, dafür hatte die Überschwemmung gesorgt, und Usermare dachte nach über die letzten Jahre seines Vaters, da dieser krank gewesen war: Seti, zu schwach, um seine Werke zu überwachen, starb in Düsternis. Einst war er wohl ein starker Mann gewesen, doch er schied dahin in Furcht vor der Unkenntnis seines Vaters, des Ersten Ramses: Wer würde wissen, wie Seti willkommen zu heißen war, wenn er sich näherte, um im Reich der Toten zum Körper von Osiris zu gelangen. Und so hatte Seti eine furchtbare Angst vor seinem eigenen Tod, und wenn er von Osiris sprach, so geschah dies stets in tiefster Ehr*furcht*, und niemand bezeugte mehr Achtung vor dem Tempel von Osiris als Seti. Ja, vor einem so großen Gott zögerte Seti sogar, seinen eigenen Namen auszusprechen. Er fürchtete nämlich, dieser sei dem Namen des Gottes Seth allzu ähnlich und könne somit Anstoß erregen. Als Seti den Bau des neuen Tempels bei Abydos begann (den Usermare jetzt unfertig vorfand), sagten die Priester, die ihm als Architekten dienten, unter großem Zittern zu ihm, daß ein dem Osiris geweihtes Andachtshaus keinen Platz habe für den Namen Seth (neben den Namen anderer Götter an der Mauer).

Diese Priester brachten nun kaum ein weiteres Wort hervor. Mußten sie Seti doch sagen, daß sein Name hier nur niedergeschrieben werden konnte als Osiris der Erste. Seti hob nicht sein Schwert, nicht seine Keule, nicht seine Geißel. Statt dessen gab er seine Einwilligung. So groß war seine Furcht. Und Usermare, der in seines Vaters unfertigem Tempel saß, ward so bewegt vom Tod seines Vaters, daß er einen Schwur leistete: Er werde den Bau dieses Tempels zu Ende führen.

Jetzt dachte er an den Schwur, den er zwar geleistet, jedoch nie eingehalten hatte (eher geschmäht: viele der Steine dort waren ja – den Nil emporgeschifft – als Baumaterial für die Halle von König Unas verwendet worden).

Beklommen erhob Usermare sich von Rama-Nefrus Bett und kehrte zu dem flachen Teich zurück, um an diesem, dem Vierten Tag, die aufgehende Sonne zu begrüßen. Anschließend begab er sich zum Throngemach. Dort saß er auf einem der Sitze und versuchte, sich zu konzentrieren auf den Tag des Osiris, gefeiert hier an diesem Morgen in Theben (statt in Abydos): in diesem Jahr des Göttlichen Triumphs.

Doch während er noch saß in der Umarmung von Isis und wußte, daß *sie* sein Sitz war, drang der Name von Seth in seine Meditation und störte seine Ruhe. Nun konnte er nicht mehr in Gleichmut nachdenken über die Zeremonien, die ihn an diesem Tag erwarteten.

Statt dessen entsann er sich des ersten Jahrs seiner Vermählung mit Nefertiri, als er, um seinem Vater zu Gefallen zu sein, seinen ersten Sohn Seth-khep-shu-ef benannte und diesen Namen oft vor Setis Ohren aussprach. Doch nach dem Tod seines Vaters (dem er viele Schwüre geleistet hatte, die er nie einhielt) veränderte er den Namen. Aus Seth-khep-shu-ef wurde Amen-khep-shu-ef. Jetzt zitterte der Pharao in der Umarmung von Isis, und seine Gedanken waren aus den Fugen. Selbst als der Hohepriester sprach: ›Du sitzt auf deinem Thron, Großer König, und *ihr* Name ist Isis: Der Leib und das Blut deines Throns ist Isis‹, da verfing diese altgewohnte Formel nicht bei ihm. Düster saß er auf dem Thron von Isis. Bei seinem Tod würde Horus nicht länger in ihm leben, noch konnte er dann in Horus leben. Nein, nein. Dann betrat er das Reich der Toten und weilte im Herrn Osiris. Doch würde ihm die Liebe von Isis gehören? Wer konnte sagen, daß *seine Frauen* ihn so liebten wie Isis?

Solche Gedanken bedrückten ihn, und er verließ das Throngemach und stieg in seine Sänfte. An diesem Tag sollte Rama-Nefru mit ihm reisen. Er sah die Blässe ihrer Haut in scharfem Kontrast zur strahlenden Helle ihrer goldenen Perücke. Er wußte, daß sie krank war. Sie setzte sich neben ihn und bot ihm nicht ihre Hand. Ohne ein Lächeln blickte sie auf jene, die – an diesem Morgen auf den Hof der Großen Einzigen geladen – beiden zujubelten, und *er* erschauerte. Voll Bedrückung stieg er dann aus dem Goldenen Bauch und kniete nieder vor dem Schrein von Osiris. Er versuchte, an das Korn zu denken, das der Erde entsprießen würde, doch seine brütenden Gedanken galten einzig dem Gott Osiris, der unterirdisch gefangen war.

Doch während die Priester sangen, entsann er sich der Gesänge der Weiber, welche von Isis kündeten, derweil auf den Feldern der erste Halm geschnitten ward. Sie würden das Getreide dreschen. Und – indes Spreu vom Weizen sich schied – stieg Isis gen Himmel. Vor dem Schrein von Osiris lauschte er auf den Gesang der Priester.

> ›Osiris ist Unas in der Spreu.
> Er hat eine Verachtung für die Erde.
> Oh, trocknet seine Wunden.
> Reinigt ihn mit dem Auge von Horus.
> Denn Unas ist auf und fort.
> Zum Himmel!
> Zum Himmel!‹

Nun sah Usermare, wie der Pharao Unas sich zum Himmel erhob, und in seinem Herzen versuchte er, sich zu erinnern, wie er, in seinen Träumen, sich zu erinnern versuchte: an den Genuß von Götterfleisch, das er und der Pharao Unas zu essen pflegten.«

An dieser Stelle hörte mein Vater auf zu sprechen. »Ich würde fortfahren zu erzählen«, sagte er, »doch da sind allzu viele Zeremonien, die ich beschreiben müßte, und allzuviel Getöse vor mir; und ich wage es nicht, Muwatallis Kopfschmerzen auf mich zu ziehen. Erzähle mir also, was du an jenem Tag getan hast, und ob du mit Nefertiri zusammen warst. Das ist es, was ich *nicht* sehen kann.« Wieder nickte mein Urgroßvater. »So ist es«, sagte er. »Ich war mit Nefertiri zusammen.«

# ELF

»Es ist wahr«, sprach Menenhetet in gemessenem Ton (als sei, beim Gleichgewicht von Maat, nunmehr er an der Reihe zu reden, indes Ptah-nem-hotep sich ausruhen mochte), »es ist wahr, daß ich mich – einer im Gefolge von Usermare, während er vor dem Schrein von Osiris kniete – in Gedanken Nefertiri nahe fühlte. Doch erst als er zur Sänfte zurückkehrte und zusammen mit Rama-Nefru wieder zum Throngemach gebracht wurde, um sich für eine weitere Zeremonie umzukleiden, spürte ich, daß Nefertiri – zum erstenmal in diesen vier Tagen! – nicht nur an mich dachte, sondern mich auch wollte. So verließ ich meinen Platz im Gefolge, was jetzt nicht weiter schwierig war. Würdenträger aus irgendwelchen fernen Orten waren eifrig darauf bedacht, sich eine gute Position zu sichern. Während ich hinausschlüpfte, schlüpfte also irgendwer herein; und dann lag der Palast hinter mir, und ich wanderte durch die Menschenmassen von Theben, Betrunkene zumeist – an diesem Morgen, nein, nicht schon berauscht, sondern *noch* berauscht von der vergangenen Nacht. Und wieder fühlte, spürte ich Nefertiri; meinte, sie müsse hier irgendwo in der Nähe sein, umherwandernd wie ich selbst; war mir dessen ganz sicher; und war es doch nicht, weil der Lärm und der Staub und der Rauch meine Sinne gleichsam trübten. Auch schien es die Menge auf mich abgesehen zu haben. Da ich im Prachtgewand schritt, war jeder bemüht, dem hohen Herrn seine Dienste anzubieten oder wenigstens ein Wort mit ihm zu wechseln: welch große Ehre, von der man dann anderen erzählen konnte. So zögerte ich denn nicht lange. Ich kehrte zu den Säulen der Weißen Göttin zurück, durchwühlte den Raum eines Zimmermanns, schlüpfte sozusagen in seine ältesten Lumpen und verließ den Palast wieder durch den

671

Dienstbotenausgang. Ein Lendenschurz und ein Stirnband waren alles, was ich trug.

Jetzt, von den Belästigungen durch die Menge befreit, ja, durch meine Kleidung selbst einer von ihnen, hätte ich – sollte man meinen – doch mit größerer Ruhe suchen können. Aber es trieb mich um. Ein Gefühl der Panik erfüllte mich: Nefertiri war vielleicht in allernächster Nähe, und doch sah ich sie nicht (obschon ich sie doch spürte!). Durch schmutzige Gassen kam ich, vorbei an quietschenden alten Schadufs; Betrunkene bliesen mir ihren stinkigen Atem ins Gesicht, im Gedränge streifte ich die Brüste von Weibern. Auch die wie unabsehbare Masse brachte mich in Panik. Ich war es nicht gewohnt, von Männern mit weißeren Gewändern beiseite gestoßen zu werden, und so geriet ich in Zorn über die unverschämten Säufer, bis mich ein wahrer Taumel erfaßte. Doch mich erfüllten viele widerstreitende Gefühle. Stieß jemand gegen mich, so hätte ich ihn am liebsten zu Boden geschleudert. Aber in meinen Augen schien das Begehren nach Nefertiri zu brennen, denn alle Huren lächelten mir zu. Manche von ihnen hatten Wachskugeln, die stark nach Parfüm rochen – ein übles Zeug, wie ein Gemisch aus Honig und altem Schweiß. Ich betrat ein Bierhaus, in dem allerlei Volk sich drängte, Soldaten und Tölpel, eine Menge Provinzler aus kleinen Nestern, die auf dem Nil, flußauf oder flußab, ihre Götter begleitet hatten. Hier achtete niemand auf mich. Um zu einem Bier zu kommen, mußte ich sogar ein Schankmädchen beim Arm packen, was beinahe eine Rauferei auslöste. Es herrschte ein grauenvoller Gestank. Betrunkene erbrachen sich auf den Boden, und auch sonst erleichterte sich so mancher, wie und wo es ihm gerade paßte. Es war der reine Schweinestall, und wären noch ein paar Borstentiere umhergewandert, es wäre wohl kaum jemandem aufgefallen.«

Während mein Urgroßvater sprach, konnte ich ihn in meinen Gedanken nicht länger sehen, jedenfalls nicht sein Gesicht: Mehr und mehr schien es dem von Knochenbrecher zu ähneln. Ich ruhte zwischen meiner Mutter und meinem Vater, und je näher ich mich den sanften Lippen des Schlafes fühlte, desto deutlicher sah ich den Bootsmann; sah auch, oder spürte doch, wie er und Eyaseyab miteinander Liebe machten, und in meinen Gedanken und Träumen tauschten er und mein Urgroßvater jetzt ganz die Plätze.

Und so sah ich Knochenbrecher und Eyaseyab sogar in irgendeiner Hütte in einer der engen Gassen, durch die mein Urgroßvater im Lendenschurz wanderte, bis ich dann begriff (mit jenem trägen Behagen, das im Halbschlummer schon die kleinste Erkenntnis zu bereiten vermag): Sie waren nicht irgendwo in thebanischen Straßen, sondern liebten sich gewiß in einem der Räume, die in dieser Nacht für Eyaseyab im Palast verfügbar waren, damit sie uns hätten verfügbar sein können; und – ja, ich verließ mein sanftes Kissenlager und Luftwogen schienen mich schwankend zu tragen; und – ja, bewegte Luft durch sich bewegende Leiber: Sie trieben es, dort im Gesindeflügel des Palastes, meine liebe Eyaseyab, die Süßen Finger küßte und alles heraussog, was süß war; und – ja, ich hatte meinen Urgroßvater verlassen, um in ihrem Herzen zu leben, und wußte nichts von ihm, sondern fühlte mich reich durch sie und wunderbar in meinen Gliedern. Dann fuhr Knochenbrecher dazwischen wie der Blitz von Seth, und ich hörte das Bersten von Fels und fühlte hartes Pochen; vielleicht gar vernahm ich Eyaseyabs Stöhnen, doch waren hier im Innenhof viele Geräusche zu hören, so manches Seufzen und Ächzen vor Wonne und dazu Grunzen und Kratzen und Schnauben und Gackern all der Tiere in den fernen Ställen, doch in der Nacht, den Göttern ähnlich, sind alle Geräusche nah, und falls ich es hörte, Eyaseyabs Stöhnen oder ihren Schrei, so war es wohl dies Zeichen ihrer Wonne, das mich wieder hineinversetzte in Menenhetets Begierde nach Nefertiri: Nun konnte ich seine Geschichte besser hören, das heißt deutlicher sehen; und seine Stimme berührte mein Ohr jetzt kaum oder gar nicht – es war vielmehr der Atem seiner Gedanken.

Ich fühlte mich allein (dachte er, sprach er). Ich fühlte mich, hier im Getöse dieses thebanischen Bierhauses, so allein wie der junge Bursche, der ich einst gewesen war: Als ich von unserem Dorf fortging, um in der Armee zu dienen. Gleichzeitig wurde ich das Gefühl nicht los, Nefertiri müsse in der Nähe sein; doch sah ich sie nicht. Aber – wollte ich sie wirklich sehen? In mir war, deutlich spürbar, ein Schrecken. Wenn ich sie fand, konnte ich alles verlieren, was ich im Leben gewonnen hatte.

Dieser Gedanke glich einem ungeheuren Gewicht, das (inmitten all dieser Bezechten, die wie in säuerlicher Gärung waren) auf mich niederstürzte mit vernichtender Gewalt; und zum erstenmal sah ich mein Leben ohne Stolz. Ich dachte nicht an das, was ich erreicht hatte (während mein Selbstgefühl sonst doch Tag für Tag davon zehrte), sondern sah, was ungetan geblieben war, so vieles. Ja, wie viele Freunde hatte ich *nicht* gewonnen (denn ich traute ja keinem Menschen), und wo war die Familie, die ich nie besitzen würde (ich hatte ja keiner Frau genügend vertraut, um eine Familie zu gründen – wie gemein hatte ich mich doch Renpu-Rept gegenüber verhalten); und die Kotze, die überall auf dem Boden lag und deren Gestank mir in die Nase stach, war sie etwa widerlicher als das Innere meines Herzens? Jetzt auf einmal begriff ich auch, wie grauenvoll es für mich sein würde, als alter Mann mein Leben zu fristen. Sollte ich den ganzen Tag lang im Bett liegen, die Finger um die Medaillen gekrallt, die mein Pharao mir noch verleihen mochte? Sollte ich mich von greisenhaften Dienern unentwegt mit allen möglichen Titeln ansprechen lassen: alte Leute, die in der Nacht auf mein Husten lauschten und mich oft als Geizhals verfluchten? Was für ein grauenvolles Dahingehen zum Tod – einmal husten in diesem Leben und dann wieder husten im Land der Toten. »Ich will nicht wieder sterben in Khert-Neter«, sang einer der Betrunkenen in der Schenke, doch ist das ja die Jammertirade aller Zecher.

Ich dachte an die Goldminen von Eshuranib und an die Weisheit von Nefesh-Besher; und ich fragte mich, ob ich die Macht besaß, wiedergeboren zu werden im Bauch einer bedeutenden Frau. Und in diesem Augenblick war es, als versammelten sich die Götter in großer Schar um mich, und ich fühlte, wie das Gleichgewicht des Himmels auf meine Entscheidung wartete: Die Kleinmütigkeit meines Blutes und die Tapferkeit meines Herzens, sie glichen Legionen vor der Schlacht in jener Stunde, da das Horn geblasen wird. Ich wagte kaum zu atmen, und doch war kein Atem reiner als der, den ich in mich eintrank zwischen den stinkigen Schwaden von Kotze, denn nun wußte ich – ich, der ich wie jeder Soldat zu hundert Göttern betete, nie die Stimme eines einzigen vernahm, keinem vertraute –, daß ein Gott zu mir sprach. Welcher, wußte ich nicht. Doch er war in meinem Herzschlag, wartete auf meinen Entschluß. Und ich sprach zu mir selbst: »Ich fürchte mich nicht vor dem Tod. Ich werde ihm trotzen«; und ich wußte, daß gehört wurde, was ich sagte, ja, mehr noch: Ich hätte schwören können, daß die Kerzenflammen in der Schenke niedriger brannten, fast als wollten die Feuer von

Ra vor der Ungeheuerlichkeit meiner Worte verstummen. Ich ging hinaus, begab mich wieder auf die Suche. Nach Nefertiri.

So war ich denn abermals auf den Straßen. Und gebrauchte meine Ellbogen wie Schilde, um mich vor den Ellbogen der anderen zu schützen. Eine eigentümliche Ruhe erfüllte mich, doch war kein Friede darin: Es war jene Ruhe, die sich einstellt, wenn man auf jegliche Qual gefaßt ist und doch weiß, daß einen nie wieder Ungeduld heimsuchen wird. Mein Leben lag vor mir, das fühlte ich. Ja, was davon noch geblieben war, lag endlich vor mir. Ich würde nicht in der Verbitterung der Alten sterben, die zu Stein werden durch die Furcht vor dem Stein, der sich über ihnen auftürmen wird, nein, ich würde Nefertiri finden und sie ficken. Was für ein herrlicher Gedanke! Mein Schwanz in ihrer Scheide, mein Schmerz in ihrem Honig, meine Mattigkeit in ihrem Reichtum, mein Stolz in ihrem königlichen Privatgemach, mein pulsendes Herz in ihrem süßen Beben, mein Bauernfleisch in der Sauce einer Königin, mein Schwert in Usermares Haut! – Jede Leidenschaft, hoch oder niedrig, strömte in mir zusammen, und mein Leben war einfach. Ich würde sie ficken oder bei dem Versuch sterben; oder ich würde bei ihr sein und niemand würde wissen; oder ich würde bei ihr sein, so wunderbar in Liebe mit ihr vereint, daß ich bereit war zu wagen, was niemand sonst wagen würde: den Pharao zu töten, wenn sie es nur wollte.

Tief atmete ich ein. Ich hatte es mir vorgesprochen und ich wußte es: Es gab keinen anderen Ägypter im Zwei-Land, der so war wie ich. Einige wenige mochte man finden, die willens waren, einen Pharao für ihren Herren, den nächsten Pharao, zu töten. Doch keiner – außer mir – würde es für sich selbst tun. Ja, Ja, ich hatte den Mut, Pharao zu sein, wenn *sie* meine Königin werden würde. War sein Blut etwa besser als meines? Er – Abkömmling eines Aufsehers über die Flußmündungen!

Und so empfand ich Ruhe, vielleicht auch Frieden. Den Frieden des Begreifens. Nie wieder würde ich mich gegen Gefahren zu wenig schützen. Noch eine Katastrophe allzu sehr fürchten. Mochte kommen, was da kommen wollte. Sollte es doch kommen! Ich würde der Pharao sein; oder vielleicht nur ihr Geliebter; oder tot; oder in ihrem Bauch; oder nichts von allem. Aber ich würde keinen Mann noch einen Gedanken länger fürchten. In diesem Augenblick fühlte ich mich so jung und so stark wie an meinem

Tag bei Kadesch, und wenn ich nicht in diesem Leben Pharao werden konnte (so beschloß ich), dann gewiß in einem anderen. Ptah-nem-hotep sprach so plötzlich, daß ich herausgerissen wurde aus der sachten Schwebe zwischen meines Urgroßvaters Stimme und meinem eigenen Schlaf. »Du hast«, sprach mein Vater, »an jenem Tag dir selbst einen höchst seltsamen Schwur geleistet. So muß ich denn fragen: Wie, teurer Menenhetet, kann ich dir je in meinem Schlaf vertrauen, wenn du Wesir bist?«

»Guter und Großer Gott«, sagte Menenhetet, »Ich habe dir Achtung erwiesen wie nie einem Pharao zuvor. Du hast mich aufgefordert, dir alles zu erzählen, was ich weiß, und ich respektiere deinen Wunsch und ehre deine Weisheit. Mir scheint, wir können einander mehr vertrauen als Brüder, denn beide mögen wir Dummheit nicht dulden. Also spreche ich die Wahrheit. Nicht, weil ich dich liebe – ich liebe niemanden auf Erden außer meinem Urenkel, der nun dein Sohn ist.« Und hier spürte ich, wie von ihm zu mir Liebe ging, so reich wie eine Ader aus Erz. »Ich tue es, weil ich dich, von den Göttlichen Zwei-Häusern, achte, und weil ich glaube, daß kein Pharao je deine Feinheit des Geistes noch deine Kraft zur Wahrheitsliebe besessen hat. So spreche ich denn offen zu dir und sage: Weil Ägypten in diesen Tagen nicht stark ist, gibt es auch keinen Wesir, dem du vertrauen kannst. Doch werde ich dich zumindest niemals langweilen.«

»Deine Offenheit entzückt mich«, sagte Ptah-nem-hotep, »wennschon das, was du sprichst, mich nicht so ganz beglückt.« Er seufzte, lachte dann. »Fahre mit deiner Geschichte fort«, sagte er. »Ich vertraue dir trotz allem.« Und ich spürte, wie von ihm, von seinem Körper, eine Freundlichkeit ausging, die den Körper meines Urgroßvaters berührte. Und dieser war so glücklich über die Wärme, daß er zwei Finger an die Stirn legte, ein alter Wagenlenkergruß, den er vielleicht seit hundertfünfzig Jahren nicht mehr entboten hatte.

Doch meine Aufmerksamkeit wurde abgelenkt. Wurde hingelenkt auf meine Mutter. Ich sah ihren Mund, und ihr Mund verriet, was ihre Gedanken verbargen. Schmerz, wie ein Stich, schien in diesem Augenblick auf sie zu treffen. Ich fühlte, daß Feindseligkeit auf uns lag – doch so schwach, daß wohl nur meine Mutter und ich dies spürten. Und ich wußte: Mochte Nef-khep-aukhem jetzt auch am anderen Ende von Memphis sein, sein Fluch war es nicht. (Und jetzt begriff ich, wie Unruhe ein Tier erfassen mag, ist in seinem Pelz auch nur eines von unendlich-tausend Haaren gekrümmt.)

So dauerte es einige Zeit, bis ich meinem Urgroßvater wieder aufmerksam lauschte und, zurücksinkend in Halbschlummer, seinen Schritten folgte, indes er Nefertiri suchte: Ausschau hielt nach einer Frau von großer Schönheit, die sich, mochte sie noch so sehr verkleidet sein, durch ein kaum merkliches Humpeln verriet.

Ja (erzählte er uns), dies habe ihn zunehmend angerührt. Es war (sagte er) das einzige Zeichen, welches das wahre Alter meiner Königin preisgab – sie hatte noch immer Schmerzen in der Hüfte.

Ja (so war in den Gedanken meines Urgroßvaters zu hören), ich hielt Ausschau nach einer kaum merklich humpelnden Frau und spähte unverwandt geradeaus, so weit ich nur konnte; bis mir nach einer Weile endlich einfiel, auch mal den Hals zu drehen, zur Seite, zurück. Da spürte ich nämlich ein Kribbeln in meinem Rücken, als sei irgendwo jemand, der mir folge. Doch sooft mein Kopf auch herumruckte, ich konnte nichts Bestimmtes entdecken.

Dann duckte ich mich in eine Seitengasse. Und jetzt sah ich eine Dienerin in einem eher schäbigen, dunklen Gewand. Ich kletterte auf ein Dach, schwang mich mit einem Satz hinauf. Nun konnte ich, während die Frau unten vorbeischritt, ihr Gesicht besser sehen. Es war ein ernstes Gesicht, das Gesicht einer Frau mittleren Alters und so dunkelhäutig, daß man fast nubisches Blut vermuten konnte – oder syrisches? Doch als sie ganz nahe war, wußte ich, daß sie nur Nefertiri sein konnte: das kaum merkliche Hinken, das so tiefes Mitgefühl in mir weckte. Ich glitt vom Dach herab und folgte ihr. Doch sie schien genau im Bilde zu sein, denn in der nächsten Gasse öffnete sie die Tür einer Hütte und drehte sich dann zu mir um und hieß mich gleichsam lächelnd willkommen. Überglücklich nahm ich sie in die Arme, und endlich, endlich fühlte ich wieder ihren göttlichen Mund an meinem Mund. Wer uns so sah, mochte uns für ein Bauernpaar halten. Sie trug kein Parfüm, und ich roch den Schweiß ihrer Achselhöhlen, ein ebenso einfacher wie gesunder Geruch.

Es gab nur einen Raum in der Hütte, und im trüben Licht sah ich an einer Wand ein paar Töpfe hängen. Irgendwo war eine Art Herd, der Rauch konnte durch ein Loch im Dach abziehen. In einer Ecke stand eine Pritsche. Es war die Hütte einer alten Frau, der Mutter von einer von Nefertiris Dienerinnen. Dies erzählte mir meine

Königin. Die Alte sei beim Fest und werde erst sehr spät heimkehren. In der Tat schienen alle, die in dieser Gasse wohnten, beim Fest zu sein, selbst Greise und kleine Kinder; denn niemand war zu sehen. Diebe hätten jetzt ein leichtes Spiel gehabt, nur – außer ein paar Handvoll Getreide war hier nichts zu holen.

War es der Geruch der Armut, der schiere Dreck, der in mir Begierde weckte? Mein Glied stand prall. Nefertiri, ohne Schminke (bis auf die tarnende dunkle Tönung auf ihrem Gesicht), ohne schöne Frisur, ohne Prachtgewand, glich einer reifen Frau der dienenden Klasse, hübsch, ganz gewiß, doch ohne besondere Schönheit. Überdies war sie sehr verhüllt: Das Wollgewand verbarg ihren Körper, ihre Brüste. Um so mehr begehrte ich sie. Und es mangelte mir nicht an Mut, mich ihr zu nähern. Es war, als seien wir jetzt in meinem Palast und nicht in ihrem. Hier brauchte es keinerlei Raffinesse, um meinen Appetit zu schüren, meinen Hunger zu stillen: nicht die Berührung ihrer Fingerspitzen oder ihrer Zunge, nicht einmal den Anblick ihrer geöffneten Schenkel, nein. Ich faßte, ich packte sie, und ich hätte sie auf die schmale Pritsche gelegt, mein Körper dann auf ihrem, doch sie wehrte sich mit erstaunlicher Kraft und ohne einen Laut von sich zu geben, ganz wie Dienerinnen, zumal junge, dies nicht selten tun: Die Herrin soll nichts hören.

Kurz gelang es mir, ihr Gewand hochzustreifen und einen Blick auf ihren vollen Busch zu werfen, mehr aber auch nicht. Sie gewährte mir keinen weiteren Kuß, keine intime Berührung. Und ich fühlte ihre feste Entschlossenheit. Schließlich schob sie mich ganz zurück und sagte:»Warte. Ich bin noch nicht bereit. Ich bin noch gar nicht bereit.« Und dann kratzte sie sich zu meiner Überraschung die Waden, bis die Haut mit hellen Streifen übersät schien. Und kratzte weiter und weiter, wie um sich nach den Anstrengungen des Tages allmählich zur Ruhe zu bringen. Plötzlich tauchte in mir eine Erinnerung auf: Das hatten auch meine Mutter und andere Frauen unseres Dorfes früher getan.

Meine Lenden fühlten sich wie von einem Speer durchbohrt, doch als ich mit der Hand Nefertiris Knie berührte, wehrte sie wieder ab. »Warte«, sagte sie, »ich möchte dich über Rama-Nefru befragen.« So mußte ich denn, ihr so nah und ganz und gar nicht nah, alles erzählen, was ich an Besonderem über Usermare und die Hethiterin wußte, und erst als ich alles, was sie interessierte, ausgeplaudert hatte, küßte sie mich, wie man einen braven Knaben küßt. Abermals versuchte ich, mich ihr zu nähern, abermals widerstrebte sie und seufzte und sagte: »Warte, ich will dir etwas erzählen.« Noch immer kratzte sie sich, gleichmäßig glitten ihre Finger hin und her, und sie schien noch meinen Worten nachzulauschen, um sie tief in ihrem pulsenden Blut aufzunehmen: alles, was ich ihr über Usermare und die Hethiterin gesagt hatte.

Dann begann sie zu erzählen (sehr zu meinem Leidwesen, wie ich gestehen muß). Es war eine Geschichte, die ich vor langer Zeit schon gehört hatte, in unserem Dorf sogar (allerdings wußte ich nicht mehr recht, wie sie ging). Nie jedoch hätte ich gedacht, sie einmal aus dem Mund einer Königin zu vernehmen.

Aber Nefertiri bestand darauf, sie zu erzählen, und der Klang ihrer Stimme duldete keinen Widerspruch. Vielleicht lag es daran, daß sie im barschen Ton einer Dienerin sprach. O ja, sie wußte, wie einfache Menschen sprechen, Menschen vom Land zwischen Memphis und Theben.

»Diese Geschichte handelt von zwei Brüdern«, sagte sie, »und ich habe sie von der Alten gehört, die hier wohnt. Sie hat sie von ihrer Mutter. Höre gut zu.

Es lebten zwei Brüder, Anup, der ältere, und Bati, der jüngere. Anup hatte ein großes Haus und ein hübsches Weib, und Bati arbeitete für ihn. Doch der jüngere Bruder war stärker und stattlicher.

Eines Tages arbeiteten die Brüder auf dem Feld, und Anup schickte Bati, um Samen zu holen. Anups Weib sah, wie er sich die Last von drei Männern auflud, und seine Kraft machte ihr großen Eindruck. Da hörte sie auf, sich das Haar zu strählen, und sprach: ›Komm, laß uns zusammenliegen eine Stunde lang. Bereitest du mir Wonne, so mache ich dir ein Hemd.‹ Bati wurde wild wie ein Leopard aus dem Süden, und er sagte: ›Sprich nicht wieder so zu mir‹, und nahm seine Last aus Samen und ging zurück auf die Felder und arbeitete an der Seite seines Bruders so emsig, daß dieser müde ward und er an sein Weib dachte. So verließ er das Feld, um bei ihr zu sein. Doch als Anup in sein Haus kam, sah er, daß ein Tuch einen Teil ihres Gesichts verhüllte. Und sie erzählte ihm, Bati habe sie geschlagen, weil sie ihm nicht beiwohnen wollte. ›Wenn du deinen Bruder leben läßt‹, sagte sie, ›so werde ich mich töten.‹ Nun wurde Anup wild wie ein Tschita aus dem Süden, und er wetzte sein Messer und wartete hinter der Stalltür auf den jüngeren Bruder. Doch als Bati sich näherte, begann die Leitkuh zu muhen, und ihre Stimme verriet ihm, daß er sich in Gefahr befand. So floh er davon, und Anup verfolgte ihn. Doch entkam er dem älteren Bruder erst, als er den Fluß an einer tiefen Stelle in einem Papyrusboot überquerte. Weil es kein zweites Boot gab, konnte Anup ihm nicht folgen. Auch waren da viele Krokodile. Als Bati am anderen Flußufer in Sicherheit war, rief er: ›Warum glaubst du ihr? Ich werde dir beweisen, daß ich unschuldig bin.‹ Dann zog er sein Messer hervor und trennte jenen Teil von sich ab, der ihm der wertvollste war, und warf ihn in den Fluß. Nun weinte Anup, und gern wäre er zum anderen Ufer gelangt, obschon er leicht ertrinken konnte – doch allzu groß war seine Furcht vor den Krokodilen.

Jetzt sprach der jüngere Bruder: ›Auch mein Herz will ich herausschneiden‹, er tat es und legte es auf einen jungen Akazienbaum. ›Wenn dieser Baum gefällt wird‹, sagte er, ›suche nach meinem Herzen und lege es in frisches Wasser. Dann werde ich wieder leben.‹

›Wie soll ich wissen, daß der Baum gefällt worden ist?‹ fragte Anup.

›Wenn in deinem Krug das Bier schäumt, so komme sofort, selbst wenn es erst in sieben Jahren ist‹, sprach der jüngere Bruder. Und er starb.«

Nefertiri betrachtete mich voll Ernst, der Bedeutsamkeit ihrer Geschichte bewußt. »Anup kehrte nach Hause zurück«, fuhr sie fort, »und er jagte sein Weib davon und wartete. Auf den Tag genau vergingen sieben Jahre, ehe eine Königin durch den Wald gefahren kam und den Akazienbaum sah. Sie fand ihn so schön, daß diese Schönheit ihr das Vergnügen an ihrer eigenen Schönheit nahm. Und so befahl sie, die Akazie zu fällen. Nun schäumte das Bier in Anups Krug, und er machte sich auf, um Batis Herz zu suchen. Im obersten Samen des gefällten Baums entdeckte er es, und er legte den Samen in Wasser, bis dieser zum Leben erwachte und heranwuchs zu einem Stier mit den Malen des Apis. Nach einem Tag und einer Nacht hatte er seine volle Größe erreicht, und auf seiner Zunge fand sich sogar die Zeichnung des Skarabäus. Dieser Stier sagte zu Anup, er solle ihn zum ägyptischen Königshaus führen, und der Pharao zeigte sich so hochzufrieden, daß er Anup reich beschenkte, ehe er ihn entließ. Doch am Morgen war die Königin allein mit dem Stier, und er wagte, zu ihr zu sagen: ›Du hast mich gefällt, als ich ein Baum war. Jetzt lebe ich wieder und bin ein Stier.‹ Die Königin ging zum Pharao. ›Gib mir die Leber dieses Tiers zu essen‹, sagte sie, und der König liebte sie so sehr, daß er seine Metzger schickte. Doch als sie die Kehle des Stiers durchschnitten, fielen zwei Blutstropfen vor die Stufen zu des Königs Pavillon, und über Nacht wuchsen Zwillingszedern hervor gleich jenen, die Osiris so liebte, als der Herr der Toten an den Ufern von Byblos in seinem Sarg ruhte.

Als der König dieses Wunder sah, lud er die Königin ein, mit ihm unter den Zedern zu sitzen. Sie war sehr verstört. Aus dem Geäst ihrer Zeder klang ein Flüstern: ›Ich bin der, den du zu töten versucht hast.‹ Und in der Nacht, als der König sein Ergötzen an ihr hatte, sprach sie zu ihm: ›Gewähre mir, was ich wünsche.‹ ›So sei es‹, erwiderte er.

Sie sprach: ›Lasse die Bäume fällen. Und Truhen für mich daraus machen.‹

Der Pharao war nicht glücklich darüber, doch er ließ seine besten Zimmerleute kommen, und während er zusah und sie zusah, fällten diese die Zwillingszedern. Beide stürzten genau zur selben Zeit, und von beiden flog ein Splitter, und einer drang ins Herz des Pharaos und tötete ihn.«

Nefertiri schwieg. »Was war mit dem anderen Splitter?« fragte ich.

»Er sprang«, sagte sie, »von der zweiten Zeder in den Mund der Königin, und sie schluckte ihn. Neun Monate später ward ein neuer Pharao geboren.« Sie sah mir in die Augen, noch immer sehr ernst, doch nicht mehr so fremd; und ich wußte, daß die Gedanken, die mir im Bierhaus über mein Leben durch den Kopf gegangen waren, nicht fern waren von jenen, die sie im Gewand einer Dienerin gedacht hatte. Auch sie war bereit zu sterben.

Sie hörte auf sich zu kratzen und hob nun selbst den Rock. Doch noch immer gebärdete sie sich wie eine Dienerin und dachte nicht daran, mir mehr zu bieten als ihre Hinterbacken. Auf diesem ärmlichen Pfühl (unter Tuch knisterte Schilf) wollte es mir scheinen, als machte ich, wie ein Bauer, Liebe in altem Stroh mit lauter Stallgerüchen ringsum. Ja, ihren dritten Mund bot sie mir, nur diesen, und bei der bedrängenden Enge wollte es mir nicht gelingen, das Tor zu passieren; doch mit jedem Stoß gegen diese Pforte veränderte sich der Ausdruck ihres Gesichts, und ich erblickte einen Ka, ihrer vierzehn und dann wohl wieder einen.

Tiefe Verwandlungen fanden statt. Trotz des trüben Lichts sah ich in ihrer verzerrten Miene Heqats abgrundtiefe Häßlichkeit, und Nefertiri war so erregt, gleichsam außer sich, daß ich mich fragte: Was verwirrte ihre Kräfte, besaß gar Heqat Macht über sie?

Und dann, als habe sie meine Gedanken gehört, erschien in der grausamen Verkrümmung ihres Mundes all jenes Böse, das sich in Wonnekugels Gesicht zeigte, wenn sie die übelsten Verwünschungen ausstieß; und wir packten einander in unbezwinglicher und abgrundtiefer niedriger Begierde und waren, ob nun Heqat oder Wonnekugel, wohl beide abgrundtief häßlich; und ich haßte die Götter und wollte sie verachten.

Es war gewiß das Gleichgewicht von Maat, das mir, inmitten all meiner plumpen Mühen, den Blick gab auf Rama-Nefrus Purpurbett. Und auf die Liebe zwischen ihr und Usermare. Und diese Liebe, ganz anders als unsere, glich einem Lichtstrahl, blendend hell und schmal, nichts dort war abgrundtief und häßlich wie bei uns. Unsermares mächtiger Phallus vergnügte sich nicht in polternder Wonne, eher schon war es wie Harfenklang, und der Pharao erzitterte in Rama-Nefrus feinstem Licht.

Zu fein für mich vermutlich: Ich war bisher kaum in Nefertiri eingedrungen, allzu sperrig schien die hintere Pforte, und so versuchte ich, in jenen anderen Mund zwischen den Schenkeln zu schlüpfen; doch Nefertiri ließ es nicht zu. »Nein«, murmelte sie, »nicht, wenn du aus Bronze gemacht bist.« Wieder bot sie mir ihre Hinterbacken, und diesmal gehorchte ich dem, was ich in ihrem Gesicht sah, und küßte sie dort. Oft und oft, einem zweiten Schwert gleich, stieß meine Zunge vor, und Nefertiri stöhnte in königlicher Wollust – und war dann wieder ganz Dienerin. Sie küßte mich, an der gleichen Stelle – welch himmlische Wonne! –, und für eine Weile waren wir ein Tier mit zwei Köpfen. Sie verstand sich sehr auf diesen Zauber.

Dann konnte ich endlich in sie eindringen, wenn auch nur zwischen den königlichen Hinterbacken, und ich glaube, Amen-khepshu-ef wäre hier der bessere Liebhaber gewesen, denn es war wie bei der Eroberung einer gut befestigten Stadt, bei der es viele Mauern zu erstürmen gilt. Hinter dem äußeren Tor schien ein weiteres zu kommen und dann immer mehr. Doch, Stoß nach

Stoß, Schub für Schub, glitt ich hinein in ihren dritten Mund, und wenn es auch ihre Scheide war, die ich eigentlich wollte, so minderte sich meine Begierde doch kaum. Wonnekugel hatte mir einmal erzählt, daß Frauen, bei denen man in den dritten Mund eindringt, den Zorn von Seth in sich aufsteigen fühlen, und daß sie den Mann nicht achten können. Natürlich müssen wir jene am meisten respektieren, welche die Macht besitzen, uns zu töten, und keine Frau braucht zu fürchten, bei der Geburt eines Kindes zu sterben, wenn der Same des Mannes in ihrem Darm bleibt.

»Ich will die andere Öffnung«, sagte ich zu ihr, und sie erwiderte: »Dort wirst du erst wieder willkommen sein, wenn das Bier schäumt in deinem Krug.«

So fickte ich sie denn in den Arsch und sah all die Gesichter von Heqat und Wonnekugel. Ihre Nasenlöcher waren geweitet, und sie grunzte wie ein Tier – vielleicht hatte dieser ihrer vierzehn Kas solche Wonne noch nicht gekannt! Ich prallte gegen ihren trotzigen Thron, während der Weihrauch all der Düfte, die ich in den letzten vier Tagen bei den Zeremonien gerochen, wie Vogelflug durch mein Gehirn hinstrich, der Flug vieler Vögel, Vogelscharen; und dann war da wieder nur der Geruch, waren da die Gerüche von Schweiß und Sumpf, die uns jetzt gehörten. Ja, diese Gerüche in dieser dunklen Hütte waren es, an denen wir einander erkannten. Ob wohl je soviel von ihrem wahren Geruch hervorgedrungen sein mochte? Sie war erregt – viel stärker erregt diesmal, da ich sie im Arschloch nahm statt in der Fotze wie zuvor; und wieder begann sie erst gegen Ende hin, als der Gipfel sich immer mehr näherte, zu sprechen. Und – mochte ich auch in ihrem unteren Mund sein, so war sie jetzt nicht länger Dienerin, sondern meine Königin.

Und: »Oh«, sagte sie, »du bist so verrucht, du bist in meinem *sha*. Du bist auf meinem Feld, du bist auf meinem Grundstück, oh, du schwimmst in meinem Sumpf. *Sesh* und *sesh*. Schreibe auf mir, schreibe in mich hinein, *sesh* und *sesh*, du bist mein Schlamm und mein *maher*, mein Kanal, mein Schlick, du bist ein Teufelskerl, süßer *kheru*, mein Sumpf, mein Räuber, mein Feind, oh, geh tief in die Fäule, stich tief, berühre die Toten, oh, *khat, khat, khat*, stecke ihn in meine Grube, lege ihn in mein Grab, gib ihn meinen Ahnen, fick sie alle, gib ihn meinem Arsch, meinem Arsch«, und sie kam mit einem Schrei, der so laut war wie jener, mit dem sie Usermare auf dem Amon geweihten Feld in sich aufgenommen hatte – ja, sie kam, doch nicht ohne Qual und halb herausgequält. Ich spürte ihr Zittern unter mir. Ich fühlte ihren Schmerz in meinem Bauch und meinen Schenkeln; wußte auch, wie erlöst sie war, als der Schmerz wich. Und dann schlug sie mir ins Gesicht, weil ich es wagte, mich ihr so nahe zu fühlen. Ich weiß nicht, ob in meiner Familie Liebe von so niedriger Art je wieder geübt wurde, bis . . . Und hier brach Menenhetet abrupt ab.

Auch unsere Gedanken brachen ab. Und taumelten vorwärts und kamen wieder in unsere Köpfe. Die Gesichter meines Vaters und meiner Mutter verrieten mir, daß sie gesehen hatten, was ich gesehen hatte: Hathfertiti und Nef-khep-aukhem machten Liebe auf diese Weise. War dies die Wirkung des Fluches meines ersten Vaters? Ich wußte, daß Menenhetet, trotz all seiner Weisheit, beinahe ausgesprochen hätte, was niemals ausgesprochen werden durfte – wie intim meine Mutter und mein erster Vater miteinander gewesen waren!

Und Hathfertiti betrachtete Menenhetet mit einem langen Blick, der nicht ohne Feindseligkeit war: um ihm zu sagen, daß sie das Gefühl hatte, vor wenigen Augenblicken von ihm verraten worden zu sein.

Doch Ptah-nem-hotep (als weiche er nur knapp zurück vor der Welle, die eine vorübergleitende Barke ans Ufer warf) sprach diese Worte: »Fahre bitte fort.«

# ZWÖLF

Menenhetet atmete tief und fuhr fort. Doch lauschte ich jetzt seiner Stimme, als seien meine Gedanken nicht länger darauf bedacht, in seine hineinzuschauen. »Ja«, sagte er, »wir waren fertig, und sie zögerte kaum einen Augenblick, die Hütte zu verlassen. Ich bot ihr meine Begleitung an, doch sie wies mich ab. Ich dürfe ihr auch nicht folgen, sagte sie, und – um der Wahrheit die Ehre zu geben – unsere Gerüche ließen unsere Herzen jetzt verlangen, allein zu sein. Und so beklagte ich ihr Fortgehen nicht; doch als ich selbst die Hütte verließ, befand ich mich in so sonderbarer Verfassung, daß es mich nicht drängte, zu den Toren des Palastes zurückzukehren. Statt dessen wanderte ich durch die Stadt durch das menschenvolle Dickicht ihrer Gassen. Noch immer hatte ich Nefertiris Geruch in der Nase, und ich sog ihn in mich ein, bis sich keine wahre Spur mehr fand. Sie war fort, wirklich fort, und nun fehlte sie mir, ja, mich gelüstete sogar nach unser beider Geruch – dem Geruch des Lagers, das wir, das doppelleibige Tier, miteinander geteilt. So sonderbar war meine Verfassung (denn wieder schien der Tod nahe, wann immer ich meine Ellbogen gebrauchte, um in der Menge voranzukommen), daß eine solche Gefahr zart war in meiner Nase und meiner Brust eine süße Furcht bot, so wie in der Nacht in Neu-Tyrus, als ich aus dem Fenster meines Quartiers hinaus- und hinübertrat auf das Bett der Geheimen Hure des Königs von Kadesch.

Jetzt sollte die Nacht nicht von mir weichen und nicht die Erinnerung in meiner Nase, so sehr ich sie auch beklagen mußte, die Niedrigkeit meiner Akte mit Nefertiri. Denn jetzt liebte ich sie wieder, liebte all die Sinnlichkeit und Feinheit ihrer Erscheinung: wie an jenem ersten Tag, da ich zu dienen kam und sie mich mit der

Ruhe und erhabenen Huld einer Königin empfing; – nur sehnte ich mich jetzt, nach diesem Tag, noch mehr nach ihr, als seien wir durch Seth und Geb und alle acht Götter des Schlamms miteinander verbunden; und so würde ich sie, Nefertiri, wieder kennen, inniger und kraftvoller denn je; und erneut empfand ich, wie eng wir vermählt waren in Wunsch und Begierde.

Wie wahr: Ohne sie glich ich einem Verrückten. Die Feuer an jeder Straßenecke und die Gerüche brennenden Fleisches ließen mich denken an den Geschmack von menschlichem Fleisch. Und eine fast dreißig Jahre alte Erinnerung tauchte auf, vom Gesicht eines unserer nubischen Soldaten, der in der Nacht von Kadesch gesagt hatte: ›Das Fleisch eines Mannes gibt uns ein starkes Herz für den Kampf. Es ist gut, Fleisch zu essen, das zu uns gesprochen hat.‹ Und jetzt, als sei kaum ein Tag seither vergangen, nickte ich zustimmend, doch es war der Tod, dem zuzustimmen ich bereit war – ja, der Tod, schwärzer und stärker als irgendein Nubier –, und ich fragte mich, ob er nicht einem Stadttor glich, dem Tor einer großen Stadt. Es brauchte keine lange Reise auf dem Nil, wenn man, sterbend, nach Höhlungen Ausschau hielt, die einen weiterführten ins Reich der Toten, o nein. Es genügte, wenn man Einzug hielt durch ein Tor, begleitet von Hörner- und Trommelklang. Vielleicht war der Tod wie die Straßen unserer Märkte. Ich hatte die ersten Stunden des Todes in so manchem Traum gesehen, wenn ich durch die Marktplätze des Schlafs wanderte. Ganz gewiß sah er so aus wie diese Gassen; und wie der Widerschein der Flammen auf den Gesichtern der Fleischverkäufer. Händler versuchten, mit billigem Tand zu locken, und unablässig flüsterte mir irgendeine Hure ins Ohr.

Für den Rest der Nacht durchwanderte ich die Bordelle. War auf meinem Glied etwas zurückgeblieben vom niedrigsten Spreu des niedrigsten Ka meiner Großen Königin? Nun denn, es tat nichts. Mein Glied war wie entflammt. Die Kraft des Widders und des Bullen war darin, und nie hatte ich mich so jung gefühlt, seit ich Erster Wagenlenker geworden war. Bäumte sich nicht der Bug des Amon-Bootes zwischen meinen Schenkeln in dieser Nacht, da ich wie mein Pharao in den Hurenhäusern hauste und erst im Morgengrauen zum Schlaf kam im Dampf der Duat – denn so pflegten wir unsere Palastbäder zu nennen! Die tausend Läuse, die meinen Körper in dieser Nacht besiedelt hatten – und der Gestank der

Hütte, und stinkende Menschenmassen, und die übelriechenden Hurenbetten –, all dies verlor sich in den köstlichen Dämpfen. Ich begab mich zu meinem Gemach, sauber und berauscht, um endlich zu schlafen.«

An dieser Stelle unterbrach ihn mit Nachdruck meine Mutter. »Fast alles bei deiner Schilderung scheint mir faßbar«, sagte sie, »denn eine Frau, die liebt, bietet sich ohne Begrenzung dar. Und zweifellos hatte Nefertiri, so sehr sie es auch verachten mochte, eine unbezwingliche Begierde auf dich. Doch diese Hütte, die sie wählte, sie ist für mich unerträglich.« Meine Mutter begann zu zittern. »Sich auf ein so verdrecktes Lager zu legen! Wie konnte sie das nur jemals vor sich selbst verantworten!?«

Nicht Menenhetet erwiderte darauf, sondern Ptah-nem-hotep, der seinen Arm um Hathfertitis Schultern legte, als sei sie bereits seine Gemahlin; und er sprach: »An jenen fünf Tagen konnten die Leute, bei rechter Gelegenheit, zum Hof der Großen Einzigen kommen oder sich am Flußufer unter die Edlen mischen. Wenn das Fest der Feste dem Pharao neue Stärke verleihen sollte, dann mußten nicht nur die Götter vor ihn kommen, sondern auch die Tiere und Menschen Ägyptens, und die Pflanzen und der Handel und Wandel, ja, selbst die Plagen, das Ungeziefer. Ist es nicht so, Menenhetet?«

»Es ist so. An einem gewöhnlichen Tag fühlte man sich nicht als Person von Stand, wenn man auch nur von einer einzigen Laus geplagt wurde. Doch beim Fest der Feste war dies anders. Du, Hathfertiti, hast nie einen Göttlichen Triumph erlebt, und so kannst du auch nicht verstehen. An jenen fünf Tagen galt es als Auszeichnung, von irgendwelchem Ungeziefer geplagt zu werden, und sei es auch nur für eine Stunde. Denn es bewies, daß man tief eingedrungen war in die weisen Urteile von Maat und sich unters Volk gemischt hatte. Selbst du würdest, bei einem solch großen Ereignis, eine Laus oder was immer voll Stolz ertragen.«

»Niemals«, sagte meine Mutter und hielt des Pharaos Hand. »Niemals, das versichere ich dir. Selbst mit meinem teuren Geliebten könnte ich mich nicht auf ein Lager voll Ungeziefer legen.«

»Wir brauchen ja nur dreiundzwanzig Jahre zu warten, um zu sehen, ob du dann noch derselben Meinung bist«, lachte mein

Vater, doch sie schüttelte sich. »Niemals«, wiederholte sie. »Und, Menenhetet, bevor du uns *das* erzählt hast, glaubte ich eigentlich, zwischen Nefertiri und mir bestünde eine große Ähnlichkeit.«

»Ich möchte sagen: ja und nein. Denn was zeichnet eine Königin aus, wenn nicht die Fähigkeit, *sich selbst* überlegen zu sein.«

Meine Mutter funkelte ihn an, doch er hielt ihrem Blick gelassen stand und fuhr nach einer Pause fort:

»Als ich erwachte, war der Morgen des letzten Festtages längst angebrochen. Ich fühlte mich schwach von all den Exzessen, war jedoch nüchtern. Und eben dies unterschied mich von den anderen, die sich schon wieder bezechten. Vielleicht lag es ja in der Luft, gerade an diesem letzten Morgen, diesem letzten Tag. Vielleicht war die Luft so voll überschäumender Erregung wie die Brandung des Allergrünsten Grüns. Berauscht, bezecht waren jedenfalls selbst die Priester. Auf dem Hof der Großen Einzigen herrschte Gedränge, von der Stadt her klang Festtagslärm, und man hörte Gerüchte, in so manchen Vierteln gebe es schwere Krawalle.

Amen-khep-shu-ef war, an der Spitze seiner Heerschar, an diesem Morgen eingetroffen, und er brachte Kunde von einer weiteren erfolgreichen Belagerung bei den Libyern – also noch eine Stadt, deren Mauern geschleift worden waren! Das Volk bereitete ihm einen Empfang wie einem Pharao, so erzählte man sich überall. Und dann konnte man sehen, wie seine Mannen zum Hof der Großen Einzigen kamen und vor den Schreinen der Götter beteten (nicht wenige gar vor den Schreinen ihrer Lokalgötter, oder vor syrischen Altären, oder selbst vor nubischen Hütten – was für Kehricht mochte wohl in diesen sein?). Seine dreckigsten Soldaten schienen am meisten zu beten, während seine Gardeleute um die Damen herumscharwenzelten – keine beneidenswerte Lage für die reichen Kaufleute, die hier an diesem Morgen mit ihren schönen Weibern protzten.

Wie sehr doch alle den Prinzen zu lieben schienen! Ich meinerseits hielt mich von ihm fern, als könne er auf den ersten Blick von meinem Gesicht ablesen, was zwischen seiner Mutter und mir gewesen war.

Gegen Mittag begann die Krönung von Usermare, doch bin ich nicht sicher, daß ich all dem folgen konnte. Die Feierlichkeiten schienen fast den ganzen Tag zu währen bis zum Abend, da alles

seinen Abschluß fand. Am Nachmittag und auch später gab es viel
Ergötzung. Spiele und Wettbewerbe fanden statt. Ich erinnere
mich an ein Rennen von vier Ochsenherden (Kanopen genannt)
mit ihren Treibern (die vier Söhne von Horus)! Es wurde gewettet
wie wild, und wir feuerten sie an mit: ›Los doch, Hep! Schneller,
Tuamutef!‹ und gar: ›Die Peitsche, Amset!‹ Viermal jagten sie um
die äußere Mauer des Horizonts von Ra, und, wie die meisten,
brüllte ich vor Gelächter. Auch war ich wieder im Begriff, mich zu
betrinken. Überall waren Musikanten, die einem die Ohren voll-
bliesen oder zart die Saiten zupften oder mit ihren Sistren rasselten. In den Straßen und am Flußufer zeigten Tänzer ihre Kunst.
Auf den Plätzen und selbst im Hof der Großen Einzigen ergötzten
Ringkämpfer und Gaukler die Zuschauer.

Doch inmitten all dieses Treibens fand, ich sagte es schon, Usermares Krönung statt, und das begreife ich nicht, denn er war ja bereits
gekrönt worden, wieder und wieder, an all den vergangenen
Festtagen.«

»Erzähle mir«, sagte Ptah-nem-hotep, »von der Krönung, die du
sahst, und ich werde von ihrem Zweck sprechen.«

»Ich will versuchen, eine Zeremonie zu beschreiben, die dir und
deinen Ahnen natürlich viel vertrauter ist als mir, und du wirst
verstehen, daß sie mich tief bewegte. Denn als Usermare an
diesem Tag das Throngemach verließ, hielten alle, die ihn sahen –
und ich war unter ihnen – den Atem an. ›Er glänzt wie die Sonne‹,
flüsterte jemand. Er nahm in seiner Sänfte Platz, eine Schar seiner
Prinzen und Prinzessinnen folgte ihm, viele trugen auf langen
Stangen die Zeichen von Göttern, und der ganze Zug war in
Bewegung. Priester mit brennendem Weihrauch schritten voraus.
Und nun geschah es, daß Amen-khep-shu-ef unter Jubelrufen sich
nahte und, als er den Goldenen Bauch erreichte, zur rechten
vorderen Tragstange trat und sie übernahm. So sahen ihn denn
alle als ersten, und Jubelstürme empfingen beide, den Pharao und
seinen Sohn, während Usermare durch die Straßen getragen
wurde und schließlich durch den Hof der Großen Einzigen, um
dem Gotte Min zu begegnen.

Dieser Gott Min war aus seinem Heiligtum genommen und in eine
Sänfte gesetzt worden, getragen von vielen Priestern. Weitere
Priester fächelten ihm Kühlung zu und streuten Blumen vor ihn.
Der Gott Min und der Gute und Große Gott Ramses der Zweite

nahten einander auf einer Tribüne, von wo sie den Hof über-
schauen konnten, und Duftstoffe wurden vor ihnen gesprenkelt,
und Weihrauch stieg empor, indes wir alle laut aufschrien, als sich
das Tor des Apis-Stiers öffnete. Er kam hervor, der Bulle, und er
sah aus wie der Stier des Himmels. Seine Hörner waren vergoldet,
und er war so schön wie Usermare. Ganz allein stand er dort und
trotzte aller Welt. Ich weiß nicht, ob es der Geruch ist, den Stiere
mit sich tragen, doch in meiner Nase spürte ich den Geruch von
frischgeschnittenem Gras. In meinen Augen waren Tränen. Ich
dachte an die vierzig Frauen, die ihren Schoß dem Apis-Stier
geöffnet hatten, ehe Nefertiri ihre Schenkel mir öffnete; und ich
begehrte sie wieder mit einer solchen Brunst, daß ich fürchtete,
meine Gier könne eindringen in den Bullen und ihn bis zum
Siedepunkt reizen. Doch an diesem Morgen, ich erkannte es bald,
hatte man dem Tier Kräuter gegeben, die seinen zügellosen Zorn
zähmten. Angesichts der gaffenden Menge zeigte es sich zunächst
zornig, doch dann fiel alle wilde Wut von ihm ab, und es war
sanftmütig wie ein Lamm. Eine Gruppe von Priestern führte den
Stier zu Usermare. Und nun erst begegneten Bulle und Pharao
dem Gotte Min. Dieser wurde enthüllt, indem seine Priester die
Tür seiner Sänfte öffneten. Vorsichtig setzte man ihn auf einen
kleinen Thron, wo er von allen gesehen werden konnte; doch die
Sonne schien so hell auf ihn hernieder, daß weder sein Gesicht
noch seine Gestalt wahrzunehmen war, nur der geschmolzene Ball
seines Lichts. Niemand wagte zu atmen, und Usermare bedeckte
seine Augen mit einem Arm. Der Stier stöhnte beim Anblick von
Min, der da war wie eine Kugel aus goldenem Feuer.
Jetzt konnte ich, dem Glast zum Trotz, den Gott erkennen, und er
hatte den Körper von Khepher, dem Käfer, und Löwenbeine, doch
das Gesicht eines Mannes; und die Krone eines Pharaos mit zwei
Widderhörnern darauf, auch acht Kobras, zwei Scheiben für die
Sonne und den Mond, und zwei Federn aus Gold, die so groß
waren wie er selbst. Auch besaß er einen goldenen Phallus, der
hoch und weit aufragte, so daß er ihn mit einer Hand halten mußte;
und dieser Phallus war so gewaltig wie der Phallus von Usermare,
was geradezu bestürzen mochte: reichte der Gott (wenn man
seinen hohen Thron außer acht ließ) doch kaum bis zu den Knien
des Pharaos. Beim Anblick dieses Gottes und seines Phallus wurde
auch Usermares Glied steif, und – hätte man den Stier nicht mit

Kräutern betäubt –, er wäre wohl der dritte im Bunde gewesen. Jeder, der auf einem Stock eine Lotosblume trug, deutete damit auf Gott und Pharao, auf Gott und Gott, und ich fühlte, wie die Erde vor Liebe schwoll, und hörte leises wollüstiges Stöhnen unter meinen Füßen. Viele in der Menge empfanden nicht anders, denn deutlich erkannte ich, daß so manchem Mann unterm Rock das Glied sich steifte, und nicht wenige Frauen sanken in Ohnmacht. Unter der heißen Sonne, ich gestehe es, verlangte es auch mich mehr und mehr nach Fleischeslust. Mochte ich ihr auch in der vergangenen Nacht mit Hingabe gefrönt haben, so spürte ich dennoch, wie in mir die Wasser des Nils stiegen.

›Alle Lobpreisung für Amon-Ra‹, sprach der Priester und tat uns solchermaßen kund, daß dieser Gott Min, Herr unseres Festes, Min-Amon sei, also eine weitere der Millionen Manifestationen von Amon dem Verborgenen und Ra dem Licht. Und jetzt, da Gott und Pharao einander in die Augen blickten, war die Gegenwart von Amon-Ra überall spürbar, und der Stier, den besänftigenden Kräutern zum Trotz, ließ ein gewaltiges Brüllen hören, in dem widerklang das Echo der Felder unter der Sonne und auch vieler Höhlen in den Hügeln. Jetzt stimmten die Priester eine Hymne auf Amon-Ra an.

Ich höre sie noch – jedes Wort. Mochte Usermare auch nie aufgehört haben, unser Pharao zu sein in diesen fünf Tagen, so lag doch eine Hand auf eines jeden Herz und auf dem Herzen von ganz Unter- und Oberägypten. In den Zwei-Landen war uns bei jedem Atemzug bewußt, daß während dieser fünf Tage, da Usermare unser Pharao war und auch nicht, eine Katastrophe über uns hereinbrechen konnte. Ja, er mußte wieder gekrönt werden, um seine Kräfte für die kommenden Jahre zu verdoppeln. Doch: Wie konnte eine Krönung stattfinden, ohne daß er zwischendurch seinen Thron aufgegeben hatte?

So stand denn also die wahre Wiederkehr der Doppelkrone zum Haupt von Usermare bevor, während wir die Hymne des Hohenpriesters an Amon-Ra hörten, und wir jubelten beifällig und kannten eine hohe Heiligkeit in unseren Brüsten, unseren Nabeln und unseren Lenden. Der Hohepriester sprach: ›Gepriesen sei Amon-Ra, Oberhaupt aller Götter, der große Eine, der Schöne, der Spender des Lebens und der Wärme für alles herrliche Vieh. Du bist der Stier der Götter, der Herr von Maat, der Vater der Götter, der Schöpfer von Männern und Weibern, und du bist der Erschaffer der Tiere. Du bist der Herr aller Dinge, die es gibt, der Erzeuger von Weizen und Korn, und du machst die Pflanzen der Felder, die da geben Leben dem Vieh. Die Götter huldigen dir, denn du hast erschaffen, was unten ist und alle Dinge, die oben sind. Du erleuchtest die Zwei-Lande, und du segelst über den Himmel in Frieden. Du hast die verschiedenen Hautfarben der verschiedenen Rassen gemacht, daß es eine große Vielfalt gibt unter den Menschen, doch du hast sie alle erschaffen, damit sie leben. Du hörst die Gebete der Beladenen, und du bist voll der Güte zu allen, die dich anrufen. Du erlöst jene, die Furcht fühlen, von jenen, die Gewalt üben, und du richtest zwischen den Starken und den Schwachen. Du bist der Herr des Geistes. Weisheit kommt aus deinem Mund. Der Nil quillt über nach deinem Willen. Du bist der Herrscher über die Ahnen der Unterwelt. Dein Name ist verborgen.«

Ich konnte spüren, wie die Unruhe meines Vaters mit jedem Wort Menenhetets stieg. »Können dies«, fragte Ptah-nem-hotep, »wirklich die Worte sein, die zu Usermare gesprochen wurden?«

»Ich erinnere sie so.«

»Bitte, fahre mit deiner Hymne fort«, sagte Ptah-nem-hotep.

»Dies waren die Worte des Hohenpriesters«, bestätigte Menenhetet. ›Heil, dir Einzigem‹, sagte er. ›Menschen kamen aus deinen Augen und die Götter aus deinem Mund. Du machtest die Fische, damit sie leben in den Flüssen, und du gabst den Atem des Lebens dem Ei und den Reptilien, die da kriechen. Du erlaubst der Ratte, in ihrem Loch zu hausen, und dem Vogel, im grünen Baum zu sitzen. Deine Macht besitzt vielerlei Gestalt. Den Himmel hast du gebreitet, die Erde begründet. Du bist der Herr des Getreides und bringst das Vieh, daß es in den Hügeln weidet. Heil, Amon, Stier, der schön ist von Angesicht, Richter von Horus und Seth! Du hast erschaffen den Berg und das Silber und den Lapislazuli.

O Amon, deine Strahlen scheinen auf alle Gesichter. Keine Zunge vermag zu sagen, was du bist. Du lenkst die Bahn durch namenlose Räume über Millionen und Hunderttausende von Jahren, du reist über wassergefüllte Schlünde zu dem Ort, den du liebst, und all dies tust du innerhalb kürzester Frist, bevor du zur Ruhe gehst und sinkst und den Stunden ein Ende machst.‹«

»Nur die letzten dieser Worte habe ich gelesen«, sagte Ptah-nem-hotep. »Die anderen kenne ich nicht, wennschon sie mir höchst eindrucksvoll und merkwürdig erscheinen.«

»Es verwirrt mich sehr«, versicherte Menenhetet, »daß dir meine Worte unvertraut sind. Ich habe nur mein Gedächtnis, auf das ich mich verlassen muß, und, wie wir wissen, liegt unser Khaibit auf der Lauer, um unseren Ka zu täuschen. Könnte es sein, daß ich mich, statt dieser Hymne, einer anderen entsinne, die von einigen hohen Amon-Priestern ohne Zuhörer angestimmt wurde? Was nichts anderes bedeuten würde, als daß ich diese Worte nicht aus meinem ersten, sondern meinem zweiten Leben erinnere.«

»Es ist höchst bemerkenswert«, sagte Ptah-nem-hotep. »Ich weiß von solch geheimen Hymnen – weiß sogar mehr darüber als Khem-Usha, der mit Regierungsgeschäften ausgelastet ist. Doch in der Tempel-Literatur ist mir nichts bekannt, das Amon als den Herrn des Geistes oder den Herrscher über die Ahnen der Unterwelt beschreibt.« Er schüttelte den Kopf und seufzte. »Nun denn.«

»Was ich erzähle«, sagte Menenhetet, »ist die Wahrheit, wie ich sie erinnere. Niemals würde ich dein Steuermann sein wollen, um das Steuer zu mißbrauchen.«

»Ich nenne den Irrtum – sofern es denn ein Irrtum ist – höchst merkwürdig und würde ihn nie böse finden, es sei denn, die Götter wünschten Böses zwischen uns.«

»Um diese Stunde setzt du mehr Vertrauen in die Götter als am letzten Nachmittag«, sagte meine Mutter, und ihre Worte klangen so einfach und so direkt, daß weder mein Vater noch mein Urgroß-vater lächelte. Ptah-nem-hotep sagte schließlich: »Es ist wahr. Heute nacht fühle ich die Gegenwart meiner Doppelkrone wie noch nie zuvor. Und so will ich euch ehren, euch beide und Menenhetet.« Und er küßte mich.

»Kein Pharao war je weiser als du«, sprach Menenhetet.

»Ich fühle mich geehrt«, sagte Ptah-nem-hotep.

Doch zwischen beiden – wie die versehrte Luft, wenn ein vom Wurfholz getroffener Vogel zu Boden fällt – stand der stumme Widerhall der vom Hohenpriester dem Amon-Ra dargebotenen Hymne, und ich spürte, wie in meinem Vater mehr und mehr Mißtrauen sich regte. Nein, in diesen Augenblicken vertraute er Menenhetet wohl kaum. Und dies schmerzte mich, wie mich zuvor die Verwünschung Nef-khep-aukhems geschmerzt hatte.

Obschon mein Vater und mein Urgroßvater freundliche Worte miteinander wechselten, fühlte ich, wie sie gleichsam auseinandertrieben, um in verschiedenen Höhlen nach Schätzen zu forschen; und ich, der ich sie doch zusammenhalten wollte, wurde jetzt übermannt von Müdigkeit. Am liebsten wäre ich in Tränen ausgebrochen.

»Fahre fort«, sagte mein Vater nach einer Pause. »Ich möchte dich nicht länger unterbrechen.«

Auch Menenhetet ließ erst eine kleine Pause eintreten. »Wenn ich mich recht erinnere«, sagte er dann, »öffnete gleich nach den Worten des Hohenpriesters ein anderer Priester einen goldenen Käfig. Vier Gänse drängten hervor, voll Furcht, ihre Flügel würden sie nicht rasch genug in die Lüfte heben. Doch es gelang, und sie kreisten über dem Hof der Großen Einzigen und strebten dann gemeinsam gen Süden. Später würden sie sich trennen, um das Wort zu den vier Vierteln des Himmels zu tragen. Während sie verschwanden, sprach der Hohepriester mit tönender Stimme: ›Horus empfängt die Weiße Krone und die Rote Krone. Ramses empfängt die Weiße und die Rote Krone.‹ Doch sah ich nicht, daß er die Kronen empfing: Er trug beide ja bereits. Nur die Wörter wurden ihm gegeben. Dann bot ihm ein weiterer Priester eine goldene Sichel und eine Getreidegarbe dar. Ein Eunuch, von den Priestern gesegnet, näherte sich und küßte Usermares Füße und lag dann auf dem Boden, den unteren Teil der Garbe in den schwarzen Händen. Das andere Ende hielt der Pharao, und er durchschnitt die Halme in der Mitte. Nun wurden die Ähren vor den Stier gestreut, bevor man ihn fortführte zur Opferung.

Jetzt traten, einer nach dem anderen, wir vor, die wir am Hof dienten, und wir küßten seine Hand oder umarmten seine Knie oder beugten uns zu Boden, je nachdem wie nah wir ihm standen. Mich begrüßte er sehr herzlich, und er sagte mir, ich solle mich zum Throngemach begeben und dort warten.

Nach Ende der Huldigungen fand auch er sich dort ein, in unserer Mitte gleichsam, denn wir waren insgesamt acht, die er aufgefordert hatte, im Throngemach auf ihn zu warten. In Anbetracht (so sagte er) unserer Verdienste, unserer Treue und Ergebenheit, unseres Mutes und unserer Verschwiegenheit (hier warf er mir einen Blick zu) wolle er jeden von uns auf besondere Weise auszeichnen. Am Abend – dem letzten Abend des Göttlichen

Triumphs – sollten wir als Zeremonienmeister dienen, und unsere Titel dürften wir behalten, was uns die hohe Achtung anderer eintragen werde bis an unser Lebensende. Man würde uns kennen als Seine Acht Meister. (Ich dachte sofort an die acht Götter des Schlamms, doch verrieten mir die Gesichter der anderen, daß sie solche Gedanken ganz gewiß nicht hatten.) Die Titel wurden uns verliehen: dem Wesir, dem Schatzkämmerer, dem Hauptschreiber, dem Majordomus sowie etlichen Generälen, zu denen ja auch ich gehörte. ›Alte Titel, große Titel‹, sagte Usermare: Titel, die zurückgingen bis zum Ersten Pharao.

Wir traten, einer nach dem anderen, vor und jeder erhielt einen goldenen Skarabäus, während Usermare unsere neuen Titel nannte. Der Wesir wurde zum Einzigartigen Gefährten von Usermare, der Schatzkämmerer hieß jetzt Meister All dessen was für den König Wächst, und Pepti (der zu meiner Überraschung an diesem Tag zum Hauptschreiber ernannt worden war) wurde erneut geehrt durch den Titel des Königs Erster Bekannter am Morgen. Einer der Generäle, der auf so manche erfolgreiche Minenexpedition gezogen war (seine Haut war so ledrig wie die von Sebek, dem Krokodil), wurde Meister des Goldes das aus der Erde Kommt. Die nächsten drei traten vor – ihre Titel fallen mir jetzt nicht ein –, und dann war ich, als letzter, an der Reihe.

Während ich seine Hand ergriff, sagte er zu mir: ›Was würde ich nur ohne meinen edlen Wagenlenker tun?‹ Und er hielt meine Finger so sacht, so zart, wie Rama-Nefru sie gehalten hatte, und sein Blick war so voll Liebe für mich, wie seit vielen, vielen Jahren nicht. ›Viel hängt von dir ab‹, flüsterte er, und ich verstand nicht, was er meinte. Dann blickte er zu den anderen und sagte nach längerer Überlegung, mein Titel würde lauten: ›Meister der Geheimnisse‹ oder, unverkürzt wie in uralten Zeiten: ›Herr der Geheimnisse der Dinge, die nur ein Mensch weiß.‹

Das sei mein Titel für diesen Abend und für den Rest meiner Tage, sagte er, und ich weiß nicht, ob ich etwas von meinem künftigen Leben ahnte, doch ich brach fast in Tränen aus, und später weinte ich wirklich (als ich allein war, aber bis dahin verging noch eine Stunde). Wir feierten mit unserem Pharao bei einem Becher Kolobi und betrachteten unsere Skarabäen und redeten uns mit unseren neuen Titeln an.

Ja – erst als ich wieder im Palast war, allein in meiner leeren

Kammer, brach ich in Tränen aus und weinte und weinte, daß es war, als träte der Nil über die Ufer. Seit ich mein Dorf verlassen, hatte ich nicht mehr geweint, doch jetzt galten meine Tränen sogar der Stunde, da ich in die Armee aufgenommen worden war. Welch ein Geschenk, außer diesem, hatte ich denn je von Usermare erhalten? Und so weinte ich aus beiden der Zwei-Lande in meinem Herzen. Mir scheint, daß wir nur dann eine tiefe Empfindung erfahren, wenn in uns zu gleicher Zeit edelste und niedrigste Impulse vereint sind. Horus, mit seinen schwachen Beinen, ist ein Narr unter den Göttern, und doch bedecken die Federn seiner Brust den Himmel. Und ich, ich weinte, weil ich meinen König nicht mehr so liebte, daß ich seiner großen Gabe an mich würdig war; und weinte auch, weil ich sein Herz haßte, da meine alte Liebe zu ihm wieder geweckt ward. Nein, ich verspürte kein Gelüst, die schreckliche Rache zu nehmen, die Nefertiri mir nahegelegt hatte. Und so quollen Tränen aus meinen Augen, wann immer ich an jenen wundersamen Titel dachte, der mir jetzt gehörte und der da lautete: ›Meister der Geheimnisse der Dinge, die nur ein Mensch weiß.‹«

»Ja, ein sehr schöner und passender Titel für dich«, sagte Hathfertiti, doch ihre Stimme war nicht so warm wie ihre Worte.

»An jenem Nachmittag«, fuhr Menenhetet fort, »hätte die Krönung beendet sein sollen, doch ich kann nicht sagen, daß dem so war. Denn bei der Kollation – der Schlußfeier – am Abend wurde Usermare abermals gekrönt inmitten vieler Zeremonien und Ergötzungen. Ja, am Abend feierten wieder alle, doch muß ich sagen, daß wohl keiner den Frieden empfand, der nur bei einer wahren Krönung kommt.«

»Natürlich nicht«, sagte Ptah-nem-hotep, »und das läßt sich leicht erklären. Denn eine Krönung beschränkt sich nicht auf ein Zeremoniell oder eine Opferung oder ein Gebet. Sie braucht, gleichsam wie das Leben des Pharaos selbst, alle Götterschreine und weit mehr als nur ein paar Ergötzungen. Genau wie du es angedeutet hast, haben selbst Läuse teil am Geschick des Zwei-Lands an diesem besonderen Punkt, da der Pharao nach über dreißig Herrschaftsjahren nun so machtvoll ist, daß er seine eigene Doppelkrone krönt. Doch nicht nur ihm wächst, zu einer solchen Zeit, Macht zu, sondern auch den Göttern. Also müssen auch alle Götter mit einbezogen werden. Ja, die Götter und die Geister müssen sich erheben, nicht alle auf einmal, sondern so wie in Tälern und Terrassen das Erdreich gewendet wird, Klumpen nach Klumpen. Und so wird ganz Ägypten hier gehoben und gewendet, Zeremonie folgt auf Zeremonie, so jedenfalls konnte ich schließen aus der Tiefe meiner Studien. Die Hymne auf den Hof der Großen Einzigen an diesem letzten Nachmittag war nur das größte Ereignis von vielen: ja, von so zahlreichen wie die Menge der Menschen, der Tiere und all der Götter.«

»Selbst als Hoherpriester«, sprach Menenhetet, »hätte ich es nicht besser ausdrücken können.«

»Ich meine«, sagte meine Mutter zu Ptah-nem-hotep, »daß *du* der Meister, der Herr der Geheimnisse bist«, doch zum erstenmal, seit er zu uns und den Sitzpolstern zurückgekehrt war, schien er über eine ihrer Bemerkungen verärgert, und seine Hand klatschte auf ihren Schenkel, weil sie so leichtfertig redete; doch Hathfertiti gefiel dies um so mehr.

»Darf ich mich die Einzige Gefährtin von Ptah-nem-hotep nennen?« fragte sie, und aus ihrer Stimme klang die freche Selbstsicherheit der Favoritin, die sich ihrer Position sicher weiß. Dann vernahm ich ihren nächsten Gedanken, ich allein, denn nur ich war flink genug, selbst den schnellsten Momenten meiner Mutter zu folgen. »Ich«, sprach sie zu sich selbst, »bin die wahre Herrin der Geheimnisse.«

# DREIZEHN

Dieser Titel, den sie sich selbst verliehen hatte, behagte meiner Mutter so sehr, daß von ihren müden Armen ein Wohlgeruch aufstieg, der meinen Vater und mich umfing. Zu dritt saßen wir, verbunden in stiller Ruhe, und wieder fühlte ich mich den Wonnen des Schlafes nah. Die Erinnerungen meines Urgroßvaters schienen jetzt weniger verstörend als zuvor, und so lauschte ich nicht seinen Worten, sondern überließ mich seinen Gedanken. Die abendliche Feier (begann er) fand nicht in der Festhalle von König Unas statt, sondern auf einem Platz im Hof der Großen Einzigen. Wände aus Schilf umschlossen uns, ein Dach gab es nicht. Doch Blumen und Ranken schmückten den Platz ringsum bis hoch oben (an schmalen Stangen prangten sie), und man sprach vom Pavillon des Königs Unas. So fand das Fest denn weder in einem Palast statt noch gänzlich im Freien, sondern gleichsam dazwischen, ähnlich der Existenz der Götter.

An diesem Abend war so manches anders als sonst. Nicht als letzter trat der Pharao ein, sondern als erster, und er nahm Platz auf seinem Sitz auf erhöhter Holztribüne. Dort hatte man einen schweren Teppich ausgebreitet und darauf einen goldenen Thron gestellt mit vier bemalten Holzsäulen für das Throndach. Jeder seiner Gäste verneigte sich beim Eintreten vor Usermare, und jeder Frau ließ er eine Halskette und einen Blumenkranz reichen und jedem Mann einen goldenen Becher. Diese fanden ihren Platz auf Gestellen, die fast überquollen von Früchten und Blumen. Diener servierten die erlesensten Weine aus den edelsten Weingärten von Khara, Dhakla, Fayum, von Tanis und Mareotis und Pelusium. An Rama-Nefrus Tafel wurde sogar hethitisches Bier ausgeschenkt, dunkler als unser ägyptisches, ein sonderbares Gebräu, das nach

Wurzeln und Höhlen roch, mit stärker ausgekeimtem Malz als bei uns, enorm gedarrt, ein gleichsam kriegerisches Bier.

Alle Gäste, auch die Prinzen und Prinzessinen, hatten ihre Plätze eingenommen, als die drei Königinnen erschienen, als erste Eso-nefret mit ihren sieben Söhnen und Töchtern. Doch wie auch sonst im Alltagsleben bei Hofe löste sie keine besondere Aufmerksam-keit aus, und ihre Kinder waren genauso reizlos wie sie. Als nächste kam Rama-Nefru. Zwei hohe Federn trug sie auf ihrer Krone, und ihr Gewand aus gewobener Luft war so durchsichtig, daß man ihren entzückenden kleinen Bauch sah und gleich wieder vergaß, war doch da der lichte Hain zwischen ihren Schenkeln.

Nunmehr erschien Nefertiri. Ihr Auftritt war so voller Glanz, daß er alles andere überstrahlte. Sie zeigte ihren Körper nicht so freizügig zur Gänze. Doch trug sie oben kaum mehr als eine Art Halskrause (und ein güldenes Diadem für ihr Haar), doch ihr eigentliches Gewand begann (oder endete) kaum eine Handbreit über ihrem Nabel. Und so blieb nur noch der Blick frei auf die Brüste der Königin, die sich jederzeit messen konnten mit den Brüsten einer Jüngeren. Das Tal zwischen ihnen hatte die Schatten eines Tempels, und in meiner Nase bebte die Luft vor Begierde. Gestern nacht hatte ich sie gehabt, Nefertiri, doch ihre Brüste nicht. Denn sie hatte sie nicht enthüllt. Dennoch lebte die Schön-heit, *diese* Schönheit, in meinen Händen, seit jener ersten Nacht, da ich ihren Leib erkundet hatte. Und so schien mir, daß die Pracht dieser Brüste nicht zuletzt auch ein Werk meiner Hände war. Doch erlosch dieser Gedanke sogleich, denn anderes nahm meine Sinne gefangen.

Das Aufsehen, das Nefertiri erregte, war gewaltig. Sie lächelte uns zu, den Leuten des Königlichen Kreises dicht beim Pharao und den Leuten des Königlichen Hofes, etwas weiter entfernt. Dann streckte sie ihren Arm zu der Tafel, an der ihre Söhne saßen, und Amen-khep-shu-ef stand auf und kam und führte sie zu einem Sitz in seiner Nähe. Nun erhoben sich alle im Pavillon, und laut jubelten sie dem Helden und seiner Mutter zu. Blumen wurden gestreut, goldene Becher in die Höhe gehoben, und es war, als wollten alle sagen: »Sie ist eine von uns, keine Hethiterin!«

Mein Platz war bei Rama-Nefru. Usermare hatte dafür gesorgt, daß sie zu seiner Linken saß und Nefertiri zu seiner Rechten. Beider Sitze befanden sich auf einer Tribüne gleich der seinen, waren jedoch deutlich davon abgesetzt (auch Esonefret hatte ihre Empore, doch unauffällig im Hintergrund).

Einen solchen Jubel hatte Usermare zweifellos nicht erwartet. Die Rufe wollten und wollten nicht enden. Edle Herren und Damen im Königlichen Kreis, sonst für ihre vornehme Zurückhaltung bekannt, klatschten unaufhörlich in die Hände, und aus dem weiteren Rund ertönten sogar Pfiffe. Usermare erhob sich, streckte sein Zepter in die Höhe. Der Jubel schwoll noch weiter an (wenn auch nicht gar so sehr, wie ich es erwartet hätte). Dann nahmen alle Platz. Unter dem Tisch griff Rama-Nefru nach meiner Hand, und ihre Haut hatte die Kälte nördlicher Länder. »Ich habe ihm gesagt, daß dies geschehen würde«, flüsterte sie mir zu.

Ich war verdutzt, hatte von alldem nichts geahnt. Natürlich wußte ich von dem begeisterten Empfang, der Amen-khep-shu-ef an diesem Tag in Theben bereitet worden war, doch erst allmählich ging mir jetzt auf, daß es sich bei Nefertiris Erscheinen hier um einen sorgfältig geplanten Auftritt handelte.

Wie weit war ich doch von den Gedanken der Königin entfernt. Und von ihrer Stärke. Wie weit überhaupt von all solchen Dingen. Ich blickte zurück, betrachtete gleichsam den Soldaten, der ich einmal gewesen war. *Er* hatte Bescheid gewußt. Hatte gesehen, wen welcher Ehrgeiz trieb. War so gut über jeden im Bilde gewesen, daß er es bis zum Oberbefehlshaber aller Armeen brachte.

Doch jener Mann war ich nicht mehr. Ich hätte genausogut tot sein können. Denn was war ich jetzt? Ein den Gelüsten (und Gefahren) des Fleisches Ergebener; Herr der Geheimnisse, o ja. So eng lebte ich mit Frauen zusammen, daß ich über die Stärke von Männern nur mehr wenig wußte. Zu wenig. Und mich verblüffte mein eigener Wahn: daß nämlich, wer den Pharao tötete (also ich), selbst Pharao sein könne. Ich? Der ich doch keinen einzigen Soldaten hinter mir hatte, während Amen-khep-shu-ef über Legionen verfügte.

In eben diesem Augenblick sah er mich an, durch den ganzen Raum hinweg, und es waren nicht die Augen von Amen-khep-shu-ef, in die ich blickte, sondern die Tür zum Land der Toten. Jene Augen waren die Tore, durch welche ich eingehen würde. Ich dachte: Ja, in dieser Nacht werde ich sterben. Doch es ist wenigstens eine große und unvergeßliche Nacht.

Wieder überkamen mich die Gefühle, die ich im Bierhaus empfunden, nur kam die Zärtlichkeit meiner Furcht jetzt noch näher, und in jedem Atemzug zitterte eine exquisite Angst, lag in der Luft doch die Gewißheit, daß jetzt nichts Böses geschehen könne: Überglücklich begriff ich, es drohte keine Gefahr, ehe das Fest nicht vorüber war. Und so konnte ich diese Frist noch voll genießen.

Jetzt wurde der Apis-Stier serviert, der am Morgen geopfert worden war, köstliches Fleisch, voll vom Saft der Götter. Auch seltene Fische aus dem Nil wurden aufgetischt. Mit hellwachen Sinnen nahm ich alles wahr, da dies mein letztes irdisches Mahl sein mochte. Ich sage euch: Neun verschiedene Arten Fleisch gab es und sechs verschiedene Arten Geflügel; vier verschiedene Arten Brot und acht verschiedene Kuchen; viele Süßigkeiten und mehr Früchte, als ich zählen konnte. Währenddessen spielte eine große Gruppe von Musikern. Harfen, Flöten, Trommeln und noch viel mehr Instrumente erklangen. Sistren rasselten und klapperten, so daß man meinen mochte, sämtliche Schlangen des Deltas seien hier losgelassen; und ich spürte deutlich, daß die Feier, die hier gefeiert wurde, überall stattfand, in ganz Theben, im ganzen Zwei-Land. Ein einzigartiger Wirbel! Eine Freiheit und Fröhlichkeit sondergleichen (wobei so manch treues Eheweib ihre eheliche Treue nur zu gern vergaß). Ja, Fröhlichkeit. Nur daß an unserer Tafel Rama-Nefru in düsteren Gedanken saß und sich aufraffen mußte, um jenen Edlen zuzulächeln, die sie, nach Nefertiris triumphalem Auftritt, neugierig begafften.

Nunmehr begannen die Ergötzungen. Eine Überraschung erwartete uns. Pepti, aus den Gärten der Abgeschlossenen entlassen und zum Rang des Hauptschreibers erhoben, erhielt nun auch die Ehre, für den ersten Spaß zu sorgen. Kaum begann er, so wälzten sich auch schon viele vor Gelächter. Ich erklärte es Rama-Nefru: Er erzählte eine Geschichte, die alle aus ihren Kindertagen kannten – die Klage eines Lehrers, dessen Schüler das Schreiben nicht erlernen wollten. Meine eigenen Erinnerungen waren anderer Art. Ich hatte in meiner Jugend niemand gekannt, der schreiben konnte. Die ersten plumpen Kritzeleien in Tonscherben sah ich, als ich in die Armee eintrat.

Pepti war, aus allerbesten Gründen, sehr gut aufgelegt, und er fügte der Geschichte so manches eigene Wort hinzu. »Mein Vater«, so begann er, »der gleichfalls ein Schreiber war, sagte zu mir: ›Ich werde dich lehren, das Schreiben mehr zu lieben als deine

eigene Mutter.‹ Ich hatte einen weisen Vater, denn es kam sogar
dazu, daß ich das Schreiben mehr liebte als mein eigen Weib.« Hier
hob Pepti zwar nicht seinen Rock, doch legte er seine Hände über
die Stelle, wo er nichts mehr besaß, und die Menge (denn jeder war
über den kühnen Eingriff natürlich im Bilde) brüllte vor Begeisterung.

Pepti verstand es, seinen Vorteil zu nutzen. Geschickt (wenn auch
schamlos) hatte er sein Publikum zum Thema geführt. Jetzt begann
er mit seiner eigentlichen Klage. Seine Stimme bewies eine
erstaunliche Vielfalt. Bald klang sie wie aus dem Munde eines
Kindes, dann wieder gleich den Tönen einer Flöte, und mit ihrem
steten Wechsel wirkte sie sehr humoristisch und sprach die Menge
an. Gelächter scholl von allen Seiten. Pepti hatte so eine besondere
Art. Irgendwie verstand er es, den Leuten weiszumachen, daß er
sich selbst verspottete, während er doch noch lauter über jene
lachte, die über ihn lachten. Da er klein und plump war von Gestalt
und pompös in seiner Art, wirkte er höchst lächerlich und
komisch. Wie arrogant er doch war! Er wußte dies selbst, und
wann immer das Gelächter über ihn nachließ, flüchtete er sich
mühelos in Tränen. Da die Geschichte, die er erzählte, traurig war,
machten die Tränen sie komisch, und so mancher Edle klatschte
sich auf die Schenkel und schlug mit den Fäusten auf den Tisch,
während einige der Offiziere von Amen-khep-shu-ef sich sogar,
ungeschliffen wie sie waren, auf den Teppichen wälzten und
darauf herumtrommelten. Ja, so komisch wirkte er auf manche.
»Oh, was bedeutet es schon«, rief er in schrillem Ton, »wenn man
sagt, ein Krieger habe ein besseres Leben als ein Schreiber? Dem ist
nicht so. Laßt mich von einem armen Kerl erzählen, der ein Leben
voller Drangsal lebt. Als er noch ein Kind war, brachten ihn seine
Eltern zu den Kasernen, wo er dann eingesperrt bleibt.«
»Halt's Maul«, schrien ein paar Soldaten lachlustig und weinselig,
doch Pepti lächelte den Pharao mit seinen blendend weißen Eunu-
chenzähnen an und fuhr fort. »Armer Kerl«, sagte er. »Wie grausam springt die Armee doch mit ihm um. Kaum öffnet er den
Mund, erhält er einen Hieb in den Bauch. Führt er einen Befehl
nicht schnell genug aus, so wird er getreten. Wagt er es zu lächeln,
so spaltet ihm ein Schlag die Lippe. Was immer er lernen soll, wird
ihm mit Hilfe einer Kunst beigebracht – der Kunst des Prügelns. Ist
der arme Kerl häßlich, so würdigt ihn keiner eines Blickes. Ist das

arme Kerlchen hübsch, so wird es geschändet. ›Ich würde ja
sterben wollen«, ruft unser Freund, ›doch wie könnte der Sitzemacher mir helfen, da doch alle meinen Sitz stehlen?‹« Lautes
Gelächter erscholl im Rund. »Fasse Mut«, sagte Pepti mit strenger
Stimme (er ahmte einen Offizier nach), »ein Mann wirst du nur,
wenn du zuerst lernst, eine Frau zu sein.« Es war verblüffend, wie
mühelos Pepti seinem Publikum Gelächter entlockte, und nicht
ohne Verdruß dachte ich daran, daß es mir wohl nie gelingen
würde, andere so zum Lachen zu bringen.

»Vernehmt denn«, sprach Pepti, »weiter von solchen Abenteuern.
Aus diesem Kerl, diesem Kerlchen wird ein erwachsener Mann
und ein guter Soldat, und er muß über die Berge nach Syrien
reisen, wobei er Verpflegung und Wasser auf dem Rücken zu
schleppen hat. Er gleicht einem Esel. Seine Knochen knirschen,
und das Wasser, das er trinkt, ist eine elende Brühe. Und dann
steht er dem Feind gegenüber. Er sieht zornglühende Augen und
kommt sich vor wie ein Vogel in einer Schlinge. Doch falls es ihm
gelingt, heil nach Ägypten zurückzukehren, so wird er behandelt
wie wurmstichiges Holz. Man stiehlt ihm die Kleider, und seine
Diener laufen fort.«

»Warum brüllen alle nur so?« fragte mich Rama-Nefru. »Es ist doch
so langweilig.« Sie blickte zu Usermare, der geradezu wieherte;
auch Nefertiri und Amen-khep-shu-ef schüttelten sich vor Gelächter. Überall dröhnte es, zumal von seiten der Soldaten, die jetzt
kecke Blicke auf die Damen warfen.

»So glaube mir denn, kleiner Schreiber«, sagte Pepti, »daß du dich
irrst, wenn du meinst, Krieger seien glücklich, Schreiber hingegen
elend. Das ist nicht wahr. Der Schreiber wandelt bei Hofe, er ist
geachtet und wohlgenährt, während dem Soldaten so der Magen
knurrt, daß er nachts nicht schlafen kann.« Pepti verneigte sich,
und die Gäste lachten lauthals und zollten ihm Beifall.

Wieder spielten die Musiker, und Gaukler kamen, auch Akrobaten
und Tänzer; doch ich sah ihnen nicht zu. Meine Augen suchten
Nefertiri. Nicht mit einem einzigen Blick hatte sie mich bisher
bedacht. Ich konnte ihren Gedanken nicht nahekommen und
fühlte wieder Feindseligkeit gegen Amen-khep-shu-ef, als ich sah,
wie sie einander mit Aufmerksamkeiten bedachten, und wie der
volle Becher zwischen ihnen hin und her wanderte.

Ich war der Herr der Geheimnisse, und um ein Geheimnis wußte ich gewiß: die Hitze im Blut von Usermare. Ich fühlte seine Furcht vor Amen-khep-shu-ef und spürte, daß sie auf ihm lag wie ein Gewicht, das sein Vergnügen trübte und seinen Zorn zügelte.

Jetzt trat ein stattlicher junger Mann herbei, dem ein schönes junges Mädchen folgte. Sie trug nichts als eine um die Hüften geschlungene Kette. Hand in Hand nahten sie dem Pharao und knieten nieder. Die Stirn des jungen Mannes berührte den Boden, und er bat, ein Lied vortragen zu dürfen.

»Wovon handelt es?« fragte Usermare.

»Oh, Von-Amon-Geliebter, mein Lied handelt von einem wilden Feigenbaum, der eine Blume bittet, in den Schatten seiner Blätter zu kommen, damit er mit ihr sprechen kann.«

»Nun, dann erzähle ihr, was du ihr zu erzählen hast, Wilder Feigenbaum«, sagte Usermare, und die Gäste jubelten vor Vergnügen.

Der junge Mann begann zu singen. Laut und voll tönte seine Stimme, während er das Mädchen ansang und durch Stimme und Pose seine Erfahrungen mit Frauen kundtat:

> »Deine Blätter sind Tautropfen,
> Dein Gemach ist grün,
> Grüner als der Papyrus
> Und röter als der Rubin.
> Deine Blütenblätter sind Honig,
> Und deine Haut ist Opal,
> Oh, komm zu mir!«

Er brach ab. Das Mädchen näherte sich, bis er einen Arm um ihre Hüften schlingen konnte, und er tat dies mit großem Geschick: Der Arm, leicht geknickt in Handgelenk und Ellbogen, glich wirklich einem Ast. Der Sänger warf den weiblichen Gästen einen aufreizenden Blick zu und sang dann die beiden letzten Sätze:

> »Oh, ich sage nicht, was ich sehe,
> Nein, ich sage nicht, was ich sehe!«

Der Wilde Feigenbaum umarmte das Mädchen, hob sie hoch

und trug sie davon. Zwischen den Tischen entfernte er sich, unter großem Gelächter, während die Edlen die Brüste des Mädchens berührten und ihr auf den Hintern patschten.

Jetzt kam eine Gruppe von Tänzerinnen. Wie das Mädchen trugen auch sie nur eine dünne Kette um die Hüften. Sie tanzten vor dem Pharao und wandelten an den Tafeln der Gäste ungeniert hin und her. Bald hoben sie hier ein Blumengewinde von einem Weinkrug, um einen Becher vollzuschenken, bald dort. Und wenn sie nicht tanzten und niemanden bedienten, so standen sie mitten unter uns und klatschten zum Takt der Musik in die Hände und ließen die Hüften so wellenförmig kreisen, daß ich die Schlange an den weißen Mauern von Memphis vor mir sah.

Dann war wieder Pepti an der Reihe. Doch trug er jetzt eine Palette, so groß wie ein Schild, und hielt einen Stock von der Form eines Stylus, der jedoch länger war als sein Arm. Mit diesen sperrigen Gerätschaften versuchte er zu schreiben (oder tat jedenfalls so), während mit ihm ein hünenhafter Streitwagenfahrer auftrat, der größte, den ich je gesehen hatte. Doch war er gekleidet wie ein zwölfjähriger Knabe, mit Lendentuch und Sandalen, und er trug einen Kinderzopf, der über seine rechte Schulter fiel. Nun stand er vor Pepti und schüttelte beschämt seinen Kopf.

»Bücher verschmähst du«, sagte Pepti. »Dem Vergnügen hast du dich ergeben. Du wanderst durch die Straßen. Abend für Abend riechst du nach Bier.«

Als ich sah, wie herzhaft Usermare lachte, begriff ich besser, warum Pepti in den Gärten soviel Erfolg gehabt hatte. Es war ihm sicher nicht schwergefallen, die kleinen Königinnen und den Pharao zu ergötzen! Wieviel glücklicher mochte man sich dort gefühlt haben ohne mein düsteres Gesicht. Ich spürte, wie Neid siedend heiß in mir emporstieg, und unwillkürlich fragte ich mich: War ich denn wirklich bereit, meinem Ende entgegenzusehen, da in meinem Herzen noch so sehr die Eifersucht fraß?

»Das Bier, nach dem du riechst«, sagte Pepti, »verscheucht alle. Du bist ein zerbrochenes Ruder und kannst dein Boot nicht mehr lenken. Du bist ein Tempel ohne seinen Gott, du bist ein Haus ohne Brot.« Er äußerte diese Worte mit frömmlerischer Stimme, was alle aufs höchste amüsierte; gleichzeitig gab er mit großen Gesten vor, all diese Weisheiten getreulich aufzuschreiben. Doch waren Stylus und Palette so unhandlich, daß er bald den Griffel fallenließ, dann wieder die Schreibtafel verschmierte, was so lustig wirkte, daß selbst Rama-Nefru ein wenig zu lachen begann.

Der als Kind verkleidete Hüne streckte ihm schließlich die Zunge heraus und marschierte davon. Er spielte den Betrunkenen, torkelte durch die Menge, stolperte (und fiel fast) über diesen und jenen Würdenträger, besaß gar die Kühnheit, um den Thronsitz des Pharaos herumzuwandern (was so manchen in Angst und Schrecken versetzte), doch bevor er sich soweit vergaß, etwa einen der Pfosten anzurühren, die den Thronhimmel trugen, torkelte er auf eine Tafel voll hoher Amtspersonen zu und riß den Tisch beinahe um. Hinter dem Wesir taumelte, polterte er, und die Geräusche, die er von sich gab, wirkten so überzeugend, daß der Wesir sich ängstlich umdrehte: Er fürchtete, von dem scheinbar Betrunkenen vollgekotzt zu werden. Das war so komisch, daß selbst ich jetzt lachte – und weiterlachte, als sei es das letzte Mal.

Nun fiel der Hüne vor einem syrischen Diener zu Boden und begann, dessen Füße zu küssen und seine Waden zu streicheln, bis er dann den Kopf hob und erkannte, daß es nur ein Diener war. Er sprang auf, wollte forteilen, stürzte wieder. Pepti folgte ihm unaufhörlich mit seiner Riesenpalette und seinem Riesenstylus und schrieb unentwegt (oder tat jedenfalls so) und hielt keinen Augenblick in seinen Belehrungen inne. »Hier«, sagte Pepti, »sind deine Instruktionen. Vergiß sie nicht. Lerne, zur Flöte zu singen, auch zu rezitieren, passe deine Stimme der Lyra an und bilde dich zu einem guten Harfenspieler.« Doch der Betrunkene fiel zwischen die nackten Tänzerinnen, die ihn umarmten, bei ihm niederkauerten, mit seinem Haar spielten und – als er so tat, als käme er nicht wieder zu sich – Öl über ihn gossen, bis sein Körper nur so troff. Dann legten sie einen Kranz aus getrockneten Blättern auf ihn.

Fast alle Anwesenden bogen sich vor Gelächter, und man hätte meinen können, ihre Ausbrüche von Heiterkeit seien dazu bestimmt, den Pharao in seinem Triumph zu schützen: diese Tage der Unsicherheit zu Ende zu bringen.

Ich meinerseits konnte nicht mehr lachen. Tief in der Düsternis von Rama-Nefru befangen, saß ich, und da mir kein Gelächter über die Lippen wollte, grübelte ich über das Wesen der Heiterkeit nach und fragte mich, ob wir vielleicht nicht lachten, weil wir das Antlitz eines Gottes gesehen, das wir nie zuvor erschaut, so daß wir sofort unseren Blick abwandten. Und die, die lachten – lachten sie nicht, um nicht schauen zu müssen? So blieben die Götter ungestört. Natürlich konnte ich nicht lachen.

Doch wie gesagt: Rama-Nefru und ich waren die einzigen, die nicht in die allgemeine Heiterkeit einstimmten. Der Hüne im Lendenschurz, gleichsam von Öl durchtränkt, versuchte aufzustehen und glitt in der Lache aus. Und versuchte es wieder, stand torkelnd, während die Damen kreischten bei dem Gedanken, sein glitschiger Körper könne über sie gleiten. Doch landete der Riese schließlich auf Pepti, den er samt Palette und Griffel unter sich begrub. Währenddessen ertönten unablässig und immer lauter die Flöten, die Trommeln, die Tamburine und Sistren: Die Musiker, konnte man meinen, verscheuchten Dämonen. Dann entfernten sich Pepti und der Hüne unter viel Beifall, und Bedienstete wischten das Öl vom Boden auf. Stille trat ein. Usermare hielt seine Geißel hoch und peitschte damit durch die Luft.

Jetzt wurde, unter großem Gepolter, eine Art Schlitten von zwei Ochsen in den Pavillon gezogen. Darauf lag eine Mumie. Schreie ertönten.

»Ist sie echt?« fragte mich Rama-Nefru.

»Nein, sie ist falsch«, erwiderte ich.

Und dann war alles wieder fort, und zwei Bedienstete kamen, um die Hinterlassenschaften der Ochsen wegzukehren. Abermals trat Stille ein. Die Ergötzungen hatten geendet, die Zeremonien begannen.

Der Wesir trat vor (einige der Edlen stöhnten laut), doch sein Name ist mir entfallen. Allerdings hatte Usermare auch sehr viele Wesire. Einmal hörte ich ihn sagen: »Die Stärke der Zwei-Lande ist ein Pharao, der lange lebt, und ein guter Wesir taugt, um ihm die Füße zu küssen. Es gibt viele gute Wesire.«

Dieser (wie die meisten anderen) war alt und an diesem Abend berauscht vor Glückseligkeit: Weil ihn der Pharao zu einem der acht Meister erkoren hatte. Wortreich sprach er, wo wenige Worte genügt hätten, und er nannte Usermare die aufgehende Sonne, welche alles Dunkle aus Ägypten verjagte. »Wenn du in deinem Palast ruhst«, sagte er, »kommen die Wörter aller Länder zu dir, denn deine Ohren sind überall, und sie sind mächtig. Dein Auge ist klarer als die Sterne, und du siehst weiter als die Sonne.« Er brach ab, überlegte eine Weile und fuhr fort: »Allen, die hier versammelt sind, sage ich, daß das Ohr des Einen so mächtig ist, daß es selbst mein fernstes Wort vernimmt. Vor dem Einen, der da schaut mit dem Auge des Verborgenen Einen, kann ich keine Tat verbergen. Ich wage nicht einmal, an seine Tugenden zu denken aus Furcht, sie nicht alle zu nennen, denn er kennt auch meine Gedanken.«

»Ich kann dies nicht ertragen«, flüsterte Rama-Nefru. »Ich muß fort.«

»Das geht nicht«, sagte ich.

»Ich bin krank.«

Heqat, in ihrer Nähe, versuchte sie zu beruhigen. »Du willst nicht wirklich fort«, sagte sie. »Am Ende wird seine Wahl auf dich fallen.«

»Mein Kind braucht mich«, erwiderte Rama-Nefru.

Ich fühlte ihre Furcht. Und plötzlich, den acht Göttern des Schlamms ähnlich, konnte ich alles so sehen, wie Rama-Nefru es in ihrem eigenen Inneren sah. Und ich wußte, daß der Prinz Peht-a-Ra schrie. »Ich muß zu ihm«, sagte Rama-Nefru. Doch Heqats Angst vor dem Zorn Usermares war noch größer als die Schrecken der Hethiterin, und sie sprach beschwichtigend: »Ich werde dafür sorgen, daß er nicht mehr weint.« Sie blickte zu einer fernen Ecke im Pavillon, wo Wonnekugel mit ihrer Familie saß (Nefertiri hatte ihr Versprechen halb gehalten: Ma-Khrut war zwar hier, doch saß sie nicht an Nefertiris Seite); und jetzt fiel mir auf, daß Heqats Blick sich in Wonnekugels Augen bohrte. Rama-Nefru wirkte erleichtert, und sie sagte: »Er weint nicht mehr.« Wieder sah ich, in ihren Gedanken, Peht-a-Ras Gesicht, doch wollte ich nicht länger blicken, weil ich fürchtete, unter meinem Blick könnte sich sein dunkles Haar in Feuer verwandeln. Der Wesir sprach und sprach. Wonnekugel sah jetzt mich an, und in ihren Augen war Liebe wie die Liebe von Usermare, als er mich ausgezeichnet hatte; doch vertraute ich ihrer Liebe mehr, und als habe sie eine Frage gestellt (obschon ich nicht wußte, was für eine), nickte ich als Antwort – und fühlte wieder eine Zärtlichkeit wie angesichts der Nähe des fahlen Todes.

Der Wesir gelangte zum Höhepunkt seiner Rede. »Während wir essen, während wir trinken, während wir alle Gaben unseres Zwei-Lands genießen, laßt uns daran denken, daß die Zeremonien der vergangenen fünf Tage ein glücklich einigendes Band bilden für das gesamte Reich – die Zwei-Lande und den Pharao. Und wisset, daß aus den Brauereien und Bäckereien des Palastes Trank und Speis gereicht wird. Freies Bier und freies Brot für das Volk. Mögen all die Menschen zwei neue Augen haben für die Jahre, die da kommen. Möge Ägypten reich sein.«

Er setzte sich. Von einigen Gästen kam lauter Beifall, von den meisten höfliches Handpochen. Dann traten, mit Getöse, zwei Ringkämpfer auf. Hinter jedem befand sich ein Priester. Der eine trug das Zeichen von Horus, der andere jenes von Seth. Die Ringer, Männer von gewaltigem Körperbau, begannen einen Kampf, der nur ein Scheinkampf war. Und das war so wohl auch gut. Denn schon bald drückte Seth seinen Daumen ins Auge von Horus, während dieser Seths Hoden packte. Nun nahten die beiden Priester, um die Kämpfer zu beschwichtigen, und der Priester für Horus löste nicht nur die Hand seines Ringers von den Hoden des anderen, sondern wischte seine eigenen ab, bevor er ihn fortgeleitete. Sogleich kehrte der Priester mit zwei Zeptern zurück, die für Usermare bestimmt waren. Ein weiterer Priester, mit dem Kopfschmuck von Thoth, trat vor und kniete und sprach laut: »Mögest du, der Stier des Himmels, diese beiden Zepter halten. Und mögen so die Hoden von Seth wiedergegeben werden dem Gott, und das Auge von Horus wiedergegeben werden dem Gott, und möge deine Macht, durch diese Gabe, in entsprechendem Maße wachsen.« Trotz meiner gedrückten Stimmung spürte ich, wie uns alle hier im Pavillon Kraft durchflutete. Ich war jetzt zweimal so stark wie noch einen kurzen Augenblick zuvor: stark wie Usermare, der jetzt die beiden Zepter hielt.

Unser Pharao erhob sich. Er sagte: »In meiner Stadt, das Volk, es ißt. Am Ostufer und am Westufer von Theben stärken sie sich mit Brot und Bier. Denn an diesem, dem letzten der fünf Tage, hat jeder zwei neue Augen bekommen. Aus dem Getreide der Sonne und den Geistern des Mondes haben sie zwei neue Augen erhalten.«

Er legte die beiden Zepter auf ein Gestell und hob einen Arm, um die Kobra auf seiner Doppelkrone zu berühren. »Hier ist das Auge meiner Krone, welche da ist das Auge von Horus.«

Bei diesen Worten murmelten viele der Gäste: »Es ist die Kobra. Er umarmt die Kobra.« Nur wenige versagten es sich, den Kopf zu drehen und Nefertiri anzustarren. Heqat flüsterte Rama-Nefru zu: »Vor zwei Jahren, beim letzten Göttlichen Triumph, entbot er ihr seinen Gruß. Doch an diesem Abend wird er das nicht tun.« Sie behielt recht. Nicht einen einzigen Blick schenkte er Nefertiri, und allgemeines Gemurmel wurde laut. Und noch lauter, als Amenkhep-shu-ef seinen Becher hob und seiner Mutter zutrank. Nicht wenige hielten den Atem an.

Die Priester, die vor Usermare standen, stimmten einen feierlichen Gesang an: »Möge dein Auge sich nie betrüben«; und sie entnahmen einem goldenen Gefäß einen Riechstoff, den sie ihm reichten. Dann sprachen sie: »Nimm in dich auf den Duft der Götter. Alles, das uns reinigt, kommt von dir. Dein Gesicht ist unser Duft.«

Usermare atmete den Geruch ein, und alle versuchten, es ihm gleichzutun, war es doch ein Duft, der nur dem Pharao zukam, und nur an diesem Abend, in dieser Nacht. Eine Stille senkte sich auf uns. Der Geruch stammte von den Kräutern des Gartens, auf dessen Pforte das schwarze Schwein von Seth gemalt war. Ja, wir konnten ihn jetzt riechen, und es war ein starker, machtvoller Geruch, durchdringend und doch lieblich, und er gemahnte an Osiris und Hera-Ra.

Jetzt trugen zwanzig Diener eine übermannsgroße Säule herein, die sie vorsichtig auf den Boden vor den Thron setzen. Eine solche Säule hatte ich schon bei so mancher Zeremonie gesehen, doch noch nie war sie so hoch gewesen und noch nie aus Marmor, sondern aus Papyrus. In ihre Mitte waren Augen und Leib von Osiris eingemeißelt: Die Säule glich dem Baum von Byblos, der um ihn herumgewachsen war.

Usermare stieg von seinem Thron. Er nahm seine Doppelkrone ab und legte sie in einen goldenen Schrein auf einem goldenen Podest. Amen-khep-shu-ef gesellte sich zu ihm, und zwanzig seiner Söhne folgten. Alle, auch Usermare selbst, nahmen ein Papyrusband in die Hand; sie waren in entsprechender Zahl oben an der Säule befestigt. Nun näherten sich, von verschiedenen Tischen her, sechzehn von Usermares Töchtern, und jede erhielt von den Priestern ein Sistrum und eine Halskette.

Rama-Nefru flüsterte mir zu: »Diese Halsketten sind aber häßlich«, und ich erwiderte nicht ohne Verlegenheit: »Sie stellen die Nabelschnur und die Plazenta dar.« Sie wirkte verwirrt, und ich war es auch, zumal jede der Prinzessinnen, wenn sie die Gabe erhielt, sogleich sagte: »Möge Hathor meinen Nasenlöchern Leben geben.« Doch dann verstand ich das Gebet, und es war einfach.

Was würde sich ein Neugeborenes, soeben von der Nabelschnur getrennt, wohl wünschen, wenn nicht Atemluft?

Der Pharao und seine Söhne begannen, an den Bändern, den Strängen zu ziehen. Und die Söhne sprachen dabei:

>>O Blut von Isis,
O Glanz von Isis,
O Zauberkraft von Isis,
Schütze unseren großen Pharao.<<

Die Säule hob sich immer höher, und Priester traten vor und schlugen mit Stöcken aufeinander ein. »Sie sind ja unerbittlich«, rief Rama-Nefru aus, mit neuerwachtem Interesse. Bald lag die eine Hälfte der Kämpfenden am Boden, und während die eine Partie schrie: »Ich kämpfe für Horus!«, schrie die andere dagegen: »Ich werde Horus gefangennehmen!« Doch dann war der Kampf vorbei, die Streiter für Seth flüchteten davon und schleppten ihre blutenden und zerschlagenen Freunde mit. Nun wurde die Säule steil emporgerichtet, und allgemeiner Jubel erklang.

Die sechzehn Töchter von Usermare sangen:

»Isis ist schwach auf dem Wasser.
Isis erhebt sich auf dem Wasser.
Ihre Tränen fallen auf das Wasser.
Seht, wie Horus eindringt in seine Mutter.«

In diesem Augenblick (wie um zu zeigen, daß das Lied nicht mißzuverstehen sei) griff Nefertiri nach der Hand von Amen-khep-shu-ef und drückte einen langen Kuß darauf.

Ahnte, wußte sie, daß jetzt ihr Auftritt bevorstand? Usermare jedenfalls erhob sich und sagte mit einer Stimme, die Schweigen gebot: »Mögen die Hauptkonkubinen des Gottes den Palast jetzt mit Liebe erfüllen.« Nefertiri trat vor, und sechs blinde Sängerinnen gesellten sich zu ihr. Sie trugen Namen wie Wonne des Gottes, denn ihre Stimmen waren unvergleichlich schön. Ja, sie waren blind, doch die Weisheit von Maat hatte ihnen dafür die Kunst unirdischen Gesanges verliehen. Sie begannen, und Nefertiri bewegte in rasselndem Takt ihr Sistrum, sehr sacht zuerst, da die Stimmen kaum mehr waren als ein Hauch des Windes, und dann lauter, als auch der Gesang lauter wurde und unseren Atem streichelte.

Nefertiri legte einen Arm um eines der blinden Mädchen. Es war die Tochter des Bediensteten, den Usermares Wachen in Nefertiris Haus totgeschlagen hatten. Die Königin musterte den Pharao voll Verachtung. Dies war Nefertiris Stunde, und niemand würde sie ihr streitig machen. Aus Usermares Gesicht entwich alles Blut (es war das erste Mal, daß ich das sah), und die Edlen an den Tischen weinten, während sie den blinden Konkubinen des Gottes lauschten. Denn nichts konnte uns tiefer bewegen als Blindheit: diese Geißel des ägyptischen Sandes. Es ist das schlimmste Schicksal, das uns heimsuchen kann, und so weinten wir alle, weil uns die Schönheit des Gesangs dieser blinden Mädchen anrührte; – und ich fühlte die Scham über den gewaltsamen Tod von Nefertiris Diener.

> »Oh, jenseitig, ihr Milchkühe,
> Weint für ihn,
> Versäumet nicht, Osiris zu sehen,
> Während er emporsteigt,
> Denn er fährt auf zum Himmel unter
> den Göttern.«

Noch nie war Nefertiri schöner gewesen. Ihre Brüste glichen den Augen der Sonne und des Mondes, und ihr Gesicht war das edelste in den Zwei-Landen. Ich bemerkte, daß sie mich ansah; und ich war auf einmal glücklich und dachte: »Oh, daß sie mich ansehen möge in der Stunde meines Todes.«

> »Osiris ist über ihm,
> Sein Schrecken ist in jedem Glied,
> Ihre Arme stützen dich,
> Und du wirst emporsteigen zum Himmel
> Auf seiner Leiter.«

Solange die Konkubinen sangen, war Nefertiri die Herrin des Harems von Amon und der Göttin Mut ebenbürtig. Über große Macht verfügte sie. Ich hörte, daß Rama-Nefru schluchzte, und spürte, wie ein Wunsch den Pavillon erfüllte: Mochte Nefertiri ihre Macht ganz wiedergewinnen. Ich blickte zu Rama-Nefru und sah, daß ihre Lippen bluteten. Sie hatte sie blutig gebissen.

Der Gesang der blinden Mädchen endete, und wieder senkte sich Schweigen, tiefer noch als zuvor. Wir warteten. Die Priester brachten demütig den Thron Amons und stellten ihn neben Usermare. Es war der Thron, der eigentlich in den Tempel von Karnak gehörte, uralt und heilig, auf dem der Gott gesessen hatte, als er nur der Gott von Theben war und noch nicht bekannt als der Verborgene Eine. Und jetzt würde auf diesem Thron die Erste Gemahlin des Königs sitzen: Welche würde von Usermare dazu auserkoren werden?

Doch noch war es nicht soweit. Zuvor kam eine weitere Zeremonie. Bak-ne-khon-su, der älteste Hohepriester in den Zwei-Landen, näherte sich mit zwei jungen Priestern, die den goldenen Schrein trugen. Bak-ne-khon-su öffnete die Türen und nahm die Weiße Krone und die Goldene Krone heraus. Nur mit Anstrengung konnte er, der Greis, sie halten. Usermare verneigte sich davor mit solcher Ergebenheit, daß ich wußte: Seine Liebe zu der Doppelkrone war wie die Liebe zu einem innigst geliebten Wesen, unverbrüchlich und voll Glück.

Laut sprach Usermare:

>»Laß da Schrecken sein vor mir
wie den Schrecken vor dir.
Laß da Furcht sein vor mir
wie die Furcht vor dir.
Laß da Ehrfurcht sein vor mir
wie die Ehrfurcht vor dir.
Laß da Liebe sein zu mir
wie die Liebe zu dir.«

Bak-ne-khon-su hob die Rote Krone von Unterägypten und die Weiße Krone von Oberägypten und setzte sie ihm aufs Haupt.

Usermare berührte sein Zepter, seine Geißel und seine Doppelkrone. »Ihr seid von mir gekommen«, sagte er, »und ich bin von euch gekommen.« Nun stand er schweigend und drehte den Kopf. Eingehend musterte er viele von uns, und die Stille wurde laut und lauter, bis sie einem Getöse glich. Usermares Herz schien zu schlagen wie das Herz eines Hengstes, und, ja, ich war in der Tat

»Meister der Geheimnisse, die nur ein Mensch weiß«, denn ich kannte sein Herz und wußte um die furchtbare Angst und den großen Stolz darin, und als er zu mir blickte, wußte ich auch, zum erstenmal, daß er mich liebte und mich schätzte. Denn seine Augen, sie fragten mich: »Was soll ich tun?« Wieder spürte ich seine Furcht. Es gibt keinen Zauber, der mächtiger wäre als die Furcht eines Pharaos vor der Stärke seines Sohnes. Wählte der König Nefertiri, so beschwichtigte er alle Gewalt, die sich gegen ihn erheben mochte. Wählte er hingegen Nefru, so gewann er nur den Glanz, der da strahlt im Licht ferner Länder.

Unentschlossen stand er, während Rama-Nefru an ihr Kind dachte. Ich sah Peth-a-Ras Locken, das schwarze hethitische Haar, und fühlte ihre große Angst. Sie flüsterte mir zu: »Sag Sesusi, er soll die andere nehmen – wenn er mich erwählt, fürchte ich das Schlimmste.«

Und dann fühlte ich das Herz von Nefertiri mit seinen zwei Herzen: Das eine glich einer zarten Rose voll Liebe und das andere einer Flamme. Und ich wußte nicht, sollte ich Rama-Nefrus Gedanken dem Pharao nahebringen? Doch dann hätte ich wohl einem Schmarotzer geglichen, ähnlich jenen Vögeln, die aus den schlaffen Kiefern eines Krokodils Würmer picken.

Damals verstand ich nicht, aus welchem Grund er seine Wahl traf. Jetzt weiß ich es. In der Umarmung deines Geistes, Großer Ramses der Neunte, sehe ich ihn nun und verstehe, daß er niemals aus Furcht eine Wahl treffen konnte – oder er wäre nicht länger göttlich gewesen. Die Götter geben seiner Kraft den Segen; oder sie tun es nicht. Nie jedoch konnte ein Pharao sein Urteil dem Beifall oder Mißfallen gewöhnlicher Sterblicher beugen – nein, er mußte so handeln, wie es die Ehre der Schlacht von Kadesch gebot!

Und so löste sich sein Blick schließlich von Nefertiri, und sein Arm streckte sich zu Rama-Nefru. Sie erhob sich mit einem leisen Schluchzen und trat näher. Heqat weinte ungescheut, und Amen-khep-shu-ef – zu ihm brauchte ich nicht erst zu schauen. Vor seinem Blick, dessen war ich sicher, konnten Tempelmauern einstürzen.

Die Musikanten spielten, und Rama-Nefru nahm auf dem uralten Thron von Amon Platz. Noch während sie sich setzte (als rühre sie dabei einen kleinen Teich auf), begann das Bier in meinem Becher zu schäumen. Ich nahm kaum noch etwas um mich wahr. Hörte nicht die Lieder, die gesungen wurden; bemerkte nicht, wann die Gäste aufzubrechen begannen. (Kam Wonnekugel mit ihrer Familie an meinem Tisch vorbei? Ich erinnere mich nicht.) Wie in Stein verwandelt saß ich. Das Licht schien trüb und trüber zu werden, obwohl noch immer Tausende von Kerzen mit ihren goldenen Flammen den Pavillon erleuchteten. Ich sah alles wie durch rötlichen Dunst. Einen Dunst, der den gedämpfteren Feuern auf einem nächtlichen Schlachtfeld glich.

An diesem Abend, um etwa diese Stunde geschah es (was alle hier erst später erfuhren), daß Peth-a-Ra, von der allgemeinen Erregung der Nacht verstört, von seinem Bett in den Garten lief. Dort trat er in die verborgene Glut eines Feuers, und er schrie so kläglich, daß Rama-Nefru auf dem Amon-Thron zusammenzuckte. Alle, die dies sahen, waren überzeugt, es sei die Bürde des alten Gottesgolds, das ihre Haut peinigte, doch in Wahrheit peinigte sie das verbrannte Fleisch ihres Kindes – was sie an ihrem Körper spürte. Erst viel später (mitten in meinem zweiten Leben) erfuhr ich, daß die Brandwunden die Beine des jungen Prinzen so verkrüppelt hatten, daß er wie Horus ging und keine Kraft in seinen Füßen hatte und starb, ehe er drei Jahre alt war.

Doch davon wußte ich jetzt nichts. Ich saß in dem roten Dunst, der mich umhüllte, und in meinem Herzen war eine tiefe Furcht, aber auch der größte Entschluß, den ich je getroffen. Mein Atem ging heftig, und ich sagte mir (sagte es wieder), daß ich den Tod nicht länger scheuen würde. Genau wie Nefesh-Besher würde ich dazu bereit sein; und nicht mehr zurückschrecken, nein, nicht mehr. Und doch, so schien mir, wog mein Entschluß so leicht wie eine Feder. Aber vielleicht war ich meinem nächsten Leben bereits so nah, daß (wie die Priester wohl sagen) der Unterschied zwischen einer tiefen Wahrheit und einer verruchten Lüge im Augenblick unerträglicher Qual in der Tat nicht mehr wog als eine Feder. Und ich betrachtete sie, diese Feder, und sah, wie sie schwankend h2erniederschwebte, und wußte, daß sich in meinem Herzen Schönheit regte. War *dies* das Wissen um die Wahrheit?

Ich verließ den Pavillon der letzten Feier. Der Pharao war als erster gekommen, er würde warten, bis der letzte Gast verschwand. Weder ihm noch Rama-Nefru entbot ich einen Abschiedsgruß. Ich schritt vorüber am Auge von Maat. Die Oberfläche des Teiches spiegelte die volle Scheibe des Mondes wider, und mein weißes

Leinengewand schimmerte fahl in seinem bleichen Licht. Ich dachte an das Land der Hethiter, weit im Norden, jenseits des Allergrünsten Grüns. Wie kalt mußte es dort sein, so kalt wie das Licht des Mondes.

War es die Lautlosigkeit, in der ich schritt? Glich ich bereits einem Abgeschiedenen? Wie ein Geist glitt ich zwischen Nefertiris Wachen hindurch und gelangte zu ihren Gemächern. Das Bier in meinem Becher hatte nicht umsonst geschäumt – sie wartete auf mich.

»Nicht hier«, sagte sie. »Ich weiß nicht, wie bald Amen-khep-shu-ef vom Gespräch mit seinen Männern zurück sein wird.« Bevor ich mir über den Sinn ihrer Worte klar werden konnte, führte sie mich in ihre Gärten. Bei einem kleinen Springbrunnen, von den Ästen eines Baumes überschattet, stand eine Marmorbank. Kühl war die Fläche, kühl wie das Licht des Mondes, doch Nefertiris Leib war so warm und so voller Leidenschaft und Zärtlichkeit. Sie weinte. Ich küßte ihre Brüste. Sie nahm meinen Kopf zwischen ihre Hände und flüsterte. »Heute nacht werden wir Liebe haben in all meinen drei Mündern.« Und plötzlich lachte sie, und der Widerhall ihres Lachens klang durch die Gärten. »Ja, natürlich«, sagte sie, »bist du doch der dritte der drei Männer, die ich liebe – und wohl der einzige, auf den ich zählen kann.«

Ich umarmte sie, umarmte sie mit aller Kraft. Doch wie groß war meine Kraft. Denn wieder erfüllte – und schwächte – mich die Liebe zu Usermare. Nein, ich konnte ihn nicht länger hassen. Hatte ich, vor kurzem noch, die Kraft eines Apis-Stiers besessen, so waren meine Lenden jetzt die eines Hasen.

Doch da war Nefertiri, voller Schmerz wohl, aber auch voller Zorn. Noch nie hatte ich sie so leidenschaftlich erlebt. In allen drei Mündern liebte sie mich, und sie rief viele Götter an, damit sie meinen Körper mit allen Gliedern stärkten, meine Zehen und meine Eingeweide, meine Lippen und meinen Bauch und mein Herz, ja, selbst Kopf und Rücken (gebeugt, gekrümmt jetzt), doch je leidenschaftlicher sie wurde, desto kälter ward mein Herz, denn in meiner Furcht hatte ich meinen Stolz, und so fühlte ich keine Angst, sondern war kühl, ähnelte einem Priester: O ja, ich war der Priester in der Umarmung eines Löwen.

Sie sprach all jene Worte, die einander so ähnlich waren und mit denen sie zu spielen liebte. Sprach von meinen Lippen und den

Ufern des Flusses, von meinem Herzen und ihrem Durst, von der Pforte meines Mundes und den Säften meines Bauches (sie saß jetzt auf mir), von den Gliedern meiner Beine und den kleinen Gliedern des Mundes zwischen ihren Beinen. Und als ich eindrang, oh, wie schrie sie plötzlich auf und sprach derbe Worte von Ficken und Raub und Mord. »*Nek, nek, nek*«, murmelte sie, »gefickt seist du, getötet, gemordet, *nek, nek, nek*, du bist meine Eingeweide und mein Grab, meine Augen und mein Geist, mein Tod, meine Gruft, oh, gib mir deinen Phallus, gib mir deinen Samen, komm zu mir zum Metzeln. Stirb!« sagte sie. »Sieh, schau, oh, stirb.«

Und dann lag sie unter mir, lag auf dem Rücken, und die Tore in ihr öffneten sich. Der Apis-Stier war in ihrem Schoß und die Schwingen des Göttlichen Falken; doch ihre Stimme klang ruhig, als sie fragte: »Wirst du ihn töten? Wirst du ihn für mich töten?« Und als ich nickte, kam sie mit solcher Kraft, daß ich, wie ein Kletterer unter stürzendem Gestein, mitgerissen wurde, und noch im Sturz sah ich, wie die Inseln ihres Schoßes sich erhoben aus dem Meer – und mein Samen dazwischen zu verrinnen drohte.

Denn gerade jetzt, anders als an meinen guten, großen Tagen, ergoß ich mich nicht in starkem Schwall, sondern in kleinem Rinnsal, und nie hätte mein Samen das Ziel in ihr erreicht (denn ich war kaum richtig in ihrem Schoß), wenn ich nicht plötzlich die Hand des Himmels auf mir gespürt hätte: eine Flammenzunge, ein Folterspeer. Und siebenmal fühlte ich, wie solch Feuer in jede meiner sieben Seelen und Geister drang, und die Gewalt dieser Kräfte trieb mich vorwärts in meinen Samen. Dann befand ich mich unter Wasser, und ich schwamm. Mein Herz zerriß. Und zerteilt ward das Zwei-Land.

Ich erhob mich in die Luft und blickte hinab auf meinen Körper. Mein Leib lag auf ihrem Leib, und Amen-khep-shu-ef war über uns beiden und stach auf mich ein. Aus sieben Wunden quoll Blut aus meinem Rücken. Nefertiri schrie (doch bin ich, bei meinen vier Leben, nicht ganz sicher, daß es so war) – sie schrie: »Du Narr, er hätte es für uns getan.«

Doch jener Teil von mir, der emporgeschwebt war, sank nun wieder zurück in meinen Samen, und ich habe nur schwache Erinnerungen, recht trübe Erinnerungen: an viele Wanderungen. Manchmal schien ich in einem Zelt zu wohnen, das umkost wurde von vielen sanften Winden. Mitunter auch lebte ich an den Ufern

717

des Flusses und Krokodile zogen vorbei. Doch als ich starb, so glaube ich, gelangte ich in das Leben meines eigenen Samens und wurde wiedergeboren zur rechten Zeit aus dem Bauch von Nefertiri.

Wie als Folge der Furcht meiner letzten Liebesbindung (und als eine Art Lohn für das kühne Wagnis) war mein zweites Leben eine Art von Kompromiß, doch von höchstem Ehrgeiz: Ich wurde Hoherpriester.

Doch das ist eine andere Geschichte, und sie hat nichts zu tun mit Kadesch.

# VIERZEHN

»Was geschah mit Amen-khep-shu-ef?« fragte meine Mutter. In diesem Augenblick begriff ich, was ich zuvor wohl nur geahnt hatte: Sie mißachtete Menenhetets Geschichte, indem sie ihr nicht das angemessene Schweigen erwies. Ihre Gefühle für ihn kannten jetzt keinerlei Barmherzigkeit.

Seine Erinnerungen waren für ihn nicht ohne Qual gewesen, und Hathfertitis Taktlosigkeit vertiefte diese Empfindungen nur.

Er seufzte und sprach: »Dafür, daß er mich tötete, brauchte er keine Strafe zu erwarten. Doch war Amen-khep-shu-ef voll Zorn auf seine Mutter, und mit zwei Stichen seines Messers schlitzte er ihren Nabel ab, wodurch er ihre Verbindung zu ihren königlichen Vorfahren trennte. Und dann, aus Reue für diese Tat, schnitt er seinen eigenen Nabel ab. Voll wildem Zorn auf sich – noch mehr als auf seine Mutter – fiel er, vom Blutverlust geschwächt, zu Boden. Zu diesem Zeitpunkt befand sich Usermare noch im Pavillon. Doch sein inneres Gesicht erschaute, was geschehen war, und da er niemanden zur Seite hatte, dem er mehr vertrauen konnte, schickte er Pepti aus.

Der Hauptschreiber fand Amen-khep-shu-ef reglos auf dem Boden, durch Blutverlust gelähmt. Und er säumte keinen Augenblick. Er durchtrennte die Wirbelsäule im Genick. Für diese energische Tat wurde Pepti zum Wesir ernannt, und er diente Usermare gut. Nie schätzte ich den Mann und seine Fähigkeiten richtig ein.«

»Und Nefertiri?«

Mein Urgroßvater schwieg eine Weile. »Da sie meine Mutter war, kann ich von ihr nicht in dieser Weise sprechen. Es wäre besser, du würdest mein Schweigen achten. Denn noch immer bist du nicht mehr als meine Enkelin.«

# VII

# DAS BUCH
# DER GEHEIMNISSE

# EINS

Meine Mutter zeigte keinerlei Furcht. Sie wirkte eher frivol, und das mißfiel meinem Vater. Der Schluß von Menenhetets Geschichte lag auf ihm wie eine schwere Last. Er seufzte tief, und das Elend der Ereignisse war in seinem Atem. Grübelnd blickte er auf seine Finger, als versuche er zu ermessen, wieviel seine Hand halten konnte.

Dann sah er meinen Urgroßvater an, und mein Urgroßvater sah ihn an. Beider Gesichter wirkten eigentümlich scheu. Ein Unbehagen schien die Männer jetzt zu erfüllen, doch versuchten sie, dies zu verbergen. Menenhetets Züge waren gezeichnet von tiefer Müdigkeit. Seine Geschichte hatte ihn erschöpft. Und erschöpft hatte ihn wohl auch der Zweifel, ob die Summe seiner Geschichte seinen Zweck erreichen würde.

Doch meinem Vater genügte es noch nicht. Der Schluß hatte einen allzu herben Geschmack hinterlassen. Es verlangte ihn nach mehr, doch vermutlich von anderer Art. »Ich hatte dich«, sagte er, »gebeten, von der Schlacht von Kadesch zu erzählen, und später forderte ich dich auf, mit deinem Bericht fortzufahren. Du warst so gut, dies zu tun, und ich glaube, du hast mir nichts verschwiegen.«

»Vielleicht«, meinte Menenhetet, »habe ich zuviel gesagt.«

»Nur als du«, bemerkte meine Mutter nicht ohne Gehässigkeit, »von deinen allergrößten Ambitionen sprachst.«

»Nein, du hast uns alles erzählt, was erzählt werden mußte«, sagte Ptah-nem-hotep, »und ich achte dich dafür.«

Menenhetet neigte sacht den Kopf.

»Ich will Aufrichtigkeit mit Aufrichtigkeit entgelten«, fuhr der Pharao fort. »Deine Gedanken, in ihrer wahren Gestalt enthüllt, haben mich viel über mein Königtum gelehrt. Doch jetzt möchte

723

ich, daß du mich mit deinen anderen Leben ein wenig vertrauter machst.«

Mein Urgroßvater schien höchst beklommen. »Es würde deine Geduld nicht lohnen«, sagte er. »An meinem ersten Leben gemessen, bietet sich da wenig Wissenswertes.«

»Oh, das lasse ich nicht gelten«, widersprach mein Vater. »Usermare, mein Vorfahr, ernannte dich zum Meister der Geheimnisse, die nur ein Mensch weiß. Das ist ein Titel, wie er mir sehr wohl genügen würde. Ich spreche zu dir, ohne etwas zu verbergen: In Zeiten der Schwäche muß ein Pharao die Dinge verstehen wie niemand sonst. Anders könnten er und das Reich nicht überdauern.«

»Ich verdiente den Titel nicht. Es gab andere, die mehr wußten.«

»Du bist langweilig«, sagte Hathfertiti. »Kannst du den Pharao nicht besser unterhalten?«

»Nur zu gern würde ich das tun – wenn ich wüßte wie. Doch sehe ich mein zweites Leben nicht mit der gleichen Klarheit wie das erste. Meine ursprüngliche Mutter sah Amon, als sie mich empfing. Doch was war im Herzen von Nefertiri? Könnte es sein, daß sich die größte Leidenschaft einer schönen, stolzen und verwöhnten Frau dann erfüllt, wenn sie ihren Liebhaber sterben sieht?«

Seine Worte zielten auf meine Mutter mit der Schärfe eines Pfeils. Doch, anders als sonst, blieb sie ruhig und gelassen. »Was für eine gehässige Bemerkung«, sagte sie. »Mir scheint, daß Nefertiri für dich mehr Liebe empfand, als sich schickte. Die Folgen waren für sie schrecklich genug. Ihren Nabel zu verlieren und ihren ältesten Sohn . . .« Wie ein – sehr effektvoller – Schauder schien es sie zu überlaufen.

»Ja«, sagte Menenhetet, und er seufzte. Wieder wurde seine Müdigkeit spürbar. »Lange, sehr lange«, fuhr er fort, »habe ich über etwas nachgegrübelt, das ich nicht begreifen kann. Und wer wohl will es wissen – ob Nefertiri in jener Nacht mich in Liebe empfing – oder ob sie nur einen allzu hohen Preis zahlte für einen Zauberbann von Wonnekugel. Denn Ma-Khrut, dessen bin ich sicher, war voll Zorn über die schlechten Plätze für sie und ihre Familie bei der Schlußfeier. Solche Gedanken überkommen mich, wenn ich bedrückt bin. Doch gibt es auch Stunden ganz anderer Art. Dann denke ich, daß die Götter es gut meinten mit Menenhetet, indem sie ihn ließen im Schoß einer Königin.«

»O ja«, sagte Hathfertiti, »dein wahrer Wunsch ist noch immer, Pharao zu werden, auch wenn du stets gescheitert bist.«

Mein Urgroßvater betrachtete sie aufmerksam. Und er schüttelte den Kopf. »Du mißt jener Stunde, da ich eine solche Hoffnung hegte, zuviel Bedeutung bei.«

Ptah-nem-hotep widersprach. »Der Gedanke entzückt dich noch immer. Leugne es nicht, teurer Menenhetet. Als Hathfertiti davon sprach, begannen deine Augen sofort zu glänzen.«

»Das wäre lästerlich«, entgegnete mein Urgroßvater, doch ich weiß nicht, ob er die Kraft besaß, gleichzeitig meinem Vater und meiner Mutter standzuhalten.

Hathfertiti verspottete ihn. »Lästerlich?« fragte sie. »Bist du nicht allzu frömmlerisch? Ist der Geschmack von Fledermauskot deinem Mund schon ganz entwichen?«

»Von Augenblick zu Augenblick«, entgegnete Menenhetet, »benimmst du dich mehr und mehr wie eine Königin.«

Vergnügt lachte Ptah-nem-hotep über diese Bemerkung (als wolle er zeigen, dies sei keineswegs unmöglich), und Menenhetet entschloß sich zum Rückzug. »Gern würde ich«, sagte er, »von meinen anderen Leben erzählen wollen, denn es ist mein Stolz, unermüdlich in deinen Diensten zu sein. Doch die Anstrengung, solche Erinnerungen zurückzuholen, hat mich sehr erschöpft. Es ist, als bewege man seinen eigenen Grabstein! Nein, ich strebe weit weniger an, als du glaubst. Es ist ermüdend zurückzublicken, und es will scheinen, daß die Erinnerung an meine früheren Leben zu meinem Lebensinhalt geworden ist. Ich möchte sogar behaupten, daß meine vierte Existenz kaum mehr war als eine Reihe von verzehrenden Trancen.«

Meine Mutter lachte auf, leidenschaftlich und wild. »Nicht alles«, rief sie laut (ja, sie schrie es fast), »war dabei Elend und Leid.«

»Gewiß«, räumte Menenhetet ein, »führten auch andere Wege zu meinen Erinnerungen. Doch jetzt existieren sie nicht mehr.«

»Nein«, sagte sie, »sie existieren nicht mehr.«

Die Ungeduld meines Vaters stieg. »Der Tagesanbruch ist nah«, sagte er, »und wir sind so lange wachgeblieben, daß wir auch noch auf den Morgen warten können. Das Auge von Maat, in dem wir baden könnten, um das Erscheinen von Ra zu erwarten, habe ich nicht. Auch ist, wie ich fürchte, dieser Palast nicht annähernd so prächtig wie jener in Theben, bevor Usermare seinen Hof hierher verlegte. Immerhin haben wir unsere Bäder. Und dort können wir uns von den angenehmen Mühsalen dieser Nacht entspannen. Sollen wir uns sogleich dorthin begeben oder noch ein wenig warten?«

»Ich würde«, sagte meine Mutter, »gern noch in diesem Innenhof bleiben. Ich liebe es, so zu sitzen, mit unserem Sohn zwischen uns.«

»Nun denn«, sagte Ptah-nem-hotep zu Menenhetet, »ich möchte wiederholen, daß ich dein Bemühen um Aufrichtigkeit schätze und daß es sehr viel für mich bedeutet.«

»Wieviel bedeutet es für dich?« fragte Menenhetet.

»Oh, Schande«, sagte meine Mutter. Nur sprach sie es nicht laut aus. Ich hörte nur ihre Gedanken.

»Es würde mir alles bedeuten«, erwiderte Ptah-nem-hotep, »wenn da nicht eine Frage bliebe. Wenn ein so fähiger Mann wie du Wesir wird, dann kommt er der Doppelkrone so nah, daß er sie erringen kann. Wie also soll ich darauf bauen, daß du sie nicht begehrst? Zumal in Zeiten wie den unseren. Ich sage dir, ich wäre glücklicher, wenn ich mehr über dich wüßte. Über dein zweites Leben und über dein drittes. Du bist noch immer ein Fremder, verstehst du?«

»Der Widerhall all dessen, was ich gesagt habe«, sprach Menenhetet, »beginnt mehr zu wiegen als alles, was ich noch sagen kann.«

»Du bist ein alter und starrköpfiger Mann«, rief Hathfertiti.

»Im übrigen«, sagte Ptah-nem-hotep, »bleibt dir gar keine Wahl.«

»Mir bleibt, wie du gesagt hast, gar keine Wahl«, sprach mein Urgroßvater, »und so werde ich mein Bestes tun.« Doch da war seine Scham. Die Scham darüber, wie sein Stolz Stück für Stück zerstückelt worden war. Und als er wieder zu sprechen begann, waren seine Lippen schmal vor Zorn.

# ZWEI

Sie hatten Menenhetets Stolz verletzt, mein Vater und meine Mutter, und er entgalt es ihnen auf seine Weise. Beiläufig erzählte er von interessanten Dingen und Erfahrungen, und von seiner zweiten und seiner dritten Existenz berichtete er so bündig, daß er dafür kaum mehr Zeit brauchte als für die Schilderung seiner Abenteuer in Tyrus und Neu-Tyrus. Und er ließ wenig Zweifel daran, daß er gedachte, noch vor Sonnenaufgang endgültig zum Schluß zu kommen.

Ich weiß nicht, was es war, doch irgend etwas in der widerstrebenden Art meines Urgroßvaters lenkte meine beklommenen Gedanken zurück zu Nef-khep-aukhem; und obgleich ich noch nie eine Nacht in der Wüste verbracht hatte, wurde jetzt ein seltsames Gefühl in mir wach: als kauerten wir um ein Lagerfeuer, während außerhalb unseres Lichtkreises Bestien uns umringten.

»In meinem zweiten Leben«, sagte Menenhetet, »wuchs ich im Garten der Abgeschlossenen als Sohn von Wonnekugel auf und schlief jede Nacht in ihrem Bett. Doch hatte ich auch Träume von meiner wahren Mutter und sah in diesen Träumen oft ihr Gesicht und wachte vor Entsetzen auf, denn sie hatte keine Nase. Usermares Rache war furchtbar gewesen. Bevor er sie verbannte, schnitt er ihr die Nase ab, und für den Rest ihres Lebens trug sie Schleier, und niemals kehrte sie nach Theben zurück.«

»Aiigh«, sagte Hathfertiti.

»Aiigh«, sagte mein Urgroßvater, und er schwieg eine Weile. »Meine Träume waren schrecklich, aber sie waren auch wahr. Und so entschloß sich Wonnekugel, mir zu erzählen, wie ich zu ihr gekommen war. Mit etwa sechs Jahren erfuhr ich von diesen Dingen – und ich glich wohl sehr unserem Menenhetet dem

Zweiten, diesem schönen, kleinen Knaben, und war auf meine Weise klüger als die meisten Kinder meines Alters, denn Klugheit, gar Weisheit ist wie ein Duft, der aus einer Essenz aufsteigt. Und so wußte ich, noch ehe sie es mir erzählte, daß Wonnekugel nicht meine Mutter war, zumindest nicht gemessen an der Schnur, die vom einen Leben zum nächsten Leben führt; doch hatte ich stets das Gefühl, sie sei meinem Fleisch gleichsam am nächsten. Und wahrlich: Als ich den Namen meiner eigentlichen Mutter erfuhr, da kam mir der Gedanke, daß in den Augen der Götter Wonnekugel und Nefertiri den Großen Schwestern gleichen mußten, Isis und Nephthys, jede mit ihrer eigenen grauenvollen Narbe.«

»Kannst du uns sagen?« fragte Ptah-nem-hotep, »wie du von der einen zur anderen gelangt bist?«

»Ich kann nur sagen, was mir erzählt worden ist. Während der Zeit, da sie schwanger war, lebte Nefertiri völlig zurückgezogen, und niemand wußte um ihren Zustand außer ihrer engsten Bediensteten. Ich möchte gern, ja, nur allzu gern glauben, daß sie unsere wenigen Liebesstunden dadurch ehrte, daß sie solch umsichtige Vorkehrungen traf und mich in ihrem Bauch behielt. Als ich ein paar Tage alt war, wurde ich zu Wonnekugel geschickt. Ein Eunuch und eine Amme halfen dabei. Damit ich nicht quäkte oder schrie, flößte man mir ein bißchen Kolobi ein. In einem Körbchen schmuggelte Pepti mich in die Gärten der Abgeschlossenen (und er hatte sich zwiefach bestechen lassen: von Nefertiri und von Ma-Khrut). Er blieb lange genug in den Gärten, um einen Zusatz zu den Aufzeichnungen zu machen. In dem Buch, welches das Kommen und Gehen Usermares vermerkte, wurde nun ein Besuch der Wonnekugel verzeichnet, der bewies, daß es sein Kind sei, das Wonnekugel jetzt in den Armen hielt. Und bei ihrer Beleibtheit hätte ja auch niemand sagen können, ob sie schwanger sei oder nicht.«

»Ich wundere mich«, sprach Ptah-nem-hotep, »daß Pepti für irgendeine Summe Goldes ein solches Risiko einging. Schließlich war er doch Wesir.«

»Er war von Natur aus verwegen«, erwiderte Menenhetet. »Um einen gewissen Mangel bei sich wettzumachen, aß er Tag für Tag, der Tapferkeit wegen, die Hoden von Stieren. Im übrigen war er bei den Frauen im Vorteil. Sie konnten ihn nicht vernichten, es sei denn, sie hätten sich selbst vernichtet. Und da sie sich beide um mich sorgten, hatte er eine gewisse Macht über sie. Und ich glaube, daß er hoffte, durch sie weitere Macht zu gewinnen. Doch dazu hatte er nie die Gelegenheit. Vielleicht waren es die Anforderungen seines hohen Amtes – er aß zu üppig, trank zu üppig, und die Folge war ein Geschwür. Lange bevor ich alt genug war, um die Geschichte zu vernehmen, hatte ihn der Tod ereilt. Er war innerlich verblutet, und er starb in einer Wahnsinnsfurcht vor Khert-Neter, obwohl er doch wußte, daß Usermare ihm ein großes Begräbnis bereiten mußte. Nach meinen Erfahrungen gibt es niemanden, der den Tod mehr fürchtet als der allerklügste Schreiber.« Er seufzte. »So wußte ich also von meiner wirklichen Mutter, und ich dachte oft an sie. In den Gärten der Abgeschlossenen gab es eine Statue von Nefertiri, und dort stand sie also, nackt und ohne Nabel. Erst als ich alt genug war, die Gärten zu verlassen, begriff ich Usermares feine Ironie. Denn ich sah jetzt viele Statuen von ihr, Nefertiri, alle mit dem gleichen glatten Bauch und einer Inschrift auf der Rückseite, daß dies die Große Gemahlin des Königs sei. Ja, er ließ solche Statuen noch herstellen, als sie seine Gemahlin praktisch nicht mehr war, sondern abgeschieden lebte und weit entfernt, manche sprachen von Byblos. Sie war die Mutter, von der ich träumte, und ich sah ihr Gesicht stets hinter einem Schleier. Mehr sah ich von ihr nie. In den Gärten wuchs ich als Ramesside auf, als ein Sohn Usermares, geboren von einer kleinen Königin, die keineswegs seine Favoritin und auch nicht mehr jung war.«

»Übte sie noch immer ihre Zauberkunst?« fragte mein Vater.

»In weit geringerem Maße. Die Anrufung von Isis mag sie da einiger Kraft beraubt haben, auch ihre Verwünschungsscharmützel mit Heqat, Usermare und Nefertiri. Und dann war da ja auch noch Rama-Nefru. Wer konnte schon wissen, über was für Gegenkräfte sie verfügte. Wonnekugel war jedenfalls freundlich genug, mir von dem Herrn der Geheimnisse zu erzählen, der mein Vater gewesen war. Doch wenn sie ihre Erinnerungen zurückrief, wurden mir diese oft deutlicher als ihr. Wie es kam, weiß ich nicht; aber selbst als ich noch sehr jung war, konnte ich Wonnekugels Bericht korrigieren, wenn sie etwa von der Farbe sprach, welche Nefertiris Gewand bei der Schlußfeier gehabt habe. Dann besann sie sich und gestand sich wohl auch ein, daß es in der Tat fahlgolden gewesen sei. Und sprach drei Tage lang kein Wort, sondern verrichtete unzählige Reinigungsriten.

Doch geschah dergleichen höchst selten. Immer weniger übte Wonnekugel sich in solchen oder ähnlichen Zeremonien. Statt dessen ergab sie sich mehr und mehr dem Klatsch. Und da ich nicht nur ihr Kind war, sondern auch ihr Vertrauter, vernahm ich viel über Usermare und Rama-Nefru. Und ich hörte sehr, sehr aufmerksam zu. Wonnekugel war eine echte Klatschtante, hatte also eine böse Zunge, doch wenn sie erzählte, so ergriff sie für niemanden Partei, sondern stand gleichsam über den Dingen. Ich erfuhr, daß Rama-Nefru, nachdem sie Peht-a-Ras Tod betrauert hatte, noch weitere Kinder bekam und ziemlich füllig wurde. Ihr Haar wuchs wieder, wennschon es nun dunkler war als zuvor.

Von Ma-Khrut – und anderen kleinen Königinnen – erfuhr ich noch weit mehr. Usermare und Rama-Nefru besuchten häufig gemeinsam jenen Harem, wo sie zuerst untergebracht worden war, bei Miwer in Fayum. Und die kleinen Königinnen in Theben palaverten viel darüber, wie Rama-Nefru es doch schließlich gelernt habe, mehr zu genießen als nur die fünf Fingerspitzen von Usermare. Sie nahm teil an den Ergötzlichkeiten mit den kleinen Königinnen von Miwer, und bald sprach man davon, daß sie, Rama-Nefru, Frauen mehr liebte als den Pharao. Man sagte sogar, daß sie die einzige Frau sei, die ihn züchtigen konnte. Wenn sie ihn mit der Geißel schlug, brüllte er wie ein Stier. Doch wie kann ich wissen, ob dies wahr ist oder nicht.

Dann geschah ein grundlegender Wechsel. Er betraf uns alle, die wir in Theben lebten. Usermare verlegte seinen Regierungssitz nach Memphis. Sie wurde die neue Hauptstadt.

Für die Gärten der Abgeschlossenen kam dies fast einem Todesurteil gleich. Niemals würden sie wieder sein, was sie gewesen waren. Usermare nahm einige der jüngsten kleinen Königinnen mit nach Miwer, das ja nicht weit von Memphis entfernt liegt; er trug auch Sorge für jene, die zurückblieben. Ich war damals zehn, ein allem Anschein nach kränklicher Knabe, der nicht zum Krieger taugte. So besuchte ich denn bereits die Schule des Amon-Tempels bei Karnak, um in den Disziplinen eines Priesters unterrichtet zu werden; und ein Jahr später bekam Ma-Khrut die Erlaubnis, die Gärten zu verlassen, um in der Nähe meiner Schule Wohnung zu nehmen, so daß sie mich oft besuchen konnte.

Doch war dies nur eine von vielen Veränderungen. Mit Usermare zogen auch die meisten Würdenträger von Theben nach Memphis um. Dennoch blieb Theben eine sehr bedeutende Stadt, wenn auch hauptsächlich durch die Priester dort, die sich, in den verlassenen Gebäuden der Reichen sich einnistend, selbst als Reiche aufführten. Es kam der Tag, da niemand mehr wußte, wo der Tempel endete und die Stadt begann.

Im Laufe der Jahre wurde Usermare auch Rama-Nefrus überdrüssig, und er vermählte sich schließlich mit einer seiner eigenen Töchter, geboren von Esonefret, der Dritten Königin, einer unscheinbaren, ja, häßlichen Frau, der er nur wenig Beachtung geschenkt hatte. Bint-Anath, die Tochter, als junges Mädchen gleichfalls unansehnlich, gewann später an Reiz und war in Usermares letzten Regierungsjahren stets in seiner Nähe. Er verlieh ihr sogar den Titel ›Des Königs Große Gemahlin‹, so daß sie Rama-Nefru, Nefertiri und ihrer eigenen Mutter gleichgestellt war. Ja, im Alter lebte er eng mit dieser seiner Tochter zusammen. Auch erwies er dem vierten Sohn, den ihm Nefertiri geboren hatte – und der als einziger dieser Söhne noch lebte –, große Gunst: Kham-Uese wurde nicht nur berühmt als Hoherpriester von Ptah in Memphis, sondern auch als großer Magier. Später wurde er in fremde Länder entsandt, um seine Künste zu zeigen.«

»Ich habe von ihm gehört«, sagte Ptah-nem-hotep. »Er ist der Ahne unseres Khem-Usha. Auch ich teile diesen Namen, Kham-Uese. Es ist einer meiner Lieblingsnamen. Ich bin voller Neugier – doch vielleicht kannst du meine Neugier ja befriedigen. Ist es wahr, daß dieser Kham-Uese, Sohn Ramses II., der letzte unserer großen Zauberer gewesen ist? Daß er einer Gans den Hals durchtrennen konnte, um ihren Kopf auf die eine Seite und ihren Körper auf die andere Seite eines Tempels zu legen – und beides durch Zauberspruch wieder zusammenzufügen, so daß das Tier Laute von sich gab?«

»Ja und nein. Ich habe es ihn einmal tun sehen. Die beiden Teile lagen etwa sechzig Schritt voneinander entfernt, und es bewegte sich nur der Körper. Er bewegte sich auf den Hals zu, und Kopf und Körper schienen sich zusammenzufügen. Doch schnatterte die Gans nicht, sie schlug nur einmal mit den Flügeln. Kein großes Zauberwerk. Als junger Priester brachte ich, wenn auch mit Anstrengung, Ähnliches oder Besseres zustande. Und ich erntete dafür auch Anerkennung. Doch um wahre Zauberer zu finden, müßte man wohl zurückgehen bis zur Zeit Cheops'.

Aber wie dem auch sei. Wenn sich Usermare für Nefertiri edle Gefühle bewahrt hatte, so zeigte sich das vielleicht im Verhalten zu diesem seinem Sohn. Als Knabe hatte Kham-Uese recht unscheinbar gewirkt, doch spielte er später eine recht bedeutende Rolle. Allerdings starb er noch vor seinem Vater, ein Schicksal, das er mit den meisten Ramses-Söhnen teilte, denn Usermare wurde sehr alt. Er erreichte ein so hohes Alter, daß ich – noch ehe er starb – in meinem zweiten Leben Hoherpriester von Amon in Theben wurde. Gegen Ende seiner Tage fühlte er sich stark zu mir hingezogen. Obgleich die Reise auf dem Fluß ihn sehr anstrengte, besuchte der alte Pharao immer wieder Theben, oder er ließ mich nach Memphis kommen. Daß er mich von früher – aus einem anderen Leben – kannte, wußte er nicht. Doch behandelte er mich wie den Sohn einer wahren (nicht einer kleinen) Königin. Ich erinnere mich, wie er mit seiner Altmännerstimme sagte: ›Ich möchte, daß du zum Gott Osiris gut für mich sprichst.‹

›Es wird geschehen›, erwiderte ich dann stets.

›Sage ihm, er möge an die Tempel denken, die ich erbaut habe. Dort wird er sehen: Es ist mein Wunsch, daß alles seinen Gang weitergeht.‹

›Es wird geschehen.‹

›Der Gott Osiris ist ein sehr weiser und edler Gott‹, pflegte Usermare abschließend zu sagen, und seine Altmännerstimme klang so spröde, als würden zwei Tonscherben gegeneinander gerieben. Viele große Tempel in Ägypten verdankten ihm zusätzliche Gemächer, Pylonen, Obelisken, Kolonnaden; unzählige Statuen trugen seinen Namen, doch in seinem letzten Jahr, ich kann und muß es berichten, war Usermare, der Große Ramses II., fast ertaubt und erblindet. Er konnte nicht richtig hören, nicht richtig sehen, nicht richtig riechen, nicht richtig sprechen – ich gehörte zu den wenigen, die verstanden, was er sagte –, und sein Gedächtnis war sehr schwach. Doch dauerte es eine ganze Überschwemmungszeit und eine Saatzeit, bis er starb. Im letzten Monat bekam er kaum noch Luft, und während der allerletzten drei Tage fragten sich viele von uns, ob er überhaupt noch lebe, denn in seiner Nase bewegte sich kein Härchen, und seine Haut war fast so kalt wie der Stein, der ihn empfangen würde. Aber in seinen Augenlidern zuckte es noch, wenn auch nur dann und wann.

In der Nähe seines Begräbnistempels in West-Theben erhebt sich eine Säule aus rötlichem Granit, und sie trägt die Inschrift: ›Ich bin Usermare, König der Könige. Wer wissen will, wer ich bin und wo ich ruhe, muß erst eine meiner Taten übertreffen.‹

Wer konnte sein Nachfolger werden? Es war Merenptah, sein dreizehnter Sohn, der Bruder von Bint-Anath. Schade, daß ich Esonefret nie kennengelernt habe. Vielleicht besaß diese häßliche Königin Tugenden, die man verkannte. Ihre Kinder jedenfalls, Tochter und Sohn, verfügten über gewisse Qualitäten.

Ja, Merenptah war der dreizehnte in der Reihe der Thronfolger, und die zwölf vor ihm waren tot. Er wurde Pharao, nicht mehr jung, er hatte sehr lange warten müssen. Glatzköpfig und fettleibig war er.

Als unsere Feinde vernahmen, daß der Große Ramses nicht mehr lebte, faßten sie neuen Mut. Vierzig Jahre lang hatte es keinen Kampf mehr gegeben, so gewaltig hatte Usermares Ruf gewirkt. Jetzt waren alle bereit, gegen Merenptah zu marschieren. Doch er verfuhr mit den Libyern und den Syrern, als sei er ein Hethiter. Wehe den Stämmen, die er bezwang! Als Trophäen ließ er nicht Hände sammeln. Seine Soldaten warfen die Geschlechtsteile der Toten auf einen Haufen. Er ging noch größere Wagnisse ein als sein Vater! Es war lange her, daß wir einen Krieg oder einen Sieg erlebt hatten.

Doch nützte dies Merenptah wenig. Fünf Jahre später, im zehnten Jahr seiner Regierung, starb er, und sein Grabmal wurde in großer Eile errichtet. Die Steine stammten aus dem Heiligtum für Amenophis III. Merenptah hatte es sogar gewagt, seinen Namen in einige der Monumente seines Vaters eingravieren zu lassen.

Ich wußte über diesen Pharao allerdings nur wenig, denn mein zweites Leben endete wenige Jahre nach Usermares Tod. In meinem dritten Leben gab es viele Herrscher. Da waren Seti II. und Siptah und eine Frau mit dem Namen Tiwoseret, und zwischendurch gab es sogar einen Merenptah-Siptah. Eine Zeitlang hatten wir überhaupt keine Könige. Nach Usermares Tod herrschte im Zwei-Land Verwirrung, und viele Jahre lang war der Wasserstand des Flusses tief.«

»Du erzählst uns nichts über dich selbst«, beklagte sich mein Vater schließlich.

»Er wird auch nichts über sich erzählen«, sagte Hathfertiti.

Plötzlich stieg Zorn in mir auf. Mein Urgroßvater war für mich gewesen wie ein Pharao, und in seiner Gegenwart ergriff mich ein Beben. Doch jetzt empfand ich Mitgefühl: weil er so erschöpft war. »Seht ihr denn nicht«, rief ich laut, »daß er müde ist! So wie auch ich müde bin!« Meine Stimme schien zu klingen wie die eines erwachsenen Mannes: Ptah-nem-hotep lachte, dann meine Mutter, schließlich auch Menenhetet.

Ptah-nem-hotep sprach (und seine Stimme klang jetzt viel sanfter): »Ich werde nicht darauf bestehen. Nur sind viele der Dinge, von denen du erzählst, mir vertraut, und es würde mich weit mehr interessieren, von deinem Leben als Hoherpriester zu hören.«

Mein Urgroßvater nickte. Und er wirkte neubelebt. (Weil ich ihn verteidigt hatte? Oder aus unergründlicher Klugheit?) »Ja«, sagte er, »es ist schon gerecht, mich zurechtzuweisen für das, was ich nicht getan, also unterlassen habe. Und so will ich versuchen, nicht mehr das zu sein, was ich vielleicht bisher immer noch war: ein Fremder.«

# DREI

»Große Macht übt der Hohepriester aus«, sagte Menenhetet, »und doch wird, durch das Gleichgewicht von Maat, eine solche Macht – oder Machtausübung – über die Jahre hinweg fade. Als junger Mann gab ich mich damit zufrieden, Priester zu sein. Allerdings stand damals schon fest, daß ich in den Tempelrängen aufsteigen würde. Keiner in der Schule konnte so gut lesen oder schreiben wie ich. Auch erwies ich (möglicherweise wegen meiner schwächlichen Konstitution) jeglicher Vorschrift und jedwedem Zeremoniell meine ganz besondere Ehrerbietung. Da ein gutes Gedächtnis besonders hoch bewertet wurde, plackte ich mich nicht mit den üblichen Übungen ab. Es konnte geschehen, daß ich ein wichtiges Gebet fast unendlich wiederholte oder bestimmte heilige Worte den ganzen Tag hindurch unablässig zeichnete. Als Schüler war ich im Frieden mit mir selbst, und sogar als junger Priester verhielt ich mich wie ein älterer und wußte sehr genau Bescheid um unsere Götterpflichten.

In einem Tempel handeln die Götter nicht aus einer Laune heraus, sie unterwerfen sich *ihren* Pflichten. Aus eben diesem Grund gibt es ja den Tempel. Wir dürfen nie vergessen, daß einer unserer Namen für einen Priester lautet: Sklave des Gottes. Die Pflichten – Gesetze – sind so kompliziert, daß wohl nur der unermüdliche Starrsinn eines Priesters sie in sich aufnehmen kann, und das auch nur mit Hilfe des Rituals.

So jedenfalls verlangte man es von mir. Solche Gebete (und ich war glücklich darüber) konnten nicht jedem vermittelt werden. Es kam dabei auf vieles an. Auf die Handbewegung, auf die Haltung, die man beim Gebet einnahm, auf den Nachdruck, mit dem man jedes Wort sprach. Nur so konnte man die Gegenwart der Götter und ihre wahre Macht fühlen. Kein Wunder also, daß ich vom Vorleser zum Dritten und dann zum Zweiten Priester aufstieg. Doch geschah es höchst selten, daß jemand im Tempel von Amon bei Karnak unter vierzig – oder gar weit unter vierzig – Hoherpriester wurde. Im übrigen waren es in der Regel die Söhne von Hohenpriestern, die später das gleiche Amt bekleideten, und dies galt selbst für den kleinsten Tempel und den geringsten Gott. Wer nicht aus einer solchen Familie stammte, besaß nur geringe Aussichten. Aber ich war in meinem Körper nicht länger der Krieger von einst und verfügte über den rechten Geist.

Im übrigen hatte ich Ma-Khrut, und sie war für mich von großem Vorteil. Wie sie die Verbindungen ihrer Familie zu nutzen verstand! Vom Amon-Tempel bei Sais nahm man großen Einfluß auf unseren Amon-Tempel. Auf Wonnekugels Wirken hin wurden alle Rechte geltend gemacht. Und sie äußerte einen glasklaren Gedanken. Wenn ich in Karnak Hoherpriester werden wollte, so mußte ich dem Tempel neuen Glanz verleihen. Ich stimmte ihr zu und sagte, Usermare müsse das Versprechen geben, sich in Theben bestatten zu lassen. Das werde viel für uns bewirken. Nachdem er nach Memphis gezogen war, glaubte kaum noch jemand, daß er je in seinem Grabmal *hier* ruhen würde.

›Es mag dir gelingen‹, sagte Ma-Khrut, ›ihm weiszumachen, daß Amon ihm nie vergibt, wenn er nicht zurückkehrt.‹

Ich war sein Sohn – soweit er wußte –, doch hatte ich einhundert Halbbrüder. Damals kannte er mich noch kaum. Im Tempel konnte Ma-Khrut mit Hilfe ihrer Familie viel für mich bewirken, doch tat das wenig für meinen Rang als ›kleiner Prinz‹. Immerhin gelang es Ma-Khrut, eine Begegnung zwischen Usermare und mir zu erreichen. Ich bin sicher, daß sie hierfür ihre magischen Künste einsetzte, was sie jedoch vor mir, dem gewissenhaften jungen Priester, verbarg. Im übrigen schrieb sie ihm und erzählte davon, wie sie ihn in ihrem Herzen spürte, wann immer sie mich betrachtete.

So wurden, bei seinem nächsten Besuch in Theben, Ma-Khrut und ich an seinen Hof geladen, und er fand Gefallen an mir und liebte meine gescheiten Antworten – so wie du, Großer Neunter der Ramsesse, über die Antworten dieses Knaben, meines Großenkels, entzückt bist. So gehörte ich dann zu den wenigen seiner Söhne, die ihn, wenn er nach Theben kam, besuchen durften.

Dennoch dauerte es fünf Jahre, bis ich mit ihm vertraut genug war, um mit ihm über seine Bestattung in Theben zu sprechen. Ma-Khrut hatte recht gehabt. Seine Furcht vor Amon war noch immer sehr groß. Und so hieß er, zu meiner Überraschung, meinen Vorschlag willkommen. Wohl niemand sonst hatte es gewagt, einem so großen Pharao wie Usermare nahezulegen, in der Nähe anderer Pharaonen zu ruhen.

Was ich voraussah, war dies: Wenn unser großer Pharao in unserer Mitte bestattet würde, so würden sich auch große Einkünfte für den Tempel ergeben. Wir könnten es der Stadt der Toten in Abydos gleichtun. Ich war sogar der Priester, der den Plan für die Begräbnisstätten in unserer Nekropolis entwarf. Damit hatte ich großen Erfolg. Denn kein Reicher, mochte er auch weit entfernt wohnen, konnte es sich erlauben, in Theben *nicht* eine Begräbnisstätte zu erwerben, würde sein Ka im Reiche der Toten doch nach dem Rang seines Grabplatzes eben dort beurteilt werden. Sehr bald schon begriff ich, daß eine Stätte mit Blick auf den Begräbnistempel von Ramses II. das Vielfache des Preises für einen normalen Grabplatz einbrachte.

Auf diese Weise erhöhte ich gar gewaltig unsere Einkünfte. Und mir geschah die Genugtuung, noch vor Ma-Khruts – Wonnekugels – Tod in Karnak Hoherpriester zu werden. Natürlich hatte ich für sie den schönsten Flecken in der Nekropolis von Theben reserviert, doch nahm sie mir das Versprechen ab, sie nach ihrer Einbalsamierung flußabwärts nach Sais zum Familiengrab zu bringen. Sie entschlief sehr sanft. Und glich bei ihrem Verscheiden einem mächtigen, majestätischen Schiff, das davontreibt im Wandel der Gezeiten.

Ohne sie fühlte ich mich zum erstenmal verloren in jener Einsamkeit, welche die Furcht vor unserem Grab uns einflößt. Der Tempel war reich wie nie zuvor, mein Ansehen als Hoherpriester nicht gering, und doch empfand ich eine furchtbare Langeweile. Ich verfügte über sehr viel Macht, aber es befriedigte mich wenig, sie auszuüben. Ruhelosigkeit erfüllte mich – die Ruhelosigkeit dessen, der ein hohes Tempelamt bekleidet –, und geringe Angelegenheiten wurden bedeutender als gewichtige. Zornig beschimpfte ich Köche, die ein Mahl verdarben: Einen Priester, der ein Gebet falsch verrichtete, hätte ich nicht schlimmer beschimpfen können. Den Göttern als Werkzeug zu dienen, ist eine verlokkende Aufgabe für einen scheuen, jungen Menschen wie ich es gewesen war, schwächlich von Gestalt, doch von guten Geistesgaben. Für den erwachsenen, den reifen Mann hingegen entbehrte ein solches Leben der Verlockung.

Erinnerungen an mein früheres Leben kehrten zurück. Nun, da Usermare und Ma-Khrut nicht mehr waren, beengten mich nicht länger die Mauern, die mich in die Pflichten meines zweiten Lebens eingeschlossen hatten. Seit meinem sechsten Lebensjahr wußte ich, wie ich empfangen worden war, doch solange Ma-Khrut und Usermare noch lebten, versuchte ich nicht, etwas über mein erstes Leben zu erfahren – es genügte mir zu wissen, daß ich anders war als die anderen.

Nun jedoch, wie zur Linderung meiner Langeweile, überkamen mich Erinnerungen an jenen anderen Mann, der ich einst gewesen war. Und so konnte es geschehen, daß ich mitten in einer heiligen Zeremonie plötzlich Wonnekugel vor mir sah, und sie war jung, und auf ihrer Haut flammte der rote Widerschein von Feuer ihres Altars, und ihr Zauber – ihre magische Kunst – wirkte erregend. Dicht vor meinen Augen sah ich ihre großen Brüste; gewaltig, sacht hin und her schwingend.

Nun war uns bekannt, daß Seth ein Gebet stören konnte, indem er ins Gehirn der Gläubigen solch aufreizende Bilder schickte. Doch wußte ich, daß dies Erinnerungen waren. Daß diese Bilder meinem Gedächtnis entstammten und nicht meinen Träumen. Dann entsann ich mich, wie ich in meinen jungen Tagen empfand, als ich schreiben lernte. Damals schien sich ein starker Mann in mir zu regen, der sehnsuchtsvoll auf Symbole starrte, die er kaum entziffern konnte. Ich hingegen vermochte sie mühelos zu lesen.

Eines Tages, vollwach, hatte ich das Gefühl, in einem Traum zu sein: Ich kämpfte bei Kadesch; und ich erlebte die Umarmung von Nefertiri. Keineswegs kehrte die Erinnerung an mein erstes Leben mit Klarheit zurück, und so erweckten die Bruchstücke in mir ein Ungenügen. Doch fühlte ich mich anderen weit überlegen. Hoherpriester war ich und verfügte über Reichtümer wie kein anderer Mensch. Doch mir persönlich gehörte nicht ein einziger goldener Becher. So begann ich mich denn für die Reichen zu interessieren. Daß unser Pharao in Memphis regierte, während sich die großen Tempel nach wie vor in Theben befanden, war gleichsam eine Pforte zu großem Reichtum. Denn die Wohlhabenden wollten doch auf eben diesen Stätten bestattet werden, nahe dem Tempel, nahe Usermare. Nachts fand ich oft keinen Schlaf bei dem Gedanken an die Reichtümer, die Tag für Tag mit den Reichen in ihren Grabmälern ›bestattet‹ wurden. Ich wußte, was für Vorkehrungen getroffen wurden, um diese Grabbeigaben zu sichern, zu schützen.

Doch ich kannte auch die Häuptlinge der Grabräuber. Und es kam eine Nacht, da ich mich, schlaflos, von meinem Bett erhob und auf unserer Tempelfähre den Fluß überquerte, sehr zur Überraschung des Fährmanns. In jener Nacht legte ich zu Fuß den Weg nach Kurna zurück, um gewisse Vereinbarungen zu treffen. Bevor diese Räuber mir vertrauten, mußte ich einen der ihren, der gerade im Gefängnis saß, aus seinem Verlies erlösen und zu meinem Diener machen. Eine ganze Reihe von Gräbern wurde aufgebrochen und nicht wenige Kostbarkeiten erbeutet. Die Verwegenheit dieser Grabräuber stieg, weil sie wußten, daß ich die Mittel besaß, Verwünschungen entgegenzuwirken. Wie groß wäre wohl der Skandal gewesen, hätte man *mich* entdeckt!

Dennoch wurde ich – auf meine ganz eigene Weise – kühner. Ich erinnere mich an einen wunderbaren goldenen Stuhl aus der Grabkammer eines alten Kaufmanns – einen Stuhl, den ich dann, durch Mittelsleute, an einen Nomarchen aus Abydos verkaufen ließ, und als dieser starb, wurde seine Mumie – von Abydos! – nach Theben geschickt, wo man ihn mit all seinen kostbaren Beigaben in seine Grabkammer legte – wo er dann bald beraubt wurde. O ja, es dauerte nicht lange, und ich verkaufte seinen Stuhl zum zweitenmal!

Gegen Ende meines zweiten Lebens war ich ein schwerreicher Mann, und ich machte mir die Mühe, diese Schätze in den Felsen der Östlichen Wüste zu verstecken. Da ich wegen der Reisen dorthin oft abwesend war, murrte man in höheren Ämtern über meine Trägheit. Dabei hatte ich nie härter gearbeitet.«

»Aber aus welchem Grund«, fragte Ptah-nem-hotep, »hast du solche Reichtümer vergraben?«

»Weil ich die feste Absicht hatte«, entgegnete Menenhetet, »jene Schätze in meinem dritten Leben zu genießen.«

»Das war deine Absicht? Davon hast du noch nicht erzählt.«

»Nun ja, es gibt weit mehr zu berichten. Ich hatte mich nämlich verliebt, und zwar – wie es wohl nur einem Priester widerfahren kann – in eine der bekanntesten Huren von Theben, ein Weib von beträchtlicher Schönheit, jedoch nicht allzu großem Charme; ich besaß damals nicht den richtigen Blick für Frauen. Andererseits erinnerte ich mich immer genauer an meine letzte Stunde mit Nefertiri. Und je mehr ich darüber nachsann, desto mehr war ich davon überzeugt, daß meine erste Wiedergeburt eher einem Glücksumstand zu danken war. Ohne den Messerstoß – und den Schock, den er bewirkte – hätte ich mich so schwächlich ergossen, daß ich mich nicht selbst hätte zeugen können! Wollte ich also abermals leben und mein drittes Leben genießen – wozu ich fest entschlossen war –, so mußte ich nicht nur die Liebeskünste erlernen, sondern vor allem die Kunst des richtigen Samenergusses. Was wußte ich bisher schon davon? Da waren nur die Spiele mit meiner eigenen Hand oder die verworrenen Spielchen mit anderen Priestern. So suchte ich denn, zu Studienzwecken, diese schöne und teure Hure auf. Nub-Utchat hieß sie, und in der einen Bedeutung dieses Namens war sie das goldene Auge der Götter und in der anderen die goldene Ausgestoßene, und beide Namen paßten zu ihr, so wie die Zwei-Lande zu Ägypten gehören. Bald fand sie heraus, wo meine Schätze verborgen lagen, obschon ich ihr nie davon erzählte. Hatte ich im Schlaf gesprochen und es ihr verraten? Hatte sie mir bei meinen Reisen in die Östliche Wüste nachspioniert? Aus meinem Traum von Reichtümern in meinem dritten Leben wurde jedenfalls nichts. Denn kaum war ich tot, fand Nub-Utchat das Versteck mit den Schätzen. Und als ich alt genug war, mich in meinem dritten Leben umzusehen, da hatte sie alles längst verpraßt.«

»Nun ja«, sagte Ptah-nem-hotep, »wie eine Hure mit Reichtümern umgeht. Doch unklar scheint, wie es dir abermals gelungen ist, dich selbst zu zeugen.«

»Es gebricht mir vielleicht an Kraft, dies zu erklären.«

»Du wirst den Versuch unternehmen«, sagte Ptah-nem-hotep mit sanfter Stimme.

»Ja, ich will es versuchen.« Grübelnd schloß Menenhetet die Augen. »Ich, mein eigener Vater, hatte Furcht empfunden, als ich getötet wurde in der Stunde der Zeugung meiner selbst. Diese Furcht verließ mich in meinem zweiten Leben nie. Sie war sogar der Urgrund meiner Frömmigkeit. Und deshalb wohl auch wirkten meine Zeremonien so ernst und so feierlich. Bei allem, was ich tat, war mir die Allgegenwart des Todes bewußt. Als mich dann fleischliches Verlangen erfüllte, erlernte ich die Künste der Liebe rasch, was kaum verwundern mag, sind doch auch dies Zeremonien, die große Achtung erfordern. So lernte ich denn wieder, was ich einst bei Renpu-Rept gewußt hatte: Zärtlichkeit, stundenlanges Tändeln, gleichsam ein Wandeln ganz am Rande. Ich konnte alles in mich aufnehmen, was da in Nub-Utchat war, das Häßliche und das Schöne, das Abstoßende und das Anziehende, das Grauen und den Glanz. Ihre sieben Seelen und Geister drangen in meine Lenden und in mein Herz, bis mein Leben so schwach wurde wie ein feiner Faden. Ja, so sah ich es vor mir. Ich war bereit zur Reise: bereit, meinen Körper zu verlassen und mit meinem Ka die Wanderung anzutreten. Ein winziger Silberfaden (so sah ich es bei geschlossenen Augen vor mir) verband meinen Körper noch mit meinem Ka, und ich brauchte diesen Faden nur zu zerreißen – und würde sterben. Während ich mich ergoß, barst dann mein Herz. Wie viele Nächte mag ich so geschwebt haben, am Rande des Abgrunds. Doch stets kehrte ich zurück. Ich genoß diese Wonnen zu sehr, als daß ich auf sie verzichten wollte. Und so zerriß ich ihn auch nicht, jenen Silberfaden, der meinen Körper mit meinen sieben Seelen und Geistern verband, nein, nicht bis zu der Nacht, da sie mich verriet.

Vielleicht fehlte Nub-Utchat bei dieser Art zu lieben die Wildheit, die sie wohl bevorzugte. Denn dieses langsame Eindringen, Einander-Durchdringen, nicht nur körperlich, sondern auch in Gedanken und Geist, verlangte sehr sanfte Bewegung, damit das Gleichgewicht ganz am Rande erhalten blieb.«

»Sich so zu lieben, ist die schönste Art, sich zu lieben«, sagte Hathfertiti, und sie streichelte Ptah-nem-hotep mit einem Blick, als wollte sie sagen, eben solche Wonnen habe sie in dieser Nacht erlebt.

Menenhetet schwieg einen Augenblick. Schließlich fuhr er fort:

»In jener bewußten Nacht, da alles in mir wie zerteilt war und mein Ka die Pforten der Duat erforschte, während der Kopf meines Gliedes wohl tief in Nub-Utchats Schoß war, muß sie jene Höhle gesehen haben, wo meine Schätze verborgen lagen, denn plötzlich sog sie mich fast in sich ein, und ich begann zu stürzen. Ich ergoß mich mit einer Gewalt, wie ich sie kaum je wieder empfinden sollte, und fiel und fiel. Kein Priester sah die Götter je in strahlenderem Licht. Meine Begierden, ja, meine Gier entwich aus mir wie ein flüchtiger Regenbogen. Wieder fühlte ich oben im Rücken einen furchtbaren Schmerz, nur ein- und nicht siebenmal wie zuvor, und ich hörte Nub-Utchats Schrei, ihren letzten, der mein eigener Schrei war, und es war kein Messer, das ich spürte, sondern das Bersten meines Herzens in den Armen dieser Hure. Während wir ruhten, dachte ich an das Kind, das ich in ihr gemacht hatte, und erst später, als ich erwachte und aufstand, um zu urinieren, sah ich mich selbst auf dem Boden liegen.

Die Augen, mit denen ich meinen toten Körper sah, gehörten natürlich meinem Ka, und er, armer Kerl, konnte erst in der nächsten Nacht in den Bauch von Nub-Utchat zurückkehren, als sie damit beschäftigt war, einem ihrer bevorzugten Freier, einem Briganten aus Kurna, Liebesdienste zu erweisen.

Während der folgenden Monate wuchs ich in ihrem Bauch, doch fand mein Ka nicht die Ruhe, die so wichtig ist in der Zeit, da wir im weiblichen Schoß leben. Nein, mein Ka und mein übriges Ich, wir fanden dort keine Ruhe, und die hämmernden Glieder in der Scheide meiner jetzigen Mutter, sie prallten gleichsam gegen meinen Kopf und nahmen mir, wie ich glaube, viele der Erinnerungen an mein erstes und mein zweites Leben, so daß es fast mein ganzes viertes Leben brauchte, um sie wiederzugewinnen.«

# VIER

»Nub-Utchat zog mich groß. Wieder wuchs ich in einem Harem auf, wo es jedoch keinen Pharao gab. Hier hatte jeder thebanische Mann Zutritt. Meine Mutter hatte ich mir mit wenig Umsicht ausgesucht. Die von mir versteckten Reichtümer brachte sie an sich, gab dann das Bordell auf und kaufte eine große Villa. Ansprüche stellte sie wie eine Königin, und um hohe Einsätze spielte sie mit Besessenheit. Schon bald war sie ohne Geld und wurde wieder Hure. Vor meinem achtzehnten Lebensjahr starb sie an hohem Fieber. In ihrem Urin fand sich schwarzes Wasser. Ich war damals ein großer starker Bursche mit viel Groll im Herzen. Wenige gute Gefühle erfüllten mich, doch wußte ich die Menschen zu nehmen: Ich konnte, wie man so sagt, ›einem Pharao eine Feder verkaufen und Gold dafür verlangen.‹ Auf Frauen verstand ich mich, so gut man das eben tut, wenn man in einem Bordell aufgewachsen ist, und Männer beurteilte ich nach ihren Manieren.

Ja, ich verstand es, meinen Weg zu machen. Damals arbeitete ich im Gewerbe meiner Mutter: Ich war Bordellhalter geworden, und zwar ein guter. Mehr denn je mußte man Theben eine Stadt der Priester nennen, und, beim Gleichgewicht von Maat, um so besser gediehen die Bordelle. Meines, ich kann das sagen, war das beste. Kein Wunder, hatte ich doch zwei Leben zur Vorbereitung für dieses Gewerbe.

Über die Zustände am Hofe zu Memphis war ich recht gut im Bilde. Es herrschte große Verwirrung. In Abständen von wenigen Jahren wechselten die Pharaonen, und zweimal suchte Hungersnot das Land heim. Auch ich wurde davon nicht ganz verschont. Um so mehr Glück hatte ich, daß ich meinen Träumen vertraute: Sie sagten mir, ich sollte nach Norden zum Delta ziehen, wo die Papyruspflanze üppig wächst, um dort eine Papyrus-Werkstätte zu gründen und das Produkt nach Syrien und in andere Länder zu exportieren. Auf diese Weise, so sprach der Traum zu mir, könne ich das von meiner Mutter verschwendete Vermögen wiedererlangen.

Bei der Durchreise durch Memphis gelang es mir, den Oberschreiber des Wesirs von Pharao Sethnekht zu sprechen. Dieser Oberschreiber hatte, wenn er sich in Theben befand, oft mein Bordell besucht, wo es außer schönen Frauen auch erlesene Gerichte gab. Jetzt überzeugte ich ihn davon, daß mein Vorhaben bedenkenswert sei. Tatsächlich ebnete er mir die Wege (nicht ohne Gegenleistung natürlich), und ich konnte eine Königliche Werkstätte gründen. Den Rest meines dritten Lebens, in dessen Lauf ich große Reichtümer erwarb, verbrachte ich weitgehend in Sais. Zumal in Syrien bestand nach meinem Papyrus eine gewaltige Nachfrage!

Im Osten war man sehr darauf bedacht, die schweren Tontafeln durch leichtes Schreibmaterial zu ersetzen. Hatte man zuvor einen Esel mit fünfzig dieser Tafeln beladen (von denen die Hälfte dann zerbrochen ankam), so konnte man dem Tier nun fünfhundert Rollen aufbürden, von denen keine Schaden nahm, wenn nicht der Karawane Unheil widerfuhr. Diese Leute von Syrien und Libanon, ja, selbst die Hethiter, begannen, sich unseres Papyrus so eifrig zu bedienen, daß sie schon bald großen Nutzen daraus zogen. So kopierten sie unsere Zeichnungen von Streitwagen und bauten sie nach. Wenn man so will, gehörte ich in meinem dritten Leben zu jenen, die mithalfen, den Niedergang Ägyptens zu beschleunigen. Durch unseren Papyrus sind den Syrern zu viele Geheimnisse enthüllt worden. Sie haben angefangen, unsere heiligen Briefe zu kopieren. Dadurch besudeln sie sie. Auch die verschiedenen Schriftstile lassen sich auf den ersten Blick kaum noch unterscheiden. In früherer Zeit hatte ein Zeichen nicht immer ein und dieselbe Bedeutung, und das war zur Sicherheit. Jetzt, wegen der Syrer, kann jeder eines jeden Schrift lesen, und selbst ein gewöhnlicher Schreiber blickt ohne Ehrfurcht auf die schönste Schrift. Er braucht nicht anzunehmen, daß die Worte mehr als eine einzige Botschaft enthalten. So sind denn die Weisen und die Narren, die Großmütigen und die Gierigen alle gleichermaßen gut unterrichtet. Wir haben weniger Geheimnisse vor anderen Ländern. In jenen Jahren hatten wir ein Sprichwort, und es lautete: ›Wer deine Handschrift hat, kennt deinen Ka.‹«

»Du findest nichts Gutes über dich zu sagen«, bemerkte mein Vater.

»Es war keine Ära, in der man viel gutheißen konnte. Ich habe in größeren Zeiten gelebt. Viele Libyer und Syrer arbeiteten für mich, und sie arbeiteten besser als die Ägypter, die fast so viele Feiertage wie Arbeitstage hatten, sich keine große Mühe gaben und stets bereit waren, in Streik zu treten. Ganz gewiß hatten sich die Zeiten seit Usermare sehr geändert. Jetzt arbeiteten die Libyer und Syrer härter und produzierten mehr Papyrus. Später kehrten sie mit ihren neuen Fertigkeiten in ihre Länder zurück. Ich ließ sie gern für mich arbeiten, denn sie machten mich in wenigen Jahren zum reichen Mann.«

»Gewiß war der Papyrus nicht die einzige Quelle deines Vermögens?«

»Ich spekulierte auch: kaufte und verkaufte Grabstätten auf der Nekropolis. Die Erfahrungen meines zweiten Lebens kamen mir hierbei zugute. Und so erwarb ich nach meinem ersten Vermögen ein weiteres. Es war der einzige Weg zum Reichtum. Ich brauchte gleichsam Dünger, um noch größere Schätze sprießen zu lassen. Die Verlegung der Hauptstadt nach Memphis schlug, allen Befürchtungen zum Trotz, für das alte Theben zum Vorteil aus. Denn jetzt konnte nur noch der Tempel von Amon die Zwei-Lande zusammenhalten. Mochten die Pharaonen schwach sein, so gewann doch der Tempel an Macht. Und die Preise in allen Teilen der Totenstadt stiegen. So wie in ganz Theben. Jene Villa, welche meine Mutter für eine geringe Summe erworben hatte, kostete jetzt soviel wie der Palast eines Östlichen Königs, und vermögende Männer wie ich lebten entweder im Delta oder in Theben. Bei der Reise zwischen diesen Punkten verbrachten sie in Memphis oft nur eine einzige Nacht.«

»Was du berichtest, ist von Wert, wennschon nicht besonders bemerkenswert«, warf Ptah-nem-hotep ein. »Es besagt eigentlich nur, daß reiche Männer einander sehr gleichen. Ich möchte dir lieber eine Frage stellen: Was für eine Mutter hast du dir für dein viertes Leben ausgesucht? Handeltest du weiser als zuvor?«

»Ich denke schon«, erwiderte Menenhetet, doch ich spürte, wie seine Stimme an Kraft verlor, ihn zu schützen. »Es waren unruhige

Zeiten. Ich hatte einen Freund, der eine Prinzessin aus der robusten Linie von Esonefret heiratete. Doch bald schon wurde er von dem Liebhaber seiner Frau ermordet. Das Kind, das die Prinzessin von meinem Freund hatte, wurde auf ein Dorf geschickt. Der Knabe starb an Fieber. Diese Geschichte trug nicht dazu bei, mein Vertrauen in hochgestellte Mütter zu festigen. Sie verstörte mich sehr.«

»Wie konnte sie dich nach den Erfahrungen deines ersten und deines zweiten Lebens überraschen?« fragte mein Vater jetzt.

»In meinem zweiten Leben mußte ich erst die Kraft zur Erinnerung an das erste zurückgewinnen. Auch in meinem dritten brauchte es seine Zeit damit. Und vielleicht war so manche Erinnerung mehr in meinem Blut als in meinen Gedanken. Ich kann nur sagen, das Schicksal meines Freundes versetzte mir einen großen Schock. So wählte ich denn lieber eine Frau aus dem einfachen Volk, wo die Menschen stark und treu ergeben sind. Sie stammte aus einem Dorf und hatte in ihrer Kindheit zwei Hungersnöte überstanden. So glaubte ich an ihre Kraft, harte Zeiten zu überleben. Ich wollte eine Frau, um meinen Reichtum zu schützen. Und ich täuschte mich nicht in ihr.

Ich war bei schlechter Gesundheit. Was Wunder, hatte ich in meinem dritten Leben früher entgangene Genüsse doch ausgiebig ausgekostet. Jetzt mußte ich den Preis entrichten für dieses Leben als Jäger nach Wonnen und Schätzen. Ich trank sehr viel und nahm oft Würzereien, um mein Blut zu stimulieren. Noch vor meinem dreißigsten Lebensjahr war ich ein kranker Mann. Alles nur mögliche befiel mich, Gicht, Fettsucht, Augenentzündung, Rückgratverkrümmung. Hatte ich in früheren Jahren die Liebeskraft eines derben jungen Stiers besessen, so war ich nun doch sehr verbraucht. Es bedurfte der Mithilfe meiner Frau, um mich zu erregen. Allerdings will ich gestehen, daß wohl nur mein Verstand sie gewählt hatte. Lieber wäre mir eine Prinzessin gewesen wie jene, der mein toter Freund sein frühes Ende verdankte. Nur hätte mich keine genommen, meines niedrigen Herkommens wegen. Und das war es, was in jenen Jahren meine Gefühle tief verletzte: reich zu sein und dennoch so arm dran wie ein Schwein.

Nun denn, ich nahm, was ich bekam, und schickte mich drein. Zum erstenmal in meinen drei Leben würde der Tod zu gegebener Zeit kommen. Mit dreiunddreißig Jahren war ich älter, als ich mich je zuvor gefühlt hatte, und lebte in tiefem Trübsinn. Denn am Ende meines dritten Lebens begann ich mich für alles zu interessieren, was ich in jungen Jahren verächtlich abgetan hatte. Wie gern wollte ich mir jetzt mein ganzes erstes und zweites Leben in Erinnerung rufen, doch es wollte nicht mehr gelingen. Zum Schrecken meines guten Weibes verschlechterte ich meinen Zustand noch, indem ich Kräuter und Gifte nahm, um so die fernen Erinnerungen herbeizuzwingen. Oft lag ich auf diese Weise im Fieber, und dann unternahm ich Reisen in ferne Länder, ferne Zeiten.

Schließlich versetzte ich mich zum letztenmal in einen solchen Trancezustand, lediglich durch die Wahl des richtigen Giftes – Huren und ihre Zuhälter wissen soviel über Kräuter wie Ärzte oder Hexen. Und ich ergoß und zeugte mich im selben Augenblick, da mein Leben zu Ende war. Das war alles, was ich wollte. Mein siecher Körper hatte keinen Atem mehr, doch mein Same fand seinen Weg. Und ich hoffte, daß er mir nicht glich, sondern besser war, feiner. Denn ich glaube, wir besitzen eine ganz bestimmte Kraft: unserem Samen etwas von den Tugenden beizugeben, die uns unglücklicherweise fehlen. Und so schied ich mit der Hoffnung auf ein neues Leben voll Weisheit, Verständnis und dem Gebrauch der besten Gaben.

Meine Pläne waren wohlüberlegt. In meinem ersten Leben war ich als Meni, Sohn einer Bäuerin, geboren worden. In meinem vierten Leben würde ich wieder der Sohn einer Bäuerin sein. Nur diesmal nicht ohne Reichtum. Und das ermöglichte mir ein Leben, wie ich es mir wünschte. So bin ich denn wieder General gewesen (wennschon ohne Bedeutung im Vergleich zum erstenmal), ein Arzt, ein Edelmann durch meine Vermählung mit einer Prinzessin (die von niemand Geringerem als von Kham-Uese abstammte!), und wegen meines Reichtums sogar Würdenträger, eine wahre Stütze der Gesellschaft. Jedenfalls«, sagte er spöttisch, »hoffte ich, daß man mich als eine solche bezeichnen würde.«

»Aber das weißt du doch sehr wohl. Seit Jahren erfreust du dich unter uns eines steten Interesses«, erwiderte mein Vater und fügte hinzu: »Als ich im Tempel von Ptah ein junger Priester war, hörte ich hinter unseren weißen Mauern oft von dir. Alle sprachen davon, daß deine einhundertundsechzig Jahre – damals waren es einhundertundsechzig – dir gleichermaßen lebendig waren.« Er lächelte. »Es heißt, wenn du betrunken gewesen seist, habest du dich dessen gerühmt.« Sein Lächeln war nicht ohne Spott.

»Das ist nicht wahr«, sagte Menenhetet. »Ich war nur unvorsichtig. Töricht genug, einigen engen Freunden davon zu erzählen. Nichts hätte sich schneller herumsprechen können. Enge Freunde sind wahrhaftig keine Bewahrer von Geheimnissen.«

»Aber wie erweckst du diese schlafenden Kräfte? Es scheint damit in jedem Leben anders zu sein.« Mein Vater sprach jetzt jedoch mit uninteressierter Stimme.

Menenhetet entgegnete: »So wie Amenophis II. entschlossen war, mehr Löwen zu erschlagen als irgendein anderer Pharao, so verfolgst du die Geheimnisse, die in der Wurzel der Zunge leben.«

»Ist es nicht so«, fragte mein Vater, und ich spürte sein Mißvergnügen, »daß du dich weigerst, es mir zu erzählen?«

»Nun, vielleicht meinst du zu wissen, daß ich weiß, was ich nicht weiß.«

»Deine letzte Bemerkung ist nicht allzu höflich, und dadurch trübst du das Licht, das an diesem Abend auf uns geschienen hat.«

»Erzähle ihm, wie du diese Kräfte erweckst«, sagte Hathfertiti.

Mein Urgroßvater tat, als habe er sie nicht gehört. »Anders als in meinen drei ersten Leben, besaß ich in meinem vierten schon früh viel Sinn für die Vergangenheit. Warum weiß ich nicht. Doch wenn ich als Kind mit einem Stück Papyrus spielte, so war es – von meiner Hand – schon bald mit heiligen Zeichen bedeckt, wie sie der Innere Tempel von Theben während Usermares letzten Lebensjahren enthalten hatte. Später bewies ich, wie brillant ich mit Schwert und Streitwagen umgehen konnte. Im übrigen heiratete ich schon früh, und diesmal eine Frau von Stand.

Meine Mutter trug entscheidend dazu bei. Sie war klug genug gewesen, nicht Witwe zu bleiben. Mehr noch: Sie hatte sogar einen illegitimen Abkömmling von Amen-khep-shu-ef geheiratet. Mein einstiger Rivale (jetzt mein Vorfahr!) war stets zu sehr mit Belagerungen beschäftigt gewesen, als daß er Zeit gehabt hätte, viele Kinder zu zeugen; so wurde die Familienlinie dünner und zugleich erlesener von Pharao zu Pharao. Die Familie, zu der ich durch die zweite Heirat meiner Mutter gehörte, genoß ein gleichhohes Ansehen wie die Familie meiner Braut, und man tat uns viel Ehre an. Ich kann nur sagen, daß der erste Teil meines vierten Lebens sehr

angenehm verlief, und meine Tochter, die Mutter deiner Hathfertiti, Ast-en-Ra, war so schön und so reizend, daß ich wohl den Rest
meines Lebens in hohen Ämtern verbracht hätte und noch viele
andere Kinder gezeugt haben würde, wäre nicht meine Frau
gestorben, als ich in Libyen einen Feldzug mitmachte (ich war dort
der jüngste General).

Ihr Tod brachte mir eine erschreckende Erkenntnis. Ich trauerte
nicht so um sie, wie ich es erwartet hatte. Die Erinnerung an meine
ersten drei Leben, sie glich drei Gespenstern vor meiner Tür. Ich
begriff, daß es kaum möglich war, mich ins öffentliche Leben zu
stürzen, da doch soviel Unerfülltes, Halberfülltes oder Halberin-
nertes hinter mir lag. So trat ich aus der Armee aus und verschrieb
mich dem Studium der Medizin: Auf eine Weise, die wohl allmählich offenbarte, daß mein wahres Interesse der Magie galt. Jahrelang beobachtete ich, welche Wirkung das Auspressen des Öls zur
Linderung der Gicht hat, wenn man dies am Abend tut, in balsami-
scher Luft. Auch versuchte ich herauszufinden, welche unserer
drei Jahreszeiten die jeweils günstigste für die Anwendung jedes
unserer Heilkräuter ist. Sorgfältig studierte ich die Wirkung von
Fischlaich gegen Unfruchtbarkeit. Ich beschäftigte mich mit der
Frage, welche Substanzen jeweils in einen der drei Münder oder
aber auf das Fleisch gegeben wurden. Auch mit dem Problem,
welche Pulver durch ein Schilfrohr eingeatmet werden konnten.
Mit großer Gründlichkeit vermerkte ich meine Beobachtungen auf
Papyrus, selbst wenn es sich um Arzneien handelte, die fünfundzwanzig oder dreißig verschiedene Substanzen erforderten. Es ließ
sich dabei nicht übersehen, daß es sich bei vielen solcher Substanzen um solche handelte, die uns widerlich sind. So entdeckte ich
schon bald, daß die wirksamsten Ingredienzen verschiedene Arten
von Kot waren, und während ich hierüber nachgrübelte, erinnerte
ich mich der Zeremonien mit Wonnekugel. So ergab ich mich denn
dem Studium der Magie, das mir in meinem vierten Leben zum
Trost wurde. Und doch kann ich nicht sagen, daß es ein glückvol-
les Studium gewesen ist. Denn wennschon es sein mag, daß es
Amon war, der meine erste Mutter besuchte, so blieb mir die
Einsicht nicht erspart, durch keine große Tat dieses Geschenk
entgolten zu haben. In meinem ersten Leben versagte ich, auch
mein zweites war ein Scheitern, in meinem dritten besudelte ich
alles, und ich muß erkennen, daß einzig mein viertes jenes Leben

war, in dem ich meine früheren Erfahrungen zu benutzen suchte, um mehr zu erfahren, zu lernen. Warum sonst würde ich in dieser Nacht Geheimnisse preisgeben, die ich noch nie jemandem anvertraut habe?«

»Dennoch«, sagte Ptah-nem-hotep, »kann ich dir kein hohes Amt an meiner Seite anvertrauen, wenn ich nicht weiß, was für eine Bedeutung Fledermauskot für dich hat.«

Menenhetet erwiderte mit einer Stimme, die voller Resignation war: »Fledermäuse sind widerliche Wesen, hysterisch wie Affen, ruhelos wie Ungeziefer. Doch ihr Kot enthält alles, was ohne Nutzen für sie ist. Sie besitzen deshalb die Kraft, Einsamkeit zu ertragen.«

»Ich beginne, deine sonderbare Gewohnheit zu begreifen«, sagte mein Vater mit überraschender Anteilnahme. »Die üble Masse hinwieder gibt dir die Kraft, die Einsamkeit deiner hundertachtzig Jahre zu ertragen.«

Menenhetet neigte bejahend den Kopf. Die Weisheit des Pharaos war groß. Mir wurde klar, daß mein Vater in diesem Augenblick eine schwerwiegende Entscheidung traf. Er würde Menenhetet nicht zu seinem Wesir machen. Der Gedanke, Tag für Tag einhundertachtzig Jahre Einsamkeit zu erblicken, schien unerträglich.

Mein Urgroßvater bewegte sich auf seinem Sitz. Ich weiß nicht, ob auch er spürte, was in der Luft lag. Er nickte nur mürrisch, als Ptah-nem-hotep (wie um seine Gedanken zu verbergen) fragte: »Und deine Trancen? Auch von ihnen hast du mir noch nichts erzählt.«

»Erzähl ihm davon«, sagte Hathfertiti.

»Ja«, sagte unser Pharao, »ich möchte mehr über deine Trancen wissen«.

»Wenn du es nicht tust, werde ich es tun«, sagte meine Mutter.

Als Menenhetet schwieg, fuhr sie überraschend fort: »Es ist abscheulich. Ich habe dich für größer gehalten als alle außer den größten Göttern. Jetzt will mir nicht in den Kopf, daß du schweigst.«

»Wieso meinst du, er sei töricht?« fragte Ptah-nem-hotep.

»Weil er es ist. Er weiß nämlich nicht, welche Wahrheit in diesem Augenblick für mich gilt. Ich, die ich stets zwei Herzen hatte, eines, um meinen Mann zu lieben, und eines, um ihn zu verachten, bin jetzt einem Mann mit meinen beiden Herzen ergeben.«

Was sie dann sagte, war voller Kraft, denn sie sprach die Worte nicht aus, sondern ließ sie uns in ihren Gedanken hören: »Ich liebte es, jedem Liebhaber eine Lüge zu erzählen, doch jetzt kenne ich die Tugend der Wahrheit.«

»Einzig ein Pharao kann die Tiefen unserer Zwei-Lande erreichen«, sagte Menenhetet und verneigte sich.

»Warum erzählst du dem Pharao nicht, wie du mich benutzt hast?« fragte sie und sagte zu Ptah-nem-hotep: »Weißt du, daß ich zur Inspiration seiner Magie wurde?« Wieder zu Menenhetet gewandt, fuhr sie fort: »Erzähle ihm, wie ich an deinen Zeremonien teilnahm, als ich zwölf war. Wie du mich verführt hast.«

»Du warst keine Jungfrau.«

»Nein«, sagte Hathfertiti, »dás war ich nicht. Aber nie zuvor hatte mich jemand auf eine solche Weise verführt. Erzähl ihm.«

»Ich kann über diese Sache nicht sprechen«, erklärte Menenhetet. Es fiel mir schwer, ihn anzuschauen. Noch nie hatte ich einen Verwundeten gesehen. Und so wußte ich nicht, wie sich ein Soldat halten würde, dem ein Speer in der Brust steckte. Doch Menenhetet war grau und sehr erschöpft. Im Laufe dieser Nacht hatte er oftmals seine Müdigkeit überwunden, um mit frischer Kraft die Krümmungen seiner Lebenswege zu offenbaren. Jetzt jedoch sah er aus, als sei alles Blut aus ihm entschwunden.

»Als Menenhetet das erste Mal zu mir kam, benutzte er als Mittel einen Trunk, der mich wie leblos machte, während er mich nahm. Es war sein Ergötzen – damals war es sein größtes Ergötzen –, mich zu nehmen, als sei ich nur eine Tote, die unter ihm lag. Eine tote Frau brachte ihn seinem Ziel wohl näher als eine lebendige.«

»Es war anders, als du es erzählst«, sagte Menenhetet.

»Nun ja«, erwiderte Hathfertiti. »Es handelte sich um ein Ritual. Als ich älter wurde, brauchtest du mir keinen Trunk mehr zu geben. Mir gefiel, was wir taten. Du hattest mich gelehrt, dich in deine *Höhlen* zu begleiten.« Sie sprach das Wort sehr laut und voller Zorn, und ich wußte nicht, was sie meinte, einen verborgenen Schrein vielleicht oder eine tiefe Grube. Sie war sehr zornig. »Das war es, wohin seine Trancen mich führten – in den tiefen Teil des Flusses. In Höhlen. Und nichts habe ich besser kennengelernt als die Furcht vor dem, was im Dunkeln kriecht.« Zu Ptah-nem-hotep sagte sie nun: »Ich will diese Dinge nicht verheimlichen. Wenn ich in Trance war, hörte ich, wie mein Großvater zu Wonnekugel und zu Usermare und zu Nefertiri sprach, und das war auch recht so, doch war er dann auch in Verbindung mit den acht

Göttern des Schlamms. Ich war der Schmutz zwischen seinen Fingern, und er spottete über meine armselige Ehe mit Nef-khep-aukhem. Laß mich dir das Schlimmste erzählen. Es waren keine Höhlen, die wir betraten, sondern Grabkammern. Ich weiß, wie es ist, sich in Grüften zu lieben, die erfüllt sind von den phantastischen Träumen der Toten.« Wie groß war doch die Klugheit meiner Mutter! Sie wußte, daß dies den Pharao weniger abstoßen als vielmehr an sie binden mußte.

»Ich kann dieses Gespräch keine Minute länger ertragen«, sagte Menenhetet, »meine Hoffnungen sind erloschen.« Und er erhob sich und verließ ohne Verbeugung den Raum. Von den Stufen, die vom Innenhof in die Dunkelheit vor Tagesanbruch führten, konnte man die schlurfenden Schritte eines alten Mannes hören. Es war das letzte Mal, daß ich meinen Urgroßvater unter uns sah.

# FÜNF

Ja, er war gegangen. Und plötzlich konnte ich nicht mehr gut sehen. Noch immer saß ich zwischen meinen Eltern, doch sie schienen gestaltlos wie Rauch, und die Säulen des Innenhofs ließen sich nicht erkennen. Ich hatte das Gefühl, vor einem Mann in einer steinernen Gruft zu knien, und konnte – durch die bloße Neigung meines Herzens – wählen, ob ich in diesem feuchten Grab ruhen oder aber zu meinen Eltern zurückkehren wollte. Doch sogleich darauf ließ mich die Kraft ihrer Gegenwart in meiner Verzauberung beben. Nun konnte ich in der Nacht ihre Gesichter in meiner Nähe sehen. Und dann wußte ich, daß ich den Gedanken meiner Mutter wieder nahe war. Stumm sprach sie zu Ptah-nem-hotep – ich hörte Schmerz aus jedem Wort! »Warum liebst du mich?« fragte sie. »Warum hast du mich erwählt?« Und diesen Fragen folgte sogleich die stumme Klage: »Ich habe in dieser Nacht meinen Gatten verloren, und verloren habe ich nun auch den Mann, der mein Vater war und mein Geliebter, mein Gott, mein liebster Feind, der Freund, den ich am meisten fürchtete, mein Führer zu den Göttern. All dies war er mir. Doch ich liebe dich. Seit sieben Jahren liebe ich dich so sehr, daß ich bereit bin, ihn aufzugeben. Es ist wahr, ich habe ihn sogar selbst fortgetrieben. Aber du bist ein kalter Mann. Liebst du mich? Kann ich dir vertrauen?« Und Ptah-nem-hotep erwiderte mit seinen Gedanken. Sie glitten durch meinen Körper, als sei jedes dieser ungesprochenen Wörter eine Hand, und als könnten sie mich hochheben und tragen. »An jenem Tag vor sieben Jahren, da wir auf meinem Boot zur Jagd fuhren, traf mein Schleuderstock mehr Vögel denn je zuvor. Ich brauchte ihn nur in die Luft zu werfen, und nichts konnte ihm entkommen. Weil du dabei warst. Keine Frau hatte je soviel für mich getan. Und tat es seither auch nicht – bis zu dieser Nacht. Also liebe ich dich. Du wirst meine Königin sein.«

Es ist wahr, dachte meine Mutter, doch waren ihre Gedanken so geheim, daß nur ich sie vernehmen konnte. Er ist ein schwacher Mann, der ein starker Mann sein möchte. Es gibt nichts Befriedigenderes als die Ergebenheit solcher Männer, wenn man sie befriedigen kann. Laut sagte sie: »Laß uns gehen und uns gemeinsam niederlegen.« Was sie nicht sagte (doch hörte ich es besser als sie selbst) war dies: Stets würde er sie begehren, weil er nach Geheimnissen gierte, und je mehr er von üblen Dingen erfuhr, die sie getan, desto entzückter würde er sein.

Sie standen auf und umarmten sich, und mein Vater hob mich hoch. Mich überkam ein plötzliches Schwindelgefühl. Wie ein Wirbeln war es in der Luft, und die Himmel rührten sich in meinem Bauch, und vom Himmel hoch oben schien eine Drohung zu kommen.

Dann, plötzlich, begriff ich, was es war. Khem-Usha hatte den Innenhof betreten. Durch halbgeschlossene Augen sah ich ihn. Sofort schloß ich sie, denn ich wollte ihn nicht sehen; und, dem Schlaf ganz nah, trieb ich dahin durch Stimmen, die wie Krokodile nach mir schnappten. Sie schienen das Wasser zu peitschen, und ich hoffte, sie würden davonschwimmen und mich in Frieden lassen.

Doch ich hörte (mochte alles auch weit entfernt scheinen), daß sich außerhalb des Palastes Truppen befänden. »Sie gehören zu Nes-Amon«, sagte Khem-Usha, und dann: »Du kannst meine Miliz verwenden. Ich habe sie alarmiert.« Es gab viel Hin und Her, und meine Mutter sagte schließlich scharf: »Wenn deine Leibwache nicht von Khem-Ushas Leuten unterstützt wird, wirst du keine Königlichen Truppen mehr haben. Sie werden zu Nes-Amon überlaufen.« Wieder wurde debattiert, und ich hörte, wie mein Vater sagte: »Nein, das ist unannehmbar, eine solche Macht kann ich niemandem gewähren.« Und sie stritten weiter, und meine Mutter sagte: »Dir bleibt keine Wahl! Dir bleibt keine Wahl!« Nein, ihm blieb keine Wahl. Sie sprachen weiter, und irgendwann sagte mein Vater: »Nein, Menenhetet wird nicht Wesir werden, ich habe nicht die Absicht, ihn dazu zu machen.« Dann schien der Wirbel in der Luft sich zu legen, ich spürte, wie mich mein Vater meiner Mutter reichte, und sie trug mich im ersten Licht des Morgens, das

wie ein Silberfaden vor meinen Augen glänzte, wenn ich sie einen Spalt weit öffnete. Und in der Ferne hörte ich Rufe und all jenen Lärm, der entsteht, wenn Aufregung und Verwirrung herrschen. Der Geruch von Ziegenkot sagte mir dann, daß wir uns im Gesindequartier befanden, wo Eyaseyab schlief. »Sei vorsichtig, sei sehr vorsichtig«, sagte meine Mutter zu ihr. »Es könnte Ärger geben.«
Jetzt war ich in den Armen von Eyaseyab, in ihren derben Armen, und ich kannte ihren Achselgeruch, der sonderbar war und so stark wie der eines Mannes, und, ja, ein Mann war auf ihr gewesen, und das erkannte ich an *seinem* Geruch. Er roch wie ein Tier, das auf einem Felsen am Meer lebt. Ich wurde auf eine Matte gelegt, und Eyaseyab kraulte mich, wie so oft, hinterm Ohr. Ob sie sich wohl zu mir legen und Süßen Finger zwischen ihre Lippen nehmen würde? Doch während sich in meinen Schenkeln Wärme zu breiten begann, hörte ich aus dem Nebenraum einen Fluch, und ein Mann trat ein. Es war Knochenbrecher. Die Art, wie er sich bewegte, verriet mir, daß Eyaseyab ihm gehörte und nicht mehr an jene beiden Sklaven denken würde, den Hebräer und den Nubier, die sich daheim um sie zu streiten pflegten. Daheim? War dies vielleicht das Heim von Nef-khep-aukhem?
Waren es meine süßen Gefühle, die auf Knochenbrecher überströmten? Waren es seine starken Gefühle, die mir meine süßen Gefühle gaben? Sie liebten sich jetzt, ich konnte es hören, doch es war so ganz anders als alles, was ich in dieser Nacht erfahren. Hier, diese beiden, sie sprachen nicht. Es war wie ein Knurren und Grollen und Grunzen. Er brüllte, und sie stieß Schreie aus, so hell wie ein Vogel mit buntem Gefieder. Ich hatte das Gefühl, wieder daheim zu sein; daheim, wo unser Gesindequartier war; wo vertraute Geräusche klangen. Da war das Erwachen der Tiere bei Tagesanbruch, Knurren und Grunzen und Wiehern von Stall zu Stall, die ganze Erde schien sich zu regen, Wasser klatschte, Schilf raschelte. Und ich dachte auch an die Hütten, wo die Menschen sich ohne die Gegenwart der Götter liebten, und so war es denn wärmer hier, und die Liebe vielleicht satter: befriedigender als bei jenen, die ich kannte, wennschon es weniger Licht geben mochte beim Erguß der Menschen in den Hütten. Doch vielleicht war es, wie wenn man eine herrliche Suppe kostete. Man spürte, wie sie allmählich den Bauch zu füllen begann, Stück für Stück. Und so lullte, nachdem es geschehen war, Eyaseyabs schnurrende

Stimme mich in den Schlaf, während ihre Hand dem Mann über den Rücken strich, schlief, ja, schlief ich ein nach dieser Nacht ohne wirklichen Schlaf, und ich hatte keine Träume, nur daß da viele Rufe zu sein schienen und das Trappeln von Füßen.

Als ich erwachte, saß meine Mutter an meiner Seite und erklärte, mein Urgroßvater sei tot. »Komm«, sagte sie, »laß uns gehen.« Überall auf den Wegen und in den Höfen des Palastes waren Soldaten, und ich sah, daß dies ein Tag der Unordnung gewesen sein mußte, denn die Soldaten glichen nicht den sonstigen sorglosen Wachen, sondern beobachteten jeden scharf und standen wachsam auf ihren Füßen.

Meine Mutter weinte nicht, als sie es mir erzählte, doch auf ihrem Gesicht war ein Ausdruck von großer Feierlichkeit, und ihre Augen wirkten leer, so daß sie einer Statue glich, wenn sie einen Augenblick schwieg. »Dein Urgroßvater würde sicherlich wollen, daß du erfährst, wie er starb und mit welcher Tapferkeit.«

Die Truppen Khem-Ushas hatten ihn festgenommen, erklärte sie. Die Soldaten hatten einen alten und würdigen Mann gefunden, der auf dem goldenen Stuhl saß: auf jenem goldenen Stuhl auf dem Balkon, der dem Pharao als Sitz diente, als wir zum erstenmal vor Ptah-nem-hotep erschienen.

Man fesselte den alten und würdigen Mann und führte ihn unter Bewachung in ein Gemach, wo der Pharao und Khem-Usha und Hathfertiti saßen. Ptah-nem-hotep ließ die Fesseln lösen und sprach: »Für diese Nacht warst du mein Stellvertreter. Du warst das Herz der Zwei-Lande, und die Götter lauschten dir. Das wird dein Ruhm sein. Denn du warst, in dieser Nacht, wirklich ein Pharao, und das ist, wie es sein sollte und wird Maat zufriedenstellen, denn ich weiß, daß du niemals mein Wesir hättest werden können. Ich hätte deinem Ehrgeiz mißtrauen müssen. Ich kann jedoch dein Genie ehren.«

Und indem er so sprach, reichte mein Vater Menenhetet sein eigenes kurzes Messer.

Meine Mutter sagte: »Ich erschrak. Der Mund deines Urgroßvaters hatte einen Ausdruck, der mich fürchten ließ, er werde Ptah-nem-hotep das Messer in die Brust stoßen. Khem-Usha dachte das gewiß. Ich sah die Furcht in seinem Gesicht. Weißt du, dieses Messer darzubieten, gehört zum Mutigsten, das ich je gesehen habe. Aber es war auch weise.«

Menenhetet verbeugte sich und berührte mit der Stirn siebenmal den Boden. Dann ging er ins benachbarte Gemach, um die letzte Zeremonie des Stellvertreters zu vollführen. Mit dem Messer schnitt er sich die Ohren, die Lippen und die Lenden ab und begann unter großen Schmerzen zu beten. Er verlor viel Blut. Bevor die Gewalt der Pein ihm die Sinne rauben konnte, schnitt er sich die Kehle durch.

Ein Schauder überlief meine Mutter, doch ihre Augen waren voller Licht. »Kein Mann außer Menenhetet hätte einen solchen Tod ertragen können«, sagte sie.

Während ich diese Worte hörte, verdunkelte sich das Gold der Mittagssonne zu Purpur, und es war, als ob auch ich stürbe. Die Augen meiner Mutter starrten mich an, und ich sah, wie sie sich langsam näherten, bis ich nur noch ein Auge sehen konnte, und dann nur noch ein Licht, und das Licht war wie ein Stern an einem dunklen Himmel. Und dann war alles fort, was ich gesehen hatte. In den Tiefen einer Pyramide lag ich auf den Knien, und durch einen hohen Schacht fiel das Licht eines Sterns und spiegelte sich in einer Schale Wasser.

Jetzt konnte ich den Stern nicht mehr sehen. Nur einen Nabel vor meinen Augen. Es war der verschrumpfte Nabel des Ka von Menenhetet, und ich war wieder in all dem Gestank und der Raserei, die von dem Phallus des alten Mannes in meinem Mund kamen.

# SECHS

Ich lag auf den Knien, ein junger Mann von zwanzig, und die Erinnerung an den Knaben, der ich gewesen war, wich aus meinem Herzen. Ich war hier in meinem Ka, nur in meinem Ka, und zum zweitenmal in dieser Nacht begann sich der alte Mann zu ergießen. Oder war dies noch das erste Mal, wiedererlebt? Konnte dies das Leiden des Kas sein?

Er ergoß sich, in mächtigem Schwall und in großer Bitterkeit. Mit seinem Samen schien alles hervorzuquellen, das übel war und elend, und ich hätte mich erbrechen mögen, doch ich konnte nicht. Ich mußte sie in mich aufnehmen, seine Not, und auch seine Begierde nach Rache an meiner Mutter.

Und so, mit seinem Phallus noch in meinem Mund, wußte ich um Scham und Schande von Menenhetet. Der Ka meines Urgroßvaters lastete jetzt auf mir, auf meinem Ka, wie Usermare auf ihm gelastet haben mußte.

Und ich wußte um seine Erschöpfung. Wie ein Katarakt ging sie auf mich nieder. In keinem seiner vier Leben hatte er gefunden, was er suchte. Ja, das wußte ich. Und ich schluckte, und das ganze Gift seines Khaibits drang in mich ein. So würde ich das Wissen um die Vergangenheit besitzen.

Sein Schatten sollte mich führen. Beim Lichte seines Khaibits würde ich meinen Weg ins Reich der Toten finden müssen. Entsprachen seine Geschichten nicht der Wahrheit, so würde ich nicht wissen, was vor mir war. Die Erinnerung an die eigene Vergangenheit war es, die der Ka brauchte, doch wenn ein anderer dieses Wissen besaß, so mußte es von Übel sein.

Was wohl würde ich sehen? Und konnte ich dem Erschauten vertrauen? Ich wußte es nicht. Doch ich begann mich zu erinnern an das, was geschehen war nach der letzten Nacht im Leben meines Urgroßvaters. Natürlich, ich hatte gar keine Wahl. Es ging ja um die Ereignisse in meinem Leben nach Menenhetets Tod. (War er fünfzehn Jahre früher gestorben als ich? War ich, als ich starb, zwanzig gewesen oder einundzwanzig?) Ja, mein Leben hatte schon früh geendet.

Mein Urgroßvater, von seinem wilden Erguß erschöpft, ließ sich jetzt sacht neben mir nieder. Seite an Seite saßen wir auf dem Boden, den Rücken an die Wand gelehnt: hier in diesem Grabmal von Cheops (mit dem leeren Sarkophag – ja, auch daran erinnerte ich mich jetzt!). Und ich starrte in die Dunkelheit, bis die gegenüberliegende Wand, kaum fünf Schritt entfernt, zu schimmern begann. Ich sah Bilder, die den bunten Malereien an Tempelmauern glichen. Doch es war, als spiegelten sie sich im Wasser. Nie kamen sie ganz zum Stillstand. Sacht schwankten sie hin und her, in leiser Wellenbewegung. Und sie waren nicht nur dort an der Wand, sie waren auch in meinem Kopf – stammten aus meinem Kopf. Verwirrend schien es, aus dieser Grabkammer hier ins Reich der Lebenden blicken zu wollen. Es war, als versuchte ich, nach Fischen zu greifen: die Hand, ins Wasser stoßend, griff ins Leere – der Fisch war nicht dort, wo er zu sein schien.

Konnte ich dem Geschauten vertrauen? Es schien nicht so. Denn schon das erste, was ich sah, war so widerlich, daß ich es nicht glauben mochte. Da war das Gesicht von Ptah-nem-hotep. Verstohlen aß er ein winziges Stück Fleisch. Fleisch von Menenhetets verstümmeltem Körper. Das war es, was ich sah, und plötzlich begriff ich, daß der Pharao, stets auf der Suche nach Weisheit, nach Erkenntnis, nach Menenhetets Tod noch verzweifelter danach gierte. Während seine Zähne das grauenvolle Fleisch kauten, erkannte ich, daß wahr sein konnte, wahr sein mußte, was ich nicht hatte glauben wollen. Denn so erklärte sich die tiefe Wandlung, die in Ptah-nem-hotep vor sich gegangen war. Und da es ihm an Menenhetets Mut gebrach, blieb kaum mehr als Bosheit und Verruchtheit. Ein guter Vater war er mir nicht gewesen.

Meine Mutter sprach in meinem Ohr, und sie sagte: »Es ist nicht recht von dir, so übel von deinem Vater zu denken. Indem der Pharao ein Stück von Menenhetet in sich aufnahm, hat er sich unserer Familie enger verbunden.« Sie verstummte, und vieles erschien vor meinem Blick: Ich sah sie oft zusammen, den Pharao und meine Mutter, jetzt in der Tat die Königin, neben ihm auf seinem Thron. Und ich erinnerte mich, daß sie ihm, noch ehe (nach der Nacht des Schweins) ein Jahr vorüber war, einen Sohn gebar, meinen Halbbruder. Ja, sie war ganz des Pharaos Gemahlin und bei jedem großen Zeremoniell zugegen. Und er zeigte sich bei mehr Festivitäten, als er es je getan. Und wann immer die Konkubinen der Götter dem Pharao ein Lied darboten, schüttelte meine Mutter (wie Nefertiri) ein Sistrum. Nein, in ihrem ersten Jahr waren sie miteinander nicht unglücklich.

Doch ich erinnerte mich auch, daß sie sich oft stritten. Zwar genossen sie einander mit allen körperlichen Wonnen (und bei Hofe tuschelte man, weil sie so viele Stunden ganz für sich verbrachten), doch in kleinen Dingen nahmen sie aneinander Anstoß, und wie bei den meisten Eheleuten drehte es sich ewig ums selbe.

Eine andere Erinnerung kehrte zurück. Die Erinnerung an Nefkhem-aukhem, meinen früheren Vater. Welchen Zorn hatte er doch in Ptah-nem-hotep ausgelöst an jenem Morgen, da Khem-Ushas Truppen den Palast besetzten. Denn vom Hohenpriester erfuhr der Pharao sehr bald, daß Nef-khep-aukhem, nachdem er aus dem Palast geeilt war, sogleich Khem-Usha aufsuchte, dem er vom Ehrgeiz meines Urgroßvaters und der wachsenden Sympathie des Pharaos erzählte.

Ja, ich erinnerte mich. Meine erzürnte Mutter hatte es mir erzählt. Ohne Nef-khep-aukhem, davon war sie überzeugt, wäre es zu dem ganzen Aufruhr an jenem Morgen nicht gekommen. Nes-Amon, so glaubte sie, habe seine Leute erst versammelt, als er erfuhr, daß sich Khem-Ushas Miliz bereit machte.

Dieser Verrat brachte den Pharao in größeren Zorn als irgend etwas sonst. Und Nef-khep-aukhem beging einen Fehler. Früh stellte er sich im Palast ein, wohl um mit dem Hohenpriester seine Belohnung auszuhandeln. Doch das war zuviel für Ptah-nem-hotep. Die Anwesenheit seines verräterischen Hüters der Schminkpalette konnte er nicht ertragen. Und Khem-Usha, der sehr wohl begriff, was für ihn von Vorteil war, ließ meinen früheren Vater fallen. Er war einverstanden, daß dieser aus dem Palast gewiesen wurde. Ja, meine Mutter behauptete sogar, ohne ihr Eingreifen wäre Nef-khep-aukhem getötet worden.

Dieser Rest von Sympathie für ihn verlor sich rasch. Mein Vater (wachsam wie stets, wenn es um gewisse Bedürfnisse anderer ging) eröffnete in Memphis schon bald ein Geschäft zur Pflege der Damen. Dergleichen hatte es, soweit man wußte in den Zwei-Landen noch nie gegeben. Denn welche Dame hatte, bis zu dieser Stunde, nicht ihre eigenen Bediensteten gehabt, die sich um ihr Haar kümmerten? Nun wußte aber jeder, daß die Hände von Nef-khep-aukhem das Haupt des Pharaos berührt hatten, und so konnte der Erfolg nicht ausbleiben. Mein erster Vater wurde bald vermögend. Doch im Palast verging kein Tag, ohne daß Hathfertiti mit ihrem zweiten Gatten stritt: über die Anwesenheit ihres ersten in Memphis. Sie fühle sich entsetzlich gedemütigt, sagte sie immer wieder. Doch sie konnte den Pharao nicht dazu bringen, ein Machtwort zu sprechen und Nef-khep-aukhem in die Provinz abzuschieben. Ptah-nem-hoteps Zuneigung zu seinem einstigen Hüter der Schminkpalette war wiedererwacht, und er erklärte, die Treulosigkeit einer einzigen Nacht könne man vergeben.

Das brachte meine Mutter nur noch mehr auf. Voll Zorn behauptete sie, Nef-khep-aukhem habe nicht nur in dieser Nacht Verrat geübt. Seit Jahren sei er Khem-Ushas Spitzel gewesen. Doch das klang weit hergeholt, und Ptah-nem-hotep weigerte sich, ihr zu glauben. Auch will mir scheinen, daß dem Pharao die Nähe seines früheren Schminkpalettenhüters ganz recht war: So ließ sich Hathfertiti besser im Zaum halten. »Aber begreifst du denn nicht, wie dich das erniedrigt«, warf sie ihm wieder und wieder vor. »Die Leute sagen, du lebst mit der Frau eines Perückenmachers.«

»Ganz im Gegenteil«, pflegte er zu erwidern, »in Memphis wird er von allen Damen aufs höchste bewundert.« So ging es zwischen ihnen hin und her. Und über die Jahre verbitterte Hathfertiti immer mehr. Sie verzieh ihm nicht, daß er ihrem Drängen nicht nachgab.

Doch andere Dinge waren von größerer Wichtigkeit. An jenem bewußten Morgen hatte Khem-Usha dem Pharao Zugeständnisse abgefordert, welche genau, wußte ich nicht. Doch Ptah-nem-hoteps Machtverlust wurde bald offenbar. Und im zehnten Jahr seiner Regierung wurde verkündet, daß Amenophis (so nannte sich Khem-Usha jetzt – mit jenem Namen, den vier Pharaonen getragen hatten) zur gleichen Göttlichkeit erhoben sei wie Ramses IX. Bei einer großen Feier mit vielen Zeremonien erhielt Amenophis, Hoherpriester des Amon-Tempels in Theben, das Recht,

Oberägypten zu regieren. Eine große Zahl goldener und silberner Gefäße wurden ihm zum Geschenk gemacht, und es ward verkündet, daß alle Einnahmen aus Oberägypten jetzt direkt in die Schatzkammer von Amon fließen würden. Auch sah man von nun an Amenophis' Gestalt an vielen Tempelmauern. Er stand neben Ramses IX., beide Götter in gleicher Größe abgebildet – viermal größer als die Bediensteten und Beamten in ihrer Nähe.

Ein anderes Bild tauchte in meinen Gedanken auf. Zu meiner Überraschung war es das Bild von Menenhetet. Fünf oder zehn Jahre älter mochte er sein, als ich ihn erinnerte. Hatte er also doch noch länger gelebt? War die Geschichte, die mir meine Mutter von seiner Selbstverstümmelung erzählte, vielleicht gar nicht wahr? Handelte es sich um eine Schreckensgeschichte, die bewirken sollte, daß ich nie mehr an Menenhetet dachte? Denn jetzt (oder waren es die acht Götter des Schlamms, die mir die Erinnerung eingaben – so glitschig schien alles) – jetzt wollte mir scheinen, daß Menenhetet sich nicht selbst getötet hatte, obschon ihn der Pharao dazu zweifellos aufforderte. Und die Weigerung meines Urgroßvaters erzürnte den Pharao sehr. Gewiß hatte er Menenhetet getäuscht, enttäuscht, indem er ihm für die unschätzbaren Gaben jener langen Nacht keine Belohnung bot. Dennoch fühlte er sich, ein wahrer Monarch, betrogen: weil Menenhetet ihm nicht den Beweis allerletzter Ergebenheit geliefert hatte – weil er es vorzog, nicht als Stellvertreter zu dienen und sich zu töten.

Doch indem Menenhetet sich weigerte, lieferte er sich Khem-Ushas Gnade aus. Dem Hohenpriester gelang es bald, meinen Urgroßvater seines Reichtums zu berauben. Seine Liegenschaften in Oberägypten wurden für lächerlich geringe Summen vom Tempel erworben. Ja, Khem-Usha setzte die Preise selber fest, und hätte Menenhetet nicht zugestimmt, so wäre er vom Tempel enteignet worden. Den Rest seiner Besitztümer in Unterägypten (darunter auch das große Herrenhaus, auf dessen Dach ich gesehen hatte, wie Menenhetet meine Mutter liebte) kaufte der Pharao auf – und Hathfertiti bestand darauf, daß die Preise gleichfalls ganz niedrig seien. Meine Mutter wollte meinen Urgroßvater gewiß nicht in ihrer Nähe haben, und sie hatte Erfolg. Menenhetet war gezwungen, auf einem ärmlichen Anwesen am Westufer von Theben zu wohnen, erworben mit dem geringen Erlös aus den Verkäufen.

Während ich noch starrte, auf die Bilder an der Wand, in meinem Kopf, erschrak ich plötzlich über eine Bewegung des Ka von Menenhetet neben mir. Sein Schenkel zitterte neben meinem Schenkel, und ich hörte die Erregung in seinem Atem. Jetzt wußte ich, daß wir diese Erinnerung miteinander teilten, daß es seine Erinnerung war, und daß er nicht log. Jedenfalls entsann er sich der Ereignisse auf diese Weise und war voller Unruhe. Und das Geschehen war so außerordentlich, daß ich nicht aufhören konnte zu starren.

Denn Menenhetet hatte auf seinem ärmlichen Anwesen nicht in Abgeschiedenheit gehaust. Er schloß sich den Räubern von Kurna an und erwarb, indem er die Gräber der Pharaonen ausraubte, ein neues Vermögen. Wenn es ihm auch nicht vergönnt gewesen war, in einem seiner vier Leben die Doppelkrone selbst zu tragen, um später als Gott das Reich der Toten zu betreten, so konnte er doch wenigstens die Gräber der Könige ausplündern, was er mit großem Fleiße tat. Und in jenem Jahr, da er sich dem Tode nahe fühlte (das war in meinem fünfzehnten Jahr und also im sechzehnten Regierungsjahr von Ramses IX.), kam er nach Memphis, und es gelang ihm, meine Mutter zu besuchen.

Und jetzt, dort an der Wand, sah ich, wie er sie liebte, zum letzten Mal. Ich hörte seinen Ka neben mir seufzen und sah gleichzeitig, wie er in ihren Armen starb. Und ihr heftiges Schluchzen zeigte mir, daß er abermals – und also zum vierten Mal – erfolgreich gewesen war, mit der Glut seines letzten Aktes eine Frau zu schwängern. Noch immer wohl besaß er Macht über meine Mutter, denn Ptah-nem-hoteps Einwänden zum Trotz unternahm sie alles, um für Menenhetets sorgfältige Einbalsamierung zu sorgen.

Im zweiten Monat ihrer Schwangerschaft jedoch (noch bevor der König sich dieser Tatsache bewußt werden konnte: Er hätte das Kind zweifellos für seines gehalten – trotz aller Zerwürfnisse teilte er mit seiner Gemahlin noch immer irdische Wonnen), im zweiten Monat ihrer Schwangerschaft übte Hathfertiti an Menenhetet eine letzte Rache. Sie nahm Mittel, um das Kind abzutreiben, und es gelang ihr auch. Ein fünftes Leben würde es für meinen Urgroßvater nicht geben. Er wurde nicht mein kleiner Bruder.

Sein Ka, auf grausame Weise verjagt, konnte zurückkehren zum einbalsamierten Körper des alten Mannes, um dort seine Behausung zu finden – und das hatte er auch getan, denn wie sonst säße er jetzt neben mir? Doch war es ihm wohl nicht in seiner ganzen Wesenheit gelungen. Es schien, als habe sich, wie bei einem Geist, ein Teil gelöst, und vielleicht hatte sich dieser Teil mir verbunden: Mit sechzehn Jahren war ich, in den Augen meiner Eltern, unbezähmbar geworden.

Mein jüngerer Bruder, Amen-khep-shu-ef der Zweite (so genannt wohl, weil mein Vater in ihm den erhofften künftigen Krieger sah) galt bald als Er-der-Ramses-der-Żehnte-sein-wird. Mich verdroß das nicht. Doch in meinem sechzehnten Jahr (als Amen-ka neun war) wurde ich aufsässig. Nicht nur, daß ich mich dem Glücksspiel und vielen Ausschweifungen hingab, mich also wie ein wahrer Prinz benahm: Ich war voller Trotz gegen Ptah-nem-hotep und gegen meine Mutter – mit ihr stritt ich heftig, weil sie das Andachtshaus für die vier Mumien meines Urgroßvaters bauen ließ.

Unter großen Kosten und nach langer Suche hatten von ihr Beauftragte den ersten und auch den zweiten Menenhetet gefunden. Den dritten zu finden war nicht schwer. Er befand sich in der Grabkammer, die seine Witwe für ihn erbaut hatte, und Räuber waren noch nicht am Werk gewesen. Doch mit der Krypta des Hohenpriesters sah es anders aus. Sie hatten die Diebe nicht verschont, und zunächst wußte man nicht, ob die Mumie dort, der Amulette und des Schmucks beraubt, auch die richtige war. Doch die Gebete, auf die Tücher geschrieben, erwiesen sich als die Gebete eines Hohenpriesters.

Der Menenhetet des ersten Lebens, der Herr der Geheimnisse, konnte nur gefunden werden, weil Hathfertiti, trotz einer Trennung von fast zehn Jahren, noch immer die Fähigkeit besaß, mit ihren Gedanken in meinen Urgroßvater einzudringen. Bei seinem letzten Besuch, als sie einander liebten, reiste sie mit ihm in die Tiefen einer Trance. Und hierbei sah sie die Stätte seines ersten Todes und beobachtete sogar, wie Wonnekugels Bedienstete die Leiche von dem Haufen Unrat hoben, auf die man sie geworfen hatte. Rasche Einbalsamierung bewahrte sie vor Verwesung. Nach siebzig Tagen beauftragte Ma-Khrut einen reisenden Kaufmann aus dem Delta, den Sarg flußabwärts nach Sais zu bringen. Dort ließ sie ihn in einer bescheidenen Grabkammer neben ihrer Familiengruft beisetzen. Und dort also fand die Königin Hathfertiti die Mumie des ersten Menenhetet (mit der Mumie von Ma-Khrut an seiner Seite). Nun, da sie alle vier Mumien beisammen hatte, jede in ihrem eigenen schweren Sarg, rang sie ihrem Gemahl die Erlaubnis ab, Menenhetets irdische Reste auf einem von Ochsen gezogenen Gefährt um den Palast führen zu lassen. Sodann gab sie ihnen Wohnung in einem Andachtshaus, das von einem Graben umgeben war. Im Wasser dieses Grabens befand sich, zum Schutz, ein Krokodil. Hathfertitis Furcht vor dem Ka von Menenhetet war sehr groß.

Die Gedankengänge meiner Mutter schienen oft wunderlich, und es fruchtete wenig, sie verstehen zu wollen. Dem Andachtshaus galt ihre ganze Sorgfalt (so sehr, daß es Ptah-nem-hotep amüsierte und er mild gestimmt blieb), und doch machte sie gleichzeitig schreckliche Scherze: wie gut sie sich doch beschützt fühlen könne durch ihre vier Kanopen. Und nach meinem Tod (ja, noch während ich im Natronbad lag) entschied sie mit eigentümlicher Logik, daß der Menenhetet-des-vierten-Lebens, das heißt, seine Mumie, sein Sarkophag und seine Kanopen, in derselben Grabkammer untergebracht werden sollte wie ich. Doch inzwischen war Ptah-nem-hotep gestorben, und viel hatte sich geändert.

In seinen letzten Lebensjahren alterte er sehr. Die Schönheit seiner Züge, die ihn von anderen Männern unterschied, verlor sich. Fett wurden seine Wangen und sein Hals. Stets wirkte er bedrückt. Im sechzehnten (und vorletzten) Jahr seiner Regierung entdeckte man, daß etliche Grabmäler der alten Pharaonen in West-Theben ausgeraubt worden waren. Die Frechheit der Räuber hatte für meinen königlichen Vater etwas Erniedrigendes. Offenbar fürchteten sie den Zorn keines Pharaos, lebendig oder tot. Die Mumie von Sebekemsef, viele hundert Jahre alt, war ihres Schmucks beraubt worden, genau wie die Mumie seiner Gemahlin. Als man die Schuldigen fing (es waren Arbeiter in der Nekropolis), mußte Ptah-nem-hotep erfahren, daß auch viele seiner Beamten in die Sache verwickelt waren. Die Bürgermeister von West-Theben und von Ost-Theben beschuldigten einander. Die Untersuchungen wollten kein Ende nehmen. Nes-Amon (der als Oberschreiber überlebte, nachdem seine Träume auf ein höheres Amt von Khem-Usha zunichte gemacht worden waren) wurde sogar nach Theben entsandt, um die Prozedur schriftlich festzuhalten.

Es war in jenem Jahr, daß mein königlicher Vater so sichtlich zu altern begann. Und in mir wuchs eine Begierde nach meiner

Mutter, die so schwer zu bezähmen war, daß ich wußte: Sie konnte nur aus dem Ka von Menenhetets ungeborenem Kind stammen. Als meine Mutter sich von den gleichen Leidenschaften erfüllt zeigte, fühlten wir uns von den Göttern gesegnet – oder verachtet? – wie Nefertiri und Amen-khep-shu-ef.

Damals, sechs Monate vor seinem Tod, erhob mein Vater meinen Bruder Amen-ka, zu seinem Mitregenten. Er verlieh ihm sogar die Titel Ramses X., Khepher-Maat-Ra, Setpenere Amen-khep-shu-ef Meri Amon. So wurde ich also meines Erstgeburtsrechts beraubt, falls man, in Anbetracht meiner Zeugung, meinen schwächlichen Anspruch so nennen will. Noch in demselben Jahr, da Ptah-nem-hotep starb (und wie weinte meine Mutter bei seinem Begräbnis), mußte mein Bruder, noch keine zehn Jahre alt, mit einem Skandal fertig werden, der noch weit größer war als die Plünderung des Grabmals des Pharaos Sebekemsef.

Man entdeckte, daß das Grab von Ramses II., lange Zeit verborgen (oben in den Hügeln – einst hatte Usermare seinen Ersten Streitwagenfahrer dorthin geführt), ausgeraubt worden war. Auch das Grab seines Vaters, Seti I., wurde nicht verschont. Gab es noch irgendein Pharaonengrab, das unversehrt geblieben war? Mein armer Bruder! Während überall Erregung und Unruhe herrschten, feierte er in Memphis seinen zehnten Geburtstag. Und dann traf aus Theben die Nachricht ein, daß Barbaren aus der Westlichen Wüste die Stadt erobert hätten. Khem-Usha (für mich war er nie ein Amenophis) wurde ein halbes Jahr gefangengehalten und gefoltert. Als man ihn freiließ, war er ein gebrochener alter Mann. Amen-ka saß noch zwei Jahre auf dem Thron, bevor er starb. Nach seinem Tod war es mit den königlichen Vorrechten für Hathfertiti und mir vorbei. Ein Großneffe von Ramses III. wurde Ramses XI., und bald darauf starb ich. Wie es geschah, weiß ich nicht. Kein Bild wollte sich in mir formen. Nicht einmal die trügerische Erinnerung von Menenhetet kam mir zu Hilfe. Doch dort auf der Wand stellten andere Bilder sich ein. Und ich konnte etwas Eigentümliches beobachten, ein seltsames Phänomen. Ich sah jene, die nach meinem Tode regierten. Es glitt vor uns vorüber. Der erste dieser fremden Herrscher war ein neuer Hoherpriester namens Herihor. Er regierte in Theben, und die Zwei-Lande waren geteilter denn je. Dann kam ein Syrer namens Nesubenedded, und er herrschte über Unterägypten von Memphis bis Tanis am Allergrünsten Grün. In diesen Jahren wurden die Pharaonengräber so oft aufgebrochen, daß sich die Behörden kaum noch Rat wußten, und sie verlegten die königlichen Mumien so oft, daß Usermare sogar Unterschlupf im Grabmal von Seti I. fand. Doch als ihre äußeren Räume wieder aufgebrochen wurden, brachte man beide Pharaonen, samt ihren Gemahlinnen, zum Grabmal von Amenophis I., und bald schon mußten die Priester viele königliche Mumien in einem unauffälligen Grab westlich von Theben verbergen. In einer solch dunklen Gruft zwischen den Felsen ruhten Amasis und Amenophis I. und Tutmosis II. und Tutmosis III. der Große und Seti I. und Ramses II. und viele andere; und Seite an Seite lagen sie, wie ungeordnetes Zeug. Ich mochte nicht glauben, was ich erschaute dort an der Wand, und mein Ka fühlte sich wie eine Grube, tief, ganz ohne Boden.

Der Ka von Menenhetet hatte während der ganzen Zeit kein einziges Wort zu mir gesprochen. Ich sah, wie er lächelte: über all das, was dort vor uns war. Wie viele dieser Bilder mochten wohl aus ihm selbst stammen? Dann fiel mir ein, wie schlecht meine eigene Mumie umhüllt war, mit losen Tüchern an meinen Füßen, offen für die Maden. Wie war ich nur gestorben? Noch immer konnte ich mich nicht erinnern. Und je mehr ich darüber nachsann, desto weniger sah ich an der Wand. Nur eines schien sicher zu sein: Daß ich eines Nachts bei einer Art Wirtshausschlägerei umgekommen war. Warum ich das glaubte, wußte ich nicht.

Während ich noch grübelte, sah ich dasselbe Wirtshaus, das ich damals erblickt hatte, als ich in jenem wundersamen Gemach mit den auf den Fußboden gemalten Fischen lag. Und wieder sah ich Knochenbrecher, bereit sich zu prügeln. Wie gern hätte ich mehr über mein eigenes Schicksal erfahren! Statt dessen mußte ich den vielen Wandlungen im Leben von Knochenbrecher und Eyaseyab folgen. Zu meiner Überraschung erwachte bald meine Neugier. Vieles glitt rasch an mir vorüber. Ihre Gesichter begannen zu altern, nachdem Knochenbrecher zum Hauptmann der Königlichen Barke ernannt worden war, weil er mich an jenem Morgen beschützt hatte, da Khem-Ushas Truppen den Palast besetzten.

Doch das Kommando über die Königliche Barke war keine Aufgabe, für die Knochenbrecher taugte. Man versetzte ihn auf einen anderen, geringeren Posten. Aber auch dort bewährte er sich nicht. Und so glitt er tiefer und tiefer und endete schließlich dort, wo er begonnen hatte: als ein Mann, der zuviel trank und der dann gewalttätig wurde, selbst zu Eyaseyab, die sein Weib geworden war.

Doch sie liebte ihn so sehr und war so dankbar für jeden Tag, den sie gemeinsam erlebten, daß sie des Lohns von Maat fast gewiß sein durfte. Für Knochenbrecher begann ein zweites Gedeihen. Er suchte Menenhetet auf, um Arbeit zu finden, und er fand sie. Mein Urgroßvater hatte einen Mann gesucht, der verwegen genug war, um als Bote zwischen ihm und den Räubern von Kurna zu dienen. Knochenbrecher erwies sich als so nützlich, daß Eyaseyab schon bald ihre Stellung bei meiner Mutter aufgeben konnte, um mit dem, was er verdiente, am Westufer von Theben ein eigenes Haus zu kaufen. Sie hatten Kinder, und Eyaseyab wäre wohl eine höchst achtbare Matrone geworden mit eigenem Familiengrab in der Stadt der Toten, hätte Knochenbrecher, nach Menenhetets Tod, nicht zuviel Leichtsinn bewiesen: Er war einer der Räuber, die man nach der Plünderung von Usermares Grab fing. Er wurde hingerichtet und in einem unbekannten Grab bestattet.

Eyaseyab konnte es nicht finden, nicht das Grab und nicht seine Leiche. Sie kehrte nach Memphis zurück und arbeitete wieder für meine Mutter als oberste aller Dienerinnen. Eines Nachts ging sie zur Nekropolis, um ein Versprechen zu erfüllen. Die Bilder an der Wand zeigten mir, was geschehen war. Sie traf auf jenen Geist, das Gespenst mit dem unglaublich üblen Atem, dem auch ich auf dem Rückweg zu meinem Grab begegnet war. Und sie trotzte ihm. Mutig wartete sie, bis sich der Geist, samt all seinen Verwünschungen, auf seiner nächtlichen Wacht weiterbewegte. Dann vergrub sie die kleine Statue, die sie nach Knochenbrechers Bildnis hatte anfertigen lassen, unmittelbar vor der Tür meiner Grabkammer. Denn dies war das Versprechen gewesen, das sie ihrem Mann einmal ins Ohr geflüstert hatte: Sollte sein Leichnam je in ein unbekanntes Grab geworfen werden, so würde sie ein Abbild von ihm machen lassen und dieses Abbild ganz in der Nähe von Menenhetets Gruft vergraben. Die Treue meiner einstigen Amme brachte mich den Tränen nah. Überdies entdeckte ich, daß mein Ka den Süßen Finger bewahrt hatte, denn auch er erinnerte sich an Eyaseyab.

Warum all dies vor mir erschien, weiß ich nicht. Doch grübelte ich nun um so mehr über meinen eigenen Tod nach. Jetzt sah ich, wie

Eyaseyab ihren Verrichtungen nachging an jenem letzten Tag, dessen ich mich entsann. Witwenkleidung trug sie, noch immer in Trauer um Knochenbrecher. Und dieses Bild von Eyaseyab glitt über zum Bild von mir selbst im Bett meiner Mutter. Ich war kein Kind mehr, sondern ein Mann, und meine Mutter und ich waren ein Liebespaar.

Was zwischen uns geschah, brachte die Erinnerung nicht zurück – doch wußte ich, daß es keine Frau gegeben hatte, die ich heftiger begehrte. Doch in jenem Bett, noch während wir uns umarmten, war die Last unserer Schande. Denn mochte die Liebe zwischen Bruder und Schwester in Ägypten auch üblich sein, so galt das doch nicht für die Leidenschaft zur eigenen Mutter. Und jetzt erinnerte ich mich an Hathfertitis Furcht vor dem Klatsch in Memphis (und es war viel getuschelt worden). Diese Furcht war so groß gewesen, daß sie sich wieder mit Nef-khep-aukhem verbunden hatte. Zum zweitenmal wurde sie seine Frau.

Hier saß ich also, neben meinem Urgroßvater, und mein armer Ka, von all den kargen Bildern verwirrt, fand endlich die Stelle, wo zwei Erinnerungsscherben zueinander paßten. Denn nun entsann ich mich jener Liebesspiele, die ich mit dem Priester und seiner Schwester getrieben, jener, die Hinterbacken hatte wie ein plumper Panther. Doch war ihr Bruder überhaupt Priester gewesen und die Schwester seine Schwester? Hatte es sich nicht um Nef-khep-aukhem gehandelt, und war die Schwester nicht meine Mutter?

In meinem Elend, hier im Grabmal des Cheops, blieb mir nichts als nachzusinnen über die parfümierte Not und all die Feindseligkeit und Eifersucht, die geherrscht hatten zwischen Nef-khep-auk-hem, Hathfertiti und mir. Und wie war es ausgegangen? Erinnerte ich mich, oder bildete ich es mir bloß ein? Mein Onkel (einst mein Vater und jetzt ganz gewiß mein Rivale) hatte drei Totschläger bezahlt, damit sie mir in einer Schenke auflauerten. Sie taten ihre Arbeit, und ich war tot. Welche verruchte Verschwendung, was für ein Zerschmettern von Hoffnungen! Ja, ich war tot, und all das, was gelebt hatte in dem sechsjährigen Knaben, all seine Zärtlichkeit, seine Weisheit, seine Wonne, all jenes, das von seiner Zukunft sprach, es war fort. Man konnte meinen, ein Käfer sei zerquetscht. Ich hätte trauern können wie über einen anderen. Nie, nein, niemals hätte ich während der Ausschweifungen der letzten Jahre geglaubt, daß sich nicht – wenigstens einige – Hoffnungen meiner Kindheit erfüllen würden. Doch jetzt war es vorbei. Er war tot. Menenhetet II. war gestorben. Ein junges Leben, ein verschwendetes Leben. Ja, Tränen traten mir in die Augen, und ich weinte so heftig, wie man es in der Reinheit der Trauer um einen Fremden tut. In mir war ein Zittern, und während der Schmerz noch in mir wühlte, begannen sich die Wände zu bewegen, und in unserer Dunkelheit, noch bevor ich große Furcht empfinden konnte, zeigte sich an der Wand die Gegenwart der Duat. Wir waren in der Duat.

# SIEBEN

Stets hatte ich geglaubt, das Reich der Toten könne man nur nach mühseliger Reise erreichen. Viele Tage wandelte man unter glutheißer Sonne, und dann ging es hinab, ganz steil, in tiefe Höhlungen, wo man nichts sehen konnte. Der Dampf heißer Bäder ließ jeden Halt trügerisch erscheinen.

Doch während ich jetzt an der Seite meines Urgroßvaters saß, seine Hüfte an meiner Hüfte, bewegten sich all diese Bilder auf so natürliche Weise, daß ich nicht wußte, woher sie stammten: von meinem Urgroßvater, von mir selbst, oder gehörten sie ganz einfach zur Wand? Da waren irgendwelche Wesen, die über mich herzufallen drohten, doch wichen sie stets davon, bevor ich Bedrückung empfand – wie auf meinen Befehl. So war es. So sollte es sein. Ich befand mich in der Duat. Noch nie war ich in einem Dschungel gewesen, doch Eunuchen aus Nubien, die im Palast dienten, hatten mir von solchen Orten erzählt, und jetzt war da in meinem Ohr ein Rauschen und Rasseln, Krächzen und Belfern, so wie man es erwarten mochte im tiefsten Dickicht eines Waldes. Überall, so schien es, schwangen Tore auf, und ich vernahm das Weinen der Elenden und die Rufe der Götter, die da sprachen wie Tiere. Der Schrei eines Falken drang in mein Ohr und auch das Krächzen von Wasservögeln in ihren Nestern, das Schwirren von Bienen und das furchtbare große Schnauben von Stiergöttern, sogar von Katern in Brunst. Ich sah den Ka all jener, die Feinde von Ra waren, und wurde Zeuge, wie ihre Körper am Ersten Tor Vernichtung fanden und sich ihre Schatten verloren in prasselnden Feuern. Flammen schlugen aus den Mündern von Göttinnen. Und all diese Wunder waren ohne Furcht für mich. Bald konnte ich die Hüter der Tore unterscheiden von den Elenden, die auf ihren

Richtspruch warteten. Denn die Götter besaßen zwar die Leiber von Männern oder Frauen, doch ihre Häupter waren die von Falken und Reihern, von Schakalen und Widdern, und ein Gott, ein riesiger Gott, hatte den Kopf eines Käfers. In der Tat glichen viele dieser Götter den Abbildungen auf den Tempelmauern.

Und dann, in der Geborgenheit der Gesegneten (doch wie konnte ich gesegnet sein, da mein Grab geplündert war?), sahen wir das Erste Tor an uns vorübergleiten, nein, wir schritten nicht hindurch, an der Wand glitt es an uns vorbei, und ich fragte mich, ob wir wohl im heiligen Boot von Ra waren und also dahinglitten, ohne Feuer zu fühlen. Ich weiß nicht, woher ich es wußte (nur mein Urgroßvater und ich selbst waren Passagiere), doch dies war die Zweite Biegung der Duat, und hier sahen wir einige Elende, die sich niederbeugten, um von den Quellen kaltes Wasser zu trinken: alsbald begannen jene zu schreien, die in ihrem Leben zu viele Lügen erzählt hatten. Denn kaum, daß ihre Zunge das Wasser berührte, begann es zu brodeln. Ich sah jenen Reichen, Fekh-futi, und sein Gewand war besudelt von Uferschlamm. In seinem Leben war er durch viele Tore geschlichen, doch hier stand er erst am Anfang, und große Folter erwartete ihn noch.

Wir glitten durch einen langen Tunnel mit einem Stiermaul am Ende, und hier sah ich zwölf Opfer, die in einem See aus kochendem Wasser lebten. Der Gestank des Wassers war so gewaltig, daß vorüberfliegende Vögel voll Furcht davonstoben; und doch konnte ich den Schwefel nicht riechen. Viele Schatten bewegten sich, schleppend, und dann sah ich einen See mit zwei Reihen von zweiundvierzig Kobras, die kein Feuer zu speien brauchten, denn das Wort, das sie sprachen, war so furchtbar, daß die Schatten der Toten vor den Schlangen verdarben.

In der Fünften Biegung der Duat waren zwölf Mumien. Und während ich schaute, nahte sich ihnen ein Gott mit dem Kopf eines Schakals und sagte, sie sollten sich ihrer Tücher und ihrer Perükken entledigen und die Augen öffnen. Denn nun könnten sie die Höhlungen von Seker verlassen und emporsteigen zu dem großen Gefilde, wohin er sie führen werde. Doch dann war da nur ein Teich brodelnden Wassers, und so blieben sie also in den Höhlungen der Toten ohne eigenen Ort. In der Sechsten Biegung der Duat sah ich einen Gott mit dem Kopf eines Fisches, und er konnte die Ungeheuer des Meeres besänftigen, indem er mit machtvollem

Zauberwort ein Netz auswarf. Er kannte den Geist des Netzes und wußte, wie man Knoten schlingt, welche die Monster verwirren. Und ich sah den Käfer Khepera, und sein Leib war riesengroß, so groß wie acht Löwen zusammen, und er kroch durch viele Feuer und war gegen alle gefeit. Ich sah, wie Khepera das goldene und silberne Boot von Ra durch den Körper einer gewaltigen Schlange lenkte, durch ein Loch im Schwanz und dann wieder zum Maul hinaus, und in der Siebten und Letzten Biegung kamen wir zu jenem Monster, das da heißt Ammit, und es ist der Fresser der Toten und lauert meist bei den Waagschalen, wo Anubis die Herzen derer wiegt, die gerichtet werden sollen. Und ist das Herz zu schwer für die Feder der Wahrheit, so wird Ammit es verschlingen. Er war ein Ungeheuer mit dem Kopf eines Krokodils und den Beinen eines Löwen, und der Gestank, der von ihm ausging, war so grauenvoll, daß er mich selbst durch die Wand anwehte, und darin war all das Üble der Herzen, die er verschlungen. Ich dachte an das Gespenst mit dem stinkenden Atem, dem ich in der Nekropolis begegnet war. Würde auch mein Herz, wenn es gewogen wurde, Teil dieses Unrats werden? O ja, gewiß. Denn ein Herz, das ohne Fehl war, wog nicht mehr als eine Feder, und meines fühlte sich schwer wie Stein.

Doch hier in unserer Kammer in der Cheopspyramide, jetzt da die Bilder an der Wand erloschen, spürte ich kaum Furcht. Ich hatte die Duat geschaut, oft wie durch dichten Nebel, und ich hatte die Schreie gehört, und doch erzitterte mein Ka nicht davor, noch krümmte ich mich vor den Flammen, die wie ohne Hitze waren. Und so fragte ich mich denn, ob das, was ich gesehen, wirklich das Land der Toten sei oder vielleicht nur sein Khaibit? Konnte es sein, daß es Khert-Neter gar nicht mehr gab? War das, was ich gesehen hatte, nichts als die Erinnerung seiner selbst? Ich dachte an die geschändeten Gräber der Pharaonen, dachte daran, wie man ihre Mumien zu einer Höhle gebracht hatte, wo man sie aufeinander stapelte, so dicht, daß vielleicht die Duat nicht mehr atmen konnte. Ja, die Schändung der Pharaonengräber mochte sehr wohl dies bedeuten: das Ende des großen Flusses der Toten und all seiner Gefilde. War das der Grund dafür, daß Khert-Neter für mich nichts gewesen war als eine Erscheinung an der Wand, so daß ich keine Furcht kannte? Nun, dann würde mein Ka niemals Anubis finden können, noch würde mein Herz gewogen werden. Und für Ammit gab es dann nichts zu verschlingen.

Doch Erleichterung empfand ich nicht. Mein Leben lang hatte ich Geschichten vernommen über das, was einem widerfahren konnte im Land der Toten. Aber jetzt begann ich mich zu fragen, ob die Qualen, die man zu leiden hatte, nicht von anderer Art waren. Nun da ich wußte, wie ich zu Tode gekommen, wußte ich auch um mein vergeudetes Leben, und das war Qual genug. Wie als Antwort auf meinen Gedanken sah ich Hathfertitis Gesicht vor mir, und sie war schlimmer entstellt als eine Leprakranke. Wie sie gestorben war, wußte ich nicht, doch ihr Zustand bewies, daß man sie tagelang hatte verwesen lassen. War es Rache gewesen, Rache an ihr, an ihrem Ka? Doch dann begriff ich, daß es sich um eine einfache Vorkehrung handelte: Nef-khep-aukhem hatte nach Hathfertitis Tod gewiß angeordnet, daß sich zunächst niemand um ihre Leiche kümmerte. Ist ein Ehemann auf seine Frau eifersüchtig, so vertraut er nicht einmal den Einbalsamierern. Aus Furcht, sie könnten es mit dem Körper der Toten treiben, überläßt er ihnen die Leiche erst, wenn Verwesung eingesetzt hat.

Oder war es nicht Nef-khep-aukhem gewesen, sondern Ptah-nemhotep, der solche Anordnungen getroffen hatte? Ich wußte nicht und konnte nicht wissen, wessen Herz so grauenvoll war wie der Anblick von Hathfertitis entstelltem Gesicht. Und dies war mehr Qual als alle Bilder aus dem Reiche der Toten. Dies hieß wahrhaft Leiden-Müssen. Welche Erinnerungen wurden wach? Wie konnte ich mich ihrer erwehren?

In diesem Augenblick berührte mein Urgroßvater mit zwei Fingerspitzen sacht mein Knie, um meine Aufmerksamkeit auf sich zu lenken, und er begann zu sprechen.

# ACHT

»Es ist wahr«, sagte er. »Die Duat ist nicht mehr als ein Geist. Aber du mußt auch begreifen, daß du seit über tausend Jahren tot bist. Es gibt keine Pharaonen mehr. Ägypten gehört anderen. Wir kennen nur schwache Fürsten, und sie sind die Söhne von Männern aus der Ferne. Selbst die Völker haben gewechselt. Von den Hethitern hört man nichts mehr. Da ist ein Land auf der anderen Seite des Allergrünsten Grüns, von dem du nichts wissen konntest, als du noch am Leben warst. Es ist ein Land, das sich weit nördlich und westlich von Tyrus erstreckt, und genügend Zeit ist vergangen, so daß dieses Volk groß werden konnte, bis es dann wieder seine Kraft verlor. Ja, sehr viel Zeit ist vergangen. Jetzt gibt es, noch weiter westlich, auf der anderen Seite des Allergrünsten Grüns, ein weiteres Volk, dessen Menschen zu den Barbaren gehörten, als du geboren wurdest. Unsere Götter – wenn wir von Ra und Isis, Horus und Seth sprechen – sind jetzt in ihrem Besitz. Erinnerst du dich an das, was ich dir zu Beginn unserer Reise über unsere Götter erzählte? Nun will ich dir gestehen, daß ich es auf die Weise tat, wie diese Römer und Griechen es zu tun pflegen. So war dir meine Erzählung zwar vertraut und dennoch fremd. Unser Land der Toten gehört jetzt ihnen, und für die Griechen ist es nicht mehr als ein Bild, wie man es an der Wand einer Höhle erblicken mag. Du wirst die künftigen Prüfungen besser bestehen, wenn du der Leichtfertigkeit dieser Leute eingedenk bist. Zu unserer Zeit war Ra weder alt noch gebrechlich, und Horus, mochte er auch schwache Beine haben, war der Herr des Himmels, und seine Federn waren unsere Wolken. Seine Augen waren die Sonne und der Mond. Und Seth besaß die Macht, die Himmel mit Donner zu erschüttern. Doch die Griechen wissen weniger über die Unterschiede zwischen Göttern und Menschen, und die Römer möchten dergleichen ganz mißachten. So erzählen sie die Geschichte denn auf ihre Weise. Nun ja, ihre Götter sind kleiner als unsere. Die Wahrheit, wie ich sie dir nicht erzählte, ist diese. In jener Stunde, da Seth seine letzten Anschuldigungen gegen Horus vorbrachte und verlor, lachten die Götter ganz gewiß nicht über ihn, wie die Griechen behaupten, sondern sie zerrten Seth in ihre große Halle und schleuderten ihn zu Boden. Sodann verlangten sie, daß Osiris sich auf Seths Gesicht setze. Dies war notwendig, um den Sieg des Guten über das Böse zu bekunden, und es entspricht unserer Vorstellung von einem Thron. Die Griechen hingegen sehen es nur als einen Stuhl für Könige, die so edel sind, daß sie das Wissen mehr lieben als die Götter.

Bedenke also«, fuhr er fort, »wie glücklich du dich schätzen kannst, mich zu deinem Führer zu haben. Ich habe so viele Reisen durch Khert-Neter überstanden, daß dir solche Qualen erspart bleiben können. Das Schlimmste, was du erleiden mußtest, war, daß ich mich in deinen Mund ergoß, und das war so furchtbar, daß du mehr nicht ertragen konntest. Doch es ist glimpflich für dich abgegangen. Nie wirst du erfahren, was die Leiden eines wirklichen Todes sind.«

Ein eigentümlicher Schmerz erfüllte mich. Wenn ich nicht die Prüfungen der Duat auf mich nehmen mußte, so würde in meinen sieben Seelen und Geistern eine Leere bleiben. Und mein Ka konnte niemals seine Standhaftigkeit beweisen. Vielleicht würde ich ewig leben und nicht zum zweitenmal sterben. Doch gab es eine Einsamkeit, die schlimmer war als das Nichtwissen um den Wert der eigenen Seele.

Und so hockte ich nun hier, in den Tiefen neuen Elends. Auf mir lastete das Scheitern meines Urgroßvaters in all seinen vier Leben. Ja, ich spürte die Gewalt seines Wollens, und sie war ebenso groß wie die Qual seiner Niederlagen. Was immer er angestrebt hatte, selbst den Pharaonenthron, konnte nur gemessen werden an seiner Verehrung für Osiris. Denn wenn ich mich recht entsann (und da konnte mich auch die griechische Sicht nicht verwirren), so lebte mein Urgroßvater nahe der Sorge, die im Herzen des Herrn der Toten ihre Wohnstatt hatte. Wer außer Osiris hoffte zu entdecken, was wohl aus ungeborenen Göttern kommen würde? Und wie konnte ich die Gefühle des Gottes Osiris verstehen, wenn ich sie nicht teilte? Er war der Gott, den es danach verlangte, die Werke und Wunder der Zukunft zu schaffen. Und so litt er am meisten, wenn das Streben nach einem hohen Ziel wieder scheiterte. Er wußte gewiß, wie bitter die Niederlagen für meinen Urgroßvater gewesen waren, so daß dessen Samen übel schmeckte.

Doch kaum hatte ich begonnen, mich hineinzuversetzen in die Gefühle meines Urgroßvaters und seines Gottes Osiris, als etwas Erstaunliches geschah. In meiner Einsamkeit streckte ich die Hand aus, um Menenhetet zu berühren – und er verschwand. So schien es jedenfalls. Es war zu dunkel, um irgend etwas zu sehen. Doch wo sein Körper gewesen war, war jetzt eine Dunkelheit, noch tiefer als die Dunkelheit ringsum, und in meiner Nase war ein Geruch, so berauschend wie der Duft einer Rose. Und dann fühlte sich die Wand an meinem Rücken nicht mehr an wie Stein, sondern weich wie Uferschlamm. Ich hörte, wie sich Wasser in unsere Kammer ergoß, und dann atmete ich den Gestank, einen starken Gestank, und war im Strömen des Flusses. Ich sah die Elysischen Gefilde, und das Korn war golden und der Himmel blau, doch zwischen meinen Beinen rauschte mit großer Gewalt der Strom. Die Wand, dort mir gegenüber, wich zurück, und das Wasser stieg, stieg über meinen Kopf. Ich wollte schwimmen und konnte nicht. Tief in Wasser, Abwasser, versank ich, und über mir war alle Not und alles Elend des Lebens. Scham und Schande schnürten mir den Atem. Ich besaß nicht die Kraft, diesem Wasser zu widerstehen, und mein Wille schien zu erlöschen. Doch verging auch die Scham. Und in meinem Herzen wohnte ein Friede, der glich dem Tod, glich der Dunkelheit, die abends über den Himmel kommt. Ich war bereit. Ich würde meinen zweiten Tod sterben und nichts mehr wissen. Selbst der üble Gestank wandelte sich. Ich roch den Duft einer Rose, und er war wie eine Rose am Abend.

Dann vernahm ich die Stimme meines Urgroßvaters: »Du mußt nicht verderben«, sagte er in mein Ohr.

Ich wußte, was er meinte. Sein Gedanke war schon zu mir gedrungen – war gekommen mit dem Frieden, der da war wie der Tod. Man konnte in den Eingeweiden des Flusses ertrinken und dann gespült werden auf die Felder. Um Teil zu werden der Pflanzen, die dort wuchsen.

Gab es eine Wahl? Konnte man eindringen in ein anderes Fundament? In der Mitte aller Hoffnung war stets Schmerz.

Ich fühlte, wie der Schatten meines Urgroßvaters meinen Ka umarmte. Der süße Geruch der Rose war verschwunden. Gestank lag wieder auf uns. Ich verabscheute ihn. Ich wollte nicht zum zweitenmal sterben. Doch ich wußte nicht, ob ich den Mut besaß, einzudringen in das Fundament aus Schmerz. Denn ich war ohne Wert, und auch mein Urgroßvater war verdammt und ohne Wert, und mächtige Verwünschungen lasteten auf uns. Ich fühlte, wie die Sorge seines Herzens in mein Herz kam, und da war ein Gedanke so schön wie die strahlende Sonne: Wenn die Seelen der Toten zu den höchsten Himmeln gelangen wollten, so mußten sie versuchen, sich miteinander zu paaren. Die Seelen der Toten waren nicht länger Mann oder Frau. Sie bargen alles Männliche und Weibliche, dem man im Leben begegnet war. Und im Lande der Toten blieb es sich gleich, wer sich miteinander verband, ob Frau und Mann, Mann und Mann, Frau und Frau. Es galt nur, dasselbe Schicksal zu teilen. Da war dieser lächerliche alte Mann neben mir, und ich spürte seine Einsamkeit und wußte, daß er sich mit mir verbinden wollte. Die Geschichten, die er dem Pharao erzählt hatte, hatte er auch für mich erzählt. Ich war es, dessen Vertrauen er suchte. Und ich vertraute ihm. Hier in der Duat, in dieser Stunde, vertraute ich ihm.

Dann fühlte ich, wie der Ka von Menenhetet verlosch. Wie mit einem Ruck drang die Kraft seines Herzens in mich ein, und ich wußte, daß meine Jugend (meine dämonisch verderbte Jugend!) die Kraft seines Willens gewann, der so stark war wie der Wille von vier Männern.

Viele Lichter erschienen über mir, und sie waren wie eine Leiter aus Licht mit vielen Sprossen. Ich griff nach der ersten und begann aufzusteigen aus dem Fluß. Die Leiter bog sich und war nicht leicht zu erklimmen, und während sie schwankte, wichen die goldenen Felder des anderen Ufers und auch die Wasser vor mir zurück, und ich stieg höher, Sprosse für Sprosse, und jede war so stark wie die Nabelschnur eines jeden Menschen, den ich je gut gekannt, und ich spürte die Umarmung vieler Leiber. Sie kamen zu mir, während ich noch kletterte, und sie hielten mich bei den Armen fest, so daß ich zur nächsten Sprosse nur gelangen konnte, wenn in mir der wahre Gedanke lebte: Welche dieser Menschen ich geliebt hatte und welche nicht, welche am meisten und welche am wenigsten. Meine Glieder schienen mir den Dienst zu versagen, als ich an die frühe Liebe meiner Mutter dachte – und dann an ihre Furcht vor mir, als ich kein Kind mehr war, sondern ihr Geliebter. Und ich weinte für Ptah-nem-hotep, weil er kein größerer Mann geworden war, und weil seine Selbstachtung, seine Selbstliebe schwanden, da er sich klein und unbedeutend fühlte. Und weiter stieg ich, mit kurzem Atem. Auf den Geistern der Toten kletterte ich hoch über die Pyramiden.

Jetzt waren Wonnekugel und Nefertiri nah, und ich kletterte, als sei in mir die Kraft von Usermares Armen und Hera-Ras Leib. Wieder sah ich ein Bild großer Städte, die da wachsen würden, und ich wußte, daß die Kraft des Ka gewaltig war. So wie eine Pflanze, eine Blume mit zarter Gewalt den Stein durchbricht, so würde auch der Ka jeden Widerstand zunichte machen.

Und höher stieg ich auf dieser Leiter aus Licht, empor zu jenen Himmeln, wo man, wie Osiris, auf alles Künftige schauen kann, um zu versuchen, den Sturm zu wenden, noch ehe er losbricht. Doch wußte ich – und fürchtete mich also –, daß ich nicht rein genug war (und auch mein Urgroßvater nicht), um dergleichen zu vollbringen. Nein, keiner von uns konnte eine Feder auf sein Herz legen, die im Gleichgewicht blieb, so wie der rechte Sinn für Gut und Böse.

Dann sah ich meinen Ba, sah den kleinen Vogel, dessen Gesicht mein eigenes Gesicht war, und ich hatte ihn nicht gesehen, seit mein Ka sich seinem Grab näherte. Hier war er jetzt, über mir, die Seele meines Herzens, so wie der Ka mein Gegenbild war, und der Ba konnte mir sagen, daß Reinheit und Gutheit Osiris weniger bedeuteten als Stärke. Und so schien Menenhetet denn brauchbar, nicht weil er gut war, sondern stark. Diesen Gedanken hatte der Ba, der reinste Teil meines Herzens.

Doch mein Ka erwiderte, er müsse um seinen eigenen Sinn und Zweck wissen, nichts sei ihm wichtiger. Und so stieg ich denn noch höher die Leiter empor, und aller Zauber, alle Magie, so schien mir, lag zu meinen Füßen. Und während ich stieg, sah ich den Mond, darinnen Osiris auf mich wartete, und zu seiner Linken und Rechten waren Horus und Seth. Ich befand mich nahe dem Boot von Ra. Alles in mir wandelte sich, selbst die Zeit.

Denn jetzt naht ein Komet. Ein Sturm kommt auf, ein furchtbarer

Sturm. Und es wird sein ein Schmerz, der ist wie kein Schmerz zuvor. Ich höre den Schrei explodierender Erde. Und doch, bei allem Schrecken, über dem Abgrund, fühle ich mehr als nur Furcht. Hier, inmitten von Schmerz, ist auch ein Strahlen, ist Glanz. Und ich hoffe auf die Himmel, obwohl ich nicht weiß, wohin ich gehe. Bin ich der zweite oder der erste Menenhetet, bin ich ein Wesen unserer zwiefach getrennten sieben Seelen und Lichter? Ich weiß es nicht. Und ich kann auch nicht sagen, ob ich in Gier verharren oder einem edlen Zwecke dienen werde.

Eines jedoch scheint klar. Ich muß eingehen in die Macht des Worts. Denn der erste Laut, der dem Willen entstammte, mußte das Fundament aus Schmerz durchdringen. Und so schreie ich mit der Stimme des Neugeborenen über das Mysterium meines ersten Atemzugs und betrete das Boot von Ra.

Und wir segeln über kaum erschaute Gefilde und schwanken in der Dünung der Zeit. Durch Felder voller Magnetismus gleiten wir. Vergangenheit und Zukunft treffen sich in Gewitterwolken, und unsere toten Herzen leben mit dem Blitzen in den Wunden der Götter.

1972–1982

Bitte beachten Sie
die folgenden Seiten

Saul Bellow

**Nach Jerusalem und zurück**
Ein persönlicher Bericht
Ullstein Buch 20017

**Der Dezember des Dekans**
Roman
Ullstein Buch 20498

**Mosbys Memoiren**
Erzählungen
Ullstein Buch 20530

**Das Opfer**
Roman
Ullstein Buch 20580

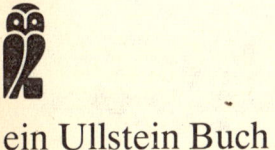

ein Ullstein Buch

»Unumstritten der größte lebende Epiker Nordamerikas.« (Marcel Reich-Ranicki, FAZ)